对的人 [上]

伊北 著

中国出版集团有限公司
研究出版社

图书在版编目 (CIP) 数据

对的人 / 伊北著. -- 北京：研究出版社，2023.5
ISBN 978-7-5199-1435-6

Ⅰ.①对… Ⅱ.①伊… Ⅲ.①长篇小说 – 中国 – 当代
Ⅳ.①I247.5

中国国家版本馆CIP数据核字(2023)第040109号

出 品 人：赵卜慧
出版统筹：丁　波
责任编辑：朱唯唯

对的人

DUI DE REN

伊北　著

研究出版社 出版发行

（100006　北京市东城区灯市口大街100号华腾商务楼）
北京中科印刷有限公司印刷　　新华书店经销
2023年5月第1版　2023年8月第2次印刷
开本：710毫米×1000毫米　1/16　印张：50
字数：560千字
ISBN 978-7-5199-1435-6　定价：69.00元（全二册）
电话（010）64217619　64217652（发行部）

版权所有·侵权必究
凡购买本社图书，如有印制质量问题，我社负责调换。

在这变幻莫测的世界，谁不想要一个永恒的支点呢？

楔子

雨一直下。间或，天上还滚着雷。水漫起来了。这小区全是高层建筑，像一根根风化的大石柱子耸在海里似的。俯瞰，道路已被淹没，除了水，就是树。仔细看，小区当中那栋楼前的梧桐树冠底下，似乎有个小点儿。也是垂直立着。再看，清楚了。是个人，男的。没打伞，就那么任由雨水从他头顶浇灌下去，水流遮盖了视线也不管，他只是偶尔抬头往上瞧，仿佛要跟老天对峙。不大一会儿，斜刺里移动来一把伞，黑的。从衣服判断，是小区保安。走近了，挥着手向他交涉。男人还是不动，就钉在那儿。闷雷轰鸣，跟着一道闪电，天似乎都要被劈开了，保安连忙撤退，男人又抬头朝上看。

从楼道里出来把红伞，撑伞的是位中年妇女，胖身材，穿拖鞋、短裤，蹚水走向男人，在一米距离站定，冲男人嚷："行啦！别杵这儿了！分了就分了！回头遭个雷，你冤不冤？"男人直面妇女："阿姨，我得见傲蕾。"妇女不高兴了，"怎么就不听劝？你俩压根儿不是一路人，死缠烂打，没用！"男人还要说话，妇女手一挥说："赶紧走吧！"迅速从胳肢窝下抽出把折叠伞，塞进男人怀里说："淋坏了还得掏钱治！回吧！快！"男人跟着蹚了两步。妇女转身，不客气地说："还跟着！"转脸抬脚拣路，终于上岸，进了楼道。

雨丝毫没有小的意思，还是往下泼，天幕低垂。高层落地窗前，另一个男人立着朝下观望。他眼见着妇女出现又消失。不变的是楼下那男的，锥子样插那儿。门响了，妇女走进来，放下伞，拿条毛巾边擦头发边走向男人，叹气："也可怜。"男人怒吼："可什么怜？！我不可能带着房子把女儿嫁给他！"屋内一声咚响，男人愣了一下，突然反应过来，他推女人。女人急得要哭，指着男的，"让你别逼那么紧！女儿要有什么事儿，我跟你没完！"夫妻俩破门而入，椅子倒在地上，女儿只说："想喝疙瘩汤。"女人快活地"嗳"

了一声，又问，"稠稠的？"女儿点头。一家三口又结成统一战线了。

雨点稀了些。老天爷似乎不大想继续看这出儿苦情戏，要鸣金收兵了。一把黄色伞朝梧桐树下的男人移动，到跟前，一把拉住他，也是位中年女性。再细看，却说不清是中年还是青年。面相老，体态轻盈。她帮男人遮雨，手拽着他胳膊，嗓门奇大说："走吧！"男人别着劲儿，不肯挪。女人又拉他。男人继续犟。女人恼了，"咱不丢人现眼了行吗？"男人这才转过头看着女人，苍苍茫茫喊出来："姐——"他哭了，泪滔滔。可惜遇着这大雨，眼泪都失去了言说痛苦的功能，悄无声息。

1

龚八斗现在觉得，一个男人，只要你没结婚，在某些已婚妇女的眼里，就是"大闲人"一枚，尤其这位妇女若"不幸"是你姐姐，那你"无事闲人"的程度便又加了一倍。她亲爱的弟弟没有家庭，没有老婆管束、孩子牵扯，业余时间想来是无处打发，如果她再不善加利用，保不齐就成了一匹颇有些危险的脱缰野马。不行，得上嚼子。因此，龚三元很喜欢使唤弟弟八斗。在她看来，这是姐弟俩亲密的表现。偌大的北京，亲人掰着手指头都数得过来，还有什么理由不相互关照。可在八斗心中，姐姐的"呼唤"，十次有八次是"麻烦"，但他又只能不厌其烦。八斗后悔用了姐夫王斯理的车牌。刚参加工作，车是开上了，可一不小心也就成了姐姐、姐夫的车夫。就比如这回，姐姐的闺蜜张燕玲回北京，他就再次接到命令，开车陪姐姐去北京西站接人。

一路上，龚三元话稠得跟一锅八宝粥似的，大致意思就是四个字——不容乐观。她亲爱的发小兼闺蜜燕玲出京回京的历史，简直都快成为一出传奇剧了。

第一次是三年前，辞了职，跟男友分了手，伤心欲绝，回老家托亲戚关系在山东某海滨城市找了份工作，说是户口也能落单位，还分房子。可干了半年，她觉得这份工作离自己的梦想太远，且微信群永远在跳，领导呼唤必须随叫随到。她觉得崩溃，逃回北京了。

第二次离开是两年前。那回完全是被北京高昂的生活成本逼走的，燕玲的理想是写作，不想找"乱七八糟"的工作。久而久之，坐吃山空压力大，那还不如回老家，坐下来，踏踏实实地写，好歹吃住不用操心。谁知回去写了两年也没写出个所以然。压垮她的最后一根稻草是她"未婚夫"——第二次回老家处的中学同学何勇，一人在北京混，某石油公司员工，两个人谈的时候何勇还在马达加斯加出长差。你来我往在线上聊得极好，谁知人从国外一回来，何某人立刻跟燕玲提了分手。

柏拉图恋爱不靠谱，纸上谈兵愉快，一介入到现实，男方瞬间急流勇退。不都谈婚论嫁了吗，怎么就戛然而止。燕玲理解不了，再次崩溃，奔逃。

呵，该！在三元看来，这恋爱，打根儿上就不对头，散伙实属意料之外情理之中。一个女人，上了三十，颜值不占优，你还不工作，你还纯啃老？你还悲春伤秋？搞什么不知道何时是个头的写作……不论是经济上还是情绪上，都不能给男方更多的帮助，人找你图啥？她未婚夫——现在是前男友了，难道不要算账？何勇想在北京发展，没户口，在燕郊有套房，但还有房贷……他的目标想必就是在北京买套房、站住脚。那么，找你，加分吗。找你张燕玲就等于把自己推向万劫不复，哪个男人这么傻。

叨咕到这儿，龚三元突然转脸对弟弟耳提面命，也算是对燕玲回京事件的总结："人呐，别活着活着，生把自己活成了周围人的包袱！"

八斗悚然，他仔细搁心里揣摩一番。他虽然只是个基层公务员，人微言轻，没房产，但好歹自食其力，不至于成为他人肩上、背上的包袱。成，说的不是他。姐姐只是给他敲敲警钟。他目前的状况，比过去强多了。跟邢傲蕾恋爱的时候，他连基层职位都没有。他那段刻骨铭心的恋爱，成了姐姐嘴里的"前车之鉴"。三元很少提傲蕾的名字，因为伤害了八斗，也就间接伤害了她的自尊心。

她摇开车窗，风灌进来。三元的批判继续："她就不该来！"

"找份工作，干呗。"八斗忽然有点同情燕燕姐，下意识地为她辩护。

三元当即反驳，"哦，找份工作，一个月工资就算一万两万，什么时候才能买得起房？什么时候才能真正站住脚？"

八斗道:"不是每个女人都必须买房。"他的观念还很传统。买房,多半是男人的责任。话说出来又觉得有歧视女性的嫌疑,纠正道:"北京没房的人多了。"

"胡扯!"三元坚决不同意。

八斗不往下说了。眼下,是姐姐自由发挥的时刻,他说什么她都不会同意。八斗理解姐姐的气恼。燕玲的返京,某种程度上刺激了三元。因为龚三元即将离京,虽然还没公布,但这事儿,她跟老公王斯理商量了不是一两年了。儿子默默要上学,他们没户口,在京绝非长久之计,深入讨论后决定壮士断腕——三元带着儿子先回省城。等一年之后,王斯理所在电商公司在老家省城建立分部,他再正式回去,夫妻团聚。也正因此,龚三元半年来都有种莫名其妙的伤感又敏感的情绪——一点就着。

短暂沉默,三元朝窗外凝望了一会儿,自言自语:"也许人家不走寻常路呢。"几秒过后,又立刻自我否定了,叹息着,"还有什么不寻常的路给她走,多大了!"

八斗忍不住接话:"没准家底厚。"

龚三元道:"她还有个弟弟呢。"

听这话,龚八斗再次忍不住联想,他是不是也拖累姐姐了呢?思来想去,除了小时候可能比姐姐多吃了几块肉,其他方面,老妈还是尽量一碗水端平的。姐姐也读到本科,只不过没有他那么幸运,一没捞到户口,二没找到有户口的老公。她跟王斯理产生了爱情,然后就不顾一切地结婚了。这些年,人前人后,龚三元没少嚷嚷着要吃后悔药,一提起来就恨恨地说:"你说我当时我脑子'我怎么'我就转不过来筋呢。"一段话夹好几个"我"字,是三元的语言风格。

八斗继续出主意:"可以找个大她十多岁的,成功人士。"

三元继续否定:"成功人士找她,图啥?"

八斗又不晓得怎么答了。的确,成功人士为什么要接燕玲的盘。大龄,无业,貌……勉强算美……但那也是多年前的印象了。说到这儿,三元又是满满惆怅:"你燕燕姐这朵花,开得是够晚的。"

八斗打气:"晚不怕,能开就行。"

三元白了他一眼："秋天才开，"口气悠长，"这个岁数已经算秋天了。"是，晚秋，都快入冬了。

八斗失笑："冬天开也没问题呀，梅花还香自苦寒来呢。我们这代人，上学上出来都快三十了，能不晚么，有几个像你和姐夫那么幸运，年纪轻轻就一见钟情命中注定了。"

三元又说："一会儿别提我要回老家。"

她的面子比天大，哪能掉地上？

"明白。"八斗嘿嘿地，十分配合。这是姐姐的痛，多少年的伤疤，不宜向外人宣泄。实际上，龚三元也不想走。只是，三十郎当岁，又在互联网公司，她不是做技术出身，干运营基本已经到天花板了，看着部门小孩一个比一个年轻，三元在年头终于下定决心辞职。她打算回省会找份踏实工作，考个编制，比如国企、高校，或者在三十五岁到来之前当上公务员，闯进体制内，养老。反正，安稳是她的目标。不过，真等开始收拾行李的时候，三元心里又不是滋味了，她不敢想象，在北京十多年了，走也说了不止一回，这回要动真格的了！北京真跟她没关系了！惆怅，北京可是她绝大部分的青春呀！

辞职的时候，三元还写了首打油诗自嘲：茫茫胡混三十年，大厂文员身也闲，奔四未晓人生味，何为辛苦何为甜？

王斯理也打过退堂鼓。上回八斗去家里吃饭，王斯理就在饭桌上对三元说："你要不想走，可以不走，绝不勉强。"三元反问："那默默呢？"王斯理道："先找个学校上着。"三元道："等高考再回去？现实吗？"求学是大事，宜早不宜晚，不能走一步看一步。

王斯理畅想着未来："说不定到时候我就发财了，咱移民，默默去美国上学。"姐夫惯于吹牛皮。他最会做ppt，还曾靠着一个ppt帮公司拿下了上亿的项目，但轮到自己家的项目，他的ppt就没什么效用了。为留不留京的事，姐姐姐夫还去求了签，是八斗开车送他们到燕郊摇的卦，得了第四签，是个"上 上 上 上中"的卦。解曰：主意拿定，立见成功。黄菊晚香，逝水回波，急流勇退之象。

奇了，可不就是个"急流勇退"，三元这才下定决心离开北京，是时候决断了。

回乡怎么安顿？八斗也不止一次听姐姐掰扯过。王斯理爸妈的意思是，默默就回老家上学，老人多少能搭把手。可三元坚决不同意，理由是，老家的教学质量不行。但八斗理解，老姐不愿意回老家定居，还有一个更深层的心理动因——从北京直接回老家，那等于站在楼顶跃下，直接拍地面上，赤裸裸地表明了她龚三元北京生涯的失败。不说别人笑话，她自己都无法接受。如果可以回省城，教育水平是一方面，另一方面也算有是个缓冲，从楼顶下来，还没直接落地，好歹在中间待着，比上不足，比下有余，三元心里舒服点。事实上，在老家人面前，她龚三元还有点优越感的，她不允许这种优越感，猛一下消失得那么彻底。更何况他们在省城还投资了一套小房子，虽然不是顶级的学区，但也算中游了。

龚三元摇上车窗，拧开一瓶水，突然问八斗："车皮，你见过燕玲没有？"车皮是龚八斗小名，三元给取的。他小时候爱玩自行车轮胎。

八斗说有点印象。

三元道："还有她那个八竿子打不着的妹——笑笑。"

八斗不说话。对冯一笑他当然有印象，但故事停留在过去。既然过去没跟姐姐提过，现在就更不适合提。八斗道："你们三剑客，又聚齐了。"

三元沉默以对。三剑客中的另一位——吴屈梦，是她不太愿意提及的。中学时代，她们仨关系最好。后来，吴屈梦去了省城读本科，三元和燕玲去了某二线城市。屈梦的研究生是在北京读的。吴屈梦结婚最早。毕业时遭男友背叛，她转身就找了李骥。爱情，呵……三元觉得屈梦嫁给李骥是谈不上爱情，不过各取所需。她就不一样了，她跟老王是实打实的爱情，一见钟情。天雷地火、干柴烈火、黑灯瞎火……光这一点，就够她骄傲半辈子。

正因此，离开北京的消息就更加不能现在透露给闺蜜们。人总是下意识为自己的处境辩护，燕玲回京了，那一定说北京好。屈梦就更不用说了，人现在都住叠拼了，北京是她的发迹地。她龚三元的离开，注定在她们眼里是"政治不正确"。有争议的话题不谈，不该问的不问，这是三元为人处世的准则。都是成年人，冷暖自知，说一千道一万，还是各过各的日子。

八斗见姐姐不接茬儿，他也就不继续往下问，扭开音响，让音乐充满整个空间。不大一会儿，三元又把声音扭小了。显然，三元还有话要跟弟弟说。

她凝望着弟弟，欲言又止。八斗用余光捕捉到老姐的情绪变化，他有心劝姐姐，但又不知道从何劝起，因为一旦劝说，就等于承认了老姐北京生涯的"失败"，等于不给姐姐面子。

憋到时候，三元终于说话了："车皮，其实姐每一次想到你的事，就特别矛盾，我既希望你像你梦姐那样，"咽了口唾沫说，"又怕你成那样。"

姐姐的"相对论"八斗显然没太听懂，他嘴巴微微张着，仔细开车，坐等诠释。

龚三元继续，自我阐释自问自答："像她那样挺好，一站到位、一步登天，结个婚啥啥都有了，少奋斗几十年，将来咱家在北京也算有了点根基，"说到这儿，三元停顿，跟故意抖包袱似的，声音小而迟疑，忽长忽短，跟蚯蚓爬似的，"可问题是……那……能舒服吗？能过得好吗？肠子……能撑开吗？得受……多少气呀！"眉毛一提，"我可不舍得我弟受气！"

说这话的时候，三元恐怕忘了八斗在傲蕾那的失败。本地人大抵是看不上她这个弟弟的。或许，因为八斗现在有了户口，工作稳定，三元的信心也增加了。

八斗无奈叹息，不多言不多语。三元这段感叹的核心目的主要是埋汰吴屈梦，他找对象还在其次。可三元却仿佛自己气着了自己，坐那儿百般不自在。

八斗只好说："姐，没事，反正就跟着感觉走，无为而治，撞到啥是啥。"

三元当即否定："那也不对。"吸口气，"咱不攀高，但也没必要俯就，就往平了找，得有个差不多，过去是高门嫁女，低门娶亲，现在虽然不至于这么严格，但也不能做亏本的买卖。"

八斗嘿嘿一笑："啥高了低了的。"

龚三元乐得开百家讲坛："高门嫁女，意思是，女儿得往高一层的家庭嫁，得稍微高攀一点，得够着。"她比出个猴子攀高的手势。

八斗故意问为啥。

三元没立刻解释，继续适才的讲演："低门娶亲，是说男人找老婆，得往低了找，别找那种门第比自己高太多的，那样结了婚只能难受。"

现身说法。八斗当初找傲蕾，就属于"高门娶亲"，是大忌。八斗还要问。三元用话拦住他:"那是因为过去男尊女卑,在家庭中,男人的地位要比女人高一点,高门嫁女,低门娶亲符合这个规律;现在妇女地位提高了,但也大差不差,男人要在家里支棱不起来,这个家也难受。"

八斗打趣:"姐,那你属于?"

三元说:"我这属于门当户对,不高也不低。"突然又叹气,"不过这么多年下来,变高不成低不就了,"恨恨地又说,"我们家就是没人提点!都不长心!要倒退十几年,我也往上够够,我也人间富贵花,哪至于像现在,累!"

八斗任由姐姐抱怨过去。三元的这些观点,八斗认为不是全无道理。但他还是觉得结婚,感情应该放第一位。可偏偏姐姐还喜欢给他灌输一种观点,那就是现在这个时候找爱情,太难了!约等于见到"鬼"。她一说起来就老滋老味地:"不是读书的时候啦,谁单纯?没有单纯的!更别说在北京,像我跟你姐夫这样的还能有多少?"

每次提到她和王斯理的爱情,三元都有点像在演老家的传统戏,所有的表情动作都夸张一倍,生怕领略不了其中的滋味。不过也好,现实点有现实点的好处,丑话撂前头,谈妥了,以后好过日子。姐姐教训着八斗。他约略清楚姐姐的习惯,她最喜欢引蛇出洞,你一旦放松警惕,发表了观点,不管是正面说还是反面讲,她都会批判。

车缓缓进入站前地下的停车场。

停好,姐弟俩下了车,往出站口走。八斗不明白,燕燕姐回北京,为什么冯一笑不来接,她才是燕玲的亲戚。虽然论起来没有血缘关系,但那也是亲戚呀!或许是忙,或许是燕燕姐觉得,与其在亲戚面前"出丑",还不如让闺蜜见识狼狈。

准点,车到站了。电子牌上开始显示车次,三元向前走了几步,伸着脖子,八斗站她后头。三元回头,"注意看着点。"八斗唔了一声,可他真不记得燕玲长啥样,多少年没见了。

人开始往外出。三元东瞧西看,始终没在人流中瞅出闺蜜来,打电话发微信都没回应。急人!

人流渐渐稀了,还是没燕玲的影儿。

八斗试探性地问:"不会给错车次了吧?"

三元仔细研究："没错呀，G3215，就是这班。"又等了一会儿，三元不停地打电话。燕玲接了，说稍等马上。约莫过了十五分钟，张女士终于出来了。远远瞧去，中等身材，瘦削女子，掉到人堆里找不到那种。她跟蹚水似的，深一脚浅一脚地往出站口走。走近了才发现，左脚光着，只穿了一只鞋。

三元接过行李，惊诧道："鞋呢？"

"掉铁道缝里了。"燕玲据实相告。

"就带一双呀？"

燕玲点头，默认。她走得匆忙，基本等于落荒而逃，没有备用的鞋子。

"让他们给你拿出来呀！"三元心疼鞋。

"来不及了，后头还有车进站，我怕你等，"燕玲还算镇定，说："走吧。"她不介意。本来就是"逃难"，还什么里子面子。

她抬头瞄了瞄八斗。

三元方才介绍说是她弟，车皮。又转向八斗："燕燕姐。"

八斗应声叫人，跟着叫燕燕姐。

燕玲笑说："都长这么高了。"一副大姐口气。三元轻拍她，说瞧你这话说的。八斗点点头，喉管里发出点声音，算是回应了。燕玲一下把自己推到长辈位置，弄得他也不晓得说什么好。

燕玲迈步，三元制止："光脚走呀。"

燕玲幽默地说："不挺好嘛，光脚的不怕穿鞋的。"

八斗插话："车里有双拖鞋。"

三元看弟弟，又对燕玲说："这走着多凉，别沾地！"

燕玲说自己能走，三元死活不答应。八斗给面子，当即要脱自己的鞋给她。龚三元道："那你不就光着了嘛。"八斗一时没领悟姐姐的言下之意。三元没耐性等弟弟领悟，直接下命令，说让八斗把燕玲背到车里，这可惊到了燕玲，怎么也不愿意。但不行啊！三元才是大姐大，一言九鼎，更何况来者是客，客得随主便。燕玲推脱了一番，最终还是趴到八斗的背上，由小弟负责运输，把她搬运到车里。三元笑着"说文解字"："车皮车皮，拉了一车皮，天生就是搞运输的料！"八斗发窘，好在身体佝偻着，五官只需对地面，没人瞅见他红胀的脸。

2

　　八斗的黑皮拖鞋燕玲穿着有点大，但情况特殊，先凑合着。从后视镜看，她两腿并拢，脚也端端正正摆在一处，坐姿很淑女。三元倒是四仰八叉，一派主人似的放松。

　　一时无话。

　　八斗忽然意识到，自己的存在，多少影响了姐姐和张燕玲的交流。法不传六耳，好多私语是不适合他在旁边听的。

　　车往姐姐家开。王斯理去西安出差，默默被送回老家，家里暂时就三元一人。这也是龚三元对张燕玲来京格外热情的原因之一。正寂寞着呢，有朋自远方来，不亦乐乎。何况人家保不齐还能带来点下饭八卦。

　　出于礼貌，燕玲简单问了八斗目前的状况，无非是做什么工作，在哪生活。八斗还没顾上说，三元便抢答了。她说车皮现在是公务员，一个月万把块，旱涝保收。燕玲说那很好，没往下细问。八斗当然明白姐姐这是只说好的不说坏的，虽然都是为人民服务，但也有三六九等。在部委工作，跟他这种郊县工作的，差距还是很大，尤其是自我感觉上。

　　张燕玲问："户口落北京了？"

　　三元呵呵笑道："现在小孩都拎得清，哪像我们那时候，光顾着理想了，那'村官'，我都不稀罕去，结果呢，傻眼了吧。"

　　燕玲道："没考虑下一代。"

　　三元手拍到闺蜜大腿上："你说得太对了，"又叹息，"真怕默默以后恨我。"

　　一提到孩子，三元有点惆怅。燕玲和八斗连忙合起伙儿来劝她，儿孙自有儿孙福的话都用上了。三元惆怅了不到两分钟，精神又恢复了。她突然问燕玲表嫂的堂妹冯一笑的情况，都在北京混，过去老听燕玲提。燕玲说笑笑忙得假都请不了，说要来接，可人在大兴，我说算了，你三元姐来。

三元问:"她知道我?"

"谁不知道你,大名鼎鼎。又在一个行业,她问过几次,还说你做得好。"燕玲奉承着。听到这些,龚三元不禁得意,转而,又有些失落,她是做得不错,可惜已经辞了职。

一切都是过去式,前途茫茫。

三元还在出神,燕玲随口问她今儿怎么能请得了假。三元原本想撒谎,说自己是老员工,时间上没那么紧。但想了想又感觉没必要,纸包不住火,而且也不算什么丢人的事,于是索性提着气:"辞了"。

车颠了一下。

燕玲不吭声。八斗嗓子干,拿水喝。三元又自顾自解释道:"干到什么时候是头儿,还是想找个稳定的。"

张燕玲笑眯眯地说:"也对。"话题就不往下走了。

"跟老屈联系了吗?"三元侧过身子问。

八斗顿时明白,这又是姐姐出的考题,引蛇出洞的法子。说不联系,似乎说不过去,说联系,又必须给出解释。既然是三元来接的人,那她龚三元的重要性就必须超过任何人。吴屈梦也不能例外。八斗用余光打量燕玲,等着看她如何应对。所幸燕玲还算自然,动了动脚,两手叠在一起:"之前提过,具体日子没告诉她,老屈忙,住得又远,跑过来不方便,而且就怕……"燕玲欲言又止,三元抓住她手腕,眼睛睁大了。

八斗不懂什么意思,闺蜜俩却心照不宣。

三元伸出两根手指晃了一下。看到燕玲眼神定定的,她才嘴巴张老大,大惊小怪地说:"不会吧?!"

燕玲莞尔,"这不很正常嘛。"

"正常吗?"三元反问。

"就是辛苦点。"

"我天妈呀……真成那啥啥了……"难听话不说出口,但都懂。燕玲抿着嘴,聊到这儿,八斗才大概明白,又说生孩子的事,没准还是个二胎。八斗知道,姐姐是坚决反对二胎的。姐夫王斯理抱怨过几次,说嫌一个孩子太孤单,还想要。有一回还在饭桌上借酒装疯,直接对默默说:"让妈妈给你生个弟弟好不好?"三元毫不留情,直接顶回去:"要生你生,生了你自己养!"斯理闭嘴了。

事实上,他们也确实没有条件,老家省城虽然有个小套,但还背着房贷,再生个孩子,咋整?一个娃就是一台碎钞机,而且那个老难题也阻挡了三元生育的信心。再生一个,照样生不出北京人。

车开进小区,八斗又帮着把行李拎上楼。三元让他歇会儿,八斗却很识趣地撤了。他不能再耽误她们的时间。车刚开出小区,还没上主路,三元的电话又来了。挂了电话,八斗又开回去接三元。

临时有任务。

王斯理的亲姐,三元的大姑子王斯文到北京南站了,而且是"突然袭击"。姐夫不在家,龚三元不好意思不去招呼。

当着亲弟的面肯定是要吐槽的。也只有在雷打不变的自己人面前,龚三元才会那么肆无忌惮。这么多年,她跟王斯文的战争就没歇止过。不过三元得意的是,无论怎么比,她始终是占据上风的。别的不说,光就她在北京混这条,就能碾压王斯文。

遗憾的是,三元唯一的骄傲如今也摇摇欲坠了。她马上就要回省城,搞不好还要跟斯文为伍。毕竟斯文在省城混了几年,人头、路子都熟,平日里再不和,毕竟是亲戚,总比外人强点儿。斯文也是这几年才起来的。不是因为自己有能耐,而是因为她丈夫严尔夫中年得志,一路从市建筑设计院升到省里。斯文跟着鸡犬升天、水涨船高,说话口气都大了不少。

不容易。混了半辈子,终于成"诸侯"了。

但三元烦斯文。烦她的骄纵、自私,连带也埋怨公婆永远宠着这位不着调的女儿,让斯理吃了不少亏。有斯文对比着,斯理一方面显得忠厚、仁义,另一方面,又显得那么无原则。

没办法,斯文再坏,永远是姐姐。

三元"抱怨"的还有斯文的婚姻,她始终不理解为什么严尔夫这么一优秀男人(除了长相),会被王斯文吃得死死的。她有什么,不就是个中学英语老师嘛!教学质量还不咋地。她有长相吗?黑胖矮,女儿蓓蓓多半也被她带跑偏,五官组合得像一出爆笑喜剧。贤良淑德,她王斯文占哪条儿?没有!

唉，或许人家上辈子积了大德！

车厢里，三元喋喋不休着："我跟你说肯定是来上新东方的，净整些没用的，还真能上北大清华、哈佛耶鲁？"

八斗微笑聆听，认真开车，时不时附和两句，燕玲不在，他必须承担起捧哏的责任。

三元痛心疾首地说："别看现在人模狗样，根儿上还是农村习惯！永远不知道什么叫提前打招呼！永远不知道什么叫尊重别人！你弟不在，你自个打车不就完了嘛，省这几毛钱能发家？非要大张旗鼓，不占这点便宜她难受！你说我跟你见了面我说啥？夸你？夸蓓蓓？合适吗？一身的毛病，我下得去嘴吗？"

余光再次掠过，姐姐的面目有点狰狞了。不得不说，这两年，三元的面相越来越不美了。尽管五官单拎出来都还是美的，但组合在一起，怎么都无法形成合力。胶原蛋白流逝了，三元的脸寡淡得像一碗清粥。尤其嘴唇，越来越薄，偏偏她抱怨越来越多。不满意的太多，喜欢撇嘴，导致现在三元的嘴型呈覆盆型，苦相。

"走个过场呗。"八斗劝道。

三元大出一口气，跟着就万籁俱寂了。她要眯几分钟，养精蓄锐，准备战斗。不过等见到斯文和蓓蓓，三元的演技立刻又在线了。刚才还把人吐槽得一无是处，一转脸竟夸成一朵花。八斗更加不理解女人了，尤其是那种结了婚的中年妇女，她们每一位都是杰出的政治家，有着高超的外交手腕，时刻都能充分演绎什么叫口是心非，笑里藏刀。

三元虚假的热情很快就被斯文开门见山式的坦白打断了。龚三元空着手，拎行李的任务交给八斗。斯文和女儿蓓蓓意气风发行走着，充满了主人翁气势，雄赳赳气昂昂。三元问斯文要不要吃饭，斯文也不客气。三元便领着去饺子馆找位子坐。

点好餐。八斗抢着付钱。

斯文依旧不客气，任由八斗尽地主之谊，然后才轻描淡写来了一句："我来北京了。"

三元愣了一下。

八斗心想，这不废话么，你是来北京了，到站了。或者，这只是王斯文的一次感慨，有点类似于登上长城经常会有的抒发——啊！北京！

谁知王斯文又说了一遍："我来北京了。"语气很平，现在完成时，有点示威的意思了。

龚三元微微歪着脖子，怀疑状，愿闻其详。

斯文毫不客气，肚子的话顿时一股脑儿倾吐而出，跟啄木鸟似的："真不想来，真没办法，总不能让尔夫一个人在这儿吧，孩子户口也解决了，学籍也解决了，我来了也得工作，还是干老本行，我倒要看看，北京孩子就那么难教？我们那教学质量其实比这儿强……"

头疼。

真相大白了。

王斯文来北京了。严尔夫是高级人才，哦不，何止高级，人家是来北京总部当副院长的。那他亲爱的老婆、女儿自然得跟着，户籍学籍问题由组织解决。而且，他们还分了一套房，价钱低的在北京普通商品房面前几乎可以忽略不计。

总而言之，两口子捡了大便宜。

八斗能感觉到姐姐的悲痛。本来她龚三元是王牌军，怎么突然就被王斯文的小米加步枪一举超越了。

"好事。"三元牙缝里就蹦出这俩字，然后就瘪了。

接下来的行程对三元来说根本就是一场折磨。斯文要求把车直接开到南四环她那个新家。然后，仔仔细细介绍了新家的各个房间，所处的地理位置以及当前的市值。

三元站在一旁聆听，简直像被凌迟。

这是她在京奋斗了十年未曾得到的。八斗看出姐姐的失落，他想安慰，可又觉得什么话都是徒劳。

直到车子重新发动，八斗才虚弱地说了一声没事儿。三元似乎被打倒了，连骂斯文的兴致都没了，她只是呆呆坐在副驾驶位置上，目视前方，失落得仿佛考试没答完考卷。

八斗又叫了声姐。

三元没动静，好一会儿，才突然转头。

八斗怕看她那张脸。

"不走了。"三元突然说，斩钉截铁地。

八斗愣了一下，才反应过来，问："姐夫同意吗？"

三元道："他自己都不想走，不然去年就回省城了。"停顿一下，带着气反问，"凭什么我走？"

"默默呢？"八斗问。

"再想办法。"三元很镇静地说，"不走了。"又说一遍。说给八斗听，更说给自己听。她握紧拳头，随时都能捣出一拳似的。她要跟生活继续搏斗，而不是轻易缴械投降。

八斗唔唔。

"我就不信了……"三元咬牙切齿地念叨着。

八斗明白，接连两个刺激，姐姐恐怕暂时不会离开北京了。虽然他的确觉得三元的决定太过鲁莽，可姐姐的脾气他知道，一旦做了决定，你反对或者不反对，她都会一意孤行。八斗不愿意做这个坏人，姐姐要留京，他只好举双手支持。车开到一半，三元给燕玲打了个电话，确定晚上在家吃。三元让八斗一起，八斗婉拒，他已经叨扰太久，不想耽误姐姐和燕玲大发感慨、抱头痛哭。

3

燕郊这地方龚三元过去是瞧不上的。它紧挨北京，跟通州一河之隔，许多人晚上在这睡觉，白天去北京上班，它是北京的"睡城"，然而又不属于北京。它是河北省三河市的一个镇。三河和香河、大厂一起被称作"北三县"。

不是北京的北，是河北的北。这三个河北省的属地，被北京和天津团团包围着，脱离了河北的母体，前不着村后不着店。它仿佛夹在两个大城市之间的一片云，风一来就吹走了，也像寄人篱下的孩子，永远低人一等似的。

三元讨厌这种感觉。

因为没户口，她和王斯理在北京始终没能"名正言顺"。如果买了燕郊的房，那等于把这种情况"坐实"，对自己都没法交代。

现在没办法，形势逼人强。她龚三元铁定是不走了。她跟斯理表明了态度，斯理支持。于是，燕郊就成了退而求其次的选择。

在燕郊买房子，儿子默默就在燕郊上学，他们大不了在北京河北来回跑。依旧在北京工作，也算力挽狂澜。王斯理提议，说要不把妈接过来看孩子？

说的是他亲妈。

三元否定了这一方案，就算婆婆同意，斯文也不会同意。三元太了解大姑子了，王斯文绝对不会允许自己亲妈受这累，哪怕是带亲孙子！何况斯文现在飞黄腾达，怎么允许亲妈给她龚三元做老妈子，不可能！

至于自己妈姜兰芝，三元觉得更不适合。姜兰芝身体不好，根本不具备带孩子的基本条件，而且故土难离，她来北京都过不惯，更别说燕郊。算了，还是自己带吧。

主意定了，跟着就是看房子。大周末，三元约了中介，让八斗开车，往燕郊去。她还叫了燕玲。闺蜜俩同是天涯沦落人，惺惺相惜。

跟燕玲是一回生二回熟了，八斗不怵头。结果开车去接人，张燕玲上来了，车刚要走，三元说等会儿，还有个人。

几分钟后，冯一笑上车了。

八斗头皮一下就麻了。

冯一笑伸手，自我介绍，落落大方。

八斗握了握，蜻蜓点水似的。

显然，姐姐们还不知道他跟一笑的前缘，那一段不为人知的历史，跟个魂儿似的——考研期间相识，坐过同一班火车，后来八斗高中（第四声），一笑落榜，他还帮一笑在校外找过床铺……那个暑假，八斗可以说跟冯一笑走得很近了。他们有亲密互动，很亲密很亲密那种。确切地说，八斗的"第一次"交代给一笑了。本科时代的感情故事仅限于暧昧，她是他第一个正儿八经谈过的女友。但冯一笑显然不打算把未来压在他身上，他只是个穷学生，学费都是找学校贷款的,学习起来不要命,因为生怕错过了那点可怜的奖学金。现在回想起来,八斗感觉自己当初是不是太抠门了,他几乎没正儿八经请一笑吃过饭,最豪放的一顿,不过是学校的员工餐厅,点了一盘红烧肉,火候过了头的那种,肉丁切的很小,黑不溜秋的。

太抠的男人是没女人要的。

冯一笑曾经也是个考研党,不过那个夏天过后,她就迅速撤退了。他们心照不宣地分了手,仿佛做了个无痛人流。只可惜说起来是无痛,但痛苦却延续了很久很久。那几年,八斗经常在梦中哭醒,多半做了跟冯一笑有关的梦,可醒来了他却不愿意承认。舍友问他,他就说是武打片,或者是考试找不到考场,所以急哭了。

八斗有冯一笑联系方式——QQ号。多可笑,他们的关系还停留在QQ时代,跟化石差不多。一笑的头像永远是灰的,好像再没上线过(不排除永远隐身)。后来八斗从一个共同的朋友那听说,一笑找了个本地男友,再后来连朋友那也不出消息了。

八斗找了傲蕾,当然毕业前也分手了。他一怒之下机缘巧合地留在了北京,开始了新的篇章。

眼下,魂儿还阳了。阴气太重,八斗打了个冷颤,好像冯一笑真就是个女"鬼",而他是书生。敌不动,我不动,八斗只好闭紧嘴巴,认真开车。不对,会不会是两位姐姐设的局?主要目的是看房,顺带相亲?老姐对他的终身大事一直操心。可问题是,你冯一笑应该拒绝呀!好马不吃回头草,既然当初没选择,何必现在还来相对。当然,如果这种假设还成立,就说明冯一笑目前单身,啧啧,想到这儿,八斗又有点为一笑难过,多少年前就处心积虑,结果呢,现在还没把自己嫁出去。

车厢里,女人们喋喋不休着。一来二去,八斗也大概听明白了,燕玲从三元那搬走,暂时住在一笑那儿,冯一笑租的房子。

讲到买房,三元开玩笑:"笑笑,不搞一套?"她自己也打算考虑燕郊,那燕郊的房子就个顶个好,连带燕郊也大有前途。冯一笑语迟。

燕玲帮她答:"她哪有钱,月月光。"

三元戳破了:"别小看年轻人,一笑工作也不少年了吧,手里头还能没点存款？"

冯一笑微笑，并不打算透露老底，况且她也不年轻了。

燕玲现身说法："我工作也不少年了，还是一穷二白。"

三元道："你不愁，还有希望。"嗤嗤笑，"只要没结婚，都还有可能性。"

燕玲道："约等于零。"

一笑插话，义正词严地："靠谁都不如靠自己。"

三元愣了一下，转而笑说："有志气。"

靠谁都不如靠自己。这话，八斗怎么听怎么觉得像说给他听的。可再琢磨琢磨，跟他有什么关系呢。他连个被靠的机会都没有，只不过冯一笑这话听着也像负气，恐怕这些年没少吃亏，对男人失望，才转而自强。

空气陡然有点僵。

八斗自觉有义务为老姐解围，回头问："冯小姐现在在哪儿工作？"

姐仨顿时又笑了。

燕玲道："别冯小姐了，就叫一笑。"

三元着急："你说咋办？老实头一个，笨嘴拙舌，到哪找对象。"

燕玲说："车皮靠谱。"

冯一笑道："元元姐，北京女多男少，像你弟这种肥肉，只要往大街上一抛，指定哄抢。"

她叫他弟，八斗不舒服。女人把男人看成弟，那约等于没把他当男人。

三元笑得前仰后合："别被哪个野鸡叼去就不错了。"

被女人们这一通分析，八斗的火从脖子直烧到耳朵尖上去。

到了燕郊，女中介带看，嘴上跟抹了蜜似的。三个小区连着看了五套，三元都不置可否。八斗明白，姐姐这是不满意，或许在内心深处，龚三元压根儿还没接受燕郊这地界儿，连带着房子也瞧不上眼。

女中介被折磨得没脾气，脖子伸得老长，问："姐，您主要不是就是想要学区嘛？这儿合适。"龚三元问："这小区住的都什么人。"中介答："五湖四海。"三元又不作声了。燕玲打圆场："还有俐亮点的吗？这小区密度太高。"

女中介只好耐着性子,继续带着跑。到一处密度低的小区,紧靠潮白河,过了桥就是北京地界,三元又嫌太偏,孩子上学不方便。楼上楼下跑了几圈,燕玲、三元都跑出尿来了。中介服务到底,带着去找厕所。

房间里只剩八斗、一笑俩人。

一个站在太阳地里,一个站在太阳地外。一时尴尬,八斗也不晓得用什么话来填补。

一笑倒先开口了:"我姐非让我来。"

解释就是有故事,她这些年不知道历经多少沧桑呢。

八斗干笑两声。

一笑又说:"你是不是特得意?"

八斗用豪爽掩饰慌张,分贝都大了:"我得意什么?"

一笑道:"你肯定要想,哼,这个冯一笑,眼睛长在头顶上,混了那么多年,不照样还是得找我。"

八斗道:"冤枉,我可是一点儿这想法都没有。"

一笑哂笑:"你倒想有,可惜我没那意思。"

话说得很白了,冯一笑在置气。她在怪他?怪他这么多年杳无音讯,不够积极主动,导致错过了大好时光?还是怪他当初不坚持留下她,间接制造了她的坎坷?一瞬间龚八斗脑子里生物大爆炸。

"那正好,"八斗从太阳地里走出来,"咱就把今儿当成是他乡遇故知,老朋友聚会,没压力。"

一笑笑不嗤嗤地:"咱还是朋友吗?"

"当然。"

"那这么多年连个影儿都没有。"

果然提到这茬儿了,她还在恨他,恨之入骨。但现在或许从这恨里,又生出点希望,跟朽木上长出蘑菇似的,就怕是毒蘑菇。

"不是没有联系方式嘛。"八斗解释。

"真想联系还是能联系上的。"

"你是怪我了。"八斗逐渐放松,手能插到裤子口袋里了,一只鞋头立着,绅士状,"我以为你不在北京。"

冯一笑提着眉毛反问:"在你眼里,我就那么无能?"

"不是那意思。"谈岔了。

"告诉你个秘密。"

"那还是别告诉我,我不能保证保密。"八斗突然幽默起来。

冯一笑自自然然地:"我跟男朋友分手了,也不打算再找,以后就一个人过。"停顿一下,"所以请你放心。"

信息量太大,八斗发蒙,他站在那儿,跟被水泥浇了般。他觉得冯一笑这话一半真一半假,分手可能是真的,这种事怎么好开玩笑。但说今天来完全没目的,恐怕是假的。如果一点想法没有,那就没必要来,毕竟燕玲和她都不打算在燕郊买房子。

还是老毛病,嘴硬。

八斗刚想劝一笑别那么悲观,燕玲和三元进来了。龚三元瞪着两眼:"谁分手了?请谁放心?"她耳朵尖,人家又八卦,不肯放过大料。

冯一笑大大方方地:"我,我分手了。"

三元更惊奇,这下看的是燕玲。显然,闺蜜并没有把这个关键信息告诉过她。燕玲发窘,走到一笑旁边,拽起她的胳膊,埋怨:"说这干吗?"不过这层窗户纸一挑破,龚三元看房子的兴致就更低了。

为了增加这趟燕郊之旅的价值,三元请求一笑如果有合适机会,帮她内投个简历。一笑在大电商企业工作,算是事业小有所成。不过,等燕玲一笑一下车,三元就立刻敲打弟弟:"我看这个笑笑,不简单。头几年地里就听说都要结婚,怎么又分手了,"咽唾沫,"怪道燕玲非要带她来,"严肃地看着八斗,"你小心点,我看她是有目的。人家不要的,你可别上赶着接着。"

八斗不喜欢这种说法,长长地叫了一声姐。

三元谆谆教诲:"就得找那种家里手头有资源,对你事业有帮助的。"又嫌弃地,"月月光,还得了!"

三元会相面,看两眼,就能判断穷富。在她眼里,冯一笑这种自命不凡的穷女人,实在不是什么绩优股。

八斗不得不承认,在内心深处,他和姐姐的想法不谋而合,只是在面对一笑的时候,现实的壁垒上却悄悄裂了一条缝儿。

他发觉自己还是讲感情的。是嘛,人心都是肉长的。

八斗反问:"姐,你那时候,怎么不按这标准找?"

"我傻!"三元猛灌一口水,"前车之鉴,一定吸取教训!不光要为自己想,还得为子孙后代想想,人活一辈子,光为自己,不行!光为别人,也不行,要找折中点。"

八斗想说自己还没想那么多,但话到嘴边又停住了。当着姐姐说这些,多少有点"大逆不道",没准又引出"几代单传"的训诫,实在没必要。

三元继续分析:"这一笑也是,年纪轻轻谈了多少个了?我光从燕玲那听说,就不下四五个。"

八斗一激动,嘴一秃噜:"她就没打算再找。"

三元抓住了:"你咋知道?她告诉你的?"

八斗嘴一瓢:"乱猜的。"

三元道:"嘴上说的跟心里想的,未必一样。"停顿一下,又说:"也挑到时候了,多大了!再耗下去,真没人要了。"八斗嫌姐姐话说得难听,他岔开话题,不让姐姐再犀利下去。念头一转,八斗观照自身,又觉得自己有些可笑,分开那么多年,内心深处,他依旧维护一笑。

4

一年当中,吴屈梦最愁的几个节点,除了农历新年、爷爷奶奶的忌日,就是丈夫李骥和大姑子李骐的生日。李骥倒是无所谓,可李骐的心绪却难以捉摸。有一年过得皆大欢喜,还有一年,她全程臭着脸,婆婆说她两句,人直接摔脸子,闹得整个家好几天都不愉快。

吴屈梦为难的是,每到生日临近,她婆婆也会明里暗里点她一下,言下之意,还是要有点仪式感。

这就难办了。

夹在婆婆和大姑子之间,问不是,不问也不是。自从嫁入李家,吴屈梦的人设一直是隐忍的儿媳妇、平和的媳妇、知趣儿的弟媳妇。因此，即便是跟丈夫李骥说话，她也要用"春秋笔法"，采用"赋比兴"的方略，循循善诱。

比如要问大姑姐生日的事，她会先不经意问李骥："今年生日，你还过不过？"李骥说无所谓。吴屈梦追问："那大姐呢？"李骥道："那得问她。"吴屈梦不出声，光顾着端洗脚水。李骥明白了，自告奋勇地："我问吧。"吴屈梦迟疑地："直接问不好吧？"李骥撂下脚布，"那谁是她肚里蛔虫？"吴屈梦不失时机地："要讲策略。"李骥求教。

吴屈梦道："你就说你要过，请她莅临，一起热闹热闹。"这样就显得不是主要给她过，但实际上，姐弟俩是龙飞胎，出生间隔不过几小时，也就一并过了。

这个主意好，李骥同意了。

说起来真心难。按说一个娘肚子里生出来的，又是一个时辰，怎么姐弟俩差距就那么大呢。李骥是成"龙"了。三岁看老，是读书的料，一路念到博士，毕业后靠自己进了科研院所工作。

李骥为人，平易谦和，性情稳定，除了长相欠点儿，其余真没什么短板。

李骐呢，很遗憾，没能成"凤"。选了个万金油专业，混了个大专，毕业后换过好几份工作，慢慢年龄大了，爹妈受不了，找关系把她塞进某文工团，李骐的脾气阴晴不定，再好性儿的人，跟她都很难相处。开始吴屈梦觉着，主要是因为她一直没结婚。进门这两年冷眼旁观，弄明白了，别说结婚，就是恋爱，恐怕李骐都没谈过几回。

当然，李骐也不是没优点，她有一头秀发，老李家祖传。他家人头发都黑，都密，李骥搞科研这么些年，头顶上还跟热带雨林似的，李骐更夸张，头发一大把，垂到屁股根儿。每次洗头恨不得用半瓶洗发水。不过她的长相就有些一言难尽了，属于那种五官拆开来都很标致，但组合在一起，却有点说不出来的喜剧效果。

这种感受吴屈梦见她第一面就有，但即便在丈夫跟前她也没表达过。李骥也是这"毛病"。姐弟俩的面孔，一个是相声，一个是小品，都能把人逗乐——幸亏是这样，否则大概也轮不到她吴屈梦来帮李家改善基因。

关键她一出马就立竿见影——儿子皮皮随她，怎么看怎么舒服。

李骐的婚恋观也有问题。

比如她经常挂在嘴上的一句话是："我就得找个镇得住我的。"吴屈梦打心眼里认为这话根本就是扯淡！别说没本事的男人，就是真有本事的男人，人闲着没事镇你干吗？人找个贤妻良母，或者对自己有帮助的女人不好吗？镇你有奖金发吗？说白了，李骐就是太强势！太自我！年龄不小，才学不高，样貌没法挑，唯一能拿得出手的就是家庭……当然，心中这些碎碎念，吴屈梦一个字儿也没往外透露过。

她拎得清。

女儿、姐姐再糟糕，那是亲人；儿媳妇、老婆再好，也属于半个外人。屈梦在这个家的策略是坏话不说、废话少说、好话多说。再加上又生了儿子，所以她的婆媳关系、姑嫂关系都还算处得不错。婆家待她不薄，毕业就帮忙找了工作，带户口的那种。生了儿子，就把郊区的别墅正式给小两口住。屈梦生活的主题，就是把孩子带好、孝敬公婆、辅佐丈夫、安抚大姑子。她那份食之无味弃之可惜的工作，多半只是为有个地方交社保，有个社会身份罢了。

李骐出马，骐姑娘今年行了方便，决定参加弟弟的生日会，连带也为自己庆祝了。但谁也没想到，真到那天，一家子都在饭店包间里等着，左等右等不来。

婆婆问屈梦，跟骐骐说了吗？

吴屈梦忙说打好招呼了，又暗暗给李骐使眼色。李骐要出去打电话，他爸吼："就在这打。"老爷子军人出身，底气特别足，脾气也大，虽然一贯惯着女儿，可这么大年纪不出嫁还如此任性的小女，他也不愿意继续给自己加滤镜了。

李骐当着大家的面拨了，骐姑娘回绝的理由很正当——单位加班。

屁话。

自打她参加工作，加过几次班？可二老不明白的是，为什么女儿现在连生日也不高兴过了。从小，她最喜欢的就是生日，还要吃从新侨饭店定的那种蛋糕。谁得罪她了？她哪里不痛快？

琢磨来琢磨去,她老娘归结为骐姑娘也嫌自己年纪大了,不愿意面对年龄。再往前深究,老人又开始犯愁了,这么大丫头,留家里也是个闹腾。可周围能介绍的人都介绍光了,相亲网站她不愿意去,那就再无资源。

公公和李骥去洗手间,婆婆见缝插针问吴屈梦:"你那要有合适的,多留意。"

屈梦连忙应承。

过去,婆婆是不会说这话的。虽然婆家不是纯土著,是从部队口下来的,男的认识不少。头十年里谁都不求。说句不好听的,头几年里,不是她吴屈梦手里没人,而是婆家压根瞧不上她手里的资源。如今山穷水尽,她这块贫瘠的土地也被惦记上了。

屈梦当然甘愿出力,有面子。但问题是,她手里那些个"资源",这些年也都纷纷有了着落,名草无主的真不多,而且婆婆不想让女儿找离过婚的,那就更少了。

吴屈梦绞尽脑汁,终于想起八斗来。

她先跟三元通气,把李骐往花里夸。三元呢,觉得吴屈梦靠嫁人踏出一条天路来,若八斗按图索骥,没准能青出于蓝。

两个人一致认为,这事儿绝不能一蹴而就,而应徐徐图之。

屈梦跟三元交换了照片。

三元道:"头发不错。"

吴屈梦回复:"他们老李家人儿,别的不敢说,身体好是真的。"又补充,"肾好。"

三元发六个笑脸。

屈梦不敢擅自做主,拿着照片,到婆婆那出示了,又把龚八斗的情况一一汇报。

婆婆端着茶杯,幽幽地:"能挤进来的,都还算优秀。"

一锤定音,有戏,跟着屈梦就忙起来了。她跟李骥商量,看怎么把这帮人捏起来。

李骥建议给儿子办生日宴。

虽然阳历的办过了,但阴历的还有几天,屈梦征求了婆婆的意见,最终把场地订在水长城脚下的酒店。叫了几个搞摄影的朋友,名为过生日,拍红叶,实则是给李骐相亲。不过这次活动只请了婆婆,没叫公公;一来,老爷子脾气暴,怕难控制;二来,他腿负过伤,不惯爬高。然后,屈梦再通知三元、燕玲,闺蜜仨也算趁机聚聚。

三元带上八斗,燕玲纯属摆设。这种活动,也的确需要这么个没什么攻击性老好人型的角色。不过一进酒店,屈梦、三元这么一招呼,八斗就把阅读理解看明白了。这次的题,虽然有难度,但还难不倒他。只是当看到趾高气扬的李骐,他又觉得喜不喜欢先不讲,就怕伺候不了这姑奶奶。

先去房间放东西,八斗一个人一间。李骐临时有事,没到。整个局除了小寿星皮皮,就他一个男人。

刚洗了把脸,三元敲门进来了。她问弟弟感觉怎么样,八斗说还行。

三元说:"自然点,别紧张,该是什么样就是什么样,我弟,优秀!"就差竖大拇指了。一连串没头没尾的鼓劲,弄得八斗反倒紧张,感觉跟马上要上场面试似的。

"这身太旧了吧。"三元发现了大问题。

八斗当即表示就带了这一套,黑色夹克,洗得次数多了,面料有点发白。人靠衣服马靠鞍,是他疏忽了。

三元拍弟弟的背:"挺直了!"

外因解决不了,那就找内因。八斗一个趔趄,差点没摔床上。三元嘀咕:"胆子这么小哇!肾虚,回去吃点金匮肾气丸。"三元是中医迷。八斗讪笑着送姐姐出门,转身踱步进洗手间,对着镜子,嘴角上提。难看,他还是觉得自己不笑看着最舒服。

饭桌座位的安排是有讲究的。李家老太太自然是主位,孙子皮皮安排在她右手边,皮皮右手边是屈梦,老太太左手边是李骐,八斗自然又坐在李琪旁侧。老太太对面,坐着张燕玲和龚三元。这次出游,以屈梦的朋友为主,屈梦格外有面儿,张罗起来也十分热络。

可惜骐姑娘却几乎没正眼瞧过八斗,连八斗帮她夹菜,她都坚壁清野:"不用,我自己来。"

那块毛肚停在半空,前进不是后退也不是。

骐姑娘下令:"放下。"

八斗只好把东西摆在盘子里,落地为安,他却很不舒服。

三元为弟弟解围,嘀咕:"给我,最喜欢毛肚了。"

因为有老太太和骐姑娘在,可谈的内容也少,无非是各自的工作,最近的八卦,谈了几句,续不上来。尤其骐姑娘,面色阴沉,一副少气懒言的样子。最后还是燕玲找到个话题。她问老太太过去在金融系统工作时的情形。老人管不住嘴,叭叭开始介绍光荣历史,气氛才活跃些。

吹了蜡烛,皮皮许了愿,生日就算过完了。骐姑娘拉开椅子,眼皮子还是垂着:"你们慢慢吃。"说着就要走。她妈问她去哪儿。

骐姑娘道:"湖边走走。"

屈梦识趣:"这空天野湖的,一个人去危险。"

三元接话:"八斗,跟着,做好保护。"

八斗接了指令,忙不迭起身,脸上都是笑。燕玲小声跟老太太说话。老太太一边顾着说自己的,一边见缝插针抬脸:"去吧。"

这就算得了圣旨。

八斗亦步亦趋,跟在骐姑娘屁股后头。出了酒店就能看到湖,两个人一直走到湖边,才终于并排。骐姑娘站定了,她的长头发被湖边的野风吹起,很有点仙气。八斗想找话说,又实在不知如何破题。

终于还是骐姑娘先张口:"你哪儿的?"

八斗报了籍贯,那地儿离北京有八百公里。

骐姑娘点评:"不容易。"

八斗说:"现在都有高铁,快,没啥不容易的。"

骐姑娘依旧没有笑意:"你能从那儿出来,走到这儿,不容易。"

实话,他是不容易。可把这不容易单独拎出来展览,八斗偏偏感觉到一些怜悯的意味,骐姑娘对他是居高临下了。他本想支起那点可怜的自尊,找些优点长处,跟她好好比比。比如学历,比如工作,比如长相(长相就不说了),但考虑再三,又觉得自己实在没必要好这个强。他笑着说:"能从地方来北京,也是刷了好几轮。"

李骐立马接话:"来了又怎么样呢?"

八斗陡然沉默，跟从悬崖上跳下来似的。

李骐大概觉得自己的话伤到了小伙子的自尊，又解释道："我的意思是，在哪儿都能把生活过好，何必非要来这儿，是吧？生活成本高，自己也累。"

这话不假，但也不是全无毛病。八斗憨笑掩饰尴尬，他觉得跟骐姑娘说不通，立场不同。跟冯一笑就不存在这个问题，他们目标一致，心灵相通，是灵魂伴侣。

5

不出仨小时，八斗便摸清了情况，他跟李骐注定不是一路人。人打起先儿，就没把他搁在平等位置上。

换句话说就是没瞧上他。

他再往上够就没意思了。而且，他感觉李骐的确不是过日子的人。

李骐大概也觉得自己对八斗太冷漠，游览长城的时候，竟格外跟龚八斗多说了几句。两个人聊了影视、游戏，还莫名其妙谈了几句美妆、整容话题。除此之外，骐姑娘还给八斗提供了一个机会——让他帮忙拍照，可惜八斗没能抓住，李骐想要的是俯角，八斗却给了仰角，骐姑娘本来就人高马大，再来个从下往上的视角，照片拍出来顶天立地，跟巨灵神似的。

李骐不满意，八斗连忙纠正，跳到城楼台子旁边的山崖边拍，结果引来一众人提醒，又是说他破坏文化古迹，又是让他注意安全。本来喜庆的一天，别整出悲剧来。

下了长城天快黑了。好几位女士不吃晚饭，老太太去喝粥，八斗落了单，一个人躲在庭院的假山后头抽烟。一整天要装优秀青年，烟味都没碰着，他憋得受不了，趁着天黑现出原形。

一个人影飘过。

八斗又朝更深处站了站，那人跟着进一步，再仔细看，是张燕玲。她穿着便服，头发披散着，跟往日又是一种情致。八斗一边打招呼一边朝假山壁上碾烟头。

燕玲笑道:"闷坏了吧?"

八斗承认也不是,不承认也不是……干笑两声。燕玲又说:"特别理解你,有时候也是没办法……"这话说得很虚,跟晚间的雾障似的。可眼下的八斗,却仿佛溺水的人,只要有一个小棍儿伸过来,他都能引为同类。

燕燕姐显然跟他一个战队。

"一笑今天没来。"八斗也不晓得怎么说出这话。可能冯一笑是他跟燕玲的唯一交集。

燕玲幽默地:"她要来,那不狼多肉少了。"

八斗懂她的言下之意,觉得好笑,又觉底气不足,"啥肉,没人要都……"

燕玲姐道:"别这么说,就是没遇到对的人。"

瞧瞧,有教养的人说话,听着就是舒服。

两个人绕过假山,在汤池边的木头椅子上坐下。八斗觉得有必要找话,便问燕玲找工作的情况。燕玲很坦诚,把眼下的两个工作机会都说了,一个还是师兄介绍,去民办高校当辅导员,另一个是老本行,还做出版。她问八斗的意见。八斗不愿意乱判断,就说听上去都还不错。

燕玲道:"你年纪虽小,但我觉得你比我跟你姐脑子都清楚,你不用有顾虑,我想听听你的真实看法。"话说到这份上,八斗不好再做保留了。他问道:"你的诉求是什么?"

燕玲说不好说。

八斗说:"如果图轻松,可能出版社好一点,业余还能搞搞创作;如果去高校,那就是另一条路,最好再考个博士。"燕玲拦话,笑:"家里又没矿,考什么博士。"又说,"创作这事,我也想明白了,不是急事,过去我想快速出成绩,看来不行。创作是一辈子的事,只要我还有口气,那就写呗,至于能不能写出来,就交给老天了。"说完又叹气,"我跟你说这些干吗?"苦笑,"别回头弄得你对生活都没热情了。"

八斗忙说不至于。

工作问题说完,八斗有心从燕玲这打听一笑的近况,可又不好意思直接问。

他从侧面、迂回地:"一笑工作忙不忙?"

"忙得见不着人。"

"那不利于社交。"

燕玲失笑:"还社交呢,他们组都是女的,就一男的,还比她小十岁,"顿一下,"她也反对我回出版社,头一条先问:男的多女的多?我说想要男的,去工地,都是男的……"说开了,有点收不住。好在反正只要是跟一笑有关的,八斗都爱听。等这一波话说完,八斗又故意说:"一笑比我们都强,经验丰富,像我们这种青瓜蛋子,就跟牲口似的,会被拉到各个市场……"

燕玲愣了一下,说:"她也没谈过几个,最近这个,本来都说要结婚了,突然又不干了。"

"为啥?"

"说性格不合。"

借口,不便深问。感情的事,当事双方都未必能说明白,何况外人。但基本事实弄明白了:冯一笑目前单身。未婚夫"临阵脱逃"。当然,也可能是她冯一笑不愿意(这种可能性比较小)。不晓得怎么了,再次确认一笑落了单,龚八斗竟有些暗自欢喜,好像他占着什么便宜似的。

屈梦来电话找燕玲,她不得不告辞。道别之前,燕玲又透露了个信息,她说一笑公司分了公租房,她打算搬过去跟妹妹一起住,等都落定,请他来做客。还说上次借他的拖鞋一直忘了还,早都刷好了。出于礼貌,八斗说搬家需要帮忙就知会一声。燕玲说正缺劳动力。

去的时候龚三元喋喋不休,回程的路上,话却少了。她只询问八斗,有没有加上李骐微信,又提醒他,有空就聊聊,要主动。显然,三元对八斗和李骐的未来不抱太大希望。当然,三元没忘点评骐姑娘几句:"她也就占个生的地方好,其他方面,就平平。"再补充,"头发也太长,把脑子的气儿都吸了。"

八斗不予置评,把话题扯到姐姐的工作上。

三元道:"托了笑笑内推,等消息呢。"

八斗惊诧:"那得在大兴吧,真来回跑?"

姐姐要在燕郊买房,上班在大兴,那每天估计都是一趟取经路。三元说:"还没定呢,再去固安看看。"固安在北京南边,也是河北地界,离大兴近。三元又说:"我也想舒服,跟燕玲一样,找个养老的地儿,坐倒了,照着退休干,但问题是,我要那么混,我儿子咋办?这一辈人苦,下辈人还跟着苦?"

八斗心疼姐姐,但也为姐姐感到悲哀。中国人,自己还没活明白,生命还没得到充分伸张,就又寄托到孩子身上去。三元继续:"反正现在,啥都不想,就是多挣钱。"一偏头,对准八斗,"你也是,工作干好,找个合适姑娘,成个家,稳定下来,我就放心了。"

八斗沉默。

老姐这是只设定目标,不给解决办法,他也想成家,可问题是,没有个房子,怎么成呢。他是没退路了,拿了户口,成"新北京人",就再没有走回头路的道理。而没有房子,在婚恋市场上,就没有竞争力。有时候,八斗觉得自己虽然是男的,但进入婚恋市场也有点晚了,三十出头才正式踏进来,除了户口学历还有鸡肋工作,他真没有拿得出手的筹码。

或者等,跟一笑一样等福利房,再悲观一点,老了也住公租。或者像别人说的,在北京退休,回老家养老。惨淡,颓唐。但买房的事,他又不能跟姐姐提。如果提了,三元没准会认为他是在问她要钱。虽然姐姐姐夫不止一次提了,弟弟是亲弟弟,如果买房,他们一定帮。可龚八斗明白,亲人的帮,只可能是锦上添花,绝不会是雪中送炭。

首付还是得他自己筹措。

这就比他的研究生同学陆海超差多了。

海超入住新家的第一顿暖锅饭,是八斗陪他吃的。虽然只是个一居,又在六环边上,可终究是自己家。两百八十万总价,父母给了一百八十万,剩下的贷款,二十五年,每月还款一万多。工资连带公积金每月刚好能把按揭平了。生活费全靠父母救济。

海超父母的观念跟三元差不多。买房子,一来是为自己,二来也是为后代。这辈人多奋斗点,下辈人就能少吃点苦。而且北京的养老保险也比东北老家高。

海超的新居,还能看出二十世纪九十年代风格的痕迹,可八斗还是能感觉出不一样。海超进行了改造,软装花了点钱,也有些所谓ins北欧风的意思。

最关键是那气象。

海超说话声音都大了。哥俩儿喝啤酒,罐子撞罐子。

海超抬头拿目光扫了一圈房子:"别说,这小破地儿,真涨底气。"

八斗道:"你底气一直很足。"

海超说:"窝有了,就该干吗干吗了。"

八斗笑,"你想干吗?"

海超拖着老家腔调,"找媳(xī)妇儿呗,窝都没有,谁跟你。"

八斗说:"哦呦,那我该跳楼了。"说着窗口外看看,戏演足了。

海超道:"你不愁,你比我帅,没准有女的愿意倒贴,我就不行了,脑袋大脖子粗,再不下点本儿,谁跟我。"

八斗揶揄:"你就不怕人图你这房?"

海超立即:"哎呀妈,图吧,就怕她不图。像咱这种情况,又不是大学谈恋爱,年少无知纯情男女,要不相互图点儿,凭啥走一块儿?人,都是活在现实中。"

八斗又道:"嘉萍知道你买房么?"嘉萍也是同学,海超心目中的女神。海超暗恋了她三年。

"知道。"海超淡然。

"然后呢?"

海超闷闷不乐,"没然后,人家看不上咱,别看咱一般齐一般高,可人是女的,咱是男的,女的喜欢往上找,眼睛搁头顶上,根本不把咱当盘菜。那娘们儿估计寻摸着钓本地人呢。"

不得不承认,海超说的是事实。嘉萍的事业心很重——她把择偶当事业。

气氛一时尴尬。两个男人似乎在为未来发愁。最后还是海超最先振奋起来:"反正,咱难兄难弟,相互帮助,有机会,想着点哥们儿。"

八斗道:"我自己都不知道怎么办呢。"又问,"你不会是处男吧?"说罢哈哈大笑。海超嘴硬:"老子什么女人没见过!"八斗说吹吧你就,见是见过，就是没碰过。海超坚称尝过百味。八斗顺着道："那你说，什么样的女人最有味道？"海超一会说嫩的好，一会又说有经验的好，最后才非常认真地跟八斗说，男人，最好还是趁结婚前多谈几个，再收心当好丈夫、好爸爸。

6

海超的求助，八斗是不以为意的。在北京有房、有稳定工作、有户口的男人，还愁找不到对象吗？眼光别太高就成。不过龚八斗倒是刻意向海超隐瞒了一个事实，那就是：嘉萍结婚了。八斗还是拐着弯从男方的朋友的学生那得知的。嘉萍的另一半，说句不客气的，看上去就是个……"猪头三"。但有一说一，人家事业很成功，引得八斗也不得不感叹：美色永远只会诱惑成功的男人。因为在她们眼里，不成功的男人，压根儿就不是男人。

综合以上，当燕玲真来请他帮忙搬家的时候，八斗第一个想到了找海超当帮手。

一来是同情他，二来也好证明自己有点人脉，身边有几个得力的哥儿们，三来八斗还存着点小心思，他想借海超试探试探一笑，看看她究竟是本性难移，总想着往上找，还是幡然悔悟，变成一个"讲点感情"的"好女人"。

周末，八斗带着海超过去了。燕玲行李不多，两个爷们一个人一只大箱子，外带几个包袱。往车里一装，拉走完事儿。麻烦的是一笑那块儿，真是不知道冯一笑那小小一间出租屋，怎么塞得下那么多东西！

衣服是大头，然后是各种杂物，还有书。八斗来帮忙，一笑没有一丝一毫不自在，真把他当成个重劳力用。海超呢，当得知一笑单身，也分外卖力。八斗忙着码书，他就把衣服往楼下送。八斗仔细，一本一本归置。

"这本你还留着呢。"他挥了挥。

一笑歪头看，是《安娜·卡列尼娜》。

"名著嘛。"她答。

八斗心一沉。果然,她忘记了。他送她的,封面他们都喜欢,淡雅的铅笔画。那时候还没孔夫子网,他去潘家园淘的旧货。

"不要就给我吧。"龚八斗想收回旧物,一笑立刻说没问题。八斗翻了翻书,一张卡片从书页中掉落,拿起来瞧,是明信片,又是他寄的。那时候他跟着导师去了趟桂林,明信片正面是象鼻山,背面那么一小点地方,写满了他的甜言蜜语。

他愣在那儿,回忆淹没了他。

一笑却利落地把明信片从他手中抽出来,不假思索,撕成四瓣。八斗没反应过来,刚想抗辩,一笑却快速地:"别卖呆儿啦,学学人家海超,你是来干活的还是来上文学欣赏课的?"说话间,海超进门,浑身是劲儿,很有点愚公移山的架势。八斗不好意思窝在那儿,只好搬起书箱朝外走。

一笑跟在后头:"行不行?哎哟,百无一用是书生,核心肌群没力呀!"

海超赶上去,接过八斗的箱子,打发他:"我来,你去拿衣服。"

八斗讪讪撒手,又把目标锁定在一包衣服上。隔着拉链,他都能闻到包里冯一笑的味道。变了,肯定是变了。妖娆、浑浊、混杂、不讲理。这味道逼着八斗承认:眼前这个一笑,跟过去的一笑,完完全全是两码事了。

他的梦该醒了。

一笑满不在意的举动让八斗的气势落下来了。他忽然感觉自己带海超来,根本就是搬起石头砸自己的脚,无论他设计了多少招数,冯一笑女士一律不接招。八斗把碎成四瓣的明信片揣在裤兜里,跟着一阵忙活儿,累到满头大汗。

东西搬完。一笑的公租房四十来平,两位女士勉强够住。燕玲建议去楼下吃饭,一笑却不同意,说一早就订了牛肉片羊肉卷还有蔬菜,打算吃火锅。八斗和海超附议,又七手八脚把那通电的火锅搬出来。

鸳鸯锅,一半清汤一半红汤。燕玲忙着给八斗和海超夹肉,雨露均沾的样子。冯一笑谁也不招待,她只是在口头上感谢,还说男的就是比女的力气大,净说大实话。

海超回敬:"所以呀,男女得搭配,干活才不累。"

一笑问:"海超做什么工作的?"她总爱用第三人称喊人,故意制造点距离和戏剧化效果。

"在社区。"声量有点小，按级别，比八斗的街道还低一个层次。

"非常重要的岗位。"一笑下得去嘴夸。

海超又说："你这房子多大？"

一笑道："四十五点六平米。"

海超自言自语："比我那个小一点。"

燕玲忙问海超是不是也申请了公租房。

陆海超这才施施然："买的，六十多平。"

"在哪儿？"冯一笑问。

"通州。"

一笑哦了一声，语气悠长，似乎有点失望。

海超乱了阵脚："跟市政府就隔着一条河。"

燕玲架秧，夸地方好。

一笑不客气，追问："月供多少？"

"八千。"海超嘴一秃噜，把数额降低了。八斗的理解是，他怕吓到两位女士。海超又补充，"就前面几年艰苦些，后面都轻松，公积金还一部分，自己再还一部分，现在买房不贷款的都是傻，杠杆不用白不用！也就房子了，其他东西哪能从银行借到这么多钱，利息还不高。"经他这么一分析，能背房贷、当房奴，竟是件天大的幸福事。

席间，燕玲公布了自己已经再就业的消息，来京第一站，还是做老本行，去出版社当编辑。八斗感觉自己此前的话燕玲是听进去了，免不了有些得意，并奉承道："这个工作好，稳定。"海超则祝燕玲早日写出畅销书，发财。

吃完饭，一笑被安排去洗碗。海超要跟着，燕玲拦阻道："八斗去搭把手，海超收拾花。"阳台上两株植物等着换盆。种花小能手的人设，吃火锅时海超就立起来了，立了你就必须扛，不能倒。

八斗跟着进了厨房。一笑站在水盆边，麻利地洗着碗。水哗哗响，冲淡了尴尬。

八斗问："给我分配点任务呗。"

一笑脸都不转，呛道："活儿这个东西，就得眼里有，我是谁，你是谁，我凭什么支派你。"

火药味上来了。

八斗杵在那儿,进也不是,退也不是。洗完碗,一笑递给八斗让他擦,八斗连忙跟接圣物似的,把每只碗都照顾好了。

一笑猛然转头,问到他脸上:"龚八斗你什么意思。"

八斗被打了个措手不及,喃喃:"我这不来帮忙嘛……"

"请搬家公司多利索,饭都不用管,也不知道你怎么就够上我姐了。"

八斗嘿嘿笑着,是扬手不打笑脸人的意思。

冯一笑继续:"怎么着,带这么个人来,看我笑话?我就困难到这地步了,还得你操心?"陡然正色,一双眼能射出闪电似的,"八斗我告诉你,我要想谈恋爱、结婚,分分钟八个男的等着我!"

小心思被洞穿,她看透了他。

一瞬间,龚八斗又愧疚又是欣慰。愧疚是海超配一笑,确实差点意思,哪怕他有六十平独立住房,哪怕冯一笑离过婚……欣慰的是还是一笑懂他,他们还是"灵魂伴侣",懂彼此到骨头里,只不过被现实耽误了那么久罢了。

一笑愤怒,说明他这招激将法有效。但所有的一切,八斗表面决不会承认,他只是弱弱地申辩,问一笑是不是想多了,却引来冯一笑更强烈的攻击。

"买了套破房,就觉得自己是大爷了!啥玩意儿!"把抹布摔到桌台上,"我现在就告诉你,我这辈子不找了,就一个人过,谁也甭惦记!"

还是原来的配方,还是原来的味道,一笑的暴脾气没变,美女是有资格脾气暴的。但老实说,此时此刻,龚八斗又觉得一笑有点过分自信。一个情史丰富的大龄女子,还有八个男人等着?你是女明星吗?当然,也不排除是气话,有虚张声势的成分。

这就有点可爱了。

八斗随即:"你心放肚子里,别说海超没那意思,就算真有,你不接招不就得了。"

一笑把碗放进小橱柜里:"别想跟我耍花招,你的头发丝的芯儿我都看得清清的。"

八斗说那是，又说冤枉。

一笑说："瞧不起我，还轮不着你们。"

八斗急道："我们凭啥瞧不起你？我们为啥要这么做？我们混得还不如你呢。"

一笑钻到他心里去："听说我跟未婚夫掰了，是不是晚上睡觉都笑醒了？"

八斗单手举起："天地良心。"

一笑把话扯明白了："我知道，你恨我，恨我当初甩了你，所以你就存心气我，给我点颜色看看，是不是这想法？没说错吧。我跟你说你心眼就是小。"

八斗又要解释，必须解释。

一笑抢着道："你不承认也是这样，反正，你在我面前透明，别耍任何花招。"

龚八斗缴械投降。冯一笑抢先一步走出厨房，把八斗留在屁股后头。

离开公租房小区，海超还吹着口哨，又要请八斗喝咖啡。八斗明白，海超这算满意了，出了点力，认识了俩美女，值。他龚八斗可算把"资源"共享了。

上了车，八斗问："怎么样？满意吧？"

"还行。"

听听，胃口够大，才"还行"。

"加上微信了吗？"八斗又问。

"加了。"

"我怎么没见着？"

"就你们刷碗的时候。"

八斗脑子发蒙，几秒钟后才闹明白，海超加的是燕玲姐不是一笑。他有点愤怒，虽然有心给一笑点难堪，可他不允许任何人轻视她。归根结底，一笑还是他的初恋，是他青年时代的女神，比傲蕾还金贵。

八斗问："为啥不加妹妹？"

海超斜眼："咱哥儿们，不说假话。"

八斗认真开车。

海超继续:"但你跟我是哥们,跟那俩也算是好朋友,所以好多话,我不能直接说。"

八斗喷一声:"说,照实掏,都大老爷们有啥不能说的,你说。"海超耸耸肩,调整了屁股坐姿,"那我真说了。"八斗说你就说你真实想法。陆海超反问:"有些情况,你咋不早跟我说呢?"

八斗懵,没等他询问详情。陆海超便道:"妹妹,谈过太多对象;姐姐,相对单纯。"

八斗挺腰子:"那咋的?"

海超说:"这话有点难听了,我不想说,问题是,转手太多次,这个……"尴尬笑笑,又嗤之以鼻,"有新的谁用旧的。"

八斗不高兴,反驳:"真没想到你还有这种思想。"

海超还想解释,说不是思想不思想,你看你说点实话你又不高兴……又说:"你说冯一笑这种长相的,给你,你敢要吗!虽然年纪不小了,还是过于漂亮,这种资源,你拿在手里纯属给自己找不痛快!不怕贼偷,就怕贼惦记……"龚八斗不想听下去,把车一停,请他下车。不过,冷静下来想,龚八斗又不得不承认海超的想法也很真实。可反过来想,八斗又有些自豪,因为他没海超那么庸俗。

年老了,色未全衰,分手了,正好!过去她看不上他。现在,消费降级,总该轮到他了。或许他还能用一种拯救的姿态,降维打击,力挽狂澜,抱得美人归。如此说来,他很识时务,为俊杰。陆海超才是真正的土鳖。

7

滋味在夜晚才沁出来,跟外卖的油浸染到包装外似的。龚八斗躺在床上,反刍着白天的事。到了家,他便把撕成四瓣的明信片黏合好。可等静下来,仔细琢磨着,他又怪自己不争气——她冯某人都不在乎,他凭啥心心念念。

谁在乎谁就输了。

至少,他应该装作不在乎。哪怕不装给别人看,也装给自己看。

当然搬个家也不是全无收获。他跟冯一笑又恢复了邦交——加上微信了。并且,她没屏蔽他,他能看到她半年来的朋友圈。于是乎,他跟研究论文材料似的,把她展现出的每一个细节都爬梳了一遍。她还是那么爱美、虚荣,当然也依旧上进,欲望很大。

八斗很佩服她这点。

她的欲望是显性的。

她在北京长驱直入,她的理念是来了—奋斗—得到。相反,他就没有那么"坦荡",他的欲望小么?不,一点也不比她小,但他习惯了隐藏。用冲淡包装着,不争。一笑是第一个看透他的人。龚八斗甚至觉得,他爱冯一笑就等于爱自己。一笑是他代言人,是他枯燥生活的出口。事实上,不晓得为什么,八斗自己很少做出格事,但却很欣赏那种敢于离经叛道的人。只不过,八斗不敢轻易主动联系一笑,他怕自己这点随着时间和机遇沉淀下来的优势,一不小心就全面溃散。

他的手指在微信对话输入栏下动来动去,终于还是删掉了准备发过去的小字。他还是没有足够的信心。虽然有了北京户口,有工作,但他没有房子,没有根基。当他想给一个人幸福的时候,才真正理解了海超的论点。

房子是底气。

八斗想到了跑滴滴,反正,下了班闲着也是闲着,不如赚点小钱。但他又怕姐姐反对,毕竟,车是人家的,车牌是人家的,跑旧了,多少会心疼。而且就算姐姐姐夫不说,他也不好意思这么白占便宜。

中秋节,八斗打算到三元那过。不过,头一个礼拜他就接到姐姐通知,她漏了一嘴,说中秋她有好几个局要赶。

首当其冲,是大姑姐王斯文的饭局。

三元是真烦王斯文,烦她那股显摆劲儿!斯文跃居北京的优越感一时半会儿散不了,而婆婆来过节,又助长了她的气焰。中秋饭局,龚三元就是个标准的小媳妇儿,斯文和她娘才是人生赢家。饭桌上,斯文极尽显摆之能事，她女儿蓓蓓也十分配合。娘俩一样一样的，读再多书都依旧轻浮。三元还厌恶蓓蓓的长相，丑得理直气壮。她也看出了斯文和尔夫的着急。没办法，颜值不够，就多准备嫁妆吧。反正现在积累下的这一份家产，终究还是会落到不知道哪个倒霉的小子手里。

离开南四环，三元朝王斯理身上撒气："你姐也真是，突然给妈钱，弄得我们不是人。"

王斯理道："谁有谁给，咱没给，妈不也没怪嘛。"又用教育人的口吻，"人和人不要比，各过各的日子，咱现在过得也不比谁差。"

三元气不打一处来，她觉得丈夫简直自相矛盾，一会说不比，一会又不比谁差，反正，总显得她那么不懂道理。

龚三元只好另开辟战场："那你说，买哪儿的？"是指房子的事。

"紧着你，就买固安。"斯理说。

三元这才有点感动。王斯理还是迁就、在乎她的。她工作定在亦庄，在南边，固安离亦庄近。可这样一来，王斯理上班就不方便了。他工作在北面，如果房子买固安，他每日通勤单程就得纵跨京城。

"那你咋办？"

"别管我了，再想办法。"王斯理充满男子气概地。又补充："姐还给了五万元。"

三元顿时不好意思了。冲这五万，她也得多说说斯文的好话："咋这样呢，偷摸给，也不说，姐就是这毛病，做好事总是不留名。"又笑着拍斯理一下，"是亲姐。"

去固安付定金，是八斗陪姐姐去的。一路上，三元又是一通盘问、教育，核心内容，一是让八斗吸取她的教训，合理利用自己的北京户口，二是在婚前就考虑好婚后的事，不要像她这样，准备十年还是措手不及。

三元问八斗跟李骐联系没有。八斗说没有，又说只是在微信上聊了聊。三元沉默片刻，才说："反正，多处几个，都磨合磨合，免得太匆忙，后悔。"又说，"她也扳不了多久，挺住，她上哪儿找比你好的。"

俨然博弈论。

八斗有点不乐意，说得好像他就是个痴情男子，永远候着骐姑娘似的。

他不得不换一种说法:"也许人家就想单着呢,就不想找,就不结婚。"

"她告诉你的?"

"就这么说呀。"

"只要是人,就需要感情生活。"

"要感情生活不一定结婚,结婚能给她带来什么,人啥都不缺。"

"总得生孩子吧。"三元抬杠。

"还真有不生的,自己快活。"

"快活,老了就不快活了。"

"反正有钱,住养老院呗。"

三元失去耐性:"不是钱的事,你以为老了就是用钱,请人照顾你,去养老院就行了?有孩没孩,那是两码事。"

八斗没驳。

三元跟着道:"我老了,我就不指望默默照顾我。"

"指望姐夫。"八斗说。

"也不指望他,谁先走还不知道呢,"三元不屑,"我估计也是住养老院,但是,"她大喘气,"哪怕你是住养老院,也得有孩子,"口气幽幽地,"没有孩子在外头,老人的社会关系本来就少,你住进去,不等于任人摆布?谁替你出头?有孩子就不一样了。只要你有孩子,人就忌惮,就不敢轻易把你怎么样,所以孩子的作用根本不是指望他们给你养老,而是只要孩子存在,那就已经起到了作用。"

龚八斗听得出神,无语。这一层缘故,是他过去没考虑过的。他过去的看法跟姐夫王斯理类似,无外乎,有儿子,等于有了"后",也算个光宗耀祖。殊不知在姐姐这,孩子还有了点"存在主义"的意味。

八斗反将姐姐一军:"那你干脆二胎,双重保障。"

三元顿时竖眉:"你这就是典型的站着说话不腰疼,上次你不也说了,你们单位那女的,都说没办法带孩子,我要生,谁带?就一个默默,都弄到固安了。咱妈的情况你还不知道?我婆婆又那样,你姐夫当甩手掌柜,我又得上班,又要顾娃,几个脑袋几只手臂?"

八斗刚想插话,三元不允许他说下去,抢白道:"我倒愿意雇保姆,可做饭带看娃,没八千下不来,我出去挣钱等于给保姆打工,有意思吗?所以说,生孩子真不能太晚,早一点,父母身体还行,好歹能伸把手。"

八斗嬉皮笑脸:"要不你就先在家带娃,过两年再出去,反正姐夫能干。"

三元顿时怒气更大:"以后这话千万别说,招黑!女人,结了婚,更不能脱离社会,不说事业了,你就得有工作、有收入!我是不会在家当全职太太的,哪怕是去写字楼扫厕所,那也是独立自主,实现自我价值!"

八斗想反驳,全职太太就没有自我价值了吗。可一想到如若扯皮,姐姐又没完没了,索性闭嘴。到固安付定金前,三元又让中介带她去看最后一次房。结果,看着看着,龚三元想到一个重要问题。这房子虽然有南向,但面积特别小,主要房间都在西边。这就意味着,这房子在东和东南向,是缺少空间的。没有东和东南,从风水上,对孩子的学业不好。

龚三元又不想买了。

中介好劝歹劝,最后又推荐了几套房,三元转了一圈,又说回去跟家人商量。于是这趟付定之旅再次落空。八斗原以为姐姐会失落,谁知回去的路上,龚三元依旧兴致盎然。她甚至还搞突然袭击,完全没有上下文地问八斗:"你是不是看上冯一笑了?"

龚八斗心跟掉到井里似的,木木然:"没有。"

"看你看人的眼神不对。"三元敏捷地。

眼神还出卖自己了?八斗怨自己的地下工作不够细致。他仔细开车,不置一词。

三元说:"喜欢也没关系,但要结婚,就得慎重。"

八斗不喜欢这种提法,觉得姐姐又要拿冯一笑的年龄和处境以及过去说事。三元继续:"倒不是嫌她谈得太多,当然,都快结婚了突然散伙,要说没问题也不现实。但关键是,她除了五官跟你搭配,其余都不搭配,两个人在一起,是要相互给能量的,她是家庭配得上,还是事业能力配得上?你好歹有个北京户口,她有什么?工作多少年,存款没两个。"

八斗有些吃惊,毕竟一笑刚帮三元内投过简历,三元依旧嘴下无情。女人是善变的动物。三元"忘恩负义"。

八斗讪讪地:"人有钱也不会告诉咱,财不露白。"

三元道:"有钱问题就更大了,钱哪儿来的?一个女孩子家,也不买也不卖的,就上个班,哪来的钱?你说。"八斗说不出来,说出来就是不堪。三元点破,"就怕是做无本的买卖。"然后循循善诱地,"你是我亲弟,我不会害你,现在北京的婚恋市场,还是男的占优势,趁着还能挑,好好谈几个,包括李骐也是,不要上来就抵触人家。结婚就是找队友,关系到你未来几十年的生活质量。北京跟小地方不同,老家生活成本低,找个不那么能干的,还能凑合过,在这好过吗?"

八斗不得不承认,姐姐的话不是没道理,可他就是听着刺耳,两个人在一起,首先就应该是喜欢、舒服,结了婚,长相厮守。如果一开始都谈不上喜欢,实在难办。八斗换话题,"姐,车还给你,以后住固安,用车的时候比我多。"三元想了想,同意了。

8

不知道是有心还是无意,但客观上看,八斗觉得姐姐又帮了自己一把。三元买定房子,正式入职大型电商企业,为表达感谢,她把燕玲、一笑两姐妹请到家。当然也有告别宴的意思,她在这房子住了三年,终于要离开了。不过这次走不是回老家,而是搬到南边去。这回选的房在东南角,有利于孩子的求学运,虽然是二手,但却是精装修,付了款,拎包就能住。

燕玲和一笑均道了恭喜。

三元一高兴,把她搁置多年的大烤箱还用上了。三个女人手忙脚乱,又是烤鸡翅,又是出蛋挞。至于主菜,却全由王斯理负责。八斗则站在灶台边学习。

老实说,龚八斗是满心欢喜的。一笑肯来,说明对他不反感。上次她的不在乎和高冷,根本是伪装。八斗深信海超一句话:没有追不到的女人,只有没下到的工夫,只要你死缠烂打,终有一天会抱得美人归。

更何况，冯一笑眼下的情况不容乐观。哪里还有比他龚八斗更恰当的结婚对象呢——除非她真不想结婚。

午饭吃得宾主尽欢。王斯理把自己压箱底的段子全拿出来，引得三位女士哈哈大笑。相比之下，龚八斗就显得拘束，幽默感不足。

三元为了让弟弟展现自己，故意说："八斗，说个笑话。"

八斗措手不及，憋了几秒钟，才说："为什么长得好看的姑娘有钱花？"

燕玲摇头，一笑不屑。三元咯咯笑，王斯理道："因为有男人给她们钱？"气得三元大嚷："庸俗！恶俗！"

八斗揭晓答案："因为好看的姑娘，节约了修图时间，而时间就是金钱。"只有一笑一个人哈哈大笑。

三元随即道："看看，还是年轻人能理解彼此的梗（网络语，即'哏'）。"

吃完饭，王斯理去公司搬砖。一笑礼貌地要去洗碗。三元不答应，她让八斗带一笑到周围转转，这地方，以后估计来得也少了。燕玲怂恿："出去活动活动。"瞧着意思，两个姐姐是串通好了，又是老招数，跟对李骐一样。

一笑没拒绝，穿上衣服拎上包往外走。八斗紧跟，上车之前，他就提出两个方案：一是去看电影，二是去公园玩玩，他说里面有个游乐场不错。一笑不同意，她提议去剪头发，说怕年前太忙，八斗强烈支持。

上回陪一笑剪头，八斗记得清清楚楚。还是在刚开始考研复习的时候，一笑有断发明志的意思，地点就在学校旁边的十块钱一次的理发店，一笑长发改短发，方便打理。现在，一切似曾相识。一笑坐在镜子前，Tony老师站在她身后，八斗又站在Tony老师身后，从镜子里打量一笑。跟看着前世的人似的，一笑打发他去，八斗不肯动。Tony老师奉承女客户，说你男朋友挺帅的。

冯一笑笑道："别胡说，人家有老婆的。"

这家伙，八斗听了着急，不知她是什么套路，可解释似乎也不太好，只好窘在那儿，Tony老师回头看他，他报以尴尬的笑。

冯一笑从镜子里看他："别等了，回头你老婆又该来电话了。"这一回，旁边做头发的小弟都被逗乐了。八斗刚要说话，冯一笑又说："放心吧，不用你负责，孩子我自己养。"

Tony们都憋住笑。

八斗反攻："你老公知道了怎么办？"

冯一笑绷不住："行啦,买杯奶茶去,别在这杵着。"八斗朝她挤了挤眉毛,笑着撤退。

很好,氛围很好,一笑又跟他斗嘴了,而且是那种只有很熟很熟的朋友之间才能开的斗嘴,是不是可以理解为,心理上他跟一笑的距离更近了。自从再次见到一笑,八斗不但没觉得生分,反倒有种久别重逢的喜悦。

缘分到了,挡也挡不住。

八斗偶尔会想,如果从前他勇敢一点,很强烈很强烈、很真挚很真挚地表白,让一笑不要走,那现在的局面会不会大不一样？是不是有可能,一笑就不用吃那么多苦？又或许,他们已经有了孩子,组建了美好小家庭……再一想,嗨,现在这样不也挺好,时间给了苦头,人才明白珍惜。

毫无疑问,他们相遇得正是时候。

奶茶买好,端过来,一笑头发已经剪好了。一个小时之前是中分、中长发,现在是偏分、中短发,似乎有了点减龄效果。

一笑亭亭而立："怎么样？"

"都快认不出来了。"

一笑故作不乐意："什么意思？丑得认不出来,还是漂亮得认不出来？"

"漂亮。"

"假话。"

"真话你又不爱听。"八斗再下一层,冯一笑要打他。时间还早,冯一笑带着八斗在商场溜达,她不嫌麻烦,不停试衣服。龚八斗耐心当随护。冯一笑问他意见,他就把"美"这个字变着法儿地说。

一笑又进试衣间了,是个小众品牌,衣服都五颜六色的,但试衣间却出奇地大。八斗还跟适才一样,拎着包在外面等。过了一会儿,冯一笑让他帮忙找个拖鞋。龚八斗忙不迭去找了,到门口,隔着布帘子,"有了。"

"进来吧。"冯一笑说。

龚八斗掀开帘子进去,镜子里那个冯一笑几乎扑面而来,她穿着牛仔裤,上半身只有一副文胸,其余部分都很清凉。八斗唬得连忙背过身去,惊魂未定,这才放下拖鞋。再用脚轻轻把鞋踢过去。冷静下来,八斗严重怀疑冯一笑是故意的。可是,故意露出春光,意欲何为呢?

八斗脑子锈住了,脚更是挪不开。

一笑讽刺地:"脸怎么还红了?"

八斗这才迈步向前。

一笑叫住他,问:"你是不是有什么话跟我说?"

八斗没反应过来,一时语塞。冯一笑伸手把他身子扳正了,两个人面对面。

"怎么样?"冯一笑比划了一下,她一身红,飘飘然。

"好看。"八斗木木地。

"没啦?"冯一笑大惊小怪,"就这么点词汇量?不是好看就是漂亮,还研究生呢。"

龚八斗吸一口气,跟论文答辩似的:"这身衣服放你身上,简直就像秋天的枫树披上了红叶,夕阳西下,我们走到树下,风吹过来,还有淡淡的清香,整个人心旷神怡。"

"油腻,五十分。"冯一笑咯咯笑,"出去吧。"

八斗额头出汗了,撩开帘子。

"等会儿。"冯一笑又叫住他。

八斗站定了,面对一笑。神色大无畏。

"真没话跟我说?"冯一笑再问。

什么意思?老让他说话,龚八斗琢磨,要不就来点狠的。他一咬牙,舌头有点打结,但每个字都说清楚了,"要不,我们,结婚?"后面四个字连滚带爬从嘴里跌出来,八斗自己都吓一跳。

冯一笑愣在那儿,显然,八斗的话不在她的预料之中。

"不是……"冯一笑嘴微微张着。

"就结婚……直接结婚。"八斗重申。连他自己也不知道哪来的勇气。也许,遇见对的人就是这样,连过程都想省略,直接抵达幸福的终点。

"等会儿!"冯一笑手扶着脑门,她晕了。

八斗再加一把火:"我喜欢你,你也喜欢我,都是单身,为什么不结婚呢?"

听着没什么逻辑。

一笑打断他:"你不能代表我。"又嘀咕,"我有那么廉价吗……"八斗一把拉住冯一笑的胳膊,硬就硬到底了。冯一笑甩开了:"你都这么追女孩的?"店员听到动静,过来了。一笑抢先收拾好衣服、头发,走出试衣间,留下还没回过神来的八斗。

答案写出来了,却没有推导过程,龚八斗必须重新解题。不过,跟一笑告白的事,他没跟三元说。他怕一掰扯,好事又变坏事了,而且三元一定怪他鲁莽,考虑不周,乱说话。可问题是,爱情就是这样,什么都考虑清楚了,还叫爱情吗?他追求的就是冲冠一怒为红颜的感觉。只是,等血液从头顶降下来,八斗又觉得一笑的顾虑也不是没道理。他呢,是先表个态,至于细节问题,再谈。反正八斗想明白了,他才不做个俗人,不管过去她谈过多少男人。跟他没关系。他就牢牢把握现在,老老实实做她最后一个男人就好。

更衣室事件过后,龚八斗把情况跟海超交代了。多少带点炫耀,陆海超果然竖起大拇指,"高!这样就对了!我现在才懂,女人呀,就这样,她要想拒绝你,早都拒绝你了,她就等着你上钩呢。"又高声大气地,"你配她,绰绰有余!"

八斗虽然听不惯海超贬低一笑,但陆某人一力抬高他龚某人,却是八斗喜闻乐见的。

八斗想起来便问:"你跟大姐联系了吗?"

海超反问:"哪个大姐?"龚八斗说燕玲。海超不无遗憾地说:"大姐人是很好,长得也不错,就是年龄大了点儿,我找老婆,不找妈。"八斗忍不住为燕玲抱不平:"废话,才大几岁?至于吗?"海超道:"你别小看这几岁,三十出头跟三十五岁以后,那是两个天地,为什么女的三十五之后,那就叫高龄产妇?不是没有科学道理的,过了三十五,尤其女的,各方面那就是断崖式下跌。"他斜眼看八斗。

八斗没生气,由着他说,这是男人间的对话,荤腥不忌。

海超继续道:"说句不好听的,能不能生出孩儿来都两说呢。"随手捏了一片蜜柚,"我有个亲戚,三十六岁,生不出来,弄的试管,最后孩儿出来,眼神不对,你说咋整?"叹息,"又不舍得丢,背一辈子大包袱。"

八斗质问:"你找人结婚,就是为了生孩子?"海超道:"不能说是奔生孩去的,但结婚是第一步,生孩子就是顺理成章的第二步,就是社会主流,干吗?你不要?当丁克?"

八斗懒得跟他争辩。

正当八斗进退两难,不知道怎么补足解题过程的时候,燕玲打电话来了。说让他周末去家中做客,还叮嘱他一个人来。显然,一笑已经把"事故"告诉燕玲了。父母不在,没有血缘关系的姐姐代行长辈之职。这次见面,八成是跟他谈谈。八斗后悔没早点告诉三元,但临时告诉她也不合适。他忐忑了好几天。周末到了,他拎着糕点和水果,跟女婿拜见丈母娘一般上门。

燕玲开的门。

进了客厅,八斗没看见一笑。他以为人在卧室,捎带着问,燕玲说一笑临时去公司加班。

好嘛,意图很明显,八成为了方便谈判,一笑故意躲开了。

茶几上茶盏是摆好的,茶具八斗搬家时见过,是唐山产的骨瓷。杯壁和托盘上印"西厢记故事"。

八斗提着屁股坐下,燕玲奉茶,八斗受宠若惊,连忙起身自己倒。燕玲说别客气。两个人坐定,你看着我,我看着你,似乎都不晓得怎么破题。

八斗有点不好意思,低头喝茶。

燕玲才笑着说:"好事儿!"

八斗嘿嘿笑,算作回答。

燕玲又道:"北京,就不是一个人能活下来的地方。"听着有些别扭,八斗自认为他找一笑是因为爱情,跟生活困难无关。

爱情是爱情,现实是现实,两码事,他不想混为一谈。

八斗不装糊涂,直问道:"一笑是什么意思?"

燕玲说:"没说同意,也没说不同意,"停顿一下,"就是感觉……有点突然……毕竟刚认识,一下就进展到……"

真的假的?燕燕姐竟不知道前情?一笑也没说,还装作萍水相逢?八斗刚要解释,燕玲拦在头里,迭声道:"我理解,我理解,我完全明白的感觉,一见钟情是有的……我的意思是……反正……虽然一笑没明确表示……但我感觉她对你是有好感的,好的开始是成功的一半,凡事都有个过程,种子是有了,要耐心浇灌才能长苗开花,最后结果……"言语有点啰唆,但这繁文缛节里藏着明白,说到此处,燕玲脖子回缩,似乎有点不好意思。

龚八斗接话道:"姐,我也是这个意思,当时说那些话,完全是……情不自禁……"有点像言情剧台词,他咽唾沫,"这么说可能有点矫情,但当时就……反正……感觉来了……嘭一下,跟火山爆发似的……嘴一秃噜就……"他装得傻傻笨笨的,不过也许彼时彼刻,他智商的确跟跳水似的,直线下降。

燕玲摆手:"明白明白明白完全明白……"又斟茶,"慢慢来,感觉到了,也很快的,你们都不小了,家里人肯定都希望你们好,"陡然停顿,面目严肃地,"这事我没来得及跟三元说,两个人在一块,还是应该得到家人的祝福……"

八斗当即领会,信心满满地:"姐,你放心,肯定祝福。"

事实上,燕玲的担忧也是他的担忧。从公租房出来,八斗就想打个电话给姐姐,告诉她,他打算跟一笑处对象了。可这念头在脑子里盘旋了一会儿,他又感觉现在似乎还为时尚早。当务之急,是要把恋爱"谈"起来,充分满足一笑的虚荣心,这是女人的特权。这一权利从恋爱一直持续到孩子降生前。等孩子出世,女人们就必须收起罗曼蒂克,准备过艰苦日子了。

出于对一笑的疼爱,八斗决定多动点心思,既要有耐力,显得自己踏实、可靠,又要给她提供惊喜。

9

自从进了单位,大姐大妈们就没打算放过八斗这块"肉",几次想要"推优"、介绍,龚八斗的口径始终是:有女朋友了。

好在有裘全在。

裘全，河北人士，进单位小十年，年近四十，未婚。他是街道单身男士的舆论天花板，只要他还没结婚，龚八斗们的压力就小一些。先开始，龚八斗怀疑过裘全喜欢男的。后来发现，他不但喜欢女的，甚至还有点好色。偶然，龚八斗会跟他一起去附近高校的球场踢球，谈起女人，裘全总是眉飞色舞。再后来，龚八斗意识到，裘全结不了婚，多半因为他自己的矫情，以及他有个过于高估自己儿子的妈。一般的他看不上，好的看不上他。裘全的相亲史蔚为大观，据他自己说，见过的人没有一千也有八百。

偶尔踢完球，坐在门框边的草坪上喝水的时候，裘全还会拿出手机，手指快速划过屏幕，向八斗展示他相亲的历史——每个相亲女孩的照片他都会保留。八斗虽然觉得这不太地道，但裘全愿意展示，他也就当成画展来欣赏，时不时还做做点评，无非是这个好看，那个一般。

裘全对自己收藏癖的解释是："人这一辈子，也就能认识三万个人，能见面，都是缘分。"指尖划过，龚八斗眼前一亮。他要求裘大哥往回拨，李骐竟然展现在他面前。长头发，大辫子，喜剧色彩的一张脸。

裘全问："你认识？"

八斗答："朋友的朋友。"

裘全道："这是个好人，但不适合过日子。"

八斗失笑，问为什么。裘全道："她要找那种能镇住她的。"又补充，"我又不是神兽，她也不是河妖，我闲着没事镇她干吗。"跟吴屈梦的点评一样一样的。还说："她也不算本地人，往上数三辈儿，从外地进来的。"

八斗问谁介绍他们认识的，裘全说不记得了。

龚八斗有日子没跟李骐联络。关键是：没话说。似乎谁也不愿意轻易开一个话题。从长城回来之后，龚八斗把他手机里的几张李骐照片发了过去。李骐表示感谢，然后就没然后了，两个人成了点赞之交，但次数也是有差距的，基本上，龚八斗点赞五次，李骐能回点一次。

李骐的朋友圈基本上都是吃喝玩乐，没有一点深度内容，她半年来没看过一本书，至少是没把看过的书拿来发圈儿。她言语直白，动辄用感叹号。跟她比起来，一笑的灵魂要有趣一万倍，外貌也至少好看十倍。

八斗为自己选择的庆幸。

和燕玲见面后，八斗的理解是，他跟一笑的人物关系基本算稳定下来了。他给一笑发微信，得到的反馈也大致属于"心照不宣"。他追求，她接受追求。接下来就是填充追求的内容了。

他想对一笑好，只是一时之间又不晓得从哪儿下手。他的恋爱经验尚不足以支撑他快速解析整道考题，那就学呗。考试从来是他最擅长的。逛街、看电影、去博物馆、看话剧，又或者时髦点的玩剧本杀，装扮成这样那样，但一次过后，一笑和八斗都有点受不住。

他们不算年轻了，不习惯闹腾。

而且，一笑的时间也有限，电影基本看晚场，片子演到一半她就睡着了。八斗觉得下回干脆带她去推拿。

散场了。观众鱼贯离开，一笑刚醒。龚八斗的衣服披在她身上。八斗以为她会感动，这衣服跟爱情片很配，谁知一笑伸了个懒腰，打了个哈欠："老了。"然后直接离场。八斗想浪漫都浪漫不起来。

冯一笑是社畜（网络语，大部分时间在工作的员工）本畜，除了上班，干什么都没力气。因此，八斗更心疼她。他就弄不明白，像一笑这样漂亮的女孩，为什么非要身先士卒，跟北京、跟生活死磕，难题留给男人不好吗？不对，或许她曾经留给过男人，男人没解出来。她那险些结成的婚不就是例子嘛？受伤太深，所以她才奋发图强自力更生努力拼搏……

有一回吃饭，好像是在吃卤煮。龚八斗冷不丁问："这些年你都忙什么去了？"听着好像有歧义，也容易引发误会。言下之意很容易被理解为：你为啥不找我呢？

一笑倒一派轻松，大肠吃到嘴里，舌头跟被烫了似的："工作、跳槽、恋爱、分手。"

敏感问题浮现了。

八斗至今不晓得一笑跟上一任"未婚夫"分手的真正原因。他没往下问，冯一笑却自我解嘲："以前觉得自己聪明、漂亮，想走捷径。"说了一半不说了。八斗出于礼貌追问，一笑继续道："后来发现，捷径百分之九十九都是坑，还是得一步一个脚印，才踏实，才有底气。"

这话没错，但也不宜矫枉过正。

据八斗观察，一笑现在进化得有点不太需要男人。重体力活儿，现实生活几乎没有，有也可以请人来做，男人并不具有优势；挣钱，她比他挣得还多；他唯一能提供的是陪伴，可惜一笑的业余时间又太少。

他还发现，冯一笑跟他在网上说话比现实中见面更自如。在手机上聊，她能眉飞色舞，见到真人，她要么精力不济，要么就是个木头美人。当然，八斗的理解是，他们相处的时间太少，彼此还没融入对方的生活。从这个角度看，这个恋爱的确需要"谈"。

人和人就得搁一块，跟红豆和绿豆似的，本来个个分明，但炖成一锅粥，就相融了。

更进一步，为了制造多跟一笑相处的机会，八斗决定接一笑下班，一周至少三次。当然，这听上去是个笑话了。他住在东五环，一笑公司在南六环，隔着将近一个半小时的距离。但八斗认为这样正好，他就是要用这种笨办法蠢主意感动她。

道理很简单，如果不是真爱，谁会这样浪费时间呢。

从东五环到南六环，车已经还给姐姐了，龚八斗只能坐地铁来回。每次去，他都感觉跟穿越了似的，从乡镇直通未来。互联网公司的大楼耸立在六环边，那真叫庞然大物。一到晚上灯火通明，更让你直接感觉到时代的脉搏。

快年了，天冷。龚八斗看着时间，如果到早了就先在地铁里躲一会儿，差不多到点了才出去。远远地八斗看见一笑从大楼里出来了，好像鲸鱼吐出了一条小鱼一般。

靠近了，两个人都吐着白汽。

一笑道："傻等！让你别来非来，零下八度！"

八斗嘿嘿笑，他愿意，冻死活该。

一笑转身，往大楼方向去。八斗以为她还要加班，冯一笑却说请他吃点东西再走。

光食堂就有四层，每天供应两万人的伙食。八斗要了一碗牛肉面，一个肉夹馍；一笑拿了一份咸粥，两个蛋挞。席间，一笑介绍了公司大楼的构成，她在十层办公。

八斗问:"这么多同事,认不全吧?"明知故问。

冯一笑道:"除了我们小组的人,还有上级,以及个别有业务联系的,其他我谁也不认识。"

八斗故意问:"这么多同事,没人追你?"

一笑反应平稳:"谁认识谁?倒是有相亲活动,可都比我小。全小孩儿。"

是哦,你冯一笑不年轻了。

一笑又说:"你就别老跑了,你来我还得招呼你。"

"那不一样,我得有态度。"八斗很认真。

真心换真心,八两换半斤。

"你的态度我明白我清楚,"一笑放下汤勺,"用不着搞这些形式主义。"

"咱俩不在处对象嘛。"

"谁规定恋爱就得当面谈。"

"不见面那都是虚的,"龚八斗说,"咱得有点真实感受,有温度的那种。"

冯一笑说你这纯属自己给自己找麻烦。八斗打算反驳,可一抬头,眼前走来个熟人。他姐龚三元端着盘子走过来。默默暂时还没来,为了节省开支,三元每天都在公司吃了晚饭才回家。八斗无处可躲,面容尴尬。

三元倒先开口,质问:"你怎么来这儿了?"

一笑转身,三元愣了一下。真相随即大白。三个人对面,你看我,我看你。最后还是一笑大方,上前招呼:"姐,下班啦?我还得再忙会儿。"说完,潇洒离场。

龚八斗夹在两个女人之间,进退失据。一笑把背影留给了他,三元却给了他一个扭曲的面目,八斗小声说了句"回头说",便端着盘子追一笑而去。

步子跟上了。

一笑眼神犀利:"你没跟你姐说?"一句话把八斗问住了。这事儿说来话长,又有阴差阳错。

"还没来得及。"龚八斗讪讪地。

一笑果断地:"那别说了,本来也是闹着玩儿。"

"别呀!咋是闹着玩儿呢,绝对不是!"八斗赌咒发誓般。显然,冯同学生气了。他们已经单方面开始恋爱,结果家里人还不知道,这算什么?意味着什么？至少说明，他没把她放在心上，女方生气也正常。八斗好哄歹哄，一笑还是公事公办。她质问他恋爱的目的，龚八斗上赶着重申："肯定是结婚呀！"冯一笑否决："那咱俩不合适，我没想那么多，恋爱就是恋爱，其余的只能跟着感觉走。"她走进电梯，龚八斗跟上，她脸对着轿厢板壁说，"咱俩情况不一样，我之前一只脚已经迈进去了，结果又退回来了，已经算有经验了，你是完全没进门，对婚姻有千分期许万分渴望，我们不同步"。

八斗忙道："不着急不着急，宝宝咱真的不着急……"可一笑似乎没打算立刻接受他的建议，出了电梯门直奔工位。八斗亦步亦趋还是晚了两秒，一不小心，被自动玻璃门隔断，瞬间和冯一笑分隔开了。

10

在龚三元看来，某种程度上，弟弟的"擅自行动"，情节是极其严重的。她不是不喜欢冯一笑，她甚至还很欣赏她。一笑有事业心、独立，在求职上也帮助过她，算是个"优秀"的女性，可这并不代表她适合与八斗走入婚姻。冯一笑太可疑了。她此前之所以被人"退货"，三元偷偷打听过。有说她要求太高，也有说她身体有问题。至丁燕玲的说法，还是很官方，说是"性格不合"。三元当然不信，这个女人不简单。她这摊浑水，八斗要是蹚进去是福是祸难说。

八斗太鲁莽了！才认识几天就求婚。好，就算她的过去清白，被退婚只是一场闹剧，都是男方的错，她纯白。可问题是，说白了，她跟八斗都是苦命人，都还在奋斗，谁也帮不上谁，结了婚，大概率会复制她和王斯理的老路。是，现在是看脸了，有感觉了，未来呢？等习惯了，麻木了，只剩下生活中无尽的麻烦，她冯一笑能为八斗兜底吗？

三元对此很不乐观。

更何况这里头还夹着老妈。姐弟俩早年丧父，为了把孩子拉扯大，他们可怜的妈不惜再嫁，光做饭就做了上万顿，吃了不晓得多少苦。好不容易俩娃都培养出来了，尤其八斗，是妈妈的骄傲，他考上公务员，老妈激动得都哭了。真给娘亲长脸呀！因此，八斗的发展不光是他个人的事，还关乎整个家族的未来。

她龚三元已经折戟沉沙混到北京周边去了，那八斗就应该引以为鉴，避免马失前蹄。不说重振家族、光耀门楣，单论老妈的晚年吧，那也直接跟这桩婚事挂钩。

八斗毕竟年轻，没谈过几次恋爱，男孩成熟得又晚，看不了那么真、那么远。那她这个做姐姐的，少不得为他全盘规划。

三元把烦恼跟斯理提了。

王斯理不以为意："年轻人，你别管那么多，他喜欢谁就跟谁在一起呗，啥年代了，还包办哪？"三元气儿顿时就来了，"合着不是你亲弟，你是不上心！什么叫贫贱夫妻百事哀？小冯是过日子的人嘛？"斯理大眼瞪小眼，较真："你咋知道人家不过日子，你跟人过过？"三元道："我跟她姐是闺蜜，她什么人我能不知道？好人能被人退婚？"

斯理哎哟一声："你这打击范围太大了。"

三元据理力争："古人云，娶妻娶德，纳妾纳色。"斯理呵呵笑，说婚姻法没规定能娶两个。三元抢白，"所以呀，减掉一个，肯定是减掉妾，只剩妻，那德就是最重要的。"斯理自知说不过三元，于是道："反正，你也别说得太狠，八斗主意大着呢，说狠了，搞不好起反作用，人家就爱情万岁了，你能怎么着。"斯理这话在理，就怕爱情万岁。三元盘算着，这事还是得徐徐图之。

面对老姐的召唤，八斗倒是做足了心理建设，周末一到，他拎着水果上门。三元、斯理已经搬去固安。八斗转三趟公交，用了将近两个小时才到地方。斯理平时开车上班，限号那天他就住北三环公司宿舍。三元则每日跟班车往返。到地方，八斗先问默默的情况。三元说儿子还有几天放寒假，翻过年就正式来固安升学，眼下宝贝儿子正放在公婆那儿。

因为心里都有事，八斗来了，除了问点日常变化，就再不晓得再说啥。斯理坐在沙发上看着八斗，面带微笑。

山雨欲来风满楼，八斗心里发毛。

三元在厨房忙，顾不上跟弟弟说话，三个人吃上饭，八斗严阵以待。谁知三元还是没开口。

饭毕,斯理泡上岩茶。一套手法,茶水入杯了。三元捏着茶盏,目光锁定在弟弟身上。八斗被盯得难受,索性先发制人,"姐,不是你想的那样——"调子拖得老长,苦大仇深、委屈巴巴。

结果呢,一开口就落到三元罗网里去了。

三元变换了一下腿姿,本来是二郎腿,现在腿盘在沙发上了。"我什么意思?"她微微笑着,反问。

八斗咬紧牙关:"反正,我会小心。"

三元这才铺展开:"你要真有成算,我就放心了。你谈多少个女朋友我都不反对,但牵涉到结婚就得想周全,不是说脸不重要,"她放下杯子,右手背叠在左手心里,"脸很重要,要在一张床上过,长相还是得基本够得上自己的审美,"话锋一转,语调升高三个台阶,"但咱不能光看脸呀!"最后这句,三元讲得激动,差点引吭高歌。

八斗先扫姐夫一眼,才面对姐姐,推心置腹地:"姐,要我说,脸都是次要的,第一步得是真心相爱。"

这话属于"政治正确",三元应该无从反驳。

谁知三元直接道:"这也不是绝对,结婚前爱得死去活来,一结婚就过不下去,最后分道扬镳的大有人在,知道为什么吗?"她给八斗出难题,八斗答不出来。她看斯理,王斯理也被这题目难住,赶忙喝茶,眼神躲了。

三元自答:"恋爱是小学数学题,婚姻却是高数题,爱情解决不了婚姻生活的全部问题。"她掰着手指头,"门当户对、共同语言、共同爱好,因素多了,结婚,说白了,就是两个没有血缘关系的陌生人达成协议,目标是好好过日子,签合同的就是夫妻。既然是合同,那就有个大概齐的公平。"

八斗反抗:"婚姻是交易吗?"

三元不含糊:"婚姻的本质就是交易。"

八斗追问:"那爱情是什么?"

三元立即:"爱情是婚姻的序曲,但它绝对不会是正章。没有爱情,婚姻也能成立,有多少人就是差不多就结婚了。爱情有时候甚至是婚姻的反面。八斗,到了你们这个年纪进入婚姻市场,有爱情,很幸运;可没有,结了婚发展出亲情，也很可贵。而且人那等于在水里涮过一遍了，不是说青梅竹马两小无猜，你不设防，人对你也不设防吗？"

八斗胸中一口气堵着，他真想把跟一笑那点过去一股脑儿都倒给姐姐，明明白白告诉她，他跟小冯就是青梅竹马！还共患过难，属于知己知彼，必然百战百胜！所以现在奔着共同富裕去了。爱咋咋地！可是，话卡在嗓子眼儿，八斗还是放弃了，都过去了，扯那些干吗？告诉老姐，问题又要复杂化。

低头望着茶盏里的水，已经凉了。昏黄。八斗不说话，沉默是金。反正，无论咋着，他的人生终究还是他做主。

三元继续说："我的感受你可以不在乎，妈的感受，你也不在乎？"八斗当即长长地叫了一声姐。 提到老妈姜兰芝，问题就严重了，那是三世还不完的恩情债。

三元言辞沉重起来："妈培养咱不容易，我就这样了，破罐破摔，你要争气！"手指敲茶几面板，"你得找能拽着你的，不要找坠着你的。"斯理咧嘴，气从牙缝儿冒出来，三元这等于连带把他也踩了，是他不争气，才令三元有泥足深陷之叹。

"姐，小冯那是解除婚约，不是离婚，而且就算离过婚，搁现在也不是什么大问题。"八斗继续柔软反抗。

三元不含糊："过去现在未来，我对离过婚的人没有任何偏见，你离婚，你有本事也行。但解除婚约就是另一回事儿了，你就不想想，为什么人家悬崖勒马了？肯定有问题。"八斗说就是性格不合，及时止损了。

三元较真："是人家嫌她，还是她嫌人家？"

"她嫌人家。"八斗嘴一秃噜。

三元道："她跟你说的？"

八斗说："姐，真没有你想得那么严重，臭豆腐臭，照样有人好那口。鸡腿倒香，也有人不爱吃。"

三元说："那你说，她是臭豆腐还是鸡腿？"

八斗不往下辩，再辩下去没完没了了。

三元换个角度："最怕那种没什么本事还瞎折腾的，来北京多少年了，一分钱存款都没有，这样的人能找吗？"

八斗呆在那儿，一笑的财务状况他不知道，老姐却摸得门清儿。三元乘胜追击："解除婚约的真正原因，你调查清楚了吗？不能空口白话，她说，什么都由着她说，能行？"

八斗无言以对，三个人静默了近半分钟。

三元道："姐不是不讲道理的人，也不是说一棒子打死坚决反对，如果小冯是好人，我们接纳。但目前就是让你别急，步子走小一点，像骐姑娘什么的，也可以接触嘛。你这长相，这工作，这学历，这人品，相处久了，人也会明白你的好。"

八斗声音很低："问题是……那骐姑娘……也不理我啊……"

三元急道："她不理有别人，老弟，姐今天不是说棒打鸳鸯，我和你姐夫就是跟你务务虚，"咽口唾沫，"也不是我们要务，是妈实在是关心，"语重心长地，"别着急，都看看，不要才认识三天就说结婚。有啥好处？八斗，你年纪也不小了又是在政府机构，沉稳一点，好不好？"

老姐话锋柔和了一些，八斗只好就坡下驴说行。三元喋喋不休着："就跟开车似的，稍微开慢一点，别冲那么猛，一上来就结婚，吓谁呢……我等于是给你装了一刹车，别走到悬崖边你直接你就开下去了，这前车之鉴都在这摆着呢。"

王斯理这才插话自黑："你姐吃亏吃大了。"

三元听出丈夫的反讽，眼白立刻贡献给他："少来这套，亏我吃了，话还不准我说？"

斯理连忙推手，说："你说你说。"龚三元反倒不说了。她剥了个橘子，分成三份，递到斯理和八斗手里，才幽幽地道："人生到处都是岔路口，一旦走错，回不了头。"

老姐的谆谆教诲，让八斗沉默了一个礼拜，他没去找一笑。他现在开始有点怀疑燕玲的立场和本心。一笑是妹，她这个做姐的，理应希望她幸福，还是说她燕玲觉得他龚某人无法给一笑幸福。当然，不能忽略的是，燕玲和三元是铁杆儿，互通消息也属正常。年底，电商大促，一笑忙得四脚朝天，消息、电话都来不及回，就连在非核心部门的三元，也随着公司的律动连续加班。

八斗打电话找斯理借车。斯理忍不住抱怨:"你姐现在,就是个野人。"当然,斯理也不遑多让,临近年底,KPI考核,他也加班加得昏天暗地,经常在公司宿舍栖居。

元旦,八斗没安排。他原本想找海超打发时间,谁知人家相亲去了。临下班前问过裘全,他家近,球也不踢了,说是回邢台跨年。八斗闲极无聊,临时起意拎着单位发的干果去公租房,一笑自然不在,燕玲正在梳头发。

八斗来得突然,燕玲似乎有点紧张。她快速洗漱好,简单化了妆,才抱歉似的给客人倒水,又说昨儿个没睡好,一笑半夜才回来,闹腾。八斗问几点,燕玲说没看表,但怎么着也有一点多了。八斗叹这工作不是人干的。

燕玲说:"趁年轻,拼一拼。"龚八斗真想说也不年轻了呀,但话到嘴边憋住,燕玲又说:"来北京是干吗的?不就是奋斗的吗,不像我,有劲儿没处使,就等着退休了。"说完又纠正,"我现在也没劲儿了。"

八斗建议多锻炼,还帮燕玲分析体弱原因。综合判断,八斗判定燕玲属于气不足。他站起来,示范从胸腔发声,跟洪钟似的。燕玲有样学样,也做这个动作,声音却飘飘忽忽。

八斗道:"人活一口气。"

燕玲自嘲:"我也就只剩这口气了。"

八斗建议她艾灸。燕玲说做过,容易上火,头半年做了两次,嘴上长了仨大泡。八斗问她灸的什么穴位。

燕玲说腰那块。

龚八斗道:"艾灸穴位也跟吃中药一样,是要配伍的,灸单穴反倒容易扰乱气机。"燕玲像学生一样听着。他让燕玲靠在沙发上,身子展开,呈四十五度平面。才道:"最少要灸三个穴位,神阙穴,就是肚脐,"

他隔着毛衣点了一下她的肚脐:"还有足三里,三阴交。"是两个腿部穴位,"这两处是一定要灸的,叫引火下行,不然火就往上蹿,你长大泡就是这个原因。"又突然想起,他又伸手,朝燕玲小腹戳了戳,"还有关元,也很重要。"

腹部柔软,八斗手指弹跳,燕玲微微发抖。

八斗这才想起男女授受不亲,赶忙"收手",两臂垂立,脸上颇有些尴尬。燕玲也迅速捋好衣服，跳起来，矫健得全然不像个体弱者。

快十一点了，她要带八斗出去吃饭，还说他来得突然，中午约了个老同事，让八斗别介意。

八斗知趣，道："要不你们聚吧。"

燕玲不许："都是自己人，你就是我弟，没事儿，你中午有事吗？"八斗见燕玲坚持，只好同意跟着走一趟。

11

有人下车，地铁空出个座位，八斗眼尖，一屁股下去占住了，又让给燕玲。燕玲说不累，死活不坐。八斗没办法，只好勉为其难坐好，伸着脖子跟燕玲说话。

八斗问燕玲工作情况。燕玲简单说了，又说自己最近参与了一套世界名著《安娜·卡列尼娜》，那本她责编，可以送他一本。八斗看过这书，不由地讲出声："幸福的家庭都是相似的，不幸的家庭各有各的不幸。"念罢，两个人眼神对视，似乎都想到一处去了，跟着都苦笑。

燕玲道："放心，一笑心里还是有你。"

一锤定音，八斗心里有谱了。他随即说："我姐跟你说什么了吗？"

有点谍战意味了，把压力传给燕玲。

燕玲反问："没提，她应该说什么？"车厢晃动，燕玲身子倾斜，八斗拽住她，又让她坐。刚巧旁边有人下车，燕玲方在八斗边上坐下。"这种事，大主意还是自己拿，毕竟是两个人过一辈子，家里人的意见要听，但也只是参考。"点到为止，彼此都不再谈这话题。

燕玲的得体，多少反倒让八斗为她不值。情商是有的，怎么恋爱会失败两回？其中有一回，还临到结婚散了伙，跟一笑一个毛病，难道是祖传？问题是，两个人也没有血缘关系，只是家里靠姻亲攀上了亲戚。

到青年路下车，出了大悦城，过马路对面有一家火锅店。燕玲提醒八斗，千万别抢着付钱,八斗笑着答应了。

刚落座人就到了,是位女士。燕玲叫她老彭,年纪看上去跟燕玲不相上下,两个人在一个编辑室待过。

要了鸳鸯锅,又点了肉、菜。燕玲、老彭久别,话自然多,八斗偶尔插一两句,多半是听着,作乖巧状。一会工夫,八斗从对话中大概解析出老彭的情况,未婚,有个哥哥,哥哥得了肿瘤,目前在北京化疗,但老彭跟哥哥住在燕郊。大致情况就是这样。

燕玲又问老彭的工作情况。老彭现在一家公司做童书,造的码洋高,收入还算可观。

燕玲问:"老板男的女的?什么来头?"

老彭道:"男的,比咱们都小,特别能干。"

燕玲打趣:"结婚了吗?"彭说:"没有。"一片肉下肚,又补充:"不过没戏。"燕玲诧异,问为什么。老彭隐晦地,"人兴趣不在这儿"。燕玲愣了一秒,笑开了,对着桌对面的八斗和老彭感叹:"你看看,难不难,女的争,男的也争。"老彭道:"老板倒是心宽,催着我赶紧结婚生孩子,说将来我就在那儿退休,我说我上哪找,北京什么都不缺,就缺男的。"

八斗在旁边听得皮紧。他是男的,且未婚,可他也救不了老彭,做不了这份慈善。转而他又觉得自作多情,不是每个女的都跟饿狼似的,人老彭人淡如菊着呢。而且哥哥病着,她估计也有自知之明,暂时不会有男人主动进入困难模式。

最后一盘羊肉片上来。

燕玲分着往两边汤里送,才恍然想起:"今儿跨年,咱也没弄点酒。"

老彭说以茶代酒,八斗跟着举起杯子。

燕玲对老彭,说祝酒词:"新的一年,祝你,"又改口,"祝你们,都健健康康,"一字一顿地,"然后,"再停顿,"祝你在这公司……能够……一直干到领退休工资……"最后补充,"早点儿有一个自己的家庭……"

家庭。可望而不及的词儿。这两个字好像有千斤重。捆在心上,下沉,把心坠到肚子里。

隔着玻璃,商场一楼的游乐区孩子们在玩闹。白的蓝的,塑料小球的海。家长们围着围栏站一圈儿。一个又一个家庭。但一切跟他们仨无关。

老彭无奈笑笑,眼眶红了。

老彭一哭,燕玲也跟着被传染了,抽了抽鼻子,眼泪快下来了。八斗在旁,安慰也不是,不安慰也不是,他终于明白了,眼前的这两位,都是渴望感情,渴望家庭的,可在当下的北京,在这个残酷的婚姻市场里,她们真的没什么优势,属于弱势群体了。

爱一个人是需要成本的。

别说男人,就是把男人女人包括进去,又有几个人愿意做赔本买卖呢。

终于,八斗还是把纸巾递过去。燕玲反倒破涕,对着老彭道:"瞧瞧咱成啥样了,要被弟弟笑话。"

八斗连忙说不存在,都是穷苦人,站起来一般高躺下去一般长,谁笑话谁。

老彭硬着脖子:"笑话又怎样?北京就是这样,自由。只要不违法,随便,你死你活都没人管……"声音更低,"没人在乎……"燕玲又劝。老彭再举杯,总结:"三十四岁,一无所成,一无所有。"悲到深处,笑反倒泛起来,是自嘲式的,"很好"!

"很好!"燕玲也说。

……

"很好!"吴屈梦说完最后一句话,挂断电话。路子都联系好了,她要办培训班,从老家招生,带孩子们畅玩冰雪季。内容包括:参观北京景点、听讲座、参观博物馆、滑雪等。

三元得到消息,秒懂:老吴这是要开始拼事业了。

是啊!嫁到老李家,除了谋了一份饿不死的闲差,她吴屈梦的事业,始终没能支棱起来。

吴屈梦是不甘心、不死心的。

过去她多拼、多上进啊!如今孩子上幼儿园了,她也好歹能解放出来,用她自己的话说,就是忙忙正事。

三元有点羡慕屈梦,在她看来,老吴是先付出,后得到,生儿子有功,李家自然愿意把资源往她身上堆。

- 061

她呢，生了默默，公婆给什么了？除了喂点好话，人实在没把这大孙子当回事儿。默默送回老家这阵儿，婆婆来了几次电话，就差没明说——你赶紧把孩子接走吧——一会儿腰疼一会儿腿肿，只顾自己。

三元现在瞧得明白儿的，人穷，就很难大度。看看人屈梦，别墅住着，富贵日子过着。现在办班，硬件以及一部分软件也都由婆家提供。公婆指路，大姑子陪着跑，搞定了高校的教室，连带还搞定了部分名流来客串讲座。小地方的孩子家长好糊弄，给他们见几个名人，那这趟就没白来。不过，课程制作等一系列软件，需要屈梦自己整。于是屈梦第一时间想到了闺蜜们。

燕玲立刻两肋插刀了，随叫随到。

三元太忙，但她不失时机把八斗推了出去。

她对八斗说："听梦姐的，她让你干吗，你干吗。"

八斗给面子，迅速联系吴屈梦，迅速到位。

当然，不出所料，第一次在工业大学的碰头会，骐姑娘也在。八斗觉得尴尬，倒不是因为他跟骐姑娘有什么，而是毕竟燕玲在列。他怕燕玲误会，以为他脚踩俩船，话再传到一笑那儿，问题就大了。不过以他对燕玲的了解，人还真不至于这么多嘴多舌。

小会开完，屈梦对大家表示感谢，又对八斗："小龚，"她喜欢在姓氏前头加"小"称呼人，"你得开一门课。"

八斗假作失色，谦虚着。

李骐问小龚教啥。

屈梦笑眯眯地："写作课呀，小龚发表过不少东西，是作家。"

八斗慌忙纠正："'者'，作'者'。没到'家'。"

燕玲和李骐有些吃惊。不消说，肯定是老姐三元跟屈梦分享的信息，虽然都是事实，但龚八斗还是觉得不好意思。他读研的时候写过不少，发表在报纸杂志上，多半是为了赚稿费贴补生活。因此，好多篇章有些矫情做作，迎合市场口味。钱拿到之后，八斗就不大想认这些"孩子"。李骐感兴趣，追问有没有笔名。燕玲也凑趣问。

八斗被逼得无法，只好把笔名"一村"供了出来。

三个女人哈哈大笑。

燕玲道："这个名字好,柳暗花明又一村。"

在李骐的逼迫下,八斗只好从网上搜出他在《读者》杂志发表的那篇关于上班的散文。

直到散会,屈梦带走燕玲,让八斗和李骐去学校唯一的大饭店吃饭,李骐还当着八斗的面儿,把这篇弘文读出来:"上班是个不大不小的麻烦。它多少有些像旧式婚姻,明明谈不上喜欢,但还是得长相厮守……"

李骐笑得咯咯地:"你咋这么会写呢。"承蒙夸奖,龚八斗反倒不好意思,说自己不过乱写。

李骐道:"这顿得我请。"龚八斗赶忙禁止,说吃饭,哪有女士付钱的。李骐呦呵道:"你还挺封建,女人就不能请男人吃饭了?我最佩服你们这种人,心里想的,能写下来,我心里想了好多,就是倒不出来。"

八斗说多练习就行。

李骐伸手捉住辫子,往后面一甩:"我有三本日记。"

八斗略吃惊,但面上没露出来,继续吃板栗烧鸡。

李骐补充:"现在不写了。"

"那你可得好好保存。"

李骐立刻道:"带锁的那种。"

此话一出,龚八斗竟然感觉李骐有点可爱了,她是高中女生吗?还是那种十几年前的高中女生,写日记,还带锁,还相信有了锁别人就看不到。八斗故意认真地:"锁也不保险,别被偷了。"李骐笑道:"偷了也没用。"八斗不懂她意思。李骐揭秘:"是用摩斯密码写的。"

哎哟天哪!人才。

八斗忍不住要给李骐鼓掌:"你该去演《风声》。"

李骐当真了,顿时来劲:"都说我长得有点像某个女明星。"

八斗当即认可,似是而非,就当是。好听的话不上税。

李骐满面自得。

饭后,八斗抢着结账,李骐坚决不许,但八斗好说歹说,终于用团购结了。两个人在校园里转悠。八斗又帮李骐拍了不少"美照"。末了,李骐说:"今儿吃了你用了你,都不好意思找你帮忙了。"

八斗说:"能帮忙是我的荣幸。"

"不是我,是我爸。"

"叔叔怎么了?"

"闲下来了,就容易胡思乱想,"两个人走到校门口了,"最近老是回忆他光荣的大半生,可歌可泣,他想写写,但自己又写不了。"

"找人帮忙?"八斗脱口而出。

李骐纠正:"他口述,你整理,怎么样?"

帮人整理回忆录,不能算个好差事。但好在八斗喜欢跟老人接触,也不好驳李骐和屈梦的面子,他笑着说:"这个事情很有意义。"

"是吗?"

"当然。"

口头答应。很快,吴屈梦就来电话敲定。三元得知,把八斗狠狠夸了一顿。她觉得这叫"上道"。她把削好的苹果递到弟弟手里,嘴上不忘上课:"这是个机会,瘦死的骆驼比马大,他家老头手里抓着多少人脉多少资源,随便放点你也行了。贵人,太重要了。"

八斗道:"不想那么多,我是觉得,能帮就帮。"

三元说:"这就是你的长辈缘,你姐夫就欠缺在这儿,他就以为自己会写两个代码就能咋着,没有贵人提拔,你就是写到死,也就仨瓜俩枣!干不下去都!"

八斗好奇,说姐夫不写代码了吗?他还不知道斯理辞职的事。确切地说,是被辞退了——属于遭公司优化的员工。王斯理一怒之下,改弦更张,另辟战场。三元让他别不信邪,斯理却压根儿听不进去。弟弟问到面儿上,龚三元也懒得再包庇丈夫:"不写了,干销售了,还不如写代码呢。"八斗又问姐夫现在在卖什么。三元说是商用复印打印设备,还让八斗留意,如果有业务线索,随时联系。

12

忙过元旦,冯一笑有空消遣了。八斗为了表示犒劳,请她去网红餐厅吃饭。海鲜肉类用麻辣料炒,菜直接摊桌子上。只是,面对小土堆似的美食,一笑却提不起精神。八斗问她是不是工作太累。一笑说:"心累。"八斗建议春节一起出去旅游、散心。

一笑扭着脖子,想了一会儿才问去哪儿。

"随便,"龚八斗大方地,"大理、丽江,任何地方,只要你想去我就陪你去。"一笑似乎有点感动,但反应并不强烈。即便是饭后去看电影时,八斗也没有得到想象中的吻。

事后八斗把情况跟陆海超描述了一番。海超已经知晓这段恋情,并且积极充当"狗头"军师。"斗儿,我怎么感觉你在战略上有点失误呀。"海超大惊小怪地说。

八斗细问。

陆海超说:"你对她好是真的,但有没有好在点子上,未可知。"吸一口气,"什么叫甲之蜜糖乙之砒霜,有人喜欢吃屎,你给他吃山珍海味,那就可能没屎好吃。"

粗俗的比喻,八斗给海超一脚。

海超继续:"话糙理不糙,就那意思你懂吧,其实谈恋爱,就跟你求人办事去送礼是一样的,你得送到人心坎上。"八斗沉默,小啤酒喝着。海超发问:"人小冯最想要什么?最期盼什么?最渴望什么?你知道吗?"

这话问到根儿上了。一笑可不是那种普通的女孩。

八斗面目呆滞:"不太知道。"

海超伸出一根手指:"这就是问题所在了,一个插头配一个插座,得配上才行!哦,你做个饭、请个客或者买个包,咋着,人根本不在乎这些。"

听"超"一席话,胜读十年书,龚八斗大有幡然醒悟之感。女人心海底针，漂亮女人的心，那就是海底的针尖，他切得好好打捞呢。

临近过年，龚三元有点烦恼。她公婆送默默来北京，跟着就住进南四环斯文家不走了，这年就在京城过。三元和斯理都忙，统共没几天假期。公婆在京，按老传统，三十、初一肯定留北京了，加上这是三元加入公司的第一年，领导格外分配了值班，她回老家估计有困难了。

龚三元打电话给老娘说明情况。姜兰芝听了之后，问："车皮回来吗？"三元道："他肯定回去。"又说，"要不，您来北京过年也行。"

兰芝问："你叔咋办？"

是指三元和八斗的继父老周。三元不打磕巴："一起来呗。"兰芝道："大城市，住不惯，你也知道，他动步就是汗。"三元连忙回道："固安不是大城市，跟老家差不多，比北京还舒服呢，在北京赚钱，到固安消费，不要太滋润。"她老娘又提开药的问题，她跟老周都有慢性病，到固安不方便开药。三元还想劝，说她那点降压药能值几个钱，兰芝不把话头往上贴，三元只能作罢。

挂了电话，她转脸把过年回家的安排跟八斗说了，并千叮咛万嘱咐，让他回去给周叔带条烟，不用太好，中南海小太阳就行。

老姐这样，八斗明白，过年他铁定要回去了。

别的不担心，已经夸下海口要带一笑出去旅游，这就有点麻烦了。八斗只好跟一笑商量，说初三之后，他回北京，然后再安排出去。一笑立刻给他减刑："算了，去不去无所谓，省点钱。"

八斗往上贴："不行，说好的，得兑现。"

一笑刚从公司健身房出来，头上的发带还来得及摘说："哎哟，不至于，大国之间还扯皮呢，我搞不好也得回去。"

八斗跟着问："你回去，燕玲姐呢？"

一笑说："她不回。"

八斗又问为什么。

冯一笑道："我哪知道，你问她呀。"也是，他们又不是特别近的亲戚。当然，八斗不会去问燕玲。他跟燕燕姐还是保持着礼貌的距离。

年前单位事儿不多。裘全请了年假，提前回老家相亲去了。八斗在单位承担了体力活儿：诸如发福利、团拜送年货什么的。除此，八斗在返乡前还有好几样事要安排。首先是给一笑和她家人准备过年礼。这两年，一笑几乎不怎么回老家，她爸妈跟着儿子在广东佛山帮忙带孩子。逢年，一笑要想见到爸妈，只能候鸟南飞。八斗要给一笑她爹买烟，一笑说："浪费钱，早都劝他戒，少助纣为虐。"八斗心里不舒服，他觉得一笑应该至今还没跟父母提过他。

这一回，他直接问："你爸妈知道我吗？"

冯一笑道："多少年前就知道。"

八斗不好意思，说："不是那种知道。"

一笑说："还什么知道？"

八斗进一步解释，"是指人物关系的变化，知不知道？"

"知道。"

八斗大喜，追问："然后呢？"他急切想要知道细节。

"没然后。"

八斗假作不乐，他也不晓得自己目前有没有这个资格。一笑拍拍他肩膀："别着急，好吗？饭得一口一口吃，我心里有数。"

龚八斗道："我认真的。"

一笑眉毛一扬："我比你还认真。"

其次是给老妈和继父买东西，主要是继父。参加工作之后，他每个月给老妈五百块生活费。逢年过节，再给一千红包。继父，他平时叫"叔"。过年通常递两条烟。三元建议的中南海小太阳，八斗觉得太便宜，还是给升了个档，买玉溪。牛栏山两瓶，是给哥的。一套化妆品给姐，都从网上买，直接快递回家。

八斗回乡之前，还要安抚姐姐三元的情绪。公婆来京后，龚三元的情绪就没好过。王斯文炫耀成性，直接把三元当比较级了。逢着年，对比更强烈，这是三元不能忍受的。八斗劝，三元更来劲儿。在公司食堂里，她连烤冷面也吃不下去了："一个是孙子，一个是外孙女，她宁愿带外的也不带亲的，都什么人！反正过年我就加班！"

八斗继续劝："就当给姐夫面子。"

龚三元瞪着双眼："我给他多少年面子了！我得到什么好了我！"

过去，八斗不明白为什么一到过年就容易冲突多。后来海超给他灌输了点玄学知识。八斗一延展，从物理学的层面理解：每到农历年，是天体变化最剧烈的时候。人体受天体引力影响，难免情绪不稳定。

坐高铁到小城，继姐的老公（也是姐夫）开车来接。出了站，八斗大老远就看到姐夫挥手，到跟前，行李放后备箱，姐夫伸着脖子："就你一个？"

八斗立刻领会到潜台词。

姐夫是来看人来了，八成是听到什么，认为他真会领个女的回来。

八斗哦了一声："我姐今年不回来。"

姐夫煞有介事地笑笑，这一声笑令龚八斗浑身不自在。他周岁还没到三十，又不是什么困难户，怎么在老家人眼里，就这么焦点。进一步想，八斗感觉自己选择在年二十九回来实在太对了。过年回家，待三四天最好。少了，父母不满意；多了，自己难受。虽然老娘和继父从未在婚恋问题上催促过他，但他依然能感觉到老娘的焦急。

老娘用的办法是"农村包围城市"，时不时用"赋比兴"的手法暗点一下。诸如又去喝喜酒了，谁家孩子怎样了等。八斗自然能听明白言下之意，但又只好揣着明白装糊涂。

到了家，行李打开分礼物。龚八斗窝进他那间不足六平方米的房间里，等待着年三十晚上那顿饭。

一年当中，这顿年夜饭对于老娘和继父来说是最重要的。吃是次要的，重要的是仪式感。这种仪式感从老辈儿传下来，到他们手里，多少年没改过。有人说，当你能独立办起一桌菜的时候，基本上你就在家里说了算了。

八斗的理解是：这里不光是指会办桌、会做菜本身，厨师会做，他也未见得能说了算。核心是，你办了桌，能把人都聚在一块，说明你能说了算了。

老娘和继父说了算几十年，如今属强弩之末，儿女们好几次都提议年夜饭去饭店吃，都被他们强力否定。

理由是：饭店烧得不行。

当然是借口。

这顿饭，实际上是家长权威的持续。老人们不肯放权，为了这顿充满仪式感的饭,两个老人两三个月前就开始准备。鸡鱼肉蛋,鲜的腌的,香肠火腿,还有年前才买的蔬菜,还有年二十九开始炸的糯米圆子……一道一道摆上桌,琳琅满目,物阜民丰。

继父举起酒杯,感叹:"元元没回来。"

大姐连忙给三元打视频,通了。三元正在她大姑子家过年。一阵热闹后,继父一饮而尽,道:"一年又过去喽。"到此,过年才终于宣告落下帷幕。吃完饭,多数人都去打麻将了。继父的儿子,八斗的哥等着去厂里值班,歪在沙发上剔牙。八斗和老娘坐在沙发上看电视。八斗感觉有必要找点话题缓解尴尬,便问问他哥工作的情况。

他哥随便答了两句,突然眯缝起肿泡眼,道:"不小了。"

不妙,八斗耳朵根发热。

姜兰芝应承着:"是。"

他哥臊眉耷眼地:"阳子你记得吧?"八斗没印象。八斗娘说知道,是他哥的发小,现在也经常在一起喝酒吹牛。他哥继续道:"他有个家门妹妹,曲山的,人才不错哩,父母都不在了,现在就跟阳子这边亲,逢年过节都来这边走,"突然提气,"也在北京。"

意图很明显了。

八斗不看他,以示反抗。

兰芝抹不过面子,问:"干吗的?"

他哥道:"她去得早,十几岁就出去闯了,现在好像在广告公司,中层干部。北京两套房。你想想,一个女的,能干两套房子,那真是……"抑扬顿挫,跟唱戏似的,"不是一般人。"言语间啧啧称叹。

八斗不响。

兰芝问:"多大了?"

他哥随即迟滞地:"就是年龄比八斗大点,好像是,"吸气,"反正不到四十,靠近八零后。"

八斗脑子炸炸,别说他已经心有所属,就算光棍一个,也犯不着跟七十年代出生的女人搅和……八斗娘哦呦一声,俨然有点失礼。

他哥忙劝:"混大城市的,忙事业,结婚都晚。"

兰芝找补说也是，表情却淡漠下来。为平息老哥的红娘瘾，八斗只好说回头认识认识，就算谈不成，也能做朋友。

13

回到自己的小屋，八斗还憋着一肚子气。姜兰芝端陈皮水进来，递到儿子手上。她知道八斗不自在，只能劝："他介绍是他介绍，你听听就好。"

八斗抬头，咬牙切齿地："他不是介绍，是存心挖坑！七零后？多大了？我犯得着去扶这个贫？"兰芝话说得软，"人也是好心，就是没脑子，人老三辈都那样。"

八斗冷冷地："好心？十八岁就到北京了，有两套房，在广告公司工作，父母双亡，别说这样样齐全，就是只占一样，都得思考思考。"吸一口气，"没学历，光杆儿一女的，十八岁到北京，怎么混出来的？这样人谁敢要？"牙咬得咯吱响，"她有两套房我就要去当这接盘侠？找人的找房的？我去伺候她？还不知道谁伺候我呢！"八斗对此女的前史各种揣度，几乎忘记了一笑也是有前史的，可架不住小冯还算年轻。那四十岁的女人，啥都不用干，就罪加一等。

八斗一通抢白，兰芝发窘。八斗看着母亲尴尬的样子，知道她夹在中间为难，不自觉心软，口气也和顺不少："人生，处处是坑，但凡没点脑子的，直接摔里头。"

兰芝劝："不跟他一般见识。"又说，"他们也是看你好，才想跟你沾。"

八斗不明白其中深意。

姜兰芝又说："他介绍的，万一成了，你不就跟他走得近了嘛。"唉。还有这层缘故。八斗不免心惊。他当然知道人是自私的，但却想不到会自私到这个程度，为了自己一点或有或无的利益，甚至不惜葬送别人的终身幸福。什么亲戚！比鬼都吓人！

房间里静悄悄地，只有墙壁外头透过来的电梯运行的声音，母子俩呆呆坐着。八斗越想越气,猛灌两口陈皮水。兰芝见他揉肚子,便问他要不要健胃消食片,八斗嗯了一声。兰芝巴巴地拿来,八斗撂在嘴里,有一搭没一搭嚼着。

兰芝叫他去看春晚,八斗不动。兰芝扩大声量:"反正,不管你找谁,只要你喜欢,妈就支持……"说着,眼泪快下来了,叹息,"反正,妈也没本事……"

老妈的眼泪袭击彻底软化了八斗,他先开始不明白,老妈怎么扯自己没本事,而后才猛然理解,老妈是在为帮不上他买房而愧疚。他哥拿两套房的女人配他,很明显,是人打心眼里认为:你龚八斗根本搞不定北京的房子。

八斗心一横,道:"租房子一样!"

姜兰芝说:"你愿意,人姑娘愿意吗?"

一句话问得八斗答不上来。

他不自觉代入一笑。是啊!她愿意嘛。唉,她就算愿意,他也于心不忍。一笑在感情上吃过苦头,而且听老姐提,男方一毛钱青春损失费也没给她。现在,要是正式走入围城,她难道还不值得一套房子?

八斗娘见儿子沉默,转而说:"到时候,我帮你一点,你姐帮你一点。"停顿几秒,又补充,"他要是一毛不拔,将来你也不用管他,真到躺到床上那天,让他找他儿子要钱去。"

真相太过残酷,八斗不想触及。他当然明白老妈口中的"他"是指周叔,他的继父。的确,自打去京上学,到参加工作,继父没提过房子。不愿提、不敢提。哦不,也说过。说过如果八斗回老家,他能帮忙筹措筹措——那也是明知道八斗不会返乡的前提下,才说了大话。老实说,半路父了,八斗就没指望过他,但周叔的一言不发一毛不拔,还是多少让八斗齿冷。

鸡皮粘不到鸭身上,外的就是外的。

他必须认清现实——房子的事,只能靠自己。他申请的共有产权房子马上摇号,龚八斗真心祈盼自己能有这份幸运。

春晚一结束,对于龚八斗来说,春节就算过完了。从初一到初三,一家人还是照例吃饭。话却越来越少。每天晚上,八斗和兰芝坐在床边,有一搭没一搭说着亲戚们的闲话。这些故事,跟京剧选段似的,都被唱了千万遍,八斗几乎倒背，但每年春节到家，还是免不了要陪着老娘再说一遍。不然说什么呢？他们已经没有共同生活多年，一提起来，就还是些老事。好在今年在楼下碰到姑家的表姐，八斗意外带回来点新消息。

丈夫去世后，姜兰芝跟婆家闹不痛快，早都不来往了。因此，那边消息的更新全靠碰，跟化石出土一般，偶尔发现一点。这一年：表姐的老公中风，小三跟他分了手；大姑身体不好，打算年后去看墓地；小姑家六楼的房子怎么都卖不掉；小舅爹得过小儿麻痹，一辈子病歪歪，如今有用的没用的、老的少的都走了一大片，他却以九十几岁高龄盘踞在床上，拿着手机跟人吵架，索要自己的补贴……八斗将这些八卦跟老娘说了，娘俩又挨个儿翻过来倒过去分析好几遍。等每一个细节都捋清楚看明白了，八斗也该回北京了。

到京第一件事是去看姐姐。

三元的"过年气"还没散，早早把战场转移到办公室。大厂的食堂，八斗快成常客了。三元要了烤冷面、一个饼、一碗酒酿，八斗还是牛肉面加两个驴肉火烧。

三元问家里的情况。

八斗把每个人的状态描述了一番。

三元没多做评价，跟着问："你跟妈说了？"是指跟一笑的事。

"说了。"

"妈怎么说？"

"说我喜欢她就喜欢。"

三元沉默，过一会儿，才苦笑："坏人都让我做了。"又语重心长，"我们也是希望你过得好。"她用"我们"。没准她已经跟老娘通过气，她们永远是统一战线。她现在的话，只是例行关怀罢了。

"肯定会过得很好。"八斗给自己打气。

"怎么个好法儿？"三元放下勺子，嘴也离开碗边儿，"你总得在北京立足，总得有个窝。"

又说到关键问题了。

八斗微微低头，这是道无解的题。三元又说："真到那一步，坏人我去做，我去谈，相互也得退一步，你没房，她也没有，而且年纪还不小了，谈过那么多个……"

"姐——"八斗觉得这都扯不上的事,"共有产权房快摇号了。"

"有希望吗?"三元眼里有无限希望,星星点点都是光。八斗说只能碰碰运气。吃完东西,姐弟俩去健身房坐了会儿,三元上器械,但练了没两下就累了。她瘫在斜面上,四十五度角对八斗,"年后,换!"三元有点气短。

"换什么?"八斗没理解。

"工作。

"又换?

"这没奔头。

"换哪儿去?

"还是'大厂'。"三元站起来。

"有目标了是吗?

"有了。"

"恭喜。"八斗为姐姐高兴。三元又说斯理也要换。八斗理解不了这两口子,销售没干下去,王斯理又要做回程序员。只不过,他进的不是大厂,而是小的创业公司。但当三元说了办公地址,八斗又不禁为姐姐姐夫担忧,房子买在固安,就是奔来大兴上班去的,结果现在又跳槽到北面,别说通勤首先就是个难题,那孩子怎么办?

八斗轻声表明了自己的顾虑。

三元道:"所以要找个人。"

"谁?"八斗问,"保姆?"

"哪请得起那个。"

八斗感觉不妙,问:"姐夫他妈能愿意?"

"肯定不能,"三元丧气,"她愿意,她女儿都不能愿意,王斯文现在能吃人。"

八斗望向落地窗外,楼下工地正在施工,过年也不休息。几辆巨型吊车挥着长臂,把视野隔成几瓣。

三元兀自道:"只能让妈来了。"言语的惆怅不比眼前的粥稀薄。

八斗转过头,诧异地望着姐姐。来京生活他也跟老妈表示过几次,老

- 073

人总说以后。的确,现在来,一来就得来一双,继父没有自理能力,离不开老婆。

"妈来,叔怎么办?"八斗问。

三元瘪着嘴:"愿意来就跟着来,不愿意来……"她说不下去,于是从另一个角度,"当初他孙女,不也都是妈带,怎么皮外的可以带,带亲的就不行?"咬着牙,"反正,要是两个都来,我就两个都养,在哪儿不是生活?固安照有麻将打。"

八斗担忧地:"哥、姐能同意吗?"

三元失笑:"他们巴不得!只要不把老头送他家里,天塌下来人都不会管,一年到头,来过几个电话?发过几条微信?有没有问过他爹冷热,想吃什么用什么?在他们眼里,老爹再婚,就理所当然甩给后老伴儿,得不到老爹的钱,自然就更不会问事!"

一句话点到本质。

话没法再深入下去,八斗只好问姐姐打算怎么通勤。三元说等工作落实,再看看要不要在北面租间小房,好在夫妻俩都在一个区域工作,一间就够住。

关键问题聊完,三元不忘感叹:"成不成也就这几年,反正,再拼一把,我是这么想。"

八斗立刻表示坚决支持。

年初六,一笑还猫在佛山没回来,八斗去了好几个电话,笑笑说可能要晚几天回来。八斗以为出了什么事,言辞里都是着急。一笑说:"没事,多陪陪爸妈,我把年假挪过来了。"八斗有点失望,他原本以为一笑的年假会用到跟他度过美好时光上,现在用了,搞不好意味着一整年都没法儿出行。

八斗本打算跟一笑说他老姐三元辞职的事,但想一想,又闭嘴了。只是打算,还没成事实,就不应该从他嘴里说出来。冯一笑似乎感觉到了八斗的失落,于是加把火:"我跟爸妈说了。"

"说什么?"

"你我的事。"

"他们怎么说?"八斗口气很急。

"他们说谢谢你。"

"谢我什么……"八斗立马虚下来。

"谢你大发慈悲,接盘了他们老大难女儿。"一笑笑得欢快,八斗知道她说假话了。

"不开玩笑。"他严肃起来。

一笑这才说正经的:"他们没意见,我愿意就行,他们现在眼里只有儿子、孙子,只要我不给他们找麻烦,都懒得管我。"

"你是自由的。"

"当然,非常自由。"一笑云淡风轻地。

14

初八就要上班了。八斗认为出于礼貌,他应该去看看燕玲。初六晚上联系,燕玲有空。八斗约她吃羊蝎子。

燕玲过年没回家,理由是不言自明的。刚从家里"逃"出来,她懒得再回去触景伤情,而且她大龄未婚的身份,也实在不适合在小城市过年。

八斗听三元提了一嘴,说燕玲过年相了个亲,跟一个四十八岁的男人。

八斗打心眼里替燕玲不值。以燕燕姐的品貌,怎么也不至于找个"半百"。但从现实出发,以她的年纪,找个年近半百的二婚男人也不是什么稀奇事。燕燕姐这朵花,终究是开得太晚了……还没等绽放出美姿、散发出香味,就惨遭风欺雪压,搞不好就要黯淡凋零。

正因为燕玲的弱势地位,龚八斗对她更多了几分怜惜。吃羊蝎子,她有点摆不开架势。八斗看出她的拘束,连忙帮她夹小块的。燕玲笑说谢谢,手脚慌慌张张。八斗问她年过得怎么样,燕玲笑说看了四本世界名著——她过年还看稿。

八斗又把话往一笑身上引,还提了一笑跟父母提到两人关系的事。

燕玲说:"一笑找到你,还有什么话说。"

这话听着舒服。八斗谦虚:"小冯优秀。"

燕玲不接话,等于是持保留意见。

八斗提房子,燕玲问他怎么打算。

八斗说:"既然准备结婚,肯定要有房子,笑笑也该在北京有个正儿八经的家。"

燕玲打趣:"想不到你还挺传统。"

八斗笑而不语。燕玲说男人要都像你这样,早都世界和平了。又说想搞定北京的房子也不轻松。八斗随即道:"现在有两个方案。要么等福利房,年后摇号,但是期房,即便摇上也得等三四年,还只有一半产权;要么就是自己买二手房。"

"商住还是住宅?"

"不考虑商住。"

"首付有了?"

"一直在存。"

"你的意思是,让一笑跟你一起买?"燕玲推论。

此话一出,八斗呼地放下筷子,连忙说:"不是那意思,房子我搞定。"

燕玲见他激动,解释道:"能一个人搞定当然好,如果有困难,又着急住,也可以两个人一起,算共有财产。"话锋一转:"只是提议,一笑的储蓄情况我不了解。"

燕玲这么一拆解,八斗又恢复平静,众人拾柴火焰高,两个人肯定比一个人省力,而且资产捆绑,更利于全面融合,但男女方合力买房这话,决不能由他先说出来。那样未免太没有男子气概。

他要迎娶"女神",花钱买房理所当然。

眼下困扰是钱,不够。

八斗慌神,燕玲伸手在他眼前晃了晃:"还差多少?"八斗说没算过。一想不对,又改口说差一些。燕玲问考不考虑北京周边。八斗说也想过,但就可惜了首套房资格。两个又分析了一会儿,就都无声了。

八斗把锅里的八角挑出来,丢在骨碟里:"还是得发财。"燕玲凑趣:"暴富吧。"八斗无奈:"怎么暴呢?"燕玲笑呵呵地:"暴富不要想,倒是职业发展路径可以好好规划规划，我和你姐都属于走过弯路的，尤其是我，刚参加工作的时候浑浑噩噩，后来又接连跳槽，每份工作都不上心，也不太考虑未来。"倒吸一口气，喟叹道："结果不知不觉，到这个岁数，后悔也来不及了。"语气更加沧桑："现在别说倒退十年到二十五年，就是倒退五年，但凡有点自觉，我也能过得比现在从容些。"两手捂住脸颊，好像怕命运之神看到她似的，"想想都可怕，年纪大把一事无成。"

八斗本能地想安慰燕玲。可是她说的，又是不容辩驳的事实：有年纪，无事业，无家庭……燕燕姐和世俗的成功不相干。

一切似乎都太晚。

更糟糕的是，这所有的悲剧，又俨然是在无知无觉中发生的。仿佛一觉醒来，青春就不见了。

用燕玲的一句话说就是：北京十年，一片空白。

好在，燕玲只消沉了几分钟，就又开始帮八斗出谋划策。她说八斗现在有两条路。一条还是走体制内，但不能满足于现状，如果内招，一定要继续考。她就有同学毕业后当了"村官"，十年内，连续从郊区发改委到了城六区纪委。如果能再往上走，进了部委，如果是大部还有分房子的可能。

"有个高中同学，本科在武汉读的，研究生也是本校，毕业后去上海当城管。然后再考，现在某部委呢，房子自然解决了。"燕玲一说起奋斗路来，眼睛里又有光了。

"还有一条就是趁年轻，从体制里出来。"

"但这要求你有能拿得出手的技能。出来之后，那就是真刀真枪靠本事吃饭了。"

都说完，燕玲总结："不管男的女的，都得自己有本事，男人更惨点，女人没本事，还有最后一条路，回归家庭，男人没本事，你往哪走？"

灵魂发问，八斗悚然。

燕玲自嘲："像我这样的更惨，想回归家庭都没处归去。"八斗劝她别这么想，愿望已经许过了，只要放平心态，说不定很快就能实现。

既然跟燕玲都提了房子的打算，就没有瞒着一笑的道理。冯一笑一回到北京，八斗就把自己规划提了出来。不过他提得比较委婉，说年后就要去

-077

摇共有产权房,还说如果摇不中,那就考虑自己买。

一笑不以为意:"你跟我说这些干吗?"

八斗道:"这不咱俩的事嘛。"

一笑纠正:"是你的事,不是咱俩的事。"

龚八斗索性说开:"你不住呀?"

"不用考虑我。"一笑洒脱。

奇了怪了,这女的。

龚八斗问:"你是在……跟我生气?"又讨饶地,"我一直在考虑,没有进展就没好跟你说,咱俩结婚,总不能还租房子吧?"

"感情真到那步了,租我也不介意。"

"别说气话。"

"我说真的。"冯一笑不像在开玩笑。各种念头在龚八斗脑子里打转,终于,他把一笑的这种行为,解释为一笑对他的理解。

她理解他的不易他的艰难,所以在房子问题上不愿意给他压力,多好的女孩呀!龚八斗觉着,自己从当初到现在都没看错人。龚八斗拍胸脯:"笑笑,我保证,我对着老天保证,咱一定要有一个家。"

一笑笑嘻嘻地:"交给你了。"

翻过年,八斗回单位进入日常工作状态,处里开了几个会,安排几项重要工作,大姐们一时还没从节日状态调整过来,八斗也就跟着摸鱼。不过,燕玲此前的建议,他却往心里去了。留在此地,的确不是长久之计,可是一时半会也没有好去处。只能等,只能熬,等待时机。

吴屈梦打电话来问招生的事,八斗这才想起来,节前吴姐是委托他回去实地探访一下招生办。结果他一到老家,啥都忘了。这感觉仿佛唐僧忘了帮年前老龟问成仙时间,八斗连忙道一百个歉。

屈梦倒没介意,问:"什么时候过来?"

八斗茫然。

吴屈梦说:"李骐没跟你说吗?回忆录。"

八斗连忙说知道,又说时刻准备着呢。吴屈梦又说把地址电话发给他,让他先联系一下。

号码发过来了,是个座机。除了单位电话,还有交水电煤气费的电话,八斗现在很少拨座机号。打过去,响了七八声,才有位女士接了。

八斗放平气息:"我找李老师。"他本来想叫李部长、李会长之类,又感觉太过夸张,还是"老师"平易。女士说稍等。听声音,不像李家老太太,八成是保姆。不大会儿,换了个中气十足的男声接电话。八斗说明来意,对方很高兴,让他时间若是允许,明天上午登门。

八斗得令,按约而行。

去李家的事,八斗没跟一笑说,他怕她多想,毕竟里头夹着李骐。具体日子,也没跟三元提。他怕她大惊小怪,论攀高枝儿,没人比姐姐兴趣更大,只可惜,三元打开头就落在了草窠里。不过对陆海超,八斗却没保留,喝酒的时候点了一下。

海超立刻拍大腿:"你小子要飞黄腾达了。"

龚八斗笑:"怎么了就飞黄腾达?"海超举着手机,上面是他刚才百度的结果,"你知道这人是谁吗?"八斗故意地,"不知道。"陆海超眼睛跟被脚踩过一样,"你知道他有多大能量吗?"

龚八斗说:"人家的能量,跟咱没关系。"

海超道:"混熟了,还不如去当他秘书。"

八斗说:"你别扯了,伺候不了。"

海超道:"受点气,不算什么,吃不了那个苦,也就享不了那个福。"又说,"在大妈堆儿里混,混到什么时候是个头,再说,咱们跟她们革命任务也不一样。"

八斗说:"怎么还扯到革命任务了?"

陆海超说:"那些个大妈,好多都是家里有好几套房,等孩子结婚,或者已经在帮忙带孩子的,咱们呢?啥啥没有。"八斗说那你打算怎么办。

海超道:"队友太重要了,可惜我条件太差。"

八斗笑说:"你房子都买了。"

海超道:"一室一厅,能咋着?本地人,看不上我。"

八斗说:"那你就找能看上你的。"

陆海超不客气:"'三无女'能看上我,我要扶这个贫吗?"八斗第一次听说这词，求教。陆海超掰着手指头，"无房、无户、无存款。"

李家住在二三环之间，小区看着不起眼，走进去却别有洞天。单元楼一梯一户，上了十楼出门，却是长长的玄关，两边摆满各色雕塑，多半是石器。八斗按门铃，果然有个保姆来开门，领着他换了鞋，进了屋。

硕大的客厅里立刻让龚八斗大开眼界。他想不到这个位置，还能有如此宽敞的住宅，更别说客厅里的各色摆件，还有小型的假山流水，鱼缸花盆，琳琅满目，叫人惊奇。

八斗提着屁股在沙发上坐了，书包放在腿上，拿出笔记本和笔。老干部的话，他必须好好记录。等了快十分钟，爽朗的声音再次出现，八斗感到奇怪，李家老太太没出来，只有老头一人见客。

八斗忙不迭起立，跟战士见到首长似的，本儿不小心跌在地上，也来不及去捡。

李老爷子连说了三个"坐"。

八斗屁股回落，挺直腰板。

老爷子声如洪钟："小伙子哪儿毕业的呀？"

八斗连忙报了学校、专业。老爷子听闻，没做评论，直接道："那咱们，开始？"八斗严阵以待，打开录音笔。两个小时，李老爷子信马由缰说着，刚开始是从头说起，讲了一会，又觉得早年的故事太过冗长且不太重要，于是又直接跳到精彩部分。八斗边听边记，时不时追捧赞叹，老人说得很舒服。末了，八斗表明回去先整理整理，两个人约定下个礼拜继续。

收拾东西，八斗便告辞了，可老爷子却一定要留饭。八斗推脱了几下，见老人实在热情，只好恭敬不如从命。晌午，李老太太还没出现，上回在长城碰面后，八斗对老太太印象不错。他多嘴问了一句，才晓得老太太去医院。"怎么了？严不严重？"八斗真担心。后经保姆解释他才知道，老太太是去住院体检顺带疗养，并没有什么急病。

午饭保姆手捏了饺子，韭菜馅的。配上烧菜、炒菜、凉菜统共五道，主食是馒头。

李家祖上来自山东河南交界。

饭点儿，李骐回来了。一身运动紧身衣，头上绑着发带，看样子刚健完身。见到八斗,一脸冷漠。龚八斗不知道自己哪得罪了她,可当着老爷子的面,他也只好笑脸相迎。李骐坐下吃饺子了,旁若无人似的。老爷子也不跟她说,只对着八斗闲聊。

三五个饺子下肚,老人猛然一句:"小龚,有女朋友了吗?"

龚八斗一口醋差点没呛着。碍于李骐在侧,他鬼使神差说了句"没有"。

李老爷子语重心长:"还是应该找个人照顾你。"

八斗把饺子填在嘴里,含含糊糊嗯了一下。

老爷子又说:"都别扒高,找个一般人。"

八斗点头尴尬笑。

李骐充耳不闻,吃自己的。

李老爷子不满意,把嘴朝向李骐所在方向:"听到没有?"李骐若无其事,还是没抬脸,拖着腔调,"知道——一般人,像我弟妹那样的就行。"

15

老同事老朋友丁岫生了个娃。

二胎是个男孩。

一笑去探望,把八斗也叫上。

八斗的理解是,身边有个男友,多少能"挽尊"。

是啊,每到这种时刻,对比总是如此明显,人都二胎了,你一胎也无。身边再没个人,那真叫"四大皆空"。

这么一琢磨,存心要给一笑长脸,是日一早,八斗便起来梳洗打扮,把那几年前的发泥、定型胶翻出来,头发整得像刺猬。再穿上夹克衫,牛仔裤。显小,精神。

结果一见面一笑就愣住,她伸手摸他头发:"干吗?打算去扎谁呢?"

八斗傲娇:"就说帅不帅。"

冯一笑道:"帅过头了。"

八斗说:"态度必须认真。"

一笑不再作评。见了老丁,闺蜜俩一通热聊,过去,她们曾一同进公司,住宿舍上下铺,等于是睡过一张床。老丁戴着个大绒线帽子,脸跟大馒头似的。大女儿被婆婆带了出去,小儿子躺在身边。

一笑探头看看小家伙,说:"这下满意了?凑成个好字。"

老丁叹息:"我真不想要,但没办法。"

一笑吸住气,似笑非笑:"怎么就没办法了?"

老丁不多解释,说:"还是你过得好。"

一笑自嘲:"一人吃饱全家不饿,好哪儿了?"

八斗在旁听到这儿,有点尴尬。看来一笑还没把他纳入生活领域。老丁瞅瞅八斗,又看一笑,伸手捏她的小脸:"你还想怎么样?"又把鼻子凑到她脸上,"我来闻闻,你咋就这么香。"

一笑觑了八斗一眼。

八斗想说点什么,但又不知从何说起。老丁推一笑一下,笑道:"抓紧吧,别让人等太久。"

一笑咧咧嘴。

老丁又说羡慕一笑,说她事业发展顺利,那一批进去的几个人,就她还在往上走,等等。

八斗杵在旁边,浑身难受,他借故去厕所,转去客厅陪老丁婆婆和女儿玩。这地界实在小,统共四十来平,老丁和丈夫带着儿子住卧室,婆婆带孙女住客厅,房间里堆满杂物,几乎没什么下脚的地方。八斗觉得奇怪,人稠地满的,真不晓得人是怎么见缝插针造出孩子来。再想,不对,可能造人的时候婆婆还没来。八斗胡思乱想着,一笑却从房间里走出,准备告辞了。

出门呼吸到新鲜空气,八斗才觉得自己又活过来了,在老丁那儿待的头发都塌了半截儿。出了小区门是个口袋公园。一笑信步而行,八斗紧跟。到健身器材区域,一笑站了上去,两腿晃悠着,转脸问八斗:"什么感觉?"

八斗嗯了一声。

一笑又问了一遍。

八斗道:"挺好。"

一笑追问:"哪里好?"

"儿女双全。"

"以后我也要这样?"一笑话锋一转。

"你肯定过得比她好。"

"好在哪儿?"

"我们房子比她大,"八斗凑近了,"马上共有产权房要摇号了,希望很大。"

一笑忽然严肃:"你来北京是做什么的?"

八斗被打了个措手不及,差点从健身器材上摔下来。一笑追问:"你的梦想是什么?"好家伙,成女汪峰了。龚八斗摸摸后脑勺,嘿嘿干笑两声。冯一笑凛然,"你看,你自己的梦想,你自己都不好意思说出来。"

"那你的梦想是什么?"八斗反攻。

"出人头地,三十五岁之前升到中层,创造出更大的个人价值,做出惊天动地的项目。"小冯一口气说下来,她志在千里,定要鲲鹏展翅。

八斗调整好情绪:"放心,我们肯定支持你。"

"你们是谁?"

"我,你姐,还有其他亲人朋友,都是你的后盾。"

"不要'们',就你,你要跟我并肩战斗。"

"战斗……"八斗无奈。这女的,轴上了。

"你的小目标是什么?"她换了个问法。

"发财,买房。"又变地产大亨了。八斗落到实处。

一笑问:"然后呢?结婚、生孩子、养孩子?等孩子长大,再给孩子带孩子?"八斗还没来得及否定,一笑便说,"真没想到,你现在只有现实主义,没有理想主义,要真是这样,你根本就没必要待在北京,找罪受呐!你应该看看张译的访谈。"

"他咋了?"八斗没听过这段。

"刚到北京,住西直门,三天只吃一包方便面。"

"演员嘛,减肥。"

"严肃点!"一笑不客气。

八斗觍着脸,"不是……那个……我其实比他长得还好看点。"

一笑厉声:"人家有男人味!你有吗?"

八斗道:"怎么没有?"

一笑又往前走。

八斗追上去,"那你也得有点女人味儿呀!"

一笑大声:"有也被生活给逼没了。"

面对声色俱厉的一笑,八斗打心眼里不舒服。他真想问她,你理想再远大,不还得柴米油盐一天天过,解决一个又一个难题吗?眼下的房子就是个大问题,谈理想房子就有了?可这些话如果跟一笑说似乎又太薄气,别看八斗看上去温文尔雅,实际很有点大男子主义,他想先独立攻关。而且,他的理解是,冯一笑这时候提所谓的男人味不男人味,其实还是指向房子。

搞定房子,就算有男人味;搞不定,那估计就没有。

八斗憋着气,脸都被冻红了。

一笑拍了他一下:"知道你心重,不说你了。"

八斗支支吾吾地:"反正,我的理想是为人民服务……"

一笑一愣,终于笑出来:"这个理想好,远大,我支持。"

有这番话垫底,共有产权房选房会上八斗便没叫上一笑。他觉得这事还是自己先办好,等房子到手了再直接给惊喜。这是男人的责任,属于"男人味"的一部分。八斗志忑,他庆幸自己有个户口,还有资格享受一点北京户籍的福利,可当他一路风里雨里地赶过去,光是这路上的时间和周围的环境就提醒他,这可不是什么捡漏的好事。

坐地铁,转公交,然后再步行一段荒芜的路,这地方越过了八达岭,直逼十三陵,说是北京谁信?简直连地方上的小县城都不如!

河北电信倒是不失时机发短信祝贺他的到访。

龚八斗举着导航,按图索骥,终于找到一个类似大卖场的所在。那有热乎气,人头攒动。验了身份,通过安检,进入会场,领了文字材料,找了个椅子坐下。演讲台是临时搭建的,跟县城里的商演似的。

迅速翻材料,三五分钟,宣讲开始。

做介绍的是个中年男人,肚子不大,气质却十分油腻。他拿起话筒,张口就来:"这个房子,利,大家都心知肚明,毕竟以一半的价格就能在北京住上房的机会不多;弊,见仁见智……"听了十分钟,八斗明白了。事实上来之前,他就已经研究清楚其中的利弊。

他担心的主要是时间。

这是期房,就算现在定下了,至少也得三五年后才能得房,一笑等得了吗?再就是这房子流动性的问题,一半产权归政府,买卖很不方便,还有距离,住到这儿怎么通勤,诸多因素叠加起来,几倒腾几不倒腾小十年下来了。

八斗深觉惊怖。

真耗不起!

靠近十三陵,通勤艰难,上涨空间几乎没有。周遭净是蔬菜大棚,全无配套商业……八斗越想越灰心,又没有商量的人,他只好打给姐姐三元。

电话那头,三元先是沉默。半天才啧一声:"是有点被动,"又骂,"怎么享受点福利就这么难!"

八斗犀利:"要饭就别嫌饭馊。"

三元有傲气:"那咱不吃行吧,饿着!"

八斗反倒笑了:"饿着?"

三元道:"饿一顿两顿没问题。"

不行,房子的事还是得从长计议。八斗觉得,七十年产权住宅才是最优解,哪怕小一点,哪怕破一点。

周末,一笑加班。八斗一个人无聊,三元来电话,叫他去吃饭。不过不是去固安家里,而是到王斯文那儿。斯文的老公严尔夫去石家庄视察了,三元的老公公在北京住不惯,过了年就回老家了,她婆婆喜欢人城市,一直在女儿那住着。这次叫饭,是有件事想拜托诸位。

饭桌上,三元说漂亮话:"妈,有啥事你招呼一声就行,我们肯定尽心尽力。"她婆婆牛爱玲瞧了八斗一眼,又看看儿子斯理,最后看了眼女儿斯文,方才道:"你大姨奶来电话了。"

在座的都不晓得是哪路神仙。她婆婆一番掰扯,大家马马虎虎明白了人物关系。三元问大姨奶咋了,斯文清清嗓子。她婆婆道:"你大姨奶的孙女考研，考到北京来了，夏天就正式过来了。"

三元说好事。

斯理插话："都是实在亲戚，到时候领家里来。"

八斗觉得不妙，别又是介绍对象，他有点埋怨姐姐不提前了解清楚，他正跟一笑谈着呢，怎么又来一拨相亲。

牛爱玲盯着八斗看。

三元似乎明白过来，尴尬笑笑，说："妈，八斗可有女朋友了。"

牛爱玲手一挥："我老太婆能干那事儿？让八斗来，就是看看他，多少年没见了。"吃一口菜，继续说道："不过元元说对了，你大姨奶就是想让咱们留意，看给她孙女介绍个对象。"

斯文嘀咕："也忒早点儿。"

牛爱玲说："早啥？未雨绸缪，两年一闭眼就过去了，想到头里才是亲妈、亲奶奶，"忽然小声，"蓓蓓你也得提前考虑。"

斯文不愿意："妈——蓓蓓才多大？"

三元不想听她娘俩掰扯，直问："有什么要求吗？"牛爱玲让斯理把她经常随身带的小本子拿来。她是教师出身，信奉好记性不如烂笔头，又让斯文拿老花镜。戴稳了，远远地比划着，一五一十道："要求不高，长得不要太丑，本地人，三十岁以内，能付得起首付，身高一米八，年薪三十万左右就行。"

话音一落，举屋沉默。

八斗更是自惭形秽，觉得自己应该找个地缝钻进去，合着人家根本不是考虑他有女友才没找他，而是他压根儿没扒上基本线。

牛爱玲见没人响应，提高音调："没听到？"

斯文拖着腔调："知道了妈，会留意！"

众人应声。

牛爱玲说："'三反五反'的时候咱们家欠你大姨奶好大人情！"斯理听不下去，喊一声："扯那么老远。"牛爱玲不愿意："什么叫滴水恩当涌泉报，再说这小丫要在北京站住脚了，三年五载之后，咱不也跟着沾光，免得老在外八道混，一个亲戚没有。"

三元发窘，但也不好辩驳。

斯文不愿意："妈，这话就长别人志气灭自己威风了，你女婿混得比谁差？咱就纯帮忙，其余的不想。谁沾谁还不一定呢。"

"妈，有照片吗？"三元问了关键问题。

老太太说有，小丫模样俊。不过当照片从手机上调出来，所有人又不说话了。小姑娘谈不上丑，但也绝对不美。按三元看来，跟自己年轻时比提鞋都不配。

回去路上，面对弟弟，三元的气才真正发出来："身高一米八，百分之九十的人刷掉了，年薪三十万，再刷百分之五，剩下那百分之五，人搞不好还要求女方是本地人，父母还得是公务员，然后要求你长得还得漂亮，不会做家务婆婆还得嫌弃！人干吗找你一外地学生？脸盘子那么大。"

八斗打趣："理想是丰满的。"

三元话锋一转："不过人这才叫志存高远！敢想，是实现目标的第一要素，你就是不敢想，挺帅一大小伙儿，非上赶着找那……"话不好听，嘴巴及时刹车。

八斗柔软纠正："姐，一笑没那么差，谁还没有点过去，况且也不是什么大不了的事情。"

既然点出来，三元就不客气："同过居，就跟二婚差不多了。"

八斗听不下去，坚决维护："姐，你这老思想，有点侮辱女性啊！"

三元哼哼："说了你又不爱听，一手的不想，非要找那……"又说不下去。八斗说："那英国王子还找二手的呢。"三元憋气不吭。八斗继续道："笑笑现在还升职了呢。"

三元不放松："她升职对你有什么好处？"

八斗不想在这个话题上纠缠，便提共有产权房的事。

"这事你真打算自己搞定？"三元反问。

"不然咋办？"

"或者我先问问燕玲，打探打探，看小冯什么意思，都不是什么富户，别装大头，如果能合买，一起写名字也行。"

八斗觉得没面子，可见姐姐态度如此坚决，他只好委婉提醒姐姐，别说是他说的，先探探路。

三元说："哎呀知道，在乎钱就不能在乎面子。"八斗问三元工作换得进展如何，三元说还在等，已经找人力推过去了。

16

吴屈梦的培训班还没正式成立便告解散。

一来招生情况不太乐观。二来有更大的事要办——她又有喜了。这小道消息八斗是从三元那知道的。他为吴屈梦遗憾，作为组委会成员，他清楚梦姐在这个项目中投入的精力和最终的祈盼。

事实上，这一胎下来，少则三年，多则五年，吴屈梦大概率与职场无缘，等到她再有心"复出"，已经逼近"四张"了。

到时候是什么格局，李家的关系还能不能用得上且不论，她前半段职业生涯的缺失，确是永久的遗憾。

吴屈梦可能已经跟不上趟儿了。

去学校退房，八斗代劳，到地方才发现李骐也过来了。八斗办事务性的工作。李骐是来见熟人，维护关系。

李骐倒没表现出失落，办完正事，她让八斗陪她到学校的绿植店转转。

李骐拿起一盆多肉，不看八斗，直接问："听说你最近有动静？"

八斗放下文竹，面向李骐。准备接受审问。

李骐转过身，两个人面对面："相亲成功了？"

八斗不好意思，"也不叫相亲，就是……"

李骐道："不用解释，我就没把你当男的。"八斗更尴尬了。李骐道："咱就哥们儿，没性别。"八斗顺势："那咱俩想一块儿去了。"

李骐说："我说话直，你别介意。" 八斗说当然不会，又说，"我发现你其实有两副面孔。"

李骐不理解。

八斗说你在外面一个样,在家里又一个样。李骐哈哈大笑,说家里家外一个样,掐了一朵玫瑰花头:"你在我爸面前不也跟孙子似的。"

八斗奉承道:"老爷子不怒自威。"

李骐说那是,不听他的,不如他意,一枪崩了你,八斗吓得手抖。李骐叹一口气:"其实我特羡慕你。"八斗不解。李骐绕过一大片花盆,玫瑰花头还掐在手里:"羡慕你有老家可以回,想干吗干吗,没人管没人问。"

"你不也一样。"

"太不一样了。"

"我们家虽然祖籍河南,但我是北京本地出生本地长大,这儿就是我的家,我在这上了小学中学大学,哪儿我也去不了,考大学的时候我要去厦门,我们全家反对。"

"你就从了?"八斗不信这么一个倔强的女人,会轻易屈服。

"那不从能行吗?吃人家的,用人家的,"李骐语速很快,白了八斗一眼。她翻白眼是一绝,"我爸什么气场你也知道,"停顿一下,"毕业之后,我去了英国一年。"

"留学?"

"不算,游学,不读学历,纯透气,"李骐道,"我真是在这个地方憋了太久太久。"

不知道怎么的,八斗突然有些同情李骐,过去他总觉得她高高在上,用鼻孔看人,想不到这样的女孩也会有烦恼,而且烦恼得跟他们是那么不同。

多么幸福的烦恼啊!

可是,面对李骐,他又能清清楚楚感觉到她说的一切都是真的。她的感受是真的,她的困扰也是真的,不是瞎矫情。她是那么值得同情,虽然她的这些烦恼在八斗看来根本不值一提。八斗不禁问:"那假如以后科技发达了,人生可以互换,你愿意跟我换吗?"

完全科幻。

李骐盯着八斗看了两秒,才说:"不愿意,摆弄花草,太累。"

花店老板凑过来,站在两个人跟前,垂手而立。

李骐不明白,问:"有什么问题吗?"

老板面带微笑，指了指李骐手里的花："这个是不可以摘的。"

八斗识趣儿，连忙："这个……我买了。"又怕太少，"来个五枝。"李骐不满，"哪有五枝的？要么九枝，要么二十一枝。"

八斗为充面子，直接往高了说，当场拿下二十一枝红玫瑰，送给李骐。

走出花店，校属幼儿园放学了。孩子们排队出来，回归家长怀抱。李骐啧啧，避着走，一脸嫌恶。八斗多嘴问一句："你不喜欢孩子？"

李骐挖苦道："你在给我挖坑？这种问题，我说喜欢也不对，不喜欢也不对。"八斗说她过度解读，他没有别的意思。李骐拆解道："我要说喜欢，你会觉得我恨嫁，我要说不喜欢，你又说我没爱心。左右不是人。"八斗道："我没那么多判断。"李骐又说："真得谢谢我嫂子。"八斗不懂她意思。李骐道："她愿意多生，爸妈注意力就在她身上，我好歹能消停几天。"说到这儿，李骐眼一番，"你呢，是不是着急要孩子？"

八斗惨然："跟谁要？"

李骐嘴快："跟你对象呀，现在好多人，不都是先有孩子再结婚。"眼睛朝上看，若有所思状，"这样也对。"八斗想不到李骐思想这么先进，他问对在哪儿？李骐说："我问你，男人女人为什么要结婚？"

八斗道："火候差不多了，自然就结婚了。"

李骐反驳："你的意思是，婚姻是从人类一诞生起就有的吗？"

八斗说不好说。

李骐振振有词："婚姻是一种制度，它肯定是逐渐产生的，"手一推，"我就问你，男人女人结婚的目的是什么？"

这个八斗没研究过。他只能临时作答："你跟一个人好，想长长久久在一起，锁定，那结婚就是一重保障。"

李骐继续问："你这说到一点边儿，但结婚也未见得就是保障。结了就不能离吗？这百分之好几十的离婚率哪来的？"

八斗说："生活需要。"

李骐不想继续问下去，直接道："生活需要是一个，过去男人女人要相互配合，才能把日子过得更好，再一个是生育需要，孩子需要爸爸妈妈，稳定的家庭对孩子的成长有好处，第三个才是情感需要，"话锋一转，"可问题是现在，女人还需要男人吗？"

八斗嘿嘿笑："还是需要的吧，你看网上那些小女生，整天嗷嗷叫追帅哥。"

李骐严肃："那是幻象，是消费主义。"

八斗不跟她斗嘴，两个人走到车前，李骐把花放上去，问要不要捎他一段。八斗不想让她继续激动，便借口说还有事，从小门拐出去了。

一个礼拜八斗都没见到一笑。她加班，且总过十二点，八斗经常通过视频陪她，陪着陪着就先睡着了。但一笑没什么变化，至少表面上看不出来。三元说，她已经跟燕玲透过风了，提了房子的问题，但燕玲跟一笑说了没有，八斗不敢确定。

这事一笑不挑明，他不适合主动提。

周末，八斗要带一笑去劲松博物馆。一笑讲过一次，说想去，他记心里了。可一笑却要去大望路，说要见个朋友。"什么朋友？"八斗直接问。他觉得自己有这个资格为一笑的安全担忧。

"一个师父。

"什么师父？

"大师。

八斗明白了，八成是算命的。

"男的女的？"八斗继续问，这很关键。

"男的我就不能去了，是吗？"

八斗秒怂："不是那意思，我不是担心你的安全嘛！"

"也没说不让你去。"

"那敢情好。"八斗立刻穿衣服。

工作室在大望路一老小区，一室一厅。室留住，厅办公。走进去，空气熏人。八斗下意识捏鼻子，小声："能行吗？"一笑轻呵："别说话。"据一笑说，这大师是中西兼修，既会看星盘，也会看八字，属于集大成式的修行者。

两个人到蒲团上盘腿坐定。

一会工夫，大师出来了。是个中年男人，个头不矮，有肚子；皮肤不太好，黑，麻麻点点；戴着副窄框银边眼镜，神情倒是憨厚。一身练太极拳会穿的白色绸布服飘飘然,很有点香气。从头发判断,估计刚做了沐浴。

一笑招呼。大师简单问了几句路上顺不顺利,就要了一笑的八字和出生地。拿出两部手机,一部调出星盘,一盘调出八字命盘,对着端详了好一会儿,然后是拆解。他允许录音。一笑用胳膊肘捣了八斗一下,八斗连忙把手机的录音软件打开。大师启金唇开玉口,分析得天花乱坠,一边分析,一边在小本子上写写画画。

八斗听不懂,一笑却听得极认真,不时插话提问:"我事业怎么样嘛"一笑关心这个。

八斗心凉。

他以为一笑会问感情问题,跟他有关的。大师琢磨了一番,道:"你自坐偏财,又走着正财运,命局里又有伤官、食神生财,事业你不用担心。"

小冯抚着胸口,如释重负:"那我应该注意什么嘛?"她追问。

大师望着八斗,八斗意识到,他的存在似乎妨碍了别人。一笑对大师:"自己人,听到没关系。"大师这才说:"你要注意的是感情。"

八斗心咯噔一下,跟被重物砸了一下似的。

一笑却面不改色,问:"愿闻其详。"

大师道:"你的八字里,没有丈夫的信息。"

心脏病快犯了,八斗快速吸气呼气。

一笑似乎并不慌张:"那咋整?"

"女子以官为夫,"大师摇头晃脑,"你这里面,既没有正官,也没有偏官。"

"那意思是,结不了婚?"一笑看看大师,又看看八斗。八斗汗急出来了,想问,又不晓得从何问起。大师道:"也不一定,八字没有,大运或流年有,也可以结婚,你看你大前年,正官透出,是结婚的信息。"

脸上飘过一丝阴云,一笑不吭气儿。

八斗看出女伴的尴尬,连忙:"那以后呢?有信息吗?"大师看了看:"明年,明年天地鸳鸯合,可得贵婿。"一笑哎哟一声,直瞅八斗。八斗喜不自禁,但又极力压制情绪,问:"那孩子呢,有孩子吗?"

一笑拧他一下。

大师道:"孩子有,但子稀少,可能就一个。"

够了,一个好。北京也只能养一个,养多了活累。

八斗的气这才算倒匀,一笑又让八斗交出生辰。大师粗略给看了,讲了两点:一个是八斗爱听的。他说八斗是正官格,适合走体制内,有官运;另一个说他命里有多个孩子。一笑听罢,笑得气都喘不过来。龚八斗急出汗来,一边让一笑别胡说,一边给大师随喜。

17

清明一过,三元换工作。这次她不但再入大厂,还一不小心重返了中国互联网的发源地、大本营——五道口。三元高兴得要一醉方休。王斯理给力,不晓得从哪弄来瓶茅台,八斗沾姐姐的光,参与到这场盛大的欢庆当中。

才刚喝一小杯,斯理就上头了。他干过销售,偏偏酒量奇差。酒过柔肠,老王话稠了,他跟八斗谈天说地。当然,抒发得最多的还是中年男人的感慨:"知道北京最好是啥时候吗?"

八斗微醺,嘴有点瓢:"2010年?"有点像念文言文。

斯理伸出一根手指:"错!是2000年至2008年,奥运会之前。"八斗没赶上那时候,他问好在哪儿。斯理说:"那时候,只要你有梦想,拎俩包儿就能直接来北京,住地下室,有活儿干活儿,没活儿你到天桥上支个摊儿你都能赚不少,现在可没那好事喽!"

八斗心有共鸣,但又不愿意气氛那么低沉,他笑着说:"别呀!北京欢迎你。"斯理立刻捉住了:"对了,就是这个《北京欢迎你》这歌儿一出来,慢慢北京就不欢迎你了。北京欢迎的是有钱人,有本事的人。普通人,哼哼,能早走还是早走,别到头来像我和你姐这样,积重难返。"

三元从里屋走出来,她刚把儿子默默安顿好,听到丈夫抱怨的尾声,便脑补出全部内容,她直接走到桌前,也不坐下,自斟一杯:"能不说这种没志气的话吗？你姐你姐夫还能中年翻盘呢，我们还年轻，怎么就不能期待未来？"

斯理被说得发窘，提起精神，端起酒杯："老婆，我敬你一个，反正，咱这辈子就跟北京死磕！"

大话说得中听，精神可嘉。

三元一饮而尽，辣着了，叭叭嘴："必须死磕，没有退路！"

王斯理这才煞有介事地："告诉你一好消息。"

三元白他一眼："干吗，买礼物了！"

"不是。"斯理似乎真喝高了。

八斗又给姐夫满上。斯理对八斗："老弟，你再敬我一个。"

三元拍他："快说，别怪模怪样。"

王斯理呦呵地，一字一字吐露："我，也，换，工，作，了。"

三元惊，"哪儿？！"斯理还想卖关子。三元拧他，他只好招了，"千喜网络。"三元呆，"人要你了？"斯理得意点头。三元一把搂住斯理的头，跟抱住个宝贝疙瘩似的，顾不上弟弟在侧，激动得直吻他额头。

三十五岁以上的老程序员，又换过行业，如今还能回流，一是她老公确实能干，二是估计上辈子积了大德。

不过，两口子高兴了不到两分钟，就几乎同时想起一个关键问题：他们都去北面上班，家在西南，通勤起来就是个大对角。三元也说，天天来回跑，谁也受不了。而且为了贴补家用，他们的车连牌儿也租了出去，签三年，自己暂且用不上。

因此，在北面租房几乎成定局。

随之而来的难题是：默默在固安上学，谁带？

请保姆不切实际，别说钱上难受，把孩子完全交给一个陌生人，三元也不放心。八斗还算仗义，姐姐姐夫有困难，他站出来，说："要不默默放我那儿吧！"

娘亲舅大，他真疼默默，孩子也懂事，不闹腾。

三元道："他在固安你在北京，怎么弄？你一个大小伙子，总不能拖个孩子。"

三元看斯理，斯理臊眉耷眼。他妈是铁定不能带，斯文拦着。当然，三元也不指望婆婆。让公婆去固安带默默，她还不起这天大人情！她只是恨王斯理这种缩头乌龟一般的态度，儿子是亲儿子，孙子是亲孙子，为什么不能多付出点儿？！三元愁得牛喘。

八斗也意识到，事情发展到这个地步，能利用的资源，只有他们老妈了。可老妈又是身不由己，那位"叔"，不会烧不会燎，跟兰芝简直就是连体婴，离了老婆是一天也过不下去。因此，如果老妈来北京，哦不对，去固安。那就意味着，继父周叔也要跟着大迁居。

这牵涉面就广了。

继父的儿女是否同意？老人年纪大了，万一在固安有什么好歹，如何交代？这些都必须考虑进去。给老妈的这通电话，三元打不下去。

她难以启齿。

照顾一个老头，老妈已经人仰马翻，何况她自己又是高血压又是高血脂，脚面长期浮肿，膝盖也不好。做儿女的，没说孝顺，又来添麻烦。

龚三元着实愧疚。

可她没办法呀！

难道，机会来了不抓住，眼睁睁放气球吗？她还有多少光阴多少机会？如果这次错过了五道口，那很可能就等于错过了整个人生。

八斗看出了二元的为难，他清了清嗓子："要不，我问问妈。"

"行吗？"三元愁闷。

"有啥不行的。"八斗劝。

"知道怎么问吗？"

"知道，就这点事。"

"在这打，回去打？"三元着急。八斗意思还是回去打，理由是，老妈估计正午睡。但实际上，八斗只是怕当着姐夫的面儿，万一老妈说出什么不好听的，难免尴尬。

这事儿说小也小，说大也大。回到住处，八斗拿出考研复习的架势。先在本子上列出了前因后果，才准备"上战场"。

电话通了。那头，姜兰芝喂了一声。

"那个……妈……"八斗舌头打结,临阵还是慌。

兰芝敏感,"出啥事了?"

"没事。"

"没事你这样。"

"就是姐……"

"跟你姐夫闹别扭了?"

"不是……"

"没说要离吧?"

"怎么可能?妈,那个……"八斗逼自己快速组织语言,"姐找了一份特好的工作。"

"丫头,真争气。"

"然后……"八斗吸住气,"这可能是她人生最后一个大机会。"言语有点迟钝了,说得像书面语,他也觉得对不住老妈。

"再过十多年,元元就该退休了。"他妈比他脑子快,算日子。

这大实话!八斗头皮发麻,好在现在退休普遍延迟。

"但现在……有个……困难。"八斗挤牙膏。

"啥困难?"

"那上班地儿……特远……"

"不在北京?"

"在是在……就是北京……它……特大,"八斗支吾,"然后姐家又在北京周边……还有默默……"八斗的话头断在这儿,跟车开到断桥边上似的,再往前一步,就是万劫不复。

姜兰芝不作声。

核心意思应该领会到了,电波在大气层来回传送。终于,兰芝道:"我跟你叔商量商量。"

八斗吐了口气,他一面觉得自己不孝,一面又觉得姐夫无能。是啊,如果他能搞定老姐和老妈,就不需要这边老人出山。但另一方面,他跟他姐,都有点恨"叔"太能活了。这话虽然明面儿上都没说过,但三元偶尔会说"将来",一提起来就是,"将来妈还是得跟我",或者是,"将来妈不可能一个人在老家",说的都是"百年之后"的状况。

八斗第一时间打电话向三元汇报情况。

三元说:"就这样好,点到为止。"又说,"我不指望,实在不行,只能不干",再叹息,"皮里的和皮外的,还是不一样",转而愠怒,"哥家的孩儿,妈可生给带了六年!六年"!大喘气,"现在亲的倒使不上力了"!

八斗劝:"不是妈不使力,这不还牵扯到别人嘛,而且年纪也不是当初那个年纪。"一着急,八斗说话都有些颠倒。三元又是一阵突突。怨这个,怪那个,怼天怼地。八斗理解,这些话,除了他没有人可以倾诉。他一方面听着,另一方面只能劝老姐稍安毋躁。

事情远未尘埃落定,一切尚有转机。

冷不丁,燕玲约八斗到星巴克见面。八斗意识到,可能要谈房子的问题了。燕玲约等于一笑的经纪人,是个缓冲地带。昏暗的咖啡厅,燕玲坐在一角,桌子上一叠稿子,她随时随地都在工作。

进门八斗就调动情绪,满面春风走过去,在她对面坐下。燕玲说了声来了,问他喝什么。

八斗忙说自己买。

燕玲强制阻拦,但笑容可掬:"就说喝啥。"

"不喝咖啡。"

"还有这习惯。"

"这个点儿喝,晚上睡不着。"

燕玲去了。一会儿,端了杯热牛奶回来。她问八斗晚上几点睡。八斗说九点半。燕玲错愕:"你是年轻人吗?!"

"老年人。"八斗自嘲。

"几点起?"

"六点半。"八斗有晨跑的习惯,只是北京空气不好,冬天时间也长。他就在家里练划船机。

燕玲掰着手指头算时辰:"中间都不醒?一夜到亮?"八斗没想到燕玲会问那么细。可大姐既然问了,他只好满足她的好奇心,把几点起夜,起了之后容易睡不着等情况告诉她。

"尿频吗？"燕玲问，以学术的态度。八斗才记起来，燕玲提过，她编辑过养生书。"稍微有点，"八斗反倒不大好意思，"得吃点六味地黄丸。"自己给自己开药方。

燕玲口气像大夫："你这种情况，六味地黄可能不合适了，得用金匮肾气。"又补充，"找个中医院看看，但不一定要在那儿开药。"八斗不理解缘故。

燕玲道："大医院报销比例低，本地医保，一般只能报百分之七十，你去社区医院拿药，能报百分之九十。"

八斗惊叹于燕燕姐对本地政策的了解。看样子，她是真打算在北京长待了。可是，八斗也觉得以燕玲的现状，实在不晓得怎么破局。工作只能糊口，发财不可能。不发财，短时间内就无法解决安居的问题。燕玲的危机比他还大，又或者找人。

听三元说，燕玲也在相亲。对象多是大龄，有的还带着孩子。八斗实在不愿意继续想下去，老实讲，他甚至觉得根本就是北京耽误了燕玲，如果倒退十年，她毕了业就回地方，现在很可能已经安居乐业、儿女双全。

一时间，八斗内心深处愁云密布。

他忽然感觉这地方没意思，恨不起来，爱不起来，但又舍不得离开。它就吊着你，耗着你，就像一块肉挂在风地里，久而久之自然干瘪。八斗自我安慰觉得这样也挺好，成腊肉了保存时间长。

这世界说到底还是斗长命。短时间无处突破，那只能"风物长宜放眼量"，用一辈子去成全自己的梦。

燕玲说完她的养生经，两个人相对无言。

八斗打破沉默，问她在编什么稿子。

"《忏悔录》，卢梭的。"燕玲又说天天看这些名著，看得头疼。八斗问她干吗不自己写，燕玲问写什么。

"小说，剧本。"

"写了发哪儿？"

"文学杂志。"

"当纯文学女作家么。"

"能当也不错。"

"那条路太慢了,也需要混圈子,我不擅长社交。"燕玲说道。八斗也写过东西,实际上他研究生期间的生活费,就是靠给报纸投稿挣出来的。但时移事往,报纸衰落了,副刊这个阵地不断缩小,这条路显然走不通了。纯文学期刊国家养着,是传统作家的道路。但正如燕玲所说,这条路太慢,需要混圈子,而且一年就那么几期,就算能上稿,一等几年就过去了。更糟糕的是,可能还没人看。纯文学圈子打进去不容易,走出来更难。

八斗又说:"要不到网上写呢。"

燕玲问:"公众号吗?发帖吗,还是去晋江?起点?我没那么大创作量。"八斗说也有一些平台不错,建议她再甄别甄别。燕玲表示感谢,但又不无遗憾地,"我都好久没写东西了。"

八斗喝牛奶,上嘴唇半个白圈。

燕玲笑着递纸过去,才说:"房子打算怎么办?"

正题来了,她就是一笑派来打前瞻的。

八斗胡乱揩了揩嘴,坐正:"笑笑什么意见?"

燕玲道:"她没意见,都可以接受。"

假话,他才不上当。这就是引蛇出洞,属于考试题目。他如果敢说随便,租个房子就行,估计直接被捶扁。

八斗很慎重地:"就还差点儿,我要是钱富余,直接来一套写笑笑一个人的名字都行。"

燕玲咯咯笑:"大方。"

八斗一本正经:"反正这辈子,笑笑欠我的可以。我不能欠笑笑的。"

燕玲叫了一声天,又说:"你这是喂我狗粮呢。"又劝八斗不用太有压力,感情是第一位的,房子是第二位的,齐心协力,总有办法。

八斗连忙说:"我也是这意思,如果实在不行,可以两家合买,算共同财产。"

又提了一遍,这才是八斗的真心话。

燕玲说这就得你们自己商量了。

算踢皮球吗?是顺水推舟,四两拨千斤。

八斗追着话头:"姐,要不你跟一笑说说。"

燕玲说没问题。

八斗先说自己的不是:"按说不应该,但实际情况就是这样,我真觉得对不住笑笑,"手捂着胸口,"我这心里我就……难受……"

这段就半真半假了。

燕玲忙道:"你有这心,真的,我替一笑谢谢你。"

八斗被夸得舒服,但嘴上还得谦虚:"我还得谢谢姐呢,没有姐的支持,我和笑笑不会那么顺利。"

话谈到这儿,似乎差不多了。八斗觉得燕玲给他带来的感觉是利好的。他的理解是,一笑大概率愿意合力买房。那么接下来,就是商量出钱多少,以及占比的问题。这就要他跟一笑直接聊了。

燕玲整理好稿子,说还约了个朋友。八斗以为她要走,起身要送。燕玲却说就约在这个咖啡厅。八斗不好意思,连忙腾地方。他跟燕玲道别,转脸上了个厕所,等出来的时候,便看到燕玲对面坐着个男人。中年人,头发花白,看着还算精神。他搞不清这人是燕玲的作者还是相亲对象。

八斗在麦当劳甜品站买了个蛋筒,在星巴克旁边的银行屋檐下吃。从这个角度,能看到那男人的脸和燕玲的背。他研究了一会儿,还是没从蛛丝马迹中判断出男人的真实身份。不过简单判断,如果这个男人是燕玲的对象,他觉得有点太老。

18

老妈姜兰芝同意来北京了。

哦不,是来固安,三元高兴得又要摆酒。

妈还是亲妈,妥妥的。

就算周叔一百个不愿意,但老妈坚持要来,他也只能跟随。年轻的时候,是夫唱妇随,现在,是妇唱夫随。

掉了个个儿。

事实上，上了七十岁后，叔的脾气好多了。三元和八斗都意识到，那是因为叔的"议价能力"降低了。过去，他是一家之主，是那个家最重要的经济来源；现在，他则是被社会淘汰的老人，是一个等待被照顾的弱势群体。

从他再找老婆的那一刻起，未来的路，估计就已经想得清楚明白——老了不打算靠儿女。儿女没本事，也谈不上孝顺，指望不上！周叔早看得透透的，提早存钱，留着看病。至于陪他到最后的人，大概率还是姜兰芝。

当初，她需要"扶贫"，他扶了；现在，他需要有人给养老送终，她同样应当履行承诺。不过，这约定大家都没真正说出口过。属于约定俗成，心照不宣。

在三元和八斗看来，妈和叔的婚姻就是一桩勉强公平的买卖。呵，谁的婚姻又不是呢。因此，姜兰芝犯难，老周面儿上反倒要说几句开解的话，诸如，"去弄几年，等孩子大了，我们再回来""就当去玩玩"。

去是一定的了，大势所趋，不如做做顺水人情，大家都舒服。

这些话是老妈学给八斗的，八斗再传给三元。三元的理解是，老妈在为未来一大家子和平共处做铺垫。

抵达当日，八斗叫了跨城滴滴去接。一路向南，老两口面色逐渐凝重。从繁华到破败，风景变幻明显。好在，到了固安，进了小区，老人看到面貌一新的居住环境，笑颜又展开了。二元和斯理已在家备好菜。一进门，默默就抱着姥姥亲。一顿饭吃得热火朝天花团锦簇，恨不得比过年都热闹，三元还让默默给姥姥姥爷表演了俩节目，背诵唐诗和童声独唱。

他姥爷问："小默还会老家话不？"

二元说："主要说普通话。"他姥姥驳斥姥爷："能听懂就行。"默默道："姥爷，你们说话我能听懂。"他姥爷道："我怕把默带偏了。"

龚三元连忙："带不偏，你们要能把老家话给默教上，更好，等于免费上个兴趣班。"

三元的幽默令大家都乐了。

饭桌上，三元介绍了社区的基本情况，还说吃完饭就带他们出去转转。"这儿就是个'联合国'，天南海北的人都有，待一阵就适应了。"王斯理也分析了这儿的生活水平,说物价比老家还低,菜比老家还新鲜。

姜兰芝听罢总结:"既来之,则安之,你们就把班上好了,我们顾着孩子,齐心协力往前奔吧!"

手机响了,是一笑打来的。八斗不好意思在饭桌上接,拿着到里屋接了,出来他就要穿衣服出去。三元见弟弟着急,问是谁。兰芝也问:"单位的事吗?"八斗支支吾吾:"一个朋友,被锁外头了,我去给她送个钥匙。"

此地无银。

三元小声追问:"哪个朋友?"

八斗声音更小,说:"是……一笑。"

三元铁青着脸:"真会挑时候!"又问:"燕玲呢?没钥匙应该找燕玲,找你干吗?"

这也是八斗深表疑惑的。

到地方,一笑果然在门口站着,抱着两臂。一言不发。八斗和她眼神交汇。没多说。急忙开门。走进这个小小的一居室,八斗竟忽然有些恍惚。

这房子大了,俐亮了。他讪笑着说:"收拾这么干净。"

冯一笑脸却绷着。

八斗又问:"燕燕姐呢?"

一笑说她去天津组稿了。

"吃饭了吗?"

"不饿。"

估计被急着了,八斗心疼这姑娘:"我给你下点面条。"一笑没理睬,确定钥匙在家后,又去洗了把脸,转回来才问:"你跟我姐说什么了?"

八斗像后脑勺挨了一棒:"没说什么啊……"

"见了一面是吧?"

"是……"八斗气弱。可再一想,他好像也没做错什么。

"然后呢?"

"没然后啊……"八斗愈发迷惑。他反问:"姐跟你说什么了吗?"

"我问你呢,你还问我。"一笑不高兴。

"是燕姐找我见面的……"下半句不知道开口。

一笑声调突然凌厉:"她搬走了,你知道吗?"

嚯,这问话,他怎么能知道。哦,八斗明白过来。

"搬哪儿去了?"八斗耐下心。

"十里河,租了一床铺,还沿街。"

"为什么呀?"八斗已经猜出几分,但依旧装傻。

"问你呀,为什么?跟你见面之前好好的,见了面立马走人,你说不是你说了不中听的是什么。"

"冤枉,"八斗竖起右手手掌,"我对天发誓,可以对质!"

"行啦!"一笑不耐烦。

打心眼里,八斗感谢燕玲,多么好的大姐啊!为了成全他跟一笑,主动搬出去——就为他能在这儿来来去去方便。这眼力见儿!这心胸!顾全大局说的就是她。只是燕玲这么一弄,八斗反倒不好意思,他必须做出姿态来:"要不这样,你搬我那去,让姐回来住。"

冯一笑道:"公租房,必须申请人本人入住,而且你那躺老远,咋上班?"

八斗说:"或者我搬过来,让姐住我那儿,房租我付。"

一笑手一挥,说再说吧,我姐固执,她决定的,八头牛都拉不回来。

八斗更进一步,"你放心,我去说服。"

一笑说:"不用。"

八斗柔情满溢:"我来照顾你不好嘛。"

"不是照顾不照顾的事,"一笑嘟着嘴,有几分可爱,支吾着,"我这还没做好心理建设嘛……"

八斗一愣,再一想,也合理,原本是两个女人一起生活,现在变成一男一女,的确需要准备,就要进围城了。一笑必然少了当初的鲁莽,多了周全的考虑。或许她害怕一旦住到一块,少不得干柴烈火,万一造出人来,那就措手不及。而且,一笑这么一矜持,八斗更觉出她的可贵——这不是一个随随便便的女人。八斗的心暖暖的,他表示可以再等等,不急,让她不要有压力。

手机响了,是三元打来的,说她妈担心,问怎么样。八斗报了平安,他犹豫要不要把老妈来京的事告诉一笑。瞒不住,也没必要瞒。一笑见八斗神色恍惚,问怎么了。

八斗这才说:"我妈来北京了。"他没说固安,说北京。更有面子。

一笑哦了一声。

八斗又说:"来给我姐带孩子。"

一笑道:"元元姐是人往高处走了。"又补充,"总得有块垫脚石。"这话八斗听着不舒服,但也没反驳。

一来一回,双方都知道彼此的行踪了。姜兰芝还破天荒多问了几句,过去隔得远,一笑在老人心里,相当于是个符号——儿子的"绯闻女友"。现在近了,一笑又不失时机地冒出来,八斗妈便不得不"关心"了。三元代老妈向八斗下指示:"哪天等有空,把笑笑带过来,都见见。"

八斗应承着。

为难的是,这天过后,冯一笑一句话也没问过。仿佛在她眼中,你妈来是你的事,跟我无关。这种情况,八斗理解为:一笑还是不太懂人情世故,他觉得有必要提醒她一下。

直接说太过突兀,显得他逼着她怎么着了似的。八斗想到了燕玲,燕玲突然搬走,他有义务亮出态度予以抚慰。再者,也能借燕玲做传导筒,把去家里做客的事促成,大不了请燕玲一起过去。

主意一定,八斗便约燕玲见面,燕玲让他去单位找她。逢饭点,燕玲没带他去单位食堂,而是去楼下的红烧肉店吃快餐,大概是怕人误会。餐端过来了,燕玲非要请客,八斗恭敬不如从命。

要了一份红烧肉饭,一碗紫菜汤,两片卤干子。燕玲只单点了宫保鸡丁饭。面对面坐好,饭还没开吃,八斗就用那种既埋怨又感谢的口吻说:"姐,你搬走怎么也不说一声?"

燕玲微微低着头,两扇脸安静得像两瓣药食同源的百合片:"八斗,你千万别多想,是我自己需要独立空间,"拿起勺子,动作极其自然,"一笑回来得晚,我睡觉又早,对不到一块儿。"

八斗心里暖乎乎的,这情商,两句话,既给了他面子,也给了自己台阶。

八斗真心实意地问:"十里河环境怎么样?"

燕玲道:"独门独户一开间,洗手间厕所都在外头,是那种老筒子楼,住着还挺得劲儿的。"

撒谎,善意的谎言。一笑明明说是床铺,到了燕玲嘴里成开间了。多么要强、多么怕给人带来麻烦的女子呀!八斗不禁对燕玲肃然起敬。

火候差不多,八斗觉得该说正题了,他抛砖引玉地说:"我姐换工作了。"

燕玲说听说了,在闺蜜小群恭喜她了。

八斗又说:"我姐还说,等周末,大家都去家里吃饭,她做大餐;你,一笑,都叫上,还有梦姐,北京也就这几个熟人。"

燕玲表示没问题。

八斗再进一步,脖子微微缩着:"我妈来了。"

燕玲愣了一下,然后笑笑,促狭地问:"你紧张吗?"

八斗说有点儿。

燕玲道:"放心,也是迟早的事,现在见了也好,得有个逐渐熟悉的过程。"八斗感叹,不愧是燕玲,蕙质兰心,好多问题,他甚至还没说出口,她就已经给出了答案。

燕玲跟着说:"我陪着,笑笑也自在点,好歹有个自己人。"

八斗开玩笑:"我也是自己人。"

"是,你绝对是。"

大事商定。八斗照例问了问燕玲的工作情况,无非是编了什么书,还有文坛的八卦,等等。聊到编《日瓦戈医生》的情况时,有人跟燕玲打招呼。八斗瞧过去,似乎有点眼熟。花白的头发,还算挺直的腰板儿,穿夹克衫,眼睛不大,眼神却很锐利。

燕玲见到他,连忙站起来。

那男人走到跟前,下巴朝八斗所在的方向撇了一下:"会朋友啊?"燕玲解释:"朋友的弟弟。"

八斗微微向男人点头。人并不回礼,笑不嗤嗤来一句:"年轻。"燕玲没再解释。那男人便走过去了。

八斗奇怪,看那架势并不是来点餐,仔细观察,他应该是来借洗手间的。八斗问是谁。燕玲说是集团领导,又补充:"也是个诗人。"八斗本能地对这个用下巴看人的诗人无甚好感,但当着燕玲的面,又不好作评。他更加怀疑燕燕姐跟这个男人有点故事,内心深处忍不住又为她感叹一番。

19

龚家这席宴，除了燕玲、一笑姐妹，王斯理的姐姐王斯文也翩然到场。她属于"不慎得知"，进而"不请自来"。在老家的时候，姜兰芝多少看不上斯文的为人，但背井离乡、扎到陌生人堆里，连斯文这样的，都显得可亲多了。

八斗的理解是，三元的大姑子是来做解释的：丈母娘来带孩子，婆婆却躲得远远的。

于情于理说不过去。

果然，一进门斯文就宣告了老爸老妈已然离京回乡养病的消息，斯理听得一愣一愣，他估计也是头一回听说。前一阵还"精神矍铄"，咋一转眼就"风烛残年"？

斯文拉着兰芝吵吵："姨，您身体，真棒！哪像过六十的人，说五十出头我都信，我妈比您那差远了！前个儿差一点点就小中风，人撅过去，要不是我喂药喂得快，那就……"变哭脸，又立刻变回来，"我爸跟叔也不能比，冠心病、高血压、心脏病，看着一米八的个儿，就是个纸糊的，买个菜拎个袋子都喘。"

兰芝笑着回应："上了年纪，谁没个病，我也是冠心病高血压糖尿病，心脏瓣膜有点钙化，肠缺血，偶尔夹不住尿，骨质疏松，皮肤瘙痒，你叔除了这些病跟我重了，还多一个前列腺增生，"再补充，"我还有痔疮，去年刚开的。"跟着就要拿手机给斯文展示。

斯文吓得缩脖子，躲。看了怕辣眼睛。

姜兰芝这才大叹气："但没办法，儿女有困难，我们总不能睁眼看着不伸手，毕竟不是那狠心的人！"

斯文脸绿，只好继续比惨："老年人累，我们中年人也不轻松，天天我一睁眼，都不想起来，真叫'垂死病中惊坐起'。"她教英语，语文也不错。跟着蓓蓓学了不少古诗词，唯独记住这半句。

兰芝笑道："干吗不挣？多少福等着你享呢。"

这茬儿掰扯过去，兰芝免不了再问问斯文工作情况、蓓蓓的学习情况。斯文受用，说得唾沫横飞，核心意思是：当老师，北京的不如她这个小地方的。做学生，蓓蓓不比北京孩子差。好在兰芝老于世故，愿意看这出浮躁喧腾的大戏，斯文显摆，她便附和。大姑姐终究是大姑姐，比外人强点儿，将来有什么困难，保不齐得找人家帮忙。既然斯文有意愿，那就尽量一次满足她的虚荣心。

这次聚会，三元没告诉屈梦，怕她笑话。而且一笑上门，屈梦就不适合来了。介绍李骐失败，她怕屈梦心里膈应。快十一点，燕玲、一笑两姐妹拎着水果上门。八斗开的门。斯文跟在后头。

脚步刚迈进来，斯文就对着燕玲啧啧："一看就是读过书的人。"燕玲不好意思，一笑倒是落落大方。八斗不方便提醒，好在三元跟着，她纠正大姑子："这是燕玲，我同学，这是一笑，八斗对象。"斯文略尴尬，说了句漂亮就拥着客人进门。

三元这房子有一百来平，客厅大，兰芝和周叔都窝在沙发上。人来了，二位起身。燕玲客气，说叔叔阿姨你们坐。一笑也跟着叫人。放下水果，再去脱外套。

八斗拉着一笑小声问："怎么，不高兴？"

一笑眼睛有点睁不开。

"两点才睡。"一笑打了个哈欠。

八斗又想责备又心疼，最后只好骂公司，小声说："资本家，都要人命！"

他拿了风油精给一笑点，冯一笑抹了点在太阳穴上。十一点，又来了两位客人，是周叔的外甥女和外甥女婿。

人都有亲戚、同学、朋友，周叔也不肯落后。这外甥女和她老公都是九零后，原本在北京开小饭店，但生意不好，倒闭后女的开滴滴，男的送外卖，生活得艰难。这趟来，是算给老舅架相。

人一到齐，屋子里更热闹。男人们阳台抽烟喝茶聊天，八斗必须跟着大部队，也混在其中。叔和女婿斯理一劲儿谈国际局势，中美关系、英国脱欧、东北亚局势、中东局势等挨个聊了个遍。八斗偶然插几句，外甥女婿则只能以香烟为伴。

女士们分两拨。

斯文和一笑、兰芝在客厅看电视。

燕玲和三元在厨房忙活。

斯文盘问了一笑一番，一笑一一作答。但她实在太困，连打了四五个哈欠。兰芝心疼她，道："孩儿，去屋里歪会儿，吃饭叫你。"一笑果真不客气，起身就往卧室去，直到饭菜都摆上桌，才揉着眼睛走出来。

燕玲端盘子路过，瞅见妹妹如此，惊问："你干吗呢？"

一笑道："躺了一会儿。"

燕玲问："还不舒服吗？"一笑说还没缓过劲儿。燕玲又赶她去擦把脸。到别人家做客，如此表现，实在不像样。

一桌子菜，都是家乡风味。

一笑说："成我们老家会馆了。"

三元道："学着点儿，以后自己还得做。"

这话又指向未来的生活，八斗有点发窘。都坐稳了，斯理拿出牛栏山，他要陪岳父喝几杯，在座的男士也都满上。三元让默默摸出瓶红酒，又拿了高脚杯。

斯文问兰芝："姨，能喝吗？"适才历数过各种病，能不能沾酒说不好，喝倒了算谁的。

八斗妈道："今儿高兴，喝一点没问题。"

三元挨个倒酒。走到一笑这儿，冯一笑很坚决："我不喝。"

三元让："来一点，又不开车。"

"真喝不了。"一笑坚壁清野，场面尴尬。八斗小声劝："稍微整一点，意思意思。"

一笑微微皱眉："真喝不了，我滴酒不沾。"

龚三元举着酒瓶，进也不是退也不是。

燕玲解围，伸过杯子，"给我。"又补充说明，"她酒精过敏，一喝全身发红。"解释得够详细。

三元有了台阶,放过一笑了。

王斯文来劲:"她那份我承包了,"又对一笑:"妹妹,干事业的人,不会喝酒怎么行。"

一笑直言:"我靠本事吃饭。"

氛围顿时又凝了凝。

第一轮碰杯,除了两个孩子,只有一笑以茶代酒。碰杯之前,姜兰芝笑呵呵道:"在家靠父母,出门靠朋友,今天能聚在这儿,就是缘分,以后在北京,相互帮衬。"

三元接过话:"妈,我出门也是靠父母。"

众人皆笑。

三元给斯理个眼色,王斯理也慌忙举杯。

龚三元道:"妈,叔,多亏你们来,不然我这日子真没法儿过。"二老得了奉承,更加自重,坐得更端正。三元又对一笑:"今儿也是一笑第一次上门。"话音刚落,八斗妈就从怀里拿出个手帕,一层一层展开。八斗眼尖,那是老姐三元的镯子,想来是老妈要了来当见面礼。

一笑坐着不动。燕玲连忙捉起她的手送过去。

冯一笑还没来得及说不要,金镯子就套到她左手腕儿上了。斯文和蓓蓓在旁边快速轻轻拍掌。谁知一笑又要把镯子摘下来:"阿姨,我这……"

三元说:"给你就拿着。"

一笑一定推脱。

燕玲只好说:"八斗,你帮她收着。"

没办法,八斗便收了镯子,掖在裤口袋里。这一出戏唱完,正式用餐。举座皆夸三元手艺好。三元十分受用,当众把酱烧排骨的制作方法传授了。燕玲认真,在手机备忘录记了。一笑岿然不动。吃完饭,叔儿的外甥女和外甥女婿便告辞了,人晚上还要跑单赚钱。留下的,不论男女,都围在沙发边喝茶。

三元冷不丁问:"笑笑,房子你怎么想?"

八斗头皮一麻,先看燕玲,他觉得燕玲应该给一笑打了预防针,谁知燕玲面无表情。再看一笑,她依旧放松。

三元问，她就直接答："我是这么想，有钱就买，没钱就不买。"

等于没说。八斗舒了口气，不失为一句大实话。八斗再次用眼神向燕玲求助，可是燕玲只顾着低头嚼着一朵金丝黄菊。老母亲则神色严肃。

三元又说："或者两家一起弄呢。"

注意，三元用了个"弄"。八斗秒懂，这是姐姐的语言艺术，缓解"买"字的杀伤力。

一笑没看八斗，她轻击了燕玲大腿面儿一下，"我爸妈都是工人，就那么点退休工资，还都贴到弟弟那儿去了，就算有点底子，也是养老，"瞄八斗妈一眼，"我离得远，本来就帮不上忙，哪好意思再找他们要钱，"拿起茶杯，喝了口菊花茶，"所以我就是自力更生，有多大碗吃多少饭，没钱就住公租，以后有钱了，不排除买个小套。"

此言一出，四下静得跟被冰封了一般。

八斗两颊热辣。

三元还不死心，强颜欢笑道："对，量力而行，到什么时候说什么话，你这种务实态度最好，"又瞅八斗，"以后也别买太大，就买个小套就行。"

八斗嗯了一下，算作收尾。

关键问题碰了钉子，三元和兰芝似乎也没有心情继续聊天。又坐了一会儿，斯理陪周叔去大浴池洗澡。兰芝困了，说要歪一会儿。燕玲见不宜久留，便主动提议撤退，一笑便跟着一起走了。

八斗送到门口，燕玲让他别送了，回吧。八斗想跟一笑说点什么，可又感觉实在不是时候。等姊妹俩走远，八斗手插进口袋，才发觉老妈给的见面礼还在他这儿。今天的会面，一笑的表现实在糟糕。八斗宁愿认为是她没休息好，所以神不守舍，心不在焉。可这理由在八斗心中盘旋了许久，依旧站不住脚。

说一千道一万，她冯一笑就是没给他们家面子。说不在乎房什么意思？说将来买小套又是什么意思？三元说合买，她都没接招。说自己爸妈没钱，不就还是希望男方解决问题嘛……八斗揣着一肚子问号进家门，三元的骂声正厉："也不看看自己什么货色，值不值这价儿！跟她合买，是看得起她！她还不愿意？黄花大闺女满地都是，找她呢！"八斗刚好撞枪口上，三元直面,"也就你,傻!"

兰芝接过女儿话茬儿:"可能真没钱,她不也说了嘛,没钱就按没钱的过。"

三元抢白:"妈,听不出来吗,人是话里有话,逼着咱想办法呢,"又对八斗,"你啊,干脆断一段儿,晾晾她,她一天天老,分分秒秒贬值,你升值,她都不急咱急啥,北京没女的了?这还没结婚呢,就想着离了,图分家方便?谁都不欠谁的?真利索!……"改说家乡话,"还嫌咱们!"三元过去骂人就是一把好手。今儿气性大,直接来个"飞流直下三千尺"。

八斗深觉刺耳,但也只能和稀泥:"姐,误会,笑笑不是那意思……她说话就是直……"

三元改回普通话怒撑:"不是直,是压根儿就没把你、把咱家放眼里!懂吗?"又骂,"你也别光看脸!是好看,娶回家供着?你有那香火钱吗?"话越说越难听,八斗开始怨姐姐了。但当着敌寡我众,他终究双拳难敌四手,只能按兵不动。

兰芝坐在一边,嘀咕:"模样还行,就是懒了点儿。"

八斗还想解释说是工作太累所致。

三元抢白:"那镯子我跟你说就白瞎!人一点不念你好。"八斗一听,想把镯子拿出来,终究还是怕姐姐再借题发挥,宁愿选择沉默。

20

由谁买房,怎么买,在龚八斗看来,不光是一个形而下的问题,还关乎形而上。

说得直白一点就是:男人(男方)不能太没面子。

结婚不买房,不说耍流氓,至少也是无能的表现。更何况,他龚八斗是真心要给一笑幸福啊!

去图书馆的路上,一笑骑着车在前,八斗跟着,刚一并上去,一笑就又加足马力往前冲。"笑笑!"八斗快失去耐心了,"我就不明白,这有什么不能谈的呢。"

一笑还是兀自向前,直到进了图书馆,还了那几本险些过期的书,又去大厅的自助机上买了一杯咖啡,她才得闲直面八斗。八斗轻声埋怨:"亲爱的,这么简单的事,咱别弄那么复杂行不?"

一笑朝外走:"是你们弄复杂了,这里是北京,生存都难。老家那些规矩道理、矫揉造作没必要带过来,怎么能过得好就怎么过,"回头看八斗,"一切以人为本。房子重要吗?都是身外之物。"

瞧吧,说这话就矫情了。八斗下定决心把一笑给掰过来,他语速加快,跟要百米冲刺似的:"咱现在不是要结婚嘛,总得有个地方住吧?将来有孩子了,孩子还要上户口,集体户口可不准孩子落户;我宝,没有人比我更希望你幸福,漂了这么多年,该定下来了,咱这艘船也该有个压舱石,咱该有个家!"语气的落点很重,一锤定音的样子。八斗一口一个我宝。

一笑反问:"什么叫家?房子就叫家吗?成家成的是房子?"

八斗觉得一笑是在狡辩,他保持清醒,问:"不是……亲爱的……你是不想买房,还是不想跟我一起买房?"

说到关键部位了。

冯一笑怔了一下,才道:"我想自己买房。"

猜中了。八斗心颤,"为啥?"

冯一笑说:"干脆利索。"

八斗上前半步,胳膊拢住一笑,好像螳螂捕到了鸣蝉:"结了婚,咱就是一体的一条船上的,我特别理解你的不安,但是我保证我对天发誓我肯定对你好!"

男子汉气概足足的,他就是天神下凡。

冯一笑道:"那如果我现在就有一套房,你没有,咱们就不用在一起,不用结婚了吗?"

八斗急促促地,"问题是现在不是没有这种假设嘛?"

一笑道:"八斗,有些问题老人不懂、外人不懂,我以为你会懂;我在北京这么多年了,一直希望有一个属于自己的独立住房,哪怕现在没有,未来得有；至于咱俩，你如果能搞定房子，非常好，如果搞不定，那就慢慢来；我现在存款不多，不想都放在一个篮子里。"

八斗道："那除非你婚前买，如果在婚后，买了也属于夫妻共同财产。"

一笑不示弱："我就不明白了，我都不在意，你们在意什么？这是你自己的心魔。老觉得结婚不能提供房子的男人那就不是男人，对不对？就低人一等，对不对？就不能满足你那一家之主的幻想，对不对？……"

话音刚落，八斗整个身子逼近了，几乎把一笑压在树干上："你爱我吗？"

灵魂质问。

这问题在他跟一笑重逢后，他一直没敢思考，他怕得到的是个自己无法接受的答案。爱太沉重，也太不可捉摸。他听说过，没正儿八经见过。爱情就是个"鬼"。

反正他的理解是，爱一个人就是总想对她好，就好像他对一笑这样，曾经沧海难为水，十年生死两茫茫，凄凄惨惨戚戚。他觉得哪怕到了下辈子，哪怕一笑再经历点风霜，他也愿意帮她兜底，接纳她，给她一个家，她是他永远的女神，哪怕她已经像三元说得那样"早都不值钱了"。可现在看来，一笑似乎根本不愿意。

瞳孔对瞳孔，瞳孔地震。

八斗能从一笑的眼珠子里看到自己。缩在黑色的小圈儿里，显得那么局促、无助，仿佛生杀大权尽在她手。她可以立地成佛，当场放他自由，也可以一念成魔，就地将其绞杀。

一笑的气息还是那么稳，好像并没有因为他的"逼宫"而行为慌张。八斗再下一城，同样的话又问了一遍。

一笑答："这跟房了没关系吧。"

八斗不愿退缩："正面回答。"

一笑道："如果你觉得我不爱你，那我们现在在干吗呢？"

八斗有点激动，嗓音都变了："笑笑，我今天我就跟你说点心里话，"深呼吸，做好心理建设，"我真后悔……真后悔十年前放你走，如果当时我勇敢一点……是不是我们现在已经……"似乎有点哽咽，"不过现在也不晚，我们都还算年轻，我是自由的，你也是自由的，我跟说跟你重逢的第一秒钟我就认定我就下定决心,无论你现在是什么状况,这辈子我就跟你过了。"

一笑冷笑:"谢谢你挽救我,这个年纪的女人就是块抹布,对吧?"

八斗说:"不是那意思!你怎么老给我扣帽子,"咬牙切齿地,"是我配不上你,你那么好那么优秀,所以我必须变得更好,才能跟你站在一块。"

一笑言语平和了:"谢谢你这么想。"

八斗又说:"在我眼里你就是个宝。"

一笑说:"我也是诚心实意对你的。"

八斗道:"你愿意跟我结婚?"

一笑快速地:"如果不愿意,咱们现在在干吗呢?过家家呢?浪费时间有什么意义?"

八斗追问:"为什么?你为什么愿意嫁给我?"

一笑凝望着八斗,过了一会儿,才说:"以前我也有过很多想法,也做过不少尝试,但后来发现都不行,我的自尊不允许我那样去做,导致我一度觉得,我这样的人,这辈子,婚姻跟我是没什么关系的,"长长的停顿,"但后来你又出现了,"她伸手指八斗一下,好像是个"请"的手势,"对的时间,对的地点,你对我还有感觉,我的一些感觉也复苏了;咱们知根知底,而且过去你也总是给我很大自由,尊重我;那我就想,假如我冯一笑这辈子要走入婚姻一次,那我宁愿是跟你。"

八斗怔在那儿,跟中了大毒一般,好像只要他动一下,就会立刻毒发身亡。这是实话了,大实话。他的解读是,一笑爱他,没有他爱一笑多。但在她心中,他龚八斗也算是个不错的结婚对象。一瞬间,八斗有些失落,但转而又给自己打气。两个人的关系本来就不可能绝对平等、平衡,总有人要付出多一些。如果爱情的天平必须压向一端才能让另一端高高抬起,那就让他做那个加码的一方吧。爱是付出,他乐意。千万种思绪在八斗脑海盘旋,他一时也不晓得用什么话应对。

一笑却说:"都冷静冷静,我是怕我给不了你什么。"

八斗头大。三元建议过,让他晾她一段儿,现在好人主动出击了,到嘴的鸭子可不能飞了。

一笑最后总结,她建议八斗明确两点:一是心量大一点,该承担的承担,别给自己压力太大;二是保持独立,不忘初心,多想想自己来北京是干吗的。

八斗拉着她的手,"宝,"啧一下,"我老觉得咱们现在还隔着一层,我碰不到你,接触不到你的心,你懂吗?"

一笑说:"慢慢来。"

这次谈话过后,一笑就又投入工作中去了。八斗在苦闷中煎熬,跟三元说不合适,准是又一通臭骂,三元早忘了一笑的"内推之恩"。跟燕玲说也不恰切,她必然跟一笑一头。向她诉苦,等于打草惊蛇,与虎谋皮。

唯一能吐槽的只有海超了。

一锅串儿几乎都被海超吃了。吃完热锅,又要个冷锅。尽管自己还单着,但依旧不妨碍陆海超像个爱情导师般地说:"我跟你说,两个人在一块,你就得看配不配。"

八斗问怎么叫配怎么叫不配。

海超把竹扦子挨个儿挪地方:"能不能睡到一块儿,能不能吃到一块儿,能不能聊到一块儿,能不能玩到一块儿,对吧?"

八斗不响,他显然还没全部尝试。

海超见哥们儿神色不对,拿串儿在他眼前晃:"不是吧?"八斗说:"去!"海超猜到真相了,"你们不会还没搁一块住吧。"海超的笑意有点那意思了。八斗发窘,他觉得没面子,只好撒谎:"她姐不还跟她一块住呢嘛,公租房便宜,谁会主动退。"

这理由还算站得住。

海超煞有介事:"这女人呀,你不能讲道理,你得征服……"八斗撸串。海超恶心巴拉地,"你得让她忘不了你,离不开你。"

八斗弹指警告:"行啦啊。"

海超苦口婆心:"我跟你说你别不信,你跟她,"大拇指和食指比划着,距离逐渐拉大,"精神上的距离,那都是肉体上的距离导致的,别光聊,你得实战!什么年代了,玩啥柏拉图……"

越说越露骨。

八斗再次提醒他好好吃饭。陆海超最后追加一句:"器大活儿好,一切都不是问题!"这话八斗只当作荤段子听,可等吃完了,回到家,尤其是夜深人静躺在床上,八斗却愈发觉得很有道理。他跟一笑,磨合得就是还不够深入。

燕玲已经搬出去了,按理说,他完全可以搬去一笑的公租房。可是,女方没邀请,他总不能硬来。他觉得有必要再找龚燕玲摸摸底。八斗试探性问燕玲最近忙不忙,燕玲回复,说有两本书等着下厂。

周末,一笑加班。八斗要去李家。李老太太仍旧住院没回来,老爷子倒是意气风发地讲了一个小时奋斗史。八斗心里有事,偶尔精神不太集中。

合上笔记本,老爷子问:"小龚,有什么难处吗?"八斗一惊,连忙说没什么难处。老爷子又问:"工作还顺利吧?"

八斗说顺利,就是比较忙。

老爷子继续道:"男子汉,还是应该上进一点,到更大的地方去锻炼。"八斗说基层工作也很重要。老爷子声如洪钟:"锻炼几年,组织会发现你的,优秀人才都是从基层走上去的,你这样很好,不像李骐李骥,还是没吃过苦。"

八斗笑道:"前人种树,后人乘凉,这也是福分。"

老爷子较真儿:"那树要倒了呢?"

近十二点,老爷子仍留八斗吃饭,八斗从命。主食有米饭有馒头,爱吃哪种吃哪种,配菜四样,红烧现炒卤菜凉菜俱全。八斗知道老爷子好面儿,且喜欢看人吃得多,于是格外要了三个馒头堆碗里。

老爷子果然喜笑颜开:"我年轻的时候,一顿吃七个。"又说:"能吃才能干!"

八斗奉承:"您跟关羽一个饭量。"

李骐又回来了,依旧紧身装。一转身,屁股蛋子被包得紧紧的,轮廓凸显,跟俩大馒头似的。头发盘在头顶,像蛇。"吃饭!"老爷子发号施令。李骐坐到饭桌前,也不跟八斗打招呼。一切照旧,她还是这风格,八斗早适应了。

李骐夹了一颗西蓝花放在碗里,这就是她的午饭了。

老爷子不客气:"喝西北风呢,吃土呢。"

八斗憋住笑,老英雄的语言也与时俱进。

保姆拿了个白花花的大馒头放她碗里。

李骐拒绝："我不吃碳水。"

老爷子来气："打仗的时候，这能救命！"他拿起一个，猛咬两口，好像馒头是他的敌人，"有毒吗？不香吗？吃！"

八斗被这氛围震慑，连忙跟着大口咬。

李骐硬着脖子，拒不食用。仿佛一口馒头下去，就会葬送她几个小时的锻炼成果。李骐低着头，牙根咬住了："我不饿。"老爷子拿碗一拨拉，"那就饿个三天三夜感受感受！"又道："咱们是从艰苦年代过来，永远不要忘了自己的难处，过去打仗的时候……"

李骐猛抬头，不让他说下去："爸，现在没仗打了，你就得适应和平年代的生活！"

老爷子瞪大眼睛，脸涨红了："叙利亚不是仗？！利比亚不是仗？！阿富汗没仗？！世界太平过一天吗？没打到你家门口，是因为咱国家咱部队的强大！没有危机意识，迟早炮弹打到你门口！像你这样的，就应该送到部队去！"

"晚了。"李骐低声顶撞。

八斗连忙和稀泥，舌头却发软："不至于不至于……"

老爷子充耳不闻，火冒三丈，直面女儿："或者就像你弟那样当个科技人才，你也去做做芯片、放个卫星，那也叫事业！你怎么就不能学学人家女航天员，那才叫伟大！"

李骐无奈地："爸，你女儿普通人一个，没有上天入地的本事。"

老爷子急呛："普通人就该结婚生孩子！你怎么不做？你对国家有什么贡献？"

李骐自知不是敌手，碗一推，撤了。剩下八斗和保姆又是拿药，又是劝慰，折腾了半个多小时，老爷子的血压才降下来。

八斗忽然理解了李骐的难处。他给李骐发消息，怪我，下次我不留这儿吃饭了。李骐没回复。直到第二天，才陡然来个消息：陪我去正骨。八斗想了想，同意了。养生会所里李骐嗷嗷叫着。医生说她颈椎旋转，咔咔一通正，齐了。八斗坐在旁边按脚，辅助着。

正完骨，李骐又要了茶食水果，躺在包间里睡了一觉，八斗就这么陪着。醒来天已擦黑。李骐抬眼，问八斗怎么还没走。八斗说我来不就是陪你的吗。睡眼惺忪的李骐格外憔悴，事实上，从进店的时候起，八斗就觉得今天李骐兴致不高。

他劝她："你爸也是为你好。"

李骐来一句："跟我爸没关系，那就是他的口头禅。"说着，李骐叹息。八斗觉得她有心事，斗着胆子问："你想过找个人吗？"

李骐看了他一秒："找什么人？"

八斗忙解释："我不是催你结婚，我的意思……如果有个人陪着你，对你好……"越解释越乱，只好加倍解释，"我不是说我自己啊，是说你喜欢的，也喜欢你，哪怕不结婚都行……这样你心情不好的时候……"乱了乱了，彻底乱了，搞不好还有误会。

李骐笑着拦阻："我知道你意思。"

八斗噤声。

她又叹气："哪那么容易就能碰到，就算碰到，还得刚刚好……"怅惘持续，但很快又轻松了，她大口吃水饺，不惧碳水。八斗也有勇气开玩笑："你要都愁，我这样的就别活了。"

李骐把脸对窗外，华灯初上了，天儿好，空气透亮，各色的灯照得市中心仿若玻璃世界，她口气淡淡地："爱情这东西，不是你有钱，或者长得漂亮，愿意付出，就能得到对等的回报的。"转脸看八斗，"爱情不是平等的。"

八斗没作声，他狠狠用牙签扎了一块哈密瓜放进嘴里。上牙齿碰下牙齿，哈密瓜粉身碎骨了。李骐这话，他心有共鸣。

21

燕玲要办活动，在书店推毛姆的小说，她策划了一套三本《情迷佛罗伦萨》《面纱》和《寻欢作乐》，都走精装。活动前，找八斗帮忙。八斗立刻答应了。

这样最好,自然。他打算借机说说他跟一笑的问题。

分享会前一小时,八斗到了。燕玲给了他工作牌,又真把他当个人用,搬椅子、抬书没少忙活。八斗不亦乐乎,过去他也是文艺青年,尤其是写东西赚稿费的那会儿,没少读世界名著。

读者们渐渐入场。这场活动,燕玲请了本套书的翻译,一名大学教授和一位文化名人对谈。

燕玲客串主持。

座席差不多满员,八斗又跟着出版社发行人员弄了几张椅子来。再来,人就只能站着了。活动开始,燕玲做开场白。她穿了牛仔裤,白衬衫,修身的外套,整个人很利索。她还格外化了点妆,配上书店柔和的灯光,愈发气质高雅。八斗感叹,呵,这才是燕燕姐该做的事嘛!燕玲站到台子上,口齿似乎都利索了,她不当嘉宾简直浪费。八斗听得入迷,就站在那儿,抱着两臂,真跟粉丝追星一般。

对谈后是签售。教授原本不大愿意。毕竟著作权是毛姆的,他只是个翻译。但燕玲张罗了,而且现场不少人要买,于是教授勉为其难,签了几十本,活动结束。燕玲帮嘉宾叫了车,又跟发行员一起打点好书店这边,才带着八斗离开书店。

八斗说:"真应该多叫几个人来。"

燕玲问什么意思。

八斗打趣,"你在台上直放光。"

燕玲笑说我灯泡吗?她谦虚。但看得出来,也自得。

"为你高兴。"八斗发自肺腑地。

"不挣钱的活儿。"燕玲笑着,左侧脸有个酒窝。

"但能培养气质,"八斗较真,"天天在书堆里泡着,慢慢身上会有一种'人淡如菊'的气质。"燕玲不惜戳破他,"你是没见着蓬头垢面的时候,"眼睛斜着,"这三本稿子是在马桶上看出来的,你信吗?"

有点煞风景,但八斗感觉有趣极了,燕玲不装。

"当编辑,分人,说起来风不打头雨不打脸,还是个文化人,可在北京当编辑,那就是个社畜,尤其是年轻编辑,怎么活?光靠理想信念吃饭吗?像我们这种小社本身就没什么资源,一点好处都打破头,"燕玲裹紧风衣走出大厦,光源少了,八斗看不清她脸上的细节,"现在社里都没什么男编辑了。"

"为啥？"八斗追问。

燕玲苦笑："男的,当编辑？怎么养活老婆孩子,怎么买房子？能在社里存活下来的,要么是本地人,要么是女的,嫁得不错,或者像我们部门大姐,五十多岁等着混退休。"呵呵道："退休人家还不肯走,还要返聘呢,那真是个舒服差事。"再叹："像我们这种,咋弄？上不着天下不落地,漂。"

燕玲的吐槽,八斗无言以对,因为根本是事实,是他能听懂能感同身受的事实。赤裸裸的安慰什么的都是徒劳,他们现在都是困兽,就看谁能找到突破口。

八斗要叫车送燕玲回去,燕玲不肯。没办法,八斗只能坐地铁送她回去。燕玲道："到呼家楼你就下,我一个人能行。"八斗开玩笑："那不行,我要没来就算了。来了,就必须为你的安全负责,不然对一笑没法交代。"燕玲又坚持了一会儿,最终同意了八斗的提议。

上地铁,人多。两个人站在车厢中间栏杆处等座儿。八斗这才不失时机把他跟一笑的矛盾含蓄地提了。

燕玲沉默。

八斗追问："笑笑没告诉你吗？"

燕玲说没有,她问八斗什么打算。

八斗道："共产房肯定不能要了,今年还有个限竞房,位置不错,能拿下来当然最好。"

"首付多少？"燕玲问。

"一百七八十万。"

燕玲追问："你们那边能出多少？"

"这个我还没提。"

燕玲再度沉默。

八斗问："笑笑有什么难处吗？"

燕玲道："未必是难处,可能是观念问题。"又小声补充,"她在这个问题上,我觉得是受过伤。"

八斗的心咯噔一下,受伤?伤从何来?他不但从未听一笑提及,甚至没发现过一点蛛丝马迹。还没等八斗往下追问,燕玲便说:"跟你说个女明星的故事。"八斗不懂燕玲卖的什么药,他从对面换到跟燕玲同边,两个人都靠在车厢壁上。燕玲这才说:"有个女明星,当年是比较十八线的,她跟一个咖位比她大的男明星相爱了。"还是个娱乐圈的故事。八斗微微低头,听得认真。燕玲继续,"然后有一天他们吵架了,男明星一激动,就说你给我滚,就把女明星赶出去了。"吸一口气,"可问题是女明星在北京没有家没有自己的房子,就流落街头了。这个事情对女明星刺激很大,从那一刻起她就发誓,将来赚钱了,一定要有一个自己的房子,完完全全属于自己,谁也不能把她赶走。"

好了,理解了,燕玲这是打了个比方。冯一笑的不安跟这女明星类似,也担心没有自己的地盘,将来会流离失所。可问题是,他龚八斗根本不会那么做,而且,合买那就是共同财产,女方也是有一半的,不存在谁撵谁走的问题。

八斗更委屈了,他刚准备反驳。燕玲抢先道:"笑笑分手,基本等于被扫地出门。"

晴天一个霹雳。

八斗陡然明白了一笑的苦衷。一年被蛇咬,十年怕井绳,该千刀万剐的是一笑的前男友、未婚夫!八斗内心翻滚,有点激动,可表面又必须稳住了,他不想在燕玲面前跌份儿,幸好车厢的震荡掩盖了他微微身体的微颤。空出个座儿,燕玲后退坐下。

她抬头望着八斗:"所以,将来你力一养了闺女,千万得准备一套房,有朝一日她就结婚了,一不小心跟老公闹矛盾,去婆家不可能,去娘家,娘家也闹心,那么有个自己的房子,好歹是个去处。"

八斗深表赞同。

地铁急速行驶,车厢又震荡了。燕玲没坐稳,书从包里掉出来。八斗一弯腰拾起。

是本国考教材。

他递到燕玲手里,眼神中满是不理解。燕玲一边把书装回包里一边用开玩笑的口吻:"干吗?我也得找出路嘛。"她似乎有点不好意思。

是,找出路,大家都在找出路。八斗只是没想到她的出路是这个,是他都迫不及待要跳出来的路。

燕玲口气悠长:"前半生,疲于奔命,虚与委蛇;后半生,争取岁月静好,现世安稳……"

此言一出,八斗又不晓得怎么接话了。文艺得不像现实生活中会出现的对白,可放在当下,又显得那么合情合理。

他们都是苦命人。

但就因为她是女的,她似乎又比他更苦另一层。他的生活还有点糖霜,假模假式,自己骗自己,她的则完全显露真相,苦咖啡一杯,只给你清醒。客观上说,燕玲没有完成任何一项社会舆论对女人的要求。没结婚,没孩子,没事业,只有年龄。

到一站,地铁门开了。人涌上来,一位妇女带着个孩子站在燕玲八斗旁边,燕玲让座。妇女先坐了,孩子不肯坐,妇女强行按他在座位上,娘俩合着座。妇女又要求孩子:"谢谢阿姨!"小男孩只好抬头喊了一句:"谢谢阿姨。"

好吧,阿姨。

也没错,她就是阿姨。老阿姨,实打实的。

八斗看燕玲。

燕玲似乎也有点尴尬,她仿佛读到了八斗的心声,小声笑着自嘲:"没喊大妈就不错。"

八斗失笑,解嘲:"年龄大怎么了?能活到这岁数,是我们的荣幸。"

燕玲会心笑道:"可不。这辈子,学识财力爱情婚姻都败了,你连年龄都比不过别人,那也太失败了。"

八斗险些乐出猪叫。

车厢左右晃荡。燕玲手拽头顶上的栏杆,她个子不高,吃力。八斗连忙说:"抓着我。"玲赶忙抓住八斗的胳膊。轻轻地,像是怕捏坏了。

八斗感觉出她的小心,又不好说让她抓紧。

又一拨人上来，车厢挤实了。这个点六号线竟然还有这种热闹。燕玲被后面的作用力推搡得更靠近八斗。脸靠近了，呼吸也靠近了，她的吸进得多，呼出得少。一张脸因为靠得极近，像做了特写，毛孔都看得出来。八斗下巴朝脖子靠近，眼睛四十五度角朝下望去，此时此处，燕玲的脸疲惫极了，扁平，还有些掉粉。适才在书店台子上的那种光彩照人，被地铁里惨白的直接的灯光消弭。

一张失意的脸。

八斗忍不住心疼燕玲。

不敢想，这样日复一日下去，燕燕姐会在这个城市里走到何种境地。他真想直接告诉她，当公务员也没有"现世安稳"！那甚至是个高危职业，需要极大的定力和为人民服务的精神，绝不是一个混饭吃的地方。然而终究是隔行如隔山，说给她听人也未必信。不过，从另一条路径看，如果燕玲拼过了国考，进入了体制，倒是对她购房和结婚大有助益。事到如今，干什么都是假的，找个人才是真的。想到这儿，八斗又打心眼里替她高兴、为她祝福。

到呼家楼了。燕玲朝门口挤，八斗要送。

燕玲用命令口吻："你别动了！"

八斗还要上前。

燕玲又说："明儿你还得累，回去休息吧。"

八斗一怔。哦，是，明天周末，他得去三元那儿。多么善解人意的燕燕姐啊！他没说，她都已经懂了。

他还是个好儿子、好弟弟。

老妈和周叔"抵京"后，每周，八斗都必须去固安报到。问问父母的情况，帮外甥看看作业，有时候晚上就在固安睡，次日早晨再回来。

老妈没再问一笑的事。

三元叨咕过。八斗模糊处理，说："先冷静冷静。"

在老妈和姐姐面前，他必须表现成是他把一笑"打入冷宫"，主动权还在他这儿，这样才不跌份儿，面子比天大。说实话，八斗现在有点怕见三元。杀入五道口后，三元变得越来越强势，强势到近乎不近人情。但这个周末，八斗必须见三元了。

三元让他帮忙搬家。借了屈梦的车，把被褥行李等杂七杂八的东西都拿回固安了。八斗押车。

他刚开始不理解，姐姐不是刚在北面租了房，和姐夫踏踏实实上着班，怎么又倒腾起来？莫非是再度跳槽了？还是出了什么事故？

一肚子问号等见到三元和斯理才算解开，人两口子好着呢。工作照旧，夫妻和睦，只是换了一种方式生活：从租房改为住酒店。这也是三元受了同事的启发。

与其租房，跟房东打交道，还要收拾屋子，交水电费，不如直接住北面的小酒店，长期包租，一周四天，每天只需一百零八元，连屋子都不用打扫了。

干脆利索。

提到改换策略，三元还眉飞色舞地："这样好，天天都住酒店，跟度蜜月似的。"

斯理撇嘴，眼珠子瞬间大了。

有这么寒碜蜜月的吗？

三元眼尖，立刻敲打："什么意思，烦我了？烦我你可以不住。"斯理讨饶："哎哟我的小姑奶奶你可是我的初恋。"

三元笑着拧他："鬼才信。"这是她永远的骄傲，初恋即成婚，一生一世一双人。

然而，面对姐姐姐夫的打情骂俏，八斗一边觉得被喂了狗粮，一边又莫名心酸。

上个班，怎么跟到外地出差似的，还住上酒店了。

生活，不易。姐姐姐夫的生活则不易得更加直观。租来的十来平的斗室，收纳着每个疲惫的夜晚。

晚饭有大骨头汤，姜兰芝的拿手菜，说是熬了半天。到周末，斯理总要陪老丈人喝两杯，是为稳定军心。饭桌上，三个男人把酒言欢。兰芝趁机把默默一周的情况跟女儿汇报了，默默还有半个学期就要上小学，学前班里各种特色课上得热闹。课内特色课，课外特色课。

三元只觉得这压根儿就是巧立名目"收税"，上回那个绘画课她就没让报，觉得没用。

斯理充好人，说什么画画能陶冶情操。

三元横眉竖眼，把他冲老远："就在家陶冶！简笔画，也值得一教？"

斯理较真："就是找个人带孩子玩儿，不上就不上，你也值得上火。"

这次呢，又有珠算课、英语课、跳绳课、舞蹈课四门。八斗也诧异，说怎么还有跳绳课。

姜兰芝道："十二号楼那个嘟嘟就报了，院里还有几个小孩都报了。"三元沉吟，她最怕落后。斯理把脸从酒杯前拔出来："那就报呗，大钱都花了。"

三元反驳："不是钱的事儿，是时间，默默还有时间吗？这还没正儿八经学东西呢，天天都十点睡觉了。"

周叔一看气氛不对，起身抽烟去了。八斗连忙挡在当中，劝姐姐姐夫："要不这样，选几个报，跳绳就算了，英语、珠算、舞蹈、报，钱我出。"

三元胳膊横在八斗面前："要你出什么……"

兰芝笑："舅舅疼外甥，没有假的。"说着，又捞了块大骨头放三元碗里。三元放下筷子，直接上手，骨管里的髓是她从小最爱，就是吃相难看些，但在家人们面前，三元不管那么多，剔骨吸髓地，边吃还不忘感叹："真养不起，现在的孩子，真养不起……"

她妈道："养不起也得养，不然老了指望什么，靠谁，光有钱都不行，总得有个可靠的人。"

一边说，那目光跟慢镜头似的缓缓从三元脸上转到八斗脸上。八斗明白，老妈这是一语双关。她既是为三元的未来担忧，也是间接提醒儿女们，多孝顺。

三元没应答，她注意力都在骨头上，等缝隙里的髓都打扫干净，才对八斗道："妈是一样的妈，但我是女儿，你是儿子，还是不一样，你将来是要领人进门的。你姐夫毛病可多，但有一条，大孝子，"放下骨头，抽湿纸巾擦手，"你可别找个不懂事的货回来恶心妈。"

八斗额头直冒汗，说不清是冷汗热汗，仿佛得了病打摆子，姐姐这是在剑指冯一笑了。三元又说："人，甭管文化高低，挣多挣少，得懂道理，别整

-125-

天烧不熟的样儿。"

八斗嘴上说明白，心里打鼓。手机响了，偏是一笑打来的。八斗没敢告诉老妈和三元真相，只说辖区内有人醉酒闹事，领导让他赶回去协助处理。

22

冯一笑从办公大楼里走出来了。

八斗站得远，所以先开始，一笑在他眼里只是个小点儿，沧海一粟似的。不晓得怎么了，每回面对这栋大楼，尤其是夜晚，八斗总有种未来感和末世感。上是黑色天幕，下是无边无沿的荒芜地块，中间就这一栋大楼。

发着光，闪着亮，天上地下唯它独尊。

员工们藏身其中，消耗着精血，"用爱发电"。

一笑走出大楼，则仿佛是这只巨鲸偶发仁慈，吐出了一条本该作为晚餐的小鱼。

她走近了。脸上没有笑容，眼角耷拉着。八斗感到事态严重，小声问一笑怎么了。

冯一笑打起精神，"吃火锅去？"

八斗打了个哈欠。

"算了，回去吧。"一笑改主意了。

八斗连忙收起疲惫："别啊，该吃吃！"

一定有事，八斗揣度着，一笑遇到事了。那么，她的危机，不恰恰是他的转机吗。人和人，就是得一起经历点事儿才能见到真情。

鸳鸯锅摆中间，一半红一半白，跟太极八卦图似的。一笑坐在那儿看手机，菜还没上来。八斗觉得自己有必要问问情况："领导又找你麻烦了？"这是大概率会出现的问题。一笑平日里没少抱怨领导。

"没有。"一笑不假思索，很干脆。

"那就是下面的小孩不给力了。"

"不是。"她再次否定。

八斗伸着脖子，探头探脑，手捂着半边脸："那个来了？"一笑没反应过来。八斗挑明了，"每个月总有几天……"一笑皱眉："不是。"那就不明白了，他只好务虚："对待工作就不用那么认真。"

一笑抬头，眼神里都是不同意。

八斗换个说法，慌忙解释，"不是说不认真做啊……是说要有点游戏心态，别走心，不往心里去，对自己要多保护一点……"

全是经验之谈。

八斗的工作，多半是事务性的，较真不得，总结下来，"不走心"为上策。他就是来工作的，肯定要把工作做好，不生气、不着急。

肉卷上来了，八斗帮着往里下："红汤白汤？"他抬头问，一笑说随便。不对，气氛不对。过去她可是一个严格要求，只吃白汤，现在红白都随便了。

肉迅速熟了，八斗帮一笑夹，嘴里念叨着："吃好喝好身体好，比什么都强……人比来比去，还是要比谁活得长，咱活它个一百二……"一扫眼，八斗呆住了：冯一笑坐在那儿跟尊石像似的，可眼睑下缘却冲出了一条泪河。

"怎么了这是？"八斗真着急，屁股脱离凳子，悬空。他绕过餐桌，蹲到一笑腿跟前儿，"谁欺负你了？我坚决，我坚决他妈的我告诉你我跟他干……"粗话都用上了。这种时候，就得拿出男友力来。

他得给她安全感。

一笑嗫嚅着："领导让录视频……黄组长……"

八斗一惊一乍地，多少有表演成分："哪个黄组长？好好的录什么视频，这不胡闹吗……黄世仁？"这种时刻，态度是最重要的，他必须坚定坚决地站在她这边儿。做她坚强的后盾。

一笑不哭了，泪还没干。八斗却没停止追问："是你那女领导吗？就没结婚没男朋友那个？我跟你说这种人就是有点那啥……变态……"

一笑忽然又哭了，嗓子吊起来："不是她！"

八斗只好继续哄，说不是她不是她；咱不冤枉她，那到底怎么了嘛。冯一笑这才哽咽着："我领导走了……"

上头，走了？走了什么意思，他试探性地："走了是……猝死？……"

一笑说："估计明年才能回来了。"

哦，还能回来，没死。八斗心放下来，开玩笑地："她去哪了？支援非洲了？"冯一笑方才梨花带雨地哭得特别用力，她终于说出那个可怕的消息："她得……"嘴一出溜，跟含了烫水似的，"子宫……癌了……"

八斗耳朵尖，还是捕捉到了关键词，他半蹲着抱住一笑的腰，多半会儿缓不过神，可又觉得自己得说点什么："那，反正，唉……"八斗有点结巴，这事他听过，没经历过，经验严重不足。

尽管八斗只见过一笑的女组长黄彤一次，而且还不怎么喜欢她——黄彤强势、干练，是标准的工作狂，一笑很受她影响。但在生死大关面前，龚八斗还是对其发出了人道主义的同情。这么年轻，才刚过第三个本命年，突然得了这么个病……手术，化疗，子宫被摘除，这是不是就意味着，这姑娘以后没办法生育了？

唉，还生育呢。

能活着就不错了，治好了，还能工作吗？还有男人会要她吗？一辈子就单身了，亲朋无一字，老病有孤舟……想想都可怕。

从这个角度切入，八斗太理解一笑的眼泪了。兔死狐悲，何况这是身边活生生的，恨不得朝夕相处的"战友"，灾难面前，工作中的那点小摩擦、小较劲立刻不算什么了。

视频是八斗帮一笑录的。

他觉得镜头前的一笑，简直上演了影后级的纠结。这视频不是她要录，是她领导的领导要求录的。团队的每个人都要上交，然后剪辑，给黄彤送祝福，算作团建的一部分。

这是对黄彤的消费！是资本对于个人最后的榨取！一笑言不由衷支支吾吾。到最后终于流露了真情，她哽咽着："反正，组长，你好好养着……以后我们还要并肩战斗，我们都等你……"说完，一笑陷入沉默，长久地。

是啊，人生如果到此为止，亏不亏？婚都没结，也没个爱人，工作就是生活的全部。所以，人生最美的未必在未来……八斗搂着一笑，他忽然打心眼里感谢黄彤。

前车之鉴，太直观。

要没有她这场病,一笑估计还没那么快大彻大悟。在八斗看来,人,尤其是女人,最终的归宿还得是家庭。家庭是女人最后的避风港,这话没毛病。

借着黄彤的悲剧,他第一次感觉自己的心和一笑的心靠近了,又成喜剧了。

"亲爱的,没事儿,你要相信,一切都是最好的安排。"八斗也开始喂"鸡汤",他自己都不信,安排什么呢,安排了就是最好的吗?未见得,可命运既然安排了,你就只能接受。这叫无奈,不叫最好。

几天后,小视频发给黄彤。黄彤还是不同意同事们去看她,怕太过伤感,但一笑除外。黄彤让一笑给她买个帽子,因为化疗,她即将失去头发。是日,一笑去了,八斗怕她情绪激动,亦步亦趋到病房门口,冯一笑怎么也不让他进去,说免得刺激老黄。

八斗表态:"我什么话也不说。"

一笑说:"有时候对于不幸的人来说,他人的幸福就是一种酷刑。"八斗心头一暖,一笑终于承认她在幸福中了,他的努力没白费。不过,冯一笑进去没几分钟,她又打电话叫八斗也进去。原因是黄彤的病床靠窗,他们一进住院部就暴露了,黄彤想见见八斗。

病房里静悄悄地,八斗和一笑都穿着防护服。黄彤刚做完化疗,身体虚弱,抵抗不住寻常病菌。她比从前更瘦,过去是干练,现在是虚弱,嘴唇没有血色,整个人像刚从纸上剪下来。八斗进来的时候,她已经戴上一笑送的粉色帽子了。

八斗打了个招呼,远远地离床站着。一笑坐床边儿,上下级轻松聊着天。但八斗听得出来,两个人都有点故作轻松,用那种开玩笑的口吻,但每个句子后面都似乎冒着凉气儿。

一笑强撑:"反正,一切安好,等你回来。"

美好的期望。

这台词一笑说了不下十遍,人有时候必须自己骗自己。

黄彤慢慢把头偏过去,望向窗外:"我还回得去吗……"

一笑愣在那儿,语速加快:"没问题你别多想,真的,这都是小病。到了这个年纪谁没点病呀。我也有病，真的，我跟你说王总还得过前列腺癌呢……"口气像玩笑，甚至把某总的隐私也抖搂出来了，但怎么听都是悲凉。没办法，现在就得那么说。

黄彤长长地吐气，苦笑："死马当作活马医吧！"

一笑抓住她的手："没事儿，"再一遍，"真没事儿，"又一遍，"真的没有事儿……"仿佛同样的话多重复几遍，黄彤就能迅速康复似的。

八斗往前站了半步，他从后面轻轻扳住一笑的左肩，示意她冷静。

黄彤轻轻动了动，侧躺着："我就觉得……我还没怎么活呢……"

一笑比她激动，她一赶气儿说出几个成语俗语："别这么想……塞翁失马焉知非福，福祸相依，大难不死必有后福，老天给你关上一扇门，必然也打开一扇窗……"能用上的词儿都用上了，层层加码，似乎就能证明她的论断。

可黄彤用一句诗就击破了一笑的全部劝慰："沉舟侧畔千帆过，病树前头万木春"。黄彤是有诗词修养的，八斗第一次由衷佩服她。气氛刚平静下来，黄彤又凄怆地："人生自古谁无死。我就觉着，我冤……这世上一点痕迹我都没留下来……"

一笑不作声。

八斗大气不敢喘。

痕迹，怎么才叫留下痕迹。要造一座楼？写一本著作？还是创下万世伟业？这仿佛都是寻常人所不能为。八斗思来想去，还是认为黄彤的苦恼正是他猜测的：她没结婚，没孩子。万一走了，真就了无痕迹。孩子是生命的延续，不就是痕迹吗。

话说到这份上，一笑也绷不住了。原本说好的不哭，到此时此刻根本没法兑现。八斗只好劝，说没这么悲观，医学还是发达的。好说歹说，两位女士也哭累了，声泪才慢慢收敛。

黄彤拽一笑一下："都怪你，让你别来非来，还带个男的来气我，我只吃药，不吃狗粮。"

气氛陡然轻松。

一笑摘掉口罩揩了一下鼻子："还不是你让他进来的。"

黄彤对八斗:"小龚,我不许你对笑笑不好。"

病魔也没能削弱她的霸总范儿。坚强的女人,哥们儿服。八斗嘿嘿地:"哪敢,我们家,一笑是老大。"

黄彤捉住一笑的手,一笑反向抓紧了。

黄彤道:"该安定下来了。"

肺腑之言!八斗愈发感觉到老黄的靠谱。

黄彤又说:"走到我这一步才明白,什么都是假的,只有人和人的感情是真的……"

是啊!黄彤还对红尘抱着一丝奢望,期待着生命中的那个人出现,执子之手,与子偕老……可谁知道老天还给不给她机会呢。龚八斗在内心深处为黄彤祈祷。冯一笑看看黄彤,又回头看看八斗。一笑这一回眸让八斗觉得,他这才算跟一笑定下来。他真心感谢老黄用自己的痛苦将他和一笑的关系往前猛推了一把。

23

冯一笑左下巴有个鼓包,体检的时候查出来的。医生说不是甲状腺的问题,让她再去大医院查查。一笑没当回事儿,跟着老黄出事,一笑重视起来了。她叫八斗陪她去口腔医院复查。八斗紧张得一上午都忘了上厕所。

检查过后,医生建议手术。八斗忙前忙后,不是为了表现,是真为一笑担心。

她和他的故事才刚开始,不能没有下集。

好在很快,手术安排上了。

手术前两天,床铺批下来。八斗从家里带了新被子、旧枕头,仔仔细细帮一笑铺好。笑笑离了她的枕头睡不着觉。

一笑倒大大咧咧地:"就几天,凑合得了。"

八斗固执,继续忙自己的。他是没挨过刀的人,手术在他眼中,不管大小，都极其严重。

"冯一笑。"医生进来叫人了。是个小姑娘，戴着副黑框眼镜，应该刚从医学院毕业不久。她叫人的口气像班主任，充满严厉。一笑打了个挺从床上起来，八斗连忙说你慢点。不过接下来的场面则多少让八斗不舒服了。

小会议室一张长条桌，四个医生，两男两女在里头。跟一笑他们说话的是个戴黑框眼镜的，其余三个都在打电脑，屁股对着他们。医生拿来两张单子，上面都是字。八斗意识到是要签同意书。

"没问题在底下签字。"黑框眼镜说罢，丢过来一支签字笔，"这张自己签，这张亲属签。"

一笑照例浏览。

八斗比她着急："我能签吗？"

医生问："你和病人什么关系？"

"男友。"

"不可以，"医生否定得特别及时，"丈夫可以。"一笑嗤的一声，八斗更窘，看到了吧，这就是名分的力量，丈夫是法律承认的，男友不是。男友没有义务，更没有权利——他还是个局外人，没法真正参与到一笑的生命中。八斗沮丧，没办法，最后一笑给燕玲打了电话。她虽然跟一笑没有血缘关系，但好歹算是个拐弯亲戚。

风里雨里，燕玲赶来了。她仔仔细细跟审稿似的把同意书研读了三遍，又问了医生好几个问题，黑框眼镜差点被她问住。待一切明白无误后，燕玲才落了笔。但燕燕姐是埋怨一笑的，她拽她胳膊："怎么不早说，瞒着做什么，"又对八斗，"你早就知道了是吗？"

八斗连忙："我也是才知道……"

燕玲又把脸对向一笑："这种事，宜早不宜迟，可大可小，必须重视起来。"一笑听不得姐姐婆妈："我的老姐姐，这不就重视起来了吗。"燕玲脸色微妙变化，八斗觉得，她是被那个"老"字刺激了。

"去吃饭吧。"八斗及时破局，现在说这些都还早，得等疙瘩开出来，去做活检，才能确定安危。

三个人到病房收拾好，燕玲又去申请了一张临时铺，就搭在一笑的床旁边。八斗不愿意,说他来看。燕玲坚持:"你是男的,不方便。"这话在八斗脑子里停顿几秒,他虽然没反驳,但终究不太赞成,他是男的没错,可他跟一笑是要成夫妻的呀。还分什么男女,讲什么授受不亲呢。

晚饭八斗请,吃"大鸭梨"。燕玲嫌饭店名字不好,鸭梨等于压力,压力山大。但一笑不在乎,她点了一盆沸腾水煮鱼,还要了比萨宫保鸡丁、锅包肉和酱补猪蹄花,仿佛这个就是最后的晚餐。

燕玲劝她少吃点儿。

一笑玩世不恭:"万一以后没得吃怎么办?"

燕玲连忙:"别说破嘴话,快呸!"

一笑没办法,只好伸着脖子往旁边地上呸了三声。八斗憋住笑,他真觉得燕玲有时候,这些老派的小习惯很有意思。比如这种小迷信,是妈妈奶奶那辈儿人常有的,还有出门看日子,他记得第一次去一笑的公租房,就看到门口挂着可以撕的日历。后来燕玲搬走,日历也跟着走了。

他问过燕玲,说如果上面写今天不宜出门,你就不出门了吗?燕玲道:"如果一定要出,就多注意,防患于未然嘛。"反正,千言万语一句话,燕玲身上,有那种一笑没有的传统、保守。

晚饭在八点前结束。过了八点,原则上,住院部就不许进出了。八斗送姐妹俩到医院门口,他则搭公交车回家。

一夜,八斗睡得断断续续、迷迷糊糊,始终没进入深睡眠,基本一闭眼就是梦。而且都是那种冒险的梦。醒来他记得梦里有蛇,他查周公解梦。上面说蛇在梦中出现是典型的具有性意味的意象,八斗赧颜,真准。他的确幻想着一笑打过几次那啥。他恨自己太过传统。如果像电视里那样的霸总范儿,直接撂倒,是不是她也就恭敬不如从命了?事实上,自从跟一笑重逢后,他总在钱包里别着个避孕套,可惜始终没派上用场。

不到中午十二点手术便结束了,成功。不日,活检结果出来了,良性。医生叮嘱一笑好好休息,按时吃药,定期复诊,观察至少半年。八斗和燕玲的心都放肚子里。两个人接一笑回家。这事就算告一段落。燕玲做菜,两道炒菜,一道烧菜。八斗在旁边瞧着,燕燕姐居然有这手艺,大火翻腾她也能颠起锅来,贤惠得简直不像这个年龄段的女人。

她身上竟没有文艺女青年的"臭毛病"。

八斗问她哪里学的。燕玲说是自学:"上月刚学的。"

难以置信。

燕玲说:"过去我老想着写作,现在放下了,首先就是冲到生活里去。"

八斗手比划,做爬虫状:"冲?"

燕玲笑说是,锅铲子没停。又说:"我过去过的生活,很虚假。"八斗不明白什么意思。燕玲道:"该上学上学,该工作工作,浑浑噩噩;到了结婚的年龄,家里人让我相亲、找对象,我也就找到了;我每一步都是按照社会的要求去做的,结果,反倒成这样了。"

八斗苦笑,怎么活才叫对呢,他未尝不是按照社会要求的来。一路过关斩将,至今也没求得个正果。

燕玲跟着道:"这些都是镣铐,你如果完全束手就擒,这北京没有你混的。"

八斗问那怎么办,燕玲说得戴着镣铐跳舞。

这模糊。燕玲又说:"反正一人一命,顺势而为。"

百合炒肉丝、西红烧炒蛋、红烧茄子,摆在桌面上五颜六色煞是好看。八斗追点了两份外卖,夫妻肺片和香酥鸡,可惜一笑都不能吃。手术后冯一笑说话暂时有障碍,腌嗓子,腌得厉害,但八斗觉得格外有味道。开吃了,燕玲要求一笑多吃百合。

她给他们上课:"外头的东西,味道是好,但就一点,油不好,这点特致命。"一笑点头,八斗附和。燕玲继续说:"外面的东西,还是少吃,吃外卖吃饭店,能保证都用好油吗,现在好多人不孕不育,敢说跟这些没关系?这些东西吃到肚子里,就是难消化。"

八斗和一笑快速对看,心照不宣。

老姐的健康课又来了。

燕玲拿起一只馒头:"馒头比米好。"

这新鲜。八斗说他吃米还吃得挺惯,馒头不顶饿。张燕玲索性开讲:"一个食物好不好,你得看它的生长周期,小麦的生长周期比水稻长。"

八斗问:"长就是好吗?"

燕玲道:"长,吸收天地灵气就多,为什么千年人参好。"八斗闭嘴了,这无法反驳。可谁又见过千年人参。

一笑咧着嘴,看样子,她没少听姐姐的教诲。燕玲用筷子头点点百合叶片:"像这,得在地底下长九年,那营养价值就是高,清热除烦安神养气。"夹一筷子送到一笑碗里,"你多吃,恢复期,就要弄点有营养的。"

八斗认真听着。过去,他神烦这些养生经,但话从燕玲嘴里说出来,似乎就很具有说服性。更何况,她的这些建议都是为一笑好。再进一步讲,他也逼近保温杯里泡菊花枸杞的年纪啦!最明显的感觉是,他那方面的欲望没有以前强了,他一度怀疑是小电影看多了。后来才发现,跟小电影无关,是年纪到了。所以,他应该结婚,应该生子,再不安排上,他倒不怕别人说,他怕的是自己失去兴趣、失去信心。

一笑用沙哑的嗓子插嘴,故意说:"那人呢,是不是也是越老越好。"

废话。

八斗和燕玲同时停止吃菜。

燕玲放下筷子:"人除外。"

饭后八斗要洗碗,燕玲坚决不答应。一笑倒是不客气,水足饭饱,她犯困,直接屋里躺着去了。她是病人,有这特权。八斗往厨房里探,刚进去,燕玲又哄他:"喝茶去吧,君子远庖厨。"

八斗只好回归沙发。打扫完毕,燕玲又洗了两只香梨,一人一个吃着。八斗没话找话,问燕玲国考复习的情况。张燕玲道:"有枣没枣打一竿子,我是没什么信心。"八斗又说有需要帮忙的随时找他。燕玲换话题,说三元的生日快到了。八斗琢磨了一下,是,快了。

该死,他居然忘了姐姐的生日。

燕玲说:"过去你姐生日,大家还能聚聚,现在难了,说起来是都在北京,但也等于天南海北。老吴又是个不能行动的。"吴屈梦大肚子,是重点保护对象。但凡聚会,谁也不敢真请她,出了问题负不起责任。

说着,燕玲起身,蹑手蹑脚去里屋,绕了一圈,拿出个护肤品套装递给八斗:"这个你帮我带给三元,就说是生日礼物。"

八斗没想到燕玲早有准备,他问她怎么不自己给。

燕玲说:"我给她又不要,你帮我给最好,直接既成事实,你姐也就爱护个肤,妆都不怎么化,也不买包。"

姐姐的包。

八斗真没注意过。燕玲一提,龚八斗深入回想,他老姐三元似乎真没有名包。她甚至单肩包都很少,到哪都是双肩包,里面常常装着电脑,一副行军打仗的样子。

八斗忽然有点愧疚。从小到大,向来都是姐姐关注他多于他关注姐姐。或者说,他也关注三元,但从来没把三元当成女人去关注。燕玲拿了个硬壳纸包装袋,把护肤套装放好。又接过八斗手里的梨核丢进垃圾桶,再迅速打包。这些都是出门要带走的。

燕玲洗了手,又走到卧室门口,把开了一条缝的门关紧了,才回到八斗身边。就站着。

"小龚,跟你商量个事。"

称呼变了,八斗立刻严阵以待。

他也站起来了。燕玲说你坐,别紧张。

不说还好,一说八斗更紧张。

燕玲面容平静,问:"你考虑过搬到一笑这儿住吗。"脑中一道闪电,八斗的嘴不受控制,直接一秃噜:"考虑过。"说完又觉得跌份儿,"想过,但也得看双方的意思。"

燕玲道:"那你搬过来吧。"

八斗有些激动,追问:"笑笑同意呀?"

燕玲故作严肃:"没同意。"秒又破功,笑着,"不都说搬过来吗,还问同不同意,那肯定是同意了,"徐徐解释,"做手术前,一笑跟我谈的,让我转达。同意。"

八斗高兴得嘴角差点没咧到鬓角上去。踏破铁鞋无觅处,得来全不费工夫。他终于跟冯一笑女士零距离了。

24

出了地铁口就是小酒店。

三元和斯理都没下班,前台不会给开门,八斗只能背着燕玲委托转交的生日礼物,先在外头溜达。他去好利来给三元买个小蛋糕,又格外问店员多要了几根蜡烛。

晚上七点,八斗饿了。他给三元打电话,龚三元让他再稍等会儿。七点五十,三元来跟八斗会合。她先领着他上楼,把东西放下,再带他出去吃东西。

三元日常起居之所呈现在八斗面前。

二楼,顶里头一个房间,走廊灯泡坏了,黑咕隆咚的。三元说这间房最安静,久而久之,她跟前台形成默契,只要房间空着,就一定给她。

套内大约十平方米,一张床,床角边是壁挂电视。坐在床上,得斜着身子看。三元说她就没开过。其余就是床头柜、破沙发。洗手间的脏衣篮里放着两口子的换洗衣服。空气里有点说不明道不明的馊味儿。八斗发觉这房子没窗,他为姐姐难过。

龚三元在北京奋斗那么多年,不应该这待遇,起码有个窗吧,万一憋紧了……八斗不往下想,脱口而出:"姐,要不还是租个房算了。"

三元不同意,说不划算。毕竟每个礼拜,他们只在这度过四个夜晚。

"就是个睡觉的地儿。"三元强调。

"能透得过气吗?"八斗总担心这个,墙壁密密实实。

"那门不都有缝儿吗,放心吧。"三元大喇喇地。用她自己的话说,她来上班,是来奋斗的,赚钱的,不是来享受的。

三元带八斗到楼下快餐店吃饭。八斗问要不要等姐夫,三元说不用,斯理最近帮公司搭结构,项目做到关键时期,他就没有早于十一点回来过。

姐弟俩一人一碗宫保鸡丁饭。三元喋喋不休着:"现在这个世道对中年太不友好,过了三十五你要没混出来,那就只能创业了,你姐夫也是拼最后一把,再过两年没动静,就单干。"

提到丈夫的事业和未来,三元还是有信心。

八斗对姐夫不太有信心:一没能力,二没核心技术,三没人脉,怎么创业。在他看来,姐夫斯理总是起个大早,赶个晚集,哪一趟车他都没跟上。

吃完饭,回到酒店。八斗才把燕玲委托的礼物拿出来。三元已经卸完妆了,卸妆前后差别还是有点大。

八斗"献宝",三元给面子,当场使用,拍这那"水儿"到脸上。

"她还说什么了?"三元问。

"没说什么,就说聚会比以前难了。"八斗如实相告。

三元拿出手机给燕玲去了条消息表示感谢,完后叹:"怎么办,又老一岁。"

八斗说哪算老,正当年。说着,他从包里拿出个红包,塞到姐姐手里。三元反弹强烈,一定不收。但架不住弟弟推让,终还是抓在手里:"你自己还一堆用钱的地方,哪能要你的。"三元不好意思。

"一年就这一回。"八斗说着,又拆开小蛋糕包装,把蜡烛给姐姐点上。三元感叹:"也就你,亲的!这事儿,你姐夫都忘了,"又追加,"别说他,我自己都忘了。"

蜡烛点上了,八斗去关灯。这毛茸茸的小火苗,推开黑暗,给人一点渺茫的希望。

八斗让三元许愿。三元不得不完成这个仪式,双手合十许了。许好之后,又劝弟弟一定要节省,多存钱。在北京,储蓄意识太重要了。

不是赚大钱的人,那就只能省小钱。

三元说,八斗就听着,多少年来,姐姐的唠叨已经成为他生活的一部分。很奇怪,老妈唠叨得少,三元却多。时常,八斗是惧怕三元的这种唠叨的,但偶尔,他又觉得这种唠叨也不失为一种幸福,就好像客厅里永远开着的电视机,内容是什么不重要,要的只是热乎乎的氛围。

唠叨一阵,三元又说:"按说我应该知足,但我就是不踏实,这日子保不齐什么时候就要变,熬吧,撑吧,反正要是实在不行,我跟你姐夫只能再回老家,在那个十八线的小地方过那种一眼就能看到头的日子……"

空气有点伤感了。

八斗连忙提振气势:"怎么会,这不已经越来越好了吗。"

三元平地一声雷,几乎带着哭腔:"你知道吗?默默期中考试,人生第一次期中考试,"语气加重,"数学,只得了五十六分!"

这一道惊雷!不及格。是老师没教好,还是孩子不学?又或者是发挥失常,没适应学习生活,八斗揣摩着理由。

三元凄怆地:"我去见过老师,也偷偷去学校还有补习班看过几次,只要一上课,默默不是头耷拉着,就是枕在胳膊上,"鼻涕要出来了,三元吸溜,"这种状态,以后怎么能考上好大学?!"

悲怆,老母亲无助的悲怆。

八斗沉默,他当下能做的,只能是做个好听众。

"每次礼拜天晚上,我跟你姐夫都三令五申,跟妈说,也跟默默说,三点必须做到,"三元掰着手指数,"上课认真听讲,放学到家快速完成作业,数学一定要一百分,"讲到激动处,三元屁股脱离床垫,"这才刚上路,数学就不及格,这不是开国际玩笑嘛,是我们家遗传基因出了问题吗?"

八斗摇头,他跟姐姐都受过高等教育。

三元恨得直咬牙:"还是学习习惯,养不成良好的学习习惯,以后都是麻烦。"说到这儿,三元又吸鼻子,八斗眼尖,发现姐姐鼻孔里窜的是血,他赶忙抽纸巾围堵。三元又去洗手台摆弄好一会儿,走出来右鼻孔还插着纸条,但这个小插曲完全没打断她的思路:"你说咋办。"

八斗说要不再多报个辅导班,钱我出。

三元恨:"不是钱的事儿,也不是辅导班的事儿,就是学习习惯!"

学习习惯怎么培养呢,八斗想说,会不会老妈对这方面没经验。可不对啊,再没经验,不也培养出了个研究生吗。但八斗能感觉到,姐姐对老妈是有怨气的,只是嘴上不好说罢了。老人是她请来的,是帮她的忙。

八斗试探性地:"姐,要不,你回固安找个工作呢?"

三元不作声,她定定地看着弟弟,半晌才说:"你知道放弃现在的工作,对我来说意味着什么吗?"

三元眼里的光令八斗害怕，寒意能杀人。他干咳。

三元声量增大："我现在要辞了职，基本就是宣告退休！完蛋！这辈子就这样了，没机会了……我还能干吗，就只能靠带孩子做家务体现自己的价值，"长长的停顿，"可问题是老弟，我还不到四十岁呀！"

最后这句，龚三元几乎是喊出来。杜鹃啼血不过如此。

八斗同情姐姐，可又束手无策。家庭的稳固，孩子的成长……夫妻俩总要有人做出牺牲。而通常，这个"殉道者"又会是女人。他忽然感觉他跟姐姐的名字简直就是个讽刺，一个"才高八斗"，一个"连中三元"，结果呢，都没在北京混出道道儿。

八斗问："姐夫咋说？"

三元说我没跟他说，"一说又是吵，一说又是让我辞职。"

门开了。

王斯理进门，抱着一束红玫瑰，老婆的生日他记着呢。见八斗在，斯理招呼了一下，又问吃了没。三元连忙掩饰泪水，问斯理怎么这么早就回来。斯理还是看出了老婆的异常，调侃道："咋了，咋还哭上了呢。"

三元长舒一口气，半真半假地："八斗来给过生日，我一感动，没忍住。"她拿起花，闻了闻，"几块钱买的？"

斯理一边吃蛋糕一边说："几块？五十九呢。"

姐夫回来了，气氛一下好了许多，八斗本想跟姐姐再说说搬到一笑那儿的事，但显然今天不太合适。

斯理冲澡去了，八斗怀疑，今晚姐姐姐夫会有安排，他不愿意耽误他们的甜蜜时间，敲了敲洗手间玻璃道别。三元把人送到酒店门口。

八斗踩着晚风，乘地铁回家。

计划定下来，八斗就准备搬了。

首先是跟房东商量，看能否提前退房。结果不出预料，房东咬得很紧，这房子是半年付，如果八斗提前搬走，根据合同是不退租的。或者当二房东，先租出去。八斗到网上挂出来，倒钓了两个看房的，但都没下文。房子空着就是损失，八斗又不愿意等。跟一笑团聚，是他的头等大事。

八斗跟一笑商量。冯一笑道："我姐的租约快到期了，让她住呗，上班坐地铁也方便。"

燕玲的筒子楼是月付,腾挪方便。

八斗问燕玲的意思。张燕玲不大愿意,说筒子楼挺好。八斗却强烈坚持,说什么肥水不流外人田,你不住也是空着,等于赔钱。

实际上,这是八斗有心还燕玲的人情。在撮合他跟一笑这件事上,燕玲可谓不遗余力。八斗都记着呢。

于是乎,这次搬家就成了"对调"。八斗搬走,燕玲搬来。

搬家当天,一笑没时间过来,八斗找了陆海超帮忙,他买了车,牌号是租的,说是泡妞方便。中午,燕玲也来了。海超识趣儿,大件搬得差不多,就在楼下车里等着。八斗和燕玲在上头做最后的打扫。因为燕玲要住,八斗家具基本没动,沙发、床、厨具还有书架都是宜家货,留给燕玲了。书,暂时交燕玲保管,一笑那儿地方不大,摆不下书。八斗搬走的,除了衣服,就是电脑,还有一些不得不带走的证书,等等。

抽屉拉开了,跟一张嘴似的,燕玲半蹲着帮八斗拾掇。文件袋里杂物很多,八斗毕业证也在里头。

燕玲好奇,拿在手里,没打开,问:"能看吗?"

八斗大方:"随便看。"

燕玲小心翼翼翻开,挨个检阅,她对证件没兴趣,她关注的是证件照。那是不同时期的八斗。

燕玲笑,说你过去长这样。

龚八斗略带羞涩,说句大话:"以前也是'小鲜肉',现在,往腊肉方向一往无前。"燕玲端详着,又问:"你是一只眼单一只眼双?"又抬头看真人。八斗伸手把眼皮子一撸,一单一双立刻变成两双。

这是他的独家戏法儿。

燕玲咯咯笑,说你要是女的,都不用双眼皮贴了。

里头地面上有个旧钱包。燕玲斜着身子,把抽屉拉到最外。她胳膊细,从缝儿插进去,捞到了。黑色皮革质地,打开,里面除了几个钢镚儿什么也没有。燕玲拉开拉链。夹层里有张小照片。捏出来,是张黑白一寸照。年深日久,已经发黄了。

燕玲却认识上面的人。她抿着嘴,憋住笑,递给八斗。

八斗一瞧,照片上不是别人,正是他日思夜想的冯一笑。这还是那年他帮一笑办学校小门出入证时拍的,八斗不知道怎么解释。

燕玲没点破,又去收拾别处了。

糟糕。八成燕燕姐已经知道他和一笑过去的故事了。但她不提,他就不宜主动招认。又或者,他跟一笑的重逢,根本就是燕玲的有意安排。她虽然自己是单身,但并不妨碍她为笑笑的婚事操心。

一时之间,龚八斗心乱如麻。

燕玲在洗手间叫他,八斗连忙过去。只见燕玲指着热水器把手上挂着的一条内裤问:"这还要吗?"八斗连说三个不要了,又赶忙找袋子收纳,一会算作垃圾丢出去。不过,还没等八斗下手,燕玲便捏着裤头边缘,迅速将它处理到一个纸盒子里。折回头,她又握着小牙刷刷面盆边缘,一边刷一边说:"你掉头发是不是。"面盆下水口堆积了不少毛发。有直的,有卷的,有的来自上面,有的来自下面。

八斗实在不好意思:"姐,别弄了,我回头找阿姨来弄,得整体弄。"听到八斗这么说,燕玲才放下勤劳的牙刷,"别找太贵的,不能超过四十块钱一个小时。"八斗脸颊燥热,"成。"

25

搬家路上,陆海超没少埋汰八斗。他非问他靠什么手段达到目的的。

八斗很得意:"还能有什么手段,真情呗,真爱呗。"

海超拖着腔调:"真羡慕你,这个年纪了,还能见着鬼,找着真爱。"又自嘲,"我怎么就碰不到一个合适的。"

"你不是碰不到,是算得太精,哪头都想图,"八斗铺展开,"我跟一笑,和那种普通相亲的不一样,我们这是有感情基础的,感谢老天,进场顺序很重要。"

海超恨道:"我压根就没进场!门儿在哪儿呢?!"又说:"你比我强哪儿了?不就一张脸吗?也没帅到颠倒众生。"

八斗笑问他最近的相亲成果。海超不齿地说:"还那两种,看不上我的,我看不上的,刚好对眼的,"他大拇指和食指圈成个圆,"零个。"八斗又劝陆海超降低标准。海超说八斗站着说话不腰疼。又问他要车油钱。

八斗笑嘻嘻地:"还油钱,赶紧珍惜未婚的龚老师吧,下了你这车,搞不好明天我就结婚了。你跟我就不是一类人了。"

海超恨得要掐他。

良辰吉日,八斗搬进一笑的公租房了。钥匙是早先拿到的,他下定决心要在一笑下班之前让这屋子焕然一新。

一屋、两人、三餐、四季。美!他的好日子要来临了。

八斗把鞋拿出来,摆在门口,跟一笑的并排。又把衣服拿出来,放进柜子,跟一笑的混在一道。他又上网订了花,带朵的不带朵的都有。他清扫了客厅,把厨房的灶台也刷了一遍。不是自己的房子到处也锃亮。

晚饭时间,一笑还没回来,他打过去,问她想吃点啥。

一笑却说:"你自己先吃,我这加班呢,人手不够。"

老黄病倒,一笑的小组又走了个年轻人,全部活儿都得冯一笑扛起来。她整天忙得像陀螺,恨不得二十四小时都睁着眼。八斗跟一笑说过,干不动就等明天再干,人手不够就跟领导说,别自己硬撑。

一笑却说:"已经在招了,目前必须顶上。"

八斗理解一笑的干劲儿。说理想主义也好,说负责任也罢,或者客观来说,黄彤的倒下对一笑是个千载难逢的机会。不管黄彤回不回来,冯一笑都有权利往上走一步。而此时此刻,他龚八斗必须给冯一笑绝对的支持。

而这种支持,就包括忍受寂寞、无尽等待。

晚饭点了个永和胡乱吃了。八斗洗了澡,跟着就是锻炼身体,他要在一笑回来之前把身体状态调整到最佳,该凹的地方凹,该凸的地方凸。他不允许自己在这个春宵之夜有任何失常的表现。

等着等着睡着了。再醒来,有人拍他脸。近距离观察,是一笑回来了。她给了他一个吻,潦草地。然后就脱衣服上床。其自然程度,根本不像久别重逢新婚宴尔,而像极了老夫老妻,左手摸右手那种。

八斗坐起来了,等着她的下一步动作。

一笑却轻轻说:"睡吧。"她连澡都没洗。待八斗反应过来,冯一笑女士竟已经发出轻微呼吸声。无尽的失落压在八斗心尖上,是他太无吸引力?还是她根本不爱他?他忍不住为她找理由:她太累了,到家已过十二点,哪还有心思办那事儿,是他太不近人情。

八斗望着一笑恬静的面容,没敢再打扰她。静静坐着,动动脚趾,跟能弹钢琴似的,哆来咪发梭拉西哆,连脚趾都是失落的。他原本以为,搬来住的第一晚会是一道海陆大餐,殊不知到头来只是一份碴子粥,还是不配小菜那种。

八斗平躺下,把胳膊柔柔搭在一笑腰上。一笑一个翻身,抱紧了他。很自然。好像他就是个抱枕。八斗只好保持姿势,并告诉自己来日方长。

第二天照旧,一笑加班,十一点多回来,到家就说累,八斗帮她烧水泡了脚还捏了捏肩一笑便睡了。第三天仍旧如是。八斗有点着急,刚开始,他觉得正式住到一起,若是他不表现得积极一点,似乎不太礼貌。可三天一过,他又感觉一笑的冷淡似乎是对他不礼貌了。还是那话,他就那么缺乏性吸引力?那干吗接受他?而且刚搬到一起,办点"事情"不是题中之义还用说吗。海超说得对,两个人在一起,首先就是得能睡到一块。这才刚开始,就对彼此没兴趣,未来几十年咋过。

再往深了想,会不会一笑有病?比如,性冷淡?或者其他方面的疾病?她临近结婚还分手的真实原因一直不详。说是性格不合,说是自尊受挫,那都是嘴上说。会不会是男女方面的缘故?八斗揣着一肚子问号,但也不好直接问。这种事情,心照不宣最好,拿到台面上就难看了。

憋到周末,八斗想了个辙——暗示法。他在家里布置了灯光、音乐、鲜花。连床上都放了红色玫瑰花瓣。

一笑回来,吓了一跳:"干吗?"跟着骇笑。

看那样子,应该懂了。

"庆祝我们久别重逢。"八斗说得官方。

"行啦。"一笑放下包。去洗了手,折回来才说,"你那点小心思。"

八斗不好意思了,他这笨拙的解决方法。

一笑又问:"酒呢,不来点儿?"

八斗措手不及。

"红的。"一笑再指挥。

糟糕,百密一疏,这个关键道具没准备上。八斗忙说去买。冯一笑道:"等着!"说着便去卧室床底下刨出一瓶红酒来,上面都是外文字母,看年份好酒无疑。一笑又找了高脚杯,两只还不一样款式。她让八斗放首歌,八斗选了半天,放了轻音乐,最老土的那种。红酒倒上了,一笑轻轻摇晃杯子,杯壁之内一团红艳一会儿滚到这边,一会滚到那边,跟太平洋地震似的。

一笑见八斗不动,道:"干吗,还等着我主动呀。"

女王下了命令,骑士才扑上去。玫瑰都免了。

第一次贴身战斗,第一回华丽表演。龚八斗真是拿出了毕生所学了,自己舒服倒是其次,他不能让一笑瞧不起。他必须表现得老练且水平高超,甚至于要达到艺术的高度。他像老牛耕地一样卖力,吭哧吭哧。一笑每一个细小的反应对他至关重要,做好服务特别重要。这晚就是他的新婚之夜。当然,八斗也能感觉到冯一笑也是有备而来,她不示弱,几个回合下来,她险些还占据了主动。惊得八斗连忙跟冲浪似的,浪越大他越要勇敢迎上去。

战斗结束,两个人都一身汗了。一笑抱着八斗,八斗把头埋在她胸前。他们终于"在一起"了。

"舒服吗?"八斗问她。

一笑说:"你别说话。"

八斗连忙闭嘴,寂静的时刻。

"这又不是任务,应该是享受。"一笑说。

"我享受,"八斗急得跟什么似的,每个字都烫嘴,必须赶紧吐出来,"你让我再享受一次都没问题。"

好了,走到这一步。八斗方才觉得自己跟一笑的关系尘埃落定,盖章了。彻底成为自己人了。事实上,八斗在这方面还是比较保守,他爱一笑。前期的浪漫与周旋,都是为后期的结婚过日子做准备。有了这碗酒垫底,八斗心情好多了,工作上也多了些干劲儿。不过现在一到周末,八斗时间特别紧。他当然想跟一笑多待在一起，出去玩享受二人世界。但一方面，他隔一周就得去固安老妈那看看，是为尽孝；另一方面，又得去李老爷子那忙回忆录的事。

确定关系后，一笑还没正式陪八斗去过固安。

不急。

八斗想，他需要先跟姐姐透风，再慢慢吹到老妈那儿，事缓则圆，他相信只要他坚持，家里人终究能接受一笑。李老爷子那边还得去。没想到一笑倒支持，她给八斗来了个谆谆教诲："正常的社交还是要有，你走仕途，贵人很重要。"八斗讪笑着，说啥仕途，就是过普通人的日子。

一笑道："没志气可不行，你没有位置，就不能实现为人民服务的愿望，权位也是能力的体现。"八斗应和。他没跟一笑汇报过李骐的事，他估摸着，燕玲也不会多嘴多舌。想来可笑，他踌躇什么呢。他跟李骐什么也没有，她连红颜知己都算不上，就是个姐姐的闺蜜的丈夫的妹妹而已。普通到不能再普通的朋友。不过他打心眼里觉得根本没有和一笑说的必要。

风驰电掣地到了李家。进门，李骐妈正准备出门，神色不大妙。八斗招呼了一下。老爷子正在喝工夫茶。八斗来，他招呼他坐："今天不录了。"老爷子给指示，八斗只能照办。两个人谈了谈军事，又谈了谈外交，再谈了谈经济形势，八斗能感觉到李老爷子兴致不高，到中午吃饭，保姆还是做的饺子，当然也有馒头。李家的风格，主食任选。菜不少于四道。

李骐回来，依旧一身运动装，满头汗。但今天特殊，老爷子一句也没说她。

一顿饭吃得平平静静，饭后老人家直接去休息了。李骐要出门，能捎带八斗到地铁口。

八斗试探性地："领导今儿是不是心情不好。"他在李骐面前习惯叫老爷子领导。

李骐不藏着掖着："吴屈梦流产了。"她直呼其名，八斗不适应，惊得手机没拿稳。

李骐笑说："干吗，胆儿那么小。"

八斗凉气倒抽，不予置评。

李骐道："城门失火，殃及池鱼。"

这成语在八斗脑子里转了个弯:"又给你施压了?"

李骐无奈:"压力就没减过,当女人就是麻烦。"

八斗道:"也是为你好。"

李骐抢白,"是,为我好,怕我孤独终老无人问津,合着没结婚的人个个最后都不得好死了是吗。"这话说得狠重,八斗觉得不能再刺激她。

李骐追加道:"不是我不想找,问题是没合适的,你让我怎么办,"她双手脱离方向盘,八斗连忙叫她好好开车,"总不能混乱对付了,给我介绍那些个男的,就没几个成器的。"

显然,他龚八斗也居不成器之列。

龚八斗小心翼翼地:"标准稍微降低点呢。"

李骐正色:"为什么要降低,能给我带来什么好处?"

八斗不劝了,他倒不觉得李骐这话不对,他只是感觉她的姿态有点问题,女人,不要太强势,总是摆出一副老娘天下第一,愿者上钩的架势,到哪儿能找得到?更何况随着年龄的增长,哪怕是李骐这样的背景出身,在婚恋市场上也已然逐渐失去主动。

算了,随她吧。反正只是普通朋友。

八斗转换策略,顺着她道:"也是,不结婚也没啥,反正你也不缺钱。"

李骐冷笑:"这世上有不缺钱的人吗。而且,这里是北京。"

到地铁口,八斗下车,礼貌道别。李骐一脚油门,车冲出去老远。上了地铁,八斗给姐姐三元发微信,说了吴屈梦的事。三元回说她跟燕玲正在医院探望屈梦。

26

等住习惯了,八斗发现冯一笑很"懒"。

确切地说,是对她不感兴趣的事,懒。偏偏她不感兴趣的东西又很多。比如做饭、洗衣、刷锅洗碗……当然,八斗是很愿意承担这些家务的,他多半时候感觉能为一笑做这些事也是一种幸福。更何况,他的做饭水平要远远超过一笑(尽管同样不咋地)。

但是,八斗还是需要一些"你挑水来我浇园"的感觉。他可以做饭,可以把衣服放进洗衣机里,那你冯一笑多少应该洗洗碗吧。或者至少,有个姿态,客气客气。撒个娇,让他心软,让他去洗也行。

可人家就是没有这个过程。

八斗真不知道一笑这些年是怎么过的。后来他想明白了,在生活方面,冯一笑就是个"靠"。在家靠父母,在外靠学校,后来是靠公司,跟燕玲住到一起,那就顺理成章靠上了燕玲。现在好,靠上他了。而且他的肩膀是主动送上去的,不靠白不靠。

大多数时候,他当然愿意成为她的依靠,无论是家里还是家外。一笑工作太忙,他还算能按时按点,多操持点家里,应该。但每当吃完饭,盘子碗筷在厨房水槽里躺了一夜,等到下一次做饭前与它们相遇的时候,八斗就不太愉快了。

看着那些歪七扭八的米粒子、面条子、菜叶子、肉末子企图逃过水池过滤网又未遂,终于牺牲在那些小洞眼,八斗就蓦地一阵恶心。他不算有洁癖,但还算爱干净。他不得不用手把这些脏东西都抠出来,丢进垃圾桶。他觉得自己的付出完全没有得到哪怕一点点的回报。

一笑享受得理所当然。一个是奶奶,一个是丫鬟。八斗也曾努力说服自己,用那句老话,找老婆不就是用来宠的吗。可问题是,宠的前提是人得懂得领情啊!

终于,晚上睡觉前,八斗把这事儿提出来了。

他环抱着一笑:"亲爱的,吃过饭,咱那个碗,别存。"

一笑放下手机,像瞅外星人一般瞅着他,又低头看了看手机,最后抬头说:"要不别开火了。"

"那吃啥?"八斗问。

"不就晚上一顿吗,点点儿。"她早晨偶尔不吃,中午吃食堂,晚上靠外卖。

"我们还是要过日子的,"八斗耐性十足,"燕玲姐不也说了吗,外头的东西不卫生，吃多了搞不好都能不孕不育。"

一笑说："你别老把事情往坏处想，那吃外卖的都不生孩子了？她就是危言耸听，为自己的行为寻找合理性。"八斗脸色阴沉。一笑又改口说："实在不行买个洗碗机，我出钱。"

八斗立刻说："你出钱不是咱的钱？统共就俩人儿，也值得弄台机器。"

一笑不接茬，关灯，睡觉。八斗不再催促，点到为止，说多了又是不愉快。不过第二天，小冯自觉多了。吃完饭，人主动戴上塑胶手套，摆出闹革命的架势去把碗洗了。态度是好的，但结果不太乐观。动静太大，活儿做得却不细致，洗个碗跟去杀猪似的，水弄得到处都是，碗底还有饭黏子，砸了一只瓷勺子。没办法，八斗只好擦屁股重刷、重整理，弄得比自己干活儿还累。

闲了的时候，八斗跟海超抱怨："现在女的咋都不会干活儿了呢，也不是什么大小姐出身哪。"

陆海超道："你才发现呀！好的没学会，坏的学了一堆，美其名曰'女权'，我跟你说都是读书闹的，知识越多越反动，"不屑地，"像咱爸妈那一代女性的崇高美德，你要想在现在的小姑娘，尤其是在大城市混的小姑娘身上找到，那纯属活见鬼！你要跟人理论，人还能呲你一顿。说你不尊重女性！你说这老天爷也是，干吗非要弄个男的女的，还区分，干脆就搞一个性别得了，学蚯蚓，雌雄同体，自己就能繁殖。"

八斗纠正："我倒没指望她真干，只是说，多少干点儿，意思意思。"都是心里话。"或者起码哄哄我。"说到关键了，他是愿意当牛做马的，可问题是，你得夸夸这牛马呀！

陆海超道："呦呦呦，大老爷们，咱支棱点行么，洗衣服做饭生孩子带孩子，本来就是老娘们的活儿，老爷们就管赚钱就完事儿了！在咱那地界儿，过年女人都不能上桌！"

"你这有点夸张了，"八斗不答应，"这要移风易俗。"

海超的话有点大男子主义，不过他老家那块儿，这种想法甚是普遍，男尊女卑，女儿不如儿子。女人结婚了不生儿子那就是没"完成任务"。八斗好歹出来读过书，好些，没那么极端，他觉得自己是尊重一笑的。但在某些方面，他认为老传统不是全无道理，最起码事关"面子"问题。面子面子，表面功夫你得做做吧。哪怕是关起门来的夫妻之间。当然，八斗多少也有些底气不足。经济基础决定上层建筑，他现在赚得还不如一笑呢，凭什么对人家要求这那。

想到这儿，八斗有些气馁。他转移话题，问海超最近相到什么好人没有。

海超道："没用，净是些不加分的娘们儿。"

八斗问什么才叫加分。

海超道："要么自己有本事，能赚钱，能帮我发展事业；要么家里有本事，有资源。"

八斗问："那要一直找不到呢？"

海超叹气："我是给自己划到一道杠杠，底线是三十六，人生第三个本命年。"八斗问他要咋着。海超大眼瞪小眼："到那时候还没解决，我就找一个没什么本事的，就让她主内，当贤妻良母，肯听我话的就行。"

八斗苦笑："那不得讲点真感情呀。"

海超纠偏："有啊，有感觉是第一步，你别把我说得那么现实，我人设都被你塑造坏了。"

八斗心吊着，又问海超怎么办。

"什么怎么办？"海超没理解。

"我跟一笑怎么办。"他绕回那个话题。

海超点破了："你怎么还不明白呢，燕燕姐不是跟你说过小冯被扫地出门的故事？那就是对你的暗示，相当于最后通牒。我跟你说，你跟小冯这些日常琐事，压根儿就不叫事儿！核心矛盾还是房子，你真买个房子试试，"哼一声，"立马结婚！"

正说着，有人开门进来，是个中年妇女。海超叫妈，八斗反应过来，笑着叫阿姨。

妇女笑道："八斗吧。"又说："这难兄难弟。"

八斗跟海超对了个眼神，憋住笑。

海超嚷嚷："妈，您能不能盼咱点好，什么难不难的。"

妇女不饶，笑着："知道急了？你一言难尽，罄竹难书；你孤掌难鸣，在所难免。"海超妈教语文出身,露了一手。

海超接:"得,我本性难移,积重难返,自身难保,在劫难逃。"

八斗一笑,跟着说:"天下无难事,只怕有心人。"

是,有心。房子的事,还是得正面解决。

八斗打算找三元聊聊。事到如今,也只能跟她聊,他不打算周末往固安去,老妈和周叔听到不好。老两口一辈子攒下几个钱,留最后瞧病用。不够,还得问他和三元要,不可能也不宜再往外出钱。当然,就算出,他龚八斗也不能要,担不起这份情。

三元呢,有孩子,没房子,她跟斯理在北京也混得惨淡,八斗真不忍心。可逼到没办法,只能先讨论讨论。

八斗在小宾馆楼下等三元。

天黑透,龚三元回来了。姐弟俩照旧去快餐店吃份饭。八斗没立即切入,先问三元的工作情况。三元说凑合,就是加班多。八斗又关心姐夫斯理的情况,三元简单说了,也是个忙。

三元反过头问八斗搬过去怎么样。

"还行。"

"你也别这么快下定论,"三元劝说,"目前还是尝试阶段,反正咱不吃亏。"

八斗不喜欢姐姐的这种论断,细声反驳:"也没啥可尝试的,合适了就在一起呗。"

三元低头吃饭,沉默蔓延。店里顶灯射下的光晃眼。

八斗抛出正题:"姐,我想买个房。"

三元抬起头,愣住,过了会儿,才问:"看好了?"

"还在看。"八斗尽量控制住表情。云淡风轻。

"不等政府的福利房了?"

"不等了,"八斗口气沧桑,"等下去也没啥意义,既不便宜,又偏,通勤不方便,将来转卖也困难。"

三元双目聚神:"打算怎么买。"

"公积金贷款。"

"不，意思是两家，还是一家？还是怎么着？"三元表情有点过分严肃。

"一家。"

"一家？那名字呢，怎么写？"

"姐，这不还没到那步呢嘛。"

"是没到，但这都得想好，"三元嘴角提起来了，"是小冯的意思是不是？她要你首付，然后她在上面加名字是不是？"手一挥，"我跟你说没用，现在谁出钱算谁的。"

八斗厌烦姐姐的算计，于是生拦住她的无端猜测："真没有，这事她都不知道，是我要买，"停顿一下，无限怅惘地，"吃亏也不是第一回了，过去傲蕾，不也是这问题，姐，我没有回头路了，这就是个必须要迈过去的坎儿！"大吸气，"你要方便，就借我点儿，要是不方便，我再去别处想办法。"

八斗这么一说，三元反倒软了下来，她呦呦呦了三下，怪声怪气："就会跟你姐来硬的！"

八斗耍赖般："姐，我是真没办法……"

三元嗤笑："早知道没办法，就别来北京！"又说，"背房贷，当房奴，那是一生一世事！"

八斗轻握拳头说："我准备好了。"

三元说："多了没有，我这就十五万，这钱你姐夫都不知道，你也别跟妈说。你拿去，不着急，等将来有了再还我。"

八斗差点感动得泪眼婆娑。

他轻唤一声姐，再说不出话。三元倒长篇大论地："买了，就写你自己名字，小冯也当面锣对面鼓说了，想自己买房，你就给个住，"想了想，继续，"当然，她要是愿意一起还贷款，再说。"

八斗真想说一笑没你想得那么坏，但看在姐姐答应借钱的份上，闭嘴了。

三元还在抱怨，觉得八斗亏，一婚有北京户口，怎么能找个谈过多次恋爱频频转手没户口也没钱的。她用了几个海超也用过的词儿："这不就三无光腚吗！"八斗尴尬，没驳话没接话。三元还建议八斗找亲戚朋友同学都借借，八斗说明白。两个人又聊了几句屁梦。三元说她惨，差点大出血，又感叹：

"算了,我也不巴着你往高了够了,人在屋檐下,真受气!你看你梦姐这,不也是个'卖',你不生它几个,人能放过你?"

八斗小声说也许梦姐也喜欢孩子。

三元哼哼:"那你是不了解吴屈梦,我们几个当中,她事业心是最重的!现在这样,你以为她心里不苦?"跟着追加感叹,"不过说白了,人活着不都是个'卖'吗,尤其到北京,你要不'卖'点啥,咋活?"哼哼一声,"怕就怕,你想'卖',都不知道'卖'啥!或者压根儿没人买!"

落地窗外出现个人,里外的灯光笼着,有点重影,不真切,跟飘来的魂儿似的。王斯理拎着个包,隔着玻璃望着这姐弟俩。八斗笑着跟他挥手,斯理只轻轻点了个头。

奇怪。莫非姐夫已经猜到他来借钱,所以才一副臭脸。斯理并没有想进来的意思,打了个手势先上楼了。八斗刚想问姐夫怎么了,三元就一口喝了蛋汤,迅速撤退。

临了,三元只丢给八斗一句话,"记住,咱不占人便宜,也别让人占便宜!"

晚上一笑到家晚,没说。第二天周六,吃早饭,八斗把买房的打算提了。

一笑问:"打算买多大的?"

以八斗的财力,目前只能买得起单间或一居。但直接说不好意思,八斗虚虚地,"先看看。"

一笑又问:"钱够吗?"

八斗气更弱:"还没细算。"

一笑没戳破他,转而道:"不够借你点儿,反正我暂时也不用。"

八斗一下激动起来:"要不,还是一起买,写两个人的名字。"

一笑道:"怎么又说回来了,不是说过了吗,要买我就自己买,要么就不买。"她铁了心,雷打不动。

八斗恳挚地:"笑笑,结了婚,咱们不就是一个共同体了么,是一而二二而一,不分彼此。"

一笑摆摆手:"不,房子不是小事,你买房,其实就是买个心安、买个底气,我们真去住大开间吗?到时候还不是租出去,抵扣月供,公租房能住到什么时候是什么时候。而且我也支持你买房,户口总不能一直挂在集体户上,总要迁出来了。"

这话说到点子上了。八斗也考虑过,买房的确也是为了找个地儿落户口,不然将来结婚有孩子了,孩子户口都没地方上,再大点上学都成问题。

八斗出神。

一笑道:"结婚,有房子最好,没房子该结还是结。我倒觉得,房子不是结婚第一要素。"

八斗顺着追问那什么是第一要素。

一笑半开玩笑地:"要是一不小心有了孩子,那就给孩子一个家呗。"八斗惊得眼睛都睁大了,他觉得一笑的想法很超前,但又顺理成章。是啊,还有什么比奉子成婚更具说服力呢。如果宝宝有了影儿,那老妈和老姐估计就不会再反对。而且,保不齐老妈他们还会欢天喜地呢,这才是正经孙子!

八斗激动,吃完早饭就要"想办法"。

一笑打发他:"你让我歇歇,而且今儿也不是时候,还没来呢。"八斗问:"啥时候来?"一笑道:"来了我告诉你,咱们就安排。"又叮嘱,"你也约个体检,看看各方面指标什么的。"八斗遵命,当即在手机上约体检。周日要往姐姐那去,一笑懒得动,八斗表示理解。小冯同志太累了,不要占用她休息时间。

27

周日三元家且热闹,冷不防来了个远亲,是三元和八斗亲爸的表妹,他们称她表姑,姓宫叫明月。

老爸去世后,尤其是姜兰芝改嫁后,父亲这边的亲戚几乎都不走了。现在不一样,拜北京所赐,人在异乡不亲的也亲了。老辈人去世少不了奔丧,意外组了个微信群,表姑跟三元建立了联系。听闻表嫂姜兰芝也在北京,宫明月非要来看看。

实际上，宫明月住燕郊，跟三元家是隔得老远，但老人家仍"不远万里"来了。八斗对她一点没印象。宫明月直接击八斗肩头一掌，八斗被震得差点打趔趄。宫明月中气十足："八斗，你这名儿！还是我建议你爸取的呢！我就说，你生儿子，就得生个才高八斗的！正好跟连中三元是一对儿！"三元在旁听了也笑。宫明月又说："我得收版权费啊！"

八斗用眼神向老母亲姜兰芝求证。

姜兰芝微笑着，没承认，也没否认。

宫明月来京快二十年。早年下岗，就一个人北上闯荡。她婚离得早，原因不详。有个女儿，也在北京上过学，毕业后留京发展，有没有户口不知道，但目前还没结婚。表姑说女儿周末也加班，所以不能一起过来。三元、八斗就不理论，人艰不拆。好多话听听就好，真真假假。

说起自己的北京经历，宫明月兴味十足，唾沫星子乱飞。但整个停下来，八斗总结：宫明月在北京的二十年，压根就是一段节节败退的历史。

刚来的时候，住在二环边，后来到西三环，再后来变成东四环、东五环，头几年改住六环外，现在则退到燕郊去了。原因简单，燕郊房租便宜，一个月一千多就能租个单独一居。

吃饭的时候，宫明月提到买房也是满腹喟叹："就是胆子小，没远见，那时候五环边的房子都没人买！两千块一平，卜车那轻轻松松地！燕郊的房子也是白菜价儿！也没上车，现在，"手背拍手掌，"晚了！"

三元笑着劝："不晚，北三县的房价不也降下来了。"

宫明月道："那也不买了，我们这年纪不给贷款，一把付太不划算。"

姜兰芝试问："以后咋打算，回老家吗？"

宫明月说："老家肯定是回不去啰！走一步看一步。"

趁着刷碗的空儿，三元问八斗买房的事跟一笑提了没有，八斗说提了。三元歪着头等下文，八斗道："笑笑还要给我点赞助呢。"三元像听天书，"什么赞助？"八斗说直白了："借钱给我。"

"放高利贷？"三元推测，她总爱把人往坏处想。

八斗无奈地："没有利息，就是借纯借。这马上都两口子了，还要啥

- 155 -

利息。"

"那要写名字吗？"三元抓重点。

"不用。"

"有这么好的事儿？"三元还是不信。

"将来她买房，我也不会要求写名字，不都一样吗，利利索索地。"

"那她图啥？"三元追索着。

八斗拖着声调："不是每个女人都图房子都图钱，她就不能图你弟这人吗。"

三元眨巴眼想了想，道："倒是。算她有自知之明，知道自己是什么位置，该卖什么价儿。"

八斗听着极不舒服，忍不住为一笑辩驳："姐，你可千万别这么说。人小冯同志，现在可是人往高处走。"三元抢白："那咱们也不能水往低处流呀，"轻哼一声，"这不就私下说说嘛，再说了，我说的不是事实吗？婚恋是个市场，有市场就有价格。"

八斗懒得听下去，快速刷碗，流水冲过碗面掉转方向直接袭击三元，龚三元跳脚。

午后，斯理想去钓鱼，问八斗去不去，八斗想都没想就答应了。王斯理不抽烟，也很少喝酒。这么多年，要说爱好，唯一的一个可能就是钓鱼了。过去住城里，水源稀少钓的机会不多。现在搬到北京周边，空天野湖多了，他的这一爱好有机会复苏。八斗不会钓，亦步亦趋，有样学样。王斯理却稳得跟尊佛似的，杆子甩下去，不多会儿就上来好几条，可惜都是些小杂鱼。

八斗忽然觉得这一幕像极了他们来京多年的历程。在北京这片汪洋大海里，他们从来就没钓到过大鱼。

斯理丢给八斗一支烟，八斗不得不接了。他现在抽得少了，备孕，蓄积能量。伤身体的事，尽量不做。

又一条小鱼上来了，八斗拿网接。

斯理忽然道："你姐，变了。"

没头没尾。八斗不晓得怎么接话，斯理没继续往下说。

八斗不得不给面子问："都在变，变是绝对，不变是相对。"他整点儿哲学思考。

斯理又直不愣登来一句:"她又有宝宝了。"

胃部痉挛,八斗忍不住打了个嗝,这大新闻,跟外星飞船似的凌空一闪。

"她不想要。"斯理挤牙膏,一点点往外冒。还没等八斗接话,斯理继续,"我就不明白,这孩子来了,你为啥不要?"

八斗脑子快,八成这孩子是夫妻俩住旅馆的"结晶"。呵呵,那么小的空间,那么漫长的夜,三元又有失眠的习惯,一不小心制造出了新生命在所难免。只是八斗不理解,既然不想要为什么不采取措施呢。又或者是为了省钱?旅馆不提供避孕套?只能这么解释。

八斗小声问:"这事儿,妈知道吗?"

斯理转脸望着八斗,眼神茫然,"你妈还是我妈?"

八斗说:"两边的。"

斯理说:"不知道。你姐不让说,"鼻孔出长气,"她也明白,说了没人会赞成她,"陡然激动,"有了再打掉,这不等于杀人吗!"最后又问:"你觉得呢,斗儿,你就站在公平公正的角度,你觉得你姐这么做对吗。"

八斗没评价,反问:"已经流了吗?"

斯理道:"暂时没有,还在掰扯,你找机会劝劝她,她现在就是油盐不进!"眉头皱起来了,"是,工作是重要!可工作没了还能再找,孩子没了,再过几年还能生吗?现在国家也鼓励生育。你干吗跟时代大势对着干?"

八斗当然明白这只是姐夫的一面之词,反正不用他生,他不觉得麻烦。至于时代大势,也得看个人条件,国家只鼓励生,又不帮忙养。但从男人的角度出发,八斗多少也有点同情斯理。事实上,王斯理想要二胎也不是一年两年,三元始终宁死不从。现在误打误撞有了,他自然不会放过这个机会。可从三元的角度看,这一胎如果生下来,必然是弊大于利的。眼下斯理抛出难题,让八斗去当说客。龚八斗也只能表态说他会跟三元沟通沟通,但大主意,还得人两口子商量着来。

斯理教育八斗:"你记住,一个女人要是不愿意帮你生孩子,那就说明……"

突然有点卡壳儿。

八斗接:"就说明不爱你?"

斯理把渔线一甩,若有所思:"我怎么就感觉这孩子不是我的。"

这扯远了,八斗连忙说不至于。又批评斯理:"姐夫,你这么想就有点侮辱人了。"斯理又嬉皮笑脸往回找补,"开玩笑开玩笑。"又觉得被怼得冤枉,忍不住辩驳,"要侮辱也是侮辱我自己。"

是,自个儿把绿帽戴上了,哪儿光荣?

八斗回去把情况跟一笑说了。冯一笑立刻判定:"看到了吧,这就是男人的自私,如果倒过来孩子他生,看他愿不愿意。"

八斗说:"现在女人都抵触生孩子。"

一笑批评道:"你这话也是一竿子打翻一船人,你要到网上说,人能给你喷死。女人抵触生孩子,那满大街的孩子哪儿来的。"

八斗申辩:"抵触生,不代表不生。"

一笑说:"每个人的情况不一样,女人,你得问是什么女人,多大年纪,哪个国家的,在哪个城市,做什么工作?是吧,具体到每个人都不一样。就元元姐那样的,就算她喜欢孩子,特想要孩子,环境也不支持。搞清楚,这里是北京,她是个职业妇女,家里是有金山还是银山?孩子可不是生下来丢在那儿就行了,谁带?怎么培养?"哼了一声,"不知道王斯理哪来的底气,他要是真有那实力做后盾,让女人没有后顾之忧,别说两个,就是三个也没问题。"一笑拿起水喝了一口,继续,"你没看最近有个调查,北京的高净值家庭,将近三十万户。"

八斗插话,问什么是高净值家庭。

一笑给他科普,"除了房产,还有一千万的投资能力,换句话说,就是有一千万的现金流。"说完再次强调,"将近三十万!上海比北京少了几万,深圳不到八万,其余城市就更少了。"说罢盯着八斗看,"知道什么叫北京了吧。这个地方,藏龙卧虎,深不可测!"

龚八斗不禁失神。过去,他当然知道北京有钱人多,但那只是个虚数,是朦胧的想象。现如今一个巨大的数字摆在眼前,一切更具象了。八斗忍不住心酸,高净值家庭将近三十万户。那他呢,排在全北京什么档次?算了,想也没用,别说高净值,他连背房贷的资格都还没有呢。

一笑又提起燕玲要搬家的事,八斗问怎么了。一笑道:"你那个房子也要到期了么,燕玲姐也换工作了,现在住得离单位太远。"

"什么工作?在哪儿?"

"望京,好像是个音频公司。"

八斗哦一声,他深深为燕玲的新工作担忧。

一笑像是能读出他心思似的:"说工资不低,她一过去就带团队。"

八斗问做什么呢。

一笑说:"编剧,编那种儿童故事,你可别小看这种公司,融资几个亿,员工加起来有大几百。"

这规模的确令人吃惊。

一笑给八斗上课:"你就是在体制内待的,都有点待傻了。"八斗嘿嘿地:"这不得你教育我吗。"一笑道:"知道你最大的毛病是什么吗?"

八斗说他向来不够自知。

一笑说:"死板,不会捧人。"

"啥意思,拍马屁?"

一笑纠正:"低阶的叫拍马屁,高阶的叫真诚地赞美。初入社会,你有什么?关系背景你有吗?嘴巴再不会说,不知道把那些前辈大佬捧起来,你哪有路子?还是那句话,房子当然很重要,可来北京,你要的目标要光是买个房,那大可不必受这个罪。"

八斗反问:"你不也不会捧人,一句话能把人撅老远。"

一笑:"我只捧对我有用的人。"

这么说就明白多了,合着他龚八斗这帮人,对她都没什么用。

八斗的体检报告下来了,除了甘油二酯偏高,没什么大问题。逢着日期,他和一笑便认认真真走流程,然后等待奇迹发生。八斗庆幸,三元的怀孕且不想要的事,并没有起到坏的带头作用,影响一笑当妈的信心。

28

秋雨一下，寂寥的感觉就上来了。

这个秋天，龚八斗的烦心事都跟房子有关。他自己要买的房子，三元一直没给到赞助。鉴于三元和斯理目前的状况，八斗认为不宜开口硬要。

一笑倒是问了他两次，说钱随时都能拿出来用。八斗打心眼里感动，但他只说再缓缓。

看到合适的房子不容易。而且去看房，八斗没叫一笑，也没叫海超。他看的房子实在偏远，叫上一笑等于自尊心又遭践踏，他打算等最终定下来，再带一笑去"巡查"一遍。看看他们未来要租出去的"家"。

不叫海超，大抵是因为陆海超好歹是个一房一厅，他买开间，寒碜！虽然海超没明说，但八斗能感觉到，从过去到现在到未来，海超无形中跟他比着。人较劲着呢！有他龚八斗做比较级，陆海超似乎也幸福多了。

但在买房这件事上，海超还算仗义。八斗提过一次，他就主动出借三万，不要利息。八斗情绪上来了："你房贷还完了？"海超道："到月还就行，习惯了，这不刚好有笔外快，你写个借条就成。"

八斗差点眼泪哗哗，十几年的朋友没白处。

找其他人借钱就没那么容易了。

同事里，只有裘全借了。事实上，八斗也只找裘全开了口。怕是物伤其类，裘全给了五万，一个劲儿说八斗不容易。亲戚那边，八斗能开口的都开口了。哪怕是那种多少年不联系的，他亲爸那边的亲戚，他也打电话过去说明情况。

结果意料之外情理之中，大部分不借。

当然，上次来做客的表姑宫明月，倒大发慈悲，给了两万。其余的，除了一个表姐出借三万，另一个堂弟借了五万，那些亲姑亲叔一个也没掏钱。有的还要教育他一顿："干吗非赖北京呀！回来！回来什么都有了。"八斗只好点明:"户口在北京呢。"这是他的骄傲。对方不依不饶:"户口要紧?被它拴住还行?北京人都有房吗?要么就在北京工作,将来退休了再回来养老,啥啥不缺,美得冒泡!"八斗知道跟他们说不清,罢了。不过,这么借了一圈,话传到他妈姜兰芝耳朵里,兰芝急得干哭。

三元劝老妈:"急啥,我这也贴点儿,首付差不多够了。"

姜兰芝死活要拿出两万来,八斗不要。兰芝道:"这是大事,就是个心意。"八斗明白,他妈出钱,一是确实是慈母心意;二是可能也是深谋远虑,为日后打算。不出钱,将来她怎么好意思上门,乃至于住到那房子里呢。出了钱,哪怕是区区两万,也算入了股,将来老头走了,她到儿子家也算有个情理依据,自己养老有靠了。

想到这一层,八斗又感动又心酸。由此,他更恨周叔。他要买房,这么大的事,人一句话没有,躲得远远的……孬呀!是,他从未指望过他。一分钱都不指望。可是,组成家庭那么多年,没有钱场,好歹有个人场说句客气话。

结果呢,没有。缩着,装鳖。人老了是不是都这样。

姜兰芝在儿子面前也骂:"他要再这样,我就跟他拜拜!"八斗当然听得出来,老妈这是"表演"给他看。这么多年都过来了,老了老了,还怎么可能拜拜。

八斗也只好劝:"算啦,皮外的不能当亲的指望。我们自力更生。"

更多的怨恼是中介带给他的。

八斗最怕听的一句是:"哥,您预算多少?"

八斗支支吾吾提了个数字。中介小哥倒吸凉气,一阵翻找:"行行行,我帮您留意,不过,"口气悠长起来,"这种房子,不多。"

好在世上无难事只怕有心人,房子还是找到了。郊区老破小,九十年代建成,房型本来就落伍,外墙还偏偏刷个土黄。走进去,跟进窑洞似的。客厅兼卧室摆着办公桌。八斗走过去看,桌子上贴着电话号码,写着香港电话xxxxxx。八斗严重怀疑这里过去是传销或者电信诈骗的据点。

八斗走到窗户边,窗外有棵巨大的构树,支棱八叉地;结果了,一颗一颗红色的肉果子,像一个个大疮。

他随即质疑采光不好。

中介道："刷个大白就亮堂了。"又说："多好，一楼。"

对，唯一的优点是一楼。不然这种房子，买了就砸手里。八斗打心眼里不想把这里作为归宿。

临出门看到卫生间，心头又是一震。一把椅子摆在马桶旁边。皮质的面料龟裂得跟八百年没下雨的旱地似的。他鸡皮疙瘩顿时走了一身。这都什么人坐了多久才能把椅子坐成这样？！

中介见八斗满面震惊，连忙解释："以前老人住的。"

哦，明白了。老人，八成还是行动非常不便的。洗澡坐在上面，久坐加上水泡成了这副模样。简直就是恐怖片道具！中介怕八斗不放心，又补充一句："没死家里，死在医院的。"八斗半天哦了一声。他觉得要是买这个开间，约等于买了半个墓地。

虽然，但是，因为，所以……他还有其他选项吗。

答案是否定的。

他注定是郊区老破小的接盘侠。

燕玲搬望京，是八斗和海超帮忙的。原本燕玲不让他们来，说叫个搬家公司一车搞定。但退房必须八斗来办，所以哥俩还是来了。燕玲在望京租了个一房一厅，月租五千二。八斗感觉燕玲这一跳槽，就鸟枪换炮，还是出来干好。

海超问八斗，燕玲现在做什么工作。

"编剧，儿童音频故事那种，带团队。"八斗知无不言。海超又问："一去就当领导，这工作怎么找到的。"

八斗说那他就不知道了。

海超点破了："这姐姐绝对有奇遇。"

八斗问什么意思。

海超煞有介事："看到那几个包装袋了吗。"八斗还是不解。海超只好明说："搬家的时候，有好几个崭新的东西：包，LV的，还有鞋子、衣服，都是大牌子没拆封的。"八斗说："那有什么，女人不都喜欢这些。"海超道："你就是脑子不转弯，像燕燕姐这样的女人，又是这个处境，会一次给自己买这么多奢侈品吗。"

八斗语迟:"你的意思是……"

海超笑笑,不往下说了。

老实说,燕玲是单身,又有嫁人的意愿,再找,是再正常不过的事。而且以她现在的处境,如果能找个人帮忙改善生活,那真叫"善莫大焉"。八斗怀疑燕玲交往的对象是他当初在她公司楼下的快餐店看到的那位"领导"。

别问为什么,直觉。

再往下想,如果两个人有了恋爱关系,需要避人耳目;那么,燕玲跳槽到其他单位就成了题中之义,很可能这份工作就是对方安排的,否则很难一过来就带团队。空降,包括现在换一房子没准也是男方手笔。

反过头想,如果需要避人耳目,会不会男方有老婆呢。那燕玲就成了小三了?形成这个结论,八斗浑身不舒服。

晚上,他委婉地把最新发现跟一笑说了。冯一笑道:"有这事?我都不知道,不过燕姐如果真有情况,我祝福她。"

八斗结结巴巴地,"万一……"

一笑接话:"万一什么?万一她变三儿了?"

心思被猜中,八斗不说话了。

一笑又说:"我觉得不会,燕姐我知道,特传统。她只要谈,那就是奔着结婚去。"

八斗疑惑地:"那为啥没成功。"

一笑说:"就是太想结婚,所以把人吓走了呀!"

八斗深思。一笑问他房子看得怎么样,八斗说有眉目了,还在谈价格。一笑轻松:"给我看看。"八斗发过去几张拍摄角度还算不错的照片。一笑说了句恭喜就没多问了。

一笑的淡然或者说冷漠,让八斗不舒服。他觉得至少说明,他跟冯一笑还没有成为真正一条船上的人,还不是命运的共同体。因此,他更加觉得有制造个孩子的必要。

当晚,他就对一笑提出要求,日子是算好的,一笑没拒绝。一回合结束后,八斗还要再来,一笑说:"差不多得了,又不是靠量大。"

八斗坚持:"还行,还能来。"

一笑只好配合。

完事过后,八斗趴在一笑身上,忽然没头没脑问:"知道我靠什么来北京的吗?"

一笑抱着他的背,不说话。

八斗自答:"刻苦,别人一次,我就两次。"八斗相信水滴石穿、磨杵成针。他从她身上下来,又开始说自己的规划:一年之内买房子,三年之内看能不能换个单位,十年之内上一级,十五年之内……听这意思,他龚八斗似乎已经规划好了人生。当然,他还给一笑留了位置,他要让她做幸福的女人。只可惜,最后这个愿景一笑没听到。他刚说了几分钟,她便抢先进入了梦乡。

冷不防,海超来个消息。干巴巴一句:"出来玩会儿。"八斗诧异:"几点了?"又说:"你该休息了。"海超回复:"沈嘉萍要结婚了。"暗夜一道闪电,八斗瞬间明白了海超的脆弱。但凡是个朋友,他就不好意思不出现,搞不好还得陪他喝两杯。

"要不你开车过来。"八斗到洗手间打电话,海超想都没想就说行。老实说,八斗以为陆海超早就忘记沈嘉萍往前看了。几次三番,他跟海超嘲讽起嘉萍的男友时都那么轻松,一致认为嘉萍简直掉进了猪圈。结果呢,人家修成正果了,还满世界发请柬。八斗忙着"办事"没顾上看帖子,但海超这个孤独的人立刻被击中了。

海超举着酒瓶子,他自带了茅台:"你知道那猪头三的爹是谁吗?"

八斗说不知道。

海超道:"某关键部门二把手。"

八斗宽慰,故作不屑:"这不才二把手嘛。"

海超泄气:"你我混一辈子,恐怕也混不到那高度。"

八斗沉默,实话太沉重,伤人。

海超又说:"风水轮流转,怎么又到拼爹的时候了。"

八斗说也不一定,个人奋斗还是有可能性的。海超较真:"理论上的可能!"深叹一口气,再喝一口酒,"北京,越来越精英化了。像我们这种没背景,也没过硬技术,没天分没脸蛋的人,怎么混!"

八斗深呼吸:"那就做普通人。"

"你以为普通人好做的,搁这儿,普通人咱都做不了!"海超激动得唾沫星子乱飞,"什么叫天子脚下,什么叫祖国心脏,在这做普通人也是有门槛的!成本巨大!"

八斗道:"你比我强,好歹有个落脚的地儿。"

海超惨然:"有什么用,还不是娶不到老婆。"

"降低标准。"

"已经够低了——"海超声调拉长。

"别光看脸。"

"真没有——"他习惯了这种语气。

"实在不行只能走了。"八斗反向劝,也是激他。

"我不走,"海超硬着脖子,"我凭什么走,我北京户口,我北京人儿!再不济,还有北京市管着我呢。我跑外卖、开滴滴、领失业保险,我哪儿都不去,我这辈子就赖这儿了!"情绪激动,他屁股脱离凳子直朝地面贴过去,八斗连忙下座位去扶。一百五十六斤,好不容易扶起来。海超醉意不减,带着哭腔问八斗:"我怎么我就混成这样了我!我比那孙子我差哪儿了?"八斗不晓得如何应答,只好哎哎呀呀地应和。陆海超倒自答了,脖子拧着,下巴朝下点,一下一下地:"别说,我还真比不上人家……我当初我就不该留这儿……"又抓住八斗的胳膊,"可现在走我也不甘心呀我……"独角戏反反复复,陆海超乐此不疲。龚八斗一边当观众,一边自己也难受着,戏虽假情却真,陆海超的醉话狠话伤心话,同是他的心声。

29

龚三元近来的日子有点难过,住宾馆住出个"惊喜",始料未及。王斯理的态度很明确,这孩子他要。在小宾馆内,他甚至要给三元下跪,说砸锅卖铁,天大地大,孩子最大。两个字:他养。

三元的态度也很坚决,不要。他养她也不能生。

搞清楚，这不是别的，是人！一旦生下来，就要背上一辈子的责任！这不是房贷，房贷还有还清的时候，养孩子没有，是前世的债今生还，无穷无尽。而且，难免牵一发动全身。有了小二子，她龚三元就什么都别干了！她觉得王斯理根本就是心里没数，或者说，是自私。

归根结底，他们原本就不具备在北京再要一胎的客观条件！

谈判期间，斯理和三元约定保密。肚子鼓起来之前，就必须有个结论。跟老妈不能说；跟婆婆、大姑姐更不能，三元也不想把这事告诉八斗，徒增弟弟的心理压力。

她跟吴屈梦抱怨过几句，谁知屈梦全然站在了她的反面，劝导道："有就生，都是缘分！"

三元明白跟老吴是说不清了，也难怪，她吴屈梦嫁过去，首要任务就是生孩子，可她龚三元不是呀！三元又告诉燕玲，燕玲表面上安慰，但立场却模糊。三元的理解是，燕玲跟她处于不同的人生阶段，她是不想要孩子，燕玲呢，八成渴望孩子。这天儿没法儿聊了。

龚三元苦闷至极！

周末斯文叫饭，让三元妈和周叔也去，三元拦阻了。她可不想让老妈和周叔去看王斯文演戏，受刺激。她找理由说默默要上辅导班，得有人接送，让他们躲了。

斯文又说："那让八斗过来，你姐夫可喜欢他。"严尔夫如今官升半级，很具威仪。三元为八斗的未来考虑，还是决定叫他来社交。

到地方，斯文做菜，三元搭把手，斯理过来看了好几次，让三元多休息，三元偏站着择菜。

斯文笑道："看看，老婆是人，姐姐就不是人。"

三元糊弄："他也就做做表面工作，人多了，演戏给别人看。"

斯文护弟弟："哎呀，能演戏就不错啦！现在有多少夫妻，戏都懒得演了，愿意演戏，说明还在乎你。"

饭桌上，斯文照例谈房子，三元两口子不接茬，八斗简单说说。斯文追问八斗的购房打算，八斗说了基本情况。三元插一句，冲八斗："回头不够找大姐借点儿。"

八斗啜嚅着。

斯文假装豪气，眼睛斜着，声音没降下来："行啊！多没有，少还能没有？"

满桌子皆笑，这话就不提了。

清真鳕鱼块上来了，斯文夹给三元，这曾是她最爱吃的洋货。三元接连呕了几下，最后撑不住去了洗手间。

斯文敏锐，面向弟弟："咋回事儿？"斯理唉了一声。斯文又看八斗，龚八斗连忙避过眼神。

严尔夫打圆场："吃饭。"

斯文放下筷子，跟神探似的："有情况？"

三元回来了，施施然。手还轻轻揩着嘴角。

斯文突然站起来，绕过桌子，搀扶着三元："慢点儿！"

三元看着斯文，表情僵硬。

斯文嬉笑着："关键时期，一步都不能走错！"

消息传得很快，斯文知道了，三元的婆婆牛爱玲就知道了。牛爱玲还特地打电话给三元妈姜兰芝，分享喜悦，并叮嘱兰芝千万小心。

兰芝的态度尚不明确。只是，女婿当前，她唯有鼓励女儿生育这一条路。也是人在屋檐下，不得不低头的意思。

三元恨她妈："生了，谁带？！"

兰芝抚慰："一个是带，两个也是带，我好歹还能给你带几年。"

三元知道跟老妈扯不明白，气哭了。

一家子糊涂人！自私鬼！

晚间关上门，三元和斯理才都压着嗓子闹开了。都怕老人听到，跟做地下工作似的。但表情却都显狰狞，好像全身的劲儿都用在脸上了。

三元咬牙切齿地："你姐什么意思！破锅足屎的嘴！"

斯理不退让："这不是你自己暴露的吗。"又说："人家是想生生不了，你是有了不想要。"

三元不理他，说自己的："你妈什么意思，跟我妈说，让我妈做我工作，围攻我？"

斯理随即："老人不是为咱们好吗，你妈俩孩子，我妈也俩孩子，将来老了，这个不行还有那个，双保险！咱干吗就非跟别人一样，非独生子女？鸡蛋放在一个篮子里，老了咋办？还有那失独，惨不惨，怎么活？"他尽量往严重了说。

三元眼睛从小往上看，跟要射出炮弹似的："生死有命，富贵在天，吓唬谁呢？哦，你养孩子就为了伺候你？有这么功利的爸吗！"

斯理老气横秋："不是功利，是说这种可能性。再说，默默不也需要有个伴儿吗。"说着，他走过去双臂环抱住三元，"知道你辛苦。"要亲她，"苦一苦，将来就甜了。"

丈夫不说还好，王斯理这么一温柔起来，龚三元反倒更加委屈。过去的种种困难苦楚涌上心头，她眼眶红了："你只知道嘴说辛苦，其实根本帮不上忙，我实话告诉你，我带一个默默，都带出心理阴影了……我们本来就没户口，风雨飘摇地，默默这儿刚算上了点正轨，再来一趟，谁受得了……"

斯理拖着腔调："我知道我明白……这不老天爷不允许吗……它要是允许，我都可以代你生，我来孕育……"他头往三元脖颈埋，深情人设立足了。

三元躲开，眼泪收了，继续战斗。

斯理装圣诞老人："每一个孩子都是天使……那是一条命！天使孩子选择了我们做父母，那是缘分，几辈子修来的，你却不要他，孩子什么感受？"惨兮兮地。

这逻辑三元没考虑过，她转过头，定定地看着王斯理。半晌，才道："我不是不考虑孩子的感受，是实在是……"

"怪我，"斯理眼望前方，"怪我没本事，没法给你信心，给你安稳。"

他原本以为三元会反过头安慰他，谁知道龚三元干脆顺着，斩钉截铁地："是。我对现状、对未来都没有信心都不满足，我不希望我的孩子降生到这样一种环境中。斯理……我们已经不堪重负了你还不明白吗？"

王斯理愣住，他变换了坐姿："知道老方吧，还有赵无极。"老方和赵无极都是斯理的同学、铁杆儿。

王斯理继续说："老方两口子原本也是有小二子，打掉了，现在后悔得不得了。想要也要不到了。赵无极，原本不想要的，心软，留着了，现在家庭不要太和睦，过得不要太其乐融融！"痛心疾首地，"周围多少例子都证明，打掉二胎的都后悔了，生下来的没有一个后悔的。没有不强求，有为什么不留着？孩子是自带福分的，好多生了老二之后事业立马提振了。元元，有的时候我们没必要高估困难。"

三元厉声："不是我高估困难，是困难就摆在眼前，你们视而不见！因为这些根本不要你们操心！我多大了？高龄产妇！生下来之后，还不是我的事？默默从降生到现在，你参与了多少？你参与一点儿恨不得就跟皇帝微服私访似的，都能记老大功！"

斯理憋住气，不出声了，但脸上的怒火却一点没有消。

三元累极了，就势躺下，抓了条毛巾被盖在肚子上，淡然地："你要实在想再要一个，也可以。"

斯理看她，眼眸里有光，充满希望。

三元跟着道："多挣钱，将来想办法找人带，五十万搞定；要是不够，就一百万。"

此话一出，王斯理憋不住了，顿时怒骂："想不到你是这么狠心而薄情的妈妈！"

两口子撕破了脸，宾馆自然不能合住了。

龚三元舍不得再单开一间宾馆，当然，最主要的原因还是怕斯理来死缠烂打。八斗跟一笑同居后，弟弟那自然也没法儿去。思来想去，龚三元还是决定"离家出走"，到闺蜜张燕玲那避几天。

燕玲单住的消息，她是从八斗那儿知道的。只不过，到地方，三元还没来得及哭诉自己的烦恼，就发现了燕玲的新情况。

家里有男人留宿的痕迹。

一灯如豆，闺蜜夜话，三元少不了一番拷问。燕玲也足够坦诚，她的回答，是半开玩笑式的："干吗，这么一把岁数了，还不能有点性生活吗。"

三元顿时大跌眼镜。她龚三元虽然嘴巴厉害，但三十多年来，她竟然只有斯理一个男人。但燕玲呢，看上去人淡如菊，淑女得很，这几算几不算，竟然已经多少男人"过手"，而且这刚回北京没多久，就又新故事了。

在三元的逼问下，燕玲老实交代了。她是处了个朋友，前同事介绍的。男方比她大十三岁,事业还算稳定,学艺术出身,当过总编辑。三元怕驳燕玲面子,但兹事体大,她不得不问细一点,为闺蜜把关。

"是本地人吗?"三元追问。

"不是。"

"有户口?"

"好像没有。"

三元蹙眉,这么大年纪,不是本地人也没户口。燕玲本身也是个无户,两个人在一块怎么弄,要么是男方有钱。

"有孩子吗?"三元再问。

"有一个男孩。"

"是丧偶还是离异?"

"前妻健在。"

三元头发蒙。这条件,简直是困难模式。她最后问:"在北京有房子吗?"

"有。"燕玲似乎并不打算撒谎。

"几套?"

"一套,好像……"燕玲底气不足。

但这样一来,三元就不明白了,燕玲到底图这男的啥。转而再琢磨,或许,以燕玲目前的条件,只能找到这样的男人。问题是,现在你张燕玲也不少挣呀!都已经几次三番折腾过了,还不增经验长教训。

三元平躺在床上,肚子还没鼓起来。燕玲反过头劝她,流产这事千万不能自作主张。偷偷摸摸打了,以后日子就不好过了。即便不要,也得说服,得善后。

三元惨然,怎么说服呢。她现在势单力孤。所有人都觉得她不占理、不讲情,是个狠心而决绝的女人。

燕玲试探性地:"假如要了会怎么样?"

三元急得只剩一个鼻孔能出气,看来燕玲是对方阵营的。她只好大声反问:"我是老吴吗?"

燕玲摇头。

"那他王斯理是某云某东吗?"三元坐起来,"他们生十个都没问题。"

漫长的沉默。三元这才觉得对燕玲发火没什么必要，找补道："我真的累了，两头只能顾一头。我这前半生，净为别人活着。好不容易默默大了，再弄个孩子坠着，我活着还有什么意思。"燕玲没想到三元将这个问题一下上升到如此高度。她只好斩钉截铁地："那就不生，你有这个自由。"三元忽然说句不着调地，"这孩子要能移到你肚子里就好了。"燕玲发窘。三元也意识到说得不妥，又放大炮和稀泥："该生的不生，不该生的咵咵生。"燕玲倒没生气，揶揄："小旅馆还挺灵。"三元一下没反应过来，停了一秒，觉过味儿来了，当即手伸过去拧燕玲耳朵。

30

沈嘉萍的婚礼，八斗和海超都去了。她披着白纱，圣洁得好像刚从天上下来似的，不过她身边的男士就多少有碍观瞻了，海超在台下直撇嘴。

八斗打趣："别不服气，人真有本事。"

海超讥讽："还同龄人……我看起码大八岁。"

八斗宽声大气地："年龄不是问题。"

海超提着调子揶揄："那是，长相都不是问题了，年龄还是问题吗？反正眼一闭，什么都有了！"大概平日里谈论得多，到现场陆海超反倒没那么激动，免疫了。

这趟婚礼宴对于龚八斗来说，有两个意外发现：一是他发现李骐也来了，旁边还有位男士。八斗上去打招呼，李骐一派自然，介绍道："我朋友，老尤。"八斗没细问。李骐反问："你认识新郎还是新娘？"八斗忙解释说他是新娘的同学。李骐笑笑，各自走开了。

等婚礼正式开始，八斗和海超东聊西问东拼西凑，才算基本搞清了新郎的底细。沈嘉萍的夫君，美国某大学的高才生，现在国内一家机械公司任职。最关键是，他爹是南方某重要城市的二把手。

真相大白，陆海超心服口服。

另一个意外发现是：老同学滕志国发达了。读书的时候，八斗和海超都没把这人当回事儿。可人家现在是某外资石油公司驻京代表，经常满世界飞，而且滕志国买房了，全款。虽然在通州，六环边上，但用滕志国的话说，那可是一分钱没找家里要，完全自力更生！海超瞪着两眼问："怎么做到的？"

滕志国反倒谦虚起来，说买得早，那时候房价还没涨起来，而且他驻外了两年，有一定的积蓄。

八斗和海超对望，尽在不言中。不用说，滕志国一定有灰色收入，马无夜草不肥。他的快速积累，跟他所处的行业有关、跟他的位置有关。不得不说，八斗是羡慕志国的。至少，人家算在北京站稳脚跟了，而且事业前景看好。反观自己就没那么乐观。八斗倒不觉得自己的工作丢人，但现实情况就是，他耗不起，他需要迅速突破。

这问题八斗跟海超讨论过无数次。海超的意思是，他们的身份不便于从网络上搞突破，做互联网红人的路基本是断了，他建议八斗利用好写作才能。可龚八斗觉得，自己那点可怜的写作才能，写写公文还行，要想靠写作赚钱难上加难。事实上，八斗也在其他方面尝试过，包括搞搞教育培训，预测预测高考语文作文题什么的，是有稍微进账，但终究扬汤止沸看不到未来。

八斗没把这烦恼跟一笑再说，他觉得有点自取其辱，除了证明自己的无能，没别的效用。好在，钱凑得差不多了，先迈出第一步把房子搞定再说。

"复看"是一笑陪着去的，八斗有点犹豫。因为位置实在太偏，已经出了六环。虽然周围有地铁口，可惜还在规划中，具体什么时候开放说不准。

暂不通地铁，也就意味着房租涨不上去。

一笑鼓励他："你放心，只要是在北京，什么样的房子都有人租。"

八斗说："买了又不住。"

一笑道："买房不一定是为住。要说住，现在的公租房住得就挺好，"停顿一下，"买房是为了治你的病。"

八斗不懂她意思。

"你要觉得，在北京有个房很重要，有了房才能堂堂正正做人，那这房买得就值得。"一笑阐述。

这种说法倒是第一次听说。

"你知道我们缺的是什么吗?"

八斗愣了两秒,试探性地:"钱?"

一笑哈哈大笑:"是,在北京谁不缺钱,但有时候缺钱只是表象,你更缺的是自信,"逐渐平静,"那种相信自己能在北京闯出来的自信。内心深处的、内在的相信自己,告诉自己'我准备好了'!'我配'!我现在就要来拿属于我的一切!"一笑畅想着,"懂我意思吗?"

八斗点点头,不但懂,甚至可以说是心有戚戚。

一笑继续:"像我们这种人,你来北京,你没有强大的愿望做支撑,怎么活?你为什么来?就为了一个月万把的工资?还是为了所谓给下一代一个好的起点?都是借口!"突然激动,"我们归根结底还是为了自己!"她转头定定地看着八斗,"其实你的这些心路历程我都走过。这话我跟你说过也不止一次了,我也想过走捷径,走别人都说不错的路,找个本地人,条件还不错,安稳一辈子,"转瞬失落地,"但后来发现,人来到这个世上,哪有什么安稳,你没有选择,只能追逐。"

小冯一席话,八斗的心又澎湃了。他更加确定自己跟一笑是灵魂伴侣。这些埋在内心深处,他自己甚至都有些模糊不明的渴望,就这么被一笑一点一点挖出来了,袒露在光天之下。

他不够勇敢,他患得患失,他瞻前顾后。

是,没错,千真万确,说白了还是不够自信。

他有时候也想,豁出去又如何呢?打破旧世界,才能建立新世界。当然,一切的发生,需要时机。眼下,他必须把房子搞定。

这关乎尊严,关乎信心,关乎气势,关乎未来。

跟中介交了定金,房子的事起头了。龚八斗没选那个开间,而是选了一个年代更新,顶层带电梯的一套一居室复式。从中介走出来,八斗的心定定地。他原本以为自己会狂喜。但没有,他觉得买了一套房,背了一身债,似乎跟去任何地方买任何东西没有多大差别。

他打电话给姐姐和老妈,告诉她们一切尘埃落定。三元和她妈立刻闻鸡起舞。姜兰芝的兴奋程度更高。八斗能够理解她,她一个五线城市的女工,能跟北京的中介砍房价,本身就是一种奇遇。她甚至用家乡话跟人吵了起来。鸡同鸭讲,热火朝天,反正要在气势上压倒他们。

三元肯定了她妈的这种精神:"这帮黑中介,就得有人这样治他!"

钱准备好,事情就快了。

为保万无一失,三元、三元妈和八斗一切盯着房主把户口迁出,确认无误,才开始办手续。贷款批下来需要时间,但房主还算好说话,八斗他们已经拿到钥匙,可以自由出入了。一笑请八斗吃了个饭,算庆祝。部门还没招上新人,又赶上大促,她忙得四脚朝天。

姜兰芝的腰杆子却挺起来,跟老周说话,声音也不自觉地大。周末固安家宴,一笑没去。兰芝不大高兴:"以前嫌没房子,不来,现在还不来。"

八斗解释说她在加班。

兰芝不说话,吃菜,过了一会儿,才对斯理:"你们也应该搞一套,不管大小,总得有个窝。"

斯理干笑笑。

三元道:"这不就是窝?"又埋怨地,"哪来的钱?"都是反问句,最后趁机将斯理一军,"所以我才不敢生。"

斯理不高兴,事关重大,也顾不得面子,直接反驳:"两码事,穷人就不生孩子了?"

面儿上,兰芝不能向着女儿:"元元,既然让生,就肯定不会不管。"她没用主语,把"婆家"两个字省略,虚虚实实。

三元碗一推,站起来:"妈,您还做梦呢!"

饭还没吃完,不愉快便产生了。孩子还在三元肚子里,一天一个样,再过些时,这一"历史遗留问题"就必须决断。

楼道里抽烟,斯理站成个圆规。这样打量,八斗才觉得姐夫现在是真瘦,几乎脱了人形,形影相吊。可即便这样,他还是想要孩子。

半根抽完,斯理跟八斗抱怨:"生个孩子,跟要她命一样。"磨得时间长了,斯理也不顾什么面子,跟祥林嫂似的,见谁都抱怨。

八斗劝他:"我姐还是不敢不给你面子的。"话有点拗口,但斯理听着舒服。

他恨恨道:"她要真敢硬来,我就……"

最后两个字停在唇边,刹车了。

八斗帮他续上:"就离婚?"

斯理又往回拽:"也不是离婚。"

还没等斯理继续阐释,屋内嗷一声。两个男人忙往里钻,老周躲进卧房了。兰芝站在客厅,孤苦伶仃地。斯理没发现"声源",兰芝使了个眼色。三元的方位才暴露出来,她正在洗手间收洗漱用品,动作几乎是砸,哐当哐当地。洗漱用品,瓶瓶罐罐,她要带满一周的量。

斯理上前,质问:"这慌着去哪儿?"

三元低头忙自己的,不看他:"上班。"又伸手去拽洗手间上空悬绳上的内裤。

斯理道:"多出去一天,不就多花一天的宾馆钱。"

三元突然歇斯底里地:"我花我自己的钱住宾馆怎么了?!"

斯理脸阴沉得都快结冰了。

八斗怕出事,连忙挡在两个人中间。兰芝的声音从后头传过来:"都别吵了,我走了行不行。"说着她老人家真要收拾东西。

三元瞬间哭了:"你走谁看着默默?!"

兰芝也哭:"我眼不见为净!以前要知道你们在北京过成这样,我死也把你们劝回去!老家那些个人,想生几个生几个。"她还是站在斯理一边,无法彻底理解三元的苦。小卧室门口,默默站在那儿,他还没有半个门高。大人们争吵,他也忍不住哭了。周叔冷不防从卧房走出来,冲洗手间方向:"元元,家里有个亲戚的孩儿要结婚,以前收了人礼,我得还,得回去一趟。"

三元欲言又止。

周叔连忙:"你妈不用回。"

八斗不忍心,道:"要不默默放我那儿几天呢。"

三元一听,又哭了,她儿子个是物件,怎么能一会放这儿,一会放那儿。

兰芝冲道:"你会照顾什么孩子,自己都没孩子呢。"只一句话,八斗就不作声了,好像没孩子的人,在父母面前,永远理亏。

— 175 —

31

周一，上班这条路，龚三元难得没跟斯理一起。她上小区业主做的小程序拼了个顺风车走。一路没什么话，三元从后视镜里看自己——她简直就像戴了个痛苦面具！

憔悴、干瘪、懈怠、沧桑，一脸苦相。

自打怀上二宝，她觉得自己脸型都变了，方圆脸变猪腰子脸。胎儿胃口太好，还没成型就开始猛吸她能量。三元觉得它就像只泵，快把她这口井抽干了。

滴答滴答，时间分分秒秒过去，她不得不认真思考二胎的去向。老实说，如果不是社会对她有要求，如果不是亲属们的舆论压力，她恨不得一胎都不要，自由自在多好。她原本就谈不上多喜欢小孩。

后来有了儿子，三元松了口气。她想，好了，可以了，周围人的期待，社会的要求，她全满足了。如果生了个女儿，王家可能还会找她追个儿子，现在有了儿子，毕其功于一役。她终于可以解放，过自己想过的日子了。结果呢……她恨那家小旅馆！恨那个不带窗户的房间！

公司也有不少人生二胎，光她们小组就有三个，而且全是高龄产妇。三元暂时没透露自己怀孕的事，活儿自然都压到她身上。跟她背靠背的小姑娘忍不住抱怨："我男朋友都不知道在哪儿呢，这帮老娘们，真带劲儿！还生呢！"

三元苦笑。小姑娘要知道她也怀孕了，嘴上不说，心里也一定觉得她是处心积虑。

龚三元认定这事根本是"人祸"！或者说，是王斯理算计好的。不然为什么买不合格的避孕套？而且偏偏在那几天破了？其实她反抗了。上完班，她一沾上床恨不得就是具死尸，可王斯理还是完成了全套动作。为什么？不是故意的是什么？这一点她还没跟他理论呢！

中午，八斗来电话，说帮她订了酒店。三元鼻子一酸，又要哭了，还得是亲弟！从她出门到午饭后，王斯理一个电话没打！真有那么忙？！

三元原本想好了，如果斯理温言软语，耳鬓厮磨，表现良好……也许……也许她就心软了。一咬牙，再为老王家贡献一把！但现在这个样子，这种态度，她还生个屁！

图啥？凭啥？疯了？

晚上八斗过来请吃饭，顺带帮三元搬东西去新酒店。定的是个标准间，规格比之前的小旅馆高。三元直呼："浪费钱"。

八斗问三元："姐，你到底怎么想的。"

"不知道。"三元面无表情，还对着笔记本电脑写内部邮件。

"你能接受离婚吗？"八斗冷不防问。

三元手停了。离婚，她没想过。跟斯理在一起的时候，她觉得两个人肯定是要一生一世的。

但现在，她也不确定了。

"如果姐夫要跟你离婚呢？"八斗继续说恐怖故事。

三元冷冷地："他跟你这么说的？"

"没说，就是打个比方。"

"我不跟他离婚就不错了。"三元嘴硬。

"那……到底还要不要，"八斗说，"不能再等了。"又补充，"妈担心你。"

三元鼻子又酸了，还得是亲妈。

她执拗地，大眼瞪小眼："让他自己来跟我谈，"又说："这事儿，总该是他求我吧，难道我还去求着他？"

"姐夫心里还是有你。"八斗劝。

三元摆摆手："你没结婚你不知道，两个人日子过久了，就那么回事儿。"八斗当然不理解。不过八斗现在渴望要孩子，因为他跟一笑有君子协定，有了孩子就立刻奉子成婚。可吊诡的是，同样是加班，为什么高龄的姐姐能怀上，一笑却迟迟没动静。他龚八斗比姐夫又差哪儿了？看来他得好好锻炼身体。

三元不想把话都放在自己身上，又问几句李老爷子的事，包括八斗还去不去采访，有没有合适机会，八斗说已经停了半个月，但还会继续。他还提到在老同学的婚礼上看到李骐。

三元语重心长："弟，姐不是不教你学好，但你记住一句话，贫贱夫妻百事哀，我跟你姐夫就是例子，你还没走入婚姻，还有选择权，现在房子也买了，人，不要老犯傻！有合适的，还是应该多处！就跟买菜似的，货比三家才不吃亏。"

八斗知道一反驳又是一堆话，只好说他会留意。反正他打定主意了，只要一有孩子，就报喜，就扯证。

三元一个人在酒店住了三天，斯理来了，还是一张臭脸。三元道："你要不想过，直说！"

斯理委屈地："孩子是你生，你说了算……但我总有权利抗议，好端端一个孩子……"

他软了，她也没办法长驱直入。可为了面子，三元还是色厉内荏地逼问："劣质避孕套是不是你故意的？"

斯理道："是你说要省钱省钱，我看它打折……真没想到，反正……这不天意吗。"

三元觉得好笑，又说："那我要坚持不生，你怎么办。"

斯理说："我能怎么办，伤心，难过。"

三元抢白："你不是说要跟我离婚吗。"

"谁说的，不是我，"斯理剧烈否认，又改甜蜜攻势，"这么好的老婆，哪儿找去。"

"我听到的可不是这样。"

斯理期期艾艾地："元元，我说要孩子，也是因为……无论怎么样……这孩子也是咱们爱情的结晶，属于你也属于我，要不是因为是你的孩子……我至于这么一意孤行么……"

一阵暖流心头涌过，敌人的策略奏效了。

龚三元看着王斯理的脸，依稀可辨当年的样貌，那个跟她爱得轰轰烈烈的男人。他还是爱她的，就凭这一点，她就可以赴汤蹈火。但她嘴上还是不饶:"那你意思是,如果跟别人有了宝宝,就坚决打掉?"

斯理脖子一缩:"这帽子我可不戴,我天天忙成狗,我跟谁?谁能看上我?"

"那可不好说,对有些小姑娘来说,中年男人有中年男人的魅力,燕玲不就找了大叔。"

"她又不是小姑娘。"

三元这才心平气和地:"孩子要不要,老天说了算,如果它能平安降生,我认,但要没这缘分,你认;不过丑话说前头,老大你是什么都不问,老二可别想!还有你妈、你姐,该支棱支棱,别都推给我妈,没人场总有钱场。"

此话一出,斯理激动得大叫老婆,怀抱跟着奉上。陷在王斯理的怀里,龚三元忽然想哭,来京多年,混得一塌糊涂,好在,她还有一份爱情。这是支持她留下来走下去的心理依据,也是她前半生最引以为傲的事。

三元一松口,斯理的甜蜜攻势就上来了,要去住四季酒店。三元揶揄:"去那干吗,住一晚上能成仙?还不是眼睛一闭,现在也不可能再造个孩儿。"

斯理觍着脸:"心疼老婆,想给老婆最好的。"

"那私房钱都给我。"

斯理单手举起来:"天地良心,真没有。"

三元斜着眼:"去年的奖金呢?"

斯理发窘:"给你给你。反正对这个家,我是天下为公,一分不留。"

斯理的态度端正了,三元也就没那么气了。两个人去吃了顿大餐,从商场出来的时候,斯理非要给三元买礼物。化妆品,三元怀孕,不能用了。衣服,三元也没什么欲望。包也不想要。互联网公司,背个奢侈品包包没必要。上了三十五,三元死心塌地走实用主义(三十五之前也很实用)。唯一的念想,是想有块手表。

斯理拉着她看,三元心里馋嘴上推。

斯理道:"一块能戴一辈子,保值。"

三元只好跟着。走了几个牌子,看得上眼的都太贵,三元说算了,斯理不同意。最后还是买了块浪琴才作罢。一块手表做贡品,夫妻俩又住在一间宾馆了。

周四,燕玲约周末吃饭,三元同意了。燕玲问要不要叫斯理,三元说他加班。燕玲说也叫了一笑、八斗。三元问什么事,燕玲在电话里说:"介绍个人给你们认识。"三元问什么人,燕玲笑呵呵地留白。

三元顿时懂了,她问:"叫老竺了吗。"

燕玲说叫了,还说老竺也打算出来散散心。

饭店选了大董,吃烤鸭。下了班,三元跟班车走,到地方,包间里没人,时间还早。服务员上了茶水,三元一个人看菜单。这次燕玲叫饭,怕是有两个目的,一是让竺元良亮个相,二是间接给老竺透露讯息——她张燕玲在北京也是有朋友圈的。由此,三元认为燕玲和老竺的关系恐怕已经有了实质性进展。

三元没叫斯理。自从答应了保孩子,三元就懒得看到他。而且斯理加班,他必须挣钱,孩子出生后,花钱必如流水,现在不努力将来只能哭。龚三元就这胡思乱想着,手机群里跳消息。小组的活儿又有状况,开发组有疑问,三元只能又把笔记本电脑拿出来,写邮件一一回复。

"姐。"上空飘来声音。三元抬头,是八斗和一笑到了。

"稍等我几分钟。"三元还在忙。

八斗和一笑只好在旁边落座,先喝茶。

三元终于合上屏幕,抬脸对一笑,问:"怎么样?"

"还行。"一笑虚虚地答,"早都说去看你,大促老顶着。"

一笑眼神往三元肚子上飘,她开玩笑地:"姐你可真厉害。"

三元耳朵根子发烫,赶忙把话题往别处引:"去房子那儿看了吗?"是说八斗的新居。

一笑道:"去了一趟,将来还是租出去。"听这口气,已经有点女主人的意思了。老实说,直到现在,三元也觉得一笑配不上八斗。头婚,长得不错,有户口,如今又有了房子,什么样女人找不到,何必跟她歪缠。三元觉得冯一笑这种女人,说简单简单,说复杂又复杂得跟盘丝洞似的。难就难在,偏偏八斗被勾了魂,牵一发而动全身。

一笑抬头瞅八斗一下,再对三元:"我跟八斗也商量好了,如果有影儿了,就办事。"这跟打哑谜似的,也像黑话。直到一笑起身去洗手间,三元才品明白其中深意。

她非常严肃对八斗:"什么意思?谁的意思?"

八斗有点窘:"我们的意思啊……"

三元急得嗓子有点哑:"还啥也不啥呢,着急要孩子做什么,不知道快活两年?等到像我这样,想潇洒都没机会!怎么整,"呵呵一笑,"真有意思。"眼睛一翻,"还说是怕生不出来,笨鸟先飞着?"

八斗没来得及解释,张燕玲和竺元良进来了。

燕玲挽着老竺的手臂,到大厅才抽身。燕玲瞄了一眼八斗,点点头。三元刚站起来,老竺已经迎上前,伸出手来要握。

三元也顺势盈盈一握,道:"可算见到真佛了。"

竺元良笑道:"最近事多,我的失误,今儿多点点儿,算我负荆请罪。"燕玲正式介绍,"这是三元,"又对男士,"这是八斗,三元的弟弟。"一笑回来了。三元对元良,"这位不用介绍了。"是,人家是亲戚,早打过照面。

一笑故意礼貌地:"竺老师好。"

竺元良忙摆手说不用叫老师,叫老了。

寒暄够,众人入座。菜刚点完,吴屈梦带着丈夫李骥到了。李骥很少出席这类活动,今天露面,无疑是给了燕玲、屈梦天大的面子。

三个男人坐到一块,老竺连吹了好几个牛。三元这才从谈吐中发现了老竺的沧桑——他的脸不过四十五六的样子,穿着也算年轻化,但一说话就暴露出年纪。竺元良至少有五十岁,至少!三元转而替燕玲不值,跟这样的人,有爱情吗。那感觉好像看了一场晚场的电影,出来天都黑了。三元换位思考,首先就觉得不能接受五十多岁的身体,那可是一具苍老的肉体啊……想到这儿,三元连忙刹车。服务员开始上菜了。

老竺还在谈工作,他的艺术事业,各种展览、剧场什么的。燕玲打断他,要举杯共饮。两位女士不喝红酒,屈梦要开车,三元有特殊情况。燕玲帮三元说明了。

老竺来一句:"太辛苦了。"又说:"光为孩子活了,什么时候活自己啊!"这话像根刺扎在三元心上,老竺说得没错,这就是她的痛点。但几道菜下肚,三元又品出来,这话恐怕也不单单对她说的。竺元良孩子都大了,他未必想跟燕玲再要娃儿。但这对燕玲来说,是极其不公平的。当然,如果燕玲想得开,心甘情愿不要,或者压根儿就不想要孩子,那就是另一回事了。

32

回忆录初稿整理出眉目,李老爷子带八斗去北戴河玩了一趟。回来之后,又接连叫他走了几场饭局。

都是家宴。但那规模,那排场,皆是龚八斗这辈子没见过的。全是别墅,都是私厨。在大圆桌周围,八斗见到了各路"神仙",当然,他们聚在一起,各有各的目的。八斗有的听得明白,有的听不明白,不过有件事八斗算明白了,上回吴屈梦撮合他跟李骐,实在是个美丽的误会。李老爷子实际属意另一位青年才俊——某专业系统实力派官员的儿子。人在现场也遇到了。但八斗侧面观察,李骐依旧是一副大小姐的样子,并不太买那青年的账。因为要避开那才俊,李骐还故意向八斗靠近,她甚至还给了八斗两张文艺演出的票。

八斗笑着:"太高雅了,我这种俗人配吗。"

李骐道:"就是因为你俗,才要熏陶熏陶。"

当然,通过几场饭局,八斗终于摸明白了李老爷子带他来的用意。他的整理工作做得不错,老爷子打算把他这个"资源"共享——给其他"神仙"整理传记去。

八斗一面深觉惨然。说白了,归根到底他就是个工具,是不配跟这些人做朋友的;另一面,他又得为自己能成为"工具"高兴,多少人想上这个台面还上不来呢。就比如,在一次局后,他竟然在门口遭遇滕志国。

后来他才知道,老滕是来拜访某大人物的。大人物让他等,他就只能死等下去。一晚上杵在院子门廊下,风吹露打,还未必见得到真佛。当得知八斗混进了这圈子,滕志国又兴奋又巴结又埋怨:"有这关系,你怎么不早说!太不够意思了!"八斗解释不清。深了不好,浅了也不好。只好说:"哪知道你这些弯弯绕。"

于是,饭局结束,滕志国又少不得单约八斗一回。他要喝酒,洋白红啤黄任挑。八斗建议喝茶。志国先开始不同意,后来勉强答应了。但茶水也不妨碍滕志国半醉半醒苦口婆心,"知道拿下这条子你能赚多少吗?"

八斗苦笑:"你以为我是谁?我要有这能耐,还用得着坐在这儿?"是,他顶多只能算个"家庭教师",比《简·爱》里的简爱还惨,连注册在案的马前卒都算不上。

热水迅速漫过茶盏,几秒钟,滕志国就把茶叶捞出来:"我跟你说,你不要把这个事情想得太复杂,不是需要你有多大面子,就是递个话,本来也不违法,所有材料都是合规,为什么不能近水楼台先得月呢。"

"真不熟。"八斗不得不反复阐明。

滕志国忽然严肃:"你不想过更好的生活?"

八斗差点被水呛,哪儿跟哪儿。

滕志国道:"你不想改善改善住房条件?早点结婚,生个孩子,过上幸福的小日子,"语气陡然下沉,跟蹦极似的,"这些都是要钱的呀!"

暴力打击,八斗做梦都想岁月静好。他挪了挪屁股,也把语气拉长:"君子爱财,取之有道。"

志国立即不愿意了:"你还是没理解,这就是有道!这怎么叫无道呢?路径合规,条款合规。"

八斗反问:"程序合规吗?"

滕志国眼珠子地震,五官一起激动:"合规!当然合规!现在就是要人家能看到咱们,知道咱们的好,老八,"他喜欢这么叫他(有时也叫"斗子"),"你别以为干活拿钱才叫合规,人脉也是钱呀!你靠人脉赚钱,有什么不心安理得的呢。你给人老爷子服务这么久,这到了关键时刻,该用就得用!"声音忽然小了,"说句不好听,咱关起门来哪儿说哪儿了(liǎo),出了这门我可就不承认,"脖子伸长了,像鹤,还是脖子比脸黑的那种,"趁着现在老爷子还是能说上话,够得上,机会千载难逢,再过过,谁知道什么样

-183-

儿，"手半捂着嘴巴，露出几颗门牙，"不是我吓唬你，你这一辈子，可能也就这一个机会，这时候不翻身，永远都是咸鱼！"

八斗悚然。但内心深处，又不得不承认滕志国话的真理性。他们这些人，是真正的白手起家，第一桶金从何而来，是个亟待突破的难题。他没有三元和一笑口中的那些码农的幸运，还能靠着大厂的崛起吃到福利，实现阶层的跃升。

他甚至还不如那些早年来北京的人。

他恨自己生得晚，错过了"群雄逐鹿"，活在了"罢黜百家"，必须"独尊儒术"。可他终究不是在世俗中如鱼得水的人。因此，滕志国的建议，八斗往心里去了。

只不过，走哪条路，他还得再考虑考虑，是直接求李老爷子，还是让三元走吴屈梦那条线？八斗也知道，梦姐想干事业，而且，说一千道一万，吴屈梦是他们家里人，说话更有权重。虽然时至今日，她也只立了一次"功"。茶局临了，志国又叮嘱八斗千万保密，尤其不能告诉海超："那小子精着呢，你们是竞争关系。"

但这事八斗并不打算瞒一笑，尽管现在他们不是两口子，但他已经把一笑当成是最亲密的人。只不过，八斗顺嘴一说，一笑也就顺耳一听。她太忙了，打入夏起，她就一直加班。互联网的狂欢时节又快到了，连周末时间几乎都被挤压。从春天开始，八斗只陪着一笑跑了一次马拉松。他不喜欢长跑，但一笑喜欢。

他对一笑钟情于这项运动的理解是：冯一笑把自己对生活的期许投射在这项运动上了。活在北京，又干着那样一份工作，可不就是一场马拉松嘛。

周末八斗去固安，两次三元都不在，也加班。王斯理对她意见很大，但当着小舅子和丈母娘的面，终究不好发作。八斗实在同情姐夫，因为他跟他一样，都是互联网从业者的家属。一交流，他觉得自己甚至比斯理还惨一点。毕竟王斯理即将迎来他第二个孩子，而他依旧孤身一人。

饭后抽烟，斯理提到了在北京买房。老家的房子他们准备处理掉。八斗有些吃惊，他没想到姐姐姐夫还有老底儿。斯理道："我姐能凑点儿，到时候找亲戚朋友想想办法。"八斗只能鼓励："现在上车好，房价降了。"斯理顺势问他结婚的事。八斗说还没确定，怎么着也得忙完今年。八斗反问斯理工作做得怎么样，项目跟完了没有。

王斯理道："换了。"

八斗不懂什么意思。

斯理解释明白了，"换工作了。"

八斗噎了一下。斯理道："现在我是国企职工。"再一问，新工作是在建筑系统。王斯理过去主管网络信息中心的实际业务，单位在北京西北面。他平时依旧跟三元住宾馆。深挖下去才知道，这份工作是斯文的丈夫严尔夫打招呼找的。老严现在今非昔比，已经算集团分量很重的领导，帮王斯理安排个工作不成问题。

了解了这些，八斗更加理解姐夫为什么要买房子——现在王斯理的工作环境需要一份体面。

姜兰芝叫人，八斗和斯理赶忙钻进屋。今天的主菜是老家风味疙瘩汤、面糊饼、面皮卷菜。厨师姜兰芝，以及那位在京的表姑宫明月。

"重逢"之后，据说宫明月已经来了三回，每次来，都要住两天才走。考虑到老妈的心情，三元、斯理都很待见明月，八斗也对她尊敬有加。出门在外，抱团取暖合情合理。而且八斗喜欢听表姑说话，她一张嘴，就有种脱口秀演员的喜感，但又是笑中带泪那种。毕竟，几十年的北漂生涯打底，再怎么喜剧滤镜，也会带着点沧桑。八斗也爱听表姑讲她过去的经历，哪怕一耳朵就能听出是吹牛皮，那也勉强算是展现了生命的丰富。

宫明月的这些故事，是能唬住姜兰芝的。比如，她去意大利打工的经历；再比如，她是怎么放弃美国绿卡，坚持要在北京定居（尽管如今是在北京周边）。表姑人也特别热情，这天的卷饼，她怎么着也要给八斗多包几个，说让他带给一笑尝尝。

只可惜，八斗拎着卷饼在大厂大楼前站了几个小时，再怎么保温的盒子，也不能避免卷饼变凉，味道走样。更令八斗愤怒的是，他天不黑就从姐夫家出发，在一笑公司前等到天黑透，甚至于再过几个小时天就快亮了，冯一笑才从大楼里走出。

八斗刚想发火。

一笑拿话堵他:"让你回去非在这儿站着。"

八斗虎着脸,争吵看来不可避免了。他一把接过一笑的包,也不理她,直接在前面走。冯一笑反倒来安慰他,她上前两步,扒了一下他肩膀:"干吗?"

八斗扭脸站定:"我得去找你们领导。"

一笑嘴一抿,表情很不自在。

八斗用教育的口吻:"你这不是加班,是要命!"

"这不是特殊情况嘛。"

"天天特殊情况!大姨妈一个月才来一次,你这都几天了?!有这么加班的吗,比996还996,996的三次方!"

一笑耐心地:"跟你说了运营要配合研发做测试,只能在流量小的时候。"

八斗不管她的解释:"老黄怎么得癌症的?你这样就能实现你来北京的梦了?还是说你的梦就是这个?什么叫皮之不存毛将焉附?"

冯一笑保持冷静:"走吧。"

八斗拿手机叫车,前面五十六个排队的,预计得等一个一小时。旁边趴着辆出租,过去问,也是人家预约好的,只好坐地铁。到了家,一笑要上厕所。刚进去,又闹出个事来。她尿血了,这回她自己也吓得不轻。两个人连夜去挂急诊,确诊并打上吊瓶后,天真亮了。冯一笑得了急性尿路感染,这更加助长了八斗的愤怒。

他给一笑买了早餐,端着喂她。

八斗压低嗓音,蹲在一笑腿前:"我求你了,请假吧。"

一笑说白天本来也不去,晚上才去。

八斗厉声:"把你们领导电话给我!"

他暴怒。一笑反倒一派自然:"干吗?"天塌下来都不能影响她工作。

"我帮你请假。"八斗说。

"不用。"

"反正无论如何你今天就不能去上班,你尿血了知道么,尿血!人身上有多少血?"他这个理论倒新鲜。

一笑嘲弄地:"女人哪个月不流血。"

八斗发狠:"给我,电话!"两个字两个字蹦,都是祈使句。

一笑能活动的手缩着:"你打给他你说啥。"

"说实际情况。"

"以什么立场什么身份。"

"我是你老公!"

冯一笑愣了,八斗也沉默地喘着粗气。过了一会儿,他试图掩盖刚才那两个字一般恳求地:"你不能这样,真的,这根本就是异化劳动!是资本家对工人阶级赤裸裸的剥削!这样工作你很享受吗?"

"谈不上享受不享受。"一笑平淡地。

"那你还做?"

"那不然怎么办,辞职?"

"辞吧,我养你!"八斗难得大气地。

一笑笑了:"谢谢你,我不是那样的人。"又说,"现在是特殊时期,顶一顶就过去了。"

"你完全可以找一份轻松的工作,"八斗语速加快,"人生不是匀速,每个阶段有每个阶段的任务,"口气更加恳切,"我们也努力一阵了,一点动静没有,你说你要天天这么干,什么时候要上孩子?有一份工作做做,不跟社会脱节就行了,其他的脏活累活我来,我去想办法,不就是挣钱嘛……"八斗气吞山河。可小冯似乎并不买账,她表情突然严肃异常:"我就不能有事业?我就不能奔前途?这不仅仅是一份工作,这关乎自我价值的实现!还是说,你认为我的价值就是结婚,就是生孩子?"

八斗也激动:"结婚生孩子有错吗?多少年多少代不都是这么过来的么?你不想当妈妈?你不觉得作为女人母亲这个角色很伟大很重要?"

一笑咬牙切齿地:"原来你也这样!"说着,她激动地就要站起。手一牵,针头起鼓,立刻回血了。八斗连忙叫护士,又赶忙安慰一笑坐下。护士忙不迭来处理了,又要求两人不得大声喧哗。

冯一笑扭脸望着电子屏幕,拒绝和八斗对视。

八斗软下来:"你可以实现自我价值,我举双手双脚支持,我只是说心疼你……你都这样了,我能愿意吗……咱找一份轻松点的工作,稍微悠着点,细水长流……"

话没说完,一笑便强硬地:"跟你说了现在是非常时期,正是卡位的时候!现在走,以前的努力不都功亏一篑了?八斗,不是我不肯走,问题是,走哪儿去?体制内进不去了。你姐就是例子。我出去,也不会比她好多少。真的,我们没那自由!到哪儿都是出卖自己……我的身体我知道,老毛病,挂个水就行。"

八斗强行转到一笑正面,凝望着他。

万语千言都在其中。

"那我呢?"这是他整个晚上包括凌晨说得最轻的一句话。但又最重。

一笑愣在那儿,可能没能准确解码这三个字。

八斗道:"你要是一直这么干,身体状态一直不佳,一直达不成我们的目标,那是不是就一直不跟我结婚。"

一笑沉默良久,道:"没有一直。"听上去像病句。

八斗追紧了,嗓音微微发抖:"有的时候我都觉得……反正我就,怀疑……怀疑你到底心思还在不在我这儿,笑笑,我们真的不能再错过了……已经走错一步了……不能再散了……"

一笑转脸向八斗,居高临下地:"那要不先结婚。"

脑中叮铃一响,八斗激动得更抖了:"真的?"

一笑道:"你要是不放心,只能这样。"

八斗道:"我放心,问题是……"

一笑又说:"但我有个要求。"

"什么?"八斗诧异。怕是无理要求。

"先不公布。"

"你的意思是……"八斗突然说出个时髦词儿,"那领不领证?"

一笑笑了:"你还挺讲究,我们现在不已经属于婚期那同居了吗。但你又不放心,非要有个证,有个名分。"她突然打趣,"我怎么忽然感觉我跟男的似的,你是女的。"

八斗急不可耐:"所以呢?"

一笑说:"领了证,先过渡过渡,等于给你吃个定心丸,今年太忙,公布了我还得去招呼你们家那些人,好多事需要有个缓冲期。"

八斗想了想,说:"那就是隐婚。"

一笑思忖,才说:"你说是就是吧。"

八斗道:"你想要婚姻的内容,而不想要婚姻的形式。"

一笑说:"领证不就是形式嘛,只不过这个形式是做给你看的。"又揶揄地,"嗳,龚八斗,你说你条件也不错,怎么就这么'恨娶'呢。"

八斗解释:"不是我恨娶,这不情况特殊嘛。"

一笑问:"哪儿特殊?"

八斗说:"怕你飞了。"

一笑道:"说得好像全天下人结了婚都不离似的。"八斗立刻较真:"呸三下,快!"一笑只好呸了三下。又说:"这事,你保密。"八斗没反应过来,问什么事。一笑道:"领证的事。"又叮嘱一遍。事实上,即使一笑没说,八斗也能理解她的谨慎。有些话他从燕玲那隐隐约约听到并且揣摩过,就比如冯一笑跟未婚夫分手的真正原因,大概率是她不愿意生孩子,被扫地出门?那么她现如今一定要生出孩子再结婚就好懂多了。假如结了婚,一直生不出孩子,压力多大!但如果有了孩子再结婚,一举两得,舆论压力就小多了。不过她愿意先领证,至少证明,她对他是认真的。

这就够了。

至于和家人们的相处,八斗觉得慢慢来,人心换人心,经的事多了,总能捂热。这个笼头给她上得太早的确不合适。冯一笑已经在外面的世界野太久了。

想到这儿,八斗又往一笑跟前凑了凑,他要最后确认,憋了好大劲儿问:"你爱我吗?"一笑嫌恶地:"哎哟,你这男的,有完没完,一遍一遍地,这话你问过多少次了。"八斗带点撒娇,此时此刻,她是大姐,他是小男孩,"听一万次也不够,反正你说,发自肺腑地。"一笑逗他:"是。"

"是什么?"

"爱。"一笑跟牙磕出来一颗似的。

"多说两句。"

"我还是爱你的。"一笑口气很轻,生怕人听到一般。

"我怎么觉得这么勉强呢。"八斗不满足。

一笑装作翻脸:"龚八斗!这大庭广众的,有完没完!"

护士过来看针,刚弯腰,八斗忽然冲人家,笑不嗤嗤地:"她要跟我结婚。"一笑发急。护士愣了一下,才抿嘴笑,然后说:"恭喜啊!"一笑蹙眉,八斗嘿嘿地。他做梦也料不到,第一个祝贺他终身大事的竟然是个捏着针的护士小姐。

33

从民政局出来,八斗问一笑什么感觉。

一笑道:"有点像做了个投资。"

"投资?"这事八斗外行。

"投了个天使轮,"一笑解释,"钱花出去就花出去了,我信任你这个人。"

"知根知底,"八斗接话,呵呵地,"不怕赔个底儿掉。"

"既然相信这个人,赔钱也认了,"一笑很轻松地,"而且天使轮嘛,本来就得有心理准备。"

"准备什么?"八斗更不明白了。

"准备面对一片混沌的局面。"一笑忽然严肃。

"你不开心吗?"八斗侧着身子,他不想继续谈投资。

"开心。"

八斗盯着一笑看,突然叫了一句:"老婆。"

一笑局促地:"这大街上呢。"她推了一下八斗。

八斗满不在乎,"那有什么,反正是合法的。"

一笑耸了耸肩:"就感觉咱们俩跟一起过了好多年似的。"八斗说本来也是,这都多少年了,兜兜转转,还是你,还是我。一笑感叹:"是,从少年,到青年,到中年。"八斗煞有介事地:"中年两个字去掉,"又说,"咱俩上辈子肯定认识。"

"哦?"一笑不懂他的脑洞。

"上辈子你欠我的,"八斗一本正经胡说,"咱们上辈子还在古代,你是男的,我是女的,我在秦淮河边营业,完后你来了,然后又走了。"

冯一笑顺着话往下接:"我始乱终弃了。"

"对,始乱终弃,造下罪孽,所以你这辈子必须做我老婆,还上辈子的债。"

一笑说:"没想到我还有这么大的罪过呢。"

证领了,饭肯定要吃。一笑的意思是,路边找个饭店吃了算了,还不是大办的时候,不整那些俗套。八斗坚决不同意:"人生头一回,不能马虎。"再说,"也是最后一次。"又说:"就选贵的。"一笑接话,"不选对的。"

两个人翻来翻去,终于决定去新荣记。到地方,还算巧,来得早没订位也有桌。服务员热情服务,菜单递上。一笑瞅了两眼,嫌太贵。八斗扫了一眼四周,饭点儿上人了:"能有多贵,别人能吃咱也能吃,点!"冯一笑只好勉为其难点了两道相对不是那么贵的。八斗不答应,硬要点黄鱼。一笑阻止,说最烦吃那玩意儿,可八斗还是坚持点了。等菜,喝着水,八斗忽然冒一句:"真怕你跟着我吃苦。"

一笑道:"本来也没少吃。习惯了。"

八斗提着气:"从今天开始,咱俩不一样了啊。"啊字重点强调。一笑说最怕你这样,八斗拖着腔调:"别说我这样那样……是国家允许的,合法夫妻,哪怕没对外公布你也得对我履行妻子的责任和义务,反过来,我也一样。"

"有什么责任和义务?"一笑微笑着反问,"生儿育女,洗衣做饭?"八斗说不全是,"总之你看着办,我也加倍对你好。"一笑反驳,"什么对我好,有些时候你们男的就是一厢情愿,你们那些好,也不问别人想不想要,别人想要的,你又能不能给。"八斗说你想要什么说吧,突然一拍手:"戒指还没买呢。"

一笑说:"戴戒指不等于向人宣布你结婚了。"

"可以戴中指,"八斗想对策,"准备结婚的意思。"一笑没反对。八斗又提蜜月,一笑觉得眼下不切实际。

菜上来了,寡淡得很,但还算精致,一笑觉得还不如外卖。两个人你一言我一语斗着嘴。八斗手机响,他当着一笑接了,脸色逐渐凝重。挂了电话,他就拉着一笑走。一笑说:"黄鱼还没上呢。"

八斗却告诉她,姐姐出事了。

龚三元流产了,在她封闭做项目的时候。好在第一时间被拉去医院,大人没事,孩子没了。八斗、一笑风驰电掣赶到医院,三元躺在病床上,两眼呆滞,只朝着天花板,谁也不看。微微起伏的胸口勉强证明她还有一口气,她的脸比床单还白。

兰芝和默默站在一旁。八斗来,他们同样一言不发。

八斗跟老妈对了个眼色。一笑慢慢走过去,到三元床前坐下,捉住她冰凉的手。默默忽然哭了。这哭声仿佛序章,引得三元涕泪涟涟,谁也劝不住。淅淅沥沥地,跟下小雨似的。兰芝往外走,八斗跟着。

出了门,八斗小声问:"姐夫呢?"

兰芝道:"来了一趟。"言下之意又走了。

八斗忿然,下意识维护姐姐:"这是他老婆!哦,生就护着,掉了就拍屁股走人?哪头轻哪头重他不明白吗?!"

兰芝嚅着嘴,不吭声。

待八斗吐出怒气,一个念头仿佛烟火在夜空爆炸,瞬间,他似乎又什么都明白了。难道……不不不……姐姐不会做那种事……她总不至于拿自己的身体开玩笑……可是,如若不是那样,姐夫何至于如此不顾大局?据他所知,姐姐三元刚去小汤山某度假村闭关做项目几天……懂了……她不杀伯仁,伯仁却因她而死……想到这儿,八斗依稀又明白了姐夫的失态。可转而,他的心又硬起来,向着三元这边,即便是龚三元行为失当,你王斯理也不能这样。八斗心头纷乱,斯文、斯理却大踏步地来了。

斯文的表情很难形容,不屑、烦恼、鄙夷、哀叹……种种情绪堆在那一张黑圆的脸上,就像一盘失败了的创意菜,她对姜兰芝点了个头。斯理的脸色则仿佛一朵蓄满了水的云,随时都能普降暴雨。

四个人回病房。一笑站起来。三元头动了一下,证明还有活气儿。斯文上前,又是安慰又是埋怨地:"别乱动了,多大的人了,自己心里也得有点数,你不是为你一个人活,你要有个三长两短,"回头看兰芝,"阿姨怎么办,默默怎么办,斯理怎么办?"前面两个都是陪衬。斯理不满才是正题。

三元惨然,不说话,根本说不清。

实际上,在闭关做项目之前她刚做过孕检,医生还夸她状态不错,进了小汤山,她也的确小心加小心,走路吃饭都注意,从未做过剧烈运动。谁承想,坐在那儿开会,孩子都能没。拉到医院,医生直接宣布了她这次妊娠的失败,必须终止。

孩子被拉出子宫。

她忽然觉得自己空荡荡的。是,她曾经百般地不想要这个孩子,恨不得刚有影儿就抛了他。但现在,她又忍不住为他痛哭。她深切地认识到上天的残忍,为什么偏偏要在她已经做好准备负担他一生的时候,用这种戏剧化的方式将他夺去。

兰芝让八斗、一笑先回去。又对斯文:"他姐,我在这儿看着吧,你也回吧。"

斯文不客气,起身就走。

兰芝又对斯理:"你也带孩儿回去。"

斯理道:"妈,你回,我看着。"兰芝怕女婿留下来又是吵架,执意让他走。

好说歹说,斯文斯理终于一齐走出病房。一出去斯文用大拇指盖顶着小拇指盖内缘,"你在她心里就是个这。"

理论上,观察一下子宫恢复情况和阴道流血情况就可以回家了。但三元觉得,这趟鬼门关走的,她怎么也得三五天才能回魂。兰芝在旁边搭了个小床,晚上就在病房里安营扎寨。三元的理解是,老妈当然是关心她的,但不愿意回家面对斯理那张臭脸,也是她妈宁愿留在这儿的缘故之一。

三元想喝生滚牛肉粥,要点外卖。她妈不让,自己跑出去打包了一份,母女俩分着吃。

三元力竭。兰芝端着碗喂她,冷不防一句:"工作就不能这么做。"

来了,头皮发麻,该来的还是来了。三元偏着头,嘴巴机械地咀嚼这微小的牛肉片。等食物消灭干净。她才有气无力地:"强度根本就不大。"兰芝道:"都封闭式了,还不大?关键你精神太紧张,精神紧张身体就跟着紧张,孩子能不被压出来吗。"说得倒是很有画面感。

三元觉得按照她妈的描述,流产就像是挤出一泡糖稀。

"我的身体我知道。"

"你不知道!"兰芝高一个音阶,"你要知道,就不会是现在这样!"

三元也不得不强硬起来,可她实在没有力气,所以口气转为拖腔:"说这些还有意思吗现在?"她喜欢用倒装句。兰芝低头用一次性勺子搅和碗里的粥:"我看你根本就不想要这个孩子。"

这叫什么话。

三元有点激动:"妈,你是斯理派过来的吗?他跟你这么说的?"

"不用他派,是人都能看明白,"兰芝苦口婆心,"元元,哪头轻哪头重你要搞清楚,对于女人来说,家庭更永远是第一位的,现在斯理工作也稳定了,你歇一歇,好好把自己的小家弄平了捋顺了。"

又是那一套,男主外女主内,你挑水来我浇园。

三元觉得她妈那一代的女性根本不理解她们这一代女人的事业心和危机感。更何况,这里是北京!北京!她有资格岁月静好吗?那么拼,还只能在环京混。她和斯理马上还打算在北京买房子,不进则退。她养足了气,刚想反过头跟老妈掰扯掰扯。

兰芝拦住她,继续说:"不是说我不愿意给你带孩子,我愿意,我要不愿意也不会过来,包括你周叔,都支持,"放下粥碗,"但问题是,我带,跟你带,能一样吗?那些个数学语文什么英语绘画,我摸得着边吗?我们只是搭把手,能看着孩子让孩子吃饱穿暖,定时定点,该干吗干吗;其余的,真得靠你们自己。"

很显然,她妈带孩子带烦了。虽然老妈已经说得很委婉,但三元还是能够理解这言下之意、弦外之音。

兰芝继续说:"这次没了,以后再想要就难了。"

言语中无限惋惜。

三元神经绷着，浑身不自在。这叫什么话。这次"开张"，本来就是意外，她一高龄产妇，流产也不是新鲜事儿，早就过了孕育生命的最佳时期。怎么现在搞得好像倒成必须完成的任务了。

三元转而更恨斯理，恨他处心积虑给她制造了大麻烦。她强撑坐起来，决定一次把道理跟老妈说明白："我这个年龄留不住不是很正常吗？都多大了？还在做这种事情，我又不是没孩子，为什么非要第二个？家里是金山银山等着继承？要我看就是天意，老天不想给家里增添麻烦。"

兰芝不含糊："是，天意。可问题是你觉得是天意，斯理呢？他也这么觉得？"

三元咬牙："我管他呢。"

"还是不是两口子？日子还好不好过？"

三元抢白："妈！我是受害者！是从我身上掉了一块肉！怎么好像你们比我还委屈！你没看他那个脸！到底谁欠谁的？你让他走，人还真就拍屁股走人，什么玩意儿！"

兰芝说："你还指望他能像你妈我这样对你？"

母女俩对望，眼神交战，此消彼长。

兰芝继续："事业家庭，你就得有个平衡。不然到最后就容易一头塌一头抹（mā）。人，得认命。"

三元定在那儿。

好了，对了，倦了，疯了。她亲爱的老妈终于戳痛了她最坚强也最脆弱，最袒露也最隐秘的地方，她痛得好像心被一刀一刀割碎了。

龚三元随即大吼："我不认命！"

姜兰芝见女儿如此失控，怕再说下去病房能被她炸了。于是一言不发起身，拎着暖水瓶出去了。

34

领导、同事来看三元，反反复复安慰，让她别担心，小汤山的项目没问题。她工资奖金照发，医药费走公司二次报销，三元涕零。

赶在出院之前，燕玲和屈梦来走了个过场。

燕玲早都来过电话，一笑第一时间告诉她了。

屈梦是来前一天才得知情况。病床前，吴屈梦拉着龚三元的手："到了咱这年纪，坐那不动都可能留不住，你还加班，你还封闭，你还……"

三元嚷嚷："我根本没想要！就是个意外！"又改口，"后来想要了，缘分没了。"

燕玲在旁一言不发。三元怕说多了刺激燕玲，闭嘴了。

屈梦不知收敛，又是叮嘱三元小月子要坐好，又是要给三元产后复健的套卡。三元只好把话题往别处岔，问燕玲跟老竺怎么样。

燕玲言简意赅："正常。"

屈梦转脸对燕玲："别拖太久。"

燕玲脸上撑不住，答话也不好不答也不好。

三元救场，问屈梦李骐最近怎么样。屈梦说还是老样子，她们姑嫂不住在一起，来往也不多。说白了，顾个大面场罢了。屈梦也知道八斗跟一笑交往。她对燕玲、三元打趣："你们以后都成亲戚了，就把我一个撇在外头。"

三元道："我倒想做，没那缘分！"缘分这个词这一会工夫提了两回了。燕玲讪讪的。三元又找补："笑笑也优秀，"最后总结，"反正，婚姻这个东西，门当户对最好。"可这话又得罪了屈梦。三元只好又拆东墙补西墙，"但有钱人家也得改善基因，有特别优秀的，那人家也不肯放过。"说完嘻嘻笑着，累，到底谁坐月子。屈梦道："社会就这样，不是铁板一块，上去下来都正常。"闺蜜仨你看我我看你，不往下说了。

情况稳定，三元就转回家了。

斯理冒了两次头,不咸不淡地。三元对他极其不满,火憋着,等着一次性爆发。工作日,斯理依旧在北面住旅馆。兰芝劝三元:"都冷静冷静,你没当成妈,他也没当成爹,一样难受。"三元怒怼:"狗屁!我是掉了块肉,他呢,还快活几分钟呢!"恨斯理压根不体恤。到家这天,王斯理倒是跑前跑后,还买了花,一把子向日葵献给三元。三元怒气依旧:"搞这些虚的做什么?"斯理又拿出一盒阿胶,三元气稍微下去点。斯理表态:"老婆,是我不好,以后,咱不要了,能把默默培养好就行了,"愈发嗫嚅,"我也不是有本事的人,用不着三五个儿子继承家业,一个,有那个意思,我也就满足了。"趁着兰芝不在旁边,再说:"反正,你跟我,是缘定三生百年好合白头偕老,无论几个孩儿,最后都还是你陪我我陪你。"

话到,三元气终于消了大半。实际上,这么多年,她为这个家累死累活,倒未见得要求个什么奖赏。嘴上能有几句宽慰的话,腔子里能有个体谅的心,也就不枉她一场付出。三元见斯理可怜吧嗒,反倒说反话:"对不起,没本事帮你们老王开大枝散大叶。"斯理哎呀一声,说有一枝就行了,好好培养,一枝独秀。

在家待了没多久,龚三元重返工作岗位,项目仍在进展中,不过领导没让她再去小汤山,而是安排在本部坚守。看在流了个孩子的份上,三元的职级趁着公司大调整涨了半格,薪水也跟着涨。

三元哭笑不得,这算沾了死去的孩儿的光了。

没了他,涨了工资,失之东隅收之桑榆,只是代价未免太过惨重。

晚间,三元和斯理还是同住一间宾馆。不过,夫妻间的交流少了。两个人回来的时间不一样,三元下班的时候,斯理多半睡了。但这天不同,龚三元坐在床上刷手机的时候,王斯理还没下班。三元懒得问,小月子没认真坐,但她坚守老妈的叮嘱,一直没洗澡。每晚只稍微擦擦。晚上九点,斯理进门了。

包放在电视柜上,咚的一下。

三元没回头。只听声音判断。

斯理又来一句:"恭喜啊。"

三元转身看着他,精瘦的一个人。一条长杆儿,像"鬼"。

斯理阴阳怪气地，呵呵道："升职加薪，走上人生巅峰了。"

"什么？"三元缓冲，又反问："谁告诉你的？"

哼，不说也能猜到，八成是老刘，她同事，平时也住宾馆，跟斯理颇谈得来。都属于失意中年，牢骚怪话最多的那种。

斯理一边脱衣服一边说："我现在怀疑，这根本就是一大盘棋。"又补充，"跟甄嬛传似的，一个孩子，就能换荣华富贵。"

电光火石间，一万颗钉子扎在心上，全窟窿。

三元不能忍，大吼："王斯理！你混蛋！"说着，她迅速起身，不能待，这地儿不能待。男人太可怕，前一阵还甜言蜜语，这会儿终于说出实话来了。可见都是糊弄鬼！哼！她早猜到了，但不愿意相信——斯理打一起先就觉得是她故意掉了孩子！而且，到现在还这么认为！她升职，在他心里就等于是坐实了罪名！可问题，虎毒还不食子呀！他把她想成什么了？魔鬼吗！三元想哭，但又哭不出来，愤怒封住了眼泪，眼前要有一把刀，她恨不得一刀把他劈了。

快，快，再快，一秒钟都不等。她跟变戏法似的，衣服齐了，裤子齐了。刷刷地，伸脚去找鞋子。还没套稳，她的脚就要大步向前。

王斯理赶忙冲上去，从后面抱住三元。

三元尖叫，又大喊救命。

斯理只好用更大的声音盖过她："你知不知道，你这样让我觉得自己特失败！"

叫声歇止，耳边长嘤。她的耳朵抗议着，发出古怪的鸣叫。

斯理带着哭腔："怪我，全怪我……"忽然发狠，"我要他妈的有一个亿，现在就不会是这个局面！"

他说得对，也不全对，是钱的事儿，但也不完全是钱的事儿。归根结底还是老观念老思想作祟！说白了，三观不合！三元挣扎，她要离开。她怕跟他再多待一分钟胸腔里的气便会膨胀，整个人就要爆炸，命丧当场。

"松开！"穿衣镜里的三元狰狞着。

斯理不放。

"你……"三元左右扭摆，"你就不是个人！……"三元哭出来，嘶吼。

斯理抢白："没说你有意！你是无心！我不怪你！"

三元扭头盯着他,像看外星人:"无心说那话?"什么宝宝换升职,"是人话吗?!"

"我的错,"斯理风向转得很快,"我那不是生气嘛。"

"生谁的气。"

"我怪老天,行吗!"

"你不是说放下了吗,今生今世一个默默一枝独秀!"

"你们领导就不是人!"他开始找理由,骂别人。

"我数三下,松开。"三元下命令,不容置疑地。

斯理的两条胳膊却并没有松绑的意思。

三元低头就是一嘴,咬在斯理的手腕上。王斯理疼得大叫,束缚解开了。龚三元跌跌撞撞跑向门口。斯理又扑上去,再次拦腰抱住。三元哭嚷着,"你到底要怎么样?!——"

斯理两臂箍得更紧:"我已经失去宝宝了,你还让我失去你吗?我就是心里难受还没缓过来,我恨你们单位恨你的工作恨命运恨老天恨所有人,除了你,我永远爱的是你……"停顿一下,"我爱你元元,过去现在未来上辈子这辈子下辈子……"

老天!一记重锤!三元失神,五迷三道地,永远的一招鲜,永远的奏效!过去种种甜蜜在三元脑中迅速掠过,跟过电影似的。没错儿,他们是因为爱情走到一起的。哪怕现在变成了贫贱夫妻……但爱情的余味也足够他们继续相濡以沫。怪谁呢,都是自己选的。

龚三元眼泪跟小瀑布似的。

保安来敲门,问情况。斯理上前说没事。保安不放心,还探着头:"女士,没事吧。"

三元不得不哽咽发声:"没事儿,谢谢。"

在这个地方,她是没有资格发脾气的。

关了门,三元和斯理静静站着。斯理又要去吻他。三元起手就给他一巴掌,打在脸上,响亮地。斯理叫好:"舒服,再打,多打几下。"三元果真又来一巴掌,再一巴掌,打着打着,她笑了,又哭了。她觉得自己这辈子是陷在了王家这个盘丝洞里了,逃不出去。

手机响，八斗来电话。三元不接，八斗继续打。三元只好收拾情绪接了。龚八斗捕捉到了姐姐的失落，他问三元怎么样，又问了几句老家的琐事。三元简单作答，八斗觉得时机不对，原本想问的事，自然也就不说了。

滕志国又找了八斗几次，带着项目书、资格证明等。八斗还是打算跟姐姐说说，可三元目前这个状态，包括梦姐，都不适合倾听。八斗想到了李骐，她是李老爷子的亲女儿，如果有利可图，或许愿意一试。

龚八斗打给李骐。李骐倒没端着，两个人隔天咖啡馆见面。李骐单刀直入问，八斗把情况明说了。

李骐问："靠谱吗？"

八斗说："事是个靠谱的事。"

李骐又问："批下来给多少？"又问："你拿多少？"

这话可把八斗问住了。投石问路阶段，他还没想到这层。八斗觍着脸，笑呵呵地："我这不是先请示你吗。"

李骐道："你觉得多少合适？"

八斗说："我没经验，但你占的肯定要比我多才行。"

李骐一笑："这么着，你私下问问情况，然后我们再商量，这事，不宜急。"

很明显，李骐是让他们报数。

办事拿多少回扣，这是有讲究的。八斗不敢造次，没再深聊。李骐又问三元的情况，八斗简单说了。李骐半讽刺地："我都不知道这些人整天迷孩子干吗，自己还没活明白呢！"下意识，八斗当然是维护姐姐，但看在要找李骐办事发财的份上，他最终还是不予置评。

海超约八斗和一笑到京郊玩，一笑没空，八斗也不大想去，但海超反复劝说，又要来车接，八斗抹不开面子，同意了。结果到了约定地点上了车才知道，同行还有位女士，叫苗玲。跟海超住同一个小区，夜跑认识的。在金融系统工作，国企。

八斗看一眼就知道，苗玲是海超的菜。

肤白貌美，身材不错，年纪应该有一点，但大概胜在长期保养运动，所以真实年龄似是而非。

为了海超的幸福，八斗硬是当了一天灯泡。

整体感觉，苗玲这人还算靠谱。虽然是美女，但讲话做事不端着，真诚。下午返程，到小区门口，苗玲先撤了。海超这才问八斗感觉怎么样。

八斗道："你自己满意就行。"又补充，"还有就是人家能不能接受你。"

海超稍微有点激动："就是接受了呀。"

八斗带点促狭地反问："开张了吗？"

"那倒没有，"海超实话实说，"不过感觉快了。"跟着道："玲儿人特好。"他已经下定论了，八斗不方便多说。海超又约八斗上楼喝点东西，八斗先给一笑打了个电话，一笑还在加班。于是上去，到家，海超妈在沙发上端坐着呢，面目凝重。

八斗感觉出不对，但又不好立刻抽身，只好先寒暄。海超妈见过八斗，八斗的名字也经常在海超和他妈的谈话中出现。海超妈不客气，直接问八斗："几个人出去玩儿的？"

八斗看海超。

海超懒得演戏，嚷嚷着："妈，你问他干吗？"

海超妈铿锵地："我怕你上当！"一个字一个钉。

海超反驳："我是傻子吗？"

海超妈不客气地："你知道那是个什么人吗？"

海超哼哼地："你又知道了？"

海超妈上前半步："这小区，除了你不知道，谁不知道？"又说："你估计也是装不知道。"气氛不愉快到这种地步，八斗觉得自己没必要待下去，他见缝插针尴尬地道别。不过很快，海超就又来找他，这一次才吐露实情。说他妈对苗玲进行了盯防和背调，发现苗玲的恋爱史不正常。

八斗问什么意思。海超委婉地："她一个女孩子，只身一人到大城市，又长得漂亮，就算她什么都不做，也架不住别人对她做什么。"

八斗明白了，苗玲八成给人当过……情妇。跟上次老家的舅妈给他介绍的七零后女子"异曲同工"。

不过他深深佩服海超妈，一个外省妇女，竟然能把这种事查得清楚，实在是不可多得的侦探人才。不过换个角度想，或许苗玲的事根本就不是秘密。领导不能给她婚姻，现在想找个"老实人"嫁了，海超是不错的人选。

只是这种事，八斗也不能给海超任何建议。

他只能问："你愿意上船吗？"

海超愁肠百转地，好半天才说："谁没有点过去。"

八斗提醒："是，但这不是一般的过去，而且你父母也知道了。"再说，"如果老人接受不了，这日子以后怎么过。"

海超沉吟，又反过头问："你妈接受一笑吗？"

八斗激动，强力维护："不一样，一笑只是那啥……性格不合，又不是当人……"情妇两个字到嘴边又吞下去，"你这个还不一样。"

海超闷了，他心里八成也没过去那道坎。

入了秋，一笑父母来北京玩，顺带检查身体。冯一笑时间不足，八斗以"未婚夫"的身份鞍前马后伺候。他不满意的是，一笑的父母有个不好的毛病。他当然愿意为老人付钱，但在他们看来，他龚八斗付任何一笔账都是理所当然。八斗没法跟一笑抱怨，倒是陪了两回的燕玲在旁边看不下去，抢在前头付钱。

八斗苦笑："姐，没事，我有。"

燕玲道："有也不能这么付。"

八斗一激动真想把他跟一笑领证的事跟燕燕姐说了，但鉴于和一笑的约定，还是忍住了。

他不喜欢一笑的父母，不是因为她父母精明吝啬占了他的钱，而是不喜欢他们对一笑的态度——没有关心，只有索取。好像一笑在北京过得如何，有没有什么困难全都不重要。一笑的幸福不能凌驾于冯家原生家庭之上，他们养了个女儿，就是摇钱树。更哀其不幸怒其不争的是，冯一笑还能接受。

等二位老人走了，一笑才问八斗："还想跟我结婚吗？"

"反正我不后悔。"八斗咬住牙关，"合适的时候，还是得对外公布。"

"这么多年，周围一个能帮我的都没有，习惯了。"

八斗温柔地说："不是有我嘛。"又追问："那你为什么嫁。"

"又来了，"一笑娇嗔地说。"你强烈要求，我同意，反正都是穷人谁也不吃亏。"八斗被一笑撩起火来。一笑只能弹压他，说日子没到，别做无用功。

35

银杏刚开始黄的时候,八斗和一笑的工作都有些变化。八斗还在社区,工作内容有调整,负责信访办转来的事宜,每天家长里短,各种奔忙。工作的时候,八斗觉得很充实,但一停下来,他又感觉自己不知道为谁而忙。

就比如最近,他就介入到辖区内一起"收破烂权"的纷争。原本,几个小区的"废品"一直由一个河南老头负责,后来来了个中年妇女。妇女向物业交了费用,老头没交。老头便失去了收破烂的机会。争执起来,老头报了警,事情就闹大了。

当然,这事的解决过程并不复杂——最终,老头出局。

八斗好奇的是,新来的妇女,不但收传统的废品,还在小区内放置了衣物回收箱。同时建了群,在线上收衣服、鞋子,尤其需要夏天的。

再深入了解,他发现中年妇女的确处在一个"产业链"的上游。她收了衣服,送去河北的一个仓库,按吨卖。二级回收商再把衣服简单处理后运往上海或者广州。

这些二手衣服要出口的,目的地是非洲或东南亚,所以夏季衣服才那么受欢迎。

这是一门生意。

八斗认为可做,他把想法跟一笑说了,一笑也赞同。但八斗的烦恼是,这挣的是个辛苦钱,他也没时间。当然,他有优势——作为社区工作者,他的群众动员力是足够的,不但他工作的社区,其他社区,他也有不少人脉。

至于收衣服,一方面是地面人工收,另一方面就是设置回收箱,再一方面就是线上收。这种回收,甚至可以少量支付费用以扩大回收量。但这些工程量都不小。

一笑的建议是,找老家亲戚来做。只要摸清楚门路,还是有盈利空间的。八斗把这事儿跟老妈说了。姜兰芝一向是个"拾荒爱好者",楼遛弯但凡遇到纸皮、塑料瓶绝不会放过。三元说了她几次,不让她在家中囤东西——脏,也没那么大空地儿。于是兰芝改变策略——一周的废品,从周一开始收集,周五三元两口子回来之前一定处理掉。

兰芝的积极多少让八斗无所适从:"妈,姐你不照顾了?周叔呢,这可是个脏活累活儿。"

兰芝略沮丧:"一辈子我都伸不开手脚!"

不过,她老人家看在钱的分上,保举了老家的一个亲戚——算是她娘家一个族里的。

八斗质疑:"妈,这人多大年纪?"

兰芝猜到了儿子的心思,道:"你还想找年轻的?年轻人谁干这个?你没看现在饭店服务员,都是清一色中老年人,何况干这活儿?"八斗只好"屈服"了。

另外,在老家亲戚们看来,八斗还做了件好事,连兰芝也拍手叫好——八斗把大姨奶家的那位读研究生的斯文的孙女史慧慧介绍给了滕志国。

滕志国跟上一任女友分手半年,还在空窗期,两个人一拍即合。当然,这也是滕志国反复找八斗帮忙的支撑之一。他动辄便说:"八斗,咱们将来都是亲戚了,你能不管亲戚吗?"

天冷之后,滕志国又找了八斗几次,还说那事儿。还请八斗行行好,帮帮忙。八斗按李骐的提议,问了一些"基本情况"。滕志国立刻拍胸脯保证:"这个你放心,咱们是什么关系,只会给多不会给少。"又小声嘀咕:"谁敢欺骗领导?还有没有下次了?"

八斗把情况跟李骐回了。他问李骐要不要带滕志国来见个面。李骐觉得有必要,但不宜操之过急,她打算先探探路再说。不过,李骐却约八斗见面。她让他陪着去美术馆看画展,说有张大千的真迹展出。

八斗没跟一笑说,偷偷去了。

两个人相安无事,在馆里逛了一圈,又去美术馆旁边的咖啡馆坐了一会儿。李骐兴致似乎不高。八斗问她最近怎么样。李骐只说还那样,就不再多说了。八斗觉得李骐有心事,但人家不说,他也不好主动问。他总觉得李骐不应该这样一直单身下去,可李骐的择偶要求他也能想到——一定是高的。

在咖啡馆坐了半小时，来了个人。八斗记得，就是那位实力派官员的儿子——在饭局上见过，不知道名字。这次三个人碰面，八斗才知道那人叫尤高畅。但这样一个局，多少有点奇怪。

八斗忽然觉得自己多余，他暗中给李骐发消息问她要不要先走。李骐只回复了两个字：坐着。

一笑近来的工作变化，主要跟黄彤的回归有关。她的病情控制住了，但还在吃药，不能干重活儿。

八斗问："那你的升职是不是没戏了？"

一笑说："她回来也不能继续在原岗位，身体顶不住，公司给她调岗了。"

"那你呢？"

"希望不大，"一笑说，"估计会调别的人过来。"

八斗为一笑遗憾。

一笑说："领导还希望老黄自己辞职呢。"

八斗说："那不等于杀人吗？"

一笑道："所以啊，老黄不可能走，只能这么耗着，除非公司愿意给N+1。"八斗忽然觉得相比之下，自己的工作安全多了。

一笑扭正身子，正面对八斗："不过现在还有个情况。"

八斗仔细聆听——他永远是她最好的听众。

一笑说："食品部老大想出去做中药保健品，走线上，想带我出去。"

八斗下意识地问："去哪儿？"

一笑说："也还在北京。"

八斗迟疑了一会儿，说："可以观望，但任谁想也能明白，一旦出去创业，只会更忙。"事实上，自从领完证后，八斗就想劝一笑换一份轻松点儿的工作。比如，像燕燕姐那样的，或者干脆辞职休息一段时间。工作岗位他都帮她考虑了，最好考个图书馆员。说一千道一万，当务之急是把孩子生了。有了孩子，就算有了定海神针了，才完完全全像个家了。

可惜多次努力，始终没结果。八斗心焦。当然，连带的问题是：他也看出来了，如果没有孩子作为桥梁，他似乎始终没法完成跟一笑的联接，或者说始终没法融为一体。

法理上，他们是夫妻了；心理上，却不完全是。

而且两个人也一直没"官宣"，仍处于"地下"状态。因此，当一笑说了自己的跳槽创业计划，八斗当然不能明着反对，只好迂回地说："就怕你太累。"

一笑没回答，直接往沙发上一倒。看这架势，八斗知道大概劝不住了。他只好说再观望观望。但事后，八斗又觉得或许一笑跳槽也是件好事。万一创业失败了，就能趁机休息休息，回归家庭。

中秋节前，燕玲早早给八斗和一笑寄了月饼——公司定制款，肥水不流外人田。过节时，冯一笑原本想去看爸妈一趟，但碍于时间紧迫，取消了。

八斗认为既然结婚了，不管宣布与否，一笑都有义务陪他去三元那一趟。但他没提，不想弄得耳提面命似的。他想让一笑自觉。可是一天、两天、三天，都没动静。八斗头皮发麻，奇怪怎么这些事就不往一笑心里走。好在放假前一天，冯一笑终于跟八斗商量了。也不叫商量，应该说是直接安排，好像领导给下属派活儿："过节去看看你妈、你姐，然后再去看看燕燕姐，剩余两天休息，怎么样？"虽然是询问口气，但却透着不容置疑。八斗能怎么说呢？他同意。看"你妈"，看"你姐"，他真不知道这称呼什么时候能改过来。他随即投桃报李地问："要不要给爸妈买点东西？"

看看他多懂事，直接叫爸妈了。一笑说不用。八斗没再坚持，他知道，冯一笑平时没少贴补父母和弟弟。

礼是一笑准备的。

种类不多，但她肯"下本儿"。给八斗妈买了西洋参灵芝口服液，给三元买了化妆品，给默默买了儿童玩具，甚至连王斯理都有礼物。

八斗心里高兴，嘴上却说："哪要买这么些。"

一笑逗趣地说："我不得为以后铺铺路呀。"八斗说："要不趁机宣布了吧。"一笑却建议再等等，还是按原计划，免得措手不及。

等到过节那天，一笑起了个大早，叫了车。一路顺利。只是进了三元家门，才发现老妈不在。

周叔突发小中风，姜兰芝赶回去了——这是前几天的事，因为怕八斗担心,兰芝没让说。好在周叔已经抢救过来了。

厨房里,三元、八斗站着说话。三元一边剥着手里的葱,一边说:"哪怕晚拉过去几个小时都危险了。"又叹气说:"那边打电话来说没大事,可妈要走我也不能留,毕竟人家是夫妻。"转头对八斗说:"但我也有我的难处,默默没人带。"

八斗问:"那现在怎么办。"

三元道:"你姐夫协调呢。"

八斗说:"姐夫现在加班没那么多了,是不是可以接送。"三元说理论上可以,但斯理的单位离得也远,来回跑不切实际。八斗问买房的事,三元说买房子非同小可,而且钱还没凑够;就算要买,也不可能买在单位附近。最后端着饭往外走:"我现在才是最困难的。"

八斗跟在后头说:"那姐夫爸妈呢。"

三元小声说:"我没说,看你姐夫的意思,不过就算你姐夫想通了,王斯文肯定也拦着。"

36

三元一肚子心事,节没过好——菜没吃几口,全程愁眉苦脸,话格外少。八斗看着心疼,又不知从何劝起。

下午还要赶着去燕玲那儿,一笑和八斗坐了一会儿就走了。出了门,一笑才问,"你姐咋了。"

"没咋。"八斗说。

"咋那样。"一笑质问。家里的事,三元没当着一笑的面儿说过。

八斗咬住了:"真没什么。"

一笑直接道:"元元姐是不是对我有意见。"

"跟你没关系。"

"她是不是一直反对咱俩。"

眼见误会越来越深,八斗只好把周叔小中风的事说了。一笑的第一反应是问要不要接过来治。八斗说不用,病情已经控制住,只是暂时离不开人。

一笑反应快,说道:"那你姐这怎么办?"

八斗苦恼着说:"难就难在这儿。"

一笑提着口气:"看到了吧,孩子就是一辈子的拖累。"

八斗脱口而出:"那咱也得有爱的结晶。"

一笑道:"没说不结晶,我说的是普遍的现状。"

"所以要多挣钱。"八斗换个角度思考问题,"如果钱充裕,请人看着就行了。"

一笑说:"看着就放心了?不怕虐待孩子?现在这种事还少?搞不好给你卖了你都不知道。孩子还是得自己带。"越说气越往上顶:"如果是女人带,那工作就别想了,两个字,活毁!"

八斗反驳:"那女强人都是光杆一个?都没生孩子没谁照顾孩子?都断子绝孙了?"

一笑道:"你这是抬杠!事业家庭兼顾的人少之又少,女强人有几个没离婚的?那表面过得好的,都是做了诸多妥协,牙齿打碎了往肚子里咽。"

八斗气弱,嘿嘿笑着说:"说得好像你经历过似的。"

一笑又说:"瞧着吧,元元姐这儿,最后还是她投降。"

八斗惨然道:"怎么还'投降'上了。没有敌人,都是战友。"

"要么她辞职,当家庭妇女,照顾默默,"一笑头头是道地接着说,"要么,在固安找份工作,反正肯定不可能还这么住在北面。"又嘀咕,"看你姐夫那样也不是什么心疼女人的人。"一笑一直对斯理印象不好。

八斗坚决地回答道:"他俩可是初恋,感情深厚着呢!"

一笑纠正道:"别说是初恋了,'恋',那是恋爱,不是婚姻,婚姻是爱情的反面。"停顿一下又道,"你姐夫还想要二胎呢?"一笑不屑地笑一下说,"你说这男人怎么就不能为女人着想着想,净些小农思维。"一笑要骂人了。

"那二胎就是个意外,来了就来了,姐夫没想往外推。"八斗还帮斯理找补。

"说得轻松,活儿谁干?"一笑眼跟探照灯似的,"还不是女人付出的多?"

八斗皱眉,一肚子不痛快道:"我就不明白现在的女人都不愿意付出了呢,怎么就不能继承点传统美德呢。""我不是说,你看妈,这一辈子……"八斗叹气。他真心觉得姜兰芝这一生可歌可泣。"我妈就说,女人这一辈子,就跟大地似的,不就是给嘛。长出果子,厚德载物,一个不能给的女人,还叫女人吗?还可爱吗?"

一笑顿时爆炸:"凭什么给?白给?!男人付出什么了?女人就不能有发展的空间,就不过点儿舒服日子,就该流血牺牲,男人就该坐享其成?"

八斗愣神。这才意识到自己的话触碰到了一笑的警戒线。只不过,冯一笑反弹得如此剧烈是他没想到的。

在男人、女人的权利和义务的问题上,八斗的观念是传统的。天地分阴阳,人类分男女,各司其职。他觉得生孩子就是女人的天职。

可面对反应如此激烈的一笑,他又必须暂时软下来。八斗随即笑呵呵地说道:"不就那么一说嘛,说的是普遍情况,不是指你。"

一笑表情有些吓人了,厉声道:"龚八斗我可告诉你,你可别逼我。"

八斗讨饶:"亲爱的,没人逼你——对你好还来不及呢。"

直到燕玲的住处,一笑的火气表面上才算平息。东西是临时在楼下小超市买的——一箱酸奶一箱牛奶。

一笑叱责八斗:"光顾着你们家,我们家你早忘九霄云外了!"八斗声辩:"我说给爸妈买你不让,燕玲姐这儿是没想起来,关键是不见外。"一笑说:"见不见外是一回事儿,有没有心是另一回事儿,而且,我不让你买,你就真不买了?说白了还是没心。"八斗悚然。他愈发不了解女人的心了——做不对,不做更不对。八斗吐舌头:"宝,我心眼子实。以后,你指哪儿,我打哪儿,你不让我去我也得去。"一笑说:"读不懂别人的真实意图,你干什么都不会成功。"

张燕玲一个人在家,进门口却有男人鞋子。

一笑随口笑问:"姐夫呢。"

燕玲迟疑了一下:"加班。"八斗捕捉着燕玲的微表情。只见燕玲整张脸依旧平静无波,跟深潭似的,但眉头轻轻皱了一下,俨然涟漪——她在撒谎。

八斗猜测,老竺八成是去前妻和儿子那儿,履行父亲的职责去了。想到这儿,八斗又有点同情燕玲。头婚就要处理如此复杂的关系,如果真跟老竺结了婚,那等于轻松得了个大儿子——喜当后妈。

实在窝心。

燕玲准备了茶和月饼,又说晚上包饺子。

燕玲问八斗:"会做饭吧。"

一笑代答:"他会。"又撒娇地说:"我不会,能者多劳。"

燕玲批评一笑:"既然在一块了,就要风雨同舟,相互帮助。"

一笑搂住燕玲的肩,揶揄道:"姐,你就是被男权思想荼毒太深。"

燕玲没接话,转而问她晚上想吃什么。一笑说想吃串串,不想吃饺子。燕玲说那就自己穿。一笑说麻烦,还不如点外卖。八斗站在燕玲这边,说过的就是节味,点外卖实在不像个样子。三个人正争论着,敲门声响起。

八斗离门近,趿拉着拖鞋去开门。

门外站着个大小伙,个子比八斗还高,少说一米九,全身最引人注目的是他那一头暗绿色的头发,跟戴了个绿帽子似的。八斗以为是送快递的,但迟迟没货交到他手上。

八斗问他找谁。

小子道:"我爸在这儿吗?"

八斗跟被鬼上身似的定在那儿。他回身看,只见一笑瞬间石化,燕玲表情还算自然。她款款走上前,小声说了句进来吧。男孩大喇喇地走了进来。他个子高,整个空间仿佛瞬间被他充满了。又是个不容忽视的人物。那眉眼之间,掩盖不住的有老竺的影子。他八成是老竺的儿子小竺。

刚坐到沙发上,他也不客气,随手剥开心果吃。八斗和一笑进也不是退也不是——退了他们怕燕玲吃亏,进了又怕唐突。

小竺抬头,继续问:"我爸呢?"

燕玲道:"不是说出差去了吗。"

"你信吗?"小竺挑衅地反问道。

燕玲淡然:"不信也得信。"

小竺继续说:"发消息不回,电话不通。"

"真不在这儿。"燕玲给他倒水。礼数非常周全。

小竺又剥了一颗开心果,撂进嘴里:"你们真打算这么着了?"他没接水杯,燕玲直接将杯子放到桌上。

短暂的静默,尴尬满溢。八斗看看一笑,一笑朝他挤眼,八斗也没领会是什么意思。

燕玲陡然对小竺说:"你爸一直想听听你的看法。"

小竺干笑道:"我说不同意,你们听吗?"

燕玲被话噎得轻轻咳嗽。一笑要上前理论:"这怎么说话呢……"燕玲拉住她。八斗也跟着拽一笑——小子年轻气盛,别回头干架。小竺继续说道:"别怪我没提醒你,我爸可是个渣男,渣得明明白白彻彻底底。"

三个"大人"反倒失笑了。

燕玲问:"你爸知道你这么评价他吗?"

"知道,我跟谁都这么说,这是事实。"说着男孩儿站了起来,往门口走,"他这个月生活费还没给我呢。"

燕玲不含糊说道:"多少,我转给你。"谈到钱,男孩的气场明显弱了下来:"我拿你的钱干吗?""再说,你给我我也不会还。"燕玲道:"现金还是转账?"

男孩果断地说:"现金。"

燕玲当即转身去屋里,很快钱拿出来,交到男孩手上了。

一笑看不惯:"姐,你这……"

八斗愣愣看着。

"讨债的"拿到钱就要撤退,不过临出门,小竺还送了燕玲一句话:"别觉得你给我钱就能收买我!你不是我妈!"

燕玲沉着得仿佛一代名将,还是面带微笑:"是,你自己有妈。我也不想当你妈,咱们就是朋友。"

小竺离开后,八斗和一笑的表情还是跟刚地震过一般。劝,不知怎么劝;不劝,又实在觉得燕玲的处境着实艰难。找二婚的就有这种麻烦:种种过去,扯不清道不明,何况还有个混不吝的青春期叛逆男孩子。八斗看一笑,他真想让一笑劝劝燕玲:要不算了,北京男人这么多,何必找什么老竺。可再反过头想,不找这样的男人,怎么借力。就比如那工作,就是老竺帮忙,燕玲才能空降。八斗忽然觉得燕玲很像当初的自己。或者说,他没完成的燕玲帮他完成了——兰芝和三元就一直希望他能找个对自己有帮助的女人结婚,借借力。可他却跟随内心找了一笑。多么庆幸啊!但退一万步讲,人家有权有势的女人也不是傻子。他龚八斗确实没那个魅力。因此,他现在看燕玲,就觉得她像是个从他身上分出来的魂,走到悬崖边纵身一跃。她替他活,替他死。

一笑叹气。八斗打圆场道:"这孩子倒没坏心,有什么都说出来,将来收服了,或许能为己用。"

燕玲半接话,半解释道:"他也可怜。"

一笑心疼老姐,挽着她,喃喃道:"谁不可怜?我不可怜?你不可怜?这闹的……"

燕玲温柔地说:"真没事儿,你就当看戏,中秋看花灯。"

八斗疑惑道:"他怎么会知道这儿,这以后要是老摸上门来,可有点儿危险。"

燕玲劝他们不用想那么多。奇怪,明明是张燕玲的危机,冯一笑和龚八斗却像受了大刺激。回去的路上,一笑还在哀其不幸,也有点怒其"太争":"这何必呢,一个人过不香吗?非当这后妈?弄这么一混不吝?还得给钱?!真行!标准的赔了夫人又折兵。"

八斗反问:"一辈子,一个人,香?"

一笑不满,扬眉道:"咋了,哪儿不香?独身的大有人在!"

"老了咋办?"八斗耳提面命。

"别跟我说这些,危言耸听。"

"这都得考虑进去。"

"想那么多有用吗?今天都没活明白呢!还明天!"一笑动了动身子,手下意识地去抠包的皮。

八斗侧过身子:"关键燕玲姐一次婚都没结过。"

一笑嚷嚷:"干吗,谁规定的?还必须来一次?不来就犯了天条?!开刀问斩?"

八斗说你太不了解燕玲姐了。他把当初跟燕玲一起去见她的前同事老彭,且两个人许下心愿感慨流泪的事说了。一笑不吭气儿了。八斗总结道:"都还是想要幸福的,都还是想找到对的人的。"

一笑说:"千言万语一句话,离了男人活不了。"八斗批评她太极端。一笑满不在乎:"反正我是离了谁都能活,看开了。"

八斗故作严肃:"冯老师!"一笑没料到他突然这样,也愣那儿死瞅着他。

八斗继续:"你现在可是已婚妇女。"

一笑当即反驳:"已婚妇女怎么了,已婚妇女就不能独立自主了?"

八斗说:"咱是个团队。"

一笑想了想,眼睛一翻,说:"是,这点我承认。"又说:"但这团队我说了算。"八斗附和说:"行行行都听你的。"

37

过了中秋。李骐给八斗回复,说"那事"差不离了,让滕志国那边做好准备。八斗没主动提,他打算等滕志国再找他,见面聊。

志国约的是下午茶,在一家比较出名的素食餐厅。八斗笑问:"你是吃素的吗?"志国打岔儿:"哎哟,吃素多少年了,最人畜无害就是我。"滕志国也邀请了一笑。一笑本来不想去,一听是这家,还是去了。餐厅大堂有不少"网红"正在摆拍。这次志国带了慧慧来。八斗一看这架势,就明白了,之所以邀请一笑是为了陪慧慧。史慧慧毫不客气,一副主场架势,当着八斗和一笑的面,就让志国给她这样那样拍。志国笑着配合。

在八斗看来,慧慧这行为多少有些失了尊重,搔首弄姿,肆无忌惮,毕竟还是在读书,还是个学生,而且还当着他这个亲戚的面儿。言谈间,他还得到个重要消息——慧慧已经搬到滕志国那儿住了。

换句话说，他们已然同居了。

八斗的第一反应是，估计慧慧早就不是处女了。志国恐怕吃的也不是"头道汤"。而且这年头，同居不算事儿。可问题是如果家里人知道，恐怕不大光彩。而且一旦出现什么问题，他这个介绍人难辞其咎。

趁着去洗手间的当儿，八斗拦住慧慧："最好还是在学校住，不要脱离集体嘛。"他换了个角度劝——现在的孩子说不得，得婉转点，可又难免隔靴搔痒。

慧慧反倒沉稳得像是八斗的老师："我知道分寸，也不是天天去，就是去做客。"八斗原本还想问，话到嘴边终于没说，说太白了难看，都是成年人何必问到人卧室里。史慧慧虽说是他的晚辈，可也是女孩子。他总不能说，别让志国太占便宜，出格的事别做，务必做好防护……八斗都怀疑他有没有病。越想越害怕，八斗只好往好处想，也许人家就是看对眼了，缘分。搞不好真能修成正果。照他估摸，这小孩在恋爱上的经验，恐怕比他们都丰富。她能看上志国，说白了还是因为滕志国有钱、优秀。

席间，滕志国对一笑的工作内容很感兴趣。一笑谈了打算出来的计划，滕志国立即举双手支持，他对八斗说："想要发财，就得创业！光靠上班赚不到什么钱。在北京混，你真得玩点儿野的！"

八斗反问："你不就靠上班发财的吗？"

志国说那是走了一拨大运，好公司、好岗位、好领导，天时地利人和。又不自谦地说："当然，个人能力也是个重要方面。"这男的自恋起来真自恋。

他又说起自己全款买房的壮举。这在北京，在这个年龄段的人里，尤其是在家里没有任何支持的情况下，是难于上青天的。但他滕志国做到了，这叫传奇。话锋一转，志国说起正事："八斗，你必须帮我，项目再啃不下来，我可得走人了。"八斗说不至于。一笑插话："能帮肯定帮。"慧慧也不懂装懂："我叔是好人。"志国打趣："到底是叔还是哥？"老实讲，八斗也弄不清他跟史慧慧的人物关系，他没格外问过老妈，反正就由着慧慧叫。她想装小的时候，就叫他叔；装成熟，改叫哥。志国这么一问，八斗反倒要占他便宜："必须是叔啊，你们俩要搁一块了，你也得叫我叔。"志国撒着腔调："叔，赏点钱花吧。"四个人笑成一团。志国又追加一句，这回对一笑："婶儿，你也可怜可怜侄儿。"

火候差不多，趁着出去抽烟的时机，八斗把李骐的意思说了，让志国准备好相关事宜。滕志国当然说没问题，又问八斗要不要去见一下李骐女士。这个八斗吃不准。他说再问问。一时间，两个人都很严肃，跟适才在席上那种嘻嘻哈哈全然不同——跟地下党接头似的。

滕志国道："总得见一下真人吧，不是我不放心……你办事我是一百个放心，咱这马上都是实在亲戚，但还是要打消我领导的顾虑呀……"

八斗理解，回去就给李骐打了电话。李骐回复得爽快，说可以见。于是乎，次周的工作日，八斗便带着志国和他领导在西边山脚下，李家的一套老房子里见到了李骐。

客套，奉承，以及谈关键问题。李骐应对自如。李骐自小就泡在那种氛围里，耳濡目染，是童子功。八斗有些恍惚，他眼前这个李骐，手起刀落干脆利索，跟他过去认识的那个骄纵、任性、过于感性的李骐完全两个人。

眼前这个李骐，俨然能办大事。

李家这种家庭出来的，自然是八斗这种小家小户的人不能比的，其中最重要一条，是人家敢说大话，并很自信。牛吹到天上，人家就能不让它掉下来。八斗欣赏着李骐的一举一动，甚至每一个表情。艺术，会聊也是一种艺术。

说得差不多了，李骐起身往外送客。志国的领导打着哈哈，迅速塞给李骐一个信封。

八斗瞄了一眼，但装看不见。

送走客人，李骐递信封给八斗："这个你拿着。"

八斗赶忙说不要，手摆得跟拨浪鼓似的。

李骐没强求，往怀里一揣，只说等有消息再告诉他们。

入冬之前，一笑又是一阵忙。基本两头作战，一头是公司的常规工作，一头是准备跳出来单做的事。看这架势，出来干势在必行。八斗不好泄气，但也不怎么鼓劲儿。两个人依旧是按时"造孩子"，可就是"造"不出来。八斗觉得一笑的新事业简直就是天大的讽刺——做中药滋补品，自己身体却不容乐观。

姜兰芝还没从老家回来。八斗打电话回去，听那意思，基本上一时半会儿不可能回北京了。因此，三元那边儿就持续困难着。

注定是持久战。

八斗去看姐姐，没选周末，而是在上班时间直接去北面找她。他原本听说三元带着孩子上班——暂时只能这样。但见了面才知道，默默被送到他大姑王斯文那去了。

三元提到这事儿，鼻眼一皱，脖子歪着，怨气不散："我真怕她虐待孩子。"

八斗劝："不至于，亲姑姑。"

三元心潮难平："是亲的没错儿……但有的时候，就是那种无意中流露出来的东西，你懂吗，它就会给孩子一种寄人篱下的感觉……默默又是男孩，万一弄得自卑就坏了……"

看似是个无解的问题。寄人篱下是不妙，八斗尝过这滋味。当初老爸去世，他也在二伯家住过半个学期。恨不得每天脖子都缩着，挺不起腰杆子。

八斗望着姐姐，感觉姐姐这张脸老多了，好像几个月之前还不是这样。因为消瘦，三元的脸型变了。过去是圆脸，现在成长脸了，但也不全是马脸那种长，类似于倒芒果，歪歪的，像一颗愁得变形了的心。总之，就是有点奇怪。八斗心疼姐姐："要不找个别的人来看着呢。"

三元说哪还有别的人。

八斗沉默，解开手机锁屏，胡乱刷着。

三元又补充道："或者就是他爸妈。"

"他"指斯理。"爸妈"指她公婆——牛爱玲女士和王老先生。"最好他妈过来，为了孩子，我也不怕受气了。"但还是那话，就怕王斯文不同意。

三元知道，这又会是一场艰难的谈判。

连续工作三十六个小时，三元下班了。她坐小班车去地铁，再乘地铁回家。晚上九点多，斯理已经在床上躺着了。三元进门，斯理呦了一声，说我还当你失踪了呢。三元没理他，放下包就去洗澡。洗完澡，直接摔床上，太累了！她睡不着，全身上下只剩两个鼻孔在动。斯理推她，问要不要下去吃点宵夜。

三元说不想动,也不饿。

王斯理突然说:"你是不是忘了什么?"

这一提醒,龚三元才想起来,忘了跟儿子通视频。她用自己的手机给斯文发视频,通了,王斯文说默默已经睡了。斯理随便问了几句,斯文倒还算耐心,就挂了。三元这才质疑孩子会不会睡得太早。

斯理道:"多休息有利于生长发育,没必要给那么大压力。"三元心里不满意,时间是固定的,那么早睡,成绩怎么跟得上来,但她嘴上却没多说。王斯理又说:"你是不是还忘了点什么?"

这男的,又想"整事儿。"

三元视线从屁股尖对向斯理:"什么?"

王斯理身体一弯,从床边拿出个盒子。三元眼尖,立刻发现是笔记本电脑,还是苹果的。她觊觎已久。三元抱在怀里,忍住笑意:"干吗?单位发的?"

斯理道:"你别管,就说喜不喜欢?"

"你自己买的?"三元又问,"有病吧,有钱也不能这么花。"

斯理声调升高:"你就说喜不喜欢。"

"喜欢,但不能要。"三元给定论。

"今天什么日子?"斯理反问她。

三元想了想:"我没过生日呀。"再想:"也不是你生日。"

斯理讥诮地说:"我看你是对我一点儿感情都没有了。"

三元精神了点,打了王斯理一下:"行啦!"

"咱们什么时候在一起的?"

三元恍然大悟——结婚纪念日。事实上,每年这个日子,老王都记得。在浪漫这件事上,王斯理从不含糊。三元理亏,但依旧不解释。

斯理道:"是不是觉得自己做得特不到位?"

三元道:"我这不加班忙得昏头了嘛。"

王斯理又说:"给我的礼物呢?"

三元说没有。说得很干脆。

斯理嗤嗤地笑着说:"今晚'开张'吗?"

三元一百个不想"开",但话赶话到这儿,人家又送了大礼,"不开"实在说不过去。王斯理也不客气,按部就班做了。为了配合他,龚三元又不得不哼哼几句,装作很享受的样子。斯理平时话不算多,但一"办事"的时候,就变成话痨了。他喜欢提问,这行不行,那可不可,舒服不舒服,跟访谈类主持人似的。三元只能一一作答。全套完成,已经夜里十一点多了。三元又洗了个澡——麻烦。

斯理躺在那儿,一动不动。

三元还没开口,他倒先说话了:"默默老这样不行。"

三元心中叮铃一下——这男的总算良心发现了。三元擦着头发,坐到床边:"我妈肯定腾不开手,周叔还离不了人。但总放在姐那也不是个事儿,她要上班,还要照顾蓓蓓。"一口气把所有因素总结完了。她向来是个爽快人。

斯理道:"我跟妈也提了,跟你妈一个情况,我爸身体也不好,离不了人。"三元不高兴,用沉默发表意见。斯理继续给方案:"实在不行,就上寄宿学校。"

三元大喘气,就知道又是馊主意!她运了好一会儿气,才悲怆地说:"孩子才多大!就往那里头一扔!我跟你说那里头净是单亲家庭的!近朱者赤近墨者黑!实在没法儿,咱默默有爹有妈,哪至于去那里头!"

斯理保持冷静,继续说:"请保姆你又说不放心。"

三元坚决地说:"不行。"

斯理道:"元元,我不想劝你辞职回来带孩子,那样你会恨我。"好了,提到正题了,适才都是铺垫、序章、障眼法。哎,知妻莫若夫。这话也说到三元心里去了。她努力回避的,就是要辞职的状况。当然,反过头说,她也不能让斯理辞职。好不容易找到个能托底的工作,如果辞了让他回来带孩子,他们全家就算不杀了她,唾沫星子也能淹了她。可她也不能没有工作呀!

王斯理坐起来:"还有个事。"

看表情是大事。三元凝望着台灯映照着的丈夫。

"集团可能要往外派人。

"去哪儿?

"中亚那块儿。

"具体哪儿。

"好几个地方,巴基斯坦、阿富汗。"

"做什么?"三元问。

"基建援助。"

三元惊呼道:"那儿不是还在打仗吗?"还没等她把惊讶面具收起,斯理又说:"一年一百八十万。"

"多少?"三元以为自己听错了。王斯理又说了一遍又解释了一通。龚三元才相信了。嗳!唔!咳咳!因为、所以、虽然、但是……那地方连年战争,去了,是拿命换钱啊!万一……三元下意识不想让斯理去。但看王斯理斩钉截铁意气风发的态度就明白,他是想去的。

斯理见三元不表态,推心置腹地说:"是个机会。"又吸气又吐气地说:"没办法,都这个年纪了,咱总得有个突破口……买房子也差点儿钱,去苦一年,好歹回来能安顿了。一步到位,后面就轻松多了……咱不为自己也为默默,咱儿子总不能一辈子待固安吧……"

是,一家子里头,不能都是做存量的,也得有能做增量的。他们这个家,在北京就跟被敌人围困了一样缺水缺粮,必须得有个人突围出去,才有生机。然而,那是真危险,那是真拿命在搏啊……

龚三元静静坐着,胃里一阵隐痛,她想劝斯理别去,但却说不出口,可她总不能鼓励他去,好不容易她说出"可是"两个字。王斯理立刻打断她说:"别可是了,我跟你讲,人生难得几回搏,我就豁出去了能怎么地!……"望着喋喋不休、循循善诱、无限畅想的斯理,三元忽然有点心酸,鼻子一痒,眼眶红了。

38

三元给姐夫严尔夫打电话,求证外派的事。

得到的结论是:靠谱。

听他那口风，似乎也支持斯理往外走。

看样子，王斯理已经做了决定，跟她说只是例行通知。龚三元憋得难受，又无人倾诉，最后只好找燕玲哭了一场。

在北京，她只剩这么个"比较级"。

燕玲劝她要往好处想，里外里就一年，把钱挣了在北京安顿了，后面的路也好走。

三元怆然道："那我呢？就得牺牲我？"停顿一下又说："我现在要辞职，那基本上就等于宣布……"她一时不晓得如何组织语言，最后跟拉硬屎一般蹦出俩字，"退休"。然后才滔滔不绝、排山倒海地说："我都不知道我读那么多年书，我来北京，我的理想、我的抱负，啥啥都没实现，我就又成家庭妇女了，我……我这我干吗……"长城都能被她哭倒了。

燕玲凝望三元，半晌，才一顿一顿地说："两个人，既然决定在一起，总得有人，要做牺牲。"又说："你放心，你付出的这些，斯理心里有数，会从其他方面补偿你。"

三元存疑："他有数吗？"又问："其他方面是哪方面？"

燕玲说有数，一定有数。又道："你回去也不代表什么都做不了了，本地也可以创业，你本来又是做互联网运营的，找点财路还不是分分钟的事。"

三元还是有些沮丧。前途茫茫，她无路可走。

燕玲又劝道："再不济你就想想我，你总比我强吧。"声音陡然变小："我这什么都还没开始呢……"

一句话说得三元没词儿了。

跟燕玲比，她的确算幸运。有的时候细想，三元觉得她们这一代女性的时间实在太过紧迫。不读书寸步难行，读了书再出来，干不了几年又面临结婚生孩子，等于二十五岁到三十五岁这十年，她们必须完成就业、结婚、生育等一系列任务，生二胎的，搞不好还要"延迟退休"。

又或者像燕玲这样"掉队"的，一步赶不上，步步被动，狼狈得很。当然，倡导单身的也不少，尤其在北京这种城市，大龄单女一抓一把，她们自给自足，不找麻烦。表面上看，她们过得似乎简单悠游，可关起门来的苦恼，怎么可能没有。人，终究还是群居动物。年轻的时候还好，老了呢？婚姻这个东西,既然在人类社会存在了这么多年,自然有她的合理性。一直以来,三元的为人准则就是不跟公序良俗、社会既定规则对着干(除了留北京)。如果让她龚三元重新选,她还是会选择婚姻。最起码,这个框架是重要的。可能是她内心不够强大吧。反正龚三元就觉得,结了婚走到社会上,那就比没结婚的理直气壮。因为她属于多数派。不过她倒并不是看不起少数派,而只是清醒地认识到,当少数派要有更多的才华、更厚的家底、更大的成功支撑。比如李骐那样的,人家就耗着不结婚。但这一切,她没有。燕玲也没有。因此,从这个角度看,她打心眼里可怜燕玲。张燕玲自己一定也这么认为,否则她就不会选择"自救",找了老竺。

三元觉得有必要再次提醒燕玲。她话里全是担心,脖子也是伸得跟鹤似的:"你跟老竺,不是玩玩吧。"

燕玲木雕泥塑似的,等了两秒,才笑着说不是。

三元又说:"你可得想清楚了,这种事就得快刀斩乱麻,你不要个孩子呀?"最后这半句是关键。

点中命门。燕玲不吭声儿了。

三元着急:"不打算要了?"

燕玲被逼到死角,只好说:"这也不是想就能有的啊……"三元忿忿说:"老竺那是两可!反正人已经有个大儿,你不一样,"这对你不公平。"

燕玲说走一步看一步,跟着又把话题往八斗身上引。三元看出她不想多说,就埋怨八斗、一笑怎么也没个动静。三元对一笑一百个不满意,但当着燕玲的面,得正话反说:"你有机会也探探,车皮嘴最紧,问他也不说。"

"对,车皮。"燕玲把八斗的小名重复一遍。她每次都觉得这名字有意思。又说等她问了告诉三元。三元不愿意等,让燕玲当场打电话。燕玲拗不过,拨了过去。

一笑不耐烦,回了几句,便问:"姐,到底什么事呀。"当着三元的面儿,燕玲想说的话怎么也说不出口。三元还是一派姨母式笑容。燕玲只好直奔主题:"你跟那个八斗……怎么样了啊。"

"什么怎么样了?"一笑把皮球踢回来。

燕玲看三元一眼:"我的意思是,进展到哪一步了。"

"干吗，"一笑口气带讥讽道："怎么问那么细呀？"

燕玲循循善诱地说："能找到一个真心对你好的不容易，该正常推进还是要推进。"

一笑道："这也不是我一个人说了算的事，姐，你有空操心操心你自己，我这都死过好几回的人了，你这还没投胎转世呢，还有工夫念叨我。"

可怖的比喻。一笑的比喻让燕玲脸上挂不住。她停在听筒前。一笑找补道："咱是女方，再着急也得矜持点不是。"

燕玲嘲讽说："过去不矜持的是你，现在矜持的也是你。"一笑说这人都得变，你就是吃了太矜持的亏。挂了电话，燕玲表情严肃。三元脸色冷硬，但心里高兴。她宁愿一笑跟八斗没进展，或者散了，她弟弟可以另觅佳偶。她始终认为冯一笑这种女人，如果在小城市娶了也就娶了，在北京就不是最佳选项。

她就不为八斗加分！

这里是北京。这片汪洋大海，两个人一起游都费劲，最好找个有船的。八斗上了船，她这个姐姐，还有老妈，也能沾沾光，乘风借力一日千里。不过，三元还是在燕玲面前说了一笑几句。当然也是开玩笑口吻："这丫头，还觉得自己挺光荣，还能鄙视你了。"

燕玲说她不是不知道你在跟前吗。

三元较真："关起门来说也不行，你是她姐！"

燕玲无奈地说："也不是亲的。"这么一点，三元倒也认同。一笑跟燕玲，毕竟和她跟八斗不同。一个娘胎里出来的，还是亲。

跟燕玲道了别，三元才给八斗打了个电话。本来想诉诉苦，可听到八斗那边闹哄哄的就没说。三元也觉得自己这点儿事，八斗恐怕无法感同身受。而且还没落定斯理去不去，去了之后家里怎么办，都还没有定论。

马路边，龚八斗正背着双肩书包走着。他刚"替会"回来。——领导有事，他帮忙去开会。会刚结束，滕志国来了条消息说妥了。八斗的心立刻提了起来，他匆匆走出会议大厅。步子比平时都快。他迫切需要找一个地方。

街边有个咖啡厅，他走了进去，迅速取出笔记本电脑。他的手有点儿抖。他一早就带了U盾。到咖啡厅，就为了查账。

他不用店里的WIFI，怕不安全。他用自己的手机热点登录点击，看到好几个零，他感到自己的心在颤。

这是他有生以来，单笔赚的最大一笔。

滕志国没撒谎，李骐也给力。事情成了，他理所应当获得居间费用。查明白了，再转账。这张对外的卡，八斗是不放钱的。

介绍的事一笑知道，但钱的事八斗没说。

收入上，他们各自独立。实际上买房的时候，八斗还欠一笑钱呢。八斗想等几天再挪出来给她。可没想到这时老妈打来了电话，让他跟三元抽空回去一趟。

不年不节，约了三元就出发。

三元的理解是，应该是周叔的事。老人小中风后，八斗回去过一趟，她这头兵荒马乱的根本没空照料。

这么多年来，这个家，三元还是下意识中将其划成两个阵营——她、老妈姜兰芝、八斗是一个阵营的；周叔和他的儿女是另一个阵营的。

两大阵营向来井水不犯河水，相安无事，等到老头倒下，短兵相接了，三元认为一定是周叔儿女闹腾。

在三元看来，亲儿子亲女儿孝顺老爹那是应该，他们这边已经舍出一个妈，她跟八斗不可能再上前。给钱都是赔本儿。

八斗劝："继子女，也有赡养义务。"

三元道："他儿子女儿赡养你妈吗？"

八斗说不还没到那一步吗。

三元旧事重提，把高铁座位后的脚搁板踩得咔咔响："当初妈再找，就没跟我们商量。"

"那时候我们才多大，商量也没用。"

"总说困难，实际那个年代自己有工作带两个孩子根本饿不死。"三元头头是道，"说白了还是自己想找。"

"有个伴儿，不挺好吗，孩子不可能取代配偶，"八斗说学术名词，"再说，如果没周叔帮忙，咱能读到哪一步，难说。"

这倒是实话。三元闭嘴了。片刻，她又换个角度说："反正，你姐夫要没

- 223 -

了,我绝对不会再找,没那必要,这不给自己找罪受吗?"

三元的观点,八斗小部分同意,大部分不同意。实际上,从踏上高铁那一刻,八斗就想清楚了。反正来了一笔外财,如果要出钱,他索性帮老姐出了,少起纠纷。果然,到了家才知道周叔二次小中风,半个身子不能动。老妈一个人照顾不了,要请保姆。周叔儿女的态度很明确,都困难,没人也没钱。在他们看来,他老子过去"扶贫",现在后妈照顾老头是应该的。他们不该过问。

大姐代表二哥谈判,三个人开小会。三元的意思是四个儿女一人出一份,请个不住家的保姆。

周叔大女儿道:"你们在北京挣多少,我们挣多少,能一样吗?"

这就算撕破脸了。

三元说八斗还没结婚,也算一份,还想怎么样。八斗连忙拉住姐姐,上前跟大姐说,要不这样,我出一半,你们三家出另一半,我们平时不在,多出一点儿也是应该的。他大姐觉得这还像句人话,不闹了。三元却不依。

小会开完。她拽着八斗掰扯:"你哪有钱?"

八斗道:"我这不还没孩子吗,负担没那么重。"

三元怆然道:"你的钱是大水淌来的?妈要知道,心不得疼死!"八斗说这不也是心疼妈,要是搞不定,妈一个人照顾周叔更难。其实跟大姐谈判的时候,三元就想哭穷,说自己搞不好都要失业。可实在不想让外人看笑话,就没说,但对八斗,她就忍不住了。

尤其是当八斗要在钱上帮她,三元又是难过又是感动,终于忍不住喊出来:"你知道吗,你姐马上就要失业了……"

她用第三人称叙述。

简朴的用语,意思却层层递进。你姐!三元!龚三元!一路打拼到北京的龚三元。马上!就要!失业了!

八斗愣在那儿。

三元补充:"当家庭妇女!"

奇耻大辱。

她真要哭了。哭给自己看。

八斗还是没回过神儿来。

三元再次厉声补充道:"你姐夫也要发财了!"

龚八斗彻底凌乱了。他一时弄不明白,老姐失业和姐夫发财有何必然联系。更没get到三元声嘶力竭崩溃失控的点。

39

一年一百八十万。

八斗咋舌。三元原本愁闷,但看到弟弟的反应,又有些得意。不是人人都有机会年入一百八十万。可是,这钱终究不好挣——刀尖上舔血,高空走钢丝。万一王斯理有个三长两短,她龚三元下半辈子,八成得糊……而且,一旦斯理出去,整个家就得托付给她。什么工作,什么事业,全泡汤。

龚三元很痛苦,她暂时没正面跟斯理聊这事,毕竟还没彻底定下来。斯理在等,一切尚有变数。三元跟姐夫严尔夫倒聊得来。严尔夫建议再观望观望,又让她不要太担心,还说他会掌握,并且会给斯理合理的建议。"人生能有几回搏?老二愿意干,咱们理论上还是得支持!"说这话的时候严尔夫握着拳头,嗓音浑厚,目光坚定。

若不是他头有点秃,肚子有些大,差点儿就成为三元心中理想男性的模样:有担当、沉默、持重、能扛事儿……可是,说一千道一万,还是那话,她就不明白,严尔夫喜欢王斯文啥!

回到北京,斯理又住进北面的小旅馆,每日兴冲冲,跟打了鸡血似的。从情绪上看,他似乎已经觉得,三元默认了他出国务工。

事实上,王斯理已经准备上了——他要"善后"。

包括做爱,都提前给出份额。动不动就说:"多珍惜吧"。三元听着膈应。

三元也在想对策,不能坐以待毙。你王斯理走可以,但也不能就这么把我龚三元拴死了。包括把默默送回老家,让公婆看着也是备选方案之一。毕竟是亲奶奶亲爷爷，不怕他们害孩子。好歹待两年，斯理回来了再说。

这样她的工作也不耽误，简直两全其美。三元一再强调，鸡蛋不要放到一个篮子里。

可是，等到两口子打算去斯文那儿接默默的前一天晚上，三元刚跟斯理提这事，王斯理的反应却十分剧烈。

"之前说接回来的是你，现在说送走的也是你！"他唾沫横飞地说："孩子是快递邮包吗，能这么折腾？！"

三元不说话，盯着他看——眼神杀。

斯理往狠了讲："而且，不是因为他们是我爸妈，我就得说他们好！他们那怪脾气，能带出什么好娃？带一个废一个！"

三元道："那不也培养出你和你姐了吗？"

斯理说："我姐那脾气谁受得了？"斯理现在知道说真话了。三元继续找理由，说那也不找到了你姐夫，成人生赢家了吗。斯理说你这是不讲理。

三元又说："周叔那状况，我妈一个人都顾不了，不可能再来给我们带孩子。"斯理顿时跳起来说："我没说让妈带。"这个妈指丈母娘姜兰芝。三元彻底撕破了脸："那谁带，你给指个路？"三元等着他亲口说出来。斯理愣一下，采用怀柔政策，道："元元，长则一年半，短则一年，我不就回来了？这个关键时期，咱就难一难、熬一熬，挺过去。"

三元知道斯理的想法，但她决不能自己认了："那你说，怎么办，别不好意思，只要你说得合理我就听。"这是在引蛇出洞。

斯理不直接点破，说："现在不是说我要怎么办，是你想怎么办。"

"我没办法。"

"你是不是孩子妈？"

"孩子也不是只有妈。"

斯理坐下来，硬着脸说："那你什么意思，我不去了？这钱不挣了？"

"我从头到尾就没拦过你。"

斯理说话又软了："要不花钱请人？"

"哪来的钱？"

"我出。"

"真大方，"三元撇嘴，"不怕保姆害孩子了？"

斯理不得不点破窗户纸："元元，算我求你，我给你下跪，咱儿子你顾一顾。养孩子也是个投资，将来回报肯定大大的。"斯理停顿了一下，又补充道："你肯定不会后悔。"再补充道："有些事情，不自己亲自抓，最后肠子都能悔青。"

三元道："我不是不愿意带孩子，可问题是现在不工作了，我以后我就……"

"我明白，我知道，所以我才说，你伟大你重要你不可取代。"斯理一口气说下来，突然唱起豫剧："男子打仗到边关，女子纺织在家园，白天去种地，夜晚来纺棉……"

三元不得不打断他："行啦！"

斯理拥上去，极尽温柔："一百八十万都给你，行不行。"

三元狠狠地说："钱在哪儿还不知道呢。"在王斯理的怀抱里，龚三元不挣扎了。实际上，她觉得自己心里或许早已经有了答案。她所求的，只是王斯理在明面儿上说出来。她要他承她这个情！她牺牲也要牺牲得明明白白。

周末去斯文那儿接默默，三元拎了进口水果。自打默默送到斯文那儿，三元还没上过门。上礼拜打算来，老家有事没成行，这次来，一进门就惊呆了。

客厅里摆了张小床——那是默默的卧榻。龚三元原本以为，默默到姑姑家，怎么也能住得上卧室。现在好，人家大人孩子睡卧室，她儿子只能住客厅。

那寥落的小床，抠抠缩缩，跟默默的神态、站姿极为相像，快成"内八字"了。女孩儿才这么站！呜呼！寄人篱下，就是没法挺直腰杆！

因为这张床，三元的想法彻底转向了。

她舍不得儿子，这是她推卸不掉的责任。斯理能狠心，斯文能狠心，她不能。这毕竟是她十月怀胎生下来的亲儿子呀！

客厅里，斯理跟斯文有聊不完的话。呵呵，人家是亲姐弟。蓓蓓也张牙舞爪，严尔夫站在一边，跟山似的。他也的确是斯文的靠山。只有她跟默默，伶仃着，沉默着。默默手里的魔方停在那儿。龚三元接过去，玩了几下，色块越来越乱，永远对不准。

斯文走过来，接过魔方，迅速旋转，"这有规律的，不能乱弄，得用巧劲儿。"低头又抬头，"要动脑子。"一边说着，魔方快转，王斯文竟然神奇般地让众色块归位。她把对好的魔方递给三元，口气似乎有点嘲弄，"再琢磨琢磨。"

中午斯文没做饭，她请了个上门厨师——按顿收钱，不过碗得自己洗。她看出了三元的失落——龚三元席间压根没说几句话。出国务工的事也没人提。但这个命题已然横在他们夫妻之间，基本已成既定事实。

斯文放下碗说："斯理跟你说了吧。"

三元抬起头，她不确定大姑子问的是什么。

斯文又说："刚开始听到，我也反对，觉得太危险，后来你姐夫去弄明白了，好多中层领导都报名了，咱们国家强大了，对外关系也不错，就去搞个建设，老老实实在厂区待着按说不会有大问题。"又转过脸对三元说："我跟斯理也说，大丈夫志在四方，放手一搏，轰轰烈烈地干一票，也能扭转现在的局面。"呵呵，"三字经"都用上了，她姐弟俩一对财迷。

三元平平和和地说："话是这么说，还是不安全。"

斯文不讲理地说："活着就没有百分之百安全，你在家里坐着，搞不好楼下失火还能把你烧着呢；你走出去，天上还能掉个东西把你砸着呢。那总不能因为不安全，就不动弹了，注意安全就行。"她用抹布快速抹着厨台说："以前我不信，现在也信了，你就记住八个字，'生死由命，富贵在天'。"

三元的脸色不好看，像雾霾遮住了天。

王斯文不管，干脆现身说法："知道你难，但我跟你说，你这些路，你姐姐我都经过、走过。你姐夫刚来北京的时候，我一个人在省城带孩子，那一天天的，真跟打仗似的，但现在看，结果也不错。实话说，女人呀，有时候不是所有事情都要亲力亲为！征服世界的事交给男人去做，咱就把家里这点儿事弄明白了，也挺伟大。"她指了指太阳穴，接着说："要有智慧。"

三元气冲到嗓子眼，直不愣登来了一句："意思是，逼我辞职在家带孩子呗。"

太过直白。

轮到斯文吃不消了。她也失去了耐性,不高兴起来:"什么叫'逼',不是'逼',不,'逼'这词儿你用的就不对!"她成语文老师了,说文解字是她拿手好戏。她接着说:"没人逼迫你,孩儿你的孩儿,这东西全靠你自己权衡,靠自觉。"又语重心长地说:"元元,这就是考验家长格局的时候了。实在不行,送寄宿学校,但进去是好孩子,出来什么样,谁也不能保证。"

是,去寄宿学校三元跟斯理也探讨过。两口子达成共识,愿意送,可孩子不肯。默默性格内向,离不开人。这个话题谈得不愉快,三元只说再考虑考虑。

斯文见好就收,话锋一转,关心了八斗几句,说老严公司进了几个小姑娘不错,有机会可以给八斗介绍。

三元笑而不语。

斯文诧异道:"还跟那个姓冯的谈着呢?"

三元撒谎说她也不知道。

斯文抬眼看三元小声说:"小孩不懂事,你当姐的也该劝劝,那丫头也就长得漂亮点,可那社会经验,八斗拿得住她?"

英雄所见略同,三元一百个同意。可她不能推波助澜,驳自家面子:"如鱼饮水,冷暖自知。"她来了句文的。

王斯文继续说自己的:"我都不知道找那样的人干吗,天天忙成那样,骑马打仗!八斗还得伺候她?"这话连带把三元也骂了。三元只好说管不了。

斯文道:"咱不是拆散人家的,可问题是爱情最后也要变亲情。"又再三强调道:"这里是北京,跟老家不一样,这里是要两个人扶持着往前走的,你成全我,我成全你的关系。哪能这么自私。"

一语双关,既说的是八斗,也把她龚三元责备了。

在斯文看来,她这个弟媳就是自私——男人要往前冲,她不给予充分支持。可她就不想想,她龚三元也是壮志未酬啊!斯文最后总结道:"八斗轴,年轻看不透。"

相同的话,八斗也送给了海超。

海超又来找八斗喝酒了，真喝。八斗刚喝一杯，陆海超一瓶都快下去了。看着来势汹汹，八斗不得不问他怎么了。海超不说，继续喝。八斗说你不说我走了。海超长叹了一口气。

"跟苗玲掰了？"八斗试探性地问。

"没有。"

"那就不是苗玲的事。"

"是他的事。"

"有实质性进展了？"八斗层层深入。

"废话，"陆海超道，"那能没有吗，特和谐。"

"然后呢，发现不是那啥，难受？"

海超不屑道："我没那癖好。"

"那到底哪儿不舒服？"

"她同意嫁给我。"海超目视前方，眼神里都是苍茫。

简直平地一声惊雷，八斗被惊到错愕。这进展速度，赶上火箭上天了。"你妈不同意？"八斗猜测道。

海超说还没到我妈那块儿。又说："我要坚持到底，我妈也得妥协，可问题是……"海超欲言又止。

好了，这就是关键所在了。

在龚八斗的"逼迫"下，海超终于吐露真言。今天这饭局，本来也是为吐槽所设的。原来，苗玲在跟海超之前，一直跟她的一领导在一起。那领导五十出头，有家庭，尚在婚姻中。

信息量太大，八斗反应了一会儿，才说："那断了不就行了吗"海超道："关键是没断。"又说："她还带我见过那人。" 老天，这是什么路数！结个婚，还送顶绿帽？八斗也听过有些女的玩得年纪大了，也得找个丈夫融入社会结构当中去，可没想到被陆海超遇上了。

八斗问海超打算咋整。

海超说话一段一段地，"暂时放不下，"又沉默的两秒，"但也不能娶个老婆还跟人共享吧。"又忿忿地说，"共享单车？能行吗？"

八斗追问："那人啥样？"

海超说:"就普通中年男人,比我还丑。"感到话不妥,又改口道:"比我丑多了,有点儿小权。"

八斗说你心真大,都这样了还不撤。陆海超飙脏话道:"毛病就在这儿。"

八斗不作声,给老同学喘息的空间。

"我爱上她了。"海超绝望地说。

"可她根本不爱你。"

"她也爱我,"海超第一时间纠正道,"但不只爱我。"

龚八斗似乎能理解这里面的复杂性。"坏女人"有"坏女人"的魅力。可如果把"坏女人"娶回家,就是你的不对了。日子还是应该往简单里过,娶了这么个老婆,将来鸡飞狗跳几乎是必然——除非你忍辱负重。

想到这儿,八斗忍不住往一笑身上想,但又立刻自己安慰自己:一笑的情况跟苗玲不一样,一笑断干净了。他跟一笑的故事,属于另起一行。他比海超幸运。

两瓶"小牛二"下肚,海超开始说醉话了,可在八斗看来,海超醉了说的更像实话:"我跟你说来北京混的这些女的,个个都是女强人,能杀出来的,有几个他妈的纯白?好多都是踩着男人的肩膀上去的,那男人凭什么给你踩呢,这就是游戏规则。"

八斗听完,感到不寒而栗。八斗部分认同,但立即纠正道:"也不能说全部,也有自己奋斗出来的。北京这种地方,只要你有真本事,人家还是认的。"

"是认,"海超同意,"这就是咱们的悲哀。"

八斗认同:他们都算不上有真本事。

海超连擂胸口,跟"金刚"似的:"我他妈我难受……你说我要娶了苗玲,她要真金盆洗手,老老实实在家也行。"八斗附和说那是。海超带着哭腔道:"关键是,家不是动物园,我也不是养动物。她能听我的吗?"

八斗觉得在择偶标准这方面,海超有点分裂:一方面,他被这种有故事、有能力、有样貌的成熟女性吸引;另一方面,他又希望她们能当贤妻良母。两者之间有着巨大鸿沟。当然,不是说"女强人"、职业女性、职业精英女性就没有能平衡好事业和家庭的。

有，但少。

或者说，能达到人们理想中的状态的少。当然苗玲这种人又多了一层"原罪"，她们是男性游戏规则里的牺牲品，但却同时被男人们、女人们鄙视。

事实上，八斗对一笑即将辞职创业也不赞成。但他无力阻拦，虽然他们已然是合法夫妻。每当这种冲突在脑海中形成，八斗都要劝说自己，还是信任一笑吧！归根到底，她是爱他的，否则根本没必要去领证结婚。她愿意嫁给他，不可能是个草率的决定。有这份爱垫底，虽刀山火海，吾往矣。真的值了。

40

元旦之前，李骐找八斗打过一次麻将。组的局很奇怪，有尤高畅，还有滕志国。一家输三家，八斗赔了六百"大洋"。不过局间他得到了条关键信息：帮滕志国"跑条子"的不是李老爷子，而是尤公子这条线。确切地说，是尤高畅的爹帮了忙。

八斗这才明白，李老爷子不过是李骐行事的"背书"罢了，有点扯虎皮当大旗的意思。也是，老人家革命半生，不可能再插手这些"小事"，具体活动的，还得是尤公子和他爹这种人。

牌桌上，尤高畅还提到他爹的寿辰。李骐撺掇着要过。尤高畅说现在环境不允许，不能大办。李骐不乐意道："就是几个朋友聚一下，私人聚会，怎么叫大办？大家都是一条船上的了。"眼睛望向滕志国，又对尤高畅说："总不能连面儿都不见吧。"说完，笑得诡异。滕志国立刻附和着。八斗没吭声，忙着看牌。他算不过牌来，总是漏看，不像李骐，一路打得风驰电掣，谈笑间樯橹灰飞烟灭。尤高畅说回去问问，不能保证。李骐又说："老尤，你爸，真不找了？"尤高畅看着牌，并未抬头道："哎哟，这事我真不知道，我躲他都来不及。"李骐问:"他要真找了,你什么态度?"

"没态度?"

"不支持也不反对。"

"什么意思?"

尤高畅又道:"我能有什么态度,我在我爸面前,那都不叫儿子,就是个孙子!他找不找,高兴就行。我倒想有个人伺候他。"李骐说:"要找多大年龄的,说说。"尤高畅不乐意道:"看牌吧,你,这把就糊你。"高畅打出牌,轮到八斗了。八斗打了个六条,李骐糊了。志国起哄。八斗后悔不迭,说自己拆了对子给李骐糊。志国道:"可可的,这就叫一物降一物。你活该栽骐姑娘手里。"

中途,尤高畅去了趟洗手间。李骐直接来了一句:"八斗,要不你干脆去老滕公司干算了!老在这么个小地方,屈才。"

八斗以为她开玩笑回道:"我又不是那专业。"

滕志国连忙解释道:"也不是非要学这个的,才能来我们公司,来了就是做项目。"又说:"我们领导也提过,说你是个人才,想让你来。"奇怪,志国的领导怎么会知道他龚八斗呢。

八斗放下牌,看着对桌的李骐和下家的滕志国,越看越觉得两个人是对好点的——有阴谋。八斗没往下接话。等局散了,他跟老滕同路,才问到底是怎么回事。

滕志国口风没变,说的确领导提过,李骐也觉得合适。

"你领导知道我?"

"你是经办人,我总不能不汇报。"

"李骐早知道这事?"八斗问。时间线很重要。

滕志国说:"跟她提过。"

"为什么先不跟我说?"八斗追问。

滕志国有点慌张说:"就是想听听她的意见。"

从腾志国不自然的反应,八斗大概明白了其中的逻辑。他龚八斗是中间人,李骐和尤高畅这边,如果想要长期跟滕志国公司接触,一起做项目,他去当内应是最合适的。他目标小,属于"圈外人"。对于这事,滕志国的领导想必也是心照不宣地允了,志国这才来提。但这对他来说完全是一步险棋。

做得好,钱肯定不少赚,但一旦出现问题,他就相当于是"白手套",随时可能被推出去。而且,谁能保证这合作能到什么时候,这是一份朝不保夕的工作。可是,从上一笔买卖来看,这又的确是个来钱快的活儿,用李骐的话说,人脉也是钱。当然,从老滕的话里话外听,他包括他公司,都还不太理解他龚八斗跟李骐关系的深浅。

或许他们以为他跟李骐是姘头——只有这种关系才保险,一张床上的人,亲密无间。但事实上,他跟李骐根本不算熟。这就是问题的关键所在了。

所以,这事他们一说,八斗就先一听。水位远远没到,还不是起航的时候。

其次,还有个搞笑的事。尤高畅听说八斗"单身",还一定要给他介绍女孩——犯了跟李老爷子一样的病。八斗讪笑着婉拒了,但回去却跟一笑说了。

八斗说你看,不公布婚讯就会有这个麻烦。

一笑逗趣道:"人家盛情,你就来个难却呗。"

八斗诧异道:"你意思是,去?"

"可以去。"

"那不是不道德吗,欺负人家姑娘。"

"人家姑娘也未必看得上你。"

"你可别这么说,"八斗较真道,"你还是应该有点儿危机感,你老公还是有市场的。"

一笑一边吃饺子一边说:"大家都是礼貌性的,主要是给中间人一个面子,谁还当真了。"

八斗气不过,他最不喜欢一笑的这种无所谓的态度,道:"你不吃醋?"

一笑点了点手边的醋碟:"这不正吃着呢吗?"又说:"你要去,我陪你,我就在旁边看着。一出好戏。"

八斗上来要掐她,一笑咯咯笑。笑完了,她变认真脸:"跟你说个事。"

八斗坐正了,看来是大事。

一笑说:"老黄被辞退了。"

哦，老黄，黄彤！明白了，迟早的事。她早就是半个废人了。飞鸟尽，良弓藏，兔死狗烹。可他在旁冷眼看着，也不免觉得悲凉。

八斗问拿了N+1了吗？一笑说那肯定拿了。八斗问要不要去看看人家。一笑说不用，尴尬。"然后呢，"八斗继续问，"然后她去哪儿。"一笑说可能她会回老家。八斗感叹了一番："北京十年，一场病就能把人打回原籍。"

一笑迅速进入下一阶段："我也正式准备出来了。"

这才是正题。八斗忽然感觉浑身发僵。

出来创业的事，一笑预告了不短时间了。可临到跟前，八斗还是觉得心里咯噔一下。"会不会太冒进？"他问。一笑说关键是继续在公司待下去也没前途，老黄走了，上头也不打算用她。她很无奈。

八斗想了想，说："那就放手一搏吧，我支持你。"他必须深明大义。人家一笑都箭在弦上了，他支不支持人家也要发的，不如做个人情。

一笑捎带说听说你姐辞职了。八斗有点惊讶，问她哪来的消息。一笑说她没说，咱就不提，还说她的前同事，有好几个是三元的现同事。

八斗追问："她跳去哪儿了？"

一笑说这我就不知道了，又补充道："或者想休息休息？"

是，三元对外说的辞职理由，的确是"想休息休息"。同时总会强调："家里有一个人挣钱就可以了，哪能都忙。"

这话像是在安慰自己。

元旦之前，龚三元便递交了辞职报告。但正式离职，估计也得年前——她有好多事情要交接。不过大局已定，三元就不那么忙了。吴屈梦那边"有情况"，三元就叫上燕玲一起去看她。屈梦脸肿得跟发面馒头似的，胳膊像藕节。

燕玲还矜持点些，三元直接囔开了："这是刚从牢里出来吗？还是被人打了？"

屈梦脸上有点儿挂不住，燕玲对三元使眼色。

三元似乎没接收到，关心地问："老梦，你到底怎么了？"吴屈梦这才放下手中的杯盏，说："我在备孕。"燕玲微微低头。三元跟被雷劈了似的。好像不久之前，老吴才刚流产，怎么又备上了。而且备个孕，何至于跟整容似的。

吴屈梦继续往下说:"年龄大了,自然怀孕有难度,在考虑试管。"

燕玲抿着嘴,上下嘴唇蠕动着,说不上是鼓励还是心疼。

三元却忍不住悲鸣:"我就不明白,我们上了这么多年学,又来北京,就是为了生孩子的吗?够够的!"

吴屈梦却丝毫没被三元的情绪带着走,她和风细雨地说:"是我想要,一个还是太孤单。"

三元追问:"那然后呢,其他事都不做了?老吴,你过去不是这样的!"

过去的屈梦,意气风发,铁了心在北京闯出一片属于自己的天空。

吴屈梦还是很平静地说:"教育孩子不也是大事吗?"

"贤妻良母?"三元强力质疑,口气很不客气。

屈梦呵呵一笑道:"你别以为当好贤妻良母容易,反正我也想明白了,不怕说句被你打击的话, 工作,我再怎么折腾,也就这样,或者说,现在还不是我出来的时候——"

三元打断她说:"那什么时候出来?"

屈梦道:"等孩子大了,还有的是时间。"

三元的嘴跟被烫了似的,一秃噜:"那都什么时候了,风烛残年?"

燕玲救场道:"那倒不至于……"

屈梦说:"我的情况可能还有点儿特殊,如果我的家庭不好了,孩子不好了,那就是我自己再好,也是不好。"吸口气又说,"反过来说,老公好,孩子好,我也就好。"

活脱脱一串绕口令。听着像某肾宝的广告词。

可细琢磨琢磨,龚三元也不能否认屈梦这话的真理性。人家是站在巨人的肩膀上,只要巨人不倒,她就有无限风光。通过生育,吴屈梦已然是李家不可分割的一部分,再追加一个孩子,那叫锦上添花。屈梦这是对李家这个家族负责。

但她们就不一样了。

燕玲还没家庭。她龚三元是有家庭,但没家族。或者说她的家族,并不能为她在北京提供发展的支撑。不但没支撑,还时不时地往下坠着她。

她跟王斯理的组合,只能算是风浪中的一艘破船。

她不放心把掌舵的权力完全交给王斯理。

而且,她个人的价值也要实现呀!如果现在有谁告诉她,龚三元,你人生最大的价值,就是母亲,就是妻子,她绝对不同意!她还是她自己!她还是那个奋发图强、励精图治、矢志不渝、坚贞不屈的龚三元女士!

然而现在,她却不得不被"打回原形",十几年的修行毁于一旦。人不是人,妖不是妖……台阶没爬上去,她依旧不入流。

她不甘!她恨!恨人生太短,时光匆匆!

恨她有生育养育的任务!

恨斯理对她的不理解!

恨职场对女人的不宽容!

恨自己没有能力!

恨她没投胎到一个好的家庭!

她甚至有点儿恨自己当初的选择,怎么就被爱情蒙蔽了双眼!尽管她必须承认,那就是可贵的她自找的爱情……

吴屈梦见三元愣神,挥挥手道:"到我们这个年纪,还要那么拼死拼活的话,不划算了。"

燕玲附和说的确难,说她现在在公司,名义上是个小领导,带编剧团队,做有声故事,但实际上,她觉得她的水平是最差的,就她不会写故事。

屈梦笑道:"那你怎么办?"

燕玲说:"知耻后勇,赶紧补上,真觉得以前的书白读了,写了那么多年也没写出门道。"

屈梦又对三元说:"现在这个社会,如果你不是体制内的,是给别人打工的,其实你的退休年龄不是五六十,是三十五到四十,如果没有升上去,进入管理层,你就已经退休了。"

三元听得心惊肉跳,但也实在反驳不了。

屈梦接着道:"怎么就非你不可?你那工作有多大的技术含量?年轻人不香?"

三句连问。问得三元无话可说,但三元还想反抗一下:"年轻人不听话。"

"听话是一方面，"屈梦道，"你得干活呀，过了三十五，跟时代不同步了，你都不符合社会化大生产的要求，家里又有一摊子事，不可能全身心投入工作，那你就自动被淘汰，自动退休了。"

三元有些怅惘。吴屈梦的一番话点到了她的痛处。实际上，她所在的小组里，她龚三元的确是年纪最大的。她现在都不敢问人家年纪。有些来实习的00后小孩，爸妈都跟她差不多大。活吓人！她虽然有工作经验，但那点儿鸡肋般的经验，实在不能算优势。尽管长期住在公司附近的酒店，三元加起班来仍旧没有小孩们"凶猛"。人家拼的是新鲜血肉呀！她呢，再做下去，敲电脑都要戴老花镜了。

从这个角度看，三元似乎又不那么恨斯理、斯文他们了，她在大厂的职业生涯，也只存在理论上翻盘的可能。

人生苍茫，三元顿觉眼前一片晦暗。

元旦斯理加班。出去的事儿已经八九不离十，他工作的热情空前高涨。不过在三元看来，出去建设被战争破坏的国家，其实没有斯理什么事。他没有工业建设的技术，顶多只是个"打擦边球"的。然而，斯理就要这么"富贵险中求"一把。

算了，随他去吧。就算是同林鸟，那也得各自飞。

放假三天，三元的任务是带娃，带娃，带娃。头一天去近郊公园，回来之后跟默默下五子棋。三元给自己弄了点鸡尾酒，边下边喝。她其实不喜欢这味道，但喜欢这名字——鸡尾酒，有情调。结果一喝还有些上头。

酒劲上来，三元话就多了。她开始唠叨默默，什么该做，什么不该做。默默开始无言，一盘棋下完，他突然来了一句："我肯定听话。"

三元不晓得怎么接话，愣在那儿。

默默又说："妈妈要回来，我肯定听话，九点睡觉，饭前洗手，好好学习。"

三元的心抽搐了一下。

默默的声音更小："不要把我送到寄宿学校……"

顿时，三元的眼眶红了。这些日子，她跟斯理喊喊喳喳，说默默什么都没听到,不可能。可她没想到孩子这么"懂事"。她招招手,默默绕过棋盘走向她怀抱。她抱着儿子——宝贝儿子。默默忽闪忽闪的大眼睛,随她,像雨中的小狗。三元体内的母性顿时占了上风,那种从吴屈梦那回来之后始终没能浇灭的燥火,一下被儿子的几句话抚平。

好了,下定决心了。

回固安,带孩子,向内转,过家庭生活,当主妇,岁月静好。想到这儿,三元又不禁苦笑。岁月静好四个字放在北京就是最大的谎言。放眼四周,谁又岁月静好了呢。屈梦?燕玲?一笑?还是斯文?似乎都没有。时代的洪流中,没有人能独善其身,只不过受冲击的程度不同罢了。

当然,一切没开始之前,三元就必须做好准备。即便在家,也不能完全脱产。正经工作干不了,总能干点小活儿。她跟吴屈梦打听过,问有没有什么合适机会。屈梦说没有,人家老吴目前的主要任务,就是制造家庭成员。

三元还问过附近正在转让的小超市。不大合适。一来她没有经验,二来转让费要15万,地面店实在做不起。龚三元还想过做自媒体,做个博主,她最想做的是甜点分享博主。可她怕胖,也没那细致工夫。

元旦第二天,老妈姜兰芝来电话,母女俩聊了一会儿。过节,三元给老妈打了点钱,又叮嘱她自己花。她问周叔的情况,姜兰芝说完全恢复不可能,但也没恶化,考虑去康复医院一段时间,大概十天。

电话里,姜兰芝还提到一个关键问题,她说周叔打算去周遭看看墓地。

三元不语,等老妈的下文。

兰芝又道:"我说太早,起码80岁以上再考虑这事不迟。"三元忙说:"到这个年纪,都难说,人都跟风中的灯似的,他要想看,你别说支持也别阻拦。"

兰芝说:"他想买双的。"

三元愣怔了,原来老头是这心思。二三十年还没过够?死了还要双双对对?

三元不予置评,就是态度了。

兰芝讪讪地说:"我是觉得我现在考虑这些还太早,而且真到那一天,也没必要埋在一块,回头你们去看,两边又遇上,啰嗦事多。"

还是老妈考虑周详。

是，老人要都走了，小辈人就没有再见的必要。可她也不能把话说白了，心照不宣罢了。

"那就缓缓。"三元建议用缓兵之计。

等老妈百年之后，要埋哪里，她和八斗说了算。

兰芝又问她去看八斗没有。三元说还没顾上。兰芝提到八斗要在老家找个收废品的人。这事三元还没听说，她细问了。兰芝大致说了个意思。三元立刻对这项二手衣物回收工作充满了兴趣。

41

一进门，闻到房间里的味儿，三元就对八斗的家居状况不满。尽管这已经是八斗稍微拾掇过了的——沙发上靠着衣服，厨房乱乱的，空气污浊，地面有细灰。不过三元没把责任归结到八斗身上，她怪怪一笑，指明她就不是过日子的人。口气分外严厉："一屋不扫何以扫天下！"三元用了个文绉绉的句子。

八斗弱弱申辩，嬉皮笑脸地说："姐，还行吧，我没觉得多乱啊……"

三元伸出三根手指，不客气地说："女人懒，毁三代。"

"她就是太忙了，"八斗还找理由，"平时都是她弄。"

"谁不忙，"三元的气提起来了，"我不忙？再忙，也得有秩序，家弄成这样，自己看着不难受吗？"停顿一下，又说："你得找个围着你转的，不能找个你跟在她屁股后头滴溜溜转的，傲蕾那样的，行吗？"

她举他前女友的例子——一个惨痛的教训。

八斗沉默了。

三元进一步说："你找老婆的意义是啥？"

"两情相悦白头偕老，"八斗还嫌分量不够，又补充道，但声音很小，"我爱她。"肉麻的效果达到了。

"她爱你吗？"三元有力地反驳道。一点儿也不害臊，谈"爱"她是老专家，她跟斯理是初恋，曾经爱得死去活来，谁也不会比她更有发言权。三元替弟弟抱不平："她要真爱你，就会把你放在第一位。"

"现在女的……"八斗只好泛指，"姐，放心吧，我心里有数，小事不拘大事不虚。咱就牢牢把握大方向。"三元爱吃芒果，正好家里有。八斗为消姐姐蓦然出现的怒火，巴巴地洗了，削了，递到三元跟前。

三元一屁股坐在沙发上，边吃边说："都要选择，都得选择，哪头轻哪头重，自己得明白。"

八斗唯唯诺诺。

三元突然公布："我也准备辞职了。"她觉得自己特伟大，言语中饱含悲壮气息，简直是烘云托月地。她在看八斗的反应。

尽管八斗早已知晓，但还是装作第一次听说，啧啧两声，大声替姐姐遗憾，同时给予鼓励："姐，你不愁，真的，有了金刚钻，哪儿不能干瓷器活？"

三元自我认同地说："孩子生了，就要负责到底。小冯能做到我这样吗？"拐了十八个弯，还是要批一笑。

八斗讪讪说这不时候还没到吗。

三元缩着脖子，再次确认："真打算跟她过了？"

八斗长吐一口气，笑容依旧挂着，恳求似的说："鞋舒不舒服，脚知道。"

三元低声快语："我就觉得你这么好的条件，要模样有模样，要工作有工作，又有户口……"

八斗打断她，说不说这个了。三元只好换话题，抱怨了斯文、斯理一通。这是老节目，在龚家姐弟这儿，王斯文是永远的臭头。然后，三元问八斗回收二手衣物的事。八斗说他的确有这个想法。

三元问："我能做吗？"

八斗反问："你想做吗？"

三元道："只要能挣钱，我就想做，老家雇个人来，再去周边租个仓库，渠道疏通好，就能干了，线上线下都走。你姐夫就能做小程序什么的。"三元兴趣正盛，八斗当然表示支持，但他也提醒姐姐，不要低估这件事的难度和辛苦程度。三元实话实说："我有路选吗？现在是有路就得走了。"适才还意气风发，一下又变成个无路可走的女人。

下午，三元带默默去博物馆，八斗少不了陪着。姐弟俩站在巨大的恐龙化石前，三元喋喋不休地说着自己最初的梦想。因为有了新目标，她的热情似乎又被点燃了。可一会儿，不用任何人打压，她自己又觉得丧气。

"干脆回去算了，"三元和翼龙骨架对视，"折腾来折腾去，图啥？"

八斗安慰："姐夫这马上不就大笔进账了吗，也是拿年薪的人了。"

三元道："是爷爷是娘娘还不知道呢，出去了，万一……"

不怕一万就怕万一。

三元更加悲观，她吞吞吐吐地说："你说，要不要让你姐夫立个遗嘱。"

八斗没想到这茬，第一反应是不用。

三元吊着口气说："万一呢。"

"就没有这个万一。"

"恐龙都能灭绝，何况人，都是成年人，得保持理性。"

话说到这份上，八斗也不好反驳了，虽然这样多少有点像在咒斯理。三元分析说："也是没有办法的办法，如果没个托底，我跟你说，万一有个风吹草动，王斯文和她爸妈肯定要跳出来。"进王家门这么多年，三元终究还是外人。对这一点，她有着清醒的认识。

从博物馆出来天已经黑了，两个大人带着孩子在街边饭馆吃饭。这是一家朝鲜风味的老饭店，三元要了明太鱼、石锅牛肉饭。八斗想吃冷面，但又觉得天气不适宜，最后要了金枪鱼拌饭。

吃上饭以后，三元问八斗："小冯晚上怎么弄。"

"她加班，不用管她。"八斗说。

三元对这个回答不满意。她觉得这恰恰是一笑不顾八斗的证据，这次抓了个现行。"两个人在一起，也相互关心关心，一个电话没有，来消息了吗？"三元拿出手机，比划着，"你姐夫好歹有个消息。"

八斗说年底了嘛，冲业绩，太忙。

三元撇嘴道："一是一，二是二，忙不是借口。"

为了堵住姐姐的不满，八斗给一笑打了个电话。但没接。他发消息过去，直到饭吃一半，也没回复。三元放下筷子道："看看，可可的吧，活毁！"

八斗说没事。再打还是没接。八斗有点儿着急了——小冯从未这样过。他只好继续打手机,终于通了。但听筒里却传来个男人的声音——是派出所民警。他问八斗是冯一笑什么人。

八斗看了姐姐一眼,道:"爱人。"

龚三元着急,她伸手拽弟弟的前胳膊:"咋了?什么情况?"

"我过去。"八斗只说了这三个字,让三元带默默回家。三元不放心,还是跟着八斗一起去了派出所。民警核实了八斗的身份,问他是冯一笑什么人。八斗还说爱人。警察进一步问:"是男朋友还是丈夫。"

八斗瞟了三元一眼,说是丈夫。男朋友还没有资格保释。三元反应快,她拉住八斗,舌头跟结了冰似的:"不是……那个……"八斗小声说回头再说。冯一笑和黄彤正在做笔录。晚间,派出所还热闹得跟要过节一般。两位男士蹲在拘留室里。一位八斗认识,是黄彤和一笑的上司,姓詹。黄彤生病时,他带领大家录过视频。

八斗着急知道案情。

三元一手捏着鼻子,一手捂住默默的眼:"还闻不出来吗?"空气中有酒气。再看看不远处绝望到痛不欲生的黄彤。八斗忍不住自动把事情理顺了。难道……莫非……可是……真是个恐怖又肮脏的故事。

三元叹气,转脸又冷笑,说这种事情不少见。

八斗终于没了好脾气:"都这时候了,还说这个干吗!"

取证过后的这一夜,是一笑陪着黄彤过的。八斗也在同一家酒店同楼层开了房间,充当护卫。直到第二天早上,他才有机会跟一笑面对面。餐厅里,八斗忙着帮一笑拿早餐。事情的起因弄清楚了,是黄彤报的警,说老詹趁她酒醉实施强奸。

八斗问一笑当时什么情况。

一笑说:"是喝多了,老黄喝多了,老詹、老吕也喝多了,所以就去开了两个房间。"

"三个人喝多,为什么只开两个房间。"

"老黄说她自己能回家,"一笑说,"她送老詹去房间,我送的老吕。"

"事发时,你跟老吕在哪儿?"八斗像侦探,紧抓关键问题。

一笑说在老吕房间。八斗脸色有些难看。一笑说龚八斗你什么意思。八斗说没什么意思,又问:"这个老吕是什么人?"一笑说是食品部的老大,就是打算带她出来开公司的人。

八斗又问:"你觉得是强奸吗?"

一笑一本正经地说:"谁觉得也不行,得有证据,相信警方吧。"八斗心里不舒服。两男两女,两个房间,能生发出多少故事?他当然同情黄彤,当天从警局出来,她的确披头散发,悲惨至极。酒醉后被人带去酒店强行发生性关系,这应该是个不算复杂的案件。但据老詹说,是自愿,一切行为都是在黄彤清醒的情况下得到应允才发生的。且事情还是发生在黄彤被辞退后。

那么,理论上,黄彤是有报复的动机的。可是,为什么刚好是四个人呢。更进一步,八斗又开始怀疑四人的关系。

黄彤大龄未婚,老詹是有家庭的,老吕离异,一笑这边是已婚,但隐了。如果一笑跟老吕没有什么,他为什么带她出来单干呢,仅仅是因为有能力?有说服力吗?

浓浓的雾障横亘在八斗和一笑之间。职场上盘根错节的关系,一不小心就能送他一顶绿帽子。

更令八斗诧异的是冯一笑的冷静。她好像一个旁观者,迅速处理好了一切,不拖泥不带水的,把自己摘得干干净净,出淤泥而不染。相反,老詹却是癫狂的。他甚至吼出:"我犯得着强奸一个连子宫都没有的女人吗?!"又说:"我问了可不可以,她说可以,然后才开始的。"

但问题的关键是,他说的这些都是孤证,没有录音。

冯一笑在家歇了一天,第三天正常上班。当然,她也快跳出来了。年前这段是她在这家公司的尾声。

休息日之前,龚三元打电话给一笑,让她和八斗周末到家里来,说王斯理要出远门,就算提前给他送行。得到这通知,八斗知道,姐姐的"清算"要开始了。

八斗问一笑怎么弄。

冯一笑倒没放在心上:"该怎么弄怎么弄,实话实说。"

八斗又问:"实话是什么?"

冯一笑道："已经领证了，但公布的日子还没选好，加上下半年都忙，所以缓了一缓，并不是刻意隐瞒。"

瞧瞧，她早都想好对策了，兵来将挡水来土掩，嘴丝毫不秃噜。

八斗揶揄道："准备做我老婆了吗？"

一笑弄头发的手停下来，把目光从镜子里调头，直面八斗说："这还用准备？"

八斗道："你玩够了吗？玩够了咱就好好过日子。"

一笑转过脸，她不高兴了。八斗这才意识到自己用词不当。一笑皮筋儿一摔："没玩够！怎么了！还管起我来了！"又说："什么叫玩够？！我玩什么了？！我问心无愧！"

八斗软了下来，苦口婆心地说："不是管你，是为你担心……"

一笑反唇问道："是为我担心，还是为你自己担心？"

八斗说你就不看看你们公司有好人吗。

"好人不好人，我也待不长了，"一笑迅速拍精华在脸上，"哪都有好人哪都有坏人，关键是看你自己怎么选，有没有定力。"

"那老吕是好人还是坏人？"八斗最关心这个部分，必须单拎出来问。

一笑真生气了："龚八斗你别来劲啊！"

八斗反倒嬉皮笑脸地说："呦，有故事。"

一笑站起来说："我不跟你说了。"

八斗从后面抱住她，往耳边吹气："跟我说实话，我不生气。"

一笑不耐烦，"真没什么，就是合作伙伴，"她用手指掐八斗，"我要真跟他有什么，他一个离异的，那很方便。我犯得着跟你结婚吗，证都领了，人都交给你了，还在这儿疑神疑鬼。"说到这儿声音大了，"本来我都没想过我这辈子还能结婚，你知不知道这一步对我来说有多难……对结婚我就有心理阴影……要不是因为你我才不……"

八斗捂住她的嘴不让她说下去。

她的语调，她的表情，她全身的每一块肌肉，共同诠释着一个故事——她爱他。她为了他奋不顾身走入围城，作茧自缚、画地为牢、可歌可泣。这故事他信了，必须信。

八斗把头垫在一笑肩膀上，嘴在她耳朵根子吹气："宝，你是我的，我是你的，这个永远不会变；这一辈子，你救我，我救你，我们相互搭救，反正我就是这么想的。再苦再难，刀山火海为了你我也愿意。"

　　一笑拼命转脸，两个人的眼睛几乎没距离了："真的？"

　　"千真万确。"八斗捉过一笑的手往下面放。一笑扑哧笑出声来，把手抽开，掐他。八斗又疑惑地说："那个老吕，搞不好对你有意思。"一笑顿时又严肃起来："又来了。"八斗嚷嚷道："不，你对他没意思，可架不住人家对你有意思呀。"一笑故作生气道："你再这样，我走了。"八斗讨饶，又说："你说老黄是不是故意的？"一笑苍茫地说："她犯得着吗，落得一身臭名，对她有什么好处。"八斗又问："那老詹说得也恶心，什么叫'怎么会对一个没子宫的女人感兴趣'。"

　　一笑真生气了："龚八斗，翻篇了就翻篇了，等调查结果就完了，你怎么搁在这儿细琢磨。"八斗悚然了，赶紧闭嘴。一笑又叮嘱，"这事儿可别跟你妈、你姐再提。"八斗道："我不提我姐也都知道了呀！"又嬉皮笑脸地说："不过也没啥，她也不会说你什么。"

　　一笑说："嘴上不说，心里都给我负分了。"又推开八斗说，"算了算了，你还是走吧，别让我玷污了你们家好名好姓。"

　　八斗忙道："哪至于，我都不在意，她在意什么，再说现在都是亲戚，只会一致对外，怎么可能窝里哄？"又说，"我也跟姐打招呼了，让她别告诉妈，省得老人惊惊乍乍。"

　　一笑哎哟一声，来了句意味深长的话："没准人家就是要'攘外必先安内'呢。"

42

　　婚姻生活从"地下"转为"地上"了。

　　冯一笑安之若素，龚八斗如临大敌。

龚三元跟审犯人似的,语无伦次地说:"这这这……也太儿戏!这怎么弄……这不行……"话是说给八斗听的。她说,他就听着。态度良好,行为恶劣。

三元横眉冷对,一万个不满意。但架不住木已成舟,生米成熟饭,回天乏力。她只能认了这个弟媳。燕玲得知,也是晴天霹雳加一头雾水,反复跟三元解释她并不知情。"都不是小孩了,什么错,程序也不能错!"燕玲拉着三元的手。她们现在是亲戚了——拐弯亲。三元愤然道:"都不懂道理!"

当然,无论明里还是暗里,龚三元一律认定是冯一笑着急,诓骗了八斗。她冯一笑终究理亏,恐怕八成也明白自己配不上八斗,所以干脆先上车,后补票。事情做出来,谁反对也没用。

这是一种战术。十分凶残!异常可怕!丧心病狂!

不过,三元背地里恨,见了面,三元还是有礼有节的。她告诉自己,她不是尊重冯一笑,是怕弟弟难堪。她必须给八斗面子。

三元代表她妈姜兰芝给见面礼——还是那个黄澄澄的大金镯子。

一笑推脱。

三元道:"嫁到我们家,该给的,一样都不会少。"又问要多少彩礼。当着燕玲和三元的面,一笑不藏着掖着,径直说自己的:"我跟八斗认识也不是一两年了,这次算是'旧情复燃',八斗追我,我慎重考虑,决定一起往下走。"说到这儿,三元飞过来一个白眼,一笑继续说:"领证也是不久前的事,八斗不放心,说得合法,所以就把该办的办了,这一阵忙,没顾得上跟家里说,本来打算翻过年就来请示大姐跟妈的。"

三元呵呵笑道:"我们这边不用请示,也不是什么大领导,就是你们家那边,八斗需要上门问问。你爸妈,还有你弟弟,能不能接受这个女婿那未可知。"这是开玩笑的语气,说完看燕玲。燕玲眼神慌忙躲闪。冯一笑依旧不卑不亢地说:"我家那边,我自己就能做主。"

八斗插话:"姐,我跟她爸妈也都见过。"

燕玲忙道:"这个我证明,确实见过,叔婶对八斗印象都很好。"

三元听着不痛快,这丫头活活把自己说成个香饽饽,八斗倒成臭抹布了。她又怨八斗不争气,这么个滞销货,何必上赶着掏钱。她哎哟一声,还是

-247-

看燕玲。

燕玲缩脖子，僵了两秒，才说："是，笑笑从小主意就大，自己管自己。"觉得不对，又补充道："看人也准。"

三元拿出大姐的权威："是，婚姻是得自主，但我们作为家里人，也有知情权，瞒着还是不对。不过饭已经煮成了，谁还能倒了它？"说完哈哈大笑。

燕玲和八斗也都跟着笑。

一笑反倒不笑，垂手立着。

三元上前拉住一笑的手说："趁过年，把两家大人都请来，好好办一办。"

一笑连忙说不打算办，简单点好。她想跟八斗旅行结婚，去马尔代夫。

三元逼紧了说："旅游是旅游，婚礼是婚礼。"

燕玲接话道："没有大有小，也就是聚在一块吃个饭的事。"她必须站在三元这边，不然朋友没得做了。

八斗附和。一笑不好推脱，只好小声应着。

三元又打趣地说："我们八斗还没经历过呢，咱们也不能剥夺他当新郎官的权利。"说完又是笑。

燕玲忙着帮妹妹澄清："一笑也是第一回。"

三元点破了说："拍婚纱照笑笑有经验。"

冯一笑跟未婚夫拍过婚纱照，消息是燕玲传出来的。

燕玲大惊，忙岔开话题，说去马尔代夫还不如去欧洲。八斗怕一笑面子挂不住，连忙顺着燕玲的话聊下去，又说，办宴也算是给姐夫王斯理送行。

事情已定，就有序往下进行了。有弟弟这么大个事横亘着，三元辞职和即将送别斯理的感伤似乎也被冲淡了。但她私下没少抱怨一笑。

跟斯理是日常抱怨："我跟你说这女的肯定拿了八斗不少钱！"

斯理笑道："麻雀头上能有多少血？"

三元不饶："再少也是钱，是八斗一分一分累出来的！"

斯理反劝三元道："别想啦！人都被骗去了，还钱？！"

三元咬牙切齿地说："就是一条蛇！平时猫着，看准了就下口，毒着呢。"又再嚷嚷道："八斗算是她现在能找到的人里头的天花板了，还想找谁,还能找谁?"最后自伤身世道:"我们家怎么就没祖传点好东西呢。"

斯理不明白,问怎么扯到祖传不祖传的事上了。

三元道:"在感情问题上,都傻得冒泡儿!"

斯理不含糊地说:"放心,挣了大钱,都给你。"

一提到挣大钱,三元又忽然有点儿伤感。她搂住斯理的脖子,跟十几年前那样。斯理问要不要"开张",三元说不用。可她顺带想到了那件重要的事,她坐正了,腿盘着,试探性地问:"你走之前,要不要写个遗嘱?"

轮到王斯理发愣了。半晌后,他说:"可以。"又问:"什么内容?"三元又说不怕一万就怕万一,不是为她,是为儿子默默。

斯理哎呀一声,说都明白。

夫妻俩盘腿面对面坐着,空气都哀涔涔的。

斯理又问一遍写什么内容。他猜想三元已经准备好了,只是让他签个字。

谁知三元说:"你就凭良心写。"

斯理踌躇了一会儿,道:"我爸妈也得顾着一点。"三元急得跳脚道:"我不让你顾爸妈了?我成什么人了?其余我不管,儿子你必须顾!且必须占大头。"

斯理撇撇嘴,又哄着三元道:"怎么弄的跟我马上就要拜拜了似的。"

三元背对着他,眼神从肩头反扫过去:"说了,就是个托底,跟买保险一样。"好一会儿,转过脸说:"要么就别去,也就你姐你姐夫支持,我是一百个不支持,他们是站着说话不腰疼,去了,真玩命!留国内穷是穷点,咱就岁月静好,咱就现世安稳!"这八个字是三元近来最喜欢说的——酸酸的文艺。

斯理小声,话说出来跟一条小蛆似的,扭曲着传到三元耳朵里:"穷,就没法安稳……"

三元抱着斯理哭了。人生最痛不过生离死别。龚三元即将面对的是跟王斯理隔山隔海。自从恋爱以来,她跟斯理分别从来没超过一个礼拜!再闹,再怨,再气,还是不分开。斯理是她生活的一部分,她是左手,他就是右手。但如今为了生计,为了小家庭的发展,要壮士断腕了。三元捧着斯理的脸——他身上没肉，全长脸上了，尤其是腮帮子鼓鼓的。三元捏了两下，哭着笑着。斯理说没事儿。三元又嚷起来："我们跟八斗和那个女的不一样，咱是初恋！"斯理眼睛圆睁着，默认着三元的说法。又劝："以后你少说，人家成两口子了，你说小冯，八斗能愿意吗。"

三元不哭了，斗志昂扬地说："不愿意也得愿意！都是事实！秃子头上的虱子明摆着，总不能扯谎！"

是，不扯谎，在燕玲面前她也没嘴下留情。

两个人边做头发边说话，都能从镜子里看到彼此。三元不客气地说："现在的小孩都是这么做事的？"又自我质疑道："也都不算小孩了呀。"在三元心中，冯一笑就是个实际到不能再实际的女孩。

燕玲道："人不说了吗，旧情复燃。"又劝道："这样也好，知根知底。"

发型师都到三元身后了，问她打算怎么做。三元说剪剪刘海就行。发型师道："可以烫一下，换个颜色，也该拉直啦，长度也得调整。"

不用说，一套下来，价格不菲。

三元说道："你等我领了下个月的工资再说。"

发型师笑了，谄媚地说："姐还能差钱儿？"

三元瞟燕玲一眼，两个人不约而同地笑了。

燕玲代答："非常差钱儿。"

发型师手不停口也不停："再差钱儿，该花的也得花，女人就得物质一点儿。"

这真是奇谈怪论——她们艰苦朴素惯了。

发型师继续阐释："不物质的女人，可悲，可怜，你不对自己好点儿，谁还对你好？美在自己身上，不值？你不为谁美，你就为你自己美着！爱咋咋地！"

话糙理不糙。这下说到三元、燕玲心里去了。三元痛下决心："弄吧！"弟弟的婚宴，她需要一个新面貌。剪短，上色，拉直，焕然一新。她要美！起码得艳压百分之八十的来宾，也狠狠给老龚家长长脸。而且这么多年来，她觉得一直没找到一个适合自己的发型，多尝试总没错。

三元跟老妈讨论八斗结婚周叔要不要来。姜兰芝的意思是老家暂时不办,周叔也去不了北京。"到时候我过去,先简单走个过场。"

"这么多年撒出去的份子,不回收了?"三元关心实际问题。

姜兰芝说等过年回来,摆个酒不就收回来了。事实上,言谈之间,三元能感觉到老妈的失落。这种失落感只有她们母女体会得到。

还是那话。北上闯荡,她龚三元是折戟沉沙了,家里的全部希望都寄托在八斗身上。而八斗的婚事,又是这希望中大头的大头,是定海神针一般的存在。母女俩都巴着八斗最好能找个本地女人。有根基,能帮衬,也好把他们家往上抬一抬。结果呢,不但找了个外地的,还是个来路不明的"货"。三元能读出老妈的心,所以谈完正事,捎带着劝道:"就这么着吧,早点儿抱孙子。"

传宗接代,是三元爸生前最大的愿望。

姜兰芝继承了这个遗志,一直没忘。兰芝苦笑道:"走一步看一步,谁知道能生出个爷爷娘娘。"

三元哎哟一声,揶揄道:"要这点儿功能都没有,真不知道娶了干吗了。"又说:"不过妈,你可得有心理准备,八斗娶了这么个老婆,将来你想跟他们住,估计难。"

姜兰芝不屑道:"我懒得去当那老妈子!"最后说:"你表姑说要去,要给钱,你别忘了给她下帖子。"

三元一时对不上号,弄了半天才明白,原来是那位也在北京(含周边)的表姑宫明月。她跟兰芝一直有联系,是每天都会去拼多多果园一起签到的好伙伴。

一笑父母那边由燕玲出面请。

得到的答复是:家里事多(要带孩子),大概率由弟媳妇陪一笑妈过来。

三元愤愤然地跟兰芝抱怨:"看到了吧,女儿就不是人,连渣都不如。"兰芝道:"这样也好,将来他们在广东,八斗负担也轻点儿。"

三元咧嘴道:"瞧着吧,她绝对贴娘家。"又说:"这是没事,要有个病啊灾啊,肯定甩过来,跟浓鼻涕一样一样的。"

燕玲给小两口订了婚纱照,算是送给新人的礼物。一笑原本不大愿意拍,在燕玲的劝说下,还是给了面子。外景在古北水镇。他们一大早就出门

- 251 -

了，燕玲全程陪同。

跑了半天，几人哼哧带喘，也没出几张片子。

摄影师总说一笑笑得不够自然。

冯一笑发火道："脸上肉都僵了，怎么自然！"

他们在小房车上转场休息，燕玲陪一笑坐在后座。八斗在前面，从后面看，他打满发胶的头发支棱着，连背影都很帅气。一笑还在小声抱怨着："花钱受罪……将来万一有个什么，这玩意儿给谁谁都不要。"

燕玲盯着一笑看。她这一小段话，内容丰富：她当初就拍过婚纱照，退婚后全成废品。

一笑不拘小节，直接阐释道："深受其害。"

燕玲压低嗓子："干吗，一次不够，还两次？"跟打哑谜似的。一笑理解错了，顺着说："对啊，一次不够，还两次。"然后才反应过来，笑着说："我是觉得不用这么大张旗鼓。"

燕玲说仪式感还是要有的。

一笑说："不是还要请酒摆宴吗，还不够仪式？"

到地方后，八斗先出去了，姐妹俩还坐在车里。燕玲正色道："笑笑，这次你到底想清楚没有？上一段你说自尊心受不了，临阵脱逃了，这回可得白头偕老了。"

冯一笑哎哟一声，玩世不恭地说："这我不敢保证。"

"不用保证，"燕玲说，"就是说得有这个想法这个前提，你才能走进婚姻，至于能不能到头，那是后话。"

一笑道："我有这想法，万一人家变了呢，而且，是他追我的。"

"追你你就答应了？"

"我还有更多选择吗？"

姐妹俩均沉默。一笑率先恢复谈话："知根知底，有感情基础，我这架飞机也该落地了，总不能老在天上飞着，不踏实。"

燕玲嘟囔道："就怕机毁人亡。"

"没油了最后才机毁人亡呢，迫降是颠簸，但还有机会，"一笑有些不乐意，反攻道，"哎，姐，别老把嘴长在我身上，你自己的问题还没处理呢。你跟姓竺的到底什么情况？"又咋舌道："还有他那儿子，回头前妻再掺和掺和。这关系，永远都捋不顺。"

剪不断理还乱。燕玲也不晓得怎么拆解，只好直接做总结陈词，腔调拖得长长地说："所以说我没你这么好命。"

一笑凛然说道："不是你命不好，是你压根儿就不敢想，北京这么大，你干吗一下就往上找，你往下找找，没准也遇到了。"

"有钱的富婆？往下找。"燕玲反驳得很无力。

"你那是刻板印象，姐，你有才华，我相信你终究有一天能起来。"

燕玲轻轻拍了一下一笑："行了，不用安慰我。"

一笑追问："工作是老竺帮你找的？"

"是。"她承认得很结实。

"完了，人情债最难还。"

"人家也没让还。"

"这才是最可怕的。"

燕玲道："反正我没你有魅力。"说着，她岔开话题，说要跟一笑说个有意思的事。冯一笑一脸浓妆侧耳倾听。燕玲款款说："前几天我们公司有个小姑娘离职了，然后她就跟其他几个小姑娘抱怨。"

"嫌公司不好？"

燕玲抿嘴一笑说："是，但不是抱怨公司，是抱怨公司的人，确切地说是公司的领导。"

"嫌领导对她不好？"

燕玲哧一声笑了，说："她说一个组七八个小姑娘，上头最大的副总，基本都加微信了，有的还被约出去喝咖啡，独独没加她。"

一笑会意，顿时哈哈大笑。

燕玲继续说："她就觉得自己出来闯，本来想整点复杂的，结果呢，边儿都沾不着。"

一笑笑得声音都断断续续了："那小姑娘……不会就是……你自己吧。"

燕玲一本正经地说："不是我，但我也沾不着倒是真的。"又补充道："沾不着最好，你以后，也要做个沾不着的人。"

一笑说:"我当然沾不着。"

燕玲道:"你能沾着也不能沾,你已经有了家了。"

一笑说:"明白了,你是八斗派来的特务,敲打我来了,拐了那么一大圈,还说小故事,最终目的,就是个这。"

燕玲说:"没跟你开玩笑。"一笑刚要回答,八斗伸头进来叫人。姐妹俩随即下了车,他们一直弄到天快黑。策划团队又要上烟火——八斗跟一笑一人拿根"电焊条",点燃了,亲嘴、抓拍。一笑嫌麻烦,拍了两条就不愿意了。

剩下一把"电焊条",八斗和燕玲都觉得浪费。三个人点了,画着圈儿放,烟火闪烁。燕玲说小时候最喜欢玩这个,八斗夸烟火漂亮。燕玲怅然道:"就是短了点儿。"冷风吹来,燕玲手里的"电焊条"只剩点星子,垂死挣扎,噗噗突突的。

一笑补充道:"短是短,但能亮过,就不枉此生。"

八斗自嘲道:"我这还没亮过呢。"一笑凝望着他,突然笑出了声。燕玲怕气氛僵冷,总结道:"你们都亮了。我才是哑炮,受了潮亮不起来了。"

一笑不答应:"胡说!姐,你必须亮,还有,你结婚,老竺可别想着省,我来监督。宁愿浪费,也不能马马虎虎就把你娶了。"燕玲指着一笑道:"听听,自己结婚怎么简单怎么来了,倒操心起我来了。"一笑说:"不一样。"这三个字一出,燕玲和八斗都有点儿失落。摄影助理过来提醒说差不多了。三个人这才收拾了残局,匆匆上车返程。

43

帖子散出去了——纸质的,电子的。八斗结婚的消息公布开了。海超第一个大惊小怪:"你小子不管我啦!"

八斗笑得煞有介事:"我还管你?你小子谁都看不上,只能孤独终老。"据说海超和苗玲已经散了。

滕志国随了个大份子,他跟慧慧正常发展,总说跟八斗是亲戚。他劝八斗："早点儿来我们公司！结了婚，都是用钱的地方，在体制内待着也不合适。"

八斗还是那话，感谢抬爱。

李骐也来恭喜八斗，不过话说得有点阴阳怪气。但八斗不怪她，她就那脾气性格——虎，而且，她自己没结婚，看到别人结婚难免难受。她这种不爽，带有普适性，并不针对他龚八斗个人。

李骐说："行呀你！神不知鬼不觉地，以后我都不敢找你出来玩了。"八斗说该玩儿还是玩儿，不耽误。又半解释地说："年龄大啦，等不了了；再耗下去，真没人要了。"

李骐不乐意，眼一翻："什么意思？讽刺我呢？"

八斗道："你情况跟我不一样，你什么都有了，不结婚，自由自在挺好；我不行，穷人一个，还是得有自知之明。"

李骐呵呵笑道："结婚倒成穷人的特权了。"

八斗忙说不是特权，是保险。女的又比男的活得长，结了婚，有个家庭，将来总有人照顾你。

李骐批驳道："你这思想就不对！摆明了奴役女性，你怎么不说你照顾别人呢。"八斗忙说相互照顾。不过，李骐神通广大，几乎是得到八斗婚讯的第一时间，她就给冯一笑来了个背调。结论是：真心觉得一笑配不上八斗。

她还把这结论跟嫂子吴屈梦说了。屈梦半开玩笑地说："看看，你不要的，人哄抢。"又踩一笑几下，好长长骐姑娘威风："小冯现在也糊遢掉了。"屈梦手指划拉屏幕，把照片放大："脸跟橘子皮似的，蒜头鼻子，丑得很。"最后意味悠长地说："我跟你说，四望望，人品样貌，比八斗强的还真没几个。"

李骐懒得解释。她感觉八斗就是明珠暗投、饥不择食。她问八斗："老滕跟你说了吗？"八斗问什么。李骐说工作的事。八斗说心领了，但暂时不打算动。李骐道："老尤也建议你换，我们在外头打游击，不可能直接进去，你进去，都是自己人，很多事情就好办了。"

八斗说关键我也没啥能耐。

- 255 -

"不需要你有多大能耐,"李骐这么解释,"而且你也不是一点儿能耐没有,"停顿一下又说:"最重要的品质,是忠诚。"

话说得很明了,但八斗还是犹豫。

李骐又说:"你来北京是做什么的?"

这是一句灵魂发问,八斗有些恍惚。这话一笑也问过他。这些女人个顶个有鸿鹄之志,但就怕登高跌重。八斗行事向来保守,能踮起脚尖够着的,可以努力一把,再高,就望而却步了——人贵有自知之明。八斗讪讪地,一时答不上来。

李骐咄咄逼人地说:"你跟我不一样,你来北京,首先要完成第一个任务是达到世俗的标准。"

八斗明知故问,说什么是世俗标准。

李骐说:"第一份工作,就是让你有个身份,是你的一个跳板,后面的路怎么走,你得自己想明白了。说白了,你工作好不好?开什么车?有没有房?什么房?挣多少钱?"话锋一转又说:"当然这些世俗的东西,我没真正放在眼里过,你也不是那种俗人。但世俗就是一座山,你不能说我一头撞到山上去,你要翻越,你要在世俗之上才行。"

李骐的意思,八斗听明白了。道理谁都懂,但问题是怎么翻越。来北京这么多人,又有几个真正翻越了呢?他是第一代移民,不像李骐这种二代,能靠着几辈人的积累,过着恣意妄为的生活。为了证明自己的理论,李骐还借用了李宗盛《山丘》的歌词。还说:"八斗,社会对你们这种人的容错率太低了,你要想往上走,错一步都不行。"声音忽然变小说:"你现在已经错了好几步了。"

八斗自嘲道:"你是说结婚?"说完他就后悔了。结婚错什么?一笑是他女神,他巴不得。

李骐嘿嘿笑道:"结婚错了一半吧,不能算全错。"

行吧,那就"将错就错"吧!先结婚,这才是当务之急。婚宴当天,宾客来了三桌,吃的广东菜。八斗和一笑打扮得不算隆重,只是按照老家习俗,都穿了红。但即便如此简单,八斗也很满意。他自认是个传统得不能再传统的男人。一屋二人三餐四季,最好再添个孩子,过平平淡淡日子,就是他全部的梦想。

两家大人发表完简短演说,一笑弟弟又说了几句。大家吃菜的吃菜,敬酒的敬酒。八斗和一笑少不得举着酒杯挨个儿敬一圈。李骐端着酒杯过来了,她比一笑个头高,也更壮。她的大辫子和浑圆的膀子,都很有迫人的气势。

两人四目相对,李骐说恭喜,一笑说谢谢,但八斗能听出两个女人之间奇特的角力——都憋着劲儿。

李骐说:"你算是捡到宝了。"

一笑道:"什么宝,我是扶个贫。"

李骐没接话,就被吴屈梦叫走了。一笑转头问八斗这人是谁。八斗连忙解释,说是屈梦姐的大姑子。

一笑问:"跟你什么关系?"

八斗说没啥关系,就是朋友,业务上有点儿来往。

燕玲这天来,带了老竺,坐在三元旁边。龚三元少不得推波助澜,调笑着说:"该抓紧了啊!"老竺不含糊,看看燕玲,又望向三元:"这得看燕燕,我时刻准备着。"

燕玲耳朵根子红了。三元就不多问了。慧慧坐在三元另一边,一副淑女样。三元说完话,转头对她带一句:"你先观摩观摩,学习学习。"慧慧笑而不语。她跟滕志国正在热恋期,能不能走入婚姻围城有待观察。

表姑宫明月也来了。她最起劲,搞得像她是主场。不过一圈看下来,她又发挥相面术,把结论报给姜兰芝。

"颧骨高,嘴唇薄,将来你别想跟你儿子媳妇一起住。"姜兰芝跟谁都是这话,斩钉截铁地说,"我就没想过。"宫明月又道,"也是,这是北京,一套房要了亲命,谁又能弄两套给我们这些老家伙养老呢。"停顿一下又说:"北京周边也不现实。"

姜兰芝顺着问下去:"那你咋办,回老家?"

"老家是不想了,"宫明月情绪低落下来,"在北方住惯了,老家也没人,孩子在这边,"又长叹一声,"何况这年纪了,也不想当韭菜还贷款了。"又呵呵一笑,自嘲道:"银行也未必肯贷给咱。"姜兰芝不吭气儿,这是她将来也

-257-

可能面临的问题。

几米开外，陆海超、滕志国数人一拥而上，要灌八斗。八斗欣然接受，大喜的日子，他求个烂醉。

新人住着公租房，洞房就不闹了。一顿饭吃完，客人们各回各家。一笑她妈和弟弟被安排在酒店。三元、斯理护送他们过去。姜兰芝和表姑宫明月第二天还要去客套客套，跟亲家聊聊天。

八斗和一笑回住处时，天已经黑了。

这公租房，等一笑辞了职就该退了。老实说，这房子八斗住得够够的。这房子板壁薄，不隔音，邻居素质良莠不齐。小区群里经常有人嚷嚷，说车被砸了，轮胎被扎了。警察来调查，也发现了犯罪嫌疑人——一个快八十岁的老头。他对社会不满，觉得自己混了一辈子也没房，很郁闷。老头一身病，谁也不能把他怎么着。还有隔壁的小情侣，不怎么上班，搞直播，晚上不睡觉，老听低音炮。这天八斗、一笑回来，地板也在跳动，拉开防盗门就能听到。

八斗借着酒劲去敲门，门开了，男主人戴着耳钉。

"声音小一点儿。"八斗心平气和地说，但酒气能喷出八丈远。男主人哦一声，门关上了。等八斗和一笑进家门，音浪已然歇止。

八斗歪在沙发上，一笑去卸妆了。一笑从卫生间出来，八斗吓了一跳。对比太强烈，刚才还像个唱戏的，现在像吊死鬼。可八斗不怕，他拽一笑过去，让她坐在自己的腿面上，他从后面拦腰抱住。

"咱们结婚了。"八斗一字一顿。

一笑失笑道："不早都结婚了吗？"

八斗较真："那不一样，今天才算社会学意义上的结婚了。"一笑附和说是昭告天下了，你跑不了了。

"是你跑不了了。"八斗连忙说，"你是孙猴子，我是如来佛，"手做个翻转下压的动作，"卡得你死死的。"又把五根手指伸出来，说道："这叫五行山。"

客厅墙壁咚咚咚响。八斗和一笑对看一眼，都笑了。隔壁的年轻情侣又在"打擂台"，隐隐约约还能听到女生轻微的叫声。八斗幽默地说："很好，这算是序曲，主段落得看咱们的。"一笑说今天太累了，不行。

"洞房花烛夜,"八斗大声说,"你跟我说不行?"又严厉地说,"把蜡烛点起来。"一笑不动弹,八斗只能亲力亲为,香薰蜡烛的光很快摇曳起来。八斗去碰一笑,一笑说你今天就是造出个人来,也是智障。八斗伸手捂她的嘴。手机响了,一笑挣扎出八斗的怀抱。接了电话,就去找笔记本电脑——临时有工作任务要处理。她光着腿坐在沙发上。

八斗上前,居高临下,用命令口吻说:"关掉。"

冯一笑目光不离开屏幕说:"系统出问题了,我必须上报,配合测试。"

八斗不讲理地说:"不许!关掉!公司人都死光了?非找你?不知道你在结婚?!"一笑不理他,继续操作。八斗一个箭步上前,一把抬起电脑,又一合,夹在胳肢窝底下往里屋走。一笑追着喊:"八斗!别闹!"

龚八斗语速很快地说:"也得分个时候,今天你就是老婆,你就是我一个人的,谁都不好使!"

一笑招招手,好言相劝:"你先给我,几分钟的事。"

八斗的酒劲还没散尽:"别逼逼,听我的!"

一笑上前生夺,但失败了。她怒吼道:"龚八斗!什么毛病!"八斗手臂慢慢升起,电脑被举高了。一笑吓得连忙说别。八斗不管不顾喃喃问:"工作重要我重要?……工作重要我重要?"还没等一笑给出答复,那电脑就重重撞击在地板上,粉身碎骨了。

冯一笑尖叫道:"你疯了?!"

八斗眼都充血了。一笑转身朝外跑,八斗赶上去,像猛兽扑住羚羊一般。一笑挣扎了几下,只能就范。沙发上,一笑在下,八斗在上。一笑尖叫,说你弄疼我了。八斗不管,继续深入。冯一笑两手乱抓着,终于抓到了那盏烛台。蜡烛跌落了,火灭了。烛台柄击中了八斗的脑壳。他大叫一声翻倒在地,顿时血流如注。新婚之夜,冯一笑就这么给龚八斗的头挂了个彩。

44

　　结了婚,年就在三元家过。

　　一笑爸妈也是这意思,他们说一笑中秋已经回去过,侄子侄女也都看到了,过年不用着急回,先紧着婆家。

　　三元听到这话不舒服,从女人的角度,她同情一笑。什么叫"侄子侄女都看到了"?女儿就是渣?父母不想女儿?女儿回家的功能就是探望侄子侄女?三元要为全天下的女人不念。但从大姑姐的角度,她又觉得一笑实在不值得同情。

　　无它,因为冯一笑根本就不是一个好妻子。

　　饭做得死难吃,要么太咸要么太淡,至于着色,就更不用说了。三元总笑说,冯一笑最擅长的烹饪手法是白煮。她人也不太勤劳,家里总是乱七八糟。而且,八斗刚跟她结婚,头就摔破了。一切的一切,充分说明一笑不旺夫,很可能还克夫。八斗找了她,就是倒霉的开始。

　　但龚三元暂时顾不上这些,农历年前她有两件大事要办,虽然这两件事都是早就知道要发生的。但临到跟前,三元还是觉得又紧张又难受。

　　第一件就是斯理要离开家了。项目组已成立,年前就要走,农历年不能在家过了。斯文、三元在给斯理送行这件事上倒是达成了共识。三元连续摆三天家宴,大家说了好多豪气冲天的话。王斯文、严尔夫笑得格外大声,三元也笑。可斯文他们是真笑,三元则是强颜欢笑了。不过总归总她们都明白,这些话再豪再大,不过是给自己壮壮胆子罢了。

　　八斗、一笑到家吃饭,三元更是借着酒劲,试探性地对斯理说:"要不咱不去了?"

　　斯理手摆得跟拨浪鼓似的:"箭在弦上,不得不发。"

　　遗嘱已经写好了:一九分。如若遭遇不测,家中资产九成归三元、默默,父母只分到一成。三元对这个结论满意。虽然只是一种可能,但至少说明,她跟儿子在斯理心中的分量。席间，龚三元给冯一笑夹菜，说她今年过年肯定回不去，老家那边，让一笑跟八斗关照。小两口当场答应。不过回到家，冯一笑却不大乐意——她不愿意回去。理由是家里大人才刚见过。

八斗说："这不是做给别人看吗，也是给妈面子。"

冯一笑说："那位周叔，我见不见两可，他的子女我就更没必要见了。"

八斗道："以后可以不见，但咱们刚结婚，总要露一面，顾大面场。"

一笑说见也未必非要赶着过年，兵荒马乱的。还是说你妈赶着收份子钱，要拿咱们当道具。她最怕这些鸡毛蒜皮。八斗彻底不高兴了，说："过日子不就是这些鸡毛蒜皮吗，而且这也不叫鸡毛蒜皮，这叫传统习俗，也是礼貌。别回头我这娶了个媳妇跟没娶似的。"

一笑抢白道："你是娶媳妇，不是买奴隶。"

八斗伸出手指，用商量的口气说："就三天，去一天，回来一天，在那儿待一天，总共一个晚上，行不行？"

这是他的底线，一笑只好同意。

协议达成，八斗又打电话给岳父母汇报情况。岳父母深表赞同，还叮嘱一笑多问婆家老人好。

年前，派出所那边有了定论：黄彤没遭强奸。案子撤销，男方无罪释放。黄彤不服，还要上诉。八斗问一笑："老黄跟那个老詹，到底是什么关系？"冯一笑咬住了说："就是上下级。"八斗又问："那天到底有没有喝醉呢？"一笑说是喝醉了，但醉到什么程度不好说。

八斗道："还是应该相信警方。"又说："如果这样的话，那就是老黄报复，对自己的遭遇不满。"

一笑说可能是吧。

八斗说老詹是有家庭的。一笑说是。八斗又问："他老婆一点儿反应没有？"一笑说他老婆相信老詹。八斗还要问，一笑却拒绝再谈。

八斗趁机劝道："那个老吕，我看也不是什么好人，出去干的事，最好再考虑考虑。"一笑顿时毛了："车轱辘话咱能不说了吗，都不出去，都这么拖着、耗着，咱什么时候能出头？"

八斗嘴一秃噜："我没说不出去呀。"

一笑凌厉的鼻子眼睛都蹙到一块儿，说："周围那么多例子你还没看明白？燕燕姐，元姐，包括你姐夫王斯理也一样，职业的窗口期就那么几年，当然你在体制内，愿意耗也可以。但我们不行，外头打工，又是这么个行业，退休年龄就是三十五到四十，过了这岁数，升不上去，转型不过来，就是淘汰！"她手一摊，接着说："能怎么办，只有奋力一搏。"

八斗温柔下来："我不是怕你受骗怕你太累吗，你一个女的……"

一笑强势打断他的话："又来了，女的怎么了？女的就不是人了？女的就不能追梦？女的就没有独立自主的权利了？女的就不能有更好的发展了？女的就不能在北京混出点儿人样了……女的女的，你要敢出去说这话，十个有八个女的能把你捶扁。"

八斗紧张地说："你看，又上纲上线了，你就是心太高……"

冯一笑快速说："我跟你说八斗，咱们俩这脑子一直就不在一条线上，你就非要把我往那鸡毛蒜皮贤妻良母上拉，我现在根本就当不了……"她说实话了。当然，这一点冯一笑一直也没避讳过。但八斗想着，人总会变的。一岁年龄一岁人，不能总拼吧，尤其女的。纵你有千红之势，结不出一个善果，也是白搭。

八斗眯缝着眼睛笑，暂时妥协道："贤良两个字摘掉，你就当妻，就当母行吗，我当贤夫良父，我来承担，行不行？"他今儿一律是"行不行"的口气："亲爱的，人是有时间性的，有的事情是过了这个村没这个店，耽误不起，你先把孩子生下来，我既当爹又当妈，行吗？"

冯一笑冷笑道："很好，婚礼刚办几天就催起来了，我可告诉你，这趟回老家，你先铺垫好，谁要敢跟我这催孩子的事，我扭头就走。"她换个站姿，单手叉腰，又说："还能不能有点自由？所以当初我才坚持有孩子以后再公布，就是怕被催怕有压力，现在好，果不其然！"

八斗终于败下阵来，拍拍手说："好好好，我的错，不谈这事，你先洗澡。"

冯一笑道："可说好，今天别给我整事儿。"

八斗宽慰道："没事儿，不整事儿，好好休息。"

一笑钻进浴室，一会儿又伸头问八斗："你姐给的那沐浴液呢？"八斗深呼吸："等着！"

当了"物质女人"之后，龚三元"薅了不少羊毛"。家居用品囤得能用三年，沐浴液多余的送给八斗他们了。

事实上，自从搬到固安后，家里有了浴缸，三元泡澡也不超过三次。主要是没时间，怕麻烦，但现在不一样了，辞职后，她即将有大把时间可以随便分配。可开始倒计时，三元却一不小心掉入了失眠的坑。

斯理说你放松，什么都别想，放松。但即便是美美地泡过一个澡，三元觉得自己很放松了，可一躺到床上，她依旧无法入睡。她感到焦虑如雾霾，无处不在。

三元认为自己低估了跟斯理分开的"威力"。结婚这么多年来，她跟王斯理真正分开的时间，最长不超过一个礼拜。现在却要面临少则一年，多则不详的分离。

三元辗转反侧。

黑暗中，斯理抓住了三元的手。一会儿，三元还是不耐烦。王斯理不得不打开灯："帮你揉一会儿肩？"人之将走，斯理特别温柔。三元趴着，任由他揉着。进行了一会儿，龚三元才说自己右眼皮老跳。

斯理道："都是你心理作用，深呼吸，气沉丹田。"

三元狐疑地问："你说，咱有没有发财的命？"

斯理笃定地说："有。"

"你怎么知道？"

"感觉。"斯理玄乎地答道。

三元翻过身，拿起手机说："我给你算算。"她去找运势查询，从八字入手："得看看咱都在走什么运。"片刻，查出来了。王斯理刚换一个大运，从比劫运，换成正官运。斯理笑嘻嘻地说："你看，正官，估计要当官。"三元看解释，多半是好的。对照现实遭遇，似乎有点影子。

宁信其有不信其无。

然后她看自己的。她运至中段，走的是偏财运。三元问斯理什么叫偏财运。王斯理打趣道："买彩票？捞偏门？反正不是上班，看到了吧，天命所归，辞职搞不好是你新生活的开始。"

三元若有所思。

斯理建议她沉淀沉淀再出发。

三元迷迷糊糊睡着了。天刚亮，三元把孩子交给斯理，化好妆就出发了。这天的妆比平时还浓一点——血盆大口，笑起来像能吃人。一出门太阳也给面子，不失时机地露出一角，等着看好戏似的。三元坐"小突突"，兴高采烈地，这天看"突突"师傅都顺眼很多，她没讲价，很有耐心，等齐四个人才开动。

到地铁口，三元跟着人流走进地下，还像往常一样排队。地铁门一开，她就冲进去，屁股先着陆。她有幸抢到个座位，戴上耳机，数十年如一日地听王菲。

她本想看一会儿电子书，却一不小心睡着了。但刚睡了两站，又被车厢内拥挤的人群碰醒。车厢里都是人，挤得严严实实的。

车厢内没一个人说话。

这巨大的铁皮方块仿佛血管内的血液一样把人输送到这个城市的各个角落。然后，每张苍白的脸又有了血色。北京慢慢苏醒。

从进站到出站，三元要换乘三次。有一个换乘站，三元每次都感觉像在跋涉，起码走了二里地。但今天，她跟着人群前行，不像自己在走，而是被推着走，她步子是轻快的。

出了地铁，再搭公司的班车，行进十多分钟，就到公司大楼门口了。冬天，广场前的银杏树光秃秃的。大楼的入口虹吸着人，好像宇宙中的黑洞，不会放过任何靠近她的东西。

三元也被吸进去了。

打了卡，进了门，她首先去食堂。每次早餐她都会多要个包子或者卷饼、肉夹馍。中午那顿饭也靠它打发——省钱。

上午同事来做交接，她把准备好的文档发给对方。文档里面都是细节，交代得清清楚楚。同小组的人忙碌着。

三元的"大日子"对他们来说跟每一个日常没有分别。

午后三元去健身房胡乱练了几组，就去办离职手续。交接单上，有一溜名字，都是跟她一天离职的。看到这些，龚三元似乎又没那么惆怅了。她不特殊，这些与她不是很熟悉的同事，也在经历着一样的事情。

来来往往，不过日常。

交了电脑，三元等着关权限。三元来到楼顶，一个女孩正站在风里吸烟。三元走近了，女孩问她要不要来一支。龚三元没拒绝。女孩没说话，三元也没说话。两个人就静静地在风里把烟抽没了。太阳落得快，一眨眼，就只能从对面大楼的玻璃幕墙上看到一点儿光。

　　天上有乌鸦，盘旋在楼顶打算落脚。女孩跟三元打了个招呼，继续"搬砖"去了。龚三元一个人站在楼顶边缘，直到保安叫她别靠太近她才回撤。

　　背着空空如也的双肩包，肩膀上一点儿重量都没有，她的职业生涯被抽空了。走出闸机的一刹，三元忍不住回头。别了，大厂。别了，北京。别了，青春。从这一刻起，她就是个彻头彻尾无可救药的中年人。

　　冲进夜色里，三元想挤出点儿眼泪哭给自己看。可在人潮汹涌中，她哭不出来。有什么用呢？西二旗不相信眼泪。三元呵着冷气往地铁口走。前头有人叫她名字。三元抬头，竟看到八斗站在那儿。

　　三元收拾好情绪，走上前。关键时候还得是亲弟。

　　八成是斯理告诉他的，看看，丈夫是假的，弟弟却是真的，这就叫血缘关系。可再一想，三元又觉得自己实在有点为难斯理，他还要带孩子啊！

　　八斗走近了，没有过多地安慰寒暄，只问她还有什么东西需要帮着拿。

　　三元说有辆平衡车，回头有空再取。

　　八斗这才道："祝贺新生！"很书面语。

　　不祝贺不要紧，话一说出来，三元眼睛又红了："你就笑话我吧。"八斗忙说怎么会。三元全身一懈说："失业了，滚蛋了。"八斗解嘲："这叫华丽转身。"又说："你吃不吃包子，刚买了两个。"岔开了话题。

　　龚八斗这一个"跳戏"的动作一下把三元从悲伤情绪中拉出来，姐弟俩肩并肩往地铁走，踏上地铁，缓缓沉入那个布满灯光的进站口。

45

　　第一次带一笑回老家，又是过年。老实说，龚八斗是有点忐忑的。原因来自三个方面。首先是一笑的不可控，她是炸弹，不容易拿捏，轻了不行重了也不行。或者说，她不容易妥协，而且这些日子以来，冯一笑嘴上提得最多的，就是讨厌婚姻里的"鸡毛蒜皮"。可回老家，就等于是往鸡毛蒜皮里扎，像糖稀掉进面粉缸里，躲也躲不掉。

其次八斗还担心老妈姜兰芝的感受。

从小到大，老妈在八斗心中的位置，比三元还靠前。因为姜兰芝实在太苦。他跟一笑结婚是为了爱情一时冲动，没来得及考虑老妈，但走入婚姻之后，龚八斗却不得不思虑这段婚姻对每个人的影响。尤其是老妈未来的处境。

周叔病着，看这样子顶多拖个三年五载，就会有大结局。尘埃落定之后，他总不能把老妈推到三元那边去。

他是儿子，在家中的位置不一样。按老思想，妈老了就得跟儿子。否则别说周遭人笑话，他自己心里也过不去。那么，老妈来京就涉及一笑和她的相处问题。八斗希望在那天到来之前，能捋顺关系。因此，他小心翼翼，如履薄冰。但他从姐姐三元那探听到的口风是：家里人对他的婚姻状态是不大满意的。因为无论是老妈还是姐姐，都认为八斗在这段婚姻中失去了主控权。

最后就是舆论环境。

八斗也担心这个。尽管给周叔请保姆的事大家已经达成共识，但他没办法堵上大姐二哥刻薄的嘴。一旦大放厥词，一笑铁定不愉快。八斗希望一笑给他争面子，而不是丢面子。好在，没回去之前，冯一笑就已经做了充分准备。

礼物买了，人人有份。她还去做了头发，给八斗买了新羽绒服。八斗不要，说身上这件去年才买的。一笑道："穿新的，别回头搞得我虐待你似的。"

年初一到家，中午这顿下饭店。春节保姆休息，老周全靠兰芝一人照管，她腾不出手做饭，能订到桌也是阿弥陀佛。

一笑亮相了。她的装束、气质、谈吐，跟周叔的大女儿对比太过鲜明。大姐故意道："大城市，看着挣得多，其实也省不下来钱，一个房子累一辈子，有啥用？"一笑道："不为这一代为下一代，人往高处走，迟早都得往大城市奔，能提前做干吗不做？总比在老家天天打麻将强。"二哥见大姐败下阵来，问："八斗，你那房子多大？"八斗报了个数。二哥道："以后有孩子怎么办。"

一笑仗着胆子道："就准备换房子呢。"又说："二哥，到时候手头紧，可得找你想想办法。"二哥脸有点僵，嘴里像含了块糖，没说答应也没说不答应。大姐举杯祝八斗、一笑白头到老，又说："可别中途下车了。"明显，这又是对一笑的。她退婚的故事搞不好早就在八斗家乡中流传开了。冯一笑没接茬。八斗和兰芝对眼色，姜兰芝连忙用话撇过去。

大姐不解气，饭局后还在二哥跟前骂："什么东西，妖精一个，也就八斗当这王八！"

二哥挑明了："就是个接盘的！什么娘娘！值得这么掬着。臭鱼烂虾，谁吃谁得病！"

饭后，八斗带一笑四处逛了逛。晚上，姜兰芝说在家住。一笑坚持住酒店，说早都订好了，八斗站出来作证。末了，还是去酒店了。他给老妈的解释也合理，说家里床实在小，睡不下。兰芝接受，但要求包办一天三顿饭。一笑又说："妈，早上这顿免了，酒店包的，不吃白不吃。"兰芝只好同意。

第二天中午搁家吃饭，八斗站在厨房台子旁帮老妈剥蒜瓣。八斗提到从姐姐那听说周叔要买墓地的事。姜兰芝说："本来要去看，没来得及就成这样了。"转头对八斗说："现在去看，搞得跟把人往墓里推似的。"

"单的还是双的？"八斗关心这个。

姜兰芝愣了一下，说："能单尽量单，到时候再说。"

八斗剥完蒜，洗了手又要帮忙，兰芝不让他做，八斗只好站在旁边。冯一笑坐在客厅沙发上，天冷，客厅又不朝南，一点太阳都没有，她抱着个暖宝宝，还拿手在腿面上搓。周叔坐在钢架椅了上打盹儿。八斗建议兰芝装个壁挂炉——他出钱。

姜兰芝立即强烈反对："不用不用！冷就开空调！不找那麻烦，我们这冬天短……"理由一大堆。上回八斗建议装电视机顶盒，姜兰芝也是这么反对。八斗当然理解老妈，但在这所有理由之下，还有一个潜在的说不出口的底层逻辑——眼下的一切，姜兰芝都认为是权宜之计，包括电视、房子，不久的将来，周叔归去她也必将离开。因此，装修添置一概全无意义。

她终究要去北京的。

虽然娘俩心照不宣,从未点破,但八斗依旧隐隐感觉得到压力。在那天真正到来之前,各自准备着。

午饭特别丰盛,姜兰芝基本把绝活儿都亮了。一笑说好吃,她吃了一碗半米饭。八斗也觉得有面子。与此同时,兰芝把话也亮出来了,开诚布公地说:"还是要抓紧,趁着我这两年身体还不错,还能帮你们带带。"

是说孩子的事。

不过,这计划似乎没把周叔计算进去。要照顾老人,又怎么照顾孩子?一笑脸色没变化,八斗拦在前面:"妈,一直在抓紧,但也得看天意。"他推到老天头上去。

姜兰芝笑得脸上肉抖:"还是太紧张,北京那地方,我去了都觉得整个人一下就提溜起来了,有空四处走走玩玩,放松了,就什么都来了。"

一笑矜持着,不置可否。不过饭还没吃完,她又接到工作任务——要给一个同事"背靠背"支持。她躲在小房间打键盘,八斗和兰芝隔着玻璃推拉门看她。

兰芝诧异道:"天天这样?"

八斗忙说:"偶尔,突发状况难免。"

兰芝扭过头,才想起上次八斗要找人收废品的事。她说人已经找到了,问他要不要见见。说是她娘家的一个亲戚,二十出头。

"男的女的?"

"男孩,"兰芝说,"你五姨姥那边的人,姚小攀。"说也奇怪,近亲几乎都没联系,远亲倒冒出来不少。可能是八斗介绍史慧慧给滕志国,在老家人看来实在是个成功案例。因此,都愿意往八斗这儿偎。

回京之前,八斗抽空见了小攀。没吃饭,就在楼下面包房坐了坐,喝了点饮料。小孩儿倒机灵,看上去也能吃苦,在老家没什么活儿干,暂时跑外卖。八斗没允他什么,只说如果项目启动,就叫他过去,小攀表示没问题。

年后第一周,单位很忙。节后第一个周末,陆海超和滕志国分别找了八斗。海超是要求八斗请吃饭,志国是要请八斗吃饭。

陆海超怒气冲冲,说单位大姐给他介绍了一个美容店小妹。八斗问是什么店，海超报了名字，是个常见的正规连锁企业。八斗说应该不是你想的那样。

海超道："那也不至于找个做美容的。"

八斗揶揄道："苗玲你不也特喜欢。"海超道："那能一样吗，苗玲什么学历，什么档次。"

哦，明白了，还是学历，还是档次。说白了还是经济基础决定上层建筑，一个高学历工作不错、经济尚且可以的小三，也比一个无学历、长得漂亮、身世清白的小妹有竞争力。

八斗继续说："你看你，又双标了，过去总说自己想找漂亮的。"海超道："那是过去，而且是谈恋爱，要是结婚，就得往长远看。"八斗缄默。海超问他过年回去的情况，还问一笑跟着去了吗。八斗说一起回去的，一切还算顺利。核心问题没细说，他觉得跟海超谈不着。

事实上，他始终认为海超看不上一笑。从最开始认识的时候便如此，对他跟一笑的婚姻，陆海超也颇有微词，一谈起来就说："人家心思根本不在你身上。"

八斗听了很愤怒，因为这话点中了要害，八斗心虚、肝颤儿。还没出正月十五，冯一笑就离开了原单位，跟着老吕出来单干了。开年头一炮就是出差——去安徽亳州药材工厂考察。八斗一万个担心，直到确认有两位女同事随行，才如释重负。

他就觉得那老吕不是好人。或者说，哪怕他是好人，但一笑提起老吕的口气，是让他不舒服的。一笑有点儿崇拜老吕，在她的话语体系中，老吕简直可以和雷军相提并论。可八斗冷眼看过去，老吕顶多就是个有点儿文化的流氓。

海超一边撸串，一边说八斗不够意思。

八斗不承认。

海超眯缝着小眼说："慧慧不就被推火坑里去了？"他还在为八斗把慧慧介绍给志国耿耿于怀。可问题是，当初八斗推了好几个候选人给慧慧，包括海超，也包括志国，人家慧慧选了志国你能有什么办法。

无论是相貌、工作，还是经济状况，滕志国显然都是更具竞争力的。不过，滕志国请八斗吃饭，也是因为慧慧。志国请客的地方是个黑珍珠餐厅。说慧慧妈年后要来，问八斗怎么办。八斗憋住笑说："还能怎么办，安排接待呗，这不好事吗。"

志国愁眉道："没那么快，还没到那步。"

八斗拿出娘家人的架势："那到哪步了？志国，事情做出来了，就要对人家女孩子负责。"

滕志国急了，说："没说不负责，每个月八千，到点就给。"八斗有点愣神，八千，什么意思？还房贷？还是算包养？他没想到史慧慧年纪不大，下手却不含糊。滕志国也看到了八斗的错愕，伸手轻轻拍了他一下，说："嗨！愿打愿挨的事儿，男人赚钱，不就是为了女人花吗，钱多了，就得给爱人花！以前我在加拿大的时候……"嘴一秃噜，差点儿把自己那点儿破事交代了。不过他不说八斗也知道，滕志国这张嘴，没少在外面招摇。他驻外那些年的"得意之作"，就是玩过"大洋马"。渣男这个名号，他向来主动认领，且引以为傲。

八斗把脸上的笑意收敛，好似乌云遮月，说："志国，没什么最好。要是闯了祸，那就说出来，大家一起想办法，我是介绍人，不能最后弄得不是人。"

滕志国顿足道："真没事儿！"

"没事儿人家妈要来？"八斗冷静地说。志国哎呀呀的，说回回都特别注意。八斗没接话，默默盘算着志国的收入。给人家一杯水，你起码得有一桶水。他能给慧慧每月八千，那他自己呢？还能没个五万？或者说，工资没那么多，但其他收入必然肥了他。滕志国似乎看懂了八斗面具之下的惆怅，快马加鞭地说："斗儿，你说你才高八斗，你就得善加利用，趁着体力还行年纪不大，你不出来干干更待何时？别回头最后八斗变阿斗，天天搁那儿苟着！"

八斗苦笑道："苟一天是一天。"

"假话，"滕志国面目陡然严肃地说，"我们公司是真缺人才。"又说："说句不好听的，你来，趁着东风具备，赚两年钱，有底子之后，想干吗不行？这叫弯道超车！"最后说："斗儿，咱不年轻啦！等过了三十五你试试，想出来都未必有人要！"

这真是一记重锤，八斗觉得自己的骨架似乎都晃了晃。人在职场，从来逆水行舟。他们单位有多少过了三十五的人苟着？前不着村后不着店那种。老姐三元辞职时的惨状，更是给八斗一个直观的提醒。虽然他是男的，但八斗觉得再过二年，自己的状况不会比姐姐好多少。他们都是空有学历，没有一技之长，摸不准时代脉搏的人。他又想起了回收旧衣物的事，算个小出口。但暂时不能当真，他得把前端后端都理清楚了，再决定是否实施。

46

　　一笑不在家，八斗一天只吃两顿饭。上了班，滕志国又做八斗的思想工作，建议他跳槽。八斗跟李骐委婉表达了自己的想法。电话里，李骐说："恭喜，不错，终于想通了。"她邀请八斗跟尤高畅一起滑雪，还说自己一个年过得腥臊烂臭，得去雪场去去味儿。是日，尤高畅、李骐开车来接八斗，他们一路往北。

　　八斗觉得自己跟他们的关系似乎不像过去那么尴尬了。可以确认，她跟他，跟他，都没有恋爱关系，三个人近乎哥们儿。李骐把八斗"跳槽"的安排跟老尤说了。尤高畅强烈支持，说你过去了，我们也算有个自己人，事情就好办了。

　　到雪场，换上装备，老尤行云流水地滑走了。李骐水平中等，但胆子大，敢冲。八斗属于既没有胆子也没有水平，小步移动跟企鹅似的。李骐看不惯他谨小慎微的样子，隔老远怂恿他道："老八！滑起来！"李骐一着急就喜欢叫"老八"，他叫她"老七"。李骐曾笑说那你吃亏，八斗问为什么，李骐道："官场的规矩你不懂？七上八下！"不过李骐那一嗓子，八斗怕是没听见，还是走步，好不容易挪到最小的坡道追上李骐了。李骐偏头问他敢不敢一起，八斗做了个请的手势。

　　李骐二话不说，立马下去了。八斗颤颤巍巍，一不小心踩空，也跟着出溜下去。雪线不断向后滑，八斗惊叫着向前。奇怪，他竟然追上李骐了。李骐见八斗在侧，不甘心落后，再加一把力。到了悬崖边，直接没刹住闸，人钻到崖下雪堆里去了。八斗大惊失色，连忙凑过去看。他喊了两声李骐，又喊救命，结果没人应答。他脱掉雪鞋想往下探，谁料不知深浅，也跟着扎进雪窝。

事故的结果是惨烈的：龚八斗骨裂，李骐有惊无险。她问八斗："你跳什么跳。"八斗说当时没办法，我不是去找你吗。李骐有点感动。尤高畅给八斗下定论：英雄救美，光荣负伤。还给了他一个称号：老铁。

八斗怕一笑担心，没跟她说，但李骐跟吴屈梦说了。屈梦又反馈给三元。三元来关心弟弟："那就不是咱们玩儿的东西！"八斗说了一万个没事。可三元还是不放心，转告了一笑，她存心让小冯着着急。冯一笑打电话来问他怎么弄的。八斗撒谎说："下楼没注意。"一笑继续问："现在怎么上班，怎么吃饭？"八斗说请假了，吃饭叫外卖。一笑怕八斗再出纰漏，特地请燕玲上门看情况。

尽管八斗一万个不好意思，但燕燕姐还是来了。人到了，自然就带来了实惠——燕玲处理家务的能力起码是冯一笑的十倍。她所到之处，所有东西都井然有序。连空气因燕玲带来的祖马龙香都染上香味了。当然，她那一手好菜更不用说，八斗连饭比平时都多吃了两碗。

一桌子珍馐美味，八斗倒不好意思下筷子。

燕玲道："吃啊，就是做给你吃的。"瞧瞧这心意，八斗感动。但又讪讪地说："你也吃呀。"

"我减肥。"燕玲这会儿倒矜持了。八斗明白这是女人惯用的谦词，于是便不理会，全力开动了。燕玲问八斗这房子被收回后打算搬到哪儿去。八斗说："也就到月底，一笑公司就不准住了。我是想去住自己的房子，一笑嫌太远，到时候看。"燕玲没做评价，也没给建议。

礼尚往来，八斗也关心燕玲。但在燕玲姐这儿，感情不宜多说，房子她没有，能聊的只有事业。不过八斗一问，燕玲忍不住自嘲："过去，我是最想当编剧的，现在当了编剧头子，结果发现自己水平是最差的，我这个领导当的真有点尴尬。"八斗说："剧本吗，不就是写画面吗。"燕玲解释说关键他们这不是电视剧本，是音频剧本，里面还有些差异，总之特别麻烦。

八斗问："姐，你一个月挣多少？"

燕玲哼哼哈哈没做正面回答。

八斗又说:"不方便说没关系,理解。"燕玲当即报了个数目,很坦诚。八斗吓了一跳。他做梦也没想到张燕玲这个北京的回流者居然拿着这么高的月薪——几乎是他的三倍了。八斗又问:"累吗?加班吗?"燕玲说也谈不上累,不怎么加班。八斗十分羡慕。

燕玲曼声道:"也就是赶上了风口,我们公司在同一领域竞品不多,又不断有风投进来。"

八斗追问:"你们公司有多少人。"

燕玲又报了个数字:"大几百。"

八斗再次震惊,他没想到一个做儿童读物音频的公司,居然有这么多员工。再上网查查,公司接受的投资金额之巨大,更令人咋舌。八斗忽然觉得自己很失败。他问燕玲,他现在如果出来,会不会太晚。燕玲想了想,问:"你想出来吗?不走仕途了?"八斗说了自己的困惑,总而言之一句话,朝中无人别做官。燕玲说也是。又问他打算去哪儿。八斗没说实话,只说正在考虑。燕玲道:"晚,肯定不晚,每个人的运不一样。但要想好路径,我过去就是太任性,什么都干不长,选的又是夕阳产业,结果……"她呵呵一声,惨淡地说:"现在进了还算朝阳产业吧,又借着互联网起势,所以连我这个笨人也能沾点儿光了。"两个人正说着,李骐来电话,八斗接了。

"我在你家楼下,"李骐单手拎着两盒补品,"我上来了啊。"八斗下意识要拒绝,但已然来不及了。老婆不在家,大姨子和姐姐的同学的大姑子聚一块儿——怎么看怎么不像话。恍惚间李骐到了,燕玲站起来迎接。

李骐看到燕玲,第一句话就是:"你怎么在这儿?"她们在小两口婚礼上才见过。燕玲道:"来帮帮忙。"李骐这才忽然想起人物关系。她放下补品,领了罪责:"怪我,我就不该叫八斗去滑雪。"张燕玲看李骐,再将目光对准八斗。

不妙,对外的借口是下楼梯摔了,这下露馅了。

八斗不得不圆谎道:"滑雪倒还好,最主要是我们家这楼梯,特别容易崴脚。"李骐直不愣登地说:"你这不是电梯吗。"八斗小声埋怨道:"进单元门有几节楼梯。"

李骐道:"要轮椅吗?你有拐杖吗?"

273

八斗着实哭笑不得。

燕玲识趣，对李骐点点头说："那你先坐着，我还有点事儿。"手挥了挥，就往外走。八斗要送，燕玲和李骐都让他别动。等人走了，李骐突然说："这女的对你有意思。"

八斗大惊道："别胡说。"

李骐煞有介事地说："她那表情，一看就是心里有鬼。"

八斗说："人家那是矜持，不像你……"

"我怎么了？"李骐露出一副凶样子，她今天披散着头发，像个女鬼，"我光天化日、光明正大、问心无愧！你老婆也是，防火防盗还防小姨子呢，她可倒好，直接送小姨子上门。"

"人家是姐姐。"

"大姨子也一样。"

"你能别胡扯了吗？"八斗真不高兴了，"有事儿说事儿。"

李骐也来气了，说："你什么态度！结了婚就重色轻友是吧。那你别去了。"八斗委屈道："我的七大奶奶，我这怎么受的伤，你怎么还上门为难起我来了。"李骐顿时不好意思，找补道："算了，原谅你了。"停顿一下，又说："路可都给你铺好了，你去也得去不去也得去。"

"去哪儿呀？"八斗揣着明白装糊涂。

"滕志国那集团，"李骐说，"去了你就发财。"

八斗幽默地说："哎哟，那这一跤没白摔。"

一笑没回来之前，龚三元也抽空看了八斗。腿脚已经不肿了，能简单行走。三元埋怨了一笑："关键时刻，人不在，你说这……"意思都懂，欲说还休了。

八斗解释，又把话题往张燕玲身上引，说感谢燕玲姐照顾，还夸她的厨艺和理家水平。三元道："你别看一笑跟燕玲差了没几岁，可就感觉不是一代人，燕玲多传统多贤惠啊！"她是自愧不如。八斗见苗头不对，不往下说了。

他问三元知不知道燕玲和老笪的关系进展。三元恨道："老男人，还拿劲呢！是找老公还是找爹？我都替燕玲胸闷！"八斗也感到悲哀。三元又说：

"听说好像怀孕了。"八斗惊诧,说是吗,听谁说的。三元说也是拐弯听到的,不过她看不像。

中午三元没做饭,叫了外卖。八斗的理解是,姐姐刚当两天家庭主妇,就已经疲劳了。他劝三元,好不容易能歇歇,就当是个"间隔年"。还说当家庭主妇,也有当家庭主妇的好处。三元夹着块上海口味的酥鱼,直接反驳:"什么好处?你以为当家庭主妇是享福?那是当奶奶!不是当主妇!"她现在最听不得"家庭主妇"四个字。她当这是一种诅咒。

八斗不作声。三元继续说:"家庭主妇也是一种职业,而且高危,东家是老公,服务的是老公、孩子,所幸这还不用服务公婆,不然更累!而且,服务的时间越久,你就越贬值!"

八斗笑说,那不叫贬值,那叫劳苦功高。

三元回呛道:"谁在乎?谁承认?万一男人出现个什么闪失,或者移情别恋了,谁承担损失?"

八斗放下筷子,他理解姐姐,但他也觉得三元多少有点儿神经过敏,王斯理不是那样的人,也没必要把事情都往坏处想。三元自斟了一杯梅子酒,说给自己听:"实在不行,我就去送外卖。"

八斗笑着,说:"那可是纯体力活儿。"

三元当然知道,北京的夏天和冬天都不是好惹的。她好歹是个"知识分子",读书出来的人受不了那罪。可她嘴巴还是硬的,说自己能干,且能干好。还说自己就是穆桂英、花木兰,男人如果不中用了,她就必须出马。

两个人闲聊着,八斗提到前一阵的同学聚会,说他们班男生几乎都没留在北京。三元苦笑道:"女的难,男的更难。"且自伤怀道:"但我不可能走,留在北京还有个梦,回去连做梦的资格都没有了,那就太可怕了。"

午后忽然下了一阵小雨,天冷得不像话。暖气顶不上来,八斗打开空调。三元坐在床边摆弄那几盆花,手机开着公放,声音小小的。孟庭苇在唱"谁的眼泪在飞"。这歌有年头了,八斗拿着本书,看不了两眼又放下。

三元忽然抬头说:"人到中年就这感觉。"

八斗唔了一声,等她描述。

"就跟住在下雨天里一样,"三元描述着,"雾蒙蒙的,一切都不鲜活,但你也不知道后面还有没有晴天。"

"一定有的。"八斗鼓励她,也鼓励自己。

三元长舒一口气,她真怕自己就这么一点一点沉下去。

工作确实不好找。

不能离家太远,还要正常上下班——她毕竟还承担着照顾儿子的重任。因此,在投简历的时候,三元故意低调,隐瞒了自己的真实经历和学历。这儿是环京,没有高端工作提供,她甚至一度想找个兼职工作。

三元还发现其实她这种情况不在少数。她在楼下小卖部团购东西,每次去取货都要聊几句。久而久之,她发现老板和老板娘竟然一个是做电影美术的,一个搞摄影。因为没活儿,退居此地,干起了这营生。

三元替他们惋惜道:"专业就不做了?"

老板娘道:"有机会就重操旧业,没机会,我也不能饿死,只能先顾吃饭。"韬光养晦,静待风起。还是那句话,人生不如意十之八九。三元顿时跟老板娘惺惺相惜,冻鸡翅、羊肉卷都多买了两板。

有趣的是,龚三元转而又有种优越感。是啊,只有在这个地界儿,才能遇到学电影美术的小卖部老板娘。老家有吗?这儿什么人口素质?这才叫高端!因此,她宁愿混在这儿,也不愿回老家。

"回去",这个动作本身,在三元看来就是一种坠落。

她龚三元又启程了,投简历(海投)跟当年一样,但反馈却跟当年不同。她没有接到一个offer,甚至连一个面试电话都没有。唯一对她感兴趣的,是个猎头,但她对猎头推荐的工作却不感兴趣。

她找燕玲诉苦。

张燕玲深以为:"是,其实第一次回北京的时候我就感觉到了,这个求职市场已经对我不友好了,说白了,我就是食物链底层,谁给你机会?也没人会去理解你的所作所为。"三元听后感到愤怒。燕玲笑道:"将心比心,用人单位也要考虑稳定性,就比如我,一来年龄上不上下不下,人家会觉得你马上要面临结婚生孩子,婚假产假叠在一块还怎么干活儿?二来,工作经历也驳杂,东一榔头西一棒槌的。"

三元悲叹:"太难了!你多优秀呀!"

燕玲诠释开来："未婚未育的，人家怕你结婚生孩子；已婚未育的，人家怕你生孩子；生了一胎的，人家怕你生二胎。"三元立刻抢白道："我不生二胎！"

电话里都是寂寞。

三元苦恼地说："结婚生孩子，怎么就是女人迈不过去的一个坎儿！"燕玲补充道："要么就不婚，不生。"三元又软下来，连忙说："咱不走极端。"燕玲道："别想那么多，先找工作干着，能挣钱能交社保就行，就近原则。"三元返回头问："你这工作，是老竺安排的吧。"这话她都不记得问没问过。燕玲说帮了点儿忙，找了点儿线索。又说："咱们县有好几个在京城当大官的。"

三元感兴趣，表示愿闻其详。

燕玲道："这都是抱成团的，要能走走这路子，也不错。"三元说一点儿路都没有。说到这儿，她突然反应过来，问："老竺也是我们县的吗？"燕玲笑道："差不多，挨着。"三元诧异，她从未听出过老竺的口音。这么说，燕玲的工作，是老竺找县里混得不错的在京官员寻的路子。或者说，起码也是看在京官员的面子，再找其他人。

分析到这一步，她忽然又觉得张燕玲才是真正的聪明人。二次回京，她不再爱情至上，而是果断往上游找，找那种颇有些资源的五十岁上下的男人。结果一下就在北京立住脚了。

想到这儿，龚三元又有点儿沮丧。燕玲本来是可怜人，结果现在利用未婚的砝码翻盘了。她呢，两手空空，连牌桌都上不了。打心底里，她也不敢完全把宝压在斯理的一百八十万上。还是得自力更生，起码不坐吃山空。找斯文是个路子——严尔夫不大不小是个官。

可三元不想找她。一是看不惯她那嘴脸，二是从情理上，她也觉得斯文不会帮。在王斯文看来，弟弟斯理去挣大钱了，她龚三元就该老老实实在家带孩子，瞎折腾什么呢。

47

　　小区底商设了个互联网巨头的卖菜中心,三元遛弯的时候看到了。店里正在招聘,海报巨大。三元偷偷拍了照片,按照上面的邮箱,把精心设计好的简历发过去了。

　　一天,两天,没动静。三元有点儿慌。打电话过去,没人接。她只好趁默默上学的下午,溜达到站点。

　　一个小姑娘坐在放菜的架子旁边。

　　三元上前,点头微笑。

　　小姑娘放下手中票据,抬脸来了一句:"阿姨好。"

　　三元僵那儿,一下子回不过神来。

　　什么,我有这么老了吗?这小姑娘看上去也不比我年轻多少。三元着急在进门的玻璃里找自己的影子。她瘦削身材,脸也不算太老,怎么就阿姨了呢。她委屈极了,但眼下毕竟有求于人,只好极力控制住自己:"请问,你们这儿招分拣员吗?"

　　"招。"小姑娘很干脆,她指了指里面。望过去,是间办公室。从门缝看,一个男的坐里头。三元对小姑娘表示感谢,匆忙走过去,推开门。男人看上去三十岁上下,但可能因为长期体力劳动,整个人显得敦实。

　　他问三元有什么事。

　　龚三元把来意说了。

　　男人直问:"你多大?"

　　三元随机应变,给自己降岁数:"三十……四。"她本能地觉得三十五不是个好数字。她真实年龄比三十五还超一岁。男人一听,便从抽屉里拿出个表格,让三元填。写到身份证一栏,三元又犹豫了。身份证号码一写出来,立刻就暴露了。

　　三元觍着脸问:"大兄弟,你们这的招聘标准是什么呀。"男人干脆利索地回答:"身体健康,年龄不超过三十五。"三元还是赔笑道:"如果只是兼职,超过也没什么吧,这活儿,五十岁的人都能干。"

"不行,"男人铁面无私地说,"公司要求,不能超过三十五。"

"三十六都不行?"三元试探性地问,"三十五岁半呢。"

男人也觉察出不对,问:"你是来应聘的吗,还是记者?"他站起来,要送客。三元后退,但嘴上接着追问:"哪有这么机械的。"男人不客气地说:"这位大姐,您到底多大?三十六是吗?"三元被戳中底牌,顿时失了方寸,似乎理亏,可这种感觉只持续了两秒,她又立即更理直气壮:"我三十四!但你们这种做法,符合劳动法吗?那我要是干了一年,超过三十五,你们就把我辞了?"

员工们围了过来。三元还在嚷着,但架不住人家人多,七嘴八舌,三元终究败下阵来。说出大天来,她也不能强迫别人雇她。算了,走吧,这里不是她的天地。

气,到家之前还是气。可真到家,一个人面对那屋子,三元才终于柔软下来——眼泪下来了。她狠劲哭两下,又觉得矫情。她拿毛巾擦了眼泪,呆呆地坐在沙发上。手机响了,是学校老师打来的。三元接了电话,才想起忘了去接默默。她赶紧换鞋,又匆忙跑了出去。

一晚上兵荒马乱。

悲伤的情绪直到孩子睡着,才慢慢释放出来。卸了妆,龚三元对着镜子,仔细端详自己那张脸。她向来不喜欢照镜子,即便照也是很随意。她虽不是码农,却形成了码农的审美和习惯。现如今积重难返,她精致不起来了。但眼睛不是瞎的,仔细看,那些色素沉积在脸上,是不容你质疑的证据。我老了,三元想。

老了不可怕,可怕的是,你老了,却一事无成。

三元一口气贴了三张面膜,就那么糊在脸上睡着了,跟被封印了一般。梦里,龚三元又回到当初坐了十几个小时无座绿皮火车来北京的情景。她半夜去找列车员补到一张卧铺票。从北京西站出来,天蒙蒙亮,一切充满希望⋯⋯现在呢,所有的一切似乎都被推远了。船离开岸,随波逐流。三元忽然怀念十年前了。如果能回到过去,她一定好好规划。可再想想,这十年来,她一天也没蹉跎啊！都在拼！都在抢！甚至还有点儿处心积虑，无所不用其极……可怎么就过成这样了呢。龚三元为自己大哭。不过，不是在清醒的时候哭的，而是在梦里哭，直到哭醒。

等眼睛睁开的时候，她发现儿子默默站在床边，怀里抱着纸巾。她一醒来，他就递过来一张。结果，弄得三元鼻涕都哭出来了。要说北京十年唯一的收获，恐怕就只有默默了。但这样一想，三元又觉得生活实在吊诡。她曾经想要逃离这种既定的生活，活出自我，活出千姿百态。可怎么到头来，她又被拉回这个轨道了呢。

生儿育女，相夫教子……而且，眼下看，她也只能以儿子为傲。三元觉得自己比斯文强，斯文只生了女儿，是当丈母娘的命，她能当婆婆……三元一面骄傲着，一面又为这样的自己悲哀。不，不不，她不愿这样，也不能这样。她要继续折腾、奋斗。

一笑从亳州回来，八斗已经把家里东西收拾得差不多了。二十个大包，全部拉走。八斗遵照一笑的意愿，没把大开间收回来。还是租房——一房一厅，一个月六千三，拎包入住。不过，冯一笑刚回来就感冒了，有点发烧，吃了药没去医院，就那么躺着。但公租房赶人，八斗只好找海超帮忙，把东西全部拉过去。

收拾的活儿只能八斗干，等都整理好、弄好，已是三天后。一笑好多了，胃口好，吃了鸭血粉丝汤，还叫了首尔炸鸡。八斗抱怨道："一年没感冒，出个差整感冒了，你们这要对外说自己是做中药滋补的，谁信？自己都顾不好。"

一笑斜躺在沙发上，脚耷拉着，露出肚脐。

八斗手持艾条，帮她灸神阙穴。

一笑呵呵笑着说："偶尔感冒一次不是坏事，说明身体的免疫系统还有反应，还在运转，发烧能把身体里的病毒一次清除。那种几年不感冒的人才要注意呢。"八斗说你总有理。休息了几天，小冯恢复得差不多了。公司不算忙，一笑回来得早，两个人出去吃网红馆子。等小海鲜煮上，八斗才问一笑出差的情况。

一笑说原材料谈好了，代工的地方也找好了，现在就是渠道还需要拓展。八斗问什么渠道。一笑说一方面走互联网，地面就走大宗团购。

吃完回去，八斗给一笑捏脊。捏着捏着，两个人的"火"都上来了，少不得一番"酣战"。可惜这次"大战"过后，龚八斗心里反倒落下个疙瘩。因为他惊异地发现，一笑出了趟差，竟意外解锁了好几个"新姿势"。

过去，小冯可是一成不变的。八斗不禁乱想，可又不敢往下多想，他忍不住责备自己把一笑想得那么坏。可这心事又实在无从倾诉，也不方便直接问。如果直问，一小冯肯定不承认，二搞不好还生一通气。八斗告诫自己只能日后留意。不过，心里有事，他对一笑的态度就不如以前了。冯一笑也发现了八斗的变化。吃完饭，一笑问八斗要个牙签。

八斗来一句："茶几上呢，你自己拿。"口气不太好。

一笑扬眉道："干吗？我得罪你了？"

"没有。"八斗回答得果断。

"单位有事？被同事欺负了？"

"瞎猜。"八斗不看她，玩手机。

"我一出差回来，你就耷拉个脸，"一笑偏要问究竟，"给谁看？不早都跟你报备了。都是工作需要。"

"没说不准你出差。"

"那怎么了？"

八斗被逼急了，又不肯说出真实想法。只好抛出另一个命题："我准备跳槽。"一笑连忙问情况。八斗把想法和两边的情况都说了。一笑随即道："我不建议你出来，我现在就在外面干，你也出来，等于把鸡蛋放在一个篮子里了。体制内有体制内的好——稳定，尤其过了四十岁之后，算是个托底的。"

八斗咬紧牙根说："我不想混日子。"一句话说到尽了。

一笑轻声笑道："我只是建议，你要觉得非出来不可，我支持。"

"听着不像支持。"

"不支持也不反对。"一笑说实话。

"也不是什么大单位，"八斗说，"熬了也有几年了，该动动了。"一笑问："李老爷子那边呢，不是说帮你疏通？"八斗说现在什么时代了，系统内丁是丁卯是卯，都是正儿八经招考，还疏通什么。又说："去老滕那儿，也是李家关系做背书。"一笑追问去了做什么。八斗说还没谈到这一步，如果想去，就要好好聊聊了。

"你懂石油吗？"一笑还是不信任八斗。

"去了也不是挖矿，"八斗解释，"还是做项目，或者主管一块，对外联络之类。"一笑说那倒算是个差事。八斗忽然温柔地说："我是想趁年轻拼几年，把基础打牢，姐夫那个年纪还出去搏命呢，我就在这坐以待毙？"话说到这份上，一笑没二话了。

八斗忽然诡秘地说："跟你说个事。"他上前抱住一笑。一笑扭脸看他，没说话，在等下文。八斗小声说："号摇到了。"是车牌号。一笑兴奋地说："真的？"八斗点头。一笑说哎哟我天。八斗补充说是电动车号。一笑说那也比没有强，还说："你都快成人生赢家了。"八斗说这算什么赢家。

一笑头头是道地说："有户口，有房子，有车牌，这是北京的三大门槛。你有钱都未必能解决。"一笑这么一说，八斗顿时有点自豪。他把一笑抱得更紧。在冯一笑对他表示出那么多关心之后，适才对于"新动作"的怀疑也没那么强烈了——或许是，跟他玩带劲儿，才即兴发挥的呢。

八斗温柔地说："宝，反正，无论什么时候，咱们一起往前走。"一笑说那当然。八斗把脸蛋伸过去，讨吻。冯一笑头一偏，轻轻啄了一下。八斗不满足。一笑不愿意再给了，又说八斗没刷牙。

八斗话里有话地说："你现在可厉害了。"

一笑一愣，立刻还嘴说："能比你厉害？"

八斗说："花样特多。"

一笑反驳道："谁是受益者？"突然变严肃道："你要再这样，我对你不客气了。"

八斗死缠烂打地说："这不是怕你学坏吗。"

一笑道："要坏早坏了，还等到现在吗。"

八斗趁机说："笑笑，能问你个事吗？"一笑说什么事。八斗坐正了，整个身体都准备好了迎接答案似的："在跟我分开之后，和与我重逢之前，就那几年，你过得好吗？"

一笑凝望着八斗说:"什么意思?"又说:"你想问什么?"八斗笑笑,说就是字面意思。

冯一笑果断地说:"不好。"又说:"要过得好,也不会再找你。"

说得也有道理。

八斗又问:"宝,这个问题我从来也没问实过,但我就是想听句实话。"说完,停在这儿。

一笑等急了:"什么问题,你问呀?"

八斗嘴里的词儿这才连滚带爬地一下涌出来:"就是……你跟你之前那个未婚夫,到底……为什么分?"

"性格不合。"

八斗愣了一下说:"当我没问。"

"你看,说了你又不信。"

"怎么就性格不合了呢。"八斗口气不太友好。冯一笑反问:"我来北京是干什么的?"八斗调侃说那谁知道。冯一笑道:"我来北京就是要看看自己能走多远、飞多高的。"八斗发怔。不知怎么的,这话要从志国,甚至海超嘴里说出来,他都不会觉得违和。可一旦从冯一笑嘴里说出,哪怕这意思他过去也领会过,八斗却下意识地感到不安。

八斗又问:"那爱情呢?爱情在你心里什么位置?"

"憧憬过。"

"那我们现在算什么,有爱情吗?"

"有过。"

"现在没了?"八斗质问。

"还有一点儿,"一笑自己都笑了,"但迟早也会没有。"

"转化成亲情了?"

"估计是。"冯一笑笑了,"怎么说呢。"她开始拽词儿了,八斗最怕她这样。一笑话说开了:"一个女的,要是从头到尾想的、要的都只有爱情,那就……"她比划着,手掌跟地面平行,下压,"低了。"

八斗忍不住追问,带着气:"那怎么才叫高?"一笑说可能类似于探寻生命、生活的意义。八斗听了,心里颇不是滋味。是,他也在追求生活、生命的

- 283 -

意义。只要活着,谁又不是呢。可他明显感觉到,很不幸的是,他要的意义,跟一笑所追求的意义,并不重叠。

48

　　小两口定下来。开班后,八斗给滕志国打电话,又跟李骐知会了一下。李骐还是表示支持,说是好事尽快办。八斗没跟老妈说,这里的世界兰芝不懂,听了又大惊小怪。

　　但八斗不打算瞒姐姐。这是大事,三元若是最后才知道,肯定又会生一通气。可八斗又觉得,这时候跟姐姐说跳槽的事,对她未免又是个大刺激。于是只好趁着去看默默的当儿口,轻描淡写地提了。结果,龚三元的反应还是很激烈。她说你这可是铁饭碗,就这么硬砸?

　　八斗尽量把氛围弄得轻松,说:"铁饭碗,碗里饭不多也不行啊。"

　　三元也斜着眼说:"你老婆的意见呢?"

　　"她支持。"

　　"这是什么混蛋老婆?"三元吊着口气。

　　"姐,"八斗嘿嘿笑着说,"她这不也希望我发展得好吗。现在出来还有机会,再晚几年,过了三十五,往四十岁上去,想动都动不了了。"

　　这话一针见血。三元又心痛了。前车之鉴就是她。头几天她还去一家搏击俱乐部面试,结果被几个女教练试打得差点儿滚地上。她还想过开小超市,但一是转让费谈不下来,二是实在觉得麻烦。后来静思几日,那颗躁动的心本来已经快停止折腾了,结果八斗跳槽又刺激到她。不行,还得找路子。八斗劝三元:"姐,你不用着急,休养生息,等姐夫回来,把房子往城里头一买,那工作机会就多了。"说得也是。但三元怕等不起,一年一年情况变化很大。她对八斗说:"你要能干出来也行,就跟一群狼似的,指望个个都突出去,不现实,能有一两个突围出去,也就都能活了。"又感叹道:"还是得混小圈子。现在跟读书的时候不一样了,你跟李骐、志国他们玩还是对的。"

八斗深以为是。他现在走这一步，自然是因为李骐、尤高畅以及志国的推动。但他也隐隐感到不安，因为无论是志国还是李骐，他联系得都不够紧密。

只能走一步看一步了。

三元约屈梦见面，想从她那边找找线索。吴屈梦直接问她明天有没有空。三元说白天都没问题。她问屈梦什么事。吴屈梦说想让她陪着去医院一趟。

八点之前，吴屈梦就躺在病床上了。

手术服换好了。三元站在旁边。三元比屈梦还紧张，握着手机的手微微发抖。面对这样一个屈梦，龚三元觉得简直像在看恐怖片——老吴是来取卵的。

人到了这种地方，尤其是准备上手术台的时候，那人也就不是人了——是动物。人为刀俎，我为鱼肉。

李骥外出公干，婆婆身体不好，公公和李骐陪着都不合适，屈梦只好找三元作伴。八点刚过，麻醉师到位了。八点不到，消毒师开始消毒，吴屈梦被推了进去。三元跟着，不住说没事没事。屈梦却微微笑着，一点儿也不害怕。好像如临大敌的不是她，而是龚三元。

手术室外，三元从头到尾都没坐下来过。"取卵"，多么可怕的词。她顺着往下想，想到"杀鸡取卵"。可她不明白的是，吴屈梦这只"老母鸡"，也生过蛋了呀，李家怎么还是不依不饶……九点三十五分，屈梦被推出来，人已经醒了。推到病房，医生来问她肚子胀不胀，要不要喝水。三元坐在屈梦旁边，问她疼不疼。但吴屈梦顾不上这些。片刻工夫来了个年轻女子，穿着白大褂，屈梦叫她博士。听了一会儿，三元才明白这人是做实验检测的。

"取了多少个？"屈梦拣重要的问。

博士说差不多十颗。

"几颗能用？"

"七个吧，"博士说，"其余几个有点小。"又说还要具体分析，但目测看那七个还不错。博士给了屈梦一些鼓励，又说了术后恢复的事。

三元听得一愣一愣的。

屈梦问博士什么时候可以移植。博士说了一套学术术语。三元只能听懂一半，但大概知道，他们用的是囊胚移植，受孕的几率要大。他们还给屈梦打了一针黄体酮，催促月经早点来。

吴屈梦又躺了一会儿，大概十一点出头，三元才扶着她离开。屈梦坐不住，三元只好把后座收拾出来让她躺着。疼痛这才在屈梦脸上显现出来。三元从后视镜看她，关切地问："疼吗？"屈梦说疼。这是实话，她们之间没必要装。

三元说那你刚才还忍着。

屈梦说刚才顾着问博士，没来得及叫疼。

三元问有多疼。

吴屈梦说："来大姨妈时的那种疼。"

三元当然知道，她也是"亲戚"一来，疼起来要命的那种体质。屈梦继续形容道："比那个疼十倍。"

三元看着滚在后座的屈梦，眼眶红了，说话也有点结巴："老吴……你这……唉……"三元为全天下的妇女悲伤，老吴又是妇女里"受迫害"比较深的。

吴屈梦解释说："孩子是我要的，都是心甘情愿。"三元撕开了面皮说："他们也太不讲理了。"屈梦无奈地说："真跟我公婆没关系，跟李骥也没关系，是我想要，一个孩子太孤单……"

这种解释、这种口吻，三元一个字也不要听。就算是屈梦真想要，也是为稳固地位考虑。一个儿子不保险，最好再来一个。女人悲不悲哀？！想着想着，三元眼泪滴下来了。吴屈梦还得反过头安慰她："我做手术，你哭什么？"

三元惨然道："什么时候女人能不生孩子……"

屈梦道："这不挺好的吗。"

三元嘟囔道："可是你……"她说不下去了。屈梦所谓的好，也只是自欺欺人，哪里好，她的脸肿成那样，都走形了，更别说受了大罪……屈梦撑着身子道："在什么处境说什么话，我现在这种处境，再用原来的思维方式思考问题是不行的。"

三元不说话，认真开车。她又从后视镜里瞥了屈梦一眼等下文。屈梦也看到了她，忍痛微笑道："假如把这个社会比作一辆公交车，富人坐在车上，每个人同时可能还占据着好几个位置，中产只有一个位置，穷人还在车下。"

三元又看她一眼——这种比喻她第一次听到。

吴屈梦继续说："那么富人在生孩子问题上，自然是多多益善，因为位子多。生了也不愁没地方坐。"又吸一口气说，"穷人也不焦虑，生就是了，反正他们还在车下面，光脚的不怕穿鞋的，生多了也许还人多力量大，没准还能有个把儿能冲上车去，改变命运。"

最后才说："中产就不一样了，他们焦虑，因为只有一个位置，所以不敢多生孩子，很多甚至不生，因为他们想往上走多占位子，那是困难重重，但掉下车却很容易。孩子，一个可以了。再多就会威胁他们的生活。"

这番话如醍醐灌顶。与此同时，三元全身的鸡皮疙瘩起来又下去了。三元问屈梦："我是中产？"

吴屈梦道："你是。"

"有我这样的中产吗？"三元自己都不相信。

"比上不足比下有余。"

"你是富人。"三元给屈梦贴标签。

"也谈不上富，"屈梦说，"不过仗着婆家有几套房子，还有点儿老关系，说句不好听的，我现在多生几个孩子，可能比我出去拼，致富效率还高呢，老话说，大福必闲，我们中国人，尤其穷人就是闲不住。但不得不承认，在一个家庭里，尤其像李骥这样的家庭，人是有分工的。"

三元真想问"你的分工就是生孩子"，但终究没问出口。其实何止吴屈梦，那些给富豪生孩子的女明星，一个两个三个，不都是例子吗。归根到底，孩子是她们敲开阶层大门的砖头罢了。吴屈梦却仿佛看透了三元的心思，最后找补一句："等过几年，孩子大了我再出来，就又是一番光景了。"

呵呵，三元在心里冷笑。老吴是心虚的，不过这一天她给龚三元的教训也是极震撼的——她弄清楚了自己的"位置"。只是老吴判断得不对，她龚三元不是中产，不是那儿有一个座位坐在车上的人，她属于挤在车门口可能上车也可能随时被挤下去的人。

不说别的，上车，你起码得有套房吧，户口也是必备的，而这些她都不具备。呜呼哀哉！想到这儿，三元又觉得自己在北京十年着实失败。

吴屈梦送了三元一个扫地机器人作为答谢。三元带回家，充上电，让机器人运转。圆圆的盘子，两端伸出触角一般的须，跟地鳖虫一样东奔西走，为家里的卫生操心。

三元望着这忙忙碌碌的身影，不禁苦笑，或许再过若干年，连家务都会被人工智能取代。她想做家庭主妇恐怕都没有这个岗位……悲哀……还是要出去……

三元又想工作了。不对，不是想，是必须，不得不。她拿出电脑，改进简历，四处浏览职位。不怕公司小，反正一个原则——就近就业。行了，主意定了，她是要上班的。

碰着大日子，三元想找个地方拜一拜。

老吴肯定没时间，她只好找燕玲。燕玲说周末可以。三元说没问题，但周末她反而时间紧，她得安顿好默默。于是龚三元打电话给八斗，让他跟一笑周末带默默出去玩。她跟燕玲约在地铁口见面。雍和宫去的次数多了，三元想换换地方。

燕玲建议去白云观，说除了卧佛寺，那儿求工作最灵验。三元虽然觉得佛道掺合在一起有点儿混乱，但又觉得反正宗旨就一条，于是同意了。

到地方，两个人见神就拜。三元格外拜了几位财神，又拜了管自己出生那年的太岁。她让燕玲拜管婚姻、生育的神。完后，两个人又把藏在观里的几个"猴"摸了。

少一个都不行。

燕玲笑说不必那么齐整，就是个意思。

三元道："我是实在没路走了。"又说："我怎么就没个贵人呢。"张燕玲说："你也是为家庭付出。"三元惨然道："就是不付出，现在想想，我在公司也是倒计时了，周围那小孩，恨不得比我小十几岁！"

燕玲说："找找你大姑子呢，他们两口子不是挺有路子吗？"

三元不是不愿意找。生活的磋磨，已经让她在王斯文面前低下了高贵的头颅。只不过现如今她不能走远,所以择业限制极大。燕玲又问三元妈的情况。龚三元撇撇嘴,说被老头绊住了。燕玲提醒说,你得有个心理准备。

三元当然明白,周叔再好再能熬,短则三年五载,乐观点也就七八年。在那之后,她和八斗就必须把姜兰芝管起来。实话实说,她倒不是不愿意赡养老妈。何况老妈来了,能算半个劳动力。但按老家规矩,有儿子那就得儿子赡养娘。可是看冯一笑那样子,三元又实在不抱希望。算了,等到那天再说吧。

出了观门,小街上有个老头向她们招手。燕玲拉住三元往前走,三元忍不住回头看。那老头来了一句:"姑娘,你是来找工作吧。"三元浑身打了个颤,站住了。老头要六十,给她看相,包括面相、手相。

男左女右,三元伸出右手掌。老头戴着眼镜仔细辨察,过了好一会儿,才开了金口:"感情线一线悬天,有福气,事业线……"他迟疑了。三元着急,燕玲帮着追问:"事业怎么样?"老头道:"事业线太过驳杂,缺少长劲,不过感情好也可以弥补。"三元问怎么弥补。

老头摘下眼镜说:"你不干,让别人干就好了。"

三元很沮丧,嘟囔道:"感情线再好,事业线再好也好不了。"有点拗口,但意思很明确。她追问老头能不能破解。老头刚要说话,被燕玲拦住了。

三元又让老头看看燕玲的,燕玲一百个不愿意。但架不住三元撺掇,还是伸出了手。老头一看便说有意思,说她跟三元正好相反,事业好,感情不能全美。

燕玲打趣道:"我事业倒成好的了。"

三元赌她肯定能大器晚成。

中午找了个小饭馆吃饭,三元提了吴屈梦去取卵的事,像在描述恐怖片。燕玲倒还算轻松,还说自己前一阵也做了个小手术。

三元眼睛睁圆了,道:"也取卵?"

燕玲勉强带笑道:"我取什么卵,是割息肉。"三元问详情。燕玲才把自己割了八个子宫内膜息肉的事说了。三元浑身起鸡皮疙瘩,缩着脖子小声说:"老没那方面的事儿也不成,而且,最好生个孩子。说生孩子是排毒的。"

燕玲哑然失笑:"第一次听说生孩子还有这功能。"

三元又问:"老竺还没动静呢?"

这是大事。

张燕玲稳住了:"不急。"

三元稳不住:"还不急呢,是你不急还是他不急?"

"都不急。"

"该急了!"三元替燕玲发愁,"再耗下去,万一再……"恐怖的结局,她不往下说了,改口道,"这个成本太高了!"燕玲笑笑,似乎并不犯难,她只说自己心里有数。

49

三元这边工作迟迟搞不定,八斗那边却一日千里了。跟老滕谈好细节,八斗便果断辞职,春天桃花开的时候,他已经坐在东三环的办公室里办公了,主管公司全部文字的对外输出,名义是行政副总监。

除了公司领导层的欢迎宴会,滕志国私下还搞了一场,他让八斗叫上一笑,他也带着慧慧。话里话外都是一个意思:"老龚,以后咱可就是亲上加亲,彻彻底底一条船上的人了。"李骐也给八斗摆了一桌,八斗没叫一笑。他总觉得李骐请客,他再带个女人气氛有点尴尬。毕竟,只要是饭局,李骐都是要做绝对主角的——发光发亮那种。好在一笑也没时间,他们团队刚成立,业务刚开始运转,事情太多。

完全可以说,翻过农历年,小两口都进入"开挂"状态。

进了新公司,八斗暂时按兵不动,蛰伏着。按照过去的说法,他这叫"下海",就是来挣钱来了,而且是挣快钱。八斗给了自己一个期限,少则三年,多则五年,必须从量变到质变,四十岁之前要让生活面貌大改观。

八斗跟着滕志国去董事长的会所喝了一次茶。首当其冲的一个感触是贫穷限制了他的想象力。

在寸土寸金的地方,硬造出一个田园感——那才是富人的生活。由此,龚八斗更加体味到了北京的深不可测,静水流深。八斗第一次有了很直接的阶层观感。是这样一个又一个围墙,区隔开了不同阶层的人。想要翻越,难上加难。

第一个月工资发下来,数额不对,超了。八斗找财务问情况,财务说她不清楚,让问主管副总。八斗只好先找滕志国探探路,结果志国说:"给你你就拿着,可能老板给了你个红包。"

拿了工资,八斗就存定期,跟一笑也没透露。虽然是夫妻,但他们两人的钱始终独立管理。八斗有八斗的小目标:他打算一到两年,就把那开间出手,哪怕远一点,也要换个两居。

不说老妈能来住住,将来有孩子,也需要独立空间。

提到孩子,八斗又来气。他跟一笑操弄了那么久,孩子的影儿都没见着。他一气之下去专科医院挂号,一不小心查出个"精子弱"的结论。吓得八斗连夜办了一张健身卡。

与此同时,养生的习惯也拿起来了。

补肾固精的药开了好几种,什么金匮肾气丸、金锁固精丸,包括一笑从亳州带回来的药材样品,再配合游泳、有氧运动,他还是希望短时间内把身体素质提上来。

偶尔去游泳,八斗会叫上海超。海超见八斗风生水起,又羡慕又无奈。泳池边上,海超悲叹道:"我是出不来了。"八斗道:"还是你不想,想出来随时可以出来。"

海超道:"我房贷多,也没什么大志愿,我的理想就是老婆孩子热炕头,过家常日子,云淡风轻。"

八斗脸上都是水,但表情依旧严肃。"别,你要是家里有两套房,还有一块等着拆迁的地,哪有资格说'云淡风轻'。否则,你想淡都淡不了,"他摸一把脸,"生活倒逼着你往前走。"

海超道:"你有老婆要养,我是一个人吃饱全家不饿。"

八斗讽刺他道:"那意思是,你不找了?"

一个人体"炸弹"迎面走来,海超眼睛看直了。

八斗说:"喜欢吧。"

"你不喜欢？"海超反问，"我现在算明白你为什么要来游泳了，这才结婚几天呀，就'痒'了？就耐不住了？"

八斗打他，说你少胡说八道。陆海超又说："下次你别找我，看到你我就生气。"八斗故意问他气啥。

海超愤愤不平地说："老婆有了，房子有了，工作有了，跟你一比，我成啥了？"

八斗说你这么说就没意思了，咱哥们还讲这些。

海超道："你要有心帮我，就多少介绍一个慧慧那样的。"

八斗说那年龄段的就认识慧慧一个，已经售出了。

海超着急了，说："这个售出，还有别的呀，她没有同学、朋友？还是说，你就觉得我这么拿不出手？"八斗说你跟人家这年龄差得有点儿大。海超立刻反驳说："慧慧跟滕志国差得不大？怎么也成了。而且这点岁数根本不算大。"海超一番闹腾，八斗没办法，只好答应帮他问问。

不久，八斗有车了，周末能去周边溜达溜达。八斗立刻策划了一次远郊露营烧烤。帐篷是刚买的，烧烤架也是新的，在他看来，这种生活是小资产阶级的标配。

八斗跟一笑提了计划，冯一笑积极响应。她建议叫上燕燕姐。她给燕玲去电话，可惜人家周末要加班，忙着出音频剧本，实在抽不开身。

一笑说两个人玩没意思，八斗说要不叫上滕志国。一笑道："休息，就别叫同事了，搞得还跟上班一样。"八斗说那只好叫陆海超了。一笑道："我算看明白了，你总共就一个朋友，还是未婚的。"八斗说："怎么，还必须是已婚的？"一笑振振有词说："那结婚的目的是什么？"八斗不明白她意思。

一笑解释说："结了婚，成了家庭，咱们就是社会的主流形态了。一对夫妻，也就是社会的主流社交形式，结婚是一种框架，要善于利用这种框架搞社交。"

八斗听罢笑嘻嘻地说："那你找，你找一对夫妻，框架框架我，我也跟着进步进步。"

一笑道："我没这需要。"又说："那就叫老陆吧。"又补充道："他来，都得多准备二斤肉。"

不过，等八斗叫上海超，冯一笑又临时有事。她有个同学从外地来，要见。她只能赶过去见老同学。八斗问要不要他陪同，一笑说是女生局，不许带家属。

八斗较真道："你就没怎么带我见过你同学、朋友，结婚也没来几个。"一笑解释道："我这不是自尊心作祟吗。头两年混成那样，我好意思见吗。"八斗说现在按说你不错了，可以见了。一笑说："那些娘们一见面就说老公、孩子，你去了，等于是无偿展览，而且咱们还没孩子，只要你不觉得尴尬，那我随时组织饭局。"

一席话，又说到八斗痛处了。他的精子质量还在提高中。只是，没了一笑，只剩海超，八斗顿时觉得这个郊游没意思了。

也不好叫三元，她周末还要带默默去辅导班。燕玲摆明了没空。能拉上的，似乎只有李骐。也是，新工作做了一阵了，他的确有必要跟李骐多通气。

他发消息给李骐。李骐回了电话，问八斗都有什么人。八斗说："就你，我，还可以叫上老尤，其余你想叫的朋友也可以叫上。"李骐问："你老婆呢？"八斗说她加班。李骐说老尤去石家庄了，暂时就你我。她说她不开车了，让八斗去接她。

当天一早，一笑就出门了。八斗要送，一笑说方向不一致，不用。龚八斗开着电车，去三环接了李骐。李骐打趣说换坐骑了。八斗说凑合开，只能摇到电车号。又说："这车接你是委屈了。"

李骐有些不高兴，反驳道："你当我什么人，必须坐豪车？住豪宅？老龚，我对你太失望了，认识这么久，对我的判断还那么肤浅。"八斗尴尬地笑笑，继续专心开车。

李骐说："有些人是非百万以上的车不开，我不讲究这些，十几万的车也能行。我根本就不在乎这些。"

八斗说那你在乎什么？

李骐说你这可把我问住了。

八斗说："你这种段位，可以什么都不在乎。反正，工作纯属精神需要。上班图个逍遥快活。"

李骐笑嘻嘻地说我出来了。八斗忙问怎么回事。李骐说团里也在改革，也有很多限制，继续待下去不合适，干脆出来了。"叔叔阿姨同意吗？"八斗追问。李骐说有什么不同意的。八斗说那接下来你打算做什么？李骐说没想好，还说她弟李骥开了个公司，可能她帮忙管着。

八斗问是什么工作，主营业务是什么？李骐说是投资公司。八斗听得一头雾水，又问了两句，李骐不大愿意往下说，八斗便打住了。不一会儿到地方了，那是个溪水边，梨花开得盛，很有些情调。八斗布置好帐篷，又开始摆烧烤架。

李骐全程观摩，并不帮忙。但她会夸人："你动手能力不错嘛。"八斗说穷人的孩子早当家。李骐说："平时你跟你老婆谁做饭？"八斗说我做得多。李骐又说："那谁当家？"

这是个难题。说老婆当家，没面子；说自己当家，似乎也不是事实。于是八斗调和着说："小家小户，商量着来，当然大事还是我拿主意，不过基本没什么大事。"

李骐笑着说："你结婚这么快，有点儿意外。"

八斗不懂她的意思，问缘由。李骐说："刚开始我以为你是软饭男，想钓鱼。"八斗哈哈大笑，自嘲道："我是想，就是没成功，所以赶紧上岸了。"李骐也笑。八斗这才用正经口气说："还说我不了解你，你不也不了解我吗？我的理想就是过平淡生活家常日子。"

李骐盯着他，煞有介事地看了几秒："不像。"又补充道："要真是那样，你根本没必要来北京。"

八斗刚要掰扯，李骐的手机响了。她跑到溪水边接了电话，完后，回来就让八斗立刻送她回市里。八斗见她着急，连忙收拾，又问什么事。李骐没直说，只是给了地址——是东三环的一个豪华小区。于是八斗不再多问，加足马力前进。车没进小区，是尤高畅出来接的。李骐让八斗先回去，八斗估摸着，应该是尤高畅的事了。八斗不多问，一脚油门，走了。但他摸不透的是李骐和尤高畅的真实关系。

朋友肯定是朋友，至于是不是情人，难说。

他感觉李骐可能只是把尤高畅当备胎——昂贵的备胎，类似于四十岁时没娶没嫁那就相互娶了嫁了的那种。但从这个角度想，八斗不明白当初李骐为什么同意跟他相亲。门不当户不对，而且她根本不缺。吴屈梦和李家老人的担忧，跟李骐的真实情况根本无法对上号。

李老爷子和屈梦说过好多次，李骐是个乖乖女，接触的人少。但据八斗观察，根本不是那样。至于李骐不当机立断选择尤高畅的原因，其中很重要一点大概是李骐是颜控，缺啥补啥。

尤高畅容姿不伟。

海超点评过尤高畅的相貌，说："他就占了个好爹，要是没他爹，他比我都困难，我好歹鼻梁比还他高呢。"八斗哂笑道："比鼻梁的哦？"陆海超说："男人要看鼻子，女人要看眼睛，鼻祖鼻祖，以鼻为祖，我这鼻子值两千万。"八斗揶揄地说："我照鼻子给你一拳，五万赔偿都不用你信不信？"

50

八斗到家，一笑还没回来。

打电话过去，没人接。再发消息，好一会儿，回了。一笑说还在吃饭。八斗再三打电话过去，一笑接了，隐约有唱歌声。

八斗问她是不是在KTV。一笑说刚吃完，不好立刻散，消遣一会儿。八斗问："要我去接你吗？"结果一笑说不用，一会儿就回去。八斗不好勉强，但有些不高兴。

等到晚上九点，冯一笑回来了，满身酒气。她放下手机、皮包就要去洗澡。八斗坐在沙发上，心里的气不断膨胀。他低头看茶几上的手机，消息还在跳着。冷不防跳出个消息，是"同学群"。

八斗提醒自己不要看。他没偷看别人微信的毛病，可眼睛还是忍不住往上瞟。

一眼就看清楚了。

"同学们"聊得热火朝天，有说荤段子的，还有聊中药材的……再仔细看，似乎不对了。有人在群里说老吕。八斗拿起手机迅速看群成员，几乎都是男的。八斗脑中叮铃一响。通了！这他妈哪是"同学群"，根本是工作群，老男人群！"同学群"三个字，只是伪装！

淋浴声停了。八斗深呼吸，一下，两下，不行，必须在冯一笑走出来之前做好伪装。可任凭怎么按捺，八斗也做不到笑脸相迎，所以等一笑出来，迎接她的是一张铁面。

"还有吃的吗？"一笑随口问。

"出去玩还没吃饱？"八斗阴阳怪气地回道。

冯一笑一边擦着头发一边说："胃凉。"

八斗起身去下面条——西红柿鸡蛋面。等一碗面摆上桌，他才端坐在一笑对面，装作不经意地问："去见得怎么样？"

"还那样。"一笑明显在敷衍。

八斗心想：呵呵，谎都懒得撒了？那就偏要继续问："哪个同学？"

"老家一个同学，"一笑一边吃面一边回答，"你不认识。"

"叫什么，来干吗的？"

"段菲，"一笑说，"过来出差。"

编的，满满都是套路。

"这人酒量不错嘛。"

"什么意思？"一笑放下筷子。

"没什么意思，"八斗不客气地说，"就觉得洗完澡味还很大。"冯一笑随即呵了两口，手捂着自己闻，但没闻出味来。八斗又说："笑笑，咱们的生活还是得有规划。"冯一笑边吃东西边说："是，一步一步往前走，步步为营，道路是曲折的，前途是光明的。"

八斗不喜欢这种套路感十足的一笑。他耐下性子道："咱们首先得是一个家庭。"

一笑放下筷子说："你是不是又要说生孩子？"

"不是指孩子。"

"那是什么？"一笑脸部慢慢僵硬了，"是不是又要说丈夫和妻子的责任？男主外女主内？像你姐跟你姐夫那样。"

八斗下意识袒护三元，说："她那样也没什么，她很伟大！"但声音有点高了,充满挑衅。

一笑道:"是,伟大,蜡炬成灰泪始干,你们男人喜闻乐见。"八斗上前,循循善诱地说:"你这么说可能因为你还不是一个母亲,孩子是自己身上掉下来的肉,她必须做取舍。"一笑还要反驳。八斗把话切进去,继续说:"笑笑,我的意思是,我必须对你坦诚,我得把心交给你,你也得把心交给我。"

冯一笑的脸像被熨斗熨过,问道:"你到底要说什么?"

八斗这才显山露水、重章叠句地说:"你今天见的同学,是什么样的同学我想知道。"

冯一笑重重吐了口气,似乎也有些无奈:"你怎么就跟这同学过不去了?不就去见个同学吗?违法了吗?用得着大半夜来谈这个问题吗?"

八斗这才拉下脸来说:"是'同学群'里的同学吗?"

一笑顿时色变,转而厉声喊道:"你翻我手机!"

等于变相承认了,她就是做贼心虚!

八斗整个人凝固了,脸跟水泥浇筑的似的。他不承认,也不否认。一笑用眼神四处搜寻手机。那手机正躺在茶几上,屏幕锁着,一片黑暗。她冲过去,一把抄起来,反身对八斗嚷道:"你这是侵犯个人隐私!犯法的!"

八斗还是咬定了说:"我就问你那'同学群'到底都是些什么人,是不是都是同学?"

冯一笑咆哮道:"用不着跟你解释!你谁?管得着吗?"

八斗不得不用更大的声音盖过她:"我是你老公!"

一笑不理那么多,一扭身,进屋了。跟着卧室门重重地关上了。不消说,这一夜,龚八斗失去了进卧室的权利。但八斗却觉得自己获得了第一次"围剿"的胜利——一笑心虚了。她的激动不过是掩盖自己的慌张。那个群,一定有不可言说的东西。她出去见的,恐怕也不是什么同学。

八斗觉得自己根本上是在挽救一笑。她不能再在那个泥潭里深陷下去,哪怕她自己认为自己可以出淤泥而不染。由此,八斗想到了黄彤的事——苍蝇不叮无缝的蛋。

这帮男女,没那么简单……

冷战开始了。

冯一笑是绝对不可能先低头的,她是女战士、女王和公主的结合体。她表达不满的方式是摔摔打打,家里所有的东西几乎都遭到了不同程度的打击。八斗则是以柔克刚,稳稳占据道德制高点。他在等待机会切入,一举将"敌人"击溃。

关于那个"同学群",一笑始终没给出合理解释。黑不提白不提,就很说明问题。回到家,两个人各占据一个房间。卧室属于一笑,八斗在客厅。

"行李"也搬出来了,晚上八斗以沙发为床,他也是有姿态的。行,耗着,这叫心理战。天慢慢热了。是夜,八斗听到屋内噼里啪啦一阵响,仔细听是一笑在打蚊子。八斗找了花露水,走进去。

灯没开,一笑坐在床上。八斗递过瓶子,一笑接了,味道很快在空气中弥散。"要蚊香吗?"八斗问。 一笑嗯了一声。蚊香液没有了,只有一盘传统蚊香。

点燃了。

八斗把门打开,放蚊子一条生路。黑暗中那一星红点,格外触目。八斗坐在床上,两个人都没说话。他起身要走。

一笑半嗔地说:"躺这吧。"

这是给他台阶下了。八斗就势躺下。

黑暗中,两个人中间有三指的距离,谁也没碰着谁。一笑先开口说:"是你不对。"

八斗笑着承认说:"是,是我对你的关心不够,要不然你也不至于……"

一笑拦住他,抢白道:"能不说了吗。"

八斗这才挪过去,从后面抱住她,说:"我不是不许你去跟人社交,可你得跟我说实话。"

一笑软下来说:"我怕你多想。"

"这样我就不多想了?"八斗的话跟紧了。

"好多事情没法解释。"

八斗停了一秒,问:"那'同学群'也不是'同学群'?"

一笑说:"是同学群,一起做过培训,也算同学。"

"然后呢。"八斗想知道下面的。

一笑道："好多事情不能看表面，老詹是好人，老吕也是好人。"八斗质疑，说老詹是好人，老黄会那样吗。一笑语气加速说："老黄的事你不理解。"八斗说有什么不理解的呢。一笑说："老詹说好要离婚的。"八斗愣住了，这事情的确超出了他的经验和想象。

一笑从八斗的怀抱中挣脱，转换方向接着说："结果老黄一场病，人家不愿离了。"停顿一下又说："也能理解。"

八斗怔了一会儿说："那现在呢？"

一笑说现在老黄回老家了，其余的不知道。

八斗道："都这样了，老詹还不是坏人？"

一笑说："他舍不得儿子。"

八斗问："那他老婆呢，他老婆不知道？"

"知道。"

"知道了没反应？"

"她不是已经赢了吗，老天帮她。"

"那日子还能过？"

"有什么不能过的呢？"一笑说，"都过了这么多年了，而且老詹的老婆管着钱，这等于是一次失败的跳槽，失败的战略重组。但为了大局，他老婆也不会把人往外推。"

八斗真心觉得这女人真能忍。也是，这或许就是男人和女人的差别。男人出轨了，再回来了，叫浪子回头，女人或许能接受。女人出轨了，再回来，那就是淫妇，千刀万剐都不解恨，估计男人怎么也不会接受了。

想到这儿，八斗随即道："商业系统的人，就是乱。"一笑说不能一概而论。八斗说："见'同学'你喝了多少，他们灌你酒了吗？"一笑说他们酒量还不如我。又说："灌酒的也未必就是坏人。"

八斗觉得一笑在狡辩。

冯一笑接着道："那是因为他们就是这么成长起来的，这就是他们的相处方式，跟你希望我做的一样。"

八斗不肯背锅，立刻说："我没希望你怎么着。"

一笑翻身坐起来,又去拿花露水瓶,说:"你希望我按照你的方式来,希望我接受那些鸡毛蒜皮,希望我像你姐那样当家庭妇女。"

八斗说你又来了,又给我贴标签、戴帽子。

一笑不管他,继续说自己的:"在合理范围内,我可以做,但我不可能接受全部,我是嫁给你了,但那不代表我就不是我自己了。"

八斗迭声说我知道我明白,可问题是你不能反过来压迫我。

"我压迫你什么了?"

"咱们两个是跷跷板是天平,事业、家庭两边都要平衡,"八斗恳挚地说,"如果总是独来独往,独断专行,那还在一起干吗?既然决定两个人在一起,那两个人就是同等重要,没有高低贵贱,就要相互帮助,力求和谐。不是说谁非要压倒谁。"

一笑质疑地问:"你意思是,我压你了?"

八斗嘿嘿一笑,不多阐释。

一笑说:"谁把你从茫茫人海中捞出来的?"

八斗道:"是,是你,没有你,我现在还是孤家寡人呢,没人要。你香,我臭。"他又抱住了一笑。两个人缱绻了一会儿。八斗才说:"我只是觉得你缺少对人生的整体规划。"一笑说你是说小目标吗。八斗道:"不是小目标,是整体,务务虚,就说说你这一辈子打算怎么过。"

一笑道:"未来的事情谁知道,能过好当下就不错了。"

八斗细细掰扯道:"咱们现在三十,等到四十岁什么样,五十岁什么样,六十、七十、八十……这都要掌握节奏的,自己得有预判。不能冲到哪儿是哪儿。"

一笑听了一会儿,反问:"你要陪我到八十岁?"

八斗一愣马上说"九十都可以。"

一笑苦笑道:"女的可比男的活得长。"

八斗说:"我肯定保重自己,走在你后头。"

"那为什么?"

"我得给你料理得好好的。"

"你这么说我都有点害怕了。"

"怕什么?"

"被你这么一形容,好像一辈子望到头了。"

八斗深呼吸两下说:"这样不也挺好吗。"又说:"除非你觉得跟我在一起不满足。"一笑说没什么不满足的,我还得谢谢你。

八斗说谢我什么?

一笑说:"外面不了解内情的人,会觉得我占了你的便宜,你挽救了一个可怜的大龄女。做了一件大善事,大功德。"八斗说我知道不是这样不就行了。一笑轻轻笑了,没再说话。八斗搂紧她说:"我是真的希望你过得好,把最好的都给你。"

冯一笑道:"那就让我自由。"

八斗不吭声了。一笑说:"你勒疼我了!"八斗这才慢慢松开手臂。

51

周末,八斗去看三元。

三元正在准备事业单位考试,资料翻得哗啦啦的。八斗理解姐姐的新选择,但又打心眼里觉得姐姐不是混体制的人。八斗问她考哪儿。三元说考老家省城的一个单位,严尔夫有点关系。

八斗错愕道:"打算回去了?"

三元说:"真要考上,就回去,到时候你姐夫也回来了,国外挣钱老家花,够过半辈子了。"

这么考虑也对,八斗表示支持。他多嘴问了一句:"那默默上学怎么办?"三元说到时候转学也行。八斗听完就沉默了。

三元觉得尴尬。在弟弟面前,她向来鼓吹留京,事实上这么多年,她对北京始终还是有感情的。包括上回差点儿要走,也是"悬崖勒马"。现在突然说走,她自己都觉得台阶不好下,于是只能多解释几句:"以前是低估了困难,像我做的这种行业越老越不值钱。"她吸溜一下鼻子,又说:"还没到四十就这样了，四十五以后，你租房人家都未必租给你。"

八斗咋舌，说那不至于。三元继续说："超一线城市，年轻人的乐园，人到中年，如果该有的配置你都没到位，权力、地位、金钱，没有！那你就是有罪的，有原罪！"又长长叹息道："你姐我就是带着原罪走的，说实话，我真后悔没早点儿出来工作，你说我要二十岁就出来了，现在不至于这么被动。"

八斗笑着质疑道："二十岁出来？不读书了？能行吗？"进京绝对是有门槛的。

三元愤然道："坏就坏在读书上，不读书你门都进不去，读了书出来了又年龄大把，窗口期就那么几年，说白了，你要是在那几年内无法突破，就奥特（out）了。"

八斗不说话了。姐姐说的是金科玉律，全是实践中得来的宝贵经验，也是颠扑不破的。幸好，他还年轻，而且又是男的，从这个角度看，八斗似乎又能换个位置去看他跟一笑的纷争。冯一笑也是焦虑，也是不甘。他们都是沿着天梯往上爬的人。什么时候能到天上，站住了位列仙班不知道。但大家都明白不能朝下看，得踩稳了继续爬。

退一步就是万劫不复。

三元见八斗失神，道："所以你出来，我现在也想明白了，支持！与其温水煮青蛙，还不如出来搏一把！王侯将相宁有种乎，不成功便成仁！去他的！"

八斗被三元粗暴的乐观逗笑了。

三元情绪陡降，说道："老弟，实话告诉你，非得活到你姐我这岁数才能明白，明天未必更美好！世界未必一直向前！也有可能将来的日子过得还不如现在，更不如从前，开倒车的时候且有呢！我们国家还算好的，你看看周围，日韩，哪个不是在往下走，甚至'漂亮国'，也不是过去那时候了！"她口气加重，眼对八斗，目光如射电般，继续说："所以，选择比努力重要、选择比努力重要、选择比努力重要！"

重要的事情说三遍。三元说给八斗听，也说给自己听。

"幸福的人，就是每一步选的都是对的。"三元最后感叹，"不过就算选对了，能不能成功，能不能由量变到质变，那也只能交给老天。我就没有王斯文那好运！一踩全都踩到点儿上了。"

八斗宽慰道："姐夫这不也去发财了吗。"

三元不接茬，说："你好好干，你要飞黄腾达了，姐也跟着沾光。"顺着这话，三元问八斗新工作怎么样。八斗说还行。三元问："去了就是领导？"八斗说也没领导几个人，下半年看看能不能上个项目。三元鼓励八斗好好干。不过，不用到下半年，玉兰花谢的时候，滕志国就找八斗通气，说项目提前推进了，这次要干一票大的。如果成了，起码吃三年。

八斗严阵以待。

来公司这一阵，八斗也看明白了。公司领导层，在发展方向上是有分歧的。董事长不想上市，但下面几个元老都急吼吼地要上市。滕志国过去支持上市，现在也不支持了。问题出在志国的直属领导、顶头上司、主管业务的副总刘晓斌身上。他跟志国的关系趋于破裂。

是，刘晓斌是给过滕志国承诺的，包括股权，包括上市后的种种兑现。可此一时彼一时啊！现在多难干，刘晓斌把滕志国甩了实属正常，他自己都吃不饱呢。上一个项目的种种问题，他直接把志国推出去顶包，并没有给补偿。这仇怨就结得更深了。因此，志国不相信上市之后他能有什么好处。他坚决站到董事长那边，不支持上市。

八斗作为一个新人，任何派系他都不站。说白了，他就是李骐、尤家的一个钩子，来钓大鱼的。但因为他跟志国的关系，大家伙自然而然又把他划到滕志国一边儿去。八斗问志国这个项目报多少钱合适。

志国问："骐姐那边要多少？"

八斗报了个数目，志国直接再加　倍。八斗吓得眼睛都大了。志国说："那不然呢，跟公司客气什么？你还指望在这退休？"滕志国这话一出，八斗危机感顿时爆棚。看这意思，滕志国八成已经在想退路了，只是走之前希望捞一票大的。可问题是，他刚来，还没得到多少实惠，难不成就走？八斗忽然意识到自己的处境十分尴尬、艰难。

八斗把项目的相关材料递给了李骐。李骐说得问问尤高畅才能给答复。没多久，李骐约八斗见面，谈到这个项目，说可能要新注册一个公司来运作。她建议八斗到时候要点股权。"股权"龚八斗听说过，但没接触过。

李骐问:"你有生活目标吗?"

八斗不理解她的意思,说有,就是把日子过好。

李骐换个角度说:"或者说,如果你有钱了,你准备放哪儿?"八斗说当然存银行。李骐啧一声,说这么问也不对,她微微皱眉,想了一会儿才说:"未来,如果你想要突破你所在的位置,把自己拉升一个层次,该怎么做?"停顿一下,又说:"或者说未来来之前,你要怎么布局?"

八斗踌躇了,他想了想,说:"多买几套房?"这是他的真实想法。他过去的理想,就是希望在自己喜欢的各个城市有一套房子,哪怕不大。李骐笑道:"你这个思维,不能说不对,但有点儿跟不上形势了。"声音突然加大说:"现在都'住房不炒'了,你还想靠房地产翻身?北京的房子一个家庭现在只能两套。其他城市的不跌就不错,而且房地产流动性差,很容易套手里。"

八斗虚心求教。

李骐这才竖起食指,说:"得有优质行业优质企业的股权,这才是普通人突破限制的正确道路。"

八斗惨笑,反问:"股权这玩意儿,普通人能玩得转吗?别说没钱,就是有钱,别人给你买吗?你能买得准吗。"

李骐语速很快地说:"所以要跟对人,这不带着你玩呢吗。"

八斗称是。这方面,李骐的确是他的导师。不过他认为他跟李骐的差距,不是个体差异造成的,而跟所处的家庭以及随之而来的圈子、视野、格局有关。李骐是站在巨人肩膀上,他才刚开始爬坡。李骐总想着把蛋糕做大,但他就没这种眼光,顶多只能考虑怎么分现有的蛋糕。李骐批评八斗想问题没高度。说这话的时候,两个人正在CBD某酒店高层的餐厅。李骐朝外望了望,说:"有格局的人,要懂得从别人的角度看问题。离地一尺,你能看到地上的蚂蚁,离地一丈,你能看到花草树木,那离地一千米呢。"她等八斗作答。八斗当然答不出,只是聆听,李骐这才说:"离地一千米,你才能看到整个城市的格局。做任何事情,都不妨往高了远了看一看。"

是,有道理。但八斗清楚地认识到,他跟李骐的这种认知差距,是由过去生命中的全部经验造成的。他目前的生活目标,跟李骐的生活目标,完全不在一条道儿上。让他有格局,有大格局,也不现实。毕竟"仓廪实才知荣辱"呀,饭都没吃饱呢,做什么慈善!不过八斗也想得明白,李骐和尤高畅让他入局的原因,无非是他是个"局外人",很多事情,他们不能做,但他可以。

于是乎,他们吃肉,龚八斗也能喝点儿汤。但还是那话,这种身份、这种位置是危险的,水能载舟,亦能覆舟。如果将来一旦出了问题,他注定第一个被推出来"背锅"。那就必然是万劫不复……

八斗笑着说:"我也没那么大野心,过好小日子就不错,将来我还想回体制内。"

李骐轻轻搅拌着咖啡说:"想回去也行,年龄还不算大,不过就怕心玩野了,根本就适应不了里头枯燥的日子。"

是,枯燥。八斗知道那滋味儿,他也给三元提过醒。

但三元这回是铁了心要冲进体制内了,这也是她求职受挫的必然结果。路都是逼出来的,不到悬崖边上你还会对生活心存幻想。

考场门口,龚三元左右看看:候考的人似乎都比她年轻,至少看上去是这样。这些男孩女孩,有的估计没毕业多久,还咋咋呼呼的。

三元又不禁有点儿失落,不是因为年龄,而是因为一眼望过去,她觉得这些人连长相都不具备竞争力。来省城考这个职位的人,多半长得歪瓜裂枣,她怎么沦落到来跟他们竞争?三元答题行云流水。她不打无准备之仗,她来考试,属于降维打击。事实上,等分数出来,三元的自信再次得到了确认——

在所有报考该职位的考生中,龚三元名列第一,高兴得王斯文都要特地为她开一瓶葡萄酒。斯文对女儿蓓蓓和侄子默默说:"看到了吧,要么不考,要考就第一,以后你们也要这样。"

三元端着葡萄酒杯,通过一汪深红看王斯文两口子。

王斯文继续说:"元元,这么想就对了!老二在外面赚钱,你大后方稳住,留得青山在,不怕没柴烧,在省城混好了也一样,实惠!将来有机会再杀过来,这叫存人失地,人地皆存,属于战略转移。"

三元轻声附和着。王斯文是有资格"教育"她的,人家两口子,如今已经买了两套房。老严的事业也一天比一天有模样。王斯文已经是"北京人"

了，户口随迁，继续沾丈夫的光。吃完饭，斯文打发蓓蓓去背英语。整个客厅都充斥着那大惊小怪的语调，斯文反复强调，女儿将来的目标就两个，要么哈佛，要么耶鲁。

三元心里不服气，嘴上还是奉承斯文。要说唯一能挑出的蓓蓓的毛病，也是斯文祖传——丑。三元私下以为，严蓓蓓这样五大三粗的女孩，在婚恋市场上是不大受欢迎的。但也难说，人家有北京户口，人家有万贯家财，还是极有可能女承母业，找到一个称心如意的丈夫的。半个下午，王斯文收拾柜子，淘汰出来好些衣服。她要给三元，龚三元死活不要。

不是衣服不好，她是讨厌那种感觉。拿了这些衣服，她就是斯文的"穷亲戚"，就仿佛低人一等了。她建议斯文到闲鱼上卖掉，还说："你这衣服，都是二、八月天穿的，北京不比老家。这儿基本没有春秋天，根本穿不上这些个，一看你就是在北京生活的年头还是短。"话说出口，三元就后悔了——她怕斯文多心。

结果还没来得及找补，斯文就反扑了，她笑得叫人齿冷："是，你倒是在北京生活过，可惜就要走了。想跟你学都没机会了。"

三元连忙缓和，找点好听的说："大姐，我真要回去了，你会想我不？"口气、神态都有些撒娇的意思。

斯文呵呵笑道："这不就是掉个个儿的事吗，当初我在省城，你在北京，你什么感觉，那将来我就什么感觉，一样。"

52

网络购物节，冯一笑买了九十九件商品，快递几乎把玄关过道挤爆了。

八斗觉得这很成问题。

事实上，他一直不太赞同冯一笑的消费观。普通家庭出身，手头也不算富裕，干吗在这些乱七八糟的东西上被资本家收割。八斗的消费理念是：该花的，再贵也得花；不该花的，一分钱也不能多花。可是，小两口在这个问题上的看法又是南辕北辙。

在冯一笑看来，这些没有一件是不该花的——都是必需品，不买日子就不美满。可八斗却认为，说白了，你冯一笑就是不够艰苦朴素，是被消费主义洗脑了。

伟人都说了，要为革命节约每一块铜板。他龚八斗就是这么做的，而且成效显著。不出半年，他已经还清了当初买房时一笑借的钱。房贷也提前还了一部分，每个月的压力没那么大了。如果继续这么奋斗下去，换房子指日可待。

一笑进来了，过道两侧堆着东西，几乎没处下脚。八斗揶揄道："丰收了。"

一笑没理他，拎着皮包进屋，又打开电脑忙了一阵。八斗叫她吃饭，她没起身，继续在餐桌上办公。

八斗说："先吃饭吧。"一笑说吃，但眼睛还是没离开电脑屏幕。八斗吃得不是滋味。

合上电脑，一笑又接了两个电话。面吃了两口就不吃了。八斗不乐意，这也是他对冯一笑不满的地方之一——总剩，不爱惜粮食。为这事他们还小吵过。八斗的意思是，你吃多少点多少，不要剩。

剩，折损的是自己的福气。

一笑反驳道："我没想剩，吃不完怎么办，硬塞？吃出病来不是要花更多钱？"

八斗无言以对。他只好端起碗，把一笑面条上的肉"打扫"了。一笑坐在沙发上看电影。八斗走过去，尽量保持情绪平稳，说："要不要录个开箱视频？"

一笑抬起头说："干吗，你做自媒体？"

八斗说你们女生最喜欢的不就是开箱嘛。一笑说我不是女生，是女人。但说着话，人还是站起来，走到了进门过道旁。

八斗连忙搬了个小板凳过去垫在一笑屁股下。

他蹲着。

"先拆哪个？"八斗问。

一笑拿了个小盒子用拆包刀划了。

是化妆品，八斗分不清是乳液还是精华。他只问多少钱。

一笑道："打完折没多少。"

不用说，又是价格不菲。

再拆。

一副墨镜。

八斗虎着脸说："什么场合戴？"一笑说："有太阳就戴。"再补充道："出差的时候用。"她把墨镜卡在八斗脸上。

然后拆第三个。

是一套内衣，男士的。八斗下意识反弹起来，说："这个有什么用，你又用不着。"一笑先是虎着脸，然后半嗔半笑道："我用不着，你也用不着吗？"八斗脑筋打了个转，讪笑着说："我不是还有吗，都能穿。"

一笑不说话，再拆，是袜子，一打。八斗又说自己的袜子还有。冯一笑这才教育他："龚八斗，你大小也算个领导，各方面都要注意。"

"内衣、袜子也注意？"八斗反驳。

一笑不含糊地说："内衣，夏天最好每天换，冬天三四天也得换了，春秋天折中。袜子，不管什么天最好每天都换。不然臭到自己，还熏到别人。还有，袜子的款式也要注意，你那大红袜子不要穿了，脚踝露一截，黑皮鞋，红袜子，都什么组合，什么品味？同事、客户会怎么想你？"

好家伙，八斗这才意识到误会了。多么贴心的老婆啊！八斗坚决听指挥："你说得对，以后一定注意。"继续拆箱，不是面膜，就是喷雾，有几瓶看着就贵。八斗拿人手短，也不好再说什么，但眼神里的内容依旧丰富。

一笑看穿了他，道："我觉得你们男人最可笑，一方面喜欢漂亮的，另一方面，人家用来维持漂亮的费用又觉得不能接受，我花自己的钱保持漂亮，你享受，你还有什么不乐意的。"

八斗好声好气地说："我这不是怕你被割韭菜，收智商税吗？"一笑驳斥道："合着在你眼里，我就是个肤浅的无脑的女人？"八斗说不是那意思，还说，你将来还要买房，不存点儿钱怎么行。一笑没接话。

有人敲门，八斗起身去看。迎面是一张大床垫。八斗没反应过来，一笑起身道:"师傅,麻烦搬进来。"八斗还愣在那儿。

一笑叱道:"还愣着!伸把手啊!"

床垫问题是一笑和八斗由来已久的争论焦点。

龚八斗从小到大睡的都是木板床,加之久坐,腰挣不住劲儿,更不适应软床。

可一笑对席梦思却是有执念的。

结婚后,他们换过一次床,结果是一笑妥协,睡了木板床。这次购物节她没忍住,趁着打折,入手了一个高级乳胶床垫。铺上了,一笑美美地躺了上去。

八斗站在一旁,跟看动物似的。

冯一笑半开玩笑地说:"这种床睡着,都能增加怀孕的几率。"八斗不开口,脸色不好看。一笑喷他一句:"瞧你那点儿出息。"她翻身起来说:"不是没考虑你。"又招招手说,"把那木板拿过来。"

八斗不懂她的意思,没动弹。一笑又说一遍,八斗只好把适才卸下来的木板搬过来。

一笑指挥道:"放上去。"

八斗把板子摆上去。一笑又让调整地方。最后床的一半是乳胶床垫,另一半是乳胶床垫上面加上木板,然后再加棉花褥子。

一笑道:"这样最好,一半一半,你还是木板,我是乳胶。"八斗苦笑,心想这种办法也只有冯一笑想得出来。他说那不成"同床异梦"了。

一笑道:"那也没办法,总得考虑你的腰。"

说实话,八斗被感动了——一笑还是考虑他的,心里有。他作为男人,怎么好再矫情呢。于是,八斗随即说,"别那么割裂了,就睡乳胶床垫!"一笑说你不是不喜欢软床吗?八斗说这个比席梦思好,不算太软,就乳胶吧。

"方针"定下来后,两个人又拿下木板。商量来商量去,最后决定把木板床送给三元。八斗打电话给三元,三元同意要。她家客房的床,本来也不太好,想换没来得及。

等床垫安装好。两个人又开始拆快递。一笑还买了帐幔,八斗弄了半天终于搭起来,是一个紫红色的帐子,周围有流苏。

他对一笑说:"住进去,真跟公主差不多。"又说:"谁住谁怀孕。"一笑没接茬,继续去拆快递。她还给八斗买了个颈椎枕,荞麦芯子,专治颈椎病。

试躺在上头,八斗很感动。

要了八斗的床,三元一时不晓得怎么运来。叫拉货的,路费太贵,得不偿失。自己的车子在斯理出国前已经卖掉,车牌租了出去,每个月还有点儿收益。这些都是进项。就目前看,还不至于入不敷出。

但三元有危机感,因为她没收益了,家里等于缺了条腿。尽管斯理在国内这份工资的工资卡握在她手上,可三元每天还是觉得"如临大敌"。

不行,得挣钱。自媒体号也开了,但那得长期运营,短期不会有什么实质性效果。关键是,她在内容输出方面也没啥天分,她不习惯把自己的隐私袒露给大众。于是龚三元一边等老家省城事业单位的面试通知,一面又开始投简历。她也动过干体力活儿的念头,比如送外卖、做保洁。可带一个孩子已经精疲力尽,而且她也拉不下那面子。

一天早上,送完默默去学校后,三元发现一个商机。她在通勤的公交站旁,看到一个中年妇女骑着电动车,来来回回送人。

三元走过去问价格。

大姐豪爽地说:"到地铁站,15块,不讲价。"三元道:"你这一早上能挣多少钱。"大姐嘿嘿一笑,说:"干吗,想跟我抢生意?"三元有些发窘。大姐又说:"我是退休的,这干一分挣一分,你们年轻人跟我干干不过,你们还是得去上班。"三元说那是。

大姐再问:"你不上班了?"

三元说了句要上,便落荒而逃。

坐在小区花园里,龚三元的心头一阵悲哀,退休人员都能找准市场,发挥余热偷摸挣钱;年轻的呢,不用说,还在拼呢。就他们这些半老不少的,反倒成为市场的弃子。

他们倒是上不去,也下不来。

三元痛苦极了,晚上跟斯理通视频的时候哭了。没说原因,就是哭。斯理以为老婆想他想得厉害,讪讪道:"怎么着也得干半年才能回去。"又说:

"你要是实在受不了,自己想点办法。"

三元愣了一下,听懂了,立即大怒道:"想什么办法!你们男人是不是就那点儿事!"又骤然说道:"我现在觉得我就是个废人。"

斯理说你这不是正在做着重大贡献吗,我们这个家,还有国家,都得感谢你。

"少来。"三元不哭了。

斯理说要不你做点儿生意。三元问什么生意。斯理说这边宝石比较多,我去市场上看,拍了照片,你做代购。三元觉得这倒是个办法,就是客户需要找。

斯理说万事开头难。

三元情绪稳定后,才转回头问:"那你都怎么解决?"

又是那事了。

斯理反倒不好意思,嗫嚅道:"还能怎么解决……自己解决……"也是,一天天的,累都累死了,还哪有精力歪想。三元勉强放心,长长吐了一口气,说:"考上了我就回去。"是说考编的事。

斯理坚决支持。又说:"到时候咱们也买个大平层,踏踏实实过日子。"三元情绪再转,说:"那北京呢,就这么走了?"她永远都不甘心。斯理劝她,说日子还是自己过,跟谁过不去都别跟自己过不去。三元问固安的房子怎么办。王斯理建议到时候再说。

三元想在斯理面前说几句斯文的坏话,但话到嘴边又给吞了下去。过去,她跟斯文是平等关系,甚至她一度觉得自己比斯文地位要高,吐槽几句可以,但现在王斯文领先了自己好几个身位,斯理这次出去,严尔夫又帮了忙。三元实在不好意思再讲人家坏话。更何况,她说了后斯理可能非但不帮她,搞不好还会教育她几句。

此一时彼一时。龚三元想不到,有朝一日从初恋一路走过来的丈夫都没办法说知心话了。她想跟八斗或者老妈打个电话排解排解,又怕他们担心。

挂了斯理的视频,三元只给燕玲发了条微信,燕玲没回复。第二天打开手机,三元才看见燕玲凌晨四点多给她回了消息,说睡得早,没注意看,问她什么事。

三元打电话过去，关切地问："你是起得早，还是没睡？"

燕玲说："起得早。"

三元问："起那么早干吗？又没孩子要送，还是要创作？"说完就后悔了。三元恨自己大嘴巴。好在燕玲并不介意，她直接说："老竺起得早，我陪他锻炼，然后吃早饭。"龚三元嘴上夸赞这种生活方式健康，但心里却不以为意：看到了吧，找个半老头，觉都不能睡，可怜。三元还严重怀疑老竺根本失去了"那功能"，燕玲跟他就算走到最后，也只能是一对社会学意义上的夫妻。

53

初中同学姚瑶来北京出差，约三元见面。说起来也好多年不联系了，但学生时代大家关系不错，三元被"小太妹"欺负的时候姚瑶挺身而出过。

三元抹不开面子，得见。

选择餐厅是个难题。太贵了她不能接受，太便宜了又不像样子。思来想去，最后还是面子占了上风，龚三元选了个米其林一星，那环境不错，好歹可以撑撑场面。还是那话，这么多年，在老家同学眼里，三元的"人设"没变过。

她还是那个闯出来的人。

"人设"立了，就不能倒。

衣服也要选，太夸张不可以，太寒碜也不行。三元想走低调的华丽风，可翻遍了衣柜，也实在没几件拿得出手。最终还是选了运动风，化淡妆，也显年轻。到地方后，姚瑶已经在了。三元一眼望过去，顿时感觉自己输了。不是衣服，而是人本身，姚瑶过去黑不溜秋，颧骨老高，一看就是穷相。现在人家成"人间富贵花"了，眉毛纹了，唇也纹了，一袭仙气十足的披挂，整个人白得透亮。

她站起来招呼三元，好像这完全是她的主场。三元问她住哪儿，姚瑶报了个五星级酒店名。又说:"你瘦多了,肯定是挣钱累的。"

这话歪打正着,敲中了三元的心事。她只好虚虚实实地说:"挣啥钱,穷忙。"两个人坐下后,几分钟就热络起来。龚三元原本以为,见故人少不了一些攀比、交锋,谁知完全没有。不过两个人近况一对比,却自然而然产生了反差。

姚瑶生了三个孩子,两个女儿一个儿子(据说罚过钱)。老公在体制内,她在卫校当老师。两口子住着两百平的大平层,婆家娘家抢着带孩子,整个一个岁月静好。

三元羡慕不已。可姚瑶反过头还羡慕她:"我们班,就你闯出来了,见过大世面,活得精彩。"三元应承着,笑得脸都僵了。

没办法,实在没底气。她的"闯出来",不过是打肿脸充胖子。

姚瑶问她住哪儿。三元说五环外——这是她的底线。她总不能掏实话,说自己住在北京以外。那就真等于把脸在地上摩擦了。姚瑶还问:"还打算要一个吗?"

又是孩子。他们这些人眼里就这点事儿。但也能理解,久别重逢,不问这些,也实在没有太多共同话题。

三元说不要了,说得很平静。又补充道:"要不起。"

姚瑶道:"在大城市混的,生孩子都晚,你算早的。我们家大姑姐在上海,两口子都是高校老师,四十六了孩子才两岁。还有我们邻居家的小姑娘,在北京,博士后,到现在没对象呢。"

三元接话说:"博士后出来都多大了,再犹豫几年,可不就迟了。"最后总结说:"只要是出来上学的,基本上都比老家的晚十年。"

十年。

这两个字说出来,三元自己都吓了一跳。人生有几个十年?十年前,她意气风发;十年后,她一地颓唐。十年前,她总觉得自己能在北京混出个样来,起码有车有房。十年后,她发现自己混得还不如十年前呢。那时什么都没有,好歹还有青春。现在呢……一细想,三元顿感悲怆。可在姚瑶面前,她又不能显得太失败。她不由得跟姚瑶说了一些见闻,以证明自己见过大世面,又把王斯文、吴屈梦这些人都搬出来说说。这都是她在北京的人脉,是她社会关系的一部分。姚瑶赞叹道:"真行!你们都是能人!来北京来对了。"有这句总结三元舒坦多了。

饭后,姚瑶假借上厕所把账结了。三元差点儿跟她"打起来",转而她又觉得特别不好意思。她还在这畏畏缩缩,一顿饭考虑了半天,人家却豪爽大方,起码有点中年人的豁达。

姚瑶道:"多少年不见一次,你让我花钱。我花钱,我开心,来就是花钱的。"三元一激动差点儿说秃噜嘴。她想把自己要回省城的事说了,但话到嘴边还是觉得不能说太满。

不过事实证明,不说是对的,可事实也让三元伤透了心。她报考的职位达线人数不到五人,尽管三元考了第一,招聘职位还是被取消了。龚三元愤怒地打电话过去要说法,还说要举报,要信访,最后还是王斯文劝她,说这种情况是有的,让她别把路走绝,今年不凑巧,来年再战。三元几乎哽咽着说:"明年我就三十六了!"又再补充说明道:"过三十五了!"

这道杠杠,任谁也不能翻越。

哪怕三元有着激流一般的冲劲,遇到这道大坝,也只能变为一潭死水。

斯文劝她道:"那再想别的办法,有手有脚,总有饭吃。"三元觉得大姑子这是站着说话不腰疼。总而言之,她想回体制内的路,彻底被堵死了。

三元生日之前,吴屈梦传来好消息——怀上了。三元邀燕玲一起去看老吴。开车送她们的竟然是老竺的儿子。三元在车上仔细观察,下了车才拉住燕玲,跟媒婆似的说:"你这后妈都当顺当了?"

燕玲说了声"去",不让她胡说八道。三元继续问:"这孩子不上学了?"燕玲说毕业了,准备出来工作。三元吓了一跳,说才多大的孩子就毕业了。张燕玲这才耐下心来说:"职高毕业,他爸给安排了工作,先干着。"三元感叹,老子是知识分子,怎么儿子倒往下出溜那么多。转而又问:"你见过他前妻吗?"

燕玲说人在老家,没见过。

三元又问那话,说你们真成灵魂伴侣了?老竺现在啥情况?

燕玲停了一会儿,才说:"这种事总不能我先提。"

龚三元想了想说:"要不,我去帮你敲打敲打?"她热心肠,好人好事这些年没少做。燕玲说不用。三元比燕玲还着急，说："当时就是心急了点儿！"燕玲说有些事情真的急不来。三元道："脑子能等，身体不能等。"燕玲不吭气了。

说话间，两个人来到别墅门口，李骐开的门。她招呼了一下两人，就往外走。吴屈梦跟在后头现身。她跟她大姑子现在有个共同特点，就是胖，跟气鼓起来的河豚似的。

闺蜜仨说上话，李骥出来了，也胖。他跟三元、燕玲客套几句，就出去了。屈梦招呼两人上楼。这地方虽然不是她们第一次来，但这回才发现客厅内有私人电梯。

燕玲问李骐是不是常来。

屈梦道："不怎么来，今天特殊，来找李骐。"又对三元说："八斗现在跟李骐走得可近了。"看完三元，又看燕玲。三元一时不知道怎么回答，八斗跟一笑是两口子，一笑跟燕玲又是亲戚。八斗跟李骐走得近，似乎有点不守男德。

屈梦又解释道："当不成亲戚，当朋友也不错。"

三元道："能跟骐姑娘做朋友，是他的造化！"又小声说："骐姑娘真不找啦？"屈梦说："家里不催了，她自己好像也不着急了。"燕玲抿嘴微笑道："跟着感觉走。"屈梦怔了一下，说对，跟着感觉走。

三个人在屋里坐了一会儿，吴屈梦提议去院子里看看，家里的草坪刚弄过，绿油油的。于是两位闺蜜搀扶着屈梦走上草坪——事实上，她肚子月份还小，并不需要搀扶，只是只要她们仨凑到一块，无论是三元还是燕玲，都自觉把"C位"留给屈梦。几乎是一种下意识，无别的选择。吴屈梦过得"最好"，地位自然也就最高。

外面风大，仨人站了没几分钟就进去了，仨人又去地下室看了一会儿锦鲤。这是李骥的新爱好，多少万一条买来的，还造了保温设施。饭后，三元和燕玲不再逗留。屈梦要帮忙打车，但两个人执意坐地铁，吴屈梦不再坚持。

这次跟老吴见面，三元没再提工作的事。她也是有自尊的，她看透了，求人不如求己，这事还得她自己去撞。而且不知怎么的，提起工作，现在她在屈梦和燕玲面前多少有点儿自卑。燕玲三进北京，工作居然歪打正着，拿

-315-

了高薪不说，工作内容还是自己喜欢的，大小还是个领导。屈梦就不用说了，工作次要，生活悠然，主要任务是生孩子。只有她，高不成低不就，中年失业，惨得明明白白。

但另一方面，三元又有她的自傲。说白了，那二位哪个不是靠男人？哪个又是全凭自己的双手拼出来的呢？屈梦找了个丑男，燕玲找了个老男，只有她龚三元嫁给了爱情。王斯理虽然不比多年前，但也还能看。这么想着，三元心里多少舒服了点儿。虽然她的爱情在冲入婚姻殿堂之后，愈发稀薄。她和斯理一个天南，一个海北，煎熬着。

好在苦尽甘来，三元的好运终究还是来了。这天中午，她正歪在沙发上看短视频。

一个电话打过来，让她去面试。三元直接来个鲤鱼打挺，赶紧问地址、问公司。当确定确实是她投的简历之后，龚三元的心中又燃起了上班的希望。

公司在一座民房里办公，看着有点破败。但三元告诉自己没关系，这种小型的创业公司，自然租不起大场子，有地方办公就行，能发工资就行。何况她还有什么挑的？离家近，她骑着电动车就来了，这样的工作不好找。

三元从电梯走出来，站在门口，清了清嗓子，开始敲门。开门的是个中年男人，其貌不扬，眼睛有点睁不开似的。

三元笑着说："我来应聘。"

男人笑着说："小龚是吧，请进，请进。"龚三元好多年没听人叫过她小龚了，心里高兴地进屋。客厅里摆放着办公桌椅，都是空的，看来刚开张不久。男人让她坐，三元拉了张椅子坐下。男人进去，片刻工夫出来了，手上拿着龚三元的简历。

男人照着简历念道："龚三元，应聘的是……"三元抢答："内容运营，括弧，中老年方向。"

男人抬起头问道："做过运营吗？"

三元答得很没底气："做过，但不是这种内容。"

男人又说："你做过数据分析？"

三元挺直腰板说："是，所以对中老年的用户场景和消费需求，我都可以通过分析进行优化调整，另外我还会简单的视频剪辑。"

男人追问："写稿怎么样？"

三元不大好意思地说："这个一般般，我实话实说。"

男人又低头看简历，半天吐出两个字："本科。"

"是。"三元跟得紧。

男人又抬头看看三元。龚三元准备好了，接下来估计就要问她年龄，有没有结婚，有没有生孩子，生了几个孩子，等等。她打算察言观色巧妙回答。谁知人家根本就没问，只问她对薪资的要求。三元把手指头伸过去，在简历上一点，说："就按照你们提的，居中。"男人抬头问："13K？"三元以笑容作答。男人想了想，让她回去等通知。

三元这才问："您贵姓。"男人说姓王。三元说那我就等王总通知。男人忙说："我不是王总，老总是我爱人，我帮她招聘。"

嚯！还是个女老板。

三元觉得有戏。结果过了三天，王总果然给她打电话，通知她被录取了，但需要做个体检，合格之后就可以上班。

这一天，龚三元做什么都来劲儿。她不敢相信，她又重归职场了。虽然是个小得不能再小的公司，但起码自食其力了，起码找回状态了，同时还能顾着家，顾着孩子。三元忽然觉得自己伟大极了。

54

三元的工作大计一不小心被她公公打断了。她刚体检完，正准备入职，就不得不向公司请假。她公公肺栓塞，几分钟就过去了。三元觉得这老头死得实在不是时候。

可斯理不在家，也回不来。她只能妻代夫职，跟斯文两口子配合着办丧事。

面对灵位，龚三元哭不出来。

对的人

她不敬佩公公，对公公也没感情。这老头除了难缠，还是难缠，这样稀痛少苦地走，算有福分的了，无论对他自己还是对儿女，都不失为一个不错的结果。

她婆婆牛爱玲哭得不能自已。她提过不知多少回，"死在夫前一枝花"。她最怕孤独，不愿意做"打扫战场"的那位。可现在命运偏偏安排她善后，她难受。

王斯文哭得稀里哗啦，她是真心觉得她爸崇高极了，哪怕平凡，也不耽误他伟大。她还特地写了篇悼文，不但在追思会上全文朗读，还在朋友圈发了。

其中最重要一点，也是她父亲最大的美德：他不重男轻女。

从小斯文就得到了跟弟弟一样的重视，最终成才。

她们哭，三元只好也哭，她为自己工作延迟了难受。但只见声儿，没有泪，哭相难看。不过等丧事办完，家里人开小会的时候，三元那可是真要哭了。

首先一点，婆婆的去向，就着实难倒了她。

姜兰芝也来电话问情况。老年人，又怕听这些，又爱听这些。三元道："几分钟就过去了，没受什么罪，善终。"

兰芝说："等于憋死的。"是实话但不大中听。

三元只好进一步阐释，也是车轱辘话："好在死得快。"兰芝说你婆婆可要"活受罪"了。又是实话。

她婆婆被丈夫宠溺了半辈子，现在算落地了。但三元还是不愿意同意这种说法，随即反驳道："妈，您就别操心了，人家一个月五六千退休工资，还愁这些？"兰芝直言道："你可得有心理准备。"

是，准备。三元一直在准备，斯理虽在国外，但在视频里也算拍胸脯保证了，爸走了，他就得承担责任，给他妈养老送终，做个孝顺儿子。

按照老家规矩，女儿是嫁出去的人，有儿子，那一定是儿子养老，女儿顶多是个帮衬。不过这些年来，三元是看得真真的，老两口倒是喜欢斯文、尔夫多一些。

无它，人家挣钱多，社会地位高，体面，实惠！不像斯理两口子，说是在北京，其实就是在底层半死不活。老两口嘴上不说，但行动上就不大肯亲近他们。当然，尽管如此，这也不能成为不赡养老人的理由。公公走后，婆婆牛爱玲一个人继续待在老家显然不大合适了。

北上是唯一选择。

三元认为王斯文八成会心疼她妈，接过去养，她房子也多，抻得开手脚。可是作为王家儿媳妇，代表着斯理，三元又必须说些场面话、漂亮话，以展现高姿态，站稳道德高地。我请不请是一回事儿，你来不来是另一回事儿。

于是家里开小会的时候，三元就当着王斯文和严尔夫直接问牛爱玲："妈，要不您到我那儿住吧，斯理不在家，地方大。"三元说这话的时候也是一脑门疙瘩。没有王斯理，她实在无法想象自己跟婆婆同一屋檐下会是怎样的情形。

斯文接过话道："妹，我说这话你别不高兴，你那边到底是偏，你又忙着带孩子，是不是还打算找个事做做？妈去了，跟着滴溜溜转，就怕比一个人住还忙呢。"

三元连忙道："不不，姐，我对天发誓，妈来了，一根针我都不让她拿！就等着享福！"

斯文微微笑了，笑容跟深潭似的，不见底。言下之意是，你骗鬼呢。斯文随即看看丈夫严尔夫，两口子等于对了个眼神。然后才对三元说："妹，要不这样，妈还在市里，但也不住我这儿，主要妈的作息跟咱们一样，她睡得早，睡眠又轻，一点儿动静一点儿光都不能有。最好的办法，还是在本小区给妈找个一居，我们那套新房租出去，贴补这边。"

这真是天大的好事。这就意味着，三元能暂时甩掉牛爱玲这个大包袱、大地雷了。但三元姿态还是得有，她皮笑肉不笑地说："姐，要不我跟斯理也贴补点……"

三元感到舌头根子发硬。

姐夫严尔夫跳出来说："钱的事就不提了。"这在他看来，这压根儿不是事儿，至少表现出来是这样。牛爱玲道："都别给我钱，我要钱干吗，现在也就是个混吃等死。"随即配上生无可恋的表情。众人一见，非同小可，都劝。可越劝，牛爱玲越觉得自己悲苦。好不容易消停点儿，斯文这才对三元道：

"元元,要不这样,妈就两边跑跑,平时就在我这儿,周六日,你空了,妈过去吃顿饭,也看看她大孙儿,换换环境,就算你跟斯理的孝心了。"

大姑姐都安排好了,显然蓄谋已久。三元无法拒绝。这个"折中"的办法,是眼下的"最优解"。不过等到周末,老太太怎么来也是个难题。从斯文那到固安,一路跋涉,让牛爱玲坐公共交通肯定是不合适的——出了问题谁也担不起责任。王斯文不会开车,严尔夫工作忙,叫车王斯文对司机不放心。三元自己没车了,她只好请八斗当马夫,开车把老太太驮过来。

八斗当然遵命,他问一笑去不去。

冯一笑道:"我就不去凑那个热闹了。"又说:"我跟你说,肯定是一出戏。"

果然,戏在车上就演开了。

牛爱玲盘问了八斗的各种状况,包括工作、生活等。八斗一一作答。牛爱玲得知八斗还没要孩子,屁股弓起来敦促:"得抓紧了,年龄再大,别说父母不能伸把手,你自己也没那个精力带。"

八斗唯唯称是。

牛爱玲顺着问:"你妈还好吧?"八斗说在老家,挺好。牛爱玲又问老周的情况。八斗据实相告。牛爱玲不点评老周,换个角度感叹:"你以后,可得好好孝顺你妈。"

八斗的心又被刺痛了。他是心疼妈妈,活了大半辈子,累了大半辈子,现在照顾病人,比照顾小孩还累。牛爱玲见八斗面色凝重,又说轻松的话做调剂:"要小孩,是有秘诀的。"八斗连忙求教。

牛爱玲道:"你中午要,老话说,午时,阳气最足,一下就命中。"

八斗听进去了,心里打算回去如法炮制一番。

事实上,三元对牛爱玲的到来是如临大敌的。一早上,光地板就拖了三遍。斯理不在家,她单独跟婆婆见面,等于是"硬着陆"。而且,牛爱玲刚丧偶,谁都得照顾她的情绪——她说什么都是对的,地位尊崇。

实际情况也是这样。牛爱玲一踏入三元家就开始批评,嫌她家里不够干净,空气污浊,厨房收拾得不利索。还有最让牛爱玲可恶的一点:三元家养了一只狗。牛爱玲嚷嚷着:"再怎么注意都不行,狗毛还是会被吸到肺里,出不来！你爸怎么死的？！"说着，又愁肠百转。

三元只好好生安慰。并解释说："狗是才养的，主要因为斯理出国，默默孤单。"爱玲这才撇撇嘴，暂停批判。等吃上饭，她又质疑三元的做饭水平。这次不是直接质疑，而是说默默瘦，个头比同龄的孩子矮。

三元解释说营养都够，也测过骨龄，默默不会是个矮子，起码能长一米八。吃完饭，三口人又跟斯理视频。斯理睡眼惺忪地聊了一会儿。牛爱玲心疼儿子："这不叫挣钱，这叫挣命！鬼催的似的！非要出去！"

三元心里咯噔一下。哦，明白了，老太太怨来怨去，还是怪她龚三元催着斯理挣钱。然后才有出国这档子事。可问题是，这是……是……完完全全的冤枉呀！出国打工是斯理自发的，是斯文两口子帮的忙。出去的时候，也是全家同意的，怎么到头来，坏人全让她做了！三元随即半解释地说："妈，我是宁愿回省城去，斯理不肯，刚好大姐大姐夫帮忙，索性出去了，做最后一搏。是斯理不甘心。"

爱玲斜眼看三元，叹息道："我儿子就是太争气！"又说："你呀，就把大后方顾好了，孩子培养好了，比什么都强。"三元柔软反击道："妈，我也得上班。"

爱玲立刻跟触了电似的，差点儿没跳起来，说"还上啥个班呀！你男人一年一两百万挣着，总得有个内外分工"！

三元还是带笑说："妈，家里的事我不也一点儿没耽误吗。"又说，"我是觉得，不做点儿事，跟社会脱节，将来麻烦。"

牛爱玲苦口婆心地说："三元，不要想不开，人不死，就有赚不完的钱，孩子的成长期就这几年，太重要了！哪头重哪头轻你自己心里要明白。"

三元只好说明白。

胸腔有一口气，龚三元跟谁都没法诉说，无从纾解。跟斯理说肯定行不通，他就算嘴上屈服，心里肯定还是给她记上一笔。天大地大，牛爱玲最大。她是斯理亲妈，更是个丧了偶的可怜的老太太。

跟屈梦也不能提，人家现在得意着呢，而且万一听了这些糟心事动了胎气，又是说不清的麻烦。三元只好在微信上跟燕玲抱怨几句。燕玲立刻打电话过来，问三元情况。又劝道："大面场上过得去就行了，毕竟一周只来一趟，还好没住到你那儿，否则你还不得脱层皮。"

这么反向一思考，三元心里似乎好受了些，觉得老天终究待自己不薄。燕玲又问三元，哪儿拍照好。三元推荐海某体。燕玲说："要那种正式点儿的。"三元神经过敏，说："干吗，跟老竺有动静了？"燕玲说还没有。

三元替燕玲抱不平道："拖得太久可不行。"这是老生常谈了。燕玲苦笑着说："那我也不能表现得太恨嫁。"

行了，三元明白了，不能表现得恨嫁，那就还是想嫁。她再一次为燕玲不值，三度杀回北京，只能找这么个半老头子，充当半个家庭服务员。她严重怀疑老竺还能不能生，她没好意思问燕玲性生活的事。在这方面，三元还是有点儿自豪的，起码斯理一碰她就斗志昂扬。人生苦短，真要及时行乐。不过好在老竺还算有点儿路子，有点儿家底。

相比之下，三元更恨一笑。

冯一笑就没有资格找龚八斗。可有一桩事实龚三元也不得不承认，美貌就是生产力。一个事业有成的女人，一个贤良淑德的女人，和一个貌美如花的女人，普通男人都会迷了眼，一头扎到美貌女人的怀里。但三元觉得这只是普通男人，聪明的男人不会。聪明的男人会算账，利弊得失，明明白白。从这个角度想，三元又为八斗惋惜。

还是道行太浅。

这样，在北京是注定吃不开的。一笑的肚子迟迟没动静，就是明证。三元总感觉，这个女人的心，并非全在八斗身上。但她又不能多说，毕竟人家是两口子，是睡在一张床上的。说多了，八斗不小心传话给一笑，一笑再在八斗耳边吹吹风，亲弟弟也能变成仇人。娘家这些苦水，她只好跟姜兰芝吐吐。兰芝听了，少不得返回头劝道："生米都成熟饭了，将就着吃吧。再过二年，有个孩儿，也就收心了。"三元忍不住怀疑道："妈，我总觉得这小冯有问题。"

兰芝问："你是说……"停了好久，又说："不都检查了吗，说两方都正常。"三元又说反正就是一种感觉。还说自己前几天做了个怪梦，说她去给一笑接生，生下来一个水猴。兰芝惊得倒吸凉气，问然后呢。三元说，然后就记不得了。她说八斗最近推荐她吃柏子滋心丸，服药过后，很少再做梦。

55

慧慧妈又来北京了。说是看病,其实就是去中医院转了一圈,调调身体。她说自己有抑郁症。但真实目的是来视察。滕志国算半个老江湖,当然看得明白。三元没空,八斗是最恰切的作陪人选。他既是慧慧的拐弯亲戚,又是志国的同学、朋友。不过八斗废了大力气也没太弄清人物关系。他只好叫慧慧妈姐。

志国这回下了大本儿请了大客,完后带慧慧妈去他的房子巡查。慧慧妈却不大满意,觉得偏。

八斗认为慧慧妈可能还不太了解北京的现实。她老人家酸溜溜地说:"慧,我看你将来还是回省城,那才是过日子的地方。"这话是趁志国去洗手间的时候说的。

慧慧反驳道:"来北京,是迟早要走这一步的,我不走下一代也要走,而且将来你有个病有个灾,不还是得往北京奔?老家那医院能看?临床经验太少。"慧慧妈赶紧闭嘴。八斗听后毛骨悚然。

这丫头把一辈子的事都考虑了。

不过八斗感觉滕志国心里也有一本账,他跟慧慧,说白了是各取所需,他托住了慧慧,给了她基本安稳,慧慧贡献剩余不多的青春和勉为其难的美貌。

这笔买卖合适,可以成交。

周末一笑又加班,八斗本想学点儿东西,看了两页书,学不下去。海超找他,两个人到楼下饭馆小酌。酒一上头,八斗把慧慧妈来,志国怎么招待的事说了。

海超嗤之以鼻,说:"有什么意思,就他妈爱情买卖!"

八斗笑道:"本来不就是买卖吗?"又问:"你最近怎么样?"

海超道:"我现在在别人眼里,就是过了期的猪肉,只配用老姜老蒜炒。"随即愤然道:"前几天有个什么歪屁股沟的阿姨,非要给我介绍一个四十岁的女的,我没同意,直接不见!人还不高兴了,找我妈告了一状。说你儿子这样可不行,以后谁也不敢给他介绍。"

"你妈忍了?"八斗关心的点有些奇怪。

"不忍能怎么着?"海超怅惘道,"我妈没脾气!过去还挑,现在她就差没明说,看那意思,是个女的就行!麻溜结婚,她早点儿当奶奶。"

八斗大笑。他忽然觉得海超这亲相得有点类似动物配窝。转而带点儿嘲讽,但又一本正经显得为海超忧心忡忡地说:"找四十朝上的……当奶有点儿困难。"

海超快言快语:"问题不就在这儿吗。我现在娶老婆,首要功能,三个字——生孩子!找个四十的我干吗?"他仰起头畅想着,说:"等有了孩子,我这辈子就算有托底的了,我一门心思扑在教育孩子上。"

是,海超对教育孩子有瘾。孩子是自己生的,逃不掉,跑不了,成年之前只能当他的学生。八斗忽然为这个尚未到来的孩子苦恼。

两人沉默了一会儿。

八斗追问:"你喜欢的那位呢?"

海超问哪个?

八斗说你妈反对那个,你们单位那个。

"苗玲?"提到她,海超脸色有点儿变化。

"对,苗玲。"

海超云淡风轻地说:"人家马上孩子都生出来了。"

轮到八斗张大嘴巴了。在他眼中,苗玲当了领导情人,谁还要?他实在想象不出这女的怎么解套、脱身的。

龚八斗努力稳住气息问:"跟领导掰了?"

海超说那就不知道了,又说:"她男人还是领导介绍的呢,是领导过去的下属,现在在别的口儿当中层。"

八斗问:"多大年纪?结过婚吗?"

海超说:"四十郎当岁,头婚。"

八斗倒吸口气,说:"听着还不错,可问题是……他不知道苗玲跟领导的关系吗。"海超不屑地说:"知道又怎么样。就像你说的,各取所需,都是明白人!"又真心实意地说:"我倒觉得这领导挺男人的,多仗义啊!好歹跟了你一场,现在女方年纪大了,你也老了,后面没故事了。那人家女的是不是得有个家庭有个孩子?得进入这个社会主流的框架中?谁陪谁一辈子?这叫深谋远虑,为苗玲铺后路。"

八斗的心七摇八晃,深感人与人之间,情感的褶皱,简直比马里亚纳海沟还晦暗还幽深。然而,经海超这么一拆解,苗玲的故事,似乎也平添了几分可歌可泣。

仗义,对,就是仗义。相爱一场,没有名分,也总得有个结局。这样的结局对苗玲来说,恐怕是最体面的了。

八斗又问:"那苗玲跟领导呢,还来往吗?"海超说:"来往啊,不过估计久了,也就淡了。"说到这儿,龚八斗和陆海超相对无言,都沉浸在苗玲的故事里。

酸甜苦辣说不清楚。人生这道菜,好吃不好吃你都得下咽。

过了好一会儿,八斗才说:"那你是吃不住苗玲。"

海超承认道:"是吃不住。"最后来句文的,"曾经沧海难为水,除却巫山不是云。"八斗忍不住追问:"你到底跟苗玲有没有过?"海超没反应过来,然后秒懂,吹大话说:"废话!她还夸我呢。"

"夸你什么?"

海超不耐烦地说:"你问那么清楚干吗?你没有,还是你不行?"

喝完酒到家,天黑得透透的了。这晚阴天,星星、月亮都没有。八斗给一笑电话,一笑说事情还没做完,还得加会儿班。等到九点半,八斗坐不住了。他先拐去买了点儿吃的喝的——都是热乎的。他怀疑一笑他们一忙起来就忘了时间。冯一笑的创业团队刚从写字楼搬到个大仓库,正在日夜奋战。

看样子形势大好。

但八斗却颇有微词,觉得一笑拼得有点儿没边。这次去"探访",一笑本不允许,可八斗怎么着也把详细地址要了。就算是虎口,他也要去见见真章。

到地方,仓库就是仓库——大,空,寂。进了园区停好车,往八号仓库走,还得走个七八分钟。天黑,园区内路灯幽暗。仓库里的灯火跟鬼火似的,忽明忽暗。巨型推拉门留了一条缝。八斗推门进去,一笑正在来回跑着忙。

八斗笑着打招呼,五六个年轻员工都叫姐夫。但都顾不上吃喝,继续忙着出单。还有打包的,也忙得跟陀螺似的。八斗打了个寒噤,这仓库真冷啊!北京的冬天就跟你来真的,仓库虽不四面透风,但也跟个冰窟似的。

八斗在旁边等着,一笑让他坐。他坐了,但坐不住。一笑座位底下的小油汀散发着热乎气,但刚冒出来就被巨大的空间稀释了。八斗穿得本就不多,待久了,鼻涕直流,嘴唇都乌了。

一笑凑过来,丢给他一件军大衣,说:"让你别来,非来。"

成他的错误了。

八斗披上大衣,耐性终于被磨得差不多了,他口气发硬问道:"几点能结束?"

一笑不含糊地说:"什么时候干完什么时候结束。"

八斗神色不大痛快。

一笑找补道:"要不你到车里等,我尽快。"

这一等又是几个小时,八斗迷迷糊糊在车里眯了一觉,一笑才姗姗来迟。回家路上,八斗觉得气氛尴尬极了。他甚至觉得,冯一笑这样的女的,何必结婚?女强人必须的两点素质她全具备了,能吃苦,敢闯荡。只是,八斗又觉得奇怪,如果此前跟未婚夫的不愉快是上了经验不足的当,那跟他走入婚姻殿堂呢,没有一点爱?合理吗?还是说,她只是希望在人群中能指出一个人是"丈夫"?约等于稻草人,做给别人看的。她需要能承担这个社会角色的人,符号性的……

可再想想,八斗又觉得这种判断过于悲观,他坚信他跟一笑是相爱过的。多年前就爱过,但也曾彼此错过。后来相遇,就算他只是一笑的"退一步海阔天空",那至少他龚八斗也是此时此刻的最优解。

就这么自圆其说着,龚八斗还是对冯一笑生出点儿温柔。他认为一笑跟他在一起,是为补偿当初的错误,有点亡羊补牢的意思。

那么,他就应该在她最需要支持的时候支持她。

比如当下,冯一笑正啃着凉了的汉堡。八斗没好气地说:"凉了就别吃了,找地方吃点儿热的。"一笑道:"回去吧,这都几点了。"八斗顺势反问:"你还知道点?"

一笑说:"你看,又来了,让你别来,来了又生气,好多事情你不看到比看到好。"又找补说:"都是没办法,创业期初期,我不上谁上。"

八斗道:"老吕呢?"

一笑说:"正满世界出差呢。"

午夜的北京,道路十分空旷。八斗心里有气,脚下猛踩,想把速度加起来,可红绿灯不休息呀。只好快一段,慢一段,这感觉跟他和一笑的婚姻似的,走走停停。是,结合了,是法定夫妻了,但那个速度就是加不起来。八斗感觉自己从未冲到一笑内心最深处去。

他只好拿出老腔老调,用传统甚至玄学规劝一笑道:"钱是挣不完的,别回头有命挣,没命花。"

一笑道:"我这才刚开始呢,别说这些破嘴话。"

到家后,澡都没来得及洗,两个人就上床睡了。天蒙蒙亮时,八斗醒了。八斗一摸身边,一笑又不在了。再看,一笑正坐在床头柜旁边对着电脑。八斗想发火,可身子发沉,头重,实在没力气,他怀疑自己要感冒。

他必须在天大亮之前补一觉。

一睡又是梦。老情节——考试找不到考场。几座大楼,云雾缭绕。梦里腿沉得像灌铅,走不动路,人没到座位上,考试铃已经打响。八斗醒了,满头大汗。他叫人没回应。一笑显然走了。

八斗只觉得身子沉,背发酸,鼻子不通气,果然感冒了。他跟滕志国通话,又给主管老总发微信请一天假,老总立刻同意。实际上自从要成立新公司做项目,就没人管着八斗了。大家都看好他这个"潜力股"。他爬起来洗澡。只见家里乱哄哄的。茶几上是各种包装袋,红的绿的,玻璃缝夹着饼干碎屑。厨房油腻,卫生间面盆里都是头发。他给一笑打电话。

一笑这次表现还不错,关心一句说:"想吃什么我给你点。"八斗说不用,他中午下去吃。李骐来电话,问他在哪儿,怎么不在公司。八斗说今天没去,不舒服。

"你还住那地儿吧。"李骐这么问。

-327-

八斗有些紧张——这大小姐来去从不提前预告，生闯。李骐又说："你老婆不在家吧？我一会去找你。"

这话听着就怪，先问老婆在不在家，不知道的还以为是偷情。八斗想拒绝，但来不及了，而且也不宜拒绝。无事不登三宝殿，李骐来，肯定有急事。龚八斗只好强打精神，把茶几上的乱七八糟的东西收了，把阳台上堆在洗衣机上的内衣裤藏好，再关上卧室的门、厨房门、洗手间门，然后再拾掇自己，脸是脸头发是头发，末了烧上水，等着李骐撞上门来。

56

李骐进门就说有股怪味。八斗连忙把窗户打开，又开了空气净化器。李骐在沙发上找个能坐的地方坐下，问："能抽烟吗？"八斗说你随便。李骐点了一支女士烟，吐一口，净化器就立刻加速运转。李骐觉得有意思，便故意吞云吐雾，净化器忙得呼呼响。

李骐笑着道："这忙的。"

八斗不好阻止她，只好赔笑。

李骐又问："你老婆呢。"八斗据实相告，说加班。李骐轻声一笑说："跟你想的不一样吧。"八斗说什么不一样。

"结婚，婚姻，"李骐说，"是不是不一样？"

八斗没想到李骐说这个。

是，不一样，肯定不一样，甚至有点失望。但嘴上不能这么说，说了就是驳自己的面子。于是笑着回应道："大差不差。"

李骐道："得了吧，你们这种男的，我太知道了。找老婆是为了伺候自己，现在感觉怎么样？"八斗尴尬地笑笑，不回应。不过他始终觉得李骐有点儿恨婚姻，或许是嫉妒别人的幸福。说一千道一万，还是眼光太高。他严重怀疑骐大姑娘被某个男人重伤过。

李骐又说："不过你是承受不住社会压力的。"八斗这才接话："能结婚还是结婚,双拳难敌四手,两个人总好过一个人。"李骐抢白道:"干吗,你斗殴呢。"停了一会,语气缓下来说,"那也得找情投意合的呀。"八斗忙道:"我跟一笑就是情投意合。"声音陡然小了点,又补充道:"她还是我初恋呢。"

李骐抚掌,笑得嘎嘎的,跟见了鬼似的,再次确认:"真的假的?"八斗嗯了一声。李骐不给他留面子,说:"你初恋,跟了别人,现在又回过头找你,这叫什么。"

八斗面子搁不住。是,约等于备胎,只不过转正了。

李骐倒识趣,没找补,转而道:"说正事儿。"

八斗抖擞精神,竖起耳朵听。

"马上开分公司,做项目,领导要找你,你就过去,这个副总你拿定了。"

八斗嘟囔着:"去了也就是个摆设。"

"那也是自家摆设!具有战略意义,"李骐声音洪亮地说,"这个位置,要是让别人坐了,麻烦,很多事情没法弄。"八斗当然明白李骐的意思,但他就怕出问题。现在是上了船,就没法下来了。李骐又说:"我可跟老尤那边打好招呼了。"李骐换一副口气说:"你以为那个滕志国是省油的灯?这口肥肉谁不想吃?问题是他不是我们自己人呀。"八斗惊诧:志国还不是自己人,圈子真难混。他问志国有什么问题。

李骐说滕志国要主动请缨过去呢:"一个萝卜一个坑,他想先把坑占住,好在他上头有人挡住了。"八斗问谁挡。李骐说是刘晓斌。又点评道:"一丘之貉,狗咬狗,都不是好人。"又小声说道:"但玩是玩到过一起的。"

八斗不理解什么意思。

李骐揶揄道:"人洋马,听过吗?"八斗连连咳嗽,滕志国是跟他提过。李骐哈哈大笑,"看到了吧,这就是男人,表面都跟个人似的,背后,我呸!都别给我装!"

八斗缩着脖子,觉得李骐连带把自己也骂了。他只能听着,但鼻涕却不争气,从鼻孔里掉出来。李骐看八斗那窘迫样,笑得更欢腾了,又建议八斗吃药。八斗去抽屉里翻,药不少,没一个对症的。李骐要帮八斗下单,八斗忙说不用。可李骐手快,下了。

刚下单没两分钟，敲门声起。李骐诧异，说这也太快了。八斗小跑着去开门——张燕玲站在他面前。

李骐冒了个头，见是燕玲，立刻说："那你们先忙，我还有个事。"李骐径自走了，不作任何解释，但怎么看怎么有故事，把解释的工作留给了八斗。八斗一边迎燕玲进来一边说："公司有个事，得密商，我说要不周一再说，她等不及。"三言两语解释清楚了。

燕玲一笑，并不大介意，说："我来拿件衣服。"八斗问什么衣服。燕玲说一笑说她有件旗袍，亮粉色的。八斗连忙说有，打开卧室门，去柜子里翻。燕玲亦步亦趋跟着，站在床尾，不往前去。八斗旗袍没找到，一回头，却看到床头柜上几只避孕套。

他连忙拿个T恤盖住。

好在旗袍及时现身。

八斗拿给燕玲，又多嘴问什么场合穿。

"年会穿。"燕玲撒了个谎。她团购的写真，服装自备，只好到一笑这儿淘点儿宝。燕玲话没说完，八斗打了一个惊天动地的喷嚏。燕玲说："受凉了？喝点儿姜汤，家里有生姜吗？红糖呢，有吗？"关心得话说得密，絮絮叨叨，但是听着暖。

尽管八斗坚决拒绝，可还是架不住燕玲手快，硬是煮了一碗姜汤。就是这碗热气腾腾，不知道有没有效果的汤水，让八斗忽然之间有了点儿家的感觉。直到一笑加班回来，他还忍不住在老婆面前夸大姨子，说燕玲可惜了，找老竺那个半老头子。

一笑反驳道："轮不到你同情别人，搞不好，人家还觉得你可怜呢。"八斗用不解的眼神看一笑。一笑继续说："她工作都是老竺给安排的，只有老竺这样的，才能给她一世安稳。"

八斗为一笑俗不可耐的爱情观气愤。他几乎脱口而出："那你干吗找我？"

一笑只好给他的心喂一颗糖："我是给你机会，也是给自己机会，还不许一艘在风暴中受尽委屈的小船靠岸了？"

这答案令人满意。他半傲娇半揶揄地说："算你是个明白人。"一笑道：

"你是什么样的人，就找什么样的人。"八斗说："我比不上你，我不加班。"他拽过床头柜上的T恤，几个杜蕾斯露出来。八斗一把将它们收进小橱柜。一笑也看到了那玩意儿，空气有点儿异样。

八斗煞有介事地问一笑："行吗今天？"

一笑领会了，坚决地说："不行。"

八斗赌气般地说："周末不行，平时不行，白天不行，晚上也不行。"一笑说这不没到正日子吗。八斗反唇相讥道："你就不享受？"他为自己不平，每次他都使尽全力、花招。她竟然不沉浸其中。

一笑说："就觉得累，而且弄完了还得洗，不想起来洗澡。"八斗不说话，脸是赌气的脸。一笑只好又安抚他说："我帮你弄出来？"八斗不领情，丢下一句"我自己解决"就去洗手间了。

燕玲来电话，问八斗，三元怎么了。八斗没反应过来。燕玲才说联系不上三元。八斗说："打她手机呢？"燕玲说不通。八斗让她别着急，他给三元发消息、打语音，但都没人回复。

又过了一会儿，龚三元回语音了，说跟燕玲已经联系上了，她说公司信号不好，网也不太稳定。

说这话的时候，三元正坐在简陋的办公桌前，对着自带的笔记本电脑，怀里还抱着暖宝宝。事实上自她正式报到来上班之后，还没真正见过老板王总——公司就她一个员工。她跟王总倒是通过电话，是一个温柔的女子的声音。王总每天线上给她派活儿，让她到处发帖子，建社群。但此刻三元没心情办公，她给燕玲回复，说刚入职，公司忙，写真暂时不拍了。

三元对着电脑发呆，脑子里乱哄哄的，但没想出个头绪。她掐着时间，看到电脑右下角的数字末尾跳到0，便立刻起身打卡去接默默。

学校门口都是家长，三元不觉得自己有什么特殊——大家都在惨淡经营，丢下一粒子，发了一棵芽，等着小苗苗长大。

默默出来了。他抬头看三元，三元也看他。但视角不同，三元是俯瞰，有压迫感。默默只抬头瞄了一眼妈妈就又低下了头。默默的书包比他后背还大。

三元说："抬头挺胸！"

默默连忙纠正姿势。两人一路上没话说，刚到家也没话。直到默默再次打开作业本，坐在小木桌旁开始做作业，三元坐在他身后监督的时候，默默才终于回过头对三元，半是胆怯半是安慰地说："妈，我肯定好好学习。"

三元有点鼻酸。昨天，就在昨天，家里发生了一件大事。周期测试，王雨默语文考了九分。九分！拿到卷子的时候，三元感觉自己简直被雷劈了。九分！开什么玩笑？！九分！

面对这个分数，龚三元忽然觉着自己的一切努力都没了意义。她跟斯理，虽然谈不上是"学霸"，但也都是一路考过来的。默默呢，照这样下去，他不被打回原形，不，原籍，才怪！可偏偏她的难，无处可说！跟斯理说？孩子是她带的，王斯理一句话就能明确责任——

人家出国拼命，你一个孩子都带不好？

跟婆婆大姑子更不能说，以牛爱玲、王斯文的脾气，当面不骂，背后唾沫星子也能把她淹死。

可是，她没投入精力吗？为了孩子，她已然退出北京，避居环京，找了一份清冷孤寒的工作。是她没投入财力吗？该报的班一个没少。还要怎么样？还能怎么样？！三元在内心呼喊：王雨默，你不可以对妈妈这样，你不可以对自己这样……三元还是逼自己保持理智，她坚定地看着儿子，说："王雨默，我不相信你的智商只能是个九分。你不止九分，不应该九分，真的……九分说不过去，不可以，不能够！……"

王雨默盯了龚三元好几秒，才哇地哭出声来。

57

中午吃饭，志国非叫上八斗出去单点。还没到店，志国就到街边便利店买了瓶"牛二"。

八斗劝道："别喝了吧，下午还开会呢。"

志国啐一口道："你开，我喝，我不开。"

下午是全体员工大会，董事会要宣布新任命。自然，滕志国不在其中。虽然八斗从李骐那儿已经得到消息，但鉴于礼貌，他还是对志国的愤怒，表示了吃惊和同情。

一桌子川菜刚上全，滕志国就说："我挪不了摊子了。"八斗啊了一声。滕志国又说："还原地踏步，在那孙子手底下干。""孙子"指刘晓斌，志国永远的眼中钉。

八斗说："要不，我也不过去了。"

志国还没糊涂，忙道："那不行，你去总比其他人去好。"八斗说你忍着点，毕竟他在上你在下，给你穿小鞋分分钟的事。志国怒骂道："古巴那项目谁谈下来的，澳大利亚的单子谁签的？谁跟吉尔吉斯斯坦那边公司建立的合作？"他手指敲桌面又说："我跟你说，这就叫木秀于林，风必摧之！"

八斗劝道："谁叫人家底子厚呢。"

志国囔囔道："他就孙子当惯了！老上门女婿了！"鼻孔哼一下，又说："我就等着看！等他老丈人嗝儿屁了他靠什么吃！"八斗连忙让志国声音小点儿。志国亮手机桌面给八斗看，是个巨大的"忍"字。志国又伸出右手后三根手指说："三年了，我给他当坐骑三年了，还想继续骑在我脖子上拉屎……"正说着，手机震动。八斗看到备注名是慧宝，应该是慧慧了。

八斗低头吃菜，志国不避讳，腻歪了几句，挂了电话发过去一个红包。虽然跟慧慧连远亲都算不上，可她这么问志国要钱，八斗多少有点儿害臊。他拿出长辈架子，故作严肃地说："这干吗？"志国下巴一抬说："这不淘宝闹的吗，马上双十二了，总得意思意思。"八斗说："也就你，惯着。"

志国轻松笑笑说："那不然咋着，什么叫男人，什么叫女人？"又补充说："我跟你不一样，我找老婆，就两个标准。"他掰着手指头．"漂亮，听话。"

这么说来，慧慧的书简直白读了。转念一想，八斗又理解了，学历本身也是"漂亮"的一部分。但八斗也清楚，志国的这种观念，在三元和一笑面前肯定是要遭痛批的。可吊诡的是，八斗扪心自问，他对老滕的这一论点，也不是完全反对，甚至还比较赞同。"漂亮"当然重要，"能听话"就更好，但想要一个漂亮又听话的女人，是需要付出巨大成本的。

下午开会，任命消息果然下来了。八斗被董事会推选为下属公司天旗的业务主管副总，抓对外合作。志国没参加会议，以表示威。会议结束后，志国的顶头上司刘晓斌还满面春风地来恭喜八斗。"年轻有为，未来可期呀！"又说，"有什么困难，我们兄弟单位随时协同作战！"

　　八斗客气了一下，没顾得上多说。事实上从会议结束到下班，八斗的办公室"群贤毕至"，领导也打来贺电。八斗受宠若惊。不过热闹氛围却掩盖不住危机，八斗才发现，这个天旗并不是什么新公司，而是老公司，原本属于一家地产企业，只是被公司兼并了而已。原公司还有些留守员工，都是有背景、路子不能被辞退的人员。

　　这些人必然指望不上，搞不好还会唱对台戏。最棘手的应该是原公司的书记，也顺理成章跟到新公司来。他的背景还不清楚，但八斗觉得人家不配合是肯定的。至于为什么让他去，用意明显——这家公司有"经营资质"，是必然要吞的一块肉，派他去是为了破局。

　　再者，他的火箭式升职，也是李骐那方面跟公司上层博弈的结果。董事长找他谈话，八斗当即提出招人。董事长宽厚地笑着说："小龚，你有人事权，有了合适人选，向总公司报备就可以了。"

　　春风得意马蹄疾。虽有隐忧，八斗还是充分享受到了工作带来的喜悦。在公司回家的路上，他给老妈打了电话，没说工作的事，只问她和周叔需要什么。老妈还是那个论调："什么都不需要，都有！你管好你们自己行啦！"但八斗还是强行在某买菜APP上给老妈买了几乎半年的粮食还有各种肉类蔬菜。

　　他还跟姐姐三元通了话，并据实相告。三元激动得在电话里叫唤："周末你过来！庆祝庆祝！"八斗问牛爱玲不巡查了吗。三元说她婆婆也嫌麻烦，巡查也不按时按点了。又说："不来好，反正我话说到了。"

　　八斗推门进屋，屋内一股泡面的香味。八斗喊了一声，一笑应答。难得冯一笑回来这么早。一笑爽快地说："要不要？我再下一包。"八斗伸头去锅里看，说道："这包够了，打两个鸡蛋，溏心的。"一笑领命，不过煮出来，鸡蛋铁实。

　　两个人蹲在茶几旁一边看视频一边吃。八斗憋住兴奋说："不错，这碗面就当是庆祝了。"

一笑诧异，偏过头问："庆祝什么？"

八斗把职务调整的情况说了。一笑放下筷子，打趣地说："哎哟，龚总，熬出来了。"

八斗揶揄道："就是个打工的，跟你女企业家不能比。"

一笑转而提醒八斗小心，别给人挡了枪子儿。八斗脸色顿时凝重，说道："我现在就是个过河的卒子，没有回头路了。"又说："不过我就一个原则，见好就收。"

一笑沉默两秒，才说："就怕到时候不是你想收就能收的。"

八斗紧张地说："那不干了？"他胆子本来就小，不经吓唬。一笑又劝道："哎呀，没那么严重，小心点儿就是了，老滕不还抢着去吗，说明也没那么危险，你又不是没长眼睛，有雷避着就行，非要踩呀？而且你出来是为了什么？好不容易有肉吃到嘴里，还往外吐呀？"

八斗深以为是，觉得还是一笑明白、通透。

一笑把两个碗撂在一块，一边朝厨房去一边说："你的当务之急是夯实实力。不然将来怎么赚的怎么吐出去。"这话又说到八斗心里去了。他就是不稳，心悬着，他也想做事，但又觉得无从发力，包括他跟李骐和尤高畅的关系，也不是稳固的。

冯一笑走过来，叹口气说："今晚给你安排。"

八斗一愣，明白了。他带点挖苦地说："咱们现在是计划经济。"

一笑立即反驳道："干吗，你还想市场经济？那是要自由竞争的。"

周末三元弄火锅，八斗帮着准备食材。龚三元一边忙活一边跟八斗吐槽了孩子教育的事。八斗没上心，他没孩子，恐怕理解不了三元的痛，而且八斗打心底也觉得这个年纪的孩子，成绩不是第一位的。

三元难得喝点儿啤酒，她跟八斗碰杯，说道："我祝你，前途光明。"八斗跟姐姐碰了，说："也是走钢丝，谁知道这里头能不能搅得动。"三元说你就听李骐的。又忽然反应过来说："我能去你们那儿上班吗。"但立即否定了自己，说："不行，那儿太那啥了，而且你们在大西边。"

八斗帮三元捞肉。

-335-

三元又说:"我总觉得这骐姑娘对你有点儿那啥。"

八斗拖着腔调提醒道:"姐——我是已婚人士。"三元不理他那茬,接着说自己的:"不过估计也是觉得两家差距太大,鸡肋了,不过这样也好,不能做夫妻,还能做搭档。"八斗说:"人家有尤高畅呢,哪能轮到我。"三元追问:"那他俩那么好,咋不结婚呢?"

八斗只好埋怨道:"你就是恨不得全世界的人都结婚。"

三元自嘲道:"我就觉着,来这世上走一遭,什么都得试试。"又说:"不过有人试了两次三次,那也不对。"

听话听音,八斗听出老姐对一笑的不满。自结婚后,冯一笑就没怎么上过三元家的门儿。当然,龚三元也未必希望她来。可问题是,不希望是不希望,你冯一笑不要求来就是不对。

八斗刚进门的时候,三元就问一笑呢。八斗给出的理由是加班,一笑也的确在加班,但三元未必信。果然,三元吃了一片羊肉就开始切入正题,说道:"这个冯一笑,哪儿都好,就是太忙。"

八斗说:"跟你一样。"

三元连忙否认说:"跟我怎么能一样。"八斗说你们都是事业女性。三元说:"哎哟我的妈,别跟我提事业,我还有什么事业?"然后补充道:"你现在事业起来了,她也忙事业,家谁顾?"八斗柔软地反驳道:"这不一起顾着吗?"三元气鼓鼓地说:"也没个孩子。"八斗说这不正在努力着吗。三元说:"妈还想抱孙子呢。"八斗说她哪有时间精力,一个周叔就够缠的。

三元说:"就是虚指,不是说真要抱,是说得有第三代,得有人。老龚家几代单传,就等着你开枝散叶了。爸走的时候妈答应他的,她有生之年得见到第三代。"

八斗嘟囔道:"瞎答应,有啥意义呀……"

三元陡然严肃起来,正告八斗:"妈苦了一辈子,你不能剥夺她做奶奶的权利!"八斗觉得老姐这纯属不讲道理,她自己不愿意生孩子了,可总是敦促别人生孩子。

不对,她是生了一个,不愿意生第二个。然而,在一个没生的女人诸如一笑、燕玲面前,她还是有优越感。三元用筷子敲锅盆边沿,突然提起来个事,说:"那表姑前几天来了一趟。"八斗问什么表姑。三元说是宫明月,来这边看房子,顺带来找妈玩,我跟她说妈离开北京了,暂时不回来,她还特失望。

八斗问:"她要在这边买房子?"

三元道:"没说,就说看看。看到了吧,咱要现在不努力,将来这都是例子。"

说到这儿,三元那愁眉又皱起来,说:"你说这混一辈子最后都混个啥?"八斗没接这话,反倒关心起三元的眉心:"姐,你可不能再皱眉了,都有个'川'字了。"三元说:"愁的!"又说:"我现在自己看自己都觉得苦。"八斗最后给出办法,说还是得去打打玻尿酸。吃得差不多了,龚三元又巴巴地从屋里拿出两只挂坠。八斗捧在手里,没看出是什么动物。三元下令让他戴脖子上。然后才揭秘道:"这是老货,是在跳蚤市场淘的,一个人一个。"八斗只好问这是个啥。

"貔貅,"三元口气神神秘秘地说,"招财,只吃不拉。你发财,我也发财,都发财。"八斗随即捏起这个说不上是什么材质的招财兽,摩挲着。这个招财兽青不青白不白,发乌,没什么色泽。八斗总觉得三元淘来的"老货"有些走样儿。八成是真貔貅的山寨版,要不,怎么会看不清它的嘴巴呢。

58

吴屈梦撅着肚子,几乎是躺在沙发上,手脚都支棱着,像瓢虫。家里暖气足,她只穿了件睡衣。三元热得脱了两件衣服。这趟来这儿,三元没空手,她把别人送的艾灸仪转送给了屈梦。

吴屈梦现在特别注意养生。三元跟屈梦吐槽孩子教育上的苦恼。吴屈梦立刻拿出手机,出示给三元看,说道:"你看我这朋友圈,钢琴老师的广告,这语文老师的,作文老师的,英语老师,我自己从来不发,但这些老师的广告我得发,得巴结呀!"

三元苦笑道："你还愁啥？孩子好不好，都有那么大家业继承。"屈梦反驳道："那么好继承的？还不是得走教育之路？教育不出来，仕途都走不了。古往今来不都一样？第一代打江山，第二代受益，第三代、第四代能不能享到福都难说了。什么叫君子之泽五世而斩？红楼梦贾家怎么败落的？"

三元不吭气儿了，人家引经据典，研究得特别深入。

屈梦继续说："生孩子这事儿，靠天。老天爷给你什么孩儿，那就是什么孩儿，我们家宝的一个同学，全班倒数，一百以内加减法就是弄不明白，父母一个清华一个北大，跟谁说理去？"又叹口气说："所以我就说，智商这玩意，到底能不能遗传，能遗传多少？未解之谜。"

三元笑了，她问屈梦肚子感觉怎么样。屈梦说："还算正常，不过这一个，我只求平平安安健健康康，最好是个女孩。"三元说是，凑成个"好"字。

屈梦又主动提到八斗工作变动的事，说听骐姑娘说了。三元赶忙巴结道："多亏你们骐姑娘关照。"屈梦用一种大姐口吻说："也是八斗能干，难得的人才，李骐说，好多细致活儿，还真得八斗这样的。"说着，屈梦努力站起来，三元连忙去扶，跟宫女伺候老佛爷起驾似的。

两个人坐电梯到楼上，屈梦送了一把湘妃除尘掸给三元，顶头是孔雀毛，甚是华丽。

三元拿在手里，笑着说："这是我见过最嚣张的鸡毛掸子。"

屈梦又说："燕玲现在忙的，叫她也没时间。"三元说她是忙，当个小头儿，又不太得法，更要努力。屈梦说"我听说快结婚了。"三元反问道："燕玲吗？没有吧。"屈梦说好像在拍婚纱照。三元纠正说就是个写真。屈梦叹道："夜长梦多，别回头耗下去，老家伙不愿意了。"三元说也有这个担心。

保姆领着默默过来，说孩子不愿意玩了。三元拢儿子到身边，对屈梦说："内向。"屈梦劝道："才多大，再过几年就好了。"闺蜜俩又聊了一会儿。三元该告辞了，她要坐地铁走，吴屈梦坚决不答应，要派司机送。三元觉得太麻烦司机，执意不肯。最后还是屈梦帮三元叫了辆车，把他们母子二人送回固安。

周一上班，三元可算是见到王老板本尊了。王老板一口南方口音，个子小小的，其貌不扬，但看上去比她还年轻些。三元跟她站一块儿，三元像老板,她像员工。

老板对三元很客气,问了问她初入公司的感受以及工作情况,还向三元简单描述了公司的规划。王老板想做老年人的生意,三元坚决支持。老板那么体恤她,三元少不得奉承几句,无非是年少有为、前途无量的话。一来二去,话里话外,龚三元也间接拼贴出关于王老板的"画像"。

这位女老板目前居然还在某大公司上班。她创立这个小公司,不仅仅为了捞外财,而实在是被时事所逼,未雨绸缪。用她自己的话说,年纪也不小了,只要一个部门调整,她就可能下来。所以,这小公司,就是她的一条后路。

龚三元则是她这条后路上,暂时的唯一的同行者。

不得不说,三元有些受刺激了。人家怎么就能自己干?人家怎么就能狡兔三窟?而她,却永远的坐以待毙。思来想去,三元觉得差距在另一半上,王老板的丈夫对她多支持啊!出钱、出力、出主意,孩子都不让她操心。而且,人家的婆婆,那是慈祥得不得了!

想到这,三元有点儿恨斯理,进而有点儿恨王家,恨牛爱玲,只不过看在王斯理出去搏命的份上,她又只能把这份恨意自行降解。她把这事儿告诉了八斗,八斗也鼓励姐姐单干。

三元无限惆怅地说:"干点什么呢,旧衣物回收吗?"

这个项目,一直在她的考察范围中,但困难在于,这是个超级麻烦的脏累活儿,而且不是一个人能弄起来的。八斗提到老妈找的那个老家小孩儿,说想来北京,现在正在老家趴着,等待时机。三元感叹道:"我再想想。"这个年纪,不敢妄动,动错步就伤筋动骨。

挂了姐姐的电话,八斗穿上衣服匆匆下楼。刚才在摆弄阳台上几盆花的时候,他看到一笑竟跟着中介在小区里转悠。小区门口,中介小哥懒散地站着,冯一笑倒站得笔直。八斗迎上去,装作才发现,他对一笑说:"怎么在这儿。"又解释自己的行踪说:"去趟超市。"

一笑完全没有不自然,说道:"去吧,回头跟你说"。说完,又投入到跟中介小哥的对话中。

这谜底一直到吃晚饭时才得以破解。一笑不痛不痒地来一句,说:"我打算买个房"。

八斗有些发蒙。买"个"房，说得轻松。这是买房，不是买大白菜吧？还是他错误地预估了一笑的收入？人家现在已经举重若轻到这种程度了？

八斗放下筷子，伸着脖子，脸恨不得怼到一笑碗里，说："哪儿？老家还是北京？这儿？哪来的钱？"一追问就失了章法。

一笑平心静气地说："我好歹也是个小老板。"

八斗说："你们拿到投资了？第几轮？可那是公司的钱，你不能挪用公款。"

一笑道："你不去写小说可惜了。"

八斗舌头略打结，说道："不是，这是大事……已经开始看房子了？怎么没听你说。"

一笑轻轻一笑，安抚他说："我这不正跟你说吗，前阵儿问了小吴一嘴，他今儿说有个合适的，就过去转转。"八斗憋着气，五官齐心协力地表达着不满。这么大的事，一笑没有提前跟他商量，这才是问题的核心所在。冯一笑并不打算解释，该吃吃。一抬头，看到八斗的一双牛眼。一笑嗔道："干吗，眼珠子没用抠下来当核桃盘吧，这么瞪。"

八斗追问："钱够吗？"

一笑说："就买个小的，一室一厅。"八斗立马火撞脑门，他有个开间，她再买个一室一厅，干什么？不为自己考虑，也不为孩子考虑？荒唐！八斗问得很直白："你这还当自己单身呢，我一个开间，你再来个小套，那还不如两个人合起来买个两室或者小三居。"

他恨她没把他考虑进去。

冯一笑耐心地说："我买了暂时也不住，就当是个投资，或者将来爸妈来住住。咱不还年轻吗，以后的事，以后再说，别老想着一步到位。"

"说年轻也不年轻了，孩子呢，不考虑了？"八斗又说回这个问题。一笑说："这不还没影儿吗。"八斗不客气地说："屎不能抵到屁眼门子你才想起来拉，得有规划！吃不穷，穿不穷，计划不到才受穷！"

话太难听。一笑也不乐意了，说："你这是抬杠！你买房的时候，我可是一句话没说，还给赞助。"

一提到钱，八斗的劲儿泄了些，道："那时候咱是没钱，只能那么操作，现在情况好了，为什么还要分散兵力？而且你这钱是什么时候存的？"

自认识以来，包括婚后，他们财务各自独立。

一笑理直气壮地说："我一直都在存钱，也一直都说在北京买个自己的房子是必须要实现的小目标。"

八斗快速问道："那你现在买，不就算婚后财产了吗？"

"你什么意思？"一笑面容冷峻起来。

八斗反倒软下来，说："我就是给你提个醒，你这操作，无论是对你还是对我们都是没有足够好处的。"

"你意思是，你考虑到了离婚？"一笑抓住一个点猛打。八斗走上前去，扶住一笑的双肩说："你怎么就不明白呢，我激动，是因为觉得你这是单兵作战，可咱们现在是战友、队友，你中有我我中有你，我是要跟你过一辈子的。这么大的事儿，不能没有打法、规划。"

一笑推开他，强硬地说："你又车轱辘话来回说了，我现在就是在告诉你打法、规划，这就是我的规划。你这是想把我同化！"一笑的调门高了，显得很凶，不容置喙。

八斗耷拉着脸说："不是同化，我也不想分你房子，白出钱给你我都愿意！我难受的是，你心里压根就没我！就没有我的位置，就没有把我考虑进去！"

一笑理直气壮地说："龚八斗，你要这样不讲理，我跟你按不讲理的来！我心里没你，我干吗跟你结婚？"

这是灵魂发问。

八斗愣了一下，嗷了一声说："那是你该结婚了，我就是个摆设！"

一笑激动得头发都要炸开，大喊道："那我现在就不要你这个摆设！退货！行不行？！"

完了，爆了，话越说越重了，再这样下去不可收拾。八斗只好再往回圆，声调降了八度，说："你又误解我的好意，我的意思是，你现在正在创业，买房又要贷款，万一创业有个什么颠簸，还贷的压力就太大了。"

一笑冷冰冰地说："我全款。"

八斗眼睛都大了两倍,说:"一把付清?"停顿一下,还是那句问话:"哪来的钱?"一笑道:"辛苦挣来的。"又问:"你什么意思?"

八斗道:"你确定是辛苦挣来的就行。"

一笑终于忍不住了,茶几上的饮料瓶就是武器。她抄起来抡了八斗一棒。八斗也不躲,任由她袭击、命中。

她就是恼羞成怒,心里有鬼!

晚上分居是少不了的。一笑离家出走,目的地是燕玲家。八斗得到消息,放心了。他一个人在床上躺着,生了一夜闷气。他意识到自己和一笑之间的问题,其实从来也没有得到妥善解决。事到如今,愈演愈烈,明明是一家子,却过得像两家子。一笑的"独立"、独断独行让他难受极了。这不就是不相容吗?

房子没相容,日子没相容,精子和卵子也没相容,那自然就没有结晶,没有结果。这日子跟他希冀的完全不一样。第二天,燕玲姐果然来了。

她是说客。一见到八斗就批评道:"你不能这么小心眼儿,不能这么大男子主义!"燕玲很少用这种祈使句,如今第一次抛出,算是极严重的批评。八斗接受批评,但也说了自己的道理。

燕玲没让他说下去,说:"我知道我明白,可你发作之前总要调查研究吧,不能想当然。"八斗一下闷了。燕玲又说:"一笑为了买房,找亲戚朋友都借了一圈,我还匀给她五万。她就是不想背贷款,觉得压力大,我们也找她要利息。"

八斗嗫嚅道:"那她……也不说……"

燕玲道:"说了有什么用,你能帮她解决吗?你自己都还背着大山,她是为了减轻你的负担。八斗,你想想,你买房的时候,一笑是怎么对你的。"

八斗有点儿蒙,斗转星移,错误一下都堆到他这儿了。不对,重点偏了。八斗随即说:"这些都是误会,我难受的是,这么大的事她应该先跟我说,我才是她老公。"

燕玲振振有词地说:"这我就得批评你了。她为什么不说,你想过吗?"罪加一等,八斗如临大敌,他眨巴着眼,不敢言语。燕玲道:"说明你对她的关心还不够,你给她的安全感也还不够!"停顿一下,才说:"我看分开买,也挺好，免得扯皮，至于孩子什么的，将来有了再说，总会有办法。"最后张燕玲声音温柔起来，叹息着说："八斗，你要理解一笑，她一个人在外面漂那么多年，又吃过亏，房子里一个秤砣，能把她的生活压住。你不掺和，最好。免得你防着她，她防着你。"

这罪名更大了。

八斗不得不插话说："姐，我真没防着她。"

燕玲说："我用词不当，大概就是那意思，反正你们现在一人一套，住你的也好住她的也罢，另一套出租出去，手里也能有点儿小收入。至于将来怎么安顿，真挣到钱了再商量。"

话说到这份上，八斗只能"承认错误"，暂时息事宁人。他问燕玲他什么时候去接一笑合适。燕玲建议等两天，她还说帮八斗做做一笑的工作。

临出门，燕玲还转身交代八斗："笑笑是任性了一点儿，但你要理解，一个女孩子，早年过得那么苦，她完全应该在将来的日子得到些补偿。那些事你应该不是第一次听说吧，她被人从家里赶出来，无家可归，那心理阴影得有多大。你要是心疼她，就不会在买房子这件事上跟她计较。什么叫男人，什么叫女人？"

望着燕玲一张一翕的嘴唇，八斗有点儿恍惚。尤其最后这句，好像滕志国也说过，现在又从燕玲嘴里冒了出来。呵呵，真是个万能的句子，男人女人都能拿它当挡箭牌。

59

一笑"因买房问题离家出走"的事，八斗没跟家里说，包括老妈，包括姐姐。他怕一说就成"事件"了。但他没忍住，跟陆海超提了。海超保持理性，他觉得这样挺好，干脆利索，核心资产，你是你，我是我，做好自我保护。

八斗问："那什么叫两口子？"

海超道："那再怎么两口子，真要到那一步了，是不是该分还得分？世界首富都离婚了，钱该拿多少拿多少。法制社会，这太正常了。"

八斗一激动说："我压根就没想过离！结了，就必须一辈子！离婚二字在我的字典里就没有！"

"哎哟我天，那谁敢跟你结婚？"海超冷笑一声，"话别说那么早，知道现在北上广深的离婚率是多少吗，北京最高！"

八斗打击他说："你这都是纸上谈兵，婚姻的影儿你都没见着呢。"

海超屁股坐正了，以探讨学术问题的口吻，说："那你说，两个人要是感情破裂了，还你拽着我我拽着你？有必要吗？那等于是背靠背绑一块儿，往大海里一撂，那不得一起往下沉呀！"

"你太不了解婚姻了。"八斗反驳道。

"得啦，老弟，你也才进围城没几天，"陆海超食指弹着玻璃杯，"我跟你说婚姻这东西根本就是反人性的，但没办法，社会要运转，人类要发展，这搁过去就是最能提高效率的制度。但现在不一样了，尤其大城市，你看看周围，有几个不是事业型女性？"他吞口唾沫，"都个顶个女强人！你老婆，你姐，是不是本质上都一样？咱想要的相夫教子的贤妻良母不是没有。有。"沮丧道，"都被有钱人弄去了。"

八斗不吭气儿，他想驳海超一句，那人家有钱人养得起呀，拿钱买资源，童叟无欺理直气壮，你有吗。

海超越说越来劲，接着说道："而且我跟你说，还有一点，现在人寿命都长，女的活得更长！就我家楼下那老太太，过去一直是她伺候她老头啊，老头人才没了，她笑眯眯的。"

八斗不信，道："不至于笑眯眯吧，可能背后哭，你没看见。"

海超哼哼道："你以为，银婚金婚钻石婚，是伟大！别说有一个倒了天天需要伺候，就是好手好脚，跟同一个人过五六十年，六七十年，天天躺一张床上，你不烦？"他深吸一口气，小声说："老的就不说了，咱这年龄段的，夫妻没有性生活的，一大把！"

八斗悚惧，怎么说着说着就描述到他房间里去了。他跟一笑那方面，也是个"门庭冷落鞍马稀"。别说一笑没兴致，他也逐渐降低了欲望。可他必须嘴硬，说："一周三次还是要的。"海超用怀疑的口吻，表情戏谑，说道：

"呦,伟大!不去日本工作可惜了。"又说:"那孩子估计很快就来投胎了。"

八斗两颊发烧——牛吹得自己都不相信了。

海超像把他看透了,说:"赶紧要一个,免得再过几年,都受罪。"又吊着口气,笑嘻嘻地说:"你们不会想丁克吧。"八斗立即否认说,那绝对不可能。

海超见八斗不大高兴,转而问他工作近况。

八斗简单说了调动的事,没表现出太得意,他怕海超听了嫉妒,免不了又阴阳怪气。

到新单位后,八斗一方面熟悉业务,另一方面先摸人事。他发现这个公司的人事情况比他想象的还要复杂。现在的董事长古总基本不怎么来,但人家说了,充分放权给八斗。可是,八斗要做业务,除了一个助理,谁也使唤不动。

那些员工对八斗爱搭不理,丝毫没有给他面子的意思。到点就来上班,往那一坐,看自己的电脑,玩自己的手机,然后,到点下班。八斗安排招几个俄语翻译,招聘信息发出去,投简历的不少。整个礼拜,八斗都在忙着面试。滕志国给他敲了警钟,说那个古总你千万要尊重。

八斗问他什么来头。

滕志国说:"过去是个领导,后来退下来了。"八斗不理解,退下来怎么又来当领导。滕志国说:"在位置上的时候,给人方便啦!人当然也给他方便。"又小声说:"公司里那几个上班的,还有他外甥女、小姨子。"

嚯!活生生一个家族企业。

滕志国又说:"反正你干自己的活儿就行了,要的就是个牌照。那些人只要领着钱,不闹事就行。"虽然志国进行了一番解说,但八斗还是一知半解,后来还是李骐给破了谜,说这里头涉及当初国有资产转卖的事,古总帮过忙。八斗担忧地说:"那现在会不会翻出来?"

李骐给他吃了颗定心丸,说:"翻出来跟你也没关系,而且怎么翻呢,法律上都过了追诉期了。很多事情牵扯的部门太多,是查不清楚的。"八斗说:"关键是公司一直亏损。"李骐说:"抓主要矛盾,穷庙富方丈,咱们办成事就行。"又诡秘地笑笑说:"你也不可能在这待一辈子。"

一听这话，八斗的鸡皮疙瘩都起来了。是，没有岁月静好，没有现世安稳，变化是永恒的，他只能见机行事。实际上，这个公司的成立，说白了也不过是个跳板。李骐，以及那个古总，还有集团的老总，都派了人进来。这个分部其实就是个幌子、通道，大家都通过这家公司往外搬资源，就比如李骐的弟弟李骥的公司，就跟这家公司有合作。当然，此消彼长，吃亏的永远是公家，李骥那边吸血吸得饱饱的。

月末八斗工资发了。未承想，老公司也给了一份。八斗问志国怎么回事，滕志国一句话教育了八斗，说："给你你就拿着，干吗？还嫌钱烫手？"于是乎，龚八斗算发了点儿小财。

但好几天了，一笑似乎没有要回来的意思，他发消息问燕玲。

燕玲说笑笑忙得昏天暗地，她都不怎么能见着。每次一笑到家，她都已经睡着了，只有早晨能瞧两眼。

八斗问："她提到我了吗？"燕玲说："提了。嘴巴还是硬的，心已经有点儿软啦！一日夫妻还百日恩呢。我说她了，她应该也意识到错误了。再怎样，大事还得两个人商量着来。"

八斗一听，心里舒畅多了。看这意思，"皇后"也该摆驾回"宫"了，差一个台阶就能下来。他想起尤高畅上次给的延庆温泉酒店券，再添点儿钱，能去玩个周末。八斗跟燕玲商量，燕玲赞同。很快，八斗又从燕玲那得到了一笑的意见，难得这周末一笑有空。

燕玲问："能不能把你姐也叫上。"

八斗估摸着燕玲是怕一个人当"电灯泡"尴尬，但三元的问题是孩子——默默周末可能补习。八斗打电话给老姐，结果三元爽快，答应，说："去，干吗不去？默默周五去看他奶，咱温泉泡起来。"

礼拜六一早，天还没亮，龚八斗就开车出发了。为表诚意，他得接人——先去"外省"接三元，再去望京拉燕玲和一笑。

在车上，八斗就把跟一笑的矛盾跟三元说了。但不是全说，而是掐头去尾，大事化小地说。

没提买房，只说有点儿小口角。

三元还是当即表示不满，说："你就惯着吧！有家了，自己的男人都伺候不好。"八斗嗨一声,说:"现在女的有几个是伺候男人的,男人不伺候她们就不错了。"三元严肃地反驳道:"怎么不伺候?我为老王家,不就当牛做马那么多年。想想我就后悔!有这时间,我干点儿什么不好。"

八斗劝道:"别这么想,你的付出是有回报的,姐夫现在事业再起,默默也健康成长。"

三元打断弟弟说:"事业起不起,难说。孩子是健康,但成长就一般了。"她伸手捏眉心,说道:"活在这世上,谁能指望谁?尤其女人,这一辈子就三个字。"

三元不往下说了。

八斗一边开车一边看她。三元这才道:"靠自己。"八斗笑说姐你就双标,说到自己就说靠自己,说到一笑就说她不伺候男人。三元大声解释道:"这不矛盾,靠自己不等于眼里只有自己。只有自己那叫自私!"三元翻着白眼,说完还嫌不够,又补充道:"天行健,地势坤,女人要没点儿包容力,那叫女人吗?"

八斗怕听姐姐的这些妈妈经,附和着笑笑,又把话题转到别处去。到望京时,燕玲和一笑已经拎着包下来了。燕玲分配座位:"笑笑,你到前面。"她自己一猫身坐进后座,跟三元一阵说笑。一笑坐上副驾驶,八斗看他,她也看八斗。

都没说话,但心照不宣了。

三元大着嗓子,喊道:"笑笑,最近忙吧,瘦了。"冯一笑一点也不尴尬,先回头,再觑八斗一眼,说:"咱们家的肉,都长他身上去了。"燕玲帮衬着说:"男的有点儿肉好,最怕那种不挂肉的,电视剧上那些男偶像,我看着都想去喂他们儿口馒吃。"

"你还看偶像剧?"三元诧异。她是一点儿时间都没有。

燕玲不好意思地说:"有时瞄两眼。"

"你们家老竺不算瘦,"三元顺着说,"但也不胖,刚刚好,成功人士的体型。"

燕玲不晓得怎么答。

三元追问一句:"老竺是不是打高尔夫?"燕玲说好像是。一笑见姐姐难受，解围道："元元姐，新工作怎么样？"三元看燕玲，又看八斗，嗔怪地问道："谁告诉笑笑的？我都不好意思说，就一小破公司，我奔那儿一坐，人家立马给我安个大帽子：副总。我说我这副总，一没人伺候，二没高薪，比丫鬟还丫鬟。"又嗟叹道："平台太小，我都不想干了。"一笑和燕玲都没往下接话，对看一眼，笑笑，任由三元低调地威风着。

到地方后，房间分配自然是八斗跟一笑一间，三元跟燕玲一间。四个人约定半个小时后大堂见，去附近溜达溜达，然后吃饭，下午、晚上就都在温泉了。

刚进屋，八斗还有点儿尴尬。一笑却一派自然，她抓紧时间补妆，边忙边笑呵呵地对八斗说："想通了吧。"

八斗用幽默口吻说："我有什么想不通的，又不是我出钱。"

一笑龇牙道："这么想就对了，这是给你减少麻烦，你还上赶着往里冲。"八斗刚要说话，一笑拦住他说："我知道我明白，你是恨不得两个人成一个人，跟那连体草莓似的，就长一块儿，你恨不得天天把我拴你裤腰带上。"

八斗走过去，坐在一笑身后，从后面搂着她，柔声说："我就是心疼你，担心你。"

一笑道："你要是真心疼我，将来等你发达了，直接砸一套房子过来不就行了。"八斗说："也不是房子的事。"一笑顿了一下，说："放心，我心里有你。"

不知道怎么了，一笑越是把这些话挂在嘴上，八斗越觉得虚。一切都像是权宜之计，她安抚住他不闹腾了，她好甩开膀子去办自己的大事。

八斗叹息道："其实现在我也挺讨厌我自己的。"

一笑扭着脖子看他，笑容很淡。灯光从头顶打下来，连这点儿笑容也走样了，一张脸明一块儿，暗一块儿，像水漫过了山。

八斗继续说："我也想要洒脱一点儿，不要那么在乎感情啊什么的，谁让你那么迷人呢。"最后一句油腻了。一笑抖了抖身子，说鸡皮疙瘩起来了。她问八斗知不知道她的小目标，八斗问是什么？

一笑说："现在买个小房，只是刚开始，将来我要住到富力十号去。"巧了，这楼盘八斗知道。他是跟李骐、尤高畅一起去的。那里的房子，三五千万起步，八斗觉得离自己太过遥远。但当着一笑他不能泄气，说："那就一起努力。" 一笑问："有信心吗？"八斗的口气更加坚定："有啊！"可话说出来之后，他自己都不太相信。他心算了一下，照这个赚法，得工作两百年，才能实现目标。但龚八斗又忍不住自我安慰，说人生不是匀速的，赚钱也不是，万丈高楼平地起，只要摸对路，厚积薄发，还是有逆袭的可能。

60

延庆山清水秀，四个人玩得痛快。山里泉水潺潺，一笑脱了鞋要下水。燕玲连忙阻拦道："别沾凉的，你已经不舒服了，再凉要出问题。" 三元问燕玲："什么不舒服？"燕玲微微皱眉，半晌才说："两个月没来了。"三元像见了鬼，连忙凑过去对一笑，用命令口吻说："笑笑，别沾水了，手也别沾！"又问："是不是有什么情况？"

一笑道："最近是有点儿不正常，没事儿，吃着中药呢。"

三元关切地说："你别去乱七八糟的医院看，找个好医院——国医堂，不走医保没关系，姐给你报销。"

"姐，我真没事儿，"一笑道，"有时候会这样。"

三元又把眼神从一笑身上拔出来，对燕玲说："都两个月了还没事呐！要不要吃点逍遥丸？"燕玲又劝了一会儿一笑。八斗过来了。三元对八斗说："你也关心关心你老婆。"八斗委屈道："一直关心呀！"一笑打趣道："他是太关心，恨不得把我挂他裤腰带上。"

草棵里突然跑出个兔子，这段被打岔过去了。但自此，一路上三元和燕玲都在窃窃私语。直到吃了饭，泡上温泉。三元依旧在叮嘱一笑："笑笑，确定没问题吗，会不会是……有……喜？"一字一顿的，听着就更像猜谜。

一笑道："姐，我这么大人了，是喜是悲还分不清啊？"燕玲跟着劝："元元姐也是关心你。"一笑无奈地说："明白。"三元再劝："笑笑，永远记住，

-349-

工作重要，身体更重要，身体没了，赚再多钱有什么用？没有孩子，有钱也等于没钱，没有人，那财都是假的，老话说，财丁两旺财丁两旺，有宝宝才是真财！"

听着像顺口溜，一笑一笑而过。倒是八斗和燕玲老大不自在，好在泡在水里，脸红也看不出来。三元见大家都不吭声，她考虑到燕玲的面子，没将这个话题深入下去。

晚上回到房间，三元又跟燕玲谈起一笑，并对她的劳动强度深表担忧。

燕玲顺势叹息道："没办法，要买房子，只能拼一拼。"

"买什么房子？"三元诧异。

燕玲说："八斗没跟你说？"又解释道："估计也是怕你担心。"最后才支支吾吾地说："笑笑就是想争口气！她爸妈，她弟，老家人，都盯着呢。"

三元不解，问盯什么。燕玲说："盯着她在北京这么多年，究竟能不能混到一套房。"

三元说："八斗不是买了吗，结婚了，有房了呀。"

燕玲说："那在他们眼里不算，不是自己的，房产证上也没笑笑名字。"

三元紧张地说："笑笑想加名字？"燕玲说："笑笑是打算自己买一套，四处借钱呢，没跟你说，也是怕你担心，再者，你这养孩子，手头也不宽裕，不好找你开口。"

一提到借钱，三元汗都出来了。她是没钱，她自己都没着落呢，怎么借钱给弟媳妇买房。

三元抓起燕玲的手，问道："你借了？"

燕玲说："稍微匀了一点儿。"

三元叹息道："你自己都没个窝，还借给别人。"

燕玲拖着声调道："我是疤瘌大了不疼，虱子多了不痒，过一天算一天。"话说到此处，三元觉得有必要再次提醒燕玲，跟老竺，不能再拖了，必须要有个说法，总不能永远做女朋友。燕玲表示这事的确要提上日程，老竺也在考虑买房子。三元两眼放光，说道："新买一套？为你？"燕玲说："为不为我不知道。"三元说："看来你这步真走对了，找个成熟稳重的，自己没那么累。"

一下子得到这么个大消息，三元一晚上没休息好。她打算等回去之后，得空跟八斗通个电话。她倒是不赞同八斗掺合一笑买房子的事，也不希望弟弟往里头贴钱太多。两个人，各顾各的房子，清清爽爽最好。

游玩回来，该收心了。开班就是发工资的日子。准时准点，三元收到银行的手机短信了。她欢天喜地买了点儿进口虾，娘俩在家煮了吃。谁知第二天，王老板来了，并带来一个惊人的消息。由于渠道不畅，营收项目不明，公司运转不下去。简单点说，就是这个包括老板在内只有两名员工的公司倒闭了。三元当然要垂死挣扎一下，说："王总，这刚成立，再等等还是有希望的，老年人的市场还是应该抓住。"又说："实在不行我可以降工资。创业嘛，肯定艰难，但挺过去就是蓝天呀！"

只可惜王总主意已定，万难更改。三元本想要点儿赔偿，但看王总大江东去、可怜巴巴的样子，又实在开不了口。她们是上下级，也是战友，都不容易。总而言之，她龚三元在这小公司摸鱼的日子，彻底结束了。

冬天风吹得呼呼的，北京就这特点。没有风的时候，空气则像蒙了层灰。从公司出来，龚三元恍惚了。没到放学时间，她还不能去接默默。回家太早，三元只好走入公园，在湖边站着发呆。千般思绪、种种声音在脑子里盘旋，声音多了反倒理不出个线索，三元只觉得整个头从眼眶子疼到后脖颈。

一对老夫妻牵着狗从三元身后经过，老太太看三元眼神不对，上前关心道："姑娘，没事儿吧。"怕她自杀。三元回过神，连忙抱歉地说："哦，没事没事。"她脸上的肌肉乱飞，说不清是哭还是笑，直到老夫妻走远，这些肌肉才各就各位，展现出应该有的情绪——龚三元痛哭失声。她觉得自己简直白活！当初来北京的时候，她可是抱着无限憧憬，现在好，连个小公司都不能栖身。她恨得拿出脖子上挂着的貔貅，咔咔咬了两口。她怪它不保佑她，不是说好了，只进不出的吗。可现在呢，反了，只出不进。只可惜貔貅非但不回应，还硌了三元的牙。

龚三元自责了一阵，又慌忙为自己开脱，她强迫自己相信，这是时代大势，有困难的绝对不止她一个人。而且，无论如何，她必须挺过去。怀着这份苦痛的信念，失业这事，三元就不打算跟任何人透露了，包括斯理、八斗。再外围的就更不能说……她龚三元丢不起这脸面！

只是，三元那鬼魂附体一般的失落情绪瞒不过儿子默默。三元坐在默默身后，看着他做作业。默默写着写着忽然回头，一双大眼睛对着三元。凝望许久，终于问："妈，你没事儿吧？"三元像被照妖镜照着的妖精，慌乱地说："没事啊，做你的作业。"默默又说："你别不高兴，我肯定好好学。"三元愣在那儿。儿子的误解偏偏歪打正着，戳中了她的心。三元一边说学你的，眼眶却不争气地红了。

不行！龚三元告诫自己，她不能就这么被打倒！她必须越挫越勇，越勇越上，不就是一份工作吗？她要年轻个十岁八岁……想到这儿，烦恼暂停了一下。她打开手机，重新修改简历，她有些手抖，十岁太多，七岁吧。她把自己的年龄改小七岁。改完，海投！三元坚定地认为，她跟一份优质工作的距离，不是能力，不是态度，仅仅是这令人恼火的七岁。

活脱脱职场的"七年之痒"。

所幸，不到一个礼拜，她就收到好几份面试通知。三元千挑万选，决定去南五环外某知名大公司碰碰运气。好了，主意已定，剩下的就是必须"神形合一"了。

脸上还敷着绿面膜，三元站在镜子前，比比这件，试试那件，她的衣服似乎都体现不出年轻感。算了，扎马尾，扎得高高的，这样减龄。她翻着手机，对照着网红们的发型来一个。好家伙！自己都吓一跳。

默默的身影突然出现在镜子中。她不想让儿子看到自己的窘况。默默不说话，只是看着。

三元找补，笑嘻嘻地问："妈妈漂亮吗？"

默默倒直接："漂亮。"儿子的鼓励给了她信心。不过，这一番捯饬，也让龚三元彻底明白一个事实：年龄是不会骗人的，岁月从未虚度。她即便盖得住脸上的皱纹、斑点，也改变不了神色的倦怠。尤其是那一双眼睛，里面的光、神采，早已被流水般的日子带走。

她觉得自己很"破烂"，跟那些被大妈们捡走的纸壳一样。可是，任何事物都有老去的一天呀！何况人。三元在内心呼喊：请不要把任何老去的事物当作"破烂"呀！谁没年轻过？！三元假想着，如果她不是那么早结婚，是不是就不会变成一个平庸的人。答案她也不知晓。她只知道，那个一门心思想要在北京打拼出一片天地的年轻的龚三元并没有从她现在的躯体里消逝，尽管容颜早已不是当年的样貌。

好在能化妆，骗骗别人，也骗骗自己。

三元掩饰着她的心虚。不过等到迈出家门的那一刻，她又立刻雄赳赳气昂昂起来。她是为自己，也不仅仅为自己，她要为孩子，为家庭，为所有大龄女性而战。只是三元这好不容易鼓起来的信心，一到面试现场就瘪了。

站在她前后的小姑娘，那体态，那胶原蛋白，那精气神，那才叫年轻……她这叫……老黄瓜刷绿漆……里头有人小声叫"龚三元"。三元连忙整理情绪，稳步进场。桌对面坐着仨人，两男一女。

中间那位女士一看就是核心，三元觉得她应该比自己小。

龚三元微笑入座，落落大方。对面的人低头看简历，三元保持微笑，女HR率先嘀咕："二十九岁？"

"是。"三元斩钉截铁地说。

"已婚？"女HR又说，是陈述，更是发问。

"是，"三元道，"已婚已育，且不打算再生育，可以持续为公司工作。"女HR笑了。接下来的专业问题就难不倒三元了。她侃侃而谈，自信却不失谦虚，洒脱却不失得体。三元自认为拿出了极佳的状态，极高的专业度，给出了近乎满分的答卷。他们要是不录取她，简直就是瞎了眼！交流完毕前，她还不失时机地提出了自己的薪资要求。

是！客气干吗？！她要高薪！高高的！

这样才能跟她的人设匹配。

"二十九岁"的龚三元值这个价儿！

回去等了一周，没有动静，三元有些绝望。再一周，offer来了，三元死里复活！她高兴得找燕玲逛街，并在星巴克喝咖啡的时候当场宣布了自己"跳槽"的消息。

燕玲礼貌地说："恭喜啊！"

三元变身小品演员，自负地说："谁说漂亮的女人没大脑，只懂爱美和傻笑！"

一句话倒把燕玲逗乐了。当然，这好消息三元也没忘跟斯理和八斗分享。斯理奉承得直白:"我老婆最棒!"八斗含蓄一些,说要请姐姐吃饭。三元道:"不急,等拿了第一个月工资,我请你。"当然,在跟斯理视频的时候,她再一次追问丈夫的生理问题怎么解决。她总是不放心。那么久在外面,人终究是人。

斯理不耐烦地说:"你怎么老关心这点儿事,还能怎么解决,不就自己帮自己!这荒山野岭鸟不拉屎的地方,我能找谁去?!"三元憋住笑。算了,不跟他计较了。入职之前,她还有大事要忙。她得找个做3D打印的地方,打一张身份证,把年龄调对了。

61

一笑到底还是把房子买了——全款。复看时八斗陪着,并提了点儿建议。他觉得房型不好,属于钻石型,没有朝南的房间,客厅朝西,采光不好,而且小区位置在两区交界,属于三不管地带,未来没有什么前景,更别提学区。可一笑左耳朵进右耳朵出,坚决拿下。

八斗不好说什么——谁出钱,谁做主。

房子过户后,一笑父母从广东前来观瞻,八斗全程陪同。一笑领着爸妈,介绍着房子,笑靥如花,满面得意,这原本局促的房子被她说得像豪宅。一笑爸久久不语,她妈倒对小两口说了一句:"这行啦,都有房啦,以后就该干吗干吗了。"八斗以为丈母娘说的是孩子的事,于是积极响应:"是,赶早不赶晚。"

她妈又说:"我们离得远,也顾不上。"

八斗的理解是丈母娘在往外推,等于提前放话,有孩子她也不会来带。嫁出去的女儿泼出去的水,人家在广东有正经孙子要带呢。实际上,八斗从来看得真真的,老两口压根没把这女儿放心上,那句"该干吗干吗",也不过是句客气话。

丈母娘、女婿一递一句聊着。一笑横插进来道:"爸,妈,来就多住几天,房子我也不着急租出去。"谁知他爸妈却不肯逗留,天安门都没去就走了。

房子不算旧,一笑不打算再装修。八斗陪她去打扫卫生,检查水电煤气。抽水马桶的浮标老旧,有点漏水,八斗大显神威,自己动手弄好了。乐得一笑在旁边鼓掌,直言:"要你还真有点儿用"。

八斗边修边说:"这下行了,心定了。"

一笑嘴硬道:"本来心也是定的。"

八斗口气忽然沧桑说:"笑笑,其实我特理解你,你就是为了证明自己。"

一笑微微苦笑道:"你以为我在乎的是一个房子吗?"

八斗又不理解了,看着她。冯一笑是本哲学书,高深得很,她总是有自己的一套。但八斗又老感觉一笑是被时下流行的各种思想洗脑了。一笑站起来,去水池边洗洗手,又对着水池上方的镜子抠了抠眼线,才转头对八斗说:"房子只是一个副产品,是我在北京奋斗的副产品,是做给别人看的。"

"也是做给你自己看的。"八斗补充一句。

一笑点头,接着说:"是,也是做给自己看,有的时候就是要自己给自己信心。你以为我真会把这些世俗的东西放心上?什么房子、车子、户口、婚姻、家庭、孩子,这些东西就是个框,你要被框死了你就完了!就好比爬山,再高,你爬过去了,也就不高了。"

八斗望着一笑,不置一词,她总是有理。她把这称为"格局"。

一笑微微耸了一下肩,说:"当然,就像考试一样,你没考过一百分,你就没资格说一百分不好。但你考过了,被录取了,你可以不上。"

一席话,龚八斗听得脑门发凉。原来房子、车子、孩子、婚姻都是冯一笑随时可以"扬弃"的对象,那他这个老公呢,是不是同样随时下岗?八斗只好站起来,洗了手才去拥抱她,哄人一般地说:"知道,你优秀。"一笑又说:"陪我好不好。"八斗不懂她的意思。一笑道:"一起往前走。"八斗说那肯定的。

弟媳妇买房的事,三元知道。房子到手,八斗怕三元受刺激,没第一时间告知。实际上,龚三元这一向忙碌,根本没空嫉妒别人。但海超得知了就不一样了,他忧心忡忡提醒八斗要小心。八斗问小心什么。

海超道:"经济基础决定上层建筑呀!你们家现在是女尊男卑。"八斗道:"我挣得也不少。"海超说:"女人挣得一多,心就野了。"八斗不大同意这个观点,女性独立是好事,起码减轻了男人的负担。

海超振振有词地说:"男主外,女主内,是多少年形成的社会定式,打破这个定式,就容易有矛盾。"

八斗承认这一点,但也反驳道:"在北京,要找个主内的女的,你自己得多有实力。"

海超道:"是,咱不配,不过说实话,小冯是幸运,长得不错,算有点儿资本,又遇到了你这么个风雨故人,要换成旁人,你瞅瞅,那些在外面拼的女的,有几个嫁得好的。"

八斗故意反着说:"那人家可能心思就不在婚姻上。"

海超不屑地说:"听她们吹,吃不到葡萄说葡萄酸罢了,本质上就是没人接她们的盘!赚了点儿钱,就想当女王,踩在男人头上,谁傻?"

八斗道:"我看你最后找个啥样的。"

海超一口气说出:"老实的,听话的,本分的,肯过日子的。"八斗又补充道:"长得好看的。"海超道:"别,长相我现在真不要求了。咱就是普通人,咱就找普通人。"

八斗揶揄道:"嘴硬吧你。"

海超嘴皮子一秃噜:"关了灯,闭上眼,有那么大分别吗?是个女的就成,凑合用。"又说:"咱们的当务之急,是积累第一桶金。"八斗深以为是,又说:"存钱可不分男女。"海超反驳道:"那不一样,男的和女的,眼前的任务不同,男的要快速赚钱,快速把自己的能力变现,才能找到好老婆。女的呢,钱当然也要赚,但更紧急的是要考虑,怎么才能获得一个更高的择偶势能。"

八斗哎哟一声说:"贼牛,专家,博士!"

海超越说越得意:"就好比相亲,你是女的,你来北京了,你家庭条件一般,那你就得想办法在这个婚恋市场上,在整个链条上,占据高位置,借力婚姻改变家庭背景。"

八斗质问道:"改了,然后呢,有啥意义。"

海超叱责道:"你是真傻还是装傻,这叫靠自己的双手为子孙后代创造更高的起点,咱们这种人,漂一代,白手起家,注定是为子孙后代当燃料!"

龚八斗听得浑身起鸡皮疙瘩,但又无从反驳,因为陆海超说的是赤裸裸的事实。春蚕到死丝方尽,蜡炬成灰泪始干。在北京混,从来就不是一代人的事儿!八斗不禁失神,顿感前途茫茫,但又不得不强打精神保持乐观:"你这成,你这当的,可是火箭燃料。"

海超道:"我倒是想当火箭燃料,就怕到时候,充其量只能当个电动车燃料。"接着自嘲道:"得了吧,还燃料,现在连个儿子都没有呢!"八斗劝他,说终究会有的。

海超宕开一笔,转而问八斗在新公司怎么样。八斗简单说了说,也避开重点。毕竟不是从前了,即便对海超也得有防备。海超道:"你这行,还有盼头,不像我。混到退休,能混个处级,我就满满足足了。"

开班就是审计入驻,比通知的提前了半个月,好在八斗早有准备。但即便如此,还是手忙脚乱,连平日里惯于摸鱼的老员工们,工作状态也都提起来了。公司账目应该没有问题,或者说问题不大——这是八斗一来就接手的。问题是管理层的工资太高,高到他自己都有点儿不好意思拿。

再就是公司的业务,包括东南亚、中西亚的来往,多少有些拿不上台面。不过,审计工作还在紧张有序进行的时候,总公司那边就传来个大新闻滕志国和刘晓斌在会上拍桌子了。作为老同学、老朋友,八斗有义务去了解情况,做好疏导工作。

在公司会所里,他劝志国:"关系搞得那么僵,以后工作怎么展开?"志国"嗷"了一声,说:"此处不留爷,自有留爷处!我找个工作还不是分分钟的事儿!"

八斗反问他:"你找了吗?有后路了吗?"停顿一下,又说:"志国,不要意气用事,就算要走,也不是这么走,何况你舍得这么多年的积累吗?董事长待你不薄。"

志国忿忿地说:"这不正是董事长想看到的吗?他不纵容,谁敢?那刘晓斌这么多年尸位素餐,董事长不照样装看不见!"八斗心里咯噔一下,他感觉志国像在骂自己。刘晓斌的状况跟他相似，都是"空降"来的，不是老臣。董事长看的是他背后的关系、路子，这种人跟滕志国这些为公司冲过锋、陷过阵的猛将天生不对付。

八斗在情感上向着志国，但理智上，他还得从中调和，说"刘总有刘总的作用，如果没作用，董事长早就另有安排了"。忽然小声说："而且你这么多年都等了，这一二年就等不了？"刘晓斌背后的人要退了，皮之不存毛将焉附，胜利指日可待。

志国道："所以他才是最后的疯狂！死也要拉个垫背的，我是要和平的人呀！人家不愿意，那我只能打！"

八斗望着脸气到变形的志国，出主意道："要不我找找李骐，看看怎么处理？"志国说："她不会管，她跟老尤只对钱有兴趣。"又怅然地说："她哪能理解我们这些外来奋斗者的辛酸。"

最后这一句话，把八斗给说共情了。老滕的癫狂又让他那根居安思危的神经绷起来了。他们这种人，才上场就得想着怎么退场。一招儿不慎，很可能就根本场都退不了，玉石俱焚。这是八斗最惧怕的！不为自己，他也得为老妈、姐姐、一笑考虑。他不能倒下。

这一晚，滕志国喝了不少酒。八斗陪着。志国醉了，八斗还清醒着。但清醒着的人更痛苦。慧慧来接志国，搀扶着他走。上了车，慧慧驾驶，八斗问她行不行。

慧慧说没问题，又问他："没事吧？"

八斗愣了一下，说没事。慧慧道："他这个脾气，出事也不意外。"八斗劝慧慧别多想，让她到家发个消息，有什么问题随时打电话。

八斗望着迅速远去的汽车屁股，想起了一笑对慧慧的评价："你这个外甥女，别看也读到研究生了，那可是个真正的传统女性。"八斗当时不理解什么意思。一笑解释说："传统女性的精华没学到，糟粕倒是掌握到了精髓。"八斗让她细细解释，一笑又反过来说："其实也可以理解，人嘛，特别是女人，容易慕强，不过她才来几天，终究是人外有人。你们这个志国，能不能守住这摊位，难说。"

到家时，一笑已经睡着了。八斗看看日历，是"造人"的日子，可他终究没忍心打搅一笑的香梦。临睡前他看到姐姐三元的朋友圈，好像在吃烤肉。八斗点了个赞，便一头沉入黑暗里。

新工作，新气象。

第一个月工资到手，三元连吃了三天大餐。头一天就是八斗看到的吃烤肉。第二天是带默默去吃他想吃的。第三天宴亲朋。八斗到了，一笑没来，但她让八斗给三元捎了一瓶眼霜。三元喜笑颜开，说："我做过电商我知道，一忙起来就没个天时早晚，没办法，都是为了生活。"

燕玲也被请来凑这个局。当着八斗的面儿，她还替一笑向三元说好话："她是特想来，说为姐姐高兴，又东山再起了。"三元喝了点儿小酒，兴致高昂地说："那是，十年河东十年河西，是金子到哪儿不发光？现在这社会，物质缺吗？都过剩！缺的是人才！"

八斗和燕玲对看一眼，都笑笑，彼此心照不宣地纵容了三元过分的得意。是啊，人生得意须尽欢，哪怕这得意中有虚张声势的成分。哄骗不了别人，哄骗了自己也行啊！

燕玲还不忘加把火，她举杯敬三元："我就说嘛，坚持下去，肯定能看到希望，'剩'者为王！"三元满面春风地说："是，剩下来的都是精华。"说到这儿，三元的手轻轻往桌上一拍，说："今儿老吴要是来了，咱仨真昨日重现了。"

"她快生了吧？"燕玲说。

三元想了想，问八斗："生了吗？"

八斗尴尬地笑笑，说："我怎么能知道。"

"你跟老吴的姑姐关系好。"三元说。

"那人家也不会告诉我这个，"八斗解释道，"这都是妇产科的事。"

三元故意较真，带点撒娇地说："妇产科就没男医生了？"

燕玲接话过去，说："算日子，也该生了。"

三元拿起手机，刚要拨又放下，说道："算了，这种事，人家不说，不好问。谁知道人家想要男孩女孩。"

燕玲说："前头不是有个男孩了吗，这胎没压力。"三元说那也别问。又笑道："再不生，真成哪吒了。"三个人说笑着。龚三元手机再响，是个不认识

-359-

的号码,三元不肯接挂断了。一会儿,电话又响,是同一号码。燕玲劝三元接听,说先别说话,看对方怎么说,也许真有事。三元不情不愿地接了。

是个男声。

八斗和燕玲猫儿在旁侧不吭气,都看三元。只见三元的脸色由红转白,由白变青。最后,"嗷"一声:"那还不是被逼的!"眼泪横飞作瀑,好不狼狈。

62

龚三元被行政拘留五天,罪名是身份证造假。公司在进行学历调查的时候发现了这个秘密,人事报了警。

五天,漫长的五天,龚三元自己都不太清楚这五天是怎么过来的。吃了什么?怎么睡着的?反正,醒了就哭,哭累了就发呆。疲劳极了才睡,睡也睡不深,浑浑噩噩。"牢饭"无论什么,吃到她嘴里都是苦味。她也不明白自己这么聪明一个人,怎么会犯这么个低级、愚蠢的错误!归根到底,类似"兔子急了也咬人"。她是被生活逼得失去了理智——报复性作假。

龚三元觉得自己这十年白奋斗了,灰暗,无助,魂被抽了,魄被打散。直到走出拘留所见到八斗和燕玲的刹那,"元神"才重新归位,驱动着眼泪喷涌。

她抱着燕玲嚎啕大哭。

八斗领着默默站在旁边,燕玲摆手示意八斗先走。直到坐在自己家床上,三元的眼泪还没完全止歇,她像个犯了错误的孩子,承认了错误,但依旧有些委屈,她哽咽着拉着燕玲的手说:"我完全符合……完全符合……就大了几岁……完全不影响工作……"

燕玲果断声援道:"是,他们有眼无珠!"说着,燕玲端起海鲜粥。三元别过头,眼神生无可恋。八斗走进来,他接过饭碗,蹲在床头,说:"姐,吃一口吧。"燕玲起身去客厅,想回避。三元还是不肯张口。八斗把勺子送到姐姐嘴边，龚三元终于张嘴了。

食物进入，她也不咀嚼，就那么含着，不上不下。

八斗劝道："身体是第一位的。"三元眼睛忽然放光，说："你跟默默怎么说的？"八斗说没说。三元说："你没说真话吧。"八斗说放心吧，这事没人知道。三元快速地说："跟一笑也别说！"又忽然沮丧道："这个圈哪有秘密……"

八斗道："一笑现在单干，忙成那样，不会知道这事儿，我跟燕玲姐也说了，都不准往外说，反正你就是辞职的。"

三元嚷嚷道："我本来也是辞职的，我还不稀罕在那干呢！"可惜自负与自卑在一秒内完成了切换，她拉着弟弟的手，绝望地说："有案底了，我还能干吗，什么也干不了……谁要我……"八斗鼓励她说："不行就创业，上次你不是说考虑衣物回收吗，妈在老家也找好人了。调研清楚，可以尝试。"

三元抬脸问："能行吗？"

八斗虽然没信心，但也只能说没问题。当晚，八斗和燕玲都没走，他们怕三元走极端不放心，就留在三元家住。燕玲看着三元，八斗跟外甥默默睡。快九点，燕玲从三元卧室出来，到洗手间打电话，打了有半个小时。八斗憋不住尿，等在门口。燕玲打完出来唬了一跳，八斗看她脸色不对，问："没事儿吧？"

燕玲说没事，匆忙离开。

一笑来电话，八斗接了，他没提姐姐的事。一笑告诉他房子租出去了，一个月5300元。一笑再次问："你姐到底什么情况？"八斗强力掩饰道："说了没事。"不过龚八斗凭直觉，八成一笑已经知道几分，天下没有不透风的墙，更何况是这么个"大瓜"。

次日回去，一笑果然已经拐弯得到了消息。她啧啧地说："多么重大的教训！我要是不出来单干，没准跟你姐一个下场。"八斗下意识地护着姐姐，道："什么叫下场，也不是啥大事。"一笑较真道："这还不是大事？犯法啊！"八斗"嗷"一声，说："行啦！人都出来了，还说这些干吗，一辈子谁没点儿错！"一笑换个角度说："我特别同情元元姐，我这不是兔死狐悲吗。"八斗斜着眼睛看一笑，说："没死，活得好好的，以后会更好。"

一笑并不"恋战",忙着敷面膜,说:"行,好好活着。"

工作日又是一通忙,但八斗每天不忘给姐姐一个电话,确认三元的情绪。从声音里辨析,龚三元慢慢恢复过来了。周末,他又一个人去三元家探看,发现牛爱玲和王斯文也在。蓓蓓跟默默在书房玩儿,斯文在厨房忙活儿,牛爱玲正摆弄扫地机器人。

三元从洗手间走出,脸上看不出一丝忧郁。她望了一眼八斗,点点头,八斗立刻明白,他必须配合姐姐演好戏,不能把秘密露出来。

三元走到牛爱玲身旁,说:"妈,歇歇吧。"牛爱玲头也不抬,说:"该歇歇的是你,都瘦成啥了。"三元下意识摸自己的脸,又从电视柜的玻璃上看自己的影子。是,五天监舍,足以让人瘦成鬼,形销骨立。她真的老了,柴了。

牛爱玲继续说:"老话讲,大福必闲。只有那没福气的人,才永远忙忙叨叨的。"

三元冷静地说:"我们这个年纪的人有什么资格谈享福,不是人人都有妈的福气。"

斯文端菜出来,三元连忙去接,八斗也跟着忙活。斯文敦促蓓蓓和默默去洗手。等饭菜端上桌,她又给两个孩子分了菜,让他们端着小碗去屋里边看平板边吃。

饭桌上剩四个大人,气氛有点儿微妙。三元想破局,笑着说:"妈,要不要来点儿黄酒。"牛爱玲说:"红酒有吗?"三元连忙说有,拿了来让八斗开。三位女士一人一杯。八斗开车不喝酒只能以茶代酒。四个人碰杯,欢饮。

再来,又碰杯。

三元的颧骨周遭微微发红。牛爱玲母女却面不改色,他们家祖传喝酒不上脸,但情绪却弥漫开了。王斯文这才对三元说:"元元,你永远记住,无论你做什么,你都不是代表你个人。"

三元的神经一下提起来了。

斯文继续给她上课,说:"你还是人家老婆,是孩子的妈!"三元顿时全明白了。身体内那股火烧上来,从脖子根红到耳朵尖。

牛爱玲接过话道:"人,得有人格!"

这一记重锤太过上头,三元差点儿扛不住,但她还是微笑着不暴露软弱,径直地说:"妈,大姐,你们是不是听到什么了?"

轮到那俩人尴尬了。

斯文换个路线包抄,说道:"斯理出去那是拼命,将来回来还可能往上走,所以我们做任何事之前,都要有个通盘考虑。做人不要太贪心!总得有个取舍,我不就是这么挺过来的吗。"

龚三元默不作声,她戴着罪,没嘴说。千刀万剐她活该!人家说什么她都得听着。

八斗插话道:"大姐,你这菜放的什么佐料?特香。"

斯文把眼神调转对准八斗,没回答。

内外交困,这就是龚三元的处境。她觉得自己留在北京简直就没法见人。她又考虑回省城,回老家。可是,这念头也就维持了半天便打消了。回去就能见人了吗?回去又做什么呢?北京好歹天大地大,百川归海。只要不出声,你这颗小水珠在大海里是不容易被发现的。与此同时,三元也更加迫切地意识到,她日子过得不愉快,一方面是因为穷,另一方面源于自我价值的无处实现。

她出师未捷身先老,职场对她不友好,她一股子劲无处使。这话她没跟斯理说,尽管他们处境相似,但在王斯理眼中,她就应该满足于回归家庭。

因为她是女的。

在这个问题上,王斯理和她站在相对的两端。三元忽然有些羡慕燕玲——失之东隅,收之桑榆。燕玲虽然遭遇了世俗婚恋的失败,一把年纪无儿无女,可二度回京,人家起码事业蒸蒸日上。尽管三元还多少有些不屑——燕玲也不过是靠着老竺,才一脚踏上人生第二春的舞台,但龚三元又清醒地认识到,让她跟燕玲互换人生,她又是不愿意的。因为她龚三元希望做出点儿事情,但也不愿意忽略家庭。可这两者偏巧又在天平的两端,跟跷跷板似的,高了这头,难免就低了那头。

好在,三元的抑郁生活让燕玲带来的一个消息破了局。燕玲说,吴屈梦生了。三元立刻拿起手机说:"我问问。"燕玲伸手阻止,劝道:"上次你不是说,人家不讲,你就别问。"三元不解,道:"那是没生的时候,现在生了,皆大欢喜,有什么不能问的。"

燕玲笑说老吴跟咱不一样,人家是大户,规矩多,讲究多。

三元放下手机,伸着脖子问:"你哪来的消息?"

燕玲说听老竺说的,他也是听朋友传。

"男孩女孩?"三元对婴儿性别感兴趣。

"不太清楚。"

"估计是女孩。"

燕玲问:"为啥?"

三元道:"要男孩不早在朋友圈里发了吗。"三元再想,不对,疑惑地说:"头胎是男孩,这胎就算是女孩也不至于不高兴。"燕玲劝道:"还是等等吧,没准很快老吴就叫咱们去了。"三元再猜:"难道是老吴出事了?她年纪这么大,又是试管……"又推翻道:"按说不至于,最好的医院最好的大夫。"

燕玲不往下说,转而问三元将来的打算,还问要不要帮忙。三元来精神了,说:"怎么,你有线索?"燕玲说要想她去她们公司当音频编剧,她可以内推。三元叹息道:"我倒想去,可一不是那块料,二也太远,这边孩子放不开,没那命挣这份钱。"

燕玲一走,三元转脸给八斗打电话,说了老吴生孩子的事。她问八斗知不知道。八斗否认了。三元道:"你问问李骐啊,她不可能不知道。"八斗说:"我一个男的,问这个合适吗,都家务事。"三元说:"你就装作不经意问问。"

第三天李骐来公司,他尽量自然地顺嘴问了。李骐立刻严肃地说:"你问这个干吗?"八斗说我就是听说,就问一下。李骐咄咄逼人地说:"听说什么了?听谁说?"八斗支吾。李骐说:"这事儿你就别问,也不许往外说,嫂子产后抑郁,心情且不好呢。"又叮嘱:"跟谁都别说。"

八斗点头保证,但姐姐不是别人,他还是告诉了三元,又叮嘱她保密。三元这才"解了馋",感叹道:"看看,这有钱人的日子好过的?我要这么大年龄生个孩子,我也得抑郁。"八斗打趣着纠正道:"人家不愁吃不愁穿的,生个孩子是高兴的事,有什么可抑郁的。"

三元想了想,承认自己没换位思考,她琢磨再三,最终把老吴抑郁的原因定为为年华老去导致的忧伤、惆怅。

63

高铁列车轰轰前行，龚三元望向窗外。身旁，八斗正闭门养神。三元脑子乱，心却是平静的。这一天，她多少年前就设想过，脑海里演习过，可等真正到来的时候，她还是如此慌乱，匆忙上路。

老妈姜兰芝来电话，声音发抖，说周叔没了。发现的时候，人已经过去了。三元放下电话立刻行动，默默送到斯文那儿，她跟八斗启程回乡。

丧事还没办，在火车上，龚三元就开始考虑老妈未来生活的问题。反正，大方向是早定下的：她跟八斗在哪儿，老妈就在哪儿。周叔没了，兰芝落单了，他们不可能让老妈一个人留在老家。

但三元也清楚，在此之前，必有一场"鏖战"。

周叔走得突然，没来得及交代。身后这些财产，包括钱、房子，细细碎碎就成了个定时炸弹。他的儿女，少不得一番撕扯。龚三元已经在心里设定好了底线。这些遗产，她跟八斗可以一分不要，但她老妈不能一分不得。初听有些可笑，人家会说，你得跟你妈得有分别吗？不，三元笃定地认为，有分别。起码得有句话。夫妻一场过了这么多年，姜兰芝不能什么都没落着，该多少是多少，这是对兰芝长期付出的基本尊重。可三元也明白，大姐二哥对钱跟蚊子闻着血一样，趴上去就吸，打都打不走！实际上，这两年，他儿女向周叔要钱，几乎是摆在明面儿的。孙女参加工作就来找爷爷要过车钱，周叔一分没给，孙女气鼓鼓走了。三元明白周叔的考虑——身体一天不如一天，生病害灾都要用钱，把紧点儿也是为维护自己最后的体面。

八斗起身去接热水，三元看着弟弟的背影。车厢连接处，龚八斗在接电话。呵呵，八成是一笑。龚三元对冯一笑不满，尤其是这次的表现，简直灾难级！她冯一笑嫁进龚家以来，家里对她提过什么要求？给她添过什么麻烦？周叔虽然是后爸，但那也是爸！是她冯一笑名正言顺的公公！婚丧嫁娶的大事，她就因为工作忙要加班不到场，成何体统！

三元更气的是，八斗还帮一笑说话。娶了媳妇忘了娘，一点儿没错儿！八斗回来了，递保温杯给三元。三元吹着热气喝了一小口，道："咱得有心理准备。"

八斗不说话，片刻后才说："不至于吧。"

"我这话搁这儿，他儿子、女儿肯定赖到咱妈身上。"三元索性把话说白了。八斗仍觉得不至于。三元道："你是没经过、没见过，周叔一走，一天云彩都散了，不撕破脸皮就算万幸。"

八斗沉默了，他已经做好了撕破脸的心理准备——文戏武戏的区别罢了。

三元拧上保温杯盖子，说："妈将来……"刚说了三个字，龚三元又改口了，说道："以后再说吧，先下车。"

楼道黑洞洞的，有风。龚三元走在前面，跟探险似的，八斗紧跟，姐弟俩神色凝重。还没到门口，龚三元就大力跺脚。感应灯亮了，地上的灰扑面而来，空气有点儿呛人。三元疾步到家门前，拍门，叫妈。

没人应。

三元回身扫了八斗一眼。

八斗嗓音放大，叫道："妈！"

三元继续敲门，下手更重。对过的门开了，是邻居大妈。三元点头叫张阿姨，八斗也点头致意。张阿姨缩着脖子说："你妈不住这儿了。"三元愣住了，又问："那去哪儿了？"张阿姨摆摆手回家去了。三元快速拿出手机，拨老妈电话。通了，听筒那边"喂"字很虚弱，跟从地洞里传出来的似的。

三元嚷嚷道："妈，跑哪儿去了？！"

姜兰芝住旅馆去了，就在车站旁边，最破最廉价的那种，没窗户，没阳光，一进去就有股霉味儿。老周一去世，尸体便被拉去殡仪馆冻着。老周的一双儿女迅速占领了姜兰芝和老周的家，顺带还报了警。

他们一致认为，姜兰芝有"见死不救"的嫌疑，而且，还说他们的爸死时身上有淤青。嫌疑人只有一个，当然，这事最后不了了之，兰芝被"无罪释放"。可在推开旅馆的门，看到老妈的那一刻，龚三元却心疼得差点儿落下眼泪来。妈妈老了，肉眼可见的老了。不不，不光是老，还憔悴、倦怠、疲惫，失魂落魄。过去，三元总不认为老妈是个彻头彻尾的老人。现在，坐实了。姜兰芝一头扎进老人堆里，而且还是看上去晚运最不佳的那位。

姜兰芝见到儿女还算镇定，她慢慢走到床边坐下。三元气得身子直抖，"嗷"一声，喊道："我找他们去！"

八斗拉住三元。

兰芝声轻却一锤定音地说："是我自己要搬出来的。"

三元快步走到老妈跟前，微微弯腰探头，说："妈，您就别往自己身上揽了！他们这么做是犯法！你跟周叔，合法夫妻！那是你家！"

一提到家，姜兰芝眼泪下来了。

三元爽利地说："别哭！你又不是没儿没女。"又对八斗说："给他们打电话，这事必须掰扯清楚！"

八斗哦了一声，不自然地掏出手机。

兰芝叫出声："别打！"

三元转脸对兰芝说："妈——"

兰芝强压情绪，淡淡地说："门锁换了，进不去。我也不想进去。"三元道："撬开。"又对八斗说："打。"八斗看了老妈一眼，再看老姐。这次，姜兰芝没阻止。八斗转身出门，他不想当着老妈的面跟周叔的女儿通话。

时间、地点约好了：晚上，在家见。娘仨跟要上战场似的，都洗了澡。三元还化了妆，浓浓的，雄赳赳气昂昂，然后带老妈出去吃饭——吃饱好吵架。

天刚擦黑，哥哥、嫂子、姐姐、姐夫已经在家里等着了。那边四个，这边三个，敌众我寡。八斗冲在前面，像一堵墙般护着姐姐和老妈。三元虽人在后头，声音却冲锋陷阵，她毫不客气质问道："谁让我妈搬出去的？！"

大姐冷笑道："元元，别一上来一个屎盆子扣到我们头上，是姨自己心里过不去，怕闹鬼，不肯在这屋里待！"转而带着哭腔冲三元，说："你跟八斗都在外地，家里你们顾过几天？你是不知道，爸走的时候遭了多大苦！脸都疼变形了！"

二哥上前说："我就不信了，爸疼成那样，就没出声儿？！"

姜兰芝含泪说："刚子，你爸看电视晚，他睡小间，门又关着，我搁大卧室，一点儿没听到。我跟你爸这么多年，哪至于……"三元接话，对哥哥姐姐说："这问题不用讨论了，警察也来了，也调查清楚了，信不信是你们的事。"大姐收了哭腔，道："行，那谈正事！三元，这个房子的情况你知道，是爸买的，爸出的钱。"

三元拦话道："不管谁出的钱，那都是婚后财产，这里面也有妈的份。咱们四个，也有份！"

二哥耍横道："爸生前说了，这房子，给我。"

三元一百个诧异，问道："什么时候说的？有录音吗？还是有遗嘱？白纸黑字写着？"八斗继续接话说："要不这样，让法院判。" 这话可激怒了大姐，这个中年女人当即叫喊道："小八斗你别跟我讲法！吓唬谁呀！我比你懂！真要较真！我还要告你不赡养老人！包括你妈！我爸到底是怎么死的？！姜兰芝！你敢对着老天爷说你问心无愧吗？！"

三元抢白道："天地良心！"

二哥跳出来说："你让姜姨说！"

众人把目光对准姜兰芝。兰芝已然泪流满面，说："是……是我疏忽，你爸这样走……我难过，我愧疚……怪我没及时发现，没能照顾好你们的爸爸……"

三元嗓子沙哑着喊道："妈，别什么脏的臭的都往自己身上揽！这么多年！鞍前马后伺候，还伺候出错儿啦？！"又对二哥大姐说："你们倒是亲的，平时来看过叔几眼？！有人场还是有钱场？！钱就是你爸爸！"

二哥一副怪相，说："当初爸再婚，都是当面锣对面鼓说清楚的，找后老伴儿，我们就不管养老！怎么，扶贫扶起来了，就嫌老头麻烦了？怎么，吃干抹净过河拆桥？没有我爸，你们读大学？你们过舒服日子？也配？！"

三元又要叫，兰芝拉住她让她别说了。八斗怕有肢体冲突，仍在前面护着。三元气不发出来不算完，她调门一下提到老高，恨不得冲破天花板，喊道："周叔为什么再找，你们不清楚吗？有一个算一个，你们要真是孝顺，管用，周叔不知道享福？不怕说句天打雷劈的话！要没有我妈！周叔能活到这岁数？早被你们这帮孝子贤孙气死了！"

二哥大姐被激得一蹦老高，眼看就要干架。

姜兰芝流着泪恳求道:"行啦!这房子我不要!"又对老周的两个孩子说:"你们放心,收拾收拾我就走。"

走?走到哪儿?在这个小城,姜兰芝也是毫无去处的。娘家没什么亲戚,三元、八斗爸那边的亲戚早就不走了。兰芝丢了这房,基本等于流离失所。三元、八斗都劝兰芝打官司,兰芝不肯。三元、八斗也不好勉强。兰芝受了大刺激,再这样闹下去,搞不好最后落他们手里的会是个神经兮兮的老太太,那就麻烦了。要斗,也是以后的事。

那么,唯一的去处——北京。

结果兰芝不愿意,说:"我不去给你们添麻烦,你们自己都没打拼明白呢。我去了,累赘!"三元着急道:"妈,搁这儿,你怎么过?!"兰芝的意思是先租个房子,远一点的,郊外厂区的房子便宜,两三百块一个月。三元劝道:"你一个老太太住那儿干吗?!"兰芝道:"正好清静清静。"八斗也劝道:"妈,您一个人在家,我们不放心。"兰芝强打精神,笑得很不自然,说:"这么多年,你周叔虽然在,可不就等于多个喘气的?大事小情,都是我操心。现在他走了,我还松快点儿。"三元妥协道:"住也住市区,干吗郊区。"兰芝坚持说市区太吵。

八斗站出来,看看姐,再看看妈,说道:"要不再买一套,一居室,二手的也不贵。"三元立刻表示同意。

兰芝却坚决不允许:"没必要浪费钱,我还能活几天?"

最后这句,三元、八斗的心同时被刺痛了。

找房找了三天,看了不少套,兰芝始终不满意。八斗首先反应过来,他偷偷跟三元说:"妈是不是还想去北京?"三元拧着脖子,眼珠子涨着,说:"是吗?"

八斗把食指在太阳穴旁绕圈,示意三元开动脑筋。三元反应过来,说:"欲擒故纵?"八斗说:"妈也要面子,不能我们建议去,她就去,将来万一怎么的,落埋怨。"停顿一下,又说:"再求求妈,姿态低一点儿,没准就同意了。"

三元听罢,拉着八斗又到兰芝跟前。这一次更发自肺腑:"妈,您一个人在这儿,我们是真不放心!您看到了,合适房子不好找,斯理不在家,我一个人带孩子又要上班，忙得恨不得长翅膀飞，您就当心疼我，搭把手，帮帮我，成不成？"说罢，三元瞟了一眼八斗。

八斗眼神跟姐姐交汇，心照不宣。

姜兰芝静默了好一会儿，才道："你工作忙吗？"一句话，虽是无心，但却问得三元耳根发烫。三元道："忙啊！"又顺势说："上次您说的那个小攀，我还想见见呢，打工不是事，迟早得创业。"兰芝微微颔首，说见他行，最后才用试探性的口吻说："那我就再发挥发挥余热？"

本来三元和八斗已经有心理准备，兰芝的最终决定等于是就坡下驴，可真等她答应了，三元又感觉心里有点儿膈应。周叔走了，老妈似乎并没有表现出来那般悲伤。

整个想下来，兰芝去北京似乎是"蓄谋已久"，她和八斗只不过进了她的套，"请君入瓮"罢了。三元心里还有个巨大疑问。她知道，老妈一向晚睡晚起，基本到十二点左右才会上床，周叔去世的时间是九点多，她为什么没听到？兰芝也承认她在家，只说睡着了。可即便如此，垂死挣扎的人，总会发出动静。

由这个细节出发，她不得不认同周叔女儿的猜测。

龚三元不敢往下想了，再想下去，她觉得简直就等于一脚踏进个枯井——掉下去就不见天。

隔日，兰芝回家收拾东西，八斗跟着。三元要了小攀电话，约着见面。等回来，却见客厅摆着行李包袱，还有几个大箱子。三元惊诧道："妈，这么多东西啊？"

兰芝道："一辈子的家当。"

三元刚想问怎么带过去。八斗抢着说："大件发快递，零碎的我们自己拎。"八斗又问三元见小攀见得怎么样。三元说小孩挺有眼力见儿的，说只要我需要，他就过去。

箱子贴上标签，兰芝起身往卧室去，三元跟着。

兰芝没注意，一个人径直走到床头柜边，站着不动。柜面上摆着张合照，是兰芝和老周去重庆旅游照的。两个人都是笑脸。兰芝一伸手，轻轻把合照扣上，又呆呆站了一会儿。三元站在离兰芝两米开外的地方没敢上前。

这就是凭吊了。周叔已经入土，儿女给他安排的单穴。这就意味着，兰芝无论是生前还是死后，都跟老周道别了。

兰芝一转身，眼眶湿润了，三元慌乱，连忙找话说："妈，那个……煤气水电要不要停了。"兰芝淡然地说："已经弄好了。"

64

天还没亮透，娘仨上车了，八斗有些恍惚。那年他去北京读书，老妈和周叔到车站送他，那时候还没有高铁，得坐一夜的绿皮火车。这一转眼，人都没了。沧海桑田不过如此。

老妈去北京的落脚点，已经被姐姐安排明白了。但八斗觉得愧疚，虽说姐夫不在家，默默也需要老人帮忙带带，老妈先去三元那儿，最合适。可他是儿子呀！在他观念里，赡养老人这块儿，儿子应该比女儿站得更靠前。

这些年，姐姐三元也有意无意地在他耳边灌输："八斗，你是男孩，咱家顶门头，还得靠你。"每次听到这话，龚八斗一面觉得心虚，怕自己做不到，一面又必须万丈豪情，坚定信心。就是冲，就是突围，他必须做到。

车厢轻轻摇晃，过山东了。姜兰芝去洗手间，八斗才见缝插针对三元说："姐，妈到你那儿，行吗？"三元没抬头，她忙着逛一号店，正在买打折卷纸。

过了几秒，龚三元才说："不行能怎么着，去你那吗？一笑能同意？"说到关键点了，态度清晰。

八斗被激得不得不拿出男子气概："有啥不同意的，孝顺老人不应该的吗？两套房，拿出一套给妈住。"

三元接话接得快，说："拿出一套，就少了一套的房租，一笑能愿意？"反正问题都在一笑身上。三元现在提起一笑，总是吊着口气，讽刺地，揶揄地，配以轻微白眼。

八斗说一笑不是在钱上计较的人。

- 371 -

三元接着说:"关键你们那两套距离远得跟两个市似的,妈去住,一个人撂那儿还不如搁老家呢!"八斗被撅得直咽唾沫。三元又找补说:"反正你姐夫暂时不在家,不着急,等将来人回来了再说。"

八斗当然明白三元对他老婆的不满,尤其这次,大事人没到,太不像话。可一笑每天来个电话,钱也给足,但说一千道一万,这不是光钱的事儿啊!亲情能用钱买来吗?亲人在一起的陪伴感、支持感,尤其是遇到事的时候很重要!尽管八斗极力想为一笑开脱,但内心深处,他对冯一笑的做法不认同,不嘉许,很反对。

下了高铁,三元没让八斗跟着。她和姜兰芝叫车回固安,八斗坐地铁回家。他给一笑发了消息报平安。一笑让他到草房站告诉他,她提前给他点外卖。到家时,外卖已经摆在桌子上了。八斗快速去冲了个澡,然后才开始吃饭。一笑道:"我就知道你在车上不会点餐。"八斗笑笑,说:"车上盒饭又贵又难吃。"一笑略带鄙夷地说:"你就算有一个亿,照样过得像个穷人。"

八斗听着不舒服,但没反驳,继续扒饭。

一笑又问老家怎么样。八斗说处理完了。跟大哥大姐的纷争,他始终没全部告诉一笑——不是啥光彩事儿,得剪裁着说。

"人呢?"一笑追问。

"什么人?"八斗嘴里有饭,说话含混不清。

"周叔。"

"没了,烧了,埋了。"八斗叹息。人生没意思,几个字就交代了。又说:"妈过来了。"一笑哦了一声,说知道,你不是说了吗。八斗说:"暂时住在大姐那儿。"他用了暂时两个字。一笑却似乎没听出味儿来,道:"咱周末去看看妈。"看老人是孝顺,可这孝顺的程度,八斗不满意。他觉得冯一笑怎么连个客气话也不说,起码应该热情邀请,来不来是妈的事。怎么能把妈被推到三元家看作理所当然。

八斗没发作,狠狠地咬着鸡脆骨。一笑进屋,把衣柜里藏着的一盒西洋参片、一盒鹿茸片拿了出来。八斗问她干吗。一笑说给妈带上。八斗嫌弃地说:"妈哪能吃这个。"又说:"都没生产日期,也没厂家。"

一笑反驳道:"我就做这个的,我能不知道好坏吗,天冷了,补点儿挺好。"

"妈血压高。"

"少吃点儿,"一笑强塞给八斗,"吃不了给大姐。"

八斗只能接受。周末,难得一笑不加班。两个人开车过去。车上,冯一笑一边补妆一边说:"妈提什么要求了吗?"八斗问什么意思。一笑道:"大姐那是大姐夫现在不在,妈能去伸把手,将来大姐夫回来了,妈能常驻吗?"八斗没想到一笑考虑那么深。他顺着问:"那你觉得怎么办?"

一笑道:"我爸妈是跟儿子,换位思考,我也不能当那坏人。"她扭过头,接着说:"但北京的情况跟顺德不一样。所以,还是得看妈的意愿。"一笑七绕八绕地,一听就不是诚心的。

八斗说:"妈含蓄,什么都没说,她这辈子光顾着考虑别人了。"一笑说:"我给你个参考意见,这话我跟我爸妈也说过。我弟愿意管,那就管,将来,如果一个老人走了,另一个落单了,我弟那边管不了……"八斗插话道:"就接过来?"一笑说是,接过来,停顿一下又说:"但不是接到我这儿,我也没时间,我伺候不了。"

八斗问那怎么弄。

一笑说到时候只能联系燕郊的养老院。

八斗立刻否定说:"那不行,我妈不能住养老院!"

简直大逆不道!

一笑说:"是,你还是老观念,但将来这是个趋势,等我们老了,也得去那儿。"八斗愤然道:"我不去,我靠我自己,或者养儿防老。"

又把问题抛出来了,还是孩子的问题,得有"后"。可一笑依旧不接茬,用种嘲笑并无奈的口气说:"你还指望养儿防老呢?儿不给你添乱就算不错。"

八斗说那不一样,儿就算没有实际作用,摆在那儿也是个象征。"就算去养老院,你外头没有子女,人家还不是想怎么摆弄你就怎么摆弄,等到瘫在床上不能动的那天,一个字,惨。"

八斗像在说恐怖片,一笑不认同。她觉得没那么悲观,养老产业也在逐渐健全,等他们老了,可能不用去燕郊,没准社区扶助,居家就能养老了。

到三元家时不到十点半，刚进门一笑就给姜兰芝一个大大的拥抱，又是送礼，又是问好。连带默默的礼物也送上——一只电话手表。在默默这儿，她永远是个时髦的好舅妈。

三元从厨房出来，跟一笑打招呼，又让她喝菊花枸杞茶。姜兰芝跟一笑寒暄了几句，就要往厨房钻。三元挡着她，说："妈，您就别进来了。"又朝外喊："八斗来，切肉。"最后给一笑安排任务："笑笑，妈脚老凉，你把那电动洗脚桶拿出来，给妈泡泡。"

兰芝连忙说不用，一笑还是往洗手间去了。

八斗扶着案板切肉。三元要求必须是肉丝，一条是一条。三元站在煤气灶前炸猪油，懊恼地说："说让你今天来，就是为了避开明儿我婆婆他们来，结果，刚一个电话打过来，说明儿有事，非今儿来。"

八斗笑说牛爱玲也不是老虎，不吃人。私下里，八斗喜欢叫三元婆婆的大名。牛爱玲，张爱玲的喜剧版本，换了个牛头。

三元道："听王斯文那意思，牛爱玲现在对咱妈，那叫一个惺惺相惜。"八斗不懂里面的门道。三元释谜道："都丧偶，都北漂。"八斗说还真是。三元又说："牛爱玲那张嘴，来了铁定惹事。"又补充道："那谁也要来。"

八斗问哪个谁。

"表姑，宫明月，"三元把油渣捞起来，"那天我们刚到家，人电话就打来了，那聊的，都撂不下来！"

"有啥可说的呢。"

"恭喜妈来着，"三元道，"说解放了，以后就是活自己了。"

"也是事实。"

三元又问："你跟一笑说妈来北京的时候，她什么反应。"八斗说一笑愿意把妈接到市里住。三元斜着眼说："真的假的，你虚构的吧。"又哼哼道："我都不指望她真做，她只要能有这话，就算她没丧良心。"

妈呀，丧良心，这话太重了。八斗打了个颤儿。

"怎么能不真做，"八斗把切好的肉丝撂进透明玻璃碗，"她不真做我也得真做，妈为咱累了半辈子，就该有个幸福的晚年。"

三元说："你也得有个心理准备，妈在我这儿当然可以，但我看妈情绪不高。"八斗问怎么了。三元说："可能觉得没自己的空间吧,寄人篱下,没个窝。"八斗说那老家房子还是得买。三元不建议,说："那地儿,也没法待,外头还有人传呢,说妈不好,没照顾好老头。"

八斗沉默。

三元打个鸡蛋进肉丝碗,拿筷子搅拌,接着说："所以,离开那儿干干脆脆,挺好。"又说："我也准备创业了。"八斗问做什么项目。三元说还是上次那个,应用程式她都委托前同事做了,就是渠道要跑。她让八斗帮忙疏通社区的关系,八斗一口答应。他问姐姐,是不是打算让那个小攀过来。三元说："等整个思路捋清楚了再叫,来了是得给人发工资的。"

等肉丝在锅里炸好了,三元最后补充道："我现在也算看明白了,力不到不为财,我这辈子,挣的就是个苦钱。"

斯文推门进来,正赶上三元炒菜。油烟四起,王斯文直咳嗽。八斗点头致意。三元一边炒菜一边扭脸向王斯文点头。王斯文站到厨房内,埋怨地说:"我当时就跟你们说,厨房得买大的,不听,而且就得是明厨!"

三元拍拍八斗,示意他去陪客人。

斯文问:"那个是你什么人?"八斗从玻璃门板朝外看,跟斯文说是表姑。王斯文退出去之前,叮嘱三元少放辣椒。

菜摆上了,满满一桌子。娘家妈和婆婆一起来,连带还有个表姑,龚三元不敢怠慢。除了自制的几道,三元还点了外卖,是蓓蓓嚷着要吃的咸鸭烧黄豆,还有几道卤菜充门面。

大家坐定了。姜兰芝率先对牛爱玲说:"开始吧。"牛爱玲却望菜兴叹,口气沉得能把桌面砸个坑。

斯文劝她妈说:"别愁了。"

牛爱玲解释道:"不是愁,就是没想到。"这还卖着关子。众人都瞅她,等下文。

爱玲苦笑道:"我就是不敢想,这辈子怎么会坐到这个地方吃饭。"说着视线扫斯文,又落在三元脸上,继续叹道:"老了老了,连根拔起,这块老木头将来漂到哪儿去,不知道。"再对斯文说:"反正你记住,将来到那天,我不入土,不要给买墓地,烧了,完后往河里一撒就行了,"又改口说,"哦不，就往马桶里一冲最省事儿！"

众人连忙劝牛爱玲别想那么远的事。牛爱玲继续喟叹："我到现在都不敢怎么出门。"斯文呛白道："妈，谁不让你出门了。"牛爱玲说我怕我老年痴呆，走迷了。

姜兰芝笑道："牛老师比我强多了，我外卖都不会点。"

牛爱玲说："你比我强，你儿子好歹在身边，我就一个儿子，还跑那么老远。"

三元不晓得怎么接话，八斗也缩着，一笑看八斗。斯文脸上也有点儿尴尬，她给老妈夹了块藤椒鸡，道："妈，别念叨了，这不也快回来了。"姜兰芝接过话，对爱玲说："你就这么想，北京那么大，就算都在北京，只要不是住一个地方，那也跟外地没什么区别。"她扭脸望了一眼三元说："何况我这还出省了。"

此言一出，龚八斗更是窘得无地自容。

一笑跳出来解围，对婆婆姜兰芝道："妈，本来就是两头跑的事，你要在大姐这住烦了，就到我们那住住，换换环境。"

斯文揶揄道："你们那才几平方米。"

一笑不慌不忙，微微一笑道："这个也考虑到了。老人跟年轻人作息不一样，我跟八斗也怕妈别扭，所以将来还是在家附近租个房。"她端起杯子喝一口果汁，又说，"生活质量不能凑合，对吧。"

冯一笑这一番话，让三元和八斗都深感意外。尤其八斗，一笑这话是真是假，能不能执行，两说，单就在外人面前能为他做足面子，就足以让他原谅她过去所有的鲁莽。

一笑还是好的，好女人，好媳妇儿。

牛爱玲赞道："瞧瞧这心胸，"对姜兰芝说："妹妹，你算积了八辈子的德，能有这么个好儿媳。"

兰芝讪笑着。三元脸上挂不住，但也不好反驳，只好化作食欲，狠狠吃肉。饭桌上一刹那有些平静。宫明月总结陈词般说："我们这代人，算幸运的啦，早早就能退休，过自己的日子。要我看，现在正好，男人都没了，想怎么活怎么活儿，支棱八叉，火树银花，自己愿意！"

- 376 -

火树银花都用上了。三元咳嗽，一笑微笑，八斗也不适应表姑的"少女感"。

牛爱玲略带不屑地问："你还打算怎么活？"宫明月说能做的事可多了，旅游、唱歌、玩户外。牛爱玲说哎哟妈呀还户外，别老骨头丢外头。姜兰芝也附和说北京风太大，不适合户外，每天下楼几趟压力都满满的。

65

这顿饭后，哦不，饭中，八斗就觉得一笑头顶冒光，闪闪发光的那种。回程路上，龚八斗还一不小心说出一句日后都要用的金句："我太太闪闪发光"。一笑戳破他道："给你点儿甜头，就闪闪发光了？就那么虚荣？"八斗声音打转，说："这不是虚荣，是面子问题。"一笑道："面子就是虚荣，是你们男人的虚荣心，就喜欢别人捧着。"八斗憨笑道："人嘛，不就活个面子。"

直到回到家，八斗对一笑的殷勤还没结束。用他的话说，只要你在外给我面子，我在家当牛做马都行。八斗把电动洗脚盆拿出来了。一笑劝道："别，我可没给你妈洗脚，你用不着投桃报李。"八斗立刻嬉皮笑脸地说："我是那样人吗？哦，你给我妈洗脚，我才给你洗脚？我就是单纯的发自肺腑地想给你做个足疗。"一笑抿嘴笑，不吭声，几秒后才说："那行，我也享受一回。"

洗完脚，八斗一个公主抱，把一笑弄床上去了。一笑拿着手机，正在刷行业信息。

八斗把头探过去，小声说："今天……"话还没说出来，一笑便说："我可能得去趟亳州。"

果然出故事了，甜头不是白尝的。

"出差？"八斗问。

"是。"一笑口气笃定，不容推翻。

"多久？"

"差不多一个礼拜。"

那还好，但八斗还是说了句："天！"眼对天花板，以示绝望。

"干吗，没我你活不了？"一笑说，"男人不能这样。"

八斗委屈巴巴地说："活倒是能活，就是质量不高。"

一笑用舌头顶牙，腮帮子鼓出来一块儿，说："今儿不行。"

八斗不乐意，说："我都没问你呢，就说不行。"

"看你那样儿，"一笑戳八斗太阳穴，"还用问吗。日子没到。"

八斗语速很快地说："到没到该享受还得享受呀，跟你享受足疗一样。"一笑举着手机停了一会儿，才说："那来吧。"可八斗又没兴致了。他建议换个姿势。

实在有些审美疲劳。

一笑说换不了。

八斗只能妥协，脸上还得高兴，他表示肯定让一笑舒服。结果这个过程波澜不惊，办得像告别宴，心里有事，菜是什么味儿就不重要了。结束后，八斗问行吗。一笑说你说行就行。又嘀咕："当人家老婆真麻烦。"

八斗在心里喊，还有人愿意给你找麻烦，就知足吧。不知怎么的他想到了燕燕姐，顺带联想到了她可怜的夫妻生活。老竺就算战斗力再强，也是飞了几十年的老客机了，能有啥好的用户体验。

八斗不忿地说："有你想我那天。"

一笑盯着八斗看了两秒，说："我心里你占百分之三十。"

"那么少。"八斗喊道。

一笑道："不少啦，你三十，我三十，工作十。"

"那才七十，剩下三十呢？"

一笑呵呵笑道："我爸妈不得占点儿，还有你妈，以及一点点的未知领域。"八斗说想不到你还有未知领域，回头我探索探索。一笑一本正经地说："人，最难认识的是自己。"

一笑一走，八斗就把老妈姜兰芝接来了。孝顺要体现在实际行动上，也是为他自己的心——不让老妈来过几天，他心里不舒服。只可惜，兰芝睡着八斗特地安排给她的主卧大床，头天晚上就失眠了。八斗问为什么。兰芝说有味儿，不适应。是，卧室放了香薰——一笑的手笔。虽然瓶子已经拿出去了，可味道半年都散不尽。

八斗只好拉出沙发床，拿出被褥，床单，仔仔细细铺好。八斗能感觉出老妈对这个家的不满，床只是其中之一。事实上，姜兰芝一进门，一拉开冰箱就说家里囤的货太少。又问："你们平时做饭吗？"八斗笑得极不自然，手摸后脑勺，说："做，笑笑做得多。"

当然是谎话，一笑基本连锅把子都不摸，做饭是他龚八斗的活儿。而且，多半以下面条为主，米饭做的都少。他们是以外卖为生的人，家里清锅冷灶，没什么烟火气。

姜兰芝还说："你们这个屋，藏污纳垢。"

八斗不服气，说经常打扫。结果呢，兰芝立刻从犄角旮旯清扫出许多细灰来，让八斗心服口服。她一来就让这个家焕然一新。

实话实说，老妈来了，八斗的日常生活水平确实显著提高。别的不论，下了班一口热饭是有的。但八斗觉得奇怪的是，姜兰芝在他面前说了一笑不少好话，有些一听含水量就高。八斗把汤泡进饭里，笑呵呵阻断，说："妈，用不着夸她，你夸人，要当面夸，要不人也不领你的情。"

姜兰芝道："我不是夸，我是得把她往好处想，毕竟，她得跟我儿子过一辈子。"有了这句，八斗才算听出些味儿来。他赶忙道："过一阵子，等笑笑回来，咱们就找房子，就在这个小区找，弄个一居室。"兰芝说："现在不忙，你姐那边确实需要我伸把手，她创业默默没人带。来你这儿也没事，两个大人，平时也不沾家。"

八斗觉得不妙。

提到两个大人了，言下之意是没孩子。结果兰芝果然顺下去说："该抓紧的要抓紧，趁我还年轻，还能帮你们几年。"八斗不好意思，小声说是，但声音像蚊子唱歌嗡嗡嗡。兰芝挑破了说："你爸走的时候，就是懊恼没看到你结婚生子，老龚家几代单传……"八斗最怕听这话，强行打断了，说："妈，又来了。"兰芝道："这个任务不完成，到底下你们家那些人得问我。"八斗说妈又宿命论。姜兰芝过去就信佛，现在信得更厉害。

八斗劝她说："妈你放心，这不是迟早的事吗。"兰芝道："现在不能生

- 379 -

的也多，要是有问题就尽早去看，北京医疗资源发达，总有办法。"

八斗只好强调他跟一笑都没问题，只是缘分没到。

志国到八斗公司办事，顺便约了晚饭。八斗推了，志国不理解，说："你老婆不是天天加班吗，你一人在家也无聊，我真有事儿要说。"八斗说什么事你直接说吧。

志国道："情绪没到不想说。"

八斗笑笑说："你找慧慧陪你不得了。"志国说人家晚上还有课呢。八斗道："不是我不陪你，我妈来了，在我家呢。"

志国脑子快，说："哦，一笑呢。"

"出差。"

"我就知道。"志国坏笑道。

"知道什么？"

"一山不容二虎啊。"

"少来，"八斗不同意说，"我们家和谐着呢。"正说着，慧慧来电话，找志国。志国避不开，只说要去八斗家吃他妈妈做的饭。慧慧一听，也要前往，而且人家的理由比志国还充分——走亲戚。一进门，慧慧就甜甜地叫八斗妈大姑（其实压根儿扯不上），又要帮忙做饭。姜兰芝当然不会让她动手，慧慧就在厨房陪着。

兰芝问她："学习怎么样？"慧慧道："马马虎虎吧，能拿奖学金。"兰芝笑道："你们家人遗传的脑子好，你牛爱玲大姑也聪明。"慧慧附和，狠狠夸了牛爱玲一通，还说她就是没搞文学创作，不然不比张爱玲差。

晚饭吃馒头稀饭，因为人多，兰芝格外配了几个菜，主打煎带鱼。慧慧手快，夹了一片到志国碗里。八斗和兰芝笑。见惯了场面的志国反倒有点儿不好意思。

兰芝柔声道："一看就是会照顾人的人。"慧慧俏皮地说："那也得看是什么人，不能是个人我就照顾。"兰芝又对志国说："你可得对人家好。"志国又恢复那种场面人的游刃有余说："那必须！除了我爸妈，我就一个慧。"

兰芝追问："打算结婚吗？"

这是一个大杀器，答得不好要"送命"。

慧慧瞄志国一眼，抢答道："大姑，反正我是一般不谈恋爱，谈恋爱，那就奔着结婚去的。"志国舌头打结说："那……那是……"

兰芝笑笑，没往下说。

饭后抽着烟，志国告诉八斗一件大事。但说话的时候，他还云淡风轻，烟圈先出来，跟着话也冒出来："我撤了。"八斗一下没理解。志国跟着解释："我辞职了。"八斗愣住了，然后才问："什么意思？你跟公司说了？"

志国口气还是很淡，说："董事长同意了。"

八斗急切地问："然后呢，去哪儿？"

"福成，"志国说，"去了就当部门负责人。"福成是家外企，在业内很有名气。

八斗嗔怪道："你怎么早不跟我说？"

志国玩世不恭地笑道："现在也不迟啊。"

八斗语重心长地说："让你忍一忍，忍一忍，就是不肯，高层还是很看重你的。"滕志国的表情这才凝重起来，他碾灭烟头，说："冰冻三尺非一日之寒。我都忍了这么多年了，找条出路也正常。斗儿，咱多大了？等不起！还是那话，咱要是二十三，可以陪、耗，关键不是了！"旋踵一笑，又说："等我那边基础打牢了，你这边估计也差不多了。到时候你过来，咱再并肩战斗！"

话说到这份上，八斗不好再劝，可他依旧觉得志国这一步走得太过鲁莽。他问志国，李骐和尤高畅知道吗。志国说还没跟他们讲。话锋一转，滕志国又告诉八斗一个大新闻。他说吴屈梦生了个大头娃娃。

弯转得太大，八斗一下子没反应过来。志国进一步阐释："没敢往外公布，可这事儿哪盖得住呀，有钱人，就想要孩子，一个不够还两个，现在好，一辈子的拖累。"又补充说，"不过好在他们家有钱。"

志国这话里，龚八斗听出两个重要信息。一是字面上的，梦姐生的孩子，可能的确有问题；二是字面下的，滕志国对李骐和尤高畅他们是不满的。他恐怕觉得，他在公司仕途不顺，跟李尤二人不力挺有很大关系。八斗觉得李骐他们对他龚八斗倒是关照，尤其是调公司这一步，走得很稳。可这种稳当，又再次让八斗感到疑惑，凭什么呢？没有血缘关系，没这没那，人家凭什么对你好？你有什么利用价值？哦对了，利用价值，是，他现在还是有利用价值的。他有点儿像他们的一副手套，但这个位置非常危险。这样一想，八斗又觉得志国的规划很有先见之明。滕志国先闯出去，将来他也好有个退路。

志国和慧慧一走，八斗第一时间打电话跟李骐通气了。李骐已经知道了，且很生气。电话里她就炸开了，喊道："我跟你说，老滕这人就是小不忍则乱大谋！他就不是做大事的人！"八斗连忙帮志国说话。李骐尖着嗓子嚷开了："你是不知道，他走之前，还把刘晓斌给举报了！"

66

心思一定，三元要开始创业了。小程序已经做好，斯理还帮了点儿忙。助手暂时就姚小攀一个。她给小攀打电话，定了来京日期。三元已经摸清产业链条，她跟河北的仓库，浙江的衣服消毒处理厂，以及广州的出货口都建立了联系。主收夏装和鞋，货大多往东南亚和非洲去。

连带着，小攀还会帮兰芝顺点儿老家的东西过来，多半跟周叔有关。大哥大姐也来过一个电话，还是扯皮的事，三元接的，摆平了。不过三元看老妈的心情恢复得还不错，似乎老周一走，姜兰芝就进入新纪元了。

不过三元也观察到老妈确实睡得晚，基本都得过了十二点才上床。因此，周叔去世那天的事就更加可疑。这日晚间，母女俩坐在沙发上看电视，有一搭没一搭地聊着老家亲戚的近况。尽管已经不太走动了，但偶尔冒出点火星子，也能瞬间燎原。

谈到宫明月，三元问表姑是不是独居。

兰芝笑着说："这不清楚，她说是一个人住。不过也许谈了男朋友没告诉我们。"三元说一个人住有点儿危险："万一有个紧急事件，搭把手的人都没有。"兰芝的表情凝住了。

三元按捺不住好奇，追问："妈，那天晚上到底什么情况？"

兰芝严肃地说："不都说清楚了吗，你还在怀疑我？"

老妈的反问反倒让三元乱了阵脚,说:"妈,我不是那意思……"三元拉过妈妈的手,轻抚着她的手背,说:"您是我妈,我是您女儿,我还能不相信您吗。"

兰芝闷了一会儿,才说:"那天,我跟老周是有点儿赌气。你跟八斗遇到困难,他一毛不拔!"她深吸一口气,再说:"但我也不至于见死不救。"停顿了一会儿,最后说:"闹了不愉快,下午我一个人去街上走了走,晚上困了,睡得早。"说到这儿,姜兰芝忽然哭了,说:"我也不想,我早都跟老周保证过……肯定给他安排得好好的……"

声泪俱下,不像演的,大概是实话了。三元只能给老妈个拥抱,并给她吃定心丸,说未来的日子一定会过得更好。

姜兰芝反驳道:"这个不一定,你这儿再好是你家。八斗也要自己过日子,我能自理还是自理。"

正式创业之前,三元从八斗那得知了吴屈梦的"秘密"。尽管八斗要求她保密,可三元还是告诉了燕玲。燕玲感慨很大,下午茶都没心思喝了。

三元嘬一口奶盖,长叹息道:"我看还是有影儿,这么大的事,谁也不会乱说。"停顿一下,又说:"可问题是,这么大个'雷',瞒得了初一,瞒得过十五?还是说亲朋好友都不见面了?按老吴的性格,李家的实力,这孩子肯定还是得养。"

"那是得养,"燕玲下意识端起柚子茶,"总归是一条人命。"三元又说:"然后呢,那咱们跟老吴就永远不见面啦?关系就冰冻了?"燕玲说等老吴联系咱们吧,总得缓缓。三元感叹道:"所以,当时我陪她去医院就觉得险临临的。这个年纪生孩子,等于是拿命开玩笑!"话说出口,龚三元才意识到不妥当,她连忙观测燕玲的微表情——玻璃杯子挡住下半张脸,一双眼睛一动不动的,似乎并没有被冒犯到。

三元连忙换话题,说:"老竺最近怎么样?"燕玲说还行。三元说:"你们干吗不住到一块?"燕玲说:"他那离得远,我图上班方便。"三元又说:"他还是没动静?"

燕玲云淡风轻地说:"求婚了。"

三元立刻来了精神,让燕玲交代细节。

-383-

燕玲嗨一声，说："就是在外头吃饭，他突然说的，我也有点儿吃惊。"三元对燕玲的细节描述并不满足，她甚至有点儿怀疑她在撒谎，但张燕玲既然定了这个调儿，她就得跟着唱下去，接着问："你同意了吗？"

"没说行，也没说不行。"

三元下巴抬起来，眼睛睁大，戏演得特别真，说："这就对了！别答应那么快，女孩子，架子总要端一端。"燕玲说："我还女孩子呢。"三元说自己的："但也别拒人于千里之外，真吓跑了，还得重头再来，麻烦死了。"

燕玲笑道："我主要是要考虑，到底能不能跟这个人过一辈子。"三元哎哟一声，道："千万不能细想，一细想就不敢结了。"又劝道："没有尽善尽美的，我跟斯理过去那是爱得死去活来，有用吗？一到生活中，那就得柴米油盐，难着呢。燕儿，实话实说，你刚跟老竺的时候，我还有点儿意见，怕你吃亏，现在看反倒觉得正好，老夫少妻，你少操点儿心，人家都给你安排得好好的。你要不务实找个年轻的，那才麻烦呢，将来你就是又当妈又当老妈子。"

燕玲笑道："我倒想找年轻的，谁理我。而且，现在不也是老妈子？"三元追问："老竺会做饭吗？"

燕玲说："他会，但不爱做。"

"谁爱做？"三元翻着白眼说，"厨师爱做，那是为了挣钱。我跟你说找知识分子就是这点儿麻烦，做饭吃饭成问题。你记得以前我们那个丁老师吧，吃一辈子食堂，最怕逢年过节，食堂师傅回家了呀，只能下面条。"燕玲脸色变得不大好看。三元又找补道："不过你没事，你享受家务，反正就俩人，稍微弄弄就摆平了。"

燕玲嘬着饮料，眼朝窗外看。三元意识到男人这个话题可以适可而止了。她本想跟燕玲说说自己马上创业的事，可一杯饮料下肚，她又不打算说了。龚三元还是决定悄悄努力，然后再惊艳众人。

打个电话，姚小攀就来北京了。三元在客厅辟了一小块地方，支个床，就是小攀的住所。老家来人，姜兰芝也高兴。加之小攀有眼力，手脚勤力，指哪打哪儿。龚三元觉得真找对人了。

创业启动金是三元的存款。她有预算，就这么多钱，赔完了就收手，彻底下决心回省城。这样,老妈也能安顿。是日,三元要去看仓库,小攀跟着,家就托给了兰芝。大巴车上,三元跟小攀闲聊。问到个关键问题:"交女朋友了吗?"小攀答得也实在:"先来北京挣点儿钱,回去再娶媳妇。"三元道:"你这么想就对了!刚开始我真不敢带你出来,就怕你到北京,眼界开了,回不去。你这个思路很好,出来就是挣钱,将来再回去,该怎么弄怎么弄。"小攀说就怕到时候老家没有合适工作。三元道:"随便做个小买卖也行呀,而且万一咱们干起来了,老家就是分部。"

这话牛气。龚三元也是说给自己听的,鼓劲儿,不成功便成仁。

小攀道:"姐,你在老家,可是传奇人物。"

三元没底气,说:"传啥奇,混得也一般。"小攀见苗头不对,不往下说了。两个人到地方看仓库,那是真偏、真脏。三元拿出口罩,她跟小攀一人一只,说:"进吧。"小攀不含糊,真闯。龚三元没想到,自己竟走到这一步。没办法,来都来了,就是个粪坑也得跳了。

她要拼出个未来。

老姐要创业,后方得有人,兰芝在八斗那住了不到一个礼拜就回河北了。一笑从亳州回来,看家里那么整洁,一下就明白了。她打趣道:"以后你跟你妈住,挺好。"八斗听出酸味,反击道:"确实挺好。"一笑不接茬,道:"累了,把那个电动脚盆给我拿一下。"八斗遵命,但气还是有。

倒上水,一笑把脚放进盆里,八斗坐在旁边。一笑道:"干吗,我这刚回来你就给我这个脸。"

八斗说:"我这属于丧偶式婚姻。"

一笑环抱住八斗说:"我这不是为了咱这个家吗。"八斗道:"我知道我说什么你也听不进去。"一笑道:"那就别说。"又说:"跟你说个事。"

八斗聆听。

"我明天得飞趟上海。"

晴天霹雳,奇耻大辱。

八斗直接把擦脚巾往桌子上一摞,进屋去了。

龚八斗生气了,他完全有理由,冯一笑根本就不是过日子的人。当然,这天晚上,冯一笑还是用老办法安抚了八斗,且按照八斗的要求,不戴套。一笑跟八斗承诺，忙过这两年，有基础了，就踏踏实实岁月静好。还说："你不也在拼吗？"她象征性地问八斗公司情况怎么样。

八斗说了滕志国跳槽的事，一笑敏感地说："他是春江水暖鸭先知，你也得有心理准备。"又分析说："他就是锋芒太露，你这温吞吞的，基本等于最大公约数，被留下来了。"

冯一笑还透露了一个关键信息。她说："你知道李骥背后是谁吗？"八斗说："还能是谁，她爸她妈呗。"一笑说："李骥是十几家公司的董事，你想想。"八斗说："好像听说过，她哥出来单干了，当董事也正常。"

一笑道："滕志国说话你也不能全信。"

八斗问什么意思。

一笑说："他辞职，闹得这么公开化，不排除只是个由头。你想想，志国那是全款买房，那在公司真要查起来……"她欲言又止。八斗联系到最近审计进驻，检查组说也要来，不禁为志国捏把汗。

陆海超对滕志国的"跳槽"是颇为不屑的，虽然他仅仅从八斗这儿听到一鳞半爪，没有见识到其中的内核，但八斗也不得不承认海超的"推理"有几分道理。

当然，海超对志国不乏嫉妒。海超撇着嘴说："我跟你说，他这种人就是这山望着那山高，以为凭着自己的聪明劲儿就能怎么样。他把人举报了，人能不报复他？虽然不在一个单位，总还在一个行业吧。真的，事别做得太绝！咱没那个基础，没有几代人的积累和有权有势的爹妈，你掉下来，真没人伸手接着！"

八斗只能笑笑说："老滕还是挺稳的。"

海超继续说自己的："这个社会是有结构的，资源是有限的。像咱们这种，包括老滕，做来做去也不过就是个做蛋糕的人。想切蛋糕？还没那个资格！没有权利切蛋糕，就随时都可能一夜回到解放前。"哼哼一声，又说，"就跟《西游记》里面那些妖怪一样，没有后台背景的，基本上一棒子就被打死了，有后台背景做背书的闹腾闹腾，大不了就是再回天宫，不一样。"

一席话，八斗听得入骨入髓。八斗放下筷子，端起杯子喝水漱口。海超又说别在这儿坐了，带你去个好地儿。

所谓的"好地儿"是个茶楼。开了房间,一个小妹来招呼。八斗感觉海超跟这人关系不一般,打情骂俏的。等小妹出去了,八斗才问:"干吗?有情况。"

海超说能有啥情况。

八斗说:"你们认识多久了,看着挺热乎。"

海超不直接答,转而说:"怎么样?"

"人是挺好,"八斗说,"问题是跟你什么关系?"

"朋友。"

"跟我还不说实话。"

"比一般朋友亲密一点儿,但绝对不是情侣。"

"你小子。"八斗拿手指点他。海超说:"我一个单身男青年,还不能交几个朋友了。"八斗直接问:"发生关系了吗?"海超说:"我一正常男人,你说呢。"八斗说:"你小心得病。"海超说:"你别咒我行不行。"八斗说:"你这样玩,跟人家有未来吗,你妈就不同意。"

海超叹息道:"我这不也走一步看一步吗,也许再耗几年,我妈也急了,然后我跟小段关系也还维持着,说不定还真能修成正果,真的,小段人挺好,很会照顾人。"

八斗讥诮地说:"我给你个妙招,保准你跟小段立马就能成正果。"

海超不信,让说来听听。

八斗道:"你就先斩后奏,先把孩子怀上,你妈就认这个儿媳妇了。"

海超反击道:"哎哟,还先斩后奏,你这正儿八经报过幕的,都还一直没有演出呢。"八斗被戳到痛处,故意大声喇喇叫道:"那不迟早的事吗!"海超说:"你别迟早,就现来现的,靠真功夫。"八斗要治海超,故意大声叫小段。小段闻声赶来,问什么事。八斗看看海超,再看看小段,只说让她再加点儿水。

伊北 著

对的人

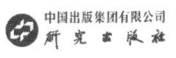

下

67

冯一笑从上海回来,跟八斗说了公司的现状。

又融到资了,形势一片大好。不过,这也意味着,一笑更忙了。忙归忙,八斗把一笑的"时间表"排得好好的。只要到时候,就算坐飞机,八斗也要去跟一笑"把事情办了"。冯一笑道:"我上辈子欠你们家一孩子,这辈子要这么还。"八斗着急,说:"反正你是没时间陪我,你生个孩子,让孩子陪我,随你怎么疯去。"

一笑对八斗的措辞不满,说道:"什么叫疯?我在创业。"

八斗说:"我就那意思。"

一笑又对八斗说:"周末时间留出来,燕玲姐请吃饭。"八斗问:"是单请你我,还是有别人?"一笑说那不知道。

张燕玲请吃饭一定有事,燕燕姐不是那种随便请客的人。八斗找三元确认,三元果然也收到了邀请。

看来是大事。

三元还说,通知她的人是老竺。大概率老竺和燕玲的关系有了突破性进展。

饭店选得不错,包间、低调、华丽。一笑公司有点儿事,说卡着饭点儿再来。八斗第一个到,一个人坐在大圆桌旁喝白水。

三元先来了。八斗问默默呢。

"妈带着呢。"三元一边挂包一边说。等坐到桌旁,八斗才开始关心三元的创业情况。社区关系上,八斗帮了不少忙,连带海超也帮着发力。三元忙完北京忙河北,又带着小攀,往上海广州跑,终于把整个链条打通了。

八斗劝道:"慢慢来,别累着了。"三元道:"这事儿就得快,兵贵神速!就这都好多人争了。"八斗又问小攀怎么样。三元道:"小孩挺好。"又煞有介事地笑道:"还没对象呢。"八斗问打算在北京找吗。三元嘟哝一声,说能在北京找当然最好。

燕玲挽着老竺进门,迈脚的节奏一致,很有点儿老夫老妻的意思了。三元冷眼看着,觉着不经意间,老竺又老了不少。两鬓白发一点儿没跟他客气,猛冒头,脸似乎也灰苍苍的。老竺一边招呼客人一边叫服务员泡茶。茶叶他带了,是上好的龙井。

三元凑上去,大着嗓子喊道:"竺总,有啥喜事儿?"老竺呵呵笑道:"没啥好事。"看一眼燕玲,又说:"就是朋友们聚聚。"三元两根手指比在一起,促狭地看燕玲,再看眼老竺,一直在怪笑。

燕玲一巴掌打开她的手,说:"别乱说。"

老竺对八斗点点头,再转脸向服务员说:"点菜吧。"三元嚷嚷着包间大了,都有回声儿了。

吴屈梦径直走了进来。三元吓了一跳,她下意识拉了燕玲一下。燕玲倒自然,迎上去,说:"来了。"吴屈梦还是一贯的强气势,用反客为主的口气说:"坐吧。"再跟老竺点点头,说:"今天我请。"燕玲忙说那不能够。

虽说老吴豪爽,可这场子终究还是老竺和燕玲的场子。饭吃到一半,老竺果然宣布了一个重大消息。他要去百老汇工作——美国百老汇。屈梦说听着就洋气。龚三元瞬间明白了这次宴请的用意,合着是告别宴呀!老竺赴美,燕玲跟随,这一走,就不知道什么时候才能再见了。

燕玲端端坐在那儿,脸色如湖水般沉静。显然,她已经做了决定,八成是走。就要夫唱妇随,缠缠绵绵走天涯了。可三元还是忍不住为燕玲抱不平,虽然嘴上说恭喜,但仍旧要问得细致:"去多久?"老竺说约签的是五年。天啊,五年,三十多岁的五年,可谓沧海桑田。

老吴问燕玲去了做什么。燕玲这才说:"他去做艺术总监,我先把语言弄通,还是想往编剧发展,也算老本行。"三元笑着追问是在国内结婚,还是出去办。

老竺拦在头里,道:"时间紧,在国内领了证再走,就不大办了。"说这话的时候,三元特地观察燕玲的微表情。燕玲在硬撑着,不满是肯定的。头婚,这么简陋,会是一生一世的遗憾,但又偏偏不能太认真。这个年纪,似乎有人娶她就该感恩戴德,还提什么要求!三元大大地为燕玲不值,一辈子就这么交代了？为这么一个半老头？如花美眷，似水流年，都付与断壁颓垣！

吃完饭，八斗送一笑去上班。三元、燕玲、屈梦难得凑到一块儿。屈梦要去看看陶瓷制品，三个人往商场六层走。看完了，又找了个地儿喝茶。

三人一边喝茶一边聊天。

三元问燕玲出去了怎么弄，燕玲说大概率就定居了。

"准备买房子吗？"屈梦问。

燕玲说："老竺是这么考虑的，还说北京的房子已经卖了。"三元问："卖了多少钱。"燕玲说："有八九百万。"屈梦说："在郊外买个房子足够了，剩下的还得生活。"又问："那老竺儿子呢？"燕玲说："儿子目前在国内。"屈梦说："这样最好，不沾，将来你在那边生个美国人，又是一家三口。"

燕玲苦笑道："能生得出来才行。"

聊到这儿，闺蜜仨又沉默了。龚三元本觉得自己有义务把创业的事儿说说，好填补这无聊的空白，但终究还是觉得没什么可炫耀的。她双手端起杯子挡住嘴，两只眼在杯缘上方，跟探照灯似的。这次的局最大的谜团还没揭开，她看老吴。吴屈梦既然肯出现，就必定会对孩子的事有个说法。坊间传说她生了大头娃是真是假？屈梦的眼神跟三元对了一下，又立刻闪开。她也端起咖啡杯，叹了口气，慢悠悠地说："你们都解放了，我最闹心。"

三元、燕玲都看她。吴屈梦这才跟宣布裁决结果似的说："孩子没了。"三元"啊"了一声，燕玲更是一脸惊奇。屈梦继续说："先天不足，生下来，没保住。"

悲伤瞬间弥漫，但又立刻被冲散了。

屈梦又道："今生今世没缘分，只能下辈子了。"三元连忙安慰道："尽力了就行。真的，身体第一，孩子这玩意儿，有一个就行。"吴屈梦苦笑道，"我倒是想再努把力，可还得有这个功能啊！"这是自嘲了。燕玲微笑着，始终没参与这个话题的讨论。

把一笑送到大仓库，八斗往单位拐。审计组还没走，他还得去看看风向。到公司，一切风平浪静，总公司行政总监来电话，说要一份材料，八斗顺路，就直接开车送一趟。虽是周末，公司还有不少人加班。

- 391

刘晓斌忙前忙后,一副热火朝天的样子——志国的举报倒是对他有些促进。起码工作积极性调动起来了,待人接物也和善许多。八斗来,刘晓斌也上前打招呼,问八斗在那边干得怎么样。八斗说马马虎虎。刘晓斌说:"有好项目,记得协调作战啊。"八斗忙说:"没问题。"

刘副总又开始大生产了。看这架势,高层保他了,志国正式离职,刘晓斌依旧是公司肱骨。这充分说明,打狗也要看主人,牵一发必然动全身。志国的举报,虽然势大力沉,基本都是实锤,可还是不足以把刘总拉下马。

出了公司,八斗开车回家。志国来电话,说找他吃饭。八斗准备拒绝。志国声音不太好,说:"你最好还是来一下。"八斗猜到志国有事,立刻调转车头。

果然,滕志国说他马上要做手术,住院需要有人签字,他请八斗帮忙。八斗为难,他问:"慧慧呢?"志国说她哪儿行,她还是个学生。

"你妈呢?"八斗又问。志国说我就是不想让她知道才找你的。老人容易胡思乱想,大惊小怪。八斗为难,志国说:"你不签我找别人了。"八斗这才答应下来了。

晚上到家,八斗把志国的情况跟一笑说了。冯一笑直接下论断:"那个慧慧,跟志国长不了。"八斗让她别瞎说,人家感情好着呢。一笑道:"志国就没把她当自家人。看着吧,玩够了,没准就分手了。"八斗不反驳,滕志国行事,他也料不准。

一笑又说:"也只有你接这个雷,慧慧多大了?还当小孩呢?"八斗说:"人家这不是没结婚吗。"一笑说:"不是没结婚,是就没打算结婚。"八斗岔开话题,嬉皮笑脸地说:"那如果有一天,我也要做手术,让你签字,你签吗?"

一笑说:"这不废话吗。"又说:"不过你妈跟你姐要能签,最好还是让她们签,免得最后我当坏人。"没承想,还没等到志国手术,三元来电话让八斗接姜兰芝去过两天。八斗以为三元跟小攀又要出差。三元说:"婆婆牛爱玲也要手术。"八斗问什么病。

三元没好气地说:"拉皮!"

这个年纪还拉皮,龚三元真想送牛爱玲一个字:作。可再想想,拉皮本来就是要年纪大了才做。三元只好前往。斯理不在家,她这一户,只能出她这一个人。

美容院病房门口,王斯文站在那儿。三元要往里进,斯文拦着。三元凑着缝儿往里看,病床上躺着个人,包得跟木乃伊似的,看不出来是谁。旁边坐着个中老年男人——一身旧西装,斯斯文文,梳着个背头,发量竟还不少。

三元问情况。斯文的话跟从石头里蹦出来的猴儿一般:"妈,找了个老头儿!"三元以为听错了,再确认。斯文又重复了一遍。每个字掉地上都能砸个坑!这下无疑了,牛爱玲,恋爱了。拉皮,八成也是因为这场恋爱。斯文虽然嘴上没说,但她的不痛快却从周身散发着。老爸刚走没多久,老妈就找了下家。什么感觉?那是对刚刚逝去的爱人的背叛!三元道:"你咋不阻止?"斯文撇嘴道:"我倒是能阻止得住啊!"朝里头瞥一眼,又说:"这皮都拉上了。"

三元正话反说:"能有个伴儿也不错。"

斯文道:"我也是这意思,有伴儿,谈谈可以,人到哪个年龄都有情感需求,但千万别结婚。"停顿一下,又说:"我可不想有后爹。"说到这儿,王斯文嗓音忽然变小,开始陈述老头的个人情况。三元听了几耳朵,云里雾里,但大概明白了,这老头家的情况极其复杂。他从外交岗位退下来的,老婆十年前死了,他跟着又伺候了十年老娘。现在他老了,实在伺候不动,于是家里孩子们商量,把老人送到陕西的一个养老院去了。他刚解放出来,跟着就遇到了牛爱玲,干柴烈火呀!

说实话,龚三元有点儿意外,过去的印象里,她总是主观认定老年人基本是心如止水了。现在看来,人家是老井冒新泉,那感情一来了,咕嘟咕嘟的。两个人正说着,牛爱玲在里头叫人。斯文、三元赶紧进去。爱玲自谦地说:"正好赶上打折,我们小区里好几个大姐做了,都说不错,我也干脆试试。"干笑了两声,又补充道,"文文也同意。"说完看三元。

斯文口气硬邦邦地说:"是,同意!做完肯定年轻,看着恨不得我都能是您长辈!"旁边的老头笑了。牛爱玲这才介绍:"这是老赵。"

三元礼貌地点头说:"您好。"

看完婆婆，三元往八斗家拐。她老妈姜兰芝正在刷厕所。三元把牛爱玲的情况说了。

兰芝叹道："这么想得开？"

三元阴阳怪气地说："人家，享受爱情。"又说："妈，您要再找，我一点儿意见没有。"

姜兰芝道："别了，受不了那罪，这件事情上，我还是跟你明月姑姑一个态度。一个人过挺好。犯贱呀！非得找个老头伺候？"

三元反驳道："瞧您说的，人家那老赵是专门伺候牛爱玲的。"姜兰芝说那是你婆婆有魅力，我不行。话锋一转，兰芝说要跟三元回河北。三元诧异地问："干吗，谁难为你了？"兰芝说八斗这儿地方小，住不惯。三元说："那你也得等八斗、一笑回来，说清楚再走吧。"兰芝说打个电话说。三元见老妈执拗，只好给弟弟打电话。

八斗挽留，但兰芝去意已决，还是跟三元走了。晚上到家，八斗一肚子火，一笑一进门他就开炮。八斗说妈走了。一笑问怎么了，又要给兰芝打电话。八斗拦着道："你这一天天不沾家，妈怎么住？"

一笑反驳道："我是犯人？妈是狱警？她又不是来看着我的。"

"八成是觉得咱冷淡。"

"那也是你冷淡，"一笑不忿地说，"妈来了，我好吃好喝招待，哪里做得不够？你要是觉得不适合，咱再把妈接回来呗，我可担不了这罪名。"说着就要拿手机打电话，八斗赶紧阻拦。一笑呛道："我怎么就觉得你们家人那么奇怪呢，什么事情不能摆在面儿上，非要猜！"

原本八斗打算退让，可一笑上升到家人层面，八斗心里那把火又烧上来了。他对冯一笑长久以来隐隐约约的不满都在这一刻清晰了——笑笑之所以对他的家人无所谓，根本原因还是她不够爱他。他甚至觉得她跟他结婚都是一种权宜之计。他就是个鸡肋，食之无味，弃之可惜。他总觉得他跟一笑的心没有拴在一块，血肉没有融在一块，他们还不是一个整体，就跟每天晚上睡两个被筒一个道理。想到这儿，八斗用手指着一笑道："冯一笑我告诉你，你怎么说我都行，但你别说我家里人。我妈，我姐，我很优秀。"

一笑嗤之以鼻道："行，优秀。"

八斗大叫道："你怎么就不能理解老人的一片心！"

一笑愣在那儿。过了好一会儿，才说："我整天搁外头累，没心思回来看你脸子！一点小事有什么不能说清楚，有什么不能解决的，非别扭着！我还觉得我不受尊重呢，你妈走，跟我打招呼了吗？"

这么反向一说，八斗的气势顿时下来了。他还有理智，还能听懂一笑的意思。随即柔声细气地说："我这不觉得，这么多年，妈这么辛苦，我就觉得我欠她的。"

一笑挡回去说："你欠她的，我不欠她的！我谁的都不欠！"

68

字签了，八斗在外面等。志国这手术得两个多小时。慧慧赶来了，是八斗告诉她的。慧慧没责怪志国，八斗反倒要替志国做一番解释，说"老滕怕你担心""是个小手术""个把小时的事儿""当天就能出院"。

慧慧却一派自然，表示真没关系。

八斗笑着说："真男人，什么都自己扛。"这话有点儿替志国也替自己粉饰，慧慧没接茬儿。八斗又礼貌性地问问她的学习情况，就业打算。慧慧简单说了。

八斗又问："那你跟老滕呢？"

慧慧笑道："看他的意思。"

皮球踢过去了，八斗不好再往下聊，他借口抽烟出去了一阵。再回来，滕志国已经从手术台上下来了。麻药给得精准，还没到病房人就醒了。手术勉强成功了，但对老滕的语言功能有影响。脖子下面挨一刀，暂时撑不住头。滕志国平躺着说不出话。慧慧问了问他的需要，就回学校去了。

八斗对志国保证："有情况随时给我电话，明天我给你投喂。"说实话，八斗对慧慧的表现有些失望。在他看来，开刀这事，说大不大说小不小，史慧慧起码应该陪一夜。好歹是男女朋友，还有走进婚姻的打算，怎么能走得那么潇洒呢。这不正是个表现自己的机会吗？当然，反过来想，或许这就是不找同龄人的坏处。小女孩，只顾自己，好在从老滕的反应看，他似乎并不在意。

周末前一笑又要出差。八斗跟她的关系缓和了些，能交流、说话，但两方情绪都不高。一笑这趟去南阳，走铁路，箱子是八斗帮她收拾的。出门前，龚八斗反复叮嘱一笑道："到了发消息，有情况打电话。"

几句温暖之词，就算是夫妻情谊。

一笑也投桃报李，说："等这趟回来，干脆租个房，把妈接过来。"

姿态算低下来了。

八斗心里高兴，但嘴上还得客气，说："不是急的事，回头再说。"

老婆不在家，周末海超约八斗去慕田峪长城。八斗没去，他怕又遇到那个小段，那他就又当电灯泡了。周六休息一天，八斗去了趟潘家园，买了几本旧书，算是找回一点儿属于自己的爱好。其中一本《金瓶梅》，虽然是盗版的，但八斗也觉得难得，并花了不小代价拿下。回家专挑刺目的地方看，可惜也没觉得多刺激。

周日还是去三元那看妈。冷眼看，姜兰芝似乎并没有什么意见。一顿饭吃得其乐融融，不过八斗对小攀住在家里不是很放心。洗碗的时候他跟三元提。三元道："这不是为了省钱吗？"八斗提醒道："毕竟是个大小伙子。"三元哎哟一声，说："还讲究这些？"八斗说："就怕姐夫不高兴。"

三元道："妈这不也在吗，整天监督着，又不是睡一个屋。你就多虑。"半下午，四个人打了会儿扑克。姜兰芝趁空宣布了个消息，她说宫明月邀她一起去东北旅游，大概走三四天。儿女们立刻表示反对。

理由是危险。

兰芝苦笑道："把你妈当傻子了？哦，就算我不行，你明月姑姑可是出过国的，去东北转一圈有啥危险？"

三元问去哪儿。兰芝说就到沈阳附近看看，一辈子没出过山海关，好奇。三元、八斗见老娘去意已决，只好放行。三元当着大家的面儿给宫明月打了个电话，确认确有此事，又各种叮嘱，还说帮着买票。

宫明月立刻说："她们能行，不用操心。"还说，"元元呀，你要适应，这老年人一年出去玩个几趟不是应该的？累了一辈子，该放松放松。"八斗下楼准备开车走，三元送他到楼下。八斗才提起打算等一笑回来，租房把妈接过去的事。三元道："这么做就对了。别人不知道，咱俩还不知道？妈这么多年，容易吗？吃了多少苦，受了多少罪？妈那是嘴上不说，怕麻烦你们。现在你姐夫不在家，妈跟我凑合着。你们那块儿，巴掌大的地儿，同一个屋檐下住着，妈过去能自在？妈就这性格！她不说，咱自己就得读明白。你是妈的亲儿子，得周全些！"

八斗连连称是——他跟老姐一条心。

三元又叮嘱："抓紧时间把孩子生了，丢给妈带，她老人家也就安泰了。"八斗深以为是，但嘴上打哈哈。三元道："你别觉得这是逼你，是封建，说句不该说的，你娶老婆图什么呀。"

八斗心虚地说："笑笑还是挺有理想的。"

三元说："当时就是婚结得太急！你说结个婚，两个人一年恨不得有半年都不在一块，这事弄的。"又补充说："我看你们家那抹布都是新的！"

八斗说："嗨，你跟姐夫不也两地吗。"

三元立刻痛心疾首，嚷嚷道："你姐夫那是没办法！就是个劫！雷劈下来都得挺过去！他刚走那会儿，我真是夜夜睡不着。"

八斗打趣道："想姐夫想的？"

三元轻拍八斗说："是怕他那边出什么问题，国外的治安毕竟跟我们这儿不能比。"长叹一口气，又说，"好在，快熬过来了。"

八斗又问三元有了钱怎么打算。龚三元说到时候再说，又说还是想住到北京去，老在河北打转，不是个事儿。八斗说那默默上学又是问题了。三元说上学不动，但他们在北京确实应该有个落脚的地方，哪怕在南五环外也成。

三元还提了两句吴屈梦，说那孩子没了。八斗为梦姐可惜，他现在愈发觉得当男人好，起码不用受那遭罪。

滕志国出院三天，又出问题了，发烧，而且伤口缝合处也有毛病，脖子撑不住头。拉到医院，大夫做了二次缝合。八斗接到慧慧的电话，立刻赶过去。

老滕躺在床上,整个脸肿成猪头。

八斗声音发颤,跟看恐怖片似的,问道:"老滕,你没事吧。"滕志国只剩眼睛能眨,跟霍金差不多。八斗去问医生。医生的意思是老滕的这个囊肿长的地方太微妙,手术虽然很成功,但还是可能会影响语言神经。

八斗着急地问:"啥意思,说不了话了?"医生道:"那倒不至于,还是能说。"八斗道:"他干销售的,说话很重要!"回到病房,面对着这样一个老滕,八斗无言。短短几天,沧海桑田,人太脆弱!八斗靠近病床,说:"老滕,是不是得给阿姨打个电话?"滕志国幼年丧父,就剩妈在老家。滕志国一动不动。

八斗继续说:"你要同意,就眨眨眼,我去打。"

志国眨眼了。

接下来的事都在计划之内,志国妈来了,八斗去接的。看护的工作是老母亲,慧慧也偶尔出现。但八斗侧面观察,志国妈似乎对慧慧并不太热情。八斗的理解是,非常时期老人家也就不客气了。不过八斗更担心志国的未来,他刚跳槽,据说入职还没办好,如今一病,会不会受影响未可知。毕竟志国跳的是外企,对体检这一块,不是一般的重视。唉,生活艰难,只能走一步看一步。

八斗把志国的近况跟李骐说了。李骐又告诉尤高畅,老尤忙没来。李骐跟八斗一起到医院看了志国一次,八斗提起上次燕燕姐请客,梦姐也去了。

李骐道:"是,嫂子恢复得差不多了。"八斗低语说:"节哀啊。"李骐问:"她怎么说的?"八斗说:"没跟我说,估计也是太难受,毕竟十月怀胎,说没了就没了。"李骐没往下接话,转而问八斗公司的情况。八斗简单说了。李骐让他稳住,抓紧时间搞业务。八斗问李骥的近况,李骐说她弟现在也出来做,也抓项目。

八斗追问什么项目,李骐说也是做能源。八斗诧异地说:"跟我同行?"李骐说:"差不多吧。"八斗问:"有资质吗?"李骐笑,拖着腔调说:"你们公司不是有吗。"八斗一听,忽然明白了。李骐跟老尤安排他进公司,原来是在这儿等着呢。如果遇到可以合作的甲方,那么他龚八斗就发挥作用了。用公司的名义拿下项目,实际是李骥做。这叫人脉,这叫关系。而他,则是他们的

"手套"。望着笑容诡异的李骐,八斗也来点儿社会性笑容,说:"放心,能合作肯定合作。"李骐又撒娇似的说自己最近很烦。

八斗问怎么了。

李骐说,家里又给她介绍相亲。

八斗笑问她去了没有。

"去了啊,能不去吗,敢不去吗。"李骐道。八斗又问有没有合适的。李骐说:"都是些纨绔子弟,跟他们联合,还不如我自己干呢。"八斗开玩笑地说"你就是在相亲鄙视链上站得太高了,下不来了。"

等一笑和兰芝分别从南阳和东北回来,八斗和三元同时接到消息,燕玲准备走了,说约个饭,怕是最后的道别。

八斗问三元,燕燕姐是不是跟老竺领证了。三元道:"这个怎么问,应该领了吧,你燕燕姐没那么傻。"又说:"上次你梦姐请的,这次我请。"

八斗连忙说该他和一笑请客,三元让他别争了。地点在河南菜馆,包间大,菜也实惠。等临到时候,情况有变,屈梦来不了,老竺也不能出席。

只剩八斗、三元、一笑三个人为燕玲送行。姜兰芝得知,说别在外头吃了,来家里吃,我做。三元嫌麻烦,兰芝却很想见燕玲一面。燕玲跟一笑沾亲,所以也算家里人。三元等几个人一合计,再问问燕玲。

燕玲恭敬不如从命。

迅速地,一桌子菜置起来了。兰芝是主力,宫明月帮衬。从东北回来,她就彻底成为兰芝的"铁磁",吃饭自然少不了她。三元和八斗也要帮忙,两位"老人"不让。

一笑也去厨房转悠,兰芝让她剥了个蒜瓣,就算干活儿了。燕玲是主角,只被允许"吃"。兰芝特地做了燕玲钦点的最爱吃的菜:红烧剥皮鱼。

饭桌上,宫明月善意提醒燕玲:"去了国外,你想吃这些菜都吃不着,只能自己做,做出来又不是那味道。"宫明月一直为自己的海外经历骄傲。但据三元了解,明月姑姑不过是去外国当保姆,伺候白人罢了。

燕玲抿嘴笑。三元接话道:"我们燕儿菜做得不错的。"燕玲谦虚说:"只能说,肯定能烧熟。"一笑问燕姐结婚照拍了没有。燕玲说走得急,艺术的没有,结婚证上的有一张。她拿手机出示,大家围着看。

三元说:"应该发朋友圈。"燕玲没应声。三元后悔嘴快,又戳到燕玲的痛处。可不吗,嫁这么个老头,实在不值得炫耀,低调为妙。

兰芝夹一块剥皮鱼到燕玲碗里,说:"去了美国,估计要生个美国人了。"说完微笑着,看燕玲,又看一笑,最后目光落在八斗身上。

八斗怕一笑尴尬,忙说:"妈,您想得真远。"

三元站在老妈那边,说:"都不小了,都得抓紧。"

这就把冯一笑也囊括进去了。八斗斜着眼看,一笑似乎并不尴尬,该吃鱼吃鱼,依旧谈笑风生。他发现一笑现在就有这个本事,不以他人的意志为转移,随便别人怎么说,她照样我行我素。宫明月打破尴尬,说:"当初,我也差点儿就移民了,考虑来考虑去,还是回来了。"这段故事是她永远的骄傲,能说一千遍一万遍。说着,她又从手机里调当初在国外拍的小视频。十几年前的东西,换了好几个手机,每次都倒腾,永远保存。还说:"国外,就是看病麻烦,不敢生急病,做个B超都能让你等几个月。"

饭局的最后是举杯送行,基本上都喝红酒,姜兰芝做总结。话又绕到生孩子的问题上,说:"行啊,一次干了,燕儿,下回来,就得多带个人来了!"

众人哄笑打岔,然后合照,宴会就这么结束了。只可惜这次完美的宴会竟留了个不太愉快的小尾巴。姜兰芝在送燕玲下楼的时候,下台阶崴了脚,脚踝肿得跟馒头似的,擦了红花油也不管用。众人陪着去医院拍片子,医生给出结论:韧带撕裂。医生说至少要休息一百天。

老竺来电话,催燕玲回去。燕玲一百个不好意思,这饭局因她而起,觉得崴脚就跟她有关系。三元说没事儿,敦促她走,还让八斗送她。

八斗一个劲儿说:"我送你。"

燕玲说:"你喝了酒不用送我。"

医院外,风呼呼的。八斗问燕玲:"冷吗?"随即脱下外套。燕玲执意不领情,龚八斗还是坚持帮她披上。八斗低头看手机定位,再一抬头,他发现燕玲似乎在哭。

哽咽混在风声中,不大明显。他连忙说:"没事儿,崴得也不严重,过几天就好了,也不怪你。"燕玲不说话,极力控制着,眼泪却不听她使唤,跟泉涌似的淌过她瘦削的脸颊。她伸手去抹。八斗这才忽然明白,张燕玲是为离别感伤。

她是不想走的。

可又有什么办法呢？眼下，跟老竺去百老汇似乎就是最优解。

事业上，爱情上，家庭上——尘埃落定。

龚八斗始终觉得，燕燕姐找老竺是亏了的，但他又不可能劝燕玲别走。因为他也没有能力为燕玲提供一条出路。说白了，生死有命富贵在天。在这个无情的世界，谁又能救谁呢？于是他只好苍白地说："没事儿，没事儿。"又说，"肯定会越来越好。"黑暗中，燕玲停止了哭泣。一道极小极细的声线，穿破黑暗传到八斗耳朵里。

"我败了。"燕玲说。

八斗头一懵。这三个字仿佛三只吸血的小虫，一口咬在他心上。八斗拿手扶着心口才勉强止住房颤。他忽然意识到自己跟燕玲并没有什么不同，无论性别，无关年龄，他们都不过是北上寻梦的人。现在，燕玲梦醒了，他还在梦里挣扎。他同样明白，此时此刻，怎么安慰她都是徒劳的。

车来了。两个人都跟大梦初醒一般，迅速走向车子，不谋而合地想用快速的告别冲淡感伤的情绪。

八斗绕到车屁股拍了车牌照，又拉开车后门让燕玲上车，还叮嘱燕玲到了发消息。燕玲跟八斗挥手道别。

什么话也没说。

她脱下外套，递给八斗。八斗说："披着，披着，披着。"连说了三声。

车子启动了。燕玲连同车子一起，被黑暗吞没。八斗望着车屁股那两团红光，怔了许久，才转身回医院。

69

房子租好了，就在八斗家楼下。他们八楼，兰芝五楼。兰芝脚不方便，八斗请了一天假，把人从河北接过来安顿好。里里外外打扫都是他来做。

房子是一居室，客厅、卧室都朝南。

等八斗忙完，阳光还没彻底从阳台挪步。兰芝一个劲儿地说满意。八斗建议晚上出去吃大餐。兰芝道："浪费，这灶不是能用吗？"八斗说："那我做。"

又要去超市买菜。

兰芝说："你买，我做。"说着，就支棱起她那条戴护具的腿。八斗怎么也不肯劳动老妈，但终究还是架不住姜兰芝的强烈要求，出门采购了。

姜兰芝做年糕是一绝，味道介于韩式、中式之间，八斗和三元都说达到开饭店水平。兰芝要做，八斗只好搬个凳子让她坐着煮。三元来电话，问老妈的安顿情况。八斗不敢说她在做饭。兰芝接过手机，故意大着嗓子说："挺好的，干干净净，敞亮！"看一眼八斗，又说："我就是觉得不好意思！"

三元斩钉截铁地说："没啥不好意思的，踏实住，你享你儿子的福还不是应该的。"

烧得差不多了。兰芝看时间，问一笑什么时候回来。八斗说别等她，加班没点儿，我们先吃。兰芝皱了下眉，不予置评。但盛菜的时候，特地给一笑留了一碗说："这不够，吃完再做点儿，笑笑喜欢吃我做的排骨。"八斗劝不住，只好由她去。吃完饭，刷好碗，快九点了。八斗说："妈，要不您休息吧。"兰芝手一挥，说："走，上你那去。"

八斗着急，说："妈，您这腿，就别折腾了。"兰芝道："没事儿，这不有拐杖吗，还有电梯。我过去看会儿电视。"

出租屋的电视坏了，也没网，需要重新置办。八斗心里一百个不情愿，但还是扶着老妈上楼。九点半，一笑回来了。见兰芝在，一笑吓唬了一跳。好在笑脸当时换上，嘴甜道："妈，还没休息呢，房子行吗？"问关键的。

还没等姜兰芝应答，八斗便说："妈专门为你做了菜，就等你回来吃呢。"

一笑一边换鞋一边说："不是让你们先吃吗。"

兰芝笑道："你上班辛苦，赶紧吃饭。别把胃熬坏了。"

一笑很别扭地说："晚上我也吃不了几口。"可架不住婆婆热情，她还是乖乖坐到餐桌前，品尝着为她量身定做的年糕。晚餐结束，八斗终于把兰芝送下楼了。八斗返回头，一笑正摆着一张臭脸，手里握着保和丸瓶子。

八斗走过去坐下，讨好地说："妈也是好心。"他基本不战而降了。

一笑先是没出声，又说："妈这样，我压力太大了。"

八斗觍着脸说："你就享受呗。"

一笑责备道："当时叫你别那么着急定房子，这楼上楼下住着，真叫如坐针毡。"八斗一听这词儿立刻不大高兴，声音也生硬起来，说："老人关心你，你接受就行。哪怕不喜欢，也无非做做样子，妈刚来，心思都在你这儿……"一笑不让他说下去，尖着嗓子拦话道："我担不了这份情！"

两人静默了。

八斗被这一声暴喝打得没了声响。又回到问题的核心——冯一笑始终没融入这个家庭。八斗用眼神表达愤怒，整个身体也绷着。这一回，是一笑先投降了，她实在不想累了一天，再一个好觉都睡不成。

她扯过包，掏出几盒药材，对八斗说："这都是活血的，给妈泡茶用。"八斗怔了一下。这小小的关心，一下又让他坚硬的心软了几分。

一笑又接着说："主要是妈这脚不好，明儿还得去协和。医生说了不让动，她老人家不懂，你也不懂？跑得比平时还凶。"

八斗彻底软下来了，说："这不刚来吗，以后就好了。"适才的剑拔弩张，最终以夫妻双方各退一步化解。最近八斗也觉得，有矛盾立刻解决最好，别带着气睡觉，影响寿命。

早上叫外卖，吃永和。八斗、一笑下楼伺候。兰芝嘴上说太贵，吃得却很满足，一个劲儿说豆浆浓、鲜。一笑开玩笑似的劝道："妈，您来我们这儿，就得守我们这儿的规矩，首先一条，别怕花钱。"

兰芝直哎哟。

一笑道："我和八斗整天奋斗为了什么，不就为了让自己、让家人过得好一点吗。说句不好听的，就由着您吃，又能吃多少？您就记住一点，您是来享福的。"

兰芝慢语轻言地说："我哪是享福的命啊。"她看一眼儿子，又对儿媳妇说："我搬过来，就是想能照顾照顾你们，你们工作忙，好多地方顾不上，我做做后勤工作，发挥发挥余热。"笑一下，继续说，"你要是把这个职位都给我剥夺了，我就彻底下岗不能来了。人活着，总要有点儿贡献，我不能当你们的拖累。"

八斗不愿意，嚷嚷道："妈，瞧您说的。"

兰芝又道："钱这个东西，赚得再多，也得省着点花，该花的不犹豫，不该花的别大手大脚，现在你们是潇洒，将来有了孩子，花钱的地方多着呢。"

提到孩子，八斗的脸晴转阴，他看一笑似乎并未受困扰。冯一笑没正面回答，她用油条堵住嘴巴。

医院熙熙攘攘，八斗陪着兰芝，一笑跑上跑下。为了给姜兰芝看脚，一笑挂了个特需——一位大大的专家。兰芝抱着医生的简介反复读。

八斗笑道："妈，人家医生给你看病，顶多几分钟，你看人家简介，读了半小时。"姜兰芝迭声说："不得了，人家这医生，是当年绍兴市的高考状元呢，啧啧，人才都来北京了。"只可惜，对于医生的看病效果，兰芝却不大满意。大夫看了片子，说她这种情况静养为主，不需要用药。出了诊室门，兰芝嘀咕道："好歹也开点儿药。吃的没有，起码有抹的、喷的吧。"

一笑说："协和就这点好，不乱用药，医生说不用，那就肯定不用。"兰芝说挂号费那么贵，什么药都没开，总觉得亏得慌。一笑跟着说："妈，医生刚才也说了，你这脚，不能沾地，不能动，所以您就老老实实在家待着。有什么需要找我或者找八斗。"

八斗声援一笑，跟对孩子似的，说："听到了吗。"姜兰芝只好说听到了。直梯人满了，三个人只好走扶梯一层一层往下。到妇产科门口，人乌泱乌泱的。兰芝看到那些大肚子，转脸小声对八斗，说："这医院是不是擅长这方面，你们要有需要，也来看看。"八斗不愿意，拖着声调说："妈，没病看什么，都正常，就是缘分没到。"

下到一楼，八斗去开车。刚把人拉上，一个陌生号码打来。八斗没接，还打，他只好接了。是志国妈，口气很急，让他去家里一趟。八斗问原因，一笑在旁边追问怎么了。八斗听了一耳朵，立刻调转车头，他让一笑带着兰芝下车："叫个好点儿的车，你们先走。"又言简意赅地说："志国出事了。"

八斗一路疾驰。下了车，几乎是小跑着上楼。门没关，八斗先看到志国妈的背影,再看到志国的背影。滕志国站在窗边,推拉窗开着,他脚下是张凳子。

跨出去就是万丈深渊。

志国妈几乎是哭腔,她求儿子下来,可滕志国却一动不动。八斗一面稳住志国妈,小声交代,让她去报警。他自己则试图跟滕志国对话:"老滕,有什么事下来再说,都是能解决的。"

志国一动不动,还是背对着他。

八斗放大胆子,慢慢靠近,志国猛然转脸,八斗吓了一跳。志国的脸变了,下巴似乎少了一块,原本圆润的面庞也陡然嶙峋,跟刚发生过剧烈地质运动似的。

"志国,我,八斗,下来说。"八斗也只不过是翻来覆去这句话。滕志国双目无神,好像不认识他一般。八斗伸出右手,做邀请状,说:"志国,没有过不去的坎儿,你有什么跟我说,都能解决……"危急时刻,八斗只能大包大揽。

他又向前半步,滕志国却陡然转身,又面对无尽的虚空。他张开双臂,像马上要跳水。八斗惊得大叫道:"滕志国!你不能死!你没有资格死!你还有妈!还有慧慧!你对得起她们吗?!"滕志国犹豫了一下,慢慢放下双臂。也就一秒之间,龚八斗一个健步上前,拦腰一抱,再一使劲,滕志国被他拽倒在地。八斗成了人肉垫子,两个人摔在一处。

八斗连声叫志国,志国却哭了起来。

滕志国栽了,栽在了手术上,栽在了他这个废了的嗓子上。他现在整个人几乎说不出话,连带着左耳失聪,半边脸麻木,约等于中风后遗症。新公司不要他,退回老公司,董事长同意,刘晓斌坚决反对,董事会以大局为重,不接受滕志国回巢。八斗也去做工作,但终究螳臂当车。他找李骐说,李骐建议他不要跟大势作对,而且志国完全是因为他的狂妄自大,把事情做得太绝。

俱往矣。

八斗只觉得一股深浓的悲哀。一次小小的失误,一下就能毁掉滕志国的职业生涯,好像他过去十几年的奋斗一夜之间就全然不作数了。八斗又想起海超的那个《西游记》的妖精的比喻——没有主人的妖精，很容易非死即伤，不得善终。滕志国从窗户上下来，八斗陪了他一夜。

慢慢地，老滕神志清醒了，也不叫着自杀了。但人却像是被抽了魂，一时半会儿估计缓不过来。

八斗问志国妈慧慧呢。志国妈说，好久没见到她了，她也没来电话。八斗心里很不舒服。站在男人的立场上，他为志国抱不平。但因为沾着亲，也不好主动去找慧慧理论。八斗把困惑跟三元说了。龚三元道："哎哟，记住，她不找你，你别找她。这事儿她估计也不至于跟别人抱怨。谈了那么久，她也花了人家不少钱，够本儿了，就当是实习。现在大难临头，她想挪地方，可以理解。"又说，"现在的小姑娘厉害，果断、绝情。风头不对，扭头就走。要换成我，你姐夫当年要这样，我肯定死守。"

三元的深情人设立了半辈子。

她望着八斗，口气飘飘忽忽地说："要是一笑就不一定了。你病倒，她估计立马把你推妈这儿。"

八斗说："一笑不是那样的人。"

三元反驳道："那是没遇到事儿！真遇到，一碰一个准。"

70

慧慧约八斗在学校宿舍楼下见面，八斗准时到了。女生们进进出出，八斗不大自在。不大会儿工夫，慧慧出来了。眼泡有点肿，没化妆，像换了个人。八斗建议找个地方说话。

咖啡厅里，服务生端了杯热牛奶放在慧慧跟前。慧慧轻声细语地说："叔，你帮我个忙。"八斗警惕起来，知道要说重点了，又叫他叔了。根据过往经验，叫叔的时候，一般有事相求，叫哥就相安无事。这回的事，应该跟志国有关。八斗嗯了一声，下意识地拿勺搅拌拿铁，杯面形成个咖啡漩涡。

慧慧又说："我在志国那儿还有点东西，能不能，麻烦您，帮忙拿回来。"

什么意思？彻底分了？都拿东西了。八斗愣神。不出半秒，慧慧果然自顾自解释："我跟志国，不在一起了。"她没说"分"，而用另一种说法。呵呵，意料之外，情理之中。事实上，从志国妈提到慧慧"从未出现"时，八斗就有了心理准备。大难临头，同林鸟注定各自飞。不是新鲜事儿。他只是没想到会这么快。

　　八斗觉得有必要追问一下："你跟老滕到底怎么回事？"口气忧心忡忡，又带点可惜。

　　慧慧镇定地："他提的，说我们不合适。"

　　"知道老滕现在什么情况吗。"

　　"知道。"

　　八斗把咖啡杯往前推了推："他差点自杀。"

　　慧慧的表情有变化。显然，这是她不知晓的。

　　"然后呢？"她问。并不慌张，估计也猜出来人没死。

　　八斗道："他现在很困难。"

　　"谁不困难？"慧慧一句话顶了老远。

　　但八斗不愿败下阵来，他换个角度，"当然，这是你们自己的事情，我不会劝，但这事儿，从人道主义出发，也应该缓一缓，老滕现在是最艰苦的时候，多一个人在身边总好些。有空，你可以去看看他，就算不谈了，分了，也还是朋友吧。"

　　"是他提出来的。"她装白莲，最无辜的那种。

　　"可你也同意了。"

　　"是他不愿意见我。"继续无辜。

　　"他是怕拖累你。"

　　慧慧的声音陡然尖了："叔，你到底哪头的？谁是亲谁是外？你在怀疑我吗？而且像志国这种人，确实靠不住，动不动就跳槽，动不动就举报，动不动就……自杀！吓唬谁呢？！情绪那么不稳定，谁敢跟他在一起？"

　　实话，掏心窝子了。识时务者为俊杰，慧慧就是"俊杰"。可以预料，志国很长一段时间内都会消沉，基本丧失劳动能力。从现实出发，慧慧及时止损，甚是"明智"。可八斗就是觉得现在的小女孩太厉害，太无情。杀

-407-

伐决断，手起刀落，毫不含糊。同为男人，八斗忍不住站在志国这边："志国他……"

慧慧不让八斗把话说出来，哭着嚷嚷："谁容易？我的青春还搭进去了呢。"无解，劝不动。八斗没往下说。李骐来电话，八斗到旁边接了，报了自己的定位。李骐让他立刻来找她。八斗问什么事。李骐说老尤心情不好。还说："要有朋友，也一起带过来，热闹热闹。"挂了电话，八斗征求慧慧意见，说带她去吃饭，慧慧欣然。她在车上补了妆，还没到地方整个人就焕然一新了。

门推开，包间内热烘烘的。菜已铺满，老尤在喝酒，一副今朝有酒今朝醉的样子。李骐招呼说今儿是老尤农历生日，又安排慧慧坐到老尤身边。

慧慧不怯场，大大方方过去，自斟自酌。这酒来得正是时候。八斗看这架势，借酒浇愁没跑，他不拦，该发泄发泄。八斗小声问李骐尤高畅怎么回事儿。李骐仍说是他农历生日，庆祝庆祝。过一会儿才小声揭露真相："老尤被查了。"八斗瞪大眼睛。李骐解释，"不是高畅，是他爸。"最后才说："没什么事，但就是膈应。"

八斗胆子小，问："我们这块儿不受影响吧。"

李骐道："暂时跟咱没关系。"

姜兰芝的腿稍微好一点，俩孩子每天的饭她包了。她做的饭菜讲究，有些算是药膳。在中草药方面，兰芝是自学。一笑是从业者，多少懂一点。

婆媳俩有共同语言。

不过等到姜兰芝老提活血生育，还建议一笑吃资生丸的时候，冯一笑就不大爱听了。她觉得兰芝的照料是负担，而且照料得越好，她压力就越大。

八斗叱，"有福你就且享吧，外头请个保姆也做不到这地步。"

一笑说："保姆不用赔笑脸，我是甲方，她是乙方。"八斗说："我妈也不是你的甲方。"又说，"妈也是心疼咱，天天在外头忙，别回头事业忙出来了，身体垮了。而且妈忙完了就回她那小屋，你照样有独立空间。"

一笑说："不是空间不空间的事，是心理距离，心态上要独立，懂吗？"

八斗挑刺儿："知道你是独立女性，可独立女性和'独'，不是一码事儿！"

算了。八斗懒得争辩，一笑不喜欢他妈做的饭菜，有人喜欢。比如陆海超，就是绝对的拥趸者，一口气能吃三碗，恨不得把汤汁都拌饭吃了。

兰芝劝八斗："你就该学学海超，这饭量才算正常。你们正是用身体的时候，不吃饭，怎么能有劲儿，而且生孩子……"最后三个字让八斗有点不自在。兰芝悬崖勒马。

海超从别的同学那听说了志国的事。他问八斗，八斗把情况简单说了。海超又问："那以后怎么办。"

八斗说："谁知道以后，过一天算一天。好死不如赖活着。"

"还找工作吗？"海超还是关心生计问题。

"怎么找，嗓子哑了四分之三，耳朵聋了一半，一个眼珠子不能动，"八斗手在脸旁边比划，"关键思想上还没转过弯。"

海超冷冷地："头十年把运气用完了。人啊，谁能一直走好运？十年河东十年河西。"又问："那慧慧呢？"八斗把慧慧分手的事说了。海超道："这丫头，够狠！不过起码算是对自己负责，这么年轻守着个残疾人不切实际。"八斗虽然明白海超一直看不惯高调的志国，可在这个节点看笑话，实在有点不地道，他忍不住为志国说话："那要换成你，你女朋友离开你，你什么感受。"

海超立马说："我就不会找那种女的，"又补充，"对不起啊，好歹是你亲戚，可咱就是得有自知之明，什么样的能留住，什么样的留不住，对吧。"停顿一下，继续，"老滕这亏得房子是全款买的，这时候要再背贷款，怎么活，只能二次跳楼。"不过，风凉话说了没几天，海超慌慌张张来找八斗。这回，事情到他自己头上了。

那位茶楼的小段姑娘怀上了，说孩子是他的。

荒谬！八斗就觉得这事儿简直荒谬！既有悲剧性，又有喜剧性。他笑着问海超："是你的吗？"海超两手一摊，缩脖子："不知道啊。"

无辜又滑稽。

八斗严肃起来："这你都不知道？没做措施吗？就那么放得开？"海超痛心疾首地说："次次都戴两个。这不是害人是什么？阴谋！算计！"

八斗又忍不住笑出声："这不正好嘛，你的小目标就是要个孩子，你妈也想抱孙子，人给送门口了，你还不接着？奉子成婚得了。"

海超满腹委屈："斗儿，我是让你来给我想办法的，你还开我玩笑，问题哪这么简单。"

八斗故意刁难他:"那你把人肚子搞大了,你说怎么办?"海超大气儿不出。八斗继续说:"那是不是得负责?"海超嚷:"我没说不负责,关键是怎么负责。"

八斗手指朝海超所在的方向点:"渣!妥妥的渣!"

海超道:"我跟段儿,就没往结婚奔!这个她也知道。光说我占便宜,那我在他们茶楼少花钱了吗?该给的我什么没给?"八斗说:"提钱就没意思了。"

海超着急,说:"现在就是钱的事。"

这才算说到正题上,是解决问题的态度了。

"她跟你提了?"八斗问。

"没提,"海超亮出手机,微信界面上就光秃秃一条消息,一张图片,怕是检查单子,"我也没回复。但人就算下最后通牒了。"

"跟家里说了吗?你妈知道吗?"

"就是不打算说,这不才找你商量吗,"海超咬牙切齿地,就差没跺脚了,"我妈要知道了,搞不好就得结婚。"

"那正好。"八斗乐见其成,鼓掌。

"你少来,我打你信不信,我一辈子不能就这么毁了。"

"这种伤阴德的事你别找我,"八斗不含糊,"我当不了这个恶人。"又说:"缘分来了,你把门打开,说句'欢迎光临'就得了。"八斗学小段的声音,揶揄着。海超愁眉苦脸。不过说归说,八斗当然理解陆海超,小段跟他谈不上"门当户对"。娶了小段,等于把生活水准拉低一个档次。眼下的海超,还没到非结婚不可的时候,所以不甘心"出此下策"。但问题是,有身孕是事实,这事终归是海超不地道,且时间不等人,必须立刻处理。处理得不好,人光脚的不怕穿鞋的,直接去单位一闹,海超的铁饭碗八成就被打破了。

这才是最要命的。因此,必须扼杀在萌芽中。可是,这事儿,真缺德呀!说到底,那是一条人命!不过,看在多年朋友的份上,八斗还是"两肋插刀"了。一个喧腾的黄昏,他走进茶楼。小段看他进来,迎上去,眼睛亮了一下。

八斗瞬间明白,人家是早有准备,只要使者一到,她就亮出底牌。八斗一方面觉得小段可怜，另一方面，又觉得可悲。如果按海超说的，每次都加强防护了，那这个小生命的出现，就是一场预谋，是小段的人质。而且眼下看，终究是要"撕票"的。

小段领着八斗到包间，房间名叫"守一"，真讽刺。八斗打开手机录音，交涉的全过程需要保留证据，回去也得跟海超交代。

小段递上茶帖，问八斗喝什么。八斗说除了普洱什么都行。八斗端坐着，面对着木头桌上的花瓶，鹤嘴瓶里插着一条银杏叶子，隔壁传来抚琴声。片刻工夫，小段端着茶进来了，稳稳坐在八斗对面，手上不停操作。

很快八斗面前就摆上了香盏。

小段抬头，笑着面对八斗："他让你来的吧。"她抿了一下嘴，轻声道："说吧。"

她的从容，反倒让八斗感觉如坐针毡，好像受辱吃亏的是他，她稳稳拿捏着整个大局。

71

八斗清清嗓子，也笑着："小段，我先敬你一个。"说着，举起茶盏，"以茶代酒。"

他真喝，先礼后兵。

小段也抿一口。

八斗继续，"下面的话，可能不大好听，但都是实话，也是海超委托我，抱着解决问题的态度来了，所以你多包涵。"

小段微微点头，鼓励他说下去。

八斗道："这事儿，肯定是海超不对占多数。但现在问题出来了，就需要齐心协力去面对。"

小段干脆："是。面对。"

八斗抛出问题："你是什么意见？"

小段笑着，似乎有备而来："我以超子的意见为主。他想要吗？"

八斗浑身发麻，这个小段比他想象中难对付。他后悔帮海超出头解决糟心事，他舌头有些伸不直，言语含混："这个，确实有些难办。"意思曲折委婉地传达。

小段道："说难办难办，说好办也好办，就看有没有那个心。"

看来还是有谈判空间的。

八斗吸一口气，抛出核心质询："他好像每次都做了防护，那这件事情是怎么发生的呢？"

小段齿冷，笑得寒光四射："他是这么跟你说的？"

八斗厚起脸皮："提了一点。"

"那我也不做解释了，死无对证的事情，那或者就等孩子出生，再来验证。"她拿出撒手锏了，光脚的不怕穿鞋的。

"别！"八斗连忙劝道，他有社区工作经验，很懂进退，"你不要着急，都是可以解决的。"先稳住再说。

小段厉声："你们来找我谈！你不给方案，还让我提方案！当初爽的时候他忘了？！搞清楚！我才是受害者！你总不能这么欺负一个弱女子！"

好家伙，弱女子三个字都用出来了。八斗好言道："不是让你给方案，是让你给方向，你指一个路子，要是可行，就按照那个方向走，行吗？"

小段不客气："结婚，把孩子生下来。"

又是一记霹雳，真要谈成这样就坏了，但估计她也只是求上得中之法。

八斗迂回地："他是有这心，但家里那边比较坚决。"

小段端起茶盏抿了一口："坚决什么？轮到他们坚决？孩子生下来我自己养。"

八斗急得手乱摆："哎呀段，千万别低估了困难，你一个单身女孩子，还要工作赚钱，自己养孩子谈何容易？那等于给自己一个大包袱，一辈子的拖累。"

"没什么难的，丢老家养就是了，"小段说，"不过陆海超得负责到底。"她叫海超大名。

八斗语重心长地："段，我觉得你还是应该多为自己想想，要解决麻烦，而不是找麻烦。我虽然帮海超来问问情况,但我非常同情你。"

"行,"小段利落地,她从茶帖下抽出一张信笺,反过来,拿铅笔在上面画了一道竖线,写了两个零,再加一个W,推给八斗,"他只要愿意给,我可以自行解决,立刻消失。"

龚八斗语塞。来之前,海超也好他也罢,心里都是有预期的。他料到小段会多要,但没想到人这么狮子大开口。八斗只好挑明:"这个……其实……你就是去法院,也不可能判这个数。"小段笑容没收,示威性地:"去不去都行,我明天直接去他们单位也行。"

好家伙,这才是最后的绝招。八斗、海超能想到,小段自然也能想到。如果工作丢了,或者没丢,但社会性死亡,那陆海超可真就是断了根了。八斗明白跟小段暂时无法再谈,只好带着信笺回去给海超看。

海超顿时炸了:"想钱想疯了!我还得还房贷呢!"

八斗叹气:"那也是你自己造的孽。"海超沉吟,片刻后才说:"要不报警吧,遇着仙人跳了。"八斗劝,"报警对你有好处吗,警察来了,如果查出孩子就是你的,人再告你个强……"八斗没把话说尽,留一个字,"你还哪有退路。"

海超说:"那也得弄清楚孩子的归属。"

八斗说:"解决之前肯定要弄清楚的,不会花冤枉钱。"海超嗫嚅:"只有十万,你去跟她谈。"八斗说:"我谈不了,人要一百,你给十,她一气之下都可能报案。"海超一咬牙:"最多十五,多了没有了。"八斗不愿意再蹚这摊子浑水。可陆海超左哀求右敦促,八斗勉强同意再接触一次。

他教训海超:"管好你自己!"

海超委屈说:"自己也是有苦说不出,找不到老婆。"八斗却说:"你这根本就是个悖论。有人愿意当你老婆你不要。"海超说:"这总归是终身大事,得看长远,不是人人都有你那份幸运。"

隔了三天,八斗又去找了小段一次。他把海超的报价说了,段不同意,她的底线是三十万。八斗又给海超打电话,几经撕扯,最后二十八万成交。段允许海超分期付款,但首付不能低于一半。海超困难,自己拿十万,另外四万找八斗借。八斗虽说一万个不愿意,最后还是借了。按照约定,这孩子要做亲子鉴定,但检测的费用又得海超出。陆海超不愿恋战,"算了,还测个屁,就当分手费吧,算我倒霉!"又忿忿地,"以后我当和尚去!女人,不能碰!"

八斗把这事儿跟一笑说了,还附带点评:"你说人怀个孩子,怎么就这么容易呢。"

一笑不高兴:"少模糊重点。"

八斗问:"什么是重点。"一笑说:"你们这是荼毒女性!"

八斗哄着说:"没那么严重,就算有,也不是'你们',都是海超造的孽。"又分析,"你说小段就没有错误吗?谁敢说她这是不是存心?"

一笑白八斗一眼:"那受罪的是谁?"再批判地,"就给那么点钱,还跟挤牙膏似的,还分期。"

八斗说:"要怪怪老天,非得让女人生孩子,男人要能生,没准就自己来了。"

"我跟你说生孩子根本就是老天对女人的一种诅咒!"一笑又激动起来。八斗最怕一笑的这种"女权话语",一说起来没完,且根本没有沟通的空间。他只好软化了:"那你怎么不说是光荣呢,当母亲,多伟大!"

一笑闷着不出声,过了一会儿,才一边嚼葡萄干一边说:"要真有下辈子,我肯定不做女的。"八斗接话说那只能做男的了。一笑说男的也不想做,当人当累了。八斗这才道:"所以说,人就是辛苦的,男人也累,表面上看着有那么多方便,其实呢,这个社会不许一个男人不成功。男人不成功,连狗都不如!男人的寿命比女人低,为什么?"旋即自问自答了,"累的。"

一笑岔开一句,问志国怎么样了。八斗说:"这一阵我没去看他,估计,苟活。他老娘看着,能喘气,能吃饭。"八斗打了个滚,坐起来,摸摸肚子说饿了。一笑说锅里还有菜呢,温在那儿。八斗问什么菜。

一笑神神秘秘:"妈端来的。"

八斗起身去厨房看。是有,黑汤暗水的,看上去像肠儿,他端着锅到客厅,又要拿碗。一笑说:"我不吃。"八斗说:"这肉干吗不吃。"

一笑说:"你是真不认识还是装不认识。"

八斗不懂她意思。

"那玩意儿,"一笑言辞一股节儿一股节儿的,"牛的。"

八斗还是没听懂。一笑直白："牛鞭。"八斗笑个不停,说妈这是哪儿弄的。一笑没好气："反正我可跟你说,别给我压力,这是我的事儿。我自己做主。"八斗偎过去,叫夫人也叫老婆,"妈这不是为我们好么。"

一笑不理论,嘟着嘴："跟你说个事。"八斗望她。眼神发问。一笑说:"我得去亳州。"八斗问又是出差吗。

"是。"一笑肯定得坚决。

"多久。"

"常驻,"一笑说,"长则一年短则半年。"

龚八斗顿时坐不住了。

大问题,原则问题,大的原则性的问题!

八斗愤怒的点,不单单是一笑要出长差这件事本身,更是冯一笑对他的态度。她是单方面下达通知,根本没有商量的意思。八斗觉得他在这个家,不但没有权威,甚至连一点基本的尊重都没得到。他们还是夫妻吗?如果是,她就应该考虑他的感受。八斗立刻表示反对。可冯一笑有她的理由:公司发展到第二阶段,内部已经开始有人夺权,现在采购部和运营部分歧很大,创始人老吕持观望态度。她作为采购部的头儿,有必要去前线督战,不能出一点岔子。

小冯反过来做八斗的工作,希望得到他的支持。

"我两头跑,一周起码回来一次。"一笑保证。

八斗苦笑,那不成周末夫妻了。一笑又举三元和斯理的例了:"你姐夫要出国务工,你姐不也没拦着,我这还没出国呢,就是去个亳州。"

八斗冒火:"那能一样吗?人家那是没办法!"

"我也是没办法。"

"那也不一样,"八斗不平地,"男人外出打仗,女人忙家园,自古都是这样,哪有女人不顾家的?不顾家,那还叫女人吗。"

一笑驳斥:"那穆桂英呢,不照样打仗。"

八斗嗷嗷地说:"她那是男人倒下了,她才上,你老公我还没死呢。"一笑唾:"你这思想,适合活在一百年前,哦不,两百年前。"八斗盯着一笑:"你爱我吗?"他不得不使出招数。一笑道:"当然,我不但爱你我还感谢你，感谢你为我做那么多，但这不代表我就不能出去做事情。我有这个自由。只有这么做，我才是我。"

八斗痛苦着。看这架势，一笑是很难被说服了。做不通老婆的工作，他只好反身劝自己——可能一笑的工作确实到了危急关头，她的确是没办法。但这么口问心心问口来回几次，八斗还是觉得不消化。总而言之一句话，现在的女人太难掌控了。尤其是冯一笑这种野心勃勃的女人。结婚这段日子，八斗觉得男人对她们来说，不能说可有可无，但起码不是第一位，或者连第二位都算不上。

八斗只好跟海超吐槽。海超同病相怜地："我跟你讲，要不是周围人那么多要求，眼盯着我，我根本就不想结婚，干吗呀！一个人想怎么怎么，美得很！"

八斗劝他别说气话，该结还得结。整体看，结婚的好处还是大于坏处。"起码养孩子，两个人总好过一个人吧。"八斗掰着手指头分析，"情感上也有个寄托。"

海超犹豫了一会儿："你说，要不我就跟小段在一起算了，带球进门。"八斗斜眼看他："想清楚了？"海超说还没考虑好。八斗反问："你觉得小段是真的爱你吗？"海超道："结婚，就别谈爱不爱的，差不多就行。"

八斗深以为是，谈爱，太痛苦。智者不入爱河。不过海超的这种想法也是昙花一现。饭局还没结束，理智就已然恢复，考虑再三，他仍觉得跟小段结婚是个"亏本买卖"，虽然她能生育，但长远看，娶她进门对家庭的发展是弊大于利的。

72

一笑去亳州这事，八斗觉得最困难的是怎么跟老妈和三元解释。一笑认为直说就好。她去说，她承担责任。

八斗阻止了。直说，他面子下不来。不说，迟早要露馅，瞒不住的。但八斗又觉得,这事儿即使往外透露,也需要策略和技巧。

晚上睡前,他搂着一笑说:"笑,你说你这马上要出远门,又去那么久,妈都该想你了。"

一笑警惕:"什么意思,说人话。"

八斗作态地:"我的意思是,你起码给妈做几顿饭,意思意思,也算提前尽尽孝心。"

"这个可以。"一笑第一时间应答。放下手机,又说:"你跟妈说了吗?"八斗说还没说。又说:"这不等你把饭做了,大家一起吃了,我再告诉妈,妈指定就能接受了。吃人嘴短呀!"他嬉皮笑脸地。

一笑道:"你这是鸿门宴,不过我愿意配合,你这儿子当得辛苦,我理解。"

是,是辛苦,得两边周全。哪边不痛快都不行。八斗有时觉得自己就像块夹心饼干,还是榴莲口味的,女士们吃着香,他自己闻着臭。

老实说,龚八斗现在对冯一笑的要求是一降再降。过去,他希望她发自内心做某些事。真心实意当个好老婆、好儿媳。现在,"发自内心"四个字抠掉,只要她愿意做,愿意把"戏"演好,他就心满意足了。

都打点好,冯一笑开始下厨了。次日,八斗早早地就跟兰芝打招呼说:"晚上不用做饭。"兰芝问:"干吗,又出去吃,外面的油不好,都是地沟油。"

八斗道:"不出去,在家吃。"

三请四邀,人到位了,菜端上来了。兰芝坐在桌边,一脸的"受宠若惊",她要起身端饭。一笑道:"妈,您别动,您今天就是享受。"

八斗也跟着撺掇:"是,听笑笑的。"

兰芝笑容未散,问:"今儿什么日子?还是咱家遇到啥好事了?"一笑不答,没好事儿。就是没好事儿才需要这一顿将功补过。

八斗说:"笑笑就是想露两手,您来这么久了,她跟着也学了点儿。"声调再爬一个坡,"名师出高徒!"笑不嗤嗤地,"今儿得空,办一桌儿,请您品鉴。"

一笑端猪蹄出来,黑乎乎一盘。"妈,不好吃别见怪啊。"她提前打预防

-417

针。兰芝当然不见怪，不好吃也说好吃。只不过，一笑做的饭，八斗都觉得颇有些喜剧色彩。跟小孩子捏橡皮泥似的，歪七扭八的不成形。说失之毫厘谬以千里都是给她面子，压根儿就是个南辕北辙。八斗说："笑，你这是创意料理吧。"

一笑有幽默感："是，西班牙口味的。"

面子兰芝给得足足的，吃得欢快，并且尽可能地把优点拎出来评点。诸如，"口味淡好，我做菜就是太咸，对身体不好，以后要跟笑笑学""新鲜，还能这么做，学习了""烧得烂，老年人都能吃"。天降马屁，冯一笑自然受用。八斗也乐乐呵呵。

饭吃到一半，姜兰芝冷不防地："笑笑，你是不是有什么事要跟我说？"一笑要答。八斗使眼色。一笑转而道："没啥事儿。"兰芝眼神向下，对准一笑肚子，脸上的皱纹都上提，欲说还休地，"有动静了？"

一笑叫出来："妈——不是……"

姜兰芝咯咯笑："不用不好意思。"

八斗慌忙解围："妈，您又多想，笑笑就是想操练，学学厨艺。"兰芝附和，说那是好事。喝一口水，又说："笑笑聪明，只要肯学，肯干，那绝对都是超水平。"

八斗说："那您给这顿饭打多少分。"姜兰芝看看一笑，再对儿子八斗："满分多少分。"八斗说："一百分。"

兰芝斩钉截铁地："我给一百一十分。"

翻过周末，一笑就出发了。早班机，八斗起了个大早，把人送到机场。到单位，没吃早饭，跟着就是开会。审计终于走了，公司问题不大，不过下午去总公司开会。刘晓斌做报告，又把滕志国拎出来，作为反面教材反复踩踏，跟鞭尸似的。八斗听得不自在，但又不能说什么。董事长在座，他都没意见，充分说明刘晓斌和滕志国大战的结果，是刘晓斌完胜。

开车回家，八斗给志国妈打电话，问志国最近的情况。志国妈道："谢谢你的关心，志国有你这个朋友真是幸运。"叹口气，"现在就是过一天算一天，我劝他回老家，他不肯走。"八斗道："阿姨，经济上要有困难，随时找我。"志国妈涕中带笑，但笑也是苦的，"我还有退休工资，凑合能喝上稀饭。"说到这儿情绪陡然跌落,"我就是发愁,万一哪天我走了,我家志国……"

八斗连忙宽慰。可他明白,怎么安慰都是徒劳。一切,只能交给时间。除非志国自己走出来,谁也帮不了他。想到这儿,八斗的感伤情绪又上来了。他打给海超,海超没接。过了两个红绿灯,陆海超回电话,问他啥事儿,约他晚上聚,八斗推了,他得赶回家吃饭,老妈还等着。

电话里,海超道:"解决了。"

八斗问什么,然后立刻明白,应该是小段把孩子打了:"解决了就好。"八斗轻声,又不自觉失落,好像丢掉孩子的是他,或者说,他助纣为虐,狼狈为奸。

"我还有点失落。"海超的笑声中带着自嘲。

这小子总算还良心未泯。

"别想了。"八斗不恋战。

"我现在特恨我怎么就不是一个富人。"海超咬牙切齿地。

"跟这有啥关系。"

海超语速加快:"我要特有钱要是一富豪,我就让小段把孩子生下来。我拿钱砸总行吧,一个孩子不是事儿呀!婚也不结了!"

"结婚不只是为了生孩子。"八斗说真心话。

"那你说除了生孩子,还有啥用,现在女的,一个个的,听你的吗,在北京这块儿地方,有几个能踏踏实实跟你过日子。"

"没那么绝对,"八斗劝,"还是有好女孩的,你再等等,人,来这世上一次不容易,能不一个人过,就别一个人。"听着像绕口令,跟海超的婚恋史似的,弯弯曲曲。路灯亮了,天还没黑,堵车。八斗这才想起来给一笑打电话,冯一笑没接。过一会儿,回了个微信,说在制药厂,待会联系。八斗回了三颗红心。

进小区,先上八楼,再下五楼。饭已经做好了,八斗洗手,准备吃饭。

兰芝道:"等会儿笑笑。"

八斗竭力自然地:"不用等她,我们先吃。"

兰芝道:"出差了是吧。"

-419

八斗被问得措手不及,他不晓得老妈怎么会未卜先知。殊不知冯一笑那些大张旗鼓的行李已然早早泄露了天机。八斗撒谎道:"没有,公司临时有事。"又顺水推舟地,"不过有个事儿,笑笑还想跟您商量呢。"

兰芝不说话,也不看儿子,拿瓷勺子盛汤。八斗连忙去接。兰芝看八斗。八斗这才说:"公司有点状况,她作为领导,得去督战,创业不容易,什么事情都要亲力亲为……"

兰芝问:"去哪儿督战?"

八斗说:"亳州。"

兰芝没好气地:"我没意见,不用跟我商量,日子是你们俩过,她是你老婆,只要你能接受就行。"

一句话撅得八斗无言。

厨房有声响,兰芝去看情况,再出来的时候,脸色稍显和缓。她见儿子不大痛快,声调又平和起来:"大城市,想找个贤妻良母,比中彩票都难。"不看儿子,"一个荷包蛋都煮不全乎,"她伸手把碗筷拾掇了,"你跟你姐当初考来北京,我以你们为荣,现在看,也未见得就是好事。你说你们当初要是在省城考个公务员,或者当个老师什么的,不比现在日子舒服?来北京,前面够不着,回去又不甘心,就这么耗着。你们那些个同学,但凡去大城市的,有几个混出来的?包括那些以前的所谓的这个那个'学霸',去上海的,都在外环跑,反倒是那些在老家的,去省城的,个个过得风生水起,好些都有两三个孩子了。"

八斗声调走形,跟蛇一样爬:"您那看的都是表面,谁也不会把真正的烦恼说出来,你以为他们不羡慕咱们吗?这是哪儿?首都,能一样吗?"

兰芝道:"你要有个厉害的爹或者当老总的妈行。说一千道一万,我的不是。"八斗说:"妈瞧您说的,我跟我姐从来没怪过你,人各有命,这事跟你也没关系。"兰芝突然泫然:"我就是看着你们过成这样……我着急……"

八斗连忙说:"现在过得不挺好嘛。"

兰芝眼眶真红了:"什么都比别人晚了起码十年,就为个房子奋斗,立住脚了,孩子也不敢生。"

"这不正在努力嘛。"八斗底气严重不足,仿佛汽车轮胎被扎了个洞,无法勇往直前。

兰芝收住悲切:"你首先明确一点,你不是为我生,也不是为你们老龚家生,你是为你自己生。穷人,就得生孩子!没有孩子,你连个盼头都没了!"

"知道,明白,"八斗明白老妈的理论,但有些不耐烦,他不得不狡辩,"跟穷富没关系,那现在还有不要孩子的呢。"

"那是自私!"姜兰芝激动。八斗迅速安抚,却压不住这爆发的火山。兰芝嗷嗷,"现在国家都号召多生,就应该响应!"八斗较真:"国家号召,决定权还是在自己手里,国家不帮你养吧,养一个孩子,那就是一个长期的投资,亏不亏还不知道,现在什么都社会化大生产了,只有人口,只能是小作坊生产,这个空缺会越来越大。"

兰芝说:"别跟我讲这些大道理,"鼻子又发酸,"我就是心疼我儿子!行吗?!"

"妈……我没事儿……"八斗也开始心疼妈妈。

"笑笑多久回来?"

"看情况。"

兰芝不客气地:"这日子过得,男人不像男人,女人不像女人。"兰芝大喘气。八斗明白,好了,老妈这边,总算是安抚住了。老姐那边,缓缓再说。

周末,三元又叫他们过去。八斗侧面观察,姐姐似乎还不知道这事儿。他说一笑出差,三元没多问,只顾盯默默的作业。默默成绩稍微提高了一点。三元又要求他把古诗背明白,把英语念通。连带着要照顾饭菜,忙得滴溜溜转。

八斗跟伙计小攀出去抽烟。他问小攀跟元元干得怎么样。小攀道:"还行,能挣到钱。"又说:"元元姐真能干。"是,八斗也觉三元黑了不少,风吹日晒的忙。

八斗又问:"有对象了吗?"小攀说:"没有。"八斗随意地,"找个有钱的,问题就解决了。"他现在被周围人影响的,开口也容易说这话。小攀苦笑。

吃饭当中,斯理来视频。三元举着,他跟每个人都打来招呼。连带着,斯理宣布了一个重大消息:他就快回国了,项目提前完工。兰芝关心地:"那劳

- 421

务费用呢?"斯理说正常给。举家皆喜。八斗这才明白,姐姐怕是早得到了消息,所以才让默默背古诗、念英语,等姐夫回来好展示自己的教育成果。

八斗打心眼里为三元高兴。"剑外忽闻收蓟北,漫卷诗书喜欲狂",王斯理是要带真金白银回来的呀!不过,等姐弟俩单独相对,三元便收起笑容,淡淡问:"笑笑驻外了?"八斗猝不及防,只好先用一个"嗨"字打掩护。

显然,老妈已经把"情报"透露给三元。她们娘俩之间没秘密,随时互通有无。

八斗解释:"那不叫驻外,就是去亳州那边看看,随时都能回来。"

三元偏较这个真:"一个礼拜回来几次?"

八斗不吭,他知道辩不过姐姐。

三元深入阐释:"你姐夫出去,那是没办法,而且去的也是鸟不拉屎的地儿——大山里,我还算放心。要是在国内,我怎么着我也得跟过去。"

八斗弱弱说:"没啥问题。"

三元扫他一眼:"我只能说,你心真大,万一……"她及时刹车,嘴把门儿了,留下无尽的空白让八斗自行体会。八斗头皮麻了,事实上,姐姐的担心他也考虑到了。可又能怎么办,他有自己的工作,不可能放下一切追过去。

八斗的沉默显得很无助。

三元只好又给弟弟打气:"所以说,赶紧要个孩子,这女人要是没孩子,那就跟野马一样样的!没有东西牵绊她呀!"哼哼着,"有了孩子就不一样了。那小肉疙瘩抱在怀里,真是从自己身上掉下来的,那真是你打都打不走。"话锋一转,自相矛盾地,"所以我才不愿意再生。一个是体力,一个是情感,受不了。"再解释,"你姐夫要是富豪也行,生三个五个,那请人带呀!咱们小老百姓,就靠卖时间挣点钱,耗不起。"

晚间,姜兰芝就在三元那住。八斗一个人回家,他打一笑视频。冯一笑接了,还在厂里,吃盒饭。八斗一定要看菜是什么。镜头对准了,菜色惨淡。八斗心疼:"这怎么行,越是忙越要好好吃饭。"又发挥联想,"在外头净吃地沟油,光挣钱了,身体垮了怎么弄。"

一笑只好安抚八斗。好不容易,龚八斗平复了些。但他也下定决心,国庆,一笑要不回来,他怎么也得去亳州一趟。

73

李骐临时叫八斗吃饭,是晚上的局。八斗不大想去,可李骐又说,有好几个人物在,见见有好处。八斗只好调转车头。

到地方,推开门一股热浪,看众人脸色,大概已酒过三巡。每个男宾旁边都有位女客,其中好几位面容特别醒目——估计在脸上花了不少钱,下巴能把桌面扎个洞。没办法,这就是中年男人的审美。

李骐站起来,迎接,招手,"龚总,这边。"八斗忙走过去,在李骐身边加了个椅子。尤高畅在对面嚷嚷:"老龚,来那么晚,先喝三杯。"八斗还没来得及说自己要开车,酒已经满至杯缘了。

再一抬头,慧慧坐对面儿,就在老尤身边。她盯着八斗看,微微点头。八斗反倒有些慌乱,看了下慧慧,又用眼神向李骐寻求答案。李骐一笑,小声:"你们家人都挺厉害,个顶个人才。"

八斗用气声低语:"什么时候的事?"

李骐说:"我哪知道。"八斗没往下问,这事儿最好问当事人,等等吧。他又问李骐,这局啥意思。李骐说高畅的爹,升了。呵呵,难怪这么热闹。花一开,这些蜂蝶自动飞过来了。

李骐又说:"其实等于平调,也干不了多久,也许过两年退二线了。"李骐的话八斗读懂了。时间紧迫,赶紧干事业,弄点钱,大家就各忙各的了。

慧慧起身出门,大概是去洗手间。李骐瞄一眼,装没看见,再看八斗。龚八斗果断跟出。他觉得自己有必要以"长辈"身份给慧慧提个醒。尤高畅不是她能驾驭得了的,他见过的女人,不计其数,怎么可能在她这个小港湾停泊。

她这叫虎口拔牙!

赶上慧慧了。洗手间门口,八斗一个箭步。慧慧笑,伸手挽了一下头发,看着他,病西施的样子。八斗没准备好措辞,慧慧极自然地先发制人:"本来不想来的，尤老师盛邀，抹不开面子，就来了。"

眉目间全是委屈，又说："这种场合我特不习惯。"

假话。八斗倒觉得她如鱼得水。

说重了不好，说浅了也不好，龚八斗只能含糊地说："咱们还是要保持清醒，要知道自己的位置。"慧慧笑说明白。八斗又说："你现在还是学生，本职工作还是学习。"慧慧点头，脚步已经向前。八斗放人，他向左，慧慧向右。不同路。

等到宴席结束，慧慧搀扶着尤高畅，七倒八歪，恨不得两个人长到一块去。八斗要送她回学校。史慧慧忙道："不用，我陪高畅回去。"好家伙，已经称"高畅"了。

八斗还想说话，李骐拽住他胳膊，笑得诡异："别耽误人家进步。"八斗望着慧慧的背影叹气。李骐道："行啦，愿打愿挨的事，小姑娘长挺漂亮，一时半会儿叫她认命也难。该补的课，让生活给她补吧，不交点学费怎么成长。"

道理八斗懂，可问题是，慧慧不是跟三元沾亲嘛。尤其三元的婆婆牛爱玲和大姨奶情深义重。这孙女要是吃了大亏，三元必定落埋怨。八斗把担忧再一次跟三元提了，三元跟李骐一个口风："愿剃头愿抹帽，她就是吃了闷亏，也赖不着咱。"八斗说就怕你婆婆那儿。三元没好气地，"她自己都忙着谈恋爱呢，哪顾得着这边。"牛爱玲跟老赵的感情一日千里，斯文跟三元提过几次，也是个头疼的事儿。

八斗跟三元说自己国庆的安排。三元说妈又打算去东北旅游。八斗诧异，这事老妈没跟他提，而且东北不是才去过。又去？三元解释："上次是辽宁，这次说是吉林，下回估计黑龙江了。"八斗觉得奇怪，但转瞬又理解了。许多老人对旅游都有执念，多半怕将来老了，没办法跑了，所以抓紧时间四处走走。

考虑到这一点，八斗又觉得对不住老妈。国庆假期，他理当带她出去走走。可现在，他却要去一笑那儿，老妈和老婆终究不能两全。

到家已太晚，八斗没往五楼拐，他订了闹钟，第二天大早，他下去买早点，拎着去找姜兰芝吃饭。兰芝才说了去东北的计划。八斗用微信转钱过去，兰芝忙说不要。八斗强迫她收，夺过手机，帮忙点了，又说："身上带点现金，万一手机没信号什么的"

兰芝笑道："没事儿，还有你明月姑姑。"

八斗追问："妈，你们俩怎么对东北那么感兴趣，想玩儿，可以往南边走走，三亚、大理，我出机票。"兰芝笑说不用。她给的理由是，东北过去走得少，想去看看。

八成老人怀旧，喜欢那种老工业基地的感觉。八斗笑道："那我去笑笑那儿了。"

兰芝挥挥手："你去你的。"又说："代问笑笑好。"

于是乎，这个长假，娘俩一个向北，一个朝南。上高铁之前，八斗给一笑打电话。一笑还在厂里"加班"。她就没有假期，人生的全部意义在于工作。八斗问住处的事，一笑才想起来，说她现在不住酒店，租了房子。

她发地址来，还说钥匙在门口的水管井里，让他到了以后先休息。八斗问："你在哪，我去找你。"一笑连忙说不用。又解释："我在哪还不一定呢，一会可能下去。"八斗不理解下去是什么意思。一笑进一步解释，"去乡下，到地里，你先休息你的。"说完就挂了。

龚八斗没办法，只好风驰电掣般先到地方，直奔住处。钥匙果然在，打开门，家里乱得不像一个女人的住处。八斗闻了闻味道，再看，仔细观察那种。

没有男人生活过的痕迹。

家里只有一双女式拖鞋。八斗忽然笑了，他笑自己怎么突然跟个怨妇似的。又或者说，他对于一笑的提防，归根到底是因为自己内心深处的不安。是的。龚八斗进而又确认，在这段婚姻当中，不安的是他，而非小冯。冯一笑的不可控制，既让他着迷，又令他惶恐。

真成女人不坏，男人不爱了。

可问题是，小冯究竟"坏"在哪儿，八斗也说不清。她绝对不是传统意义上的"坏"。她属于那种戴着镣铐也能跳舞的人。

风卷残云地，八斗把"家"收拾了，完后冲了个澡，下楼吃了碗"本地特色"的麻辣烫。然后再打给一笑。结果，不通。八斗心焦，立马叫车往厂里去。到目的地，人家又告诉他，冯总下村了。

八斗问："哪个村，怎么走？"人告诉他不通车，得带车过去。八斗只好出高价叫了辆车，一路颠颠簸簸往乡下开。

天地逐渐开阔，田野黄绿参半，有农民的身影，司机说不能往前开了。八斗给了钱，下车，又走了好长一段路，才终于见着一片大棚。

抓着人就问冯经理在不在，终于找到一处棚口。八斗猫身进去，一笑正弯着腰跟农民说话。八斗叫她名字，一笑转脸，招手，说："来。"跟仙人召唤凡人似的。

八斗乖乖走过去，一笑指着地上："看看怎么样，我们定点种的白芷。"八斗蹲下来，拿手拨弄拨弄，礼貌性地说不错。然后他才观察到冯一笑一身脏破的衣服，整个人黑瘦了许多。八斗一阵难受，可还必须给笑脸。他就觉得女人何至于如此辛苦，你冯一笑何必把自己逼成这样。

一笑站起来："走走。"跟领导带下属视察似的，八斗也跟着起身。而后，两个人一起，在农民大姐的带领下参观这片药材基地。跟着回厂里，一笑又是全部门盯了一遍，然后才跟八斗回住处。

八斗耐不住，在车上就说："笑笑，你这个战略战术是不是应该调整调整。"一笑说："调整什么。"八斗埋怨地："这种细部的末端的事情，你派个人下来盯着不就好了，根本没必要事无巨细亲力亲为。"

一笑说："这不是初创阶段么，我也必须熟悉整个流程。从基层干起。"八斗撒娇似的："我心疼。"一笑道："所以我才不想让你来，做事情，流汗、流泪、流血都是正常的。"

八斗驳斥："还流什么血。"一笑说："我就打个比方。"

到住处，一笑要叫餐，八斗坚持自己做，说油不好。一笑苦笑："你想做也没原材料。"

冰箱空的，家中存货为零。

八斗执拗，还是那句话："你别管了。"楼下小超市，买菜。回来炒浇头，下面条，八斗做的不是饭，是心疼老婆的一颗心。面碗摆到桌上，一笑已经睡一觉起来了。

面上躺着个荷包蛋，溏心的，小冯的最爱。一笑忍不住说出一句："真好",拿起筷子,大快朵颐。

值了,有这句话就值了,八斗心满意足。跟着又霸道地:"你要老这样我可不答应,公司是不是该给你配个生活助理啥的。"

一笑讥嘲地:"配个男的,你愿意吗。"八斗果然着急,当然这句是玩笑。他还想说这样下去什么时候才能怀上孩子,不过在这个温馨的氛围之中,龚八斗实在不愿意扫兴。

这句吞下去自己消化。

他换个角度:"这样干下去,事业干出来了,身体也垮了,有啥意义?人最重要的还是家庭,还是生活。"

最后两句点题了,自己领悟去。

小冯微笑着:"快了。时间过得快着呢,就回去了。"八斗冲完澡出来,一笑已经在床上摆好架势了。他们之间有默契,八斗能读出一笑的状态,眼神那样,就是该"办事"了。小别胜新婚,出于礼貌,也应该来一下。

八斗战斗力尚可,但他怕一笑太累,说:"要不算了吧,今儿也不是正日子。"一笑直白地说:"你大老远过来,总得照顾照顾你情绪。"八斗说要不先睡,睡醒了再说。

一笑说来吧,狂风暴雨都不怕的样子。

八斗爬上床:"我可来真的了。"

"真刀真枪,没问题。"

不晓得为什么,这一刻,八斗忽然有点感动。本来只是一次正常的"活动",顶多加点久别重逢的味道,可小冯硬是整出了些"义薄云天"的感觉。

江湖儿女,标准江湖儿女。多么识大体、顾大局的女人啊!冯一笑这一激发,八斗立马使出浑身解数,只可惜,他自认为高超的技巧、澎湃的情感,并没有在一笑这儿掀起多大波澜。事情进展到三分之一,冯一笑差点睡着了。八斗只好从她身上下来,帮她盖好被子,自行完成了后半段,然后坐在床上举着遥控器随意翻着电视。

不知不觉,八斗也进入梦乡。再醒来,半夜三点,电视机还亮着,关了电视,侧身搂一笑,冯一笑下意识推开他。八斗只好退回自己这半侧,闭上眼,昏昏沉沉等待天亮。

74

　　隔着门板,还在屋里就能听到斯文家传出来的欢声笑语。八斗敲门,开门的是慧慧。慧慧自然微笑。八斗的表情却有些失控,他怔了一下,轻轻点头。今天这一局,没想到史慧慧能在。

　　再一想也合理,牛爱玲在,慧慧就有出现的必要。据李骐说,她跟尤高畅,似乎也有了新进展。

　　慧慧迫开身子,八斗进屋。外甥默默背诵古诗的声音袭耳:"剑外忽闻收蓟北,初闻涕泪满衣裳,却看妻子愁何在,漫卷诗书喜欲狂……"

　　八斗脱了外套,换拖鞋。通过玄关,王斯理坐在沙发上。他瘦了,黑了,但很精神,梳着背头,不晓得是涂了油还是几天没洗,可效果是好的,一副成功人士的派头。跟出去之前比,斯理的气质似乎提升了。牛爱玲坐在儿子斯理旁边,一张脸跟画了皮似的,慧慧到她一侧的板凳上坐,两张面孔比对着,一个是真青春,一个是真吓人。

　　斯理单手一举,跟八斗打招呼。八斗笑着叫姐夫。严尔夫从阳台抽烟出来,对八斗点头。八斗叫严哥。姜兰芝从卧室出来,三元跟在后头,见八斗到场,说了句都来了。牛爱玲提问:"笑笑呢。"八斗忙说:"出差。"

　　牛爱玲摸着慧慧的手感叹:"这都是事业型,家庭很重要呀!"慧慧颔首同意。蓓蓓在旁边背诵英语,生怕没人注意她。

　　兰芝夸赞:"这口条,以后能去英语频道当主持人。"

　　王斯文从厨房出来,拍拍掌:"准备,先洗手。"众人起身,男士们去抬桌子。厨房里传出大火烹炒的声音。八斗余光观测,里头的厨师不是斯文,斯文只是站在旁边监工。等菜往外端,才晓得那是王斯文请回来的厨师,专门为弟弟接风用。

　　事实上,这顿接风宴等于是"无缝对接"。斯理刚下飞机,就被接到这儿。人凑齐了,一洗风尘。

凯旋的斯理自然是首座。严尔夫和八斗，左右陪着。斯理对面是牛爱玲，史慧慧直到拿筷子，手才从爱玲的胳膊上放下来，此前一直挽着。她跟爱玲不是一般的亲。

八斗听说过老赵，但今天没来。三元和兰芝坐在旁侧，很有点偏安一隅的意思。两个小孩，默默蓓蓓则没上桌，被安顿在茶几上用餐。

斯文最后一个上。等她落座，牛爱玲才说："是不是得喝点儿。"严尔夫笑着起身，拿出来两瓶茅台。斯理立刻说好东西！斯文去拿酒盅——她珍藏的钧窑货。

酒盅摆上了，男士女士都有份。等酒满上，牛爱玲尽地主之谊，第一个举杯，感慨："熬出来了！"

众人都笑，斯理面露得色。三元故作矜持："妈，瞧您说的，不知道的还当您儿子发了大财呢，"又说，"就这，没了半条命，才刚好做个普通人。"

爱玲不论："就当普通人就很好！"一仰脖子喝了，再倒。兰芝凑趣儿，对斯理："守得云开见月明。"牛爱玲喋喋不休着："吃得苦中苦，方为人上人。"

越吹越大。

王斯理也不干了："妈，这么就人上人了。姐夫才是人上人。"严尔夫倒不客气，默认了这称呼，敬小舅子，祝他前途无量。

八斗礼貌性地问："姐夫，那边到底怎么样啊？"这可引出了斯理的表达欲，他一副沧海桑田的喟叹劲儿，配上指点江山的手势："我跟你讲，搁那块儿就跟坐牢差不多。山窝窝里，啥啥也没有。有时候还有打游击的，放枪，砰砰响。"一拍大腿，"出去了才知道祖国好，安全。那外头，那乱，哪儿能跟咱们这比呀……"王斯理的自豪感杠杠的，"咱这就是幸福日子。"

众人皆被吸引住，听他说种种在外的奇闻，也有点忆苦思甜、兔死狐悲的意思。三元是早听过了。每次视频，斯理都贡献一两个段子，多半跟他在外的生活有关。三元把这叫作"革命乐观主义"。她心疼丈夫，也为丈夫骄傲，更为自己骄傲。

是啊，这一长段的分离、煎熬，若是能换来家的安稳，未来的岁月静好。值！

吃完饭,三元要带斯理回去休息。斯文留默默过周末。八斗让老妈兰芝回"五楼",别跟着三元去固安了。早在兰芝搬到八斗楼下之后,她就让小攀出去住了。斯理这次回家,房间里只有他跟三元两个人。都说小别胜新婚,三元跟斯理这次一别那么久,感情更不一般。

他们需要独立的空间。

八斗喝了酒,不能开车,他说还要去公司一趟。临走前他问要不要捎带慧慧一段,史慧慧婉拒了,她还要跟牛爱玲再唠唠。八斗出了门,冷风一吹,头脑顿时清醒了,适才的暖热散去。

天上一天地上一年似的。

其实他撒了谎,他不是去公司,而是赶去志国那儿。滕志国准备离开北京。

客厅都是行李包、大的纸箱子。志国和他妈站在其中。八斗到的时候看到这一幕,竟有一种厮杀后战场断壁颓垣的即视感。志国平静多了,拜药物所赐。志国妈拍过药盒照片发给过八斗,叫"米氮平片"。作用:抗抑郁。也就是说,志国目前的平静,是药理作用所致。

八斗上前帮忙。

志国说不用。又说:"差不多了,叫了快递,一车拉走。"他嗓音嘶哑,仅有的一点声儿,不像从嗓子里冒出来,倒像是肺在说话,嗡嗡的。八斗不晓得怎么安慰,只好把自己的情绪调整得高涨,试图借以影响志国。他的笑容很乐观,"回去休息休息,调整好了再来。"志国不置可否。志国妈去里屋忙碌,把空间留给儿子和八斗。八斗又宽慰:"好在还有这个房子,租出去,生活没问题。"

志国还是接话,他慢慢坐在封好的大纸箱子上。良久,突然伸手击了八斗右肩胛一下,"你好好混。"八斗本想说等你回来,可又实在觉得,这虚无的安慰没什么意义。他还能回来吗?恐怕连他自己都不相信。

八斗真怕志国这辈子就这么着了。

他想劝志国回老家,调整调整,再找个人,哪怕没什么文化的,只要老实对他好就行。将来生儿育女也是一家人。可话到嘴边又怕刺激他。

八斗道:"你们那离北京也近,这儿要有什么机会,我随时告诉你,你随时来。"

志国站起来，往南边墙走了几步。八斗怕他想不开，赶忙跟紧。谁知志国提了提墙角一个小盒子："这个你拿走。"八斗不解。志国停了一下，抬头，面无表情："慧慧的。"八斗哦了一声，应承下来。事实上，史慧慧的东西，他帮忙来拿过一次。看盒子大小，估计是剩下的零碎。

志国没问慧慧近况，八斗也没说。在这件事上，八斗对慧慧是不满意的。即使分手，也没必要那么绝情。但从志国这方面看，八斗又觉得志国的"下场"，怕又是一场老天爷掌控的因果报应。志国意气风发说自己玩过大洋马的情景，八斗至今记忆犹新。现在呢，滕志国被抽干了生命力，巨大的都市怪兽将他吞没，再吐出白骨。

他被打回原形，多年的修行毁于一旦。不得不退回"老巢"，一切从头开始……

八斗不想沉浸于这些情绪，他问点实际的，问志国这房子租出去一个月多少钱。志国迟钝地："六千。"八斗最后鼓励他："得亏有这房，有了它，你就还有翻身的余地。"他伸出拳头，要跟志国对撞。

志国这才诡秘一笑，碰拳。

从志国家出来，天还没黑。八斗一时茫然，不晓得往哪里去。一笑不在家，回去还太早。他本想打个电话给史慧慧，就手儿把这一盒子东西给她，但思来想去，又不想打扰人家的美好时光。

海超给八斗来电话，问志国的情况。八斗问他怎么知道的，海超说志国发了个朋友圈。八斗连忙看，是几句抒情，意思是要离开北京了。八斗认为有这几句感慨是好事，证明还对这个世界有留恋。

八斗问海超在哪儿。海超说自己准备去健身房，办的卡就没用几次，身上肉多相亲对象嫌弃。八斗说你别动，我去找你。器械上，各式各样的人各式各样的忙碌。龚八斗和陆海超只是把器械当板凳，坐着。

八斗简单描述了志国的情况。

海超感慨。又说："别说他，我都想回去了。"

八斗问他回去干吗。海超提着调子："找对象呀！找个老实本分的姑娘，结了婚再回来。"八斗问："房子呢，工作呢？"海超说："麻烦就麻烦在这儿,咱现在上船了,被个户口提溜着,高不成低不就,难受。"

海超又问:"八斗注意到燕玲的朋友圈没有。"八斗恍惚,他好久没听到燕玲的名字了。

"没注意。"八斗说。

"她不会开车,"海超拿手机看,"在国外学开车呢。"

八斗在自己手机上翻开,结果发现,燕玲把他屏蔽了。海超觉得有意思,道:"什么情况,你得罪人家了?"

"真没有。"八斗觉得自己冤。

"那咋没屏蔽我呢。"海超提问。然后自问自答:"可能对我印象还行,对你就一般般。"

八斗无奈笑笑,说也许。

海超又说后悔,说现在觉得燕燕姐还真不错。"贤妻良母、贤良淑德、温文尔雅,"他一口气形容燕玲,"是个好老婆人选。"八斗说你当时还嫌人家老。海超道:"其实也没大几岁,当时我这不是心气高嘛,现在好了,碰一头紫疙瘩,知道饭香屁臭了。"

海超又问冯一笑在南边怎么样。八斗说还行,才去过。海超道:"你还是一个月去一次,播种?"八斗说她每月回来一次,他再去一次。海超说:"你们家这口子行,以后当了大老板,你就不用干了。"八斗没接话,跟一笑的关系,他觉得别扭。对于她干事业,他理论上支持,情感上并不支持。

海超又打听李骐。八斗说她挺好,还那样。海超分析:"我就觉得她对你有点意思。"八斗强行打断说:"行啦,怎么什么人什么事到你那儿就都变成那点事儿。"海超不乐意,嚷嚷着说:"男人女人之间,可不就那点事儿嘛。"海超脚一伸,不小心踢到地上的盒子,一响,盒子里似乎有零碎东西。海超看八斗,再看盒子,"打开看看?"八斗说都是私人物品,别干这事儿。海超说又没什么见不得光的,看看。八斗还没答应。

海超却率先拿起盒子,揭开盖子。真相刚曝光海超就一声尖叫,盒子被摔在地上,一只蜘蛛公仔滚出来。海超骂道:"这都啥破玩意儿!史慧慧心理变态吧。"

75

老妈孩子都不在家。天地是三元的,当然也是斯理的。

是他们俩的。

斯理回来了,三元看他哪儿哪儿都顺眼。眼睛顺眼,鼻子顺眼,嘴巴顺眼,笑容顺眼,连带稀疏了的头发,瘦削了的脸颊,黝黑了的皮肤,也都顺眼。

这些都是她男人外出征战过的痕迹啊!

是啊。斯理挣了钱了,拿命换的,怎么夸奖也不算过分。一到家,三元就给斯理放洗澡水,又煮酸梅汤,解酒。还把音乐放起来,是王斯理爱听的陈淑桦。斯理洗完澡出来,手里端着酸梅汤的时候,音箱里正播着"聪明糊涂心"。聪明看世界,糊涂一颗心。眼下三元就要糊涂,装糊涂,朦朦胧胧才有美。她的装扮也有点"糊涂"。化了妆,但又分不清派别。但美是美的,跟她本人风格一致,美得强词夺理。

王斯理品一口汤,咂巴嘴:"我家庭地位上升哇。"

三元笑着说:"那必须上升,显著提高。"

斯理咯咯地。三元忽然缩着脖子,头却往前探,簇到斯埋周围,跟地下党员接头似的,"到手了吗?"斯理一愣,没立刻回答。而是摸过手机,打开手机银行,进入调出页面。再出示到三元眼前。那屏幕上的一串可爱数字,像是要直接冲入三元眼里一般。一、二、三。龚三元的心被点燃了。她抢过手机,仔细数着位数,数出声来。不行,眼花。再来一遍。要看得真真儿的。

斯理道:"放心,没错,回头转给你,你慢慢数。"三元娇嗔:"有啥分别,你的就是我的,我的也是你的。"又说:"这钱留着还有大用。"

斯理声调铿锵:"买房。"

一个字一个钉儿。一言九鼎、一锤定音、一步到位。这也是三元的心声。他们也该在北京有个"窝"了。三元往周详了考虑:"先别急,等这边房子卖

-433-

了再说。"

斯理说卖了，默默去哪儿上学。又说："这小破房也不占钱，就当个根据地。"三元鼓劲儿："这一段，我也存了点儿，咱回头去看个向心的。"斯理表示同意，他说等他歇几天，去单位报个到，然后就开始看房子。

三元雀跃，直接给了斯理一个吻。

这吻，在三元看来，是序章。

一吻下去，今晚的大戏就该拉开帷幕了。洗澡出来，龚三元特地穿了那件过去斯理特上头的粉色睡衣。上床，钻进被窝。手拿出来，放在斯理胳膊上。臂都是玉臂。虽然灯光之下，一小排细汗毛有点扫兴。三元自觉哪儿都漂亮，唯独汗毛重了点，她也懒得除。三元又把胳膊收回去，脖子探过去。颈项横着，假装天鹅——全美在脖子了。

斯理正在刷手机，似乎并不懂三元的暗示。

三元柔声道："睡吧。"明显的暗示。

可斯理只听字面意思。手机一撇，闭眼就睡。没两分钟，鼾声渐起，三元失落极了。她脑海中预言的节目是"饿虎扑食"。斯理当饿虎，她当食，就算是对他的犒劳。结果呢，人根本没那需求！

三元忍不住反思，是不是自己吸引力不够，但这个念头只在脑海停留一秒就立刻被否定了。旅途劳顿，又加上聚会，王斯理太累了，她必须体谅。想到这儿，龚三元一颗不忿的心又重新安顿下来。她捧着手机看了一会儿二手房信息，心中大概有点数，然后才安然入睡。

不过，等到正式看房子，三元顿时又不安然了。现实和理想差距太大，她喜欢的房子，踮起脚尖都够不上。即便是斯理出去挣命，他们手里的钱，也只能买得起五环外的那些"歪瓜裂枣"，不是户型不好，就是房子太小，或者年头太长、交通不便、没有电梯。

三元窝火。凭什么，凭什么他们费尽全力，也才只能买到这样的房子。三元建议把省城的房子卖了。多凑点首付，一步到位。斯理问她："我们买房的首要目标是什么？"三元保持清醒，"一，你上班方便，不需要租房子、住酒店，二，也是给我们在北京这么多年的一个说法。"

斯理说："那就按照这个标准找，要我看，一居室都行，关键是位置。"

三元坚决不同意。她的底线是两居,她觉得,首先,房地产是最保值的,把手里的钱投进去,买个地段还不错的两居,不会亏。其次,多出一间房来,别说将来孩子能住,目前看,家里来了客人也方便招待。

斯理说:"我妈不会来住的。"

三元一听不高兴:"那意思是我妈会来住?而且你有意见?"斯理连忙说三元多想,双方老人来住没有任何问题。三元赌气地,"实话告诉你,一听说咱们要买房,我妈还来电话了呢。"

"咋?"斯理惊。

"要赞助我们,"三元道,"说大钱没有,小钱得意思意思,添点装修钱。"

"二手房。又不打算装修,"斯理抢着说,"你可千万别要。"

"已经要了。"

"你这人……"

"妈说这钱要不给出来,她睡不着。"

"说是这么说。"斯理还是埋怨口吻。他这会儿成心理学专家了。

三元反倒不高兴:"干吗?还是说妈的这点情,你就承不起了?还是被我说中了?你就怕妈来住?"

罪名大大的。

王斯理气弱,但又不得不挺直腰杆子:"我形象在你眼里就这样?龚三元我今儿我就告诉你,妈的养老,咱一包到底!"

难得说句大话,听着舒坦,能不能实现两说,甚至真的假的都两说。他王斯理能把这话撂到桌面上,就是给她龚三元面子。

呦呵,还是因为爱她。这么一思忖,三元满心都是暖意。斯理跟着说他打算去找斯文想想办法。三元道:"别跟你妈提。"斯理笑笑,"你放心,牛爱玲女士不会给,我的妈我知道,钱看得重。"三元揶揄:"那是,有你们这些不肖子孙,是得捏点钱在自己手里。不然以后生灾害病,手掌心朝上,那是奇耻大辱。"

主意已定。三元和斯理的看房之旅继续。可是,即便他们"梭哈",集众人之力,离理想的房子却总是一步之遥。

三元问斯理:"你说这一千万元左右的房子,"停顿一下,"咱不说豪宅,就一千万元出头的这些个房,都什么人在买呀。"

斯理想了想,说:"有有钱的,大厂那些中高层,还有地方上那些官二代、富二代的孩子,来北京不都得落脚,那就得买房。"三元继续算账:"总价一千来万元,首付就得三百五十万元朝上,什么样的家庭能一把拿出三百五十万元现金。"再细算,"然后一年要还三十六万元,还三十年,我的老天!"三元仰天长叹。斯理跟着分析,说除了以上两类人,还有那种2012年之前上车的,享受到了房价上涨的福利。现在有换房需求,那就卖掉原来的房子,到手三五百万元,再买一千万元以上的。

这类人整个北京算下来有几万人。"而且一个小区的房子,大部分是不流通的,买卖的只有百分之十,是这部分人把房价推高了。"

三元哀叹,说一千道一万,怪就怪在他们2012年之前没上车。斯理找理由:"那时候哪有钱。"

三元道:"硬凑还是有的。承认吧,咱们就是没那个胆识,这辈子没有发财的命。"

斯理私下找斯文开口,斯文的反应很积极。她最大的爱好:房子。来北京之后加入了至少上百个各种房子的群,甚至连共有产权房的群都不放过。斯文常说,了解情况要全面,要一手消息,这样对决策有利。实际上,来京这短短的时日,王斯文和严尔夫已经积累了两套房。

一套是单位分配的低价福利房。另一套为自购,面积不大,也是考虑蓓蓓上学。对于房产,王斯文是有执念的,这也是她的骄傲。妻凭夫贵,早个三五年,她也料不到人到中年还能走这么一拨大运。

是,她过去跟三元较着劲,现在不用了。两套房子在手,稳若泰山,胜负已分。龚三元这辈子都未见得能赶得上她,连带默默也被蓓蓓甩在身后。

那么,既然弟弟弟媳已经向她低头,她就理所应当要展现自己的大度,伸一把手。

钱很快就打过来了,三元要打借条,斯文坚决不要。她的话也很大气:"这笔钱,不着急还,什么时候有什么时候再给我。"三元奉承:"姐,亲的就是亲的,就是不一样。"斯文道:"一个人最大的成功,就是她身边的人都能好。"得，还是给自己贴金。说白了，他们沾她光呗。行，有钱的王八大三倍。现在斯文说什么，三元都说好，都鼓掌，还是起立鼓掌那种。

兰芝的钱也给过来了，果然就是意思意思。连带着，八斗也来关心三元。不用说，是兰芝告诉他的。三元坚壁清野："你们不用管，你自己还有房贷呢。"

八斗道："不是我要给，是笑笑要给。"说着，点开语音条，放了原声原话，是对八斗说的。大致意思是要支持姐姐，钱已经转给八斗。八斗笑对三元："不给不行了。"

三元感动得差点落泪，五官都颤抖了，跟着赞道："笑笑这丫头，别的不说，是真大气！"再补充，"要不怎么人家能创业呢。"

连带着，三元又跟弟弟分享了一个新商机。这也是她在回收二手衣服的过程中得知的。她觉得现在做临期食品也有市场。八斗诧异，这个名词他第一次听说。三元解释说就是临近过期的食品："现在消费降级，尤其年轻人，特别喜欢买这种快过期。"

八斗觉得倒是个思路，但主要是货源问题。三元说这个就要摸索了，小攀在探路子。她让八斗如果有线索，也随时告诉她。

看准了就下手。三元和斯理很快锁定了丰台西的一处"老公房"。五十六平，两居。实用面积更小一些。但权衡再三，这一地块应该是当下性价比最高的了。离斯理工作单位近，也能稍微满足三元的虚荣需要。

丰台，终归还是城区，总比郊县要好。当然更重要的是流通。龚三元觉得，这房子是不会砸手里的。

定下房子，刚开始办贷款，斯文就嚷嚷着要帮三元庆祝。老严不在家。前一阵，牛爱玲也搬出去了。老赵在京有住房，人家这就算同居了。蓓蓓处于叛逆期，不大听话，斯文这一阵过得不算如意。因此，三元也觉得应该借此机会热闹热闹。

"庆功宴"就在斯文家摆。牛爱玲把老赵也带来了。老赵倒肯巴结，凑在三元、斯理跟前分析了半天这房子的行情。总而言之一句话，买得好。冯一笑在亳州，来不了。但三元跟她通了视频，一番热聊、感谢。

一笑当众恭喜了三元。八斗在旁边看着，满足。他对一笑就这点要求，只要能顾大场面，那就算是个好老婆。遗憾的是，姜兰芝不在北京。牛爱玲问八斗，八斗只好据实相告，说老妈去东北了。

爱玲问："去那干吗？"

八斗说："旅游。"

三元补充："去了好几回了，辽宁、吉林的，跟我那宫明月姑姑，上次带的松子你忘了。"

牛爱玲到了自然少不了史慧慧。慧慧已经答了辩，准备毕业了。斯文问她找工作没有。史慧慧说："跟您一样，当中学老师。"斯文又问学校，慧慧报了名称。

斯文抚掌叫好："哎哟，这是个好学校，以后找对象不愁了。"牛爱玲翻着眼睛觑女儿："本来也不愁，人都处上了。"不晓得斯文是没听说还是忘了，她表情足够八卦，追问。慧慧简单说了点情况。八斗在旁边听，大概猜到慧慧跟尤高畅，八成已经算好上了。牛爱玲在旁边点评，对八斗三元："这么找就对了，要能有个好去处，我也对得起你大姨奶。"八斗斜着眼看慧慧。史慧慧小脸红扑扑的，也不晓得是化了妆，还是浑然天成，总而言之，浓妆淡抹总相宜。她这朵女人花，正处在盛开的季节。

76

史慧慧毕业，尤高畅特地摆了一桌，还特地邀请李骐和八斗出席。八斗不大乐意，跟李骐抱怨："我就不去了吧，庆祝过好几回了。"

李骐笑说："还是那话，你们家都是人才。"

八斗故意问什么意思，明白也得装糊涂。

李骐道："估计已经拿下了。"又说："而且……"她及时打住，不往下说了。再说难免不堪。八斗追问。李骐只好换个角度阐述："关键你不是代表娘家人吗。"又说："你不去，不怕高畅做出什么来。"

"吃个饭能做什么？"

"那可不一定，"李骐笑容促狭，"吃饭不行，饭后呢？"

她是老手，见惯风月。两根手指抓爬着比划，像鬼的腿。八斗说："那我管不着，都是成年人。"再追问："老尤来真的？"李骐洒脱地："你管他真的假的呢，要是假的大家就一乐呵，要是真的咱们又多个自己人，以后办事方便。"

八斗挑破说："关键是门不当户不对。"

李骐哎哟一声："他们家也不什么大户，也就他爸这一辈人才起来的，只不过职位关键，算有点小权力。老尤这才连滚带爬勉强算个二代。他要真找史慧慧也对，等于给孩子找个妈。"

八斗讶然："什么孩子？"

李骐道："紧张啥，我就打个比方，总得婚育吧。"

八斗说："光会说别人。"

李骐面目立刻严肃："你少扯我！不婚不育我保平安！懂吗？！"八斗见李骐生气，又柔和讨好地："问题是老尤不知道慧慧跟志国吗……"李骐立刻说："知道，没关系。他哪在乎这些，干吗，还找雏儿呢。一张白纸也搂不住他。"是，道高一尺魔高一丈。慧慧和老尤，谁是道谁是魔真难说。

八斗刺激李骐："我一直还以为，你跟老尤……"话尾巴越来越细，留白，却是平地惊雷的状态。

李骐抢白："我就是找你也不找他！不是说了吗，这种小二代，找了你就给他当妈吧！纯属给自己找不痛快！"李骐出面"劝导"，八斗自然给面子。不过老尤这顿饭选的地方倒简朴，一个普通的淮扬菜馆子，四人包间，方桌。李骐挨着八斗，高畅挨着慧慧。

慧慧端坐着，直腰直背的，跟浇了水泥一般，而且少言少语很是淑女。为她庆祝，她菜也没吃几口，酒也没要。杯子里盛着红枣汁。老尤也难得不喝酒。

他率先举杯："毕业了。"

李骐、八斗给面子。四个人碰了杯，没什么话，笑笑。服务员推门进来，八斗的座位正对着门。服务员身子一侧，后面还有个人。中等个头，挺壮实，看上去五十来岁，但属于那种保养很得当的方圆脸。这种长相在年轻的时候

-439-

未必吃香，可到了这个年纪，反倒有一种庄重的气场。

李骐和高畅连忙站起来。八斗和慧慧稍后起了身，"爸。"高畅这一声叫出来。包间里的气氛立刻不一样了。李骐跟着叫："尤局。"身份点明了。

八斗局促。

慧慧却一副见惯大场面的样子，主动自我介绍："叔叔，我是慧慧。"

尤局声如洪钟："我知道你，慧慧。"

服务员来加座位。高畅问要不要换个包间，他爸说不用。结果椅子加在李骐和尤高畅之间。八斗看这意思，尤局这怕是突然袭击，连尤高畅都没准备。

李骐向尤局正式介绍八斗，一番渲染，很有些吹捧。

八斗不大好意思，点头致意。

尤局点评了"年轻人，不错"五个字，又对众人："你们年轻人，就该多聚聚，别天天抱着个手机。"

四个人都笑。李骐说："我们都不算年轻人了。"尤局道："你不算，慧慧总算吧。"

慧慧故作羞赧。

尤局问慧慧："工作落实了没有。"是那种领导关怀下属的口气。慧慧如实相告，报了学校名称。尤局道："这个工作好，有意义，十年树木，百年树人，功在当代，利在千秋。"很有些指点江山的派头了，百年之后的事、人都考虑到了。慧慧说尽力而为。

尤局又问教哪门课。

慧慧一笑，道："语文，但数学也能教。"

人家全能、全才，再加上个貌，竟是百年一遇的人尖子。

尤局开玩笑："那还差个外语就齐了。"

慧慧连忙："我硕士英语免修，听说读写都还行。"

呵，一点不含糊。八斗心里怪慧慧太不谦虚。但一想，这或许正是他这种人欠缺的，自信很重要。

尤局手指在空中点着："看看，这以后哪个孩子要有这个妈妈，那功课要轻松多了。"

听到这儿,龚八斗彻底明白了。尤局的出现不是无缘无故,人家是来面试的。这一点,尤高畅知道,李骐知道,没准慧慧也有准备,只有他,纯粹是个看客。他不禁为慧慧担心,这么个家庭,她能把握得住吗?说句不好听的,她的交换价值是什么?爱情?年轻?还是这份工作?又或者是所有这些因素的集合?不过八斗又不由得佩服慧慧,目标明确,主动出击,不达目的不罢休,终于钓到一条大鱼。

尤局吃了两口菜说:"年轻人,还是应该拼一拼事业。"

高畅道:"爸,您又该批评我们了。"

李骐撇嘴笑。八斗不作声。慧慧跳出来说:"叔叔,我是这么想的,对于我来说,不说事业,就说工作吧,"停顿一下,微微低头,再抬头,"工作肯定要踏踏实实做好,但是另外一方面,家庭也很重要,将来我打算生两个孩子。"

此言一出,八斗一口菜差点没喷出来。李骐和高畅也都放下筷子,聆听慧慧的"奇谈怪论"。慧慧直面尤局继续说:"如果国家允许,我还想生三个呢,交点罚款就交点罚款。现在我们国家日新月异,缺的就是人,我们多生,也是为国家做贡献。"

尤局声调都提高了:"你这个想法好!"

全天下的父母都一样,永远都希望自己的孩子早点生孩子。虽然这孩子对他们似乎也并没有多大实际功效,但不可否认,放到社会学意义上,这就叫"天伦之乐"。含饴弄孙是个美丽场景,成功人士必备。当然更不用说,像老尤这样的家庭,有资产、资源需要传递的,孩子更是刚需,抓住了这一点,史慧慧就抓住了嫁入上等人家的命门。

八斗忽然想起了跟海超曾经有过孩子的小段。如果换成尤家,结局会不会不同?不好说,毕竟慧慧是有学历加持的。吃完饭,李骐和八斗目送尤局上了一辆车,高畅和慧慧上了另一辆车,李骐才问八斗:"这小孩到底学什么专业的?"

八斗没反应过来,说好像是文艺学。

李骐揶揄地:"我看是学心理学的。"

八斗理解了,李骐的内心活动估计跟他相似,他一笑置之。李骐又说:

"这女人,为什么要生孩子。"八斗失笑:"都不生孩子,人类不就灭绝了。"李骐忿忿:"我的意思是,为什么老天就把生孩子的任务交给女人,男人就能这么轻松。"

八斗说:"这就不知道了。"

李骐又赌气似的说:"反正我不生。"

八斗还是那话,说你有这个权利,也有这个资本。李骐又说:"你老婆呢。"八斗说还在努力。李骐忽然道:"过去,我是感谢我嫂子,现在我真是心疼她。"这话在八斗心里荡了一下。难道,吴屈梦又……他不敢问。

李骐却主动揭秘了:"又怀上了。"八斗啧啧。他感觉梦姐自毕业后似乎除了生孩子就没做过别的什么。当着李骐的面儿,八斗只好说:"当母亲很伟大。"李骐讥讽地:"是,是伟大,真要想这样,根本用不着读那么多年书,浪费社会资源。"李骐这话,八斗赞同,但他留半句没驳李骐。

吴屈梦的处境跟眼前的慧慧差不多,如果没读那么多年书,她们哪来的阶梯走入更高一层的家庭呢?从这个角度思考,八斗又觉得相形之下,一笑更值得人钦佩。因为她行走江湖就三个字:靠自己。

八斗又问:"尤局真年轻。"

李骐一笑:"打针了。"

八斗问什么针,是不是羊胎素。李骐道:"他没打这个,打了别的。羊胎素,他把他妈送去国外打过。"又对八斗,"干吗,你也要打?"八斗当然否认。不过,龚八斗也兀自惊愕着。看看,哪有什么公平!有钱的比没钱的状态都能年轻些。尤局的步履轻盈,容光焕发,那是用钱堆出来的!过去八斗谈不上多爱钱,可看到这一点,他终于一寸一寸,跟哥伦布发现新大陆一般窥见钱的好处。人生自古谁无死,可有了钱,好歹能过得体面些,哪怕只是直观的体面。

散了场,八斗把屈梦的"大事"告诉了三元。龚三元在电话里就嚷嚷起来:"真把自己当母猪了?!"

八斗让三元别声张。三元的激动情绪一时半会无法平复,"上一个刚没,这又来,这什么人家,需要她这么传宗接代。"八斗道:"也许梦姐喜欢孩子。"他再三叮嘱三元女士千万别外传。龚三元嘴上答应着,但一转脸,就跟远在海外的张燕玲取得了联系。

她先问了问燕玲的近况。燕玲说,她在做编剧助理,正在熟悉剧场。还把视频扫了扫,让三元看了她的居住环境。三元这才陡然切入正题:"知道吗,老吴又怀上了。"燕玲笑略微吃惊,说:"不是说考上博士了吗。"

天,又一个大新闻。幸亏她们互通有无,才才型出吴屈梦当下生活的全景。这么一看,屈梦也在寻求突破。上博士,生孩子,两手抓两手都要硬。也对,工作就那样了,如果不读个博士,职业生涯就实在没有发力点。生孩子估计也是被逼的,李家就一定要俩娃。

想到这儿,龚三元的情绪很复杂,她一方面觉得老吴可怜,另一方面又觉得她分外顽强。读了博士,以李家的关系,将来八成是进高校。那就真的"岁月静好"了。不知怎么的,三元忽然又有点羡慕老吴。博士,曾也是她的梦。可后来她看清楚自己压根就不是做学问的料。而且她的处境也不允许她这么恬淡。

她要挣钱呀!

三元又问了问燕玲什么时候回国探亲,燕玲说估计今年没戏。三元直白追问燕玲什么时候生个美国人。燕玲说,在考虑,但就是太忙。该说的说完,闺蜜俩道别,视频挂了。龚三元想打电话给屈梦,问问博士的事,但拿起手机又放下了。

姜兰芝推门进来问三元被套怎么收。贷款批下来,三元准备搬家了。兰芝赶来帮女儿收拾。她这趟从东北回来什么都没带。三元总觉得老妈去了三趟东北有点不对劲儿,但打给明月姑姑也没试探出什么来。

母女俩对折着被套。三元说:"妈,等房子弄好,你就搬回来住,笑笑也不在家,统共两个人,单租着房子也不划算。"兰芝道:"搬回来斯埋住哪儿。"三元于停嘴不停,"他平时就住丰台,咱还住这儿,默默还要上学呢。"兰芝说:"你直接说让我帮你看孩子不得了。"

三元着急:"哎哟我的老妈妈,默默现在已经捋上路了,不用怎么看,接送我自己也能行。我这个准备看看新生意,让你也帮忙长长眼,再一个,八斗他们也减少点开支。"

兰芝问什么生意。三元说卖临期产品。

兰芝说看笑笑情况，万一怀上，她得在旁伺候。冯一笑娘家人指望不上。三元好事地眨巴眼"有情况？"兰芝说她不知道。又说："不过听你弟说，没错过'期'。"三元哎哟一声，说真是您亲生儿子这都说。

77

一笑从亳州回来了，没提前打招呼，八斗有些意外。他埋怨着："怎么也不吱一声，我好去接，妈也说要给你做大餐，耗儿鱼都买好了，就等你回来呢。"

一笑来一句："以后有的是机会。"

八斗不懂什么意思，望着一笑。

冯一笑道："我跟老吕掰了。"

八斗细问。

一笑丧气地说："我没能力挽狂澜，采购和运营掰手腕，运营赢了。"

八斗气愤说："老吕站到那边去了？"

一笑说："原材料不过关，产品不好，你就是营销得再好、运营得再棒最后还是个垮。"八斗附和说："老吕太着急赚钱套现了。"一笑来劲说："你说对了，他就是着急。"又说，"毕竟年龄不一样，他没干劲儿了，想见好就收。可问题是，如果企业的愿景是那样，咱干吗这么拼命，能做一个品牌出来不容易，哪能这么糟蹋。"

八斗跟着骂。

一笑觑一眼八斗，"而且，他们也不相信我能持续干下去。"八斗愣怔，什么意思？但瞬间又明白了，他痛骂道："这帮人就是脑子有病！"一笑惨笑，"没明说，但就那意思，我还得生孩子、养孩子，不可能持续地投入。"

一句话堵得八斗左右为难，他只好为全天下的妇女申辩："那干出点事业来的妇女，个个都断子绝孙吗？荒唐！"还没等一笑接话。他就跟着说，"这帮王八蛋，你不跟他们混在一起也好！"又问，"股权呢，怎么处理？"

一笑说打算转让，拿钱。

八斗叫好："这么干就对了！人生苦短，也该享受享受，该休息休息了。"一笑没附和，苦笑。

姜兰芝听说冯一笑准备下来高兴得当即就把备好的耗儿鱼给烧了。三元听闻，也第一时间赶来"安慰"。连带着，在一笑面前狠狠把老吕那帮人给骂了："就是帮驴！就不是娘养的！我都恨不得去妇联告他！那创业成功的，就没女的？"

一笑淡淡地说："再想出路吧。"

三元正式搬家，大喜事，少不得请大家去暖房、开灶。一大早，兰芝先过去了。她要跟三元一起去菜场。八斗和一笑十点多到。房子不大，摆上东西就更小。人来了，几乎没地方站，斯理和八斗窝在客厅小沙发上看球。兰芝和冯一笑在旁边剥蒜瓣。

默默时不时从北面小房间出来找东西吃。

厨房里的三元瞥见，便拉开门大声喊："做作业不要吃东西！"默默小跑着回屋。三元又要蒜瓣，兰芝撮到塑料筐里递过去。下水道不下水，三元又嚷嚷。作为丈夫，王斯理有义务出现。可他手笨，研究半天只说是堵了。

三元没好气地说："废话，可不就堵了！"

八斗上前，说他看看。三元道："别都挤在这儿，妈你出去，老王去给大姐打个电话，也该来了。"

斯文和牛爱玲还没到。若在过去，三元要开骂了。可买这房子，斯文出了大力，三元必须给人面子，点到为止。八斗拿着螺丝刀、扳子，三下五除二把水管拆下来，终于发现问题所在——是水管接口没对准眼儿，挡了下水口，难怪下不去。三元一边炒菜一边夸八斗能干，又说："可不就得对准了。"她关上门，悄声悄气地，"笑笑真下来了？"

八斗据实相告，说："是，准备退。"

三元问："拿了多少？"

八斗想了想，报了个数。

三元立即，"哎哟，行了，能赚这个数，还想怎么样。别太贪了。"八斗说是。三元道，"趁着空当，赶紧把该办的事办了。"扭头，眼睛斜着，"还等到什么时候？真不怕生不出来。"

八斗面目严肃。他料到姐姐会说这些，但没想到是在此时此刻，八斗只好说正在努力。

三元又说："这关起门来的事情，我跟妈，包括她父母都是，只能外围敲打。前个妈跟笑笑爸通话，人家也是这意思，说着急。"停顿一下，"但毕竟是女儿，又离得远，他们就是有心，也无力，真管不了，还得你跟她把话压实。有问题，一个一个解决嘛。"突然鼻子眉毛都皱在一块，"多大了？还当自己小呀？！"

八斗说一直在努力。三元又分析，说就是太紧张，忙的。"过去我有好几个同事都这样，加班，忙，怀不上，后来去旅游，一放松，有了。"

提到这儿，三元又建议八斗带一笑出去走走，放松放松。"去美国也行啊，这个岛那个州都去看看，燕玲在那边，好歹能当半个地陪。"

八斗顺着问："燕燕姐生了没有？"

"她跟你说什么了吗？"三元警觉，"没听说啊。"

八斗说没提。三元道："燕玲也算高龄了，又跑到美国去，我是不敢问，反正她也是个愁！找个男人半老头，哪天一翘蹄子，再没留个孩子分点财产，燕玲咋弄啊……"话锋一转，又回到八斗这儿，"反正现在不管用什么办法，连哄带骗你得让笑笑把这事儿办了，孩子落地，她要入地也好补天也罢随便，爱干吗干吗没人管。"又笑笑，"我这孩子妈不也照样创业吗，当然，创的是小了点。"

八斗问："三元临期食品的生意准备得怎么样。"三元说："小攀在筹备。"八斗又问："小攀人呢。"三元说："还在固安仓库忙，没让他过来。"

客厅一阵喧腾，斯文她们到了。八斗出去招呼，却见一行来了四个人，严尔夫没到。王斯文带着蓓蓓，牛爱玲领着老赵到场。三元也出来，笑说地方小。牛爱玲不客气，"真跟麻雀笼子似的，你说在北京混图个啥。"众人都笑。牛爱玲又对姜兰芝介绍："这老赵。"

老赵腰杆笔直，招呼兰芝。

兰芝故意喂好听话："别说，这跟爱玲站在一块，真像画上的人。"爱玲受用，"大妹妹，我跟你说，去拉个皮吧，该花的钱要花。"

众人又是哄笑。爱玲继续,"别管真的假的,自己看着舒服就行。"她捏自己的脸。一笑动动鼻子,问哪来的味道,众人又刻意去闻。斯文站出来,说自己搽了点香水。

蓓蓓上前,举起手背,"我也搽了。"一笑辨析了一下,"不对,还有味儿。"兰芝说是菜味儿。爱玲打岔,问慧慧怎么没来。八斗解释,说史慧慧刚工作,当班主任,周末也加班,走不开。

爱玲又感叹,"哎哟我天,我现在是发现了,在北京,甭管是体制内的还是私营公司的,就没几个不加班的!忒要命。"在京待了段时日,牛爱玲说话也时常带"忒"了。说话间,爱玲看一笑。

冯一笑立即说:"阿姨,别看我,我下来了,属于社会闲散人员。"

是,冯一笑下来了。手续办得很顺利,包括股权的转让、工作的交接,等等。

没有撕扯环节。

从团队里撤出来,一笑跟老吕面儿上都表示永远是朋友。可八斗还是担心一笑,去公司,去那个大仓库,包括告别宴,他都作为家属全程陪同。老吕还打趣地说:"行,冯总有龚总这么个大靠山,可以岁月静好了。"八斗不好意思。老吕不饶,"龚总那都是大生意,不像我们这,小打小闹。"

八斗反击道:"祝吕总早日上市,发大财,行大运,"停顿一下,"不过也要小心一点,药不是乱吃的,能治病,也能要命。"

饭桌上,冯一笑看着两个男人唇枪舌剑,不语。也是后来的后来,八斗才意识到,这场"哗变",表面上看是派系斗争,实际上是发展思路的分歧。老吕一定要上市,圈钱。一笑不赞成,她要踏踏实实做产品,跟"老干妈"学,做长远企业。

八斗佩服一笑,鄙视老吕。当然,这里面也包含着老吕他们那帮男人,对冯一笑这个女将的不信任。商场如战场,男人占绝对主导,这一点八斗深有体会,就比如他们集团公司,创始人里有一个女老总,最后还是被分配到行政部门。

核心业务部门,女性绝迹。

一笑这也是不吃馒头争口气。八斗能感觉到一笑的压力,更能体会到她的动力。冯一笑不会善罢甘休。他一方面佩服这样的一笑,另一方面又害怕。火箭一旦上天,屁股后面的那些东西就该坠落了。而他就属于冯一笑屁股后面的那些个摆件。

　　事实上,八斗觉得不光是他,包括老妈姜兰芝,还有姐姐三元,对一笑的时间安排都保持一种警觉。三元是早就把话说到明面儿上的,希望一笑赶紧生孩子。兰芝虽然还没明说过,但行动已经说明一切。冯一笑正式下来一个礼拜,兰芝每天变着法儿地给他们做好吃的。菜色的核心指向都是一个字:补。

　　连吃了一个礼拜,一笑厌弃。向八斗提意见:"今儿出去吃吧,让妈别做了。"

　　八斗说:"妈做了鸽子汤。"

　　一笑坚持说出去吃。八斗没办法,看看时间,已过十一点,他给兰芝打电话。兰芝没异议,她自己不愿意外出就餐,但反复叮嘱,让八斗带笑笑吃点好的。

　　一笑选了烤鸭。八斗觉得腻,忍不住抱怨,说这儿哪有妈做得好。一笑道:"天上龙肉,这么天天弄也腻味了。"咬一口卷饼,"妈的注意力能不能稍微转移一点,或者给妈报个老年大学。"卷饼咽下去,"再不行也学学元元姐那婆婆,再找一个,也弄个'老外交',也来个第二春,人活着,还是得学会享受生活。"

　　话音没落,八斗的脸就沉下来了,这可触到了他的底线。牛爱玲什么想法他不管,他的亲妈,就不可能再找!多少年忍辱负重,还去继续受罪?那是对他龚八斗的侮辱。

　　八斗放下筷子,没说话,脸上一层霜。

　　一笑看出他的不自在,找补:"行啦,就那么一说。"八斗说:"有些事能开玩笑,有些事不能。"上纲上线了。

　　一笑分辩,"是,别人家可以,你们家的不能。"

　　八斗口气压低,"妈多不容易。"

　　一笑立刻说是,又说:"我宁愿你妈像我爸妈那样,什么都不管。"

　　"那是因为你是女儿,"八斗点破了,"你要是儿子,他们能不管吗,他们现在不也跟着你弟吗。"他是老思想,老观念。一笑见八斗较真,也有点生气,"龚八斗,你话说清楚,我可从来没有阻止过妈向你靠近。"

八斗又软下来,苦口婆心道:"不是向我靠近,是向我们靠近,妈也是为咱们好。"一笑不理他,又把注意力放在烤鸭上。过了一会儿,她道:"说不清,观念的冲突,他们那代人,永远就不能活个自己。永远就要把注意力放在别人身上,干点啥不好,一天天的。"

八斗不争辩。他知道,再说下去,搞不好又一场闹,不利于家庭内部团结。反正,该"办事"就"办事",一笑也配合。等将来有了孩子,他相信一笑的想法就会转变。这是由女性的生理特性决定的,妈哪有不爱孩子的。

饭后一笑回家,难得午睡。八斗去老妈那看看。打开门,房间静悄悄的。他叫了一声妈。没人答应。换了鞋,往里走,一抬头吓一跳。姜兰芝坐在饭桌旁,背对着门,一动不动。

一桌子菜冷透了。

"妈您干吗呢?"八斗上前。

兰芝抬脸,神色黯淡。

八斗又问:"吃了吗?"

兰芝说:"吃了。"

谎话。碗摆着,米饭基本没动。八斗着急:"不是让您先吃吗。"兰芝还说吃了。八斗又解释,"笑笑想去吃个烤鸭。"兰芝抬头看儿子,"你们吃得开心就行。"

八斗拨弄一下碗,"怎么就吃这两口。"

"不饿。"

八斗不吭气,坐到桌子旁边。

姜兰芝对儿子说:"是不是笑笑觉得有压力了?"八斗头大。好些话,他跟老妈心照不宣。现在老妈提到桌面上,他只能据实说:"这么喂,是有点压力。"

兰芝委屈地说:"其实我也没别的意思,就是觉得你平时都补不上,好不容易歇一段儿,能补多少是多少。"

八斗挑破了,"妈,我跟笑笑一直在努力。"

兰芝连忙说:"我明白我知道。"

"这种事情也得看缘分,"八斗尽量平和,"没到就是没到,强求不来。"

"是,"兰芝说,"可老话讲,庄稼要想长得好,地先得养肥了。"八斗看老妈的神情,又可怜,又可笑。他只好告诉兰芝,地是好地,已经检查过了。还说:"我跟笑笑最近都胖了。"

姜兰芝道:"有时候不光看身体,还得看心情。"

"是,"八斗跟紧了,"所以就打算忙过这阵,陪笑笑出去转转,心情放松了,也许奇迹就来了。"姜兰芝当即深表赞同。米饭热了热,又吃了半碗。

78

进入夏天,公司休假的人多了,这也是集团这些人的老传统,夏天多半要出去旅游的。八斗征求一笑,问想去哪儿,一笑始终没给定论。结果李骐倒抢先打招呼:"你最近在北京吧。"八斗问什么事。

李骐说:"还是南边那个石英矿的事,可能最近有人过来,咱们得见见。"八斗问具体什么时候。李骐说不固定。八斗说矿上的人,你见不就行了。

李骐不高兴:"谁是业务主管?"

八斗讪讪地道:"我的意思是,我随时准备着,但万一有事,不也没办法。"李骐问他有什么事。八斗扯谎说要回老家上坟。李骐吊着眼睛,"七月半?"八斗说:"是。"李骐道:"老尤也回去了。"八斗问回哪儿。

李骐说:"跟史慧慧回去了。"

八斗惊:"去干吗?"

"见家长呀。"李骐戏谑口吻。八斗头皮都麻。这个慧慧,真行!转而他不由得为慧慧担忧:"老尤真要尘埃落定啦?"李骐道:"干吗,又不自信了,慧慧有慧慧的优点,有大局意识,有政治头脑,尤局还挺认可这丫头。"

八斗探问:"尤局跟你说的?"李骐说是,又道:"尤局说史慧慧这丫头,有心机。"八斗说这可不是什么褒奖。李骐老腔老调地,"但人后面还有半句呢,还说,这心机,用得好!"说完李骐率先哈哈大笑,自己把自己逗乐了。

八斗品了品:"那尤局的夫人,这准婆婆也得把把关吧。"李骐收了笑容,直白道:"早死了,一直没再找。"八斗哦了一声,不多问。转而问李老爷子身体怎么样。

李骐愣了一下,道:"我爸?住院了。"八斗惊,忙问情况。李骐说:"也没什么事,老年病,他又容易急,住进去好好查查,也当疗养。"八斗问她母亲的情况。李骐说她妈身体也一般,但最近一段情况比老头好些。李骐还说,她嫂子吴屈梦和老妈准备去美国一趟。

吴屈梦去美国的消息,很快从三元这条线又传来一遍。三元阐述得更详细,说屈梦和她婆婆要去美国看看那边的月子中心,先去西岸,再去东岸。燕玲当即欢迎,愿做地陪。

三元的意思是,张燕玲也邀请八斗和一笑过去看看。八斗表示实在走不开。三元说:"再走不开,也要照顾笑笑的情绪。"八斗诧异:"笑笑跟你说了?"三元着急:"这还用说吗!"

是,不用说。八斗猜到了,八成是老娘姜兰芝把那个"旅行生育论"告诉了三元。她们都指望着小夫妻能在旅行途中正中红心。

周五晚上游泳是老节目。八斗游了几百米就坐在岸边,看着冯一笑以蛙泳之姿缓慢游近。在锻炼身体这件事上,一笑比他勤力。无论在哪儿,无论多忙,一笑都离不开健身房。她跑步、游泳、打羽毛球,一度还练钢管舞,飞天入地的。但她这种锻炼方式,燕玲一直不赞同。燕玲的理论是,笑笑工作已经很累,身体还没恢复过来,一味锻炼只会增加疲劳。而且燕玲有一套中医理论。现代人普遍脾虚,脾主肌肉,要锻炼肌肉,就需要消耗更多的脾阳。因此,一笑这么练,只会越练越虚。

一笑游过来了,手抓住八斗小腿,撸得他毛疼,头从水面破出,她大口喘气。八斗递功能饮料给她,一笑喝了两口。八斗这才说:"笑,要不要出去玩玩。"

一笑没转头，看着浅水区嬉水的孩子们，过了一会儿才扭脸说："燕燕姐跟你说的？"显然，燕玲跟一笑也通气了。八斗说："我这不是想让你散散心吗。"一笑道："知道我最不喜欢什么吗。"八斗问是什么。

一笑一本正经地，"我最不喜欢就是放假，一放假，都没人了，合同也走不了，这也做不了那也做不了。我喜欢工作。"

八斗鸡皮疙瘩起来了，这爱好，要命。刚要劝，一笑拦阻在前，"不过这趟我得去，去看看燕燕姐，再考察考察那边的学校。"

"什么学校。"八斗紧张。

"去读个MBA什么的。"

八斗哎呀一声道："就在国内读就行啦！"

一笑促狭，"瞧你那样儿。"指甲盖儿抠他大腿，"没我你就活不了。"

八斗撒娇地说："是活不了，而且你去国外读也没意义呀，读那玩意儿，一方面是学知识，另一方面也是攒人脉。"

一笑转过身，蓄势入水，"我就是纯学知识。"

大方向定了，细节都由吴屈梦那边掌握。三元和一笑一起去找了屈梦。屈梦倒没遮瞒，说过去就是看看那边的生产条件。三元揶揄，"中国人还没生几个，又去生美国人了，你这地球之母当的。"

屈梦有些尴尬。

三元直白地问："还试管？"

屈梦笑："还真没有，巧了，也许是老天垂怜，我跟李骥，自己就把地种了。"三元微笑，笑完看小冯。屈梦也把眼神对向一笑，一笑却似乎并不接招。视线不闪躲，直接对上去，没一点儿尴尬。三个女人僵了一会儿，屈梦又问三元有没有什么要代购的。

三元道："我没有，笑笑的弟妹列了个单子。"冯一笑道："其实国内都有，就是蹭我点油。"一笑的直白反倒让三元无所适从。一笑又说："他们在顺德，我在北京，平时也顾不上，就算他们不说，我也得知趣点儿。有弟弟弟妹照顾爸妈，我省事了。"

这话三元听着有点刺耳，言下之意，她父母没来麻烦，姜兰芝成包袱了。

三元柔软反击："别这么说，你爸妈过去也是帮他们的忙。"

一笑、屈梦她们刚飞走，三元的临期食品店开起来了，在北京最南边，临着河北了。店面不大，位置还不错。小攀当店长先张罗着。衣物回收的业务，暂时雇着几个人运转，但做的人多了，已然没有过去好干。

开业那天不少朋友捧场，包括过去的同事老彭、老丁等人都亲自上门，采购了不少，一定要给钱。黄彤也在群里发了祝福红包——她已经回老家了，现在一家小公司混着。斯理上班，没过来。

斯文带着蓓蓓过来。三元塞了她不少货。斯文一边嫌弃一边挑选："真怕吃出毛病。"三元纠正："放心，是临期不是过期。"

斯文忽然惆怅着说："倒不是怕质量不好。"三元不懂她什么意思。斯文微微噘着嘴，"我看着这日期吧，就产生一些不好的联想。"三元还是不明白，凑近了等大姑姐下文。

王斯文用指甲盖抠抠包装上的日期，叨咕："临期，我就想着，我这不也属于……"有点结巴，"基本上是临期的……女人了。"

三元哈哈大笑，扶着她说："姐，你离临期还远着呢！"

斯文也不假装斯文了，"远个屁！我现在都不敢照镜子！一岁年龄一岁人。"三元只好奉承，但当然都是假话。不过她也并不觉得王斯文亏，这大姑姐年轻的时候不是美女，现在有年纪了，自然落差也不会大，依旧是个丑女罢了，临不临期又有什么关系呢。

蓓蓓抱了满怀的膨化食品走过来。小攀连忙去扯大号塑料袋，装好了，三元还嫌不够，又多放几个斯洛文尼亚的棒棒糖，俄罗斯的牛肉丁，土耳其的大杏肉，还让小攀帮着拎到车上去。斯文夸道："元元，你这个伙计请的不错。"三元骄傲地说："那是。"斯文说："鼻子是鼻子眼是眼，直接就能当门面。"此话一出，小攀也觉得不大好意思了。

收工还带着喜气，大红绸的花朵摆在小竹饭桌上。二元正在吃泡面——越南产的，自家货。默默趴在旁边做作业。写完了阖上本子，三元指挥："去听会儿英语。"默默没说话，进卧室了。

这房子，买的时候六十来平，住着住着，感觉只有三十多平，家里东西太多了。斯理开门进来，三元刚吃完最后一口面，她招呼说回来了，王斯理嗯了一声，面无表情，拎着包，换了鞋，趿拉着拖鞋走到沙发上坐下，怀里还抱着

- 453 -

包。三元诧异,问怎么还不放下,有什么宝贝。

王斯理煞有介事拉开拉链,掏出个红本,潇洒地丢在玻璃茶几上。三元定在那儿,两眼放光。红本子上几个烫金字格外触目:不动产权证。

到手了?!三元一激动,刚吃的泡面差点反出来。她伸出双手,颤抖着抓起红本本,贴在胸口,表情满足得好像刚拿到毕业证的大学生,"我在北京有房了?"

斯理不屑地说:"这不早都有了吗,"环顾四周,嫌弃地,"就是越住越小。"又说,"没事也收拾收拾,要不也来个爆改。"三元驳斥:"钱呢?"转而笑嘻嘻地,"金窝银窝不如我的狗窝,我住着舒服。"

斯理问还有没有饭,三元说泡面。斯理没兴趣,要点外卖。龚三元拦阻了,明着说不卫生,暗着觉得钱花得冤枉,最后她给丈夫煮了龙须面,配西红柿炒蛋浇头。两口子蹲在茶几旁,斯理说:"你不会给儿子也吃的泡面吧。"

三元扬眉,"你儿子喝了牛奶吃了面包,不犯法吧。"

斯理道:"你店里那些东西,少给他吃。"

三元较真:"不许歧视,我那都是正规产品。"

"过期货。"斯理一言以蔽之。

"什么叫过期,"三元不得不再次把那套说辞搬出来,"那是临期,年轻人还特别欢迎呢。"

"年轻人欢迎,我不欢迎,我不是年轻人。"

三元脚丫子蹺在茶几上,无限靠近斯理的碗,"那我这样的女人也快过期了,你是不是也得扔?"她学斯文。

"你又来了。"

"这不是我说的,是你姐说的。"来处要交代清楚。

斯理哦了一声,又语气深长地说:"他们是想要二胎没要上。"三元惊得下巴差点脱臼,"什么情况,有病吧,还要?蓓蓓能愿意?谁的意思?老严还是你姐?"千百万个问。

斯理不屑地说:"你激动啥,人家有那条件,再要一个不是很正常吗,国家也鼓励。"

三元伸手拧斯理耳朵,"你别说给我听,咱不想那事儿!"斯理呼噜呼噜吃完,端碗去厨房,"我也没说想要。"三元不理他,拿起房产证翻开仔细端详。

看好了,才跟请神似的拿去卧室。从衣柜里翻出那个当年她爸亲手打制的生铁皮盒子。打开,各种证件。三元拿出毕业证,又拿了结婚证,再把房产证并排摆在床上。

斯理走进来,"干吗,又回忆过去呢。"坐下,搂着三元,"你这些个证件里头,就这个值钱。"他点了点房产证。

三元不答应,"胡扯!要我说,最重要的是这个,"她手指点中学历证,"我要没读书,能有今天吗?我要是一个村妇,你愿意娶我吗?我能有这房子住吗?"摇头晃脑地,"所以说,现在我才算明白了,女人把自己做好,提升自己不为别人活,那就是岁月最好的防腐剂。"

斯理顺着说:"是,你年轻,你漂亮。"三元说少来,推开他,迅速把证件收好,上锁。

斯理假作随意问:"你们店生意到底怎么样?"

三元说:"还行。"

"还是小攀管着?"

三元说:"是。"

斯理柔声:"元元,我得跟你提个要求。"

三元转头看他,这要求来得蹊跷。

斯理说:"你跟那个小攀,得保持点距离。"

"什么意思?"这要求有意思了。

"你是女的吧,他是男的吧。"

三元失笑,怎么,王总也开始吃醋了。男人那点小心思,简直可笑!她只好耐下心解释,"他就是个小孩,又是亲戚,别胡思乱想。"

斯理老气横秋地说:"不是我胡思乱想,你总得注意舆论吧。"三元反击,"谁是舆论?斯文姐?她告诉你的?"这个王斯文,给她那么多零食,还喂出毛病来了。

斯理连忙说不是,又不讲理地说:"反正你得给我个安心。那个姜小攀整天围着你转，也不找女朋友。"

三元揶揄，"王总，您就这么不自信？您可是赚过大钱的。"斯理又一阵胡搅蛮缠。三元不耐烦了，"你想怎么样你说。是要关店吗？"

"那倒不至于，"斯理恢复理智，"你给他找个女朋友也行。"呦呵，三元真心觉得这男的可真行！

79

给小攀找女友的事落在了八斗身上。八斗没资源，只好问海超。海超出了个馊主意，"把小段介绍给他不就得了。"八斗着急，"你这不缺德么。"海超嗳一声，"怎么叫缺德，我这是做好事，不然你说小段在这儿咋办，过两年还不是回老家？"

八斗说这样对小攀不公平。

海超哎哟一声，"想不到你还有这种封建思想，好多事情该说的说，不该说的你就不要说。难不成，那姜小攀还非要那没开过封的、原装的？现在这个年代，现实吗？"八斗刚要反驳。陆海超继续，"本来也都是那过期食品了，相互挽救挽救有什么不好，各取所需的事情，你就是介绍，成不成还在人自己。"八斗本觉不妥，但海超这么一说，他感觉似乎也可以凑一凑。

于是拉了个群，把两个年轻人介绍了一下，后面的事他就不管了。

八斗问海超最近在相亲市场上的斩获。海超不瞒着，说认识了个博士，还在接触，人还行就是长得丑了点。

八斗说："你又得着好处了吧。"

海超愣了一下，明白过来，"得了吧，还好处，"哼哼一声，"一根毛都没碰着！"又说："这种人你让我碰我也不敢碰，沾上就甩不掉，老天爷光在她脑子上使劲了，其他地方压根儿忘了雕琢！"

八斗嘿嘿笑，"能丑到啥份儿上？"

海超拒绝出示照片，只说跟抽象画差不多。

八斗故意说:"博士好,对后代智商有保障。"

海超来劲,"我可跟你说,这孩子全靠老天分配,给你什么就是什么,跟父母都不一定有大关系,"嗷嗷地,"父母都清华北大,孩子就是一学渣的也不是没有。"深呼吸,"关键是,她这整天忙科研,跟这种人结婚真心不实惠。"

八斗说:"那你还要咋实惠?博士也不行。"

海超说:"博士没问题啊,文科博士就好,是吧,在高校里当个行政,不算忙,还有寒暑假,能顾顾家。"八斗批评他要求多。海超道:"其实找个医生、护士也不错,会照顾人。老师也行,教育孩子方便。"说这话的时候,海超吃着咖啡上的雪顶,做畅想状。

上嘴唇白了。

八斗夺过他咖啡,"医生不忙吗?加起班来也要命。"海超嘿嘿地,"是要命,可关键时刻她也能救命呀,你说万一我夜里发个心脏病啥的,要救急,旁边有个医生老婆,那不就捡了一条命。"

八斗讽刺:"那万一她上夜班呢。"

海超把咖啡杯子夺回来,"你就不能想我点好?或者找老师、找大学行政都行。"八斗没往下掰扯,一说又没边儿了。海超问志国的情况,八斗简单说了。滕志国还在疗养中。

同样问志国情况的还有李骐,是在跟八斗说项目时提到的。她让八斗问志国要过去项目书的模版,现在要用。八斗趁机推荐志国,问李骐要不要叫上老伙计一起做。志国虽然半残,但脑子还是好使的。

李骐警告八斗:"别惹他,这种人容易走极端,咱们就自己做,不明白的慢慢摸索。"又说:"你给他希望,反倒是害了他。"

八斗听李骐这话说得坚决,只好刹车,不往下说了。

八斗去尤高畅那拿材料。富力十号。八斗每次走进这小区都有点恍若隔世。外面一个样,拥挤、嘈杂,里面又一个样,虽然也拥挤,但一看就贵。八斗忍不住算账,尤局是公职,不可能买得起这里的房子。据他所知,尤局还是住老公房。那高畅的几套住宅,应该就是全靠"做生意"挣下的。不用想,也觉得有问题。每次考虑到这儿,八斗都觉得自己应该早点退出来,包括他占公司的那百分之一的股份都得退，根本没必要，别回头吃不着狐狸还惹得一身臊。

八斗给自己的原则就是——见好就收。

只要挣够了换房子的钱，谁说他都不会回头，果断撤，至于去哪儿，再说。

到门口了，按门铃，没动静。呵呵，理解，房子大走过来都需要时间。少顷，门开了。一个女人站在八斗面前。头发斜斜挽着，娇滴滴的。八斗一下没认出来，倒是这女人好客，说来了，请进。

八斗这才木木然进屋。

喔。史慧慧女士已然有种女主人姿态了！她一边走一边回头，"喝点什么？"八斗反倒不自在，说随便。慧慧这才说："高畅出去了，喏，这是文件。"她路过的时候点了一下吧台上的白色信封。又说，"茶，酒，饮料都有。"

八斗说茶吧。慧慧拿了上好的熟茶，手法极其老练。尤高畅喜欢茶道，想必她也耳濡目染，或者有意学习……反正现在是行云流水了。

茶水注入小盏里。潺潺的声音，细溜溜的水柱，一盏黄汤，跟童子尿似的。

八斗看愣了。慧慧做了个请的手势。

八斗这才轻轻捏起，品。

慧慧失笑，"你紧张啥。"

"没有，怎么会。"八斗掩饰。手忙脚乱，反倒露怯了。

慧慧笑："放心，叔，你就当多了个内应，咱还是自己人。"八斗连忙摆手。慧慧也是乱叫，有时候叫叔，有时候叫哥。现在叫叔，恐怕是要跟他拉远距离。史慧慧这才陡然宣布："我跟高畅在一起了。"满面得色。

八斗早猜到了，但真相摊在桌面上，他又觉得那么的不真实。或者说荒诞，魔幻。对，魔幻加现实。他本能地想提醒慧慧，尤高畅可不是个省油的灯，别傻，小心吃亏。可这些话在肚子里发酵许久终究也没说出来，混着快凉的茶，一鼓作气往下冲，且当一个屁放了。

面对这样一个慧慧，八斗只是淡淡笑着，微微点头，做出非常认可的样子，说："恭喜。"

八斗把史慧慧的最新战果向三元汇报了。

三元说："挺好！以后里应外合更方便了。"不过龚三元这会子顾不上史慧慧。慧慧的亲人——牛爱玲女士，闹腾。她现在就是齐天大圣，正大闹天宫，王斯文摁不住她，只好请三元过去救场。可三元也不是如来佛祖呀，斗不过这猴子。

牛爱玲非跟老赵在一起，要当正儿八经的夫妻！斯文吼："妈你是不是疯了！老赵有癌症！"括弧前列腺癌。三元倒理解牛爱玲女士，她一辈子爱浪漫，却一辈子得不到。她的亡夫对她不错，但却是个严肃的拧老头。现在爱玲跟老赵搁一块，干柴烈火老树开花，好事。可三元还是得站在斯文这一边。

恋爱是两个人的事，结婚就不同了。这问题，对年轻人有效，对老年人一样。斯文已经当坏人，把话都说尽了。

三元到跟前，也只能把那意思柔柔缓缓地跟牛爱玲再表达一遍："妈，我跟姐，还有斯理、姐夫，都希望您晚年过得幸福，但真要说再婚，还是得慎重。"

牛爱玲噘着嘴，"我都快入土的人了，不用慎重。"

三元道："妈，赵叔叔那儿，可是……癌症。"

"一时半会儿死不了。"爱玲不讲理。又嚷嚷："人生自古谁无死！"

三元嘿嘿地道："妈，是，纵有千年铁门槛，终归一个土馒头。可问题是，那有先后次序的呀，万一赵叔叔先走，"停顿一下，"现在看，估计也是这次序，您咋办？您不伤心？换句话说，您伺候他到老死？到那时候，您还有没有那精力？真结了婚，我、斯文、斯理、姐夫，这些都是他的继子女，那都是有法律责任的。"

"你们就是觉着，拖累你们了呗。"牛爱玲挑破了。

三元咳嗽，还得婉转地，"也不是那意思，但就是……"绕，继续绕。"反正你们要不结婚，就当男女朋友、伴儿，那就轻松多了。这事儿，赵叔跟他儿女说了吗？他们同意吗？人家估计还会认为，您在想人那套房子。"

牛爱玲虎着脸，阴不阴阳不阳的。

三元趁机，"所以这事儿，复杂！"

牛爱玲回得很快,"要不这样,我跟你赵叔,去香河养老。"

三元疑惑,"住哪儿?"

"买一套。"

斯文横闯进来,"他出钱吗?"

牛爱玲:"别净钱钱钱的!钱能买到幸福吗?!"

斯文脸红脖子粗,头恨不得都跟地面水平了,"妈,您被洗脑了吧!"恨恨地,"是!钱不一定能买到幸福,但没钱是肯定不幸福!"吸一口气,"去香河?他不治病了?去等死了是吗?老年人不要离医院近点儿?这谁的主意?这搞外交的就是不一样,怎么这么多花花肠子!"

牛爱玲强势地道:"放心,我不找你要钱!我跟我儿子说去!"又对三元,"给斯理打电话,让他来。"

三元唯唯诺诺,她还从未见过如此动怒的爱玲。

王斯理第一时间赶来了,也劝,当然劝不住。牛爱玲和老外交人铁了心双宿双飞。而且,要求在香河购买住房一套。钱上面,两边平摊。用牛爱玲的话说:"羊毛出在羊身上,等我们走了之后,房子还是你们的。"王斯文、严尔夫没赞成没反对。

三元和斯理一合计,觉得这根本就是老妈的一个计。求上得中,先开始必须闹严重点,说要结婚,然后退一步,这样斯文他们才愿意出钱买清静。

可是这对于王斯理和龚三元来说就有点不公平了。他们还在还房贷,三元的临期食品店,还没开始盈利。她做二手衣物赚的钱,几乎全投了进去。虽然香河的房子不算贵,可如果斯文姐弟平摊,也是一笔不小的钱。

三元抱怨:"看姐那意思,是松口了。"

斯理憋着气,"不松口能怎么办,真让他们结婚?等于埋个定时炸弹,最后炸的还是咱们。"

没错儿,尸骨无存那种。

三元道:"不都分析过了吗,你怎么就不明白呢。那就是妈的一个计!"

斯理道:"计也好,谋也罢。妈非要这么干,咱们直接给妈出住养老院的钱算了。"又说:"客观说,这老外交,也算是能伺候人的人,妈拉皮那会儿,都是他在忙。"

三元大声强调:"问题是他得了癌症!"

斯理抢白:"说是那么说,不是那种特别严重的,而且也手术过了,活个十来年没问题。"

三元切齿地说:"是,没问题,问题是钱呢?"

斯理说:"你别管了。"

三元更疑惑,"什么意思?"

"我安排。"斯理大包大揽。

"怎么着?"三元扒拉斯理胳膊,夫妻俩面对面,"你是发了外财了。"斯理不说话。三元说:"老王,你是不是有什么事瞒着我。"斯理还是不肯说。

三元极其严肃,"小事我不计较,原则问题你可别踩线。"

斯理蹙眉头,哎呀呀地说:"啥原则问题,就是存了俩私房钱。"好了,暴露了。三元失笑。跟着问什么时候存的。斯理也老实交代,说存了个定投,一点一点积累的。

三元问:"总共多少。"斯理嘟囔说也没说。三元较真,"说具体数字。"斯理果真报了,有几十万。三元吓了一跳,不积小流无以成江海,怎么还存这么多了。

斯理只好解释,说是严尔夫帮他找了点外活儿。

都是辛苦来的钱。

三元故意道:"你存钱我不反对,我反对的是你瞒着我。"斯理胳膊乱摆,"不瞒着你,还能存住吗。"三元抿嘴笑,又问:"还有什么事瞒着我,一次交代了,免得我再拷问。"

"没了。"

"对天发誓?"三元跟审犯人似的。

斯理也急了,"真没有了,咱俩天天搁一块住着,还能有什么秘密!"看着斯理着急的惨样儿,三元也有点心疼丈夫。私房钱只是个表现形式。她也思忖着,自己对王斯理的管理是否太过严苛,姐夫严尔夫也点过她,说她恨不得把斯理栓裤腰带上。但三元觉得,严尔夫是站在男人那边说话,不懂得女人的焦虑。她不年轻了,斯理在事业上却正徐徐升起。

防微杜渐,总没错的。

不过，给钱这事儿，龚三元没再出面，她让斯理去跟斯文商量。讨论的结果是斯理出小头，斯文两口子出大头。三元把这事跟姜兰芝说，但没提出钱买房的事。

姜兰芝笑说："人，到什么时候都有情感需要，老年人也可以有爱情。"三元没料到老妈这么说，道："有爱情可以，但不能不懂事儿。"

姜兰芝道："你婆婆不是伺候人的人，有人愿意兜底，你们还省点事儿。"

三元忿忿地说："我就觉着，牛爱玲也没美哪儿去，咋就那么香"。兰芝说她不是拉皮了吗，显年轻。又说，"过得好不好，跟长相也没有绝对关系，斯文长得不能算出众，但人现在过得多好。"

三元不接话，觉得老妈纯属是哪壶不开提哪壶。王斯文的幸福婚姻，是她龚三元永远想不明白的世界难题。兰芝又问三元有没有跟笑笑联系。龚三元说聊了几句，还说冯一笑快回来了。

80

老规矩，到家就分礼物。冯一笑冒充圣诞老人。默默最开心，给他的是变形金刚模型、卡丁车、游戏机、零食，吃喝玩的礼物都有了，而且是大洋彼岸带回来的"高级货"。给三元的是个芬迪的包和一套据说很高级的化妆品。给姜兰芝的是保健品，最新的干细胞产品，据说吃了能年轻好几岁。兰芝高兴，但吃是不敢吃。给斯理的是打火机。给八斗的是墨镜、皮鞋、皮带。

全是不实用的。

还有燕玲捎带给大家的百老汇某剧场限量版摆件，还有老竺策划的剧目的DVD。

三元追问燕玲在那边怎么样。

一笑说她状态还行。

"买房子了吗?"三元关心这个。中国人到哪儿都是房子第一。

一笑说好像没有。八斗打断三元,"姐——"他嫌她永远关心现实问题,怎么就不能有点浪漫情怀。而且,当着这多人的面儿,一笑跟燕玲还沾点亲,总不好问得太过直白。

八斗岔开话题故意问一笑去哪儿玩了。冯一笑说:"燕姐都会开车了,不过去曼哈顿还是坐火车。"

三元追问:"都去曼哈顿了?"

"经常路过纽约时代广场。"一笑补充。

三元啧啧,"看,怎么样,什么叫干得好不如嫁得好?哎哟。"她右手抚着心口,"我这心里怎么就不是个味儿呢。"她对八斗、兰芝、一笑又说,"你说我这几个闺蜜,全都蹦得高高的,"手比划着,水涨船高的样子,"我还在这儿卖过期食品呢。我就想着我这一辈子什么时候能干点惊天动地的大事业。"

口误。八斗及时纠正,"临期,不是过期。"

三元笑,"都被你姐夫带的,他老说过期。"

兰芝岔开一句,对一笑说:"回来好好休息休息,旅游累人,都累瘦了。"一笑说谢谢妈。三元又问吴屈梦婆媳的情况。冯一笑几句带过,只说她们还没回来,往温哥华去了。八斗看得出来,他老婆这是不想嚼人舌根。

三元诧异,说过去没听说她们在海外有亲戚。

八斗说:"梦姐没有,她老公家有几个也正常。"三元又问屈梦是不是打算去生个美国人。一笑说这她就不知道了。

晚上才是八斗和一笑的私人时间。小别胜新婚,八斗还有点兴奋,但鉴于一笑还在倒时差,他不打算安排节目了。但老妈眼光毒,一笑是瘦了,脸型似乎都有点变化。过去是方圆脸,现在呈橄榄形了。一笑平躺在床上,半闭着眼,但没睡着。八斗在她旁边侧躺着,右手撑着脑袋,随口问她出去有没有什么新闻。

一笑睁眼,"你想听什么?"

"有意思的,劲爆的。"他耳朵已经竖起来了。

一笑呵呵地,"燕燕姐,会开车了"。

八斗诧异，这事儿不是才提过，怎么又说。

一笑跟着道："但，车子老坏。"八斗还是不理解什么意思。冯一笑说着自己都笑了，"送到4S店去修，人家店员跟她说，女士，是这样的，我看了一下，你这车买了之后基本等于没怎么开。"一笑变幻口吻，学店员说话，当然是英译汉，还是译制片的腔调："车买来要开！不不不，再怎么样也得开……不不不，点火后坐在停车场在车里听音乐也不行，你得开！"

八斗被逗乐了，两口子笑成一团。车买了也不开，这是燕燕姐的风格。她从来都是那么保守、内敛、灵巧又笨拙。可笑着笑着，一想起那画面——她坐在停车场在车里听音乐。八斗心中又不由得升起淡淡的忧伤。

燕燕姐在国外，多么寂寞啊！

一笑头疼，八斗让她睡，一笑又说睡不着。八斗绕到她身后帮着揉太阳穴。冯一笑说："这趟去，最大的收获就是去纽大转了一圈。"

八斗手腕顿时僵硬，手法都不自然了。

"怎么样？"他淡淡问。

"还是想去读个商科。"

八斗手停了，"国内好的商科多的是，你要想读，我赞助"。一笑故意较真，逗他，"那还是不一样，排名、师资、氛围、眼界"。八斗不作声，闷气又上来了。一笑猛然转脸，嚷道："看看，你就这样，我就是试你一下，一试一个准。"八斗道："这不讨论过吗。"一笑反驳道："那我就不能进步了？"

八斗说慢慢来，今天不讨论这个。他继续追问趣事。一笑言语含混，"梦姐那老二，应该在国外养着呢。"八斗吓一跳。仔细回忆，才想起吴屈梦二胎夭折的事，他忙问不是没了吗。

"还在，"一笑说，"我猜的啊，就是有点怪。"

"哪里怪？"

一笑伸出食指在太阳穴打圈儿，八斗瞬间明白了。八成，吴屈梦的二胎是低智儿。

一笑叮嘱："你可别什么都跟你姐说，回头又传得乱七八糟，我也只是猜测。"八斗又问吴屈梦三胎的事。

一笑说这就不清楚了，又感叹："有钱人的快乐我们体会不到，有钱人的痛苦，我们同样体会不到。梦姐老公在美国有产业，在法国、澳洲也都有房子。说在缅甸还有地皮，不知道做着什么生意，人家那财富海了去了！"

八斗怀疑这种猜测有水分，说如果那么有钱，李骐何必赚批条子的钱。

冯一笑说："亲兄妹也得明算账，不过李骐那摊子事，你还是见好就收，久了不是好事。"八斗说明白，还说他也是这么想的。但问题是，收到哪儿去。冯一笑道："咱俩干怎么样。"八斗诧异："干什么？"一笑说创业啊。八斗说还创业，我又不了解你那行。一笑随即态度一百八十度转弯，"算了，夫妻创业不好，回头都能变成仇人"。

八斗抓住重点，问："笑笑，咱就歇歇，缓几年，把该办的事办了，别那么连轴转。人生就得在什么时候做什么事，次序不能乱。"

冯一笑冲他道："行啦，不就生孩子吗，我又没说不生。"八斗被怼得无言，空气里满布尴尬。一笑说，"你们整天就惦记这点事儿，心能不能大一点。"八斗真想大喊一句冯一笑你都多大了，再不生恐怕就……只是，鉴于家庭和谐，他终究没说出口。

上了三十岁之后，龚八斗也逐渐明白，再大的事也没有正常吃饭睡觉重要，一切可以等到明天再说。

时差倒好了，小冯老出去。早出，晚归。刚开始还没什么，次数多了，八斗觉得不对，他问一笑去哪儿了。冯一笑很自然，"见同学、闺蜜，喝下午茶"。说着，还真拿出几张照片佐证。又说："要给莉娜打个电话吗？"莉娜是她好朋友。

八斗忙说不用。一笑埋怨："我这才过几天轻松日子？"八斗嬉皮笑脸掩饰，"就随便问问，关心老婆是我的天职"。

年底结算前项目批下来了。八斗跟李骐碰面，说后续的事并谈到公司的情况，还说刘晓斌最近突然跳出来，几次开会他都针锋相对，弄得人很下不来台。李骐听了倒还平静，"他眼红。没事儿，别管他。他要敢来真的，我去找尤局。"八斗愣了一下，才反应过来是尤高畅的爸。他顺着问："尤局现在怎么样。"

李骐看了八斗两秒，才说："挺好。"八斗又问："李骥呢？"李骐当即问："你问他干吗？"八斗笑着说就突然想起来。李骐这才说："家里的事，按说都不该告诉你,但咱都是自己人,跟你说一点也没关系。"八斗伸着脖子,仔细听。李骐轻声:"我跟李骥闹翻了。"

八斗咋舌,又说不至于,亲人终究是亲人。李骐这才嚷嚷开道:"他拿了家里多少东西?!有形的,无形的,什么都往他身上堆!"手一挥,"算了不说了,说多了又是气"。

李骐拿出个大杯子用吸管吸。她现在特爱这样喝水,随身带着。八斗却总觉得这种喝法肾脏负担太重。此外,八斗又在李骐跟前提了志国,他觉得能拉还是拉一把。谁知李骐却说:"老滕这样的人,太招摇,用他等于埋定时炸弹。"又问:"他现在怎么样?"

八斗简单说了。无非是在老家,还在休养。李骐下定论,"他这辈子估计就这样了,我要是他,我就啥也不想了,找个女人生个孩子踏踏实实过日子"。八斗虽然不喜欢李骐提起志国的那种轻浮的态度,但也不得不承认李骐的分析就是志国面临的现实。可是,据他所知,滕志国并没有找对象的意思。而且,当他打电话过去说到刘晓斌的时候,志国还格外激动。但反过来想,八斗又觉得这激动或许还是好事。

至少证明老滕还有生命力。

晚上一笑不在家吃,八斗弄了桶泡面。兰芝回固安了没人做饭。三元河北北京两头跑。遇到忙的时候,还得去天津、上海、广州……默默得有人顾着。老妈走了,冯一笑舒了口气。

八斗当时不大高兴,他总觉得自己还没孝敬妈几天,怎么就被逼走了。但兰芝反复强调:"你姐那确实需要帮忙,我得过去。人都不在还租什么房,退了。"

八斗只好把五楼的房子退了。但就这样一笑平时也不亲自打扫,全部包给保洁,一周来两次。三元不高兴,跟八斗抱怨过:"远香近臭,妈离你们远点儿,挺好!"吃完饭看片子,看到一半就睡着了。现在看一部两个多小时的电影是个体力活儿。八斗看看时间过九点了。他打给一笑,冯一笑说在车上马上到家。

八斗洗了澡,去衣柜拿衣服。突然闻到一股古龙水的味儿。他知道,男人喜欢用这个。他公司里有个爱戴银手镯的副总,也经常散发着这味儿。八斗用鼻子追索，终于在冯一笑的外套上锁定了源头。

不对，不是去见闺蜜吗，怎么是这个味儿。大门响了，八斗跟做贼似的慌张，他赶紧把柜子恢复原貌。一笑喊人。八斗从屋里出来，表情极不自然。

一笑察觉，"干吗呢？"

"没事儿。"八斗笑。

"干吗穿成这样？"八斗只穿了一条睡裤，上半身光着。八斗忙说这不刚洗澡吗，找衣服呢。

一笑继续问："干坏事儿了？"她懂的很多。

八斗掩饰，"没有"。

一笑揶揄，"说出来没关系的，我肯定原谅"。又笑着，"搞不好我还支持呢"。

八斗羞得脸热。一笑没准说的是"那事儿"。但抱歉感只在胸中停留片刻，他又理直气壮起来，"你去哪儿了？"一笑不假思索，"不是跟你说了跟几个朋友吃饭吗。三里屯，我这考虑你都回来早了，人还继续玩呢"。

龚八斗找了件T恤套上，稳住心情。他觉得现在不是问古龙水气味来源的时候。他得掌握更多资料，才好发难。

81

跟是一路跟过来的。先开车，再步行，过了三道门，八斗在某大楼某公司门禁处被拦住。无奈，他只好在厕所门口站着，边抽烟边等。

等了快两小时，冯一笑才出来。

尾随她的是个中年男人，头顶微秃。一笑跟他握手，隐约能听到寒暄，"那等你详细资料"。一笑道："放心吧，都是齐的。"八斗头皮过电。他看到公司名就觉得不对劲儿，现在更加确定：一笑是打算再出山了。

出来见人，不是融资，就是谈项目。

冯一笑走过来了,要去女厕所。

八斗连忙缩回去。退得急,打了个趔趄,撞到保洁的大爷。大爷嚷嚷,八斗比嘘的手势。大爷嘀咕:"干什么玩意儿?"八斗点头说抱歉,又探头从门缝里看,一笑出来。他才小心翼翼地跟上。

高跟鞋,哒哒哒。一笑走得稳。

八斗心乱,咚咚咚,他不晓得自己该就此现身还是继续跟踪。走到电梯口,他惶惑的心才终于硬起来。他有什么错?他凭什么躲?这抓了个现行!就该当面点破!电梯门开了,跟个大嘴似的,能吃人。

一笑跟着一大拨人走进去,电梯站满了。门即将关闭的一刹,八斗才冲进去。乘客们鄙夷地看着他。八斗看一笑,一笑也看到了他。

两个人只用眼神交流,没说话。

电梯却冷不丁叫了起来,超重了。八斗只好下去。目送一笑和一电梯人被关在里面。他停了两秒,才突然跑起来——走楼梯更快。他必须跟一笑在一楼大厅汇合。只是,当冯一笑款款走入一楼大厅,看到满头大汗狼狈不堪的八斗,她站住了。质问:"你干吗呢?有病是吗?!"

战争直到回家才爆发。两个人各执一词。一笑谴责八斗恶意跟踪。

八斗解释:"我是去办事儿,刚好碰到"。理由不大能站得住,但他还想挣扎一下。

一笑不认,直接宣判道:"这是对我的极大的不尊重!"

八斗反击:"那你说,你去干什么了?"

"两码事儿!"一笑声音很大。

根本强词夺理。

"这就是一码事儿!"八斗用更大的声音覆盖,"笑笑,天下就没有不透风的墙,咱俩是两口子,你要有什么大动作,起码跟我说一声,商量商量,这样行动也好一致。"

一笑揪住了:"你到底是不是跟踪我?"

八斗一半真一半假地:"不是跟踪,是去那办事,刚好看到你了,就上去了。"语气软下来,"我就是不放心你——"

一笑冷笑:"不放心我什么呢?我进去可不短时间,你一直等着呢?守株待兔?不是存心是什么?"

八斗及时地解释:"这事是我不对,但你要有事也得跟我说实话。"拨开迷雾,他要真相。

小冯一时没作声,拿起桌子上的电子烟吸了一口,烟气从鼻子里出来,五官被遮得云山雾罩地。半晌才说:"我准备自己干,投资谈得差不多了。"

"那没听你说!"八斗杀气上来了。

"这不正准备告诉你吗。"一笑又软下来。

"你这不叫告诉,叫通知!"

遇强则强。一笑转而硬起来,"我自己的事儿,用不着跟任何人商量"。

"那你就不该结婚!"此言一出,八斗又后悔了,太重。如果一笑说,那好,散。他真不知道怎么处理。可眼下在气头上,他实在觉得自己不被尊重。一笑放下电子烟,说:"跟你商量,你能同意吗?跟你妈你姐姐说,她们能同意吗?结果还不是都一样?这个世道就这样,要不独裁点儿,那就一点事都干不了!"停顿一下:"我能对我自己的决定负责!"

"所以就先斩后奏了?"八斗换了一副面孔,苦口婆心地说:"笑笑,你怎么就不明白呢?人生是有顺序的,你拼事业、搏理想,我一百个支持,我一百个为你鼓掌!我是这么说,也确实是这么做的!我不是你的阻力而是你的助力明白吗?!可问题是,有些事情过了这村没这店儿!"

冯一笑拦话道:"这投资也是过了这村没这店儿!"又说,"而且你所谓的正事儿,我一点也没耽误啊。"

"情绪不一样,"八斗掰扯着,"情绪能影响激素分泌水平,直接导致结果的不同。"他上前半步,捉住一笑的胳膊,说:"笑笑,真的,趁着这空当,千载难逢咱放松放松,把大事搞定。迟早的事拖什么呢,只要你完成社会、家庭对你的要求,你不就解放了吗?"

冯一笑不吭声,似乎思想松动了些。龚八斗软硬兼施地问:"你不爱我了吗?"停顿一下,"如果不爱,当初为什么要嫁给我?"

冯一笑斜眼,"还不是你穷追猛打"。

"我追你就答应?"八斗质问。

"我一时糊涂行吗,"小冯手一挥,"过去的事,不扯了"。

八斗身子前倾，故意不讲理地说："那我要说，我不赞同我不支持我不希望你这么快又单干，你怎么办？"

到了这时候，就得来点硬的。

"你说了不算。"

好家伙。王八吃秤砣，铁了心了。八斗算明白了，冯一笑决定的事，八头牛都拉不回来。这回轮到他离家出走了。三元在丰台，固安只有姜兰芝和默默。八斗来了，晚上就在这儿住。

兰芝给儿子铺床，仔仔细细。八斗已经把他跟一笑的争吵跟兰芝转述。为了避免老妈太过生气，八斗还把真实情况"打薄"了。只说一笑有这个打算。

兰芝跟儿子也不藏了，直接说："当初我跟你姐就不同意。婚姻大事，不是光看脸！"

八斗申辩，"妈，还真不都是因为脸"。

兰芝不在这上面深究，说道："现在好了，该办的事儿一样没办，不该办的不能办的办得比谁都利索。说一千道一万，我不是说笑笑不好，她很好很优秀，可问题是，她就不是过日子的人！"

一记重拳。

要在过去，八斗肯定不承认，搞不好还要掰扯几句。可日子这么一赶气儿过下来，八斗也不得不认清现实的真面目——冯一笑的确不是一个传统意义上的贤惠女人。

兰芝又说："好多话，我都不忍心说，怕伤我儿子！可现在我得说，我不说不把你打醒了，那人家就永远伤你！"

兰芝直视八斗，八斗却不敢看她。兰芝憋足了气儿，喷发道："这人心里就没你！"

八斗心颤了颤，跟被雷打了似的。七八个窟窿，还带着残火。先是麻，再是疼。八斗下意识护着自己的伤，"妈，别火上浇油了行吗"。

"不，"兰芝舌头秃噜，急转弯，"行，"她也看出儿子的痛苦，不忍心了，"那你现在打算咋办。"

"我这不就是没办法才来跟您商量吗。"

"把你姐叫来。"

"先别跟她说，"八斗拦着，"她那火燎毛脾气。"

"要不我跟笑笑说，做做她工作，"兰芝道，"读了这多年书的人，不能不明事理。"

"我都说不了，您能说了？"八斗发急，白眼珠上都是红血丝。

兰芝鼻子抽抽，好像要哭似的说："我倒宁愿你找个农村的没文化的，也比这强！这日子过得，窝囊！"

八斗叹气。母子俩一时啥话也没说。

半晌，兰芝才又道："我找她父母谈谈呢。"八斗说："他爸妈都不管，只要钱给够了，有没有这个女儿也无所谓。而且，找她爸妈谈，等于打草惊蛇。"

人家终究是一条战线的。

两个人商量来商量去，姜兰芝还是决定出面探探。她反正就一条策略：低姿态，一笑这样的人，是顺毛驴，不能硬碰硬，你姿态低下来，搞不好还能以弱胜强。

晚间，八斗原本想在微信上跟海超抱怨。打了一行字，又觉得这实在不是什么光彩事儿，而且陆海超一准出些馊主意。跟李骐也说不着。八斗随意翻着，最后给燕玲发了个笑脸，燕玲回复得快。

八斗透露了一点儿情况，燕玲顿时就明白了。

她问："要我去斡旋吗？"她用词很讲究，很有点外交色彩。

八斗为难，"别说了"。又矛盾地问："要不侧面敲敲呢？"再说，"算了，免得她炸毛。"

燕玲回："她跟我炸不着，头些天还好好的。没事儿，我知道分寸，你别管了，有消息随时告诉你。"

日夜轮转，燕玲那边迟迟没消息。八斗觉得这次他又失算了，张燕玲跟冯一笑沾亲，她总不会因此站在他这个外人这边。八斗在固安住了几天。三元回来了一趟，见八斗在，还以为他来看妈，没多问。八斗不让兰芝跟三元说实情。

等到第四天，冯一笑还是一个消息没来，八斗有些慌。兰芝看出儿子的跳宕，道："礼拜六，我陪你回去。"八斗嚷："不用。"

兰芝说："你不给人修个台阶，人怎么下来？"

八斗深深叹气。兰芝拍他后背，说："打起精神来！三条腿的蛤蟆稀罕，两条腿的女人不稀罕！"

当然兰芝也不赞成八斗离婚，这话她也跟八斗明说过。倒不是觉得一笑多好，而是认为离婚再找太麻烦。而且姜兰芝打心眼儿里觉得，八斗要不跟一笑生个孩子，这婚就等于白结。入宝山空手归，亏得姥姥都不认得！只是，当兰芝主动向一笑"赔礼道歉"，八斗又觉得老妈这姿态未免忒低，他在客厅都有点儿坐不住。

卧室门没关严，婆媳的谈话时不时能透出来。

缥缥缈缈地。

姜兰芝的态度很明确，就是八斗不对。她跟一笑说："你别跟他计较。他就是犯浑！是吧，这不是咱老家，这里是首都北京！你要能出去多挣，我举双手赞成。"话锋一转，"不过八斗也是为你担心，你身体底子本来就薄，别再给折腾完了，你舌苔伸出来我看看。"

兰芝突然下令，一笑来不及抗拒，下意识吐了一下舌头。兰芝沉吟，脸跟揉皱了的纸似的说："笑，你也是搞这行的，比我懂，你看那舌头根都脱苔了。脾虚！阴虚！知道吗？不能受累，再一个，饮食也要特别注意！"

一笑悚然，她拿起桌子上的小方镜子对着照。兰芝没撒谎，她的舌根上的确有一块斑驳。

一笑道："妈，我的身体我知道。"

兰芝否决，"你不知道，你知道了也注意不到，"笑着道，"放心，八斗的工作我去做，但有一条，你要是不顾自己的身体，我第一个反对。"

"肯定悠着点儿。"小冯也有点不好意思了。

吃软不吃硬的主儿。

兰芝挑破了，说："你别觉得八斗是在催你生孩子，我就跟他说，别皇帝不急太监急。孩子生不生，什么时候生，笑笑说了算。"

一笑投桃报李地道："妈，这事儿一直都在日程上，就没下来过。只是缘分、运气还没到。"

姜兰芝上前半步，说："笑笑，我有个建议不知当讲不当讲。"这话是她从电视剧里学的。突然跑出来，还颇有点格格不入的喜感。

一笑微哂，说该讲就讲，不见外。

兰芝这才道："我就觉着，你创业，我给你当个生活助理。你的吃穿用度我都给你管着，肯定是高规格高待遇。但有一条，你得给我开工资。"

此言一出，一笑没有应答。八斗搁外头听着，也觉得老妈这建议实在是天方夜谭。婆婆给儿媳妇当助理？还生活助理？别说根本就磨不到一块儿，而且伦理上有点倒置。八斗不舒服，他觉得他妈这姿态低得有点没自尊了。

龚八斗忍不住往屋里走，推开门。兰芝正好逮住他，道："跟笑笑道歉！"

比玉皇大帝的圣旨还具强迫性。

八斗脸上挂不住，但还是照做。走上前，说："老婆，对不起。"兰芝对一笑说："就这么定了，这个家以后你说了算"。

冯一笑不接这高帽子，"妈，不是这意思，我的事我说了算，大家的事肯定大家商量着来。"

兰芝笑说："反正，咱家也就等于是一个公司，你是董事长，八斗是总经理，我是董事长助理。"

一笑和八斗对看一眼，如坐针毡，都不自在。

82

晚上躺床上，一笑才跟八斗抱怨开。她说妈是什么意思，是你派来监视我的吗？八斗劝："妈就是关心你。"

"本来压力都够大了，她还来当我助理。"

八斗不耐烦道："妈就这么一说，到时候什么样都没准，就是个意向、态度。"咕哝着，"她要当，我都未必愿意。"

一笑的颈椎按摩器快速震动，她脸上的肉乱抖。

八斗又说："反正我就觉得你心里没我。"

一笑说:"没你就不会同意你回来。"

"几天了?电话没有短信不发。"八斗语速很快,一副质问口吻。

"这是女的主动的事吗?"一笑反问。

"这时候又分男女了。"

一笑道:"人,女人,不光只有家庭,不光只有老公,不光只有孩子,她还有自己的事儿!"她关闭按摩器盘腿坐起来,"这不又绕回老问题了。我对你的感情,我对你的爱,这事反反复复说过。我当初是觉得自己压根儿跟婚姻边儿都不沾,"停顿一秒,"你又出现了,你邀请我,我才有勇气到这围城里走一走。龚八斗我告诉你,你可别让我后悔。"

八斗扭脸望着一笑,她似乎又有点少女神态。八斗知道,这种神态只有在冯一笑谈感情的时候才会出现。

他心又软了。

一笑说的也是事实。目前所有的一切,都是他追来的、求来的。他不应该抱怨,而且在履行妻子责任的方面,一笑虽然没做到尽善尽美,或者说及格分都还不够,但人家起码没有彻底放弃。

八斗愣神。

一笑拿按摩锤打他,"你也是,屁大点事儿到处说,怎么还跟燕燕姐抱怨上了"。

哦,果然,燕玲跟一笑通气儿了,八成还说了一笑,所以她才这么愤怒。八斗嗫嚅说:"她找我说个事儿,顺带我提了两句。"

冯一笑说:"以后,咱俩的事就咱俩解决,行吗?"

八斗只能说行。

没多久,三元冒出来了。她从燕玲那儿听了一嘴,立即高度关注。先问老妈兰芝,兰芝承认有这事。三元怪兰芝不早说。

兰芝道:"就怕你炸毛。"

三元不认道:"我是那么沉不住的人吗?她生不生孩子是一回事,我得了解她赚钱的路子。"

兰芝说:"你开个小店每天都忙不过来了。"

三元拖着腔调说:"哎哟我的妈,要都我自己干,干到老死也发不了财。"

去找一笑之前，龚三元先跟弟弟通气。八斗说都过去了不用聊了。但三元依旧拎了个炖锅，颠颠儿地去"看"笑笑。她没说自己跟八斗和兰芝通过气儿，只说："笑笑，不够意思啊，还瞒着呢，创投圈都传疯了！"还没等一笑弄清楚这创投圈是哪个圈。

三元又道："看你这样儿，估计是下定决心出山了。"

一笑认定三元是兰芝的同党，率先自我解围道："姐，放心，我跟妈也说了。该做的事一样不落！"

三元一下没反应过来。

一笑施施然端着手。三元看一笑的小腹，明白了，她笑得极不自然，嘿嘿地笑道："革命尚未成功，同志仍需努力。"又说："笑，你这话可把姐的格局想小了。我哪能是来催你生孩子的？咱俩是一根藤上的，我理解你！那生老二的时候，被你姐夫算计……"

一笑打断她问："怎么成姐夫算计了。"三元摆手："这个回头再跟你说，老长一篇故事，"又正色，"笑笑，你这生意，看样子是要往大了做。"

一笑不谦虚说："刚开始不大，后面不好说。"

"能带上姐吗？"三元问核心问题。

冯一笑迟疑。三元心里顿时不高兴，但面儿没露出来，还是笑，"姐不会拖你后腿。我的意思是，能不能我也投点儿沾沾光"。

"投多少呢？"

"盘子有多大，"三元问，"百分之十？"

一笑报了个数字，三元惊得屁股都脱离凳子了。这数额，怕是她今生今世挣不到的。可三元又不甘心，她是从互联网出来的，知道这行当一起来那就是天文数字。她自己也做互联网，但小攀反馈，这买卖越来越难做，将来收摊不是没可能。她的临期食品店，生意还不错，但三元总有种危机感。

兴冲冲来，悯悯然去。龚三元少不得跟八斗抱怨，但话说出来是反的，听着像夸，"你这老婆，不得了"。八斗没辨出语气里的讽刺，说笑笑还报了清华的MBA呢。

三元不予置评。见到兰芝才说："瞧着吧，这笑笑以后，八斗铁定罩不住。"

- 475

"她要能发达了,咱也跟着沾沾光。"兰芝往好处想。

三元眉头紧锁,一个一个拽窗台上多肉的叶子,"皮之不存,毛将焉附,就怕到时候人一蹬脚,把八斗蹬了,她还报了清华的那个MBA呢。"兰芝问那是啥。三元一言以蔽之,"那里头男的特多,还都是有钱的,事业成功的"。嘴撇得像个覆盆子,"到那儿,我还没说话呢,人来一句,放心,该生还是会生,"手一拍,啪一响,"我放心什么,也不是给我生。还跟我比,我那二胎,前头已经有个好大儿!她是一个也无!生奔!奔出个亿万家产,给谁?给她那些侄男八女?反正八斗甭想捞一毛!"

兰芝见女儿激动,不往下接话,转而问燕玲的情况。话题跳跃太大,三元愣了一下,才说:"她还好,还那样。"

"美国人生出来了吗?"兰芝问。这事儿她记得清楚。

三元幽幽地说:"她跟她男人,都难。燕玲多大了?她男人多大了?生出来又怎么办?好,就算阿弥陀佛上天保佑有了一个,将来孩子二十,她男人呢?爸爸不像爸爸,爷爷不是爷爷。苦的还不是燕玲。"

这么一分析,三元怅惘,替燕玲愁。兰芝也唉声叹气。说到最后,三元总结道:"反正,只要挣到钱了都好办。就怕又穷又老。"她叹息,"穷人,就得多生孩子,拼的就是几率,要能有个把闯出来,就有靠了。"

吴屈梦从美国回来带了个孩子,男孩。李家高兴得跟什么似的,宴会办得空前的大。三元应邀参加,当然为屈梦高兴。但在一旁冷眼看着,又觉得难受。生这一胎,屈梦真见老了,再浓的妆都掩盖不住,好像败了的牡丹。

三元真想上前问那么一句——还是那句老话:"老吴,你这辈儿真这样了?当初咱来北京是为啥?实现自己的梦想了吗?你不是要当中国最好的教育学者吗?"想到这儿,龚三元自己都想笑。还什么梦想,早都抛到九霄云外了。而且人家现在,不也正在进行教育实践吗?养孩子就是最大、最繁重的教育工程。而且人老吴也可以反问,龚三元,你的梦想呢,实现了吗?那她肯定答不出来。梦想……梦想……梦想究竟是什么?三元也糊涂。过去有,忘了,现在的梦想是赚钱,可在这个维度上看,三元的梦想吴屈梦已经实现了。

熙熙攘攘间,吴屈梦端着杯子过来了。她喝枣汁儿,热的。吴屈梦现在不喝冷饮，包括酒。三元杯子里却是货真价实的拉菲。屈梦举杯，杯缘齐三元眉毛，"敬你"，一副欲说还休的表情。

三元回："敬我们！"

屈梦笑着，"是，敬我们"。

三元不再说什么。吴屈梦却自我解释地说："反正我现在就岁月静好，有空就多陪陪家人孩子。"岁月静好这四个字三元都快听出耳茧了。放眼周围，谁岁月静好了？包括屈梦，也不能叫岁月静好。光她生孩子遭的那些罪，那就静好不起来。但三元不得不顺着奉承，"是，家大业大，整天把这些家务事捋明白，都是一桩大事业。"

屈梦干笑笑，不想多谈，转而问三元的"事业发展情况"。三元哎呀呀地说："我那什么事业，就一小店儿。我还说给你带点货尝尝鲜，后来说算了别献丑了都是临期的也没什么鲜可尝。"

屈梦矫情地说："临期算个啥，过期的方便面我还吃呢"。又说："回头你带我去动物园那边逛逛，淘点衣服。"三元不屑，瞧瞧那口气。人够得上微服私访了，真高贵。而且这话说给谁听，动物园服装批发市场早就搬走了，不存在了。

屈梦又说："斯理最近还好吧。"问得纯属多余。三元说还那样。两个人谈起燕玲，屈梦说了去美国看她的情况，并表示张燕玲状态还行，语言没问题了，也在剧场帮忙，就是一直没孩子。在这个问题上，三元一度跟屈梦达成过共识，都有些看轻燕玲。

但眼下，龚三元不愿长屈梦威风，少不得站在燕玲这边说话："两个人，一辈子，照样香喷喷的。这年头，能把自己活明白就不错了。他们情况更特殊，就当为艺术献身。"

李骐端着酒杯绕过大圆桌去跟宾客们把酒言欢，经过三元旁边，龚三元点了个头。李骐笑笑走过。等人走远，三元才小声问屈梦："还搁家磨呢？"

屈梦深呼吸，声音也小小地叩咕："年纪大了，都怪。"

三元哂笑着说，"成精了"。

屈梦肯定这说法，"真成精了"。又补充道："头发精。"这可说到三元的

- 477

兴趣点上了。两个人又谈了一阵李骐的长头发。三元小声道:"光长后面了,前面不长。"屈梦立刻道:"半个秃瓢,那脑门大的,锃光瓦亮,不用化妆直接能演清朝男人。"三元被逗得哈哈大笑。李骐被笑声吸引朝她们这边看。三元只好闭上嘴。屈梦又小声说:"头发太长,消耗智商。"

83

说干那就真动真格儿的了,冯一笑忙到飞起。八斗觉得自己跟一笑现在就是周末夫妻。每个礼拜她三天要去上海、杭州,要么就去佛山,在北京那几天还要加班,他面儿都见不着,忙得比当初三元做二手衣回收时还厉害。

八斗一面满满心疼,一面十足怨气。只是,他自己也忙,正在项目上。李骐反复叮嘱这次不容有失,每一处都必须他亲力亲为。她原话:"忙完这个,你就能换房了。"

是,换房。从那小而窄的公寓换出来。不过八斗并不为这个兴奋,他跟一笑心照不宣。两个人都这么干下去,房子是不成问题。他要求的是地段,孩子上学、老人就医,都必须方便才行。

一笑的近况兰芝没问过。但三元知道,也是拐着弯探听到的,又是从她那个所谓的"创投圈"。默默过生日,作为老舅,八斗去丰台送礼、给钱。兰芝不在,三元说又跟宫明月去东北了。

八斗也觉得诧异,问:"第几次去了?"三元说没数,起码三次了吧。八斗也来点方言:"老去那旮旯干吗?"三元撇着调子说"那旮旯香"。不过这回在三元那倒遇到个新闻。小攀来给默默庆生,带着小段,说有结婚的打算。饭桌上,八斗看看小段,又看看小攀,这红线是他牵的,他既觉得荣幸,又感到愧疚。小攀的喜悦是简单而真实的,小段抿着嘴半低着头,吃菜也小口一改往日的豪放。有些事,她跟八斗心照不宣。但他们永远永远永远,都不会说出来。

斯理说:"这八斗,就是红娘体质。"三元嚷嚷道:"必须走一个!"小攀和小段立即向八斗敬酒，八斗只好讪讪地喝了，不过一转脸他就把这事儿告诉了海超。拍了张照片，发微信，是小攀和小段腻在一块的图，配上五个字——准备结婚了。

半晌，海超回复两个字：祝福。一个笑脸，饱含深意。八斗回复：你可错过一好人。海超回复：就当积德吧。八斗狠狠回："你是缺德，活该一辈子单身"。

海超不回复了。八斗又觉得自己的话说狠了。撤回太晚，只好找补，叫海超出来吃饭。见到真人，才知道陆海超跟那位女博士掰了，他重新回到单身状态。海超着急道："你倒是给我介绍几个呀！"八斗说："公务员系统三十上下的女的可多了。"海超道："是，倒是有个聊得不错的，愿意跟我结婚。"八斗哎哟一声，重点关注。

海超说了那女的的前史。不用说，又一个苗玲。只不过，苗玲是跟领导，那女的是跟个商人，知三做三许多年，现在她心灰意冷，玩累了想结婚。

人家也坦诚，上来就没瞒着，如果陆海超接受，那就立刻领证生孩子，奔着过日子去，事业上也能强强联合。听完，八斗又哎哟一声，语调向下。又问海超说："你接受吗？"

"我不知道。"

"别不知道啊。"八斗逗趣儿地说："谁没点过去，她要真跟人断干净了。倒也是……"

"倒也是什么？"海超抢白，嘟嚷着说："都不知被用成什么样了。"侮辱性极强。八斗不愿意听，说："这吃饭呢"。海超较劲，手一摊，说："这不事实吗。反正一想到这个……就膈应……"

"还能生孩子不？"八斗问，"这是重点。"

"那谁知道。"

"可以先试试，要中标了，就按程序办。"

海超出着大气说："哪那么容易，你这么久了不也没中标，大龄就是大龄。谁天天啃那老猪蹄子。"说着，海超夹起盘子里嫩乎乎的香辣猪蹄，大快朵颐。

看似无心一句，八斗心里却又不痛快了。加之三元也对他发出过警告，说话的时候她鼻孔朝天，满面怀疑地跟八斗讲："我可告诉你，这商业系统，复杂！"八斗还辩解道："不会，笑笑不是那样的人。"三元没往下说。但还是在八斗心里扎了根毛刺。

周末，八斗飞杭州。一笑在杭州下面的卫星城。他下了飞机还要转汽车，等到地方了已经是晚上九点了。这回一笑倒贴心，算着时间给八斗点了外卖，到酒店能吃个热乎的。端着饭盒，八斗打量一笑，说她胖了。

一笑道："别人累，都瘦，我越累越胖。"事实上一笑胖在局部，肚子大，尤其是小腹，跟怀了三四个月似的。八斗感觉她也在"失去"。失去过去迷人的魅力，失去青春。但与此同时多了一份笃定。

他点明了这种变化。一笑为自己找了个解释，说是因为星座的原因。三十岁之前看太阳，三十岁之后看上升，她上升星座是金牛座，所以笨重点可以理解。

八斗讥讽地说："那也没见你停脚，走得可快。"

吃完饭快十一点了。再洗个澡，已将近午夜。一笑还没睡，斜斜躺着。八斗从淋浴间出来，望着她已成水平线的身影。他现在对她兴趣也不大，但既然来了，少不了履行义务。他套了件T恤，伸手扳了一笑一下。冯一笑转过身，懒懒地。八斗找台阶下，说，"那先休息吧"。冯一笑突然来一句，"我这个月那个都没来"。

这话在心里停驻了几秒。"什么意思？"他问。

"就是没来。"

"有好事了？"八斗压着兴奋。

"没啥好事，"一笑笑他天真，"坏事儿，不正常"。

"测了吗？"

"测了，"一笑果断地说："不是"。

"有病看病。"

"吃着药呢。"

"什么药。"

"找大夫抓的汤药。"

八斗着急地说："你得看西医！"才多大就闭经了！简直开国际玩笑！

一笑安抚他说没事儿，又说偶尔不正常是正常的，主要是压力太大。这一说又触到了八斗的逆鳞。他又从老根儿上说起，说就不该这么急，业创得太仓促，再年轻也不能这么拼，何况也不年轻了……一笑看着他不吭声。八斗说了一会儿，自己也觉得无趣，闭嘴了。

关了灯，两个人都躺下了。一笑老翻身，八斗知道她没睡着。他轻声问怎么了。一笑背对八斗，"要不再给你开一间房？"八斗没理解什么意思，凌晨一点了，还开什么房。一笑又说："你在这儿我睡不着。"

黑暗中，龚八斗觉得自己脸上的肌肉都发僵，他在这儿她睡不着？一句话含在嘴里嚼了又嚼。明白了。好，成。是他影响她，是他误了事儿。可问题是，这如假包换的两口子，怎么还必须分房了？八斗妥协半步，说自己可以打地铺。一笑不同意，坚称地上太凉，睡病了不值当。最后，还是给八斗在隔壁开了一间。

这下轮到八斗睡不着了。大灯开着，太亮。关了，开床头灯，还觉得刺眼，那就开廊灯，一点点毛黄的光。八斗坐在暗影里，这下稍微好点。八斗实在想不明白，自己怎么就到了这一步！冯一笑，创业创得月经停了；合法夫妻不能躺在一张床上；一笑胖了，胖得像猪，他瘦了，瘦得像鬼。这叫什么日子？还怎么过？隐隐约约，隔壁传来电视声。一笑怕是还没睡，八斗不放心，起来想去看看，衣服披上又却步了。她自己作，他也没必要心疼她！一夜无眠才好呢。知道难受，才知道往后退。八斗光着脚踩着冰凉的地回床上，拉上被迷瞪了一会儿天就亮了。

自杭州返京，刚下飞机，三元就打来电话，让八斗去丰台的家里一趟。八斗见姐姐口气严肃，不敢怠慢连忙叫车前往。到地方发现老妈也在。姐夫斯理和外甥默默不在家。八斗直觉判断，估计是他小家的事儿了。

母女俩背对背坐着，三元在摆弄花，兰芝枯坐。八斗来，三元一边给花喷水一边说："你跟你儿子说吧。"

兰芝延迟，没吭声儿。

八斗着急地问："妈，什么事儿啊？严重吗？"最后一句是废话，不严重不会那么着急让他来。

兰芝说："不是啥大事，你姐大惊小怪。"说话间还有笑意，是硬装出来的。八斗怀疑跟一笑有关,可又不好主动提。三元猛然转身,言简意赅地说:"妈要走。"

八斗第一时间接话,问:"走哪儿?"

三元看兰芝,好像逼寒毒一般要把她的话逼出来。姜兰芝这才款款地说:"我跟你明月姑姑要去买个房。"

"买房?"八斗更迷惑了:她们买什么房?跟宫明月有何关系?什么房?什么价格?八斗率先想到这个。

"东北。便宜。"兰芝两个字两个字嘣,跟磕掉了牙似的。八斗更不明白了。三元抢白道:"哦,北京不住,环京不住,非要跑到东北天寒地冻那旮住?哪儿舒服?人家东北的都往外跑,海南云南的。您光着头往里扎?固安那么大房子,我跟老王也不常去,你想怎么住不行?放心,默默也就不需要您操心了,您就安心养老!"

三元哇啦哇啦,八斗了解了个大概。他忽然想起老妈跟明月表姑的几次东北之旅。合着不是去旅游是去看房了?八斗上前,关切地讲:"妈,姐说得有道理。"

兰芝倒不动怒,循循善诱,"我跟你明月姑姑考察好几遍,不远就在辽宁,过去是煤炭城市,现在枯竭了。但好歹是个地级市"。

"枯竭了你还去。"三元插话,眼睛吊着。

姜兰芝主意大了去,稳稳地说:"枯竭了,年轻人走了老年人多,正好养老;那儿物价低,医疗也还方便,离北京两个半小时高铁。冬天有暖气,夏天凉爽。最关键的是,四五万元就能买到一套大产权房。我看那装修也还行,一楼,你明月姑也看中一套,前后楼。养老不香喷喷的?"

八斗还是疑惑,再追问,明白了。老妈要去一个叫阜新的地方,买当地的回迁房。综合考虑,那儿也算北京都市圈的最边缘,对于他们这种买不起北京的房,也买不起环京的房,同时也不愿意回老家养老的人来说,去阜新养老是最后的体面。想到这儿,八斗感到一阵悲凉。是,那房子是便宜,可问题是你姜兰芝是有儿有女的呀!转而他又怨自己无能。假若他有能力买两套房,那老妈是不是就不会走。

八斗也有点怨姐姐。虽然老妈嘴上不说,八斗也觉得兰芝是带孩子带烦了。在教育问题上，三元总是有意无意找碴儿挑刺儿。八斗还从老妈的讲述中捕捉到一个关键词——独立住房。老妈反复强调的，是她自己名下的独立的住房，跟儿女都没关系，完全属于她自己。那么，阜新的回迁房给了她最后的尊严。

周叔戏剧性的去世，令兰芝无法返乡养老，她在那儿也住够了。阜新是个全新的开始。见老妈坚持，八斗也不好再反对。至少表面上他同意了，他还要给老妈钱。姜兰芝坚决不要，说自己能搞定。

房子已经下了定金，就等着落户。三元没工夫跟着，八斗愿意陪同前往。作为儿子，他有义务过去看看情况。好在，还有个宫明月搭伴儿。八斗给明月姑打电话，宫明月很激动，也做他的工作，让他放心，还把阜新描绘成世外桃源。不过，一起帮老妈收拾行李办托运的时候，三元又责怪八斗。确切地说，是怪冯一笑。

"还是寒心了。"三元怪腔怪调，"租房子，妈舍不得，你们又没个孩子，她住你们那也名不正言不顺。"

八斗无言以对。他能说什么呢。他觉得姐姐多少有点"拉歪屎"，但确实也是部分事实。冯一笑的"只顾自己"，剥夺了姜兰芝享受正牌天伦的权利。她永远盼着抱孙子，但一直没实现，不带孙子就不能"名正言顺"住在北京。因为老妈从来都是干活吃饭那种人，最不喜欢"不劳而获"。

进而，八斗认为，他跟一笑的关系虽然还没质变，但已经在极速的量变中。他觉得有些恐怖的是，他现在看一笑也已经不觉得她"美"了。滤镜消除，光环褪去，在他眼里，她就是个自私自利的女人。某个瞬间，离婚两个字也曾在八斗脑海中冒出，但立刻就烟消云散了。过去的感情累积得太厚，他总觉得自己跟一笑还有转机。他甚至邪恶地想，宁愿一笑生一场大病，落个残疾都不怕，这样她就完全属于他了。

84

老赵要置换髋关节,在积水潭医院住着。牛爱玲投桃报李,忙前忙后。她老说拉皮的时候老赵帮了大忙。

两个人还没领证结婚,斯文劝老妈悬崖勒马。老赵有糖尿病,借这次病斯文才得知"实情"。她觉得老赵简直就是诈骗!牛爱玲说:"这些我早都知道。"

斯文怒其不争地问:"知道还要跟他?伺候老头有瘾?"

爱玲嗓门也大:"你这叫狭隘!老年人一有点儿感情,就被说成妖魔鬼怪!"王斯文拖着声调说:"我的老妈妈,就算有感情是不是得有点质量?"她为死去的亲爹抱不平,"跟我爸一辈子,没感情?这遇到几天,就生死相许了?"

牛爱玲瞪她一眼,说了句你不懂就钻进病房去了。

三元来了,见大姑姐满面怒容,只能先劝。她跟斯理过去就不赞成妈跟老赵,现在更是和斯文统一战线。

为了证明老年人越来越任性,龚三元把兰芝去阜新买房的事跟斯文说了。

斯文嚷嚷道:"买房子,完全可以理解!实物,钱花出去,好歹能见着东西!感情就不好说了,这是感情还是洗脑咱真不知道……"三元忙说:"妈不至于,妈精。"斯文道:"她精,人比她更精!人家就是搞外交的,国内国外都玩儿过!把你卖了你还得替他数钱呢!那是什么段位!"调门越来越高。牛爱玲气不过,出来了。她把两位女将领到楼梯间,才厉声反击:"我不找,你顾得着我吗?你眼里除了你老公、你孩子还有谁?"

斯文怒道:"妈,您摸摸良心,自打您来吃的穿的住的用的,哪点不是紧着您!"牛爱玲翻白眼:"哦,人活着,就只为了吃喝?那是牲口!你要还是我女儿,就别跟我搁这儿闹腾!"说完,牛爱玲就拉着三元走,把王斯文给孤立了。

  婆婆的倾吐,令三元不适。因为过去,从来都是斯文爱玲统一战线,她是敌人。现在,敌人变朋友。三元小心应付着,一杯饮料下肚,她也不得不站在牛爱玲这边,支持所谓的"爱情"。分开后,三元给八斗打电话。龚八斗已经和兰芝、明月两位女士在绿皮火车上了。

  行程是宫明月定的。从燕郊出发,坐绿皮火车到锦州,再转一趟火车去阜新。八斗认为坐慢车纯属浪费时间。可老年人有的就是时间。一路上老姊妹俩欢歌笑语,明月姑姑还拍短视频,带动作设计的那种。八斗原本有点担忧,但看到老妈笑呵呵的样子,他那颗悬着的心慢慢放下了。而且宫明月反复强调的一点,八斗倒觉得多少有些道理。

  "富人就待在富人该去的地方,穷人就去穷人该去的地方。"北京有穷人。但北京显然不适合她们这种外来"穷人"。在明月姑姑的描绘中,阜新简直就是穷人的天堂。地级市,有三甲医院,房价低,消费低,夏天凉爽,冬天有暖气……火车上,宫明月手舞足蹈,又拉住八斗胳膊保证:"你放心,我跟你妈在那儿结伴养老,一个字,美!"

  她说那儿还有老年大学,她还打算去学点东西呢。下了火车,一路往"家"去,坐在出租车里走马观花。八斗对这个城市的印象是——一个衰落的工业城市。不知怎么地,他又不得不服从宫明月的判断。

  明月和兰芝的气质,跟这个城市,搭。在北京,甚至在环京,她们都是手足无措的。虽然宫明月动不动就拿她那点可怜的海外经历说事儿。别说有些注水,就是实打实留过洋,现在她囊中那点资金,也不足以支撑她在环京过上体面日子。但来到阜新就不一样了。明月和兰芝说话声音似乎都大了些,底气足足的。

  两个人买的前后楼,都是一层,窗户下还有一块儿小菜地。兰芝对这个"设计"非常满意。开春种点啥,多少满足了她的"田园梦"。放下行李,八斗还陪二位在小区周边转了转。有公园、市场、超市、学校、医院,也有路边摊。兰芝一个劲儿说这里物价便宜,苹果才卖两块钱一斤,玉米棒子论堆儿卖,还有各种土产蔬菜,以及一些看上去就来路不明的水果。兰芝总是用那种惊奇的口气道:"多便宜呀!这大橘子,这大白菜,这大萝卜,这面条儿,这猪肉。"

八斗没忍心戳破,便宜没好货,质量谁保证呢。算了,不扫两位老人的兴。人家要的就是这种优越感,从北京下来,拿着退休工资,在这儿生活,足以过成"上等人"。

找到体面了。

晚上八斗要住旅馆,兰芝坚决不许。"那怎么住?"八斗问老妈。房间里连床都没有。姜兰芝打算去二手市场淘一张。但眼下,只能打地铺。

好在宫明月有备而来。她玩户外,有好几顶帐篷,让给兰芝一个,娘俩晚上卧室搭个帐篷过夜。

三下五除二,帐篷撑起来了,跟个小坟包儿似的,荒诞。一时之间,八斗有种不知身在何处的感觉。兰芝却心安处即是家,睡得打鼾了。

听着老妈的鼾声,龚八斗悬着的心不知道怎么便放下了。行吧,阜新就阜新。只要老妈过得舒服就行。

从老吴的别墅出来,龚三元还有些发懵。

吴屈梦"一不小心"透露了个消息,话刚说完就捂住嘴,说不该说。可三元又怎会不懂。越是这样越是故意演戏,存心告诉她的。

"我听了也是头皮发麻,有些女孩,真的,太敢了。"吴屈梦表情夸张得像川剧变脸。

三元当场石化。能说什么呢,那种事,她这样的良家妇女,也只在社会新闻里看到过。

"可能也就普通上上班。"三元找补。没有台阶,她自造,好歹先下来再说。

"是。"吴屈梦接了这一个字,就端起浸泡了花果茶的茶杯,云淡风轻地,望向远处。再说话,就是另外的主题了。可这个"秘密"在三元心里直到第二天都没法消化。

冯一笑过去在"天涯海阁"做过酒水推销?

天涯海阁!就是那个曾出现在新闻上的天涯海阁!

某著名娱乐场所!

老吴还算嘴上留情,用了"酒水推销"这一委婉的说法。其实呢,不就是

"三陪"吗？！

不新鲜！三元中学时就听说过，她们学校有一个太妹，就中途辍学去南方当了"三陪"。可那一切只是传说，离自己的生活很遥远。

结果呢，眼跟前突然冒出一个，活生生地，跟地老鼠出窝似的膈应人。她想不到平时如此"道貌岸然"的一笑，竟有那么一段污浊的历史！

最关键的是，她还嫁给了她龚三元单纯美好的弟弟八斗！纯属一颗老鼠屎，坏了一锅美美的汤！是可忍孰不可忍！

可是，这些话、这些愤怒，又能告诉谁呢。直接跟八斗说似乎不合适，这叫给人添堵。而且，事情也尚未完全确凿，跟老妈兰芝说同样不是时候。

三元憋得难受，只好跟斯理吐槽。斯理来一句，"不会吧，假的吧"。三元呛声道："你怎么知道是假的，这个世界上两面人多了，你看那些贪官，平时什么样，被抓之后什么样"。

斯理反问："那你打算怎么办？告诉八斗，存心气他？建议他离？"他微笑着看三元，"算啦，得饶人处且饶人。谁没点过去。"

三元不依不饶，又是要让斯理交出他的过去，又是换位质询，说假如自己也在天涯海阁工作过，他怎么办？

王斯理微微怔了一下，道："那工作也不是没门槛的吧。"三元读懂他的冷幽默，恨得要掐他后胳膊上的皮。什么门槛，就算是选美，她龚三元当年也完全达标。

不行，不能乱。要查，要问。若不知道这事儿，那跟她龚三元无关，既然知道了，就不能袖手旁观。两天后，三元找到了一个出口和切入点。她在跟燕玲通视频的时候，陡然插入一条问句："嗳，笑笑以前是不是做过什么特殊工作呀？"燕玲没领会其中真意，"还真做过"。

三元立刻精神百倍，追问。

燕玲道："她在养鸡场做过。"

三元追问："然后呢？"燕玲说后来就辞职了，觉得不合适，再后来就没有然后了。三元问还有什么特殊工作吗。燕玲说没了，又反问三元为什么突然问这个。

三元讪笑道："就是感觉笑笑技能挺多。"

张燕玲的话,三元琢磨了一晚上。她总觉得,燕玲其实是在暗示。养鸡场,鸡,代称,委婉的说法。呵呵,那天涯海阁,不就跟鸡场差不多吗。

再顺着想下去,三元差点自己吓着自己。这不是她脑洞大,简单推理一下就可想而知了,冯一笑为什么一直生不出来孩子?莫非?难道?或许?可能?应该……是那段时期玩儿得太狠?三元随即在心中以良家妇女的立场对冯一笑大加鞭挞,进而得出结论:这事儿,不能瞒。

无论真相为何,八斗都有知情权。

三元在网上团购了个学八段锦的班,邀八斗一起去。八斗本来对这类项目不感兴趣,但看姐姐劲头十足,又怕她被骗,只好花了三百也团购了一个。

场地还算清雅。顶上是布帘,打柔黄灯光。换好衣服,学员们按排站立。授课的是位少林寺来的和尚,一看就身强体壮正气凛然,说研习过《易经洗髓功》。

三元入迷。八斗不明觉厉,跟着练。只可惜他肢体僵硬,一看就是那种比较差的学生。练了个把小时,休息时间姐弟俩站在场地边缘喝水、说话。

三元这才轻飘飘来一句:"笑笑就应该来练练,定定神。"八斗说她哪有时间。三元刺笑道:"是,她就没闲过。"八斗感觉出老姐言语里的讽刺,不过他早习惯了。三元就没说过一笑多少好话,家庭位置决定的。

三元手握保温杯,定定地看着八斗:"你了解笑笑吗?"

八斗立刻开玩笑地说:"了解呀。"

"了解多少?"

"从内到外。"八斗还是用俏皮化解尴尬。

三元正色道:"车皮,我不是背后说人坏话,你是我亲弟弟,我是你亲姐姐,咱俩一个爸一个妈,我永远希望你好。"

这一番大工程量的铺垫,八斗害怕。姐姐一定有事,可他又必须处乱不惊,四两拨千斤的面带笑容地说:"那肯定的。姐,我永远信你。"

三元这才道:"按你们自己的说法,你跟笑笑过去谈过。"

"是,谈过一小段。"

"然后,各奔东西。"

"是,没办法。"

"然后又遇上了。"

"命运的安排。"

"然后就走到现在了。"

"时间线很对,"八斗微笑着说:"姐,你这写推理小说呢?还是破案呢?"

三元并不嘻嘻哈哈,"那中间这一段呢?"

八斗叹了口气:"姐,都过去了,她那未婚夫,也是个不着调。"

三元语速加快:"未婚夫为什么要跟她分。"

"性格不合,还有笑笑自尊心的问题。"

"是笑笑的自尊心,还是男方的自尊心?"龚三元狂风扫落叶。

八斗也蒙了,停了好一阵。他才问:"姐,你是听到什么了吗?"

三元凝神静气,面向两根柱子之间的空当。一副随时要发功,且一出手就能摧枯拉朽的样子。

八斗追着道:"我知道你肯定是为我好。"三元这才把脸转向弟弟,一股节一股节地说:"据知情人透露,你老婆,过去,曾经在——天涯海阁——工作过。"

轰的一下,血全朝脑袋集中。八斗听明白了,他竭力维持镇定:"谁是知情人?"三元只说是一个可靠的朋友。姐弟俩一时无言,面面相觑。等老师重新召集上课,三元才丢了一句:"我就是给你提个醒,这女的不简单。"就又去练习八段锦了。

后半程,龚八斗注定心不在焉,即便是少林的师傅教得行云流水,什么"双手托天理三焦,左右开弓似射雕",他胸中的那口闷气,却始终纾解不出来。

85

再见滕志国,还是觉得亲切。这种亲切,因为志国回到老家,没有了过去的嚣张气焰,更比从前加深一倍。志国妈也以"大人物"的规格招待八斗。菜多得桌子都放不下,还不住往八斗碗里夹各种肉,用老母亲的口吻亲切地说:"多吃点儿!脸都小了!"

老实说,这趟来看志国,龚八斗发现老同学过得不错。房子,大,布置得还颇有点文艺情怀。志国恢复工作了,做校外智力拓展老师,教围棋、象棋、五子棋。八斗还不知道老滕竟有这方面的特长。

志国妈笑说:"小时候就送少年宫学,围棋、象棋,都得过市里面的奖。"

志国笑得比哭还难看,八斗理解他。倒退几年,谁也不会想到叱咤风云的滕志国,会靠"童子功"吃饭。

午饭后,志国带八斗参观地道战遗址,本地特色。八斗才委婉地,一点一点地,把此行的真实目的说了。滕志国一听说"天涯海阁",整个人都活过来了。八斗的理解是,那个已然覆灭的王国跟志国的辉煌年代相连。

他找人找对了。

"里面有酒水销售这种职位吗?"八斗问。

"哪个场子没有?"志国的笑带点轻蔑,还有些诡异。过去那个骄奢淫逸的滕志国复活了三分之一。那方面,八斗在他面前永远是个雏儿。

"你问这干吗?"滕志国一本正经地说。

八斗这才转述了三元透露的所谓知情人的话。滕志国反应快:"想让我帮你问问?"他好像并不惊奇。八斗对志国的这种态度不太满意。那感觉仿佛是,就算冯一笑真在里头做过酒水销售也不奇怪。换句话说,在滕志国心里冯一笑就算不是"好女人"也行得通。可是,在他龚八斗心中,一笑可是个励志的、闪闪发光的女人啊!

"你到底想问不想问。"志国又问一遍,明知故问。

八斗停了两秒,"如果方便的话"。

很含蓄,很矜持,很克制。

"方便!当然方便。"志国那颗死掉的眼珠子似乎都能动了,"但问题是,这事儿知道那么清楚真的好吗。"

这话又把八斗问住了。

这难题八斗也一遍一遍问过自己。打破砂锅问到底,这个行为本身,就已经代表他不信任一笑了。如果问了,且"实锤"了,又该怎么办呢?是找一笑对质,大闹一场?还是自己吞下苦果默默消化?事实上这个问题在问之前,就必须有应对的方式。然而,悲剧的是,这个应对方式似乎早就藏在八斗内心最深处。只是他自己都不敢、也不愿面对罢了……

就算找出实锤了,按最坏的打算:一笑当过陪酒女那又能怎么样?他终究不还是原谅她?如此一想,八斗又觉得自己实在是大度、伟大!宰相肚里能撑船。是啊!无论她的过去如何藏污纳垢,多么不堪,多么劣迹斑斑,他还是用一种包容的、无限的爱接纳她。就好像在有毒的水里投下一粒消毒泡腾片,立刻就可以把那些乱七八糟的东西消灭掉。一切又恢复洁净、纯白。

因此,八斗直接对志国说:"嗳,没啥,就是了解了解情况。"滕志国倒轻松自然,"反正你想清楚就行。我去问"。

这一点"小事儿",在志国那儿是不成问题的。毕竟,京城的欢场,也曾是他的主场。八斗临走之前,志国问了几句慧慧的近况。八斗只说坏的不说好的。纯属安慰志国。

志国倒看得开,"哎呀,真没事儿,人生苦短,世事无常,识时务者为俊杰,我真心希望她过得好"。

"你也要过好。"八斗发自内心祝福老朋友,还附赠了一个离别的拥抱。

八斗刚回北京没多久消息就传过来了。是,冯一笑的确在天涯海阁工作过。做的的确也是"酒水销售"的工作。连带着,滕志国还发掘了另一段可歌可泣的往事。八斗刚开始吓得不敢听。他严重怀疑一笑被人包养过,没准是什么商场富豪老男人,或者是有权职的官员。一笑怕是一不小心当过三儿。

结果呢,恰恰相反。志国赞叹:"这女的,挺仗义。"一笑没当三儿,她去天涯海阁工作,是为了赚快钱。赚快钱的目的,是为了给当时的男朋友还债。

当时的男朋友,是个文工团下来的小提琴手,做生意亏了大钱。故事都讲到这儿了,八斗不得不追问一句后来呢。志国跟说书似的说:"后来分了呗,那男的找了个领导的女儿,真他妈孙子!"八斗没跟着骂。呵呵,他还得谢谢人家,要不是当年那个小提琴手,就没有他跟一笑后来的缘分。当然,中间还插着一段她跟"未婚夫"的事儿。

只是，当所有的故事完型，龚八斗又陷入无限怅惘中。

他恨自己出现得太晚，没来得及参与她过去人生中那些可歌可泣的段落。他恨自己不是那些轰轰烈烈的爱情故事的男主角！他何尝不想轰轰烈烈地爱一场啊！由此，八斗忽然明白了他跟一笑长久以来相处问题的根由。

一笑受过伤，很重，重到没有力气重新开始。她找他，或许只是在那个时间，那个地点，他是能被找到最佳的做丈夫的人选，社会学意义上的丈夫。他是她人生完形填空的一个选项，怕就怕，最后被证明是错误的。当然，八斗也意识到他跟一笑不是完全没有爱的，虽然都是些浮皮潦草、浅尝辄止。他是她情感大戏的序章和尾声，中间几幕正剧，被几个坏人占据了。

过去，八斗嫉妒"未婚夫"，但那种嫉妒还是可以控制的。现在，他对小提琴手的嫉妒则不可控制，毒走经脉，他几欲发狂。他忍不住又去千方百计地找寻小提琴手的资料，了解他现在的状况。他诅咒他过得不好、倒大霉，至少至少，也得变成个丑人。

一个秃了头的油腻中年男人。

或者干脆离了婚，被女方家扫地出门。只可惜，一切都是八斗的想象。事实情况是，人家过得好着呢。好风凭借力，人家还升了官，发了财，住别墅，儿女双全，头也没秃。俨然是人生赢家，幸福得恨不得都让八斗想捅他一刀。

好在八斗还没全然失去理智，遭遇了"情伤"，他也只能找海超喝酒，借酒浇愁。

海超看出端倪，逼问："到底怎么了？"

八斗不肯交出这段"丑史"，反问："假如苗玲回头找你，你干吗？"海超不假思索地说"不干。"提眉瞪眼地，"我当那乌龟？天下女人千百万，何必非要这一头蒜。"声音陡然变小，"女人，真的不能太复杂。"眉头皱得能夹死蚊子，"她还能生出孩子吗？"

八斗顿时打了个激灵。他不由自主往那方面想，他跟一笑一直要不上宝宝，会不会跟她的那段混乱历史有关。想到这儿，他则开始恨一笑，怎么你就那么傻！

心里存着个大秘密，再跟一笑通话的时候，八斗的态度有了些许变化。

尽管他自己本能地不愿承认这种变化。他给自己的人设,还是宽宏大量的现任丈夫。他把自己架到了一个道德的制高点上去宽宥一切,这样他心里才能好受些,他恨不得唱一首《宽容》。当然,他的细微变化,一笑也是毫无觉察的。她太忙了,忙到焦虑、暴躁、团团转。

但三元对八斗的变化却是有觉察的。她发现八斗发朋友圈少了,什么也不转空空如也。这有问题。龚三元也忙,南边的店生意不错。她打算在市里再开一家,一直在看地方、问条件,到处跑。这天中午,她到八斗公司吃饭,姐弟俩没去食堂,八斗请姐姐吃淮扬菜。点了三元最喜欢的水晶肴肉、八珍丸子。

吃上了,三元见八斗没什么话,才故作小心地问:"没事儿吧?"

八斗嗳一声:"没事。"

"没吵架吧?

"跟谁吵?

"笑笑。

"没有。

"你问她了吗?

"没有。"

"对,"三元拿勺子盛汤,"咱心里有数就行,看破不说破,日子还得过。"八斗没接话,专心吃凉菜。三元又惊惊乍乍地调门拔高:"其实都正常!谁没有点过去,你姐夫过去还在宿舍楼前跟人激吻呢。"这消息劲爆,八斗看姐姐。三元补充,"跟我"。

妥妥的炫耀。

然后自行解释道·"但像我和你姐夫这样的,太少太少了"。还嫌分量不够,"就没有!哪儿还有呀,一竿子到头的,初恋开始谈的,哪还有呀!"重章叠句地,生怕狗粮不足。八斗苦笑,肯定了姐姐的判断。

三元说:"所以,咱们家人就是简单!"一口气吞了两片水晶肴肉,"所以,赶紧生孩子。"

八斗一时没明白两个"所以"之间的因果联系。

三元补充说明:"不然你这婚结的亏大了。"八斗下意识反驳说:"也不能这么说，我结婚也不是光为了……"龚三元不给弟弟说下去的机会，"真别矫情，生孩子还真就是婚姻的重要内容之一。不生孩子结什么婚？自由自在不美？真要只谈感情，不结婚也不耽误"。她大口吃菜，"像咱们这种情况，穷人，是吧，你总得有个孩子吧。你可别当'老爸爸'"。

最后这三个字，跟三记锤子一般砸在八斗脑袋上。"老爸爸。"头大。他不想当"老爸爸"。私下里，他也常常计算时间。孩子多大他多大什么的。他不希望还没等到孩子成年，他就已然垂老。况且老姐说得对，他们这种情况，必须优生优育，必须保护孩子平平安安长大，因为很可能这辈子，再也生不起第二个了。

是真生不起！孩子也是一项投资，成本太大！

龚三元又说："她那事儿，燕玲都不知道。"八斗大惊。问她跟燕玲求证了？三元说她也就侧面打听打听。不过又说燕玲的话也不能全信。就算张燕玲知道，也可能说不知道。八斗说："这事儿，知道的人越少越好。"龚三元还没来得及批驳，手机响了，是三元的。

三元不避，当着八斗的面儿接了。还没等八斗问情况，她就主动汇报，"慧慧"。八斗用眼神等下文。三元说："让你、我、你姐夫、你老婆，还有牛爱玲女士去吃饭。"

八斗问："吃什么饭，这么大阵仗。"三元撇了一下嘴："说是要订婚了。"八斗问什么时候，三元拿手机看日子，是下个礼拜六。八斗估摸着，一笑到时应该已经回来了。

86

说是订婚宴，实际等于在京亲友的一次小聚会。

还是以慧慧这边的人为主。

尤高畅的老板尤局没出现，但李骐到了，坐得远远的。八斗的理解是，李骐不大想跟冯一笑接触。三元主动过去打招呼，夸李骐头发好。两个人闲聊了没多久，饭局便开始了。好在男方家长没来并不影响饭局的档次，环境是高雅的，牛爱玲和她男友老赵都很满意。

老赵是吃淮扬菜的行家。上一道菜，他就夸一道菜。八斗也算明白了，什么好不好，反正贵就是好。都说开车，没人喝酒。尤高畅和慧慧都以饮品代酒，很有点夫妻联袂的架势。众人皆恭贺，牛爱玲道："慧，不喝酒，不会是开始准备了吧。"

慧慧颧骨酡红，拒绝回答这问题。

高畅抢答："时刻准备着。"大家又都笑了。不过据八斗观察，说到这个"不好笑"的梗的时候，冯一笑和李骐都是没笑容的。三元看一笑，一笑也不给眼神回应。

吃到一半还有人进来拉小提琴。

八斗一听到小提琴就膈应。心理反应加生理反应，差点干哕出来。一笑笑着拍他背，另一边，三元头伸过头来，打趣道："干吗，人家还没生呢，你要生了。"

八斗起身往洗手间去，冷水扑脸平静多了。八斗去解手，打开裤口努力往前站了站，结果流量不足，第一股节儿无力，还是滴在了皮鞋面儿上，晦气，只好在洗手台抽纸巾揩了揩，再整理整理头发，确定形容潇洒才出门。

门口迎面遇到李骐。人来一句："干吗，人家结婚，你不舒服？"八斗反应快："是不舒服，昨儿喝多了。"李骐半玩笑半劝地说："都不知道你愁啥，老尤对慧慧挺好。"八斗说我没怀疑他。李骐说那这两情相悦不挺好嘛。八斗说是好。李骐不理解了，"那你这样？"八斗说自己没怎么着，你想多了。

"还是说那个小提琴手，丑到你了？"李骐的揣测很大胆，很无厘头。但偏偏打到了八斗的正位上，无限接近真相。那小提琴手是长得有些怪力乱奇。八斗忙糊弄道："别瞎扯了，膀胱受得了吗。"李骐怪笑着走了。

龚八斗回到座位，牛爱玲正在逼问新人的恋爱过程。史慧慧还是老样子，啥都不说。矜持、羞涩，人设一以贯之，不能倒。尤高畅代答："双方都是一见钟情。"牛爱玲起哄。三元嫌婆婆失态，手在桌子底下拽她，可爱玲根本不听，一连串问题抛过去，急赤白脸。

八斗回来，一笑便起身去洗手间。三元借机小声问弟弟："你跟她

-495-

闹了?"八斗说闹什么。三元声音跟蚊子似的,咬字故意不清楚,"天涯海阁"。

八斗失色,不高兴地说:"这事能不提了吗?!"

三元觉得弟弟这是在怪她,戏谑地说:"行,怪我多嘴。"八斗又只能反过来安慰姐姐。三元反将一军,"宁愿当个痛苦的聪明人,也别当快乐的傻子"。八斗只能附和说是,又说就是"留一半清醒留一半醉。"

三元继续问:"你亏不亏?"八斗觉得姐姐烦,又要说生孩子的事。结果三元不在这个航道上,她转而说:"人家结婚前,那玩得疯了去了!玩够了,找人结婚了。你呢,半辈子平静无波,享受什么了?除了她,就谈了个傲蕾,"手一摊,"还崩了。"八斗笑说:"姐夫不也没享受吗。"

三元噎了一下,连忙找理由:"他没享受,我也没享受呀。疤瘌不说麻子。公平!懂吗?最重要的是公平。"

一顿饭吃得尴尬。最主要的是,八斗心事重重。回到家,他洗了澡歪在沙发上抽电子烟,吞云吐雾。一笑穿着睡衣靠过来,八斗以为是暗示,他有点为自己的体力担忧。谁知一笑来一句:"咱们谈谈?"

凉气扑面而来,印堂发冷,越是轻飘飘地,越是大事,这是小冯的风格。

进屋了,天地只有他们两个人。

八斗紧张,反倒要笑着给自己打气:"怎么了,那么严肃。"

冯一笑当头一句,"你有没有觉得,我们不合适"。

电闪雷鸣。八斗脑袋像被劈开了。第一反应:难道?她知道他查她了?无数个神经元同时运作,龚八斗人脑变电脑,终于找到一条能够解释她这种行为的通路。

八成是三元找燕玲询问,燕玲透风给一笑了。一笑这是在生气。或者说她恼羞成怒。

好!知道原因就有解决办法了。她越是狂风暴雨,他就必须润物无声。

八斗觍着脸,凑上去,要抱。

一笑一巴掌打开了。

八斗道:"不至于吧。"

一笑凛然:"什么不至于,怎么不至于?"

八斗宽宏大量地说:"我根本就不在意。"

一笑听不懂:"不在意什么?"

八斗拿出男子汉气概,"谁没点过去?那都不是事儿,反正都过去了,我爱的就是现在的、当下的、活生生的你。咱俩就好好过日子,我不是那种小气人儿"。

一番剖白,心肝摊开来,赤诚相见,估计怎么着也奏效了。

可冯一笑似乎还揣着明白装糊涂,"我过去什么事儿?"八斗心一横。行,你要还装,那只能戳破了说。

龚八斗拉着一笑坐在床边上,似笑非笑地道:"你过去那些我不知道的事儿,你没告诉我的事儿。"

跟打哑谜似的。

一笑愣在那儿。

呵呵,她全懂了。没准儿,愧疚的小种子已经在她内心深处最幽暗的角落发芽,只要他给点阳光雨露,就会长大。是,他娶了那么一个劣迹斑斑的她,她就该感谢他一辈子。说句不好听的,有几个男人能忍受这些?谁敢说她那"未婚夫"不是因为知晓了这些才跟她分的手?他龚八斗是接盘侠,受害者。

苦海无边人海茫茫,他打捞了一个失过足的中年少女!

一笑手从八斗掌心拔出来,问:"谁告诉你的?"

呦呵,开始清算了。八斗必须保护姐姐。"无意中听说的,是真的吗?"

"你觉得真就真。"

看看,还在打太极。

八斗上前抱住她:"亲爱的,真的,我就听了那么一耳朵。我是真的不在乎。别说你坐过……"台字被生吞,"就是你坐过牢,我也能接受。爱一个人就是接受她的全部,过去现在未来。所有!"

冯一笑愣了一会儿,才说:"你是说,天涯海阁?"

这四个字点明了,八斗浑身刺挠。他连忙像要帮一笑开脱似的手摆着:"亲爱的没关系,真的没关系,没什么,都正常……"

一笑打断他:"本来就正常,本来就没什么。你以为我在那干吗呢?就是普通的酒水销售。"

看看，心虚了。故意强调普通二字，都酒水销售了，普通得了吗。

八斗干笑一声。

一笑被激怒了："什么意思？你在原谅我？我用得着你原谅吗？"

八斗连忙迭声道："不是原谅不是原谅，反正，我不管你过去什么样，我都接受现在的你。"听着像病句。冯一笑声色俱厉："我过去现在都一样，就没变过！"

原本，八斗觉得就是她服个软的事儿。可看到小冯这架势，他有心刺激她一下，笑着说："那拉小提琴的人呢？"

一笑怔了一下，直面："是有这人，我爱过他。"

天，爱字都用上了，八斗心抽抽着。这个字一笑从未斩钉截铁用在他身上。

"你爱过我吗？"八斗口气依旧柔和。

一笑趁势："问题就在这儿，我爱过你，真的爱过，还不止一次，但现在咱俩根本不在一条道儿上。再下去，只能是渐行渐远。"

八斗呼吸都紧张了。他连名带姓地问："冯一笑你什么意思？"

"咱们分开吧，"她说得毫不费力，"这样大家都轻松。"

八斗激动起来："不是，真没事儿我真不在乎！"

一笑说："你怎么就不明白呢，这是两码事，两件事。"沉默两秒，她逼问："谁告诉你的？"

八斗不正面回答，他还是要保护线人。于是车轱辘话来回说："我可以跟你保证，我绝对不会用社会上的那种眼光来看你。"

一笑声音更大了："现在不是你会不会原谅我，而是，你、我，合不合适！"

"合适。"他说。

"不合适。"她说。

八斗真急了："不合适你干吗跟我结婚？"

"当时被你感动了，"一笑应对自如，"这话也跟你说过不止一次了。当时我的想法就是如果这辈子一定要结一次婚，我宁愿是跟你。"

"那现在呢？"八斗问。

"现在是我难受你也难受，所以最好的办法——就是分开，离婚。"

"你能不能别把离婚两个字挂在嘴上！"八斗站起来了，"吓唬谁呢！"

一笑痛心疾首地说："我知道你接受起来有困难，需要时间，我可以给你时间，但我们都必须面对现实。"

"你外头有人了？"八斗愤怒地质问。

"你要这么想我没办法，但事实上我已经跟你说清楚了。"冯一笑铁着脸。八斗望着她，怎么都无法全然理解眼前的这个女人。他只好咬紧牙关说不接受，至少这个原因他不接受。有问题，可以解决问题，为什么要离婚，要逃避。难道就没有磨合调整的空间了吗？

"没有空间，"冯一笑还是堵死所有的路，"我有病，肾病，医生说得终身服药，不能停，五年内也不可能要孩子，我不能耽误你。"

龚八斗一动不动，内心翻腾着。他想不到冯一笑的离婚理由是这个，生病，他第一次听说，肾病，还终身服药，他就没看她吃过药。八斗慢慢坐下，又要去抱一笑，他心疼她，更觉得此时此刻自己不能离开她，他伸长脖子到她耳朵边说："你就因为暂时生不了孩子你就要跟我离婚？你考虑过我的感受吗？我是不会离开你的。有病，治就是了。世上无难事，只怕有心人！"

一笑推开他："你怎么就不明白呢，冰冻三尺非一日之寒，我倒觉得，这个病来得刚刚好。现在咱们分开，你不会愧疚，我也不会，你妈、你姐，也都能理解，都能接受。我整天忙成这样，顾不上你顾不上家，现在孩子也生不了。你难道还让我继续待在这个家，待在所有人的审视当中吗？"

八斗声音在发颤："结婚的时候我就说了，只要结了婚我就不会离婚，除非我死了！"

"幼稚！谁离了谁活不了，以你的条件分分钟能找到更好的人。"

"借口！都是借口！我不接受！"

一笑扶住八斗的肩膀，反过来要安慰他似的："真的，我不能继续陪你了，婚姻追求的是利益最大化，咱俩现在在一起，就是个一亏再亏的公司，为什么不及时止损呢。"

"所以你不爱我了。"八斗声音发抖，他用另一种逻辑交战。

"不能完全这么说，但我更爱我自己。八斗，我必须往前走，我一定要在北京混出名堂来。你也有你的路，咱们不是一条路。人不为己天诛地灭，分开也没错。咱们还是很好很好的朋友。我们分手，没有撕扯，没有第三者，没有那么些乱七八糟的情况，甚至连恨都不要有。与其当困兽，不如都自由。"

龚八斗坐在床边，回不过神。冯一笑的这番"思想工作"，让他哑口无言。他原本想借着"天涯海阁"的事将她一军，好让她心怀愧疚安下心来过日子。殊不知，人家早已经越过了这个阶段，早早安排好了战略方向和战术打法。总而言之，她的未来里没有他。

他差点被她说服了。

"我不同意。"龚八斗咬紧牙关。

这四个字是他最后的倔强，事到如今，也许只有牢牢握紧这四个字，他才有逆风翻盘的机会。

谈判结束，冯一笑果断入睡了。人家也睡得着。他就不行了，一夜醒来好几次，做了好几个噩梦。天不亮就起来抽烟。第二天，一笑照样去办公，晚上回来依旧轻松、自然，满血复活了一般。她对八斗说："你再考虑考虑，我不着急，办了手续我可以暂时不搬走。等你有了下家，开始新生活了，我再走。这样也算陪你过渡一段。"干吗，还送佛送到西？此话一出，八斗不得不相信，冯一笑确实已经不爱他了。哪个女人会把自己爱的人往别人怀里推呢，悲凉，可是八斗又不甘心，他急需要一个军师出出主意。不战而降太丢人，起码得过过招。他仍觉得冯一笑没说实话，事情也没那么简单。

87

不能跟姐姐说，跟老妈说也不合适。八斗唯一的倾吐对象，只有陆海超。铁板烧还没吃到嘴，海超就炸开了："这不对劲儿呀！绝对有情况！八成你头上得长草。"

长草？哦，明白了，绿的。

八斗阴着脸:"她说没有。"

海超哼哼两声:"她说没有?她说没有你也信?这女的是一般人吗?"

八斗下意识维护一笑:"别胡说,她就是心思不在家庭上,道德品质是没问题的。"海超急得胡子都翘起来了:"我的老哥哥,你这是被洗脑了!女的跟男的那就不一样!女的这样说,还这么决绝,百分之九十九点九九九,有下家儿了!离了就无缝衔接,直接走进新时代!明修着栈道,暗渡了陈仓!手段玩得溜溜的!"

"一笑没你想得那么坏,"八斗并不跟着海超的节奏,"我们之间的问题的确一直存在。"

海超手一挥:"你现在的主要问题是该想着怎么善后!财产问题,是吧。她婚后赚了那么多,不会一点儿钱都不磕给你吧?她提的离婚,人财两空的不该是你。"

八斗惨然道:"我又不是为了钱跟她在一起。她赚的也都是辛苦钱,就算真分开了,我也不会要。"

"你就是圣人!你就是菩萨!"海超差点没蹦起来,"人都往你身上捅刀子了,你还给人送钱呢!以身饲虎!捧血养蚊!你咋那么有牺牲精神呢?"

"她有病。"八斗口气低沉。

"是病得不轻。"

"暂时不能生。"

"什么?"海超眼跟被脚踩了似的,又扁又大。"她跟你说的?确实吗?"

"肾病,得终身服药,不能停。"

海超得其所哉:"明白了,畏罪潜逃,通了。"仰天长叹,用讽刺的口吻,"这女的,伟大!知道不能给你传后,所以放你自由。"

八斗又说:"不光是这个问题,主要她忙,长期两地分居,也顾不上家,加上又不能生育。"

"是不能生还是不想生?现在医疗手段那么多?生点病就判死刑了?吴屈梦那么大年纪,不照样为了生孩子拼命。"话题突然扯到吴屈梦身上,八斗也觉得屈梦了不起。但一笑的情况毕竟不同。屈梦年纪虽大,但却是留得青山在不怕没柴烧。一笑呢,山地快变荒地了。

八斗怅惘地说:"总归身体是第一位的,而且我们求的东西也不一样。"海超问怎么个不一样法。八斗说:"她要青云直上,我要岁月静好。"停顿一下,"老不生舆论压力也大。"

海超难得平静下来:"不生孩子,那是得有点心理阴影的,"长舒一口气,"那离吧,多要点钱。龚老师再开第二春。"老滋老味地,"你不愁!你啥啥都有了,找个女人生个孩子那还不是分分钟的事儿。"

八斗作意要拍海超,说我找你来是解决问题的,你还在这儿拱火。海超说那怎么办,这种事儿,你要是婚前说了还好,婚后突然说不能生,有病,搁谁谁也接受不了。"关键是,她自己也不接受,她自己也觉得不妥当。这就是小冯聪明的地方了。"

八斗不明白聪明在哪儿。

海超说:"她这等于自己给自己台阶下了。要不然,时间久了,你们家也不耐烦了,难听话说出来,撕破脸皮,到时候再散伙就太不堪了。与其那样,不如未雨绸缪自行了断。"

八斗叹息,沉默。他不愿意承认自己是个坏人,淡淡地说:"有孩没孩不都是一辈子。"海超说:"你少来!我还不了解你,一时半会脑子转不过那弯儿的!不孝有三,无后为大,况且咱也没必要改。咱想要孩子错哪儿了?"伸手拍拍八斗的肩膀,"你就当做善事,干吗不让她从这种可能有的愧疚中解脱出来呢?你自己也解脱。像咱这种人,好不容易混到北京来了,还摸到个户口,要是连孩子都不要,不说后半生了,前半生忙的是啥?"

八斗说为自己,还说过程最重要。

海超不同意,说你要是没爹没妈,跟孙悟空似的从石头缝里蹦出来的,可以说只为自己。哦不,孙悟空还知道保唐僧呢。说着说着,海超的气又上来了,他恨得拿指甲挖八斗胳膊上的肉:"别说了!无毒不丈夫!还磨叽啥?!"

消沉,这一阵就是消沉。连粗线条的李骐都看出八斗状态不对。她问是不是还在愁慧慧的事儿。八斗说那跟我有什么关系。李骐说:"那是公司的事儿?"八斗为了不让她继续问下去,说有点儿,刘晓斌又开始折腾了。事实上,刘晓斌最近狠给八斗这边使了几个绊子,但八斗都见招拆招了。拿下的项目，一律转给李骐这边的公司操作，相应的，八斗也入了几笔大钱。

李骐眼睛眨啊眨，一不小心透露了点"秘密"。她说史慧慧已经开始敦促尤高畅买房了。但老高名下房子已满，暂时不能买新的。八斗问："她有购房资格吗？"李骐说："她刚参加工作，户口还没正式下来呢。"说完，再加半句点评："你们家人厉害——"句子被拉长了，充满讥嘲。

八斗叹息。

李骐又说："你老婆还找我弟办事呢。"八斗头一懵，回过神才问什么意思。李骐重复一遍，但说得更仔细："你老婆小冯，找我弟，说要合作一个什么项目，她想用李骥这边的资源疏通关系。"八斗愣怔。李骐骇笑："她跟你也瞒着？"又自言自语地，"我说呢，按理不该是自己找上门儿，怎么也应该是让你找我，我再找李骥，这才是正确的路径。"

八斗怕李骐再说出什么难听话来，敷衍道："她也就是瞎折腾。"

李骐讽刺地说："那还不是你惯的。你不惯，她敢吗？"

一开工，冯一笑又要出差了。有意思的是，自从这个爆炸性的问题提出来之后，八斗明显觉得笑笑对他更好了。或者不能说好，而是客气。她还主动给八斗做饭，很难很难吃的那种，但心意是满满的。八斗的理解是，小冯是在故意用一种润物细无声的方式向他传达一种信号：他跟她，做朋友，要远远好过做夫妻。她还跟八斗保证，离了婚，房子各归各，钱上，她甚至可以吃点亏。

八斗不客气地问："你这是理亏吗？"

一笑说："站在我自己的角度，我毫不理亏，我愿不愿意生，能不能生孩子，都是我个人的事情。我有这个自主、自由的权利。但站在你的角度，我完全理解你和你家，就因为曾经有过美好，所以我不愿意撕破脸。"又补充，"你暂时不要跟你姐和你妈说我不能生。"

奇怪的逻辑，但八斗一想也就明白了。一笑也是要自尊的，不愿意生和不能生是两个概念。不愿意，是主动选择。不能，是你就没这功能。

后者侮辱性极强。

一笑还说："之前我说的方案也是认真的，手续办了可以晚点宣布，和平过渡。你应该找个好女人，能找到，真的，斗儿，我帮你留意。"

这话同样极具侮辱。但面对一笑的"建议",他也只能说一句谢谢。

刚入"九",东北就下了大雪。老妈"出关"后,八斗和三元每天都关注那边的天气预报。八斗总觉得那边儿太冷,又是老妈过去的第一个冬天。他在视频劝了姜兰芝几次,回来吧,也快过年了。兰芝不肯,说暖气费都交了,屋里头也暖和。

她现在跟宫明月都参加了当地的老年大学。一周一次学唱歌,一次学书法,一次学英语。八斗和三元都不理解,这个年纪,还学什么英语。而且在那种地方,别说外国人,中国人都越来越少了,学了跟谁交流。后来经宫明月解释,理解了。人家学的是一种精神,老骥伏枥的精神,积极向上的精神。当然,每次视频,两位老年妇女少不得又夸赞那个城市一次。大致意思没变过,无非是那儿是穷人养老的圣地,人间的无压天堂。

年前,三元要给斯理过生日,也算破天荒头一遭。但显然,王斯理从国外九死一生回来之后,家庭地位上升了。直接原因是:人家的经济地位上升了。拽着姐夫严尔夫的褂襟子,斯理得了不少好处。更重要的是跟对人了,队伍站对了。严尔夫带斯理走场子,认识了更多的领导。他们都是老乡,很讲究乡谊。每次斯理回来都眉飞色舞跟三元描述,弄得三元渐渐也对斯理另眼相看。

赚钱是一方面,那叫富。她做临期食品也挣钱。但,贵,就是另一个层次的事儿了。只富不贵,富也随时可能不保。因此,生日会得办。但三元控制规模,小范围内,就八斗,外加斯文两口子,其实也是间接拉近跟斯文一家的感情。让八斗来,是为作陪。

结果斯文来了,口无遮拦,哪壶不开提哪壶,"笑笑又出差?真行!不赚个两三亿,都对不起这付出!"八斗冷面以对,连敷衍都懒得做了。三元看出弟弟的不高兴,借口让他帮忙看下水道的空儿,悄悄问八斗没什么事吧。八斗双肩一耸:"没事儿啊。"装也要装得像一点。

"你没找她闹吧?"三元眼神里充满八卦的光。

"闹什么,"八斗气息很稳,"后来查清楚了,都是误会。"

三元不理解了:"误会?"

"是。"

"她没在那工作过？"

"做是做过。"

"那不就得了。"龚三元誓要代表良家妇女把娼妇钉在耻辱柱上。

"但做的不是那种工作。"

三元怪笑："还成出水芙蓉了。"

八斗总结陈词："反正，这事过去了，以后都不提了。"三元识趣儿，转而问生孩子的事。八斗被刺到痛点，终于爆发："姐，能不能别整天就这点事儿！"

一句话，等于一个砖头，直接把三元拍蒙了。从小到大，八斗极少用这种语气跟她交流。怎么，为了个女人反了你了？三元伸手把煤气关了，锅铲子还没离手，一副长姊如母的架势："我是关心你！行！我不管了！你爱怎样怎样！你这辈子有没有孩子，老龚家是不是断子绝孙，跟我都没关系！"

三元的气势没吓倒八斗。他顶一句："那没孩子的人，就不要在这个世界上存活了吗？个个都活得很惨？低人一等？不得善终？"一赶气儿说出这么一嘟噜话，八斗自己也吓一跳。话不从嘴巴里说出来，他都不敢相信这是自己的想法。或许，在内心深处，从下意识的层面出发，他已经给出了一个弥补他跟一笑婚姻裂痕的解决方案。

那就是：不要孩子。

他可以妥协。即使没有孩子，他跟一笑还是可以双宿双飞，先稳住现状再说，一笑的病还可以治，他们还年轻，实在不行去国外想办法，只要两个人还有在一起的决心，任何困难都能解决。

他心甘情愿……

三元望着出神的弟弟，简直不相信自己的耳朵。她把八斗逼到放油盐酱醋的铁架子旁边，"什么意思？冯一笑跟你说的？"她连名带姓地，骂也骂个完全，"她给你灌输的？当丁克儿？是这样吗？"怒气冲天地，"她要敢这么说，我立刻冲过去给她一枪！"三元真模拟出个拿手枪的姿势。

"姐——"八斗急于阻止悲剧的发生。好在，王斯文进来了，她要泡焦枣，过来烧开水。看到脸红脖子粗的姐弟俩，斯文诧异："干吗呢这是。"在大姑子面前三元还是掩饰："不是，斗儿，把窗户开一下，热。"又招呼斯文。

听闻斯文要泡焦枣水,三元坐上炊子等水开,又在斯文的杯子里加了甘草和桂圆肉。然后,斯文就开始畅谈蓓蓓最近在学习上的进步了。

88

生日宴吃到三点,所有人酒足饭饱不亦乐乎。王斯理甚至还发出了一句感叹:"老婆真好、姐姐真好、姐夫真好、家真好、我知足了!"作为女主人和宴会的操办者,龚三元深表欣慰。饭后各人该干吗干吗,斯文两口子带蓓蓓去商场买学习的奖励——某种很贵的娃娃,八斗带默默去游乐场,三元想去市场扦裤边,斯理的西裤有点长一直没来得及弄。

三下五除二,收拾好了。三元拎着小口袋去跟斯理打招呼。王斯理盘坐在卧室飘窗上,窗户开着小缝儿,他在抽烟,可能有虹吸效果,烟雾一出来就被拽出窗外去了。

王斯理喝酒上脸,黑里透着红。但三元远远望着自家男人,怎么看怎么顺眼。男人到了中年,分两种,一种是越看越不顺眼的,另一种相反。所幸,王斯理迅速从第一种蜕变成第二种,量变到质变。三元恨不得都喊他一句"臭宝"了(还有"宝娃子")。这些美丽的称谓,都是当年恋爱时,三元赐给斯理的,土味十足但三元喜欢。腻歪,爱一个人就要跟他腻歪。就好像现在,龚三元上前抱了斯理一下。实体的热乎乎的丈夫。三元觉得自己甚至比吴屈梦都幸福。

"那我去了。"三元交代。斯理问她去哪儿。三元说:"不是说了吗,去市场扦裤边。"斯理问:"是不是小红门那个?"三元说:"是。"斯理又说:"那家太远。"

三元笑着说:"溜达溜达,就当消食,一个半小时怎么也能打个来回了。"斯理叮嘱她路上注意。龚三元拎着西裤,走到门边换鞋往外走,刚开门出去,她突然想起自己有条裤子也要轧。于是哐当关门,转身进屋又往北面小房间去。

找到了，裂口不大。三元索性拿了针线，坐下来自己缝。门虚掩着，留一条小缝儿。屋子里没一点声音。三元脑中忽然闪现四个字：岁月静好。

是啊！所谓的岁月静好，不过如此。

她也知足。

卧室传来点声音，从那边门缝儿钻出，又从这边门缝儿钻入，是斯理在接电话。龚三元不自觉停下手中活计，仔细聆听。斯理喂了一声之后，又带着笑冒出一句："他不在家。"

三元头皮都紧了，"他"指谁？

斯理又说："玩不玩？我只有一个小时。"

脑中轰的一下，五雷轰了顶。龚三元差点傻了、疯了、呆了、失明了，只剩听觉还在发挥作用。

斯理又说："随便啊，想怎么玩，陪你。"

好了，确定了。"她不在家"，是女字旁的她，指的就是她龚三元！跟斯理对话的，也是女字旁的她！是不要脸的贱货！一瞬间，各种情绪积压在三元心口，跟一块儿搁了多年的大茶饼似的，那滋味，复杂……三元刚想起来冲过去，直接抓他个现行，那边却没动静了，整个屋子恢复宁静。三元放下针，偏又扎了自己的手，她也不叫疼，她逼自己冷静，抓贼抓赃，捉奸捉双，在没有充分调查研究的情况下，她不能贸然行动。那样，只会给敌人战略转移的机会。

龚三元失魂落魄地起身，西裤都没拿，呆呆往外走。门轻轻带上，一个世界对她关闭了，她却看到另一个世界。那世界魑魅魍魉、贪淫乐祸、多杀多争，是口舌凶场，是非恶海。

刚下楼道三元就哭了，迎风流泪。斯理的电话跟着就打过来："你哪儿去了？"

三元用最后一丝力气稳定情绪，说："扦裤边。"

斯理反诘："裤子没带啊！"三元愣了一下，脑袋昏了，谎编得不圆。"哦，那儿好像关了，我去菜市场看看，有就明天再弄。"斯理又问："哪个菜市场。"三元说："就是小区旁边的菜市。"

挂了电话，三元不哭了。她大概明白了斯理是在算时间。八成认识了一个什么女人，两个人总是趁她不在的时候快活，打个时间差。

斯理这通追问电话，简直此地无银三百两！

三元绝望。但另一方面，她还没完全失去理智，她告诉自己行动要快。敌方已经有觉察。她必须在斯理消灭全部证据并完成战略转移之前，搞到全部信息。

回来装没事儿。拎了一包小米，两根萝卜。

一进门，斯理就巴巴地跑来接。

心里有鬼，以前可没那么积极。

三元把袋子递过去，斯理问晚上吃什么。三元说不是刚吃完吗，又吃。斯理笑哈哈地说："你不是说想吃艇仔粥，我点。"三元婉拒，说打扫打扫剩菜就行了，也不饿。

龚三元走到沙发上坐下，故意问："感觉怎么样，这个生日过的？"斯理又开始对自己老婆一通赞美。三元也顺着演戏，深情道："我是希望你好，咱们是初恋，一竿子撑到今天，事业起起伏伏，感情起码风平浪静。斯理，我对你没有任何要求，自打嫁给你那一天，我就下定决心，不管你是穷是富，反正咱得走到底。"

王斯理望着三元说不出话来，似乎被感动了。但从他的微表情看，三元觉得他可能是愧疚。刚跟别的女人聊完，老婆又来一番肺腑之言，但凡他有良心就必须愧疚。可也难说，很多男人都能一键切换，个个影帝。

龚三元首先要搞明白的是，"那人"究竟是否存在，然后才是是谁？怎么处理？三元的"作案手法"老套又自然。她只是在给斯理睡前那杯牛奶里多加了两片安眠药。王斯理很快就昏睡过去了。三元推了推他，像死猪。她叫他名字，自然没人应答。

三元有种为所欲为的快感。她用斯理的指纹解开了手机，各种翻找，包括微信聊天记录，微信、支付宝的账单。这是最容易找出端倪的。找到了，全部留存，发给自己，再删除传输痕迹。

再翻，她终于在手机的第三页找到某个交友App。好了，坐实了，就是在这上面找的。娘的！这玩意儿居然还要花钱！天理何存！呜呼！龚三元为这一点深深愤怒着。做这种下三烂的事情居然要花钱！

她像猎犬一般反复寻找也没有找出蛛丝马迹，看来是惯犯，只有惯犯，才会这么小心，随时随地删除痕迹。三元把相关信息截屏，发送到自己手机上，再删除记录。屏幕关闭的刹那，龚三元就觉得心中一团怒火无处发泄。她双手揪住斯理的两个乳头，狠狠掐。

斯理还是一动不动。她拿针出来扎他，这下动了，人没死。他嘴里嘟囔着，眼睛没睁开，跟个大虫似的歪了歪，又僵住了。

三元慢慢探过身子，伸出双手箍在他脖子上，热的，喉头微微动弹。她加力，紧箍咒起，金箍收紧。她相信只要自己稍微控制不住，一场惨剧就会发生。

斯理咳嗽了一声，她吓得连忙松开手，慌忙跑出房间。她去厨房冰箱里找冷饮喝。一口，两口，三口，灼热的心终于暂时被冰住。可看到桌台上的萝卜，三元不晓得怎么了，还是忍不住拔出案板旁边的刀，银光闪闪朝萝卜挥去！嘎嘣脆，斩首一般，萝卜头飞出去了，咕噜噜滚在地上，没有血。

三元不解恨，再来一刀，再一刀，再一刀！碎尸万段！

偏偏一转身，儿子默默站在厨房门口。隔着玻璃门，母子俩的视线对接了。三元慌忙放下刀，出去打发默默睡觉。默默小声问："妈，你怎么了？"

三元口不择言："哎呀没事儿，妈妈做饭呢。"她的谎言太拙劣。默默问："妈妈要杀爸爸吗？"三元吓了一跳，莫非，刚才……孩子目睹了那个可怕的场景……不敢想。三元只好往反方向找补："怎么可能，睡觉去吧，妈妈爱爸爸。"

可怕的陈述。最后这五个字，三元自己都不相信。

王斯理第二天上午十二点才醒。他打给三元，三元坐在临期食品店里。小攀忙着上货。电话里，三元让斯理好好休息。证据她都打印好了，放在皮包里，随时可以对质，但她还没选好时机。就比如上午人少的时候，她问小攀："假如，我是说假如，你跟小段结婚了……"

小攀听得很认真。

三元继续："但时间长了，久了，你就觉得腻了。"

小攀立刻道："不会，这个我能保证，不腻。"

三元不满地说："你才多大，先别着急说这个话，就是说假如你腻了、淡了，然后你找了个别人，可能就是网上聊着，反正就是分心了，你会怎么办？"

小攀不理解，问什么怎么办。

三元这才补充："哦，你的这些小动作，一不小心被小段发现了。"小攀立刻说："她不在乎这些。"三元诧异，说你怎么知道，女人最受不了这些。小攀道："别说这种只是聊聊，就是真做出来的，只要男的回归家庭，女的有时候也愿意原谅，我们村有好几个这样的。"三元叱责："那是你们村！落后地区！是不尊重女性！"小攀弱弱地说："大城市不也这样嘛，你没看新闻，那大老板在外面有故事，他的年轻老婆照样原谅。"

三元知道这个大老板，她不往下说了。

小攀反问："姐，出啥事儿了吗？"三元慌忙掩饰："哎呀，就是你梦姐，知道吧，有点小情况，有钱人总容易碰到这些事儿，你保密。"

好了，不能继续说下去了，再说下去就是笑话。可是，她又跟谁去说呢。她不想让老妈姜兰芝担心，电话打过去，问了问老妈和明月姑的生活情况，其他没多说，她自己都嫌丢人。她想问问姐夫严尔夫，斯理是他介绍出去的，又在一个集团混一个圈子，如果有情况严尔夫不可能不知道。可问题是，尔夫也不会站在她这边啊……

思来想去，唯一的倾诉对象只有八斗，她亲爱的弟弟，永远不会背叛嘲笑她的弟弟。

飞机场的咖啡厅有些拥挤。三元找人，八斗说晚上的飞机，要出差，三元坚持去机场送他。见到真人，三元觉得弟弟脸色不好看。

浊，蒙了一层灰似的。

累，他太累了。不用问都知道，身累，心更累！工作没日没夜，还偏偏找那么个不着调的老婆，闹心！龚三元忽然跟八斗有种同病相怜之感，事实证明，他们老龚家有一个祖传的毛病：婚姻不顺。

姐弟俩面对面坐着。三元提议打春后，最好是清明节，考虑给老爸修坟。八斗问动那干吗，算算也不是整年份。三元说总觉得当年给老爸修坟的时候地方没选好。

八斗问何以见得。

三元道："你记得吧，爸坟周围有几家，一个姓袁的，一个姓方的，那碑都返青了。"八斗说没印象。三元说："每次去我都提，你们都不在意，"长长停顿,"人家都返青,爸的坟连根草都不长,好吗?你不觉得咱们家人这些年倒霉倒得都邪乎吗。"

八斗问倒什么霉了。

嗨,他还嫌倒霉不够多。三元气不打一处来,口无遮拦地说:"你,找了那么个亚克力老婆,一点人味儿没有,我,找了个……"紧急刹车,不往下说了。

八斗打趣道:"姐夫还不好?初恋,也混出来了,你现在有老公、有儿子、有事业,三美。"

三元嗫嚅:"你这要求也太低。"

八斗随即道:"还真别说,放眼周围,燕燕姐、笑笑、屈梦姐,还有你那些个同事朋友,有几个三美俱全的?没有!"八斗这么一劝,三元又不禁有些得意。可越是这样,斯理的"触礁"就越令她伤心。王斯理的只顾一时刺激,毁掉的却是一段完美无瑕的人生!(失业稍微算点瑕疵,但也亡羊补牢了。)

龚三元呆呆地望着咖啡拉花,拿勺子戳破了,杯子里顿时一团浑浊,仿佛生活、仿佛人生。有序的美好是暂时的,更多的是一片混沌。你必须有盘古的力量,才能劈开乱象,地朗天清。

然而三元并不打算就这样原谅斯理。她不能容许这样的背叛在自己眼皮子底下发生。可是,当她想要跟八斗倾吐当天的那个"肃杀时刻",话到嘴边还是说不出口。龚三元意识到,即使对八斗,她的亲弟弟,她也做不到将"家丑"和盘托出。因为一旦那样,啪啪打的是她自己的脸!毁掉的是她的美好青春!不不不,不能这样,至少现在不行。而且说一千道一万,八斗也是男人啊!就算嘴上站在她这边,心里怎么想,谁知道呢……

好在,见到八斗到底让三元激荡的心绪平复了些。一个好汉三个帮,有了八斗口头上的无条件支持,她也能恢复勇气,跟斯理斗上一斗。龚三元不打算墨迹,她的策略就三个字——快,准,狠。治人就要一步到位。

89

再见到一笑之前,八斗已经把方案制定好了。目标只有一个,不离婚。事实上他觉得一笑的担忧有点言过其实。是,他是想要孩子。他们之间也有种种不和谐的问题。可这些问题,不正是夫妻俩要面对要修正的吗?

逃避不是办法,应该共同面对。

离婚,太懦夫了。

八斗还去找过李骥,侧面打听一笑的情况。李骥是明白人,三言两语就洞察了八斗的来意。他说你别听屈梦乱讲,她就是有些生气、吃醋,现在我都不能跟女的接触。

八斗客气地说:"梦姐也没乱说。"

李骥身子后仰,手上还在摆弄茶具,说:"过去的事情,那么较真干吗。人和人的际遇不一样,别看有的人身居高位,随时也可能下来,有的人发于草泽,运气来了,照样势如破竹直冲云端。"

话说得很虚,但八斗听得懂,他干笑。

李骥又说:"小冯真的是我见过的,少有的,一门心思扑在干事上的,女的。"

听听,一股节一股节的,多个定语。最终修饰的名词:女的。

总而言之,一笑跟传统"女的"大相径庭。

她是风,她是电,她是雷,她是雾,既危险又不可捉摸。她是男人堆里的脂粉英雄,有大志向大追求,大到让男人都有点害怕,她终究是他无法掌控的人。

李骥最后来一句:"有时候我都觉得,她都不像个女的。"这有点贬义了,可以理解,连他龚八斗都尚且希望寻觅一位贤妻良母,那李骥这样的世家公子,就更不用说了。吴屈梦现在是几个娃的妈,家庭就是她的事业。虽然八斗多少替屈梦悲哀,但他又无法由衷地以一笑为傲。最理想的状况是折中，但这很难，一笑是不见黄河不回头的人。

这次见一笑，她不在厂里，开会，晚上回酒店再碰头。八斗也调查过了，现在一笑身边的男人，少。团队里基本上都是女的。唯一一个男的是个会计，人高马大，丑得吓人。八斗相信一笑不会跟他有那方面的交集，他还是相信一笑的审美的。

还有个重要信息是滕志国最近才汇报过来的——冯一笑当年喜欢的那个小提琴手，已经离婚了。女方家败了，日子难过。他二次当陈世美，甩掉女方去了深圳。

呸！八斗不屑。

他真心觉得这样的男人，猪狗不如！

冲完澡，一笑光着脚走过来了。八斗歪在床上玩手机，抬头看，她身材趋于梨形，早就不是当初那个女神了。但不知怎么的，八斗恍惚。梨形的一笑竟也不是完全不吸引人，或许是因为那股自信的气场，把丑也变成美了。

八斗破题，开玩笑地说："现在，我还是你老公，你还是我老婆，咱们还是夫妻。"有点像法庭上的陈述。

"是。"一笑给予充分肯定。

"睡一张大床，合适？"他提溜着气，随时能发功的样子。

"当然合适，"一笑坐在床边上，用白毛巾擦脚，"就算不是夫妻，也合适。"

"那不合适。"他"遵纪守法"，道德底线高得吓人。

"有什么不合适的，不是夫妻，就不能是朋友了？就不能是情人了？"一笑笑得很自然，她没在装，"咱就是亲人、家人，就算分开了，也是最好的朋友，也可以相互帮忙。"

哦，懂了，她管这叫"帮忙"。八斗真想问她，那平时有人帮你的忙吗，想想算了。怪话就不多说了，还是直奔主题。"笑，咱们还是应该长长久久地过日子，分开没必要。"好了，提出来了，裹着糖衣的炮弹，就看她吞不吞得下。

小冯有些不耐烦："能不车轱辘话吗？"停两秒，再苦口婆心地道："我真是为你好。"

八斗并不激动，拉住她的手："困难都是暂时的，上次你说的，我也回去想了。你是为我着想，觉得亏欠我，但是没关系，我愿意，我能接受，"继续微笑以对，"最坏的情况我也想过了，无非就是没孩子。断子绝孙，"四个字说得面目狰狞地，他把她手臂拉长，"你放一万个心，就算没孩子，我也不会跟妈和姐说你不能生，我就说咱们就是丁克，主动选择。绝不让你为难！"嘿嘿一声，"至于工作方面，我真的不在意，你忙你的，我就做你背后的男人，没问题。"

一席话，冯一笑沉默。八斗了解一笑，她是喜欢速战速决的人。持久战，她不擅长。她或许正在为他的韧劲苦恼。再磨一磨，没准真还有希望。

一笑站起来，走到沿墙的桌台边，拿起保温杯，抿了一口，才转脸笑呵呵地对八斗说："何苦呢？何必呢？人生短暂，干吗这么为难自己。"往前垫了两步，居高临下地，"我太了解你了，你心中什么重要，什么不重要，我门儿清！你现在为我妥协了，将来还是会恨我。"

"我恨你干吗？我什么都不需要，就需要你！"他激动起来，头发有静电，支棱着。颇有些喜剧效果。

一笑走过去，伸手抚平他毛躁的头发，柔声细语地说："你需要孩子，刚需。"一笑长舒一口气，"你不仅需要孩子，还需要儿子！你就是那种人，"轻蔑地，"但这不是贬义。一代一代，这种思想在你们这种人脑袋里头它根深蒂固！我不批判只陈述。尤其是在不需要进行生育实操的情况下，你们当然更乐于收割。"她表述得像在阐述学术论文，"换成我，我也希望，又不用十月怀胎，几分钟，快快活活，然后得一大胖娃子，多好！"

八斗避开锋芒，他向来不喜欢跟一笑掰扯男女权利。"那缓一缓，都冷静冷静。"

小冯却不愿意后退："有意义吗？浪费彼此时间。"

八斗愤怒，他说："跟我在一起怎么就成浪费时间了？"手拍到床上，可惜床软，力量即刻化解，"你要这时间打算赶着去做啥？"

八斗盯着她，眼神狠戾。事实上现在冯一笑说什么他都不会全然相信。是，过去他天真，说什么信什么。可现在年纪渐长，又在商场上摸爬，他谁也不信。一笑的话，他顶多信三分之一，都是套路。他觉得自己这样都不能感化一笑,那她背后必然有不可告人的目的。

是这个目的支撑着她如此坚决。搞不好还有幕后黑手!那就真的太可怕了!

想到这儿,八斗换了一副脸孔,更柔和、更具感染力,他拉一笑过来,两个人并排坐在床边。他的声音充满磁性:"笑,我希望你能跟我说说实际情况,哪怕你告诉我,你喜欢别人了,都行!我都能接受!我立刻我站起来就走人,潇潇洒洒的。你总得给自己个理由,让我相信,让我死心。"

一笑反问:"你这理由就不合理。"

"怎么不合理,太合理了!"八斗嗓子突然尖了,"就没有比这更合理的,你不爱我了,爱别人了,那我为了你的幸福我不能鸠占鹊巢,我得走啊!这是理由。"停顿一秒,"说吧,我准备好了,我能承受。"

长久的沉默。

冯一笑接连喝水。保温杯快空了她才说:"理由都跟你说过了,你要孩子,我不能生,咱们的生活不同步,目标不一致,不适合继续在一块,你怎么就听不进去呢?"大喘气,"我真的就是站在你的角度,为你考虑⋯⋯"引蛇出洞失败。她还在负隅顽抗,固守着自己那套逻辑。有毛病,有大毛病。

八斗急切地说:"结婚的时候我就立誓了,一生一世,结了就不离,咱没什么大矛盾!生孩子这点小破事儿,那算事儿吗?"

一笑抢着说:"不是,亲爱的,好多事情你得预判。你对我的不满,你妈和你姐对我的不满,都在积累都在变化,"她打着手势,比划着水涨船高的动作,"慢慢慢慢到一定程度一定会爆发,非要等到无法收场的时候才处理,才结束吗?核弹爆炸了,世界完蛋了,哪儿舒服?"

"你不爱我了。"八斗插入一条短句,伤害性极大。

一笑哎哟一声,语速很快地道:"我跟你说你现在就是一个单向度的人,你就在自己的逻辑里头转!我说什么你都听不进去!上次都告诉你了,我不是不爱你,但人,无论你爱谁,首先你都要爱你自己!我必须发展,我必须混出来。"

"我帮你不行吗?两个人总好过一个人。"

"你帮不了我。"

"那当初干吗结婚。"

一笑也急了:"又来了。这个问题我已经说过一千遍一万遍!反反复复把心窝子里的话都告诉你了。算了,不说了。扯皮没意思。"

"那意思是,我被利用了?"八斗脸色愈发不好,白,惨白,灯光照着都暖不过来。

"你要这么理解我没话说,你自己也说了,愿打愿挨的事情,怪不着谁。"

"那我现在要补偿行吗?"他开始耍无赖。

"什么补偿?让我净身出户?办不到。"

"我要快乐,我要幸福。"八斗抱上去,甜蜜攻势。

一笑跳开:"咱们现在这样就不幸福不快乐!你难受我也难受!干吗非要绑在一块,往下沉!困兽犹斗!玉石俱焚!为什么不能把笼子打开都走出去,广阔天地,你干点啥不行!"嗓子干了,她摆手:"我不跟你说了,说不明白,咱也别大床房了,我另开一间,都好好歇歇。我这开一天会了,你跟我搁这死循环。"

八斗呆坐着不动。

临出门之前,一笑还不忘做他工作:"斗儿,你再过个三五年回头看,你会谢谢我。你会觉得我太明智了,太有预判性了,你事业有成、长相良好、房子也有、户口也有,你离了我愁啥?"

八斗跟石像似的,一笑推他,石像摇晃,倒下来都能砸个大坑。她苦笑着说:"能做家人、亲人,干吗非做仇人?你好好想想,我真的是为你好!"走两步,再回头,"我为什么要这么做?因为当初就不该跟你结婚!就不该害你!所以,现在,止损,补偿,放下,自在,明白了吧!"

呵呵,措辞都说不利索。

几个字几个字往外蹦,不是心里有鬼是什么。

不要听。一笑的话,龚八斗一个字也不要听,都是战略,都是战术。他感受不到一笑的真实意图,大雾弥漫,寸步难行。事到如今,如果有人跟他说,冯一笑在外面有人了,他信,为什么不信呢?他自己也无法理解,如果一个女人不是有了下家,怎么会这么坚决。他龚八斗差哪儿啦?!是,内心深处,他是不能接受没孩子。但可以想办法啊!没穷尽一切可能就放弃,说白了,还是爱得不够深。当然,还有一点八斗也不得不承认。

他不甘心。

不甘心被这么甩掉,不甘心他的婚姻这么终止,曲终人散,他才应该是喊停的那个。八斗忽然觉得老妈和老姐的话无比正确。这段婚姻,如果没个孩子,他亏大发了!

八斗坐在床边愣神,直到嗓子干了才去拿水,去包里翻充电线的时候,他看到那一小盒万艾可。可笑不?本来要来大战一场的,弹药都准备好了,结果呢……脑中闪过一个念头。

好,一秒决定了。拿起药,拧开水,小小药丸吞下去的刹那,八斗觉得自己充满了力量。

敲敲门,门开了,一笑穿着睡衣。八斗二话不说往里走,冯一笑跟着说你干吗。

"进来。"八斗用命令式口吻。

冯一笑走进来了,一副摆烂架势:"你干吗?"

"躺下。"他二次命令。

"你要干吗?!"冯一笑紧张起来了。

八斗开始行动。药效很快,下面有反应了。

"走开!"一笑拒绝得很直接。

"今天是正日子,"八斗给理由,"我们是夫妻。"陈述完就开始脱衣服。一笑说你有病。八斗一把拽住她,不让她逃。冯一笑尖叫着咬了他一口,牙齿锋利,胳膊被咬破了。

正好,更刺激。血与火的缠绵。

八斗把一笑按在床上,迅速"作业"。冯一笑两腿扑腾着,极度不配合。但她没叫,只是反抗,沉默地反抗。第一回合很快结束了。雨露滋润大地,希望能长出小苗儿。他又来第二回合。一笑真急了,四仰八叉间,她胡乱拽起床头的固定电话机,往他头上狠狠一砸。

电话四分五裂,听筒脱离了母体,朝墙壁撞去,又反弹,坠落,跌在地上。

八斗惊叫,他头没有座机底座铁,手一摸,出血了。他捂着后脑勺转脸寻觅一笑身影。冯一笑已经拎着包,光着脚快步走出去了。

90

　　破裂是肯定的了。他没道歉,她也没有。
　　互不联系。
　　第二天八斗就飞走了,招呼都没打。但他不打算签字离婚。没那么便宜,他恨!
　　刚到,李骐就打电话来。她找八斗打麻将,说棋牌室都约好了,但没人。尤高畅忙(估计忙结婚的事),凑不出空儿。李骐让八斗带个人过去。
　　八斗找了一圈,没稳妥的。同事不能找,生意伙伴不能找。同学?陆海超不太会打麻将。八斗忽然错愕地发现,自己在北京,竟然没有几个能够一起打麻将的靠得住的朋友。
　　呵呵,正常。老婆都快没了,还朋友。
　　八斗据实相告,李骐没难为他,换成一起做美容。八斗别扭,但架不住李骐三请四邀,还是去了,做面部清洁。
　　李骐躺在那儿,一身白,侧脸对八斗:"你老婆又消失了?"八斗说别瞎说,什么消失,人好好的。李骐较劲:"反正,我不能接受两地分居,要么不结婚,结了婚,分开最长不能超过一礼拜。"
　　八斗惨笑道:"那你这难找了。"
　　李骐道:"你这老婆,行,出淤泥而不染。"
　　八斗不痛快,顿时坐起来,要走。
　　李骐赶忙劝:"躺那儿!急啥!这不是好词儿吗。"
　　八斗拧着:"咱不玩儿话里有话。"
　　李骐哎呀呀地,又喷一声道:"我这不是替你不值嘛。"
　　"不用,"八斗反攻,又故意嬉皮笑脸地说:"啥意思,是你有啥想法吗?"
　　哎哟喂,李骐说咱俩还能有啥故事,我要真能有那心,不早把你拿下了嘛。八斗极严肃地说:"你就说你到底喜欢啥样的?"火往她身上引。

李骐想了想,道:"强者。"

八斗没词儿了,他不强。

晚间,张燕玲联系八斗。先发消息,问能不能通电话,八斗不好拒绝,即刻主动拨过去了。八成,燕玲又是一笑派来的探子,是敌是友不明,敌的可能性大。

言辞间,燕玲姐果然已经知晓他跟一笑吵架的事儿,但似乎还不太清楚已经到了离婚的地步。她笑呵呵地说:"你让着她点儿,她是女的,你是男的。"

看看,又是好男不跟女斗那一套。这些女的,占便宜的时候就说要男女平等,吃了亏,就说男不跟女斗。八斗知道跟燕玲说不清,只好说:"明白,没什么事儿,就是都冷静冷静。"燕玲说:"我也担心她,但离得远,看不见摸不着,真实情况也不太清楚。"停顿一下,"人生才多少年。哪能一直往前冲,过犹不及。"一席话下去,八斗隐约觉得燕燕姐倒是跟自己价值观相近、能聊到一块去儿。当然也不排除她在故意喂话,缓和矛盾。

别说女的不能一直往前冲,就是男的也不能。人生有涯,必须懂得进退。出于礼貌,八斗多问了几句燕玲在美的情况。燕玲说一切都好,天蓝饭香,还说自己已经创作了人生第一个英语剧本,在给相关人士看,她还说现在开始往国内投稿了。

八斗为她高兴,又说:"在国内的时候没想着写,出去反倒爱国了。"

燕玲由衷地说:"现在才觉得汉语,特别美。"

周末,三元有请,发了个地址,餐厅叫"芙蓉·宴"。八斗问是什么节目,三元说小攀请客。

"有喜事?"八斗猜不出来。

"是喜事,"龚三元回复,"他跟小段要结婚了。"又改口,"哦不,已经领证了。请咱们吃饭,庆祝庆祝。"再补充,"你那老婆来不了吧。"

八斗说别管她。三元见八斗搪塞,也没往下追问。

一转脸,八斗把这个重大消息告诉了海超。语音通话,海超的口气不屑:"跟我有啥关系。"

八斗说我采访一下你，此时此刻什么感受。

"麻木。"陆海超赌气。

"真的，结婚这事儿，有的时候真不能想太多，就得有冲动。"八斗劝。海超立刻说："你得了，你就是没想太多，现在呢，过成啥了？"八斗不高兴，沉默。

海超又往回找补："我跟你说你就纯属刺激我。我不是因为小段结婚我难受，我是那种广博的难受。"还拽词儿，广博的难受，胸怀真大。

八斗故意问什么意思。

"你想呀，"海超道，"一个高学历，有公职，长得不差，性格柔和，人品优秀的大好男青年，居然找不着合适的对象，这正常吗？"

"不正常。"八斗笑出来，"不过是你不正常，要求太高。"

真心话。

他觉得海超找对象有两大底层逻辑。一是颜值。二是阶层。这是他和陆海超的重大区别。是，他也看中颜值。他最初爱上一笑，就始于颜值，但他不那么看中阶层，有情饮水饱。或许是因为他龚八斗本来就是从最底层上来的，所以包容度很大。

恍神间，海超又让八斗带给小段一个红包。八斗说你有心了，故意刺激别人。

海超不屑："有什么心，最后一笔欠款，还完两清了。"

毫无疑问，这顿宴请小攀下血本了。至少在八斗看来是这样。菜满满一桌，小攀不停地敬八斗和王斯理酒。斯理照例说些客套话，无非早生贵子之类。小段赧颜。八斗看出情况，小声问三元。

三元倒不遮着瞒着，当场指出斯理的谬误："已经怀上啦！"八斗凉气倒抽，他不愿意看姐姐的眼睛。他总觉得姐姐这种大声疾呼的口气是针对他的，言下之意是：看看，人还没结婚就怀上了。你呢，这地，耕作多少年了？长出一棵苗了吗？一样是男的，你好意思？

酒尽羹残，小攀还宣布了另一个消息：他说打算跟小段回老家发展。三元猝不及防，差点被西瓜籽儿噎着。"这么就走啦？！"她嚷嚷。可无论她多么不舍，不能阻挡小两口回乡的决心，人该回去安居乐业了。那么就意味着，这边的临期食品生意，龚三元需要再找可靠人。

好在，三元大气，她举起酒杯，饮尽最后一点福根："那就祝你们，发财！"

是，她也就会这点儿祝福语了。祝谁都是发财，恭喜发财、财运亨通、招财进宝、财大气粗……在她看来，只要发财，很多问题就能解决。但现如今，这话她自己都不信。王斯理是发了小财了，结果呢，学坏了。

酒席过后，王斯理叫了车，两口子往丰台的家去。同坐在后座。斯理不自觉地把头靠在三元肩膀上。莫名地，三元一阵恶心。

纯洁爱情早没了，眼前只是个会演戏的男人。但三元一直没发作，她认为王斯理还在演。因为这种腻歪本身就不正常，他一定是觉察到她已然发现了什么，所以及时找补，企图取得她心照不宣的原谅。

因此，龚三元觉得，暂时还是不能立刻赶尽杀绝。

只要他悬崖勒马，只要他浪子回头，她还是应该给他改过的机会。终归终，人非圣贤，孰能无过。

三元幽幽地自言自语："我得去三河一趟。"

斯理头支棱起来："去那干吗？"

三元道："小攀要走了，那仓库，我不得自己去捋清楚。"

"出差啊？"斯理问。

"就几天。"三元拍拍他的头。她也演戏。再捎带一句："你自己在家小心点。"算点了他一下。又说："明儿人姐来接默默。"斯理说接他干吗？三元说你又忘了，她要带两个孩子去天文台。

呵呵，行了。罗网布好了，就看王斯理朝不朝里头钻了。常言道，天作孽犹可恕，自作孽不可活，三元等着看好戏。

手机支架摆在床头桌了上了，这里是三元家附近的小旅馆。龚三元在手机屏幕上戳了戳，又拿起座机听筒，打给前台，问Wi-Fi账号和密码。

都搞定，三元才把手机放在支架上，点开App。家里的情景立刻就在手机屏幕上一览无余了。为了确保无死角，龚三元在每个屋都装了摄像头。今儿一整天，她都会窝在旅馆看直播。

剧目：慎独。

-521

场次：独角戏。

演员：王斯理。

三元盘腿坐在床上，爆米花也安排上了。平时去电影院舍不得买，看自家的戏，三元兴致勃勃。洗了澡，敷上面膜，美美地吃，静静地看。

斯理入画了。今天他休息，起了床，不错，还知道帮默默做早饭。吃了饭，带默默出门。送他去斯文那儿，直到下午两点才回来，很好，这半天还算是个人。回来之后，斯理澡都不洗，往沙发上一躺，看手机，就这么过了大概两三个小时，斯理在沙发上睡着了。说真的，看到这儿，三元多少有些同情丈夫。或者说，同情中年男人。

不不，还不准确，男字去掉，她同情人，中年人，不分男女，包括她自己。中年人的生活就是这么无聊！

老妈姜兰芝来电话，三元接了。母女俩没聊几句，三元就借口要收快递，把电话挂了。冬天，天黑得早。三元打给斯理，假意关心他晚上吃什么。王斯理说不打算吃饭。

三元假意又真心地说："别空着肚子，胃磨坏了。吃点面条儿。"

斯理还算听话，果然起身弄了点面条扒拉着。不过吃完饭，事情就开始有点变化了。王斯理进卧室了，还不是睡觉的点。他拿着手机，好像在自拍。摄像头离得太远，看不清他手机屏幕上的画面。跟着，他竟然开始脱衣服，先是上衣，跟着，裤子也脱了。三元脑中轰然，整个人像被雷劈中了一般。那话怎么说来着，树不要皮，必死无疑，人不要脸，天下无敌！君子要慎独呀！这王斯理就是个的妥妥的小人！这……裸聊？！

龚三元立刻拨打电话过去。"默默呢？"她故意问。斯理不耐烦："不是送大姐那了吗。"瞧吧，耽误他好事了，人不高兴了。三元又说："一会居委会的人可能要上门。"斯理问干吗。三元说在群里说的，可能要登记个什么，说完就挂了。

好了，扰乱了。龚三元觉得，自己做得够明显了，他怎么着也该收手了。结果呢，人家不管，照样来。三元只好截屏，保留"犯罪"证据。完成了全套，王斯理就躺在床上，光着，跟个大虫子似的。

三元恨得牙根疼。男人！表面一个样儿，背后一个样儿！就看你眼睛里能不能揉沙子！戏看完了，三元平躺在床上，魂跟被抽了似的，她忽然觉得自己好蠢。这种事，是不是不知道要比知道好？或者说，知道了也要装不知道。人至察则无徒，看清一切美也就不是美了。

然而，三元还是无法说服自己，当个傻子绝对不是件好事儿。她严重怀疑斯理的出轨绝非一天两天。龚三元真想立刻回去，干脆给他多下点安眠药算了。但不成，她不允许自己这么狼狈。起码，要过了今晚。她要好好想想。

一整夜，龚三元睡得惊惊乍乍，一会睡着了，一会又醒了。脑中盘旋的是眼里揉不揉沙子的问题。天亮了，三元起来洗了个澡。答案已经有了——不揉，她为什么要揉。眼睛就是眼睛，里面不能有沙子。

她也不玩雾里看花那套，就得清清楚楚、明明白白、真真切切。谁也不能破坏她感情的纯洁性。箭在弦上，她必须要发。这一仗，必打，且必须赢。

91

三元像女皇，像判官，像夜叉，像白无常，像仗宝剑的红拂，像扛大刀的王五；还像海上的妖人，唱首歌就能把水手迷惑，也像美杜莎头上的蛇，看着都瘆人；像西游里的二郎神，眉目间有天眼，能射出电来，也像水浒的孙二娘，笑容里隐藏着杀机，活人在她眼中都是包子馅儿；像红楼梦里的王熙凤协理丧事，坐在那儿秩序立马井然，还像三国里的张飞，一声吼河水倒流；像草窠里的兔子随时能跳起来，也像湖底的老龟静得仿佛死了一般；还像一株美丽的灯笼草，是不动的，就等着猎物钻进它那血盆大口；像草原上的母豹，只要一出击，就必定要有斩获，不容有失。她像手持倚天剑的灭绝师太，一念成魔遇佛杀佛，还像吃了熊心豹子胆的玉娇龙，不用跟任何人讲理，她就是理。她更像一具魔、一个鬼、一只妖，反正不是人，嘴里含着火团，只要对面有动静，她就一个霹雳打过去，准叫对手粉身碎骨片甲不留。她像一切捕猎者，也像一位执法者。

总而言之，龚三元准备好了。

夜幕降临，客厅的光线越来越稀疏，跟快要窒息似的，灯关着，她就端坐在自家沙发上，正对着大门。她把沙发挪了位置，小桌子也搬到沙发前，桌子上摆着个小本儿，一面纸上写满了字。

全是王斯理的罪状。

时间差不多了，听到脚步声了，那是战鼓，是他，她不惧。她特别佩服自己这点，越临大事越有静气。

门被打开了。他低着头，忙着换鞋，根本没注意到她的存在。夜色是她的隐身衣。一阵窸窣，他从口袋里掏东西。他有这个习惯，到了家第一时间把口袋掏空，因为他从来不带包。她建议了多少次，甚至在他两次丢了钥匙之后主动给他买了一个体面的上档次的牛皮包，他就是不带！她也问过为什么，他就说不习惯。

三元说："坏习惯不能改吗？"

王斯理明着说改，但第二天出门还是主动忽略那个包。

他还有个习惯三元也是深恶痛绝。他喜欢"剩"。

吃饭剩，做菜剩，买东西剩，永远做多买多，永远剩那么一点。

有一天，三元指着锅里的一小撮土豆丝问："为什么？"

王斯理瞪着眼反问："什么？"

三元苦口婆心："这样会给孩子不好的示范，咱不怕多吃多买，咱们不要剩不要浪费行吗，你剩这一口给谁。"

王斯理还是坚挺："不给谁。"

三元追问："那为什么？"她要一个答案。

王斯理干脆说："不知道。"

看来从他嘴里是问不出什么了。但三元猜也能猜到，这就是潜意识，是童年的匮乏让王斯理受到了深层伤害，吃了上顿没下顿，他永远怕短怕缺怕失去怕幸福突然中止，所以，他永远要留一个小尾巴。不吃净，不用净，宁愿浪费，也要满足那点可怜的心理上的安全感。

或许在他眼里，那不叫"剩"，叫"多"，叫"富余"，是深挖洞广积粮，为自己留后路。

再往深里追溯，三元隐约觉得这不是王斯理一个人的错，而是他们老王家多少代人沉淀下来的集体无意识——往上数八辈儿，有七辈人受过饿捱过饥荒，怕了。他爷爷就是逃荒时吃观音土胀死的。虽然现在是和平年代，物质丰富了，王斯理还是改不了这祖传的老根儿。跟阿Q似的，大清都亡了，他还非得留着个小辫儿。

口袋掏干净了。奇怪，王斯理没开灯也没穿鞋没脱袜子，直接赤着脚，跟猫似的往书房走。三元没动，就这么坐在黑暗中盯着他。

过了好一会儿，等他出了屋，三元才一个反手，啪！打在墙上，正中客厅大灯开关。客厅中鬼祟的一切顿时在灯光的照射下显影，无所遁形，包括王斯理。

他发现她了。整个人僵在那儿，脖子歪着，跟见到鬼似的，然后演故作生气的戏，埋怨："不是……那个……你干吗呢？"

三元眼神凌厉口气低沉："你干吗呢？"

一句话就把王斯理问住了。明显有鬼，他才是鬼。

王斯理愣了一下，说："没干吗，眯了一会儿。"

"五分钟？"

他又问："沙发挪这干吗？"

三元不解释，目光对准小圆桌上的小本子。

王斯理向前走了两步，问："默默的作业？"

三元不等他靠近就拿起本子，用朗读腔："购买安全套大号装，一打；宾馆连续开房一周；下载电影250G；注册相亲网站账号一个……"这是审判。三元力求沉稳，每个字都掷地有声。

王斯理不得不打断她："不要捕风捉影！"他说起话来还文绉绉的，口语调里却透着油嘴滑舌。三元最恨他这一点。

三元骇笑着："不打算解释解释？"

她今天主打反问句，每一句都是重锤。

王斯理似乎意识到问题的严重性，嘴巴还是硬的，"我问心无愧"。一句话重新点燃三元的怒火，她仿佛岩浆喷发一般："你把我当什么？"

斯理说："你又来了。"

三元气焰又下来些:"我是你爱人吗?"

"这不废话吗,"王斯理啧一声,终于靠近了,一把抽过三元的本子,"安全套是我买的,打折的。"

三元讥讽道:"用得上吗。"

斯理没理她,继续说:"宾馆是老家一个大伯来看病,又不好住家里,没跟你说。"又说:"相亲网站是当初帮慧慧注册的,也是妈的意思。"说罢,斯理又低头,"那250G你不是都知道吗,存货……"

很好,都能解释,永远有理。三元的火气收了一点,她今天要打三大战役,第一场突袭战落幕了。进入第二阶段,持久战。

三元拍拍沙发,笑呵呵地说:"坐。"

王斯理果然把屁股搭在沙发那头坐了,如履薄冰。

三元问:"老王,都老夫老妻了,咱开诚布公点好不好?"

王斯理说你说。声音有点不稳,表情不自然。

三元单刀直入:"你生理问题都怎么解决的。"

王斯理不说话,望着三元,跟看外星人似的。"又来了。"这是个万能句子。他总爱用在三元身上,百试百灵。

"还是说,没需求了?"三元戏谑。

"有倒是有,"斯理尴尬了,"但不多。"

"怎么解决的。"三元问到底。

"你不是都知道吗。"

"我不知道,知道干吗问。"

"出国的时候不就交代过。"

"现在还那样?"

"差不多。"斯理声音发虚。

三元这才拿出手机,调出截屏。画面中一名赤裸男子。斯理吓得魂飞魄散,随即咆哮,"哪来的?!有病吧!"他要抢手机。

三元轻巧躲开了,继续嘲弄:"这是谁啊?"

斯理跟疯了一样:"这谁弄的,这得报警!这犯法了吧!"

三元手一挥,说:"不用报了。"

斯理一脸不理解,愤怒加剧。

"破案了。"三元说,"我拍的。"

王斯理怒火更甚:"龚三元!你是不是得去精神医院了?!"

人乱我不乱。"呦,贼还喊上捉贼了。"三元声调陡然拔高,"我就问你这是谁,在干吗?!"她坐回沙发,"说吧。"

"懒得理你。"斯理转身朝门外走。

看来想用三十六计走为上计了。

三元的声音像抛物线一般砸过去:"站住!"她食指指着斯理所在的方向,"王斯理我告诉你,你现在从实招来,咱俩还有的谈,你要就这么走出这个家门,哼,四个字,玉石俱焚!我直接就把截图送你们单位去!"

王斯理转脸:"龚三元,我求求你要点脸!"

"到底是谁不要脸?!"三元跳起来,"招还是不招?!"

"你不是都看到了吗?还说什么?!"斯理往回走了两步,"别太赶尽杀绝!"

"明天,你,去体检。"

"干吗?不去。"

"事儿都做出来了,谁知道你有没有性病。"三元越说越邪乎。她怕得宫颈癌。男人不卫生,危害的是整个家庭。

斯理委屈地叫道:"说了没有没有,现实中没有,就在网上玩玩,能有什么病,干干净净的……"

"好了,承认了。很好。"三元眼睛像鹰,狠,厉。

斯理破罐子破摔,"那你让我怎么办!谁还没点需求!"停顿一下,"你又提供不了!"

"呦,还怪上我了,你要求了吗?"三元抱着双臂。

斯理愤怒地吼:"要求十次,八次都不行!剩下两次也老一个姿势!"

好家伙,这屎盆子扣的,本姑奶奶不接受!三元重新站起来,逼近王斯理:"现在到底是谁犯错误?你还跟我大呼小叫?"

斯理由弱变强:"这就不叫错误!就算是错也是你逼的。"一嚷嚷就收不住了。他还说什么冰冻三尺非一日之寒,说迟早的事,还说三元是死猪不怕开水烫。

三元终于听不下去，把小本子往茶几上一摔。"怎么着，你给个解决方案。"她下最后通牒。

"随你！"他气顶在那儿，不肯让步。

"离？"三元吐出一个字。她自认为是核武器。斯理却来了个斗转星移，他笑了，笑得很不友好。他语带讽刺："你以为你离了我还能找到什么好的？我告诉你，像你这样的，这年纪！这脾气！这面相！出了这家门狗都不要！"

晴天一个雷，三元被轰得外焦里嫩。实话！全掏实话了！合着在人王斯理心中，她龚三元就这形象？连路边卖不出去的烂柿子都不如？！我几十年白混了？！龚三元肺都要气炸，她跳起来，勾着手要打人："我分分钟给你戴一绿帽你信不信！"

斯理狞笑："信，我当然信。这年头，玩玩太方便了。问题是，你要能找到一个愿意娶你真心对你好的，才叫真本事呢。"说完两臂团抱，一副稳坐钓鱼台的样子。

三元咬紧牙关，反击："那也是分分钟的事！我这条件，追我的人排到大红门！"

斯理呵呵地笑："是，去大红门买猪肉。"又补充，"你就吹吧，继续吹。"

明明是悲剧性事件，没想到却了个阶段性的喜剧性结尾，悲欣交集。龚三元不得不相信了某哲学家的那句名言，"一切伟大的世界历史事变，可以说都出现两次，第一次是作为悲剧，第二次是作为笑剧"。

她现在就觉得，王斯理着实可笑。如果时光能倒回，她压根不会跟他结婚！她跟他在一起的时候他有什么？是有家庭？还是有长相？还是有钱？还是有事业？一个也无！她就图个情投意合，图个初恋！爱情大过天！结果呢，她得到什么了？这么多年她煮干的、熬稀的，生孩子、辞职带孩子，为了家庭重返职场继续赚钱，没有功劳也有苦劳。他就是这么感谢她的，直接送来一顶绿帽！

说真的，她给他一刀的心都有！

而且，他现在竟然瞧不起她！什么叫出了门没人要？她怎么会没人要？！

她龚三元虽说不是绝代大美女，但颜值上她从来没有失去过信心，何况她现在有点事业，岁月也沉淀了气质。她自我感觉超级良好，怎么会没人要？！她龚三元这辈子，最恨的就是被人瞧不起！好，既然这样，她索性做出来给他瞧瞧！

东窗事发，夫妻俩铆着劲儿，谁也不肯先低头。

得想办法，东风总归要压倒西风。

咖啡店里，三元的心紧绷着，连带着，身体也呈现僵硬姿势，跟着，脸上的表情也变得分外狰狞。旁边坐着小姑娘，一见三元这样，害怕她是精神病，赶忙端着咖啡杯走了。

手机响了，是老妈打来的。一看到屏幕上老妈两个字，三元顿时眼泪就出来了。尽管她极力控制，电话那头，姜兰芝还是察觉出女儿的异常，问她怎么了。三元暂时不想说出实情，搪塞说默默又考了个零蛋，她急得哭。

姜兰芝道："慢慢来，别给孩子逼坏了！尽力就行。你永远记住一点，人，别跟自己过不去。"最后这半句，三元似乎听进去了，又似乎没听进去。

92

新房看好了，慧慧的户口还没下来。两家商量着，暂时以公司的名义买。法人还是尤高畅。李骐找八斗，问公司有没有年会团建安排。八斗说没听说。

上头查得紧，一切都省了，只给员工发了点儿福利，水果干果什么的。

李骐问："你年咋过？"

八斗没理解，说正常过。李骐只好明说了，问他过年假期的具体安排。八斗说准备去我妈那儿。

李骐问："你妈在老家吗？"八斗说差不多。他没细说老妈去东北买房这事儿，一解释又更复杂了。

李骐来一句："你老婆呢？"

八斗说:"还在外地工作。"

李骐揶揄地说:"听说你老婆这次做得不错,把传统医药和国潮文化结合起来了,搞不好都能做上市。"

这倒是八斗不知道的。一笑没说,他也没问。但他也相信李骐说的,骐姑娘的消息总是灵通。

"年前出去玩玩?"李骐建议。

这才是正题。

八斗问去哪儿,李骐说东南亚。八斗问"都有谁?"李骐不满地说:"你我还不够呀,还是说你担心你老婆吃醋,或者担心我对你做什么?"小手一挥,"你放一百个心,你就是脱光了,我都没兴趣。"八斗忙说不是那个意思,他得问问还有没有年假。

当然,这是个缓兵之计。现在做什么事,龚八斗也学会摆摆姿态。人家说什么,即使你再愿意,也不能立刻同意。那样,就显得太不值钱了,这叫社交战术。

问好,回复,可以去。李骐说她订机票。可等到上飞机的时候,八斗才发现目的地居然是柬埔寨,他立刻有点紧张。

李骐安慰:"放心,都是自家地方。"八斗没理解,到了地方才明白,也才想起来过去谁提过一嘴——李骐在这儿开发了一片小海湾。到处都在施工,朝气蓬勃的样子。李骐和八斗站在当地最豪华的酒店的露台上,面朝大海。

李骐说:"看到了吧,差距,李骥赚多少,我赚多少?能比吗。"又补充:"不过他们认为,我没孩子,赚了也没处花,"转脸对八斗,"你说这种论调可不可笑?合着他们赚钱都不花,都是留给孩子的?而且赚钱这个东西,本来就是奋斗的副产品,又不是为了赚钱而赚钱。那人家那些大企业家,那个资本家,不缺钱了吧,那人家为什么做呢,也都为子孙后代?"

八斗笑笑,没作答,他还是处于为了赚钱而赚钱的阶段。他把话头转个方向:"所以说,梦姐想做事业,也是精神需要。"李骐否决:"她还是为了赚钱,不过现在,你让她干她也不想干了。"又嘀咕一句,"人都打算移民了。"

重磅消息。

八斗问:"什么时候的事?孩子呢?李骥呢?"

李骐道:"正在打算,孩子跟着吴屈梦走,李骥不能走。"她永远称呼吴屈梦大名,显得有些距离感。

八斗又问李骐干吗不参与李骥的大买卖。

李骐道:"人这都是闭环,而且,各人玩各人的生意,各人有各人的路子。何况我也不想参与,盘子大,目标就大,风险也大。"她转头,半张面孔淹没在夕阳里,雕塑一般,"咱就弄点小的,这辈子够吃够喝就行。"

呵呵,谦辞,要说够吃够喝,早够了。八斗没往下问。李骐说饿了,两个人去餐厅吃饭,没几道对胃口。八斗不喜欢吃酸甜口。李骐减肥,象征性吃几口。晚上休息,一人一间,没任何故事。八斗回想起李骐说的那句他脱光了她都没兴趣,多少觉得受打击。他身材一般,但还算匀称,绝不是那种油腻男人,你李骐凭什么没兴趣。结果第二天冲浪,李骐换衣服出来,八斗唬了一跳。骐姑娘的身材,前凸后翘,玲珑曼妙,虽然长相欠奉,又一头女鬼般的长发,偏偏还不肯扎起来,但身材多少补足了。八斗忍不住鼓掌:"你搁这儿要没点艳遇,这趟都白来。"

谁知李骐径直走向八斗,让他帮忙调整后背的泳衣。八斗的手顿时笨拙了。李骐问:"怎么样,我比你老婆如何?"八斗说没有可比性。李骐不忿儿:"怎么就不可比了,都是女的,年龄也差不多。"八斗开玩笑地说:"那肯定是你厉害。"李骐哦一声,表示不明白厉害的点在哪儿。

八斗不肯说。

李骐不依不饶:"说,别这这那那的。"

八斗委婉道:"说了你该怪我不礼貌了。"

李骐转过身:"恕你无罪。"

八斗缩着脖子:"那我真说啦?"他视线飘忽,在李骐身上划过。李骐手一举:"不用说了。"她明白了,又啐:"你们这些男人怎么都这么畸形呢。"

八斗笑着:"我还没说呢怎么就畸形了,我是说,你的腰比较细。"话还没说完,李骐就往海边走去了。

八斗不会冲浪,没学过,也懒得再学。他站在岸边看,戴着个墨镜。李骐腾跃潮头,英姿飒爽。八斗忽然直观地感受到了自己和李骐的差距。那就

- 531 -

是，这半辈子，他只顾着学习奋斗，根本没有机会享受生活，也不懂什么是享受生活，但李骐就不一样了。她的出身，决定了她有更多的溢出技能，而这些技能，又都是花钱砸出来的。过去，八斗没觉得李骐"可爱"。或者说，很少把她当女人看，但这一刻，阳光，海滩……他也不得不承认跟李骐在一起很舒服。但八斗也清醒地认识到这种舒服，属于"朋友限定"，他从没想过跟李骐这样的人做情侣或夫妻。

手机响，陌生号码，怕是诈骗电话，八斗没接，又来，持续震动，八斗接了。

跟着瞳孔就开始颤抖了。

挂了电话，龚八斗跑向刚上岸的李骐。"我得回去！"他的声音很急促，再配合表情，一副没得商量的样子。李骐问他回哪儿。八斗说他必须立刻回国。

冯一笑出事了。

飞机上是各种各样的人。李骐接过空姐递过来的毯子，丢在八斗腿上："不用着急，心肌梗死这玩意儿，救过来就救过来，没救过来，电话里就告诉你了。"

八斗不说话，看一眼李骐，又看窗外，云层密布乌突突的都是雾霾。飞机钻进去了，颠簸了几下。李骐害怕，但笑话着说："咱俩不会在这儿交代了吧。"又说，"你可得对我负责。"

八斗下意识伸手抓住李骐的手腕子。此时此刻，他有义务当个绅士。李骐低头看着八斗抓着的手，没动弹。一会儿，飞机平稳了。

八斗手还抓着，他半闭着眼头靠在椅背上。李骐看不惯他这样子："哎呀行啦！根本没啥事儿！我这本来要待到年后呢，被你一忽悠，回来了。"八斗表示不好意思。李骐道："我最怕的就是过年。"

八斗低头一瞥，忽然意识到攥着人家手腕子不好，连忙撤开，问："怕催婚？"李骐说也不完全是，反正就是不喜欢，不喜欢那种万家团圆的氛围。八斗觉得奇怪，但也没多问。什么事发生在李骐身上都不稀奇。

落了地，两个人各奔东西。八斗是飞机连着飞机，飞奔到一笑跟前。弄明白了，这一回，小冯同志是连犯了两个病：心肌梗死是一种，尿血是另一种。

等于心脏和肾脏同时抗议了。

冯一笑躺在病床上,小地方条件有限,病房也因陋就简,墙皮子掉得斑斑驳驳,跟哭了似的。八斗也没料到有朝一日他和冯一笑还会在这种地方见面。

一笑脸色煞白,眼睛却炯炯有神。她要拿手机。

八斗抢先没收了。

"你现在是病人!"他用祈使句。事实上,这一趟奔赴的,八斗感到心暖。是啊,一笑还是需要他的,十分需要。至少,在她生命极其危险的时刻,他第一个赶到。本来也是,他是她丈夫,受法律保护的,但他同时也有些内疚。

因为他曾在心里默默祈祷希望一笑生病。这样,她就可以停住脚步,回到他身边。

现在他又后悔了,他祈求上天,把愿望收回,只希望她健健康康。

冯一笑再次要手机,八斗依旧不给。一笑说:"就只看,不回复。"八斗道:"心脏肾脏都不好了,大脑也不想要了?我可跟你说,你要痴呆了,我不照顾你。"

一笑苦笑:"放心,不会连累你。"

八斗以家属的身份当面向医生求教,问一笑的真实状况。医生说:"小冯的身体状况不佳,很虚弱,尤其肾病,需要长期服药。"这就意味着生育前景不大看好。听到这儿,八斗的心沉下来。至少,在生孩子这个问题上,冯一笑没撒谎。八斗有些相信小冯的确是为他考虑了。

他们不年轻了。

还是那话,八斗不想当老爸爸。

晚饭一笑不能吃咸的。八斗到处找锅,煮那种浓稠的米汤,又端着喂。

冯一笑抱歉地说:"没想到他们还把你找来了。"

八斗说我是你第一监护人。

一笑说:"我怕你付出得越多,就越不想退出了。"实话,但不中听。

八斗快速地说:"今天不谈这个。"

一笑用喑哑的嗓音:"车皮,你到现在还不相信我是为你好吗?"她忽然唤他小名，他鸡皮疙瘩起来了。

八斗道："好不好我说了算，那是我的感受。"长吁一口气，"我离不开你，一想到跟你分开我就难受。"他觉得自己说的是真心话。

一笑说："你这就是个习惯。谁离了谁不行？只是需要时间适应。"她微笑着，"而且，你这辈子不能没有孩子，这是你的心结，是你们全家的心结。你必须有孩子。"

"都说了可以再想别的办法，现在医疗手段那么先进。"他语速快了，有点急躁。

一笑摆着头，眼睛对着天花板："这辈子来到世上，不是说人人都要生儿育女添丁进口，每个人的使命不一样，自己活得痛快就行。"

"行，我陪你痛快。"

一笑好像气又足了，说她自己的："这是两码事儿，真的，活在当下，你说前儿个我要真一口气上不来我背过去了，那你不还是要再找吗？还是说你就非我不可，放不下，硬撑，守着，苦自己，是这样吗？"

八斗说："这才是两码事儿呢。"

一笑抢白："或者你就当过去的冯一笑死了、没了、走了，那个当你老婆的冯一笑不存在了。现在新的冯一笑来了，就是你的挚友，你的生死之交。真的，宁愿难受一阵，也别纠结一辈子。"

她伸手拉住八斗的手。她手冰凉，八斗下意识两手捂住了，暖着。一笑继续："人这一辈子，你别光找自己喜欢的，你也试试喜欢你的，你也享受享受，人追着你捧着你掬着你的感觉，你很优秀，你值得岁月静好，下了班，跟老婆坐在沙发上，看看那种可以一边笑一边骂的电视剧，那不就是你想要的吗？不美吗？为什么不能去追求这种生活呢，非要搁我这提心吊胆，自找苦吃？八斗，你听我的，对自己好一点。"说完这一大串，冯一笑定定地望着八斗。好像生病的人是他。

八斗只瞥了她一眼就立刻把目光移到别处去了。这番话，这个大概意思，冯一笑不久之前刚跟他传达过，他那时候就觉得一笑有阴谋，他从半信半疑渐渐发展到一个字也不要信。可现在，一笑躺在病榻上——她刚从鬼门关回来，还能说出这一番话。连多疑的八斗也不得不信那句老古语：人之将死,其言也善。

真叫推心置腹了。

关键是,他也渐渐认可了一笑的那种论断:或许,他们真的不适合做夫妻。做朋友,很好很好,一辈子的那种。八斗正在出神。冯一笑却好像能读懂他内心活动似的:"咱们上辈子,一定是朋友,这辈子,还能继续当挚友,天生就相互看着顺眼。但是,如果距离太近了,就相互影响,反倒不好了。"她狠狠吸一口气,仿佛刚才那番劝导已经用尽她全部心力,"你以为你难受,你妈你姐难受的时候,我就不难受?你以为我真就是刀枪不入?完全不在乎社会对我的看法?不是的!可是问题是现在已经这样了,那就解绑,自由。我走得远远的,也算求个心安。你就让我当那个天不管地不问的特例。"

八斗心缩成一团,沉默。

一笑宽慰他:"当然这事也不是特别急,年后再说。而且即便咱们在法律意义上结束了,心理上包括周围的关系也都慢慢来。等合适的时候再跟家里人说。"又笑嘻嘻地说:"没准到时候你都开第二春了。妈和姐一高兴,没准还觉得根本就是好事一桩。"

八斗反驳:"离婚永远不会是好事儿。"

一笑大喇喇地说:"你就别当是离,就当我死了、没了。"她忽然吟诵起徐志摩的诗:悄悄地来,悄悄地走,不带走一片云彩。

龚八斗目光落在别处。荒诞。结婚悄悄结的,现在离婚又悄悄离。他就不明白,为什么自己的婚姻,总是隐晦得跟一部经书似的,而且是他永远猜不透看不懂的那种。

93

事实上,一系列猛虎操作之后,龚三元有些后悔了。

首先,她发现自己没那么勇敢,勇敢到立马跟王斯理离婚。就算从经济角度看,十年养猪,总不能等猪要出栏了,却拱手送人(但她对自己的魅力还有一种说不清道不明的信心)。其次,那层窗户纸被捅破之后,她跟斯理的攻守关系似乎对调了。过去,是她强势,她攻,他守。这个家她说了算,他唯唯诺诺。

现在,人横着走!吃饭都比过去多了半碗,浑身上下都透着理直气壮。毫无疑问,王斯理现在在心理层面上,是具有压倒性优势的,至少他自己这么认为。他料定了三元不肯离婚,所以才几次三番用言语刺激。

三元冷处理了几天。终于,在一家三口准备去超市办年货的空当儿,王斯理明确提出来了,那口气大的不行。三元在他那儿恨不得就是个小坐骑。

"你也闹了一阵了,"斯理两手背在屁股后头,"这马上也过年,你要觉得差不多了,不整活儿了,咱就继续过。"

啥玩意儿?!三元当自己幻听。到底谁整活儿?!那火直接就烧到脑门上,三元怼道:"我还没原谅你呢。"

斯理也急,且强势:"不是,你原谅我什么呀!我一没出去跟别人乱搞,二没怎么着,就在网上玩玩也没发展出什么情感关系,我怎了我?身体也查了,清清白白干干净净。什么宫颈癌HPV啥都没有,你还想怎么着呀!"

多可怕。不行!得治!三元挺起胸膛,声音更大:"你这叫出轨叫犯罪,精神出轨、肉体'云出轨'懂吗?"斯理轻蔑地笑:"你要这么讲我没话说了,还'云出轨'。你怎么不反思你自己!这么多年,这个家,什么不是按照你的意思来!你是不是太强势了?!我告诉你,一个家,女人要太强势,指定过不好!"

歪理!彻头彻尾的歪理!三元感叹,钱壮怂人胆啊!王斯理,你是要跟我杠到底。你要服个软,我龚三元还有可能鸣金收兵,眼下人硬着来,就必须迎战!捍卫女人最后的尊严。

龚三元单手叉腰,手指着斯理:"王斯理我告诉你,你这就是犯罪!你知道跟你玩儿的是什么人吗?要是存心钓鱼的,你不给钱就立马被人张扬出去!"

斯理头冒汗,但气焰依旧嚣张,不等她宣判完毕就抢着嚷嚷:"你才犯罪!你侵犯隐私!违反网络安全法!告到法院去受审判的是你!"哼哼一声,"你不是要离婚吗?我没意见,只要你自己想好了,我随时奉陪。"

放大招了。一招鲜吃遍天。

三元懵在那儿。虽然有一万次心理准备,可当斯理说出"离婚"二字的时候,她还是措手不及。他就捏准了她这个命门,往死里戳。可是,她又不能后退,但凡退半步,她这辈子指定被他掐得死死的,起码五行山下压五百年。

三元跟疯了似的,步子凌乱:"行,打印离婚协议。现在就签!"

斯理说:"行啦,别装啦,不急!就算要离,过了年再说,你不还要找下家吗?你放心,我也是为你好,只要你能找到下家,你满意,我立刻退出。咱们就一别两宽,各自欢喜。"

三元手指着斯理,恨得牙齿都快咬碎了:"这可是你说的!"

斯理不示弱:"还是那话,你还真别不信,这事儿,我有错,你的错比我大!在家里装个摄像头,偷拍丈夫那什么……你这种人谁敢跟你过日子……你就是天天在温室里待久了,不知道外面的世界有多残酷,"说到这儿,斯理挥手,一副打发她去的意思,"你就去试试,我等着看排队娶你的人到底是谁。"

刺激,绝对是刺激,是激将法,是扬鞭打马,想让她在震怒中乱了方寸。只是,人家出招了,她龚三元就必须接招。她要不来个马踏飞燕,都对不起她这半生修为。她的人生信条是:不当怂货!行,本来想大事化小小事化了,现在,却不得不迎战了。

三元给八斗打电话,问他过年期间的安排。她说老妈不打算回来,问他有没有去东北过年的打算,八斗立刻同意。三元问:"一笑呢?"八斗说别管她了,她有她的安排。于是三元出面跟兰芝沟通。事情落定了。

年三十儿,娘仨在阜新过。

龚三元要提前订高铁票。八斗说不用,他坚持要开车过去。事实上,自打一笑那儿回来,八斗的人生观似乎有些摇晃。过去,总要考虑小家,考虑两个人,考虑未来。现在不用了,他就考虑他自己,爱自己。

这是八斗从一笑那听到次数最多的词。

陆海超拉八斗去看车,他建议八斗换车。要在过去,八斗肯定不同意,他艰苦朴素惯了。车,能开就行,但现在不一样,他要解放思想。

车行里，陆海超带着八斗走马观花如数家珍。这里的车他多半买不起，但这并不妨碍他煞有介事地对八斗说："你告诉我，三十岁的男人，开什么车才叫混得好？"

八斗知趣求教，等着聆听奇谈怪论。

海超又说："你过年要回老家吧？"八斗默认，懒得跟他解释细节。

海超声音陡然增高："回老家一定要开车！"哼哼一下，"七大姑八大姨肯定要问你，八斗呀，混得怎么样呀？"怪笑，"咱啥也不说，直接给他们整一辆车！完事儿了！"说着，海超在一辆车跟前停驻，"一定要开梅赛德斯奔驰，款式也得有讲究，得是长轴，短轴就不行。"海超上车试驾，手抓到方向盘了，"这方向盘握着就有手感，最好的是45万，要是挂挡的，不能是怀挡，"他扭脸跟八斗阐述，"看到了吧，挂挡最高级，宝马还是'小鸡腿'呢。奔驰就好一些。"又回身四望，"看看这，宽敞，有面儿，带人出去玩不挤。"抬头，"天窗，"低头，"氛围灯，都有了。"最后再一次重申，"我告诉你八斗，人到中年，你就得有一辆属于自己的真正有面子的车！"

挚友说到这份儿上，龚八斗不得不拿下了。是，有面子，必须的。省给谁呀？男人，排面儿第一。

这排面儿首先惊到了姐姐三元。

龚三元刚看到这车，还没踏上去呢，就惊呼："哎哟，车皮，这哪儿来的，借的啊？"八斗表示是自己的。

三元嚷嚷："发财啦！"她把零碎东西放后座，自己坐副驾驶，系好安全带，旅程开始了。八斗照例问姐夫和外甥的情况。三元激动："不是说好了吗，今年各过各的，谁也不管谁。"

八斗笑说不怕牛爱玲有意见啊。三元不屑："她有什么意见，有男人够了。那个老外交，把她迷得五迷三道的。没打结婚证，比人家结婚多少年的感情都好。"

八斗笑出声，"没领结婚证，永远是恋爱，领了，就成婚姻了。哪个划算？"三元忽然口气悠长起来："哎，还是恋爱的时候美啊……"话说到尾声，龚三元又肉眼可见地悲伤起来。八斗问要不要来点音乐。三元要求听歌。八斗立刻安排了。三元道："我就羡慕别人，事业有成，爱情甜蜜。啥啥都有了。"八斗说人跟人是没法比。

龚三元就靠在靠背上眯着眼。八斗原以为姐姐会问一笑的去向。结果呢，人家根本不感兴趣。不来最好，消失最好。睡着睡着，三元眼睛又睁开了，说车皮你记得吧，上一回咱俩一起走长途，还是周叔去世那会儿。八斗说记得。

三元惨淡地说："不过那次是南下，这回北上，"停顿一下，"倒退二年，谁能想到，咱妈能到那地方养老啊。"八斗说："妈也就是图个新鲜。再一个，是明月姑撺掇的。"

三元气突然足了："你还不明白吗？妈这是摆个姿态，你以为她真是躲清静？你要有了孩子，她分分钟回北京。"

八斗并没有想到这茬儿。过去没想到，现在就更不用想到。他一着急，打算跟三元分享自己和一笑未来的打算。可再一想，大过年的，别找不痛快，而且跟一笑也有约定。公布离婚消息，要择吉时，找准时机。

八斗不吭声。三元怕刺激弟弟，又改成怀旧悠长口气，"那时候，咱们仨，多快活呀！"八斗明白姐姐所指的那段时光，是老爸去世，老妈还没再找的一小段日子。

三元继续道："穷是真穷，开心也是真开心。"八斗认同姐姐的论断。开心和富裕没有必然联系。三元忧伤起来："没想到，一眨眼，几十年过去了。"八斗没接这话。任由姐姐沉浸在怀旧情绪中。三元又从手机里调出一张照片，是八斗跟她的合照，小时候的。

三元自顾自说："你看你那时候多傻，生下来是个老扁头，"伸手摸八斗后脑勺，"现在好了。"再摸八斗脑门，"还有你这大额头，都说你有福气，聪明。"最后说自己，"你看我这蝴蝶结扎的，真的，你姐姐我真是从小美到大。"

八斗笑着附和。

三元情绪陡转，她掰了下后视镜，单手托着脸颊，向八斗提问："你姐现在还美吗？"

八斗轻轻吐出一个"美"字。三元不满意，夸赞的力度、分量，都不够。

八斗只好大声称赞。

-539-

三元又说:"一听就假话,这斑,这皱纹,这鼓鼓囊囊的肉。人为什么要老?"八斗实在不晓得怎么安慰,只好认真开车,一副极谨慎的样子。三元又问:"你觉得,姐这个年纪,要出去找人还找得着吗?"八斗立刻说:"找得着啊,为什么找不着,牛爱玲女士都能找着。"三元说那是。八斗回过味儿来,问姐姐什么意思。三元反倒有点慌了,说这就是个学术层面的探讨,简而言之就是我这个年龄段的女性,对异性还有没有吸引力。

八斗手都快脱离方向盘了,说道:"那必须有啊。"

三元提着眉:"说真话。"

"是有。"

"那吸引的都是什么人呢,"她深入下去,"年龄、身高、体重,有没有头发,是事业有成还是就一普通人儿?"

送命题。

八斗巧妙地回答:"那估计就是跟姐夫差不多的,中年,事业有成,头发还有,肚子没有。对你特好。"

三元不答应,说王斯理那是特例,有滤镜。说着说着,她又开始生气。八斗觉察到姐姐的异常,说怎么突然问这些。三元只好找补,给出相对合理的解释,说前几天坐地铁,让座,有个小孩非叫她奶奶。

八斗笑着啐:"那是他不懂事。"

车厢里安静了一阵儿。龚三元突然问八斗:"你还相信爱情吗?"八斗愣怔,他从未想过姐姐会跟他探讨这个话题。他笑着回答:"当然相信。"三元追问:"那如果爱情把你弄得遍体鳞伤,你还愿意相信?"

八斗想了想,说:"追求爱情是每个人的权利,但不是义务。我相信爱情,更相信缘分。爱情这个东西,有就是有,没有就是没有。如果,能在一个合适的时间,遇到一个正当合适年龄的人,那么为什么不接受呢。"

三元沉默半响,才说:"我倒宁愿自己不相信爱情。一个人能过得舒心,自由自在。也很幸福。"

八斗赞成姐姐的话。但他觉得,他跟三元,目前可能达不到一个人也能心生欢喜的境界。

94

龚三元对老妈迁徙的新城市是不大满意的。

具体哪儿不满不好说。因为无论是宫明月还是姜兰芝，都在反复强调这座东北小城的好。但三元就觉得，这儿旧，人少，比老家还清冷。

龚三元习惯人多。照她的话说，你是从人身上赚钱，世界要由人来建造。没了人，一切都是空中楼阁，没意义。

搬家的时候三元没来，是八斗送的。这趟，龚三元才算真正看到老妈这个"家"的全貌。一进屋，看到满满当当的陈设，三元就已然相信，姜兰芝女士真的打算在这儿颐养天年了。

屋子里的每一处，都没有凑合的意思。严丝合缝，长进去似的。兰芝身处其中，轻车熟路。龚三元摸着一尘不染的窗台，坐在钢琴凳旁——姜兰芝不知道从哪儿弄了一台旧钢琴。"妈，您这太讲究了。多少钱？"兰芝淡然微笑："旧货市场买的。"又说："自己家嘛，舒服最重要。"

划重点，听到了吧，自己家，这是姜兰芝时不时就要强调的。哦不，也不是强调，是不自觉。活了那么多年，兰芝似乎终于有了一块完全自己说了算的小领域。

来东北的第一个年，兰芝使出了浑身解数。菜是一半一半，老家风味加东北风味，而且兰芝很有点力证东北菜好吃的意思。

呵呵，多半是爱屋及乌。只可惜三元和八斗都不大感兴趣，还是盯着酱肉香肠咸鸭咸鱼吃。但三元觉得老妈做多了。兰芝总笑着说："你们爱吃就多吃，走的时候带上。"于是乎，炸圆子、烧鸭子、包饺子……三个人忙得滴溜溜转，硬是忙出了点年味儿。

三元和八斗有义务帮老妈营造仪式感。不幸的是，刚待了一天，三元就有点感冒。这地方并没有老妈说得那么好。冷是比北京冷，暖气却没有北京暖和。兰芝的解释是，之前都挺好的，今年特殊，换了物业。这个物业不行，没跟暖气公司沟通好，业主们投诉了，正在协调。又敲打三元："你多穿点儿！冬天，又不是夏天。"

八斗建议装个壁挂炉。兰芝坚决不同意，说麻烦，还不安全。三元走到阳台边上，窗户玻璃上都是霜冻，啧啧嫌弃："看看这，都结冰了。"兰芝说擦掉不就好了。又说用那塑料布一遮，屋里又能长两度。老妈如此坚持，三元和八斗对了个眼色，不再劝了。

年夜饭前，三元才想起明月姑姑来。兰芝说宫明月忙。八斗问："是回北京了吗？"明月有个女儿在北京。兰芝简短地说："没有。"似乎在赌气。三元起身要去请，说前后楼住着，又是亲戚……话没说完，兰芝彻底给定论："真的不用，她也不在家。"

三元愣愣地问："那她去哪儿了？"

这大谜团。

儿女们围追堵截，兰芝憋了半天，终于交了实底："她，处了个对象。"

天呢！劲爆。八斗三元精神立马抖擞。宫明月在北京那么多年都没再找，怎么刚来到这儿就开出第二春了，整个一个"昭君出塞"。三元本能地为老妈不值，当初说来，宫明月口口声声说抱团养老，老姊妹俩开开心心过。结果呢，一来就重色轻友了。而且，三元和八斗明显能感觉到老妈的失落。哼哼，现如今，男人不靠谱，女人也不靠谱，外人不靠谱！亲戚更不靠谱！

兰芝把明月"艳遇"的情况基本说了，是上老年大学出的事儿，对方是个老工人，丧偶的，干过工会，刚退休，在老年大学里当声乐老师，能拉会唱嘴巴甜，两人迅速看对眼。三元听明白了："那意思是，年三十儿明月姑到老头家去了？"兰芝说那估计是，又朝窗外看看，灯没亮。

算了，不管她了。娘仨举杯，杯中是黄酒，还是老家的一点老习惯。碰杯。兰芝觉得有必要说两句，她笑呵呵地说："反正，我在这儿，你们放心。"

三元说："放心是放心，就是离得太远。"

八斗建议："以后，可以两边轮着住。夏天这儿凉快，冬天回北京。"兰芝说自己心里有数。几杯酒下肚，三元又开始回忆小时候，长篇大论地讲。八斗在路上听过，兰芝也听得不耐烦。毕竟，那时候，对龚三元来说是美好时光，可对于她一个带着两个孩子的寡妇来说，实在不是什么甜蜜岁月。兰芝打岔,问八斗要不要给笑笑打个电话。八斗说不用。兰芝坚持,说你不打我打。八斗没办法,只好拨语音。可兰芝三元非要视频。

八斗又只好改成视频通话模式。

一打就通了。

"笑,我跟妈、姐在一块呢,吃年夜饭。"怎么听怎么像对暗号。八斗希望一笑别说出什么不好听的来,也别露马脚。一笑强笑道:"妈,姐,过年好,一会我在群里发红包。相亲相爱一家人那群,都来捧场啊。"

她倒是个好演员,佩服。八斗一口气提溜着,随时准备亡羊补牢。

兰芝笑哈哈地问了几句,挂了。

三元诧异:"笑笑在哪儿啊?我怎么看那环境有点奇怪。"又说:"好像门口有人,穿个白大褂。"不描述不要紧,一详细描述,三元把自己吓着了。兰芝也追问。八斗只好交实底儿,说笑笑身体不舒服,住院了。兰芝立刻责怪八斗,说你老婆住院,你怎么还跑我这儿,赶紧回去。

八斗难受地说:"没事儿,这不都有人看着吗,已经脱离危险了,就是老毛病。"

三元不明白了,问:"老毛病?什么老毛病啊?"

"肾不好,心脏也弱。"

三元更不高兴:"那么多毛病,结婚前怎么没说呀?还是说你知道,没告诉我们。"

"我是真不知道。"八斗讲实话。

兰芝追问:"严不严重,能不能好?"

"得吃药。"八斗言简意赅。

三元愤然,扭脸对着姜兰芝说:"我跟你说这个笑笑就是心强命不强,都这样了还拼呢?还能生出孩子吗?"八斗不出声。兰芝打圆场说过年就过年,别说这些不中听的。又说:"不能生,难道还离呀?"说完斜眼看儿子。

八斗不接招,吃饭。说儿子说重了,兰芝不好意思,又把话题放到女儿身上。她让三元给斯理打视频。三元不肯,说懒得看到牛爱玲和她对象。又说:"妈,您可千万守住了!女人没了男人,能活!别跟她们学,一个个的,自找不痛快!"

春节晚会看了一会儿就困了。八斗喝酒上头,先回房休息了。兰芝怕儿子冻着,又给加了床褥子,被子也用全新的。姜兰芝一边收拾床铺一边叨咕:"别踢被子。"三元笑着附和,对八斗说:"小时候就老爱踢被子,都是我帮你盖。"八斗顶嘴:"你自己睡得都打呼!"

这么一回忆,龚八斗忽然又自觉可悲。混到这岁数,连给自己掖被子的人也没了。哦不,不是没人掖被子,是压根儿身边就没人。招呼好儿子,三元和兰芝也关了电视,娘俩回卧室躺下。三元打趣说还以为来了东北要睡炕呢。兰芝说你说的是农村,这可是老工业城市,过去不比我们老家差。

"过去是过去,"三元接话,"哪能老活在过去,过去我跟老王还是初恋呢,现在呢?"嘴一秃噜,差点说漏嘴。兰芝没注意,她伸手摸脖子。过去做工落下的毛病,颈椎腰椎都不好。三元发现老妈的不舒服,就伸手帮她按摩,又说要给她买电动按摩器。

"千万不要,没用。"兰芝阻拦,大概率怕花钱。三元笑笑,道:"有总比没有强,但不能跟人手比就是了。"随后惨淡笑笑,"可也不能为了有人能帮忙按按肩,就找个后老伴儿呀。"

兰芝没回头:"还后老伴儿,原配的又给你按过几次?"

"零次。"三元接话很快,说完自己也噗嗤笑了。

短暂的沉默。窗外风呼呼地,不时有哨音。姜兰芝闭着眼,似睡非睡。龚三元又问:"妈,你说那时候,你要是不找,就自己带着我跟八斗生活,咬咬牙,挺一挺,会怎么样。"

兰芝道:"就是因为挺不过来才找的。"

三元长吁。这是老妈永远的理由,再婚是为孩子,为了找人"扶贫"。可三元就是不大相信。她认为那时的老妈,还是不够坚强,终归终,骨子里离不开男人。如今老妈的独立,是在漫长的岁月中逐渐铸造的,有点铁杵成针水滴石穿的意思,也是饱尝了婚姻的烦闷之后才彻悟。往事,三元耿耿于怀。可既然兰芝这么说了,三元就只能以老妈的官方说法为准。她叹一声:"唉,穷,就是原罪。"换个角度,"那假如你有钱、有房,你还找吗?"

兰芝说:"那恐怕不会再找了。"

"你一个人过,急吗?"

"急什么？"

"你看明月姑姑，牛爱玲女士，"三元举例子，"都再找了。人总是有情感需求的。"

兰芝转过身，三元手放下来。兰芝道："每个人的情况不一样。不同年龄想法也不一样，像我们这个年龄，还有什么看不透的，别说没有感情，就是有感情，又能翻出什么花来？我是不会主动去找那个麻烦。"她说的感情特指爱情。瞧瞧，老妈连爱情两个字都不敢说了。爱情是鬼，她怕鬼上身。

三元趁机切入："那我这个年龄呢？"

"什么？"兰芝明显不懂女儿的意思了。

三元进一步阐释："假如斯理不在了，我找还是不找。"兰芝愣神。三元忙说："就是打个比方，比如我跟他离婚了，或者他去世了，反正就是不在了，我找还是不找呢？"

兰芝说："那得看他什么时候不在。"

"就大概这个年纪。"

"这个年纪？"兰芝计算着，"你再找也有难度吧。"

三元不干了，撒娇似的嚷嚷："妈您什么意思，您女儿是仙女下凡，怎么就有难度了。"

这就不讲理了。

兰芝想了想，细分析："他要不在了，儿子你得带吧，不管是离婚还是丧偶，你总不能放弃儿子的抚养权。默默是你晚年的福分。"

三元不得不承认她的确不会不管儿子。

兰芝说："你带着个儿，咋找？谁帮你养儿？"

三元抢白："妈，不要这么双重标准，你当初不也带着儿，还多个女儿呢，不照样能找着。"

"此一时，彼一时，"兰芝翻身坐起来，"过去养孩子什么成本？现在什么成本？你可是在北京养孩子，跟在小地方养孩子大不一样。说白了，你图别人，别人也图你，互相都要算账的。亏本生意，谁也不会做。没有几个男人会大发慈悲，帮别人养儿子。除非他自己也有儿子，大家扯平。"

老妈一席话，瞬间让龚三元想要华丽转身的心沉了又沉。从她离开家，到眼下年三十儿夜里，王斯理没来过一个短信、一通电话。看样子，这小子是跟她耗上了。行，他不给台阶，那她就不下来。他翻身农奴把歌唱，她也随时可以还乡。谁笑到最后还不一定呢。不过趁着夜深人静，龚三元也悄悄做做反思。王斯理说她强势，她承认。强势是缺点，但放在过去的情形下看，也不能不说是某种优点。穷家破业，没关系没路子，她再不强势点领着大家伙往前走，那他们这艘小破船估计早就被生活的大浪打得渣都不剩了。她强势也是为了这个家呀！哦，你王斯理混出来了，有点臭钱有点小职位了，就嫌我强势了？她不接受。

她尤其不接受的，是斯理的"云出轨"！男人有钱就变坏是真理。哦不，不是有钱就变坏，没钱的时候也坏，只是没现在那么嚣张罢了。三元也考虑过一种"如果"。她总觉得斯理的这种放肆，是在出国期间培养的。过去他的生活她完全掌控，不可能出现这种越矩。可斯理如果不出国挣钱，如果不在职业上有所突破，她对他依旧不满意。

所以，悖论，无解。三元也想过原谅，多少丈夫实质性出轨，妻子都原谅了。她为什么不？再一想，不不不不……一触碰到这个红线，三元就浑身发抖。她不可以原谅！不能原谅！这是底线！她尤其不能原谅的是，他那种强迫她接受不公的态度以及认定她已然没有市场的轻蔑！谁都不能忽视、轻视她龚三元！不能！就这么畅想着，三元胸口的起伏逐渐剧烈，呼吸都粗了。

兰芝察觉了异常，问："怎么了，鼻子不通气？受凉了？"三元这才意识到问题，赶忙控制情绪。反正，过了这个年，虚张声势也好，硬碰硬也罢，她龚三元一定要把局面扳过来。

95

定好了初二回京。可初一晚上的一场雪，却让八斗和三元暂时留步了。

宫明月出现了，没带那男人来，来了就要包饺子，酸菜馅儿的。四个人还热热闹闹打了会儿麻将。宫明月热热闹闹指点江山，一高兴起来，还录了一段视频，唱歌的，传到网上去。总而言之，恋爱给了她无限力量。八斗和三元都对她背叛了"友谊"不满。三元没直接批评，毕竟恋爱是人家的自由，但牌桌上也暗点了几句。"姑，这人生地不熟，多留点心。外人，不像咱们之间这样知根知底。你说突然从北京来俩人，漂漂亮亮的，谁知道有人家都安的什么心。"

宫明月尴尬，牌继续打，答："那不会。"

兰芝帮腔："你姑是走南闯北的人，不怕。我是哪儿都没去过，也不敢去，就在家待着。"

周二有个大集市。姜兰芝想去，三元嫌冷，不大愿意出家门。八斗自告奋勇陪同。好不容易来一趟，他想跟老妈多待一会儿。出门，雪没化，地下有冰，小区有一段下坡路，尤其容易打滑。八斗扶着兰芝，一步一小心，走了十几分钟才过去。八斗叮嘱老妈，以后下雪，千万别出门，摔了不得了。兰芝笑："就是不下雪，我出门也有限。放心吧。"

出小区门，八斗要叫车。兰芝却一定要坐公交，说就几站路。没办法，只好入乡随俗。冷风里等了快半小时。八斗没戴围巾，风朝脖子里钻。他缩着头，鹌鹑似的。兰芝解下围巾要给他戴。八斗坚决不要。兰芝说："这么大了，还不知冷热。身边也没个可靠的人。"

后面一句是重点。

八斗没接话。但这趟跟老妈出来赶集，他的确打算抽空吹吹风，为将来跟一笑正式离婚做舆论准备。至少他得立住一种姿态，在老妈和老姐心中，不能是冯一笑甩了他，而应该是他不要一笑，他们得占据主动权。

集市人不多，卖的那些货，八斗几乎都看不上，只有一些卖化石的能吸引他的目光。姜兰芝依旧为那些便宜的吃食——水果、蔬菜、肉，兴奋着。兰芝挽着八斗走走停停，走到集市尽头再折返。

八斗趁机道："妈，跟您说个事。"

兰芝没在意，东张西望。八斗继续道："笑笑，可能有病。"兰芝站住了。她转脸看儿子："还是那肾病？"八斗忙说是。兰芝问："严重吗？到底什么病我也没搞懂，影响生活吗？"

老妈这么一问。八斗就顺着说:"影响。"

"那咋弄?"

"就是吃药,"八斗平静地,"但可能会影响生育。"

兰芝愣在那儿。挎包带子从肩上滑脱,她下意识朝上拎了拎。又往前走了几步,在一处卖鱼的摊子前,兰芝才问:"是她让你来做工作的?"

"不是,"八斗否认,"这不是咱娘俩闲唠嘛。"来到东北。八斗也学会了几句东北方言。唠嗑是高频词。又说:"我就是不知道该怎么办,所以问问您的意见。"

"有病治病,我能有什么意见,当初你自己喜欢,一头撞进去了。这就是命。"言简意赅。也是兰芝的一贯立场。八斗忽然用那种长句子,有点书面语的意思,问:"妈,如果笑笑一直不能生,咱们,是不是得有点思想准备?"

轮到兰芝沉默了。话题太沉重,她一个老太太接不起来。半晌,她才问道:"这事儿你姐知道吗?"

"还没跟她说。"八斗故意嬉皮笑脸地,粉饰太平,"这不先跟您商量商量。"

"我说的你听得进去吗?"

"您是我妈,肯定不会害我。"

"能试管婴儿吗?"

"考虑过,"八斗打磕巴,"医生不建议、不支持。"

兰芝长叹:"不是我说句造孽的话,一个女人要是不能生孩子,又刚好嫁到一个有意愿要孩子的家庭,怎么弄?两边儿,对不上。"兰芝盯着八斗。八斗无言。他从老妈的眼眸中似乎已经读到答案,但这件事上,谁都不愿意做坏人。兰芝随即道:"还是得听听笑笑的意见。这种事儿,只要你和她都想明白了,就好办。"

八斗试探地问:"那您儿子要是真走到那一步,您能接受吗?"兰芝道:"哪一步?"八斗笑:"一个人过了。"兰芝两手端着,说:"旧的不去,新的不来。"

八斗嘀咕:"我就是觉得,不能对不起我爸。"

兰芝大声说:"你不用觉得对不起任何人,我、你爸、你姐,你首先要考虑的，是能不能对得起你自己。学习这么多年，奋斗这么多年，好不容易在北京立住脚扎下根，身后连个后人都没有，你甘心吗？"

老妈的"天问"，让八斗头发蒙。要说他多爱孩子，谈不上，最主要是没概念。毕竟他的孩子还没来到人间，没有个实体，一切都是虚的。但没吃过猪肉，也看过猪跑，他执着的是孩子（儿子）这个概念。

说真的，他从未想过自己会"绝后"。

他需要有一个生物学同时也是社会学意义上的孩子。就跟当初一笑需要有一个社会学意义上的丈夫一样。但不同的是，现在，冯一笑似乎连这点社会学意义都不在乎了。

但他不能。

看到吴屈梦接二连三地生，八斗羡慕李骥。他觉得有孩子，甚至有多个孩子，括弧，必须有儿子，也是男人混得好的一种标志、标配。

这意思，他只跟陆海超探讨过。海超的判定是："这辈子，像你我这种人，充其量只能养得起一个孩子。所以，谁来当这个孩子的妈，太重要了。咱耗不起呀！这个失败成本太大了！"想到这儿，八斗又觉得自己是幸运的。从这个角度看，他又不得不承认小冯的高瞻远瞩。她是比他自己还了解龚八斗的人啊！

同样的意思传达给三元，是在回程的路上。

龚三元原本都快睡着了，八斗这么一提，她来精神了，双目炯炯，跟俩汽车大灯似的，嘴叭叭地说："什么时候的事儿？生病也不是一两天了，干吗不早说。"她跟兰芝的立场、态度大同小异。

"这不才有定论吗？"

三元手势丰富，手指张开，跟鸡爪子似的，她手没肉。"咱不是歧视妇女，不是说不生孩子就要给人扫地出门，不是那意思。可问题是，全家人盼了那么久，突然来这么一答案，谁受得了。你也能忍？"

八斗不吭气儿，认真开车。

三元说："自己也不觉得难为情，没一点愧疚没一点反省，过年，就往群里撂俩红包，那点臭钱，恶心谁呢。"

八斗失笑，一笑的那"臭钱"，三元抢着可带劲儿了。

三元又分析:"这有孩子的夫妻,都不定能过到头呢,别说你这一个毛孩儿没有的。"

八斗从喉管里发出一声嗯,就算回应了。他伸手开音乐,三元回手给关了。她侧过身子,眼睛对着弟弟的侧脸,语重心长地劝:"你可得有心理准备,钱什么的,该往外转要往外转了。"这话让八斗意外。他跟一笑分手,从来没想过钱的问题。他觉得自己跟一笑,都是敞亮人,正人君子,不至于在钱上打架,即便分手,也是完完全全的和平分手。但到姐姐三元这儿,事情顿时就复杂了。

"尤其是她现在赚的多,"三元悉心指点,"这都属于婚后财产,都必须平分,如果能谈下来,最好,谈不下来搞不好还得打官司。"八斗说钱上我不计较。三元急道:"你别不计较,她耽误你这么长时间,给点补偿不是应该的?你要找别人,现在孩子都能打酱油了,人不能没良心。"停顿一下,又问:"妈知道这事儿了吗?"

八斗说:"说了一点。"

三元急促促地说:"我估计妈跟我一个意思,顶多委婉点儿,反正我跟你说,我们的意见非常一致,离。她别觉得委屈,好像自己病了,我们就要把她甩掉。她病也是自找的,这么工作,没致残就算万幸。"又用眼神寻找八斗的眼神,"你不是最怕当老爸爸吗。再这样下去,你非当老爸爸不可。人生苦短,养孩子更是个长期工程,要投资就得赶紧下注了!干吗非把时间浪费在没有意义的人身上。"

一阵狠厉批判,如狂风卷落叶,不留情面。

八斗不完全认同,声音弱弱地争辩:"也不能说完全没意义。"

这可戳到三元的痛点。她喊:"别跟我说什么爱情!你就是开出千朵万朵花!最后结不了一个果!那也是个白搭!"

八斗低声辩解说咱别这么功利,过程也很重要,人生重在过程。三元不让步,"过程重要,结果更重要。没有结果,谁承认你过程?就跟她创业一样,失败了就是失败了,过程再好有什么用"。

八斗说:"姐你就是双重标准,你和姐夫的爱情,那不一直是人家的指路明灯嘛。"三元愣了片刻,她干脆也跟八斗透点风儿:"我跟你姐夫,也不是完全你们想的那样,爱情再伟大,也得落到日子里!再说了,谁能陪谁一辈子?咱们能做的,就是做好自己,让自己增值,保持好状态,不说跟年轻的比,咱跟同龄的比,跟自己比,咱就得保持优势,咱就得有觉悟!别说你,就是你姐我,现在也是保持一个随时飞翔的姿态,离了谁,咱都得有第二春,咱都得精彩,明白不。"

轮到八斗不理解了。"姐,你跟姐夫,咋了?"

三元往回圆:"我就是打个比方,人生,你就得把主动权抓自己手里,懂吗?"

八斗似懂非懂:"该出手就出手。"

"得果断。"三元做了个手起刀落的姿势。

遗憾的是,她龚三元一进家门,就发现主动权还没回到自己手里。王斯理躺在沙发上,四仰八叉。默默在旁边玩,一地碎玩具。三元打发默默去学习,儿子一脸不高兴。

斯理来一句:"过年,你也让人放松放松。"三元不吭气儿,把行李拿进自己屋。事实上从年前"东窗事发"后,她跟王斯理就分居了,一人一个屋。三元洗了个澡,问斯理过年的情况。在她看来,她主动找他说话,就等于给他脸给他台阶了。

结果斯理响应并不积极,只说每年不都差不多吗。

三元说:"明儿去大姐那吧,也看看妈。"

斯理说:"这不刚回来吗。"

"你刚回来,我不是还没去吗?"

"那你去,我不去。过个年跟打仗似的,就不能好好歇几天。"

三元恼了,她走到斯理跟前,一把抽过手机:"我这长途跋涉的,我不知道累?我不知道躺着舒服?我去看的是谁的妈?谁的姐?"

斯理冷冷地说:"我没让你去看。"

三元被激得乱抖:"你又不想过了是吧。"

终于说出这句话,她又恨又怕的话。

斯理坐正了,他一只脚光着,另一只套着半截袜子,他一伸手,干脆把那只袜子也扯正了。大拇指翘着,呈战斗状态。他丝毫不忌讳儿子在家,声高音阔地喊:"现在不是我想不想过,我怎么着都能过。问题是你想没想明白,你要说想明白了,咱就按明白的过。你要说不明白,那也有不明白的过法儿。"

看看,亮底牌了。很好,很棒。憋了一个年,这人迫不及待了。她龚三元必须迎上去,哪怕是枪林弹雨刀山火海。

三元以冷语应对:"我不能接受出轨。"

"我不认为那叫出轨。"

"'云出轨'也是出轨。"

"那你意思就是还是按照老办法?"

"干吗,"三元冷嘲,"这么轻松就想把我甩掉?"她凑近了,像一头母狼,"没那么容易!这么多年,我为家里付出多少?你这房子,你现在的地位,都是谁陪你挣来的,我撤了,你立马跟你的姘头双宿双飞?!做你的春秋大梦!"

"我没姘头。"

"鬼才信!"

"那你要怎么办?"斯理开始讲理,"我是希望好好过日子,但你不肯。说实话,咱们这么多年,我真心希望你过得舒服过得幸福,之前我也说了,你要能找到一个比我对你更好的,找到真爱,找到能按照你要求来的,你如鱼饮水冷暖自知过得特别好的,我可以放手。"

他乱用词语,说明心慌。

三元冷笑:"干吗,这么把你老婆往外推?戴绿帽有瘾?"

斯理摆摆手:"不是,我们可以离婚呀,但也要讲人道主义,离了婚,你还可以住这儿。一直住到找到第二春为止。"三元暴喝:"你凭什么规定我住这儿不住这儿?这房子不是你一个人的!"停顿,又说:"第二春第八春第十八春,我想住照样可以住!"

斯理轻蔑笑笑,"真的,元元,好多事情不要总是自己以为,嘴巴说说谁都行,你自己到市场上蹚蹚水,看看有多深。当然,我也大度,你要说想回头,还想过,可以,道个歉,咱们复婚,还做夫妻,白头到老。"王斯理一口气说下来,最后总结,"人,归根到底要明白自己的位置"。

斯理的话令三元震惊。事实上这些时间她都没想明白，王斯理这人是什么时候"从量变到质变"的。他究竟是什么时候开始不爱她的。爱这个东西，来无影，去无踪，连蛛丝马迹都没留下。但在雷霆重压之下，三元还没失去理智，她对斯理说："你是过错方，你如果净身出户，可以离婚。"

这下轮到斯理笑了。"可以，我净身出户，孩子归我。"

"不行。"三元立刻否决。

"那总不能什么好处都让你占了，"斯理伸手摸烟，"房子要，钱要，孩子也要。"

"你是过错方。"三元强调。

"我错儿哪儿了？你是法官吗？"

"那些裸照不用我出示第二遍了吧。"

"谁规定在自己家不能裸体。"

"你在跟人出轨！"

"有证据吗？你那视频、截图，也不能证明当时就有人吧。视频里只有我一个人。"王斯理有点无赖了，"元元，我是为你好，你一个女人离婚了带着孩子，那真是一点机会都没有了。而且，你带着孩子，默默到什么时候不还得姓王，还是得叫我爸。"

默默从屋里出来，站在门口，静静望着父母。三元一回身看到儿子，吓了一跳。她下令让默默进屋，默默不肯。三元只好亲自过去把儿子带进去。

门关上了。三元俯视，默默仰视，母子俩就这么对望着。默默突然问："妈妈不爱爸爸了吗？"这神奇的提问一下把三元逼到墙角。答"爱"，太苍白了。答"不爱"，又怕伤了孩子。三元只好转移话题，说明天带你去游乐园。

默默陡然放出一句，跟冷箭似的，说："妈妈太强势。"

三元顿时崩溃，她哭叫着："妈妈不强势！妈妈一点儿都不强势！妈妈是最弱势的！"小默默静静望着这个突然歇斯底里的妈妈，不再继续提问。

- 553

96

自己家的事儿还没闹明白。赶在上班前,三元和斯理又被王斯文叫过去了。

是牛爱玲的意思。她还让斯文转告三元,最好也叫上八斗。这就让龚三元不明白了,她问斯理什么情况。王斯理也说不清楚,可老太太点名要找,三元也不好不照办,她只好叫上八斗——好在八斗也有时间。几个人按约定时间往斯文那去。

到了地方才发现,史慧慧正坐在沙发上,靠在牛爱玲怀里哭。还没等八斗三元他们细问,牛爱玲就中了魔一般叨咕着:"这不行!上网买货吗?买来了,不喜欢还能退,都订婚了,哪还能随便反悔呀!"

一句话就把问题的核心点明白了。

龚三元只好暂时放下自己的烦恼,耐心细致地了解史慧慧的麻烦。八斗、斯理、严尔夫站在旁边观摩。王斯文端水果出来。三元拿牙签扎了一块蜜瓜递到慧慧手里。

史慧慧把瓜含嘴里,眼泪吧嗒地说:"啥事儿我都没做错!结果突然来个这。"尤高畅的问题。

牛爱玲声援:"对啊,就算判刑,也得让人心服口服吧。这人!"牛老太太不跟人客气。

三元只好转问八斗:"车皮,你不是跟那边挺熟的吗?问问到底啥情况,咱不能被人这么欺负。"

好了,上升到"欺负"的高度了。八斗不躲,应承下来,说尽快搞清楚。

中午吃饭,王斯文的手艺,可惜连她女儿蓓蓓都吞不下去,嚷嚷着要点肯德基。三元自告奋勇加了个菜,她是给斯理面子。大吵过后,关系需要适当修补。她看斯理没发作,似乎也没跟家里人透露,那就意味着,他王某人还是不打算把"战争"扩大化的。

目前为止，还是局部战争。

三元的两道菜，蓓蓓大口吃。斯文半夸半揶揄道："饭，总是人家的好吃。"

三元对斯理，重复这句子："饭，总是人家的好吃。"

斯理不接话，还是正经吃饭。三元尴尬到了自己，只好转而对爱玲说："您儿子，对我这菜还不满意呢。"牛爱玲表面维护儿媳妇："那还有什么不满意的，香喷喷的上哪儿找。"三元又对斯理，还是鹦鹉学舌："听到了吧，香喷喷上哪儿找。妈的评语，我得拿小本子记下来，哪天你要是忘了，我读给你听。"

王斯理还是不苟言笑，大丈夫食不言寝不语。严尔夫举杯，他碰杯。他问八斗要不要来点儿。八斗说要开车，婉拒了。他打算下午就去找李骐摸摸底，帮慧慧找回正义。

见李骐得去健身房。

"这事儿我大概知道，你不找我，我还得去找你呢，"李骐说话突突突跟机关枪似的，腿上动作没停，气息却稳稳的。"其实事情都说明白了。也是挺简单的一个事情，是女方不肯接受。"她不提慧慧的名字。仿佛提了，就跌份了。

八斗着急，问到底什么事情。

李骐双手插裤子口袋，眼睛瞟八斗："慧慧体检没通过。"

"什么体检？"他不明白。

"就常规体检。"

"谁给她体检？"

"他们学校的体检，"李骐从器材上下来，"慧慧查出个甲状腺瘤。"

"恶性的？"

"这个不太清楚，"李骐伸手拉另一个器材，"应该不是吧，不然现在估计得住院了。"

"那跟尤家有什么关系？"八斗还是没弄清因果。

李骐嫌八斗脑子慢，说："两件事情放一起，你还不明白吗？"八斗表示不大明白。李骐大喘气，声音也大了，一段一段说："尤家，不想找一个带长

- 555 -

瘤基因的儿媳妇，明白了吧？嫌对子孙后代不好。"

八斗怔在那儿，好一会儿，才问："是高畅的意思？还是他家里的意思？"

李骐直接说："家里的意思，尤高畅也没反对。"她换了一个拉筋姿势，"简单点说就是，史慧慧在遗传学层面上被淘汰了。"

"这也太武断了吧！"八斗为慧慧抱不平，唾沫星子都出来了。

"这不叫武断，叫理性，"李骐平心静气地，"你就想想，对于尤家来说，娶慧慧进门的主要功能是什么。"

八斗知道答案，但他不说，埋汰人。

李骐继续道："那现在，这个主要功能有瑕疵了，人家能愿意吗？"感性层面，八斗觉得这些有钱人真无耻。但理性层面，又觉得他们的做法能够理解。人家是在为家族后代规避风险。可是这种规避，真的科学吗？长瘤不是只有先天因素，后天环境也可能诱发。但眼下，看李骐那意思，尤家似乎已经铁了心，宁可错杀也不错放。他只能尽量帮慧慧争取妥善的处理办法，问："高畅怎么说，总不能不吱声不吱气儿把人甩了。"

李骐说："老尤一出面，慧慧就发疯。所以尤局委托我跟她谈。"停顿一下，"你来了正好，你在，我也安心点儿。这个事情本来很简单，还没领结婚证，没有法律效应，人家要分手，你再不同意又能怎么着？"

八斗说："那慧慧也太可怜了。"

"可怜？"李骐斜眼，"她其实已经接受这个事实了，她不能接受的是分手条件。"

"具体什么条件？"

"尤家要给钱，但慧慧想要房子。"

此言一出，八斗的心也扑通一下。房子，唉，够直接。李骐说要房子是不可能的，能拿钱走人，已经是最好的结果。

李骐让八斗再一次转述尤家的条件。

八斗劝慧慧："还是以和为贵。"

史慧慧在电话里头怒吼："那我的青春怎么算？！"

婚姻市场，一个赤裸裸的称斤论两的地方，史慧慧也不介意把自己做个价。八斗晓得劝无可劝。要怪，只能怪他自己，当初就不该把史慧慧带到饭局上，进而认识了尤高畅，让她成为一条上了钩的鱼。

慧慧的语气由弱转强："你要还是我老叔，就带我去见尤高畅！他们打我脸也等于在打你的脸！"

呦呵，上升到一荣俱荣一损俱损的高度。但八斗也明白，老尤她是肯定见不到了，见见特使李骐还行。他跟李骐商量，好说歹说，李骐同意在酒店大堂见一面。八斗也理解：酒店大堂，公共场合，避免慧慧行凶，什么泼果汁、打架之类的情节，在电视剧里没少看。这趟八斗跟着，纯为维稳。他不能让两方中的任何一方受伤。

沙发与沙发的距离挺远。南边是落地窗，阳光匍匐在脚边。茶几上摆一溜茶具，但没茶。女士们都要了果汁。

八斗用一种柔缓的语调，斡旋着："一切都是可以谈的，要和平，不要战争。"

慧慧先发难："我不能丧权辱国！我不能签署不平等条约！"两个"我不能"。

"给你的条件已经是最优惠的了。"李骐身上有肃杀气。

"那我的青春呢，耽误的时间呢？"她口气不友好，但并不癫狂。能坐到这儿，都是有理性的人。

李骐微笑："你就是不找老尤，你的青春就能保住了？没准你还赚不到这些钱呢。"

慧慧看八斗。八斗连忙对李骐说："咱都不意气用事，就是商量。不搞人身攻击。"

"一半房子，"慧慧再次明确提出来，"给我，我就永远消失。"

李骐耐下心来，再次阐述："想要房子是绝对不可能的。我不是帮着哪边说话，是客观分析。你说你们要是结了婚，那没话说，要房子法律也支持，现在凭什么要？就因为人家有？就要当你这冤大头？到哪儿也说不过去！现在给你这些费用，已经不是跟你讲法，只是讲情了。要真从法律层面，人家一毛不给你，你也没脾气，"口气和善起来，"妹妹，见好就收吧。"

"行，"史慧慧发狠，"那就法庭见，只要他们家丢得起这人！"

李骐冷笑："他们丢不起，你就丢得起了？回头最后你还败诉，弄得众人皆知,你不工作了?不找婆家了?哪个好人家敢要你这号人?妹妹,劝你一句,损人不利己的事情少做。"喝一口果汁,"而且当初是谁一门心思倒追老尤?"陡然转向八斗,"老龚,你的锅。"

八斗连忙道:"不是……我也不是那意思……"李骐说:"是不是那意思现在也不提了,"转头对慧慧说,"面对现实,好不好?"

史慧慧不说话,内心交战,防线快破了。

李骐给八斗递了个眼色。八斗小心道:"慧,要不,你再说个数,让骐姐也听听。能争取的,她肯定帮你争取。"

李骐连忙跟着说:"慧,还是那话,你别老觉得我是你的对立面,我也是女人,我特别理解你。所以才奉劝你别做傻事儿,最后弄得鸡飞蛋打。而且你老叔今儿也在这儿,我们不是来劝你,是来帮你。帮你捋清思路,帮你拨云见日,咱不雾里看花弄那些虚的,"伸出一个手指,"一切事情,你就记住,遵循一个原则,就是要利益最大化。这边不行,拿了钱咱赶紧去别的地方开花去。你这么年轻,还愁找不着好对象吗?"

慧慧抬头。李骐和八斗的目光千斤重,她似乎无法负荷。之前,尤家愿意给10万。慧慧不同意。现在二次报价,史慧慧一咬牙:"100万!"

李骐顿时哈哈大笑,说你这杀猪呢,哪行哪业也没有这个回报率。八斗不置一词。慧慧说低于这个不谈。李骐身子前倾,手指伸向虚空,指甲盖上水钻被阳光照着,晃眼。"我说了不跟你来虚的。以我对他们家的了解,30万顶天了。你要能接受,我现在就能做主,当场签字画押,这事结束,各过各的日子。"

史慧慧不说话,身体绷着,纠结,每个脑细胞似乎都在战斗。沉默,长久的沉默。八斗也觉得这个论断对慧慧来说太残忍,但这就是游戏规则。

你既然上了牌桌,就只能玩儿得起也输得起。这是史慧慧青春里必然要上的一课。

酒店的大堂音乐突转,从一个舒缓的曲子变成快节奏的钢琴曲。哒哒哒哒,音符跳动。欢快的杀机。

八斗善言善语地问:"慧,怎么样?"

李骐道:"妹,痛痛快快点,而且你这个病,我们也不会告诉任何人,肯定为你保密。"

八斗也附和说必须保密。

慧慧眼神晃动，看得出来是动摇了。

李骐立刻揪住了，手术刀般切入："那行，立个字据，我马上就给转钱。"

史慧慧无措，默认。

都谈好，操作起来就快了。李骐的办事速度是世界级的。八斗都还觉得发蒙，事情就已经完结。李骐拎包走人，八斗和慧慧滞留在茶座。

慧慧望着手机银行里的数字问八斗："要少了吗。"

八斗鼓励她，语气恳切："不少，赶紧翻篇！好好过日子！"慧慧嘴凑到吸管上，凶猛地把杯底的芒果汁吸干，站起来整理衣服，收拾好包，俨然又是个新的人。"走吧。"八斗也连忙站起来："走，我开车，送你。"

97

冯一笑从外地回来，暂且还是八斗法律上的妻，两个人同一个屋檐下住着，每天忙着工作的事儿。她病好了一些，起码看起来没那么严重了。离婚的事，她没提，八斗也没提。龚八斗觉得，事缓则圆，不能冒进，何况是这种大事儿。冷一冷，放一放，对大家都有好处。

但龚三元却有些蠢蠢欲动，她跟斯理的关系进入冰冻期，谁也不理谁，各住各的房间。但也不至于一觉醒来就去民政局领离婚证。三元还偷偷在相亲网站注册了账号，上传了照片。

结果，无人问津。

这次"试水"对她来说是个巨大打击。龚三元觉得，她对王斯理的战略反攻的确任重道远。不过二元自己不想离婚，但却不耽误她为弟弟的婚姻操心。八斗过年跟她说的那些，三元的理解是：八斗已经动了离婚的念头了。他只是不想背负骂名——哦，老婆生病了，不能生了，你就一脚把人踹开。说出去，不好听。

最理想的情况是，冯一笑自己知难而退。不要开除，要主动辞职，好聚好散。

这日，得知一笑一个人在家。三元拎着水果上门，一进门她就大着嗓门，像给自己壮胆似的，一个人也能唱出一台戏的效果。

冯一笑给她泡薄荷茶。

三元端着杯子凑到鼻尖上，她的老习惯。喝茶，先用热气熏脸、熏鼻孔，说能起到美容效果，还能缓解她多少年的老鼻炎。

龚三元笑着埋怨小冯："生病了，也不说，大过年的，一个人在外头。你家人知道哇？担不担心？我都担心死了。"小冯说怕他们担心，没细说。三元不忿道："女儿就不是人啦，我最烦这点！"

一笑微笑着，不接话。

三元道："也是大水冲了龙王庙，你自己是搞养生的，搞来搞去，自己把自己搞到医院里面去了。"

一笑倒不慌张，说："养得了病，养不了命。顺其自然吧。"三元问八斗呢。一笑说去上班。三元随即道："一个家，有一个人拼命，另一个人悠着点也不是完全不可以。"一笑说我这不是关键时期吗！

三元对一切创业感兴趣，忙问进展。一笑简单说了，龚三元佩服得五体投地。"人活着，总要做点事情，你姐夫当初也不让我出来，我就不服，我上那么多年学，有那么多年的工作经验，也不算太老，怎么就不能到社会上体现一点价值。女人真的不能只是老公孩子，锅碗瓢盆。"但夸完了，她又必须回到自己的初衷，"但是也不能说家里什么都不顾了。"

她自己都觉得自己有点"分裂"。三元放下手里的薄荷茶，声音忽然小得跟蚊子似的说："你这一病，那方面，是不是就得暂缓了？"

小冯一下没理解，身子微微后倾，拉开点距离看三元，几秒钟后才说："哎，还是有需求的。男人用肾，女人又不用。"

三元思绪游得远，顺着一笑说："是，'他好你也好'，"著名广告词用上了，"你上次给的那些菟丝淫羊藿，你姐夫泡了水效果不错……"忽然意识到扯远了，改口，"不是，我的意思是，那件大事是不是就得暂缓了。"

"什么大事？"一笑问。

真不明白还是装不明白?

"孩儿。"三元只好意思说一个字,带个儿化音,跟个魂似的,如影随形。

一笑笑吟吟地,直接问回去:"是八斗让大姐来做我工作的?"

三元手乱摆:"没有没有,他一个字也没提,你生病,我还是从过去同事那知道一点儿。我问车皮,车皮就说你有点不舒服。我估计,他也是怕给你压力。"停顿一下,又解释得更用力:"笑笑,别误会,大姐没有别的意思,我就是站在女人的角度,为你担心。"

一笑莞尔,并不接话。

三元话锋一转,更使力地说:"你放心,姐跟你一头儿,现在不要孩子的也多!养来养去给谁养呀?自己能指望得上啊?别说养老,不啃老就算不错了!你要说不要孩子,大姐我是双手赞成,一辈子潇潇洒洒,有什么不好的呀。"

一笑轻声,说:"倒也不是那么绝对。"

三元顺着说:"是,毕竟还年轻,还有机会,就顺其自然。"再话锋一转,"不过,就是车皮那块儿,得好好做做工作。"

一笑哦了一声,表示感到意外。三元道:"你别看他面不呼蔫不出的,犟!好多话,放心里,嘴上不说。"

一笑说:"好像是有这毛病。"

三元说:"他的工作要做不通,这日子就难过。"一笑继续附和。三元道:"笑笑,但你也得理解八斗。咱都是传统人,到年龄了,想要个孩子想做爸爸人之常情。"

一笑表示完全理解。

沉默塞满两个人中间。膨胀,膨胀。过了一会儿,三元才说:"那万一要是工作做不通呢?"一笑还没来得及应答,门响了。八斗开门进来,见三元在稍感意外。

三元起身,尴尬,一边说自己就是路过,一边道别。一笑拦在三元前头说:"姐,别着急走,人都来了你帮我做做工作。"八斗问做什么工作。三元搪塞说没什么。

一笑道:"大姐有话跟你说。"龚三元仿似夹在两块板儿中间,进退失据。只好笑着对八斗说:"我的意思是,两个人过日子要多相互包容。"

笑笑说:"我肯定包容。"

三元讪讪地,对八斗说:"笑笑要有什么做不到的地方,你也不能责怪。"八斗愣神,不明白其中含义。一笑当即阐发明白了:"大姐的意思是,如果我生不了孩子,你能不能接受会不会跟我离婚。"

三元横拦:"哎呀,我没那意思……走了走了。"说着大踏步往外走。一笑留步了,八斗跟着走。电梯里,姐弟俩你看我,我瞅你,一时都没说话。

三元没想到自己的"合纵连横"策略起了反效果。

她找补:"你别听她瞎说,这个笑笑,鬼心眼子多。"八斗终于按捺不住,调门起得老高,电梯门刚打开他就喊出来:"姐,你能不能不要当这个搅屎棍。"

三元定住了,姐弟俩都站着没动。搅屎棍?自己的亲弟弟,为了这么个不着调的老婆,竟然说亲姐姐是搅屎棍?她为谁辛苦为谁忙?三元恨得眼睛都红了。电梯即将闭合,八斗伸胳膊挡住,三元这才跳了出去。八斗跟着往外走,到单元门外。

龚三元才反击道:"我不是为你好呀?不是为你铺路呀?人一生病,你就把人甩了?谁受得了?到时候一分钱都不会多分给你!搞不好,还要你净身出户!"

八斗听得五中似沸,三元的想法跟他的想法,南辕北辙。也怪他自己,为了修台阶,传递给了她们错误的信息。三元还以为,婚是他要离的,笑笑不愿意。结果呢,真相是人家冯一笑主动提出终止婚姻关系!

八斗又气又恨,跟三元也没法再掰扯。他只好给结论:"姐,我求求你,别掺和了,我就没想要离!"三元气得更狠:"行,当我没来,当我没说!你就跟她过一辈子吧!"说完,夹着包,踩着高跟鞋哒哒哒哒走了。临走之前还丢一句:"以后你的事,我一件也不会管!你过得不好,也别回来说!"

龚八斗站在单元门口,目送着姐姐的背影消失在楼拐弯处。他只觉得一阵悲哀,他为自己悲哀,为三元悲哀,为一笑悲哀,为整个世界悲哀。他发觉每个人都活在自己的逻辑里。鸡同鸭讲,判若云泥。

小区花坛,几个老人带着孩子在放风。孩子们在玩儿球,一只皮球踢到八斗脚下。八斗弯腰捡起来，递给孩子们。他忽然就不明白，为什么简单的幸福就永远跟他无关。他的要求从来就不算高。妻财子禄，他只需要一点就好。八斗转身回楼道，进家门。冯一笑刚把倒了薄荷茶的杯子刷掉。

八斗对一笑说："你别听我姐胡说。她就是脑子一热。"

一笑道："她没胡说。"停顿一下，追问："大姐和妈是不是知道我们的情况了？"

八斗说什么情况，她们不知道。

一笑说："大姐说了，是从别的地方听说的，知道我生病了，担心我生不了孩子。"哂笑，"本来我还说瞒一阵，现在既然都知道了，干脆就坡下驴快刀斩乱麻，咱把手续办了吧。跟姐和妈那边，你就说怪我，不能生过下去没意义。"

"笑笑！"八斗的叫声像兽，"过去咱们这么难，也没说分开，现在房子、车、事业、存款，什么都有了。为什么一定要分开呢，我说了我不在意，这事最好缓一缓，免得将来后悔。"

一笑不慌不乱地说："两个人在一起，也不能光看有形的价值，还得看无形价值。你要的，比如陪伴、讨好，给你足够的面子，照顾一家老小的情绪，这些我都无法提供。反过来，我要的你也没办法提供。"

八斗打断她："我可以提供！是你不给我机会提供！"

一笑道："亲爱的，你怎么还不明白，好多路是要一个人走的，生活不合拍，说句科学道理，连多巴胺的分泌都受影响。最好的婚姻是物质价值匹配，情绪价值也得持续在线，这一点我做得不好，是我对不住你，等你哪天有空，咱们去把手续办了，好聚好散。"

八斗愣在那儿。他想过这一天，但他只是没想到这一天到来得如此之快，迅雷不及掩耳。他原本以为，自己跟一笑的离婚战争，会像埋在土里的塑料袋一样，一万年也降解不了。可没想到，三元来点了这把火，立刻让一切灰飞烟灭。

许久，八斗说："那你必须给我一个承诺。"一笑说你说。八斗道："如果你婚内出轨，将来被发现了……"欲言又止，意思已经很难听了，话不说尽。一笑秒懂："如果将来你求证到了，我婚内出轨，我就净身出户，到时候把钱补给你。这些都可以写到合同里。"停顿一下,"而且,我可以暂时不搬走,我说过,要陪你度过这段艰难的时期。"

好了,退无可退了。当晚,八斗又要了一笑一次。这回是冯一笑主动提出来的,真有意思,有情有义。八斗哀兵必胜,特别奋勇,每一下撞击都像愚公移山。一笑还说,离婚了并不代表关系破裂了。他们还是朋友、是家人。

呵呵,骗谁呢。他们没有孩子,算什么亲人、家人呢。

跟做梦似的。八斗恍恍惚惚,好像僵尸一样被一笑赶着走。手续很快办完了,一笑果然没搬走,每天跟没事人一样来来去去。但八斗受不了,他受不了他们之间已经没关系了,不受法律保护了。

别说,没了那张证,八斗觉着,一笑真的不再属于他了,他建议她离开。她问:"你确定一个人能行?"八斗咬紧牙关说:"能行。"搬家搬了一个礼拜,陆陆续续的。看着这个家一点一点抹去冯一笑的痕迹。八斗仿佛被割了腕,血一点一点外流,力气逐渐消失。

北京停暖了,屋子里冷冰冰的。八斗跟公司告了一个礼拜的假。每日,除了吃就是睡。兰芝偶尔来电话,八斗勉强接了,他没跟任何人说自己已经恢复单身。不看手机,不看朋友圈,世界与他无关。八斗觉得自己的大脑每天也仿佛被设定了程序一般。

到时间,哦,该吃饭了。到时间,哦,该睡觉了。到时间,该哭了。一笑搬走之前,他一滴眼泪没掉。走之后,他水漫金山,眼泪恨不得能注满太平洋。龚八斗想不到自己竟然能用那么多眼泪来哀悼爱情。最可气的是,这爱情,好像只跟他一个人有关。

98

李骐打电话来,八斗还在梦中。

他被铃声和李骐尖锐的嗓子刺破懵懂。李骐说话又快又密,他只能听个大概啥意思。"你哪儿去了,怎么也不接电话,在公司吗,你那有酒精吗,口罩有吗,有护目镜吗?"八斗嗯了一声。李骐这才诧异地说:"你还在睡觉?也不看看外头都什么样了!好几个小区都封了!"八斗这才醒了。

他坐起来,问情况。李骐说又开始有流行病了。八斗紧张。李骐用祈使句:"先确认,家里还有没有酒精。"八斗赶忙赤着脚出去看。

有,95%的。他跟李骐汇报。李骐说不行,必须是75%的。又让他赶紧去买酒精口罩。还说她一会儿路过他那儿,能给他送几副护目镜,这玩意儿现在是紧俏货。

放下电话,八斗穿衣服。三元又打来了,也是关心和提醒。八斗问老妈姜兰芝的情况。三元说刚打过,安顿好了,反正现在就是少出门。她让八斗多囤点货。八斗说自己还要上班。三元着急道:"都什么时候了!已经开始死人了!你不看新闻吗?"

他连手机都没看,这一阵他昼夜不分,如行尸走肉。"多开窗,通风,每天至少半小时。"三元最后叮嘱,穿好衣服,八斗站在阳台给兰芝打电话,建议兰芝尽快回北京。姜兰芝却说北京人多,更危险,她不添乱,阜新挺好。八斗知道拧不过老妈,只好又叮嘱一番,让兰芝跟明月姑相互多照应,有事随时打电话。

远远地,小区入口处来了几个人,一身白色防护服。跟着,保安拉起警戒线。八斗立刻紧张起来。业主群里喧腾了一阵,有人说小区里查出一例病例,传不传染不知道,但可以肯定的是,全小区的人,暂时都出不去了。

李骐到小区门口,不让进。她只好给八斗打电话,说护目镜和酒精放门卫处。还说:"记得写个遗嘱。"八斗吓了一跳,他虽然认为事态严重,但没想过会严重成这样。傍晚,物业在群里通知大家去做采样。

八斗只好下楼,去小区花园广场排队。

两个白房子里有光,微微弱弱的。

两列队伍,八斗选了一边站队尾。大家都戴着口罩,相互保持距离,没人说话,裸露着的只有一双双眼睛。李骐又来电话,八斗接了,简单交代几句,挂了。李骐还是关心,问他吃什么,菜够不够。

八斗忽然觉得窝心。他怎么也没想到,在这个极其严峻的时刻,第一个来关心且反复关心他的人,竟然是骐大小姐。至于那个说好了要做一辈子朋友的前妻小冯，却杳无音讯。八斗拿出手机，想给一笑发消息，关心关心她。从人道主义的角度出发，可这个念头在脑中只闪了一下，他就亲手把它掐灭了。

他恨自己不争气。她都不爱他了，他为什么还用热脸蹭人冷屁股？！

队伍缩短了，靠近小房子，光照在脸上。八斗一偏头，竟看到旁边队伍，跟他并排的一双眼睛，似曾相识。他不敢确认，还盯着那人看。终于，那双眼睛也注意到了他。

四目相接，对了，是，应该是。

八斗激动，他怕对方认不出他，随即扯掉口罩，刚准备喊名字，旁边安保人员呵斥："口罩戴好！"八斗只好重新罩上脸。那人朝他点点头，就算是回应了。检测完毕，那人在前头走，八斗跟在后头。八斗刚要说话，那人简短地说："回去再说。"

她步子快，他便跟着。到二号楼门口，那人道："你先回去，洗个澡，消毒，我一会去找你。"安排得明明白白。八斗应声，刚转身要走。那人又问："家里有酒精吗？"八斗说了声有。两个人就跟地下党接头完毕似的，迅速各奔东西。洗澡，消毒，八斗恍惚。

等敲门声响，燕玲站在他门前的时候，八斗才真正确认：燕燕姐回来了。

她手里拎着两瓶酒精，放到桌子上。八斗问她行程，这才知道燕玲已经回来两周了。在小区里租着房子。可是，为什么一直没上门？但一转念，八斗立刻明白了，想必，燕玲已经知道他跟一笑的最新状态，因此，不好意思上门。

但现在不一样，他跟一笑彻底分开了，而且危难当前。她不得不讲点道义，抱团取暖。进了门，燕玲没多问。她只说："饿不饿？"八斗摸摸肚子，苦笑。燕玲麻利地去看冰箱，一片狼藉。她又小跑回家，拿了排骨、豆角和酸奶来。然后下厨，烧菜做饭，连带还把他家里所有的碗筷用热水煮了一遍。

直到香喷喷的饭菜端上桌，八斗才觉得自己终于又回人间了。

面对面坐着，两个人都没说话，不晓得如何起头儿。一笑是肯定不能谈的，从燕玲进门开始，冯一笑这个名字她就没提起过，彼此心照不宣。

吃了一会儿，八斗觉得再不问点什么实在不礼貌。于是问："竺老师呢？"这属于安全话题。

"他没回来。"

"你什么时候回去？"他顺着问。

"不打算走了。"燕玲语气无波无澜地。

"又回国内发展了？"他诧异。燕玲和老竺当初的出国，可是下了大决心的，房子都卖了。那边有不错的工作，之前还听说燕玲已经开始写英语剧本，一切安好。

"我离婚了。"掷地有声。她一副临危不乱的样子。

八斗吓得差点端不住碗，大量信息缺失，这个弯转得太大，跟雅鲁藏布大峡谷的形儿差不多。在八斗心中，他跟一笑的离婚，像是割腕自杀，死还得死一会儿；相比之下，燕玲这个婚离得简直像跳楼了，还是头朝下那种。

八斗不晓得怎么安慰，也知道不该问细节。毕竟，他对于八卦的爱好不像龚三元那么执着。不知怎么的，八斗有种同是天涯沦落人之感。

他小声说："我的事，你知道了吧。"他不用"我们"。用"我"。他现在只能代表他自己，一笑的一切与他无关。

燕玲抬头看八斗，表情像蒙娜丽莎，说不清是笑还是没笑，说："知道。"她声音很轻但却有种抚慰人心的力量，不是幸灾乐祸，而是春风化雨。

八斗忽然故作乐观："咱们是不是该庆祝一下。"燕玲苦笑，说："怎么还庆祝上了。"八斗说："咱们可以组成互助小组。"说着，就起身找酒。酒精不充足，酒倒是有几瓶。白的、洋的，还有药酒，那是一笑的馈赠。

酒入柔肠，话才开始多起来。但基本都是八斗说，燕玲听。他先是娓娓道来，叙述整个事件，再是激情澎湃，表达自己的观点，最后才声泪俱下，抒发淤滞的情感……话说最后，八斗倒在燕玲怀里，不是哭，而是低吟。张燕玲两手扶着他的头，任凭他后脑勺撑着她那不算丰满的胸脯。从头到尾，燕玲没对八斗的叙述做过一个字评价。她所有的动作都传达着一个意思：事已至此，相互取暖。

天黑得透透的了。不知过了几个钟头，对面楼的灯光也一盏一盏熄灭，这世界仿佛就剩下他们两个人。一切似乎回到原初，回到人类诞生的时刻。

一个男人，一个女人，仅此而已。沙发一隅，八斗静静躺着，燕玲要起身，八斗不让。"我该回去了。"燕玲轻声。

八斗哀求地说："别走……"燕玲苦笑，说那不行。八斗拦腰抱住她。燕玲又强调一遍必须回去。八斗一只手捂上去，燕玲颤了一下。

"可以吗？"他问。

她怔了怔，才说："我是张燕玲，不是冯一笑。"

八斗着急，说我知道我明白。

燕玲这才不说话。八斗一跃而起，一个横抱，往屋里走。跟着，该发生的事便发生了。这一夜，八斗和燕玲的关系发生了某种质的变化。但当天亮醒来，燕玲并不在身边，八斗又本能地觉得恍惚。他有些后悔，觉得自己太鲁莽，但转而又想，为什么不？他在怕什么？怕一笑不同意？还是怕她不舒服？哼，她冯一笑管得着吗？孤男寡女未婚未嫁，他们有权利做任何事！八斗唯一担心的，是张燕玲的感觉。这个女人身上有太多谜团，她像庐山，变幻莫测。他呢，现在是"只缘身在此山中"了。

八斗给燕玲发消息，说了句早上好，没人回复。他打电话，没人接。他的心提溜起来。什么意思？打一枪换一个地方？还是冯一笑介入了？八斗连忙起来往楼下去。他去找她。她住二号楼。可到楼底下才想起来不知道她的具体地址。

四个单元，上百户人家，怎么找？他只能再打电话，还是没人接。半分钟之内，龚八斗考虑了一百种坏的可能。最后还是决定，用最原始的办法。

喊她。

那栋楼的住户或许很久以后都会记得，在这个沟通现代化的年头，在那个特殊时期，楼下竟然还会有个类似电影《有话好好说》里头的姜文扮演的男人一样的人，扯着嗓子喊一个女人的名字。只不过，电影里叫安红，现实中叫燕玲。

小区保安被招惹来了，他问八斗什么情况。好在燕玲听到呼喊及时赶到，八斗才解了围。

"刚洗衣服呢，没看到。"进了家门，摘掉口罩，燕玲才开始解释。屋内秩序井然，每一件东西，都待在它应该待的地方。非常时期，燕玲家的茶几上还有鲜花。

八斗呆呆杵着。

燕玲却像没事人一样，问："没事吧。"

八斗回过神，故作轻松道："没事。"

她好像全然忘了昨夜的事儿，弄得他也有些茫然。难道是梦？燕玲端了金银花罗汉果茶给八斗，说有预防功效。八斗坐着，言语又支吾了。燕玲径自把衣服晾在阳台，才转身回来坐到椅子上。

"那个……"八斗舌头发直。

"没事，我完全理解，"燕玲没让他说下去，"咱们也是相互帮忙。"

八斗挠头，失笑道："是相互帮忙……"

这忙帮得够深入。

燕玲又要领着八斗看她刚栽的栀子花。八斗只好跟过去，弯腰看着。他不懂，只一个劲儿说好。等她弯腰背对着他的时候，他才趁机道歉一般说："昨天，不好意思……"她的动作停了，但没转身，言语不像适才那么昂扬："别这么说，都是相互的……"

"燕燕姐，我不是故意……"

话没说完，就被燕玲拦腰斩断："不要叫我燕燕姐。"是不容商量的口吻。她转脸直面八斗，"叫燕玲。"八斗哦了一声。

燕玲又说："我不要你可怜我。"

八斗愣怔，又连忙道："不是可怜，没有可怜怎么会是可怜呢……"

燕玲凛然地问："你还爱笑笑吗？"

八斗踌躇了一下，答："不。"他只能说出一个字。生怕再多说半句，就会改变主意。

燕玲鼓励他："那就重新开始，我也是这么对自己说的。往前走，总能遇到别的人，别的事，别的风景。"

窗外，小区里工作人员正在消杀。八斗盯着望了会儿，再转头，燕玲一脸泪。八斗手足无措，踌躇半天，终于把胸膛迎上去让她倚，臂弯伸过去让她靠。燕玲得了"靠山"，这才大放悲声。

燕玲和老竺的离婚故事，想必也是一出大戏。但龚八斗从燕玲这儿听到的,却只是那种最寻常的解释:性格不合。不过有些事八斗认为也是可想而知的。当初燕玲跟老竺在一起,八斗和三元都觉得属于七拼八凑,年纪相差太大,对生活期待不同。老竺赴美,虽然也有个顾问的名头,但其实就是养老,可燕玲的日子还长着呢。于是乎,小区封闭的这些日子,不是八斗到燕玲这儿,就是燕玲到八斗这儿。

　　三元来电话,两个人都没往外说,仿佛这一块地界儿就是个无菌的培养器皿,有暂时的岁月静好。但一来二去之后,客观说,八斗又觉得燕玲多少有点太"柴"了。身上柴,面相也柴。事实上去了国外一趟,燕玲比从前更瘦了。但在那件事情上,燕玲的积极性还是比较高的。只要八斗留下来过夜,那就一定有故事发生,有时还不止一次。她一力迎合,八斗免不了奋力表现,至少不能落老竺的下风。

　　不过这天,两个人正在吃饭,来电话了。八斗一眼瞥去,看到是一笑的。燕玲神色稍变,跑到厨房接,好一会儿才出来。八斗问:"没事吧?"永远是这句问话。非常时期,没有消息就是好消息。燕玲说:"没什么事。"

　　八斗停了一会儿,才说:"她知道吗?"

　　燕玲没正面回答,只说你别想太多。

　　八斗追问:"她知道我在这儿吗?"

　　燕玲小声:"没告诉她。"

　　"她知道我也不怕。"八斗声音忽然阔朗起来。

　　"是不怕,"燕玲安抚他,干笑笑,"恋爱自由,婚姻自主。"

　　这八个字吐出来,八斗反倒吓了一跳。他始终没把自己跟燕玲这短暂的意外的关系归结到"恋爱"这个主题上来,更别说"婚姻"了。八斗低着头,狠扒了碗里的几口米饭,然后端着碗往厨房去。燕玲在他身后轻喊:"要不要再来一碗。"八斗却说不用了,饱了。

99

门打开一条缝。三元戴着防护手套把打包好的塑料袋拎进来,默默在旁边看。三元呵斥他:"口罩戴上!"默默连忙将口罩就位。

打开塑料袋,一样样清点。菜得点清楚了,白菜、胡萝卜、黄瓜、豆角、豆芽;肉也得点清楚了,猪里脊、羊肉、牛肉卷、鱼丸、香肠……

默默一看到香肠就大嚷:"我要吃这个!"三元依旧用呵斥的口吻说:"洗手去!"

最近龚三元跟儿子说得最多的两个字就是洗手。一家三口困在这,她的临期食品店暂时关门,默默上网课,斯理居家办公。菜肉存储一度紧张,一家人吃了两天临期食品。

斯理一肚子抱怨。

现在好了,供应恢复了。龚三元连忙把菜拎进厨房,准备大干一场。他们一家又不得不待在一个地界儿了。一天二十四小时,不是一家人也是一家人。

身体靠近了,心似乎也往里凑了凑,三元觉得充实。在消杀的过程中,斯理是总指挥,三元和儿子是执行者,就比如煮筷子和碗,还有全家的消杀,都是在王斯理的指挥下完成的。

男人得捧,这是龚三元从不久前的"事变"中得到的经验教训。

事实上,龚三元在发现并戳破了斯理的"秘密"之后,一度想要把水漫金山的丈夫镇压在雷峰塔下。可现实"教育"了她,三元注册了个相亲网站账号,上传了她认为最美的照片。遗憾的是,压根儿没人给她发私信。

红娘倒是来电话了,明着关心,暗着打击:"女士,您这种情况,如果不走VIP通道的话,是很难匹配到合适对象的,像您这样的年纪,又带着儿子,不是特别乐观。"

三元对电话怒吼:"乐不乐观我自己知道!用不着你瞎操心!"

嘴硬，但心已经发颤了。她不得不承认，早先她对自己的确有些高估，高估了自己的容貌，高估了自己的能力，高估了自己在婚恋市场上的位置……总而言之，高估了自己的处境。

作为男人，王斯理是在升值的，走爬坡线。作为女人，她龚三元却似乎在贬值，走下滑线。在这个社会制定的评价体系中，她这个年纪一旦离了婚，再找难度是相当大了。三元不想跟自己过不去。斯理不也强调了吗，他没有实质性动作，一切只在"云"上发生。那么，她是不是也可以"退一步海阔天空"？

三元觉得这事得聊。细聊，思想通了，相处起来才能顺畅。这段"居家"，正好给了她这个机会。好在，王斯理并非全然不顾大局。就比如老妈姜兰芝打视频过来，斯理还是愿意继续扮演好女婿、好丈夫、好爸爸的。家还没散，那么就需要继续维持下去。

食材来了，午餐就丰富了。一袋四根肠，默默吃两根，斯理和三元各一根。斯理直接把肠夹给三元，三元有些感动，说你吃。

斯理说："你吃吧，你运动量大，我都不饿。"

三元说："那你吃鱼。"

客气得好像回到十几年前。只不过，位置对调了。过去是斯理对三元客气，现在相反。吃完饭，默默去里屋了。斯理要起身离开饭桌，三元叫住他，说买了红茶。斯理从国外回来后，有了喝红茶的习惯，而且喜欢放点白糖。三元此前不大关注，今天全部满足。

一人一杯红茶，土耳其进口的。两个人面对面坐着，三元问斯理觉得怎么样，口味正不正宗，王斯理说还行。

三元正式破题："老王，咱们聊聊。"

斯理不耐烦道："不都过去了吗，还提。"他不想谈判，黑不提白不提最好。"云"上那点事儿，漂在上空还好，拿到人间看就有点龌龊了，他自己都觉得上不了台面。

三元一笑，说不是那事。又说没有具体的事，就是务务虚。

斯理抬头等她下文。

三元说："我知道你压力大，其实你有什么烦恼，都可以跟我说，咱们是夫妻,彼此之间没秘密。"

秘密两个字一说出口。斯理似乎打了摆,表情不大自然,被刺到了。

三元又改口:"适当有点秘密也不是不可以。但对彼此的心,得是好的。"

"是好的。"斯理鹦鹉学舌般,但透着不耐烦。

"你怎么想的?"三元还是那招——引蛇出洞。

"什么?"他装糊涂。

"对我,对这个家,有什么意见和建议没有?"三元耐下心来,化身居委会大姐。挖地三尺也得让你口吐真言。

"没什么意见,就这么过挺好,"斯理说,"哦,有一点,好多事情没必要大惊小怪。"

三元继续道:"你的意思是,我还是可以信任你的?"

斯理深呼吸,道:"我不想吵架。"

三元呵呵地笑着说:"我明白我知道,我之所以愿意谈,就是已经接受了某种状况。"停顿一下,一段一段阐述,"那就是,你可以,在一定的范围内,展开,适当的活动。"

说得极具书面和学术色彩。

三元又说:"如果有需要,我也可以帮助你。"

这话说得更隐晦。

斯理愣了一下,转而极不耐烦地说:"能不能不要在这些事情上纠缠,我有我的自由,我有我的安排,我背叛家庭了吗?我影响你生活了吗?我不是你养的狗。笼子大一点小一点,那都还是宠物!没分别!我是人,得有人的权利、自由、尊严,得过人的日子!"

三元气顶上来了,但还压着火:"那你要怎么样,出去野?"

斯理斜着眼睛看她,回:"不是,你能不能不要盯着这些破事儿!"

三元嚷嚷:"那你的意思是,我没吸引力了?网上那些人才能刺激你。"

这下,斯埋反倒平静了,他反问:"我就问你一句,搁你那儿,我有吸引力吗?"

三元硬着脖子说:"有。"答得极快,不假思索。

"谎话，"斯理戳破了，"两个人在一起那么多年，左手摸右手，说有多大吸引力，这不扯吗？！"

三元分辩道："那当时上班的时候，在小宾馆……"是，那时他们还制造了个孩子。但转念一想，她又觉得当初可能是斯理为了要孩子处心积虑，因此不作数。她声音越来越小，"可你这样，我很不好受"。

斯理长叹息："慢慢调整吧。你这么一闹，我也觉得一点意思没有了。"

听听，这什么话。他倒觉得没意思了，合着妻不如妾，妾不如偷！三元起身，拉着斯理的手，要往卧室去。斯理问干吗，三元说，我帮你弄。斯理厌恶地说真的不用。三元还强行要求着。

斯理恼了，手一拽，吼："真的不需要！"

三元呆立。她也不知道自己犯了什么错误。哦不，错的是时间，时间稀释了激情。他们就是一对麻木的夫妻。针戳不疼，水泼不冷。下油锅炸没办法让他们重燃爱火。日子就应该这么麻木下去，像一块放出哈喇味的炸糕！

是啊，王斯理是不想改变家庭结构的。现在多好，有人顾着孩子，兼带还能赚钱。她的存在，让他的社会形象完整。可在此之外，他不是不想寻求刺激。但就是这种行为令三元无法忍受！过去，她多骄傲啊！现在，她甚至愿意"帮他一个大忙"，结果人家还不领情！三元猛然想到，既然王斯理变成了这样，那姐夫严尔夫呢。

她下意识脱口而出，问："你们是不是都这样？"

斯理不懂这个"你们"的所指。三元说："严尔夫呢，是不是也玩这套？！"斯理叨咕，说他的事我不知道。呵呵，看他的微表情，严尔夫只会更严重。没准，还在外面包了个人！就算他岿然不动，也保不齐有女的往他身上冲。如此想来，三元忽然感觉王斯文的固若金汤不过也是海市蜃楼。

一阵悲哀袭上心头。

龚三元还来不及细细品味，手机响了，是斯文打来的，三元接，她却要找斯理。王斯文担心她妈。牛爱玲还在燕郊，她跟老赵本来说去别的地方养老，后来还是改燕郊了。斯文怕封城，爱玲被隔离在外头，想让斯理把人接回来。

斯文声音很尖："你姐夫天天在单位忙，他是领导没办法，我这在家看着孩子，一步也走不开。"

斯理立刻接下任务，说去接。三元提醒他，说去了万一回不来耽误工作。讨论到最后，为求表现，龚三元大无畏地把这活儿接下来了。

她店关了，暂时是个闲人。而且，紧要关头，她需要更多的同盟者。拉拢斯文和爱玲是当务之急。

斯文笑着感谢："元元，那就麻烦你了。"

三元连声说："不麻烦不麻烦。"她又问老赵怎么处理。斯文道："他要愿意回来，就捎带着，要是不愿意，咱就不管。"三元说了句明白，又交代斯理、默默几句，匆匆启程了。路倒不远，但一路上氛围却紧张得很。

到地方，牛爱玲一个人在家。窝在沙发上，客厅大，人就显得特小。三元问赵叔呢。

"走了。"

"啥意思。"

"被他儿子接走了。"牛爱玲撑不过一秒，眼泪就喷出来，"还说要跟我分……"三元连忙上前抱住婆婆，此时此刻，她不是她儿媳妇，是闺蜜。

龚三元用大惊小怪的口吻问："怎么回事儿呀？"

爱玲哭着唾骂："他们……他们嫌我长了个甲状腺瘤……"三元发蒙。怎么跟慧慧一个理由。合着这也祖传？三元假装愤怒："他凭什么嫌你呀！他自己都是癌症患者！"

爱玲继续唠叨："不是他……是他儿女……说不想让他死在这儿……赶紧接走……"

哦，明白了，他儿女担心，跟他们这边一样。只是，人老了，连死都不能自己做主，未免太过悲哀。

三元由衷地说："所以呀，男人，靠不住！爱情的力量没那么大……"说完她都吓一跳。她又谈爱情了，在这兵荒马乱的岁月。

爱玲跟着骂："爱情就是王八蛋！"又念古诗似的，"夫妻本是同林鸟，大难临头各自飞！"她忘了，她跟老赵还不是夫妻。

三元抱住爱玲，牛爱玲痛哭。龚三元也跟着贡献了几滴眼泪，多少有些物伤其类的意思。她真想把斯理"云出轨"的事情告诉爱玲，可她又必须保持清醒。人家牛女士终究是王斯理的妈呀！儿子再不好也是好！他就是犯了一个万个错，活该被天打雷劈，在老妈这儿也是值得原谅的。牛爱玲永远不会站在她这边儿。

三元开着车。路上没人，车都少，一片坦途般。牛爱玲在后座睡着了。三元觉得自己像逃难。她忽然想起独自在家的斯理，一整天的"时间差"，他又可以在"云"上快活了。玩儿就玩儿吧，但三元不希望默默发现他老爸的丑事。毕竟，那是多么糟糕的示范。

她打给斯文，说人接到了，一会直接送家里。又打给斯理，交代了这边的情况，包括老赵的"临阵脱逃"。斯理没谴责老赵，只说那就回来吧。

三元多问一句："你干吗呢？"

斯理冷冷地回："没干吗。"

三元又小声提醒："稍微收敛一点，儿子在家。"

斯理怼得干脆："说了没干吗！"

100

小区解封，八斗可以去上班了。接触到"外面的世界"，他觉得自己跟刚做了一场梦似的。软软的绵绵的带点微甜，但醒来嘴里却是苦味。八斗恍惚意识到自己似乎犯了个错误，在这个短暂的真空中，他一不小心把自己跟燕玲的关系向前推进了一大步。这可是顶顶危险的一大步啊。朋友以上，恋人未满。当一切恢复正常，他又觉得这个关系如沙筑塔，根本没办法成立。那感觉仿佛一块奶油蛋糕，在无菌无氧的环境中还能保持，一旦接触到空气，就迅速腐败了。不作数，一切都不能作数。总而言之，那只是非常态下的非常人物非常事件。他不认为封锁期间的他是他。但，苦恼的是，一切就是那么发生了，事实坚固，不容置疑。

八斗觉得这关系尴尬极了。好像燕玲鼻子底下的一颗小痣，天生长的就不是地方，天然的鼻屎样，抠又抠不掉。

燕玲虽然跟一笑没有血缘关系,但好歹算远亲,沾亲带故的。这边刚离婚,那边就把人姐姐给拿下了。算什么?再者,燕玲也是他亲姐姐的同学,同属于大姐级别的人物。她这场"年下恋",同样不恰当不合适。

更重要的是,当理智重新占据上风,八斗不得不清醒地认识到,一旦脱离了那个封闭的与世隔绝的环境,他就应该跟燕玲保持"礼貌的距离"。说白了就是,他并不爱燕玲,甚至还有点恐惧。燕玲是蜘蛛,他就是飞蛾。她这张大网好像专门为他织的。然而,张燕玲似乎还陷入在那种情绪那种状态中。她好像一辆循环列车,你不喊停,她就会一圈一圈绕下去。

不,不能这样。如果是错误,就应该及时停止。

三元来电话了,问八斗的情况。她说听说小区解封了,还说要来看看。八斗即刻阻止,"那个……刚解封,别贸然行动,先观察。"又反问:"你跟姐夫还好吧。"

三元陡然紧张,说还好。她又把牛爱玲跟老赵分手的事儿说了。感叹道:"看看,爱情,多脆弱!根本指望不上!"这话一下打到八斗心上了。是啊,爱情是脆弱,经不起任何考验。

办公室内,龚八斗坐在工位上,半闭着眼睛。他忽然想到,封闭期间,每次跟三元通话,只要燕玲在旁边,他都会格外小心,当即跑开,但燕玲似乎从来不避。有好几次,燕玲跟一笑通话,也当着他的面儿,一点都不觉得尴尬。为什么?难道,一切都是冯一笑做的局?要不怎么燕玲回国,刚好跟他们住在同一个小区?但也未必。毕竟人家带亲,相互照应也应该。但仔细核对时间线,张燕玲应该是在他跟一笑彻底拜拜之前就回来了。

再加上一笑之前说过给他介绍对象,让他顺利过渡的话。那么,燕玲会不会真就是一笑安排的那步棋?这么一分析,八斗很不愉快了。他想向一笑打电话求证,可又觉得小冯即使做了也不会承认。好在,一切刚刚开始。他觉得如果能够以一种自然的、心照不宣的方式结束,对双方来说都是一种体面。

下班了,八斗偷偷摸摸回家,自己家,没联系燕玲。到晚饭时间,张燕玲的电话又打来了。她刚回国,还没找工作,用她自己的话说是,要"享受几天生活",过几天"安泰"日子。她特别热衷做主妇,烧菜水平直逼姜兰芝。

八斗握着手机，发颤，深呼吸，但还是接了。

燕玲的声音很柔："到家了吗？"

"刚到。"他口气发虚。

"过来吧。"她轻声发号施令，理所当然的样子。龚八斗本能地想拒绝，可喉管里不知道怎么的发了一声"嗯"。他步履沉重，腿像灌了铅，跟要上刑场似的，又站在楼底下吸了根烟，才终于到燕玲的住处。

菜已经摆好，琳琅满目，是贤妻良母的标配。她敦促八斗洗了手，两个人坐在饭桌旁。她笑着说开动吧，八斗却没什么胃口。她做了凤爪、山药排骨、白菜牛肉，都是他的最爱。她主动夹菜到他碗里，见他兴致不高，顺带问他是不是在单位遇到了什么困难。

"没有。"他答得干脆。没困难，困难就是你，他说不出口。

李骐来电话，八斗到旁边接。没什么事儿，也是来问情况的，诸如是否解封，是否上班。八斗如实答，挂了。

回到饭桌旁，燕玲问是谁，说怎么问得这么详细。

"李骐。"八斗不遮掩。

燕玲问："她还没结婚吗？"八斗说没有。燕玲淡然一笑，不予置评。八斗也不说话。吃完饭，八斗站起来走到阳台上，手插在裤子口袋里朝外看。他在酝酿，做心理建设，等切入的时机。

燕玲端薄荷茶过来，递到八斗手里。

八斗转脸，微微低头看着她，有点结巴，说："那个，燕燕姐……"

燕玲打断他："还叫燕燕姐。"

八斗更慌了："不是，那个，燕玲……"

她轻应一声，等他下文，眼神里饱藏期待，时不时抿一口水，不知真喝还是假喝，或许只是润润嘴唇。

"跟你商量个事儿，"八斗极艰难地，又立刻否定了，"也不叫事儿，就是……"难以启齿了。

燕玲利落放下茶杯，拽住八斗的手腕往里屋去。"先别说。"推开卧室门，一屋子蜡烛。他怀疑燕玲是从一笑那儿套的情报，知道他喜欢烛光。可是，眼前的星光闪闪他却一点不觉得浪漫，仿佛置身某种巫术阵法中。

燕玲柔声下令:"把灯关了。"

八斗只好一抬手闭了吸顶大灯。他无处可逃了,进了盘丝洞,他就不再是猎人,而成了猎物……一番酣战,八斗半推半就。都这样了,不发生点什么实在不礼貌。反倒是燕玲反客为主,她大方地求,他怯怯地给,反复被折腾了几次。八斗觉得自己仿佛坐了好几次过山车,心都快呕出来了。终于,雨露遍洒,他狼狈退出,斜躺在那儿,跟死人一般。

她从后面抱着他,牙齿轻轻咬他后背,像要一口一口吃了他。好一阵儿,他才起身要去冲澡。她还盘着他,轻声在后耳背边问:"我就不行吗?"

八斗的背抽搐了一下,浑身发冷,额头却出汗了,汗也是冷汗。他这盘唐僧肉,她势在必得。

呜呼。她全明白了!是啊,她从来都是个明白人。这样好,这样最好。大家心照不宣,就不用他费力解释了。他清了清喑哑的嗓子,"那个……"话还没说出来,她便拍拍他的背,说去洗吧。

一切戛然而止。

从卫生间出来,八斗蹑手蹑脚的。他经过卧室门口,门虚虚留一条缝儿。烛光全部熄灭了,暗夜无边。八斗刚想转身,神不知鬼不觉地离开。燕玲的声音却飘出来:"你在怕什么?"

八斗没前进也没后退,整个人僵在门口。他清了清喉咙,有痰,又不知往哪吐,只好生咽下去,终于一个字也没说出来。他觉得自己跟燕玲的关系就好像这口痰,不吐不快。

燕玲的气息很稳,她的话跟从另一个世界传来的似的,"我们都是单身,我们有选择的自由,你不用怕笑笑的看法"。

"不是……"八斗应对着,企图以弱胜强。

"也不用怕你姐不同意,咱们两个可以慢慢做工作,"她总用"咱们两个"这个词儿,听着很不舒服。"只要真心诚意真心相爱,元元一定会被感动,我了解她,她是性情中人。以后咱们两个就过简简单单的日子,一屋两人三餐四季。如果你喜欢孩子,随时可以要……"燕玲絮絮叨叨说着。八斗脑海中也跟翻PPT似的,不断有各种画面。

是,这些都是他的人生理想。简单日子,温馨而圆满的家庭,但他从未

-579

想过合作的对象是……燕玲……

"那个……"八斗又开始结巴了。

燕玲的语速突然加快,情绪也变得尖锐起来,她嗓音颤抖着:"我是死过一遍的人,你把我救活了,不能再让我死……你给我下了毒药,不能不给我解药……"

天!谁是毒药谁是解药?八斗觉得中毒的是自己!再不走出这间屋子,极有可能当场暴毙。哀哉!生死事大,八斗觉得自己实在负担不起这么重大的责任。怪只怪,他无心插柳,柳却成荫,落花有意,流水根本无情。

八斗只好无比艰难地说:"是不是有什么误会……"

房间内没声音了。龚八斗不敢朝里看,他怕看到燕玲那怨怼的眼神,像女鬼,随时都要报仇,射出寒光。

怪只怪这突如其来的封小区,让他们都变得感性、软弱起来。八斗恨自己的怯懦,但又为自己的"坚守"骄傲。然而,在这一片黑暗中,他忽然能够换位思考,明白了一笑可能会有的感觉。爱,终究没办法勉强。

这一晚,八斗没在燕玲那儿住,几乎是落荒而逃。次日正常上班,一天没联系,晚上到家八斗也没给燕玲打电话,但透过窗户,他能看到燕玲的住处亮着灯。不知怎么的,八斗忽然有些愧疚。他还在这儿支支吾吾,人家燕玲呢,听明白了立刻快刀乱麻,一点儿不拖泥带水。

江湖儿女,俐亮!

相形之下,他则有点黏糊的不像男人了。第三天,依旧一整天没联系。到了晚上,八斗觉得有必要问候问候,别恋人当不成朋友也毁了。他发消息给燕玲,却发现自己已经被删除了。对面楼的那一小间窗,黑着。这个点,她家没人,不正常。八斗怕她想不开,出意外,连忙跑过去探看。敲门,没人应,打她电话,已关机。对门大妈开门,问他找谁。八斗急忙询问。大妈却说,对门的小姑娘,下午搬家走了。八斗失魂落魄,羞愧难当。这一段短得不能再短的人生插曲,虽然他认为自己不是绝对错误的一方,但两相对比,男女有别,燕玲受害更深。

结束了,一切都结束了。他甚至预感有生之年,燕玲怕是不会在他面前再出现。由此,八斗又忍不住念起燕玲的好来。比如,厨艺绝佳、善解人意、知书达理……然而，这所有的优点加起来，也不能胜过"不动心"三个字。人，归根到底还是应该忠于自己的感觉。一想到不用跟燕玲过一辈子，八斗又觉得庆幸。

飞蛾挣扎出了蛛网，重新获得了自由。

三元找八斗，八斗没让她去家，约在公司附近，也没吃饭。三元在路边等，八斗开车接上姐姐，就往王斯文家去。三元给八斗一大包防护品，包括酒精、口罩、消毒液等。她叮嘱八斗，不能麻痹大意。姐弟俩谈起在阜新的老妈，八斗的意思是，尽早接回来为妙。小地方，医疗条件不比北京，万一开始在社区传播，就太被动了。

三元却说："先观察，越是这个时候，越要以静制动。总不能让妈自己坐火车吧。等平稳了，咱们开车过去接。"聊完老妈，三元才问一笑的情况。八斗心咯噔一下，冯一笑的事，他已经没有资格管了。这个人，也必须从他心里清除出去，但三元还没得知实情。八斗认为现在不是"官宣"的最好时机。姐姐问，他就简单敷衍，说一笑还在出差，在外地。

三元讥讽："她不怕，本身就是做药材生意的，得病了，自己煮药就行。"又说："我要是她，就知趣点儿，耗什么呀，耗别人也是耗自己。直接分手快乐最好。"

八斗不想聊这话题，岔开说现在生意不好干。这可触发了三元的伤心事。她的临期食品店干不下去了。现在店开不了，但仍交着房租。八斗问三元打算怎么办。

三元愤愤："只能赔，赔光了，赔到底！"八斗说幸亏姐夫那边还算稳定。三元心里膈应，不接话。过了一个红绿灯，她又说起外国的情况，说燕玲在那边也不好受。

八斗问："什么时候说的？"

三元说前几天还通了个电话。"她在那边也是乱，还得照顾个老头子，想想都麻烦。"停顿一下，"不怕说句天打雷劈的话，老头要在那边没了，她一个人怎么待？不还得回来。"

八斗哦了一声，不予置评，他当然明白燕玲说的是谎话。没准儿，是正在为自己回国铺路，这个故事必须捋顺溜了。但他跟燕玲的这一段插曲，想必三元是不知道的。

万幸。

说到底,他得感谢燕玲是个靠谱的女人。懂进退,知分寸。既然注定是秘密,那就索性封棺深埋,永不出土。

快到王斯文家,三元再一次说起牛爱玲的爱情。这次全是同情的调子:"惨!谈这一次恋爱,少多少阳寿啊!"又对八斗,痛心疾首地说:"人呐,只要你一动感情!那就是,鸡飞蛋打,人财两空!"八斗深以为是。

到地方,八斗不上楼了,三元一个人进了斯文家的门。王斯文忙前忙后,一会去这屋看蓓蓓有没有用心学习,一会又要去那屋看牛爱玲。她老人家躺在床上,憔悴得拉皮手术都挽救不了那张脸。魂被夺了,只剩躯壳。

王斯理坐在沙发上刷手机。三元进屋安慰了婆婆一番,又跟斯文出来。三元道:"大姐,这怎么弄,到底什么病,该治治该去医院去医院。"斯文说医生说牛爱玲的甲状腺结节暂时不用手术。现在就是心病,抑郁症,睡不着,吃不好,一躺下就做梦,一做梦就出汗,一出汗就失眠。看了中医,汤药扎针拔罐都用上了,没用。

三元着急道:"解铃还须系铃人。老赵呢?"斯文道:"别惹他!长痛不如短痛。"还说,牛爱玲现在靠安眠药,多少能睡几个小时,慢慢来吧。

三元问具体吃的是什么药。斯文说:"还用的佐匹克隆。"严尔夫回来了,进门,王斯理也站起来。他现在唯大姐夫马首是瞻。不给三元的面子可以,不给严尔夫面子万万不可以。严尔夫面目严肃。斯文看出来不对,上前问:"没事儿吧。"老严说督查组进驻集团了,最近可能会比较忙。

101

八斗离婚的事,陆海超是第一个知道的。他立刻恭喜:"龚老师,可喜可贺,下赌桌了。"八斗啐说:"你就笑话我吧。"海超道:"说实话,过去我看着你都难受!其实你真的那么爱小冯吗?"声音陡然增大,"不见得!你就是舍不得自己这巨大的付出！总想着，再多投入一点就能回本儿了，结果恶性循环。"笑嘻嘻地，"真的，你这婚，离得好！早死早超生，赶紧再投胎。"

八斗尴尬地说："还超生、投胎，我现在才是家徒四壁，满盘皆输。"

海超还是笑着说："你要跟她过一辈子，那才真叫输得彻底，一点翻盘的机会都没有了。"拍拍八斗的肩膀，"老兄，想开点儿，谁离了谁不行呀，北京那么多女的，你还不是分分钟……"

八斗不让他说下去，嘲讽地说："那也没见你弄一个来。"

海超说我这不是谨慎吗。又说："这可不是我一个人的事。"

八斗说知道，还是你妈的事儿，你爸的事儿，你们全家的事儿。

海超说都不止！神情极其严肃。"给孩子找个什么样的妈，这可是朝下管三代的大事儿！好妈成就三代，矬妈毁掉三代。整个一个百年大计！能不谨慎吗。"

八斗垂头，头发耷拉下来，好一阵没理发，刘海儿长得发尖扫到眼角。手指插进头发往后梳，颇有几分民国范儿。

失意落魄的文人。

海超鼓励他："哎呀，打起精神来！有什么呀！我跟你说，你以后一定要比小冯过得好，那才真叫大仇得报呢。"

"我跟她没仇。"八斗很平静。

"没仇？谁信？"海超动了动屁股，"离婚这事儿，有没仇的吗？没仇离什么？不是你对不起她，就是她对不起你，"八斗刚要反驳，海超拦住了，"你也别跟我抬杠了。反正，就一点，别对婚姻失去信心。你还没儿子呢。"

最后这半句刺激人。八斗蔑视地回道："你有？"

"你看你，自尊心又爆棚了吧，我没有我也没摔沟里呀，"海超头头是道，"我现在还是完璧，不说钻石王老五，水钻王老五总是吧，我跟你说你就是战略思想不对。"

"你就是纸上谈兵，什么战略思想，屁！你打赢过一场胜仗吗？"八斗不屑地。海超不气馁，继续分析："你想，你当初跟冯一笑在一起，往婚姻里头奔的时候，你就奔着爱童年女神去的，对不对？"

八斗纠正："青年。"

海超说:"行,青年,青年女神。然后呢,你就可着劲儿对人付出,拼命对人好,结果呢。有回报吗。就跟炒股似的,你低价抄底了,就能赚个盆满钵满!低买高卖才是真理!"

八斗越听越糊涂,他不炒股。

"反正你就记住一点,"海超苦口婆心说:"这结婚,不是说不要感情或感情不重要。"拍了个大掌,"很重要!必须讲!不顺眼,不喜欢,长得跟恶怪样,坚决不能请回家。但是,本质上,就得当它是个买卖,是个交易!买卖交易的头一条底层逻辑,那就得公平!公平交易,才能长久!"

老陆的一番教导,虽不至于醍醐灌顶,但八斗也多少领悟出些味道。他的第一段婚姻,血泪教训,就是一桩不公平交易。冯一笑全身而退,一个卵子都没留给他,只剩一地狼藉由他收拾。

吃一堑得长一智啊!

李骐联系八斗,让他去医院一趟,估计有大事,八斗连忙开车去了。到地方才知道李老爷子和李老太太同时住院了。李骐忙不开,让他过来帮忙。

老爷子小中风,已经度过危险期了,但身体很虚。老太太没大病,也是虚。怕出事,索性住进去了。八斗觉得奇怪,他跟着李骐忙前忙后一整天,没见李骥两口子的身影。夜幕降临,李骐跟八斗出去吃饭。李骐不想在医院附近的餐馆吃,八斗开着车往牡丹园去。他试探性地问李骥和屈梦呢。

李骐说李骥出国了。吴屈梦在家,要照顾孩子,抽不开身。八斗不理解:"这个时候出国?"李骐长吁,并不遮瞒:"这趟出去,能不能回来都难说。"

八斗不晓得怎么接话,认真开车。事实上,他早就从别处听说过,李骥这两年生意玩儿得有点邪乎,包括海南的一块地,别人不敢接,他运作,打的自然是老爷子的招牌。

空气静默了一会儿。八斗开音乐,里面在唱"最爱这一天"。这是最近八斗单曲循环的一首。他喜欢其中一句歌词,叫"苦也好痛也好生老事命运知道"。

李骐忽然撒气似的说:"反正,我没沾到他光,这样最好。"话锋一转,"苦的是吴屈梦。"

再度沉默。李骥一走,梦姐的压力可想而知。老人,孩子。虽然有李骐的帮助，那也不是件容易的事儿。李骐伸手关了音乐，笑嘻嘻地对八斗说："你呢，有什么新闻？"

"没有。"八斗的回答很干巴。

李骐的笑容逐渐诡异："还保密呢。"

八斗明白了，没好气地回："知道了还问。"

李骐道："哎哟，这个世界有秘密吗，"摇头摆尾地，"再说了，我就不能当一回主持人，采访采访当事人的心情。"

"你这是幸灾乐祸。"

"有点儿，"李骐抠按钮，车窗开了条小缝儿，"干吗，就不能让我开心开心。"

八斗不接话，看都不看她，专心开车。李骐又说："实际上吧，我就觉得那人跟你不合适。但当时你一意孤行，我也不好说什么。是吧，青梅竹马，爱得死去活来的。可人家那心是什么做的？那志向，那叫一个远大，八匹马都拉不回来。"停顿一下，"我是真心疼你。"

八斗又羞愧又不好意思，他反倒要用大刺刺来冲淡尴尬。"有什么好心疼的，反正我是男的，我不吃亏。"

李骐立马哎呀呀地说："你还有这种思想呢，她是女的就吃亏了？你是男的你就占便宜了？人，在时间面前是平等的。而且她借着你这段婚姻，走了多少捷径呀。"

这话八斗就不明白了。他刚要问，李骐又说："你现在跟她切割，挺好，谁知道这种人哪天就不行了。"

八斗不乐意把话题持续锁定在小冯身上，他问李骐最近尤高畅的情况。

李骐道："他？逍遥着呢。说是又谈了一个。"

这么快，有钱就是好。

李骐反问："那个史慧慧呢？"

八斗说不知道。不过没过几天，八斗在王斯文家就看到慧慧了。慧慧住在学校宿舍里，封闭管理，难得出来一趟，来了也是围着牛爱玲。看那样子，慧慧已经从失恋的阴影中走出来了。牛爱玲却还提不起精神，结束了极可能是今生今世的最后一段恋爱，爱玲心如死灰。

慧慧拉着爱玲的手，劝得邪乎："您放心，那老赵肯定走你前头，咱们都能看到那天。"

牛爱玲双目茫然，呆了一会儿，嗷一声："反正活到这岁数，我知足！过了七十按年活，过了八十按月活，过了九十按天、按小时活！过了一百我按分钟活！人就那么回事儿！"粗话都安排上了。斯文见老妈激动，连忙安抚，又支派慧慧去剥蒜头。牛爱玲情绪不稳定，实在受不了刺激。她现在就是属白蛇的，动不动就水漫金山，不是自己哭，就是整得别人哭。

小厨房，史慧慧钻进去。龚三元不让她待，三言两语打发出去了，厨房是她的势力范围。三元跟斯理的关系暂时稳定了，那事儿，暂且不提。据她观察，王斯理也不在网上玩儿了。督察组下来后，严尔夫吃紧，他也跟着紧张。三元的店正式关闭，她趁机当贤妻良母，修复夫妻关系。

过去，她眼里不揉沙子。现在，她只能睁一只眼闭一只眼。店关了，收入来源断了。她要再离婚，真没活路了。而且一想到这么多年的夫妻感情，尤其又是初恋，她终究舍不得。

这趟她让八斗来，就是想让弟弟帮着善后。还有一批临期食品需要安顿、处理。再等下去，只能是过期。八斗钻进来，三元安排他剥蒜头。她简单跟八斗说了店里的善后情况，八斗表明会想办法。

三元道："最好是卖掉，不能放，如果实在快到期了，送人也行，好歹做个人情。"

八斗苦笑："都到期了，是做人情还是拉仇恨。"

三元提着调子："真到那一天，吃树皮的时候也有呢，过期就不能吃？期是谁定的？还不是人定的？"

八斗没往下接茬儿。蒜头剥好，拢在小筐里。他突然说一句："梦姐那儿好像有点情况。"

三元没反应过来。"哪个梦姐？"

"吴屈梦。"八斗说。

"她什么情况？"三元手没停。但等八斗简单一描述，她惊得手立刻停了，专心听讲，专心揣摩。

吴屈梦的新情况，对于龚三元来说是个大新闻。李骥跑国外去了，眼下的局势，只有国外的人往国内跑，哪还有逆流而动的？三元觉得八成是畏罪潜逃。李家二老住院，应该就是被儿子气的。三元问八斗："李骥走了，那财产呢？"八斗说这个不清楚。三元说："人走了，财产留下也行，不过就算李骥没留，那老头老太太那些个家当，将来留给老吴，那她也等于是秦始皇吃花椒。"

八斗一下没理解姐姐的歇后语，追问。

三元撒了一小把花椒进锅里，反问："秦始皇叫什么？"

八斗跟背课文似的："秦王嬴政。"

三元笑道："秦始皇吃花椒，那叫什么？"八斗愚钝，还是猜不出。三元大声宣布谜底："秦始皇吃花椒，嬴（赢）麻了！"

这个大八卦，三元第一时间跟燕玲分享了。结果，没人回应。三元不尽兴，她只好打电话给屈梦，说去看看她。吴屈梦倒大方，给了个新地址。她不住别墅了，现在住在四季青的小套房里，说为孩子上学方便。屈梦生了三胎，有一胎滞留国外。她一个人带着两个儿子，忙前忙后。

保姆也不请了。虽然不至于蓬头垢面，但神色是真憔悴。三元本来有点看笑话，可一见屈梦这么坦诚，又一副惨样，恻隐之心顿起，不由得拉着屈梦的手哀叹道："咱们都是苦命人儿！"

吴屈梦倒坚强："生活，高高低低都正常。"又问三元的店现在还干不干。龚三元道："还怎么干？干一天，赔一天。净给房东干了。"

屈梦忧心忡忡地讲："这么下去不行，还是得做点事。"

三元来了精神。"关键是，做啥？我这一身劲儿我没处使。"

吴屈梦道："倒是有朋友建议我一起做月子中心。"

三元思忖几秒，说："这可不是一般的工程。"屈梦说是她婆婆的一些老关系，也是医疗系统退下来的朋友。还说，不用她投入什么，算入干股。最后说："但我自己忙得跟陀螺似的，总得有可靠的人帮我跑啊弄的。"

三元喜出望外，本来是来听八卦的，不承想意外碰到个工作，她当即拍胸脯保证："老吴，我就是你的兵，时刻准备着。"

生孩子生的一身病。中药，屈梦断断续续吃一年了。一天两顿，下午自己煮，三元帮忙淘洗。屈梦连忙制止，说洗了就没药气。三元吓得住手，小心倒掉点儿水，火上烧。

吴屈梦随口问八斗的近况。

三元说还那样。

屈梦道："跟小冯没扯皮吧。"

三元不解，说扯什么皮。

屈梦说："我估计也是，又没孩子，钱应该是各人管各人的，房子是不是也分开的？"呵呵一声，"那真叫干脆利落，拎包走人了。"

三元惊得上牙打下牙，说老吴你什么意思啊。

这下轮到屈梦惊讶了，问："你还不知道？"

三元的表情像见了鬼。

吴屈梦道："我不敢确定啊，也是隐隐约约听说，八斗跟小冯是不是离了？"话音刚落，三元头嗡了一下。但也就几秒，又强笑着说："真要那样倒好了。"

102

亲弟弟离婚了，消息还要从吴屈梦那儿传来，三元觉得很没面子。八斗家门口，三元戴着口罩杵在那儿，邻居见了绕着走。电梯门开了，八斗快步出来，一见三元就喊姐，口气甚是惊讶。三元下指令："开门。"八斗只能伸手指开了密码锁，不想开也得开。

门一打开事情就全清楚了。三元的眼就是雷达，门口没了女鞋，家里的东西也少多了。再分辨，少的几乎都是女人的东西。三元去洗手间洗手，看看，化妆品也没了。

好了，破案了。

心放回肚子里。一方面，龚三元有那么一丝丝高兴——弟弟终于甩掉了那个飘在天上的女人，落到实处，要重新开始了；另一方面，她又为弟弟担忧。离婚，分到什么了？吃亏了吗？镜子里，八斗向三元走来，脸耷拉着，一个头两个大的样子,眼神充满幽怨。三元回了个犀利的眼神,避开身子。八斗洗手、洗脸。

三元在客厅等他。龚八斗一出来,三元就发难:"什么时候的事儿?"单手比划,"这到底是分居啊,还是彻底拜拜了?"八斗瞟了一眼三元,眼神又落到别处:"也就将将才的事儿。"停顿一下,"是离婚。"最后找补,"正准备告诉你呢,这不到处都乱,没来得及。"

明显是谎话。上回在公司附近见面,也没见他说。但对弟弟,三元还是以鼓励为主,她强笑着说:"离了就离了,就当是个屁给放了。"实在粗俗,八斗微微皱眉。三元不论,长驱直入地问:"财产怎么分的?"

八斗抬头:"各人归各人。"

三元一口气立马吊起来了:"那不行,婚后共同财产,该怎么分还是怎么分。"八斗不作声。三元追着嚷:"你别犯傻!她婚后能发财,也是你旺她!你别觉得自己不该得,做那个烂好人烂好事!人家根本不会念你的好!"

八斗淡淡地说:"过去了就过去了,不提了。"

三元大声说:"不行!她也就能糊弄你!"说着拿手机,要打的样子。八斗赶忙挡着,说:"姐!我这刚缓过来,能让我歇歇吗!"三元恨道:"感情都没了,你还在钱上玩仁慈?!人对你可是一点都不手软!"

八斗陡然激动道:"姐,事情不能做绝了,她赚钱,也是累坏了身子挣的,我要,我成啥了?换位思考,那要是姐夫跟你闹,要离,你舍得让他净身出户吗?"

三元像被打了一闷棍,愣在那儿。第一反应,八斗知道什么了?!再一想,不对,就是个比方。三元的心痒痒的、麻麻的、酸酸的、苦苦的,这个问题她想过,真要到那一步,她还能狠下心让他净身出户。无他,他是过错方。姐弟俩僵持了一会儿,龚三元才说:"行,只要你能想通,你愿意吃亏,我们没意见。"

她说我们,把老妈也包含进去,当同盟军。

八斗去冰箱里拿饮料,问三元要什么。三元坚持喝热水。酸枣仁茶端在手里,她才问:"是她提出来的吧。"

八斗怔了一下,说:"是"。

三元宽慰地说:"还算知趣儿,良心发现了。我要是她,我也会离,这么一天天地耽误别人实在犯不着。"

八斗不愿意接受这个说法,纠正道:"我跟笑笑离婚,不是因为孩子。"

三元抢白:"是,不是因为孩子,因为性格不合。"她笑了一下,"掩耳盗铃有意思吗?两个人在一起是要相互加分的,相互扯后腿就没意思了。"

八斗觉得有必要把话说明白了,他十分严肃地说:"姐,孩子是另一个因素,但我跟笑笑,主要是对生活的要求不一样。我还是想找个过日子的人。"

三元抚掌,音调高一个八度:"你这么想就对了!我老弟弟总算是开窍了!要我说,离了好!你愁啥?工作不错,房子车子都有了,又是正当年,再婚也就一眨眼的事儿。"又提醒,"不过,年龄上留点神,别太往上找,也别太往下找,就找那年龄相当的,最好。小个三两岁,美滋滋的……"

八斗不想听下去。这一番老婆经,他听得耳朵都长茧子了。

龚三元却双手合十,眼对着天花板看,求的也不知是哪路佛祖神仙,但最终嘴里说出来的却是"上帝保佑"。她真心祈求老天爷,赶紧给她亲爱的弟弟八斗一份正缘。结婚,生子,有个完整的家。

三元问八斗这事儿妈知不知道。八斗说还没说。三元道:"不能瞒太久。这种大事情,妈有知情权,不然将来知道了又要生气。"八斗唔了一声问:"你说还是我说。"

三元揽下来:"我慢慢透给她吧。"随即叹息,"妈一个人在外头,万一受了刺激连个安慰的人都没有。"八斗说不还有明月姑姑吗。三元哼一声,说:"你还指望她?我话撂这儿,宫明月跟那男的最后的结局,参照牛爱玲和老赵。"吸一口气,摇头晃脑地,"都是前车之鉴!知道是坑,还往里跳!"

说是"慢慢透"。结果回家路上三元就把这事儿跟兰芝说了。听筒里,兰芝沉默。

三元安慰:"没事儿,车皮不愁。"

"真离了?"兰芝还是难以置信。

"那不真离还能假离,东西都搬走了。"

"车皮怎么说,开始找下家了吗?"

"哎哟妈，您比我还着急！"三元拉长声调，"我跟八斗也说了，要开始留意了。吃一堑长一智，咱就找过日子的人。我倒觉得，经过这一次，对八斗反倒好。玩也玩够，赚也赚够，该定定神了。"

兰芝这才说："车皮肯定不好受，他心重。"

三元又安慰说没事儿，她看他状态还行。

"要不我回去吧。"兰芝提议。三元连忙反对，她不建议兰芝坐火车，说等再过一阵，她跟八斗开车过去接。兰芝道："你们接，三个都有风险，我坐火车，就我一个有风险，放心吧，口罩手套都戴好，酒精随时杀毒。没问题。"三元知道劝不住，只好由着老妈随时报告行程。挂了电话，她当即转告八斗老妈的安排。

八斗质问："你不是说要缓缓，慢慢透吗。"

三元尴尬，说一不小心说漏嘴了。又强词夺理地说："妈也是关心你。车次定了我告诉你，回头去车站接。"八斗虽然心里对姐姐的"快言快语"不大高兴，但嘴上依旧没什么怨言。

到家。默默已经回来了，斯理接的。三元问考试成绩，斯理钻屋里去了。默默吓得像老鼠见猫。三元把小房间门关上。默默被逼到书桌旁，三元问："多少分？"

默默仰头看着她，一双大眼睛水汪汪地，就差掉眼泪了。三元追问："本子呢？卷子呢？"默默还是不敢动。

行，自己动手。龚三元抄家一般把书包翻了个个儿，终于发现了那张数学卷子。硕大的红色印记打在开头！13分？！她儿子得了个13分！三元脑袋像被万根针扎了，情绪失控，她哭！大声地哭！

默默也跟着哭，边哭边说："妈妈我错了，妈妈我错了……"三元顿时又不哭了，她用那种理智又冷酷的声音，卷子被翻得哗啦啦响。"错哪儿了？这次为什么？是跟不上时间？还是哪里不会？来，跟妈妈说说。"她坐在写字桌旁，下定决心，今天不把错题都教会，就不睡觉。

默默握着笔，屁股撅着，身体前倾，写写画画。三元在旁边盯着，总觉得儿子没用心。但也不能说啊，人家至少演出了用心的样子。灯光照着眼，三元时而恍惚，她感觉自己处于一种半梦半醒的状态。

一切都是真的，一切又都不像真的。

她龚三元奋斗了半辈子，怎么就混成这样。老公玩上了"云"端，儿子栽进了泥里。她努力经营的幸福生活，被撕裂得无论怎么缝合都缝不上。

她难受。

坐着坐着，眼泪就下来了。默默发现了督查者的异常，声音小而怯地说："下次我肯定好好考……"三元只能收泪，继续监督。娘俩磨到快十一点，默默还是没能全部通过。三元就不明白，她跟斯理都会的，生个儿子，怎么突然就不识数了。

默默肚子响，他说想吃炖蛋。

不行，必须阻止！一到学习就想吃东西，而且还是在刚考了13分这天！饿一顿怎么了！就得有这个狠劲儿！

"先做题。"三元铁面无私。

默默又说要去上厕所，这没法阻止，三元放行了。

嗒嘀嗒，计时器快速跑着，像小虫啃噬着人心。默默必须在倒计时结束前完成考题。

门被推开了，光照进来。三元下意识回头，却发现王斯理用抹布捏着碗边子快步走来。是一碗炖蛋，上面有零星葱花。还点了酱油、香油。一把勺子插在蛋里，跟个战斧似的。

斯理把炖蛋放到写字桌上，笑着对默默说："吃，儿子。"

默默馋得眼亮，可动手之前，还是用眼神向三元询问。

龚三元及时回应："不许吃。"

斯理顿时跳脚："你是不是有病呀，身体重要学习重要？"三元冷笑一声。她觉得这样的斯理着实可笑。从结婚到现在，他做过几顿饭？现在却麻姑献寿般巴巴地捧来一碗炖蛋，他倒成好爸爸了！这打的是谁的脸？！

三元不想吵架，极力控制情绪："做完再吃，你出去吧。"斯理不动。看来铁了心要对着干。三元不理，敦促默默加快进度，她自己拿起勺子，挖了一块送嘴里。蛋还没咽下去，王斯理一个飞掌，勺子被打落，少部分蛋也跌出了三元的口腔。

龚三元愣住，转脸像看外星人般看着斯理，眼珠子恨不得化成子弹，一枪就能毙命。

默默被恐怖的气场震慑,哇地又哭了。

"你出去!"三元再次下令,以一个长期看着孩子做作业的家长的威严。斯理还嫌不够乱,胳膊再一抬,整个蛋碗被打翻了,滚在地上。默默被吓得更狠,边哭边嚷,说谁来救救我,谁来救救我……三元气得要打人。斯理轻巧躲开,抱起儿子,冲回自己屋去。

这注定又是个不眠夜。一个人一个屋,各有各的监牢。三元在小床上辗转,睡不着就数羊吧,结果越数越烦。不行,还得吃安眠药。龚三元坐起来,哦,药在斯理那屋床头柜里。算了,还是耗着吧。三元又躺下去,听自己的呼吸声,迷迷糊糊,三元似乎睡着了。

一个巴掌拍过来。她睁开眼,王斯理站在她面前,居高临下,跟巨灵神似的,一张脸怒不可遏。三元晓得要出事,她迅速坐起来,想要弄清当下形势。王斯理却把一只空杯子举在她面前。

细长的杯身,杯壁有白色沉淀物。

三元问了一声干吗。

"仔细看。"斯理又晃了晃杯子。

三元定睛,看,再看,终于发现了黏在杯底的一小片没能完全溶解的白色药片。她彻底醒了,那是安眠药。她那天给他喝的那杯牛奶里有,没溶完,成物证了。这是哪儿来的?!三元发蒙。她当然不知道,这杯子是她当初随手放在了地板上,夹在床头柜和床之间的缝隙,王斯理也是找安眠药吃才发现的。百密一疏,她从来也不是个高智商的犯罪者。

三元强作镇定:"跟我有什么关系?"

斯理道:"还不承认?人证物证俱在,我说那天我怎么睡了那么长时间。龚三元,你应该庆幸,庆幸我醒过来了。我要是醒不过来,你现在就不是在家吃炖蛋,你吃的是监狱的牢饭!你这是谋杀!"

阴谋彻底败露。

"胡说!"三元嗓门大,底气却不足了。否认得不够张牙舞爪,就等于承认了。

斯理反倒平静下来,说:"你说,怎么办,是我报警,还是咱们离掉。A

还是B？"

三元呆了一会儿，说："B。"她别无选择。

"明天去？"斯理反问。

"行。"龚三元没想到自己还算沉着。离婚算个屁，该离离，至少比吃牢饭强，她只能这么安慰自己。

103

结婚的时候轰轰烈烈，离婚的时候也是。只不过，一次是笑，一次是哭。孩子共同抚养。存款、股票、基金对半分。房产上，双方也没有争议，固安那套给三元，北京这套留给儿子。但在儿子成年之前，男女两方都保有居住权。离婚消息暂时不对外公布，主要因为牛爱玲受不了刺激。这边，八斗刚离婚，姜兰芝估计也不能接受女儿婚姻破裂。

除此之外，王斯理还谨遵着他们之前的一个小小约定。那就是，三元没找到下家之前，他不会再婚。龚三元觉得，这根本就是王斯理对她的持续性的羞辱。他料定了她没人要，料定了她会回头。

一离婚，王斯理就又去做了一次全面体检，尤其要查有没有中毒。当然，结论是令人欢欣的。体检报告显示，王斯理除了前列腺略微肥大外并无其他病症。但弟弟这次大检查，却引起了陪同牛爱玲前往医院的王斯文的注意。她搭斯理的车，趁机语重心长地说："老二，你要有什么情况，你得提前跟我说啊。"

斯理糊弄，说没什么。

斯文又说："有病就治病，别怕。"

斯理只能从后座儿把体检报告拽过来，撂斯文怀里。"真没事儿。"斯文翻了翻，的确没有可疑的部分。她抬脸对斯理说："你最近瘦了。"

斯理摸摸自己的脸，对后视镜瞧瞧。本来就瘦，现在更没人样儿。斯文又问三元的过期食品店怎么样了。她现在不爱说"临期"，总说"过期"，有点埋汰三元的意思。斯理说停了。斯文替弟妹着急："那将来怎么办？你养着。"斯理没好气地说："我没那义务。"

斯文听不出话里有话，说："还是得找个事儿干。"

是，三元也在愁这事儿。离婚证一拿到，三元的危机感立刻爆棚。她做梦都没想到她龚三元居然也有这天，真离婚了，以后只能靠自己了。她要反击，事业上，爱情上。

呵呵，想到"爱情"两个字三元都觉得好笑，又好哭。她已经被爱情弄得遍体鳞伤，现在又要谈爱情。改头换面吧，不谈爱情，谈婚姻，谈合伙、合作、合谋、合力。可是，茫茫人海，又往哪里去找呢。注册相亲网站已经给了她一记重锤。事实上证明，如果没有人介绍，没有这样那样的滤镜加成，她这样的中年妇女抛到婚恋市场上，那就是个被油锅炼过的猪肉渣。

三元绝望，好在她还行动着。吴屈梦跟人聊月子中心的事，三元陪同，一身职业装，拎着个包，屈梦都吓了一跳："你这像是要去谈几个亿生意的大老板。"

三元谦虚："什么老板，我就是你的秘书、助理、跟班、拎包的。"又口气悠远地说："咱不为别人，就为自己，怎么着也得做出点事儿来。"

屈梦盯着三元，微笑，不语。

龚三元被看得有些发毛。人家李家那么大产业，还用得着屈梦出来争气吗？笑话。不过也难说，靠谁都不如靠自己。屈梦虽然没说，三元大概也能看得出来，屈梦正在努力接过婆家的人脉。有句话三元没好意思现身说法：人，女人，就得靠自己，老公都未必靠得住。

会面结束，两个人在包厢里喝了会儿茶。三元谈起燕玲，说还没回国呢。屈梦说她跟燕玲好一阵没联系了，也不知道生没生出孩子来。

三元叹气："老竺都什么年纪了，还什么孩子，我看他打起先就没想要生。"停顿一下，又说："苦的是燕玲。"

屈梦道："钱上别委屈就行。"

三元嚷嚷着说是，还说，现在国外那么乱，病例成千上万，万一老头没了，燕玲拿钱走人，最好。屈梦笑着哎哟一声，让三元留点口德。

三元道："这不咱俩关起门来说吗。"

屈梦说再说下去，都快成阿加莎克里斯蒂的小说了，不是情杀，就是图遗产。

周末，斯文陪蓓蓓报名钢琴大赛，到斯理这拐了一头。一上门，王斯文就看出问题了。斯理两口子鞋子都不摆到一块了。斯文南面房看看，北面房看看，看破了弟弟弟妹分居的事实。两个孩子关在北面房，三个大人在南面卧室说话。斯文痛心疾首地道："闹什么呢？差不多得了，你们现在多好，正是欣欣向荣的时候，内部不能出问题。"

三元上前，说："姐，真没事儿。我就是老要看默默做作业，才搬到小屋去的。"斯文不信。逼着斯理问到底怎么回事儿。王斯理拉开窗户抽烟，细细的烟雾不断从窗缝儿向外飘。他还是不说话。三元觉得，王斯理这种模棱两可的态度，终究还是舍不得她，有复婚的苗头。但前期玩儿大了，玩儿不转了。

斯文对三元说："你说。"

三元踢皮球："问你弟去。"口气有点不客气了。

斯文又拉着斯理胳膊："我可跟你说，别出纰漏。"

斯理关上窗，叨咕："我还想多活几天。"

"什么？"斯文紧张。

三元也不自觉地感觉全身的皮缩了缩。下安眠药这事他能说一辈子。

斯文追问："什么意思？"她好奇心贼重。可人夫妻俩铁了心打哑谜，斯文急得汗都冒出来了。她索性坐在床边上，威胁："今天要不解决问题，我就不走了。"三元见前大姑姐好奇心那么重，只好坐到她身旁，劝，说真没事儿。斯文不依不饶。

斯理突然来一句："要和好也简单，她跟我道歉就行。"

斯文三元同时抬头。斯文看看斯理，又把目光对准三元。"她"，显然是指龚三元了。斯文也不问什么事，本着皆大欢喜的原则，用胳膊肘拐了拐三元，撒娇似的劝："那你就道个歉。"

三元站起来，质问："又不是我的错，我道什么歉。"

斯文赶斯理去客厅，房间里只剩两位女士。斯文和声细语地劝："元元，男人是山，女人是水，山不转水转呀，咱不争这个长短，口头上吃点亏，得实惠不就行了。"

三元觉得跟这个女人实在说不通,她把手从斯文的手里拔出来。"大姐,这是原则问题。我没错,我不道歉。"

"什么原则问题?"又绕回来了。

"你问你弟。"三元还是那话。斯文只好开门出去,嚷嚷着叫斯理,问是什么原则问题。王斯理比茅坑里石头还硬,撅一句,"原则问题就是有人犯法"。

三元开门,冲着那姐弟俩喊:"有人道德沦丧!"

斯文听不懂这哑谜,着急:"说清楚点,到底怎么回事儿!"三元憋不住,终于率先发难:"你弟出轨!"斯文像被点了穴道,顿时不出声,嘴巴长大,只有眼珠子还在来回看。她听懂了,但不愿意相信。她嘴里刚要说不是……那个……准备进行调解。

王斯理也开起火来,他手指着三元所在的方向,喊:"这女的杀人未遂!"

话音刚落,三元就把门一摔,任凭王斯文在外怎么嚷嚷,也不肯再打开。三元背靠着门,脚支撑不住,身体慢慢沿着门板滑落,眼泪也很配合地滑过面颊,粉底被冲没了,在脸上形成乱糟糟的河道,乌突突的。

斯理还在外面大声嚷:"从今往后,我对家庭只有责任!我希望你多关注自己和孩子!不要管我几点下班!不要管我在外面吃什么!不要再给我任何压力!因为你没有资格,管不着!"

三元越听越怨,哭到嘶吼……斯理这是面子都不要,摆烂到斯文面前了。她想抽他,却没有力气,干脆搬出去算了。可是,凭什么是她走呢?混了十几年就混出这么一套房子,说是给儿子的,但一旦谁先搬走,谁就输了,不可,大人的不可,她必须坚守阵地。为了儿子,也为了自己。三元想要不干脆公布算了,可再一考虑,还是老问题,她实在担心老妈的血压受不了。八斗刚跟一笑拜拜了,她再跟斯理拜拜。昭告天下后,他们老龚家成什么了。算了,忍吧,是需要过渡期的,慢慢来,不能那么斩钉截铁。正胡思乱想着,姜兰芝来电话。三元匆忙调整情绪接了。兰芝说她已经上火车了,走的是慢车,但也很快就到。三元下意识紧张,但又竭力控制声线,表演着岁月静好。

- 597

姜兰芝从东北回来，八斗去车站接。宫明月没跟着回来。兰芝没提，八斗也没问。自从明月姑找了个东北男人后，老姊妹俩的友谊似乎就画上了休止符。兰芝轻装上阵，就带回来个行李包，衣服都没带几件。八斗的理解是，人老人家是来做客的，并不打算长待。姜兰芝话里话外也透露了这个意思，阜新好，冬天夏天都好。八斗虽然知道真实情况，可老妈这么说，他也只能附和。

到家了。打开房门，里面已经没有一笑生活的痕迹。兰芝问八斗要拖鞋。八斗找了半天，才弄出来个男式的，大了点儿，但兰芝不介意，就那么哐当哐当穿。她闲不住，一来就帮八斗收拾屋子。八斗不忍心，说："妈，您歇歇吧，累了一路。"兰芝道："累什么，都是坐着，我正好动动。"事实上，这屋子兰芝莅临之前，八斗已经找小时工清理过。可兰芝还是觉得藏污纳垢，里里外外清扫，犄角旮旯也不放过。

结果一不小心清理出个女式汗衫。她拎着，跟发现什么文物似的。八斗大惊，这东西不是一笑的，是燕玲的。

兰芝嘀咕："怎么穿这么小，绑不绑？"一笑的身材比燕玲大了一号。八斗只好解释："带点弹力，丢掉吧。"兰芝自言自语："当抹布可以。"又自我否定，"算了，有味道，还得洗。"

八斗连忙说是，不缺这块布。跟着，兰芝一边继续收拾，一边叨咕居家过日子的那些"经"。八斗算听明白了，在老妈的描述中，作为一个离了婚的单身男人，他龚八斗是特别可怜的。吃吃不上，用用不上，周围没个人照顾。说着说着，终于埋怨到一笑身上。"本来是好聚好散，平平和和地，结果呢，人立刻人间蒸发。连个散伙饭都懒得吃了。"

八斗说："您见过几个离婚还吃散伙饭的。"

兰芝说你那说的是撕破脸的不吃。又说："你们这和平分手，咱们家人，说话做事向来是能摆上台面，别人挑不出什么理来的。有什么不能吃的。"停顿一下，想了想，"或者就是她自己不好意思，只能是这个原因。"

八斗不接话。这里面的许多弯弯绕，他的自尊与自卑，都不想再向老妈描述。

他在一笑跟前是一种性格，在老妈和老姐跟前，又是另一种性格。两者永不相容。

打扫完，兰芝坐着喝茶，杯子里漂着两颗焦枣。兰芝问是不是一笑留下来的，如果是，她不喝。八斗连忙说："这是我自己买的，对脾胃好。"兰芝笑说那可以喝。

八斗没干活儿却弄一头汗。老妈这架势，搞得跟耻食周粟似的。他离了婚，她就从此跟一笑不沾，一个焦枣的联系都不行。

茶杯端到嘴跟前，兰芝轻轻吹着还浮在水面上的两颗枣儿，跟推动太极图里的两个点似的，也像两个眼珠子溜溜转。"以后什么打算。"笑容淡，但味道藏在里头，都是妈妈对儿子的关怀。

八斗略不耐烦，说这不刚消停吗。

兰芝道："我是怕你这一个跟头摔的，心气儿没了，心灰意冷了。"八斗说不至于。兰芝又说："我倒不怕你找不着，"适时停顿，很有节奏地，"是怕你又迷了眼，吃二茬儿苦受二茬儿罪。"

"那就慢慢来，"八斗不想让老妈再唠叨下去，"这些个话，姐也跟我说了好多遍了。我心里有数。"

"她怎么说的？"

"她就说，找个过日子的人。"不得不现编。

兰芝长叹："你姐，别的方面我不敢说，但婚姻家庭上，她是脑子特别清楚，下手也早，现在看看，小日子过得红红火火。以前是难，可夫妻同心其利断金，风浪再大也过来了。两个人既然决定在一起，就得能相互陪伴相互支撑，"忽然拿手比划，"就跟拿天平称似的，总不能光一头翘。"八斗虽然不爱听老妈的唠叨，但也不能不承认老妈的判断有几分道理。他起身加了点水。

兰芝突然问："那个李骐现在怎么样？"

八斗愣了一下，说："挺好。"

104

直到娘俩吃上晚饭,姜兰芝的兴趣点还在李骐身上。她问李骐是不是还没找。八斗说不清楚。

兰芝奇怪道:"不还没结婚吗?"

八斗说:"是没结婚,但外头有没有人,不了解。"

兰芝呵呵地笑:"没结婚,照样有夫妻生活,对不对?现在人都玩儿得洋。"八斗一口饭差点没呛出来。老妈现在懂的比他都多。

兰芝抽了张纸巾递给儿子,又自圆其说,说李骐不会,不至于,大户人家不可能乱七八糟,这丫头估计也是心高,才一直没碰到合适的。

八斗低头吃饭,不朝这话题上凑。一是不想谈;二是对于李骐的生活,尤其是私人生活,他的确不太了解。他觉得自己跟李骐,关系多少有点类似于"闺蜜"。高山流水,点到为止。

兰芝再问海超的近况。八斗说他还那样。

兰芝若有所思地说:"我看陆海超比你成熟。"

"他还成熟?"八斗不认可这结论。

"起码在婚恋方面,他谨慎。"

"妈——"八斗听烦了。离婚不是他的错。

兰芝笑道:"但咱也不用跟小陆学,我看他也是心高,把时间耽误了。"放下筷子,盛汤,"你现在也算有点前车之鉴了。"

八斗不乐意听,说妈瞧您这用词。

兰芝连忙承认用词不当,改口,"反正就是那意思,只要女方能真心对你好,愿意顾家,能生儿育女,就行了"。

八斗咬一下筷子,"您这说得轻松,全符合条件的真不多"。兰芝诧异道:"我这要求还高呀?对你好不算高要求吧,妻子爱丈夫关心丈夫,不算过分吧,"开始掰手指头,"女人顾家也是传统美德吧,"又一根手指被掰下来，"生孩子也是正常的吧。"

八斗大喘气："都正常，但现在的女的，全部达到要求，然后也能入得了眼的，不多。"

兰芝不高兴了："那怎么办，降低要求？还怎么降？不顾家，对你好，生孩子，"说着说着自己都生气了，"那不顾家就算不上对你好了。"

八斗开玩笑地说："那要么就找一个，对我好，顾家，不生孩子。"兰芝长叹，"我倒不是歧视谁，女人这辈子不生孩子，心里总归有根儿刺。不生孩子的女人有的也过得很好，潇潇洒洒。但那基本都是厉害的人，大人物没孩子周围也有一帮人拥着。咱穷人、普通人，就得有个孩子。"长长的停顿，把盘子里的菜拨拢到一边，"你看小冯，离了婚都不好意思再见我们了。"

八斗失神，他没想到老妈突然说起一笑，还简称为"小冯"。从火车站到家，再到眼下吃饭，兰芝始终没提一笑的名字。现在正式提出来了，用拉开距离的说法，以批评的立场，竖了个反面典型。

在姜兰芝看来，冯一笑离婚是因为她愧疚、理亏，是自知没有生育功能，不能胜任龚家儿媳妇这个职位，属于"引咎辞职"。

兰芝突然问八斗："她后来跟你吵了吗。"

"吵什么？没吵，"八斗口气故意放轻松，"和平分手。"

兰芝气闷地说："来，没打招呼；走，也没见打个招呼。不是什么好人家教出来的女儿。"

八斗开解道："您要真想见她，回头可以再约。"

兰芝忙不迭拒绝："她不想见我我还想见她？没你，我们跟她还有什么？"说"我们"，是把三元也囊括进去。

八斗只好闭嘴。饭吃完了，他要收拾碗筷。兰芝让他放下，她处理。又问："她那个姐呢。"

八斗没反应过来。怔了一下，才意识到老妈在说燕玲。八斗心里有鬼，连忙搪塞道："她，不就在国外……"

兰芝追问："生出来了吗？"

八斗说："那不知道。"

兰芝唧叹："现在国外哪比得上国内。"又说："她那个姐倒是懂道理，就是有点老,脸跟橘子皮一样。"

说法太夸张。八斗不禁为燕玲抱不平:"没有吧,人家皮肤挺好。"

兰芝恍然:"哦,记错了,橘子皮不是她。是另一个'姐',橘子皮,蒜头鼻,眯缝眼。"再感叹,"就那人还嫁出去了,孩子都两岁了。"

老妈回京,三元自然要露面,但她没让老妈来丰台,也没让去固安。八斗离婚了,兰芝住在儿子家天经地义,而且三元暂时不打算让斯理露面。婚是离了,但正式公布可能还要假以时日。同一个屋檐下住着,斯理还在跟她较劲儿。所以三元就选周末,默默要上补习班的时候去八斗那儿。王斯理就顺理成章不用在八斗家出现了。

三元叨咕几次说想吃小龙虾,这回安排上了。小时候,她总跟八斗一起到田埂上钓,用青蛙肉拴根棉线,一钓一小桶。拿回家兰芝就用干红辣椒炒,少有的美味。不过现在娘仨都不怎么吃辣椒。北方干,吃了容易上火。年纪渐长,一家三口的脾胃也都不似从前那般海量。

三元捏住虾壳,用牙刷刷,再到水龙头下冲,边刷边对正在切菜的兰芝叨咕:"车皮这,我看叫塞翁失马焉知非福。解脱出来,估计很快就有下一章了。"

兰芝说:"得亏是男的,要是女的,愁死。"

三元被戳中心事,嘴硬:"女的也不愁。"可她却给不出合适理由。怎么能不愁呢?女人离婚再找,难上加难。这一点,她自己算是体会到了。

姜兰芝继续说:"女的,要能自己挣钱养孩子,找不找两可。"

三元提着口气:"自己不找是一回事儿,没人要是另一回事儿。"她就赌这口气。

兰芝愣了一下,冬瓜切好了。她放下刀,把瓜片送锅里焯水。她问三元最近斯理怎么样。

"还那样。"三元描述极简。她不敢多说,说多了,怕露马脚。兰芝老气横秋地说:"现在斯理也算起来了,你平时对他的态度,也稍微调整调整,别大呼小叫的。"三元说:"我对他够客气的了。"兰芝说:"主要是得给足面子,家里、家外都得给。"

三元不管不顾地嚷:"妈,想那么多干吗,人生无常!"

兰芝哎哟一声。三元接着，一段一段说："吴屈梦，她老公，跑国外去了。"兰芝没懂什么意思。三元换个词："潜逃！"兰芝唬得脚步都乱了，说那么严重。

三元撇嘴："你以为，大有大的难处，她公婆还都住院了，她自己带三个孩子，这日子能过得舒服？"兰芝说那是难了点儿。

三元说所以屈梦也想出来做点事了。最后感叹道："所以呀，咱就是小老百姓，咱就过平常日子。"兰芝附和，说平常日子好。但三元也明白这几乎就是她跟老妈的一句口头禅。嘴上永远说平常日子好，实际呢，没一天甘于平常。反过来想，三元也觉得这正是生活有意思的地方。

姜兰芝问起牛爱玲。这些早都讨论过，但当着老妈的面，龚三元忍不住绘声绘色再次描述。总之，牛爱玲这回是老马失蹄，损伤惨重，弄得姜兰芝也动了恻隐之心，决定无论如何回东北前要去看望亲家一回。

小龙虾通红，刚上桌八斗就拿手捏着吃。桌上还有绿的青菜、紫的茄子、白的百合、黄的南瓜，琳琅满目。

兰芝目光慈祥，对一双儿女说："吃吧。"

三元笑说妈您怎么不开饭店呢。八斗跟着笑，他问妈妈姐姐要不要酒。三元想喝点儿。于是八斗找了一瓶洋酒出来。兰芝刚开始不肯喝，在儿女的劝说下，也同意开开洋荤。

娘仁个举杯，兰芝感叹："过了大半辈子，还是咱仨，人也没多出几个来。"

八斗说："姐夫那是没来。"再补充，"还有默默。"

三元紧张，连忙敷衍着："他算哪根葱，来了也不带他喝。"八斗以为三元说俏皮话，没深究。兰芝又感叹："我在一天，还有人心疼你们，哪天我要走了，你们两个咋弄？"

三元说："妈你想那么远干吗，现在世道多乱，别想，就过好今天就成。"

娘仨碰杯，喝了。再来一杯，又喝了。兰芝喝酒上脸，颧骨微红。她又开始关心儿子的终身大事。三元乐意把"炮火"引向八斗，也附和着起哄。

兰芝没头没尾来一句："其实慧慧那样的，也不错。"

八斗吓得顿时酒醒一半。慧慧再白搭，也不能这么凑。

三元也有点结巴："这个……不大合适吧……年龄都不合适。"

兰芝说我不是让你弟找慧慧，就是打个比方。"老师，是吧，一年两个假，工作也稳定，不像那种拼事业的女的。"

三元看八斗，代母传令："老师、医生、公务员，就往这几个方向找。"

八斗虾吃不下去了。

兰芝又说："头婚的要是没合适的，结过婚的，如果条件、脾气不错，也可以考虑。"

三元摆手，说："妈！车皮不至于！头婚小姑娘能找到，模样条件摆在这儿呢，咱不用降低标准。"

八斗终于不耐烦："我这刚……"

三元呵呵道："不耽误，这边出来那边进去。"又说："关键问题是你该要孩子啦！还等啊！"

这话，八斗听着耳熟。不久之前，海超也跟他"耳提面命"过。海超说这话的时候一副破罐破摔的表情。"不说什么婚姻幸福夫妻恩爱白头到老，这些都先不说，咱总得找个人生孩子吧。"

八斗说："那你的主要目的不就是要孩子吗。"

海超又往回找补："孩子妈还是要精选一下的。"说完又有点沮丧，"我跟你说现在全北京合适的女的，有，但不多。"

八斗不走心地附和："是不多。"

105

回东北之前，姜兰芝要去看牛爱玲。她把这通知给到三元，三元不得不先找斯理协调。

王斯理没打磕巴，同意。他愿意配合三元，演一出"合家欢"的戏。不是夫妻了，解绑了，两个人反倒营造出一种"相敬如宾"的感觉。

三元把外卖拎到斯理房间，"你的。"又说："你那西裤我给带回来了。"

就是去扦裤边的那条。

斯理说:"谢谢。"

三元说:"我应该谢谢你,谢谢王总的顾全大局。"

斯理顺嘴问:"八斗离婚你妈知道了?"已经开始用"你妈"了,分得清清楚楚。

"知道了。"

"她什么反应?"

三元故意道:"喝了好几杯酒,吃了小龙虾。"比出干杯的动作,"开心得不得了。"

斯理故意刺激她,"那预祝妈再次开心。"

三元愣了一下,嘴硬,"那肯定的。"

死男人,他在折磨她。三元认为王斯理最大的错误是至今为止不认为自己"云出轨"是错。反之,他还把这个错误归结到他跟她的关系上来了。他说他上网玩儿,寻找刺激是果,夫妻关系的麻木、无聊、厌倦才是因。三元不认同。她觉得王斯理这是在为自己的出轨找理由。怎么就麻木、无聊、厌倦了?那点事儿真那么重要吗?她真那么无味吗?她不许他这么说。她和他现在就是"不统不战不和",但三元也不认为斯理对她完全没感情。他就是要占上风,要说了算,要在这个小家庭"执政",要指鹿为马,要她承认他的荒唐是正确的。而这一切的一切,又都建立在王斯理经济崛起的基础上。

可是,三元心里过不去的是这一切的"政治要求"你可以提,但你不能出轨呀!这是底线!出了轨还让她道歉,这她无法接受!在撕破脸的那些日子,三元不是没想过退一步海阔天空。

算了。如果没有肉体出轨,就算了。为了家庭和睦的大局,为了孩子,为了经济利益,为了这,为了那……忍了吧,凑合过吧。

可最终,三元发现自己不是那种含含糊糊过的人。

斯理背叛了她,这是铁一般的事实。眼里揉沙子,最终只能变成沙眼,她不。所以,离了好,离了才是阶段性胜利,要对峙就对峙。她就是再弱势也决不投降。至于未来,走着看吧。

周末,夫妻俩跟特务合体似的,带着孩子,拎着一箱牛奶、一箱干果上门。路上全程无话。三元和默默后排落座,斯理接了两个电话,欢声笑语的,好像是和女士。三元听着难受。她翻翻手机,想找个男士打过来。起码要跟斯理打平手吧。结果看了半天,只有姚小攀能驱使。

再一想,不成,人都结婚了,她不能不考虑小段的感受,制造误会没必要。算了,她想,她就听着吧,就当看戏了,正好光明正大欣赏他的"丑态"。

到地方,家里只有斯文在忙。严尔夫有事出去了,中午也不回来吃。不过,八斗带着兰芝到场之前,史慧慧却提前到了。三元和八斗都有些吃惊,这号人物,有日子没出现。

斯文半笑着解释,"你姐夫不在家,我让慧慧来搭把手。"八斗冷眼看着,史女士亭亭玉立,行动都保持着矜持,让人一眼望过去,就觉得此人无毒无害,标准"白兔"。她似乎已经从那场"情伤"中恢复过来。

慧慧不知从哪儿学了点命理知识,她要了牛爱玲的八字,天干地支有一搭没一搭分析着。爱玲和兰芝本来就特信命,一下听愣住了。慧慧说爱玲还有两波极好的大运。爱玲忽然沮丧,"算啦,我这年纪,好怎么样,不好又怎么样?反正过了七十,我就按天活。"

兰芝、慧慧都笑。

兰芝问:"八斗呢,你给八斗算算。"

八斗怕听到,连忙拽着斯理出去抽烟。慧慧来者不拒,兰芝报了八斗的八字,她就仔仔细细看起来。凝神静气,爱玲和兰芝都等着慧慧揭破天机。

史慧慧端着手机琢磨了一会儿,抬头,问:"您想看什么?"兰芝一时语塞。爱玲说:"都看看。"兰芝笑道:"事业已经不错了,看看感情、婚姻。"慧慧又端着看,嘴里念念有词,似乎在算着什么。

最后,得出结论,掷地有声地:"叔,不止一个老婆。"

爱玲、兰芝对望。史慧慧说的也是事实。兰芝不好意思问,爱玲大咧咧地,"那下一个老婆什么时候出现呢?"

慧慧凝神再看,说:"已经出现了。"

兰芝、爱玲均轻呼出声。

爱玲对兰芝,"估计是在熟人里找。"兰芝没做评价,还想继续问,斯文却吆喝着让摆桌吃饭了。

座位安排有讲究。两位老太太并排首座,两个左右手,一个金童,一个玉女,留给八斗和慧慧坐。其他人,就怎么开心怎么坐。牛爱玲左看看,右看看,手一划拉,总结:"这样好,咱们四个,同病相怜。"

众人尴尬地笑,都不接茬儿。

三元看斯理,王斯理并不打算救场。倒是姜兰芝跳出来说:"放心,上天关上一扇门,肯定会再开一扇窗。"

牛爱玲摆手,"我不要窗了,有窗我也不出去,就这么待着吧。"在座的哈哈一笑,饭局开始了。不过遗憾的是今儿斯文的手艺有失水准。红烧猪蹄,焦了;嘎鱼没洗干净,一股腥味儿;蒿子秆有点老;煎豆腐又太嫩了,好在也就吃个意头。孩子们对半成品做的炸鸡块赞赏有加,斯文面子上扳回一城。

开吃几分钟,姜兰芝举杯,要跟牛爱玲碰一个。爱玲不满杯子里是果汁,她要酒。斯文只好现开了一瓶干红,不开车的都倒了点儿。

杯子碰到一块,发出清脆撞击声。姜兰芝说:"老姐,我为你高兴。"爱玲不懂高兴在哪儿。兰芝继续:"有些事,老天没让成,是保护你。"爱玲笑着:"这么说倒是好事儿了。"

兰芝说绝对好事。

爱玲把头偏向八斗,又看慧慧,叮嘱:"你们年轻人不要受影响,还是要对爱情婚姻有信心。"

斯理插一句,呵呵地说:"婚姻的好处多着呢。"三元明白这是在讽刺她,桌底下踢了他一脚。

斯文不肯闭嘴,问:"说说,啥好处?"

斯理反着说:"身边多个喘气儿的,总归更安全吧,要是生病了还有个人端茶倒水。那专家不是说,已婚的比单身的寿命要长。"说完故意瞥三元一眼。

斯文以为小两口还在闹别扭。她一手抓住三元的手,说:"是,这点我赞成,两个人总好过一个人。"三元不吭气。

斯文又对准慧慧,"小慧最近怎么样,谈朋友了吗?"慧慧倒大方,说目前还是以工作为重。斯文说:"千万别一朝被蛇咬,十年怕井绳。"她目光转

-607-

向八斗,"要找就找靠谱的,像我们八斗这样的。"

此言一出,除了兰芝,四座皆惊。八斗更是窘得脸都红了,浑身长刺儿坐立不安。

慧慧识趣儿,开玩笑地说:"我叔这样的,属于优质男,市面上怕是不多。"

八斗松了口气,她把他定位在"叔",推到长辈的位置上,那彼此就安全了。王斯文揽着慧慧,"小慧,千万别有压力,我就是抛砖引玉。"她笑着对众人,"有的时候好多事情的处理方式,就得打开思路,出奇才能制胜。"

饭后打小牌,人多坑位少。牛爱玲是重度麻将爱好者,自然要占一席。慧慧自觉坐在爱玲身后,当军师。另外三席,归斯文、斯理、八斗。兰芝坐在斯文身后。三元懒得帮斯理看牌,端着板凳到八斗身后坐下。开局,牛爱玲小赢。一圈牌下来,变成王斯理一家赢三家。

斯文连放了三四个铳,输得最狠,她急得直上厕所。又对三元:"你来打几盘。"换换手气。三元一百个不愿意帮人擦屁股,尤其又在斯理上家,实属一个危险位置。可大姑姐开口,她又不好意思驳人面子,只好端端正正坐下去。

结果,没有意外。王斯理继续血洗武林圣地。龚三元这个上家,更是重灾区。三元脸绿,斯文转到斯理那看牌去了。打到最后,结账,三元输了1000多。牛爱玲、八斗各输300。斯理笑着说不用结账。

八斗不肯,还是给了。

牛爱玲牌品向来不错,也给了。

三元对斯理说了句,"一会发你。"这局就算了。

谁知刚到家,王斯理就来一句,"记得结账啊。"

呦呵,还算起账来了,离了婚果然不一样。三元拿出手机,把钱转过去。斯理不客气,当即点了。龚三元气不打一处来,她东看西看,想找个点发作。最后终于在冰箱问题上找到罅隙,她拉开冷藏室,大声说,"冷藏室!上两层我的,下两层你的!另外,别偷拿我的菜!"没人回应。

三元大踏步冲过去,推开门。

斯理抬头,"吃了你一个青团,钱转过去了。"三元白了他一眼,撤退。战争还在继续,不能输,龚三元这么跟自己说。

晚间,燕玲跟三元联系,说回国了。三元问她在哪儿。燕玲说是从上海入的境,现在已经回到北京。她约三元见面,龚三元不能怠慢,次日下午,闺蜜俩便在酒店大堂碰头。三元扶着燕玲的肩,仔仔细细看了一遍,笑着说她没变,就是黑了些。

"老竺呢?"三元问。

"他家里有点事儿。"燕玲声音轻柔。

三元没往下问。家里的事儿,那就可想而知了。无非前妻、儿子。

三元笑得不自然,"还以为你能带个美国人回来呢。"燕玲说哪儿那么容易。三元问老友这次回来待多久。燕玲说可能不走了,外头乱,百老汇的工作停了。

"那还得再找工作?"三元为燕玲担忧,"那房子呢,美国的房子买了?还卖吗?这边又没房子。"

燕玲说这些以后再说,具体在哪个城市待还没定。三元一惊一乍地说:"还不在北京了?"燕玲说也可能去上海。三元假作惆怅了一会儿,转而问她跟一笑联系了没有。

燕玲道:"见了一面,她太忙。"

三元呵呵,"永远忙。"

燕玲说:"车皮还好吧?"张燕玲跟一笑什么关系?她当然知道小两口离婚的事儿。

三元赌气地说:"好得很。"又说:"你要有合适的,多帮着介绍介绍,国内国外不限。"

燕玲放下手中的杯子说:"我都不知道车皮喜欢什么样的。"

三元道:"老实的,对他好的,能过日子的。不要那种年龄特别小的。"燕玲莞尔,"这是你的要求还是他的要求。"三元憋着笑,"我提议,他认可。"她停顿一下,"都什么年龄了,不能再折腾了。"燕玲呵呵一笑,转而关心三元的近况,包括她的生意、她的家庭(含丈夫和孩子)。龚三元只好描述得欣欣向荣。她跟斯理离婚,以及孩子考了十几分的事儿,属于"家丑",暂时不打算外扬。

三元反问燕玲有没有跟屈梦联系。燕玲说联系了，可屈梦也太忙，时间没对上。三元心照不宣。燕玲小声，"老吴还有个烦心事呢。"三元问什么事。

燕玲道："那个老二，还在国外，估计得接回来。"哦，对上号了。那个大头娃。三元小声说："李骥出去了你知道吗？"

燕玲说："听说了，估计想回国，难。"

三元说："那为什么不让李骥照顾？"

燕玲说他哪有心情，又是男的。叹口气再说："老吴现在也是难，光三个孩子就把她缠死了。"

吴屈梦是难。但在三元看来，这种难，对她来说，或许是个机会。如果不是老吴腾不开手，月子中心的事还能有她龚三元的份吗？不能。但现在就不一样了，三元以屈梦的心腹姿态出现，事情就好办多了。而且兵马未动，粮草先行，吴屈梦还给她了一个副总的头衔。方便她在社会上行走。区里的女企业家协会，三元也进去当了个副秘书长。好，生活撕开了一个口子。三元觉得自己离婚的事儿，没必要瞒着屈梦了。她要面子，见燕玲时没说，但再见到屈梦，她一口气说了自己的难处，包括已离婚。

苦情牌打得足足的。

屈梦还有点吃惊，"因为什么？已经离了吗？"

三元不肯细说理由，只说是感情不和。

"到这种程度了吗？"

"冰冻三尺非一日之寒。"三元描述得很虚。

吴屈梦笑得枯寒，"你这弄的，我都要不相信爱情了。"三元忿忿，"爱情本来就是个屁！憋在肚子里自己难受，还不如把它放了。"

屈梦哈哈笑，又问她未来怎么打算。

三元道："先搞事业，如果遇到合适的，再说呗。"屈梦是聪明人，直接问她想找什么样的。三元心里当然有一套标准，比如，年龄五十上下，必须比斯理条件好，事业有成，长相过关，有孩没孩无所谓，对她要有一定的帮助。但跟屈梦，她还是保持谦虚谨慎，"没什么标准，合得来，人好就行。"

这范围就大了。

屈梦又问："想找商界？政界？"

三元受宠若惊，"可以吗？"

屈梦说："有什么不可以的。"有老吴这句话垫底，龚三元忽然又生出无限信心。

106

短暂相聚，兰芝告辞。八斗和三元都以为老妈要回东北，可姜兰芝却要买回老家的票。三元着急，"妈，您回那儿干吗？房都没了，又没什么人要看。"

兰芝不急不躁，"厂里的留守办要解散，党组织关系都得往街道迁，我得回去办一下。"合情合理，无法阻拦。

三元追问："那住哪儿呢？"八斗要定酒店。兰芝阻止，说已经跟小攀说好了，回去就住他家，热闹热闹。三元当即打给姚小攀，确认确有此事。她又跟小攀寒暄几句，重重把老妈委托过去。小段和小攀让三元他们放一百个心。

八斗说："要不我跟一趟吧。"

三元说你工作忙，又对兰芝说："妈，要不缓缓呢，忙过这一阵，我陪您回去。"兰芝执意不肯再等。

没办法，姐弟俩只好帮老妈买好票，送到车站。临行前，兰芝又和三元一起叮嘱八斗，个人问题要多上心。八斗虽不耐烦，但也只好听着。回程，八斗要送三元到家。龚三元却说暂时不回去，她让八斗捎她一段，放在灯市口地铁口就行。

三元提了跟燕玲见面的事。

八斗立刻把方向盘抓得更紧了。"燕燕姐怎么样？"他问。三元说还行，就是还没生出美国人。停顿一下，三元又笑："我还让她给你留意对象呢。"

八斗嫌恶地，"姐，能不能消停一点，我现在真不想结婚。"三元道：

"你可以不结婚，现在问题是，你不是得要个孩子嘛。"八斗说那也只能顺其自然。

三元把话拽回燕玲身上，"人燕燕姐还挺关心你呢。"

说者无心，听者有意。八斗深呼吸，沉默。

三元补充，"不是我要让她介绍，是她自己问你找没找。"她从镜子里看自己，伸手抹匀脸上卡住的粉，"燕玲这人，比她那个妹强一万倍！起码明事理。"现在八斗一笑离了，三元更有理由公然踩踏一笑。又恨恨地，"我就等着看这个小冯最后什么结局。"

信息量太大。可八斗只挑跟燕玲有关的听。她还关心他，这让他害怕。

八斗不耐烦，"什么结局，不都一个结局，人生自古谁无死。"

三元对弟弟态度不满，诧异地，"干吗，还维护那臭丫头呢，她知道吗？她感谢吗？"

八斗解释说："不是维护，本来就是和平分手，没必要说人家不好。"三元道："我没说她不好！我就是等着看老天爷怎么安排，到底他长不长眼，行吗？"深呼吸，"当初，她也就占个年轻漂亮，现在，我看她还不如燕玲。别看人家燕玲找了个老的，可踏实呀！"

八斗试探性地问燕玲跟老竺的情况。

三元把听说的都说了，说感情不错。八斗顿时迷惑，兹事体大。燕玲跟老竺是否为离婚状态，关系着他跟燕玲那一小段隐秘历史的合法性。如果离了，那就是一段猝不及防的罗曼史。如果没离，那他跟燕玲就沦为"奸夫淫妇"。

等三元下车，八斗拿着手机，想给燕玲发个消息问候。做了许久的思想斗争，最后，发了。结果发现，燕玲已经把他删除了。

董事长还没"到站"就下来了。调任，转去另一个集团当副职，等于变相降了。这一向，集团的刘晓斌很是风生水起，态度甚至有点嚣张。他跟的老大起来了，鸡犬都升天。八斗手里的两个项目要过会，系统上经过刘晓斌，人家就不怎么配合了。八斗给他打过两个电话。刘总明着打哈哈，暗着依旧不动。八斗的理解是，公司组织架构估计要面临大动。刘晓斌的按兵不动，是对项目去向的观望。他龚八斗越是希望快，人家就越要慢。

信号已经很明显了。

八斗把情况跟李骐提了。李骐早已经知道了。八斗故意问李骐的意思，李骐想了想，说："能撤赶紧撤，再晚，就怕来不及了。"

李骐这么一说，八斗更紧张。可是一时半会儿，又没想好去哪儿。李骐问八斗怎么想。八斗说还没想好。李骐又问："还想干本行吗？"八斗没理解她意思，以为她指的是重回公务员系统。他还没到三十五岁，努把力，或许能赶上末班车。

八斗笑笑，说："回去也行，但就得参加市考或国考，难度不小。"

李骐明白他误会了，转而说："我意思是你还在不在能源信息行业混。"

八斗明确表示兴趣不大。他能在行业里混，不是他有多少能耐，而是背后有人。将来大树倒了，还怎么弄。

李骐想了想，说："回体制也不错，但想进关键部门，估计得费点劲，我问问尤局。"八斗连忙说："自己并不想进关键部门，也不一定非要公务员，事业单位也行。"

"什么事业单位？"

"比如图书馆啊什么的。"这是八斗梦寐以求的地方。

李骐失笑，"那地儿一般都是女的愿意待，方便照顾家庭、带孩子。"八斗刚要申辩。李骐又嘲讽道："也是，你也准备组建家庭，没准很快就有孩子了。"

八斗不怕丢面子，径直说："我是觉得能有个职位挂着，旱涝保收，然后再出去干点事儿，也就差不多了。"说完又补充，"我不像你，有大志向。"

李骐说："你千万别这么说，我没大志向，我的人生理想是当全职太太。"苦笑笑，"可惜没人给我机会。"

"是你不给别人机会。"八斗轻声驳斥，变相奉承。

不过很快，慧慧给八斗制造了个机会，她推了个微信名片来，说是她同学，姓廖。可以相互认识认识。八斗立刻明白，这等于线上相亲了。

老实说，他抵触。看了那人的朋友圈就觉得抵触。倒不是人家有什么不好，是他自己没那心。他的心现在是空的，漏风，怎么都焐不热。

空唠几句，尴尬。没下文了。

呵呵,这样最好。慧慧后来问了一句,八斗"借花献佛",说我有个朋友也想加廖女士微信,不知方不方便。慧慧问哪个朋友,八斗说陆海超,慧慧没反对。

开了一上午会,十一点,八斗才坐到工位上。他照例给老妈打电话,问她在老家的情况。姜兰芝那边乱哄哄的。还没等他发问,姜兰芝道:"慧慧给你介绍那人,加上了吗?"好事不出门坏事传千里。

八斗不耐烦,故意声音放大,且拖长,"加上了,聊着呢。"

兰芝气喘呼呼,听筒里有呼呼声,还有人说话。

八斗问:"妈,您干吗呢?"

兰芝诡秘来一句,"我来上坟了。"

八斗头一嗡。许久,反应过来。是,清明快到了。老妈在家,正好去山上上坟。他忽然怀疑老妈这趟回去,根本就是专程上坟的。所谓的党组织关系迁移,只是借口。

"一个人?"

"是。"兰芝口气还算欢脱,"我看今儿天好,就过来了。"可老妈越是轻描淡写,八斗越觉得悲哀。一个人去上坟,一个人,只剩一个人,一个老年人。呜呼,人生无常,人世苍茫,家族凋零。一瞬间龚八斗只觉得百感交集。

八斗顺着问:"爸那儿怎么样。"

兰芝照实描述,"都好得很,我找人捧了点土,碑什么都好好的。"不知怎么的,八斗忽然有些自责。他的不婚不育,无形中加速了家族的凋敝。站在宏观传承的角度上看,他是历史的罪人。从这方面考虑,龚八斗顿时不那么排斥相亲了。

龚三元也不排斥相亲,她甚至积极为相亲做着准备。健身恢复了,还请了教练。三元觉得自己状态回来了,回到三十岁前,粉粉嫩嫩,轻轻盈盈。皮都紧了,放光。

吴屈梦还传授了她一点最新的化妆术,带她去做了点微整容。三元顿时老树开花,高级得仿佛立刻能登上春晚舞台。

龚三元问屈梦:"这个针一打,不会永远都要打了吧?"屈梦停顿一会,笑说:"打也没多少钱,你还缺这点儿啊?"龚三元闭嘴了。

露怯。这话说得就露怯。要打入高级社交圈，当然要下点成本。何况，花在自己身上，有什么好说的呢。过去，她就是太为别人着想。

当然，花着钱，就要想着挣钱。三元打算重启临期食品项目。她在老吴面前提过，想拉点投资。吴屈梦不大感兴趣。也是，她的圈子里，并没有多少人对临期食品感兴趣。老吴并不打算拥抱底层人民，她有她的路子。

一次，从某女企业家的办公室出来，屈梦给三元指点迷津。等电梯的时候，屈梦伸出一根手指，"咱们要做买卖，就做点刚需的。"三元说是，月子中心是刚需，屈梦没接话。月子中心的事一直在忙，卡在资金上。还是那话，老吴通过婆婆的关系能拿到证，所以只出干股。但投资人目前还有点犹豫，这个行情，一次拿出6000万，不是小数目。

"刚需。"屈梦又对三元强调这个两字。龚三元想破脑袋想不到。吴屈梦给了点提示，"阳光，空气……"最后一个字给三元完型。龚三元终于猜到了谜底，试探性地，"水？"吴屈梦满意地笑了。是，她正打算做水的生意。三元惊呼，说水的生意，也是大买卖，那投入……

吴屈梦嫌她没见过世面，"我们做高端小众市场。不铺开，而且也不需要我们生产。就拿个代理。"哦，明白了。代理。一路上，屈梦把这个商业链条跟三元阐明了。

水来自瑞士，据说多少年都是专供欧洲皇室的。苦中带甜，甜中微苦，具有多种保健功能，能降火、清胃、洗肠、清肺，是水中精品。三元越听越兴奋。屈梦道："这个代理我已经拿下来了。你要想做，稍微投一点，咱们一起。"机会千载难逢，可一听投一点，三元又害怕了。屈梦见她退缩，"就是个意思。二十万总有吧。这多少年的老同学我还能把你怎么着。"

三元没退路了。老吴缺这二十万吗？人家只是给她个机会，让她递上投名状。她再不知趣，路就真被堵死了。不行，必须拿，赔钱也要拿。还好现在离婚了，钱上面可以自己做主。她谁都不用通知。

晚上到家，饭桌一片狼藉。一只吃剩的泡面桶惨惨淡淡，在灯光的照射下显得格外颓败。三元来火，朝屋里喊："默默不能吃泡面！"斯理没出来。

默默倒从北面房出来了。他维护爸爸，"妈，我吃的炖蛋。"三元道："不能总吃炖蛋！"吃炖蛋考零蛋。她轻轻摸默默的头，让他去学习。转身继续发火,"吃完了,要收拾,你不用别人还用呢。"炮火依旧直指某男住户。

屋里有动静,但没人给她回应。三元气不打一处来,冲进卧室,王斯理坐在床边的单人沙发上,脚翘着,背对着门。觉察到三元带来的风,才转身看她。他正在打电话,笑脸,转过身来的时候是张笑脸。不过很显然,这笑不是因为她,也不是为她准备。

三元换一种说法谴责:"公共区域不可以放杂物!"这是约法三章的内容。斯理笑着打了个ok的手势,就算做回应了,聊天继续。三元想发作,可又觉得一发火她就输了。看那说笑的样子,八成又找了个妍头,又玩儿起了网恋那一套。没意思。反正,她要加油,她不能输。她要笑,大声地笑,笑到最后。

107

进门就能闻到花香。

不是香水味,是真花散发的香。再往前走几步,坐在玄关处换鞋专用的做旧绿色长条小木榻上,龚三元才看到香味的来源,玄关台子上一大丛白百合。对,不是束,是丛。一眼望过去数不清多少朵那种。

三元在心里嘀咕,这女人真能花钱。

再定睛一看,玄关上还用几瓶水摆成个小塔,就是屈梦和三元代理的那种。三元感动,宣传无处不在。

小时工阿姨刚递过拖鞋,珊姐就满面笑容出现了。

"地方好找吗?"珊姐问。

"好找好找。"三元笑着回应。纯属寒暄。市中心,有何不好找。低调的炫耀。

她跟珊姐是在女企业家们的活动上认识的,是吴屈梦搭的线。当然,老吴跟陈永珊也不算熟。属于熟人的熟人,拐弯的关系。但,一大家同龄,聊得来;二珊姐现在某央企做人事工作,也带项目,有些渠道,能消化高端水产品。于是乎，三元少不得上门拜访，好让神仙指路。但拜访也不说拜访，就说玩儿，还是珊姐邀请的。周末，龚三元把默默托给斯理。他每周必须做一次好爸爸。她有权利玩儿一整天。

换好鞋，珊姐领着三元进客厅。一抬头，三元发蒙。客厅比她想象中大。各种装饰冗繁、华美。总之，很多都不是必需品，而是为了彰显女主人的艺术品位。用别有洞天四个字形容不过分。

三元把拎着的虫草精华放在茶几上，东西是屈梦给的，总不能空着手来。屁股沾到沙发的时候，三元还没从震惊中缓过来，她试探性地对珊姐，"这些东西，是房东的？还是你自己弄的？"

珊姐的声音悦耳，"都是我自己的。"又说："简单装了一下。"

三元轻轻咧嘴，笑容没丢。租房子，还装修，讲究人。她实在好奇，追问："这房租，一个月多少？……"

珊姐呵呵一笑，"这个保密。"

咳，有什么好保密的，手机刷刷就出来了。这种房子，这种大小，这地段，一个月没个两万八三万不行。

珊姐的情况她也多多少少了解过。有的是她自己说的，有的是别人转述的。比如，她刚到北京，才一年多，属于中年北漂。再比如，离婚了，老家有个儿子，老人带着。还比如，央企的工资，就算拿年薪，估计也就几十万。何况珊姐还不是拿年薪的级别。

各种想法、盘算汇聚，总而言之一句话，龚三元替珊姐心疼钱。换位思考，如果是她，首先，她没有勇气这个年纪闯北京；其次，就算来了，她也不会租那么大的房子。

她龚二元肯定要艰苦朴素吃苦耐劳，顶多租个一居室，而且不会在这个地段。没办法，要省钱呀！儿子要养，自己生活要顾，还有老人，以后花钱的地方多着呢……三元出神。阿姨拿饮料来。珊姐把含糖的那杯递给三元，她自己喝无糖的。三元连忙接了，双手端着。一时无话，都低头喝茶。再抬头，三元觉得自己有义务活跃气氛，笑问要不要去厨房看看。

珊姐拦阻，"让阿姨弄吧。"

三元问："阿姨是住家还是偶尔来？"

珊姐直言："偶尔来，我不习惯别人在我家。"又补充说明，"平时我自己吃得简单，来朋友了，就叫阿姨过来帮忙。"她还说今天有东北籍的朋友来，点明要吃饺子。

三元羡慕地说："珊姐人面儿真广。"珊姐还是那句话，"都是朋友。"

是，朋友。区别于家庭成员以外的人都叫朋友。龚三元忽然意识到，过去，她这一块几乎是缺失的。除了母亲弟弟，丈夫儿子，以及斯理那边的亲戚，她的朋友，也只有屈梦、燕玲等少数几个。要么就是过去的同事，但现在联系的几乎没有了，一片空白。像这样的"朋友"派对，她是万万办不起来的。而没有朋友，是不是也意味着，她介入社会太浅。别看她活了三十多岁，社会经验稀薄得可怜。

珊姐抬起头，带着半永久式的微笑，"你也离了？"

霎时。三元觉得自己脑壳像被打了一响指，魂都快被敲出来了。她集中精神，好不容易把魂儿拽回来，支支吾吾从喉管发出一声"唔"，算是"屈打成招"了。不知怎么的，离婚，离了，对她来说，似乎都还算不上光彩的词汇，是应该盖着、掩着、藏着，而不是揭开的。

珊姐却仿佛看透了三元的心思似的，轻笑，"没什么不好意思的。离婚，不丑。"三元鹦鹉学舌似的说是不丑。又以为自己听错了，问："是不丑还是不愁？"

珊姐愣了一下，旋即哈哈大笑。笑够了，才说："我普通话不好，既不丑，丑陋的丑，也不愁，忧愁的愁。"她伸手抓住三元的手。三元跟触电似的，浑身抖了一下。

陈永珊继续说："放轻松。咱们是同龄人，你的好多想法，包括感受，你不说我都特别理解。咱们这一代人，过去活得就特别拘束。我就是那样，瞻前顾后，但现在我想开了，干吗呀！都这个年纪了，有什么活不开的？有想要追求的，那就追啊！"

她手抽出来，陡然展开双臂，一副君临天下的架势。

"是。往开了活。"三元赞同，她很欣赏珊姐，欣赏她的洒脱。别的不说，还是那话，在市中心租这么一套房子就是她龚三元永远也做不到的。她龚三元为自己活，但也免不了为别人活。她的付出，需要有人回应。她是天平是跷跷板是一切需要合作运作的事物，一个人总归玩不转。

门口有动静，珊姐起身迎接，三元亦步亦趋跟着。来了一群人，有男有女，有年轻的，也有年长的。珊姐的社交圈，无年龄差。起首一位花白头发，但却梳得一丝不乱的中年男人放开嗓子问："珊珊，酒准备好了吧，今天不喝洋酒。"

珊姐道："早都准备好了，茅台，管够。"

他叫"王总"，在某国商集团做人力副总。一见到跟在珊姐后面的三元，口气立刻柔和起来，但又一惊一乍地说："呦，新朋友？"再对珊姐，"不介绍介绍？"

三元不好意思。珊姐解围，"先进来再说。"又说："今天袜子新换的吧。"

王总自顾自抹一下脚底，手指头还故意放回鼻子底下，以身试法的样子，"香的。"

众人都被逗乐了。

饭局酒局高谈阔论，话题不设限，无边无际，什么艺术、人生、股票、法律、哲学，一趟子听下来，三元认为这帮子人的表现，多少有些装的成分。但，即使是这种装，也是她过去很少见识到的，身体力行就更谈不上。

喝茅台环节，三元没品，而是一口闷下去了。王总捕捉到这一细节，立刻嚷嚷："酒神，元元绝对酒神。"

三元不好意思，"没有没有，我就是……嗓子眼儿……大。"这说法立刻引发爆笑。王总打趣，"我就喜欢嗓子眼儿大的！"珊姐也不饶，上前又给满上一盅，"那必须再一盅了。"

要在平日，龚三元肯定不愿意，她不爱喝酒，尤其白酒。但今天不一样，情绪到了，又是茅台。

恭敬不如从命。

喝完酒基本就群魔乱舞了。珊姐家有卡拉ok，大家都说唱，但珊姐事先声明，"你们唱，可以。我不唱。"大家逼问为什么。珊姐嗓门也大了，不淑女了，"我被刺激了。"

众人又嚷嚷着说谁敢刺激珊姐。

-619

珊姐醉眼矇眬地,"今天,朋友圈,一个'95后'说:孟庭苇是谁?"有几个来宾起哄,说不知道孟庭苇是谁,还有人不知道孙燕姿呢。

珊姐执意地,"反正,'95后'不知道孟庭苇,没意思,我坚决退出。"这理由大伙可不答应。推推搡搡,珊姐还是拿起话筒,唱了一首《一个爱上浪漫的人》。高高的调门,全凭天赋的大白嗓。三元听得一愣一愣的,自愧弗如。听众们巴掌也拍得啪啪响。

王总点了一首《广岛之恋》,找人合唱。珊姐举荐三元,三元推脱不掉,只好唱了。她仔细,卖力,好在歌喉还算拿得出手,没出丑。不过等周杰伦的歌刚放出来,物业就来敲门了。

有邻居投诉,演唱必须马上终止。

于是,一群人又换了个游戏,开始打麻将。这可是三元的强项。

初来乍到,手气上佳,打到天黑透,三元一赶气儿赢麻了。好在另外三家并不那么看中输赢,牌品稳稳的。尤其王总,输得倒欠三十个牌子,依旧坚持原则,就要做大牌,轻易不肯推倒。

珊姐刚出了个幺鸡。

王总顺嘴来一句,"珊珊,找到男朋友了吗?"

珊姐看都不看他,专注看牌,"三条腿的蛤蟆好找,两条腿的男人,一个也没有。"呵呵一笑,又说:"一个人过挺好。"

王总笑,"一个人,住那么大的房子。不害怕呀。"珊姐说那怕什么。王总说:"太冷清了。"珊姐说你们常来不就热闹了。又说:"一个人,我想怎么住怎么住,我跑,我跳,我打滚,没人管。总比给男人占便宜强。"

王总说:"话不好这么说的,好多事情,还是得男女搭配。男人帮女人,女人帮男人。"

三元见不惯王总对珊姐的进攻,本着女人帮女人的原则,她插一句,"女人真要自己能把日子过明白了,自己过也挺好。男人,好多都是猪队友。"

陈永珊接过话,"猪队友都不说了,关键是个个贪心不足,吃着碗里看着锅里。女人还得防着他们这样那样,累死了。"

三元立刻响应,"太对了,都花。"

王总反驳道:"我不同意,珊,这个还得怪你自己,"停顿一下,一股节一股节说,"关键是,在你目力所及,视域之内,能接触到的,你认可的,看得上眼的,愿意跟他试一试的,这些个男的,本来就都是花心的,没有例外。或者你就往下找,找个不成功的,穷的,那样的不花。老实。听话。可问题是,你喜欢吗?"

一席话,在座两位女士都不作声了。这个逻辑,让三元醍醐灌顶,她有切肤之痛。王总的一大套拽词儿,归根到底就一句话,男人有钱就变坏,没钱的男人,也坏,但如果需要指望女人,那只能暂时伪装。比如王斯理这样的。可一旦他们有了出头日,真实面目立刻就暴露出来了。

说实话,龚三元忽然为自己的前途茫然,好资源往往是一个人吃不下的,发展到最后,只能共享。可是她们,又岂是愿意跟人共享的人呢。

打完牌已是夜里一点。结账,回家。三元要自己叫车,王总一定不许。他叫了代驾,要送三元一程。龚三元抹不开面子,再者,反正有代驾在,不会有什么危险,便上了王总的车。凌晨两点多,三元打开家门。好了,到家了,她飞腾的心落了地。打开灯,屋子里静悄悄。她蹑手蹑脚,默默跟着斯理睡着了。

她远远望着床上躺着的男人。客厅薄薄的光照进去,照在他脸上。哦,一个沉睡的王斯理,微微皱眉,愁闷着。这是他的本来面目,微微发愁的样子。

三元一转身,踢到板凳。

斯理醒了。三元赶紧撤退。斯理下意识拿起手机看了一眼,他起身往洗手间去。龚三元只好先躲进北面房间,等他上完了才去洗漱。不知为什么,她下意识不大想让他闻到自己身上的酒气。

108

帐篷支起来了,草坪上铺着餐垫,阳光微暖,美中不足的是风大。没办法,北京的春天,永远一股子大风。不过好在两位女士都戴了帽子,一个宽沿的，一个鸭舌帽，头发才不至于乱飞。均为一副不怕风吹雨打的样子，拒绝坐帐篷里。

海超和八斗坐在女士们对面，都盘着腿。海超最近锻炼少，吃得多又胖了。尤其屁股都是肉，刚冒头的青草还没来得及到这个世界透几口气就被他压扁了。

餐垫上琳琅满目，摆满了吃食。有些是小廖的手笔。

小廖跟慧慧是同学。在大学图书馆工作，负责编条目。这在八斗看来实在，是天底下第一舒坦的美差。尤其是学校还分了福利房，价格低得离谱，更让人艳羡不已。

这次野餐会，是小廖和海超发起的。没办法，两个人在线上聊得太好，就差以身相许了。奔现是刚需，鉴于奔现的种种风险，两个人死活拉上慧慧和八斗。

八斗不乐意，问慧慧的意思。

史慧慧来一句，"那就送佛送到西吧。"

植物园春色大好。男、女士分头来。海超原本说去接，八斗也是这意思。慧慧、小廖不让。

男士们到得早。园门口，八斗打趣海超，"什么感觉？"

海超白他一眼，故意问："什么意思？"

八斗说："心脏有没有怦怦跳？"

海超说："不跳那是死人。"

八斗嬉笑着，"我预感你今天能成。"

海超道："平常心，就当交个朋友。"陆海超不是第一次相亲，早成老油条了。不过，等到两位女士到场。八斗看海超见到小廖的第一反应心里就有底了：他亲爱的老同学是失望的。不怪海超，实在是女方线上线下差别太大。

光体重看着就相差二十斤。

朋友圈里，小廖是尖脸，鹅蛋脸；现实中，包子脸。朋友圈里，小廖小巧玲珑，窈窕可人；现实中，起码一米七的大个儿，虎背熊腰的。朋友圈里，小廖经常抒情，文艺得很；现实中，嗓门很大，一副虎妞派头。不过，这并不耽误她对现实中的海超感兴趣,一见面就问东问西,一揽子获取了两位男士的全部信息。

等到四个人逛了一会园子,在山坡草地上落座的时候,小廖端着手机仔细研究,冷不丁对海超蹦出一句,"你是火,我是金,你克我。"吓得海超奥利奥都快吃不下去了,笑不嗤嗤地说:"我哪敢呀。"

小廖又对八斗,"你是木,你得听我的。"

八斗笑说:"我肯定听你的。"

慧慧问:"那我呢?"她也懂点命理,但故意装不懂。小廖说我不知道你具体生日。慧慧报了,小廖翻万年历,瞅了一会儿,说:"你是土,土生金,"一把揽住慧慧的胳臂,亲昵地,"我得跟你好。"又指着八斗,再看慧慧,"他克你。"又指海超,"他生你。"

海超立马说:"我是好人。"

众人哈哈一笑。八斗不想被看得太透,转而问小廖图书馆里的事,夸那儿特岁月静好。

小廖撇嘴,"好什么呀,跟婚姻一样,里头跟外头看着两码事儿。"拿起一块拿破仑重重咬下去,碎屑乱蹦,"我有个同事,跟我一起进馆的,都已经是中层干部了,"扫其他三人一眼,"结果……"

她停住了,卖个关子。

海超按捺不住,"结果被双规了?"他很有政治觉悟。

小廖嗨一声,揭秘,"结果就上礼拜,被她老公杀了。"很有点解说法制节目的意思。

三个听众纷纷张大嘴,剧情转折太惊悚。尤其是小廖这么轻描淡写说出,就更具有杀伤力。

还是海超嚷嚷着:"为什么呀?"

小廖说:"不知道,警方还在调查。查出来也不会公布。"

海超:"八成给她老公戴绿帽了。"

八斗胳膊肘拐了海超一下,示意他闭嘴。

慧慧问:"有孩子吗?"

小廖说:"孩子两岁。"慧慧咋舌,"所以,不婚不育保平安。爸爸杀了妈妈,这让孩子以后怎么做人。"

八斗连忙劝说:"这也只是个别现象。"

小廖跟着说:"现在离婚的也多。"

海超当即表态,"反正要是我结了婚,就跟那人过一辈子。"

小廖呵呵一笑,反问:"那要两个人不对付,相互看着难受,过不下去了呢?"

海超说那也得过,反正我结婚了就不离。

有点想当然,任性了。

八斗尴尬,他刚离婚。

小廖提着口气说怎么听着像恐怖情人呢。慧慧笑着对八斗,"这事儿,咱们都没有发言权,叔有。"八斗更尴尬了。海超笑着看八斗,并不打算解围。

小廖没弄清人物关系,对慧慧,"什么叔?是大叔,还是什么叔?"

慧慧不解释。

八斗说:"我算她表叔。"又说,"我离婚了。"

八斗的坦诚令众人不晓得如何应对。他只好自己把话拾起来,"非常难。"他只说出这三个字,却好像有万语千言似的。小伙伴们都不说话,任凭风在人际间欢跳着穿梭。"非常痛,"八斗又一句形容,"就好像你的人生旅途中遇到一座山,你耗尽了全部力气也爬不过去。"

说法很文艺,女士们都叹息。

海超伸出一只手,扶着八斗的肩膀,好像要给他力量。

小廖忽然喜剧般嚷嚷,"哎呀,弄得我都不敢谈恋爱不敢结婚了。"手舞足蹈状。

八斗苦笑,仿佛为自己做了不好的示范抱歉。

慧慧定定地看着八斗,陡然抛出一句,"其实你已经站在山顶很久了。"

众人一愣,这充满哲思的句子。八斗望着慧慧,她面容平静,好像再大的风,也不能令湖水泛起涟漪。她也是经历过大伤痛的人啊!

慧慧跟着说:"你只是一直不愿意滑下来而已。"

沉默继续。气氛一直调动不起来。

远远地,一个大人带两个孩子走过来。八斗仔细看,发现竟是姐夫王斯理带着蓓蓓、默默。他连忙起身,小跑着过去招呼。斯理还算平和,问他来玩呢。八斗回身看,说几个朋友踏青、野餐。又问:"我姐呢?"

斯理停顿一下,才答:"她有事。"

八斗电话打过来的时候,三元正在射箭馆。她姿势老摆不好。今天的局是王总组的,她和珊姐莅临。八斗说了在植物园的偶遇。三元说是,王斯理带着去了。还说自己工作上有点事,正在谈业务。

挂了电话,手机收好。王总走过来,笑容跟快化了的冰激凌似的,"行不行?"

三元不好意思地说:"有点对不准,眼花。"最后两个字刚说出来就有点后悔。

眼花,老花嘛?等于自己说自己老,龚三元笑得尴尬,属于自嘲。王总却走近了,说了句"来",然后,手把手教三元摆姿势。

大手包小手,三元感到一阵暖。她不知道自己有多久没跟除丈夫和儿子以外的男人这么近距离接触,而且还是肌肤之亲。一时间她身体僵硬,跟被油炸过似的任凭他摆弄。箭也打不稳,靶也看不清。最终在他臂力的帮助下射了出去。

脱靶了。

她实在不是个好学生,他也不算是个好老师。

他不放弃,说"再来"。三元谎称手臂酸了。珊姐凑过来,一步三摇。她今儿穿了条高腰白色紧身裤,屁股包得跟奶黄包似的,两条腿长是长,但不直,像崎岖的山路十八弯。

"差不多了吧。"陈永珊问。

王总不失时机宣布收官。

珊姐笑不嗤嗤地说:"晚上我不喝酒。"

王总打趣,"你不喝酒,那就不成席了。"

是,酒肯定是要喝的。不痛饮,小酌,依旧有点上头。夜色一层层洇开。局散了,还是王总自告奋勇送三元。可是等上了车才发现,王总这回没请代驾。三元奋力保持清醒,"喝酒不开车,开车不喝酒!"

王总笑眯眯地,手放在三元手上。龚三元没躲,躲开就太雏儿了。半个身子压上来，王总动真格的。三元小声说："不行。"王总索性拉着三元下车。迎面两个大酒店。他问："去哪个？你说。"三元当然明白是什么意思。选了酒店，就等于达成了默契，后续的故事就顺理成章了。只是，三元还莫名的有点负罪感。离开王斯理，她第一次把自己的身体交给另一个男人。

是的，交。三元觉得自己还是被动的。她扪心自问，龚三元，你喜欢王某人吗。不不不，一次相互帮助，就谈喜欢不喜欢，未免要求太高了。不说喜欢，说讨不讨厌。行吧，不能永远纸上谈兵。常年吃素，姑奶奶今儿也开开荤。龚三元轻轻点了点左边那家灯光更柔和的酒店。故事便开始了。

没话。进门就入正题。事情办完，王总的话才稠了。"元元，我第一眼看到你，就觉得你是个好女人。"

甜言蜜语厚积薄发。每一句都是炸弹，炸得三元五迷三道。她不禁苦笑，好女人。她足足当了半辈子，当累了。偶尔她也想当个坏女人，人见人怕，充满魅力，予取予求。

"然后呢。"三元问。

"没然后。"王总说。

三元开始穿衣服，王总拉住她。她轻轻推开，"王总，"停顿一下，"我该走了。"

"别叫我王总，"王总说，"叫我军军。"

三元叫不出口。在他的反复要求下，她才轻轻唤了一声，跟吐了口痰似的。王总又说："你可能也听说了，我老婆在国外，我们分居多年了。"晴天一个霹雳。这消息她可没听说。王军还是有妇之夫？那她成什么了？被小三？荒不荒唐。

三元埋怨地说："你怎么不早说。"

王军连忙欠起身子，跪在床上，"我以为你知道，"又故作轻松地，"其实也没什么，"再去拉三元的手，"我的意思是，我跟她分居多年，已经算事实离婚，你要是愿意，我就回去办手续。"

这算是求婚吗？三元发蒙。被小三，被求婚，一切来得迅雷不及掩耳。这男的入戏太快，她两岸猿声啼不住，他轻舟已过万重山！三元道："不是……你知道我什么情况吗？"王军说知道，都没关系。

三元期期艾艾地道："你这是……缺德……"

最后两个字有点煞风景。王总怕是也没想到，不过一夜春宵，缺德两个字一不小心戴头上了。

王军恳切地，"元元，咱都这个岁数了，遇到一个合适的多难呀……"龚三元没听下去。不真实，她总觉得一切都不真实。王军，王军的话，王军的婚姻关系，跟王军共处的这个空间，都太过虚幻，跟拍仙侠戏绿幕似的。逃，逃吧。她匆忙逃到大街上，酒全醒了。四顾茫然，她拿手机叫车，无。叫车软件上，搜索车子的圈圈外扩。前面仍旧有七十多个人排队。呵呵，大家都很忙。这五光十色的夜，藏了多少不可告人的秘密。

地铁停运了。没办法，三元只好往珊姐家所在的方向去。打不着车，只能凑合一夜。

三元给珊姐打电话。陈永珊第一句话就是，"老王欺负你了吗？"三元愣了一下，说没有。她不知道自己在掩盖什么。但"欺负"这个词，她不喜欢。虽然她也觉得自己被欺负了，可她强迫自己不那么想，愿打愿挨的事，顶多算一次"过招"。她不允许别人（包括她自己）把她想成是弱势的一方。

好在，走到第二个红绿灯，来了辆出租。三元一招手，车停了。好了，终于能回家了。行了，也算证明了她龚三元是有吸引力的。而且，人家还求婚了呢。绿野，仙踪。现在她要回自己的城堡。道路空旷，车子疾驰跟飞似的。坐在车上，三元不禁想，如果刚才她答应了，会怎样？闪婚？直接打脸斯理所说的她没人要的言辞？彻底扬眉吐气？算了，哪能当真，她才没那么鲁莽。王军的话不可全信，他是老司机，逢场作戏惯了。真要求婚，得清醒的时候才作数，不过就那她也不会答应。她龚三元还没糊涂，王军那种男人，她是吃不住的。

风驰电掣，到家了。三元轻轻开门，没开灯。可王斯理却像等着似的。她刚进来，他就起来上厕所。

灯被摁开了。

三元古怪的动作在灯光下显影，像小偷。

斯理睡眼惺忪，抱怨，"这一天天的。"

他猜到了？不不不，不可能，她天衣无缝。

只是，龚三元忽然又有些自责，整个人都缩了一圈似的。但她立刻意识到，她跟他已经离婚了。她凭什么接受他精神上的辖制，她是自由的。哪怕出去吃了个大亏，她也是自由的、自主的，她乐意！

龚三元压着嗓子反驳，"管好你自己！"

斯理又说："儿子成绩上来了。"跨度太大，三元没反应过来，"哪儿？"她问。王斯理不高兴，"老师在群里的表扬你都不看嘛。"三元这才掏出手机，迅速翻看。是，有。儿子争气，信息跳动。晃眼，糟糕，要命。王军发来的，三颗红心。三元跟见到鬼似的，赶忙删除，匆匆钻进自己的房间。

109

三面是墙，一片洁白。阳光从西面的落地玻璃窗照进来。屈梦走在前面，三元走在后头，手里还捧着小本子，快速记录着。

吴屈梦作指点江山状，手指戳北面，"这儿，弄个育婴房。"又戳南面，"这儿，瑜伽室。"最后戳东面，"这里是小餐厅，带吧台的那种。"又补充，"检测设备单独放。"三元一会抬头听，一会低头记，表情非常认真。实际上，整体设计早包出去了，有专门的人弄。老吴来，只是过过当领导的瘾。

月子中心，场所已经搞定。老吴站在巨人的肩膀上大展神威。而且她已经通过公婆的关系，拿下了许可证，核心医生也签了好几个。连带着她龚三元也提前获得了"梦生园月子会所"行政总监兼任副总经理头衔。千载难逢机会大好，三元觉得自己有必要对老吴亦步亦趋。

老吴走累了，三元赶忙搬了个凳子垫她屁股底下。吴屈梦跷着二郎腿坐着，悠悠地望着窗外。夕阳西下，真美。这个地段，这个规模，这个档次，也就老吴，换了旁人都做不到。但三元也懂老吴的惆怅。就好像此时此刻，阳光洒在屈梦脸上，每一道细纹都无处遁逃，共同诉说着淡淡的愁、轻轻的怨、薄薄的无奈。

李骥到现在都没回来。钱，被锁死了。很难往国内回流。三元的理解是，老吴的再次出山，是对家中资源最后的变现。李老爷子虽然在医院，这样那样的手段保着，可终究是江河日下得想后路了。

屈梦忽然转头对三元，"你就不该问那话。"

三元没反应过来。屈梦又说："人一个月多少房租，跟你有啥关系。"

哦。跟珊姐有关。刚才来的路上，三元才把自己去珊姐家社交的情况跟屈梦汇报了。屈梦没做点评，这会子反刍了。

三元笑道："是我大惊小怪了，网上都能查。"

屈梦微微皱眉，"不是查不查，这个问题问就多余，笨想也明白了，如果是你，自己赚的钱能这么花吗？"

"不能。"三元呆气。

"那不就得了。"屈梦嘴巴瘪了一下，"这个年纪，北上追梦，背后没人能行吗？"

三元没想到这层。她自己背后空空荡荡，所以，一时半会做不到换位思考。靠山，这个东西太重要了。人到中年从头再来，对于大部分男人来说，好比登天。但对于有些女人来说，就不是什么难事了。有魅力的女人想要翻身，靠一样东西就能做到——男人。

三元小声说看着不像，说吃饭的时候王军还问珊姐找没找到男朋友呢。屈梦恨铁不成钢地，"谁会把东西都摆在面儿上。"又叮嘱，"还有那个王军，离他远点儿。"

三元连忙下意识撒谎，说跟他没什么联系。

屈梦道："那可是个钓鱼老手了，而且专门喜欢找一些中年的长得一般的。"三元脸发热。她忍不住对号入座。她自己就是中年，但她死不承认自己长得一般。

"为什么呀？"三元不得不求教。

屈梦干笑，"我也不懂。"又补充，"听过一耳朵，大致意思是，中年，丑的，使用率低。"三元内心打了个炸雷，可又不敢露出任何马脚。她强打镇定，问："他不是有个老婆吗？"三元立刻说："是，分居，在加拿大，他的惯用套路，就是会说愿意跟老婆离。"冷笑一声，哼哼，"可能吗？他是怎么上来的？离？敢吗？他老婆跟他离，可以，他跟他老婆离，不能。只要他敢轻举妄动，不出半年，这人肯定出事。"

龚三元听得一头汗，又是悔又是恨又是惊，一颗心就是一个容器，五味杂陈——不仅仅是为自己上了王军的当，也不限于王军那张糊鬼的嘴，更是为王军幽深的过去，复杂而又危险的未来，纠结着，惆怅着，烦恼着。

三元愣神了。

屈梦瞥见老同学变化，问："你没吃他亏吧？"这是第二次问。

三元讪笑，"没有，怎么可能。"这是第二次答，答案没有改变。

屈梦提点着，"逢场作戏，怎么都行，这口老腊肉，外面看着是风景，吃到嘴里，那就纯属恶心自己了。"

画面感顿生，三元不禁呕了一下。

屈梦保持警惕，"干吗？"她是生孩子生惯了的。

"没事儿。"三元手抠着嗓子眼儿。

屈梦打趣，"你不会是有情况了吧。"

三元叨咕："我能有什么情况……"

屈梦道："你跟老王不是还住一块儿吗？"

"那咋了？"三元脑子用不过来。

"偶尔不来一发。"她怪笑，一丝丝的。

三元惊，"我跟他已经离婚了。"牙根子咬紧了。

"那咋了。"屈梦思路开阔，"离婚了就不能有点性生活了？没准更有意思呢。"

到底是见惯了风月的人。

"不可能，"三元道，"还生着气呢。"

屈梦用教育人的口吻，"生气，说明心里还有彼此，真要不在乎了，气都懒得气！老龚，今儿我话撂这，你跟老王，迟早得复！没准，还会要个二胎呢。"

三元吓得手摆得跟拨浪鼓似的。

屈梦追加一句，"到时候你就在这坐月子，免费。"

三元拧着劲儿，"真不可能……受不了这个人，我不想再受男人的气。"

屈梦道："那你还找什么。"

三元谎称就是有枣没枣打一竿子。

"夫妻之间，不要什么都弄得明明白白，"屈梦站起来往落地窗跟前走，"都这么多年了，谁没把谁看明白？有时候模模糊糊反而好。看得太清晰，最终恶心的是自己。"

"恶心"二字再次出现。三元条件反射，又呕了一下。吴屈梦惊诧，"你到底什么情况，要不要去医院？要去现在就去，还来得及。"

三元自然婉拒。

大姑子王斯文来电话，让她去公益西桥。立刻，马上。三元觉得斯文有事，但电话里也不好细问。她打给斯理，斯理也说正带着默默往大姐那赶。三元问："到底什么事儿呀？"北京太大，斯文很少在工作日叫他们去吃晚饭。王斯理说他也不太清楚。

电视没开。这在斯文家，少见。平日里，只要眼睛没闭上，牛爱玲一定会打开客厅的电视。声音关的小小的，看画面。但今天特殊，三元一进门看到那黑洞洞的电视屏幕就觉得不妙。斯文和牛爱玲的身影从电视屏幕被照出来，缩得小小的。

三元喊了一声妈、姐。婚离了名分暂时没变。斯理已经到了。蓓蓓和默默从小卧室探头出来，被斯理呵斥，立刻又缩回去了。

大事，一定有大事。

三元放下皮包，走到沙发边。坐下，挽住牛爱玲。她以为跟爱玲有关。谁知王斯文却来一句，"你姐夫被留置了。"说完，这个一向强势的妇女才哭出声来。

凑在一起是为想办法，真遇到事，他们还是一家人。不过斯文就是个英语老师，又初来乍到，社会关系不够深厚，她跟斯理能用得上的社会关系，基本跟严尔夫重叠。

希望寄托在三元身上。牛爱玲为女婿担忧，脸面放一边，对三元哀哀地说"元元，你那个同学，嫁得不错，住别墅那个，是不是可以问问。"

逼急了，有路就走。吴屈梦都被他们惦记上了。

三元不含糊，"妈，别着急，我给老吴打电话。"说着，龚三元跟机器猫掏新发明一般拿出手机，当着一家人的面儿，端端正正拨通了屈梦的电话，信息传达也非常直接，"老吴，我大姐夫被留置了，你能不能帮我打听打听情况。"吴屈梦也足够给面子,当场就问了基本情况,包括人的情况、单位的情况、出事情的情况。并劝三元别着急。

斯文耐不住,抢着道谢,"吴老师,谢谢啊,我们这真是没办法……"说着又要哭。斯理连忙把姐姐拉过去劝阻,越是关键时刻越不能乱阵脚。

看着老王一家眼巴巴围着自己,龚三元的圣母情结又复苏了,她的虚荣心得到了前所未有的满足。瞧瞧,这个家,离了她龚三元,玩得转吗?她狠狠瞥斯理一眼,眼神里内容复杂。骄傲,不屑,得意……言下之意,哼哼,你们老王家还是有求到我的时候。

龚三元故意示威,显能耐似的,"我再打个电话。"一家人继续盯着她。三元跟演舞台剧似的,走到阳台边上,打给王军。她觉得王军应该会给她面子。拨过去,通了。三元叫王总,说了基本情况。王军的声音从听筒里漏出来,"没问题没问题,你的事就是我的事,你等我消息。"转脸,三元笑着对王家一家人的愁容,她扑过去劝斯文,"大姐,放宽心,没事儿,大姐夫这人我们相信他。一身正气,错不了!"

晚饭简单吃了,叫的外卖。这个节骨眼上,谁都无心进厨房,也不想下饭店。吃完饭,一家三口驱车回家。斯理开车,三元默默坐后排。默默一上车就睡着了。

夫妻俩在后视镜里交换了个眼神,此消彼长,三元的目光明显更犀利。龚三元随即口气悠悠地,"人这一辈子起起落落说不清。"

斯理没有接话的意思。

三元继续,"所以,事情不能做得太绝,要给自己留点后路。"带点嘲弄的笑声,"靠山山倒,靠人人跑,归根到底还是应该靠自己。"

斯理终于受不了这种阴阳怪气,"我怎么觉得你有点幸灾乐祸呢。你要不想帮忙就别帮,反正这事儿也跟你没关系。"

三元没被激怒,"我不是幸灾乐祸,我是未雨绸缪,你放心,我帮忙也不是看你面子,是大姐夫人好,大姐对我也不错,我愿意帮。"

斯理又不说话了。晚上八点,堵车。一辆车加塞儿,抢在王斯理的车前头。斯理开了窗骂,三元笑着看戏。等窗户关上、车子重新前进的时候她才说:"姐夫要有个三长两短,我就怕有些人前面的路就难走喽。"

斯理回击，"放心，要饭也求不到你门上。"

三元道："那是，别激动，我纯粹是为你考虑，你说你要是前面没路了，又到了这个年纪，半老不少一糟老头子。还能找到像我们这么实在的人吗？"呵呵地，"我要是你，哼哼，识时务者为俊杰，赶紧负荆请罪，早赎罪早好。也许我一心软，你后半生就又有靠了。"

斯理恨得咬牙切齿，回头瞪她，"你是不是在外面找着人了？"王总这个客串演员起效果了。

很好，醋安排上，大口吃吧你！

三元稳稳道："这跟你有啥关系？"又说："有好消息通知你。"

斯理控制住情绪，笑得贼眉鼠眼，"我怕你吃亏。"

三元喝："我在你这儿才是吃了半辈子的亏！实话告诉你，你现在就是给我一百万！我也不会跟你复婚！我事业蒸蒸日上，副总，老总，常务，董事！越走越高！我日子不要太香！老王，还别说，这婚一离我还真转运了。合着这么多年，你才是我的绊脚石！"说着，三元控制不住地笑，肆意妄为放浪形骸那种。

斯理气得鼻子歪。默默醒了。看看妈妈，又看看爸爸。笑声遏止，车厢内只剩尴尬。过了那个红绿灯路口，一片坦途，车子开得飞快。

110

第二天周末，还去斯文家。办法已经想得差不多了，聚在一起不过是大难临头前相互壮壮胆罢了。八斗也被叫来了，牛爱玲说他社会关系多，让想想办法。又提醒八斗，"那个骐姑娘，是不是路子挺广。"三元不得不拦着，说李骐跟屈梦是一家子，不用重复求。牛爱玲不高兴，"一个目的地，不同路是不同走法。"

人多力量大，牛女士还叫了慧慧。三元叨咕："她应该没什么关系吧。"爱玲的意思是，死马当成活马医，有缝儿就钻钻看。不过快到饭点儿，慧慧上门。

八斗却惊讶了。

慧慧不是一个人来的,陆海超跟着,点头哈腰赔笑。八斗拉老同学到一边,问:"什么情况?!"海超笑不嗤嗤地说:"说聚一下。慧慧临时接到电话说上'家'去,还说让我帮帮忙。就跟过来了。"真行!

好在海超的到来,没让斯文、爱玲失望。他好歹在公务员系统混,对留置政策了解清晰。一鼓作气出了好几个主意,还说要帮忙找人,看能不能尽快解决问题。三元存疑,趁着刷碗,跟八斗嘀咕,"这陆海超靠不靠谱。"八斗无奈,"我就是不知道啥情况。"三元怕八斗没理解,索性把话挑明了,"我的意思是,他跟慧慧靠谱吗?"八斗表示等局散了,一定要他"屈打成招"。

直到半下午往回走,先送慧慧,再送海超。等车上只剩两个人的时候,八斗才对海超变了副口吻,表情也不一样了,"说吧,怎么回事儿?"

"你不都看到了吗,还问。"海超嬉皮笑脸地,无赖相。

"那小廖呢?"八斗以为他们才是天造地设的一对儿。

"没联系了,不合适,大洋马一个我hold不住。"

"人家这么就大洋马了,"八斗认定小廖是东亚血统,"史女士你就能hold住了?"

海超哎呀呀地,"我发现慧慧就是被你过去的叙述妖魔化了,人挺好的,特别清醒,特别懂进退。"

一张嘴两张皮:想怎么说怎么说。

"你了解她多少?知道她的过去吗?"

"不就跟志国,后来跟姓尤的,没啥,我没有一手情结。"海超满不在乎地说。

"她知道你的过去吗?"

这是关键问题。

海超立刻紧张,"我过去有啥?一片纯白。就算有,也顶多就是个粘在衣服上的鼻屎,抠掉不就完了。"

八斗难以置信地问,"到哪一步了?"

海超不耐烦道:"才刚开始。"

"真要跟我做亲戚了?"

"干吗,你还不愿意?我可以喊你叔。"说着就连喊几声,声调都不带重样的。

八斗沉默着。八成,陆海超并不知晓慧慧被退货的详情。但现在,已经不合适让他知道了。八斗对海超说,反正你想清楚就行。

陆海超老气横秋道:"放心吧,我不会吃亏的。"

各方出击。结果,竟是"王总"王军这儿最先找到了线索。斯文不管三七二十一,拉上三元就去找王军。要当面问情况,问办法,还要重谢。三元认为还没到那一步。

斯文急道:"这种事,咱不积极,还等着别人上赶着咱?这可是救命的事儿!"此言一出,三元不劝退了,事关严尔夫生死,她怠慢不起。

斯文又要拿现金。三元说:"咱先问问,需要再给。"斯文却说兵马未动,粮草先行,没有钱顶着,谁帮你办事。又说:"要能捞出你姐夫,卖房子我也愿意。"

一瞬间,不知怎么的,龚三元竟然有点感动。过去,她总觉得斯文命好,不理解严尔夫干吗对斯文这么死心塌地,毕竟王斯文,要什么没什么。可眼下看来,人家才是真正的铁板一块。换位思考,如果斯理进去了,也要找关系打点,她会卖房子吗?

呵呵,若在过去恐怕会,现在万万不可。不过龚三元有一个问题一直疑惑,但始终没好意思问出口。那就是,严尔夫到底有没有问题。赴约路上,三元试探性地,"姐,姐夫到底犯的什么事儿啊……"声音很轻,她怕刺激斯文。王斯文怔了一下。

好了,明白了,有答案了。这个失神,等于此地无银,不打自招了。

王斯文随即苦大仇深地,"你姐夫真是个好人。"

是,好人。好人也可能犯法,好人也会作恶。

斯文继续说:"他自己也说了,来到北京,那等于进了衙门,谨小慎微,如履薄冰这是必须的。"又嘟囔着,"他就是替别人背了锅!"

龚三元大气不敢出,大姑姐说,她就听着。反正,王斯文的意思只有一个,他们家严尔夫比窦娥还冤。

见王军在会所包厢,斯文客客气气把基本情况又都交代了一遍。王军打断她,说这个我都清楚了。又说基本摸清了,人现在被留置在河北地界。斯文着急,屁股都离凳子了,悬空,"具体哪儿? 能去看吗? "

王军说:"目前还不能,如果留置期间查出什么,移交检察机关,然后可能会安排家属探视,也可能没有。"斯文急得眼泪啪嗒,要给王总下跪,三元和王军连忙搀她起来。斯文坐回座位,眼泪鼻涕贡献了好些。

王军觑了一眼三元,道:"你放心,咱们这都是自己人。能帮的我肯定帮忙。"

斯文道:"王老师,我也姓王,咱这都是本家……"都这时候了,没亲戚也要硬攀。"钱不用担心……该怎么就怎么……"

王军愣了一下,笑:"我知道,放心吧,全力以赴。"又盯着三元看,"这不还有元元的面子嘛。"

三元顿时脸上一阵燥热,跟着又觉得恶心。那荒唐一晚的情形如噩梦般挥之不去。办事儿的时候,王军有个类似口头禅,总爱敦促别人"骚一点,骚一点"。这乏味的过场戏,三元懒得演,可人家却当成正章了。

三元觉得有必要多问几句,对着王军道:"王总,那现在咱们怎么办? "斯文立马伸长脖子,聆听。王军想了想,说:"只能等。就看你们家那位是不是个明白人了。"

三元、斯文都不懂其中意思,追问。王军道:"他要能咬住了,什么都不说,可能还有机会。"三元和斯文都没接话,房间里安静极了。王军继续,"这种事,就怕拔出萝卜带出泥,他要牙扣紧,外面的人多少会保他。他要该说的不该说的都说了,那就难办了。"

斯文瘪着嘴,魂儿像被抽了。

三元乱想着,她估计严尔夫扛不住。她这个大姐夫,是个连打针都怕疼的人。三元追问:"在里头不会被打吧? "王军连忙说那倒不会,你想啥呢。又幽幽地:"就是精神压力大,熬人。"

斯文一惊一乍地,抓住三元的手,"你说,老严不会想不开吧……"三元忙劝说不会不应该。王军笑着,"进了那里头,你想死都死不了! 睡觉都有几个人站在你床头,不许关灯!"

三元唬得脸绿。

斯文眼眶又红了,嗫嚅着,"我们家老严不关灯睡不着觉的呀……"

茶喝了好几杯,斯文要上厕所。房间里只剩王军和三元单独相对。王军笑不嗤嗤来一句,"这真是你大姑姐啊。"

三元说:"当然。"

王军说:"人挺有意思的。"

三元不懂他这个"挺有意思"是什么意思,只好说斯文感情丰富。

"我就喜欢你这样的女的。"王军陡然来这么一句,三元被冲击得坐不住,讪讪笑着。王军又补充说明:"仗义。"呵呵地,"都离婚了,还这么帮忙。"三元忙说:"你可别刺激她。"王军说:"那哪儿能呢,这不咱俩关起门来说嘛。"

三元下意识想戳破王军不可能离婚的事,算战略反攻。但这念头在脑子里过了一下,还是作罢了,人艰不拆,眼下还求着人家。更何况,问那算什么意思呢?逼他离婚?他真离了,她愿意跟他吗?答案是否定的。

龚三元随即变换了一个高屋建瓴的角度,"王总,如果真有路子,需要打点,您就跟我直说,千万别客气,他们一家子还都指望我姐夫呢。"王军假作不高兴,嘴微微噘着,看着都别扭,"还叫我王总。"

三元尴尬笑,军军二字,她实在叫不出口。就在她犹豫的片刻,他的手已经叠在她手背上了。她本能往回缩,他反手抓牢了,说:"咱俩,合拍。"

王斯文推门进来,冷不防瞧见,一时不晓得该前进还是后退,她窘得胖头涨脸,只好故意弄出点动静,王军的手立刻缩回去。三元转身,叫了声大姐。斯文脸变得还算快,她走到跟前,拿起皮包掏出个信封,说什么一定要给王军。王军千推万阻,说这样就见外了。

终于还是没收。

回程的路上,王斯文忧心忡忡。三元跟斯文并排坐在后座,也感受到了大姑姐的这种情绪。她挽住斯文的胳膊,"姐,没事儿,大姐夫是聪明人,应该很快就出来了。"这安慰很单薄,何况也没劝到点子上。三元又说:"我再问问老吴那儿,她做事就是慢,逼紧一点,总能有点路子。"

- 637 -

王斯文又是一阵大喘气。网约车司机都感觉到氛围不对，从后视镜瞟了二位女士一眼。斯文道："咱们还是别找这个王军了。"三元脑中打了个霹雳，忽然尴尬得想找个地缝钻进去。

　　看到了，王斯文一定是看到了。可她也不冤。她跟王军，的确有过露水情缘。三元有些愧疚，但也只过了一秒钟，心就又硬起来，她凭什么不好意思？她一个单身女人，离婚了，跟谁发展出关系，发展出什么样的关系，是她的自由。她真想借着这个当儿，把她跟斯理的真实现状和盘托出，但多少又担心斯文吃不消。

　　于是她只好反劝："不用担心，老王这人还算厚道。"

　　听到厚道二字，王斯文不厚道地苦笑，"咱本来是救人的，别回头搭一个人进去。"

　　三元头大，但面儿上又不能露出什么，"姐，瞧您说的，没那么夸张。"斯文是个直脾气，两句话就藏不住，直捣黄龙地说："这个王总，是不是对你有意思？"

　　三元心快炸开，嘴跟炮似的，"姐！胡说什么呢！"

　　斯文道："我看到了。"

　　三元只好拼命涂抹，"他给我看手相呢。"尽量稳定住情绪。

　　斯文不说话了，三元盯着她。这是大脑快速运动时间。车子走了两个红绿灯，王斯文才说："没有是最好。我可不想为了救你姐夫，弄得你跟斯理不愉快。夫妻吵架都正常，过一阵就好了，但底线问题一旦触碰，那就是破镜难圆覆水难收。"三元不晓得怎么应答。她跟斯理已然破镜，决然覆水。常在河边走，定然湿了鞋。能怎么办？都不愿意低头。

　　斯文长叹："你姐夫这次，就怕凶多吉少，我有心理准备，我们家的好运气到头了。但你和斯理的日子刚上轨道，可得过得顺当。"

　　三元哼哼一声，她一点也不同情斯理。树倒猢狲散，没了严尔夫这棵大树，看他还能蹦跶多久，这是老天对他的惩罚。"姐，咱们这都是同气连枝，一荣俱荣，一损俱损，"三元也惆怅起来，"你们那边不好了，我们这边还好得了？皮之不存毛将焉附，覆巢之下安有完卵。"她一口气用两个俗语。

　　事态听着显得更严重了。疤瘌大了不疼，斯文索性破罐破摔，"人各有命，都是定数，强求不来。"又偏头对三元，"斯理要有什么不到的地方，你可得让着他点。"三元心"咯噔"一下。莫非，离婚的事，斯理已经往外透了？呵呵，难免，人家是亲姐弟。

三元脸上跟蒙着一层雾似的，"这么多年，我什么时候没让着他。"

车先到丰台，三元家。斯文非跟着下车，跟着上楼。斯理已经接默默到家了。三个大人面对面。斯理问了问找人的基本情况，王斯文简单说了，跟着又把在出租车上说的话重复一遍。大意是，这个家以后就靠你们了，一定要团结。

她鼓励斯理，"你跟元元，必须崛起。"

望着斯文信誓旦旦不肯放弃希望的面孔和斯理东躲西藏的眼神，三元才逐渐相信，斯文还不知道他们已离婚。大姑姐，哦不，前大姑姐的大局观令她感动。到什么时候都是家和万事兴。可问题是，她跟斯理早已一地鸡毛。

斯文又用祈使句对弟弟道："你不能对不起元元。"

斯理不尴不尬地说："姐，怎么会呢。"

演，真能演。这就是男人，个顶个影帝。

三元头轻轻摇晃着，她得意，又悲哀，替这个男人悲哀。是啊，他终有一天能彻底清楚地认识到，自己失去的是多大的一个宝。

斯文继续教育，"你知不知元元为这个家付出多少，这回你姐夫的事，元元到处找人，到处求人，土总吴总李总，都用上了……"斯文说，斯理只能听着，时不时点头以示认可。讽刺，真讽刺。过去她是废人，一转眼，又成了圣人。但三元就觉得替自己不值！离了婚！出去受了教训，涨了那么点可怜的经验值——这些肉搏打下来的关系，竟然拐了个弯又用到他们老王家身上了。

三元上前，宽宏地讲："大姐，没事儿，斯理有时候是有点小脾气，我还能包容。"又说："还是姐姐火眼金睛，我们俩前一阵是闹不愉快来着。"

"是吗？"斯文顿时紧张，"怎么回事？"

"你问他。"三元把皮球踢过去。等着看斯理怎么处理。斯文看斯理。

王斯理忙说："都是小事儿。"

三元趁势，"小事儿，那是你错，还是我错？"

斯文也跟着看斯理。

斯理说:"都有错。"

三元强硬地,"我不承认我有错。"

斯文立刻指挥,抓着斯理的胳膊,"跟元元道歉。"

斯理为难了,"不是……姐……你又不了解情况。"斯文蛮霸地说:"我不需要了解,男子汉大丈夫,跟女人道个歉怎么了?何况又是自己老婆。"三元一副等着看戏的样子。终于,王斯理还是走上前,轻声地说句对不起。斯文最后总结,"行啦,好好过,非常时期咱们必须统一战线。"

呵呵,肯说一声对不起,而不是公布离婚消息,让三元觉得,他们之间还是有转圜余地的。晚饭大人吃泡面,默默吃炖蛋。斯理现在是炖蛋高手。

两个人猫在茶几边。三元才问:"打算什么时候公布?"这是关键问题,斯理没理解,问公布什么。

"咱们离婚的事呀。"

"随你。"斯理说,又改口,"等大姐夫这事完了之后吧,总不能再雪上加霜。"

三元揶揄道:"怎么能叫雪上加霜呢,这对你来说,这是普天喜奔的大好事。"

斯理不接话,不吭声儿。

三元道:"我给你个机会,只要你深刻全面地忏悔、检讨,我考虑对你宽大处理。"

王斯理把筷子一放,"龚三元,别蹬鼻子上脸,刚才给你面子那是我姐在这儿,你搞清楚,你现在管不着我,还宽大处理,你出去胡搞你光荣是吗?"

筷子停了,三元愣在那儿。泡面桶里只剩一点残骸,粉身碎骨的样子。他知道了?他怎么知道的?斯文说的?所以他捕风捉影?呵呵,她为什么要受这种审判?吃亏上当是她自己的事,他有什么资格站在道德制高点对她进行指责?她是她自己,她自己难道没有使用自己身体的权利?不。这是霸凌;这是洗脑!哼哼。他是反动派,她要解放!耳朵边,斯理的骂声继续,有些词不堪入耳。

全身的血都冲到脑袋上。三元终于站起来,顶天立地的样子,抄起泡面桶,连渣带水泼斯理身上。王斯理愤怒地哇哇乱叫。三元再附赠他一个窝心脚,王斯理仰八叉摔在沙发上。

111

找好下家,八斗就准备撤了。他没去图书馆,懒得考编,而是找到家纪念馆,谋了个闲职,主抓宣传工作。

工作内容,不外一年办一两次研讨会,管理管理官网,做做对外交流。现在大流行病暴发,研讨会都改成网上的了,更轻松。八斗把情况跟李骐说了,李骐表示赞同。

退出公司前,她又给了八斗一笔"奖金"。八斗笑说:"干吗,这算什么?"李骐说就当是遣散费吧。

八斗说:"我这又不是遣散,是主动辞职。"

李骐抢白,"安家费总行了吧,以后想挣大钱,可不容易了。"

实话。

八斗笑说:"我也没有挣大钱的心。"李骐又说:"她将来可能成立个公益基金会,如果他有兴趣,可以过来一起做。"

八斗问:"什么方向?"李骐说主要帮助遭受婚内强奸的妇女。八斗头皮发麻,说这个可不好界定。李骐说:"婚姻中,女性是弱势的一方,这就要提防男性打着合法的旗号,行不合法的事。"

八斗不想深入讨论这个话题,转而问李家二老的健康状况。李骐说,妈还行,爸就那么拖着,已经有点不认人了。八斗表示想去探望,毕竟他跟老爷子有一场"回忆录"之交。

李骐笑说:"我都不怎么能见着,医院管着呢。反正,多活一天是一天,爸在一天,李骥还有可能回来。老头要不在了,他就真有可能永远回不来了。"

八斗听得心惊。这个层面的事儿,看不见摸不着。不是他这种升斗小民能想象的。但他能考虑到现实问题。

"那梦姐怎么办?"八斗问。

李骐很冷淡,说:"没准人高兴着呢。"

八斗说不至于。李骐说:"人现在,大干快上,可是摸着机会了。而且,老头一走,那房子,还有家里的东西,李骥留下的东西,还不是都落她手里。"八斗沉默不语。当然,这都是可想而知的。李骥跌倒,屈梦吃饱。不过八斗不认为屈梦的状态是"普大喜奔",毕竟她跟李骥是夫妻,没了男人,总归独守空房,难受。末了,李骐来一句,"她要真能守一辈子,我也算服气!"

吴屈梦"大干快上"八斗是知道的。因为三元也在大干快上,她是屈梦的左膀右臂。有好几次,她还让八斗开车去帮忙拉东西。梦生园月子会所的装修,龚三元全程盯。用三元的话说就是,一定要秉承一个时尚、现代、温馨、有品位的原则,让人来了就不想走的月子圣地。

她指着一块空地向八斗阐述,"这儿,将来就是我的办公室,再挂一牌儿。"八斗不失时机恭维,"你也是有牌儿的人了。"三元拧着脖子,筋都出来,提气,"你说牌儿上写行政总监办公室好,还是写副总经理办公室好?"八斗说都好。又问姐夫王斯理对她的"升级"什么看法。

三元不屑,"他能有什么看法,羡慕嫉妒恨呗。"八斗说不至于,姐夫自己的事业也蒸蒸日上。三元冷笑,"蒸蒸日上,不腰斩就不错了,大姐夫吉凶未定,最好的情况全身而退,出来了,那能量也不比以前了。王斯理还能狐假虎威到什么时候?别不信,人,十年换一个大运,别看上个十年有些人风风光光,十年一过,摔沟里的也大有人在。"

八斗追问,说那你是不是在走好大运。三元比一个前进的手势,说:"我去观音庙抽签了。"八斗立刻表示出浓厚兴趣。三元忽然小声,偷笑,"抽到个第一签。"八斗忙问什么签语,什么意思。

三元能背下来:"开天辟地做良缘,吉日良时万物全,若得此签非小可,人行忠正帝王宣。"

八斗不明就里,说都帝王宣了,还了得。三元说:"没准有什么大人物会来我们这儿生孩子坐月子呢。"八斗又追问自己的运势。三元说我帮你看了,你现在去纪念馆是对的,你这十年的运势,宜守不宜攻。

八斗承认姐姐的话有道理。他目前的心态,的确走向守成。房子有了,车子有了,婚离了,该经历的都经历了,他只想过过简单的日子。但纪念馆收入低,只能算个待着的地方。八斗借助自己在集团工作时的人脉拉了点投资,做迷你仓,小规模转战仓储租赁行业。

这一次,他想到拉滕志国入伙,志国积极响应。这么长时间在家当围棋、象棋教练,志国也做够了,加之复健情况还不错,半边脸和一只眼珠子动起来虽然困难,但语言功能恢复了九成。八斗一招呼,他便立刻进京。原来那套房子还对外租着,月月吃租金。他学当初斯理和三元那样,长包着一间小旅馆,整日忙前忙后,偶尔喝点小酒。志国对着八斗惆怅起来,说出的话,多半英雄气短儿女情长。

"没想到你也散了,"志国举着酒瓶子,那种二两的单瓶装,"不过再怎么也比我强,我这婚都没结呢。"

八斗劝,"那是你不想结,真要想结,还不是分分钟的事。"滕志国苦笑,"说的是你自己吧,你这种条件找人,那才是分分钟;我,丢大街上没人要。"

他硬这么说,八斗就没法劝了。其实在他看来,老滕找个条件差点的,还是能找到的。但架不住心高。八斗只好拐着弯畅想未来,"再等等,等你这事业稳定了,又有房。那还不香喷喷的。"

志国跟八斗碰了一下瓶,"那你呢,还找吗?"

"找啊,"八斗立即,又泄气般,"随缘。"

"孩子是个问题。"志国突然往这个话题上跳。八斗诧异,但立刻又觉得,男人都一样。他跟海超聊,也是觉得孩子是问题。志国又说:"你说来人间一遭,咱总得有个孩子吧。"八斗反向说:"那没孩子的,都不活了?"

志国道:"也能活,就是活得没什么意思。"

八斗没把史慧慧后来的故事告诉志国,志国也没问过。他觉得慧慧的任何消息,对志国可能都是巨大刺激。不过,八斗把迷你仓的消息在朋友圈里一发,陆海超电话立刻就过来了。"你得给我留个地儿,不用大,一立方米。"海超用命令口吻。

八斗说你们家那么多空地儿,还租什么仓。海超说:"哎呀我给你钱,看你那小气样儿。"

"真没地儿了？"八斗问，"你放什么？"

海超道："就是一些乱七八糟的杂物，舍不得丢的。"八斗说你一个人住哪那么多杂物。海超来一句，口气颇得意，"那现在不是一个人住了呀。"

好家伙，明白了。八斗当即拷问，海超立刻招了。

史慧慧已经迁居他的小屋，俩人共筑爱巢。

意料之外，情理之中。

八斗打趣，"老陆，你这流程不对呀。"海超道："有什么不对的，咱都是实在人，感觉对了就直奔主题，就不搞阅读理解了。"

八斗说那流程也不对，想当我们家亲戚，起码来拜拜码头。海超大声大气说快啦，说就周末。八斗问什么周末。海超表示，周末，慧慧会正式带他去文姐和爱玲姨姥家吃饭。八斗说你可得小心，斯文姐心情不好。

海超说："所以呀，我们这就是去帮忙冲喜的。"八斗话锋一转，"你对我的称呼，得换。该叫叔了。"

海超嚷嚷，"我叫你大爷！"

说来还真来。周末，八斗在斯文家跟海超碰面了，不过海超的身份变成了表外孙女婿。斯文提不起劲儿，严尔夫还在里头，她干什么都没心思，脑子神游。牛爱玲却缓过来一点，慧慧找到对象，总归是好事。

海超端端正正坐在沙发一头，任由牛爱玲再三盘问着。三元在厨房忙活，斯文也进去了。三元赶忙让她出去，说油烟多。王斯文却定住不动，说："找个时间，咱得谢谢王军。"三元有点惊异，说是吗？有情况吗？

斯文出示王军给她发的消息。说严尔夫在里头还算好，但生了几次病，出来就医了。事情交代得差不多了，应该很快就能出来。

三元问："出来？是出到哪儿？完全落地，还是……"斯文说不好说，借着感谢王军的当儿，可以再细问问。斯文表示她找饭店，定好了告诉她，还请三元代为邀请、作陪。三元表示没问题。

迷你仓开仓，海超要当第一个客户。他和慧慧的杂物都打算寄存到仓里。作为老板，八斗亲力亲为，他故意把志国的时间错开，避免几个人碰面尴尬。

是，海超跟志国原本井水不犯河水。但现在，中间夹着个史慧慧，味道就变了。八斗领着海超和慧慧到六号仓房。打开,一立方米的空间,有灯照着。海超把怀里的箱子放下,回头看慧慧,"这么大够了吧。"

慧慧说:"足够了。"又说还有一些以前学校里的东西,回头也拿过来。

史慧慧笑着对八斗,"叔,以后挣钱的事,也记着点儿我们海超。"

瞧瞧,已经是"我们海超"了。海超满面得意,跟着对慧慧讥讽八斗,"你老叔就这样,累的、吃力不讨好的活儿找我,有钱的活儿就没我什么事了。"

八斗笑着应对,"这亏钱赚钱还不知道呢,要真能赚,开第二个的时候我找你。"

海超道:"找我我也没钱,只能入干股,我还得存钱娶老婆呢。"说这话的时候,海超的目光落向慧慧。慧慧却没有回应。

八斗象征性地带他们转转,介绍介绍仓库的情况。地方本来也不大,两步就走到头了。到顶里头那个最大的仓,八斗着重介绍,"这是最大的,存一百个人都没问题。"自动舱门缓缓打开,里头有个黑影。慧慧吓了一跳,连忙拽住海超。海超对八斗,"闹鬼呀!"

那黑影原本躺着,听到动静起来了。八斗开灯,却见志国揉着眼。一时间八只眼对面,都很尴尬。

海超率先打破僵局,干笑笑,"志国,现在玩古墓派了。"滕志国看八斗。八斗只好说:"志国跟我合伙。"海超脸色不好看。灯光下,滕志国的半张脸不能动,另外半张似乎有点微表情。

慧慧的手挽着海超胳膊没松。海超随即夹得更紧,以宣示主权。志国盯着这局部看。

海超站出来,挑衅般,"我女朋友。"

志国一笑,似乎带点轻蔑,但老同学面子还是要给,"恭喜啊!"八斗招呼,"别在这儿站着了,这儿空气不好。"四个人出舱门。八斗提议让海超和慧慧先走,他跟志国还有点事儿。慧慧却说:"这都几点了,一起吃个饭吧。"

海超顿时瞳孔地震。志国整张脸发僵。八斗尴尬得舌头不利索,"也行,那……我请客。"

112

　　吃的是陕西菜，又是肉夹馍又是面皮的，不像正经请客吃饭。饭桌上，三位老同学不大自然，没什么话说。史慧慧反倒轻松自在，肉夹馍都吃出了高级感。

　　八斗由衷佩服慧慧，一个前男友，一个现男友，一桌吃饭。她不尴尬，尴尬的就是别人。慧慧还举着盛满米酒的大杯子向志国发起祝福："回来了，多好！志国，我们都为你高兴，人生起起伏伏正常的，不怕从头再来！"

　　望着那张粉饰的脸，八斗似乎能理解慧慧的深谋远虑。志国跟海超是同学，志国又是他龚八斗的合作伙伴。慧慧跟他龚八斗沾点亲。一顿饭，自自然然说开，多一个朋友，少一个敌人，何乐而不为。

　　不过，这一顿饭吃的，让滕志国不禁产生了些许遐想。他问八斗，"你说，慧慧会不会对我，还有点余情未了？"八斗说你瞎想什么呢，早都结束了，你忘了过去她怎么对你的。志国大度地，"我理解她，换成是我，当时那种情况下，我也得撤。"停顿一下，又说："现在情况不是有变了嘛。"

　　八斗着急，"那你也不能那什么，人都跟老陆在一起了。"

　　"老陆，"志国不屑道。转而笃定，"我觉得她不是真喜欢陆海超。"开始直呼海超大名了。

　　八斗继续泼冷水，"那是你觉得。"

　　志国又说："虽然我现在算半个残疾人。"突然举胳膊，秀肱二头肌，"可我比老陆更像男人。"

　　八斗瘪着嘴，出长气，"什么叫像男人，不都就是男人。"又劝："你就别胡思乱想了，事业做起来，女人不愁。" 滕志国还是缠着不放，逼问道："斗子，你换位思考，说实话，如果你是史慧慧，我跟老陆，你选谁。"

　　超高难度问答。

　　八斗实在不耐烦，拿胳膊搡他，"行啦！别走火入魔了，别人家的饭再香,你也不能吃!"

志国不忿儿,"那咋着,不还没结婚么!生米煮成熟饭了吗?没有吧。鹿死谁手还不知道呢!"

相对应地,陆海超也嗅到了一丝异样。上班时间,电话打过来了。先是谴责八斗,"你什么意思!找老滕不找我。这么多年,谁帮你帮的多!"八斗赶忙承认错误,态度十分好,反反复复解释,还是那理由:一是小本生意,怕他看不上;二是他有公职,最好不要在外面开公司;三是志国混的那样,他就是想帮帮忙。

海超反诘,"我看人多牛呢!"八斗再劝。海超撒泼似的,"反正我不舒服!"八斗只好低头了,"哎呀,老陆,你跟慧慧马上都要结婚了,还计较这些干吗?"海超立刻要求八斗站队。

八斗说:"到什么时候,我都是支持你的。你跟慧慧,门当户对,合适。都是成年人了,没点理性可还行。"

海超依旧不乐意,"那你意思是,慧慧找我纯是理性,感性上就没看上我这人?"

八斗被叨叨得不耐烦,索性道:"要不分了吧,我就不明白了,你这些个大车小车马车牛车,怎么都翻史慧慧这坑儿里了!"

陆海超来一句:"你不懂,慧慧特女人。"

海超这形容,八斗琢磨了很久很久。听着像句废话,她本来就是女人,怎么叫"特女人"。那什么又是不女人。但仔细品咂,又多少能品出点味道来。或许,是史慧慧完美地契合了他们这些男人对女人的想象。听话(至少表面上),贤淑(至少表面上),有学历,有长相,该大的地方大,该小的地方小,又有着一份体面且不具备威胁性的稳定工作。总而言之,无论是生理学意义上还是社会学意义上,史慧慧都是堪称最大公约数的一个选择。

可再往下想,八斗又觉得毛骨悚然。因为像史慧慧这么聪明的女孩,又怎么会不知道男人们的期待,没准人家就是看透了,才将计就计。婚前小金鱼,婚后没准就是大鲨鱼了,冲她几次利落的出手就能看出来。而老尤那个回合的失败,则纯属意外。

懂得利用游戏规则的女人,必将是个极可怕的女人。

有意思的是，三元也成了个"懂得利用游戏规则"的女人，至少在王斯文眼里是这样。饭局组上了，在一个相当隐蔽的包厢。斯文还带了酒，跟王军把酒言欢。她还给了钱，现金，算答谢费。王军客气了一下，收了。据他的消息，严尔夫在里头还算平稳，病也好了，正在积极配合调查人员的工作。相信很快就能有定论。

斯文忙不迭感谢。王军来一句，"元元的事就是我的事。"三元尴尬，脸发热，幸亏有酒作掩护，颧骨红也红得名正言顺。斯文瞄了三元一眼。三元看得懂大姑姐眼神里的含义，但必须装看不懂。直到饭局结束，龚三元叫服务员，张罗着给剩菜打包。

斯文这才把人支出去，拉三元到一角的小沙发坐下。三元本能地觉得不妙，但又无处可逃。斯文带点醉意，两手拢着三元一只手，"元元，好多事情，是一失足成千古恨。"三元愣了一下，似乎明白了又似乎没明白，她把话往严尔夫身上引，"姐，放心吧，王总不也说了，全身而退的可能性大。"斯文盯着三元看了三秒。

三元全身发毛。

"元元，"斯文再次启动，"你跟斯理的事，我听说了。"

头上响了个炸雷，三元汗毛立起来了。听说，听谁说？只能是斯理。

三元直白地问："谁告诉你的？"

"斯理说的，"斯文语速放缓，"你别当真，他也是一时气头上，是做了傻事。"

呵呵，搞笑。他凭什么有气？大错特错的是他。

三元纠正斯文的说法，"大姐，不是气头，这是大事，不是儿戏，是两方深思熟虑的结果。冰冻三尺非一日之寒。具体原因跟外人说不清，但事实就是，我跟斯理已经离婚了。"

斯文立即，"离了也可以复啊！是离婚，又不是丧偶！"

"是他让你来说的？"三元沉着脸。

"也可以这么理解，"斯文身子前倾，"但我更多的是站在女人的立场，换位思考，元元，我虽然是他姐，但我特别理解你。"停顿一下，"理解你的愤怒，理解你的不容易，也理解你的处境，所以，进一步，非常关心你的未来。真的，咱们做任何决定，不要意气用事，要利益最大化。这是最重要的。"

三元冷冷望着斯文，半晌，抛出一句，"姐，你知道我跟他为什么离吗？"

斯文推心置腹地，"都是人，不是神，你总得允许人犯错。"

三元抢白，"是允许犯错，可问题是他完全不承认错误，还想让我低头，认可他这种不健康不道德的生活方式！"

"斯理压力真的太大了。"

"谁压力不大？！"三元用高音部盖过斯文，"我压力大不大？你大不大？！这是理由吗？！"

"元元，好多事情咱们要学会换位思考，两个人在一起，这么多年，需要调整，需要再磨合……"

三元不允许她说下去，"姐，我就问你，要是姐夫发生这种事，你吃得消吗？你原谅吗？我敢说你一秒钟也忍不了，立刻离婚！"

"不会。"

"不会？你这是纸上谈兵！"

斯文苦笑笑，"你以为我跟你姐夫这么多年都是平平稳稳过来的吗？好多事情，戳破比不戳破更痛苦！说句不好听的，江山是你陪着打下来的，拱手让人，你甘心吗？"

三元一字一顿，"我可以打自己的江山。"又说："犯不着把希望寄托在别人身上，自己恶心自己。"

斯文说："别说气话。"

三元说："姐，真的，你理解不了我，这种事，弄到谁头上谁才知道臭！姐夫要是在外面有故事，你一百个不会原谅！"

斯文突然大声："我已经原谅了！"

龚三元愣在那儿，她凝望着王斯文，脑中不自觉脑补了许多故事。哈，她的推测是准确的。王斯理都这样了，严尔夫呢，更不用说，有点权，哪怕只是这么一点行业内的小权力。

斯文拉住她，还是一副循循善诱的态势，"外头的绿茶再好喝，不能当饭，家里的猪蹄煲汤再腻歪人，终究是大补！这本账，他们还是能算清的！"

-649

嗓子哑了，那就哑着继续说，"我也说过，你姐夫就算出来了，咱们这个家也不可能回到以前了。以后还得要靠你，靠斯理，撑起来。你就算生气，不为自己想，也得为孩子想想吧。真的，你们不能再矛盾，不能分裂，要统一，统一才能富强！元元，不要因小失大！你永远记住，冲动是魔鬼！原配毕竟是原配！你出去再找，就算找王军那样的，他能那么真心实意对你？"

听到此处，三元不得不大声否认，"姐，我跟王军一毛钱关系都没有！"

王斯文平静了些，"没有是最好。我也是听到你们的事，着急。我今天不是任何人的姐，就是从一个女人的角度善意地去劝！不要冒险！不要以身试法！不要往河边走！走多了终有一天会湿了鞋！最后吃亏的还是你自己！"

大姑子的这套理论，三元听明白了。但她最为震惊的，是如狼似虎的大姑子，竟然也有打碎了牙往肚子里咽的时候。严尔夫才不是什么模范丈夫，王斯文也是受害者。可龚三元又不得不承认，斯文的话不是全然没道理，往前走，的确没有那么多路可以选择。

都是男人，都一个德行。

龚三元带着满肚子的疑惑回到家。斯理正在忙着给孩子做饭，火老打不着。三元走过去用打火枪解决了。看看，连打火枪都不知道在哪里。她直接问到斯理脸上："你为什么跟姐说，不是说好暂时不公布的吗？"

"她问得紧，一不小心说了。"斯理倒平静。看这意思，许是斯文在外面听到了什么，才会回来问。

斯理又说："咱不闹了行吗。"

三元厉声："我没跟你闹，现在的事实，我们已经不是夫妻关系。"

斯理道："我也就是一时气急了。"

他跟斯文的口径一致。

三元道："你不是觉得你能拿得住我，等着看我笑话，我找不到下家，没人要吗？"斯理继续说："那都是气话你还当真。"三元咆哮，"气话？你混蛋！"一个转身，回自己的专属领地去了。

晚间，躺在床上，龚三元琢磨着，王斯理的突然认怂，可能与斯文私下的"教导"有关，但更多恐怕还是因为当下的大势。严尔夫一下来，他王斯理注定风雨飘摇。呵呵，这个时候，他又需要她这个同盟者了。

这就是人,哪个人也不会对没有用处的人好。

这就是现实。赤裸裸的残酷现实。不知不觉地,历史的天平慢慢又向她倾斜了。她怕什么?她是梦生园月子中心行政总监兼副总经理,蒸蒸日上着呢!婚,暂不能复。她要静观其变,折磨折磨他再说。

113

姜兰芝回来了,住八斗那儿。不是周末,她叫三元去吃饭。三元怀疑老妈知道了她离婚的事。于是匆忙做了心理建设,往八斗那赶。

路上,三元给八斗发消息,问老妈情绪怎么样。八斗说还行。三元又问:说什么了吗?八斗回复:暂时没有。龚三元怀揣着疑惑进了弟弟家门。老妈姜兰芝的确情绪稳定,好酒好菜伺候。席间,她提到宫明月在东北的遭遇,义愤填膺——儿子要结婚,老工人张嘴问明月借20万。

三元唬得筷子都放下了,"她没借吧?"

兰芝眼睛翻了一下,"没借。"

三元大出气儿,"还算没傻透。"吃一口凉拌海蜇,又说:"当初我就不看好,你说你们北京过去的,人还不当你是个小富婆?不啃你啃谁?刚开始装挺像,吹拉弹唱的,现在露真面目了,二十万!那是明月姑的养老钱!救命钱!"

姜兰芝道:"你明月姑现在,动不动就哭一场。"

三元嚷:"我听着都心疼,跟我婆婆一樣一样,我跟你说老年人一谈感情,等于找死!"

兰芝认同这种观点。一顿饭,母女俩一唱一和,聊得尽兴。八斗基本没插上话,他负责吃。吃完了就去健身房,把空间留给妈和姐。不过,等八斗一走,娘俩开始包饺子,兰芝的脸色就变了。

三元立刻意识到,老妈该切入正题,谈她离婚的事了。八成,是斯文那边透的风。她老人家急匆匆赶回北京,也是为处理这件事儿。

饺子皮是买的，母女俩包馅儿。姜兰芝跟女儿不客气，直接开炮："你说你，这么大人了，我还一直都觉得你稳重。八斗离婚还知道拖一阵儿，慎重考虑，再下决断。你这好，不吱声不吱气离了。"停住，眼神杀。

三元瞟一眼，缩回。不敢对视。

姜兰芝批评继续，"起码跟我说一声！"

三元不敢跟老妈硬刚，柔声："这不是有特殊情况嘛。"

兰芝吊着气，"什么特殊情况？斯理有什么原则性问题？这么多年，你骑在人头上，好日子过多了！"

龚三元听得胸中闷气渐满，她真想把斯理出轨的事儿一锤子撂出来。可是，面对老娘，她又实在说不出口，那打得可真是自己的脸呀！于是只好换一个话题，在消息来源上较真儿。"妈，这事儿谁告诉你的？"

"你别管是谁告诉我的，这事就是你不对！"姜兰芝死守，然后硬砸，"你不想想你这个年纪离婚，多被动！再找，你是谈感情还是不谈？"狠狠捏饺子皮，褶子都比平时宽大了些，"谈感情，你姑，你婆婆，都是例子！伤筋动骨还落不着好！"

三元不愿意了，"妈，这是一回事儿吗？她们多大我多大。"兰芝抢白："年纪差着点儿，但在男人眼里，你们都属于中老年妇女！一类人！"

三元嚷嚷，"干吗都让男人评判呀，他们的评价标准也不是圣旨！"

兰芝道："那你意思是，你就打算一个人过了，是吗？"又说，"你做好准备了吗？你才多大？后面五六十年，都一个人？"

三元刚要说话，兰芝继续抢在头里，"别说你有儿子。默默将来大了，也是要离开你的！你以为！现在离婚，你就等着当姑子吧！"

三元闷声不语，鼻孔翕动，抗议着。

兰芝苦口婆心地劝："元元，你该知足了，真的，现在事业上又起来了。有老公，有孩子，有工作，你还想要怎么着？我告诉你，小王就算是个摆设，放在那儿，啥功能没有，对你也有好处的。你有一个完整的框框，走到社会上，人家不会另眼看你。好歹有个家。"

三元驳斥："都什么年代了，何况这是大城市，北京，谁还歧视离婚人士？"

兰芝声音大起来，"男人就是你家里的一条狗，有这条狗在，外人要想进来，就得掂量掂量。"

老妈这新奇俗辣的比喻，让她忽然觉得自己吃了王军的亏，多半也是因为家里没了狗。可是，如果这狗是疯狗，留在家里咬着自己，或者随地大小便、恶心人，那留着还有什么意义呢。

姜兰芝见女儿出神，拿筷子敲盆边儿，铛铛铛的，"抓紧时间把婚复了。别回头鸠占鹊巢，你再有想法都没机会了！"三元浑身发颤，"妈，咱能不这么卑微吗？"姜兰芝立刻说这话不用你去说，我安排，人家小王现在态度好着呢。

三元说："妈你不懂，他态度好，是因为严尔夫马上要倒，他的靠山没了，以后怎么样未可知，他是快吃不上饭了！想拿我当饭碗，让我继续为他服务，这才软下来的！"

兰芝说："夫妻之间，你帮我我帮你，计较那么多干吗，过去他在国外吃苦，也不是为一个人吃的。"

三元不服气，哼哼，"妈，八斗离婚，你高兴得蹦，我离，你是难受得蹦。差别太大。"

兰芝急得五官都局促了，"不一样，我的老闺女，情况就不一样！他是男的你是女的，他没孩子你这一大家子。他那老婆，占着茅坑不拉屎，留着干吗？跟斯理是一回事儿吗？年少夫妻老来伴，真的，我是知道二婚的苦。这多年平平和和，到头来都闹成那样，都是例子！教训！只要斯理没有犯原则性错误！……"

这五个字又出来了——原则性错误，真不怕天打雷劈！

三元被刺得叫出来；"妈！"想说出真相，可嘴巴却像被黏住了。算了，不说了。三元放下筷子，转身。

兰芝问："你去哪儿？"三元只说出去走走。

河水湍湍，龚三元站在岸边。枯水期，岸都往下退了退，一副偃旗息鼓的样子。水面上，水草疯涨，几乎淤堵了河道，空气中隐隐飘着腥臭味。

八斗来电话，不用说，又是老妈派来"监视"她的，没准怕她想不开。三元没接，回了个定位。龚八斗很快就过来了，他站在老姐身后，没说话。姐弟俩凝望着死一般的河水。

河边钓鱼的人钓上来一条鱼，欢天喜地地吆喝。

三元没回头，"你知道了？"

八斗嗯了一声。

三元问："你怎么看？"

八斗说："我想帮你去打他一顿。"

三元苦笑，但立刻又哭了，眼眶红，湿湿的。口气忽然急促，"我就跟吃了一个苍蝇一样恶心！"

八斗不吭声。他上前半步，凝望着姐姐的侧脸。

三元道："结果现在所有人都跟我说，苍蝇不脏，吃下去还有营养。"

八斗愣了一下，才试探性地问："姐夫，不会真在外头有故事吧？"

"你以为呢！"三元回答之迅速令八斗气差点上不来。三元转过身，质问："是不是你们男人都这样，永远图新鲜，外头的总比家里的好。"八斗支吾着。不知怎么的，他忽然想起了燕玲，他对不起她，无以为报。偏偏三元话锋一转，"还是燕玲那样最好，找个老的，起码不那么花！"

八斗像被鬼捉了魂，连忙躲闪，慌不择言乱说道："那你现在打算怎么办？"

三元喃喃道："怎么办，粪坑里撂雷，炸了，最后还不是臭到自己。"她也不知道怎么办，静态处理最好。她跟斯理，虽不至于恩断义绝，但彼此的关系也已然仿佛这河道，淤了、堵了、臭了。她也不晓得怎么就走到这一步。他们有各自的坚持或固执，有各自的打算、各自的自尊。三元为自己不值，这些年，她为家庭的付出，根本就是一江春水向东流，转瞬即逝，没人认同，没人记得。可老妈现在还逼她复婚，她难道也要像老妈那样，忍一辈子，受一辈子？不，她忍不了。

"姐，你还爱他吗？"八斗的声音从耳朵后面传来。三元转头，这个问题，她一时也回答不了。曾经爱过。现在，恨。可恨又是爱的反面。透着光，依旧能看到模糊的爱意。三元朝水边站了站，趴在栏杆上。水面以下，鱼群隐约攒动。呵呵，臭水里也有鱼。

且行且珍惜吧。

老妈来了。三元这晚上没回家。娘俩没再说这个话题,早早休息了。第二天,兰芝果然请了王斯理上门,隆重做了一顿饭。斯理懂得巴结,妈前妈后叫着。

兰芝冷不防将一军,"不能叫妈了,得叫阿姨。"

斯理腆着,"一日为妈,终身是妈,不变。"又开玩笑地,"咱不玩临期食品那一套。"说完看三元,龚三元笑不出来。八斗打配合,道:"姐夫,大姐夫怎么样了?"斯理脸色一沉,说估计凶多吉少。八斗追问会不会影响到他。斯理说:"这倒还好,不同部门。我们是清水衙门,挣的也都是血汗钱。"这话听着奇怪,言下之意,严尔夫有问题,大概说完王斯理也觉不妥,又找补,"大姐夫估计是受人连累。他们班子里有几个人,戳戳捣捣,一天到晚相互举报。"

严尔夫的话题一拽出来,饭桌上气氛就冷了。姜兰芝没提复婚,只给他们上政治课。讲的是夫妻相处之道,如何白头到老。听得三元、斯理都打哈欠。兰芝这才总结,"原配,毕竟是原配,要我说,能过还是过。"

斯理立刻表态,"妈,我听您的。"三元虎着脸,不说话。兰芝呵斥,"元元,表个态。"

三元道:"看看再说。"

她用"拖"字诀。

兰芝作意要打状:"还看什么!"

大政方针定下了。具体实施,不着急。离婚离得五中似沸,复婚,怎么着也得有点冲动才可以进行,没有就不复。三元觉得,至少的至少,她得能重新爱上王斯理这个人,且他需态度良好,表现良好。但,估计很难。

从弟弟家回来,依旧一个人一个屋,沟通基本用微信。在前丈母娘面前表现好,回来就现原形了。三元明白,他这是要面子,不肯先低头。但这事儿,三元觉得没商量。她过去受的屈辱,必须一寸一寸扳回来。第二天,三元正在梦生园忙活。学校老师来电话,反映了一个情况。她说发现默默有点看不清黑板上的字儿。

三元趁机:"老师,会不会坐太远了,座位能不能往前调调?"老师道:"已经是第二排了。"三元没话说,下午接了孩子就往医院去。

为这事儿，她还叫上了斯理。该！他是孩子爸爸，就应该尽心。斯理也算配合，颠颠儿跟着去，挂号，楼上楼下跑，表现还不错。医生简单看了之后，说默默的情况比较复杂。三元问怎么个复杂法。

医生说："不是近视。"三元追问到底怎么了。医生建议去其他大医院看看。于是乎，抢号。开车过去，第二天两口子都没上班。就干一件事，带孩子看眼睛。

挂的是特需，争取一步到位。忙到将近中午十二点，医生给结论了：默默的眼睛，既不是先天遗传性的近视，也不是后天用眼不当导致的近视。

他的看不清黑板，是弱视所致。

三元急赤白脸问大夫："什么是弱视怎么就弱视了大夫我们孩子用眼很卫生。"大夫是个中年妇女，反问："你生孩子的时候，是做什么工作的？"三元如实道："在互联网公司工作。"女大夫不客气地说，"吃饭规律吗，是不是总加班。"三元努力回想，说好像是。

大夫毫不留情地，"孩子的这种情况，多半是因为在母体里没有吸收到足够营养所致。"

一句话，一道天雷，把三元打得头发丝儿都快焦了。原来，怪她！她才是罪魁祸首！是她这块土地太贫瘠！只配养出歪瓜裂枣！三元顿时眼泪滔滔。

斯理还算冷静，仔细寻求治疗方案。当得知四年治疗大概需要30万时他也丝毫没打磕巴，干脆说："治！砸锅卖铁也得治！"看着斯理那种大无畏的样子，龚三元又是愧疚又是感动。愧疚的是，自己的工作繁忙拼命挣钱影响到了孩子。感动的是，王斯理到底是儿子的亲爹！花起钱来绝不含糊！从这个角度看，三元也不得不认同老妈的看法。如果这时候站在她旁边的是另一个男人，花起钱来，绝不可能这么不眨眼。

中午三口人吃比萨。三元还是红着眼眶。她忍不住抱怨，"我那会儿怀孕，没一个人来帮我！临产了还在上班！吃饭，有一顿没一顿……"斯理打断她，"现在说这些还有意义吗？"三元大声，"有！冤有头，债有主，这事不该我一个人承担责任！"斯理道："没有人让你承担责任，已经是这个结果，追责有意义吗？现在就是面对现实，解决问题。治病。"

三元又说："眼有问题，牙也有问题。这才几岁……"说着又要哭。斯理不耐烦，说你吃个饭能不能开开心心。牙又有什么问题，这不好的很嘛；整整齐齐，按时刷牙，又白。三元嚷嚷着，"那你就是不关心，你儿子，地包天，这点随你们老王家！不整，以后找媳妇都成问题！"

斯理哎哟一声，说你想得真远，那整。

三元声音丝毫没有小的意思，"整都是要花钱的！"

斯理嗷嗷地，"我出！我们老王家惹的祸，老王家人来处理、来解决，行吗？"得到了想要的答案，三元平静了许多，轻声说，"行。"又招手向服务员，"来点儿番茄沙司！"王斯理嘀咕："番茄酱就番茄酱，还沙司……"三元不客气，"我乐意！行吗？！"斯理只好说行。

114

兰芝这趟回来，海超知道了，一定要来看阿姨，拦都拦不住。八斗嘱咐他，来了别乱说话。跟史慧慧的事儿，一个字别提。

海超拉着腔调，讥嘲道："知道，人比人得死，我就不拿你当参照系了。"说完又嘀咕，"不过我跟慧慧，也悬。"

八斗问什么意思。

海超说："她搬走了。"停顿一下，讲原因，"说上班太远，不方便。"八斗凝望着海超。借口，一听就是借口。哦，现在觉得不方便了，搬来之前没考虑过吗？显然不是的。那么，这次的搬走，就另有缘故。八斗猜到一些因素，他认为海超这么聪明，一定也能想得到。但俩人都不想点破——这种变化，是在滕志国出现之后发生的。

八斗只好打着哑谜说话，劝着，"别多想，你的优势还是非常明显的。"海超说："我有什么优势，穷人一个，丑人一个。劣势倒是明显，肥一直减不下来，反正，怎么说呢，我就是缺少一点……"说这话的时候，海超手指撮起来，"一点性吸引力……"这是玄学了。

八斗失笑，道："合着你跟慧慧还没发生故事呢。"

"发生了发生了，"海超迭声，兹事体大，不容含糊，"就是发生得点不是那么美好……"那方面，他向来仓促。

八斗笑得更厉害了。

海超虚心求教，"你说，怎么才能显得特男人，特吸引女人。就是那种，特欲，能让女人一看到你就欲火焚身那种。反正就特有男人味。"

学术问题。男人味，跟上次海超说慧慧有"女人味"是一个维度的命题。可是，答案终究是模糊的。八斗隐约觉得，现代社会，男人越来越不像男人，女人也越来越不像女人。男女平等，绝不应该是抹杀了性别分别，那才真是最非人道的不平等。

想到这儿，龚八斗促狭道："男人不坏，女人不爱。"这可是照着滕志国说的。志国就是那种坏坏的。虽然现在是半个残疾人，但依旧能有一种"欲"感。海超狠狠拧了八斗一下，又故作凶狠。八斗不屑，纠正，"坏你不能都坏在脸上，得是骨子里的那种坏，你这整得跟和珅似的，不行。"海超说我要是和珅也行呀，富可敌国，什么女人找不到。又说："我就不懂你这个'坏'指什么。"

八斗思忖，给出一句非常到位的阐述。"危险，"他很认真地，"坏男人，总是散发出一种危险的感觉。让人想靠近，又害怕，但又忍不住，反正就是刺激。"

说了等于没说。无论是海超还是他，都谈不上"坏"，从小到大也没做过几件越轨的事。

兰芝安排的是晚饭，第二天她就启程回东北。鸡鸭鱼肉做了不少，且分成两份。一份招待客人，一份冻在冰箱里留给儿子。海超吃人嘴软，对兰芝极尽溢美之词，又是夸阿姨显年轻，又是说她有远见。"东北老工业基地多好呀，有人情味，基础建设也都不错，年轻人走了，正好腾地方给老年人。"

兰芝款款地点头道："是，去那边，好歹能当个普通人，在北京，想当普通人都当不了。"

海超啃着排骨，道："哎哟阿姨，您已经不普通了，养了两个这么优秀的孩子，自己领着退休金，往后余生，勤等着享福了。"

兰芝看八斗，似乎是想验证这福气是否能享得到。

八斗连忙加把火,"那必须享福。"

兰芝淡然地,"享福,不敢想,不受大罪,就是享福了。"

饭吃到一半。兰芝突然问:"小陆,你个人问题,解决没有?"老问题终于抛出来了。海超觑了八斗一眼,才跟唱戏似的,"哎哟阿姨,您可点到我的伤心事了。"又说:"不过就算您不提,我自己也得说,请您帮忙分析分析,我到底能找个什么样的。"兰芝笑呵呵地,"小陆,你不愁,你比我们八斗条件还好点,工作好,人也老实。"

海超抢着说:"就是长得没有八斗得人意。"

"男无丑相,"兰芝分析,"就你这大头大脸,挺好。"海超也笑了,"阿姨,我知道,您这都是客气话。"兰芝连忙说真不是。海超又说:"现在女的,您是不知道,那一个个的,难伺候!像八斗这样的,他前妻还挑毛病呢,何况我。"兰芝看了儿子一眼,龚八斗脸上不大痛快。她随即转脸对海超,"笑笑这人也不错,但人各有志,都可以理解,分开了,也还是朋友。咱都盼着她好。"

海超排骨还在嘴里就抢着说:"是,阿姨,咱是盼着人好,但客观分析,人呀,心也不能太高!总觉得自己能上天。二十多岁这样想,可以。到咱们这岁数,你回头看看也能明白了。"

八斗故意顶真,没好气地说:"明白什么?"

海超吐出骨头,"明白你现在走的每一条路,都是你自己选的。明白咱不是走错了,是咱就只能走到这儿。因为咱的能力就到这儿了。"

八斗插话,"也不能这么说,选择比努力更重要。"海超反唇道:"是,选择是比努力重要,问题在于,你做出对的选择不也是能力的一种体现吗?没那格局,没那心胸,没那魄力,你能做出对的选择吗?"

兰芝附和,对八斗,"小陆比你明白。"

饭后海超就走了。收拾完,母子俩坐在沙发上看电视。八斗原以为老妈会叨叨他几句。无非又是结婚、孩子。谁知兰芝竟没提,只交代了冰箱里的吃的,平时要用的,要注意。等到电视里的黄金剧场都放完了,才说:"车皮,我也想开了,你这辈子,孩子,有没有都成。只要你自己能过得舒心,我都能接受。"八斗定定地看着妈妈,老妈的"退一步海阔天空"反倒让他更觉愧疚。毕竟，天底下也只有老妈是全心全意为他着想。

八斗郑重其事地说："妈，你放心，只要缘分到了，我肯定抓住，到时候就什么都有了。"

李骐成立了个公益基金会，叫"如鸽"。八斗不理解什么意思。李骐解释说："是希望所有的家庭都能和平，所有的女性都能像鸽子一样自由飞翔。"

她给八斗安了个监事的位置。八斗问："不用承担责任吧？"李骐笑说："你放心，赚钱是你的，赔钱是我的。"又忽然说："你那大姐夫估计也快出来了。"

这消息够重大。八斗忙细问，李骐说她也是听了一耳朵，又说："说是自杀未遂。"八斗心顿时提到嗓子眼儿，幸亏有"未遂"二字垫底。好一会儿八斗才恢复理智，追问："里头不是有人看着，墙都是包过，撞不死人，怎么自杀？"李骐扫了八斗一眼，说好多事情你不用知道这么详细了，人能出来就行。

过了八月，暑气慢慢收了，李骐这边开张大吉。吴屈梦那边也没闲着，梦生园装修加放味，终于拾掇好了，开门营业。三元忙到飞起，风头也出了不少。开业那天还弄个剪彩，三元跟屈梦并肩战斗，一身旗袍，真有点回春的意思。来捧场的人不多，李骥跑出去后，很多老关系起码在明面上不跟李家走了，但李骐和尤高畅却来捧了场。

尤高畅还带了个女的，蜂后型身材。李骐跟八斗站一块儿，努努嘴，对着尤高畅女伴的背影，"怎么样？"八斗问这女的什么来头，李骐说是个地方小领导的女儿，但人家有人家的优势。八斗不明白优势是什么。

李骐来一句："屁股大，能生。"八斗顿时咳嗽起来。李骐直言，"你们男的不就喜欢这种吗，中间细，两头大，棒槌形身材。"八斗说我不喜欢。李骐瞄了他一眼，"撒谎。"八斗连忙把眼睛从李骐胸前挪开，免得又被人捉住把柄。

李骐问八斗迷你仓做得怎么样。八斗说渐渐有客户了，志国在管。李骐没多说，八斗也没建议李骐跟志国再见面。此前他提过滕志国好几次，李骐都没接茬。

不过，志国的心也不在李骐身上。这天，八斗跟志国去迷你仓巡查。滕志国给他爆了几个新闻，他说自己的房子收回来了，他现在就住在自己家里。八斗担心他的收入，滕志国说够。这边干着，他还零星做点小活儿，不用靠房租吃饭了，又说让八斗去他家喝一杯。八斗表示有空聚。志国突然神神秘秘地说："慧慧到我家来了。"

八斗没反应过来。片刻后，才慌忙提醒："你可别乱来！"志国油腔滑调地说："什么叫乱来，愿打愿挨的事情，我乱来什么。"说着，他还高兴得打了个响指。

八斗严肃，"都是哥们儿，你可别干损人不利己的事。"

志国挑衅似的，"损人是损人了，但也不至于不利己。"

八斗干脆挑明了，"你给老陆戴绿帽了？"

滕志国哈哈大笑，说反正慧慧还是忘不了我，停顿一下，特别强调，"那方面。"八斗一阵反胃，他不禁想起滕志国引以为傲的大洋马往事。可他实在不觉得史慧慧是那种耽于肉欲的人。而且，她目前正跟海超交往，如果真这么做，那是相当的不道德。但此前海超也说，慧慧从他那搬出来了。会不会是？……她的选择又有了变化？龚八斗思绪纷乱。

滕志国强词夺理，"慧慧本来就和我好，那时候走是因为我不行了，现在我起来了，她吃回头草也很正常。"

八斗吓唬他："吃回头草能是好吗？她能回头吃你这口草，将来也能吃别人！"滕志国忽然小声地，"不一样，这回又遇到，就觉得比以前刺激。"八斗理解志国的兴奋。妻不如妾，妾不如偷。别人碗里的肉总是更香。但出于老家"叔"的身份和立场，他觉得自己有必要提醒史慧慧别玩火。他问慧慧："你去志国家了？"慧慧否认了。反问："他跟你说的？"八斗不好立刻承认，言辞打磕巴了。

慧慧倒轻松自然，"就吃了个饭，他说什么了吗？"

八斗不好将志国的虎狼之辞释出，只好直接劝导："慧，你要跟谁，先想好了。上哪条船就上哪条船，别来回蹦了。"慧慧失笑，"这是滕志国跟你说的？"八斗吭吭咔咔。慧慧道："你别听他的，他就嘴上痛快，我不是潘金莲。"史慧慧这么一说，整个事情又扑朔迷离了。

梦生园开张那天，王斯文也去了，带着蓓蓓，观摩三元人生的高光时刻。严尔夫还在里头没出来，斯文现在跟三元走得近。过去斯文占上风，现在对调了。但八斗却替姐姐高兴不起来，说来说去，终究是一家人。严尔夫在里头自杀未遂这个消息，他一直没跟三元通气儿。一是没来得及，二是通了又能怎么样呢？三元再告诉斯文？能解决问题吗？进去了就进去了，谁也帮不了。自己欠的债，总要偿还，但毕竟生死事大。这天办事路过中心，思来想去，八斗还是打算跟姐姐打个招呼。

这段日子，龚三元忙得双脚离地，有时候晚上都住中心。屈梦看不到的，她必须看到，三元把这儿当事业做。忙完，三元终于坐到她单独的办公室。光洁，明亮，有大棵绿植。三元问八斗觉得怎么样。八斗说："姐，为你高兴。"不过他话锋一转就把从李骐那听到的关于严尔夫的消息告诉三元了：自杀未遂，现状不明。

龚三元听了倒还平静，"老王那边也说了。不过现在还好，大姐夫情绪稳定。"停顿一下，继续说："大姐准备卖房子了。"八斗惊讶得下巴差点没脱臼。卖房子，等于被连根拔起了。

三元无奈，"那怎么办，钱去人在就都是万幸，有好些个，你吐钱人都不收。"三元靠在椅背上，吐着长气，感叹着，"人啊，就是害怕什么来什么。你要真什么都不怕，反倒好了。"

周末，斯理陪默默上网课。龚三元只身往斯文那儿去。

箱子已经摆满客厅了。三元挑着地方下脚，喊姐。王斯文从卧室出来，没化妆，憔悴得像老了十岁。

"卖了？"三元问。

斯文说："碰到个付全款的，降了点价，出手了。"三元又问："妈呢。"斯文说："里屋躺着呢。"三元问："斯文往哪儿搬？"王斯文说，另一套房子已经退租了，东西都先弄过去。她跟学校申请了宿舍，平时，她跟蓓蓓住宿舍，上学上班都方便点。三元多嘴问："那妈怎么办？"斯文说："只能一个人先住石景山。"三元担心牛爱玲，跟老外交分手后，本来状态就不好，每顿吃一把子药。现在成独居老人，情况不大乐观。三元试探性地问："要不让妈去我那呢？"正经当媳妇儿的时候没这么孝顺过，现在离婚状态，三元反倒动了恻隐之心。

她龚三元打根儿上善。

她跟她大姑子,十年河东十年河西,现在轮到她走运了。哦不,也不算走运。她同样支离破碎千疮百孔,只不过她受罪早一点儿,硬是扛住了。

斯文说:"不用,妈也不肯,"又说:"你跟斯理刚好一点,妈不能去添乱。"三元忙说:"不是添乱。"斯文说:"也是妈自己要去的。这都在北京,随时都能见到,你妈一个人在东北,不也过得好好的。"

这倒是,人生总有一段路要自己走。经历了那么多,斯文算静下来了,静而后能安,安而后能虑,虑而后能得。大姐夫人不错,一家子都祈祷他能全身而退。

三元叮嘱斯文有事随时联系。斯文客气着,三元临走她还硬送了一套韩国化妆品。三元不肯收,说挂到闲鱼上还能卖俩钱。斯文情绪有点激动,"元元,这么多年,咱们一会儿好了一会恼了,可真遇到事,还得亏有你!"又代弟弟赔不是,"斯理有什么不对的地方,你多担待!他要犯浑,你跟我说,我帮你治他!"

三元笑容矜持,"大姐,瞧你说的,都不是小孩子了。做任何一个动作,背后肯定都有自己的考虑。顺其自然。《三国演义》不都说了嘛,天下大势,分久必合合久必分。任何一段关系,时间久了都会起变化,如果调整不好,分开也很正常。真的,大姐,我现在特别接受,生活不是圆满的。我们不要把人想得太美好,也不要想得太不美好,有美好有不美好,才是真实……"自从当了领导之后,三元发现自己说话水平似乎都提高了,屁股决定脑袋,这话一点儿没错。

115

每一天,龚三元都忙得跟陀螺似的。她觉得月子中心的工作太适合她了。哦不,不光适合,她热爱。

她爱公司像爱家一样。事实上，当她跟王斯理的婚姻关系松绑之后，公司可不就是她的家嘛。医护护理团队，她24小时协同管理，微信群永远在跳，随时随地处置问题；后厨，她每天早上、下午各巡查一次，一天六顿月子餐，她恨不得都亲尝；妈妈喂养、产妇产后修复，包括瑜伽、泳池，一切的一切，龚三元都要求自己做到"三到"。

眼到，嘴到，心到。

连屈梦都说："元元，有你在，我放心多了。"

三元投桃报李地说："梦，既然你选择了我，我就一定会拼尽全力，不会辜负你。咱们中心，一定要做到全国前三！"

是的，肉眼可见，龚三元的事业，坐火箭一般起来了。有意思的是，她跟王斯理的关系，也愈发趋于平和。她现在是真没时间跟他生气、较真。人生苦短，干吗花时间在没意义的人、事上。但三元也明白，或许某种程度上，王斯理认怂了。此消彼长，他们老王家随着严尔夫的倒台，江河日下，卖房子的卖房子，分手的分手，她呢，却一步一个脚印，慢慢走出来了。

有时候回想，龚三元也觉得心惊，毕竟往四十去了，前路了了，青春已逝。前方，也只有一寸余地供她转圜。

好在，她破茧了，华丽转身，天地大开。那么，王斯理当然不要"放过"她了。他估计巴不得复婚。可越是这样，她就越不着急。这一边，斯理也开始承担家务了。他还育儿，默默的作业归他看。

严尔夫进去之后，王斯理在单位的状况也有些微妙。这些事情，都是斯文告诉她。虽不至于株连，但同事们都不肯跟他走太近，等于斯理上升的通道被堵死了。

哼，这样好！她就是要看着他彻底被生活打垮。她大获全胜！三元忍不住哼唱着《得意的笑》！

三元也跟吴屈梦说过斯理的变化。

屈梦一笑，道："识时务者为俊杰。"又说："他都不急，你就更不用急了。牌在你手里，怎么出，是你的事。"

三元不懂屈梦的意思。

吴屈梦道："离都离了，还不多选选？多看看？没准真遇到第二春了呢。"三元丧气地,摆手,"哎哟,都多大了,还第二春,就算遇到第二春,我也开不出花了。"屈梦道:"话可别这么说,你婆婆不都天雷地火了,你怎么就不能?女人,就该多享受,包括爱情。"

爱情。三元现在听了这俩字肝都颤!爱情的玫瑰,好看,香,但带刺。一不小心就会被扎得血肉模糊。

三元撇嘴,"她是享受了,结果呢,被雷劈得差点没去安定医院。"哼哼着,"活着已经够艰难啦!咱不找那麻烦!"屈梦硬要往回扳:"不是找麻烦,是遇到了就遇到了,心动了就心动了,不要回避自己的感觉。关键现在你单身,别委屈自己。"

呵呵,她当然能感觉到王斯理的危机感。他来月子中心参观过,看微表情,显然被震了。

屈梦故意在旁边笑问:"老王,觉得我们这儿,咋样?"

王斯理油腔滑调地回:"老吴,你说你们这中心怎么不早点开呢,你要早开个几年,我也让我老婆住这儿享受享受。"屈梦大笑。三元呛声:"得了吧,那时候你有这钱吗?穷得尿骚!"

王斯理说:"现在有了,现在住也行啊。"

吴屈梦附掌,拽着三元看。三元啐,"你赶紧走吧,添乱!"王斯理讪讪撤退。

屈梦却一定要问出个所以然。她非说三元跟斯理离婚后,一定还发生过"故事"。

三元撒谎,"他倒是想有,我不同意。"

屈梦道:"你看看,一离婚,不是自己老婆了,立马变香棒棒!"声柔气轻地,"不一样,那个感觉不一样。臭豆腐,闻着臭,吃着香!"三元惊怖,合着在屈梦眼里,她是臭豆腐。屈梦见三元表情骇人,赶忙解释,"我的意思是,婚内的,那就是白豆腐,婚外的,是臭豆腐。"

原来如此。

三元咬牙切齿地:"他就是贱!"又说:"我现在,是冻豆腐!千疮百孔,心如止水。"

当然,这些都是当着屈梦的表演。实际上,离婚过后,王斯理一次也没要求过。而且，网上的游戏似乎也收敛了。三元的理解是：一来严尔夫出事，单位不如意，令斯理没心思搞那些事儿了；二来上次体检就说前列腺不好。总而言之，王斯理也慢慢老了。这个年纪，能睡着觉就不错了，还什么性生活不性生活。

不过，三元对自己今年的生日，还是有期待的。这是她跟斯理关系的一个破冰点——如果他聪明的话。

是日，八斗和兰芝都来电话了。弟弟直接发红包，祝她生日快乐。老妈先说了几句吉利话，又问她跟斯理的复婚情况。三元嚷嚷，"妈，咱们的好日子，能不能别提他。"兰芝说："差不多就行啦！免得夜长梦多。"

三元不乐意，"要梦多也是他梦多，我不怕梦多。"又喜滋滋地，"妈，我现在都入女企业家协会了，属于女企业家。"兰芝称叹，说祖坟冒青烟了。

副总经理大寿。白天加班，下属们帮她热闹了一番。晚上到家，小客厅桌子上摆着个生日蛋糕。三元觉得，八成又是老妈跟斯理通的气，他记性才没那么好。

屋子里静悄悄地。三元喊了声默默，没人应答。她放下包，脱了衣服，各个屋查看。一推门，有个人坐在床边，一身紧身服，怪模怪样的。三元吓了一跳，说你干吗？

那人站起来，扭头。脸是斯理的脸没错，身子却很是古怪。他穿了一身超人的紧身服，红的蓝的色块。

三元问："孩子呢？"

假超人答："送他奶那儿去了。"

三元故意问："你干吗呢？"

假超人煞有介事挤肱二头肌，"怎么样？"

"你变态吧。"

"你不是喜欢超人吗？"

三元扭头往外走，"作怪！"超人却迎上去，跟着到客厅，拿打火机点燃蜡烛，蛋糕上插一片，关了吸顶灯就开始唱生日快乐歌。斯理柔声："老婆，生日快乐。"

三元怼道："谁是你老婆？"

斯理上前，拥着三元到蛋糕旁，求她许愿。三元还是一副铁面无情的样子，但终于架不住男人的哄骗。许了，吹了。斯理起来开灯，怪模怪样的。他过于瘦削的身材在紧身衣的包裹下显露无遗，像只螳螂。

　　他第一时间切了蛋糕，又第一时间用中英双语说生日快乐，然后说："亲爱的，我的错，原谅我吧，咱明天就去复婚。"搞笑，明天？到底谁说了算？三元扛住了，"复什么复，不复。"

　　斯理愣了一下，说随你。又说："反正，这么过到七十，复不复也无所谓，怎么都是一辈子。"

　　说不感动是假的，但三元还是逼自己保持理智。她明白，这都是男人的套路，尽管她很受用。接下来的故事似乎顺理成章，三元跟假超人一番酣战。三元半推半就，假超人却十分投入。只可惜只有超人的形，没有超人的神，更没有超人的体力，仅仅几分钟，战斗就结束了。

　　假超人翻身下来，又说不好意思。三元快速起身。超人拉住她，又求："宝贝，复婚吧，立刻。"三元没想到他还没放弃，只是微笑着看着他。

　　"求你了。"他又说。

　　三元淡淡问："为什么？"

　　斯理说，当时也是一时头脑发热，激情离婚。

　　呵呵，激情离婚。这名词第一次听说。

　　"后来想明白了，老婆还是原配的好。"嬉皮笑脸的超人令人不适。

　　三元戳破了，"你不是想明白了，你是落寞了，穷了，这辈子就这样了。以前你是迫不及待想下船，现在，你想上船也没那么容易。"

　　假超人终于变了面孔，"那你还要我怎么样，你忙事业，家我顾了，孩子我管了，也道歉了，也知道错了。"

　　三元愣在那儿，你还委屈了？你还谈起条件来了？你配吗？她只好冷冷地说："世上没有后悔药。"

　　假超人失去耐性，索性嚷开，"你是不是心玩野了，跟那个王军搞上了？"三元的心顿时炸裂，她愤怒地抓起枕头，砸到斯理脸上，"关你屁事！"说完，扭头回自己屋。

　　恨，三元心里恨。她跟王军的故事，不是活生生被他王斯理逼出来的吗？要不是他刺激她，她能走上这条小路吗？曾经，三元还有点不好意思，觉得对不住斯理。但现在，她一点儿也不！凭啥？！她离婚了，跟谁睡是她的自由！她对自己的身体有绝对的掌控权！就算是现在她跟王军一夜春宵，两夜，三夜，五夜！也不需要对任何人说抱歉！只是，三元又觉得有点恶心。因为王军是那么油腻的一个人，她觉得自己像吃了一口猪油，被腻住了。

午饭忙到下午两点才吃，刚扒拉了两口，屈梦来了，带了个客户各处参观。三元全程陪同。人走后，屈梦拎了盒燕窝给三元。龚三元接过来，放到办公椅旁边，"好东西。"吴屈梦提醒，说你仔细看看。

三元只好又把盒子提上来，包装盒写着"仙燕"二字，产地菲律宾。包装风格是国潮。"网红产品吧。"三元问屈梦。屈梦还是说你再仔细看看。三元琢磨来琢磨去，恍然大悟。这玩意儿，是冯一笑公司的产品。

龚三元脸色不好看。屈梦站起来，划拉着手机，"再给你看个东西。"三元接过手机。眼前是张电子请柬，冯一笑挽着个中年男人，笑得不可一世。

"不是！这……"三元语无伦次了，"什么意思呀这！"屈梦安抚她，"说实话，接到这张请柬，我也有点吃惊。"

"这男的谁呀？！"

真不怕天打雷劈！

吴屈梦请三元少安毋躁。她说新郎过去跟李骥认识，也有点交情。燕大毕业，一直在日本做金融业，近几年国内国外来回跑。疫情过后，彻底把事业挪到国内了。"这人多大？"三元追问。吴屈梦说五十出头，还说，人家可投了不少知名的项目。

三元着急，"资本家都找女明星，找这么个二手货干吗？！"在她眼里，冯一笑才是臭豆腐，最臭最臭的那种。

屈梦平心静气地说："老龚，事已至此，咱们都得接受，再说人家冯总好歹也是个女企业家，找了殷总，属于强强联合，以后，没准咱们还得找人拉投资呢。咱不跟钱过不去。"三元憋住气，老吴这么说了，她就是再不高兴，也不能当场发作。可是，这才离婚几天，就又走入婚姻殿堂。这算个啥？！莫非，这丫头在跟八斗离婚之前就已经找好下家？！那么那场离婚，根本就是阴谋！

进一步说，可不可以理解为，冯某某涉嫌婚内出轨！

一定是！

三元替八斗恨得牙根痒。她想立刻打给八斗，大声唾骂那女的一番。可理智还是把她拽住了。不行，还得再了解了解敌情。算了，问问燕玲吧，有日子没联络了。一笑再婚，张燕玲不可能不知道。

116

屈梦走后，龚三元关好办公室门。她直接拨燕玲语音，没人接。再打电话，接了。三元单刀直入，"燕子，你搁哪儿呢？"燕玲支支吾吾。

三元凭直觉，"你还在北京？咱们见一面。"

燕玲声音透着迟疑，讪讪地说："我在老家呢……"

"干什么去了？这时候回老家？"三元不得不拿出警察的派头，她实在着急。

"也没什么大事儿，"燕玲没底气，"家里有点事儿。"

听着就自相矛盾，到底有事儿没事儿？有可能还是一笑结婚的事儿，此地无银了。

三元一笑，切入正题，"笑笑呢？"

那头儿噎了一下，"不清楚。"

"她的最新情况你清楚吗？"三元紧逼。

燕玲说："什么情况啊？"三元当即拿出脾气来，"燕子，咱们多少年的朋友，你还跟我打马虎眼？冯一笑再婚了！请柬撒的全天下都是，你不知道吗？！"

燕玲也着急，"亲爱的，是不是有什么误会？我最近一直在老家，都没跟笑笑联系。你别着急，我问问她，她跟谁再婚，这么大事，这丫头也太特立独行了……"

听着不像说谎。

-669-

三元一时分不清燕玲是敌是友。算了，就当成"友"吧。她放开了吐槽，"离婚的时候，说性格不合，不打算再找，就一个人过，奔事业，是标标准准的独立女性，"哼哼一声，"这才多长时间，就又跟资本家结婚了，当车皮是什么？！当我们是什么？！分开后，保持一定的空窗期，是对前任的基本尊重！那她跟那人，是不是在离婚前就暗通款曲？是不是根本就是找好下家才离的婚？！那我们车皮，是不是等于受了奇耻大辱？！"三元越说越来气，唾沫横飞，话也逐渐走向黄暴。

燕玲好声劝，一个劲儿说不至于，还说笑笑这人，有时候有点不走寻常路，她请燕玲少安毋躁，她去打听，有什么消息立刻跟她通气儿。

三元抢白，"到时候你来吗？"

燕玲说："我都没接到请柬。"

真话假话不好判断。

三元道："虽然不是亲，好歹也沾着亲，对你都不通知，可见心里有多大的鬼！"

这揣测合理极了。三元觉得自己写推理小说肯定能挣大钱。

燕玲又劝："她就是给我发请柬，我也未必能去，现在全世界都乱哄哄的，来来去去麻烦。"三元这才想起来问燕玲的情况，她问老竺呢。燕玲说还在国外。三元又替燕玲着急，"这都什么时候了！他还在国外，把你一人撂老家？你也是，上次不是说去上海吗？到底准备怎么着，我跟屈梦的月子中心如火如荼，你要想来，我帮你求求情，看能不能弄个职位。"张燕玲赶忙道谢，又说自己对这行实在不懂，要做也是老本行，不排除继续做儿童读物，音频编剧。

挂了电话，一直到晚上睡觉前，龚三元都在生气。她气冯一笑的两面三刀，也气她的异军突起。她就不明白，这么一个不着四六横冲直撞不按牌理出牌的女人，刚离了婚，一副肿头胖脑的样子，怎么就一下迷住投资人了。反观她自己，亏吃得够够的，依旧无人问津！人比人得死！说白了，还是没人家好命！前阵儿老家一个亲戚刚毕业，也想来北京混，问三元的建议。人家还问得很直接，"怎么才能在北京取得成功呀？"三元当然认为自己没发言权，奋斗这么多年，成功的影儿她才刚见着一点边儿，但她好歹有些经验，于是郑重其事说："四点，一是你必须收敛自己的性子，别在家任性，出来也任性；二是你要刻苦努力，得拼，做好吃苦的准备；三是要有一门专业；四，得能遇到贵人。"而这第四点，又是最最最最难的，老吴算她的贵人了吧。可是，跟冯一笑在酒桌上的虏获的资本家比，吴屈梦又只能算个小贵人了。

思来想去，得出结论。她跟冯一笑，说到底是两种女人。她本质上是良家妇女。小冯呢，社会人一个，混江湖的。这边离婚，那边就对资本家投怀送抱，呵呵，钱就是她爹，资本家就是她亲姥姥！

微信还没删，三元翻一笑的朋友圈。呵呵，这女人，恨不得天天喝茅台！由此，龚三元又不得不生出几分敬佩，这年纪，这长相，这身材，还能找一个资本家男朋友！真给中年女人长脸！可问题是，这光荣战绩放到八斗这儿，就成了打脸了呀！她亲爱的弟弟要知道这消息，得受多大刺激！但可怜的车皮迟早会知道啊！……不行，她得跟车皮通气儿。这事儿，没完！

一大早，龚三元就出发了。她约八斗见面，说有急事。八斗让她去单位等。上班就有个会，八斗得十一点后才有空。三元一个人站在纪念馆的小花园晒太阳。十一点，准时，八斗出来了。他说："姐什么事儿啊？"

三元东看看，西瞧瞧，拉着八斗，跟地下党接头似的，"出去说。"

什刹海静谧。三元八斗姐弟俩站在柳树下。三元盯着八斗看，眼里都是急。来之前一肚子话，可见到了弟弟，三元又成茶壶里煮饺子了。

八斗问："哎呀姐，到底什么事儿啊，大姐夫的事吗？"他以为是严尔夫传来噩耗。

三元嘴一秃噜，"小冯，离婚了。"错了。忙纠正，"小冯，结婚了！"还是不够明确。"小冯！冯一笑！又结婚了！"

这才算砸实了，一锤子一个坑，全是重锤。

风从水面吹来，有点凉，八斗自觉得皮紧了，他愣怔着说不出话。字面意思听明白了，字面以下的意思还在内心煎熬翻滚。他听得姐姐的话这才如泄洪般，"这离了才多长时间又再婚了，开什么国际玩笑？把咱放什么位置？我现在都怀疑她离婚的目的，这个女人鬼着呢！……"

三元见八斗失神，追问："车皮，你说实话，当初离婚，是谁先提出来的？"

八斗木木然，"是她。"

"对吧。"三元仿佛抓到什么小辫子似的。

"本来也是她。"八斗进一步说到。

三元愤然,"表面一套!背后一套!明修栈道,她暗度陈仓!打着良心发现的幌子,做一些偷鸡摸狗的勾当!这标准的婚内出轨!离婚就是处心积虑,赶不及找下家!资本家的魅力就是大!车皮,她纯属给你戴……"最后两个字没说,生咽下去,侮辱性太强。车皮指定受不了。

八斗领会了其中意思,一时间心乱如麻。是啊,当时提离婚,急促,办得也急促。可是,生病是实打实的啊……但又一想,生病了都要离婚,不正好说明问题吗?她冯某人口口声声说为他好。现在想起来,多么讽刺!他这是当了天底下最大的一个王八呀!

不由自主地,八斗认同三元的判断。可是嘴上,他依旧云淡风轻地,虽然眼睑都已经不自觉发颤,"姐,是不是有什么误会?"

三元手抓柳条儿往下猛抻,"你屈梦姐都收到结婚请柬了!这事儿也装不知道,可能吗?她小冯现在等于是当浓鼻涕把咱给甩了!我跟你说车皮,她这百分之九十九婚内出轨!不分点钱给你天理难容!"

这个时候还想钱。八斗头像要裂开了,"姐,少安毋躁……"难得他还能保持君子风度。龚三元可忍不了,她嘈嘈切切地说:"这个小冯不简单啊,骑驴找马有一手!刚离婚的时候,我还得挺佩服她,识大体懂大局,生不了孩子怕拖累别人,离!干事业,香!结果现在呢,独立女性的人设是塌得一塌糊涂!人扒上资本家了!人做国潮产品,卖燕窝!人朋友圈天天喝茅台!你姐姐我天天有饭局也没见有个投资人可怜可怜我!你姐就是修炼一万年!也修不出这一身的狐臊味儿!"

龚八斗风中凌乱着,他恨不得一头扎进什刹海里淹死算了。可是,不行。他必须知道真相,事情必须水落石出。

三元见弟弟脸色极难看,不往下说了。她没有解决办法,她只是个提出问题的人。不过直到她离开纪念馆,还是对弟弟不放心。她打给陆海超,让他多照看关心八斗。海超问怎么了。龚三元言简意赅:"冯一笑再婚了,跟个有钱老男人。"

海超秒懂,随即附和,"恶不恶心,真吃得下去!"

可惜海超也没有好的安慰办法。在巨大的铁的事实面前，一切言语都是苍白的，但该说还是得说，海超尽的是老友的义务，且多少还有些兔死狐悲。

"斗子，真的，想开点儿，为这样的女的，不值当！"海超挤眉弄眼地，又去摸八斗肚子上隐隐约约的腹肌，"你说她放着这糖醋小排不吃，非去吃那洗不净的猪大肠！贱不贱！"摆摆手，"算了算了，有的人，就喜欢吃那个臭劲儿！"

服务员上臭豆腐。海超点，八斗直勾勾看。海超连忙让服务员撤下去，免得触景生情。

海超夹了一块脆皮鸡到八斗碗里，"别想了，真的，自己身体搞好是最重要的。人家找到大树了，咱打不过，躲还不行吗？"

八斗抬脸，眼神还是直，"我没事儿。她再结婚跟我也没关系。"

海超附和，"是，一点关系没有！"又说，"斗儿，你今天要喝多少哥们都陪你，你要哭，我也陪你哭。"

八斗尴尬笑笑，"哭什么，不值得。"

是的，他没说假话。在海超面前他没哭，回到家，一个人，躺在床上，盯着天花板，他依旧没哭。一滴眼泪都没有，他只是觉得困惑，心中一片寂寥，腔子里所有的情感似乎都被抹平了。不生不灭，不垢不净，不增不减。他糊里糊涂睡了一觉。醒来，天色未明，他这才开始对着窗外变幻的光景思考自己跟小冯离婚这件事的前因后果。无非三种可能：一是小冯在离婚前跟投资人老殷认识，有感情；二是小冯在离婚前跟老殷认识，没感情，但离婚后产生了感情；三是小冯跟老殷是离婚后认识的。

理智上，八斗觉得二或者三的可能性大；但情感上，他情不自禁倾向于一，尤它。因为这婚她离得太迫切了。奇怪，直到此时此刻，他都恨她不起。他恨的是有钱的老男人，是资本家，他们剥夺着他们的时间，抢他们的女人！用权势、金钱、地位……这是赤裸裸的阶级斗争！

这么顺着想下去，他忽然觉得一笑也很可怜，说什么独立女性，见鬼去吧！在阶层攀爬的道路上，没有什么男人女人，只有人，只有压迫和被压迫！这么一想，他发现一笑其实跟自己的矛盾，并非是属于性别的——无关男女，而只是阶层的，说白了，她冯某人志在鸿鹄，不甘心跟他过这种苟且的、小富即安的小日子！言下之意，还是怪你龚八斗没本事儿！想到这儿，八斗觉得自己浑身的劲儿都被吸走了。

八斗忽然想起燕玲，或许她知道更多内幕，可他又怎么好意思打人家的电话呢。又或者，他退一步，找燕玲？立马实现所谓的踏踏实实过日子？岁月静好现世安稳……这是不是也算是对冯某人的报复？不，不对。那样就正中了她的下怀。八斗至今都怀疑，张燕玲根本就是冯一笑派来的"特务"。

第二天去迷你仓，志国知道了这事儿。三元也请他帮忙安慰八斗。志国的安慰比较硬核，他直接道："斗子，你这事要忍了，我他妈就不认你这兄弟！"

八斗脸上装着笑，"干你的活儿吧！"

午饭之前，老妈兰芝来电话。没多问，只是表明立场，她坚决支持儿子，"天涯何处无芳草！咱以后肯定比她过得好！"会吗？八斗没这个信心。

117

茶水间墙壁是橘红色。有冰箱、烤箱、微波炉、咖啡机、水果、甜点以及各种零食。这是冯一笑公司最新的办公地址。呵呵，搭上资本，立刻鸟枪换炮。有钱就是香。

龚八斗手里端着杯咖啡，前台小妹帮他冲的。他抱着两臂，似乎是防御的姿态，他在等一笑。事实上，在他跟冯一笑取得联系后，人家根本没避讳。坦坦荡荡地，当即同意见面聊。八斗觉得奇怪，这意思是，你冯一笑心里没鬼？！还约在公司，就不怕他当场发作？闹出难堪来？他原本以为她会约在一个隐蔽的地方见面。又或者，她料定他这个秀才掀不起什么大风浪，所以干脆本场作战。

"那就明天吧，你到公司来，十点半左右。"一笑的口气很随意。十点半，是她两个会的间隙，说有几分钟休息时间可以聊。八斗愤愤然，他们之间的故事、情分，难道只值"几分钟"。

好像三言两语就能说清似的。

门开了，前台小妹拎着个礼盒，红的黄的蓝的印花，这是他们公司的最新产品——国潮燕窝。这就是冯一笑，永远华而不实。小妹说这是总裁叮嘱拿给您的。八斗以为要打发他去，冷冷问："你们总裁呢？"小妹说可能得再等会儿，总裁还在会上。

百叶窗闭合着，八斗用手指抻开条缝儿朝外看。他原本以为，一笑的创业，无非就是七八个人，十几条枪……结果呢，人这装修，人这人员状态，人这地址、排面、气场，从有形的到无形的，妥妥奔着做大做强去！

冯一笑是起来了。好风凭借力，送她上青云！他跟她现在是云泥之别。想到这儿，八斗又觉得气弱。人穷，连吵架都没气势。打开燕窝礼盒。拧开一瓶，尝尝，微甜，味道不错。可八斗只觉得苦，凭什么，她创业，他是一路陪过来的。结果呢，有果实了，他却出局了，成了前夫。

手机响，是三元打来的。来之前，八斗跟姐姐打过招呼。三元还问："要我陪你去吗？"八斗说："不用。"三元说："我怕你吃亏。"八斗说："我一个大男人能吃什么亏。"三元叮嘱："有什么情况，随时给我打电话，如果情况特殊，就报警。"

凡事，三元总爱往激烈了想，特别能战斗。但别人不清楚，八斗却清楚得很。姐姐就是色厉内荏，外强中干。真到关键时刻，她是打不赢的。说白了，他们小家小户出来的，顺民做惯了，胆子都小。

"没事儿吧，"三元在电话里说，"见了吗？"

"在这儿，等着呢。"八斗压低嗓音。

三元又是一番叮嘱，要八斗注意录音，说都是证据。龚八斗再三说知道了。

电话刚挂断，冯总出现了。推门进来，亭亭玉立。瘦了，容光焕发了。最关键是那气质变得更高级了，一看就是有钱人。因为人家有了有钱人的那种气场。八斗恨，离个婚，倒把她离得意了。反观他自己，也瘦了，人比黄花瘦的瘦，一股子颓样儿。他们已经不在一个阶层，气场直径都不一样。

八斗站起来，跟要见老板似的。

冯某某先声夺人，"你不找我，我还要找你呢。"笑容都充满江湖气。

八斗喉头紧锁,噎在那儿,一时不晓得怎么起头。跟一笑的行云流水比,他滞涩得像一只老胡琴,怎么拉都拉不响的那种。他曾经想见面就破口大骂,可真碰到真人,又忍不住"曾经沧海难为水"。他希望她好,但他不希望她欺骗。

八斗一手插在口袋里,故作潇洒道:"恭喜啊!"话里全是揶揄。冯一笑随手拿了瓶矿泉水,拧开了喝,水还在嘴里时就含含糊糊说:"我也没想到。"

看看,谎撒得多高级。都是意料之外,跟处心积虑一点关系没有。她是好人,洁白得跟朵莲花似的,出淤泥而不染。可他偏不信。

八斗淡淡问:"什么时候认识的?"

查时间线。明知道她有可能说谎也要查。话可以是假的,表情不会。他仔细盯着她脸上每一条肌肉的微妙变化。

冯某某脸色平静如无风的湖面,"三十八天前,在一个饭局上。"看似老实交代。

呵呵,闪婚?骗鬼呢。

八斗故作淡然,他唱周杰伦的一句歌,"爱情来得太快就像龙卷风。"可惜荒腔走板,不在调上。

"是。"她盖章肯定。

八斗这才突然袭击,"笑笑,你能不能说点儿实话?"

冯某某并不激动,反倒口气无奈起来,"我就知道你要这么说。"停顿一秒,"我跟你说的就是实话。"

"好,"八斗颔首,往前垫了半步,身子靠在咖啡机台子上,"我不关心你后续跟谁,我关心的是你究竟为什么跟我离婚。是为了着急拿投资,还是什么?只要你告诉我实话,我都接受。"老招数,引蛇出洞。

冯某某淡然说:"八斗,人生无常,当时咱们分开,前前后后是怎么回事儿,你我心知肚明。"

"是,心知肚明,"八斗的姿态紧绷,像拉满弦的弓,随时都能射出一箭,"我成小白鼠了?我的时间不是时间?人生才多少年?"

"我的时间呢,不也搭进去了吗?"冯某某讲道理,"一段关系的失败,双方都是输家,我只能说,很遗憾。"

八斗定定地望着她,"给我一个理由,合理的,能让人信服的,哪怕你告诉我,你给我戴绿帽了,移情别恋了,只要合理,我立刻就走。"

冯某某惨笑一声,"还有上赶着要绿帽的?"面目陡然严肃,"所有的理由当时已经说清楚了!我们双方也都接受了!"冯某某语速放慢,生怕他听不清楚似的,"我只能说,我就是这样一个人,永远愿意也勇于把自己放置到一个'不确定'当中,敞开怀抱,愿意遇见新的人、新的事。现在事情发生了,我不能阻止。我们必须接纳生命中的奇迹。"

八斗愣在那儿。他像听天书一样听完冯总的这段充满哲思的阐述。绕,你就绕吧。还奇迹?!老男人是奇迹?!没得叫人作呕!还什么不确定!什么人生无常!狗屁!扯!根本就是鸡鸣狗盗的遮羞布!荒诞无耻的遮瑕膏!

他索性拨云见日,直白道:"你就说,你是为了这个人跟我离婚的吗?"不绕,咱直奔主题。

"不是。"她声音很小,底气明显不足。

"没关系,笑笑,"八斗继续引蛇出洞,"你只要跟我说,是,是为了这个人,我理解,我接受,我承认失败。败给资本家,我愿赌服输。我祝福你们。"

"是!"一笑声音放大,"是为了他跟你分的,满意了?!只要你心里能好受点,只要你能翻过这篇,回去好好过日子,我不介意为你编造一点可笑的谎言!"

"你怕了。"八斗狞笑。

"我累了。"一笑声调像跳水。扑通一声,他真希望她当场溺毙。

想躲,门儿都没有。八斗乘胜追击,"你跟我离婚是生不了孩子,那跟他呢?"一笑说这跟你没关系。停顿一下,又说:"我跟老殷不打算再要孩子。"

"恭喜你直接当后妈了。"

一笑愣了一下,"斗儿,你这样让我觉得你特别可怜。"

八斗狂笑一阵,大声地,"笑笑,我现在觉得你特别双标,你不是要做独立女性吗?不是要独自美丽吗?跟我离了,转身就又找了个投资老男人。你的坚守在哪里?"

冯一笑放下水杯，优雅地仿佛在讲解一个PPT，"你是不是对独立女性有什么误解？"脸色忽然一变，风霜刀剑地，"我的独立，就是我想干吗就干吗！自己决定，自己负责！只要老娘愿意，谁也拦不着！"语速极快，"独立女性不是没有家庭抵触婚姻不需要伴侣！独立女性不是出家当尼姑！是自己说了算！这叫独立，明白了吗？"

八斗怔在那儿。冯总的独立宣言打得他七荤八素晕头转向。这哪是独立，这叫无法无天！他还对她心存善念，她却早已经立地成魔！好，可以，你心狠手辣，我也不用跟你讲什么情谊。八斗镇定住情绪，"你就不怕我把这些事情发到网上吗？"

一笑淡然自若地，"对你有什么好处？哪怕是网友习惯同情弱者，可那并不是真相。总有真相大白的一天。"停顿一下，又说："你录音了是不是？"

糟糕，被戳破了，只好死不承认，"我没你想得那么卑劣！"

冯一笑一字一顿地说："你还是我的朋友。"

八斗快速走过去，"笑，咱们和好吧。"他伸手捉她的肩，她利落闪开了。"到此为止，我要开会了，不送你了。"八斗怒不可遏，大吼："冯一笑！你不让我好过！你也别想过好日子！"一笑并不害怕，说干吗，要动武了吗？八斗又软下来，"笑笑，看在咱们过去的情分上，你再考虑考虑，那人那么老，能跟你白头偕老吗？"

冯一笑仿佛这才被彻底激怒了，"关你屁事儿！操心操心你自己吧！咱们现在，根本就不是一个世界的人！"

八斗愣了一下，旋即哈哈大笑，狐狸尾巴露出来了。他旋即讥嘲道："是，你是发达国家，我是第三世界，活该被你吸血！冯一笑，你别以为自己特聪明特有能力，你跟妓女有什么分别？！不都是靠出卖自己往上爬吗？"

冯一笑毫不含糊充满不屑地说："你说得对，活在这个世上，谁不是在出卖？！你不也是卖了自己当李骐的一条狗吗？！"哼哼着，"我比你高级，我卖的是理想，是未来，是头脑！是格局！我卖的是志同道合灵魂相吸！八斗，格局打开一点吧，你可以生活得更好。为什么非要作茧自缚！"

"那我就问你，当初你为什么要跟我结婚？！"八斗怒吼。

"人都会成长，这很残酷，但也是事实。"一笑很平静，"纠正一个错误有这么难吗?"

很好,他成错误了,大错特错。所以活该被消除,被抹杀。八斗又要上前。一笑说你别动,这都有摄像头。八斗还是不管不顾。

一笑夺路而逃,但还是没八斗移动得快。

他用身子挡住门。一笑拿手机,要打,却被一巴掌打飞了。冯一笑呵斥,"龚八斗!你再这样,我就让人把你丢出去!"呵呵,他不怕。她就是恼羞成怒、狗急跳墙!不过,没等冯一笑搬救兵,救兵自己就从天而降了。老殷,那个从日本回来的、位高权重的、翻云覆雨的所谓"资本家",天神一般出现,对八斗暴喝:"后退!傻×!"

八斗被那骇人的气场唬得真退了两步。定睛细瞧,男人中等身材,比照片上更显年轻。穿着个套头衫,有印花的那种,浑身上下凝聚着成功人士独有的轻盈与沉稳。

他毫不避讳地搂住一笑的肩膀。冯一笑不动,任凭他保护着。八斗又要上前,那人却一个箭步,快似电疾如风,八斗没反应过来,左脸便结结实实挨了一拳,脚下失去平衡,踉跄数步,身子砸在地上。殷某某还要猛追穷寇,却被一笑拦住。她叫他不要打人。老殷放狠话,"知趣的,立马给我消失!否则,见一次打一次!"

龚八斗挣扎着没起来,资本主义的铁拳,打得他这个无产者眼冒金星。

一笑柔声对老殷,"你先出去。"

老殷不肯。一笑小声说没关系,我来处理。老殷只好转身,临走还不忘恫吓躺在地上的失败者,"你给我小心点儿!"一笑走过去,伸手,八斗一万个不情愿,但还是被扶着坐在板凳上。一笑说我替他向你道歉。八斗骇笑,"用不着你可怜!"

一笑郑重地,"车皮,"她叫他小名,"你该走出来了!你不能永远在这个迷宫里打转!我不是你的未来!"

一针戳在心上,龚八斗鼻子发酸,呼抢着,"可你毁了我的幸福!"

"为什么不考虑考虑燕燕姐呢。"

魔音传脑。八斗像被冻住了,她知道。明白了,一定是她设计的。一定!疫情期间,燕玲的出现,根本就是个局!这叫请君入瓮!关门打狗!她一个人耗他还不够,还要让燕燕来消磨、来榨取!凭什么?!他一个人不能受两个人的欺负!八斗狠盯着一笑,眼神里的恨意随时都能满溢出来。一笑又说:"人这辈子,能遇到个懂你的人不容易。"媒婆的意思很明显了。此地无银,不打自招!

"你都知道了,"八斗定定地,"都是你安排的对吗?"冯某某不说话,相当于默认了。八斗咬牙切齿地说:"真谢谢你!咱们做不成夫妻,还能当亲戚。我还能用这种曲线救国的方式,跟你有所联系。"

"我不重要,重要的是你的幸福。"

还装!恶人不可怕,可怕的是伪善!

八斗声带颤抖着,"冯一笑,你会不会太欺负人!结婚是你同意的,离婚是你要求的!现在又要塞给我一个老女人!你独立!你自主!你想干吗干吗!我凭什么受你摆布?!"

"我真的是为你着想。"

谎言说多了,她自己都信了。可是,还是那话,他不信!

八斗站起来,"用不着!"嘴角破了一块,脸颊火辣辣的疼。龚八斗顾不上这些,他站直了,整理好衣服、头发,他要确保自己走出这间房,就能转世投胎重新做人。这魑魅魍魉的世界,他一秒钟也不要待。偏偏冯一笑的声音还追魂夺命一般从他背后追过来,"你再考虑考虑……"杀人诛心,吃人不吐骨头……老天呐!你为什么不开开眼!把这些杀千刀的都收了。八斗想哭又不愿意哭,是的,就算哭,也不能在这个地方。他不敢也不愿回头,生怕一个不小心,就又被吸了回去,那必将粉身碎骨,万劫不复……拉开门,他大踏步走了出去。终于走上生路了。但艰难险阻还在。那位成功男人还在外面杵着,两臂紧抱,金刚怒目,随时都能发动攻击的样子。八斗瞟了他一眼,迅速移动,丢他在身后。成功男人十分灵敏,狠狠啐,怒骂:"滚你×蛋!你他×就是个渣!"

118

  这段真相探索之旅,对于八斗来说,根本就是自取其辱,连带着,还被赏了鼻青脸肿的"厚礼"。过去,他还能凭借对一笑的恨意,把生活折腾起来;现在,他连恨都没有了。更多的,是对自己的失望。

  他忽然像哥伦布发现新大陆一样发现了自己骨子里的自卑。哪怕这么多年来,他努力考学、工作,也开过公司,赚过点小钱,但骨子里的那种谨小慎微的卑琐依旧根深蒂固,仿佛寒毒,从来没能驱除。他思来想去,他跟那凶狠毒辣的投资人比,差了什么呢。舍我其谁的霸气?好像是。他的成长经历跟他太不相同。人家是几代世家,他是发于草泽。人家是常青树,有岁月的累积。

  他却一岁一枯荣——总要从头再来。

  偌大的北京城,他渺小得仿佛一粒沙。人啊,就不能遇到贫富差距、阶层的分别这种东西!那就是一面墙,高墙。遇到了,感受了,除了无力还是无力。同时他还深刻意识到,人,百分之八九十都注定平凡。

  都是普通人,靠工资过日子,没有那么多奇迹。

  八斗忽然觉得自己中年危机了。

  总结下来,冯一笑离开他,说白了也是觉得他没出息,在他身上看不到未来。或者说,现状,跟她当初嫁给他时所期待的大不同了。可是,当初她也是心甘情愿的啊……

  又或者说,也许是她在辞职创业的过程中,变了。看到的东西不一样了,去到的地方不一样了,见到人不一样了。那个新世界,可以任由驰骋的大草原,是他龚八斗所不能提供的。

  没意思,真的没意思……没意思极了!

  从最初恋爱,到再相遇到复合到结婚,他跟冯一笑这么多年的感情,都抵不过人家资本家几十天的追求!这就是现实!人与人的感情,包括夫妻,并不一定是相处得越久感情就越深,也有可能越来越淡。所谓结婚,无非就是签了一份合同,可以合法地睡在一起,合法地有小孩。至于这张合同,期限是多少,谁也说不定。

由此,八斗觉得自己跟小冯这一段合约最大的遗憾,就是没有孩子。至于其他,他都不恨也不怨了。因为他压根儿没资格没能力没办法去阻止这一切的发生!

而这,就是命运!

换句话说,如果有朝一日,他起来了,他足够强大了,他难道就能够保证,自己一定不会做选择题吗?所以,各奔东西是必然的结果。

不过,龚三元却对弟弟的鼻青脸肿怒火中烧。她嗓音颤抖着,心疼得几乎哭出来,"他们……不能这么欺负人!"她又是要打冯某人电话,又是要报警,终究被八斗劝阻了下来。事已至此,折腾有什么用呢,只能是恶心自己。

三元还不忘现实考虑,"医药费总得付吧。"

八斗惨然,"给了。"他不得不撒了个谎。

三元气得鼻炎都犯了,鼻孔一张一翕,牛喘,"车皮!咱姐弟俩,不吃馒头争口气!要么就不找!要找,一定更上层楼!"八斗失笑,说姐你有合适的了吗?三元说暂时还没有。

八斗顺着问:"不打算复婚了?"

"都没有这个冲动。"三元直言。

的确,如今家里家外忙,复婚的事早搁置了。三元觉得,这么悬着也好。过去,是板上钉钉,身份确定,一潭死水。现在,等于把婚姻高高挂起,两个人都作壁上观,反倒更加清醒自在。反正三元下定决心,王斯理不求个三五次婚,外加表现极度良好,她是不会考虑的。

因为脸上的这道青斑,八斗不得不跟单位请了假。好在,活动办完了。馆里本来就闲。八斗在京郊找了个寺庙住下。早上四点起,晚上八点睡。做早课,念经,走山。他要把自己体内所有的垃圾(包括精神上的)一键清除。

《心经》是每天都要念的,现在几乎能背下来。

心无挂碍,无挂碍故,无有恐怖,远离颠倒梦想。

待到第四天,李骐来了。地址是从三元那儿要到的。一进庙门骐姑娘就嚷嚷,一副恨铁不成钢的口吻,"干吗,爱情有那么重要吗?都是利益,都是生意!"声音高了。

八斗不愿意,他微微皱眉,"小点声儿,都听着呢。"他眼睛看天,头上三尺有神明。李骐道:"谁听着我也不怕,佛祖给唐僧传经书还要收点钱呢。"八斗不吭气儿。李骐道:"真当和尚了?"八斗还是不回应。

李骐拽着他胳膊让他起来,"我要是你,我就打扮得人模人样的,就去参加她的婚礼,恶心恶心他们!"

八斗被逗乐了,回嘴道:"人家结婚,我光杆儿,我哪光荣。"李骐说:"她跟你离婚也不是因为老殷。"八斗哦了一声,羞耻感减弱。李骐继续说:"那时候老殷还没回来呢,人一见钟情,也就是将将才的事儿。"停顿一下,再补充,"王八看绿豆,对上眼儿了。"

八斗的气倒匀了些。

李骐继续做工作,"都在圈里混,大方一点。"

八斗叨咕,"是,大方得把自己老婆都让出去,大方得被赏了个熊猫眼。"

李骐发笑,上前捧着八斗的脸,"看不出来,有点高级眼影的感觉。"

"我难受。"八斗忽然袒露真心。

李骐明了。收起玩世不恭,"你也活了小半辈子了,怎么还没明白,爱情也只是你生命的一部分,远远不是全部。人生短短几十年,谁也不知道明天会发生什么。所以,活在当下,享受生活。记住,你自己永远是最最重要的,你既是你自己的爸爸,也是你自己的妈妈,还是你自己的伴侣。"八斗听不明白,仿佛李骐才是参禅的那个人。

李骐铺开来说:"自己安慰自己,自己保护自己,自己成全自己,自在,圆满。"八斗静静品味着。李骐再次问,"去不去参加婚礼?"八斗想了想,说:"不去。"他倒不怕冯某某,他怕遇到燕玲,尴尬。

待到第五天,陆海超也来了,循着八卦而来。一来就大惊小怪,"真行!人家这叫无缝上车,下了高铁,直接上飞机!上天了都!"他拍打八斗的背,"我可跟你说,你要么不结婚,要结,必须找个女大佬。"

八斗苦歪歪地说:"女大佬图我什么,还有,女大佬去哪儿认识?"海超发散思维,"让那个李骐给你介绍啊!"八斗又说:"咱这岁数,高不成,低不

-683-

就,女大佬就算单身,要么找事业有成的老头,强强联合,要么直接吃鲜肉了。咱就没这个心,更没这个命!"

陆海超也有点气馁,随手抓了一把佛院的丁香,"你说对了,就是野心。好多事情咱都不敢想,又怎么做呢?"

八斗说:"不是不敢想,是咱没根基,试错成本太高。走错一步,万劫不复。"事实也是如此,从公司退出来,跟李骐做切割,归根到底,还是因为他没有根基,所以不敢。说好大家一起玩,一旦出问题,抗风险能力最低的肯定是他。走到今日,八斗和海超们也算明白了自己的上限。高处的风景好,可风也大啊。

等八斗调整好心情,正准备重新回到生活中去,王斯文那边传来个消息,严尔夫出来了。

菜有一大桌子,是牛爱玲、王斯文、龚三元共同努力的杰作,甚至蓓蓓也在旁边搭了把手,为老爸的接风宴贡献力量。小葱拌豆腐第一个端过来,是蓓蓓捧着到严尔夫跟前的。严尔夫坐在沙发上,看女儿来便要起身。

牛爱玲跟在后头,嚷嚷,"你别动,歇着!"又对蓓蓓下令,"喂你爸一口。"蓓蓓把豆腐放在茶几上,是那种内酯豆腐,特别嫩。她轻轻挖了一块,送到严尔夫嘴边。尔夫一吞,就下去了,周围人轻轻鼓掌。仿佛这一口吃下去,从此就清清白白了。

龚八斗在旁边看着,莫名觉得难受。尽管严尔夫这次算是全身而退,可出来之后的老严,像换了个人,外貌变了。瘦,原来膀大腰圆,将军相。现在俨然瘪三,人都瘪了。

一口牙全没了。

嘴巴失去了支撑,还没来得及上假牙,有点老太太相。因此,这顿接风宴,也得照顾他没牙。食物的遴选以软烂为主,疙瘩汤、面糊糊、南瓜、肉糜……

他回来之后,三顿都吃米稀。一上桌,王斯文就给丈夫盛了一碗南瓜汤。严尔夫一句话不说,看着大家。他现在不需要为气氛负责。

牛爱玲率先说:"回来了就好,只要人在,就有希望。"

王斯文跟着道:"老严,你放心,无论你怎么样,别说就掉几颗牙,就算是你瘫了，我也照顾你一辈子。"

哎哟，天呢。真的点生死相依的味道了。龚三元鼻子发酸，眼眶也有点红。她曾经以为，自己的爱情故事已经够可歌可泣了，结果呢，最终一地鸡毛。反倒是她不看好且不屑的斯文两口子，突然成了狗粮制造大户。而且，人家这真叫患难夫妻啊！

老严一口牙没了，她原本以为是被打掉的。但她从吴屈梦那听了几耳朵，隐隐约约的，说没人打他，这牙是老严自己弄掉的。所谓"打碎了牙往肚子里咽"。在里头的时候，老严用牙齿割腕几次，吞牙几次，都是为自杀。当然，想死是没那么容易的。可牙经不住折腾，几次三番，牙周感染，一口牙索性壮烈牺牲。这惨烈的故事听着都觉得恐怖，可是，谁又能说什么呢。

有因必有果，一切咎由自取。

八斗望着瘪嘴的老严只觉得庆幸。据说，督察组也进了集团。事实上审计在他还在分公司的时候就进来了，现在力度更大，他及时退出来，过上平平淡淡的日子，实在是高瞻远瞩。他也问过李骐，表示过担心。李骐让他放心，走的时候，文件、手续、账目，全部都是清晰的，不存在擦屁股的问题。

王斯理举杯对严尔夫，有点激动，嗓音都抖了，"姐夫，你是我这辈子最佩服的人！"说完，一口干了。是，严尔夫在里头一个人也没咬，以一己之力，保全了若干人的安稳。这在王斯理看来，叫"风骨"。

斯理又说："姐夫，你放心，你的福气在后头！"

听着像演清宫剧。严尔夫还是不说话，看看菜，看看人，颤巍巍端起盛着南瓜汤的碗，抠抠索索喝着。斯文见丈夫这样，鼻子抽了两下。蓓蓓跳出来，"爸！你放心，以后，我养你！"

不说不要紧，女儿一立誓，斯文终于哭了。眼泪一掺和，这饭就没法吃了。不过，严尔夫倒是有规律，吃了饭就去午休睡觉了。三元斯理关起门来在小房间安慰斯文。斯文已经不哭了，双目有些无神。

斯理感叹，"关键时刻，还得是夫妻！"说完瞟三元一眼，这话也是说给她听的。龚三元不接茬儿。斯文却跟着道："老二，以后你姐夫就没法儿罩你了，以后在单位，说话做事留点神儿！"斯理说以后再说以后的。斯文说："下来是肯定的了，已经递交辞呈了。"

斯理大惊,这是个新闻。三元也觉得难受。

斯文说:"现在工作都是其次,首先保人,"她食指在太阳穴旁绕,"我就怕他想不开。"

三元忙说:"不会的。"

这劝解很苍白,严尔夫是废了,板上钉钉。

斯文又抬起头,这下眼神对准三元,"你们那证儿,复了吗?"听着有点歧义,但意思都懂。三元不吭声儿。斯理尴尬地说:"正准备呢。"斯文叹息,言辞恳挚地劝:"元元,老二是犯过错误,但也是因为出国挣钱,长期两地分居,一时把握不住自己,情有可原。再一个,两口子过日子,时间长了也要调整。"深呼吸,把气叹起来,"元元,现在你起来了,我为你高兴,过去,老二主外,你主内;现在,对调一下,你主外,让他主内,我看这阵儿他把孩子带得也不错,成绩什么的都上来了。"停顿一下,现身说法:"你姐夫过去不是没犯过错误,我还不是包容了。真的,真遇到时,亲两口子还是亲两口子。"

这新词儿,三元不明白。亲两口子,属于斯文的戛戛独造。她忍不住驳一句:"两口子就两口子,还分亲的外的。"

斯文立即说:"那当然,都这个年纪了,孩子是亲生的就行。还想咋着?最终都是为了孩子。到老了还是亲老伴儿,挺好的。比后老伴儿强。"

王斯文这一席话,令龚三元不晓得如何作答。她的"亲老伴儿"理论,既可笑,又真实。是啊,尽管现在他们离了,但王斯理永远是她儿子的爸。想到这儿,三元不得不部分认同斯文的逻辑。可是复婚这事,她早都已经在心里定下大政方针:要有冲动,要王斯理主动,不然不行。

八斗敲门进来告辞。他下午还有事,得先走。牛爱玲也要跟着搭一段,说要回去。斯理诧异,"妈,您不是回石景山吗?"牛爱玲说是,就是让他顺到地铁口,几个人没拦着。牛爱玲就跟八斗下楼了。只不过,老太太要去的并不是地铁口,她让八斗给她放医院门口,说要开点小药。

爱玲八斗走后,王斯理去楼道抽烟。小房间内,只剩三元和斯文两个人。尴尬的安静。龚三元觉得自己有安慰王斯文的义务,有口无心地,"没事儿姐,等过一阵儿,大哥缓过来了,指定东山再起。"

斯文人间清醒说:"那是不可能了。"停顿良久,又说,"但,有个喘气儿的在身边,总比没有强,什么是夫妻,不就是你有事,我帮你撑着,我有事,你帮我撑着。话说出去了,我肯定会负责到底。"

三元为斯文浑身散发的悲壮气息震撼着。王斯文又正脸对三元,跟传授秘籍似的,"元元,你记住,婚内你的敌人就一个,"她竖起右手食指,"婚外,甲乙丙丁戊己庚辛都是你的敌人!"叹息着,"好在你们现在是打断骨头连着筋,包一包,养一养,还能再长上。"忽然冷笑一声,"你以为你身边那些个人,包括闺蜜同学朋友,真是盼着你过得好吗?那些坑是谁挖的?"

脸上一阵燥热,三元坐不住。可是,想辩驳,又觉得无从辩起。王斯文知道她那些荒唐事了?也许,为了捞严尔夫,斯文没少跟王军接触。久而久之,免不了狐疑。算了,随它去,知道怎样,不知道又怎样?三元小声说了句知道。不得不说,今儿王斯文着实狠狠给她上了一课。先是"亲老伴儿",后是"婚内只有一个敌人",这些理论,是斯文在实践中提取的。颠扑不破,固若金汤。一时之间,龚三元也只能接受。临了,斯文还送她一句忠告,"元元,咱走到今天不容易,别把自己折腾完了。"

119

冯一笑大婚前三天,龚八斗去了东北,看老妈。尽管他本能地不愿意承认,但事实上,他就是在躲。好像只有离开,换到另一个时空,他才能心平气和地度过这一段儿。

阜新。宫明月和老工人的故事彻底告一段落了。兰因絮果,凶终隙末。明月姑姑自嘲般地喟叹,"人好钱好?"然后自问自答地,"还是钱好!"八斗和兰芝都笑。是,最后一点老底儿,养老钱,救命钱,怎么也不能因为爱情搭进去。再加上八斗带来的牛爱玲的爱情故事。

惨烈。悲伤。决绝。

明月姑听了当即反叱，"谁再沾爱情谁不得好死！"听着像咒自己。吓得兰芝赶忙拽她胳膊。

八斗还把严尔夫的最新情况跟两位老人汇报了。兰芝和明月说："要这么多钱干吗？别有命赚，没命花。"当然，八斗既然来了，兰芝和明月少不了为他张罗相亲。相的是一起养老的同一小区的老姊妹的女儿，人也在北京，工作不错，说在银行系统，长相尚可。八斗给长辈面子，微信加上了，说回去就联系，见面，吃饭。

待了几天，要么吃，要么玩，八斗也承认，这地方，春暖花开之后，确实适合养老。有山有水，人不多。信步走在湖边，兰芝这才问及三元的复婚事宜。八斗说不太清楚，应该暂时还没复。

兰芝叹，"你姐夫过去多好一个人啊！"

"人都会变的。"八斗不假思索，这也是最深刻的切身体验。一念成佛，一念成魔，人是最复杂的动物。兰芝愣了一下，说："是。会变。可真要离了，你姐舍不得孩子。再找，哪那么容易。"

八斗不作声。

兰芝追着问："她有再找吗？"

八斗说好像没有，忙事业呢。兰芝没再多问。

从东北回来，海超来找八斗，进门就神神秘秘地。八斗以为他要来分享一笑婚礼的事，于是提前打预防针，"我可跟你说，别说我不爱听的。"陆海超自己开冰箱拿饮料，拧开，灌了一口气泡水。不禁打了个嗝儿，才说："我妈见慧慧了。"

哦，是这事儿，安全。八斗礼貌性询问。陆海超立刻不打自招地，"我妈特满意！看那样子，我要不跟慧慧修成正果，她老人家都不答应！"摇头晃脑地，"说她自己是老师，找个儿媳妇也是老师，祖传！"停顿一下，"而且慧慧还表态了，说要响应国家号召，生两个。"

八斗憋住笑，讽不讽刺？当初在尤局那，信誓旦旦地说生三个，到这儿酌情减少一个，看来还是有区别。史慧慧从来都是看人下菜碟儿的主，只不过，对于陆家来说，女方愿意生两个，也算喜出望外了。海超还说他跟慧慧妈视频通话了，准丈母娘对他也满意，说他特幽默。八斗笑道："长得幽默可不算幽默。"海超要打八斗。八斗讨饶，"反正，能修成正果，你也早点完成人生心愿。"

海超继续神神秘秘地，"我跟慧慧求婚了。"

八斗一愣，故作不乐意，"你丢下龚老师不管啦？"

海超立刻神会，俏皮地说："那我还管你啥，你这进去都出来了，我门儿都还没摸着呢！"

"那你好歹得征求征求我们这些女方家里人的意见。"

"她妈都没意见，你有意见有个屁用！"海超提着气，"对了，我还得喊你声叔。"喊老了。八斗憋住笑。海超说正经的，"你可得帮我做做工作。"八斗说："你不是说求婚了，人家妈也对你印象挺好。"

海超说："是求了，可人家没说答应呀，只说考虑考虑。"八斗说："没问题，肯定助攻。"陆海超这才放开胆子嘲讽，"滕志国还想跟我争呢，也不看看自己现在啥德行！"

八斗不肯说志国坏话，笑笑。海超自吹自擂地，"我跟你说我就是胖点儿，要是瘦下来，不比彭于晏差！"八斗咳嗽。海超话锋一转，"元元姐现在可是混得个风生水起，那大月子中心，那叫一个金碧辉煌。"

八斗问他怎么知道的。海超说他看了公众号上的报道。还嚷嚷着："到时候，咱们家慧慧要生，可得让三元姐给打个折。"八斗表示这他说了不算，但小走一下后门，估计没问题。

是的，海超说得没错儿。龚三元的事业的确是风生水起，吴屈梦对三元也很满意。多少次，会上会下人前人后都对三元极力赞赏。三元尽心，三元细致，三元责任感强，三元以公司为家，宽厚又严厉，和蔼可亲又不怒自威，她就是中心运转的原点，是一个驱动轴，哪天要是三元不到场，中心似乎就少了点牛气。

任谁进了中心，都得叫她一声元元姐。

当然，三元的这种压场感，也多亏了岁月。倒退十年，哦不，五年。她恐怕都不能那么从容。她的从容全靠吃亏练就，是摸爬滚打了多年后才磨炼出的健步如飞。龚三元对自己状态也满意极了，憋屈了这么多年，她终于撑开了肠子，甩开了膀子，提高了嗓子。加之多亏了当代医美技术的迅猛发展，她龚三元跟着屈梦仔细研究，悉心雕琢，借力打力，一张脸动了跟没动似的。但可以确定，美了。

美多了！

她自己对着镜子都觉得恍然似梦，辨析不清年龄。这样一来，就把王斯理衬得更老了。他王某人现在就是一把干柴、一块腊肉、一只秋后的蚂蚱，标准的临期食品！

她偶尔也刺他两句："你这样的，丢大街上都没人要！"

原因无他。他要再找，再婚，总得再整套房子吧。现在的房子，离的时候已经协议签明白了，是给儿子的。呵呵，哪个女人肯嫁给一个事业停滞、没有独立住房的男人呢。不过，三元还是住在家里，为了默默。丰台那套房，谁先搬出来谁就输了，但三元现在却不是天天回家。

偶尔她会在中心住，反正房间什么的都有，有时她还把默默接过去。这引发了斯理的不满，他嚷嚷道："天天看那些大肚子，孩子会性早熟的！"

三元不乐意，呛，"干吗，我那是月子中心，不是八大胡同！"但既然孩子爸强烈反对，她也就尽量减少了点儿带孩子上班的次数。她跟斯理复婚这事儿，大姑姐王斯文没再正面过问。出于人道主义，三元和斯理周末还去斯文那儿吃饭。王斯文的心思全在老严身上，连蓓蓓成绩下降，她都不怎么过问了。爱玲也暂时搬回家里住，地方小，挤挤，牛女士也没怨言。

牛女士现在相当于一个监工。要在蓓蓓上学、斯文上班的时候，防止女婿想不开。严尔夫可是闹过自杀的人啊！斯文没收了安眠药、消炎药，洁厕灵也都藏好，降压药，按顿按量配给。但过了没多久，斯文就发现老妈不能忠于职守，牛爱玲老往医院跑。最后，破案了。

爱玲去看老外交了。

斯文恨得牙花都肿了，周末，当着众人的面谴责，"妈！您到底中了什么邪！现在非常时期，医院多危险！没病的去多了也得病！你要是得了病，把我们全家都祸害进去，这日子彻底别过！"

牛爱玲屁都不敢放。

斯理也帮姐姐，"妈，该断就断吧。"斯文更大声，"我就不知道那糟老头比爸强哪儿了！"牛爱玲终于耐不住，站起来嗷一声，"你知道你爸是什么人吗？！"

所有人愣住。严尔夫不想听，起身回屋。斯理、三元却躲不掉。龚三元一时也猜不到这话里的玄妙。她公公一辈子遵纪守法，什么叫"什么人"？难不成是间谍？特务？还是杀过人，放过火？究竟是什么不可饶恕的大罪？

爱玲怆然，"他死了我才知道！他在外面，有故事！"

重大新闻，子女们都是第一次听说。他们的五好爸爸，竟然还有这么一段隐藏的风流艳史。斯文说："妈，你可不能乱说。"牛爱玲不让，"我没乱说！"说着，就拿手机调证据。照片、聊天记录，还是那种短信息，在诺基亚手机上。最恐怖是，那个女的竟然还撺掇过老头离婚，且咒过爱玲，希望她早死。

斯文、斯理、三元发蒙。牛爱玲就差没老泪纵横，"看到了吧，这就是你们的爸！至亲至疏夫妻！你了解你身边的人吗？！别看一张床上躺几十年！你不了解！你不清楚！看着是个人，其实跟演恐怖片差不多！"

龚三元望着斯理，她忽然间对婆婆的话心有戚戚。是啊，当她发现王斯理"云出轨"那一刻，所有的幻梦就被打破了。她亲爱的初恋，在表面的生活之下，还有着另一重生活，扮演着另一个人。

那个人，是与她无关，或者说，那人是可以躲开她的。尽管青梅竹马，尽管一见钟情，尽管风雨同行，在一张床上躺了多年，还生了一个宝贝儿子……，尽管……但是，她不了解他，而且是越来越不了解。那张结婚证，只是一个合同。是合同，就能解除，没意思。真没意思……回家的路上，三元忍不住跟斯理吐槽，也是故意说给他听，"想不到爸是这种人。"

斯理站在男同胞的立场，哎哟一声，"妈也是大惊小怪，又没什么实质性的东西。嘴巴上说说，死无对证的事情，谁人背后不说人，谁人背后不被人说？弄出孩子来了吗？"

哎哟，他想得倒远，孩子都安排上了。是不是男人都这样，觉得自己种天下第一，值得永流传。

三元冷笑，"他倒想给你们添个弟弟妹妹，也得对方有这功能！"停顿一下，继续骂："当自己是赌王呢！男人有钱就变坏，哼，没钱的，照样变坏！"

斯理不退让，"女人有钱就没一点想法了吗？也未必吧。"听着像谴责她。她似乎有点心虚，望向窗外。旁边，默默睡着了。她把手放在儿子的背上。

斯理继续，"你知道一辈子有多长吗？"

这是废话，也是真理，三元不想应答。人生太短，短得好像一眨眼就过去了；人生又太长，长得一对夫妻想要白头偕老，需要忍耐太久太久。过去她意识不到，现在懂了。无论男女，只要你在这个社会系统里有价值，那么，诱惑就永远存在。

次日上班，三元收到一大束红玫瑰，没有署名，三元的心却平平静静地。回首向来萧瑟处，也无风雨也无晴。呵呵，这个斯理，识时务者为俊杰。

吴屈梦知道了花的事，也跟三元打趣，"人呐，现实！"

三元感叹着："是啊，谁不是活在现实中呢。"

120

李老爷子的情况不太好。专家组给出的方案是切开气管，上呼吸机，鼻饲。老太太不同意，她说老头生前反复表明，真到这一步，不想受那罪。但李骐却赞同专家组的意见。吴屈梦站在李骐这边。

三元得知，向八斗下命令，"你多陪李骐，正是需要人的时候。"八斗能读懂老姐的心思。她又在为他的个人问题考虑了。呵呵，多余。他跟李骐，要能有故事不早发生了，还等到现在？而且，就算三元不提，以他跟李骐的关系，从朋友角度出发，他肯定会伸出援手。

起码精神上的支持要有。

八斗跟李骐联系，问老爷子的情况。李骐说没事儿。电话里，她嗓音有点暗哑。八斗着急问："哪个医院，我现在过去！"事实上他过去也没什么用。吴屈梦在外看着，里头不准进，好在已经安排了高级护工。家人们只在做决定以及每周三探视的时候能发挥作用。八斗到地方，看见梦姐站在科室走廊上。他慢慢走过去，吴屈梦转身点点头没说话。再遥遥一指，八斗顺着她指的方向，在楼外的空地发现了李骐。

身形像，头发不像，一头秀发剪断了，她现在留短发。屈梦小声，"多安慰安慰。"这就算下指令了。八斗轻步快速靠近，李骐在打电话。说完挂了，一转身发现八斗。她并不掩饰脸上的泪痕。八斗没见过如此肿眼泡短头发的李骐，圆圆的脸竟有些惹人怜爱。李骐还哭着，无声地。八斗实在不知道怎么劝，人生自古谁无死。可问题是，这将作古的人是她亲爹。而且，笨想都明白，老爷子一走，那整个格局必将大变。虽然有老太太撑着，可究竟不一样了。李骥回国的希望更渺茫了。

八斗递了支烟过去。两个人就这么站着抽，很有点同舟共济的意思。抽完一根，李骐又要一根。喷云吐雾结束，她才主动对八斗说，"走吧。"

晚上李骐不回家，医院不留人，她又不想离老爸太远。八斗在附近找了个上好的宾馆，开了两间房，挨着。一人一间。他把李骐送进房门，叮嘱，"有事随时找我。"转身要走，又回头，"没事儿也能找我，二十四小时的。"他现在就是展昭，带刀的护卫。

回房间，洗完澡，打开电视。八斗没心思看，他给李骐发消息，没回，想打电话，又觉得冒失。他起身去楼下买了点果切，经过李骐房门的时候借故敲门。结果，还是没人应，八斗慌了。擂门，"李骐！"旁边的客人探头出来，八斗只好收敛。他去前台找人，说明情况。前台小哥带着门卡跟八斗上楼。

门被打开了。

李骐蹲坐在床上，床头系了根丝袜，垂着。不知怎么的，八斗第一时间想到了三毛。三毛就是用丝袜结束了自己的生命。他连忙扑过去，摇晃着目光呆滞的李骐。李骐看到八斗，这才哭出声来。边哭边喃喃地："我不敢死……我连死都不敢……"死，到这一步了吗？跨过去，就是另一个世界。一瞬间，龚八斗觉得自己仿佛是个虫子，能钻到她心里去。是的，他理解她的绝望。父亲危在旦夕，母亲也病着，唯一的兄弟游荡在海外，生死未卜前途未明……全家也只剩她跟吴屈梦撑着，李大小姐什么时候遭过这种罪。但他还得劝，尽管言语不成系统，可意思传达到了，"你不能死！不能这么傻！你还有责任……我们都支持你……"话说到最后，他自己都有点不信。

"我们"是谁。李骐的生命中，就没有这个"我们"。

夜深了，八斗不肯离开，他不敢。人不能死在他眼前，这个责任太大了。

李骐坐着，他也坐着。李骐起来，他也站起来跟着，哪怕她只是去一趟厕所。说话完了只剩陪伴，李骐的眼神飘忽，不看他，他则死死看着她。后来李骐躺下了，八斗就在她身边躺着，窄溜溜的一条床边子，枕戈待旦似的，一有点风吹草动，他就必须冲上去，哪怕是刀山，哪怕是火海。

睁开眼，天亮了，看身边，她不在。八斗慌忙起床，李骐已经洗漱完，正在吹头发。八斗走到洗手间外，李骐从镜子里看他，问："这发型丑吧。"

八斗不忘幽默，"怎么可能呢，底板好，你就是剃个大秃瓢，也好看。"

李骐说："你搞快点儿，我等你一会儿。"

八斗问："干吗？"

李骐说："不吃饭你不饿啊。"

有意思。李骐的绝望消失了，跟海市蜃楼似的，所有的负面情绪，甚至于想要自杀的念头，也只在前一夜发生。面对着桌子对面大口喝豆浆吃油条的李骐，龚八斗忽然感觉不真切，他又有点不理解她了。但他还是劝，以一种过来人的口吻，"你就是太顺了，没遇到过什么大挫折。其实，都能过去。"把红豆面包塞嘴里鼓鼓囊囊地，"你就想，瘦死的骆驼比马大，是吧。你日子再不好过，也比我们这些普通人好过。你有房产，有基金，有存款。"

李骐反驳，"谁跟你说我有存款。"

八斗说："想都能想出来！你不但有存款，搞不好还有古董呢。"

李骐没再反驳。

八斗继续，"反正你放心，无论你遇到什么，我都陪着你，陪你到底。"话说出口，龚八斗自己也觉得尴尬。这话，重了，听着像表白，山盟海誓的，但他们根本不是那种关系。李骐面不改色心不跳。八斗找补，"咱们也认识这么长时间了，也一起做过事、经过事，肯定能做一辈子的朋友。"

吃完饭，李骐把盘子一推，叮嘱："昨晚的事，谁也不许说。"八斗笑嘻嘻笑道："什么事儿啊，我都忘了。"

他忘了，吴屈梦可忘不了。屈梦第一时间把八斗找李骐、安慰李骐，且一起去宾馆住的消息跟三元透了。三元激动得恨不得当场向天祈祷，最好明天这俩人就能生出孩子来，她跟老妈姜兰芝通气，兰芝也觉得有戏。

三元道："这就叫缘分，挡都挡不住，你看看这，绕来绕去不又绕一块去儿去了嘛。"她激动得唱《新白娘子传奇》的主题曲，"有缘千里来相会，无缘对面手难牵，十年修得同船渡，百年修得共枕眠"。

兰芝提醒，"你先别问，装不知道。"

三元得意地说："妈，当你女儿傻子呢？懂！这才刚露小苗儿呢，不能浇水施肥，整勤了根反倒烂了。"

兰芝喟叹，"他们老李家也算败了。"

三元道："你放心，根基不一样，而且现在老吴这颗嫁接的树枝，不等于也开花了嘛。车皮要真跟骐姑娘成了，我跟老吴就是亲上加亲。我跟她说了，将来她女儿，一定要给我做儿媳妇！"

说完这茬儿，三元又跟老妈提了牛爱玲原配出轨的事儿。兰芝道："人，一点意思没有。"三元呵呵地说："男人就是动物！骨子里的兽性，到什么时候都去不掉！"兰芝怕打击三元积极性，连忙问她跟斯理的证领了没有。三元吵嚷着，"妈！他都不急，我急什么？他现在能找谁呀！"

兰芝道："我不怕他变，怕你变，怕你给自己找麻烦。"

龚三元的心一缩，知女莫若母，她老妈段位究竟在她之上。三元讪笑着，"我就是想，现在也没人呀。"兰芝没说话。三元又说，"就跟穿鞋似的，新鞋好看，磨脚。"

兰芝快速接话，"所以还是旧鞋好，合脚。"

三元讥嘲地说："是，合脚，但臭啊！你不得洗不得刷？不得在太阳底下暴晒一阵儿？不然它就给你整邪门儿的！"

呵呵，偏偏，邪门儿的事第二天就发生了。上班时间，龚三元女士又收到红玫瑰一束。卡片上写了：龚三元女士收。没有落款，第二回了。三元怪斯理拙笨，头回红玫瑰，二回也换个黄玫瑰或香槟玫瑰呀。

这个弯儿就转不过来！

珊姐要来中心参观，三元接待。没想到王军也陪着来了，三元心里一百个不乐意，面儿上还是客气着。她跟珊姐开玩笑，"谁生？你生啊？"珊姐哎哟一声，"一个朋友，托我们过来看看，"停顿一下，"我倒想再要一个，可得有这功能！而且也没人配合！"

三元开荤的玩笑，"愿意配合的人，你又不愿意。"说完看看王军。王军装看不见，四望。等都逛完，王军才顺带问了三元严尔夫的情况。三元不大好意思，是，这一向忙。严尔夫人出来了，斯文一门心思扑在家里。她呢，精力都集中在中心上，都没想起来还王军的人情。现在人家关心，三元不得不跟王斯文转述。

斯文一定要请吃饭，当面感谢。三元怕尴尬，道："要不送个东西算了。"斯文又觉得为难。送东西，便宜了不好贵了也不好，显得不诚心，她坚持要请客。

三元说："要不你一个人请吧。"

斯文说："那多尴尬，要请就一起。"又说，"把斯理也叫上。"三元顿时不高兴，什么意思啊？这事儿跟斯理有关系吗？叫上他，防谁呢。还因为上次的"前车之鉴"在斯文心里过不去？斯文见三元脸上不大爽快，忙找补，"我的意思是，斯理不是男的嘛，多少能陪着喝点儿。"

三元道："喝也喝不多，整点红的，咱俩能应付。"

方案定好。三元就去约人，定在周末。王军爽快答应了。龚三元特地叮嘱王军，让说话稍微收着点儿，说她大姑姐是老师，比较严肃，不习惯开玩笑。王军说："还大姑姐呢，不是都离婚了嘛，要不是你，我都不乐意管这事儿！"说得好像自己使了多大力似的。

周五下午，吴屈梦照例来公司点卯，喝个下午茶。三元把请王军吃饭的事儿说了。屈梦不打磕巴，突然蹦出一句，"老王，好像离了。"

三元吓得屁股都离开了凳子，仿佛这事儿真跟自己有关系似的。"咋着？！"眼珠子快弹出来，追问。

屈梦却见怪不怪，坐得稳稳地，"他老婆提的，估计女方有下家了吧。"

"那……"三元欲言又止。

"是的，"屈梦接话，"老王被扫地出门了。"

三元支支吾吾地，"那对他有什么影响，老王不是早就想离吗。"吴屈梦憋足气，"他想离个屁！他有什么？也就剩个职位了，混退休的事儿！"手指插了插头发，"他现在就是大爷！"

老大爷的大爷。

三元悚然。屈梦觉察出闺蜜的异样，笑得奇奇怪怪地问："干吗？他对你有意思?"三元忙说不是,又说听你这么一说都不敢跟他吃饭了。屈梦道:"怕啥,你该吃饭吃饭,客客气气地,吃完带你大姑姐走人,他能怎么着。"

是,王军是不能怎么着,一个巴掌拍不响。

次日,三元特地早到了些,王军已经在包厢等着了。服务员看茶。王军陡然来一句,"东西收到了吧?"

三元不理解,"什么东西?"

"花,"王军比画着,"红的,两束。"

这他妈的……合着那两束红玫瑰,是他送的,什么居心?三元觉得自己今儿整个一个羊入虎口,但也不好撕破脸,她只要用笑容掩饰,"老王,你这是干吗?"

王军厚颜无耻地,"干吗干吗,这还不懂吗?我对你,"食指来回点,"走心了!"

三元没见识过这种正面强攻。哎,其实不是第一回了,王军就这风格。她说咱不开玩笑。他啧一声,说怎么叫开玩笑呢,我来得早就是要跟你单独说几句,回头你又说当着什么大姑姐不好说话。说到这儿王军眼翻着,挺不屑地说:"都离婚了还管那么多,我要不是看你面子,我认识她谁我帮什么忙?"

龚三元愣在那儿。王某人这是步步紧逼。

她只好撑住了,挑明了,"你是不是跟你爱人离了。"

"是,因为你。"王军不讲道理了。

"我怎么不知道,这事没征求我意见跟我没关系啊!这……"三元真急。王军嬉皮笑脸地,摁三元坐下,"我这不现在告诉你,不就跟你有关系了嘛。元元,你不接着我,我可真就,啪,这脸,直接拍地上了。"

三元摆手,要撤。

王军上赶着,"元元,我是真觉得遇到真爱了,不然我不会这样!"三元不给面子,"不是,你不是被扫地出门的吗?什么真爱假爱。"王军顿时暴怒,语无伦次道:"谁扫?!扫谁?!这辈子只有我扫别人,哪有别人扫我?!"

两人正吵吵着,斯文进来了。三元起身拽住斯文,"走,不吃了!"王军大嚷,"您别走,您走了没人付钱,我走!"说完,真就扬长而去。

斯文一头雾水,她只能抓住三元,"到底怎么了这是?"三元不作声。斯文追问:"他欺负你了?"三元不耐烦,"没有!咱们吃!什么玩意儿!臭狗屎!"王斯文被吓得不敢说话,只好陪着三元享用这顿团购的四人份大餐。

121

一顿饭,吃饱也气饱。三元付了钱,姑嫂俩各自回家。进门,王斯理和颜悦色,默默作业安顿好了,家也收拾好了。瞧这意思,八成得到斯文的情报,来做她龚三元的安抚工作了。算了,他愿意伺候就由着他伺候。

斯理见三元开了口子,也着实巴结,又是搞氛围又是放片子又是做足疗。三元享受了人家的服务,气也消了大半。等斯理真开始脱衣服的时候,她又不好拒绝了。

王斯理态度持续良好,"放心,今儿我为你服务,你想怎么来,就怎么来。"低到尘埃里,求偶的嘴脸。

三元提了几个方案,斯理都同意。只可惜,他已经不是当年的那个毛头小伙啦!只能是表现个态度,至于服务质量,甚至还比不上王军。事后三元给了个好评,但不是五星,纯属客气话。她说还算"舒服"。

斯理柔情蜜意地说:"元元,真的,咱再要个孩子吧。"

三元顿时像见了鬼,一脚将他踢开,"滚犊子!没空奉陪!"她最近受王军影响,口头禅有点东北味。斯理爬过来,"就当是个纪念,再有个娃儿家里氛围也好。"

"什么纪念?"三元不理解。

"复婚纪念,"斯理头头是道地说:"元元,咱们从头开始,一切都是新的,跟当初刚认识一样,新的家庭新的孩子新的未来。"

好笑。是,都是新的,除了人。

三元不回应。她的气场逐渐膨胀,冰冷的,肃杀的。

斯理拆解:"现在跟过去不一样了,过去,你工作忙,没这条件,现在,当然也忙,但我不忙了呀!我可以为你做后勤保障工作,而且,你现在的工作也有优势,从生到养公司都能借上力……"

瞧瞧,多么巨大的阴谋!整个一盘大棋!见缝插针、固执己见、图穷匕见!

三元不得不打断他,"我不想要,我有儿子了。这辈子,生孩子这件事,我不可能再让它发生!"

"不是……"斯理不高兴了,脸跟化了的糖稀似的。

三元凛然道:"你要是觉得,有孩子,生二胎,是复婚的前提,那我现在就可以告诉你,这个前提不成立。咱们拜拜。"

斯理的脸更铁,说:"是因为那个王军吗?"

三元呆住,这又是哪来的情报,不用说,八成又是斯文。这女的怎么这样,用人朝前,不用人朝后!就没起到什么好作用!三元起身要走。

斯理拉住她,"你跟他到底什么关系?!"

三元转脸,怒喝:"我跟他什么关系,跟你没关系!"

斯理大声,嘴巴长得像要吃人,"他都为你离婚了!"

天!这谣言!都哪个渠道来的,这么传播?!

三元懒得解释。她知道,此时此刻,跟他说什么他都不会信。三元丢下一句随你怎么想,赤着脚往外走。

斯理死拽着不放,"你俩上过床了?!"

哎。真直白。

上床?!那还不是你逼的!三元恨得牙根儿疼,她一转身,一个飞踢,脚掌正中斯理脸颊。王斯理侧摔在床畔,嘴还不停,"我跟你闹离婚,就是试探试探你……我以为你是有操守有底线……结果……不是!……"

恨人!该杀!索性刺激他到底。三元嚷开了,"是,他跟我求婚了!"斯理跳起来,"好你们个奸夫淫妇!"顺雷不及掩耳,龚三元被掐住了脖子。

她想叫,叫不出声,腿拼命扑腾,手抓爬着。斯理转脸,默默站在门口。王斯理吓得连忙撒手,三元剧烈咳嗽。她蹿起来,抱着儿子,迅速逃回自己的房间。

夜，黑色的时间流淌。

正是王斯理这一招锁喉，才让她彻底觉得，自己跟这个男人的关系结束了。过去，法理上结束，心理上，似乎还藕断丝连，但现在不同，哀莫大于心死。结束了，一切都结束了。龚三元觉着，跟王斯理复婚这件事已经几乎不可能再有下文。经过一系列惨痛教训，她终于意识到，现在的斯理——这个小气、偏狭、可笑、自私自利的男人已经不适合自己。过去怎没发现？是谁改变了他？可以确认，十多年前的斯理，就是校园内的风云人物，现在呢，她只想立刻把这人像垃圾一样从家里清除出去。第二天，龚三元便当面锣对面鼓开诚布公地跟斯理聊，都清醒了，没有肢体冲突，但存在讨价还价。进入谈判阶段，三元的态度很明确，你王斯理有家庭暴力，所以必须搬出去。

斯理寸步不让，"你不也下安眠药吗，咱俩扯平了，报警的话，都得被抓进去。"他摇头晃脑地说："别不知足，你还多了固安一套房呢。"

三元道："我是女性，体力上，我们存在差距，谁知道你还会做出什么来。"

斯理想了想，提出个新方案，"要不这样，我搬出去，儿子归我。"这是三元万万不能同意的，当然，她爱儿子。更进一步，这也是她在离婚后才逐渐意识到的。对于夫妻来说，孩子，也是财产，孩子代表未来。谁夺得了孩子，谁就在离婚大战中占据了先机。好在，这次的离婚，在抚养权问题上是没有扯皮的，暂时共同抚养。

思来想去。龚三元只好给出自己的方案——在房间内"修长城"，从玄关入口处开始，打一道板墙。北面，归她跟默默，南面是斯理的领地。王斯理问："那厨房呢，我要去厨房，怎么办？"三元说你选南面就等于放弃了厨房。

斯理反驳："那你选北面，是不是就放弃了厕所！这不荒唐吗？！"讨论到最后，两个人决定厨房和洗手间分时开放。达成一致后，三元就通知八斗，开始找个人造墙。

对于姐姐小家庭最新内部结构的变化，八斗吃惊不已。他问姐姐，真到这步了吗？三元豪气，"我这修的就是柏林墙！我跟他，是意识形态的对立！我女性崛起！"

趁着抽烟的空当儿，八斗忍不住在楼梯间找斯理问"真实情况"。王斯理把烟抽到根儿上，"真实情况就是，你姐在外头跟人……"欲言又止。剩下的让八斗自行完型。

八斗表示不可能，他姐不是那种人。又说："姐夫，女人要真在外面有想法，那男人就该反思自己是不是做得太不到位了！"斯理哼哼一声，"你到位？你到位小冯跟人跑了？不是我不愿意过，是她不愿意过！她现在就是先富不愿带后富！不给我机会了呀！"八斗满脸发热，从这个角度说，他跟王斯理有共同的痛。

分屋而治的消息传到牛爱玲和王斯文那儿，斯文当即痛骂斯理一顿。严尔夫出事，三元没少帮忙，现在三元又起来了，她一直担心弟弟掌控不了局面，所以几次力促复婚，结果现在还是没能亡羊补牢。

牛爱玲则对儿子说："你们还是有感情基础的，再弥补弥补。还是要相信爱情。"斯理急得拍巴掌，"妈，您被爱情坑得还不够？！还相信爱情？！"

上班时间，三元把"柏林墙"的事跟吴屈梦说了。屈梦叫好："为你高兴，身体解放，思想也解放了。你现在完全属于你自己，不是任何人的附庸。你是自己的主人。"

本来没觉得，老吴这么一总结。三元也觉得挺美，立马雄赳赳气昂昂起来。三元明确表示："还是搞事业香。"屈梦说这个我爱听。拐着弯，海超也知道三元姐的"起义"。他跟八斗抱怨，"元元姐都这个年龄了，还离婚。"

八斗听着不舒服，说离婚跟年龄有什么关系，八十岁还有离婚的呢。海超尖着嗓子，"我们家慧慧都有心理阴影了。"八斗故意刺激他，"别你们家慧慧了，花落谁家还不一定呢。"海超眼珠子顿时不动了，"什么意思，滕志国还贼心不死？！"八斗怕海超纠缠不休，只好往回找补说没有。事实上，滕志国对慧慧的攻势，最近的确是下来了。

人家心思不在这上头。

志国有两件高兴事。一件事，他的前任上司，头号天敌，刘晓斌下来了，因为一箱茅台。听说后高兴得当晚就大醉一场，可劲儿要跟八斗碰杯庆祝。"人在做，天在看，天网恢恢，疏而不漏！这帮王八蛋，该！"

八斗兴致不高，对于老东家，他的心态比较平和。当然，刘晓斌出事后，八斗更加敬佩李骐的高瞻远瞩。"幸亏咱们都出来了。"八斗喟叹。志国说："这次，不是倒了一个，是一批。"忽然小声，"有人跟你说了吗，尤高畅已经带着他老婆去香港了。"

八斗头皮都紧了。跟老尤已经有日子没联系，这可是大事情。八斗问为什么。滕志国只说了八个字：皮之不存，毛将焉附。等八斗再去细打听，才知道尤高畅的爹，尤局，已经被留置了。他连忙跟李骐联系，问详细情况。李骐还算镇定，说就是正常问话，应该没什么事。

她问他从哪儿听到的。八斗没暴露老滕，只说一个朋友谈起。李骐极严肃地，"这种谣言，少传，都没有定论的事情，传多了你自己都可能被请去喝咖啡。"八斗唬得吐舌头。他问李骐李老爷子的情况，李骐说还挺着。八斗说："要出来坐坐吗？"李骐想了想，同意了。

装修风格清冷。房间内除了按摩床、香薰、精油，就只有一层薄薄的黄光。八斗不想做脸，便坐在旁边看李骐做。技师一番操弄。他赫然发现，李骐平日里竟然也是化妆的。尽管很淡，可卸了妆，还是两副面孔。眉毛几乎淡到没有，眼睛、鼻子都缩小，嘴巴却大了。卸了妆的李骐有点男相，尤其是留短发后，更有点兵马俑的样子。

八斗跟李骐有一搭没一搭聊着。书、电影、别人的坏话，包括海超和志国对慧慧的争夺。李骐点评，"慧慧是个聪明人，早点上船，别管大的小的，早点启航，也能早点渡过苦海。"

是啊，人生是苦海。他们还都在跋涉。八斗细问李老爷子的病况。李骐很客观，"现在就是活一天是一天。"八斗转而问："跟老尤还有联系吗？"李骐回答很肯定，说没联系。八斗就不好往下问了。转而说："反正你好就行。"

李骐没接话，任由技师推揉皮肤。手机在旁震动，八斗连忙拿给李骐。接通，李骐说了声我马上到就立即翻身起来往外走。八斗亦步亦趋跟着，他问怎么了，但问出口又觉得这问话实在多余。

李骐依旧客观且平静，"我爸快不行了。"

医院内，吴屈梦已经等着了。陪伴她的，还有一儿一女，爷爷弥留，子孙得在场，但那个大头娃没来。八斗对屈梦点点头。

屈梦看了他一眼，对李骐说："医生说了，喂不进去东西了。"李骐不说话，素颜的脸像死了一般。屈梦又说："是不是该准备准备了？"李骐苍茫地，"等会儿！不着急！"

屈梦不敢动。两个孩子却不停闹腾。八斗见李骐脸色实在难看，上前捉住她的手。李骐反手抓着，握得紧紧的。

她的手凉，僵得跟竹节似的，偶尔挣扎一下，又像垂死的虫。手心还不住出汗，冷热交替着。三个人在留观室站了两三个小时。屈梦走过去对八斗说："小龚，你去开个房，带骐骐休息一会儿。"八斗从命。他拽着李骐，跟拽着个死人似的。只可惜，房间刚开，水没烧热、茶没泡好，吴屈梦就来电话，让他们赶紧去医院。

是的，这一刻终于来了。李骐在前面跑，八斗追着。他忽然替她高兴，要解脱了。还是那话，人生自古谁无死，但又忍不住替她难过。父母是伞。老爷子一走，这伞就少了大半边儿。李家也不得不迈入一段新的路途。风雨交加，吉凶难辨。

122

这是龚八斗有生以来见过最盛大的葬礼。虽然已经是低调着办了。葬礼全程，李骐面无表情，没哭，当然也没有妆。但整个过程却莫名散发着古希腊悲剧式的庄严感。不过等到葬礼结束，八斗陪李骐回到家中，保姆友善地过来问她吃什么，是要饺子还是下碗面，李骐却突然哭了。

吴屈梦陪老太太去北面山里疗养。她把李骐托付给八斗，"照看好，人要没了我找你！"八斗吓得寸步不离。骐姑娘已经玩过一次自杀，不能再出纰漏。

屈梦把八斗的新职责跟三元通气。

三元立刻叫好："什么叫朋友，朋友不就是你帮我我帮你，人生谁没个沟沟坎坎，不两肋插刀都不叫朋友！"但又担心地说："梦，你们老爷子一走,不影响我们中心吧?"

吴屈梦不大高兴,"想什么呢,多余!"三元唬得不敢多问了。龚三元又把八斗陪着李骐的消息转述给了远在阜新的兰芝。兰芝也说好,说一起经点事儿才能培养出感情。三元趁着老妈高兴,把自己不打算复婚的事说了,还说家里已经建了柏林墙。

兰芝立刻不高兴,嚷嚷着:"人生不就是一出戏吗,别管真的假的,你演一演,假的没准也成真的了。干吗跟自己过不去,你真强大到单过了吗?还是说,有人帮你托底,有吗?"

龚三元撒娇,"妈,我自己过不也香喷喷的。离了男人就活不了了吗?"

姜兰芝一针见血地,"不是离了男人活不了,是离了钱活不了!房子本来就小,还切得东一块西一块,怎么过?你要真有本事,自己出去单独买一套,也算干干脆脆离了一场。你买得起吗?"

老妈抛出的这个问题,仿佛给龚三元当头一棒喝。

穷,怎么成了永远的原罪?

离了婚,房子男女方都没要,给儿子了。但目前两个人每个月依旧需要还贷款。她手里没多少存款,想要另搞一套独立住房,首付都不够。进一步说,就算首付够了,她还要再背一份贷款吗?压力太大了!因此,说一千道一万,离婚对她来说,精神上是解脱了,但经济上等于又回到赤贫。跟个循环似的,打圈圈,一切要从头开始。这是她龚三元不能负荷的。

晚上到家,斯理和默默还没回来。算一算,怕是到斯文那儿去了。三元要上厕所,才发现王斯理把推拉门锁了。该死!八成是故意的。她打电话给斯理。

人态度倒是良好,道歉了。可问题是,她的膀胱不给面子呀。再不放水,就要爆炸。十万火急,跑去小区外的公厕已然来不及了。三元只好从厨房找出个蓄水的红色塑料桶,坐在上面,徐徐解了。

再一抬脸,三元从厨房门上的玻璃中看到这个古怪的自己。她忽然觉得分外悲哀,来北京奋斗这么多年,自己怎么走到这一步了。人不人,鬼不鬼,明明是现代社会,却在厨房里把水桶当马桶。不,她不允许自己这样。

三元又想买房了。要不借点钱呢?对,把固安的房子卖了,再借一点儿,八斗有是最好。他要没有,她就找老吴或者找燕玲,怎么着也凑齐了,买个一居都行。她得有个独立的窝!到时候,再名正言顺把王斯理也赶出去。这房子出租,抵消默默的日常开销和教育经费。

主意立下了,即刻行动。屈梦那儿,肯定要当面说。弟弟那儿不用急。如果有,肯定借给她。燕玲那儿不好说,有一阵没联系,三元也不知道燕燕现在的情况到底怎么样。上次说了在老家在休息,电话一挂断,整个人又像人间蒸发了。

龚三元大大方方直打手机过去,燕玲接了,声线微弱,林黛玉的样子。三元大着嗓子,"燕子,你到底干吗去了?"甚至有点责怪口气。电话那头,张燕玲似乎有点尴尬。笑也不是笑,言语涩住了,解释不清的样子。

憋了半天,燕玲才淡淡地说:"我得抑郁症了。"

三元发愣,这词儿太高端。她也经常郁闷,但还没到"症"的程度。她追问:"吃药那种吗?"

燕玲嗯了一声,说测了,重度抑郁。又说:"我跟老竺分开了。"又是一记重锤。

三元更懵,她不得不问真切了,"什么意思?离婚还是……"现在男女的关系总是有无限可能。

"离婚。"燕玲毫不拖泥带水,这事在她口中显得那么稀松平常。三元又是惊又是喜,当即把燕玲引为同类,她迫不及待把自己的离婚消息也公布了。燕玲没表示惊讶。三元连说了三声"难死了"。

燕玲劝道:"再难也要往前走。"三元说是,又问她什么时候回北京。燕玲说现在大环境不稳定,她的病情也没控制下来,起码还得等个半年。

三元这才问,"那你吃什么?生病了也不能工作。"

燕玲苦笑,说自己多少有点存款。三元想追问她离婚分到了什么,但又觉得实在八卦,电话里不宜问那么详细,这种问题最好当面说。只是,借钱的话也说不出口了。她只好叮嘱燕玲万事保重,期待来日再聚。

说实话,龚三元是为张燕玲的处境深深担忧的。从美国回来了,离婚了,没有工作,还得了抑郁症,人生最低谷不过如此。这几个因素凑在一块儿,燕玲估计以后也不用找男人了。哎,也找不着,没人会给她兜这么个烂底。

她龚三元不找男人,好歹还有一份不错的工作,持续干下去,总有个盼头,而且她还有儿子。等孩子长大,总不会完全不顾她这个妈,但燕玲就大不一样了。孤身一人,风雨飘摇。惨得眼泪哗哗。三元不禁想起那句古诗,"亲朋无一字,老病有孤舟",用来形容燕玲的现状正合适。

再往深了想,她觉得燕玲就是被学习耽误了。女孩子最好的年龄,没恋爱,光读书。好不容易读出来,参加工作几年,最佳婚育年龄就倒计时了。结果人还生生耽误了十年!人,尤其女人,太快!春天刚过,就是秋天了。从这个角度思忖,龚三元又觉得自己是幸运的。起码读书没耽误谈恋爱,毕了业就结婚生孩子,社会交给她的"任务"完成了,也积累下了后半生的福德。屈梦跟她情况差不多,但一个大头娃,也是一辈子的拖累。好在人家里有钱。

周五,屈梦又到中心喝下午茶。手臂上戴着孝布,一圈黑,但精神状态还行。三元礼貌性询问家里的情况。屈梦简单说了,又特别强调:"多亏八斗撑着,我一个人又照顾老又照顾小的,真没精力顾李骐。"

在三元面前,屈梦习惯直呼其名,不叫姐,就称李骐。忽然又暗戳戳地声音跟条蚯蚓一般说:"她都崩溃好几回了!"

"朋友帮忙,应该的。"三元乐见其成。

屈梦又感叹,"人到用时方恨少。李骐以前多独立,到哪儿都单枪匹马,现在不行了,身边没个人,动不动就崩溃。"轻轻拍三元一下,"年龄到了,脆弱了。"哈哈一笑,"所以说身边有个人比什么都强。"

三元矜持着。这种时候她就不好再力推八斗了,显得卖太贱。反倒是屈梦上赶着,"他俩要真能在一块儿,咱就成亲戚了。"三元哎哟一声,说不敢高攀。屈梦说怎么能叫高攀呢。

三元说你们家那位还是黄花大闺女呢。

屈梦憋住笑,"黄花两个字去掉。"又补充,"大也去掉。"笑吟吟地,"别回头过四十了,还女孩呢。"

三元望着笑意融融的老吴,基本可以确认,老爷子死,她没有太过悲伤。呵呵,别说是老爷子不在了,就是李骥"失踪"那么长时间,人家照样过自己的日子。

接触了这一段,三元较以往更加了解老吴。吴屈梦就是个一心想要过好日子的人。至于这日子里，有没有老公，有没有老公公，都无所谓。只要有孩子，自己过得舒服就行。但吴屈梦也不是没跟她感叹。诸如"世道多艰，人情冷暖"也提了好几回。这次老爷子去世，一切都落地了。好在，老吴早就有了心理准备，冲击并不大。

而且，家里人也更倚重她了。说实话，三元打心底里佩服屈梦。过去，她只觉得屈梦幸运，或者说目的性太过明确，一门心思进李家跳上大船。现在，她觉得屈梦也不容易。或者说她有她的能力。不然呢，大船好上的？没能力，怎么上去的你还得怎么下来！而且吴屈梦身上还是葆有某种质朴，爱交朋友，没有架子，尤其是梦生园开张后，屈梦三番五次跟她说过，要夹起尾巴做人。

"像我们这种平民家庭出来的，低调一点，真的，有什么风浪挡不住的。"这句话，三元谨记在心一刻不忘，但眼下，三元还是决定跟屈梦借钱。

她清清嗓子，开口了，"老吴，最近手头紧不紧？"

吴屈梦斜着眼睛看她，"干吗？"

三元期期艾艾地说："我考虑买个房子。"

吴屈梦立刻说你怎么又买房子，几套房子了？三元只好把自己的现状说了，包括丰台的房子不是自己的是儿子的，固安的房子的情况。"我总得有个自己的窝吧。"三元总结。吴屈梦说你这么着急干吗，万一找到个好男人给你兜底，房子都不用买了。

三元惨然，道："世界上哪有这种男人的哦！就算碰到了，有的住也不是我自己的房。那算婚前财产。"

吴屈梦抢白，"万一人家一不小心送你一套呢？"

三元苦笑，"就没有这个'一不小心'，咱不做这种白日梦！自己几斤几两还是清楚的，我没那么大魅力！"

吴屈梦说："元元，不是我不借给你，做中心，投了多少钱，家里到处也是用钱的地方，我手头几乎没有什么现金。"三元一听这话锋，知道没戏，便不往下说了，端坐着，维持最后的尊严。屈梦继续，"十万还拿得出来，你要真到那步，准备买了，再找我。"

呵呵，十万，等于是发工资发奖金了。三元不好跟屈梦撕破脸，只好笑着应承。屈梦一惊一乍地,"要我说,真正有钱的是李骐,赶紧地,让八斗把她拿下,等真成了两口子,你作为大姑姐,借点钱,还不是应该?"

有道理。但三元不能把话说满,屈梦这大饼,实现起来还真有困难。三元只好说这事儿她说了不算,不能指望。屈梦食指伸出来,"我告诉你,肥水不流外人田。"

三元不往下叙,转而提起燕玲的"惨状"。屈梦也吓一跳,替闺蜜不值,她也觉得燕玲就是太老实。又说:"这个世界就是这样,永远是几家欢喜几家愁。"

"谁欢喜了?"三元问。吴屈梦说你还不知道。三元仍旧一头雾水。屈梦笑出声,"陈永珊和王军,准备结婚了。"三元被惊得吞了口空气,咽喉都痉挛了,要吐酸水儿。她不为自己错过王军遗憾,但却为珊姐收了王军惊奇。王总被老婆扫地出门,武功等于废了一半。珊姐愿意收他回去,也算是真爱了。可是,一想到跟珊姐共用过一个男人,三元又不自觉地恶心,痉挛更严重了。屈梦笑得欢快,"瞧你,后悔了吧。"三元强压住一提一提的喉咙,解释道:"真的没有,真的祝福。"

123

证儿还没领,海超和慧慧准备先订婚,想办个小仪式,小规模的请请朋友们。八斗问海超谁的意思,要这么着昭告天下。陆海超说两方商量的结果。但八斗觉着这一定是海超的主意,他想早点把慧慧锁死。

因为大流行病,两家大人暂时都来不了北京。宾客以超和慧的同学朋友为主。八斗作为两方的熟人,最终还是被分在慧慧这边由慧慧通知,以亲属的身份参加。当然,亲属还包括牛爱玲女士和龚三元。

牛爱玲一接到消息就手舞足蹈起来。她还相信爱情,喜欢看年轻人的浪漫事儿。斯文劝她:"妈,这事儿跟爱情关系不大,约等于两个人合伙开一个公司。"

爱玲反驳，"爱情是基础，没有爱情的婚姻就是一盘没加盐的菜，吃一天可以，三天一过，准保散伙。"斯文问尔夫。老严不打算参加。出来之后，严尔夫辞职了，有个朋友给他在某公司里安排了一个闲职。人不用去，到月领钱，算作是对他在里头守口如瓶的答谢。因此，严尔夫的状态基本等于退休。除了吃饭、看书，就是钓鱼。他想出去跑滴滴，王斯文没同意，她还是怕他想不开。现在介入这个行业不安全。不过老严在家话也不多，把斯文憋得都快得抑郁症了。因此，海超和慧慧的订婚典礼，也算是生活中难得的调剂。

八斗把这事跟李骐说了。李骐问："我能去吗？"好家伙，骐姑娘有这闲心。八斗跟慧慧询问，史慧慧立刻表示热烈欢迎。李骐笑说："我想她也会欢迎，人家现在幸福得很，犯不着锦衣夜行。"八斗讪笑。的确，他跟李骐找慧慧帮尤家谈判的事仿若就在昨天。一转眼，慧慧却已经"上岸"了。八斗说："只要你不难受就行。"

李骐说："我难受什么，我就去看个热闹。我对婚姻又没兴趣。"对婚姻没兴趣，是她永恒的观点。

活动定在顺义的一桩别墅里。当天，八斗要去接李骐，李骐表示她自己开车过去。于是八斗一早先接三元，等姐弟俩聚齐，再捎带牛爱玲。车上，龚三元少不得对八斗又一通教育。"海超比你聪明。"她用这句话破题。

八斗苦笑笑，专心开车。

三元儿自阐释，用大惊小怪的声调，"他务实呀！"忽然又收窄声道，"慧慧，不会有了吧。"

八斗说呦这我可不知道。又说："不至于吧，这不刚订婚么，证都没领呢，具体条件也没谈呢。"

三元说你不觉得这婚结得挺急的嘛，没准是女方肚子不能等了。

"慧慧有这么傻吗？"八斗拆解，"她是不见兔子不撒鹰，着急的是陆海超。"说着，八斗又把滕志国横插一杠子的事儿跟三元说了。

三元赞叹，"这丫头聪明，没有争抢不是买卖。"

八斗又不接话了。

三元想起来一出是一出，问八斗怎么不去接李骐。龚八斗说人家自己开车去，开豪车。三元循循善诱地，"车皮，"她又叫他小名儿，"你也上点心，这螃蟹蜕壳儿的时候，是最脆弱的时候，也正是你下嘴的时候。"

八斗不乐意，说姐，我这捕猎呢。三元来劲儿，说你是猎人可不就是捕猎嘛，现在你得主动出击啊！三元拿出保温壶，小心翼翼喝着热水，"现在跟几年前又不一样了。他们家老爷子去世了，她是落毛的凤凰……"有点说不下去，"反正不如从前了。"

八斗故意自贬，"那人家也看不上咱。"

三元拍八斗的胸脯，"挺起来！"八斗只好往前挺了挺，勉强有点胸肌。三元继续，"她没拒绝，就是鼓励。女孩子，总要有点矜持，女怕缠男怕磨，这段时间，不都是陪着她嘛。"不得已，八斗只好把李骐前段时间在酒店差点想不开的事儿跟三元透了。

龚三元吓了一跳，"不是吧，那么严重，哎哟，这些有钱人我真是搞不懂了。动不动就自杀，是犯了什么大事情呀？人家严尔夫，牙齿都掉光了还坚强活着呢。"又脑洞大开地，"反正，你要跟李骐在一块，结了婚，她要自杀咱们也管不着。"

八斗震惊，"姐！说什么呢？在演阿加莎克里斯蒂的小说吗？"

三元嘿嘿笑，话锋一转，"车皮，跟你说个正事儿。"

八斗严阵以待。

三元轻声浅语地，"你手头有钱吗？"八斗迟疑了一下，说："那要看多少。"三元说我打算买一套小房，不要大，一居室。八斗有口无心地，"丰台那房子住不下去了？"三元急赤白脸地说："不是住不下去，是不想住，婚都离了还住一块儿不清不楚的，回头人再有点什么想法，你说我是答应还是不答应。"

八斗失笑，"这不挺好吗，相互帮忙。离婚了也可以当朋友。"他留了半句没说，更可以当"炮友"。

三元果决，"那不行，一码是一码，离了就一刀切，干脆利索。那房子是默默的，将来他也得搬出去。"

八斗见姐姐脾气又上来，只好妥协说你先看房子，有合适的再说，他这儿多少能凑点儿。

"这事儿,你别跟妈说,"三元叮嘱,"一说她又担心,其实我都不落忍找你拿钱,你将来还要再婚,用钱的地方多。"三元忍不住叹气,"退一万步讲,我买房也是为了妈。将来妈回来了,你又再婚了,能住你那儿吗?还是我带比较放心。"

八斗这才扭头看三元,"姐,你真不找啦?"

"我找谁呀,"三元又咋呼起来,"伺候别人我不乐意,别人伺候我,暂时就没这人儿!"

"那万一到时候姐夫不愿意搬,还占着那房子呢?"八斗揣测着,"毕竟,固安的房子给你了,丰台这套,总不能不让人家居住。"

三元蛮横地,"他不敢,他不会,"又说哎哎呀,到时候再说,反正得给他弄出去。

见到牛爱玲,三元有点不好意思。结果她老人家却一派坦然。到这个年纪,又经过生死,儿子跟前儿媳是离是复,她管不了。用她自己的话说就是,"出门在外,元元就是个朋友。到什么时候都比外人强。"尤其是三元致富后,她对前儿媳更讨厌不起来。

三元也知趣儿,正经当婆媳的时候千般万般不满,斗,较劲儿,现在关系解除了,她倒意外学会了做人。每次见爱玲,就没有空着手的。不是给这个,就是送那个。多半是中心的产品,有些还跟美容有关。爱玲也有个口头禅,动不动来句:"元元,咱什么时候去八大处啊",不是去拜佛,是去美容。三元也乐意给爱玲喂好听的话。诸如,"妈,我晚年要能活成你这样,我这辈子知足!""妈,反正,不管我跟斯理怎么着,你永远是默默奶奶。打断骨头连着筋,还是亲人!"

订婚现场到处都是百合花,香得人头晕。李骐已经到了,戴了个粉色口罩站在那儿。八斗迎上去打招呼。两个人望着会场中心的背景板——海超和慧慧脸贴脸的合照。李骐一笑,"挺好,务实了。这年头就得这样,抓到手里的才是真的。真要跟老尤胡混,现在都不知道漂哪儿去了。"

八斗接话,"一个人一个命,子非鱼,焉知鱼之乐。也许嫁给老尤,又是另一种快乐。"

八斗歪着头看李骐。

李骐揶揄地，"老盯着我干吗，又不是我订婚。"

"你今天漂亮。"糖衣炮弹安排上。

"口罩一戴就没有丑人儿！"

入口处，滕志国进来了。八斗吓了一跳，以为他要来砸场子，连忙凑过去。滕志国比八斗大方。当八斗表示担心的时候，他笑着说："人家新郎亲自给我发的帖我能不到吗。"八斗说："故意刺激你。"志国说："心放宽了一样，"突然小声，"我跟你说，我的新女友二十岁。"八斗哎哟一声，说你少造点孽吧。

说话间，司仪登场，音乐停歇，活动开始了。陆海超牵着慧慧绕过幕布走出来。他深蓝西装，黑色领结，其他地方都是白的。配上保持不甚良好的身材，着实有点企鹅的憨拙。慧慧一袭套裙，全白，还带了白色真丝手套，美得仿佛维纳斯诞生。

再一转眼，一个不起眼的小角落，龚八斗发现一张熟悉面孔。是的，冯一笑站在那儿。她瘦了，但很美。八斗像被强光刺到了眼，连忙往别处看，他心里难受极了。是慧慧请她来的？这不存心不让人好过嘛？哎，也是，人冯某人如今跻身上流，自然是众人巴结的对象。史慧慧怕是也不能免俗，为了拓展人脉，就顾不上他这个"老叔"的情绪了。偏偏冯一笑身上似乎有海妖一般的魔力，只消看一眼，就能让人石化。

清楚了，明晰了，确定了。离婚过后，龚八斗畅想过一百种小冯未来生活的可能。他甚至希望她过得不好，狼狈，惨……但从传闻来看，她却偏偏过得如鱼得水。今天得见真人，一切又有了实证。她的容光焕发，不正是生活幸福的明证吗？

因为胸腔里充斥着不愉快，八斗的呼吸不匀了。李骐站在旁边，悄悄挽住了八斗的胳膊。他诧异地偏头看她。李骐小声说："别动，就这样。"明白了。她也看到了一笑，这是演戏，故意做给对手看的。

八斗忽然很感激李骐，到底是自己人，永远站在自己这边。三元也看到了一笑，她恨得牙根痒，眼里像能飞出刀子。但看在李骐跟八斗琴瑟和鸣的份上，她不打算闹场。

订婚仪式进行得顺利。海超最后发言的时候，冯一笑已经离开了。陆海超站在台上，拿着话筒，对所有来宾表示感谢。他最后那句对慧慧的评价让人印象深刻。"我的太太，在我眼里，特别崇高，她就是那种闪闪发光的人。"

听到这儿，李骐晃了八斗胳膊一下，重复道："闪闪发光，牛×！"八斗苦笑笑，也跟着重复，"牛×闪闪，发光。"此时此刻，八斗觉得自己像在苦海里游泳，每次划水，姿势都要保持准确，否则呛在嘴里的都是苦水。李骐微微偏头看八斗，"干吗这个脸？"八斗这才下意识伸手摸了一下脸颊，"什么？"李骐小声："笑一点。"八斗咧嘴，笑得极不自然。李骐失笑，"微笑，懂不懂？"八斗只好让大脑下令，轻轻牵动脸部肌肉。李骐瞅了瞅，说，"你是不是打了肉毒素，脸都僵了。"台上，司仪宣布最后环节，新郎要给予新娘一个幸福的吻。众人的目光都被吸引了。台下的人戴着口罩，台上的新人嘴巴露着。李骐嘀咕："真爱。现在愿意摘口罩的都是真爱。"八斗没接话。只见新郎笨拙地探身，在新娘嘴唇上啄了一下。

宾客们欢呼了。李骐点评，"爱得不够深。"八斗不明白她意思，用眼神发问。李骐犀利地，"都这种时候了，起码要舌吻呀。"八斗说这不那么多人看着呢。李骐抢白，"都真爱了，那就得情不自禁！"纷乱间，八斗再抬头，已然不见一笑身影。他忽然又不敢确定刚才看到的是不是她。一切都恍若一场梦。

124

因为那次"洗手间事故"，三元觉得这个家的领土有必要重新划分。至少那关键的一小块儿，那资源，不能被王斯理独占。只吃不拉，那不成貔貅了。于是这天，三元明确跟斯理表明，厕所，必须变成公共区域。斯理嚷嚷，"那你厨房也没公开啊！要不咱俩换，你住这边儿，你当厕所管理，我管厨房！"三元不干。斯理说那你说吧，怎么办。

三元笑着敲敲厕所旁边的墙，"把这墙打掉不就行了。"

"打通？"斯理为三元的脑洞惊诧着。

"可以打通，"三元打量着，"本来也不是承重墙。"

"能行吗？"斯理踌躇。三元说你只要同意你就别管了，我找人来弄，这样以后，厨房厕所都是公用。痛快。这一回，王斯理还算通情理，同意了。不日，龚三元果然找了几个工人来作业，很快走廊便建成了。

斯理可能觉得自己让步了，也好意思觍着脸来找三元，"元元，你这气也该消了吧。"三元正跷着脚歪在客厅沙发看电视，手捏着南瓜子儿磕着。

她没好气，"什么消不消的，我没气，最主要咱俩不是一个意识形态。"

这帽子扣得大，敌我矛盾。

斯理道："行！就算不是一个意识形态，那总该是同一个地球吧，邦交也该正常化了。"

三元懒得听，直接抬屁股进屋，她才不要正常化。事实上，跟八斗通过气儿后，她已经开始看房了。虽然太忙，但只要下了班，只要有时间，她就见缝插针地看。她的理想是要个一居室。虽然一度也能接受大开间，但考虑到老妈姜兰芝未来的养老状况，三元觉得，最低标准还是应该控制在一居室。去东北，只能说玩玩就当度假，真到那一天不还得接回北京，最终，十之八九还是她的事！这天，三元看完房子到家，轮到斯理吃瓜子了。

他跷着二郎腿，脸色像随时都能下雨的云。

三元问儿子呢，斯理说，刚吃了炖蛋，做作业呢。三元轻呵，"天天炖蛋，迟早考零蛋。"王斯理呛声道："那也是遗传呢，元元，还三个，都是零蛋！"三元懒得跟他掰扯，卸妆去了。王斯理站起来。

三元一抬脸吓一跳，镜子里的斯理，黑得跟个鬼似的。"刚才干什么去了？"他发问。不，叫质问。三元觉得没必要回答，转身往自己屋去。

斯理追问："你是打算搬出去吗？"

三元还是不买账，白眼都懒得给他一个。

王斯理一副循循善诱的口吻，"干吗花那冤枉钱，虽然楚河汉界了，这不还能将就住嘛。"说实话，这套死皮赖脸的工夫，还是王斯文传授给他的。男怕磨，女怕泡。斯文觉得，同一屋檐下住着，日复一日，三元迟早回心转意。斯理还要唠叨。

三元转脸正色,"我不打算租房子。"

"那是要……买房子?"斯理推理。

踩到点子上了。

三元没吭声,等于默认。

斯理来劲,"你这不是给自己找不痛快吗?!你现在工资待遇是上去了,但还没到独立买房的程度吧。我也挣过钱,这里头的难我太清楚!你要想独立买一套房,没有外财,等于异想天开!一个人的力量太小了。"

呵呵,大事被点破了。三元的心颤了颤,尽管她不想承认不愿面对,但不得不说,王斯理说的是实话。靠一个人的力量,靠上班,想在偌大的北京城买一套房子,恐怕只能考虑六环边上的那些了。三元看房子的时候也有这种苦恼,看哪套都觉得小,即便这小房怕都不是她能负担的。

斯理像是看到了三元的恐惧,继续出击,"你要真想再买一套,也不是不可以,咱强强联合……"

三元不许他说下去,一点不给面子,反问:"你是强吗?"靠山山倒,靠人人跑。王斯理能顺利干到退休都是他的造化!

谁知斯理嬉皮笑脸地,"癞蛤蟆也有垫桌角的时候,众人拾柴火焰高,三个臭皮匠,还顶个诸葛亮!"一口气堆砌不少俗语,"我再不济,也是个人,也能当个劳力用,就算去开滴滴,跑外卖,也能赚个吃饭钱。元元,咱们是要养儿子的。北京,就不是一个人能活下去的地方。"

真理了,真相了。老王的话,龚三元竟无从反驳。这一深刻体验,是她从十几年的血泪史中提取出来的,是胼手胝足较出来的那个真!进皮进肉,入骨入髓,痛得不由得你不信!可是,她能让步吗?不能,退一步就是万丈悬崖。前面就是一路荆棘,她光着脚也要往前走。由此,龚三元反倒有几分佩服一笑。当年,她冯某人可是力排众议,独立买房,多么坚决!多么勇敢!多么无畏!多么高瞻远瞩啊!一套完完全全属于自己的独立住房,对于每一个在北京漂泊的人,尤其女人,比男人重要多了!

三元听过严尔夫的一句话,叫女人要有一间属于自己的房间。但到她这儿,升级了,一间房不够了,起码得一套房,因为她还有老妈,还有儿子!而且,进一步想,就算将来再找,有自己的房子,底气大不一样!选择男人的范

-715-

围没准也能变宽。可是，这话跟谁也不能说。吴屈梦是不打算借钱给她。八斗已经明确表示支持。跟燕玲说，她又怕人家多想。毕竟，张燕玲在北京一套房都还没有。她再去抱怨，就显得太显摆了。

周末下班，老妈姜兰芝来电话，说小攀跟小段陪人上北京看病，不日就到。当初兰芝回家是住在人家那儿的。三元姐弟有必要帮老妈还这个人情。而且，龚三元也确实想看看小攀的现状。毕竟，他曾经是她的手下。

三元跟八斗通气。八斗说他订饭店。八斗说："也不知道这小两口混得怎么样了。"三元道："甭想，就那样。十八线小城市，工作岗位少，糊口罢了。"

等见到真人，小段维持得不错，比过去洋气了，很有些地方网红的样子，小攀则明显幸福肥。三元怕八斗尴尬，没多问孩子的事儿，看看照片，就又把话题引到工作生计上。三元话说得很直接，"现在老家，干什么能发财？"小段笑："还发财呢，能混口饭吃就不错了。"

三元以为他们又开始干小买卖，多半开个店什么的，或者就是混得不济，跑跑外卖、滴滴之类，也就这些了。结果小攀说，他们在做短视频，每天打对战。虽然三元是互联网公司出来的，可离开这二年，生疏了，尤其对短视频，她不太了解。八斗倒知道对战。

三元不解，"这个对战，兼职还是全职？"

小段和小攀对望一眼。小攀才说："目前全职。"

三元不含糊，"一个月能赚几米？"她也懂点网络语言。小段和小攀都笑了，这笑容有点不明所以，可好可坏的样子。三元逼紧了，大声大气地，"不用不好意思，都是自己人，谁还笑话你不成。"只是，当小攀把收入报出来的时候，三元顿时觉得脑门都要炸了。五千！打这个什么对战，能赚五千。不是一个月，是一天！一天！疯了！

这顿饭立刻变得不美好了。事实上，直到回到家，龚三元都还在觉得浑身无力。时代抛弃你的时候，果真是招呼都不打。对战，她会吗？打开短视频软件，哄哄闹闹，呵呵，这是她不懂也不想介入的世界。人，终究只能赚她认知内的钱。好，就算她愿意创新，打破界限，奋起直追，那也晚了。这个风口已经跑了一阵啦！红利都被别人吃啦！来不及啦！

三元就不明白,她的人生,为什么总是晚一步。

门响了,斯理带着默默进来。放下东西,他看到龚三元瘫在沙发上,标准葛优瘫。斯理笑着问:"又受什么刺激了?"三元不理他,转个身,屁股对他。斯理只好去招呼儿子,跟赶羊似的,"去做作业,我给你炖蛋。"

三元的火顿时上来了。炖蛋!又是炖蛋!吃炖蛋,考零蛋!她嗷的一声,"这个世界就没别的吃的了吗?!"

斯理从墙拐角探出个头,"儿子要吃的,今天放银鱼。"

三元懒得再吵。他王某某最近总给儿子吃一些怪怪的东西。比如,默默记性不好。他就给他吃"状元丸"。好笑,吃状元丸就能考状元了吗?三元越来越觉得斯理迂腐得可怕。

天稍微凉一点的时候,老妈姜兰芝来了个电话,是打给三元的,说表姑宫明月摔了,且不轻。她一个人弄不动,找了邻居才把人送去医院。三元一听,立刻叫上八斗,周末赶过去一趟。到地方才发现宫明月女儿没来。

三元随即开骂:"真行!这就一个妈!还撂给我们!"

姜兰芝只好解释,说她那女儿忙抽不开身,下周过来。三元当然明白老妈话里的话。明月姑跟女儿始终不太对付。年轻时候离婚,女儿怪她;中年失业,女儿不大看得起她;老年不帮着带孩子,女儿怨她。宫明月搬来东北,也是为开辟自己的一方小天地。哪知天有不测风云……白云苍狗,换了人间。

三元私下跟八斗商量,趁着这趟,还是劝劝兰芝回北京。话当然是三元先出面说的,有点吓唬人的意思。"这才几月就摔跤了,等天真冷了,这地儿到处是冰怎么弄?"

兰芝表示没那么严重。

八斗附和说:"妈,要不你春夏过来,秋冬回去。你一个人在这儿,我们不放心。"

姜兰芝蹦出一句,"回去,住哪儿?"

"住我那儿。"八斗不假思索。

"你不找女朋友了?"这是大事,兰芝一直记得。

"那也不耽误你住呀。"

三元横插进来，"住我那儿，固安也有房子，还愁没地方住么。"兰芝不大高兴，"固安那地方，住得够够的！"

言辞透着狠劲儿。

三元八斗不好再往下劝了。

这趟治病，李骐倒帮了大忙。她在东北人头熟，找人打了个招呼，宫明月便插了个队，第一时间把手术做了。老宫自然千恩万谢，姜兰芝也感叹，瘦死的骆驼比马大。又说："现在这个社会，没人行吗？有些事，你捧着钱，都没处送去！"

三元接话，"何止现在的社会，从古到今都是一样，没有人，寸步难行。"说完瞄八斗，八斗不动声色。显然，在撺掇他跟李骐这件事上，老妈和老姐已然结成联盟了。

私下，三元跟八斗吹风，夸得直白，"李骐这丫头，不错！"

八斗叨咕，还丫头呢。

三元撇着嘴，"干吗，人没结过婚，不是丫头是什么，别一说你还不爱听，过去，追这个求那个，都没追到点子上，竹篮打水一场空！当初你说那会儿你要追人骐姑娘，没准现在都得手了！"

"啥叫得手？"八斗不喜欢这个词儿，他觉得姐姐心术就不正，"咱跟人家就不是一个阶层的人。"

三元抢白，"那又怎么着，阶层是固定的吗？能上去，就能下来。反之，优秀的也能往上去。"哼哼一声，"就是阶层再高，没有人也是白搭。你没看到吗，包括他们家也是，早都黄鼠狼下耗子，一窝不如一窝了！再不引进点新鲜血液，那以后没准这点老底都撑不起来了。"吐一口痰，"别说她家，就是英国皇室，也娶了黑人王妃了，都在变！"

八斗不往下接话，不支持不反对。龚三元上去就是给弟弟后背一掌，"自信点儿！你不差！就他们家老爷子去世这回，没你，她反正也不好过！陪伴，太重要了！等回头人家习惯了你的陪伴，那就稳了。"

八斗越发听不下去，"陪久了没准还烦了呢，不然那些个离婚的都怎么离的。"

三元被刺痛了，嚷嚷着："我可告诉你，人生有时候，关键就那几步，你已经走错一步了，错不起了！而且，现在人家女方都往前迈半步了，你干吗踟蹰不前。"

晚上睡觉，母女俩一张床。龚三元又把自己对八斗婚恋现状的分析跟兰芝说了一通。兰芝完全赞同，她又转而操心女儿复婚的事。

三元尴尬，"我跟他，暂时还是势不两立。"

兰芝叹气，"将来遇到事儿你就知道了，身边有个人总比没有强。"三元侧着身子，躺得跟尊卧佛似的，"我现在，什么都不想。就把事业干出来，多挣钱。其他什么都是假的。"

真心话。

活到这岁数，感情这东西好也罢坏也罢都经历过了，有，接着；没有，也只能继续过。但钱，或者说财富，就不一样了，那是硬通货。三元忽然觉着，事业发展得好，挣到了钱，才是对自己最大的尊重。过去，别人提到有钱人什么的，她总会不屑地来一句，"有钱有什么了不起"，现在，她的想法变了。有钱有什么了不起？不不不，有钱就是了不起。财富也是一种福德。而且，财富的积累，归根到底，是靠你对世界和社会规律认知的积累。而王斯理这种人，就是她坚决要从认知中清除出去的。她的人生没有顿悟只有渐悟，她现在所做的，都等于在补课。

125

回到北京，龚三元又投入到轰轰烈烈的事业当中。只可惜，生不逢时，月子中心刚坐起来，因为大流行病，生孩子的人少了。为了挽救生意，吴屈梦亲自下场找生意，好在有多年人脉积累，东拉西扯，勉强经营。

三元跟屈梦嘀咕："怎么现在人都不生孩子了呢？"

屈梦笑说："现在这个环境，生存都困难，还能顾得上孩子吗？不过好在我们面向的是高端客户，还有生存空间，能活！"

三元拦着屈梦的手，"老吴，我谁都不信就信你，你这嘴开过光。"

不出几日，吴屈梦果然又带来个客户，高端的，一切都按照最高标准走。产妇姓朱，来的时候肚子已经显了。可三元冷眼瞧着，觉着这小姑娘怎么也不像能住得起她们中心的人。二十郎当岁，看着土不拉儿，普通话也不标准。有技术人员或医生去服务，人还不好意思，总一副受宠若惊的样子，消费得不那么理直气壮。八成是个大佬的三儿！怀上了，就坡下驴，赚点人口的钱，约等于一场交易。

这么想着，三元看这位朱女士的眼光又不一样了。念在同类，她觉得这姑娘着实有点可怜。拣了个日子，她以副总经理的身份进去做客户体验调查，巧妙地盘问了几个问题。诸如，"老家哪儿的？""来北京多长时间了？""住着还习惯不？"但这位朱女士十分警惕，能少说就少说，一副如临大敌的样子。三元不好往下问了。

同样如临大敌的还有八斗。他们刚回北京，兰芝就来电话了，说宫明月女儿去了，老宫有人照顾，她得空打算回京看看。不过，人还没回来，话就先传回来了。鉴于李骐帮忙找医生，宫明月姑姑委托她姜兰芝必须请李骐吃一顿饭。

括弧，家宴。

三元向八斗转达，八斗立刻表示不用。"这点小事儿，她根本不放心上！"三元说是妈的一点心意。八斗着急，"请，在哪儿请？搁我那小房子？"

也是，李骐的家富丽堂皇，请她去八斗的小房，寒碜。三元款款道："请客，关键在诚心，心意到了，房子大不大有什么关系，吃的是饭，又不是房子。"八斗还要推辞，三元呵斥："我可跟你说，妈要生气了，那可是大事儿！"八斗支吾。三元干脆地说："你不请，我请，多大事儿呀！我还就不信了，又烧香又供果儿的，还请不到这仙女下凡了？！"

没辙，龚八斗只好趁跟李骐去银行打税单的时候把这事儿提了。"李骐，"他叫她大名，一下便引起了对方的注意。李骐偏头，瞅他，问干吗。

八斗期期艾艾地说："我想请……你吃饭。"

"请！今天就请！"李骐干脆。又问，"有事儿？"

"不是今天，"八斗更不好意思了，"是改天，到我家。"还是没说什么事儿。

"哦?"李骐更疑惑了,"你过生日?干吗不找个包厢。"八斗这才说:"不是那意思……是这次你不是帮了我表姑忙嘛……她老人家就觉得特别感谢……委托我妈……还有我……请你吃饭……"意思传达到了,但话说得磕巴,颠三倒四。

李骐手一挥,"心意领了。"

八斗上前半步,请缨似的,"不是……你还是去一下……"

"干吗,鸿门宴呀!"李骐挑破了。

八斗一脸尴尬。

李骐直接道:"他们是不是直接给我俩组CP了。"

"千万别误会!"八斗色变,怕的就是这个。

李骐从容而面带笑容,"怎么,女孩都不敢追了?"

"也不是。"这个他不能认。

"斗子,咱俩也认识这么长时间了,又一起做公司,你要有什么为难的,直接告诉我。"面对坦诚如斯的李骐,八斗觉得自己窝囊极了。实际上,在跟冯一笑离婚过后,李骐怕是他唯一稍微有那么一点点好感的女性。这个好感,属于那种日久生情型,是诸多烦事儿磨出来的,是同舟共济、相濡以沫的那种。而且,李骐剪短了一头长发后,他觉得她漂亮多了,清爽,潇洒。她爸去世后,又平添了几分说不清道不明的忧郁。正是这份忧郁,综合了她过去身上过多的男儿气,从而有了几分女人味了。

确切追溯起来,八斗觉得,自己怕是在她闹自杀那会儿,对她产生的保护欲。李骐这么一鼓励,八斗忽然生发出几分豪情,他也不知道自己哪来的胆子,嘴一秃噜,话说出来了,"那个……或者……我的意思……如果可能的话……我们,试试?"

李骐盯着八斗,一秒,两秒,三秒,许久许久,盯得他心里发毛。她才突然爆笑着,上气不接下气地,"瞧你那样儿!……胆儿也忒小。"

八斗手挠后脑勺,"经验还是少了点儿。"

李骐喜笑颜开地,"我考虑考虑。"又追问,"你喜欢我什么?怎么过了这么久了,突然来这么一出。"

八斗两手悬在半空,抓怕比画着,狠劲儿想着李骐的优点,可是一时半会儿，偏偏想不出来，他憋得脸涨红，终于撅出半句，"你人特好。"

言辞恳切。

李骐犀利地说："这话我不爱听，也不是事实，我谈不上好，你要说我身材好，漂亮，有智慧，特吸引人，那还差不多。"

哎，女人。没办法。

八斗鹦鹉学舌语速极快地，"你身材好，胸大，漂亮，有智慧，特吸引男人。"他自作主张加了"胸大"和"男"字。适当的夸张。

李骐果然顺着说："你是男人吗？"

八斗发愣，然后，闪烁其词地说："是。"

李骐半闭上眼。好了，等于下指令了，八斗把嘴唇贴上去。她的唇是软的，弹的，香的。几秒钟后，她睁开眼，自自然然办业务去了。她还说，你今儿出来办事儿，可是占着大便宜了，能吻到她这纹过的半永久的唇，是他几辈子修来的福分。

兰芝的脚一踏到北京地界儿上，宴请李骐的前期工作就展开了。

兰芝和三元都把这次宴请看得很重，她们甚至还对八斗的房子进行了适当的软装。首先是彻底消除一笑的痕迹，连点味儿都不能有，这个工作是姜女士承担的。其次，龚三元帮八斗换了窗帘、桌布，买了花瓶，订了插花。

八斗颇有些不耐烦，"至于吗？人根本就不在意这些。"

兰芝一本正经地，"细节决定成败。"

八斗较真，"她就不是在意细节的人！"

兰芝道："那是你认为，细节，氛围，都特别重要，小李现在需要的是什么？家庭的温馨！到咱这儿，就要能感受到家庭的温暖！人际的和谐！"

八斗苦笑，劝兰芝真不用，又说还不如去饭店请一顿，那氛围更好。

兰芝抢白："人小李什么没吃过，缺你这顿饭吗？吃饭不是重点！"

八斗打电话向三元求助。龚三元的态度很明确，"哎呀，你就随妈吧！"事实上，这娘俩不但在基础建设上下功夫，在统一战线上也狠抓落实。宴请前一天，三元通知八斗，吴屈梦也参加聚会。八斗有些着急，"姐，合适吗，又是咱们家人又是他们家人，搞得像三堂会审似的，意图也太明显了。"三元道："人家肯来，就不怕咱们有意图。"

八斗深呼吸，"姐，我跟李骐，这才'小荷才露尖尖角'。你别过犹不及，最后又变成'一江春水向东流'。"

三元来劲了，连说了三个"呦"，又建议，"干脆你搬他们家去得了！"对三元的这种"势利"，八斗实在不喜欢，可没办法，亲姐弟，这辈子不会变。而且，在这个偌大的城市，他也只有这个姐姐能够抱团取暖。不过，第二天的黎明到来之前，八斗出于礼貌，还是跟李骐透了个风，说梦姐会来。

李骐表示吴屈梦跟她说了，又开玩笑地道："放心吧，天王老子来我也不怕。"八斗感慨，这就是李骐，永远占一个"大"。骨架大、脸盆大、心大，是标准的"大"妞。可转念又觉得，这样的大姐，竟然闹过自杀，免不了又有色厉内荏、外强中干的嫌疑。

他忍不住心疼李骐。

宴请当天，八斗开车去接人。李骐本来说不用，但八斗坚持，说是老人的意思。李骐同意了。天冷，她却穿了一条裙子，同时有裤袜，再加上风衣，整个人层层叠叠好几道，洋葱似的，她还格外化了妆，眼角朝上拉那种，显得年龄小些，但声势却很凌厉。

八斗盯着她看。李骐笑，"干吗，不好？"八斗连声说好，又去给开车门。李骐这才女王般上车，端坐在后座上。车子发动，李骐才问八斗这顿饭到底什么意思。

八斗从后视镜看她，装傻，"我也不知道。"

"你跟她们说了吗？"

"说什么？"

"我们的关系。"李骐笃定地。

"我们什么关系？"八斗笑着，"我可不敢随便下定论，这得你批准，你官宣。"

李骐打趣，呵呵地说："占了便宜就不想认了是吧。"

八斗难为地，"不是不认……我这不是不好意思，也不确定嘛……"李骐飒爽地，"那今儿我给你确定，咱俩目前，情人关系。"八斗差点噎住。

李骐越放得开，他反倒越拘束了。

"非法的？还是合法的？"八斗幽默一把。

- 723 -

"灰色地带。"李骐说。

"明白,"八斗自嘲,"主要是我配不上你,我二婚,你白璧无瑕。"他把姿态放低,进可攻退可守。

李骐也跟着自嘲,"哎哟我可不要白璧无瑕,在我心里,我都结过无数次婚了。"停顿一下,又补充,"形式不重要,重要的是内容。"

这论断有点沧桑了。八斗不好意思,她虚着说,他就虚着应和,"形式有时候也会影响内容。"眼神从后视镜折射过去,"还有一种说法,形式就是内容。"

李骐突然哈哈大笑,说这个说法绝,形式就是内容。八斗补充说明,"形式就是个框,内容往里装,没有这个框,内容无边无际,反倒容易迷失。有了框,虽然有点不舒服,但心理上多少有点安全感。"

李骐想了想,说:"婚姻就是个框。"

八斗一笑,接话,"人生到处是框框。"车内一时间欢声笑语。八斗不得不承认,跟李骐在一起的时候,很踏实。那种踏实,是脚踏实地,天地任我游,是不用想明天的饭钱、后天的生计、未来的风雨。偶尔的几个瞬间,他似乎也能忽然忘记自己是谁。从哪里来,要到哪里去。回归到单纯的人,或是兽,抑或是鬼。跟谁都不相干,只关心自己,只在乎自己,只追求快乐。

126

出电梯门,三元已经在楼道里等着了,她说她看到他们两个上的楼。李骐一笑,走在最前头。八斗家门口开着,跟猎人打开网似的,请君入瓮,也仿佛一张大嘴,一口能吞好几条命。一进门李骐就到处看,只可惜,八斗这家没多大进深,三两步到头了。好在,经过软装,多少传达出一丝丝温馨感,再加上四五处灯光点缀,真有点罗曼蒂克的氛围。客厅一角,小照片墙,八斗各个时期的样子示众般垂挂着,八斗都不好意思。那是不同时空里的他,似又不是。再加上胖瘦横跳得厉害,有些照片现在看成了喜剧材料,尤其是高中时期，他就是个"冬瓜"。幸亏上大学瘦了下来，颜值逐渐稳定。

李骐的目光停在本科时的那张上，八斗趴在草坪上，眼神望向镜头，有种说不出的少年感，但又有几分英气。李骐感叹，"你那时候真瘦呀！"八斗笑着，"一百零六斤。"三元凑过来，"别说，那时候，还真有几个小姑娘盯着我们车皮呢。"八斗赧颜。陈芝麻烂谷子，翻出来不光荣。

"那怎么没成？"李骐礼貌性好奇。

八斗咳嗽一声。三元代答："光顾着学习了，蹉跎到现在！"李骐较真，打趣般，"也不算蹉跎，这不进去又出来了嘛。"离个婚，听着像刚从监狱放出来，轮到三元尴尬了。兰芝从厨房出来，在围裙上揩揩手，快步上前，像跟领导会面似的双手捏住李骐的一只手。

见惯了大阵仗的李骐也有点受宠若惊，竟拘束起来。兰芝朗声道："你宫姨说了，这趟，要没骐姑娘，她搞不好就死东北了！骨头都没处埋！"

八斗小声嘀咕道哪有那么严重。

李骐微微笑着，"阿姨不用客气，我跟八斗，既是朋友，也当过合作伙伴，举手之劳。"

兰芝和三元顾不上厨房的饭，站着花式夸李骐。三元说李骐性格大方，她特别喜欢，说面相看着就有福，耳朵大，鼻子长得也好，挺，又不太突兀。"你是标准的浓颜系，稍微上点妆，那就艳压一片，搁人堆里，一眼就只能看到你了。"还说从称骨算命的角度，李骐起码是七两以上的命格。一上升到玄学层面，李骐顿时表示出浓厚的兴趣。

那就好办了。

龚三元拉着李骐的手，仔仔细细盘问，然后跟说单口相声似的，把李骐的过去、现在、未来，来回来去分析。

三元下论断："你五行属火，是天上的太阳，谁不需要太阳呢。你就是大家的刚需。"

李骐矜持地笑着，问："那八斗呢，属什么？"三元嚷嚷着，说八斗属木，就是那小花小草，太需要你这太阳的照耀了。八斗面上挂不住，只好捏了点葡萄干胡乱放嘴里嚼着。

李骐扭脸娇嗔："听到了吧，对我好点儿！"

三元来劲，"他要敢不对你好，你跟我说，我治他。"

吴屈梦来了，手里拎着礼物。不过一进门她就解释，说礼物分两份，一份是李骐给的。八斗在一旁看着，明白是屈梦帮李骐充面子。进而，他这才意识到自己考虑问题的不周。李骐上门，怎么也不应该空着手。但从微表情看，李骐自己倒没有任何不快。也是，都帮忙救命了，礼物算什么。

吴屈梦还叫李骐大姐，氛围一时有点微妙。三元道："在家叫大姐，在外面就别大姐大姐的了，我看骐骐比你还显小。"屈梦道："我家骐面嫩，是淡颜系，有少女感。"刚好夸到三元的反方向。李骐淡淡笑着，不回应，任由两位女士拆解分析自己的颜值特色。三元不得不冲过去找补，"哎呀，骐骐的颜，可淡可浓，淡妆浓抹总相宜。"

屈梦大概明白穿帮了，随即从另一个角度道："骐骐心态好，又锻炼，皮比我们紧。"

老吴一到，饭桌就支棱起来了。今儿这一桌饭，姜兰芝大显身手，鸡鱼肉蛋，基本把毕生所学都展示出来了。

李骐吃得对味，开玩笑说："阿姨，我小时候要是吃您这饭，估计能上北大。"

兰芝笑得爽朗，"我倒想当你妈，就是没那福分！"意图再明显不过。八斗窘得要钻地缝儿。三元接话，"不当妈，当别的也行呀！"屈梦说："以前我体会不深，现在才彻底明白什么叫家有一老是一宝。"几个人你一言我一语说着，屈梦、三元都为自己的生活叹息，说人生不得意十之八九。

李骐突然接话，"不求圆满。哪有圆满的，真给我圆满，我还害怕呢。所以，我一点儿也不想结婚。"

屈梦和八斗是尴尬，脸部肌肉全部冷冻。吴屈梦第一个跳出来，手轻轻拍李骐的手背，"没那么绝对啦！碰到合适的，干吗不结？人生苦短，能结伴同行是好事。"李骐不再说话，静静喝玉米龙骨汤。

还是姜兰芝顾大局，把话又捞了捞，笑着说："真要有感情，也不在乎那一张纸。"

这下轮到八斗诧异了。瞧瞧，老妈为了促成他跟李骐，价值观都能来个急转弯。

三元附和,"那张纸,是做给别人看的。不结的,可能永远藕断丝连;真结了,斩钉截铁地,最后反倒恩断义绝了。"

屈梦微微笑着,李骐也笑,谜一般。只有八斗脸上一片愁云惨淡。

吃完饭,三元建议开一桌麻将。可屈梦、李骐都有事儿,局就散了。八斗送李骐去基金会。路上,他少不得笑着赔不是,"有些话,她们乱说,你别当真。"

李骐道:"我说的可是真的。"每个字都带重音,"我是真没考虑婚姻。"停顿一下,又说:"你要是着急,或者遇到合适的,别被我耽误了。"

李骐的坦诚令八斗无所适从。来的时候,骐姑娘已经把他们的关系界定了:情人。可这种相对开放式的关系,八斗多少不大能接受,他更加不理解李骐了。作为一个从婚姻围城出来的人,他龚八斗尚且对婚姻有所憧憬,李骐怎么就失去信心了呢。因为原生家庭?不对啊,她父母是一对模范伉俪,风雨同舟多少年,是个绝佳的示范。那为什么呢? 一定还有缘故。八斗的心惆怅着。接李骐来的时候,是晴天朗日;送李骐走,便阴转多云了。白云苍狗,人生无常,快乐总是短暂。

等把李骐送到地点,海超来电话了,约他出去玩儿。八斗不想当灯泡,婉拒了。海超追问:"你是不是跟那个骐姑娘搞在一起了。"嚯。消息传得真快。八斗如实说有那么一点儿苗头,但吃不准。他又把李骐不大想结婚的事说了。海超倒能理解,"她结婚干吗呢? 也不指着男人干什么,顶多提供一点情绪价值。斗子,我真心佩服你。"

"佩服我什么。"

"跟这种女人在一块,等于是她玩你,不是你玩她,"海超口气十足嘲讽,"她跟你结婚,是给你抬轿了,人不愿意。"八斗听不惯这种"实话",要怼海超。陆海超却说,他跟慧慧和她家,已经进入实质性谈判阶段了。

"谈什么?"

"谈条件啊。"

"他们什么条件?"八斗追问。

陆海超说:"慧慧和她妈都说了,希望婚后换房子。"八斗没理解什么意思。海超的房子不是已经买好了吗? 够住,为何要换。海超解释了,说现在的房子离市区远，慧慧上班不方便，而且不是好学区，将来孩子上学也麻烦，所以，还不如一步到位，把问题都解决了。

八斗认为慧慧的要求也不无道理，但当他把情况跟三元转述，三元立刻就明白了，"现在的房子是婚前，属于男方个人所有，结婚后换，就是婚后，属于夫妻双方共同所有。等于婚一结，就得占一半房子。"停顿一下，又站在女人的立场分析，"想想也正常，女人的沉没成本多高啊！孩子不能白生，万一将来有什么闪失，分了，好歹能落半套房子。"冷笑一声，"不错。结个婚，五百万到手了。哪像我那时候，啥啥都没有就把自己糊弄出去了。"

姐姐的现实拆解让八斗害怕。当然，这么一分析，八斗又觉得海超嘴里那句"我太太闪闪发光"，根本就是粉饰太平、自我催眠。婚姻，从来都是一场交易。他陆海超，还有海超妈，都迫切希望要个孩子，等不了啦！

三元把慧慧的近况跟兰芝说了。姜兰芝点评，"小家小户，难免算计一点。"三元哂笑，"大家大户不计较，可人家根本不愿意结婚。"兰芝不以为意，"婚不结，孩子总想要吧。说不想，那是年纪还没到，再过两年，老天给她拉警报了，你看她想法变不变。"

三元大觉老妈的话高屋建瓴。

兰芝又说："所以，车皮不着急。"

是不急。离了婚，就对婚姻保持警惕了，真叫宁缺毋滥。不过三元觉得八斗的当务之急不是婚姻，而是孩子。哪怕非婚生，好歹算对自己的人生、家族有个交代。就比如中心里住进来的那位朱女士，三元越看越可疑。从住进来之后，就没有家人来看过她。待遇是顶配，可她那抠抠索索的样儿，给人感觉，那钱指定不是靠她自己挣来的。

这天巡房，三元在朱女士房间里看到国潮燕窝，猛一下没反应过来，等出了房间，才意识到那是冯一笑公司的产品。三元头皮顿时绷紧了，她立刻打给吴屈梦，开门见山地，"老吴，这姓朱的到底啥来路，你得跟我交个实底。"屈梦拖着腔调，"你放一千一万个心，肯定是正常来路。"

"跟冯一笑有关系吗？"三元逼紧了。

吴屈梦笑得尴尬，不妙。三元说："老吴，咱俩可是一头的，你别站到别的队伍里去了。"吴屈梦哎呀呀地，"是，是冯总介绍的。但人就是殷总老家的一亲戚！我怕你多心，没说。咱们开门做生意，总不能把客人往外推吧。"

"什么亲戚？"

"这我就真不知道了。"

"老吴，咱不能干非法的事情。"

"想哪儿去了，"吴屈梦糊弄着，"我不跟你说了啊，我这接孩子呢。"匆匆忙忙地，吴屈梦撂电话了。老吴的反应让三元大觉蹊跷，很明显，她是知道实情的。什么老殷的亲戚，骗鬼。三元本能地觉得，最坏的情况，朱女士可能是冯一笑和资本家的代孕妈妈。冯一笑不能生，这是跟八斗在一起就坐实的。不排除她用这种方法深度绑定资本家。至于为什么会选择她们中心，三元认为这叫"灯下黑"。越是最危险的地方，就越是最安全的。人家冯某某，想来艺高人胆大！兵来将挡。龚三元不禁增加了查房次数，还热情地询问朱女士，"住得舒服吗""有要求随时提"。朱女士表示感谢。熟了之后，再一步一步深入刺探。怎奈朱女士实在不是个健谈的人。三元问急了，她就说头晕。

看看，很有斗争经验的！

三元想跟八斗说，这是个重大消息。可是，一来，没有坐实，二来，她怕把弟弟恶心出个好歹，硬是给摁住了，先观察再说。

周末，牛爱玲要看孙子，三元给送过去了。爱玲留默默和蓓蓓在石景山住了一夜。三元见到斯文，前姑嫂俩聚在一块儿吐吐槽。严尔夫状态依旧不好，班不用上，工资照拿。但他偶尔出去开滴滴，见见人，但大流行病散点爆发后斯文又让他停了。他整天在家玩篆刻，话都不说几句。抱怨完生活，斯文忍不住多问三元几句。话说得很柔缓，但言下之意三元还是能听懂的。她还是希望三元能跟斯理复合。

三元重重吐一口气，"姐，不是我不想复合，是现在根本没空想这事儿，反正孩子一起带着。说句不好听的，还是一个屋檐住着。真要感情回来了，不缺那张纸。"

斯文笑说："慢慢来。"又拍拍三元的手背，"回去好好休息，累一个礼拜了，也就今儿能有点私人空间。"

三元忽然明白了，斯文所谓的"私人空间"，指的是她龚三元跟王斯理单独相处的时间。牛爱玲的想孙子,大抵也是调虎离山的计谋。龚三元忍不住苦笑,一道长城隔着,她跟斯理说个话都用微信,私不私人空间,有啥区别?有啥意义?!行吧,能闭上眼睛什么都不问一晚上也值!

一路飞驰到家,三元一进门就把鞋子甩了,对,不是脱,是甩。她赤着脚站在门厅。一低头,却看到王斯理被脚撑得歪歪扭扭的黑色皮鞋旁,有一双女鞋。

眼生,不是她的。不对,娘的!有敌情!

三元没出声,沿着"城墙"往前走了几步,打开王斯理"国界"的大门,果真有女人的声音从门板后面传过来。

三元不客气,拿食指关节,重重叩了叩门。

门开了,她面前站着个女人,短发,个子不高,方圆型的脸,看上去三十出头,但皮肤是真好。昏暗的光线都挡不住人家放白光。这女人一脸懵懂,看看三元,又回头看斯理。斯理穿得周吴郑王的,手插在口袋,仿佛国家元首出席国际会议,还没等三元发问,他就主动说:"哦,介绍一下,小仇。"

三元没听明白,她皱着眉追问:"什么球?"

斯理忙笑着解释,"仇,百家姓的一种,岂由球",他念拼音,"就是仇恨的那个仇的多音字,单人旁放个九。"

127

介绍完小仇,王斯理又介绍三元。

这回脸对着小仇,口气严肃,"这是我姐。"

什么,姐?!三元顿时头顶冒火七窍生烟,她成他姐了?!演宫斗戏吗?!这古怪的戏弄让龚三元措手不及,愣在那儿。仇女士轻轻叫一句,"姐姐好。"三元浑身微微发抖,眼珠子都震颤了,脸上一整个跑马灯似的表情包。还没来得及反击,王斯理就又关闭了国境,闭关锁国了。

屋内发出一阵笑声,哈哈大笑那种。不用说,人家同仇敌忾了!

卑鄙!淫荡!无耻!

愤怒在腔子里发酵着,三元脚步沉重,每一步都能踩出个坑儿似的。回到自己屋,关上门,她想找人倾诉,可又实在无处喷泻。打给车皮,肯定一阵慌乱。打给老妈,不但给她老人家添堵,没准还会怪她不好。情急之中,龚三元只能打给斯文。统共只说一句话,跟下病危通知书似的,"你弟开始带女的回家了!"

在龚三元看来,王斯理的这种行为无异于宣战!

可在斯理心中,他只不过对三元的行为进行了"复刻"。区别只是把社交时空搬到家里罢了。他觉得自己比三元要纯洁。龚三元跟那些男人是皮肉之欢,鸡鸣狗盗,龌龊得不能拿到台面上说。而他跟仇女士,则是柏拉图式的交流,比山泉水还纯洁。

王斯文踩着风火轮赶来了。面对姐姐,斯理据理力争,"她能玩我不能玩?我现在是离婚状态!单身!有社会交往的自由!"

斯文压着嗓子,她怕三元听到,"要玩出去玩!"

三元还是听到了,她当即跨过楚河汉界杀了过来,大吼:"在这个屋檐下,就不许你做这种骑着别人脖子拉屎的事!"斯文吓得脸绿,赶紧折回头劝三元,"元元,会不会你想得有点严重了,可能就是普通朋友。"

三元大声疾呼:"普通朋友也好,'炮友'也罢,跟我没关系!他只要不带人回来,怎么都行!现在是什么时候,出去还要戴口罩,他好,直接弄个人回来,谁知道他有没有病?!他想死,儿子还得活呢!真孙子!"

一席话,口吐莲花,连儿带孙一起骂了。

斯文讨饶地说:"要不这样,元元,你听姐一句劝,眼不见为净,你搬出去,我帮你出房租。"

三元又炸开了,"凭什么我搬!这是我儿子的家!那王八蛋就是故意的!示威!想证明自己他妈的是香饽饽!我是隔夜的剩菜!做他的春秋大梦!"

斯文反倒委屈了,"元元,你这么说我不同意,斯理本来是要找你复婚的,你不同意,不给他机会!"

三元一点不给斯文面子,"他也不撒泡尿照照!配不配?!"斯文被啐得没办法,只好退一步,"要不这样,我去做工作,让斯理先搬出去。正好妈最

- 731

近情绪不好,身体也一般,让他去石景山看着。"提到牛爱玲,龚三元才终于控制住情绪,问前大姑姐前婆婆怎么了。

斯文小声,"老外交没了。"

三元不吭声儿了。好像只有死一个人这么大事,才能让她平静。斯文又去做斯理工作。王斯理硬得跟个屎壳郎似的,坚决不愿意搬。但谈判也不是完全没有成果,鉴于安全起见,斯理同意暂时不往家带人。

等上了班,三元就把这场"家变"拣重点跟屈梦说了。当然,以渲染自己的大获全胜为主。吴屈梦哈哈大笑,说人生就是如逆水行舟,不进则退。

三元没理解屈梦的意思。

吴屈梦解释,"这就是离婚的烦恼,前任比你过得好,就是对你最大的惩罚,反之也一样。你唯一的办法,就是要让自己过得比他更好。"

是,没错儿。过得更好。三元也曾告诉自己,只要事业再起,挣到钱,过上舒心的日子,就是过得更好了。事实上,她现在就是在过得更好的路上狂奔着。可是,当王斯理把那个什么姓仇的女人带回来,她龚三元也不得不承认。如果,她,龚某某,不能找到一个更好的下家,她基本就没法力证自己过得比他好。

一切又回到了当初夫妻打赌的原点:你有下家吗?

有下家,不选择,是一回事儿。

没有下家是另一回事儿。

这关乎自尊。而且,这个下家的质量还不能太低。王斯理奔着年轻找去了。那她起码也得奔着年轻,或者奔着有钱、有地位去,不然怎么能扳回一城。人活一口气。曾几何时,三元认为幸福是自己的事儿,是自己内心的感受。但现在她非常坚定地认为,幸福还是个巨大的比较级!面对着打量她的吴屈梦,龚三元悲叹着,"真找不着!"

屈梦刺激她,"人家冯总怎么能找着?"

三元咋舌。冯一笑那两把刷子,她真没有。她真没法天天喝茅台,不知道去哪儿喝,也喝不起。吴屈梦道:"世上无难事,只怕有心人。我帮你留意着。"

三元道谢不迭。

很快，吴屈梦还真给三元介绍了一个朋友。不过人在美国，叫朱永富，英文名皮特。出去得早，什么都干过，现在基本享受人生了。只不过老朱暂时回不来，所以两个人就在网上聊着。当然，视频是通过了。对于长相，彼此是满意的。有好几次，三元还故意在家大声聊天，时不时带点英文单词那种。

王斯理果然听到了，等到两个人在厨房狭路相逢，他才忍不住讥讽，"干吗，还找上洋人了。"

三元回击，"土人洋人，反正是比你高级的人就行了。"

王斯理不客气地，"小心被骗。这种老骗子，多得很。得找那种愿意娶你的才行。"

三元凛然反问："你愿意娶仇女士吗？"

斯理噎住。

三元哈哈大笑，"你才是老骗子吧。"

不过，这边"一别两宽"的事还没处理好，姜兰芝来电话，这一次，表姑宫明月真跟大家告别了。突发中风，在家里躺了一夜，等兰芝过去找她，人已经凉了。这趟奔丧，第一次见到宫明月女儿——三元和八斗的远房表妹。矮胖的身材、糟糕的服装搭配、凌乱的头发，一看就是遭到生活蹂躏的人。表妹没怎么哭，全程一张呆滞脸。

姜兰芝却哭得不能自已。她怪自己发现得太晚，又怪当初不应该反对明月跟东北老工人在一起。真要在一块了，钱是少了，没准还能捡回条命，多活几年。

三元趁机给老妈吹风，"一个人在家，真不行，又是这个年纪。"兰芝不说话。八斗加把火，"妈，回北京吧。在这儿不是事儿，别说这种突发的急病，就是头疼脑热，连个递水的人都没有。"姜兰芝没表态。但从微表情看，老太太的态度似乎也已经松动了。

丧事按照流程办，就在当地的殡仪馆。骨灰烧出来，八斗以为表姐会带回北京去。没承想，人就打算放东北的这套房子里。

三元第一个反对，"妹妹，老话讲，入土为安！放这儿算怎么回事儿，放得了一时，放得了一世么？以后还得弄。"表妹的理由却很充分，北京的墓地，太贵，她不打算花这份钱，老家的便宜，但现在疫情当头，她工作也忙，暂时回不去,所以只能寄存在东北这套房。

用表妹的话说,这房子,本来也就值个几万块,又是七十年产权,别说不打算当墓地,就是真当了,也未尝不可。

兰芝劝道:"你就把你妈一人丢这儿了?"

表妹说:"这不还有您呢,再说,妈喜欢这地儿,我也是尊重她。"

办理完毕,表妹先回北京了。三元和八斗陪老妈多住几天,只是,从客厅南面窗一抬眼,就能看到明月姑那套房。过去是安乐窝,现在也是,区别是过去是活人,现在是死人了。三元深劝,"妈,走吧,此地不宜久留。"兰芝怆然,"你让我去哪儿?!老家,那样!北京,那样!"

三元劝慰,"妈,北京总有你住的地方……"

三元反呛,"你跟斯理好了?"

"没好。"

"那怎么弄?"兰芝带着气。

八斗插话,"妈,你到我那不行吗?"

兰芝脸色更不好,"你不结婚了?"

"不耽误。"八斗气弱了。

"耽误!"兰芝大声。

三元跳出来,"我买房!买新的!行吗?"

绕来绕去,还是得买房。就着这个契机,提上日程吧。

八斗坚决支持,他能贡献点"闲钱"。回到北京,三元找斯文谈,希望王斯文能劝斯理,退出丰台那套房,各自寻找出路。斯文道:"元元,这么做就不公平了。你跟老二分开的时候,他可是把固安那套房子给你了。也说好了丰台这套,归孩子,但大人有居住权。"

三元好声好气地说:"大姐,这不是跟你商量嘛。你石景山的房子晾着,妈没人照顾,斯理过去,也能照看点,而且这房子租出去,到时候也能对半分房租,谁也不吃亏。"停顿一下,"斯理的情况你也看到了,时不时要往家带人。抬头不见低头见,相互都膈应。"

斯文还是咬住了,她盯着三元的眼睛,"真没回旋余地了?"一日夫妻百日恩。

三元停顿好久，"不想了。"又说："都往前奔吧。"

王斯文戳破了，"你想再买一套是不是？"

三元愣了一下，没否认，"有这个想法。"八成斯理早跟斯文通气儿了，撒谎没必要。

斯文说："你要能扛下来一套，我为你高兴。"微微点头，"但这事儿是这样，与人方便，自己方便。你要真想把丰台这套腾出来，固安那套，就得重新分。"

"不是，大姐，"三元着急了，"那都是分配好的，哪能来回变呀。"

斯文笑笑，"你这不也有变化了嘛。不变是暂时的，变是永恒的，你考虑考虑。"

到底是一家子。斯文为弟弟考虑，三元能理解。可问题是固安的房子兑走一半，那她买房的款项就又缩了水，买到向心房子的可能性更低了，或者就缩小房子的面积。后来还是八斗给了个建议，他说既然默默已经有房子了，又不要落户，就没必要买七十年产权的。五十年产权也有好房子，地段可能更好。

是，退步就退步吧。三元求快，一来老妈不能等，二来她也实在不想看到那个姓仇的女人。她加快速度在东四环看中一套，香河房子一出手，东拼西凑点钱，火速就拿下了。钥匙到手，三元也懒得装修了，跟斯理签了个协议，两个人相约一起搬出去。搬家倒数最后一天，王斯理摸到三元那屋，敲门。

三元隔着门板问："有什么事儿说。"

斯理道："你先开开。"

三元不乐意，"有事儿说事儿，不耽误。"

斯理道："最后一天，搞不好是最后一面，见一下不行吗？"言辞恳切要求合理，三元心软了。她扭头看梳妆镜里的自己，披头散发憔悴得好像一缕魂。她下意识想化化妆，但理智立刻占了上风。女为悦己者容。她没必要让她王斯理舒服。于是大大咧咧打开门，一袭睡衣，白色的，配上一张惨淡的脸，活脱脱白无常。

"什么事儿？"三元很凶。

斯理往里走，入侵三元的地界儿，才问："真想好了？"三元立刻不耐烦,"有完没完。"斯理靠近了,他身上热烘烘的,他抱住三元,在她耳边吹气,"最后一次……要不要?"滑稽,可笑,可悲,无耻之徒!男人,他妈的脑子里都在想什么鬼东西?!是人吗?!临了临了,还要来个最后的纪念?!演什么呢?有意义吗?!

"行啦!"三元推开他,"你是不是有病!你这样做,既不尊重我,也不尊重仇女士!我不当三儿!"

斯理死皮赖脸不肯走。

三元后退半步,怪笑着,"哦,明白了,你这种人是不是就爱这样,自己锅里的肉,总是不好吃的,非得是别人碗里的吃着才香!"哼哼一声,手指向门外,"我给你指条路,安定医院!"一个大发力,王斯理被推出去了。一道门隔开了他们,三元觉着,跟天人永隔似的。

128

海超和慧慧还在婚前谈判,志国和小女友已经把证儿领上了。两个人相差十岁,很有点老夫少妻的意思。用志国的话说就是,这小女生特别好,不在乎钱,只在乎他这个人。"真的,结婚需要冲动,眼一闭,把自己交出去得了!"

八斗侧面观察,这小女生的确难得,眼神平静,对志国却确实关爱有加。两个人领证了,却没铺张,只是请了几个朋友在家里吃了顿饭。有意思的是,海超和慧慧也应邀出席了。八斗觉得先开始觉得老滕这是在示威,可坐到一张桌子上,从滕志国看小女友,哦不,小娇妻,甜蜜的眼神里,看出了他的返璞归真。

志国举杯,对着海超,把他那句最近的口头禅又复述了一遍,"结婚需要冲动!"

海超不含糊,"必须冲动!"说完瞟慧慧一眼。

史慧慧不为所动,听到跟没听到似的,依旧坐得像个淑女。海超感叹,

"你们这儿快得跟龙卷风似的。"志国得意地,"计划赶不上变化。"

桌面上一下安静了。

八斗跳出来问:"老滕,你不会使坏了吧。"志国嚷嚷着,"什么叫坏,这是好。"眼神落到娇妻肚子上。

娇妻羞赧。

八斗顿时明白了,难怪她拒绝喝酒,原来已经珠胎暗结。水落石出,众人又是一轮恭喜。

志国拍胸脯,"虽然我滕某人现在混得一般,但有一条,该负的责任那得负!……"觥筹交错间,八斗有点恍惚。他忽然想起了过去海超对小段的"处理办法",相形之下,滕志国男人多了。

不过,也难说。

毕竟志国今非昔比。如果他没得病,没经历那么多坎坷,或许也不会以这样的方式,跟这样一个女孩走入围城。

不知道谁秃噜出一句"先上车后补票",大家起哄更甚。人堆里,只有史慧慧入定了一般。无悲无喜,不怒不笑。八斗明白,史慧慧跟海超,是绝对不可能这么操作的。

她的车票不便宜,她跟海超家还在拉扯。

这天过后,海超跟八斗通电话,还是忍不住把老滕骂了一顿,"流氓到什么时候都是流氓!以前玩大洋马,现在开始玩网红了。"

这次八斗没站在海超这边,"那也是本事,愿打愿挨的事,女方愿意就行。"

海超又说:"那女的也是,没有底线,我太太就不会那样。女人,还是应该自尊自爱。"

八斗听不下去,胡乱催促道:"别操心别人啦,你抓紧时间把证领了,就能合法地躺在一张床上了。"

海超迭声说必须合法。

夏天过去了,暑气陡然消退,仿佛第一片叶子刚黄,秋天就出溜一下窜出来了。三元的房子租出去,还是老办法,斯理走人,固安的房子她出让一半,转身买了个小产权,带着老妈孩子过日子。

李骐和八斗的关系，也随风潜入夜般地发展着。李骐偶尔出去谈事儿，或者见朋友，都会叫上八斗。虽然没有明目张胆开诚布公对外说过，这是我男朋友，但朋友们也多半心照不宣，认定了八斗是李骐的男伴儿。李骐还为八斗着想，有项目，总是第一时间想到八斗。

反倒是八斗自己有些气馁。

他倒不是为吃软饭羞愧，甚至有人说他是李骐的"小男友"，他也毫不生气，他只是觉得自己有点对不住李骐的抬举，少了些跟资源匹配的宏图大志。

他不是才高八斗，而有点像扶不起的阿斗。

年纪越大越像。

八斗忽然发现自己打根儿上跟陆海超他们没什么不同，芸芸众生，普通人，普通男人，所追求的不过是老婆孩子热炕头，他没什么冲劲儿。他现在格外怕过生日，因为每到这个日子，就等于老天又提醒他一次：你老了。呵呵，年龄大吗？其实真不算大，只是感觉心老了。一想到老，八斗忍不住思忖自己的未来。养老院他是肯定不愿意去的，因此，他需要一个孩子，起码孩子不至于完全不顾你。

天气再冷一点，八斗生日到了。三元第一个打电话来道贺，然后是老妈买蛋糕，吃饭。

跟着，李骐也请他去吃了顿大的。酒足饭饱，八斗长长吐了一口气，像纾解，也像叹息。

李骐笑说："干吗，不满意？"

八斗连忙说满意。又感慨："就是觉得，一天天过得，太快！都这岁数了，还一事无成。"

李骐揶揄地，"除了没再婚，你好像也没其他什么不如意的。"此言一出，八斗哈哈笑了。的确，他的日子里也就这点美中不足。可问题是，这个不足太显眼了。就好像鼻子下面长了一颗痣，不除掉，永远看着像鼻屎。

总是窝窝囊囊，叫人没底气。

李骐淡然道："我妈也催我催得不行。"抬眼定定地看着八斗，"再过二年，如果实在没办法，你还未娶，我也未嫁，咱们就往近了凑凑。"

是玩笑的口气说的。仔细品咂，里头似乎又藏着一点点似有若无的真心。

八斗为这一丝丝温热感动着。他开玩笑反问："真的假的？！"

李骐吊着嗓子，"干吗，你还不乐意。"

"乐意，"八斗平铺直叙地，"我是怕你家里人看不上我。"李骐说你这话就别说了，既然决定凑在一块，那就一般齐一般高。八斗说你不是不想要婚姻吗？李骐眼望前方，苍茫地，"以前我觉得，结婚是结给别人看的，我干吗为了别人的期待结。"长长地停顿，视线对准八斗，"现在想法变了，干脆结给自己看。"

八斗不太理解其中深意。李骐一向如此"费解"。他也懒得细究，反正，她说，他就听。

李骐轻描淡写地说李骥快回来了。

这可是大新闻。八斗忙说恭喜，又问具体情况。还说梦姐该高兴了，终于熬出来了。李骐不予置评。李老爷子走，李骥不在身边。李骐恨弟弟这一点。八斗又提到李骥的几个孩子。李骐笑说："估计，都不认识他这个爸爸了。"

八斗顺势问："你喜欢孩子吗？"

李骐愣了一下，淡淡说："谈不上喜欢，但也不算讨厌。"

得知李骐专门给八斗过生日，三元有些激动。她忍不住对弟弟耳提面命，"人都这样了，你还不积极主动点儿。你挖到一个宝，知道吗？"

八斗假装不懂她意思。

三元手把手教，"你们到底进展到哪一步了？"

八斗诧异，"就正常发展。"

"表白了吗？"

"啥意思。"

三元干着急，"不是，你怎么到现在还不懂追女孩的诀窍呢，你得死缠烂打，一点一点磨！"八斗委屈说不是已经算是在一起了嘛。三元说你得往前推进，让量变转为质变，有些话，你得说出来，有些事，你得做出来。"赶紧，回请人一顿！意思这么明显了，你这阅读理解还永远不及格！"

"真不用，太刻意了。"

"那你想不刻意也行,"三元稍稍退步,"但有些话,你必须说出来,词儿我都给你编好了。"

八斗真为难了,"姐,不至于吧。"

"你别不至于,"三元较真到底,"你先回答我一个问题,你对骐骐,到底有没有感觉?哪怕一点点都算。"

好家伙,都叫骐骐了。平地起高楼,要出事儿。

"有。"

"那行了,"三元手背砸手心,痛心疾首地说:"你不要不好意思,哪怕被拒绝,都没事儿!被拒绝不就是人生常态嘛。你要想进一步,就得自己使劲推。不能犹豫,就得抢,就得当场下单!"

"她说她不想结婚。"

"哎哟我的傻弟弟,这叫欲擒故纵明白吗?"三元急赤白脸地说。"这种事情就是这样,有个缝儿,你就得下蛆!"

比喻得实在狰狞,八斗鼻子眼都皱在一块儿,痛苦。

三元继续,"你就当面跟她说,"一秒进入状态,她八斗附身,"反正,骐骐,不管什么时候,不管在什么地方,不管遇到什么事情,我永远都不会离开你。你就是我遇到的最好最喜欢的人。不是第一个,但是最后一个。真的,我不会变了。"

说完,三元还停了几秒,自我陶醉着。

"我说不出来。"八斗失笑。

"说!你就背下来,找个机会你就说,我一会儿把这段发你,"三元极度认真地,"你这样你搞不好立马你就质变。"

变形金刚吗?大变活人吗?八斗觉得三元多少把复杂问题简单化了。再想想,似乎又是把简单问题复杂化了。事实上,他早已经过了那种激情澎湃的时候,这一段台词,压根儿就不适合当下这个状态说。硬说,那就是演。可是,当三元把这段小作文发来,夜深人静,八斗一个人对着手机屏幕揣摩的时候,他又不禁觉得这段文字是有魔力的。每一个偏旁部首都有魔力。他轻轻朗诵,奇怪,从人的嘴巴里真说出来,魔力又增加了十倍。是啊!这是一个多么巨大的承诺——永远不离开。换位思考,在经历了那么多之后,如果有一个人跟他说，永远不离开。即便他不是那么喜欢，估计也会慎重考虑。在这个变幻莫测的世界，谁不想要一个永恒的支点呢？想到这儿，八斗忍不住又想试试。就当一回话剧演员，尽管观众只有一个人。

趁着陪李骐去会所见朋友，八斗喝了点酒。等出来，他把李骐拉到一块小树林里。夜黑风高，正适合对她吐真情。

李骐诧异，"干吗呀，乌漆麻黑的。"

八斗捉住她的手，"我有话跟你说。"

李骐没当回事儿，笑笑，"快点啊！我鸡皮疙瘩都起来了。"冻得。

八斗猛吸一口气，借着夜色的掩护，"有件事情我必须让你知道，我必须说出来。"没换气。

李骐没说话，一双眼睛闪亮亮地，盯着他，像藏在暗处的兽。

表演继续。

"李骐，"他叫她大名，"我要让你知道，不管什么时候，无论在什么地方，哪怕遇到再难的事情，我向天保证，永远不会离开你！"

每一个字都加了重音，强调强调再强调。

李骐失笑，"不是，怎么突然说这个。"

八斗逐渐入戏，真动了情，自己也分不清真假了，"反正，只要咱俩在一起，就是永远！我永远在你身边，永远陪你，你永远有一个退路，我愿意无条件托着你，懂吗？"

风顽皮地从两个人中间穿过，还故作嘲弄地发出轻轻的嘶喊。这下轮到李骐不说话了。

"听明白没有？"他的语气带点强迫性。

"明白。"她的笑声内容复杂。似乎有感动，似乎又有无奈。不过，这话说出来以后，八斗整个人都觉得畅快了。过去，他不跟人交心。现在，他把心交出来了，哪怕不是全部交出，或者交出部分的心，具有一点表演性，但至少是交出来了。而且幸运的是，从客观效果看，不错。

不出三天，八斗就接到吴屈梦打来的电话，叫他去家里吃饭。还煞有介事敲打，"你小子给大姐灌什么迷魂汤了，突然又非你不嫁了。"八斗喜不自禁。他把好消息告诉了姐姐和妈妈。三元顿时觉得自己就是当代女诸葛。兰芝鼓励儿子,"好好表现!"

八斗忽然紧张起来了。

三元又叮嘱,"伴手礼不能太便宜。"八斗连忙去买了一盒海参一盒灵芝,严阵以待。不过三天后的这顿饭,其实很轻松。李家老太太没有李老爷子那么严厉。老爷子走后,她也更加希望女儿早日有个家庭。因此,八斗到场,她比李骐还喜欢,嘴角就没拉下来过。加之儿子李骥回国了,心情更是大悦。八斗这趟来,见到李骥这个"传奇人物",两个人国内国际高谈阔论一番。听李骥那意思,他已经有点把他当姐夫了,还想带着他做点生意。

吃完饭,李骐送八斗出来。小脸酡红,笑呵呵地说:"没事儿吧。"

"没事儿。"八斗故作轻松。

"李骥说话,有时候是没轻没重,你别当真。"李骐柔声。八斗说真为你们家高兴,团团圆圆,比什么都重要。

李骐送到楼道口,站住了,"回头再聚。"

八斗觉得有必要再下一剂猛药,算作一场表演的收尾。他快步回身走到李骐跟前,不管不顾,一下嘴就是一记长吻。李骐接着了。

没反抗,甜蜜。

这让八斗觉得很有成就感。他估摸着,入冬之前,趁着圣诞节或元旦,就可以求婚了。

香山叶子最红的时候,纪念馆要办研讨会,这是八斗的活儿。过去,这场年度最重要的会议,多半是在外地,某个风景优美的景区办,今年没这条件。馆里几经斟酌,在北面山区找了个培训中心,一车拉过去,开一天半的会,游赏一天半。这地儿离长城不远,吃完饭能溜达着过去。

站在长城上朝下看,满眼红叶,山跟过了火似的。这天八斗正在长城上站着,燕玲来电话。八斗手有点抖,犹豫了一下,还是接了。

燕玲的声音好像从地底下传来似的,既尖锐,又低沉。他不知道她怎么能把这种相悖的特点熔为一炉。八斗干干地叫了一声燕燕姐,听着也不自然。他有点求和解的意味,他觉得他们都应该努力忘记当初的错误。

燕玲说:"我们见一面吧。"

八斗头皮都紧了,这突如其来的恳求让他害怕,他怕燕玲"翻旧账",她会让他"负责"吗？可是，当初那段兔子尾巴一般短暂的故事，原本就是愿打愿挨，是封控期间的一时脑热。有理智的人都不会当真。他不相信燕玲失去了理智。

八斗带着笑意婉拒，"我培训呢，在怀柔。"

燕玲果决地说："没关系，我去找你。"

129

燕玲的突然造访打乱了八斗的内心节奏。小鼓敲不停，跟要上战场似的，八斗始终想不明白，究竟是什么事这么着急，着急到她愿意长途跋涉，从城里到郊区，单独面谈。只是，以他对她的了解，他又觉得燕燕姐绝对不是那种没事找事、无理取闹的人。

既然要来，且那么坚决，就一定有事。

且是大事。

八斗感觉似乎有必要跟三元通个气儿。可打电话的时候燕玲又特地交代，先谁也不要说。这个叮嘱，让八斗更害怕。他真想一个电话打过去，先追问燕玲，到底是什么事。谜底揭晓了，大家图个心安。哪怕是个脓包，挑破了也就没事儿了。可是，当拿起手机，龚八斗又觉得这个动作有点多余。既然人家要当面说，他硬强迫就没意思了。

算了，等吧。反正就一天，不对，一天都不到了。按小时算，实在不行就按分钟算，按秒算，快了，没多久了。下了会，八斗没去长城，早早洗了澡，盘在宾馆床上打游戏。实际上连游戏他都很久没打了，不是没时间，而是没兴趣，或者说，觉得打游戏浪费时间，但空出来的时间，似乎也没得到有效利用。

糊里糊涂睡了一夜，感觉就没进入深睡眠，八斗觉着自己似乎又回到了高考，或是考研前夕的夜晚，他是一到大考就失眠，除非身边有个人陪着。头昏昏沉沉去吃早饭，燕玲来消息了，是短信息。她跟八斗的微信已经删除，

-743-

所以只能靠这种古老的沟通方式取得联络。她说她已经从东直门上了大巴，到怀柔再告诉他。

约莫小两个小时，她说到怀柔北大街了，还要坐车。八斗怕她不认识路，要开车去接。燕玲得知是公家的车怎么也不肯，坚持坐那种半个小时一班的公交车。八斗没办法，只好告诉她下车地址。他也往那迎。

路只有一条，又窄又长，两旁都是树，跟华容道似的。不知为什么，这路上几乎不走小车，都是大车，轰轰隆隆地。路边很多碎石子儿，都是大车轮胎压崩过来的。走一段，能碰到卖本地诸如蜂蜜等农产品的小摊儿。

八斗靠边站。远远地，一辆绿色的大巴驶来。在距离他一百米的地方停下。跟着下来个人，是女的没错儿，小小的身形，米色衣服，剪了短头发，比李骐的还短。走近了，才发现是燕玲，但整个人瘦得几乎脱了相。原本就是扁脸，现在肉没了，颧骨水落石出般高耸着，看上去很难说话的样子。上衣和裤子都很宽大，胳膊腿藏在里头，晃荡晃荡，更显瘦削。八斗忽然有点心疼燕玲。这二年，她明显过得一般。八斗上前招呼了一声，还叫燕燕姐。

身旁大车经过，声音很大。

燕玲一挥胳膊，示意他到旁边说。

旁边是片树林，种的山楂树。这时节果子熟了，果子一簇簇挂在枝头，跟红色炸弹似的。下了坡再往上走有个凉亭，四周都是松柏，凉亭里有座位，两个人走进去坐下，隔着个石刻的棋盘台子。

八斗笑着问："刚回来的吗？一直想联系你，又怕太打扰。"

"没关系。"燕玲口气淡淡地，像大战前寂然又恐怖的黎明。

八斗不得不主动问询，"燕燕姐，你找我有什么事吗？"燕玲说有，干脆利落，表情铁得像钢板。八斗放下翘起的二郎腿，伸着脖子，假作虔诚地等下文。

燕玲迟疑地，"有个事，我想跟你商量商量。"八斗还没反应她就改口，"也不是商量，算我求你。"

八斗用笑缓解尴尬，"燕燕姐，快别这么说，能帮的我肯定帮。"

"你能帮。"她先给结论，不容置喙。

"哦？"他摸不准她的脉，但背上已经冒汗了。

"我需要你帮我上个户口。"燕玲脱口而出。说完,就盯着八斗看。

哦。明白了,她想要北京户口,可问题是,就算是假结婚,配偶也需要十几年才能拿到户籍。或者,她为了尽快买房?社保断了,可能她不想再等五年。这几个关键信息在脑中排列组合。八斗基本得到了答案,他关切地问:"你是着急买房吗?"

"不是。"

"那是……"八斗不理解了,这谜题难度太高。

"我有孩子了。"她嘴一秃噜,把话说出来了。

八斗头一蒙,脑子里跟飞进无数蚊子似的。多重可能在他脑中生成,每一种他都觉得无比可怕。他不自觉地站起来,"然后呢。"

燕玲直白地,"我想给孩子上个户口。"

"这样好像不合法……"八斗尽量稳住情绪。

"合法。"燕玲也站了起来,可等她站起来,八斗又坐下了,他不敢往下问,他怕再问下去,得到的会是个非常恐怖的答案。可她却不给他躲避的机会,直接把炸弹扔出来,"你是孩子的爸爸。"

山间的风呼啸而过。像一群精灵似的孩童,跳着,笑着,嘲弄着。八斗只觉得头晕目眩。听错了吗?!好像没有。爸爸?他是爸爸?!虽然但是……确定不是天方夜谭?!他怎么就当上爸爸了?!

龚八斗忽然一阵惨笑,追问:"那谁是孩子的妈妈?"这问题问得很没水平。

燕玲掷地有声地,"我,我是妈妈。"再次强调答案,"你是爸爸。所以,你能给孩子上户口。这孩子就应该是北京户口。"

八斗愣住了。过了好一会儿,他心中的死火山才终于被唤醒了,他嗓音放大,"张燕玲你没事儿吧!"只可惜这山太大,他故意撑胆子的大嗓门放在这地界儿也算不得什么,一下就被吸收了似的。

燕玲声音颤抖,随时能哭出来,"车皮……你听我说……这就是个意外!……但我只能让这个意外发生,我没办法,真的是不得已……我的体质不适合流产……而且这是一条命……"

八斗大叫,"你这是要了我的命!你经过我同意了吗?!发生发生,你能让它发生,你必须自己承担结果!"

燕玲靠近了,她想要拉八斗,但手伸过去又缩回去了,"是我承担,我本来都不想来找你,可这个户口对孩子很重要,关系到他的未来。你放心,这事儿谁都不知道。咱们偷偷把户口上了,我向你保证,以后我跟孩子永远消失。"

孩子,这两个字仿佛蜂尾针一样刺进八斗耳朵里。

"是儿子?"他平静了些,很好,神不知鬼不觉地,他就有了个儿子。他有后了。

"是儿子。"燕玲给予肯定回答。

"怎么确定孩子是我的。"

"是你的,"燕玲笃定,"后续可以做亲子鉴定。"

八斗盯着燕玲,她脸上没有一丝犹疑,估计是真的了。可是,如果这一切都是真的,他又怎么面对李骐呢。不,他不能因为这场意外就毁掉自己未来的幸福。他必须拒绝。"你自己制造的麻烦,你自己处理。"八斗冷冷地。

"不是……斗……我就这一个要求,不是为了我,是为了儿子……"

"这不是我儿子!"八斗怒得头发都支棱起来,"我就没有要这个儿子的预期!"

"可他流着你的血!"

"这户口我不能上,"八斗给答案,压低声音,眼睛从下往上看燕玲,"没想到你这么疯!"

燕玲哀求,"我知道你的处境……所以才避开所有的目光所有的可能泄露的渠道,只要拿到户口,我跟孩子就立刻消失!不会打扰你生活的。"

"如果是我的孩子,你就没有权利不经我的允许把他生下来!更没有权利不经我的允许,就带着他消失!"

燕玲怔了一下,才用陈述句说,"法律是允许妇女自己决定是否生育的。"

"那你去找法律说。"八斗起身要走。

燕玲追了两步,走出凉亭,"我不想闹到法院!那样对你不好,真的,你再考虑考虑。"

八斗转身骇笑,"我明白了,从头到尾这就是你设的一个局,对吗?我说那时候你怎么就那么疯狂,是不是冯一笑也参与了?是她给你出的主意吗?

行啊！我就是一头驴一匹马，你年纪大了找不到人又想要孩子，就跑我这儿借种来了！我是受害者！你还找我要户口？！你考虑过我的感受吗？！你现在横插一杠子，你让我以后怎么做人？！"

"我要是不考虑你的感受，就不会到这个天不管地不问的地方来！"燕玲声音也厉了。但当即又柔和下来，"斗，真的，你信我，这就是个意外……这原本就是咱们俩的秘密，那就索性让这个秘密再深一点……退一万步讲，你就当在这个世界上多了一个亲人又有什么不好呢……我真的是没办法。儿子就是我的命，该争取的，我都会为他争取……"说着，燕玲步步紧逼，端着手机，划拉到一张图，用既然纯真无邪又笑里藏刀的口气，"你看看……看看儿子……多可爱……眼睛跟你长得一模一样……"她现在就是个慈祥的老母亲。

八斗硬着脖子，仿佛义士要上刑场，马上就要挨一刀。不，这是她的魔咒。儿子……照片……他怕自己哪怕瞄了一眼，心就软了。整个人就彻底陷入她的罗网。他挪了两步，背对着她，一副拒人于千里之外的样子，浑身紧绷。

他恨！

"你听听……"燕玲又点开视频。孩子的呀呀声流了出来，魔音传入耳朵。这下他无从遁逃了，他的心缩成个山楂球，血被压缩了随时爆裂！

这个女人！这个毒辣的女人！他真恨不得一掌把她从这半山坡上推下去。可是，这个念头只在脑海中存在一秒就立刻人间蒸发了，他没有这个胆。"孩子呢？"八斗问。燕玲说放在出租屋。八斗问谁带，燕玲说请了个育儿嫂。

八斗愤懑，"你所谓的永远消失，现实吗？那是个人！不是东西！是人！活生生的人！盖得住吗？！"

燕玲说："只要户口上好了，我就带着儿子离开北京。"八斗冷笑，他觉得张燕玲现在连谎都撒得如此低劣，离开北京，那要北京户口做什么？这不是自欺欺人嘛。

山风又起，八斗矗立着，跟周围的松柏站成平行线，他怔怔望着远方。忽然，他感觉自己似乎被圈着了，再一低头，胳膊周围环着手臂，是燕玲抱住了他。八斗跟见了鬼一般厌恶地挣脱开。

-747

明白了，清晰了，真切了，这就是燕玲的步步为营。什么上户口只是幌子，她的真正目的，是想跟他组成三口之家！她就是一只毒蜘蛛！网织成了，儿子就是最大的诱饵。他只要往前一步，就只能束手就擒。好在，网破了，他跑开了，像捡回一条命的飞蛾般。他着实感觉到了这个女人的恐怖！他害怕哪怕延迟一秒，自己这一辈子便被葬送了。只是，跑过这个山坡，龚八斗就后悔适才没看儿子的照片和视频一眼。

他有儿子了。

不可思议。他感觉到自己灵魂深处DNA的蠢动，是的，连DNA都不抗拒儿子。他抗拒的是燕玲，是她这种卑鄙无耻下流的做法！虽然燕玲有一千一万个理由，诸如体质原因、年龄原因，不得不，必须，只能如此……说白了，还是自私！燕玲的电话又打过来，他关机。在想出应对方案之前，他不想跟她有任何对话。上户口是一方面，她怕是还想来要钱。他忽然又深深地觉得对不住李骐。他们的关系刚有突破性进展，就杀出这么个程咬金。

说实话，一想起燕玲的那张脸，八斗觉得自己都能做噩梦。他还坚决认定，燕玲的幕后主使，就是冯一笑！她毁了他的前半生还不够，还要让燕燕姐来毁掉他的后半生！凭什么？！

八斗一路疯跑到宾馆。他想找人商量，可又觉得，现在跟三元或老妈说都不合适。要不跟海超商量吧，他打开手机，一大堆微信跳出来，是李骐发来的，问他之前买的帐篷放哪儿了。八斗连忙回拨过去。李骐说："你干吗呢？""刚刚开会。"八斗撒了个谎。李骐道："干吗，这个声音，被批了？"八斗嘴上说没有，额角却早已沁出密密的汗珠。

130

整个一周，三元觉得自己都在愤懑中度过。

先是两个姓朱的得罪了她。

她那位海外的摆设一般的男友老朱，向她求婚了。哦不。准确地说，是他跟她谈到了结婚的话题。

原话是:"你就过来吧,我肯定给你安排得妥妥当当。"三元反问:"那我儿子呢?"老朱倒没打磕巴,"带过来,以后上藤校。真的,晚出来不如早出来。"三元又问:"那我呢?"老朱着急,"你先来了再说,读语言,凭你的能力,干吗不行啊?"呵呵,三元一听这话锋就觉得不妙。首先,她并不认为出了国就是天堂。儿子就算将来读大学,她最终还是希望能在国内发展。大势摆在这儿呢,好好的自己国家不待,跑到国外混,能混明白嘛。老朱混了大半辈子,在外头依旧不入流。

当然,三元的"不愿意出去",也不能全怪老朱。假如她年轻十岁,有男人给出这样的承诺,她龚三元一定高兴得跳起来。可现如今,到了这个年岁,尤其是经历了那么多之后,三元不想把宝全押在男人身上。

不值当。

她的事业不说风生水起,起码也算初露峥嵘了,犯不着为一个中老年男人赴汤蹈火。更何况,在三元看来,老朱的不肯回国本身,就是对她的一种不重视。老朱解释,"不是不回,是回不去,机票都买不到。"他怪大流行病。可三元认为,只要有心,办法总是有的。不能直飞,还不能转机么?去泰国,去香港,总有办法。算了,不啰唆。关了视频,三元决定晾老朱一阵。

都冷静冷静,爱情不是生活的全部。

第二个惹三元生气的是朱女士,就是来中心待产的那位。前不久,她生了,是儿子。这还不打紧,冯一笑和她那位投资人丈夫竟还"毫不避嫌"地颠颠儿地来看。三个人围着孩子,笑成一团。尤其是冯一笑抱着孩子那状态,跟中了几亿彩票大奖似的。龚三元的理解是,是不是就可以认定,坐实,朱某人确实是冯某人的代理孕母。

就是贱!

三元转而又为车皮不值。冯某人移花接木,造出果实来了。车皮还在那儿只开花不结果呢。说实在的,三元见到一笑那抑制不住的笑,真想直接冲向去把她打哭,但为了中心发展的大局,龚三元女士还是忍住了。她等着周五找屈梦吐槽,可吴屈梦却已经连续半个月没在中心出现。李骥回来之后,她吴某人又一门心思扑在家庭上了。

凑着周三下午老吴接孩子的当儿，三元才终于见到她。先没提一笑那晦气事，说工作，三元痛心疾首地说："老吴，销售再上不去，真撑不下去了！"大流行病以来，新生儿骤减，哪怕是吴屈梦四处拉人，也无法解决根本性的问题。吴屈梦倒还算镇定，直接给出方案："裁人吧。"三元傻了。这个方案，可行。但，太残酷。她始终认为自己能够带着团队从胜利走向胜利。可现在呢，直接壮士断腕了。

屈梦又说："又拉了两个，准备接待一下。"

靠谱，三元又来劲了。她问："都什么情况。"屈梦笑着，"一个你不认识，一个你认识。"

等真接待的时候，三元直犯膈应。

不认识的，年纪不大，像网红。三元觉得看着都不舒服。因为一看到她那脸，脑海中就不自觉的产生一组关键词：苹果肌、填充、肿胀、馒化、软组织、法令纹、唇珠、松弛、下垂……这些词儿都是三元在美容院一遍一遍听人说过的。现在，全部在这位女士脸上兑现了。跟鬼现身似的。小小年纪把自己整成这样干啥？！当钟馗吗？！

认识的，就更膈应了。陈永珊跟王军要生孩子！王军花了大价钱，就为保孩子！这不纯吓人嘛！

三元给屈梦递话，"这……干吗呀……"

屈梦总结："真爱。"

当然，两个姓朱的对三元的刺激还是蝇量级，毕竟事不关己，但两个姓王的给她的冲击就是重量级了。

王斯文发了个朋友圈，是一张家庭用餐合照，仇女士赫然在列，这不赤裸裸的示威嘛！王斯理搬出丰台的房子之后，王斯文也撕掉了温情脉脉的面纱，彻底向她龚三元宣战了。这张照片就是战书。

三元不客气，直接打给斯理，气冲牛斗地说："有些人就是不自觉，给你儿子的钱，还要我去要吗？！"王斯理态度却如春风般和煦，二话不说将上网课的钱立刻就打了过来。凑个空儿，三元跟老妈抱怨。

兰芝反说她，"你不要，别人自然捡漏了。"

三元极不乐意，"什么叫捡漏，他是多大的宝？"兰芝故意刺激她，"长得不差,工作还行,年纪不算太大。真的,小王条件不错。"三元离婚后,姜兰芝习惯称呼斯理为小王。

三元呛,"他条件好,我条件差吗?"

兰芝不含糊,"你条件不差,但你是女的,这就是现实,你别不认,尤其北京这种地方,你找谁去?"说着,口气慢慢缓下来,"真的,元元,你要是能过自己心里那关,一个人生活挺美,那也行。关键你是那样的人吗?"

三元打了个寒噤,知女莫若母。老妈的一席话,仿佛蚯蚓拱土,可劲儿钻,一直钻到她心窝里。龚三元扪心自问:我是那样人吗?我是离了男人活不了吗?哦,是。正因为跟王斯理经历了初恋即成婚。她已经习惯了生活中有个人,有个男人,压在天平的另一端,才能达成平衡。呵呵,其实何止她,就连强悍如冯一笑,不也继续找男人了吗?放眼周围,真正能做到没有男人也心如止水的,恐怕也只有张燕玲一个人——燕玲也是没办法!

周五下午,八斗来电话,约三元周末出来吃饭。三元建议他直接来家,八斗迟疑,三元意识到弟弟有事要说,又改口道:"那去哪儿?"八斗建议去公园,新开的一处,三元同意了。

水草长起来了。水很浅,但清,所以每一根草都看得明白。三元跟八斗沿着水边往前走,一直走到一棵大榆树下。三元让八斗给她拍照,拍她靠着榆树的样子,取背靠大树好乘凉之意。满意之后,她主动要给八斗拍。八斗勉为其难配合了,但照出来,三元不满意。她坚持说八斗脾虚。日常看着瘦,拍照却显得胖,而且她对八斗的黑眼圈意见最大。

"你都几点睡觉。"三元问弟弟。

八斗说不一定,十二点之前肯定关灯。

三元陡然转换话题,"什么事儿,说吧。"

姐姐发问,八斗这才准备吐露真言,但依旧一副欲言又止的样子。

三元急脾气,"这儿没人,说吧。"

八斗手插在口袋里,又拿出来。"张燕玲来找我了。"他说她全名,每个字都像个炸弹。三元下颌微微往下点,"然后?"八斗这才说出第二句,"她生了个孩子。"跟着是第三句,"她说那个孩子是我的。"

三元愣那儿,回不过神,似乎需要动用全部的脑细胞才能解出这道谜题。她嘴巴张着,像能吃人。三秒钟之后,她便狂风卷落叶一般逼着八斗把一切细节吐出来。然后暴骂:"她是人吗?!这是人干的事吗?!"又问:"孩子呢,谁照顾?"八斗说燕玲请了育儿嫂。

三元唾骂:"呦!还有钱请人,来这装什么穷!"手机掏出来,八斗连忙阻拦,"想好对策之前,咱们还是别轻举妄动!"三元急得脸都红了,"那怎么弄,都弄出人命了!"眼珠子乱转,"这事儿,她能不跟冯一笑说吗?冯一笑搞不好还跟李骐说,都是一个圈子的,几传几不传,李骐能不知道吗?我可告诉你,骐姑娘要知道这事儿,你俩铁定黄!那可是个眼里不揉砂子的主儿!"

是,这件事儿,眼下,最关键的是如何处理跟李骐的关系。这孩子根本就是个定时炸弹!哪怕能瞒天过海,等八斗跟李骐走入婚姻殿堂了,可瞒得了一时,瞒得了一世吗?尽管这事发生在李骐跟八斗确定关系之前,可这归根到底也算是私生子呀!

当然,三元嘴上骂燕玲,心里却太能理解燕玲的动机。现在她也终于想明白,燕玲之所以跟老竺分手,或许也是因为老竺不肯再要孩子或者根本要不上孩子。最后的最后,张燕玲出此下策,将错就错,找八斗借了原材料,自行生产。只是,想到这儿,三元又觉得诡异,她不得不问八斗,这都是什么时候发生的事儿。

八斗嗫嚅着,"就疫情刚开始那会儿。"

三元反问:"是她主动的吗?"

八斗红头涨脸地,"也不算……"又说当时燕玲刚回来,跟他住一个小区,一来二去,一不小心……八斗没说下去,留下空白给三元完型。三元嚷,"你这标准的叫一失足成千古恨!"又说:"你怎么就不能管好你的……"后面几个字也不说了。

如果对方处心积虑,根本就是防不胜防。

三元想想又觉得气,"她可是你的姐姐辈,你怎么下得去手。"这属于从伦理层面阐发。八斗不堪谴责,说姐,都这时候了,不说这些了行吗,她现在就是要上个北京户口。

三元眉毛一提,"户口?我看是借口!人家就是要你负责!搞不好还让你给抚养费,给到十八岁!孩子上大学!"

八斗头大。关键十八这个数字太大,一想到要跟她有十八年的财务纠纷,他肝都颤。

"人赖上你了!"三元愤愤,"也算赖上咱们家了!"三元说这事儿暂时不能让老妈知道。她问八斗,燕玲怎么说的,她那边有谁知道。八斗说燕玲表示谁都没说。

三元说:"不错,还知道要脸,知道要脸怎么就能干出这种不要脸的事呢,我得找她。"

八斗说你找她,她一急,那还不跳墙吗。

三元激动,"跳墙也没办法!现在最好的解决方案就是:北京户口别上了,劝她带孩子回老家,不过你得做好心理准备,钱肯定是要给,不过不从你那走,从我这儿走。这事儿你还得装不知道。将来如果事发了,李骐知道了,你还能给自己找点理由,明白吗?"

姐姐的方案,八斗当然明白,一切都是为他好,是将他的利益最大化。可就是操作起来难度太大。三元扯住八斗的胳膊,"你现在,赶紧向李骐求婚,抓紧时间结婚,最好生米煮成熟饭,这才安全。"

八斗心要爆炸。

三元继续说:"燕玲那边,我去劝。"八斗说:"她要不肯见你怎么办?"三元说:"你这样,你约她出来,到时候,你别去,我去。直接从天而降,她就躲不了了。"三元这打法一提出来,八斗不得不佩服姐姐的危机公关能力,事到如今,实在没有更好的办法,只能硬着头皮往前走。

八斗见姐姐生气,只好反过头来劝,"姐,怪我。"三元拧着脖子,还是维护弟弟,"怪你什么?该脱裤子就果断脱,双方都高兴,但要记得及时穿上,别傻乎乎地替别人养孩子。"话从口出又觉得不对,随即纠正,"哪怕是自己的孩子,计划外的,咱也不能认!"

131

玫瑰布置好了,红得像在滴血。

八斗又去仔仔细细检查了一番,突击行动必须确保万无一失。方案,是私底下跟三元讨论好的,还是说那些海誓山盟的话。三元觉得那是万灵药。但八斗觉得,姐姐的话术,顶多是高级的奉承,还缺少一个关键内核。至于内核是什么,他一时也没弄清,只能摸着石头过河。

他约李骐吃饭,又是在这个人均2000的饭店。李骐也没问为什么。八斗的理解是,没准李骐已经有了心理准备。安排好玫瑰,八斗从手机前置摄像头里看自己的脸,拿纸巾把鼻头、额头的油擦一擦。为了今天的求婚,他抓了帅气的发型,还稍微搽了些隔离霜,面目看上去更有立体感。

还有衣服,穿西装。正式场合,必须正式服装。

准时准点,李骐进门了。一看到玫瑰花车,她笑了,没说话。八斗拉她坐下,她也就任由他摆布,等下文。

八斗半蹲着,抽出一朵鲜花,清了清嗓子,故意露出几分笨拙。过去他是真笨拙,现在有点装,但反倒显得更得人心。

"我们认识多久了?"他柔声发问。

这可是个李骐答不出来的数字。"几年?"李骐尴尬笑笑,她还没无聊到记这些。"一千天。"八斗帮她回答。这个数字也是他信口胡诌的,完全出于现实需要。李骐没较真,微微低头望着他。

八斗无比艰难地,"我的意思是,我们是不是可以往前迈一步?"单刀直入,一点不含糊。

"你想吗?"她习惯性反问。

八斗愣了一下,他的彩排里没有这句。"不想我就不会这么做了。"李骐不置可否。服务员进来,上菜了。实际上,这番台词原本是安排在用餐中或者用餐后,是他自己怕越拖就越没信心,索性一开始就拉开序幕。问题抛出来，就看李骐的反应了。

李骐站起来走到桌边坐下，开始享用美食。表情仍旧淡然，一副见惯大风大浪的样子。但看她面部的肌肉走向，似乎内心是有点松动了。八斗连忙再下一城，用语言轰炸，"骐，"他这么叫她，"说实话，我也是下了很大决心的。反正，定下来，我就不会变了。"

李骐把食物往嘴里送，"这话，你说过好几次了。"

八斗略显激动地说："嫁给我吧，真的，我知道，我有很多缺点……""嫁"字说得虚虚的。

李骐拦住他，"这些就不用说了，你的缺点我知道，我的缺点你也知道。"

"我不知道，"八斗油嘴滑舌，"你没缺点。"

"这就不客观了。"好家伙。情话里还得夹杂着客观，高难度。八斗忽然觉得事情似乎没朝他预设的轨道发展。李骐又说："你让我考虑考虑。"

八斗身子微微前倾，"那得有个时间限制。"

李骐说一个月，八斗说太长了。李骐嗔，说告别我的单身生活，考虑一个月不算长吧。八斗说那半个月。

李骐放下筷子，"你到底喜欢我什么？"

又是一道高难度问题。

"喜欢你的自信。"他摸着石头过河，编不下去了，因为他是真不知道。他只知道，他曾对李骐微微动心，且在当下他面对的婚姻市场上，她就是最优解。尤其是在张燕玲逼宫之后，李骐的"归位"，对他来说更是刚需。"喜欢你的所有。"他只能笼统地说。

李骐眼睛微微朝向天花板，思索了好一会儿，才让八斗重新回归视线，"不明白。"

"喜欢你的独特。"他继续喂话。

李骐的眉毛动了一下，有戏。八斗抓住机会，渲染道："不论你是短头发，长头发，一百斤还是一百五十斤，我对你的感觉不会变。"

"你确定？"

"确定，"他走下座位，走到李骐跟前坐下，双手扶着她的双肩，"真的，我喜欢的就是你这个人本身，你的一切，包括优点、缺点，"迅速连呸三声，"不能说缺点，应该说，瑕疵。"笑容很具迷惑性，"人都是有瑕疵，但正是这些瑕疵让我们区别于别人，成为一个独立的个体。"

李骐认真听。

八斗借题发挥，"我有时候感觉，见到你之后，一直似曾相识，咱们一定不是这一辈子才遇到，前辈子，前前辈子，都有缘分。"李骐被逗乐了，说你这是神话故事。八斗较真，激动地手抖，"你别不信，还真有可能是从神话时代就结下的缘分。盘古开天地的时候，世界上有十种物质，然后嘭的一声，世界炸开了。这十种物质成为碎片，各种碎片组成人形，然后经过生生死死，一代一代的排列组合。我和你，身体里一定包含着以前就相遇过的碎片。这是科学。"

李骐抿着嘴，静静听他一本正经胡扯着，她伸手摸他的头，好像要给他受戒似的。他抬着脸，凝望着她。四目相对了两秒，他才把嘴巴迎上去。很快，她适才吞咽的食材味道就传递到他嘴巴里了。

"我是认真的。"他说这话的时候两个人眼睛的距离只有几公分。

李骐轻轻推开他，头微微左右晃了一下，似乎很得意，她随即抛出个方案，"要不这样，如果我能怀上孩子，并顺利生下来，咱们就结婚。"

八斗愣了一下。这个结论是他万万想不到的，但同时也是他万万不能拒绝的。"今天可以吗？"他厚着脸皮顺着问下去。李骐轻轻拍了他一下算作责罚，说没那么快。

燕玲到的也没那么快。事实上，她已经迟到了半个小时。三元早到，埋伏在咖啡厅旁边的面包店休息区。燕玲迟迟不来，她甚至怀疑八斗打草惊蛇，或给错地址了。

她发消息问八斗，没人回应。正在她准备打电话过去的时候，张燕玲出现了。

龚三元大踏步迎上去，仿佛天神降临。奇怪的是，燕玲脸上似乎并没有表现出惊讶。

"喝点什么？"三元故意大咧咧地。活跃气氛。

燕玲说一杯美式。

三元开玩笑地，"美国回来的，就得美式。"不过，燕玲似乎并不打算跟她嘻嘻哈哈。因为等龚三元端着两杯咖啡一份甜点回来的时候，她还是面无表情，没有笑容，也没有悲伤。她甚至没质问三元为什么要"李代桃僵"，也没问八斗人呢，只是静静喝着咖啡，一句话也没说。

行吧，三元憋足了劲儿，你不说，那我得说。她还是笑着，"燕，你这次，可算是放卫星了。"

燕玲低语，"我没办法。"

三元立刻按照原定计划，五根手指都伸出来配合情绪，"我完全理解你！"眼神戏给足，"这事儿，都不是车皮告诉我的，他到家吃饭，我是看他情绪不对，硬给撬出来的！我还把他骂了一顿！我说你怎么可以，怎么能够，对燕玲姐做这种事情，她是你姐……"

燕玲打断她，"元元，这些都过去了，是非对错，都没有意义，现在的核心问题是，解决当下的困难。"停顿两秒，才抬头看三元，"我的要求，车皮跟你说了吧。"

三元继续大声大气，"你的要求完全合理！但现在困难就在于……"语速陡然放缓，跟踩了刹车似的，"车皮他不能这么做……"

"为什么？他是孩子的父亲，有血缘关系，"燕玲这才稍微有点激动，"我们可以去做亲子鉴定，不可能有假。就给孩子要个户口，过分吗？"

长长的停顿，三元跟燕玲的眼神对峙着。三元明白，这趟说服，没那么好完成。这女的是铁了心了。她只好把话说白了，"车皮还没结婚呢，户口一弄，等于被锁死了，你让他以后怎么办，燕，真的，你要这孩子，没人怪你，你有这个自由，但你不能把别人的生活弄成一团乱啊！"

燕玲恢复平静，"户口卜卜，我立刻带着孩子消失。"

三元尴尬笑，"不现实，上上户口，以后打交道的地方多着呢。"抿一口咖啡，放下杯子，"你是不是觉得，有这个北京户口，对孩子的未来发展有帮助？未必！真的，北京孩子就没有考不上大学的吗？就没有混得差的吗？不是这样的！还得分孩子！"

"我知道我明白，"燕玲语速加快，"但这是打地基的东西，该争取的我都必须争取。"

三元见她寸步不让，硬杠，搞不好就闹翻了。于是只好转回头说车轱辘话，"我的好燕玲！你知道我听到这事儿的第一反应是什么吗？"

　　燕玲不接话，瞅她。

　　三元继续，"我是觉得，这孩子压根就不该生下来！但我又在脑子里过了过，从你的角度去想，我又理解你了。真的，完全的理解！你的感情路前前后后怎么样我太知道了，我太明白你的不容易了。到了这个岁数，你想要个孩子，正常！我跟车皮也说，你不能怪燕燕姐，你就当做了件善事！从我的私心看也是这样，甭管婚生非婚生，这就是咱们龚家的孩子呀！我举双手欢迎！我永远是孩子亲姑，你永远是孩子亲妈！咱永远是亲戚，这个是不会变的！咱们亲上加亲以后只会更亲！"咖啡润润喉咙，"但是，如果你坚持要这个户口，等于把车皮推到悬崖下面去了，生活被搅乱了。你不想想，亲爸爸的生活被搅乱了，对孩子有什么好处？还不如，就让孩子安安静静平平安安长大，不要牵扯到那么多乱七八糟的关系中，这对孩子只有好处没有坏处，这都是有前车之鉴的，你看那女明星也是偷偷生孩子最后男方也不认，结果现在孩子养成什么样？进几次局子了？"大喘气，"你这样不是爱孩子，是害孩子！"

　　燕玲不作声。咖啡都不喝了，呆呆坐着。

　　三元陡然变色，"这事儿，也怪你，你为什么要瞒着呢。你要是在孩子没出生之前或者哪怕再早一点跟我说，我肯定站在你这边给你撮合撮合，没准现在就成一家人家了，哪至于到现在这地步。"

　　燕玲轻声，"没用，他心不在我这儿。"

　　三元语气很重，"行，不在你这儿，那就还是说这事儿，"她自己都有点被绕进去了，"我的意思你也明白，是吧，事情是有多方面的，咱们考虑要周详。我不怕告诉你，八斗要结婚了。你要非要一意孤行，等于是把孩子推到家里的对立面去了。我就是想帮你，也没立场了。"

　　"那就走法律程序。"

　　"别呀！"三元急得屁股都脱离凳子了，她隔着小茶桌捉住燕玲的手，"值当吗？！这事儿，明着来，对你对孩子，有好处吗？！你觉得社会大众，周围亲戚，三姑六婆，能对你友好吗？到时候你过日子你都难！有风浪，正常，咱们往风平浪静奔行不行。"屁股回落,手还在起作用,"咱安安静静过日子,踏踏实实把孩子养大,福气在后头!"停顿一下,"车皮也没责怪你。"

燕玲反问说他责怪我什么。

三元不得不强势起来,"燕玲,这话我不想说,但事实就是这样,这孩子是你处心积虑要的,八斗都不知情。等于你找他借了一个孩子你不明白吗?我能保证,车皮不向你提任何要求,我们家也会尽力帮忙,帮助你把孩子养大。但如果真上法院了,撕破脸了,哪怕是法官向着你,这抚养权我们也要争一争。这里面谁有过错谁没过错,也未可知。"忽然柔和地说:"你完完全全拥有这个孩子有什么不好呢,哪怕是没有北京户口,又有什么大不了呢?大事化小,小事化了。都是为了孩子为了你自己!而且户口政策只会越来越松动,十八年后的高考变成什么样谁也不知道。"手势夸张,"十八年后这世界成什么样都不知道呢!没准地球都爆炸了!人类都完蛋了!"发抓住燕玲的手,"亲爱的,你听我一句,抓住现在,别想那么多。"

燕玲的眼睑微微颤动,眼眶似乎也红了。龚三元这才舒了口气,觉得自己这番思想工作没白做。说时迟那时快,她又迅速从包里掏出个信封,硬塞到燕玲手里。

燕玲连忙躲,不要。

三元皮笑肉不笑地,"我就怕你不要,才取的现金!"假作生气,"拿着!这不是给你的,是给孩子的,亲姑姑亲侄子,这点受不起?赶紧拿着!"

燕玲只好把信封抓手里。

三元又问:"这事儿,你没跟别人说吧?"又补充:"冯一笑之类的。"燕玲说没说。三元喟叹,"这就对了,你以为这世界上人人都希望你过得好吗?屁!"燕玲还是没吭声儿。不过,两个人离开咖啡厅之前,三元又对燕玲一番交代,说八斗那边的工作她去做,让燕玲放宽心等消息,肯定争取最优待遇。三元还说,等天气好一点的时候,她还要跟八斗一起去看孩子呢。

132

　　三元刚到家，八斗的电话就打来了。姐弟俩相互汇报情况。三元说燕玲这边她基本谈下来了。当务之急，是出一套补偿方案，钱还是能解决问题的。

　　八斗问要不要支付到十八岁。

　　三元说："现在不是考虑这么远的时候，第一步，先把她稳住，让她带孩子回去，其他的再说。"停顿一下，"这孩子你真就不见了？"八斗说那不是。三元说那不就得了。她拿出个本子，在上面写写画画，"方案必须有三条，第一，钱上的分配。我已经给了一个红包了。到时候你得报销，还需要做一个长期的计划。"八斗连忙说那肯定的。三元继续，"第二，我们需要有探视权。第三，需要拟一个协议。"八斗问是关于什么的。三元说主要是针对燕玲的封口费，她不可以往外透露孩子的爸爸是谁。

　　她还告诉八斗，已经跟燕玲吹风了，改天一起去看宝宝。到时候，这些条款都得当面落实。八斗表示赞同。

　　三元又问八斗跟李骐谈得怎么样。八斗说基本拿下了，但也许得等一等。三元着急，"别等了，两边同时进行，双管齐下，免得夜长梦多。"八斗没跟三元说李骐希望先有孩子再结婚的事。他打算等有影儿了再往外透，免得自己压力太大。

　　八斗反问具体什么时候去看孩子。

　　"你着急了？"三元打趣地。

　　"不急。"

　　"你还没看到孩子长什么样吧？"

　　"她没给我看。"

　　三元长吐一口气，"等见了面再细看吧，你先想想方案，落实到文字，弄完发我。"像领导安排工作。八斗唯唯诺诺。挂了电话，三元才发现自己一身汗。跟燕玲见面,冷汗热汗交替,身上都干湿好几遍了,黏糊糊的。默默送到王斯理那去了。自从王斯文爆出家宴照后,三元每个礼拜,准时要把默默送过去。她就是要提醒斯理,你还有儿子,同时也算是对仇女士的敲打。

得让她知道自己未来将面对什么。

龚三元起身去洗手间冲澡,洗完,站在镜子前擦头发的时候,门猛地被推开。老妈兰芝的身影从镜子里逼近,三元吓了一跳。她埋怨,"妈!干吗呢这一惊一乍地!"兰芝不出声。三元把头发收拾好,"跳广场舞跟人吵架了?"兰芝转身回客厅。三元跟着,嚷嚷:"又怎么啦,谁惹你啦?"兰芝反身对三元,眼神犀利,像鹰,"你跟谁打电话呢?"

三元慌了,"没谁啊……"

"卧室里,偷摸的。"

"跟老朱通个电话。"三元撒谎,嬉皮笑脸地,"干吗,这都不允许啦,工作那么忙,还不能放松放松?妈,我现在心脏可不好,随时得吃速效救心丸。"

"该吃速效救心丸的人是我!"兰芝用更大的声音盖过三元,"还瞒着!"雷霆万钧。

头皮过电,糟了,怕是听到了。姜兰芝善于偷听,年纪上来了,耳朵却越来越好。不能一次全暴露,于是三元只好用撒娇的口吻,"妈,不是你想的那样。"

姜兰芝不客气,"什么时候的事儿?是跟燕燕吗?孩子在哪儿呢。"三个关键问题全抛出来了。

敌方已经完全掌握情况,瞒下去没意义。三元只好拉兰芝到沙发上坐下,"您先别激动。"给兰芝倒水,"润润。"姜兰芝勉为其难灌了一口水下去,但火气依旧,"我能不激动吗?不声不响给我弄出个孙子,还不让我知道!"又问:"孙子还是孙女?"

"好像是孙子。"

"别好像!"兰芝发火,"这都好像上了,什么能确定?"死盯着三元。三元眼神躲避。兰芝抓住女儿的手腕,"明天带我去见人。"

三元也急了,"不是,妈……您能不搅和吗……现在牵扯好几方面的事情……"

"什么事情?"

不说是不行了。

三元深呼吸,"现在,这女的,想让车皮帮孩子上北京户口,但你儿子这不都准备跟李骐走进婚姻殿堂了吗?我这刚把这头儿摁平点儿,你再去闹腾,好家伙,那这……"

"你的意思是,不给上?"

"是,那且不能上,"三元把手抽出来,"一上,不就都露馅了吗?"

"燕燕也同意。"

"好说歹说,勉强同意,但我也提了方案,孩子,车皮肯定是要付抚养费的,从我这儿走账,他就装不知道。女方把孩子带回老家养。"

兰芝脸耷拉下来,提着眉毛,"不给上户口,带回去养?"三元点头。兰芝质问:"那咱还能见到孩子吗?那不等于,这孩子白送她了?"三元着急,"人那是亲妈,什么叫白送?不然怎么弄,八斗没条件养,我养?你养?现实吗?"兰芝叹了口气,问:"什么时候弄出的孩子?"三元说也就疫情刚开始那会儿,孤男寡女碰上了,一不小心中标。女方就顺水推舟了,招呼也没打。

兰芝听了,沉默良久。三元摇她胳膊,"妈,您就别想了,好不容易谈下来了,真的,这是最好的方案,最好的结局。"

"给她。"兰芝目视前方,一副凛然难犯的样子。

"什么?"三元不理解。这两个字太可怕。

"户口给她,让八斗帮着上。"

三元大喘气,"妈,您宝贝儿子不结婚啦?"

"现在结婚也不用户口,"兰芝沉稳地,"孩子跟着车皮这边,李骐看不到。谁还特地来查户口?"停顿一下,"你现在就给燕玲打电话,说明天我们过去看孩子,顺便谈这个事。"

三元崩溃,"妈!这……"

"打!"

三元说不用跟八斗商量么。兰芝说不用商量了,就这么办。兵贵神速,没办法。龚三元只好躲进卧室,如此这般跟燕玲说了。并表示明天她跟兰芝想去看孩子，具体操作办法，当面再聊。电话里，燕玲也很高兴，当即同意。晚间，三元把这事跟八斗透了。八斗着急，说户口上了，迟早得露馅。三元说妈说露不了，又说："先去吧，妈估计也是着急想看孩子，就什么都答应了。你放心，这事儿，估计还有几个来回。"

八斗问明天他要不要跟着。三元说他去不大好，都是女人，好说话，他去没准会激怒燕玲。三元当然也理解八斗的苦衷，她轻声问："是不是想孩子了？"八斗说见都没见过，谈不上想。三元承诺到时候帮着录视频、拍照片。还说："是你的儿子，跑都不跑了，当务之急，是两边维稳！"

次日兰芝起得早。没做早饭，巴巴地去买了水果和两罐进口奶粉，都是给她孙子的。三元一边开车一边抱怨，"妈，我可是帮您包了红包的，您不给报销？"

兰芝反驳，"干吗，你不是姑？别那么小气。"

三元打趣："我真不知道您是希望您儿子幸福呢，还是希望您孙子幸福，看这样子，是有了孙子就忘了儿子了，儿子的功能，是生孙子，孙子出来了，就没儿子什么事了。"

兰芝气都比平时足些，"儿孙自有儿孙福！儿子，就这样了。孙子，是老天给的，咱不能往外推。"

三元叮嘱兰芝见了真孙子别太激动。兰芝道："我激动？我什么人没见过，什么风浪没经过。"三元知道老妈高度兴奋，不往下说了。

燕玲租的是大塔楼，一层十户那种。她要的是一房一厅，育儿嫂住客厅。一进门就能看到琳琅满目的婴幼儿用品，连带还有浓浓的奶味。

三元在前，兰芝在后，她放下手里的东西，燕玲迎上去。一时间，三元跟燕玲都有些尴尬，僵在那儿。屋内传来孩子的哭声，三个人神经一下绷紧了。兰芝没来得及打招呼就径直往屋里走。三元拽住老妈，燕玲也拦在半途，叫阿姨。

兰芝拍拍燕玲的肩，"孩子，你不容易，你辛苦，阿姨不怪你，阿姨特别理解你，你就记住一条，既来之，则安之，咱们一起把孩子抚养好。这户口，阿姨帮你报了，我跟八斗说，这必须办。"

此言一出，原本略微有点剑拔弩张的气氛似乎松弛了些。燕玲迫开身子,让出一条道,兰芝轻步向前,几乎破门而入。育儿嫂是个四十上下的女人,见闯进来这么个老太太,也吓得往后退了半步。不过,育儿嫂压根没进入兰芝的视线。一踏进这屋子,那床上的小东西便占据了兰芝的眼睛。

姜兰芝跟狼外婆似的提着步子走到床边,坐下来,伸着脖子瞧孩子。那孩子似乎也给足了面儿,哭声遏止,跟着发出咯咯地笑。兰芝的脸上露出原始的纯真的喜悦。这是血脉的纠缠,剪不断,打不散。她眉开眼笑地回头对三元、燕玲,"哎哟,瞧瞧这,DNA检测都不用了,这不跟车皮小时候,一样样的!一个模子!"

三元、燕玲垂手站在一旁,没叨扰兰芝的喜悦。三元觉得,此时此刻,老妈的笑是发自内心的。是啊!她老人家盼孙子盼了多少年!当初老爸走,留下的遗愿,也是希望龚家后继有人。现在好了,任务完成了。用姜兰芝的话说就是,"死也瞑目了。"虽然这孩子的出现途径有点异常,不是正规发货,可货是真的呀!而且,血缘就是这么神奇,因为这个小东西,人与人的隔阂在一瞬间似乎也不那么大了。兰芝还一个劲儿夸孩子。三元凑趣儿,上前夸了几句。爱子得赞,燕玲似乎也心满意足。

兰芝抬头对燕玲,"户口上上以后,还打算在北京吗?"燕玲说到时候再说。兰芝说:"其实,留下来,回去,都行。以你的能力、人品,在哪都能发展得好。我们也都会帮衬着。"

三元轻轻叫了一声妈,她怕兰芝话说太满,不方便谈判。兰芝又对燕玲,"我告诉你,两口子有时候都是假的,女人这辈子,不就活个孩子吗?"

这话似曾相识,三元尴尬。燕玲曼声说是。兰芝继续逗孩子,孩子哇地哭了。育儿嫂上前,手往孩子屁股下面一探,说尿了,于是抱出去换尿布。兰芝跟着,喋喋不休说着用尿布还是尿不湿好的问题。

三元跟燕玲站在卧室窗边。三元随手拿起孩子的一个青蛙玩具,发条上了,蹦蹦跳。她耐心细致地对燕玲,"你放心,我妈说了,就肯定会做。她能做好车皮的工作。"哼哼一下,"其实我也帮你说了好多好话,妈才转变思想。都是女人,何必相互为难呢。燕玲,你太不容易,你也是为了孩子。上个户口怎么了,这本来就是龚家的孩子呀!"

燕玲说她不打算让孩子姓龚。三元尴尬,"这个到时候再说,都不是问题。不姓龚也好,地下工作还是应该维持。一切的一切,咱们都得相互配合。"

燕玲默不作声。

三元又说:"其实危险也就这两年,或者更短。"燕玲没理解她的意思。三元讪笑着,"你不找啦?真就一个人过啦?回头你再找一个,组成家庭,这孩子不就有个名义上的爸爸了嘛,对外说是人家生的不就行了。"

三元的方案太复杂。燕玲有点跟不上,眼神发愣。

三元又笑着单手扶着她肩膀,"不过这都是后话了,看缘分,我永远希望你过得好。"

客厅突然传来一声怪叫。

三元、燕玲忙出去看。育儿嫂杵在那儿,跟刚被雷劈了似的。燕玲问怎么了,育儿嫂嗫嚅着,"我就进洗手间一下,找那个尿不湿……一出来就……"

"妈!"三元对着半空喊了一声。

无人回应。孩子和兰芝同时消失了。

前门半开着,像一张刚吃完人的嘴,玄关地上还放着水果和奶粉,都是道具。三元彻底明白了老妈非要来看孩子的终极目的。她亲爱的老妈见缝插针,把孩子抱走了。龚三元还没缓过神,耳边就传来燕玲的怒吼声。

133

电话打爆了,没人接,后来干脆关机了。姜兰芝带着孩子人间蒸发。燕玲急得要报警。三元劝她,"怪我,我就不该带她来!"燕玲瞪着三元,像能射出激光来,"别演了!"她现在是一头母狮。龚三元只能服软,"我真不知道她会这样……本来都谈好了……根本没必要来这一出啊……妈就是一时糊涂……她太爱孩子了。"

燕玲出奇愤怒,鲸吼:"这叫爱?!有这么爱的吗?!这叫犯法?!上户口只是幌子,她的目的就是抢孩子!"

面对突然"变身"的燕玲,三元大气不敢出,事到如今,张燕玲就是打她一顿,她也得受着。千算万算,她没算到老妈会来这一手。孩子抢走了,然后呢,以后还处吗?燕玲张扬出去怎么办?还是说,她有信心把孩子藏一辈子?三元耐心下来,劝燕玲一起先找人。

两个人飞也似的回到三元家。门口,王斯理带着默默站在那儿。见到三元,斯理抱怨,"打了多少个电话都不接。"三元这才拿出手机瞅了一眼,一串未接来电。她当即给斯理下令,"你带孩子走,我有事,办完了找你。"斯理不明就里,但也能看出三元跟燕玲的焦急。两个女人进屋,三元大喊妈,燕玲疯狂寻找。没人,鬼都没有。

斯理实在好奇,上前问了一句到底怎么了。三元发火,"赶紧带孩子走!"一听到孩子,张燕玲迅速跑过来,拉着默默要走人。三元吓得魂散,"不是燕玲……等儿会……你干吗这是……"燕玲咬牙切齿地,"一命抵一命,你儿子放我这儿!等我儿子找回来,换!"三元哎哟一声,说你不能这样,连忙拦阻。斯理吓得提着默默往外逃。三元扯住燕玲的袖子,燕玲回身,电光石火间,手一扬,结结实实给了她一巴掌,三元被打得眼冒金星。默默维护妈妈,要跳下来战斗,却被斯理拽住了。王斯理上前,跟燕玲比,前妻还是亲。这场动作戏,他不能只是旁观。谁知三元摆摆手,还是一个字,"走!"王斯理踌躇了一下,终于带着默默走了。

张燕玲跟龚三元对峙着,眼神杀,都没说话,此消彼长。燕玲掏手机。三元苦求,"燕,真的,这是家务事,你报警,警察也不管,别着急,我妈是孩子奶奶,首先第一条,她肯定不会伤害孩子,孩子是安全的……我们再找找,她一个老太太,能跑到哪儿去……顶多也就是去公园溜达……天黑就回来了。"

脸颊上,五指印起来了,不由得一阵火辣辣的疼。可三元还是得上前,安慰,劝抚。她必须顶住。三元给方案,"走,去小区活动区看看,她经常去那儿,还有马路对过的肯德基,都找找,肯定能找着。"

燕玲冷冷看着三元。没办法,权宜之计,她也只能相信三元。有这个帮手,总比没有强。在三元的反复解释下,她也终于有一丝丝相信三元没跟她妈演双簧,一切都是老太太自己的主意。寻找的途中,三元还给燕玲念经,说她妈主要是受的刺激太大，想孙子想了那么多年，突然从天降了一个，她喜欢得脑子都糊涂了。"她就是跟孩子亲。"

燕玲不回应，甜言蜜语对她没效果，她直接问："还有什么地方？天黑之前找不到人，就得报警。"三元只好车轱辘话来回说，说孩子不会丢，电话也随时打着。现在到哪儿都要扫码，老太太真要去哪儿，不可能不开机。

肯德基门口，张燕玲拿出手机，寻找号码。三元连忙劝说再等等。燕玲反问："你儿子要丢了，你等得了吗？"三元嘟嘟切切地，"这不是丢，奶奶带着怎么能叫丢呢，燕玲，你听我的，再等半个小时。"

她探着脖子看燕玲的手机屏幕，冯一笑三个字弹出来。她连忙拉过燕玲的手，"你可不能找她！找她这事就闹大了！"燕玲说："现在事儿还不算大吗？"三元只好胡搅蛮缠，"亲爱的，你听我的，行吗？我让车皮过来，然后找屈梦，她在系统里可能有关系，让她找找我妈手机的定位，你别着急……"燕玲站在那儿不动。

三元到旁边打电话。跟屈梦是恳求，跟八斗是命令。八斗洗了澡，正准备跟李骐来一场香梦。无奈，半路得走人。李骐问："什么事啊？"八斗撒谎说馆里出人命了。李骐只能放人。一阵风似的，八斗站在肯德基门口了。这是继怀柔之后，他跟燕玲的第二次见面。张燕玲没哭，但眼睛红得吓死人，全是血丝，像恶鬼。八斗不敢靠燕玲太近。他坚信如果燕玲手里有把刀，她一定会把他跟三元攮了。三个人站在风地里不说话，龚三元不停地拨打姜兰芝的手机，可听筒里传来的永远是您所拨打的电话已关机。

三元命令八斗，"你给妈发短信，把事情的严重性告诉她，让她看到立刻回电话。"天色黯淡下来，燕玲等不了，说报警吧。三元和八斗齐声劝阻。燕玲嗓子哑了，但声音却刀一般尖，"别逼我！找不到孩子！我要杀人！"

姐弟俩吓得后退半步。八斗上前，释放诚意，"户口我帮你上，这一点你放心，我肯定说到做到，我可以立字据，孩子不会丢，不会出问题，我妈只会疼孩子。"

燕玲愣在那儿，似乎镇定了些，"行，立。"

三个人转身进快餐店，找店员要了纸笔。八斗拿着笔，看看燕玲，又看三元，"怎么说。"三元急中生智，"保证书。"她说，八斗就写。燕玲纠正，

-767-

"承诺书。"八斗只好重要了一张纸,再来。

燕玲说:"本人龚八斗,括弧,身份证号填上,系张燕玲所生之子张栋栋的亲生父亲,"哦,儿子名叫栋栋。三元在旁边吹风,"这个名字好,燕,你真会取名字。这孩子肯定要成栋梁。"

燕玲不理她,继续说:"本人有义务并将在一个月内,负责张栋栋的户口办理事宜。不得有误。签名,日期。"

八斗仔仔细细写了。燕玲又说:"按手印。"这可难住了八斗,店里不提供印泥。情急之下,八斗只好拿钥匙扣上的指甲剪刺破手指,摁了个血手印。

三元在旁看着弟弟,心疼,但没办法,维稳第一。如果这个血手印,能让燕玲平复下来,也算值了。手机反复自动拨打着,一不小心,通了。三元仿佛拿起至宝一般操起手机,大叫:"妈!跑哪儿去啦?!孩子呢!"兰芝蛮横地,"你别管,孩子在我这儿,我养。"三元说妈你别犯糊涂好不好,这不是演大宅门,你再不回来人要报警了。兰芝说:"我告诉你,这种情况,我查了,报警都没用!这就是我们家的孩子!谁允许她借种的?!"燕玲要抢电话。三元打了个停的手势,"妈,你在哪儿呢,你那怎么着这么吵。"兰芝说你别管了。电话那头传来一阵播报声,三元听到阜新两个字,立刻就明白了兰芝的目的地。

"妈去东北了。"放下电话,三元跟两位同伴说。

火车开动,天已经彻底黑了。脸上的巴掌印子还隐隐作痛。三元跟燕玲并排坐着,中间隔着一个空座。八斗跟三元隔着走道。燕玲望向窗外无尽的黑,一言不发。乘务员卖饮料和小吃。三元要了水和面包,劝燕玲吃一点,燕玲不理她。三元耐心地,她只能一遍一遍给燕玲吃"定心丸","房子是我妈自己买的,条件不错,孩子肯定没事儿,一会也就见到了。真的,她就是爱孩子爱得疯魔了。"

燕玲偏过头,一张冷脸,"别说了"。

三元说:"她这么一闹也好,咱家理亏,"转脸对八斗,"今儿八斗也在,血书也写了,户口是肯定能上上。一切都按照之前商定的来。好事多磨,真的,燕,你要相信,这就是一个意外,我永远站在你这边,咱们这么多年的朋友,我真心希望你好……"

燕玲还是面无表情。经此一役，她必然油盐不进。但三元明白，在见到老妈兰芝之前，她有义务软化燕玲，不然，就怕真见到面，硬碰硬刚对刚，又是酿成惨剧。

三元陡然转头对八斗，"要不这样，车皮，事情是你做出来的，男子汉大丈夫，你负责。"八斗吓了一跳。他一时不明白姐姐嘴里的"负责"是什么意思。果然，燕玲转头了，脸上的愤怒似乎散去了些。

她等着三元的下文。

"干脆就坡下驴，"三元两边拽着，"你俩好吧，结婚，过日子，反正孩子都有了。一步到位。岁月静好。"

真行，静好得了吗？

八斗咳嗽一声。燕玲尴尬。三元道："我说真心话，你俩要能在一起，我最高兴。反正已经错一步了，干脆，错到底，没准就成对了！"八斗望着姐姐，三元朝他挤了挤眼。哦，明白了。这又是三元的维稳策略。可八斗却不忍心在这个当儿再欺骗燕玲。他不爱她，这一点他是可以确认的。因为一想到要跟燕燕姐过一辈子，他总是本能地如临大敌。可是，三元既然把这个命题拎出来了，他如果不表态，又似乎太驳燕玲面子，搞不好又会激怒她。

于是他只好斗着胆子，"我听燕燕姐的。"此时此刻，她不是魔头，不是失去孩子发了疯的母亲，又是燕燕姐了。

压力给到燕玲这边。姐弟俩盯着她的嘴，等着她的金口玉言。

燕玲凛然，一字一顿地说："以前，我觉得我不配，"嘴巴抿一下，车窗里她的影子都显得坚毅了，"现在，他不配。"

三元舌结。若在平时，有人这么说她弟弟，她一定拍案而起，干到底。但眼下，她只能静静聆听着，人家说啥是啥。燕玲就是把八斗贬成渣，那也得认！八斗松了口气。很好。他不配。就算她把他当成个屁放了，他也接受。哪怕魂飞魄散，至少，没失去自由。

三元继续打圆场善后，也算给自己找台阶下，"都别着急回答，都再想想。"

到站天黑得透透的。小城灯火阑珊，更显清冷寂寥。三个人好不容易叫到车，往兰芝所在的小区去。到门口，却发现一堆人拥堵在那儿。蓝色铁皮门拦着，穿白色防护服的人在门口逡巡，三元忙上前问情况。得到的只有保

-769

安的呵斥:"本小区只进不出,只进不出!"

有病例了?所有人都紧张起来。八斗给老妈打电话。这下,兰芝接了,声音微微颤抖,说好像小区有病例,楼要封了。三元挽着燕玲,生怕她做出极端行为。谁知燕玲却临危不惧,"我得进去。"

黑暗中,隐约能看清她的脸,铁铸的一般。三元晃她胳膊,"你疯了!里头有病例!"燕玲奋力甩开三元胳膊,大无畏地往里进。三元跟着,还劝,"不是,你也不知道哪栋楼啊……"她手刚碰到燕玲后肩,张燕玲嘶吼,"我儿子要有个三长两短,你们都得死!"

三元吓得后退半步,燕玲飞也似的冲进小区。三元没跟着,眼见着燕玲的身影被黑暗吞噬。情急之下,八斗一咬牙,也小跑着冲进无边暗夜。三元立在原地,喃喃,"疯了,全疯了……"

134

封条贴上了,非特殊情况原则上足不出户。

连客厅三个房间,四个人。孩子哇哇暴哭。好在,他已经又回到妈妈的怀抱了。

八斗拉着兰芝在卧室说话,他少有地对老妈使用了呵斥口吻,"妈,能不能别闹腾了?!还嫌不够乱?!"

姜兰芝振振有词,"这孩子从哪儿来的,就必须到哪儿去!"

八斗诧异,"哪儿来的?不是人家肚子里来的?搞清楚,你只是奶奶,人家是亲妈!"

兰芝不示弱,"你还是亲爸呢!没你她一个人就把孩子造出来了?"说着,上前拍八斗的背,"腰杆子挺起来!这孩子姓龚!"停顿一下,眼睛里恨不得冒气,"凭什么不声不响就把孩子生下来?!就冲这,就不能轻易饶了她!就得给她点教训!"

哦,明白了。老妈是把这次抢夺事件,定性为给燕玲的教训。可是,这教训未免太惨烈了些。他太阳穴突突跳,感觉再吵下去,自己搞不好都能中风,那麻烦就大了。于是龚八斗只好低下嗓门,柔声劝:"行了,过去的事不提了,先想想吃什么吧。"

兰芝坐在床边,依旧是一张生闷气的脸,儿子求饶了,她仿佛也松了劲儿,一秒内便声泪俱下,"我都劝你多少回!让你早点生早点生!不听!咱们老龚家怎么就走到这个死胡同里去了!你自己想想,但凡你努点力,至于有今天吗?!我愿意抢?我愿意跑?我脚后跟都磨破了!"说着,她脱下鞋袜,露出血肉模糊的脚后跟。

这是大战留下来的伤疤。

八斗只好去橱柜里翻找碘酒、创可贴。找到了,蹲下来,仔仔细细帮老妈处理。是,兰芝的老生常谈,又把她带回了道德高地,她的"抢孩子",说一千道一万还是因为他龚八斗没能及时合理地制造出一个名正言顺的孩子。

他有罪,他是这场事故的始作俑者。他结婚、离婚,没孩子,不能成全这个家的天伦之乐,让血脉延续,他是千古罪人!可是,八斗又觉得委屈,这个畸形的局面,根本不是他存心造就的。怪只怪大流行病,把他们所有人逼到了这么个狭小的角落,彼此厮杀。再深入分析下去,八斗索性恨起一笑来。如果他们没有分手,如果他们当初有个孩子,如果……如果……哪怕因果链条有一丝一毫的改变,也不会导致今天的局面。可惜,人生没有如果。在这个悲剧的漩涡,他永远处于最中心的位置。

沉到底,到底!

客厅内,孩子还在哭。张燕玲解开衣服,孩子吃上奶,情绪舒缓了。八斗推门出来,燕玲连忙收拾残局,轻呵:"别过来!"

八斗停住脚步,隔着四五米远,凝望着这个跟他有生物学联系的孩子。他不禁遐想,这个活生生的人,原本只是他的一颗精子,遭遇了燕玲的卵子之后,有了生命。

他是一场激情的产物。但现在,他已经有了灵魂,成为独立的个体,有了属于自己的命运……

恍惚之间,龚八斗又隐约觉得这孩子与他并没有什么情感联系。可是,多看两眼过后,当他猛然自省,确认自己是个父亲,又忍不住怜爱起这个小生命来。他管不住腿,轻轻迈了几步,换来的却是燕玲更大声的警告:"你们在里头,我在外头,井水不犯河水!别想打我儿子的主意!否则我就杀……"字儿说出一半吞了回去。燕玲似乎也觉得当着孩子说"杀"不大合适。

八斗惨淡地说:"放心,没人会抢,"他环顾四周,"现在这个情况,抢了到哪儿去?孩子安全,你安全。"言语间他靠得更近了,"这样,你住那个小卧室。我妈还住原来她那屋,我住客厅,帮你们把风。"

正说着,姜兰芝开门出来了。燕玲像见了鬼,撕心裂肺地,"别过来!"兰芝和八斗都被这音调儿吓了一跳。八斗只好请兰芝回巢,兰芝一万个不情愿,但看在孙子的面子上,还是从了。

地盘分好,跟着就是运送物资。八斗把被子、褥子、毯子等东西运到小卧室,又拿兰芝的换洗衣服给燕玲,燕玲坚持不要。八斗好声好气地,"你不洗澡不换衣服啊?一身胶黏,怎么休息。"燕玲眼神警惕,考虑再三,接纳了。但还是不肯离开小房间,不愿让孩子离开她的视线。"麻烦给我端一盆热水,我就在这擦。"八斗只好遵命。

夜深了,三个人折腾到下半夜才消停。八斗果然按照约定,在客厅沙发上休息,充当两位女士的守门人。累极了反倒睡不着,他翻着手机,才发现三元的消息和电话。连忙回了条消息,三元当即拨打过来。八斗怕吵着其他人,摁掉,回复:一切良好,居家隔离。你怎么样?

三元回的语音,说自己在小区附近的旅馆,还叮嘱八斗,"赶紧地,把家里那些锋利的东西,刀、剪子、锤子什么的都藏好!"显然,三元的脑海里已经预演了一出凶杀案。"还有,别让两个女的接触!别碰面儿!"

八斗见三元激动,连忙偷摸到洗手间打回去,简单说了情况。他建议三元早点回北京,他能处理好,让她放心。三元道:"趁着这几天,你赶紧做做燕玲的工作。"八斗说还要做她什么工作,户口我会帮着上。三元道:"你别让她出去乱说。"

挂了电话,龚三元忽然意识到乱说的其实是她自己。为了找孩子,她等于已经把消息漏给吴屈梦了。好在老吴见过大阵仗,波澜不惊。倒是王斯理有点惊惊乍乍,适才通电话,他问她没事儿吧,算是离婚过后,少有的真正的关心。

三元不客气，"带好儿子，别操心，跟你没关系。"斯理又用八卦口气，"真弄个孩子呀？"三元刚要说算了我不说了。斯文的声音出现了，"元元，你别着急，事情都能解决的。"三元烦厌地，"谢谢姐，真没事儿，一切正常。"

次日一早，龚三元又去兰芝所在小区门口转了一圈，依旧铁壁铜墙的，看来关十几天是难免的了。

三元给姜兰芝打电话，劝她不要冲动，慢慢来。兰芝不高兴，反把三元说了一通，说她知情不报，还说"看你交的好闺蜜"！三元讨了个没趣，气得一扭头，坐车回北京了。

到站先去中心，积累了几天的事没处理，一进办公室，三元就忙得跟陀螺似的，但核心问题就一个字：钱。老吴介绍来的那个网红脸女子走了，中期款都没付。屈梦来了，三元少不了抱怨。吴屈梦说："算了，不是什么好人，走就走了。"三元觉得奇怪，这可不是做生意的态度，刚准备深掰扯，屈梦问："燕玲那没事儿了吧。"三元怔了一下，说暂时稳住了。又叮嘱："你可别跟李骐说。"

屈梦忽然仰头笑了一阵，声音有点瘆人，随即道："我还管她那么多，我马上要去美国了。带我婆婆一块儿。"三元倒抽凉气，刚准备问细节。屈梦不打自招，"我跟李骥，离了。"龚三元头顿时大了一圈。什么意思？李骥在外面的时候，两个人情比金坚，不离不弃。怎么回来反倒离了？离了去美国？还带着婆婆。这什么路数？战略性离婚？转移财产？

三元着急，"不是……老吴……"

屈梦抓着她的手，拉着到沙发边坐下，"正准备跟你说呢，以后中心就得多靠你。"龚三元心提到嗓子眼又放回去，还好。老吴走了，中心暂时还在。她不得不拖着腔调，"老吴，这儿少了你不行啊！"屈梦笑说有什么不行的，我本来也不怎么来，有你这个CEO坐镇，我放心。

三元试探性地，"意思是，出去就不回来了？"

屈梦轻吐两个字："移民。"

老天爷！龚三元一阵晕眩，大流行病以来，中心的营业额直线下降，生孩子的人越来越少,老吴这一走,能不能撑到下一个春天,难说。

前途茫茫。

三元直感觉仿佛一盆冷水从头上浇下来,浑身无力,直到下了班,去斯理那接了默默,仍陷在惆怅中。她给八斗打了个电话,问那边的情况。

八斗说正在想办法弄菜、肉。家里只剩两块冻肉。

"妈情绪怎么样?"三元关心这个。

"还好。

"燕玲呢。

"战斗状态。

"孩子呢。

"也还行,就是尿布不够了。"

短短两日,八斗已经洗了几回尿布,闻臭闻得够够的。家里没有尿不湿,居委会也弄不到。还是兰芝拆东墙补西墙,把自己旧衣服拆了,勉强凑了几块。燕玲虽不大情愿,但这会儿还是接受了"捐赠"。

事实上,燕玲自打进了那个屋就没出来过,吃喝拉撒就地解决,坚决守卫孩子的所有权。八斗呢,除了洗尿布,还要帮燕玲倒马桶,一次把娘俩伺候了个全。兰芝想看孩子,又不愿低头。厨房里,她伸头看坐在热锅里的那块肉。

八斗劝:"妈,这事儿,你不对居多,姿态稍微低一点,跟人家认个错,也好相处。你也好看孙子。"

姜兰芝阴阳怪气地,"她不尊老,我凭什么爱幼?唯一一块肉咱们还上贡给她呢!不知感恩的东西!米汤谁煮的?尿布谁缝的?"

八斗知道跟老妈说不通,只好换个方向劝,"这不非常时期吗,您深明大义,咱们才能众志成城,孩子才能少受罪。"说着捏着鼻子,"你都不知道那屋里的味儿……就怕栋栋被熏着……"他也开始跟着喊儿子的小名。

兰芝取下汤锅,把汤打在碗里,再把米饭泡进去,这就是晚饭了。她搁筷子到碗上,"你端过去,我懒得看她脸子。"

八斗忙不迭端了汤饭,走到小卧室门口,敲敲门,说吃饭了。燕玲开门,伸出一只手。脸都不给他见。八斗讨好,"烫,我端进去。"门缝儿咧大了些,像笑大了的一张嘴。说话间,姜兰芝从后面接过碗,门彻底被推开,她端着饭碗进屋,"我不是鬼,不用这么防!"

燕玲顾不上饭,回身抱起孩子,两手护着。

兰芝痛快地说:"放心,都这样了,我能怎么着?你打算臭你自己,孩子可受不了这憋闷!"

奇怪,大人们较劲,栋栋嘎嘎笑。

燕玲眼神犀利,不耐烦,"出去,都出去。"

姜兰芝忽然带着哭腔对燕玲和孩子所在的方向,"你就不该给我们这个希望!非要冷不丁把孩子带到这世上,不吱声不吱气儿,让人一点准备都没有……"

燕玲咬牙切齿,"没准备还被抢呢,要有准备,指不定怎么着。"

兰芝上前半步,委屈,"我是带孩子走了,我说我不还了吗?我是孩子奶奶,我能害孩子吗?!"

燕玲嗷了一声,"我是孩子妈!儿子是我身上掉下来的肉!"

八斗眼看情势失控,不得不挡在中间,"行啦!我还是孩子爸呢!咱都是孩子的亲人!都为孩子好!这一点上,大家是有共同利益的。"

燕玲和兰芝背对背站着,燕玲面目铁青,兰芝眼眶发红。八斗恼丧地,"死活也就十几天,都退一步,别人好过,自己也好过,反正,这一辈子,可能也就这十几天……咱度过去,行吗?!"

此言一出,两个女人一起回身,房间里满是悲伤气息。

好了,暂时休战了。尽管燕玲还是画地为牢,但人与人之间,不是那么剑拔弩张了。第三天,燕玲带栋栋出来放风了。第四天,三个人勉强能在一个房间吃饭。第五天,社区送物资来,众人欢欣鼓舞,八斗觉得,竟然找回点小时候过年的感觉。

燕玲奶水不足。兰芝帮孩子熬米汤,熬得稠稠的,就撇最上面一层,说吃了对大脑发育好,将来肯定能读博士。八斗在旁边听了,苦笑。老太太想得远。燕玲抱着孩子,拿着小勺一点点喂。孩子也乖一口一口吃。

兰芝看着喜欢,又对燕玲说:"孩子,其实你出去之前,我就挺喜欢你的。说真的,倒退一年,你要真跟车皮成了,我心里肯定舒坦!可问题是,你不能来这一手,好歹知会一声儿……"八斗怕老妈又返回老问题,连忙打断。

兰芝似乎也意识到不妥,改口道:"我的感觉是,车皮对你,你对车皮,都是有感情的。不然不会结晶呀!"

八斗听不下去,"妈——"

兰芝一鼓作气,"要不这样,干脆你俩在一块算了!咱这都属于患难之交,解封了你们去打证儿,你名正言顺进我们家门,孩子也就是名正言顺的孩子。至于将来你们生两个,生三个,我都支持。"

姜兰芝说得义薄云天。八斗尴尬,他小声地,"妈,你别强人所难……这对燕燕姐不公平……"

燕玲淡然地转头对兰芝说:"是,阿姨,我不能跟车皮结婚。"

"为什么?"兰芝诧异得眼珠子都大了。

"他对我没感情。"

此言一出,八斗脸从额头红到脖颈。

兰芝反问:"没感情孩子怎么来的?哦,那是激情?"不自觉捶床,"以前没有,不代表将来也没有,感情是可以培养的。"又转头对八斗,"我看燕燕挺好,现在孩子都有了,你得对人家负责。"忽然长叹,"天意!咱们几个被关在这儿,就是天意!"说着起身,迅速走出门去,再从外一拧钥匙。门被反锁上了。

八斗想阻止却已然来不及。他重重敲门,"妈!别闹了行吗?!"兰芝的声音带着点喜剧色彩,"早点休息,培养培养感情。"八斗急得要撞门。背后,燕玲的声音传过来,"动静小一点,别吓着孩子。"

八斗转过身,嗫嚅着,说你别听她瞎说,老太太一阵一阵的,魔怔。一时之间,小房间内只剩三个人。孩子躺在床上,歪头看着两个大人,时不时发出咯咯的声音,仿佛他是观众,他俩是演员,正在演出一幕哑剧。手机响,八斗慌慌张张从裤袋摸出来,是李骐打来的。他怔了两秒,脑中各种想法交战得厉害,终于,还是摁断了来电,并迅速文字回复:"在东北,我妈被隔离了,回头联系。"

135

夜，静悄悄地。东北的夜，比北京更安静。窗外冷风吹过，打着哨音，催魂似的。孩子睡着了，燕玲坐在旁边叠衣服，龚八斗站在距离娘俩两米开外望着，进退失据。孩子安睡，他实在不好破门而出。

燕玲忙着手里的活儿，没看他，"坐吧。"

行了，有这句话就解放了。八斗往前挪了两步，孩子的体积在他眼里放大了。他不自觉笑。

燕玲抬头，他又连忙收敛笑容，解释般说："可爱。"

"想看就靠近点，别出声。"她再给指令。金科玉律，必须遵守。这可是个大福利，龚八斗忙不迭凑到跟前，蹲在床边瞅儿子。

这小子睡得酣甜。

那眉毛，那眼睛，那嘴巴，那鼻子，那额头，那藕节一般的胳膊、腿，肉津津的手和脚……一切都那么完美。呵，造物神奇！八斗忽然为自己能生出这么个好儿子骄傲。手下意识伸出去，却被燕玲轻声喝止，"别动，有细菌。"他只好收回，抱着两臂继续观望。

燕玲又问："你怎么睡？"

八斗连忙说："不用管我，我打地铺就行。""地上多凉。"说着，燕玲便起身拿被褥，为他安置过夜的装备。八斗打心眼里感动了。是啊！燕燕姐总是为他着想，更何况，现在他们又有了个孩子，这是实打实的、无法回避的、快乐的结晶。一瞬之间，他感觉自己过去对燕玲似乎过于苛刻。说白了，燕燕姐有什么不好呢，她温柔、善良、善解人意，只要有她的地方，一切总是被安顿得井井有条。她最适合当某个家庭的女主人，也最能把原本不那么像家的地方变得像家。她就是传统伦理价值体系认可的那种女人，持家，贤惠。要说不妥，恐怕也只能说读书和一系列错误的选择蹉跎了她。八斗想起三元那句话，她说张燕玲这朵花，终究是开得太晚了。过去，他们把燕玲比作菊花，秋天开。现在看，应该属于冬天开了。临寒独自开，为有暗香来。这孩子就是她的暗香。

龚八斗胡思乱想着，愧疚之心更炽，他忍不住脱口而出，"对不起。"

燕玲木木然看着他，停了两秒才说："你没错。"

八斗快速道："我没错，你也没错，但加到一起……"燕玲没让他说下去，压着嗓子横拦，"我儿子不是错误答案。"八斗连忙顺着，"是，当然不是，咱儿子是满分答案。"

燕玲不吭声儿。

八斗继续，"燕玲，"他开始叫她大名了，"我相信，某个时刻，你，还有我，对彼此，都是真诚的。"

燕玲苦笑，"是真诚的。但有些东西，没办法放置到现实生活中。"她看着桌台上的干巴了的半个苹果，"就好像这东西，切开了，就氧化了，腐败了。"

"不是这样……"八斗的反驳很孱弱，纯出于礼貌。

燕玲轻柔地，"没关系，我早看淡了，"头微微昂起，"人与人之间，不能求全责备，因为你带给别人的也不全是美好。那别人带给你的，有美好，有不美好，正常。"长舒一口气，"只要某些瞬间是美好的，就可以了。也许很多年以后，这些还是值得回忆的。"长长的顿号，"记住它。"

送到眼前的这碗"鸡汤"，八斗毫不犹豫喝了。但他多少又觉得，张燕玲的淡然或许有表演的成分。她要真那么不争不抢，还来要什么户口呢。八斗微笑着，"燕燕姐，我能问你一个问题吗？"又改回燕燕姐了。

燕玲说什么问题。

八斗假做思考状，"当初，你怎么会刚好住进我们小区。"

燕玲脱口而出，"房租便宜，刚好也有房源。"

"是一笑建议的吗？"

"跟她没关系。"

八斗不知道怎么问下去了，张燕玲严防死守，他就是再怎么问，也撬不出半句真话来。燕玲冷笑，"你是不是以为，我是奔着你去的，然后是一笑的阴谋。我们结了一张网，就等你这只小蛾子了？"

八斗连忙说不是那个意思。

燕玲又说:"谁能料到会封小区?"

八斗心中的迷雾瞬间被刺破了。是啊,就算处心积虑,没有大流行病的助攻,所有的故事,终究不会发生。天意,只能说是天意,八斗忧惧着。燕玲又说:"我知道,你看不上我。"八斗连忙说不是的。燕玲随即挑衅般,"对不起,是我说得直白了。"八斗说没有的事。

燕玲惨然,"那该怎么说?你看得上我?所以才三番五次拒绝我?是吗?你喜欢年轻的,漂亮的,可以理解,男人都这样,你不用做那个例外。"

八斗支支吾吾,不成词句。

燕玲正对眼前的男人,"斗,我太了解你了,你其实是个特别善良的人。可正因为你善良,怕伤害这个伤害那个,所以你尤其害怕承诺。因为你知道自己做不到。你现在觉得对不起我,不能跟我过一辈子,所以只能逃开。"停顿一下,"真的,到此为止,你的心结也该打开了。我不用你负责,你不用愧疚,孩子我带,你还是自由的。出了这个门,咱们各过各的日子。"

八斗急得摆手,"不不不,燕,别这样……"低头看孩子,"这永远都是我们的孩子。""我们的"的三个字说出来,他自己都觉得心颤。是啊!这就意味着,因为这个生命桥,他跟眼前这个女人有了永恒的连接。无论什么时候,无论在什么地方,永远永远。

"你放心,"燕玲站起来随手收拾桌子上的杂物,居高临下看他,"我不会影响你未来的生活,儿子也不会。我不会泄露儿子的身份,这就是个没爸的孩子。"

"我是他爸爸!"当爸爸上瘾,这个他不能答应。

"不,"燕玲分析,"过些天,出了这个屋,咱就断得干干净净。"

"你意思是,我看不到孩子了?"

"可以看,"燕玲面无表情,"但以另一种身份,你是孩子的叔叔。"

好家伙,降了一级,他不舒服。电光石火间,三元和兰芝的提议在八斗脑中闪了一下。或者,干脆他跟燕玲结婚,他当名正言顺的爸爸。哦不,他本来就是名正言顺的爸爸呀!让爸爸成叔叔,多么滑稽、可笑、无聊!愤怒的八斗刚要申辩。

燕玲抢在前头,"这也是对你的保护。"

八斗声音都大了:"我不需要这种保护!"孩子翻了个身,燕玲连忙打"嘘"的手势。八斗只好压低声音,激动还是一样激动,"燕,要不,我妈的提议,咱们考虑考虑。"这下轮到张燕玲诧异了,她像见了鬼似的看着八斗,但不慌:"不需要你的怜悯。"

"这不叫怜悯,婚姻本来不就是一场合作嘛。"他委屈。

燕玲深呼吸,直面,一股节一股节道:"听好了,我要找的是,他爱我,就像我爱他一样,他需要我,就像我需要他一样,他尊重我,就像我尊重他一样,的人。"

"我需要你呀!"他只好蛮不讲理。

"你不需要,"燕玲保持冷静,"你需要一个对你事业有帮助,对你的家庭有帮助,带出去有范儿,能够帮你立足,往上走,出人头地的人。"恐怖的静音,"我不是。"

八斗陡然觉得自己整个人都变小了。行,他市侩,他拜高踩低,他眼睛长在头顶上。可是,谁又不是呢。一笑不是?屈梦不是?三元不是?人往高处走,水往低处流。人,本来不就是趋利避害的嘛。干吗把自己说得那么崇高。结婚不是扶贫。更关键是,他现在冲冠一怒有了扶贫的心,她还在这儿矫情起来了。

不不不,他不甘心。她一定是装的。

八斗快速地提议:"要不这样,我们离开北京,到一个二线城市去,没人认识,没人知道,一切从头开始,就我们一家三口。"当然,这原本只是个激动之下的提议,然而,"一家三口"四个字冒出来的时候,龚八斗不由得有些当真了。这么多年,他始终混在北京,始终在追逐成功的大理想和"一家三口"的小期待之间摇摆。他看看床上的孩子,又看看燕玲,呵呵,小期待不是已经既成事实嘛,他为什么就不能欣然接受呢?

"行了,休息吧。"她不想说下去了。

八斗说我说真的。燕玲推开他,眼神定定地,"不要在封闭的环境中做任何决定,已经吃过一次亏了。出去了,呼吸到自由的空气,你就不会那么想了。"

八斗还要说话。

燕玲喝止："睡觉！"又说："是梦,总会醒的。"

这一夜,龚八斗原本以为自己会失眠。谁知道,头一沾地儿,整个人就昏睡了过去。次日起床,兰芝将他解放了。厨房里,姜女士还兴冲冲问他昨夜的故事。八斗不高兴,"没故事。"兰芝又说："多放在一块儿,慢慢就有故事了,人是感情动物。驴和马放一个圈儿里,还能有故事呢。"八斗不得不做个总结,"妈,能别扯了吗？都定好了,出去我帮着上户口,她带着孩子消失。"

兰芝错愕,"那咱见不着孩子了。"

八斗不想细掰扯,"不可能,到时候再说,见了咋着不见咋着,您能指望这孩子帮您干吗？！知道世上有您的孙子,跑不了就行了。您受罪有瘾？！她要带你就让她带,讨那下贱？！"

兰芝见儿子真生气,撇撇嘴,不往下说了。

接下来几天,三个人相安无事,井水不犯河水。临近解封,竟还都生出点依依惜别之情来。兰芝跟燕玲交代带孩子的诀窍,燕玲也礼尚往来,跟兰芝约定了流行病结束后去哪哪旅游。当然,只有八斗听得出来这表面和谐之下的汹涌。解封头一天的最后一顿饭,兰芝竟还给了燕玲一个拥抱,连带着几出几滴似有若无的眼泪。哭腔倒是到位,"孩子,咱怎么就这么没缘分呢。"又看八斗,"都怪车皮！"

八斗看不下去这出戏。

燕玲笑道："这就算三生有幸了。"恳挚地,"谢谢你的尿布。"不过,话说得好听,解封的第一分钟,燕玲就带孩子走了。兰芝骂："反正,她要再找人,咱们就把孩子要回来。"八斗说："要回来放哪儿？"兰芝高声大气,"我养,行吗？！"八斗道："您能活一千岁一万岁。"

解封第二天,八斗回北京了。兰芝不愿意走。三元来回来去劝,没用。姐弟俩只好暂时随她。归了京,八斗去单位点了个卯,便赶紧去找李骐。他简单把东北的情况说了。李骐也紧张,"那妈怎么还不回来。小地方医疗条件根本扛不住。"

八斗心一暖。

李骐看似无心的一个"妈"字,瞬间又让他觉得自己对不住李骐。那

-781-

个儿子横亘在他们之间,就像座休眠火山,随着时间的推移,只会越来越活跃。算了,走一步看一步吧。李骐叫妈,至少说明他们的关系已经得到确认了。

八斗问李骐,最近是不是那日子。李骐抿嘴一笑,"干吗,记那么清楚。"八斗猴急地,"亲爱的,真的,我真想立刻跟你在一起。"李骐轻推了他一下,"干吗呀?!"望着他的眼睛,"就因为流行病?"

八斗顺着这逻辑,紧紧拥着她,嘴凑到她耳边,吹气,"我好怕失去你,真的,没你我一分钟也活不下去。"

李骐失笑,"到这地步了?"八斗大喘气,"你就是我的命,咱们结婚吧,好不好。"

136

海超换房子了,请八斗去看。不过,也只能在楼下瞅瞅,卖家暂时搬不出去,钥匙到手得等半年。不过,价格上有小小优惠。小区花园里,海超抬头,手指着十五层方向,对八斗说:"看到了吧,就阳台晾红内裤那个。"顺着望过去,瞅见了。事实上,这房子不但比海超原本那套大,地段也优越许多。海超换房的理由很充分:方便他"闪闪发光"的太太上班;考虑到将来孩子入学。

陆海超振振有词,"没办法,必须换,原来那小学,哎哟,本质上就是个村办!我跟你说还不如咱老家的小学呢。"

八斗真想说一句,孩子在哪儿呢,但话到嘴边又停住了。他不由得想起自己那儿子。是啊,都是当爸的,陆海超已经开始为还没有影儿的孩子谋深计远,他呢,连个户口都还没帮着解决。实际上从阜新回来之后,他就积极跟燕玲联系,可人家反倒不着急了,是还在北京,或是回老家,没信儿!

兰芝恨得牙痒,"生气呢,都怪你没当场跟人家结婚。"八斗一头雾水。老妈现在变得如此不可理喻。"当场结婚",什么奇怪言论,民政局也没开在他家。八斗拿出电子烟嘬了一口，海超连忙劝阻，"别，我现在一点烟味都不能沾。"哦，备孕。何况他有个要求严格的太太。

八斗只好藏着，故意问："这套，多少钱拿下的？"

海超大拇指食指撑开，"八百个。"

八斗心算，随即挑明了，"原来那套卖掉，还差四百个呢。"海超说他老妈卖了老家一套房，给了一百五十个。他太太家给了五十个。剩余两百个，以他的名义贷款。八斗说："还三十年？"海超模糊处理，说没那么长，二十多年吧。

八斗带点揶揄地说："你妈可出了老血了。"

海超强作骄傲地说："谁让我找了这么好的太太呢。"

"真是好太太。"三元听了八斗的转述也这么评价。不过，口气却大不一样，"这丫头狠，学的也不是会计学啊，账算得倒明明白白！这啥也没干呢，净落四五百万。"

八斗笑说："人家不是准备大干一场嘛。"

三元怅惘地，"我那时候，多傻啊！基本等于裸婚。"停顿一下，"看到了吧，这就是现在娶老婆的成本，小陆这次等于被连根拔起了。"呵呵地，"这还算好的，他爸妈还有点老本，那没老本的，还生不生孩子了？"眼神鄙夷，"这不是生孩子，这是卖孩子！"

八斗说他妈也是被逼急了，想要孙子。

三元眨巴眼，怪笑，"还是咱妈厉害，一分钱没花，白得一大孙子。"八斗脸上顿时烧起来。

三元见弟弟尴尬，又找补，"你跟李骐，也该提上日程了。"

"正商量着呢。"八斗说得虚虚地。

"别老商量，得有结论了，"三元提眉瞪眼地，"别是她又吊着你吧。"停顿，"真要是这样，趁早撤。"

"撤哪儿去？"八斗反问。

三元想了想，又说还是耗着吧，放长线，才能钓大鱼。不过她提醒八斗，要跟李骐在一块，现在的房子可能不大合适，没面子。还有彩礼问题，也需要请示人家老太太。其实这事儿八斗早都跟李骐提过了。李骐的意思是，不必拘礼。彩礼不用给，房子住她的。她什么都不缺，因此，结婚纯粹是找个伴儿，找自己喜欢的人。

八斗还把陆海超跟慧慧的情况跟李骐分享。李骐倒是饶有兴致，"可以理解，女方的沉没成本太高，所以婚前都谈好，多割几刀正常，好在我们不用这样。"

八斗柔声赞叹："我的太太才是真正的闪闪发光。"李骐推他一下，"别乱叫。"八斗不乐意，"那叫什么？"李骐想了想，"就叫李骐。"

不过，慧慧的操作，尚属个例。滕志国的小爱妻就平和得多，轻松怀上了，还跟志国窝在那房子里过小日子。自助存储间里，滕志国给八斗上课，"真别等了，差不多得了。"又忽然小声，"我说这话你可别不高兴。"

八斗猜到他话里的意思，已然不高兴起来。志国缩回去，"那我不说了。"

八斗反倒要显得大气，"你说。"

滕志国鬼鬼祟祟地，"骐姐，还能生出来吗……"

这也是八斗担心的。虽然他从来没摆到明面上跟李骐提。如果，是说如果，李骐这块地一直不长苗，他们就一直这么名不正言不顺下去？八斗怀疑自己的耐力。志国嘴碎道："就算现在生，等孩子上大学，咱们都多大了？老头一个！"八斗一激动，差点说自己已经是爸爸了。他的亲儿子，眉毛眼睛鼻子嘴巴都像他。

可是，不行，不能说，天知地知。

志国又鄙夷地，"老陆也怂蛋！八百个，先换一花盆。你倒是让苗苗长出来再换盆呀！万一……"

"别万一了，"八斗忍不住打断他，"盼人点好。"

大流行病尚未结束，但陆海超还是给足她太太面子，订了场地，结婚请柬就下出去了。龚三元"不幸"拿到。他们家的份子钱，一个也跑不了。她倒不是不愿意出去这钱，而是懒得看到王家那些人的嘴脸。近日，几乎跟海超慧慧大喜同时，三元还得到一个悲剧性的消息：王斯理跟仇女士即将结为秦晋之好。

三元偷偷哭了一场，她还没来得及恶心别人，先被对家恶心了。她当然没想过跟斯理复婚，然而，他抢先一步找到"幸福"，就是对她最大的伤害。三元为自己哭，哭青春逝去，哭遇人不淑，哭种种明的暗的不合理，哭自己作为女人的前半生。一怒之下，三元放言，只要王斯理一结婚，默默就永远不会出现在他家。他要想看儿子，外头约。用三元的话说，"谁知道后妈咋虐孩子！"

更恶心的是，偏偏王家那拨人，慢慢还都恢复了元气。严尔夫滴滴开够了，在"朋友"的帮助下，又找了个地方当副总。坐到办公桌前那天，王斯文亲自上门给丈夫拍办公照，狠狠在朋友圈刷了一拨存在感。王斯理也跳了一次槽，从一个大单位，跳到一个中型企业，还是当中层，但俨然有些股肱之臣的态势，电话里嗓门都大了。王斯文又开始秀蓓蓓的学习成绩，连牛爱玲都从爱情的阴影中走出来，迷上了旗袍……

反观自己，三元失望。

爱情，没有。海外那老朱给不了她爱情。又没有梦想中的小男生追求她。安稳，更是摇摇欲坠。她最引以为傲的月子中心营业额惨淡。她打电话向老吴求救。可老吴呢，嘴上应承，却没有实际行动，人家在温哥华过得快活呢，说白了，这中心也不是她的钱投的，亏完了就亏完了，人照样享受另一片天空。可龚三元就大不一样了，大流行病坑了她，她只能告诉自己，尽力而为，做到哪天是哪天。

春风渐起，疫情突然小规模爆发，海超和慧慧的婚礼延期。三元的中心也封闭式管理，压力大到爆棚。出不去的时候，三元只好委托八斗带默默，并强调，"不能送去王家。"事实证明，三元的这一举措，是有先见之明的。

斯理外地出差，不幸染疫。斯文、尔夫、爱玲作为密接，全部被拉到公租房隔离。仇女士被关了三天后宣布确诊。等出来的时候，她果断跟王斯理分手了。所有人都蒙了，尤其斯文，她觉得这时候，不正是同舟共济增加感情的大好时机吗，怎么就飞了，溜了。

三元得知，嘴张得老大，哈哈狂笑，"夫妻本是同林鸟，人难临头各自飞！哼，他们连同林鸟都还不是！知道了吧，尝到了吧，谁跟你同舟共济相濡以沫？！做梦！"

八斗见姐姐笑得狰狞，连忙递水，好让她嘴巴闭起来。三元偏不，"报应！活报应！"又笑不嗤嗤地，"听说这病后遗症很严重，可能会影响生育功能。"

又是一阵狂笑。

八斗浑身起鸡皮疙瘩。

三元唾，"老天还是有眼的！不是不报！时候未到！"

东北的风声也紧了。八斗和三元都劝兰芝回来，姜兰芝一句话顶回去，"不怕，疫苗打了，大不了去住方舱！"又给儿子下死命令，"你办事的时候，我回去。"

咳咳。

八斗也急。为了让田地长苗，他该用的肥料都用上了。有一回，李骐那"亲戚"晚了几天。两个人很兴奋，结果最后还是乌龙。八斗失望极了，他抱着李骐吹风，"亲爱的，我真不在意这些，只要咱俩能在一起，有没有孩子，顺其自然，我爱的是你这个人。"

李骐来一句，"我在意。"言下之意，没孩子，我干吗收容一男人。八斗没辙，只好继续感化。

待各处解封，海超的婚礼重启。李骐突然表示了一点羡慕。八斗连忙凑趣地说："你要想办，咱随时！"李骐说：还是等等吧，这不还没动静嘛。八斗说先办了也行。李骐侧着头，"先办？"八斗说一点问题没有。海超的婚礼，就当作是一次观摩学习。

到处都是白百合，这是慧慧要求的。她觉得自己的婚姻，特别洁白。订婚是西装、婚纱，这回走中式的了。海超穿类似于改良版的唐装。慧慧是粉色亮面旗袍，软缎子，平底鞋，是仿照陆小曼的一张照片来的。

三元应邀出席，一副胜利者的姿态，头昂得高高的。王斯理没来，斯文和牛爱玲来了。斯文主动上前招呼，叫元元。三元嗯了一声，似有若无地，观摩了一会儿仪式，才故意转头问："你弟媳妇呢。"

斯文尴尬，轻微咳嗽，但救场的功夫一流，"不就在眼前嘛。"三元愣了一下，冷冷地，"大姐，咱这辈子无缘。"斯文索性觍着脸挽住三元的胳膊，大叹气，"元元，不是说遇到事儿了我才这么说，我一直都是我跟谁我都这么说。"三元眼望前方，等着前大姑姐释放幺蛾。

斯文一字一顿，"你是真好！"一阵笑浪。三元腰都笑弯了，反指自己，"我好？现在知道我好了。"斯文又说："斯理也说，想老伴儿。"三元一听，手拔出来，逃窜。

老伴儿，她不要做什么老伴儿，她的日子还长着呢，哪怕山重水复疑无路，她也要柳暗花明又一村。她见八斗在人群中张皇，时不时看手机，赶忙凑过去问怎么了。

八斗说李骐还没到。三元责怪，"你怎么不去接呀。"八斗说他要接，可她非要自己来。三元又让他打她电话。八斗说打了多少个了，没人接。三元嘀咕，"不会是受刺激了吧。"八斗不理解受什么刺激。

三元着急，"人家的幸福刺激她呀！"

八斗觉得不至于。但事实情况就是，李骐失踪了。刚开始电话还是通的，到天黑，电话都打不通了。八斗急得打给李骥，又问尤高畅，都说没联系。但两个人似乎都不着急，也不建议他报警。李骥还说，他这个姐，就是怪，没事儿的。八斗嚷嚷着，"我怕她想不开！"李骥坚称不会。

那就等，只能等。夜，黑得像墨，八斗真失眠了。他觉得一定有大事发生。想起李骐那次自杀，他生怕等天一亮，就永远失去了她。龚八斗关了手机震动，改用最大铃声，以确保随时能接到消息。不过，耗到半夜两点，他还是睡着了。再醒来，手机上弹出个消息，是李骐发来的。她的话语很简短，却似雷霆万钧。

"分手吧。"统共三字儿，没标点符号。八斗眼一黑，差点背过气去。第一反应，她应该知道那事儿了。

结局

八斗急得乱转。三元喝止，"别晃了！赶紧找人吧，不是他杀，不是自杀，肯定是藏起来了，还是有事儿！"八斗下意识问什么事儿。三元着急，"还能有什么事儿，你那事儿呗！"叹息，"迟早的事儿！"

八斗蹙眉。

三元跟着说："她知道了就知道了，关键现在你不能再耍任何花招，关公面前就别耍大刀了！老实最管用，赶紧承认，没准还能躲过一劫。"

这个结论，八斗当然第一时间想到了，但从姐姐嘴里说出来，强调着，他还是觉得有些恐怖。他无法想象，跟李骐承认自己有孩子会是个怎样的情景。

三元倒是十分镇定，立刻给出了解决方案。

"你就咬死，说是她们设的局，时间线也能解释清楚，那些事都发生在你跟李骐确立关系之前，"三元头头是道地说："你就说那孩子你根本不想要！你就跟骐保证，说以后都不会跟孩子联系。"

八斗浑身紧了一下，"这……"

三元立刻说："就这么一说，你不联系，我们可以联系呀！不都一样嘛，现在关键的关键，先把李骐稳住，不然你怎么弄，没退路了啊！"

八斗踌躇。

三元说："难不成，你还想回头找燕玲？"摆摆手，"没戏！那女的也是铁了心了，估计以后都不会再找，还是李骐靠谱。"八斗说那也得先找到人呀。三元轻叱，"你不会守株待兔呀！她不吃不睡不出来吗？去她家门口蹲着，还有那什么基金会。现在这种大环境，她不会出国，去外地的可能性也不大，十之八九还在北京！"八斗头大，但事到如今，似乎也只能用这个笨办法。蹲，守，碰。

接连三天，龚八斗在李骐家门口趴着，一点动静没有。第四天，他转战基金会。车就停在不远处，跟抓犯罪分子似的。上午十一点，李骐的车果然开了过来。八斗小跑着过去，敲敲车窗。

李骐瞟了他一眼，面无表情。她下车，往里走。八斗跟着，哀求道："骐，到底怎么了？"李骐径直进办公室，八斗尾随并帮她泡上速溶咖啡，端过去，语重心长地，"很多事情，不是我们想的那样，事情都在变化，会有始料未及，但没关系，只要不忘记自己的初心，一切都是可以解决的。"

这一番云里雾里的话，让李骐脸色更差了。她还是一言不发。八斗上前，柔情蜜意地，"如果是我的错，原谅我好不好，等环境好一点，咱们出去都行,世界任何地方,只要你想去,我陪你。"停顿一下,"到一个没人认识我们的地方,重新开始。"

李骐凝望着八斗,半晌才说:"是我对不住你,你很好,但我们还是不合适。"

"哪里不合适?!"八斗高声。

"你了解我吗?"

现在说这个话题会不会太晚。八斗耐住性子,"骐,谁说必须非常了解才能在一起?不了解,不正好留着往后的岁月慢慢了解吗?你是一本大书,太丰富了,我必须用一生才能读完。"

李骐淡然地,"斗,我现在就可以告诉你,咱们分手,对你好,对我也好。"八斗刚要说话。李骐强行打断,"我知道!你可能一时无法接受,但交给时间,时间会让你忘记一切,你会过得很好,以你现在的条件,再找个人完全没有问题。"

八斗脸耷拉下来,"你还是不肯原谅我,那些事真的……"他有点难以启齿,"都不是我要做的。"

李骐怔住,"什么意思?"

八斗说:"不要因为孩子你就过不去。"

李骐说:"不是因为孩子。"轮到八斗诧异了,"不是因为孩子?"脑子转得快,又慷慨激昂地,"我说了我不在意,只要能跟你在一起,有没有孩子根本没关系!"李骐苦笑,走上前,轻轻抱住八斗,拍拍他的背,有点哽咽地,"我的错……跟你没关系……无论到什么时候……你都是我最好的朋友……我永远不会忘记在我最脆弱最绝望,甚至想要离开这个世界的时候你给我的支持……所以……只有你幸福了……我的心才安……"

听天书,完全像听天书。李骐撒手,八斗又拽住她,"不是,骐,到底怎么了,真的,一切障碍都不是障碍,任何风雨都不能把我们打散,不是吗?一生一世都不会变。"李骐强行挣脱,"不说了。"她转身出门,八斗要追,却被驻会的工作人员拦住。八斗问他们,"李总最近是不是遇到什么事儿了?"工作人员摇头。

不对,一定有事儿。从头到尾,他跟李骐似乎说的是两茬话。他没完全

-789-

承认，她也没追根究底。她说的是她的忏悔，她的选择，她的成全。八斗甚至怀疑，李骐根本还不知道他有儿子的事。回到车上，龚八斗依旧百思不得其解。他想打给李骥问情况。事到如今，可能也只有他知道真相，但思来想去还没拨，人家是亲姐弟，不可能站在他这边。

对了，还有梦姐。八斗立刻打给吴屈梦。屈梦给面子接了。八斗急切切地，"梦姐，你如果知道什么情况，一定要告诉我，现在李骐要跟我分手。"大洋彼岸，吴屈梦静了两秒，问："什么情况？"

她知道，她一定知道，她就是不说。

八斗追问："李骐要跟我分手，也没说原因。还有，当初老爷子走的时候她为什么要自杀？"追根溯源，挖地三尺，他要真相。吴屈梦拖着腔调："你就听李骐的吧，她那脾气你还不知道？她决定的事，谁能改变？硬来，最后吃亏的是你自己。"长吐一口气，"有些事情，不知道是福气。"八斗嚷嚷着说死也要死个明白啊……很遗憾，屈梦挂电话了。他注定死不明白。

接连几天，龚八斗都在昏昏沉沉中度过，吃不好睡不好。他觉得自己一只脚俨然已经踏入了鬼门关，只要稍微一晃神，可能整个人也就进去了。他的魂被抽干了，魄被打散，仅剩的一口气在腔子上飘着，死不成，活不了。终于，不死心的他又去基金会等李骐。不是上班时间，院门开着。八斗摸进去，叫了声"骐"。没人应。

李骐办公室留了一条缝儿。八斗小跑着钻进去，那是他的生门。

办公室椅上坐着个人，背对着门。等八斗进去，他才缓缓转身。不是李骐。男的？连续的休息不好让八斗有些眼晕，但望了好几秒，他还是确定了眼前这个男人的身份。尤局？尤高畅的老爸。他怎么来了？他最后一次有消息，好像还是被留置或者是双开？记不清了。不过眼前的尤局依旧英姿飒爽，有着一份同年龄不符的年轻和健壮。

尤局笑着，"小龚，坐。"

八斗带着满腹疑惑坐下，仿佛他是主考官，他是面试者。八斗叫了声尤局。尤局笑道："下来啦，无官无职，就叫我尤叔就行。"八斗尴尬笑笑，胡乱叫了一声。他不清楚这个下来了，是被开除了，还是主动退下来了。不过看这样子，应该全身而退了。

两个人对望，一时间有些尴尬。

尤局绕过桌子，屁股顶着桌檐，双手反向扶着桌棱，"其实我一直想替首长一家谢谢你。"笑容可掬地，"谢谢你很长一段时间内对李骐的照顾。"

八斗下意识说了句应该的。

尤局站直了，居高临下地说："不过接下来，就不继续麻烦你了。"

什么意思？八斗打了个寒噤，一种不好的感觉在他心中生起。难道，莫非……这想法还没在他脑海彻底成型，尤局便直接破谜，"我跟李骐在一起好多年了，过去，碍于各种因素，我们不能公开，现在情况不一样了，经历了那么多，我们也都看清楚了，什么对自己才是最重要的。我跟李骐，会携手走过下半生。"

龚八斗目瞪口呆，心里骂了一万个脏字，嘴巴却一个词儿也说不出来。尤局上前，拍拍八斗的左肩，"你的付出我们都明白，李骐也觉得对不住你，所以今天我来，就是决定对你有所补偿。"

八斗还没来得及应对。一张卡就伸出来了，"没有密码，五百万，放心，这些钱都是干净的，是我们多年的积蓄。你拿着，好好过日子，"哂笑道："娶个老婆足够了。"

这不是生门，这是死路！

八斗嗫嚅着，"不是……"

尤局笑容没丢，"干吗，嫌少啊？"卡被放在茶几透明玻璃上，绿色的长方形薄块。他的情感，他的付出就值五百万？！这不是侮辱人吗？！八斗气顶脑门，咬牙切齿地，"我不会放弃李骐。"

尤局顿时变了一张面孔，笑还在，但已经不是适才的意味，"小伙子，别敬酒不吃吃罚酒，李骐已经做出选择，谁也不能改变！"

八斗愣了一下，声音发颤，"您这么做道德吗？"

尤局一阵狂笑，笑够了才说："你把别人肚子搞大又一脚踹开，户口都不给人上，真是道德高尚得很！"转而疾言厉色地，"屁股都擦不干净，还跟我讲道德？！你那点破事儿，早就是别人的下酒菜了！你觉得李骐要是知道了，你还会是现在这样吗？"狠狠唾骂，"别给脸不要脸！"

余音袅袅。尤局没出招，八斗却觉得，自己整个头像被拳头打了一万次，脑子里都是水，来回晃荡。他也不知道自己最终是怎么走出这间办公室的，又怎么走出的院子。总之，他是出来了。太阳很大。他一个人，孤零零站在院子前的小广场上，他忽然有些后悔没拿那张卡。是啊，他需要补偿，精神上，金钱上。他陡然深恨了自己，是他仅存的一点尊严，导致他错失了发财的机会。他总是做不到彻彻底底的无耻！龚八斗一阵哭似的仰天大笑，跟着，眼泪才真冲出来，仿佛太阳底下下了一阵暴雨。他觉得自己的心被扎了无数个窟窿，血流尽了，他现在就是一具干尸，他不知道自己怎么回的家。

总之，黑暗过后，他躺在床上了。他亲爱的姐姐三元担心他，留在他身边。她同样声泪俱下地说："车皮，不能这么没志气！天下女人千千万，一个萝卜一个坑，总有你的位置！"这话在耳边像蚊子般萦绕，八斗呆呆地看着天花板，什么也听不进去。不过，没出几天，八斗跟李骐分手的消息就四处传开了。当然，在尤局的策划下，李骐占据了道德高地，在舆论上对八斗的胜利几乎是压倒性的。龚八斗成了个背信弃义始乱终弃的渣子，背着李骐偷偷生孩子，实属不忠不孝不仁不义。三元哭着骂："都什么人！都什么人？！"但另一方面，她还得严防死守，不让远在东北的老妈知道。八斗曾经的女友傲蕾不知道从哪儿找到他微信，申请添加，但八斗没通过。他早听说了傲蕾的现状，离了婚，带着个孩子，单身。他不想让她看笑话，更觉得自己救不了她。他尚且是没从鬼门关出来的人。

王斯理送默默到八斗这儿找三元。自从染疫跟仇女士分手后，斯理的气焰下来了。他趁机对三元示好，"元元，真的，都这个年纪了，也折腾一圈了。谁好？是不是还是原配最好？"三元干脆利索，"别啰唆了！"斯理不肯放过机会，"元元，还逞强？你以为我不知道吗？你们中心快不行了，将来你一个人怎么生活……"

面对前夫唐僧一样碎碎念的嘴，三元忽然感到一阵悲哀。不知怎么的，她竟蓦地有一种感觉，那就是她觉得自己虽然在北京过了这么多年，但又好像一天都没有在北京生活过。包括王斯理，都是她过去虚假生活的一部分。回过神，三元淡然对斯理，"一个人怎么不能生活？"斯理僵在那儿，"不是……"三元伸出个"苍凉的手势"，"出去，我不想吵架。"

为了开解弟弟，龚三元提出周末去户外扎帐篷，八斗同意，默默雀跃。

幸好，天公作美。第二天三个人就在河边的草坪上躺着了。清风徐徐，夹杂着草香。八斗躺在帐篷里，视线被帐篷边沿遮住一半，能看到一半的天，蓝得格外清澈，太阳很盛，一朵云都没有。

不远处，一个抱着泡沫盒子的小女孩走过来卖冰棍儿。三元要了三根。默默轻声对三元说："妈妈，我可以卖冰棍儿，赚钱，交学费。"三元眼眶一热，激动地把默默搂在怀里，亲吻他额头，流泪。龚八斗接过冰棍儿，平躺着，这冰棍像一把剑，被慢慢送进嘴里。口腔麻了他也不动，任由凉意从舌尖蔓延到舌根，冲过食管，最终冰冻了一整颗心。

（全文完）